帝王蛊，妾本无心

残月 著

上

内蒙古出版集团
远 方 出 版 社

图书在版编目（CIP）数据

帝王蛊，妾本无心 / 残月著 .—呼和浩特 : 远方出版社，2016.7
ISBN 978-7-5555-0728-4

Ⅰ . ①帝… Ⅱ . ①残… Ⅲ . ①言情小说 – 中国 – 当代 Ⅳ . ① I247.5

中国版本图书馆 CIP 数据核字 (2016) 第 150295 号

帝王蛊，妾本无心（上、下）

作　　者	残　月
责任编辑	云高娃　蔺　洁
出版发行	内蒙古出版集团　远方出版社
社　　址	呼和浩特市乌兰察布东路 666 号　邮编 010010
电　　话	（0471）2236471 总编室　2236460 发行部
经　　销	新华书店
印　　刷	北京富达印务有限公司
开　　本	710mm × 1000mm　1/16
字　　数	886 千
印　　张	40.75
版　　次	2016 年 7 月第 1 版
印　　次	2016 年 10 月第 1 次印刷
标准书号	ISBN 978-7-5555-0728-4
定　　价	68.00 元（上、下）

/目录/

第一章 乱世离殇

第二章 临水，管彤

第三章 青青子衿

第四章 君十三娘

第五章 两生情

第六章 沧海之城

第七章 登桓秘境

第八章 千山雪寂

第九章 一世人心

第十章 帝王蛊（大结局）

第一章 乱世离殇

第一节　兵临城下

北燕国这个地方，虽地处偏僻，是大周王朝下一个小国，但在自有封地的一百三十多年里皆是风调雨顺，国泰民安。臣民虽无大财，但也生计无忧，生活自在闲乐。

也许是安逸的时间久了，现任的北燕国国君生出几分懒散。朝中那些商议国事的臣子，也都背着君王勾着脑袋养着精神打着瞌睡，即便是没有多大的功业可邀，隔三岔五地挑个美人送给君王，就算再无才无用，仕途高官赏钱厚禄自当是一件也不会落下的。

君王久坐朝堂高处，听着臣子日复一日歌功颂德我主圣明，自是觉得自个儿正是名贤圣主，功耀古今。而年前的一场大旱，君王更是及时地开仓放粮，救济难民，百姓对君王更是歌功颂德，捧做了真神。

北燕国位于横河之东，国域不及三百里，不过一条横河的长度，按理是不该大旱的。且北燕国自有封地以来的一百多年里，一向都是风调雨顺，事事昌和。现下横河以东的北燕国一片焦土旱地，而那条横河却是碧波荡漾，哗哗流水，这番景象着实令人费解。

连着大半年的大旱，国库日渐空虚，屯粮也快告罄，正快要到山穷水尽之时，北燕国王都深处，迎接了一个新的生命，她的出生带来一场绵绵秋雨，拯救了整个北燕国。

这便是北燕国的小公主，北燕王唯一的一个女儿。

北燕王虽是姬妾众多，塞十来间屋子不是什么难事，但子嗣并不繁茂，稀稀疏疏一个巴掌就能数个明白。民间推测，许是北燕王在某个方面能力不足，但偏好那一口。

据传，北燕国的这个小公主生下来模样并不好，只在还可接受的范围内，谈不上美。北燕王除了三个儿子之外，并无女儿，得了这一女，虽是长相模样并不好，北燕王也只得如此安慰于自己：“小孩子生下来都是这样，等长开了自然是个美人，再如何说也是王族血脉，总不会太骇人吧？”

北燕王将这捧在手心的小公主取名叶凝，因一出生就为北燕国带来祥瑞，三岁之时便赐封号康宁，取盛世康泰、长乐安宁之意。

随着岁月的增长，事情并非如北燕王所预料之中的那样。叶凝虽然有着王族的血脉，受的也是王族礼仪的教导，除了有着王族子女该有的知书达理和端庄之外，却没有王族子女该有的美貌，模样是随着年纪的增长而骤减。

北燕王最初宽慰自己的话落了空，身为一国之君，自然是极其看重自己的颜面和威严，他觉得，这样一个丑女实在是有失王族的颜面，若是传出去堂堂北燕王生了一个丑八怪女儿，不仅仅是自己脸上没有什么光彩可言，就连北燕国，估摸着也要沦为天下诸侯国的笑柄。

顾虑到这些，北燕王逮着个机会，找了个借口将叶凝囚禁在王都里最为偏僻寂静的紫竹苑。

叶凝虽是容貌上委实抱歉，但是天赋异禀，有着不凡的才能，在琴画之上有着极高的天赋。而随着年纪越来越大，她渐渐发现，自己有些异于常人的地方，比如，一些不小心受的伤会在极短的时间里不药而愈。而一场巨大的变故发生在她十五岁那年，因那场变故，几乎让整个北燕国付之一炬，也改变了她的一生。

紫竹苑这个地方，坐落在晋宁王都最偏僻的角落，向来都是座无人问津的僻静院子，不过最近这两日，倒是热闹得很。

沐沐推开紫竹苑大门的时候，我正坐在铜镜前整理刚刚戴上的人皮面具。

沐沐脸色焦急地跑到我身前，急急忙忙又吞吞吐吐地与我说："公主，王上……王上他，打算……打算……"

我看见铜镜里她咬了咬嘴唇，话到了喉咙口，却半天也不见吐出来，裙带在她的手中打了圈又解开，看上去很慌张。

沐沐是紫竹苑里伺候我的婢女。我天生是个不祥的人，样貌也极为丑陋，自小就无人安愿与我相处。沐沐自小便同我一块长大，也唯有她见惯了我长满龙鳞的脸颊，故而才没被吓着。

脸上的人皮面具敷得妥帖了，看着铜镜里那张精致的脸蛋，心情也畅快了不少，没有女孩子是不着紧自己颜貌的，我当然也不例外了。

我见她吞吞吐吐半天也没话吐出来，便站起身拉起她的手，笑着对她说："沐沐，父王是打算把我交给那靖国太子了吧？"

她泪眼巴巴地看了我一会儿，点了点头，抽着鼻子哭哭啼啼地说道："公主，是奴婢无甚用处，半个时辰前，王上写了妥协书差那羽林军都尉绑在箭弩上，射进了城外靖军的大营里，王城里那些拿厚禄的大臣们近来更是日也奔走，夜也奔走，说……说……"她泣不成声，说了半天也没说出个所以然来。

我偏着脑袋问她："说什么了？"

她接着抽泣了好一会儿，才呜咽着对我道出下文："他们说公主左右不过一个妖孽，为了你而置江山社稷于不顾，导致万民哀怨，社稷存亡安危于一线，朝不保夕，实是不该。若是让北燕国上百年的基业毁在公主这么……这么一个女人手里，那王上将是个上对不起祖宗，下对不起黎民百姓，中间还对不起一干妻妾儿女的昏君，望王上别再惦念着公主的生死，社稷是正经，黎民百姓是正经，宫里一群嫔妃臣子们是正经，王上的生死更是正经。起先王上也犹豫不决，可是……可是……"

我乍一听这话，脑子先是一阵嗡鸣，感觉双腿瞬时失去了气力，沐沐赶紧上前搀住我坐在身旁的圆木桌凳上，手忙脚乱地倒了杯凉茶与我，哭着说："公主，不管是生是死，沐沐这辈子都跟着你……"

我端着她递过来的凉茶，房间里烛火如豆，屋外冷月潺潺，紫竹摇摇，我双目泛起一层水雾，却冷笑了起来，"沐沐，他们说的话全是在理，我左右不过一个不会死的妖孽罢了，晋宁城被围了一十三天零六个时辰，父王挣扎了这么久，也……也算是对得起我们这十八年的父女情了。”

我放下手中的茶杯，挤出一丝笑看着沐沐，“我们自小就是在一块长大，也只有你不嫌弃我这个丑陋的主子。”

沐沐赶忙打断我的话：“公主这是说的哪里话，公主是天底下最好的主子，沐沐愿意一辈子都跟着公主，不管生死。”

我笑着安慰她：“可惜，那靖国太子要的，可是我这颗不死的心。”我站起身，擦了擦她脸上的泪水，“沐沐，你跟着我这许久的日子，也应该知道，我有多恨这颗不死心！”

沐沐说道：“奴婢自然是晓得，公主这颗不死心是多大的负累。奴婢也晓得公主是有多想摆脱这种不会受伤、不会流血更不会死的魔咒。如今……如今那靖国太子有办法取了这颗不死心，可是……可是公主你也要想明白，一旦你没了这颗不死心，可……可……”

“我当然知道。”我笑着对她说，“沐沐，我当然晓得，没了这颗心，我也活不成。”

我抬头看了一回房梁，沉默了片刻，说道：“也许这个世界，本就不属于我这样的异类。沐沐，你说我一直都这么恨这颗不死心，有人能够拿掉，我本该欢喜才是，可是为何，为何我现在愿望要成真了，却怎么还有些害怕了？是父王抛弃了我么，还是我害怕离开这个也许本来就不该属于我的世界？”

沐沐低着头，摇了摇，又偏着头问我：“公主，我们逃吧，好不好？”

“逃？”我提高了音调冷笑一声，反问她，“怎么逃？这紫竹苑外有三千羽林军，里三层外三层的，围得连个蚊子都飞不进来，怎么逃？即便是逃出了这紫竹苑，城外可是有着八万靖军把晋宁城围得更如铁桶一样，我们又能逃到何处去呢？”

我继续抬头，透过雕花的古窗看见今夜的皎白月色，一直未有好好看看晋宁城的月色，第一次觉得，它离我这般近，就那样挂着窗头，近得好似我伸手就能触摸得到。

沐沐听了我这番话，没了言语。我想，既然父王已经应允了那靖国太子的条件，用不了多久，那父王差来的人就会造访这所王城里最为偏僻寂静的紫竹苑。

这个念头刚刚冒上心尖上，就听得屋外飘来一阵熟悉而陌生的声音，“凝儿。”

紫竹苑的大门并未关，想来是沐沐疏忽了，不过这也不能怨她，这里常年也不见半个人进来。

父王披着月华迈进这间他十八年来从未迈进一步的院子，沐沐连忙上前行礼，犹记得我还是在三年前见过他一面。

他对沐沐摆了摆手，“本王与凝儿有话要叙，你先且退下。”

沐沐回过头来看了我一眼，我对她勾了勾嘴角，笑道：“你先下去吧。”

她迟疑了刹那，点了点头，“那奴婢且先退下。”

沐沐退了出去，屋子里就剩我和父王还有一支摇摇晃晃的灯烛。他宽硕的身子直直地站在大门口，屋子里烛火摇摇晃晃，将他的影子拉得老长，晃晃悠悠的，身形也有些模糊，看不真切。

“凝儿。”他往前两步，声音深沉且沙哑。

我双腿微曲，拜在他面前，“康宁公主叶凝，拜见燕国公。”虽是父王自小便不喜欢我，可是这王城里的礼仪倒是少不得的，而我也一直都将那繁杂的礼仪印在脑子里，一来少对父王行过礼，二来少与母后行过这等礼仪，因为他们从不见我这个丑陋的女儿。若是没有这次靖军围城点名要我，估摸着他们连是否还有我这么一个女儿也忘却了吧。

他见我拜在他身前，急急忙忙地过来把我扶起。我抬头看了他一眼，模样与三年前没有什么变化，只多了几根白丝。

他也上上下下仔仔细细地打量了一番我，嘴角掀起一丝淡淡的弧度，笑着说道：“三年不见，你也出落得这样标致了。”

我先是愣愣地看了他一眼，他这是在寻乐子还是怎的？这北燕国里谁不晓得我的样貌有多丑，虽是我从未去过民间，但这趣事估摸着早已传遍这大周各个诸侯国了吧。

我很勉强地笑了起来，轻轻地将刚刚才弄好的人皮面具扯下来，满脸微笑地对他说：“父王觉得，这个模样也是标致？”

他的眼眸在我长满鳞片的半边脸上瞪了好半晌，像是被吓得呆住了，脸皮子都抖了几下，好半天过去才干咳一声把脸转向一旁，坐在圆桌旁自顾自地倒茶。我索性也不再把人皮面具戴回脸上，就这样露着一张长满了鱼鳞似的脸直直地站在他身后。

他看上去好像很不自在，杯沿好几次碰到嘴唇边，又被他放下了，想是我这张脸影响到了他的心情。

他好几次拿起杯子又放下，终于长叹口气放下了茶杯，形容颓废地用手撑着脑袋靠在圆桌上。

“凝儿，我们北燕国是小国，乱世里难保周全，之前因得靖国庇护才得无恙，苟存乱世。如今靖国太子看上了你这颗不死心，要拿了去救他病危的父王。暮辰被挡在了衡谷关天堑外，王城孤立无援，靖国大军短短一月连陷我北燕国十六座城池，如今的北燕国空余这晋宁一座孤城……”

“这靖国太子着实是个带兵的好手。”我打断他的话，偏着脑袋问他，“父王要与我说的，就是这个？”

他也不回头看我，持着茶杯饮了一口，声音低沉，“凝儿，你可知，你值这十六座城池？”

我抿着嘴唇笑了笑，“自然是晓得，准确地来说，是我的这颗心值这十六座城池。父王的决定很英明，拿我这个妖孽换这十六座城池，细细算下来还是父王赚了。”我打量了他一眼道，“父王可还有话与叶凝说？”

他依旧不回头看我，我自心里了然，对他再次拜了拜，“父王即已无话，那叶凝便退下了。”

陪我走出紫竹苑的，只有铺得白白的月光和习习夜风，沐沐被父王差人扣了下来，出不得苑门送我最后一程。

圆月隐在云层里，晋宁城上空云层皑皑，守门的十个军士合力拉开了紧闭的城门，露出一条缝来，刚好够我出去。

护城河对岸，雾气袅袅，依稀可见一排站得极为整齐的军士。吊桥缓缓放下，无人陪我，也无人送行，月亮从云层里洒下一束冷冷的月光，将将好地铺在身前的吊桥上，照亮了我的去路。

这个王城里，再也没有丑陋的康宁公主了，心里不知为何，兀然涌出一股害怕，夜风凉凉地吹在裙衫上，罗裙摆动间我打了个哆嗦。

薄薄的雾气笼得视线一片模糊，吊桥走过大半，我才终于看清对面站着的那一排整齐无比的军士们，那是靖国迎接我的军士。

“你便是康宁公主叶凝？”雾气深处飘过来一声极好听的声音，我在那群军士的面前停下脚步，见着列成方阵的军士们让出一条道，从中走出一名紫衣男子，他手中的折扇有一搭没一搭地摇着，一头黑发随意披在肩上，只在发尾处用丝带绑着。

他的这张脸，是我见过为数不多的男子中生得最要好的一张，白白净净，很有几分秀气，不过那眼神宛若一块千年不化的寒冰。我抬着眼皮打量了他一眼，屈膝行了一礼，“尊上可是靖国太子羽华？”

他在我面前三步距离停了下来，啪的一声合上折扇，优雅地伸出手中折扇挑起我的下巴。我顺势站直了身子，对他笑了笑，眼角的余光划过他的手指时，白，嫩，细，宛若无骨是给我最深的印象，这的确是一双美得不该是男人该有的手指。

他的唇角掀开一道很完美的弧度，笑着对我说：“闻听康宁公主是个异人，不仅画得一幅好山水，弹得一手好琴，更是有着一颗万古不死的心，不知可是真假？”

他收了挑起我下巴的折扇，我重新低下头，对他弯了弯身子，回道：“太子谬赞了，谁人都知太子的萧技与琴画乃是众诸侯国佼楚，小女子这等浅薄的技艺实受不起太子这般抬赞。再说这万古不死，古往今来，虽也有过几颗不死心，可就目前而言，好似还真没哪颗心真的是可以做到那万古不死的。”

他手中折扇敲着左手掌心，大笑一声说道：“康宁公主这话可真中听，生死轮回这档子事，谁敢说逃得掉？”

他的话阴阳怪气，似有深意。

我低头笑了笑，“羽华太子用兵如神，以雷霆之势占了衡谷关天堑外唯一一条出关索桥，逼得暮辰数万大军难进分毫，致使我北燕国无兵可调，再以重兵短短一月横扫北燕国十六城池，围了晋宁王城，当真是好手段。”

我抬起头，偏着脑袋笑着问他：“可是叶凝这厢有一事不明，既然之前羽华太子这般焦急，连着一月连攻十六城，可为何偏偏到了晋宁王城之时，却命手下军队只在晋宁城外架锅做饭，练军操练，围了晋宁十三天零六个时辰也不攻城？难不成羽华太子不怕靖王公的病况撑不过这许久的时辰？或者说羽华太子的目的，并不在救父？这先急后懈，叶凝实难理解……”

羽华太子拿着折扇敲手的动作在我这番话之后猛然一滞，他忽然抬起眼眸，额前的几缕青丝无风自动，那眼眸之中忽然散发出一股可怕的杀气，直朝我扑过来，心头一惊，只感觉心头像是被一股磅礴的气势犹如排山倒海一般狠狠地击了一下。

空气仿佛在这一刻都凝固了起来，夜风撩起雾气弥漫在我们之间，气氛一时间压抑到了极致。

“康宁公主这是说的哪里话？”他一开口，顿时那种让我胸口发闷的感觉瞬间消失得无影无踪。

高手，而且还是一个可怕的高手，就那一瞬间散发出来的可怕杀气，像是连温度都瞬时降到了冰点，那种感觉很可怕。

他微笑着来到我的面前，很优雅地弯下身子，做出一个很正统的请的姿势，“康宁公主，车马已经备好，此番回靖国路途遥远坎坷，又山路崎岖，我们需要即刻动身，耽误不得。”

面前列队整齐的军士们再次分开一条道出来。

“好，劳烦羽华太子了，只是不知，羽华太子之前的诺言可算数？”

“自然是算数，明日起，十六座城池定会不少一砖一瓦重回北燕国。”

“如此，叶凝也就安心了。”

我坐进羽华备与我的马车里，天色渐亮，一轮红日远远地挂在晋宁城上空一隅，金色的霞光铺满了天边，整个王城像是渡了一层金粉，在霞光中金光四溢。

三匹骏马拉着马车缓缓前行，靖国，退兵了……

马车摇摇晃晃，心头思绪千百，宽敞的马车里像是一所屋子，可是只有我只身一人，我生下来就是不会哭的。

可是在马车车轴转动的那一瞬间，我撩开帘子。这是我第一次见着晋宁城的轮廓，隔着那条护城河，百丈城墙上，一个渺小的身影宛如一颗小小的豆子站在那，我天生视力远超常人，我看清了那如豆子般渺小的身形，那是抛弃我的父王，北燕国的国君。

眼泪第一次出现在我的眼眶里，我放下帘子，这个世界上，再也没有康宁公主叶凝，在马车车轴转动的一瞬间，就已经死了。

这是一条不归路，前方等待我的是死亡，还是一番别样的天地？这颗不死心，能护我多久？是否真的能让我万古不死？

我从未像此时这样害怕和恐惧，不死的传说，是否真的会在这条道路的终点被终结？

第二节　太子羽华

阳光很好，正值人间四月芳菲，靖国的军队分八路相继撤离了北燕国的疆土，余下八千最精锐的铁骑护送着羽华太子押解着我，缓缓行驶在山野深处。

五日昼夜不歇地赶路，已经出了北燕国的疆域。

黄昏渐近，我们在一处山谷之中停下了征程。士兵们埋锅做饭，八千人的士兵军马布满了山谷的每一个角落。羽华太子差了近身的几个身手最好的护卫寸步不离地跟着我，作为这场毫无悬念的战争俘虏，我没有丝毫的人身自由可言。

浑身银白盔甲腰佩宝剑的护卫将我请出了马车，叮嘱说："康宁公主，此间名为雪狼谷，向来不大太平，野狼成群，猛兽成堆，还望安分着点。"

我有些不以为然，颔首回道："军下这话说得可没道理，你们这寸步不离地跟着，我倒是不想安分也不行啊。"

他勾起嘴唇微微一笑，我只是明白他这笑中含义，若是我不安分，哪里还会这般乖乖地随他们行这五六日。

我绕开他，半山腰上的桃花朵朵殷红，从茂密的绿林之中冒出，红绿相称，格外登对，很是养眼。羽华摇着扇子慢条斯理地走了过来，声音温柔得能够让人骨头都化了，"康宁公主，这几日的昼夜兼程，可有不适？"

我被他这极度温柔的关切话问得有些走神，等回过了神来才笑着回道："还好，羽华太子惦念了，只是这身后跟着两条尾巴，甚是不自在。"我偏了偏头，觑了一眼站在我身后三米外的两个银甲护卫，只见他俩狠狠地瞪了我一眼。

我当作没看见，迅速地将头转回来。羽华也偏着脑袋看了他俩一眼，笑了两声把头转过来望着我的侧脸，啪的一声合上手中的折扇，"康宁公主莫往心里去，这乱世里不安全，他们两个是我的贴身侍卫，身手都是一等一的，康宁公主地位尊崇，这一路上要是出了什么岔子，羽华可担当不起。"

我也附和着跟着笑了两声，"羽华太子真是费心了，反正也没有几天活头了，想来这乱世虽乱，也没有谁嫌肩膀上扛着的脑袋重得过了点，敢来截了羽华太子弄来救靖王的药物。"我顿了顿，接着说道，"羽华太子，叶凝已是太子的阶下囚，'公主'二字实是担待不起，叶凝左右不过太子的一味药物罢了，还请太子唤我叶凝便好。"

他抚摸着手中折扇的扇面，笑道："叶凝？嗯，那你以后也别唤我羽华太子了，就直接唤我羽华吧。"

我转身打量着他，"羽华太子觉得，跟一个要死了的人不论尊卑很谦逊？"

他并未回答我，手中折扇被他抛了起来，调了个个儿，我的眼神在白日里极为管用，虽然他抛扇子的动作极为缓慢，但是，在我看来并非慢，而是快到了极致。

他的手中除了那把折扇，还多了一朵殷红的桃花。

山谷中的桃树长在半山腰上，最近的一株距离我们至少也三十丈的距离，能够在这样远的距离翻手间隔空摘下一朵桃花，而且桃花还无半分伤损，这手段非一般常人所能拥有。

他把玩着手中桃花，似笑非笑地望着我，"叶凝，这季的桃花开得如何？"

我笑着回答："自是艳丽妖娆。"

我摊开了手中的折扇，折扇两面皆是空白。他把那朵桃花放在摊开的扇面上，递到我面前，“听说你的山水画得不错，可否能为我填个扇面？”

我诧异地望着他，他却拉起我的手，将折扇和桃花硬生生地塞进了我的手里，用不容反抗的语气说：“明日一早，我便来取。”

我一时间没有反应过来，他却双手背在背后脚步款款地离开了。

出门在外，伙食自然不好，这几日下来，日夜奔波，食欲也不佳，侍卫端来饭食茶水，我只叫他留下茶水，饭菜则退了回去。我因有着不死心，十天半月不进米水也丝毫不碍事。

夜里，便在山谷扎营，火光重重，照得山谷一片通明。黄昏之时侍卫叮嘱的并无半点掺假，这里的确是虎豹豺狼聚集的地方，阵阵狼嚎声时不时就会在山谷之中响起，直叫得人心里发寒。

马车里很宽，点着蜡烛，我将将把羽华太子的扇面画好——画的正是这雪狼谷中红绿的桃花树——手中的毫笔才放下，便听到外面传来一声高喊，“大伙儿都精神着点，这处虎狼成群，当值的两个卫兵失了两个，想是被虎狼拖了去喂了崽子，都把眼睛给我瞪大点！”

我揉了揉鼻子，又揉了揉眼睛，困意袭来，只当这句话是蚊子的嗡嗡声，靠在桌案上撑着脑袋迷迷瞪瞪地睡了过去。

连着好几日的昼夜奔走，身子疲乏得很，可外面时而狼嚎声声，篝火噼里啪啦的声音也很是吵闹，加上成群的战马都窝在这雪狼谷里，嘶鸣声更是不断，还有夜里巡逻的士兵，吵闹得我怎么也睡不沉。

正当我介于半醒半迷糊的时候，马车外却响起了一女子的声音，“不知康宁公主可歇息了？”

我迷迷瞪瞪地睁开眼，一边搓着脸一边发出带着浓浓睡意的声音，“还不曾。”

外面的声音紧接着响起，“不知奴婢能否进来？”

“奴婢？是个女人？”我脑子渐渐地清醒过来，这靖国大军行军在外，军队里什么时候有女人了？蹙着眉头想了想，才明白过来应该是羽华太子带的那两个女侍。这几日我见过她几眼，虽然同是女子身，但并未与她打过招呼。

心中想着都这个时辰了，她来找我应该是有什么要紧事，便应了下来。

她推开马车的木门，弯身走了进来，怀中还抱着一件白色的裘袍，她在我面前屈膝跪下，“康宁公主，太子吩咐说山间夜里寒凉，更深露重，嘱托婢女抱了件太子贴身的袍子过来，还叮嘱说此间多野狼猛兽，公主行榻外的两名银甲护卫都是太子的贴身护卫，皆是一等一的高手，请公主安心入睡。”说完双手将怀里叠得整齐的袍子举过头顶，递到我面前。

我一时愣在了那里，看着那侍女递过来的白色裘袍，不知羽华太子此举却是为何。

侍女见我半天没个响动，便将裘袍放在我面前的桌案上，抬起头来接着对我说：“另外，太子托婢女问公主一声，白日里他向公主所求的扇面，明日可能取得？”

我低头看了一眼桌案上墨迹已经干涸的扇面，黑白山林桃之夭夭，扇面上还搁置着他隔空取下来的那朵殷红的桃花，回道：“自是取得。”

“那便好，夜已深，婢女便不叨扰公主安歇。”

我挥手示意她退下。

车子里的红烛燃到了尽头，差来外面的银甲护卫换了一支。桌案上的那件白色裘袍，将我的睡意完全消磨得干干净净。

山林之中的月色明亮，高高地挂在山头上，我撩开帘子趴在车窗上，看着那轮圆月，脑子里不知为何，忽然出现白日里羽华问我的那句话，“叶凝，这季的桃花开得如何？”

“自是艳丽妖娆。”

正当我愣神之际，忽见得山尖上的皎月上，有着什么东西晃晃悠悠地朝我这方向飘过来，我眯着眼睛看了一会儿，像是一条丝带，那条丝带像是有着一团轻气托着，宛如一片叶子在风中飘摇一般，可诡异的是，今夜的山林中并未有风。

山林之中的狼嚎声也忽然间变得更多了，成片成片的狼嚎声响彻寂静的山林，可是在短短的几个呼吸之后，又诡异地变得稀少了起来，零零散散地响着。

就在这几个呼吸的时间，那条丝带就已经飘到了我的面前，我伸手抓住一看，顿时惊愕无比，脑中顿时出现数年前，紫竹苑里的荷花堰岸的亭子里一身白裙的暮筝对我说的话，她说：“叶凝妹妹，你这面纱也忒素了一些，等改日我有了空闲，绣朵海棠花在这上面可好？一定能绣得极好看的。”

犹如一记晴天霹雳，我脑子瞬间一片空白，手中的这条丝带，正是当年我交给暮筝，让她绣海棠花的面纱。

可……可暮筝已经死了，这条面纱也消失得无影无踪，我怎么找也找不到，为什么会出现在这里？

无数的疑问占据了我的脑海，死静一样的马车里，却又响起了倒水的声音，我迅速地拿着面纱转身，起先就我一个人的马车里，这会儿，竟……竟然又多了一个人。

他脸上戴着银色的面具，一身蓝色的袍子，正坐在我的桌案前若无其事地倒茶，看他的身形，应该是个少年，可一头的白发又像是一个老人，他的头发跟羽华太子一样，披在肩上，只在发尾处用丝带绑着，身旁还放着一把青色的古剑。

“你可识得此物？”他吹了吹杯里的茶，抿了一口，头也不抬地问。他的声音，竟然比羽华太子的还委婉动听。

第三节　是走是留

他是谁，竟然能够在靖国最精锐的八千铁骑的眼皮子底下悄无声息地进入我的马车，而且，竟然连一直在我马车外寸步不离的两个羽华太子的贴身护卫都没有发觉？

“你是谁？你怎么会有这个东西？”我谨慎地望着他，紧紧地握着手中的素白面纱。这是暮筝留给我唯一一件有念想的东西，我不能让它再消失，死也不能。

他脸上的银色面具印着红色的烛火，妖媚且诡异。因为他脸上有面具挡着，我看不见他有什么表情。

他放下手中的茶杯，并没有回答我他是谁，只是伸出一只雪白粉嫩的手指了指我手中的素白面纱，“自然是故人相赠。”

“故人？谁？”我连声追问。

他顿了顿，缓缓开口，“暮辰……”

“暮……暮辰？”我又一次愣住了，“你……你说什么？这……这面纱是暮辰给你的？”

他笑了两声，说道：“当然，暮辰怕你不愿跟我走，便给了我这个信物，说你只要见到这个东西，自然会乖乖地跟我走……”

“跟你走？”我皱着眉头打量着他，往前两步，在脑子里好好地将他的话过了一番，发现了端倪，昂头提高了音调，“你撒谎，暮辰被堵在衡谷关外，距此少说也有五千里之遥，你怎么敢说这面纱是暮辰给你的？你到底是谁？”

他终于偏过头来看我，不知为何，我竟然在他转头的时候生生地退了好几步，重新靠回了窗棂上，很谨慎地盯着他，心里害怕到了极点。这个人能够无声无息进入戒备森严的靖军营地，绝对是个恐怖的角色。

他又笑了起来，“五千里怎么了？对我而言，也不过就一天的工夫。”他站起身来，我吓得继续后退，可已经没地方可退了。

他拿起放在桌案上的青色古剑，说道：“走吧，暮辰让我把你送到安全的地方。”

我站在原地不动，声音颤抖着，“暮辰呢？让他来见我，不然我是不会跟你走的。”

他站在原处，叹息一声，“暮辰，已经死了。”

“什么？”我惊愕无比，声音都沙哑了，一时间没能控制住情绪高声吼道，“暮辰死了？”

刚把这句话用难以置信的语气吼出来，顿时感觉到不妙，外面可还有两个高手在监视着我。

“公主，出了什么事？快快快，快进去看看。”忽然传来一阵急切的高喊声。

我斜着眼角觑了他一眼，只见他的身形忽然间消失在原地，我先是一惊，而后便感觉到脖子上一凉，一把青色的古剑已经架在了脖子上。

他平稳的呼吸声响在我的耳畔，“别怕，得罪了！”

怕？古剑刚开始架在我脖子上的时候有点，可是也仅仅是一瞬间，而且还是吃惊居多，怕还真没有多少成分，我最不怕的就是死，因为，我根本就没法死。

马车的木门被哐当一声打开，两个银甲护卫手持宝剑直闯进了我的私人空间。银面人勒着我的脖子，他的身上有着一丝淡淡的梅花幽香，宛如梅林深处清风过，片片纷飞落红尘。他淡淡出声：“两位，若不想她出事的话，还请你们让开一条路来。”

两个银甲护卫面带怒气，相视一眼之后，竟然不为所动，我心里咒骂道："你们退一退要死啊？！"

不过，回过神来细细一想，也就释然了，他们都是受过苛刻训练的护卫，自然是晓得我胸腔里的这颗心到底是什么心，银面人手中的古剑，即便是穿透了我的身体，我也是死不了的。

他们既然能够在羽华太子身边做护卫，自然是晓得不死心的作用，没了我人身安全的顾忌，他们缓缓地向我移动步子，谨慎地走过来。

银面人勒住我笑了一声，"当真是个狗腿子。"

我眼也不眨地看着他俩向我靠近，声音带着几分惆怅，"我虽然是不会死，但是，我也会疼。"

他俩的步子终于停了下来，银面人手中的古剑在手腕上漂亮地绕了一圈，"狗腿子始终是狗腿子，记住我的名字，大周人看得起我，给了个外号，唤我雪狼，到了阎罗殿，别报错了名字。"

"雪……雪狼？"其中一个银面人的脸色忽然变得很恐惧，牙齿都在打颤，"你……你是……"

银面人放开了我，那一双宛如璞玉般洁白的手拉起我朝外面走，我有些发蒙，等他走到两个银甲护卫的面前时，那两个银甲护卫依然没有丝毫动作，我很疑惑。

"别愣着了，他们死了。"说完用空着的手轻轻地推了推他们两个，之前还站得妥帖无比的两个护卫，便扑通一声倒在了地上，没了动静。

我的眼神远超常人，但依然没发现他到底是如何出的手。

山林之中，响起了比之前更加密集的狼嚎声，比之前不见的狼嚎还要密集。

他推开木门，拉着我的手，语气有着几分笑意，"阿狼来了，我们也该走了。"

山林之中到处都是巡逻的士兵，篝火处处。他推开房门后，挥了挥蓝色的袖子，那成片的篝火诡异地瞬间熄灭。

山谷里瞬间陷入了黑暗，只有薄薄的月光铺在山谷里，无数的狼嚎声吵得我耳根子都疼，士兵们也在篝火熄灭的同时慌乱了起来。由于我的眼神好，在黑夜里只要有光就能看见很远的东西，我忍着那让人难以忍受的狼嚎声，四下一望，吓得腿都软了。

无数的灰狼从山林之中发疯似的冲了出来，它们冲进人群里，一顿狂撕滥咬，数不清的灰狼将一个个士兵扑倒在地，很干脆地咬断了他们的喉咙，动作极为迅猛快捷，咬死了一个士兵之后，瞬间又扑向另一个士兵。之前还一片宁静的山谷中，在无数的灰狼冲出来之后，变成了人间炼狱。

数不清的饿狼从山林之中凶猛地窜出，它们动作迅捷，即便对手是人类，它们下手也毫无半分迟疑，而且它们还懂得合作，遇到身手还不错的人类的时候，总是成群结伙地攻击那个人，直到把那人咬死为止。

山谷之中，片刻尸横遍野。血流成河。就在我震惊的工夫，忽见一头体型比一般灰狼大出三四倍不止的白狼竟然一跃跳过数十丈的距离，在明月下画出一条优美无比的弧线，稳稳地落在了我面前。

三匹拉马车的马儿吓得四下奔逃，我一时间没留意，身子受到惯性作用本能地往后倾斜下去，心想这下肯定会摔得够呛，却没想到那银面人一把搂住我的腰际，将我拉了过来，他声音委婉动听，听得我心神晃荡，“小心着点儿。”

我手里握着素白面纱，呆呆地望着那银色的面具，“没……没事。”

马儿发疯似的往前奔跑，一路横冲直撞。那头毛色雪白的白狼一直跟在我们的旁边，银面人的手从我腰际挪开，转头看向那头白狼，低喝道：“阿狼，将车停下。”

他的身子像是一阵风，优雅地跃入空中，山谷中一片漆黑如墨，忽见一道青光乍现，宛如惊鸿一般直射而出，将前方密集的树木砍倒。

我定睛一看，这马儿慌不择路，竟然跑进了密林里，要是再这样奔跑下去，就撞上了。

我吓得心脏扑扑直跳，还没回过神来，一声比那群灰狼还要嘹亮的狼嚎声又在耳旁响起，只见那头白狼竟然跳到马背上，硬是把三匹马儿活活给咬死了，马车撞上一块山石，停了下来。

银面人轻飘飘地落在马车顶棚上，手中的青色古剑哧的一声收入剑鞘里，那头白狼也跳上车棚，立在他的身旁，警惕地望着远方。

我惊魂未定，死握着手中的面纱，夜风起了，吹得银面人的衣角呼呼响，我朝他吼道：“喂，你这人到底要做什么？”

他低下头看我，“自然是带你离开。”他语气忽然一变，“不过，要想走的话，还有些时辰。”

我从马车里爬到车顶上，看着远处依然满是杀戮的山谷，月正高悬，凄凄凉凉。我偏着头看他，问道：“那群狼是哪里来的？怎么这般凶狠？”

“这是阿狼的部族。”他话语冰冷，没了之前的温柔气。我退了两步看了看那头差不多跟我一般高的白狼，咽下去几口唾沫。

远方响起了箫声，低沉婉转，是我没有听过的曲子。

我愕然至极，这满是杀戮且充满血腥气味的场景里，谁还有心情吹箫？

四周忽然变得安静，诡异而安静，像是一切都死了过去一样，四周的空气宛如被一股诡异的力量凝固了起来，压得人心里直发慌。

只有那嘹亮的箫声响在像是死了过去的山谷里。

“来了！”银面人看着远处的夜空，缓缓地拔出了手中青色的古剑。

“什么来了？”我听到自己的声音有些颤抖。

“血蝠，一种专门吃死人血肉的蝙蝠。”

“吃……吃死人血肉？”我感到头皮发麻，“世界上还……还有这么恶心的东西？”

他却笑了起来，“连不死的心都会有，还有什么稀奇的？”他摸了摸阿狼的头，说道，“阿狼，带着你的部族先走，等紫鹏过来后，我自会赶上你。”

阿狼跳下车顶，眨眼间就消失在了丛林深处。

“在这里站好，我去去就回。”

他蓝色的衣袍被风掀起衣角，脚尖一点，像是一只蓝色的鹏鸟飞入夜空，消失在了夜空里。

我傻傻站在原地，有些不知所措，这个时候，我该怎么办？逃，还是留？如果我走了，便不会被羽华太子带回靖国，做那救他父王的药物，也无性命之忧。而且，如果那银面人真的回来了，我还能弄清楚这面纱究竟是怎么落到他手里的。还有暮辰，他到底是怎样死的。甚至于，我还能弄明白，暮筝死了之后，被安置到了哪里。

而不走，等待我的，极有可能会是死亡……

第四节　逃出生天

自从我晓得我的这颗心脏正是百年难得一遇的不死心后，死对我而言，也就是一个名词而已，并无多少可怕之处。可是当我真的感觉到死亡离我越来越近的时候，我却感到了害怕。我出现在这个世界并不久，也不过须臾十几年的时间。先前，由于日子过得孤苦，我想到过死，但当死真正地摆在了我的面前，我却感到了恐惧。

虽然我不知道羽华太子是否真的有手段将我弄死，取了心脏，可就是这种不确定，才增加了我的恐惧感。

不确定的，才是最可怕的。这就好比你看上了一个人，却不晓得那个人的心思究竟是如何，那种忐忑不安，远比对方拒绝你的倾慕更加让人难以忍受。

我在车顶上站了很久，心底无限地挣扎，一边是暮辰和暮筝，一边又是生和死。要说这个世界上，除了沐沐，也就暮辰与暮筝待我最好，我很珍惜他们这份情，可是，他们却都死了。

皓月之下，多了一群黑色的小点，铺天盖地地在月光下飞舞，渐渐地遮住了那轮雪白的月亮，山林之中传来成片成片咿咿呀呀的怪叫声，甚是扰心。

因距离太远，我看不大清，不过想来那应该是银面人嘴里所说的血蝠了。

成群成片，数量比之前出现的狼群多很多，它们遮住了大半个夜空，势如铺天盖地，遮天蔽月。

箫声还是那般婉转悦耳，我通晓音律，这是极好的曲子。可惜对于箫这种乐器，我并不精通，若是有方九弦的琴，我倒是很想同这个吹箫之人比一比，看是他的箫声更好，还是我的琴音更佳。

在我听过音律这行里，箫吹得最好的人也就是那羽华太子了。他的箫声传说能让人进入幻境，能让人忘生忘死，当数大周王朝弄箫第一人。不知他的萧技同这人的箫声相比，谁更胜一筹。

“羽华？”我脑中忽然一道灵光乍现，“从群狼围攻到现在，我竟没看到他一眼，难不成这箫声会是他吹奏的？这般多的血蝠，怎会无缘无故地聚集在此处，莫非是因为这箫声？”

虽然我久居深宫高墙里，十几年也未出过宫门，但也听过羽华除了萧技之外，并不会武功玄术。不过同他这几日相处下来，我发现，他绝对是个高手，而且还不是一般的高手。

心里忽然有些担心那银面人，虽说他的身手也一流，又极为神秘，可是和那羽华相比到底谁强谁弱，我心里还真是没底。

“他不会死吧？”我看着远方夜空里铺天盖地的血蝠，心底浮现出一丝担忧，他要是死了，我到何处去弄清楚暮辰到底是怎样死的，暮筝死后又被安置到了何处。还有，他和暮辰又是什么关系，为何只因暮辰一句话便不惜冒着得罪靖国的风险来截我？

须知，要是靖国想结果了谁，普天之下，不管那人逃到何处，也是逃不过一死的。

“不行，我得去看看，反正我有不死心，谁也杀不死我。”胸腔里的这颗不死心给我壮了胆。暮辰与暮筝是这个世界上待我最好的人，我不能让他们死得不明不白，顶多不过一死，这样倒也遂了我愿。

明明之前还很怕死，可是一想到暮辰、暮筝，我也顾不上那么多了。我跳下马车，刚要准备往回走，想起先前羽华叫我给他画的扇面还在马车里，便折回去，取了折扇，把那朵被压在翻倒的桌案下有些变形了的桃花夹在折扇里，开始朝之前群狼围攻的山谷里跑过去。

山林之中漆黑得很，阴风阵阵，月光被成群的血蝠遮了个严严实实，加上树叶深深，我只能摸黑前行。

那三匹被阿狼吓得发了疯的马儿拖着马车往前跑了好长的一段距离。我在山野之中摸索了好久，才回到之前的山谷里。

眼前的一切，血腥而又恐怖，数不清的尸体横七竖八地倒在山谷之中，尸身铺了厚厚的一层，带血的长矛钩戟立在尸体之中，其中更是不乏被那群饿狼们咬死的马儿。马车没了之前的模样，四分五裂，却只有一辆马车完好地立在成堆的尸体之中，连拉车的五匹骏马，也毫发无损地站在那里，只是马身上沾满了飞溅出的鲜血。

那是羽华太子的马车，我认得。

头顶是铺天盖地的血蝠，它们将一个戴着银色面具的蓝衣人围在正中，不顾生死地朝那银面人扑过去，却被他手中的青色古剑一只一只地斩杀掉了下来，宛如下起了一场血蝠雨。

箫声是从羽华太子的马车里飘出来的，果然是他。

我踏着遍地淌血的尸体，拿着折扇朝羽华太子的马车走过去，箫声停了下来，马车的木门被推开了，可是头顶的血蝠还在对着银面人发动自杀式的攻击。

“羽华太子。”我在他的马车前停下脚步，朝他弯了弯身子屈了屈膝，将手中折扇双手举过头顶，“太子，你要的扇面，叶凝已经画好。”

他紫色的衣袍在夜风中飘荡，看了我一会儿，笑了起来，“叶凝，不是说我明日一早就找你取，你怎亲自送来？”

我回道：“天子吩咐，叶凝不敢拖沓。”

头顶忽然炸开一道青色的光圈，将山谷照得青光皑皑，我的身子有些不受控制地腾空而起，身旁一只只被斩杀的血蝠掉落下去，血腥味令人作呕。

“故人不远千里赶来，怎就这般心急？”羽华的声音带着笑意，飘荡在山谷中，“舍下这里备好了凉茶，何不叙一叙？”

银面人搂着我的腰际落在一棵桃树的花枝上，站得稳稳当当，在身前筑起一道剑光将我和他围起来，外面无数的血蝠撞上剑光，却怎么也近不得身，视线顷刻间就被无数的血蝠筑成的血蝠墙完全挡住了。

冰冷的话语从银面人的嘴里响起，“羽华，你我之间的恩恩怨怨，总有一天会做个了结！你等着！”

“十三年了，我找了你十三年，怎能不聚一聚？”

“哼，羽华，总有一天，我会报十三年前的仇，我会拧着你的脑袋，给我一家八十五口祭灵！”

“呵呵！”羽华的笑声依然平稳，“既然来了，还是留下吧。你若是一个人，许是还能闯得出我的血蝠阵，可惜，你还带了一个。”

“哦，是吗？我倒想见识见识你的血蝠阵，能不能困得住我们两个。”他搂紧了我的腰，我只感觉我的身子变得格外轻盈，像是一片在风中摇曳着的花瓣一样。他轻轻地点了点脚下的桃花枝，身体像是一阵风，轻飘飘地升入空中。

“御风术？”身下响起了羽华太子诧异的声音，而后就是一声冷哼，“呵呵，别以为有了御风术，就能闯得出血蝠阵。”

箫声再次响了起来，无数的血蝠忽地围着我们两个，宛如铁桶一般。我的脚下是悬空的，身子还在上升中。

已经到了一个极高的程度，那群血蝠依然紧紧地跟着。

无数的血蝠开始发动进攻，银面人放开我，我的身子少了他的托付，直线下落，忽然失重吓得我惊叫一声，将手中的折扇甩了出去。

血蝠朝我扑过来，啃咬起我身上的血肉，身上的肉被它们咬下一块又一块，但是瞬间又愈合如初。好在他们没有咬我的脸，不然我的人皮面具可就毁了，这人皮面具可没有自我修复的能力，到时候必然会露出我那张长满了龙鳞的脸，我想想就觉得恐怖。

双手死死地捂着我的脸，它们不能咬我的脸。银面人在圆月下和无数的血蝠厮杀，而我却在急速下坠，身上的裙衫早已被咬得破烂不堪。

我虽然不会死，但是我会疼，它们咬破血肉的一瞬间，带给我的是锥心的疼痛。

眼看就要摔在地上，我一边大叫着一边还不忘想着这下摔不死也得疼死。就在这个时候，远处却传来了一声嘹亮的鸣叫声。

听得银面人大吼了一声，“紫鹏，接住她！”

只感觉一阵狂风直扑而来，我没有摔在地上，而是掉在了一团软绵绵的东西上面，感觉到平稳了，我拿开手掌，睁开眼睛，天呐，我……我居然在一只巨大的鹏鸟的羽背上！

这只鹏鸟的羽毛是紫色的，同我身上的裙衫是同一颜色，原来银面人嘴里所说的紫鹏，就是这只紫色的鹏鸟。

这银面人到底是什么怪物，先是那头和我一般高的雪狼，现在又是这头巨大无比的紫色鹏鸟，天呐，这人不会是训练动物的吧！

银面人劈开围住他的血蝠，落在紫鹏的背上，手中的青色古剑上沾满了鲜血，一头白发也沾上了几处血滴，紫鹏嘶鸣一声飞入云霄里，身后无数的血蝠跟着。

“叶凝！”他忽然唤我的名字，我本能地啊了一声，却见着他竟然离开了紫鹏的背上。紫鹏飞得极快，几乎片刻就把他抛在了云层里。

我慌忙从紫鹏背上爬起来，大声朝后面喊：“喂，你要做什么？快回来！”

却听到他的声音响起，好像就在我的耳边，“你先走，紫鹏，护着她，别让她受伤！”

紫鹏呦地低鸣一声，声音凄凉无比，飞行速度陡然间直线飙升，我见着他的身形被无数的血蝠吞噬。一道华丽的身影踏着一只血蝠出现在云层里，他左手拿着一支黑色的竹箫，右手拿着一柄黝黑的弓箭，站在云层里。

那是，羽华太子！

他搭上箭，拉开弓弦，一支漆黑的箭羽穿破云层，带着刺耳的破风声，直朝我身下的紫鹏飞来！

箭羽整根没入了紫鹏的身体里……

“呦。”紫鹏一声哀鸣，巨大的身体直线下落，它努力地扑打着翅膀，艰难地稳住巨大的身体往前飞，绕过山峰，飞过河流。它带着伤，一路哀鸣，飞了半个时辰，流了半个时辰的血，终于落在了潺潺的流水里。

银面人被无数的血蝠吞噬，还有羽华太子与他作对，生死难知。紫鹏再也坚持不住，倒在了山河里，巨大的双翅扑在河流中，鲜血染红了整条河流，嘴里还发出低沉的哀鸣声，像是等不到谁来，它闭不上眼睛。

我泅入水里，绕过紫鹏扑在水面上的巨大翅膀，来到它的头前钻出水面，它宛如灯笼一般巨大的眼睛看了我一眼，哀鸣一声，巨大的头颅埋进水里，又忽地从水里抬起来，将我从水里抛到了岸上。

我倒在河岸上咳水，抛我的那一下像是用尽了紫鹏最后的力气，它巨大的头颅转了好半天才看了我一眼，低低地呦了一声，像是在叫我赶紧离开这儿。

我浑身无力，今夜，太惊心了。

第五节　紫鹏

紫鹏在水里扑打着翅膀，激起层层浪头，浪头浸过我的身体，寒寒凉凉。等我的身体恢复了一些气力，我重新钻入水里。它是救我才受伤的，我不能让它淹死在这儿，即便是它要死，那也必须等到银面人过来。

尽管它的身体大出我几十倍，但是我还要试一试，看能不能将它挪挪，至少别让它的脑袋浸在水里。

我泅水到它的头颅下，用尽了全身的力气，将比我自个儿身体还重上好几倍的脑袋往上举，即便是水有浮力，可我终归是个女儿身，没有那把子力气，我在水底支撑了小半个时辰，也没能让它的脑袋露出水面。

它还是扑打翅膀，可是，没了那力量，只荡出一圈圈涟漪，连浪都算不上。

我露出水面，换了口气，爬到它的脑袋上，倒了下去。

我知道它还活着，可是，我救不了它，用不了多久，它就会因为流血过多或者无法呼吸而死。

我不能让它在银面人还没回来之前就死去，即便我不知道银面人什么时候才能回来，或者还能不能回来。

它的血染红了整条河流，暮色深深，我也搞不清楚此间是何国界，我现在又落在何处。紫鹏的动静越来越小，眼看就要落气，我无奈之下，泅回岸上，搬来几块大石头，将它们运到紫鹏下面，一块一块地垒起来，直到让它的脑袋露出水面为止。

等我弄完这些，天，已经亮了，我钻出水里，露出个脑袋，面前的紫鹏颤抖着眼皮对着我望，我笑着道：“哎，你可不要乱动，要是把这几块石头弄垮了，我可没有力气再把它们一块块地垒上去给你垫脑袋了，要死还是等到那个怪怪的银面人回来了你再死。”

说完，我泅回岸上，倒在沙地上睡了过去。紫鹏漂在水面上，也不哀嚎了，安静得很，我们这一人一鸟，就着这一湾浅滩入了梦。

银面人回来的时候，已经是黄昏时分，那时候我还在睡觉，他却把剑直插进了我耳畔的沙地里，把我给拧了起来。

他对我说的第一句话是：“为什么不杀了它？”

我睡得迷迷糊糊，半梦半醒之间，我反问他：“杀谁？”

他把我扔在沙地上，指了指漂在水面上的紫鹏，“它。”

我的瞌睡醒了大半，倒不是因为摔的，而是他的话，“你……你要我杀了它？杀了紫鹏？

杀了这头鹏鸟？”我难以置信地朝他吼道。

他的话语冰冷，却满含怒气，“对，你让它受了整整一天的痛苦。”

我有些不相信自己的耳朵，什么叫我让它受了整整一天的痛苦？我救了它，要是没有我，紫鹏早就被淹死了，他怎么会见得到紫鹏？要不然，这会儿它早就不知道漂到哪里去了！

我有些愤愤不平，“那可是你的鹏鸟，你要我杀死它？你这主人是怎么当的，怎么狠心杀一个这样忠心你的鸟儿？”

他却踏着水面走到紫鹏面前，蹲在它的头颅下面，接下来的一幕，我这辈子都无法忘记。

他摸了摸紫鹏的眼睛、睫毛，将身子轻轻地靠在紫鹏的头颅上，声音是我从未听过的凄凉，“对不起紫鹏，你受苦了，下辈子，我做你的鹏鸟！”

紫鹏张开嘴壳子哀嚎了一声，在那哀嚎声中，我听出了凄凉、欢喜、悲鸣，见到了紫鹏巨大眼眶里装满了泪水，它的脑袋在银面人的身子上蹭了蹭……

画面到此，戛然而止，银面人手中的青色古剑刺进了紫鹏的喉咙里，那捅破血肉的扑哧声响在我的耳畔，像是一记闷雷在我脑子里炸开，我浑身忽然一颤。他居然亲手杀死了紫鹏，杀死他自己的鹏鸟……

离奇的是紫鹏没有哀鸣声，格外平静，它只是轻轻地闭上眼睛，倒在已经成了血色的河流里。

银面人还在水面上站着，我也站在岸上久久不能回过神来，直到天色再次暗了下来，河岸的沙地上点燃了篝火，银面人坐在我面前。他说，他要在此处停三天，陪紫鹏。

我没说什么，双手抱着膝盖坐在沙地上，点了点头。

他擦着手中的古剑，头也不抬地问我：“冷了吗？把自己抱成这样，倒是像个小兔子。”

我也不看他，实在不能理解他为什么要杀掉自己的鹏鸟，那样尽心的鸟儿他怎么会狠心亲手结果了它。我把头转向一旁，阴阳怪气地说道：“我也怕你会一剑杀了我。”

他却笑了起来，“你有不死心，我杀不死你。”

我不理他，倒在沙地上睡了。这几天奔波，也没好好休息休息，便捂着被子睡觉。虽然白日里睡了一整天，但还是犯困，就算条件不佳，睡的是沙地，比不得柔软的床榻还有舒适的锦被，但片刻也睡了过去。

夜里，我冷得发抖，努力地想睁开眼睛，却怎么也睁不开，迷迷糊糊之间，我感觉有人把我抱了起来，之后一片暖洋洋，眼前似有红光闪动，片刻，我就睡死了过去。

第二天清晨，夜里的篝火已经燃尽，醒来之时发现我距篝火的位置进了一些，而且，身上也多了一件蓝色的袍子。

是那银面人的，我拿着袍子四下打望，却没见着他的人，我以为他走了，可是看到那还漂在水面上的紫鹏，心想他也走不了……

当我看到立在水岸边的青色古剑的时候，更加确定了这个想法。

我把袍子叠好，放在那把古剑的剑柄上。在紫竹苑的时候，我只有沐沐一个随侍，叠被这些简单的杂事，我还是会做的，不过像浆洗衣物、炒个好菜我就不成了，不过，我很能吃的。

没有镜子，只能就着河水简单地整理一下仪容，这是我每天的习惯，睡醒了之后都要整理整理的。

水里的女人形容有些憔悴，头发有些凌乱，身上的紫裙也破破烂烂，好在脸上的人皮面具还算完好，没出什么岔子，我也就安了心。别的我都不怕，就怕这张人皮面具毁了，这荒山野岭了无人烟，我到哪里去找人皮面具替换。

我就着河水洗了一把脸，再理了理乱乱的头发。河水经过一夜清洗，已经恢复了清澈，当我抬头见着漂在河面上的紫鹏的时候，心底涌出一丝心酸。

第六节　东海登桓

这是个乱世，生离死别的戏码每天都在无尽地上演着，可能是我在王宫里住得太久，没见过生死，银面人一剑捅破紫鹏喉咙的场景不时就会冒上我的心头，紫鹏没有哀鸣，安安静静地倒在河水里的瞬间，我真的很想看看，那遮在银色面具里的那张脸，究竟是怎样的表情。

我坐在河岸边，看着紫鹏巨大的尸身漂在河面上发呆，身后响起熟悉的声音，“你就这样在乎自己的容貌，才睡醒就要整理整理？”

我回过头看了他一眼，他怀里抱着一堆干柴，一头白色的长发披在双肩上，脸上还是戴着那张银色的面具，右手提着一只还在淌血的野兔。

我把头转回来，不理他。

他自顾放下干柴和野兔，踏着水面走到我面前蹲下身子，昂着头看我。我鼻腔里哼了一声，不爽地将头转开，不理他。

他笑了起来，伸手把我的头转过来，声音还是那样轻柔，“怎么了？还使性子？”

我撇开他的手，“没有。”

我欲起身走开，却被他拉了下来，“想不想要一张好看的脸？”

我巴巴地望着他，“你能取了我脸上的龙鳞？”

因为我的不死心有着修复能力，即便是把脸上的龙鳞都扒光了，依然能够在短时间里自行愈合，因此，这龙鳞是取不下来的。

他没有回答我，脸上戴着面具，我也看不到他究竟是何表情。他纤细修长的手指朝我脸颊伸过来，我本能地往后缩，又听得他的声音在耳旁响起，“别动。”

他的声音像是有着神奇的魔力，不知为何，我竟会那样听他的话，竟然真的没动，就那样坐在那里。他揭开我脸上的人皮面具，我竟然也没有放抗，要是换成别人，我早骂娘了。

等到他将人皮面具完全从我脸上取下来，拿在手里的时候，我才反应过来，赶紧双手捂着脸，“还给我！”

我极度丑陋，这张长满了龙鳞的脸哪里见得了人，而他却掰开我捂着脸的双手。此时我恨不得我的脑袋能够转到背后，不让他看到我的脸，我尽可能地将脸转到最大限度，声音带着哀求，“别……别看。”

“叶凝！”他又唤我的名字，我愣了愣，他的声音又在耳畔响起，“别怕，转过来，看看这张脸，可还满意？”

“看看这张脸，可还满意？”他的这句话听得我云里雾里，身前像是多了什么东西，闪着光，我心跳到了极限，一顿一顿地慢慢转过头，面前是一面水做的镜子。

水镜里的女人，脸上没有龙鳞。

光滑的皮肤细腻而红润，宛如羊脂一般的皮肤没有丝毫瑕疵，这是一张极为精致的脸蛋。

“这……这是我的脸？”我颤抖的手抚摸上脸颊，果然细腻光滑，龙鳞呢？我脸上的龙鳞哪里去了？

我忽地站起身，那面水镜也跟着往上升，我一遍又一遍地抚摸着脸颊，心花怒放，欢喜得不得了，龙鳞没了，长在脸上好几年怎么也去不掉的龙鳞没了！

他也从水面上站起，一句话就让我从天堂跌到了地狱，“别以为龙鳞真的没了，幻术而已。”

“幻术？”刚刚还雀跃无比的心情又掉进了冰点，“这是一张……一张假脸？”

他脸上的银色面具点了点，绕开我把放在古剑上的蓝色袍子穿在身上，“以后，你也用不着这玩意儿了。”

我亲眼见着我的人皮面具在他的手中化成了飞灰，面前的水镜也化成了一摊水，掉进了河里，我长叹一口气，“虽然这是张假脸，但是总比我整日担心这人皮面具会被损坏的好。”想到这里，心情也畅快了不少，也明白了过来，他用一张假脸讨了我的欢心，摈弃了对他杀紫鹏的成见。

他坐在篝火前烤兔肉，我衣衫破烂，坐在他对面。他翻转手中叉在古剑上的兔子对我说：“下午你便就在此处，我出去看看这附近有无集镇，好给你换条新裙子。”

我看了看一身破破烂烂的衣裙，点了点头，问他：“你昨夜是怎么逃走的？那羽华太子好像不是什么寻常人，还有那么多的血蝠围攻你。还有你到底叫什么名字？雪狼是你的名字吗？对了，你好像跟那羽华太子认识？你们之间有仇？雪狼这个名字我好像在哪里听说过，可就是想不起来。我知道大周有个杀手就叫雪狼，而且我听说他身上有着两把剑，可是世人能见到的只有一把。还有，你和暮辰真的认识吗？”

他一时间忘了翻转手中的野兔。我觉得自己这一连串的问题问得太密集，不由得尴尬地低下了头。

“我就是你说的那个杀手雪狼。雪狼是狼族的王者，而阿狼是雪狼族的狼王，它自小跟我一同长大，跟我形影不离，因我杀人都会带上阿狼，所以大周人便唤我雪狼。”

我长大了嘴巴……

“至于昨夜我究竟是怎样逃走的,我自然是有我的办法。而暮辰,十三年前他救了我一命，我此来截你，也不过是为了报他的恩罢了。”

提到暮辰，心里又涌出浓浓的酸楚，“暮辰他……是怎么死的？”

他抬头看着我，“想知道？”

我连连点头。

“那好，等我们到了此行的目的地，我自然会告诉你。还有那条面纱，暮辰的女儿暮筝，她的事，我也会一一告诉你。”

“为什么要到了目的地你才能告诉我？”

他笑了笑，“这是暮辰的吩咐。再说，我也怕当你知道暮辰究竟是怎样死的之后会逃。”

我气急败坏，“你……你……”我想，这时候我还不能得罪他，他估计是唯一一个知道暮辰是怎样死的人了。他的脾性我还不是很清楚，要是他真的不告诉我，我估计永远也别想知道了。想到这一层，我压下心头怒气，问道:“我们这是要去哪儿？”

“东海，登桓。”

“东海？”我难以置信，“为什么要去东海？”

他不慌不忙地说道:“靖国势力太大，鹰爪遍布各大诸侯国，东海的登桓相传是座海上仙山，有古兽白泽守护，羽华的爪牙触不到那里，你也可保安全。”

他又接着说道:“别以为我们现在逃脱了羽华的手掌心，靖国有支秘密杀手团，名唤黑流星，是羽华一手建立。黑流星里的杀手个个身怀绝技，且杀人如麻。此番，我们要绕道韩国，而后借道黎国、卫国，过端河之滨下道沧海城，之后乘船出海直至登桓，行程遥远。”

我弱弱地问他:“有多远？”

他想了一会儿，“要论直线距离的话，八千多里吧，而若是我们这般绕道，一万多里应该是有的。”

我感觉双眼一黑。一万多里，天呐……

我忽然响起一件事，我这厢是逃走了，可……可北燕国可怎么办？羽华太子不会因为我的逃走而迁怒于北燕国，把北燕国给灭了吧？

我把这个顾虑说给雪狼，他听完之后大笑一声，“你还真以为羽华会对你们北燕国有兴趣？”

“难道不是吗？”

他连连摇头，安慰我说:“放心吧，要说这个世界上谁最了解羽华的性子，也就是我了，他的目的在你，而不是你们北燕国。准确地来说，是你的那颗不死心。”

我蹙着眉头想了一会儿，发现他说得有道理，之前羽华太子抢先占了衡谷关外的天堑，以致暮辰的数万大军被挡在横河以北，王城晋宁无兵可调，短短十三天下来，父王便将我交了出去。我才发现，原来我竟然这样值钱，居然一人换了北燕国十六座城池！

我倒是忘了，羽华太子要的仅仅只是我而已，或者说是我胸腔里的这颗不死心。虽然羽华太子此番出兵攻打北燕国有名有据，可我总觉得有些不正常。北燕国是个小国，相比靖国而言不过弹丸之地矣，在这乱世里，北燕国每年都交给靖国一大笔贡金税款以求靖国庇护，若真是靖王有令，一纸令喻下来便可，何须如此大费军力。

第七节　就这样吧

如今靖王卧床已有三年，朝中大事皆由羽华太子打理，此次出兵攻打北燕国也是他一手策划，真弄不清楚他为何会这般，莫非真的是救父是假，其实出军别有用意？

大周王朝里的众多诸侯国之间关系错综复杂，明里暗里地斗，这各种缘由也非我一个小女子能够猜想得明白。羽华太子的目的竟然是我，如今我逃了，那么他的注意力自然是会落在我身上，至于北燕国，估计还真如雪狼说的那样，他才没工夫搭理呢。

雪狼将烤好的兔肉递给我一半，我笑着接过道了声谢，好几日没有进食，只喝水，腹中还真有些空荡，三下五除二便啃了个干净，雪狼手中的兔肉还没开动，半只兔肉下肚，肚子里竟还觉得空荡。

我眼巴巴地望着他手中的兔肉。

他笑着摇头，将剩下的一半兔肉也递给了我，我不客气地接过，盘腿啃起来。

临近正午时分，雪狼提着青色古剑离开了，说是要给我找条好点的裙子换上，我满心欢喜，问他打算去哪里找。

他一点水面，荡起细细的涟漪，身子忽然消失在了茂密的山林里，飘来一声温柔话，“这千八百里还弄不来一条裙子？在这里好生候着，我片刻就回。”

于是我便坐在河岸边等，紫鹏巨大的身体漂在河面上，似乎在往下游漂，我叹下去一口气，“雪狼啊，你可要早些回来，不然紫鹏可就漂远了。”

我左等右等，苦等不到他回来。待到日头西落的时刻，我还没等到雪狼回来，却等到了另一头巨大的野兽，阿狼！

它从山林之中忽然间窜出来，差点没把我吓死。阿狼身形也极为庞大，四个爪子着地就能到我胸口位置，雪白的毛发、蓝色的瞳孔，威武得很。

它并没有理会我，而是直接跳到了紫鹏的背上，它撕咬着紫鹏头颅处的毛发，像是想要把它从水里拉出来，嘴里嗷嗷地叫着，带着呜咽声，声音凄凉悲惨得很……

见到这一幕，我僵住了，畜生尚且如此，雪狼怎会捅死一直跟随着他的紫鹏？如是有一天，阿狼也受了重伤，他是否也会用不能让它承受痛苦为由，捅死阿狼？

我不敢去想，将才因为得了一张假脸而好了些许的心情，又凉到了极点。

阿狼拖咬紫鹏的这一幕，看得我很揪心。

阿狼没能拖动紫鹏的尸身，将视线移到了我的身上，那双蓝色的眸子恶狠狠地盯着我，带着滔天的怒气，它龇着牙咧着嘴，忽地一下跳到我的面前，二话没说朝我扑过来，一口咬住我的大腿……

锥心的疼痛瞬间沿着大腿传入脑海，阿狼的两颗狼牙宛如两把森白的匕首，深深地咬进了我的骨头里，我甚至感觉到了骨头碎裂的声音。

我赶紧用手推它，一边推一边高声喊着："阿狼，不是，不是我，不是我杀的紫鹏，不是我，不是我……"

它却不为所动，依然死死地咬着我，一双凶恶的蓝色眼眸眨也不眨地望着我，嘴里还发出呜呜的哀嚎声。

"阿狼，住口！"一声暴吼伴随着一道青光将我和阿狼分开，我扑通一声摔倒在沙地上，腿上的伤口开始自行愈合。在阿狼的身前，一把青色的古剑深深地插在沙地里。

雪狼的身影从天而降，白色的青丝无风自动，四下安静得出奇。阿狼见到雪狼，平静了下来，朝他吼了两声，又朝紫鹏吼了两声，而后龇牙咧嘴地瞪着我，像是不把我一口吞下它心里不甘。

雪狼摸了摸阿狼的狼头，收起古剑放入剑鞘里，声音带着忧伤，"不是她，是我杀的。"

阿狼龇牙咧嘴的恶狠狠的表情瞬间垮了下来，难以置信地看着雪狼。

夜里，篝火噼里啪啦的响声有些扰，阿狼误以为是我杀了紫鹏，每一次看见我都会龇牙咧嘴，露出森白的獠牙。虽然雪狼已经跟它解释了，杀死紫鹏的是他不是我，紫鹏的死跟我没有半分关系，但是它依然对我凶神恶煞。

雪狼在篝火旁烤鱼，对我说："阿狼以为，虽然不是你杀的紫鹏，但是紫鹏也是因为救你才死的，紫鹏的死跟你有着直接关系。这头狼脾气很倔，有时候我的话都不听，也许它跟紫鹏都是畜生，感情深，过段时间等它想通了就没事了。它会对你放下成见的。"

我打着哈哈，"那是自然，整个狼族的王嘛，自然是有些脾气的。"心里却是百般惆怅，你说得倒轻松，那可是头狼啊，你以为是人啊！这也是你在，要是你不在，它还不一口把我给吞了？要一头狼王对我放下成见，说什么梦话啊？这语言都不通，怎么让它对我放下成见？

看来以后，我得一步不落地跟着雪狼了，要是被阿狼给嚼碎了，这不死心还能修复吗？

接下来的两天，不管雪狼做什么我都跟着他，好在自从他给我拿回衣裙之后，就没走过。我心里很庆幸，每次见到阿狼看我那恶狠狠的眼神的时候，我就更加庆幸雪狼没有丢下我。

他守着紫鹏的第二天晚上，我借着篝火看到他踏着水面在擦洗身子，解开蓝色的衣袍露出健硕的胸膛。阿狼在篝火旁趴着，我不敢靠近，我看它一眼，它都会露出森白的獠牙凶一凶我，吓得我赶紧远离它。

他肌肤若雪，今晚月正当空，白白的月光洒在河中央雪狼的身上，使得他的肌肤更加白皙，不过，便宜了我的这双眼睛，见到了一道道血窟窿东一处西一处地遍布他的前胸后背，这血窟窿是新的，应该是才受伤不久。

他像是发觉了我的存在，一阵风似的出现在我的面前，身上的衣服已经穿得妥帖，正在系腰带，那张银色面具依然妖媚诡异。

我偏着脑袋问他：“身上哪里来的这么多伤？”

他系腰带的动作顿了顿，笑着说道：“管那么多做什么！早些歇着吧，明天下午我们就要动身前往韩国。”

说完，他拔起插在沙地里的古剑转身要走，我在身后说道：“是不是被血蝠咬的？”

我被血蝠咬过，知道被血蝠咬过后留下的伤痕是什么模样，正是一个深深的血窟窿。

他没有说话，一头发白被夜风轻轻地掀起，一声不吭地走了，我在身后朝他吼道：“我的血可以让你的伤快些愈合，再重的伤顶多一炷香的时间就能愈合如初。”

他的脚步停顿了一会儿，飘过来一句很淡漠的话，“这些伤算不得什么，早些睡吧。”说完头也不回地走了。

我心里五味陈杂，这两日，他可全然不像一个身受重伤的人该有的模样，在那银色的面具下，到底藏着一张怎样的脸？

夜里，我怀着心事，很晚才睡去。

第三天下午，雪狼站在河岸边看着紫鹏，阿狼站在他身旁，我不敢靠近阿狼，隔着半近不近的距离，我问道：“你打算将紫鹏怎么办？不筑个坑埋了吗？”

他回头看了我一眼，苦笑一声，“还能怎样？”他声音沉了下去，叹了一声后，缓缓开口，“就这样吧。”

我难以置信，“你……你就这样让它在这里漂着？就这样让它腐烂，喂鱼？”

他抚摸着阿狼的脑袋，声音凉凉的，“不然呢？”

我提高了音调，气急败坏地吼道：“至少，你也该帮它收收尸吧？”

而他却说：“要是把紫鹏埋了，黑流星的人可就找不到了……”

我还没弄清楚他这话是什么意思，他已经走过来，一手拿着剑，一手拉着我，“叶凝，走吧，天黑之前，我们还要赶到韩国边境。”阿狼跟在身后，一步三回头。我们一把剑，一头狼，两个人走进了山林里，开始了我们的逃亡之路。

第八节　雪狼雪狼

山路崎岖难走，我自小都没怎样挪过步子，雪狼一路都牵着我，对我说此间距离韩国边境城池离桑城大约还有五十里的山路，翻过两座山也就到了。

我一听这话，差点没栽倒在地。

阿狼一路下来一声不吭，一双蓝色的眼眸盯着雪狼拉着我的手，怒气腾腾。

为了这一路走得不无聊，我和雪狼聊起了天。

“哎，我听王城里的一些闲侍们无事的时候闲嗑儿牙，聊起你的时候，说你随身都会带着两把剑，可是为什么我只见到这把青色的古剑？”

他回头看了我一眼，将我从一块大石头上抱下来，阿狼四腿一蹬跃过我和雪狼的头顶，呼呼地跑到了前头去。雪狼笑了笑，拉着我的手继续往前走，语气中有几分笑意，“这把古剑名唤青冥，是我师傅相赠。你们王宫里的侍从消息倒是灵通，在我身上的确还有另一把剑。”

“哦。”我追问道，“怎么没见着？”

他说道：“另一把剑是一把死亡之剑，其造就的年月比青冥还要早上个几百年，天下人唤它魔剑，曾一剑屠城，是把旷世凶器，我一般不用。”

“魔剑？”我小心地从一块石头跳到另一块石头上，疑惑地问，“为什么不用？你怕拿着它也发了魔怔，一剑屠城？”

他笑了笑，拉起我继续往前走，“是这样，它的确能迷人神智，让人入魔，不过那已经是几百年前的事了。魔剑刚出世，便被铸造它的铸剑师给碎成了九截，封印了起来，因而后世的人也唤它九劫剑。”

我问道：“为什么要毁了它，又为什么要封印起来？因为一剑屠城？”

他点了点头，“魔剑刚刚问世，便是整整一城的人被它吞噬了精血，给它祭了灵。铸造它的铸剑师拼了性命将它碎成九截，传说将自身灵魂融入九截断剑里，成了剑灵，一并埋在了被屠的城池废墟里，并让城中古兽守护，不许任何人染指。”

我追问道：“那怎么又到了你的手里？”

他忽然间停了下来，我一时间没注意，撞到了他的身上，他转身过来看了我一眼，我低着头退了两步。

他用手中青冥剑的剑柄挑起我的下巴，笑着问道：“你的好奇心好似很重？”

我干笑两声，“还成，还成，比如你的面具下到底是怎样的一张脸，我就很好奇。”

他挑起我下巴的剑柄放了下去，阿狼停在远处的一块巨石上望着我俩，吼了一声。他把我抱到一块山石上，而后一个跃身跳了上来，也不拉我的手了，一头白发在风中飘动，“快些走吧。”

他已经抬起脚步往前走，我在他身后喊道：“喂，雪狼！”

他停下脚步，后背对着我，话语轻飘飘的，“怎么了？”

我快走两步赶上他，“雪狼这个名字我喊得别扭，我想这也应该不是你的真名吧？我能换一个吗？”

他转过身看着我，沉默了半晌之后，声音沉沉地响起，“姬澈，你可以唤我姬澈。”

“姬澈？”我摸着下巴想了一会儿，偏着脑袋问他，“你的真名叫姬澈么？”

他已经抬起脚步往前走了，留下我还在原处发呆，“不，这是我师傅给我起的名字。”

我脑子有些反应不过来，雪狼、姬澈都不是他的真实名字，难不成他还有第三个名字，或者第四个、第五个？

我从未觉得，要想弄明白一个人到底叫什么，也是一件极为复杂的事。

“还不快点？”他已经在前方催我了，我赶紧追上去。

等到达韩国离桑城的时候，天已经完全黑了。

我爬了二三十里山路之后，已经累得精疲力竭。姬澈为了能够在天黑之前赶到离桑城，好心背着我爬了剩下的几十里山路，我很开怀。

他的后背很宽广，很温暖。阿狼在姬澈屁股后面跟着，恨不得一口把我给活吞了，我累得要死，没管它，在姬澈的背上晃晃悠悠地睡了过去。

到达离桑城下的时候，城门已经关了，姬澈把我摇醒放了下来。我迷迷糊糊间听到他在放下我的时候，深深地倒吸了一口凉气。

脑子有些不清不楚，但还是很快就反应了过来，应该是我弄疼了他的伤口，先前只顾着自己轻松，完全将他身上还带着重伤这回事给抛在了脑后，现在想想，心里还真有些过意不去。

因这一路上睡得太沉，也不晓得这几十里山路他带着重伤还背着我是怎样走过来的。

离桑城是韩国边城，在这个兵荒马乱的年代里，夜间城邸都是有着重兵把守，现在城门已关，要想进去看来是没有什么可能了。

除非，能够飞过去。

不过看着这个足有二三十丈高的城墙，我也只能无奈地摇头，“看来，今晚上我们又要睡草丛了。”

“谁说的？”他有些不以为然，哧的一声将手中的青冥剑拔了出来，阿狼偏着巨大的狼头等着他，他用力将手中青冥抛入天空，朝阿狼吼道，“阿狼，跳过去！”

阿狼龇牙咧嘴地吼了一声，一声咆哮过后忽地一下跳了起来，这一跳足有四五十丈的高度，完全跳入了云层里，身子达到最高点的时候，那把青冥剑正好出现在它的脚下，它把青冥剑当作跳板，竟然……竟然真的跳过了城墙。

我难以置信地张大了嘴巴，完全傻了。

这……这哪里还是狼啊，简直就是飞狼啊……

青冥剑飞了回来，准确无误地插入剑鞘里，姬澈的手环抱着我的腰间，温柔的声音响在耳畔，“走吧，今晚你不用睡沙地了。”

身体像是变成了一片落叶，又是这种很奇妙的感觉，仿佛只要有风，我就能够到达任何一个地方。

我们飞过城墙，落在城里空无一人的街道上，房屋密立，看上去极为繁华，巷子里梆子声声，却不见打更人。阿狼已经在巷子里等着我们，若是白日，阿狼这巨大的身形绝对能够吓跑整条街的人，我心想，这若是要去投宿，有阿狼在的话，绝对够呛。

第九节　取血

我正想着姬澈今晚会如何安置阿狼，总不能带着这样的凶兽去投栈吧，那还不把掌柜的吓死，最好还是让它流落街头的好些。

这个念头将将冒上心头，就听到姬澈摸了摸阿狼的脑袋，说道："阿狼，自己找地方歇着去吧，明天一早再来找我。"

我心底连连感叹，真是知己啊！

阿狼极不情愿地低着狼头消失在了漆黑的巷子里，等到阿狼完全不见了的时候，姬澈这才拉着我找住的地方，我笑着问他："哎，你就不怕阿狼找不到你吗？"

他笑了笑，"怎么会？阿狼从小就和我在一起玩，怎么会找不到。"

我闷着鼻子哼了一声，"那可不一定。"他只是笑了笑。

青石板铺成的街道窄窄的，蜿蜒曲折得很，拐来拐去，像是没有尽头一般，一连问了好几家客栈，都没有余下的客房。

姬澈领着我在空无一人的巷子里走了好长一段，终于有一家客栈有多出的客房。

白胡子掌柜靠在柜台上打瞌睡，店里的伙计正在打扫。

"这家掌柜，可还有空房？"姬澈领着我进了客栈，开口就问。忙碌的伙计见着有客人来，笑脸盈盈地过来接着，"有的有的。不知客家是要几间？"

我抢先一步说道："两间！"

姬澈说："一间！"

我说："啊？"

"啊什么？"姬澈摸了摸我的脑袋，将戴着面具的脑袋凑到我的耳边，"身上银钱不多了。"他直起身子朝伙计笑道，"一间就好。"

我耍起横来，"不成，就要两间！"

"你这会儿要两间也没有了。"在打瞌睡的掌柜像是被我们吵醒了，一边揉着眼睛一边说道，"今日从赵国来了一行好几百人的驼队，城里的客栈大多都客满了，也是将有客人退了房，才腾出来这么一间。两位要是不嫌弃的话，将就一晚，房钱也可便宜一点。"

我刚要说不行，却被姬澈抢先一步，"好，有劳掌柜的。"

我又要耍横，却直接被姬澈捂着嘴巴拖上了二楼。

房间真的不大，就一张床，一个人睡的话，倒是没有任何问题，可要是两个人的话……

我看着只有一张床的房间，心里那叫一个苦。姬澈也像是走累了，坐在圆桌上倒茶，还不忘给我倒了一杯递过来。

我这会儿心里苦得要命，哪里还有心情喝茶，笑着说:“我不渴，你自己喝吧。”走过去推开窗子，月光洒进来，屋子里得了光明，夜风徐徐，凄凄凉凉，我趴在窗棂上发了一会儿呆，想着今晚可要怎么睡！出生这十几年来，还从未同个男人在一间屋子里睡过觉。

听到姬澈放下茶杯的嗒嗒声，他的声音戚戚然地在身后响起，“今晚你睡床，我靠一靠就好。”

说完我见着他抱着青冥倚在柱子上，我无奈摇头，“也就只能这么着了，难不成还要我一个小姑娘熬夜不成？”

忽然有些口渴，便走过去圆桌倒水，他似笑非笑的声音又响了起来，“你不是说不渴嘛？”

碍于面子，我只能将还没提起来的茶壶放了回去。视线扫过桌面时，我发现了几处异样，基底殷红的鲜血滴在黑得发亮的圆桌桌面上，那正是刚刚姬澈坐过的位置。

他身上的伤口在出血了？我抬起头，痴痴地望着他，他的伤口在出血，难道他都不知道吗？他的脸上戴着银色面具，我看不见他什么表情，是若无其事还是龇牙咧嘴？

“怎么还不睡？明天的路还长着呢。”他的声音还是一如既往的柔情似水，丝毫听不出是受了伤。

“哦，茶壶里没水了，我下去提一壶。”我提着茶壶走到他面前，将他抱在怀里的青冥抢了过来，呼呼地跑过去拉开了房门。

“哎，你拿我的剑做什么？”他站直了身子，朝我吼道。

我笑嘻嘻地说道:“你不是说我们现在不安全么？那靖国的杀手组织黑流星随时都会找上门来，我拿着防身啊。”说完一阵风似的跑下了楼。

客栈的厨房里正烧着开水，我拿着青冥提着茶壶找了个最黑暗的角落，确定四下无人之后，解开了衣衫前襟。

我身上流着的血能够让人的伤痕在极短的时间里愈合，但是别处不行，单单只有不死心里的心头血方可有用。

我曾幻想过用我的心头血救父王、救母妃、救暮筝，甚至于救沐沐，却从未想过有一天，我会朝自己的胸口捅上一刀，去给一个才将将认识不过几天，连他长得是何相貌都还不清楚的杀手。

我找准心脏所在的位置，将青冥剑拔出剑鞘，紧紧地闭上眼睛，锋利的剑锋刺进血肉，刺断肋骨。青冥剑的剑身有着凹凸不平的诡异刻痕，磨得我的肋骨疼得要死，当剑尖捅进心脏里的那一瞬间，那种疼痛更是达到了极致。这是我第一次捅破不死心，捅破自己的心脏，那种疼痛像是要把我带入死亡，极致的疼痛迫使我呻吟了起来，却不敢太大声，只能发出低沉沙哑的呜咽声。

脸上的龙鳞开始发烫，同时还伴着金光在脸上流转，整张脸像是被扔进了炉子里一般，火辣辣地疼，并且这种疼痛从脸上瞬间弥漫至四肢百骸，我的身体像是被扔进了炉子里，整个身子都像着了火，疼得我满地打滚。

这是我第一次捅破心脏，没想到竟然能够疼到这种境地，我像是被放进了地狱里的油锅炸了一回。我咬着牙忍着到了极限的疼痛，将流出来的心头血引进茶壶里，见着差不多够了，便将青冥剑从胸口拔出来，这剑又在我的肋骨里磨了一回。

我浑身无力地倒在地上，浑身的灼烧感开始渐渐地退下去，胸口处的伤痕也开始缓慢地愈合，脸上的龙鳞放出的金色光晕也慢慢暗淡下去，最后消失不见。

我躺在地上大口大口地喘着粗气，这一次我好像真的是触及了死亡。

第十节　浮生梦（一）

我在地上躺了约莫得有半炷香的时间，身子才恢复了一些气力。厨房里烧得热水已经开了，冒着腾腾雾气，我将胸前的血迹擦干净，将衣衫整理好，又把青冥剑上的血迹用衣袖擦干，好在这是件紫色的裙子，即便是沾了血也丝毫看不出。

我站起身晃晃悠悠的，没想到捅破心脏竟然会这般难受，将烧开的水倒进茶壶里，见着灶台上有些枸杞，便抓了一把扔进茶壶，慢吞吞地朝楼上走去。

来到房门前，我停下脚步甩了甩脑袋，让自己显得精神一点，觉得差不多了，这才推开房门。

姬澈的话立马就在耳边响起，“怎么去了这许久的时辰？撞见鬼了么？”

我走到圆桌旁，将茶壶放在桌子上，笑着回道：“厨房里没开水了，店里的伙计也不见个人，想是睡觉去了，我只好自己动手烧了一壶，许是太倦了，竟靠在厨房里的柱子上打了会儿盹儿，这才回来晚了。”

我有些心虚地瞥了他一眼，他靠在柱子上，双手抱在胸前，脸上戴着面具，我也看不清他到底是啥表情。

我提起茶壶倒了一杯茶水，对他笑道：“我刚在厨房里见着有些枸杞，想起先前在王城里沐沐对我说过，用它泡茶喝晚上能够歇息得安稳一些，你要不要来一杯？”

我将倒好的茶递到他面前，不知是因为撒了谎心里犯虚还是怎的，托着茶杯的手竟然有些微微地颤抖。这茶因为加了我的心头血还有枸杞的缘故，红得像血一般。

他看了我一会儿，笑了一声，伸手接过，望了一眼杯中的红红的茶水，声音忽然变得有些低沉，“哪里来的一股腥味？”

我的心像是提到了嗓子眼，跳得厉害，赶忙哈哈笑了两声，“怎么会有腥味？哦，想是这枸杞放得时日久了些吧，放心，毒不死你的，快喝吧。”

他笑着一口将杯中的茶水喝了下去，我长出了一口气，悬着的心也终于落了地，谢天谢地！谢天谢地！

“血？茶里哪来的血？”

我刚刚才放下的心又提到了嗓子眼。

“你糊涂了吧，哪里来的血？”我转过身不敢看他，脸上不知怎么竟有些发烫，“我困了，先睡觉去！”说完就要往床上爬。

他却一把拉住我的胳膊，“叶凝！”他的声音里满是怒气，吓得我浑身一颤，我动作缓慢地转过身，堆出一脸僵硬的笑容，“干……干吗？”

“别忘了，我可是个杀手！过得是刀头舔血的生活，血的气味我再熟悉不过。”他松开拉着我胳膊的手，摊开胸前衣襟，露出结实的胸膛，左肩处，那恐怖的血窟窿在以一种肉眼可见的速度愈合，他露在外面的眼睛眨也不眨地盯着我。

我低下了头。

“我……我……”我吞吞吐吐，一句话也说不上来。

他语气冰冷地质问我：“你捅破了自己心脏？”

我低着头，“我，我……”

我并没有什么别的念头，他是来救我才受的伤，而紫鹏也是因我而死，打心眼里，我只是不想欠他的情。既然我救不了紫鹏，也就只好在姬澈的身上下功夫。我不怕捅破心脏的那种痛苦，只怕我是一种负累，这之后的千万里路，又有靖国黑流星的追杀，我只能在他的羽翼下庇护，却什么也做不了。

夜里，我躺在床上，拿出那条面纱，明明很累，却怎么也睡不着。姬澈坐在窗棂上，抱着青冥翘着腿，满头的白发在夜风中丝丝飘动，皎白的月光透过打开的半扇窗子投入屋子里，他的影子就铺在我的床前，犹见得根根发丝飘动。

他跟我说起了不死心的传说，我也才明白，不死心为何能不死的秘密。

他说，不死心之所以能不死，正是因为那龙鳞以及不死的心脏。龙鳞和不死心都有着修复伤势的神奇效用，若是心脏受损，脸上的龙鳞能够修复；而若是龙鳞受损，则心脏可以修复。因而，有了这双重庇护，即便是我脸上的龙鳞或者说胸腔里的心脏其中一个受到了致命的创伤，或者龙鳞没了，或者心脏被摘了，同样能够依靠留下来的心脏或者龙鳞修复。

正常人的身体有着七百二十道穴位，而拥有不死心的人却是有着七百二十一处穴位，比寻常人多出一处，那就是不死人的死穴。唯一一处能够致不死人死亡的穴位，名叫命劫。若以银针刺入命劫五寸三分，便能让不死心连同龙鳞一并进入睡眠状态，让不死的效用失效。到那时候，不死人将进入沉睡，没有心跳呼吸以及脉搏，同死人没有什么两样。若是有人乘机毁了龙鳞取了心脏，不死人，也就死了。

他的声音低沉，“叶凝，别拿自己的生命开玩笑，不死心并不是真正能够保你万古不死，若是你这一剑捅到了命劫，并且又刚好在五寸三分处……”

他说到这里没了下文，我心里纷乱如麻，看来羽华太子真的是有手段将我弄死，不死的秘密原来就在此处。

他叹了一口气，接着说道："其实不死心的心头血只要一滴，就足以让濒临死亡的人在极短的时间里恢复，你这番取的心头血，也太浪费了……"

我撇了撇嘴巴，这是我第一次取自己的心头血，没有什么经验。早知道不死心的心头血有这般神奇的效用，我就少放一点了，现在想想那小半壶的心头血，让我欲哭无泪。

姬澈没了声音，我撩开床帘，见着他侧着脸望着窗外高高挂在夜空中的圆月，满头的白发飘飘摇摇。虽然他戴着面具，我看不到他的脸上有怎样的表情，但是从他这副模样就不难猜测，他现在心事重重。

我看了他一会儿，他始终都是那个动作，坐在窗棂上，抱着剑翘着腿，望着夜空中的圆月，一动不动，活像一尊木头。我放下帘子，拿起了手中的素白面纱，此时，我想起了暮筝。

这一夜，我们两个隔着帘子，三尺距离，他看着圆月，我抚摸着面纱，各怀心事。

终于睡了过去，梦里，我见着了暮筝，回到了三年前，北燕国王城晋宁城里，那最偏僻寂静无人问津的角落，紫竹苑。

第十一节　浮生梦（二）

我出生之时，天降祥瑞，一连干旱了近半载的北燕国忽降甘霖。虽然我生下来模样就不怎么好，但父王说："小孩子生下来就是这样，等长开了自然是个美人，怎么说也是王族血脉，总不能长得太骇人吧？"

在我之上，有三个哥哥，父王独得我这一女，整日里乐得开怀，日日夜夜都抱着我，不让他人沾手。因我生下来就让北燕国普降甘霖，举国上下一片欢腾。五岁之时，父王便给了我康宁公主的封号，取盛世康泰、长乐安宁之意。

父王在王城里给我起了座宫殿，取名康宁宫。六岁时的一天，抚远将军暮辰进宫朝见父王，随带着将暮筝也带入了王宫。暮筝是武将之后，生性比别的女孩活泼好动，也很受父王的喜爱，她没头没脑地在王宫里乱跑乱窜，无意间就跑到了我的康宁宫里。

守门的侍卫挡住暮筝不让她进来，她却死活要进，嚷嚷声吵到了我。那时候沐沐便已经是我的侍女，同我一般年纪，是父王亲自物色出来伴我玩耍的。沐沐抢先一步跑出去，我一路跟在她身后，见着暮筝握着一把同自己差不多长的钢刀指着挡住她去路的侍卫大声地嚷着："你让不让我进？"

从第一次见面，我便被她那拿着钢刀硬闯康宁宫的气势所折服，我生性柔顺，她这与我截然相反的性格却深深地吸引了我。我把她领进康宁宫里，叫伺候我的那些宫侍们端来我最喜欢的糕点给她。虽然她性格跟我截然相反，但是胃口很得我意，端来多少糕点，她都能一并吞下肚子里，跟我相比简直是有过之而无不及。

那时候的我，脸上还并没有长出龙鳞，但是样子长得也很抱歉。暮筝有着很乖巧可人的脸蛋，天生丽质，却没曾想到，这样可人的脸蛋，怎就生出了一副男子的性格出来。

从小到大，我见得最多的就是暮筝身着白裙，虽是面貌身条俱佳，可怎也没有那白衣仙子的仪容，一天到晚活脱似个假小子，刀枪棍棒、斧钺钩叉每一件都能舞得风生水起，很有暮辰那股霸气。

虽然我贵为公主之身，地位尊崇，但是因为样貌长得有些随心所欲，往上的三个哥哥们都不待见我，也向来不跟我玩在一起。二哥叶方那时不在王城，可排除此外，不过，他也不待见我。

暮筝常常溜进宫里找我玩耍，守宫门的侍卫们拦了她几回，被她打得怕了，后来也就不拦了。我记得她偷过御酒到康宁宫里，然后搬来梯子叫上我和沐沐爬到屋顶上。长河落月下星辰点点，等我和沐沐喝醉了就被她一只手夹一个，扔进宫里。记得她溜进御花园里用轻功抓来一大袋子七彩的蝴蝶，然后关了宫门放在殿里，满殿七色彩蝶纷飞，那场景直到现在依稀记得。还记得有一回她随暮辰外出打猎，扛了一只同她一般大小的野猪回来，拖着我和沐沐非要去柴房烤肉，结果肉没烤好，倒是把房子给点着了。父王发了火，罚了暮筝禁闭，还连累了我和沐沐也一同受罚。

原以为暮筝这个假小子能够陪我玩耍一生一世，做我最要好的玩伴，可能我天生便是煞星，会害了身边所有人。

那场变故，发生在我十岁的那年寒冬。

晋宁城里白雪皑皑,天上落雪纷纷,地面银装素裹,整个康宁宫里都积了一层厚厚的积雪。

暮筝跑到王宫，说御花园里的池水都结了冰，要带我去见识见识她滑冰的技艺如何。沐沐怕冷,不愿与我们一同去,暮筝哼着鼻子说:“沐沐,你真不够意思,叶凝妹妹,走,咱们去！”不由分说地拉着我就朝御花园方向跑过去。

天寒地冻，又飘着雪，池岸的柳枝被积雪冻成了冰条，落在同样被冰冻的池水里，连成一条冰柱子，很是好看。暮筝的轻功很好，在冰面上滑得极为顺溜。我从未驾驭过冰刀，不敢下去，见着暮筝滑得开怀，心里又很痒痒。暮筝一个跃身从冰面上跳到我面前，拉起我的手说:“叶凝妹妹，别怕，来，我带着你。”

我听了她的话，心里放开了，同她一并下到结了冰的池子里。她带着我在冰面上飞驰，几圈之后，我也就掌握了要领，撇开她的手自个儿玩乐，几番尝试之后，也能玩出几个花样出来。暮筝直夸我聪明，得了她的夸奖，我心里更乐呵了，竟在原地做起了旋转，冰刀划开本就不厚的冰层，我直接掉了下去。

冰冷刺骨的池水眨眼之间就淹没了我，我不会水，身子只顾往下沉，挣扎间又打破了更广的冰层。暮筝见我在冰水里挣扎呼救，一个猛子扎了下来，寒冷的池水冻得我俩牙齿直打颤，身子麻木到失去了直觉。

她泅到我的身旁把我紧紧地抱住，我心里害怕，只觉得抓住救命稻草，死命地抓着她不放。她拖着我往岸边划，而我却双手双脚死命地挣扎，折腾得厉害，等到暮筝把我拖到岸边的时候，已经精疲力尽，而我也折腾得浑身无力。

她再也没有力气将我抱出御花园，倒在岸边，一半身子露在岸上，一半身子落在水里，来时为了玩得欢心，早已打发了那群侍卫走开，此时，自然是无人前来搭救。

夜晚，暮色落下，沐沐见我还不曾回宫，便出来寻我，这才发现我和暮筝早已被冻成了冰人，哭天喊地地叫来侍卫将我和暮筝抬回去。听沐沐说，暮筝把我抱得很紧，前来请脉的御医怎么也掰不开她抱着我的手。

我昏死过去大半个月，却只像是睡过去一觉，睁开眼睛什么事也没有，连点伤寒也没得，御医们说我身子骨好。可我觉得暮筝自小习武，身子骨自然是比我更好，而她却得了伤寒，三两个月下不了地，康复之后竟然还落下了病根，再也受不得丝毫伤寒。

别的女子越长大越是俏丽美貌，而我却是越大越丑，样貌随着年纪的增长而与日俱减。因我越来越丑，父王也就越来越不待见我，这次闯出来的祸事，我被父王直接罚出了康宁宫，到了紫竹苑，而暮筝康复之后，竟被父王关进了大牢。

这不过只是个意外，沐沐对我说起这事的时候，只感觉天昏地暗，不顾父王的禁令私自闯出了紫竹苑想跟父王道明缘由，求他对暮筝网开一面，却在朝堂外，偷听到了一个更加震惊的消息。

第十二节　浮生梦（三）

北燕国虽是个小国，但是很富裕。父王这些年沉迷胭脂，有些昏庸，但除了十年前的那场大旱，北燕国一向都是风调雨顺，子民富足。乱世里，这样一个富足但弱小的国家怎得安宁？魏国国君魏王眼馋北燕国已久，筹谋多时，终于对北燕国派了兵。

面对浩浩荡荡杀将过来的魏国军队，一向昏庸无用的父王慌了手脚，朝中大臣分战与和解两派。而那些大臣像是筹谋好了一般，全都主和，他们怕死，怕魏国的大军杀过来之时他们的高官厚禄再也保不住，怂恿割地顺从，将北燕国拱手让给魏国，让北燕国的子民变为那魏国的子民。而主战的一派，只有暮辰一个。

暮辰是北燕国的大将军，一生戎马，他不容许北燕国如此软弱可欺，他更不容许父王作为一国之君却丝毫没有作为一位君主该有的骨气，魏国的大军还未杀至国门便举着白旗俯首称臣。

他把青铜剑插在了父王的王座上，“王上，北燕国还未到无人可用的地步。食君之禄担君之忧，我暮辰这一生生是北燕国的臣，死是北燕国的魂。魏国主将的脑袋，我给你拧回来，我要让这天下人看一看，我北燕国不是谁人想欺就可欺的！”

暮辰提着手中的青铜剑，一身黑色的盔甲，宛如利剑一般的眼眸一一扫过朝堂上所有臣子，浑身散发出的煞气让所有人纷纷退步低头。他倒提着青铜剑走下朝堂，却在门口处停了下来，安静的朝堂里，飘出这样一句话来，“王上，阿筝，你还是挑个时间放了吧。”

我这才晓得，我那软弱的父王究竟做了些什么，那群臣子们又做了些什么，他无非是想用暮筝来打消暮辰要战的念头，所谓的责罚，不过是一个好听的借口。

三日后，暮辰率领三万北燕国精锐之师出征。出征时，白雪纷飞的天气里，没有父王的送征，沐沐帮我撑着油纸伞站在晋宁城上，落雪飘飘，天地苍茫。暮辰带兵向来很有手段，是少有的将才。虽然没有国君壮行，但暮辰的军队依然站得精神抖擞，豪气干云。我见着暮辰跪在雪地里，数万士兵割开手腕，发下血誓，出征前的豪言壮语飘荡在整个晋宁城里。

“好男儿保家卫国，不死不还！”

父王没有放了暮筝，虽然我求了他很多次，却只能让他对我更加厌恶。求到后来，他便再也不见我，甚至于不让我见暮筝一眼。

我知道，暮筝是他的赌注，若是暮辰凯旋，自是欢喜，暮筝自然会重获自由，有暮筝在父王的手里，那便是暮辰战胜魏国的动力；若战败，彻底惹怒了魏国，直接影响到的便是他的王座……

寒冬刚过，春的暖意还未降临北燕国，边关传来急报，急报以八百里加急直达王城深处，我不知道是一份怎样的急报，只知道父王龙颜大悦，放了暮筝，我心想，该是暮辰凯旋了！

他是凯旋了，不过，却无那凯旋之音。我原想，暮辰一定会骑着大马率领胜利之师搬兵回朝，却没曾想，没有归来的军士，也没有那举国欢腾的喜庆，有的只是十余个军士抬着暮辰重伤的身体，没有子民的欢呼，也没有父王的接见，孤零零地回到了他的将军府。

我问沐沐：“沐沐，怎就见着几个军士？临走时可有三万大军呢。”

沐沐低着头掉眼泪，“公主，他们……再也回不来了……”

三万大军的尸体，加上暮辰重伤的身子，换回了北燕国的健全，没有一城一池、一寸山河落入魏国的手中。

沐沐对我说起这场战事，说到暮辰的时候，我听得这样几句：

“他在战场上曾身中数箭还咬着牙关单刀匹马追敌百里，提着敌方首级倒在营帐外。营里的医士解开他胸前铠甲上的护心镜时才发现，一根被折断的箭羽插在他正胸前，伤口都已化脓多时。”

“伤势还未好得利索，敌方大军开拔欲要找暮辰复杀将之仇，在敌我双方兵力相差极为悬殊的劣势下，他带着重伤领着一支奇兵连夜摸进了敌方主帅大营，三百人的奇兵，回来的就他一个，伤势之重，王城里那群每月拿厚厚一叠金票子的御医一个个都说听天由命。”

对于父王和他的那群姬妾世子们，他们的医术倒次次相当有用处。

魏国败了，暮辰倒了，父王很高兴，他的江山可高枕无忧了，前去看过暮辰几次，说他是我北燕国的顶梁柱，可他的伤太重。他握着暮辰的手说："将军为国身先士卒，征战沙场，为国为民，置自身性命而不顾，如今江山安矣，将军的伤本王定倾举国之力疗养！"

他的旨意是下来了，可是暮辰主战得罪了朝中不少大臣，那群太医们不慌不忙，那些国之栋梁也在一旁乐看笑话，说他逞匹夫之勇，落得如今下场，怨不得他人，更怨不得他们，因为他们本身就打算割地求和，保全自身的，怪就怪暮辰太固执。

那时候，我还不晓得我的心就是传说中可让人不死不老、能让人起死回生的不死心，不然，也不会毁了暮筝。

这故事，还得从我那断袖的二哥说起。

在我之上，有三个哥哥，父王独得我这一个幺女。大哥和我一样，喜琴，也能弹出极好听的曲子，却不如我。三哥喜女人，他的宸华殿里储着不少的美人。大哥整日埋在琴韵里，三哥整日埋在脂粉堆里，不爱江山爱美人，从来都不务正事，对于朝堂上的高谈阔论向来都没有什么兴致。父王对他这两个儿子无可奈何，头疼着等他百年之后，这大好的江河该交给谁。

二哥叶方与大哥、三哥都不同，热衷权势，对于国家大事也都有自己的独到见解，在一些国家大事上，尤胜于父王，很得父王的赏识青睐。可他却有一个让人难以说出口的癖好，偏好美男子，是个断袖。

父王在风月里一向都很正经，这老子没有这方面的癖好，却不知怎就生出了这么一个儿子来。父王虽然赏识二哥叶方的才华，但对他那断袖的行径感到颜面无光。也许正是因为见不得二哥叶方这断袖的行径，本来该属于二哥的世子之位，就落到了大哥的头上。

第十三节　浮生梦（四）

父王久居高位，自然是很在意自己的颜面跟威严，就像我样貌丑陋，拿不出手，见不得人，索性就将我囚禁在紫竹苑里，免得我出去拿着一张怪物似的脸吓着了别人，失了他的面子。二哥虽是有着治国之才，但这断袖……估计说出去比我这张脸更能引起别人议论的兴趣，毕竟丑女常见而断袖不常见……

想来父王也是忧心将来他的江山落到一个断袖的手里，举国上下还不掀起一阵断袖风？光是国家的繁衍都成问题，更何况会让自己颜面无存，因此，虽知大哥并无治国之能，但还是固执地将世子之位放在了大哥的身上。

也许是天作孽，这风月之事从来都不正经的二哥，不知为何，竟摈弃了以往断袖的作风，看上了身为女儿身的暮筝。

消息不胫而走，传入了王宫深处父王的耳朵里，父王顿时大喜，他这唯一有能力治理天下的儿子，终于在男人女人的问题上正经了。一向处于权力巅峰的父王，自然是不会过问暮筝是否愿意，大笔一挥，国玺一盖，一道旨意下来，便定了暮筝的归属。

“暮筝是不会愿意的，暮筝她绝对不会嫁给一个断袖，绝对不会，绝对不会……”我一次一次地这样安慰着自己，没有人比我更了解暮筝的脾气，没有人能够强迫她，没有人能够逼她做她不愿意做的事。即便是有父王的旨意压着，她也绝对不会嫁给叶方，她一定会撕了那道旨意，拧着钢刀冲到朝堂上。她个性那样要强执拗，她会把钢刀架在脖子上，对父王说：“王上，你如果执意要暮筝嫁给叶方，那暮筝也就唯有一死。”

暮筝有千万种理由抗拒这道无理的旨意，她怎么会看上一个断袖？怎么会？

而我却听到暮筝说：“能嫁入王族，这是臣女的福分。”

我被父王禁了足，怎么也出不了紫竹苑，死过去一般坐在荷花堰旁的亭子里三天三夜。

婚事的前一天，沐沐终于跑过来，上气不接下气地朝我喊道：“公主，公主，暮筝来了。”

一听暮筝来了，我瞬间活了过来，一路小跑到正园，一身白裙的暮筝站在院子里，满园的粉红蔷薇花开得艳丽。

我在她面前停下奔跑的脚步，暮筝见了我，没有想象中的笑容。我刚要跑过去拉起她的手，她却屈膝一跪，拜在我的面前，“臣女暮筝，叩请康宁公主圣安。”

院子里的砖地上落了几片花瓣，红红绿绿，暮筝白色的裙摆扑在蔷薇花瓣上，像是盛开的白色莲花，我被她这一拜吓得站立不稳，踉踉跄跄地后退好几步，沐沐赶紧跑过来搀着我，我只觉得脑中一片昏暗，霎时什么也不剩。

我稳住脚步，沐沐赶忙过去拉暮筝，“暮筝，你这是做什么？”

可暮筝却怎么也不肯站起来，她推开沐沐，声音没有了之前的响亮奔放，带着丝丝如同刀子一般的语气深深地插在我的正心口，“君臣有别，王城中的礼仪万万轻视不得的。”

我想是暮筝着了魔障，她哪里是这个样子的，跪在我身前的真的是暮筝吗？我失魂落魄一般跪在她的身前，声音毫无情绪，“暮筝，我哪里得罪你了吗？几月不见，你怎变得这副模样？你起来，你起来！”

我朝她大吼，用尽了所有的力气将她拉起来。她抬起头，脸上毫无血色，眼神也毫无焦距，空洞得吓人。我偏着脑袋，歇斯底里地朝她吼：“为什么？为什么？为什么你要接那道荒唐的旨意？为什么你要嫁给那个根本就不喜欢女人的叶方？”

细风捎来一阵蔷薇花香，朵朵蔷薇迎风摇晃，四周了无生气，远处的紫竹发出沙沙的响声，我听到自己的心脏扑扑地跳得欢快。沐沐被我这声吼声吓得僵在了那里，一会儿看看我，一会儿看看暮筝，片片落红在我和暮筝的裙摆下翻腾，她低着头，半天没有一个字。

“你说话啊，你回答我啊！”我依旧朝她吼。

她一把将我推开，一个没留神，我被她推倒在地。她仰着头笑，笑得很大声，笑得很凄凉，笑得放肆，笑得我心里直发慌。

她停了笑声，低着头看我，我双目直视着她，她的眼角带着泪，她的话，每一个字都像是一把刀子深深地插在我的胸口上。

“叶凝，你们王族高高在上，像神一样俯览苍生，你们拥有无上的权力，他人生死，全凭你们一句话掌控。我父亲一生效命沙场，到后来落了个什么下场？生不得生，死不得死，你父王的承诺呢？他说他会倾举国之力为我父亲疗伤，可结果呢？我父亲只能躺在床上苟延残喘，夜夜咯血。我受够了，我不要我的父亲再像狗一样活着！”

她先前说得平静，说到后面竟变成了咆哮。我浑身再无半分力气，瘫倒在片片蔷薇花瓣上，父王，又是父王……

暮筝走了，随着片片飞花离开了紫竹苑。临走之时，她站在门口，身后有着片片花瓣萦绕，她的声音恢复了平静，“叶凝，明日清晨，你来为我梳发吧。”

我在地上一直躺倒深夜，沐沐呆呆地站在我的身旁，一句话也没有。

夜里，我跪在父王的寝宫外求了一晚，他终于答应明天让我去为暮筝梳发，不过格外强调，要让我把这张丑陋无比的脸遮起来，不能失了王族的颜面。

十五岁的暮筝，嫁给了一个根本就不喜欢女人的二哥。

翌日清晨，我叫沐沐寻了个银箔戴在脸上，天色还未全亮，我们便出了宫前往将军府。

眼看时辰还早，便想着前去看看暮辰。暮辰的房门外有重兵把守，他这一生为了北燕国树敌太多，如今重伤，生不得生，死不得死，若是没有重兵日夜守候，他早已死在成群的刺客剑下。

暮辰没有见我，守门的军士说：“暮将军身体虚弱，见不得风也说不得话，康宁公主的情，将军心领了，另叮嘱属下告知康宁公主一声，将军不望小姐能攀龙附凤，入得王族做得贵人，只望小姐的余生能够过得安安宁宁，一世轻安。”

第十四节　浮生梦（五）

我辞别了暮辰，随同沐沐前往暮筝的院子，房门虚掩着，我推门而入，见着暮筝坐在铜镜前，面容是前所未见的憔悴。

“你来了？”她也不回头看我，我点头嗯了一声，沐沐退出了房间，将门带上。整个屋子里都点着红烛，烛光闪闪，红绸层层，装饰得极为喜庆，可我却半分欣喜也没有。

暮筝像个活死人，我帮她穿好大红的嫁衣，她一点动作也没有，连抬手穿衣服都是我帮忙。我帮她系好腰带，将喜服整理得整整齐齐。整个过程中，她都是一动不动，脸上也毫无情绪，毫无表情，毫无颜色，苍白得有些瘆人。

我扶着她在铜镜前坐下，开始为她梳发，木梳刚刚拿到手上，暮筝一把抓住我的手，声音是我从未听到过的低沉、凄凉，淡淡颤音响在我的脑海里，“叶凝……”

我赶紧蹲到她的脚下，抬头望着她，她只喊了我的名字就没有了下文，我连忙问她：“暮筝，有什么话，你就说吧。”

她的眼里终于有了一丝极淡的色彩，我看得心里很欢喜。她松开我的手，拿过我手里的木梳，声音缓缓响起，“我自己来。”

我不清楚为什么她叫我来为她梳发，却说要自己来。我迟疑了一会儿，还是将手里的木梳交给了暮筝。

暮筝的头发很黑、很亮，也很柔顺，可这头发越是黑亮，就越显得暮筝的脸色苍白。我不清楚暮筝此时心底到底在想些什么，但从她空洞的眼神中，我也隐约摸索出了个大概。

她此时，心里一定也和她的眼神一样，一样空洞。

她梳发的动作很慢，每一梳都会梳上很久，细密的木梳划过她柔顺的青丝，一梳一梳，越到后来，动作越发得慢，每一次梳发，都会有一滴眼泪划过她苍白的脸颊，也像是一把把刀子划破我的心。

我只是在一旁看着。

她梳好了头发，我将凤冠霞帔拿过来，她没要我帮忙，一件一件地戴好，大红的喜服，纯金的凤冠。今天，本该是她一生中最漂亮的时候。

二哥并未亲自来接亲，只差来一群队伍，暮筝穿着嫁衣跪倒在暮辰的寝房外，重重地叩了三个头，这便算是拜别了父亲。

苇华殿里张灯结彩，大喜的灯笼高高地挂着。按照北燕国的风俗，二哥叶方须得前来踢轿，背着新娘子进门。可惜，自始至终也没见着二哥出门迎接他的新娘，只有我搀扶着盖着红盖头的暮筝，走过狭长的红毯，进了苇华殿的殿门。

朝中的臣子们一个都没少，来得整整齐齐，可每个人的脸上都没有带着参加婚礼那种该有的喜色，反而清一色都是冷眼冷笑。是啊，一个女人，要做一个断袖的妻子，这的确是个笑话。

我搀着暮筝走过红地毯，一步一步，像是永远都没有尽头。

婚礼开始时，才见着二哥搂着个美男欢欢笑笑地走来。司仪开始准备拜堂，这本该是暮筝和二哥拜堂，而二哥却牵着那个美男子的手，两男一女拜了堂。

我估计，这是北燕国自有封地以来，最为荒唐的婚礼。

宴席，直到深夜才散开。二哥自与暮筝拜了堂之后，就消失得不见人，同他一起拜堂的那个美男子也没见着，许是到了何处谈论风月了吧。

暮筝进了喜房后，就把我推了出去。我在房门外敲了好几个时辰，屋里也没有传来丝毫的声音和动静。直到这个时候，我依然不相信暮筝会嫁给二哥，嫁给一个根本就不喜欢女人的断袖。

暮辰说，她只希望暮筝的余生能够过得安安宁宁，一世轻安，可连婚事都这般儿戏的二哥，我难以想象，暮筝的余生会过得如何的悲戚。她才十五岁，一个女人最美好的年纪，以后的路，我无法去想，也不敢去想。

我见着二哥一身白衣，披着月光摇着折扇到了暮筝的门前，我怎么也叫不开的门，暮筝终于开了。

我摸黑走到窗角下，屋里的红烛照亮满屋子，月正高悬，洒满了一院的月光。今夜，月亮特别的圆，尤其明亮。

屋子里传出二哥叶方柔柔的声音，“我要的东西呢？”

听得暮筝反问道：“那我要的东西呢？”

二哥冷笑了一声，“我是个言而有信的人，天山的冰莲我已经派人送到了府上，有了冰莲，暮将军的伤很快便能康复如初。”

“那就好，你要的兵符。”

我瞬间明白了过来，月光铺在我半身紫裙上，身子一软，无力地瘫坐在窗角。月色很好，夜色撩人，满院子里只有微微风声。

暮辰的伤好得很快，那群太医们揽过了所有的功德，父王重重赏了他们，感谢他们救回了北燕国的顶梁柱。

我以为这是一场噩梦，却没想到，这只是一场毁灭的开始……

三年时间，侃侃而逝。暮筝成亲后的三年，我再也没有见过她一眼。暮辰，也三年没出现在朝堂上。这一天，是我十五岁的生辰，也是我一生噩梦的开始。

脸皮下潜伏了十五年的龙鳞，开始一片一片爬上我的脸颊，整个紫竹苑完全被一道金光笼罩着。除了紫竹苑里被金光笼罩的人可行走自如之外，金光之外的任何人但凡一触碰到那金光，就会被一股强横的力道震飞出去，任何人都靠近不得紫竹苑半分。

我的脸上一日疼过一日，像是有着无数的虫子在啃咬着我脸上的血肉，龙鳞一天比一天多，我的身体也整日被金光罩着。整个晋宁城里，三天无日无夜，完全陷入了一片黑暗，独独我那处紫竹苑，在无尽的黑暗之中闪着耀眼的金光。

十五岁子夜一过，一声撼动晋宁城的龙吟之声震碎了这三日里的无边黑暗，一头金色的虚龙盘旋在紫竹苑的上空，最后钻进了我的身体。

我昏了过去，醒来之后，一切都变了。

金光消失了，晋宁城里也恢复了光明，我的脸上长满了龙鳞，不死的传说，在我醒来之后诞生了。

我模糊地记得，在那金色的虚龙钻进我身体的时候，一个仙风道骨的道人举着佛尘，落在王城上空。

第十五节 浮生梦（六）

不死心一出，天下必乱，这是遥远的传说。人人都想不死，而得了我的这颗不死心，虽然并不能得到不死之身，但是，可保拥有不死心的人一生无病无痛，百毒不侵，再重的伤也能在极短的时间里自行修复，这便是诱惑，这便是战争的理由。

不死的心，只能在不死人的身上才有不死的效用，一旦不死心移到了一个平凡人的身上，离开了宿主，不死的能力也就消失了，因为平常人没有龙鳞。

魏国上次战败，三年之后卷土重来，虽然打的名号是报三年前的败军之仇，可天下人都知晓，实则就是为了我这颗不死心。

朝中的那群大臣们，还是同三年前一样的抉择。魏国这次出兵，比之三年前更加凶横。父王养着的那群臣子们皆是文臣，能扛刀布阵御敌的，除开暮辰之外，基本上是没有。这些文臣们书读得多了，道理自然是懂得多。以北燕国目前的情况，要想和来势汹汹的魏国硬碰硬地来战一场，完全是没得可能。况且三年前的北燕与魏国的那一战，已经是将北燕国的国防力量消磨了大半。

这回提出要战的，并非是暮辰，而是那已经得了兵符的二哥叶方。他摇着扇子站在朝堂上，语气平缓，毫无半分千钧一发的紧迫感，“我们若再一味地求和退让，这国家还成什么国家？父王，君王自当要有君王的骨气。”

他说的话与三年前暮辰的话毫无二致，只是没有当年暮辰的那股霸气。

三年不上朝堂的暮辰，终于重新披上了盔甲，拧着青铜剑走过城门，一路踏上百阶石阶走到朝堂里。他披着头发，身形比三年前消瘦了太多。他单膝跪在朝堂里，抬头看着父王，“王上，臣暮辰，愿领兵出征。”

就这样，二哥叶方为帅，暮辰为将。三年后的出征，许是多了叶方的缘故，父王送征，在数万军士面前，洒下三杯薄酒，还是当年出征时的豪言壮语，没了那满天的飘雪，和风拂煦，艳阳高照，二月的春风如处子的手抚摸过脸颊，撩开暮辰披散着的青丝。

“好男儿保家卫国，不死不还！”

这句话太过沉重，这誓言太过沉重，三年前的数万大军无一生还的惨状再次浮现在我的眼前，而这一次，更尤胜于三年前。我无法想象，这一回，那罪恶的战场上，又会被黄沙掩埋多少铮铮白骨。

“你不去送送他们？”我和暮筝站在城墙上，她依然一身白裙，可那脸上再也没有我熟悉的模样，阴冷，毫无情绪。

她拢了拢袖子，反问道："送什么？"

我回道："一个是你父亲，一个是你夫君，于情于理，你总该去送一程的，毕竟，这是出征……"

她打断我的话，"我只有父亲，没有夫君。"

我心底猛然一沉，暮筝却咧着嘴唇露出阴鸷的笑意，"他最好永远别回来……"

连着数月的烽火连天，血染长空，一份份边关急报相继传入王宫深处，北燕国边关的数座城邑在敌我之间反复易主。暮辰领军，我心里却很踏实，有他坐镇北燕国，我更加踏实。

暮辰行军领兵，摆兵布阵数当世英才。可我那二哥空有一腔热血，可太过刚愎自用，太过自以为是，手中又有兵权，暮辰无法尽心地调用兵马御敌，边关几座城池反复易主之后，二哥便忍耐不住，点齐兵马后，不顾敌我兵力悬殊，同八万魏军决战于衡谷关。

这一战，一连打了两天一夜，北燕国数万军队永远地躺在了衡谷关里，兵败的消息传入王城，父王直接摔下了王座。

朝中的谋士向父王进谏，不妨向靖国求救。已经是六神无主的父王听了这个建议，当即派遣使者前往靖国，拿回靖王亲手写的文书回到王城。条件是，北燕国向靖国俯首称臣，另暮辰不得再参与北燕国朝政。

父王闭门斟酌了三天，左右想来，同是俯首称臣，向靖国这样一个万乘之国称臣总比向魏国称臣有颜面得多。

父王点了头。靖国出军，不消三月时间，便将魏国的军队撵出了北燕国的疆域。自此，连着半年的战争告终。父王虽然还是北燕国的王，可再也不是那个说什么就是什么的王了，而暮辰，永生把守衡谷关，不得出关一步。

北燕国重回了安宁，暮辰永远囚禁在了衡谷关。二哥叶方回到王城，因吃了败仗，所有的情绪全宣泄在了暮筝的身上，原因没有其他，他以为自己的战略很完美，而暮辰却在战场上屡屡推翻他的部署，这次吃了败仗，变相地覆了国，过错罪责不在他，他的部署没有问题，原因都在暮辰。他觉得，暮辰虽然面上是从了他的令，但是在背地里一定做了什么手脚，才导致北燕国数万军队被埋黄土，弄成了现在这国不成国的模样。

而这时的暮筝，再也不是我所认识的那个暮筝了，变得格外能容忍。我不晓得究竟是什么让当初那个刀枪棍棒、斧钺钩叉都能舞得风生水起的暮筝，变成了如今这个整日沉默寡言，受再多委屈也不吭一声的小媳妇。

北燕国深秋的雨，寒凉凄美，如丝如线地飘落在晋宁城里，夭夭紫竹深处的青石桥上，假山池水绵绵阴雨，颇有几分唯美，巍峨王城，天地苍茫。

我站在青石桥上看雨，雨滴落在脸上，凄凄凉凉，池中一潭死水开放着的芙蓉花被雨水洗得很干净，朵朵艳丽。淅淅沥沥的雨，苍茫的天，宛如这个世界空余我一人。

一把油纸伞遮过我的头顶，隔开了如丝如线的雨，我想是沐沐，因为这紫竹苑里除了沐沐和我之外，再也没有其他人，便说道："沐沐，我不用伞。"

“这雨虽下得凄美，可有些寒凉，染了风寒可就不好了。”身后却是一个男子的声音响起。这声音虽是男子声，可却有着女子一般的细腻轻柔，好听得不行。声音有些熟悉，却想不起是谁，回过头去看，却见着二哥那个断袖夫人举着一把油纸伞站在我的身后。

他一身红装上绣着粉红的梅枝，如墨的黑发披在肩上，似如断崖上直泻而下的瀑布，一张红唇微微翕动，发出极好听的声音，“叶方哥哥近来脾气不好，总是无缘无故地发脾气，昨晚不知为何，一向温柔的他竟变得格外粗暴，今儿一早出了苇华殿，至今还不见回来，我心里有些想念，便出来寻他。”

“哦，他从不来我这儿的。”我对他笑了笑，转身要走，刚走出去没两步，他叫住了我，“叶凝妹妹。”

他的声音夹杂着淅淅沥沥的雨声，扰得我有些晃神，以前，暮筝也是这样唤我的。

我在雨中停下脚步，青石桥上，他又一次将油纸伞遮在了我的头顶，远处紫竹林晃下一片豆大的水珠落在池子里，激起层层涟漪。

他温柔的声音在耳畔响起，“暮筝她……”

“暮筝她怎么了？”我迅速地回身，急急忙忙地问。

“哦，没事。”他拢了拢袖子，沉默了一会儿接着说道，“最近叶方哥哥老是对她使性子。我深爱着叶方哥哥，但爱的也是温柔的叶方哥哥。这些年来暮筝在苇华殿里受的冷漠和委屈我都看在眼里，小可也不是不通情理的人，虽然我很爱他，但多个女子陪着他我也不是不能容忍……”

我偏着脑袋看着他，质问道：“你想说什么？”

他抿着嘴唇矜持地笑道：“他们虽有夫妻之名，可至今仍无夫妻之实，小可话已至此，叶凝妹妹应当明白了吧？”

我眯缝着眼睛上上下下地打量了他一番，心里兀然升起一股无名火，狠狠地朝他吼了一句：“滚！”

叶方与暮筝之间的婚姻本就是一场交易，既然他不爱暮筝，给不了她幸福，那就别碰她！

第十六节　浮生梦（七）

暮辰说，他不望暮筝能够攀龙附凤，嫁入王族做得贵人，只望她的余生能够过得安安宁宁，一世轻安。从她嫁入苇华殿的那一刻起，这不仅是暮辰的心愿，也成了我的心愿，比暮辰更加渴望她能够过得安宁，哪怕只像窗台的尘埃那般轻轻洒洒。

这年的隆冬，晋宁城里又飘起了雪。我正坐在荷花堰岸边的亭子里弹琴，近四年不见的暮筝撑着伞，依旧一身白裙，一头如墨的黑发，在纷飞的雪景里，缓缓向我走来，身后的雪地留下深浅不一的痕迹。

“暮筝！”我撇开琴台扑到她的怀里，我很怕她会再像三年前一样跪在我的面前，好在她没有，她的脸上又有了之前的笑容。

“叶凝妹妹，你这脸上怎么戴了个这么白的遮丑布？”

她一说话，我仿佛又回到了小时候，她偷御酒与我和沐沐在康宁宫的房顶上，满天星河，彼此对饮，仿佛又看到了康宁宫里七彩蝴蝶纷飞的场景，她终于改了口，唤我叶凝妹妹了。

沐沐见了暮筝，和我一样欢喜，欢快地跑出去端来一大堆好吃的糕点。我们三个，已经很多年没有再聚在一起大吃大喝了。我不知道暮筝因为什么变回了之前的模样,总之这一天，她很开心，我们喝了很多酒，直到夜色降临。

暮筝带着醉意离开了紫竹苑，并说，她以后会常来的。

我高兴得不行，我和沐沐送她到紫竹苑大门口。因为父王对我下了禁令，出不得紫竹苑，我也只能送她到院门口。

临走时，在那处闲亭里，暮筝对我说：“叶凝妹妹，你这面纱也忒素了一些，改日我得了空闲，与你在这上面绣朵海棠花可好？一定能够绣得极好看的。”

我惊讶地看着她，“暮筝，你……你什么时候学会刺绣了？”

“你都会弹琴了，我怎么就不能会刺绣，给我吧！”她伸手过来取我脸上的面纱。出于对暮筝绝对的信任，我自己取了面纱递到她手里，并叮嘱说：“一定要绣得极好看！”

她在我长满了龙鳞的脸上打量了很久，张大了嘴巴说：“当真是金光闪闪！”

这仅仅是一场久而未见的重逢，重逢后的分别，这应该是极常见的事，只是没想到，这场分别，会是永远的诀别。

我什么都不知道，父王对我封锁了所有消息，直到沐沐在王宫里打听出了消息回来告知我，我才晓得，这一次的重聚是一场诀别。

我埋怨沐沐，我怪我自己为什么送她走的时候，忘了为她点盏灯，为什么没让沐沐去送送她，为什么我那么笨，暮筝那么明显的变化我都看不出来。怪我，怪我只沉浸在重聚的欢乐之中，完全没有在意她那时候心底藏着怎样的血泪。

沐沐说：“公主，暮筝走的那夜没带灯，天黑路滑又飘着大雪，加之她又喝了酒，失足掉进了结冰的护城河里。暮筝身子本就带着病根，这次旧疾复发，引发了痼疾，早在半月之前，就已经离世了。还有，听那些为暮筝瞧病的太医们说，她腹中三个月的胎儿也没了。”

二哥，终究是没有放过暮筝，还是碰了她。我好像明白为什么暮筝放了刀枪棍棒却拿起了绣花针，当一个女人有了身孕，足以改变她的一切。也许她是想亲手做些小衣服小鞋子给她还没出世的孩子，也许她希望她腹中的孩子将来会是个女儿，做个不爱刀枪的女子，过平凡的生活，也许她认了命。

我问沐沐：“二哥知道暮筝有了身孕，他自己有了孩子吗？”

沐沐说：“不知。”

我看着一塘结了冰的池水，当年，暮筝就是从这儿把我拉出了冰池，如今，又是冰天雪地，两岸的柳条垂到池子里，和着池子里的水冻成一条条冰柱子。

“他最好不知道，这样，对谁都好！”

沐沐站在身后，好半天之后，才轻轻地嗯了一声。

…………

十几年间，那与现世里丝毫不差的过往就这样在我短短几个时辰的梦里，再回味了一遍。我不知这是不是算个噩梦，但能在梦里再见一次暮筝，不论这个梦是悲是喜，是欢是忧，我都觉得很满足，只是在从梦里惊醒后才发现我的后背满是冷汗，手中的素白面纱被我紧紧地握在手里，握得有些褶皱。

雕花的古窗依然有月光洒入，天还没亮，是我这个过往十几年的梦太短，还是这夜太长？我在梦里过了十几年，而醒来却只如弹指一挥间，迷迷糊糊的脑子让我什么也分不清。

之前坐在窗棂上抱着青冥的姬澈没了身影，我在不大的客房里打量了一遍，月色很明亮，虽然屋子里的红烛早已燃到了尽头，但我还是将一切都看得格外清晰，姬澈没在屋子里。

我揉了揉眼睛，心想他一定是在哪个角落里蹲着睡觉了，心下也没太在意，感觉之前捅破心脏而导致浑身无力的身体恢复了一些力气，睡得太沉，感觉有些口渴，便撩开窗帘前去倒茶。

刚刚端起茶杯，就听到姬澈的声音从窗外飘进来，“你也喝得下血，而且还是你自己的血。”

一听这话，我浑身都抖了抖，妈呀，这得昏到啥程度了，居然把这茬给忘了。

姬澈的身影从窗外飘进来，像是一片落叶一般轻飘飘地落在屋子里，他放下手中的青冥剑，坐在凳子上，抬头望着我，银色的面具有些妖娆，声音柔柔的，“做噩梦了么？脸色这么苍白。”

我有些慌神，许是从梦里还未完全醒转过来，忽然想起一件事，偏着头问道：“一张假脸你也看得出苍白？”

他笑了笑，不慌不忙起身去掌灯，“虽然是张假脸，但这张假脸的底子还是你的脸，你底子里是什么情绪，假脸也就是什么情绪。”

我只能无奈地摇头。

“口渴了吧，我去给你加壶水。”说着他提起茶壶就要出门。

我叫住他，问道：“你刚刚怎么不在屋子里？”

他转过头来看了看我，“出去了一下。”

姬澈回来得很快，提着茶壶站在桌前，笑道：“茶壶茶杯我都清洗了一遍，没什么血腥味，来。”

他斟了一杯热茶递到我面前，我接过道了声谢，问道：“你大晚上的去哪儿了？走了几十里山路，不累吗？”

他笑了两声，“出去转了转。”

“哦。”我端着茶杯喝水，话题一时间到了尽头，这大半夜的我也无心去找话题，喝了几口茶水润了润嗓子，就重新爬到床上睡觉。

下半夜，我辗转反侧，怎么也睡不沉，眼前总是暮筝的影子。姬澈在房间里枯坐着，安静得很，什么动静也没有。

第十七节　一样的脸

天刚拂晓，柔和的阳光斜斜地射进屋子里，客房的圆桌上摆放着一张银色的面具，我脑子迷迷瞪瞪，总觉得有几分眼熟，好半天才反应过来，这不是姬澈的面具吗？

他……他取了面具？

我急忙从床上爬起来，姬澈站在窗台前，青冥剑靠在他身旁的墙角上，留给我的是一个熟悉而又陌生的后背。

满头的白发在阳光下丝丝飘动着，身子也像是披上了一层薄薄的白纱。他微微偏过头，声音轻柔得很，“你醒了？”

“嗯。”我应了一声，他的白发将他的脸遮了大半，即便是偏着脑袋，我也看不见他的脸，只是在白发飘动间露出的间隙里，见着几寸如玉般光滑的皮肤。

“你……你的面具……”

我想问他今天怎么不戴面具了，却怎么也问不出来，话卡在喉咙口，吐不出来也咽不回去，直在嘴巴里打着转。

“你不是一直都想看看这张面具后面藏着的是怎样的一张脸吗？”他的声音带着几分笑意，缓缓地转过身体。也许是我太想看到他的脸，总觉得他转身的动作太慢太慢，我的心也随着他转身的动作迅速地跳了起来，浑身上下的每一根神经都绷紧到了极点。

等到他的身子完全转过来面对着我的时候，我像是要提到嗓子眼的心，瞬间停了下去。

羽……羽华太子？我瞠目结舌，他的这张脸，居然同那羽华太子的脸一模一样。要不是他这一头白发，我险些把他当成了羽华。

世界上真的有这么巧的事？这个世界上真的有两张长得一模一样的脸？

他一身蓝衣，一头白发，笔直地站在我的面前，脸上带着那如春风一般的笑意，长长的睫毛一眨一眨看着我，“是不是对这张脸很眼熟？”

我瞠目结舌，咽下去好几口唾沫，“是，是很眼熟。”

呆了一会儿，我才从震惊中清醒过来，低低地问他：“你今天怎么不戴面具了？”

他笑着往前走两步，拿起放在桌面上的银色面具，声音有些低沉，“人，总不能一辈子都把脸藏在面具后面吧！”

他这话说得不着痕迹。可是说者无心，听者有意。我自打脸上长了龙鳞之后，便整日地遮着脸，从不以本来面目见人。我还真想像他说的那样，一辈子都把脸藏在面具后面。即便是现在脸上没有面具，但这张假脸不就是另一个面具吗？

不是我愿意一辈子都把脸藏在面具后面，而是，如果我以本来面目见人，估计好几条街的人都会被我吓跑。

我受不了别人异样的眼神，把脸藏起来，是我最好的选择。

我咬着嘴唇低下了头。许是姬澈发现了他这句话说得不对，连忙转身安慰我："有时候把脸藏起来，也不失于一种明智的选择，我不是也戴着面具，才去截得你吗？"

他的话，一点安慰的作用也没有起到。

由于不晓得黑流星的那群杀手们什么时候就能追杀过来，姬澈说只能到了登桓之后才算安全，路途上耽误不得，用过早点之后，我们便启程。

姬澈抓了一大把金子丢给那个店小二，"小二哥，这里距离银江还有多远？"

"银江？"店小二得了大把的碎金子，激动得心花怒放，脸上的笑容都堆成褶子了，弯着身子乐呵呵地对姬澈说道，"不远了，往东不过十里路就是银江渡口，那里可是我们离桑城最为繁华的地界了，每天往来那里的各国船队多得数不清，客下可是要去银江渡口？"

姬澈右手撑在桌子上眯了眯眼睛，缓缓说道："不，你帮忙给找条船，停在银江渡口下十里，另外看这天色，应该过不了多久就要下雨了，再给添把伞。"

"下雨？"店小二偏着身子朝门外望了望，这晴空万里和风拂煦的，他龇着牙笑道，"客家，这天也不像是要下雨的天啊？"

姬澈的脖子直了起来，瞪了那店小二一眼，"怎么？这碎金子不够么？"

店小二赶忙说道："够了够了，就是买下这家店都有富裕！小的马上去办，马上去办！"

店小二满心欢喜地跑了出去，我朝姬澈的位置挪了挪，阴着语气问道："你不是说身上的银钱不多了吗？那你哪里来的这许多金子？"

他眯缝着眼睛打量了我一眼，哼了一声，"我还弄不来几个钱？"

我一愣，觑了他一眼，"你……你昨晚不会干了什么见不得人的勾当吧？"

姬澈不悦地转过头，"我是个杀手，不是飞贼，我只会杀人，不会偷鸡摸狗，也不会打家劫舍。"

我皱着眉头问："那你昨晚上出去转一转的意思是……"

"赚钱！这以后的千万里路，没点盘缠怎么行？"

店家小二得了不少好处，办事效率自然是极快，不到一个时辰又满面春风地站在我和姬澈的面前，"客家，一切都安排好了。这是你要的伞，出自离桑城里的制伞大家，是一把十二竹骨的油纸伞，你看看可还如意？"

姬澈放下茶杯接过店家小二递过来的伞，白色的伞面上画着黑色的梅树，梅枝上开着几朵粉红的桃花。我画画的技艺还过得去，这梅枝画得苍劲有力，布局也极为巧妙，只是那梅花看样子只是用朱砂点了几下，这算是个败笔，但一眼望去，也很赏目。

姬澈看了两眼，点了点头。店小二从怀里掏出半捧金子堆着一脸笑说道："客……客家，这余下的金钱，你……"

姬澈无奈地摇头，笑道："留给你了，以后也开家客店，记得多备空房，免得到时候没得住了，她又来耍横！"

姬澈的目光转向我，我脸上的表情慢慢地沉了下去，鼻子一哼将脸转到一旁，不理他。

青石巷里弯弯曲曲，曲折得很，虽然日头照得明明亮亮，但两旁的房屋密密麻麻，挡住了阳光，曲径通幽是这条巷子给我的感觉。

我抱着油纸伞走在青石小路上，姬澈一手拿着剑，一手牵着我，不时跟我谈论谈论这家木屋建造得如何，那家店面中卖的玩意儿是何出处。好不容易走出巷子，来到城门口，眼前豁然一亮，山水青青，湛蓝的天空中飘着几朵闲散的云朵，四月的春风拂过脸颊，带来阵阵清香，心情霎时舒展开来。

我们沿着一条向东的小河边往前走，姬澈这才跟我道明这段路程："银江流经韩黎两国，只在韩国境内擦了个角落，我们沿着银江顺流而下，不过八九日就能进入黎国，比走陆路快不少。"

我看了他一眼，他好像对各国的封地清楚得很。我因从来没有出过晋宁城，对这些完全不了解，浅显地来说，就是个路痴，我很佩服他这么识路，看他的眼神也多了几分崇拜。

中午时分，我们终于走完了这十里路，到了银江渡口下十里，滔滔银江水宽阔得很，对岸的青山只能见着极为模糊的轮廓，这条江面够宽的。

第十八节　银江

岸边泊着一条乌篷船，随着江面起伏，宽阔的江面上不见一只船，四周也了无人烟，阿狼低着脑袋从身后的草地里走出来。一见到阿狼，我下意识地抱紧了姬澈的胳膊，躲到他身后。

阿狼，可不待见我……

姬澈摇头笑了两声，"一头狼而已，就把你吓成这样？"他拍了拍我紧紧抱着他的手，安慰道，"没事，有我在它还不敢乱来。"

我直着脖子盯着他，"你不是说这头狼的脾气倔得很吗？有时候连你的话都不听。"

像是我这句话说得不合阿狼的意，原本低着脑袋看上去没什么精神气的阿狼顿时昂起了那巨大的狼头，龇牙咧嘴地凶了凶我。

我身子完全藏在了姬澈的背后。

他却蹲下了身子，摸了摸阿狼的脑袋，"阿狼，你听不听我的？"

阿狼收起了一副凶神恶煞的模样，像是一条加大号的狗，在姬澈的怀里蹭了蹭，轻轻地吼了一声。姬澈转过身抬着头得意地朝我说道："你看，听我的吧？"

…………

我们两个人、一匹狼上了船，姬澈和阿狼站在船尾，而我钻过篷子，坐到了船头上。我可不敢和阿狼靠得太近，它和紫鹏的关系应该很不错，而且还把紫鹏的死完全安到了我的头上。虽然杀死紫鹏的真的不是我，可我也没那能力去跟一匹狼敞开心扉谈一谈，让它放开对我的成见。除了姬澈，它可根本听不进我说什么，搞不好还会激怒它。

每次一看到阿狼看我那凶神恶煞的眼神，我都感到脊背一阵发寒。阿狼的个头实在是太大了，比一般的野狼大出两三倍，光是那宛如匕首一般的狼牙，光是那身形，估计就是遇到了猛虎，也不会落于下风，况且身旁还有姬澈这样一个高手在训练着，假以时日，定能横扫动物界。

其实我很想和阿狼搞好关系的，毕竟这之后的千万里路，日日跟它相伴，总不能一路都跟它板着个脸吧？但是我是人类，它是头畜生，我真不晓得该如何跟它交流，消除我和它之间的隔阂。毕竟一头狼的思维，还不是我一个人所能理解得了的。

姬澈在船尾撑船，青冥剑被他扔进了船舱里，阿狼就趴在他的脚下，一双蓝色的眼眸四下打望。他们站在一起，直接导致船头翘了起来，我一个女人家怎比得上他俩的重量。好在船行得稳稳当当的，虽然是翘着，但还不至于到了翻倒在江里的程度。

我坐在船头上，双脚吊在半空中，距江面不过几寸的距离，江中流水缓一些，并没有什么浪，平静得很，裙摆被风掀动，摇摇摆摆的。

"哎，姬澈！"我转身喊他的名字，江风暖暖柔柔，吹得我额前几丝头发飘动。

姬澈满头的白发被暖暖江风吹得洋洋洒洒，今日他并未束发，满头的白发就那样随意地披在肩上。

他一心撑船，也不抬眼看我，低沉着语气说："怎么了？有事？"

我扬着嘴角笑道："没看出来，这艄公的手艺，你也会啊？"

他也笑了起来，"出门在外，若是什么都不会，该怎么活？再说这撑船也不是什么技术活，我自小就会。"

我将放在身旁的伞拿起来，晃了晃，"难道说你连看天色也会？"

他依旧抿着嘴笑，依旧全身心地扑在撑船上，"成大事者，得天时、地利、人和，天时是首要条件。"

我沉默了一会儿，回道："你也想出人头地，成就一番事业？"

他只是笑了笑，"我现在只想把你平安地送到登桓，其他的，没有心思去想。再说了，这天下之乱，也非我一个杀手就能明白得了的。"

我皱着眉头问他："那把我送到登桓之后呢？"

他终于转头看我，撑船的动作也停了下来，乌篷船在江中顺着流水往前漂去，似如一叶孤舟。姬澈抬头看了一会儿天，低声说："做我该做的事。"

"该做的事？"我疑惑地望着他，"什么事？"

他蹲下了身子，抚摸着阿狼雪白的毛发，又偏头看了看放在船中的青冥剑，声音低沉又有几分伤感，"拿回那本该属于我的一切！"

我还没有反应过来他这话是什么意思，姬澈已经站起了身重新撑船，"我希望我们在前往黎国的七八天时间里，不要有太多的麻烦事！"

"麻烦事？黑流星吗？这都好几天了，也没来找我们麻烦，再说我们现在已经离开北燕国很远了，他们应该找不到了吧？不然早就杀过来了。"

他冷笑一声，缓缓说道："就是因为什么动静都没有才让我感到不安，况且我们现在所要提防的，可不仅仅只是一个黑流星那么简单。"

"哦。"我理了理额前被风吹乱了的头发，问道，"还有谁？羽华么？"

他摇头。

我继续追问："那是谁？"

他沉默了一会儿，说道："昨天晚上，我得罪了一个人。"

"谁？"

"韩国的世子，柏青。"

我张大了嘴巴，想起他今天忽然多出来的很多金子，顿时感到不妙，"你把韩国世子给抢了吗？"

他的话忽然变得有些冰冷，"我是个杀手，不干那种事，我只会杀人。"

我提到嗓子眼的心放了下来，"那就好，那就好。"却又感觉他这话好像有什么地方不对，将他的话好好地在脑子理过一遍，他说他是个杀手，只会杀人。

只会杀人？只会杀人？

我感觉喉咙有些发干，一连咽了好几口唾沫，眼巴巴地望着他，声音都有些沙哑了，"你……你该不会，该不会把韩国世子柏青给……给……"

他瞥了我一眼，声音毫无半分情感，像是在说一件无关紧要的事一般，"杀了！"

暖暖的江风吹在脸上，却忽感一阵寒意袭来，姬澈依旧若无其事地在船尾撑船，脸上冰冷如水，什么情绪也看不出。

阿狼趴在船上，瞪着双巨大的蓝色眼睛瞅着我，眼神中像是没有多大的精神。我想起来了，姬澈说他每次杀人都会带上阿狼，难怪见到阿狼的时候它一副无精打采的样子。

"你……你不会开玩笑吧？这里距离韩国王城少说也有好几百里，一晚上怎么可能跑个来回？"我依旧不敢相信姬澈说的是真的，杀了韩国的世子？天啊，他这还要我活吗？还说平安地把我送到登桓，像他这样惹祸行凶，怎么可能把我平安地送到登桓？

"来回不过两千四百多里，对我而言，算不得什么。"他的嘴唇抿开一丝笑意，语气淡得很，"再说这韩国世子本就该死，让他多活了这十三年，已经是很照顾他了，早在前去截你之前，就已经有人出大价钱买他的人头，我只不过是做了我早该做的事，顺带着拿些盘缠而已。”

“早就有人要杀他？是谁？”

他沉默了一会儿，缓缓开口，“他的弟弟，柏烨！”

第十九节 银江烟雨（上）

“他的弟弟？”我更加弄不懂了，“他弟弟为什么要杀他？”

他笑着摇头，“你的好奇心又来了……”叹了口气，歇了一会儿才接着说道，“当年韩国公欲立世子，柏青和柏烨都在韩国公的考虑范围之内，且更偏向于柏烨当世子。他们哥儿俩明争暗斗，使尽了手段要当韩国的接手人。柏烨当时还是个安分人，地位很尊崇，却不知怎的看上了一个风尘女子，柏青便拿此大做文章，并私底下派人把这个女子抓了起来。柏烨这个情种因担心自己心爱的女人遭柏青毒手，就主动放弃了世子之位。柏青当上了世子，但依旧没有放过那女子，也不知给那女子灌了什么迷魂汤，那女子最后跟了柏青，抛弃了柏烨，成了柏青的夫人，柏烨的嫂嫂。想来，这柏烨也是赔了夫人又折兵，那女子世出风尘，自是没有寻常女子那样通晓情理，瞧着柏青当上了世子，便再也瞧不上柏烨了……”

“然后呢？”我追着问。

姬澈瞪了我一眼，我尴尬地低下了头，我真的不是有意的，也不是好奇心，只是，这话总不能只说一半吧，多吊人胃口！

“然后，柏烨看透了那女子，也看透了自己的哥哥，表面上很顺从柏青，暗地里韬光养晦，蓄积势力，准备夺回本该属于自己的世子之位。可柏青也是个精明人，自是晓得柏烨不可能这样乖乖地做回那个安分人，一直也都是多有防备。柏烨安分惯了，脑子自然是没有柏青灵活，几番努力不成，便想到找人直接除了柏青。”

“他就找到了你？”

姬澈点了点头，“早在好几年前他就找到我了，虽然那时候我也很想除了柏青，但是一直没有空闲。今日抽出了身，又途经韩国，便想着把这件早该办的事给办了。”

“所以你就连夜潜入王宫，杀了韩国世子？”

“当然不是了，柏烨出的价钱很高，我想这本就是自己该办的事，顺带着卖他个人情，顺手也劈下了那个负他心的女人的脑袋，算是杀一送一，他这买卖做得也不亏……”

他说得云淡风轻，我听得心惊肉跳，顺手也劈下了那个负他心的女人的脑袋？这也算顺手？

他也许是看出了我的心思，笑道：“叶凝，世界上很多事都是无法避免的，比如我去截你，若不叫阿狼率领它的部族除掉靖国的八千军队，我如何带得走你？若不击退羽华，我如何带得走你？有时候杀掉拦路的人，只是为了让自己更好地活下去。乱世里，不是你拿着剑就能自保得了的，有些事，无法避免，无法逃避，无论你想不想做，都得做，为的只是能有一条命可以活下去。”

他这话说得不假，杀戮，有的时候，只是为了自己能够活下去。就像暮辰，就像数年前北燕国和魏国的那场战争，如果不击退魏国，如果没有数万军队掩埋在黄沙，北燕国也不会有之后几年短暂的安宁。

想要得到，就必须付出代价。姬澈想带走我，保住我的性命，就必须得用那八千靖国军队的生命来换，就必须击败羽华，就必须一路承受靖国黑流星杀手团的追杀，这是我人身安全的必需条件。这一切本来是该由作为当事人的我来承担，如今，却落在了姬澈的头上。

虽然他说的这些我都明白，可是，这跟柏烨倾心的那个风尘女子有何干系？和柏青又有什么关系？难不成要想杀死柏青,就必须先杀死那风尘女子？就如他想从羽华的手里带走我，就必须杀了那八千靖国军队击退羽华一样？

我并非怜惜那风尘女子，柏烨为了她放弃世子之位，也就等于放弃了韩国的江山，一个男子为她做到了这步境地，而她却背叛了柏烨，当起了这个能够为了她放弃天下的男子的嫂嫂，原因竟只是因为柏烨没能成为世子，却不知还是因为她，柏烨才没能当上世子。这等女人，若是换成我，也是会杀了的。

我只是不明白，姬澈说有些事是无法避免的，那也就是说他杀了柏青，就无可避免地要杀死那女子？

我想了好一会儿，心里才出现一丝明朗，问他：“听你这话，在你杀柏青的时候，那女子是和柏青处在一处？”

想来也就只有这样才能解释他那句话了。如果姬澈在杀柏青的时候，刚刚好那女子也在柏青的身旁，这厢姬澈杀了柏青，那么见到他行凶的女子自然是留不得了，一并杀了也合乎情理。

没想到姬澈却摇了摇头，我刚刚才为想明白而得了几分窃喜的心情又瞬间垮了下去，既然姬澈杀柏青的时候，那女子并没有在柏青的身旁，那他怎么还找着那女子去杀？世子的府邸可不是菜市场，可以任人随意走来走去，难不成只是因为他是杀手，杀人是他糊口的营生？又或者说只是因为他说的顺手，不让柏烨这桩买卖做得亏？

可如果只是为了买卖不亏的话，实在是没有那个必要，因为谁也不会给自己加活干，而且还是在价钱已经定了的前提下给自己加活干。

姬澈悠悠然地问我：“你怎么会这么问？”

我想了一会儿，回道：“因为我没有找到为何要杀那女子的理由，难道只是因为你做事公平，不让柏烨的这桩买卖做得亏了，或者只是因为顺手？”

他笑了起来，“你脑子里都想些什么？我杀那女子自然是有杀她的理由，要么有人给钱买她的命，要么她得罪了我，要么她妨碍了我，不然平白无故地我干吗给自己身上增命债。”

我挑着眉头想了一会儿，的确做什么事都得有理由。他救我是因为还暮辰的情，暮筝嫁给了断袖的二哥是为了他手中的冰莲，不爱女人的二哥娶暮筝是为了暮辰手中的兵符，那他杀那女子是为了什么？有人花钱买她的命？她得罪了姬澈，还是什么地方妨碍了他？

哎，虽生了一颗强悍的心脏，却没生个强悍的脑子……

姬澈见我这般眉头紧锁、百思不得其解的模样，终于对我主动地道出了原因。他一边撑船，一边看着银江两岸的景色，缓缓说道："柏烨安分得太久了，有些优柔寡断，虽然那女人已经是他的嫂嫂，他也看透了，可是早就在心底生了根的人，怎么可能说忘了就忘了？我担心他脑子一时又转不过来，又去招惹这个女人，到时候即便是韩王看得上柏烨，可个人原因里又纠结于这个嫂嫂，朝中的百官难免会有闲言风语。我知道他狠不下心杀了那个女人，所以，帮帮忙了……"

心中的疑惑终于解开，我露出了笑容，原来既不是有人买那女子的人头，也不是那女子得罪了姬澈，而是因为这个女子以后会妨碍柏烨的大事。

"你倒是很助人为乐的。"我阴着脸笑道。

姬澈只是笑了笑，叹了口气，"世间多少痴心人，覆了天下覆不了心，凭他这般拖拖沓沓，处处留情又优柔寡断，没什么用处，成不了什么大事。"

"那你还帮他？"这句话一说出来，我很知趣地低下了头，我这话说得真是太没水平了。

果然，姬澈就在一旁笑道："收钱做事而已！"

我的头低得更低了……

第二十节　银江烟雨（中）

银江两岸似有花色绽放，因船驶在江中，只见浓绿之中片片桃花色，开在银江两岸的群山上，似有花香飘来，淡淡的，和着银江水汽一并嗅到鼻子里，很提神。我忽然响起之前羽华给我摘来的那朵桃花，还有给他画的扇面，不知那被我扔下高空的扇子还能不能找到？

远处像是一幅水墨画，连绵群山中有雾气冉冉升起，视线朦朦胧胧，只见着一江江水岸，薇薇如灼的粉红色，闻得一缕清香，日头远远地挂在群山翠绿之间，放着红光，大片的红光洒在江面上，摇摇晃晃，漾着片片粼光。

小船稳稳地驶在江中心，两岸群山在雾色里慢慢地往后退去。黄昏渐进，江中升起的雾气越发得浓郁，群山完全隐在了雾色里，红红的日头一半露在江面上，一半沉到水底下，晕着红光，在水天相接之处，天色渐渐地昏暗下去，一江春水晚来风急。

姬澈的本事着实令我佩服，黄昏的最后一缕红光消失在江尽头的时候，我原以为这大好的天气必然会有大好的夜色送别那红红的晚霞，迎来银色的新月，可惜，一阵微风带着寒意夹着群山的云雾，不多时就压满了江中夜色，飘下霏霏夜雨。

天色还未完全黑下来，半明半暗里浑浊的空气，没了那一缕清香，细雨如丝如线，黄昏的雨不知能否算得上是烟雨霏霏。我坐在船头吊着双脚，做着凌空踏步的姿势，姬澈在烟雨中撑船，阿狼则被他叫进了乌篷里躲雨。

我不敢同阿狼同处，便只得撑开姬澈为我备好的油纸伞，雨滴顺着伞骨滴滴滑落，像是断了线的珍珠，紫裙被雨水打湿，在浑浊的暮色里似被染成了墨色，平静如水镜的江面在雨水落下的时候漾出细小的波纹，雨滴敲打乌篷哗哗啦啦地直响，却并未让我觉得吵闹，一江烟雨下一只孤船，四下只得淅淅沥沥的雨声。

白色的油纸伞上画着的梅枝染了雨珠，朱砂点的梅花娇艳欲滴，像是活了过来，在粗壮的梅树枝上欢喜那雨水。我微微旋转这手中的油纸伞，转过头对姬澈笑道："姬澈，你蒙得很准嘛，你看这雨下得多好。"

虽然姬澈暴露在细雨里，可是却不见着一滴雨水落在他身上，雨水都在靠近他身体的时候乖巧地绕了个弯儿，本该直直落在他身上的雨滴像是在有意避开他，很神奇。

他停下撑船的动作，一手靠在篷子上，一手拿着湿漉的竹篙，白色的头发在烟雨里依旧丝丝飘动，他笑了一声，"你好像很喜欢下雨？"

我微微抬高手中的油纸伞，笑道："银江春水两岸静，晚来风雨暮色沉，微微灼色雾迷离，一江烟雨只见卿。"我依旧带着微笑看着他，"这暮色烟雨，云雾笼山，两岸灼红，只得我俩相看，你不觉得很有意境？"

他撑着篷子的手抽出来摸了摸鼻子，"微微灼色雾迷离，一江烟雨只见卿……"思索了一会儿微微点头，看了看笼在雾色和烟雨里的银江两岸，嘴角勾起了一丝笑意，"是很美的景致，很美的句子。"

得了姬澈的夸奖，我乐得不行，伞柄在手心儿里转得更加欢快，甩出去一连串的水珠儿。姬澈见我这副模样，抿嘴笑着摇头，手中的竹篙猛地往江水里一插，精准无误地插了条三五斤的鲈鱼上来。

"别乐了，先填填肚子吧。"他弯身走进篷子里，跨过阿狼走到船头并肩和我坐在一起。我把油纸伞朝他的位置靠了靠，"来，别淋湿了！"

他又笑着摇头，"没事的，把伞收了吧，这雨落不到你身上。"

我连连摇头，"你见过哪个下雨天不打伞的？随你吧。"我叹了口气，一脸的无奈。

他拿了剑蹲在船头理鱼鳞，就着银江春水将鱼洗干净，然后插在剑尖上。我巴巴地望着他，指了指那条肥硕的鲈鱼，"这……这鱼就这样生吃么？"

"放心，不会让你吃生肉的。"他刮了刮我的鼻子，笑道，"你看……"

他缓缓伸出空着的右手，一层薄薄的光晕包裹着，凌空在那条鲈鱼上一抹，像是滚油锅里滴了一滴清水，发出滋滋的声音，冒出一股白烟和鲈鱼香……

"怎样？"他将鲈鱼递到我面前，原本还生的鲈鱼就像是被烤过了一样金黄，我深吸了一口气，真香啊。

“你怎么做到的？”我把伞塞到他手里，抢过他手中的鲈鱼，毫不客气地就啃了起来。

姬澈往我这边挪了挪，一把伞完全遮在了我的头上，自个儿则暴露在了绵绵春雨里，但雨水依旧近不得他身。一叶孤舟在江水里随意地漂着，我和他坐在船头，依旧还是把双脚吊在半空上，一边吃着鲈鱼，一边还不忘凌空踏上几步，摆摆小腿。

他就坐在我的身旁，为我撑伞，看着满江烟雨，缓缓说道：“练武之人真气分阴阳两种，当然也不排除一些不男不女的人练些诡异的童子功，真气不阴不阳，真气至阴之人可点水为冰，真气至阳之人，就可像我这般。”

他指了指我正啃着的鲈鱼，我顿时心领神会，头也不抬地点了点头，含着满嘴的鱼肉不清不楚地哦了一声，差点没把我呛着。

我给姬澈留了个鱼头和鱼尾巴，递给他，“你也饿了吧，尝尝自个儿手艺？”

他觑了一眼剩下的鱼头鱼尾，“你吃吧，知道你很能吃的，不够的话，我再抓一条。”

“多谢款待！”我冲他做了个鬼脸，着急忙慌地继续啃起来。

一江春水，茫茫烟雨，天色完全暗了下来，下雨的夜空没有一颗星子，漆黑如墨，船似乎依旧在随水而漂，一晃一晃。

偌大一条银江，只余一条孤船，伸手难见五指的黑。

我和姬澈并肩坐在一起，闲散得很，他转过脸笑道：“叶凝，不早了，躲到篷子里歇歇吧。”说着就要收伞。

我赶忙制止了他，“才不要呢，我还想再坐一会儿。”说着很不争气地打了个哈欠。

其实，我是怕篷子里的阿狼，我怕它趁我睡得迷迷糊糊的时候，一口把我吞了。

姬澈摸了摸我的头发，声音温柔得很，“好吧，随你，我陪你坐。”

雨滴敲打着伞面，滴滴答答。夜幕那样黑，什么也见不着，我从未经历过这般黑暗。紫竹苑虽然是王城里最僻静的地方，但沐沐每晚都会在苑子的各个角落点上宫灯，因为紫竹苑里就我和她两个，有些光亮心底便踏实些。就算是和姬澈在河滩上睡的那三天，他都点着篝火照我入眠的。若是我孤身一人置身于这般黑暗之中，一定会惶恐不安，很好，很幸运的是，这下雨夜里，船头上有姬澈陪着我，我很心安。

船，不知会漂向何处，无尽的黑暗笼罩着，油纸伞的竹骨滴下成串的小水珠，像是水做的珠帘子，姬澈拉了拉我的胳膊，将我的脑袋摁在他的肩头上，轻柔的声音合着淅淅沥沥的雨声响在耳畔，“叶凝，睡一会儿吧，这船偏不了方向的。”

第二十一节　银江烟雨（下）

他的身上有淡淡的梅香，和羽华一样的香味，只是这香味没有羽华那样浓郁。我抬起头将下巴挂在他的肩膀上，鼻尖抵着他的脸颊，闭上眼睛露出舒心的笑容，“姬澈，可别把船开偏了哦！”

他没有说话，依旧稳稳地为我撑着伞。

我的脑袋离开他的肩膀，将吊在船头上的双脚都收回来，窝进了他的怀里，趴在他的腿上，扬着睫毛看着他的脸，高挺的鼻梁俊美的脸，如雪一样的白发盖住了我的脸颊，随风飘动间挠得我脸皮有些痒。

“这个姿势舒坦些，你不会介意吧？”我伸出小指撩开他披散着的白发，指尖划过他细腻的脸颊，滑滑的，似温玉一般暖。因为拉长了身子，油纸伞只遮住了我的上半身，下半身则露在了烟雨里，可依旧没有一滴雨落在我的裙子上，它们都很乖巧地绕开了我，落入如墨般漆黑的银江水里。

他垂下头，露出一丝和缓的笑容，“不会……”

“那就好！”我把头埋进他的双膝间，这算不得多好看多优美的睡姿，不过，我却睡得很舒坦，他身上极淡的梅香很快就让我入了眠。

姬澈安静得一句话也没有，呼吸那样稳，伞打得也是那样稳，睡得迷迷糊糊间，我感觉有双手抚摸着我的脸颊，拨弄着额前的头发，那样轻柔，那样柔软，像是暖暖春风拂过，又像是轻纱划过指尖那般顺滑，暖暖地、慢慢地划过我的额头，脸颊，颈项，带着淡淡的梅香，似听到有人在耳边低低地说着什么。

“绮晋，绮晋……”

我翻了翻身子，说了句梦话：“沐沐，你又调皮了，改天定得叫暮筝好好收拾收拾你……”

又像是忽然想起了些什么，半睡半醒脑子里乱得像浆子，“姬澈，看好你的狼，那头雪狼王可不待见我，你杀了紫鹏它却把罪全堆到了我的身上，你对不起我，让我受了委屈，得了冤枉，别让它把我吃了，别让它把我吃了……”

声音慢慢沉了下去，而后，睡死了过去。

这夜的鲈鱼没有调料，算不得美味。这夜里烟雨迷离，银江雾笼，虽然之后的逃亡路上美景无数，比之更美者有之，可我却怎么也不觉得，有这夜鲈鱼味美，有这夜的烟雨夜景美……

在之后的很长一段时间里，我再也没吃到过这样的美味，见到过这样美的烟雨……

我在姬澈的双腿间迷迷瞪瞪地醒转过来，天色还没亮得有多清澈，半浑半浊，雨下了一整夜，到现在也没停，依旧飘着毛毛雨。

身上裹了一件蓝色的衣袍，是姬澈的，裹得很严实。我费力地睁开了眼睛，他还是那个姿势，不过我记得我本该是躺在他腿上的，而现在却被他单手紧紧地抱在了怀里。

“醒了？”他低下头，露出一丝笑容出来，一头白发披在他的身前，落在我的脸颊上。

我回了他一个笑容，在他怀里点了点头，身体被他紧紧地抱着很温暖，感觉不到丝毫的凉意，尽管烟雨霏霏，风清凉凉。

我撩起他垂下来的一缕白发，在手指上绕着圈，微微翘了翘腿，让身子窝得舒坦些，笑着问他：“你不会一整夜都这样坐着吧？”

他握了握手中的伞柄，并没有回答我，只说道：“我怕吵醒了你。”

我脸颊不由得有些发烫，他这话说得也太贴心了些，躺在他怀里是我从未有过的踏实感觉，从未有人对我如此贴心，从未有人这样紧紧地抱着我，我红着脸，收回眼睛不敢看他，身子却在他的怀里扭了扭，靠得更近一些。

他伸手扳过我的脸颊，垂着一头白发望着我，心里不知何来一股慌乱，不敢去看他又很想看着他，脸上的滚烫感一阵强过一阵，像是脸上的龙鳞又在泛着强烈的灼烧感一般，是我的心出了问题，才导致这龙鳞有了反应要修复这不死心？

他鼻孔呼出的热气飘过脸颊的时候，这种感觉更加强烈，我感觉像是有一把火在脸皮下燃烧着，烫得不行，心里一下子慌乱到了不知该如何是好的地步，扑扑地跳得那样欢快，像是要从喉咙口里蹦出来，壮了胆子抬了一下眼皮瞥了一眼，又赶紧收了回来。他的脸离我的脸不过三两寸的距离，高高的鼻尖距我的额头更是不过寸毫，这一看不要紧，一看心里就更加慌了。

我想我现在的脸一定跟那猴屁股差不了多少，尽可能地将头全部埋在他的怀里，不能让他见着我这副羞涩的模样。

“你还不起来？”

他这话说得云淡风轻，像是风过山岗无痕无迹，却听得我心神荡漾六神无主，慌乱得连自个儿的形象也顾不上忽地一下就站了起来。

面前悬浮着一块水做的镜子，姬澈收了伞，蒙蒙烟雨依然落不到我们的身上。他抖了抖手中滴水的竹骨伞，对我笑道：“你的习惯，自己整理一下吧。”

说完身子一晃就消失不见，再出现已经是站在船尾，在蒙蒙烟雨中拿起竹篙，接着他今天的工作。

我满心欢笑，手指摸了摸嘴唇，露开一丝笑，低着脑袋偷偷地乐了好一会儿，心里欢喜得不行，比那嫁不出去的丑姑娘上了花轿还要欢喜几分，心底想着，要是这条路永远也没个终点该有多好，这银江永远没有终点该多好，这条路程再也没有别的人就我和他该有多好，他能这样一直陪着我该有多好。

今天心情大好，对着水镜整理仪容的时间都比以往长了不少，我特意为自己绾了个发式，整理了又整理，身上的紫裙也理了一遍又一遍。姬澈在后面一边撑船一边看着我直摇头发笑。

我跪在船头捧起一捧水朝他扔过去，“有什么好笑的？”

他抬头看天假装无辜，“我有笑吗？我怎么不知道？”

我泼他泼得更狠了，说也奇怪，那些雨水怎么也落不到他身上，可我泼的水却是每次都能落到他身上，我很得意，得意之下，免不了泼得更欢，姬澈却也不和我嬉闹，一路都哭笑不得的样子。

这毛毛雨一直下到中午才停下来，一整天都是阴气重重，不见阳光。船前行了三五天，这几天里，前两天姬澈都在银江里给我抓鱼吃，什么鲈鱼草鱼胖头鱼，每次都不抓重样的，虽然我食欲很好，胃口一向很好，但是顿顿都是没有调料的鱼，实在是很难将就，吃了几顿之后，就全孝敬给了阿狼。

姬澈说：“你就忍忍吧，现在还没出韩国境内，我杀了柏青，人家可不会就这样算了的。这条银江两岸，数百里都没个人烟，再说为了你的安全，我也不能丢下你一个人出去几百里之外给你找吃的，毕竟韩国的军队可比黑流星的人马多多了。”

我坐在船头双手一摊，“那好吧，那我就不吃了，反正我有颗不死心，十天半个月不进米水也不碍着什么。”

我原想，我这句话怎么也得让他着紧着紧吧，竟没想到他却像是逃脱了责任一样当即松了口气，“那感情好，以后我也省了些麻烦事了！”

我做出一副恶狠狠的模样，盘腿坐在船头上，抱着手肘眨也不眨地直盯着他，嘴巴也噘得老高了，鼻孔里一呼一吸皆是厚重声。我不眨眼地盯了他两个时辰，他若无其事地只管撑船，完全无视我。

你这个混蛋，怎么忍心让我饿肚子！我在心底把他咒骂了千百遍。

第二十二节　危机顿生

直到中午，我依然还是那个怒气腾腾的样子坐在船头上，却不察觉姬澈已经将船靠在了岸边。

他一边放竹篙，一边摇头叹息，“当真难伺候，阿狼，帮我盯着她，我去去就回。”

阿狼从篷子里晃晃悠悠地爬出来，看上去不怎么精神。狼终究是个陆地动物，在水上漂久了，没什么精神很正常。

我还没明白过来怎么回事，姬澈已经提着剑站在了岸边，阿狼一双眼睛无神地瞅着我，没底气地吼了两声，搭了搭嘴皮子。

他不管我了么？我心里顿时涌出一股害怕，连忙收起那股凶样子，眼巴巴地看着他，“喂，你要去哪儿？”我的声音也变得和阿狼一样没了底气了，完全没有之前和姬澈怄气的那股凶样，变得有些不知所措和心虚。

他转头看了我一眼，笑道："我去看看有什么野味之类的，别担心，我很快就回来。"说完就叮嘱阿狼，"阿狼，别淘气！"

阿狼没理他，默默地将头转向了一旁，只拿眼角的余光打量着我，那余光中满是不屑和藐视！

从这天起，我旅途中的伙食就得到了极好改善，从河鲜改成了野味。每到饭点的时候，姬澈都会将船靠岸，然后用极快的速度冲进山林里抓一些山鸡野兔之类的给我填肚子，并且每次抓回来的野味都不同，如果今天吃了野鸡，那么明天绝对不会再有野鸡出现在我面前。烹饪的方式也从之前单一的用真气直接弄熟，变成了之后的烧烤水煮，我发现，他不仅有着艄公的手艺，估摸着还有做大厨的潜质。

一连顺着银江水漂流了七天，不多时就能走出韩国境内抵达黎国，我终于不用整日都待在船上，可以像个行走动物在地上走走跑跑。离黎国越来越接近，我就越发变得兴奋，整日坐在船头询问黎国怎样怎样，有什么好玩的东西、好吃的东西，和我们北燕国有什么不同。起初姬澈也很乐意地说给我听，可我问得勤了，最后他只敷衍了事。

和我越来越兴奋的心情相比，相反的，离黎国越来越近，姬澈反而变得越来越愁眉不展，脸上的笑容也越来越难见着，取而代之的是整日愁眉紧锁。

在我们漂在银江里的第七日黄昏，夕阳半沉半露在银江水里，我终于开口问他为何这几日都一副心事重重的模样。

姬澈放下竹篙，任由乌篷船随水而漂，抬着一双深邃的眼眸看着我，"叶凝，你不觉得我们这一路走得太顺了一些么？"

我疑惑地反问道："顺当一点难道不好吗？你还真想出些什么事啊？"

他摇了摇头，"我杀了韩国的世子，已有七天时日。按理说，现在整个韩国都在翻天覆地找我，以韩国的实力说，一定早就追杀了过来，可到今日已经整整七天了，却什么事也没有。还有，羽华的黑流星在大周称得上是最顶尖的杀手组织，他们要想找一个人，会用这么久么？"

"也许是他们真的还没有找到我们也不一定呢。"我笑着说道。

姬澈连连摇头，"如果是韩国的人没有找到我们，我信，可如果说连黑流星的人也找不到我们，那就不可能了。我是个杀手，黑流星有多可怕，我最清楚。"

他的一番话下来，我感觉到的确是很不正常。以姬澈的身手对黑流星的评价都如此之高，那绝对是一个极其恐怖的杀手组织，再说靖国的实力远远高出韩国，他们的确不可能整整七天下来还没有找到我们，而且我从羽华的手中逃走，早已经不止这七天了……

我颤抖着声音，"你的意思是……"

他沉默了一会儿，缓缓道："总之，我们还是小心一点的好。"

我点了点头，心底却没有多少害怕，有姬澈在，不管我遇到了什么，我都感觉安心。

一轮明月缓缓从江中升起，乌篷船驶过一处湾角，宽阔的银江兀然缩小了一些，水流也变得快了点，原是蜿蜒的群山也随着船的前进越来越险峻，一座座怪石嶙峋的山石像是经过刀砍斧凿过一般，松柏从石缝之中弹出宽大的手掌，东一处西一处地布满了巍峨的群山，圆月遥遥挂在山尖上，散发出淡淡的月色。

秃鹫鸟在夜里叫得嘹亮，伴着哗哗的激流声，一群像是受了惊的乌鸦从林子里窜出发出嘎嘎的怪叫着，四周安静得可怕，空气里也仿佛有着一股能够让人窒息过去的压抑感。

船行驶到此处，一块块怪石，一棵棵松柏，一群群似受了惊吓的乌鸦，明月倒在江中摇摇晃晃犹如魅影一般，三两只乌鸦从头顶怪叫着忽地飞过，姬澈停下了撑船的竹篙，阿狼瞪着一双巨大的蓝色眼睛立在他的身旁，直直地看着远方。

乌篷船摇摇晃晃，静静地从群山怪石之中驶过，一阵阴风吹过江中，扬起姬澈一头雪白的头发。

“叶凝！”

姬澈的话刚刚响在耳边，我还没来得及应一声，忽然，原本还算平静的江水兀然涌出数十丈高的巨浪，滔天的巨浪从四面八方急速朝乌篷船扑过来，将我们完全围在正中，眼看就要将乌篷船打翻，姬澈犹如闪电一般出现在我的身旁，拉起我的胳膊直冲入高空，青冥剑化成一道青光飞入他的手中，猛地凌空朝那四面八方扑过来的巨浪劈下，周边潮湿的空气仿佛凝固成了一只无形的巨大手掌，带着排山倒海般的气势朝那四面八方的巨浪拍下去。

犹如一记闷雷在耳边炸开，我脑子里一片嗡鸣，只见那数十丈高的巨浪在那股气势之下，像是被一把无形的大锤生生地砸了下去，水浪层层翻滚，那小小的乌篷船时而被抬高，时而又陷下去，在浪尖上起起伏伏，阿狼仰天一阵长啸，愤怒的狼嚎声响彻银江两岸。

我还没反应过来发生了什么事，姬澈已经揽着我的腰际轻飘飘地落在了乌篷船的船头上，手中的青冥剑咻的一声收入剑鞘，一双俨如利剑般犀利的眼神扫视着两岸的险山。

一连串令人头皮发麻的尖笑声飘荡在漆黑的山林之中，这声音似是女声，声源仿佛就在耳边，又像是在遥远的天边，又仿佛是在空气里无止境地回响，那尖锐的笑声像是无形的利刃，听得耳蜗生疼得紧。

这笑声像是恶鬼，像是从阴森恐怖的地狱里飘荡出来，只得其声，不见其人，江风似乎也变得阴寒起来，我听得头皮一阵阵地发麻，紧紧地抱着姬澈的胳膊，身子不由得有几分颤抖，抬着眼皮瑟瑟地四下观望，即便是我的眼神极好，依然没见着这尖锐笑声的主人。

第二十三节　茗娣

汹涌的浪头还未完全平息下来，小船在江面上起起伏伏，升升落落，晃得厉害，险山山尖上挂着半轮清冷的残月。我忽地转过身子，一棵松柏从山间怪石山缝中伸出翠绿的手掌，在那松柏枝丫上倚身斜靠着一个红色的背影。

残月在跌宕起伏的银江水面上碎裂成片，漾出同样晃荡着的月色投在两岸青山上，遥遥山林一棵松柏孤独地长在山缝里，枝丫上倚靠着的红影有着如墨般漆黑的发，似从断崖上直泻而下的瀑布，长及腰臀，屏风发髻插着一支金凤钗，黑的发，金的钗，在雪色的月光下很惹眼，一身深红如血的广袖红裙在夜风里随风而舞，好似落幕黄昏里飘荡在天边的最后一缕红霞。

身形在松柏上尤其婀娜，她双手捋着垂下的黑丝，右手露出一对碧绿的汉玉镯子，微缓轻灵地转过脸颊，月光透过松柏，将将好斜照在她的侧脸上，冷月绿树群山茫茫，滔滔烟水裙衫如虹，如杏的眼，脉脉柔情，如画的眉，疏离淡雅，薄唇上的唇色是樱花红，尖秀的下巴微微抿起，微微一笑间，纵有万般美景也黯然无色。

她放下了捋着的青丝，声音轻轻地响起，脉脉情深，宛如山泉滴落寒潭玎玲作响，“这许久未见着雪狼公子，茗娣这厢好生念想，不曾想，公子的剑依旧气势如虹，刚猛至斯，可让奴家这么个柔弱娇气的女子倾慕得紧啊！”

这声音煞是好听，我从未听过这样好听的声音，像是意识在这声音之下都被拉进沼泽里，陷入其中不得自拔，同之前那宛如从地狱黄泉里飘出来的恐怖嬉笑声全然不同，我心神有着短时间地失守，意识像是在云雾里飘着，迷迷沉沉，一股清凉之感从心房流至四肢百骸，头脑迅速清醒过来。

心里一阵后怕，她这声音竟然有着迷人神智的效用，转头一看姬澈，依旧冷着个脸，一双深邃的眼眸轻缓地一眨一眨，一头白发在夜风里飘动，他神色如常，看来应该无事。他嘴角咧开浅浅的弧度，微微上扬，笑道：“是有许久的年月未曾相见了，茗娣姑娘对在下如此想念，倒是令在下很是受宠若惊。”他顿了一会儿，将手中的青冥换了只手拿着，抬头朝那远在半里山崖石缝松柏上的红裙女子，接着说道，“茗娣姑娘的紫媚术好似并无几分长进？”

名唤茗娣的红裙女子手指挽作兰花，手臂掩着嘴角矜持地笑，大片红衣在夜风里似如红浪滚滚，“公子这话说得奴家心头好生凄寒，不是奴家媚术无甚长进，只是公子这剑更胜一筹罢了。”

她杏目微微一凝，乍放出一股狠意，一头如墨般漆黑的青丝兀然间纷飞缭绕起来，残月在她的头顶散出清冷白光，先前那媚态动人的容貌顷刻间变得犹如月下狂魔，江中春水也突然间剧烈地翻滚起来，绕着小船形成一个极大的漩涡，姬澈的身子也忽然间炸放出浓烈的青光，青光将小船整个罩住，纵使船下漩涡吸力庞大得吓人，却不能令小船晃动分毫，稳得犹如泊在沙岸上一般。

一滴滴水珠自漩涡深处缓缓漂出，漂荡而上，悬浮于银江水上，无尽的水珠似受到一股无形之力的吸引，缓缓聚拢在一起，形成一条体型庞大的水龙，水龙由漩涡之底噌一下窜出跃出水面。

漩涡渐渐平息下去，空余叠浪层层，水龙盘旋于我们头顶，发出阵阵怒吼，忽地一扭庞大的身形，朝姬澈一个俯冲急速而下，张开骇人的巨口，似要把姬澈一口吞下肚去。

“姬澈！”

我大惊，慌乱之中伸手要去拉他，他却微微一笑，“叶凝，别担心。”

一头白发缓缓飘起，右手拇指轻推青冥剑柄，那剑咻的一声飞出剑鞘，像是一块巨大的石头自天空坠入银江水中，激起水花无数，那剑只在水中穿行刹那，便带着一道极为细小的水柱激射而出，一剑带水，犹如一支离弦之箭，那锋利的剑尖裹着青色的剑光，朝那张开巨口欲要将姬澈一口吞掉的水龙口中直射而去。

犹如电光火石的一瞬间，那一剑带水的青冥自水龙巨口中穿过，剑身后拖着长长的水柱，将那水龙庞大的身形冲散，化作无数的水滴滴落江中。

宛如下了一场滂沱大雨，之前还来势汹汹的水龙顷刻间荡然无存，化作无数的水珠，姬澈一身蓝衣飘飘，脸上冷似亘古不化的坚冰。他立在船头上，满头白丝宛若被风吹动的幔帐飘在山川云雾间，青冥在半轮残月下柔柔地绕了个圈儿，钻进了剑鞘里。

他微微抬起眼眸，一笑间云淡风轻，声音低柔沉沉，阴阴冷冷，像是千里山河倾然坠入冰点，又似有置身于千军万马中而依旧平静如水的豪气干云，“姑娘的手段，确有进步。”

相比于姬澈若无其事闲散的姿态，茗娣白若寒雪的脸上已是愕然神情，我见着她喉咙动了动，身子像是一缕红色的青烟缓缓飘离山缝中的松柏树，落在离我们最近的河岸边一棵绿树树尖上，她神情之下似压着熊熊怒火，胸前红衫起伏得厉害，刚要放句狠话出来，却听得半轮残月下百里险山深处，响起一声大吼，“阿娣，够了，你不是他的对手！”

声音像是从遥遥天际响起，由远及近，在参差不齐的险山山峦中宛若天雷滚滚，声音推进的速度极其快，眨眼前好像还在千百里之外，眨眼后却已像是到了耳边。

声音刚一响在耳中，姬澈便已经缓缓地转过头，疏疏月光下山峦如叠，阴影重重，一道白影自月梢之上缓缓飘下，尤能听得白如寒雪的月袍衣角猎猎直响，三千发丝在月下夜风里似如秋风卷起枯叶，纷飞如画境，薄薄的嘴唇，高挺的鼻梁，一双犹如墨黑夜空里闪耀着的孤星的眼眸分外有神，只是那深似寒潭的黑色眸子里却带有深深凶意。

他像是寒冬里飘落的白雪般缓缓地朝我们飘过来，衣阙猎猎，凌厉的眼神似一把明晃晃的刀子，发丝纷纷扬扬，宛如叠叠微浪，犹如一只白燕掠过银江水面，落在茗娣的身旁。

他微微偏头看向一身红装笑意渐浓的茗娣，声音沉沉响起，颇有磁性，“阿娣，你还好吧？”

茗娣还未来得及回声，姬澈的声音倒是抢先响在耳边，“墨九！”

第二章 临水，管形

第一节　墨九

姬澈的声音有几分讶然之音，像是这个白衣男子的出现很令他惊讶，他缓缓抬起头，难得凝重的神色渐渐堆满脸颊，微抬眼眸向那白衣男子投过去。

“墨九是谁？”我怯怯地问他。

他的声音满是低沉之音，音色也变得有些沉闷，“黑流星里最可怕的杀手。”

他的话让我心头一紧，姬澈的功夫已然算得上是绝顶的高手，而且我想以他在杀手界里的声名，估摸着能够让他看得上眼的杀手寥寥可数，而他却对这个名为墨九的杀手评价如此之高，且从那语气之中不难听出对他还有丝忌惮。可我看白衣飘飘又生得一副极好皮相的男子，好似极难能同一个杀手扯得上关系。

当然，姬澈也是如此，虽他一次次地说自己是个杀手，只会杀人，可我从未觉得他是个杀手。

树梢上的白男红女并肩站在一处，不过手指粗细的嫩树枝丫承了他们两个人的重量也无半点弯曲。茗娣抬起纤纤玉手露出碧绿的玉镯，整理着墨九胸前的衣襟，抿嘴一笑露出浅浅梨涡，“没事，你来得将将好！”身子缓缓靠在墨九胸口，捋着墨九垂下的耳发，小鸟依人的模样甚是惹人怜。

墨九转过脸庞，如雪的月光映在他的侧脸，照得一身月袍越发纯白，身后绿树成荫，江中细浪倒影中两人依偎的身形化开，两岸静逸，风清月朗，潇潇水雾渐迷离，山水依依影影绰绰。

姬澈的脸上是我从未见过的凝重之色，阿狼咧开嘴唇摇着手腕粗细的狼尾，怒火熊熊地瞪着墨九和茗娣，那模样比看见我更加凶狠。若说它见到我便是一副恨不得将我一口吞下去的凶狠样，那它此时看那墨九和茗娣的眼神就是恨不得把他俩一口一口地嚼得连骨头渣子都不剩的凶残模样。

这凶狠和凶残虽只有一字之别，却是天地之差。它跳过篷子落在我和姬澈的身旁，一双蓝色的眼珠子在眼眶里转了转，低低地吼了声。这声音听得我心头生出一股寒意，却不是被阿狼吓的，而是从它那眼珠子转了转的动作里，我感觉今晚的情况似乎不大妙。

是要葬身银江吗？心里忽然冒出这个念头，竟不知为何，心下却毫无当初被羽华带走时的那种恐惧和害怕感，身旁的这个男人，身形站得是那样笔直，像是天塌了下来也不能将他压弯半分，有他在我身旁，纵使死亡就在眼前，我应该……应该也能死得安然，死得心静。

嘴角咧开一丝笑来，朝他靠近一步，右手握住他拿剑的手，好暖似温玉一般，他的手颤了一下，偏过头来看我，我双目直视着他，脸上笑意渐深，空着的右手也伸过去，同样握着他拿剑的手。

他低头看了一眼，我的手指插入他的指缝里，与他十指相扣。我微抬高下巴，将头靠在他的肩上，“若是要死的话，我俩死一块儿。”

他身子一动，转过头，声音古井无波，“你不会死的，我也不会。”

我抚着他的手，缓缓道：“若我活着，我一定会救你，再多的血我也舍得，哪怕是要我这颗不死的心。”

他声音猛的一沉，“说什么傻话？”转身朝阿狼喝道，“阿狼，看好她！”

我忽然觉得我很无用。我一直都怕在这之后的千万里路上，我会成他的负累，只是不曾想会来得这么快，他与人争斗还得顾及我的安危，如此一来，定无法全身心地去扫除眼前的障碍。我想，若我能够跟暮辰或者暮筝学个一招半式的做防身之用，也许……

可我的这双手，除开拨动琴弦，拿拿画笔筷子外，毫无用处，但好在我的心脏强悍。

我头摇得像是拨浪鼓，“不用吧，反正谁也杀不死我！”阿狼很是时候地凶了凶我。

“嘻嘻！”对岸飘来一阵如银铃般的笑声，我抬头望去，茗娣手背掩着嘴唇矜持地笑道，“康宁公主当真有趣！”纤纤玉手自广袖里伸出，把玩了一下手腕处的碧绿手镯，转头看向我，“可惜啦，我们要的可不是你的命，而是你的人，你可知道，你价值万两黄金呢。”她眉间似秋水，微蹙间尽显冷意。

身旁的墨九缓缓转过头，风撩起他一缕黑发，上下起伏。他看向姬澈，声音寒似万古坚冰，“雪狼，放眼大周杀手界，最为人称道的就数你我二人，青冥、蝶翼同出御剑山庄同一剑池，可世人皆以为青冥比之蝶翼更胜一筹，今日，我倒是想为我的佩剑争争御剑山庄剑谱上的声名，不知可否遂了我愿？”

姬澈微扬嘴角，笑道：“御剑山庄八十年前便不再铸剑，蝶翼剑是御剑山庄收山之利器，比之青冥剑虽说年份尚浅，却是经由御剑山庄庄主数十年炼就，堪称剑中佼楚。只因阁下出剑甚少，而在下以青冥糊口，这才压了蝶翼的威名。要论御剑山庄剑谱排名前十的名剑，在下的这把青冥，至多不过垫底！”

“剑谱上的排名排得不过只是剑而已。”墨九冷若寒冰的脸上露出一丝淡淡的微笑，这笑凛冽得紧，虽是俊脸带笑，却令人看得心头一寒，银江之水也好似在这寒意腾腾的笑意之下冻结了下来。他挽起白衣上的一缕黑丝，似朗朗夜空下一缕浓浓的晕色，又似苍茫皑皑的天空下流下一条墨色的瀑子在宣纸上。绝美的水墨画，那墨色在他指间缠绕，柔柔暖暖，却又寒寒戚戚，“大周人尊雪狼公子为大周第一杀手，天下无公子不能杀之人，无公子不敢杀之人，身怀无上轻功风神诀，来去无踪无影，如烟如雾，似尘似风，可日行万里之遥，称风中之神，小可不才，自负在轻身一术上，还有些造诣，不知与雪狼公子的风神诀相比，孰强孰弱，谁快谁慢？”

姬澈一头白发飘飘，薄薄的嘴唇上淡淡的梅花红，嘴角微微掀起一丝上扬的弧度，细滑如丝绸的脸颊上古井无波，神情也像是古井一般深不可测。他淡淡出声，嘴唇一张一合，发出天籁般的声音，“风神诀虽是名声赫赫，但正如公子刚刚所言，剑谱上的排名排得只是剑，而风神诀的名声归名声，说的也并非我这个人，凤游神行步传说可天涯咫尺，如光似闪，万里无踪，速度在轻身术里更是拔尖的。”

墨九又笑了笑，依旧是冷冷，“不过，这也说的只是凤游神行步，并非是我这个人。”他一双如黑夜里的星子般明亮的眼眸落在姬澈的蓝衣白发上，风撩起他一缕浓黑如墨的黑丝在侧脸起伏，就我这个角度望去，美得如诗如画，白如雪的衣，黑如墨的发，宛如一幅绝美的山水画。他浅浅一笑，那笑容美得天地都暗淡了下去，又冷得好像天上地下一片苍茫雪原。他眉间轻轻上挑，瞥了一眼姬澈后，收回目光望向无垠的黑夜，声音清冷潇寒，“风神诀的心法，就连羽华太子也是求之若渴。”

第二节　血红绫

他一身白衣飘飘，望着那深深的黑暗，残月星辰好似就在他的头顶，圣洁地洒在他身上，像为他披了一件寒气做的轻纱，让人看一眼都觉得心头升起浓浓寒意。这冷峻俊朗的白衣男子，浑身上下都像是由一块寒冰雕琢而成的，碰不得，也接近不得，光是那冷若寒泉的眼眸，是孤傲的，拒人千里之外。

姬澈的脸渐渐沉了下去，江面有朗朗月色流动，残月在粼粼水面碎裂成片，起伏间却连成一片，碎裂不开。姬澈低头望向潺潺江水，两岸山静，群山莽莽，时有秃鹫飞过，发着怪叫。姬澈声音低沉似带有哀伤，缓缓地带着莫名的情绪，“羽华么？他的确是不择手段地想要得到。”

他的声音低沉而又忧郁，仿佛一个由天地初开之时跋过千山，涉过万水，走过亘古岁月的沧桑、深幽、清远。

茗娣在一旁，如玉藕的手臂自广袖里伸出，露出那只碧绿的镯子。她杏目一转，看向姬澈，“真是美得动魄的一张脸，一张和羽华太子一模一样的脸。”

她的话音刚一落下，只见一条红绫自茗娣的袖中飞出，如一条红蛇飞一般掠过半江春水，鲜红如血的红绫在月色下格外妖娆，薄薄清冷的月光，江水里那道红绫带着一股刚猛的劲风直朝姬澈飞去，似如血虹。

“血红绫？”

姬澈缓缓抬起头，一双如深潭般的眼眸之中忽然闪过一丝金光，那金光如剑如刀，闪过比天上的残月还要明亮的光芒，他迅速地将我推开，右手自袖中犹如蛟龙出海迅猛伸出，紧握成拳，罡风呼啸间一拳朝那直飞而来的红绫击去。

只感觉耳膜一阵刺痛，姬澈的面前兀然形成一道罡风所筑的风墙，那红绫宛如一记重锤击在风墙之上，发出闷雷一般的声响，劲风四溢，好不容易才平息下来的银江似被由天际急速下降的陨石砸中，冲起数丈高的水柱，水柱一道一道地从银江冲起，冲入天空，化成无数的水珠滴滴落下。

那红绫看似柔软无比，轻柔异常，可却似刀剑一般的刚硬，似刀剑一般的锋利，也如一条红色的蟒蛇一般的灵活。茗娣见一记被姬澈接下，手一抽，红绫顿时飞退，却在退出一半之处忽地又折返而去，带着比之前更加凶猛的劲力再次朝姬澈冲去。

姬澈的拳头还未收回，眼中寒光一闪，双臂猛地张开，似一只即将展翅而飞的鹏鸟，身上蓝衣呼地被一阵罡风掀起，满头白发在风中飘摇如飞雪，宛如将整个银江都给吞噬了的刚猛劲气在小船地四周剧烈地翻滚着、咆哮着。

月色下白丝蓝衣的姬澈宛如一尊立于天地间的战神，他右手猛的一掀，带着低喝声，那些在银江上还未来得及落入江中的水滴似受到一股无形之力的吸引，迅速地聚拢在一起，形成一条巨大的水龙。水龙刚一凝聚成形，便是一声震颤银江山水的怒吼龙吟之声，水龙聚拢盘旋在姬澈的头顶，周身龙鳞清晰可见，宛如一条巨龙般咆哮于天地之间。

红绫宛如一道血红色的闪电，转眼之间便已到眼前，姬澈冷眸一凝，眉头轻轻皱起，周身环绕着的罡风忽地一滞，天地宛如在这一瞬间被一股庞大的力量给凝固了，只见那道即将击在姬澈眉心的血色红绫兀然间停滞了，周边的山水、空气、月色、夜风似是被定格了一般，再难感觉得到，只有那条红浪层层的血色红绫，盘旋在姬澈头顶的巨大水龙，那停滞不动的罡风。

姬澈脸上缓缓浮现起一丝阴森的冷笑，这笑好似由地狱最深处传来，带着毁灭，带着死亡，带着妖媚和诡异。

“茗娣，你的实力确实有进步，可惜，你遇到的是我雪狼！”

他的话云淡风轻，不带有丝毫的感情，冷漠地、轻轻地在无尽的险山之中飘荡着，清清楚楚地飘荡着，带着死亡的森寒，像是要将涛涛的银江之水都给冻结了，还有那丝隐晦的孤傲，难以发现埋在最深处的自信和无畏。

茗娣的脸色大变，她一次次地用尽全力扯动那条血红的红绫，可那红绫无论如何也动摇不得半分。那停留在姬澈眉心前不足半寸的红绫像是被谁用力地拉住，进不得，退不得，好像那握住红绫另一端的不是她茗娣，而是姬澈。

姬澈脸上那一丝浅浅的诡异的笑容越发的明显，带着来自地狱的召唤，来自死亡和毁灭的阴冷气息，盘旋在他头顶的水龙兀然一声高亢的吼叫，缓缓地飞离姬澈的头顶，慢慢地、很有节奏地缠上那血色红绫，水做的龙爪缓缓伸出，巨大的龙头晶莹剔透，透过那龙头依稀可见身后无尽的黑暗和无尽的险山松柏，水龙渐渐地、慢慢地绕着那条血色红绫，张开那好似要将天地都给吞下的龙口，朝血色红绫的另一端飞去。

茗娣绝美的容貌已是煞白，无论她如何用力想要将血色红绫抽回来，却总是徒劳。水龙越来越近，已不过数尺的距离，那张开的巨大龙口里，犹如水做的刀子般锋利的龙牙已经到了她的面前，近得好似嘴一闭，便能将茗娣整个吞下去。

“阿九，救我！”近在咫尺的水龙已经让茗娣容颜大变，骇然之中忙向身旁的墨九呼救。

墨九微微转过头，身形一动，突然消失不见，忽一抬头，却见着他的身影已经出现在了如墨的夜空里，白衣胜雪，黑发飘飘，身后那轮残月散发出的清冷月光洒在他的身上，好似一件月光做的薄纱。他忽然一个极坠，身子像是一块从天而降的陨石直坠而下，双手绽开，白衣飘飘，像是一个背着残月自九天之上飞下的白衣仙人。他的脚尖落在即将朝茗娣直扑而去的水龙龙头之上，站在那两个高高突起的龙角之间，素白的锦鞋间像是有着万斤的力道，猛一用力间，便将那条巨大的水龙震碎，化作无数的水滴，又似化作了虚无。

墨九的身体像是一片落叶一般轻飘飘地落在那血色红绫上，轻得像是一缕青烟，一缕清风，轻得好似毫无重量可言。

“呼……”听得茗娣长长地松了一口气，秀肩像是忽然间卸下了千斤重担，顷刻间垮了下去，手中的血色红绫无力地滑落，像是一缕血红色的夕阳飘落天地对它最后的一丝眷念，沉落西山，在夜风之中飘然，轻轻地落下。

第三节　赌局

茗娣的声音不再那样轻柔灵脆，带着重重的喘息声，想来刚刚和姬澈的僵持应该是耗费了她太多的气力。也许刚刚从那水龙的口里捡回一条性命，心里还未从那种死亡的恐惧感之中挣脱出来，呼吸尤其急促且粗重，声音也有着一种劫后余生的庆幸和战栗，带着不知是感激还是满足的语调，“阿九，你又救了我一命。”

血红色的红绫落在茗娣身下的绿树树枝上，薄如青烟似的挂着，又好似一条血色的瀑布，墨九就像是一道白烟那样，右脚脚尖支撑着整个身子站在血色红绫上，身子笼着月纱，如白雾，如白云，如白烟，一身的纯白隐在月色里，看不真切，只见得他双手抱在胸前，身形是孤傲的、是冷峻的、是伟岸的，像是雾中的白衣仙人，纯白的、圣洁的，让人看上去有一种不可亵渎的光环。

他右脚脚尖点在红绫上，左脚微微地弯曲着，却不落在血色红绫上，一江波浪粼粼的春水映着那红绫，那红绫上的白衣男子，倒影化开，粼粼的，似乎下一个瞬间那红绫、那红绫上的白衣男子就会化影而去，化为虚无。姬澈收回手，顿时，那翻滚在他周身的刚猛罡气也随之化为无形，江水恢复了平静，月色、夜风、那山、那水仿若再次恢复了正常，定格住一切的诡异力量也消散了。

姬澈的一双眼像是黑夜里最闪耀明亮的星星，明亮得好像是要照亮这片广袤无垠的黑暗，那眼珠却是深邃的，黑的，好似要将一切都给吞噬了。他长长的睫毛微微上扬，看向那似一缕青烟一样立在血色红绫上的墨九。

我看了看姬澈，又看了看那红绫上的墨九，见着他俩四目相对，一个人的眼睛明亮而且有着深邃黑暗，一个人的眼睛却是平淡如水，像是一团空气，一团冷得刺骨的空气。

风吹动着他们的黑发白发，蓝衣白衣，飘扬着，飞舞着，满江春水毫无声气，静得可怕，静得骇人。

墨九抱着双手手肘，嘴唇微微扬起，头微微往后转了转，朝茗娣笑道："阿娣，你总是这样不听话，你欠我几条命了？"

茗娣贝齿咬了咬朱唇，眉头微蹙着，沉吟了一会儿，淡淡道："三条，算上这次四条。从我认识你开始，我便是欠着你的，永远都还不了。"

她的话透出浅浅的忧伤，眼眶里似有流光闪动，她说，从她认识他的那一天开始，她便是欠着他的，永远都还不清。

初听这话，我并未放在心上，只想着，她自己实力不够，底蕴不足却要逞强，要别人救她也是很正常的事，没什么稀奇之处。人家救了你，自然你便是欠着救你的那个人的，这也是很正常的事，更没有什么稀奇之处。

墨九冷笑一声，道："你倒是记得清楚。"

茗娣看向墨九的眼神多了几分柔情，多了几分动容，多了几分依恋。她静静地看着墨九那潇白的背影，如雪一样，如烟如云一样的纯白，他的眼角有着流动的光泽，似一弯秋水映着寒月，美得如梦如画。她轻柔的声音再次响起，柔得像风一样，像云一样地飘渺，"即便是有一天我忘了我自己，我想我也忘不了你……"

墨九的声音忽然变得阴冷，好似酷热的夏日里忽降了冻霜，"那你便记得，单单地只是记得就好。"

茗娣脸上的神情在这一句话之后，变得有些颓然，变得有些不知所措，茫然地不知道这时是该继续看着他，还是将眼神收回，一双眼珠子在眼眶里打着圈，似是不知该望向何处。良久之后，她低下了头，望着身下那绵绵的银江春水，眼神却是毫无交集，是空洞的，是颓然的眼神，半晌，声音低低地响起，低得好似沉到了尘埃里，"那好，我便记得，单单只是记得就好。"

她说这话时，我仿佛觉得这句话像是花光了她仅存不多的力气，也像是花光了她一辈子的时间，颓然，似低到了尘埃里。

我看向站在血色红绫上的墨九，他的神情一如既往的冷漠，冷淡，好像茗娣这句花光了她所有力气的话语对他而言毫无干系，没得所谓，平淡的表情一如既往，不见有丝毫的情绪波动。

"那便好。"他轻轻地说道，转回头将视线落在了姬澈的身上，"雪狼公子，咱们之间赌一回如何？”他目光落在姬澈的身上带着浅浅的笑意。

“哦？”姬澈抬起头，眼眸看着他，轻轻一笑道，“如何赌？怎么赌？”

墨九嘴角扬起丝丝上挑的弧度，目光从姬澈的身上移开，转移到了我的身上，他的眼神之中变得如春风一样的温柔,柔软且平和。而我却感觉他这眼神之中似带着万古不化的寒冰，透过那无形的温暖眼神直侵入心底最深处，仿佛身体的灵魂都被那道眼神冻结了起来，冷得心悸，冷得灵魂都在颤抖。

“我们，就赌她！”他抱着的双手腾出来一只指着我，另一只却依然保持着抱胸的姿势，声音继续响起,“我们就赌康宁公主,放眼整个大周杀手界,世人只道你我二人,论手中佩剑,青冥压蝶翼一头，论轻身之术，风神诀压凤游神行步一头，我想让这大周人知道，谁才是这天下第一杀手！”

墨九的声音先而平静，可到了最后却是变得特别高亢，像是一尊屹立在天地之间的巨人那般，夜风将他的声音带得老远，在重重险山之中，在天际残月明亮的月光下，在一江蜿蜒的春水里无尽地回响着，响在无尽的黑暗里，响在天地间，带着渲染了天地之威的霸气和自信，豪气干云。

我浑身一阵战栗，慌乱的眼神连忙望向姬澈。

“哦，赌她么？”姬澈的声音不急不缓、不快不慢，四平八稳的语气里听不出丝毫的急切和焦虑，可话语里却带有那么一丝不易察觉的笑意。我见着他的右手拇指摸了摸青冥的剑柄，声音还是那个四平八稳的调子，“可以。”

我心底猛的一沉，身体被无尽的黑暗笼罩过来，四周的空气像是被抽空了一样，有窒息的感觉，呼吸、心跳在他这句话之后，完全没有了。

心头忽然一疼，他怎么能，怎么可以……怎么可以拿我做赌注？怎么可以，怎么可以。

我呆呆地望着他，眨也不眨地望着他，他神色如常，没有丝毫变化，风还是那样轻柔地抚摸着他的白发，白得如雪如月。他缓缓抬起头，接着说道:“不过，我倒是想换一个赌注，换一件比不死心更加吸引羽华的东西。”

“哦？”墨九美眸微蹙，似带着笑意，“是什么？”

姬澈一字一顿，“上古魔剑，九劫剑！”

第四节　风之化身

墨九的脸色有着片刻呆滞,好似“九劫剑”这三个字比我这颗不死心更加令他感到惊愕。他眉间一挑，微微蹙起，眼珠一转，像是陷入了沉思，片刻之后，用有些不确定的语气问姬澈:“魔剑在你身上？”

姬澈面色不改，这天底下的人只知道姬澈的身上有两把剑，除了青冥剑之外，并不晓得第二把剑为何。因为，他从不出第二把剑。

姬澈点了点头，话语轻轻，如古井一般没有丝毫波动，“羽华千方百计想要得到叶凝，为的不也是这把九劫剑吗？”

“呵呵！”墨九冷笑，双手收回，继续保持着之前双手抱胸的姿势。一江春水，一条血色红绫横亘在银江水面上，一头挂在树上，一头悬浮在姬澈的眉心正中，像是天边最红的那道烟霞。

“难怪，难怪他会这样不惜手段！”他右手的手指敲击着左手的手肘，一下一下，很有节奏地敲着，低垂着的眼眸似有几分恍然，神情有些沉思的味道。半晌，他放开抱在胸前的双手，抬头看向姬澈，“好，我们就赌九劫剑！”

他脚尖一点脚下的血色红绫，身体像是一道白烟徐徐升起，身子在上升之中微微偏头看了一眼身后的茗娣，“你给我安分着点！”

一条悬浮在姬澈眉心位置的血色红绫瞬时失去了托付的力量，像是一团血红色的烟雾，飘向茗娣，“你的血红绫。”

他偏着头看我，“叶凝……”他像是有什么话要对我说，可是只叫了一下我的名字之后，就没有了言语。他高凸的喉结动了动,像是把后面的话给咽回了肚子里,半晌,眸光转向阿狼，声音依旧是那样四平八稳，古井无波，听不出丝毫的情绪波动，“阿狼，看好她，当心茗娣。”

话毕，他身形一动，便化成了一股蓝色的烟雾，身形越来越淡，像是要融入无边的黑暗之中，一道青色的剑光如线、如丝般轻薄，划破了无尽的黑暗。

青冥出鞘，带着那如闪电的剑光，尖锐的破风之声，像是要将无边的黑暗给一剑劈开，那如线如丝的剑光朝漂浮在半空的墨九飞去，江水映着剑光一闪而逝，快如白驹过隙，快得让人难以做出任何反应，只感觉到剑光一闪，便已经到了墨九的面前。

墨九面对即将落在自己喉咙处的剑光，依旧神色如常，嘴角微微一动，露出如玉兰花般无瑕的笑容，身形缓缓朝后一倒，看似缓慢一倒，却是快得无法用言语来形容，身子凌空一个翻转，优雅，完美，那道青色剑光便擦着他高挺的鼻梁不足半寸一闪而过。

剑光落在墨九身后的崖壁之上，留下一道漆黑的、长长的剑痕。

“好剑！”墨九身子像是一片落雪，轻轻地落在江面上，依旧还是那个双手抱胸的姿势，神色冷淡，好似刚刚那一剑对他而言只是空气。

姬澈已经不在船头，好像是消失在了天地之间，四周皆看不到他的身形，无尽的黑暗笼罩着茫茫银江。

忽然，墨九的脚尖一点脚下水面，身子好似离弦之箭咻的一身窜入夜空，残月之下兀然出现一道白色的蒙蒙身影，在夜空里格外惹眼，身子刚一窜入夜空，墨九刚刚所在的位置便响起爆炸声，冲起一道高高的水柱，水柱之中似有青光流动，定睛一看，是青冥！

青冥如之前一样，一剑带水，宛如一头失控了的青色巨龙，直朝残月那道模糊的白影激射而去。

墨九立在虚空之中，还是之前双手抱胸的姿势，身体四周升起一层白色的光晕，像是浑身燃烧着腾腾的白色焰火那般，好似一朵立在天地之间。燃烧着熊熊白色烈火的莲花，那样炫目，那样夺眼，仿若燃烧了无尽的黑暗和寂静。天地之间独留那一朵燃烧着白色火焰的莲花，还有那一道以闪电的速度直奔白色火莲而去的青色水柱。

伴随着一声清脆的凤鸣响彻整个天地，那一朵白色莲花忽然间片片绽开，忽地一声闷响，仿佛是要将周边的空气都给震开。燃烧在墨九身上的白色烟火忽然之间变成一对巨大的白色羽翼，如白凤一般雪白的羽翼，凤鸣之声再次响起，高亢，灵脆，尖锐得像是银针刺破耳膜，耳根子一阵生疼难忍。

墨九的眼眸忽然一转之前的冷意，化作狠意，双臂一张，身后白色的凤翼猛的一震，身形化作了一道撕裂无尽黑暗的白光，如光似闪，顷刻之间飞过了数百丈的距离。那道青色的水柱扑了个空，窜入月光里，在高空之中猛地折回，朝那道白光直追而去。

“凤游神行步？”耳旁忽然想起熟悉的声音，吓得我身子一抖，忙回头去看，却见着姬澈的身体立在我的身旁，白的发，蓝的衣，高大的身形和那平静如水的脸，那样清晰和熟悉。

我慌忙回头去看那道追着墨九满天满地乱飞的青色剑光，又赶忙回头去看姬澈，声音骇然至极，“姬澈？你……你……”

他瞥了一眼我，笑道：“我这还是第一次见着传说中的凤游神行步，原来就是这样，以凤翼御风，确实高明。”

我呆呆地看着他，“你……你不是在追墨九？”

他笑了笑，举起手中的剑鞘，“追他的，只是剑。”他顿了顿，抬头看了看那还在满天满地乱飞的墨九，冷笑一声，“还有，风之化身。”

“风之化身？”我难以置信地看着他，“你……你……”

他拉起我的手，打断我的话，“墨九的功夫估计跟羽华也是有得一比，要想赢他还是有些麻烦，我先将你送到岸上。”

话毕，脚尖一点，身体便轻飘飘地飞起，很快便飞过半江距离，可就在距离对岸不过一般之距的时候，身后忽然传来风声，心里顿时感到不妙，回头一看，一条血色红绫宛如一条巨大的蟒蛇直朝我们身后飞来。

“吼……”

是阿狼的叫声！

只见阿狼从船头跳起，巨大的身体化成一道白光，直朝血色红绫另一端的茗娣扑过来，前爪生出宛如匕首一般雪白而又锋利的狼爪，锐利的爪子朝那血色红绫抓去。阿狼的速度极快，且爪间还带着丝丝如线般细细的白光，直觉告诉我，这一爪定能将那血色红绫抓成两段。可阿狼前爪抓出的几道细细白光落在那红绫之上，竟像是抓到了铁板一样，白光如碎裂的镜子一样，哗的一声裂成了白色的光点。

随后便见着阿狼整个身体落在了那宽宽的血色红绫之上，一击未见效果，阿狼也没有丝毫迟疑，四个爪子奔跑在血色红绫之上，龇牙咧嘴地宛如猎豹直朝茗娣飞奔过去。

“好一头畜生！”听得茗娣冷哼一声，手中红绫猛的一挥，红绫顿时翻滚起来，犹如血红色的湖面忽然之间掀起了巨浪，直接拍在了朝她直扑而去的阿狼头上。

像是被一块迎面而来的巨石击中，那翻滚起来的红绫直拍在阿狼的头顶，接着便是一声疼痛至极的惨叫哀嚎之声从阿狼的嘴里发出，巨大的身子倒飞了出去，在夜空里如一道完美的白色抛物线，重重地摔在对岸的山石崖壁上，沉闷的撞击声中夹杂着阿狼的惨叫声和哀嚎声，一并落在山林里，消失在墨色的黑暗里。

第五节　又见羽华

姬澈的声音先一步响起，带着愤怒声，“阿狼！”他猛地用力将我一把摔出去，声音带着无尽怒意，“我倒是忘了还有个你！滚回去！”只见他猛的一挥袖袍，狂风掀起的银江水在他的身前形成一道高高厚厚的水墙，那血色的红绫撞上厚厚的水墙，顿时一声炸响，水墙破碎，而那撞破了水墙的红绫也被卸去了大半的力道。想必茗娣也是知道目前红绫所剩下的力道已经不足以伤到姬澈，广袖一挥，那红绫便被她收回了袖子里。

我被他摔到了岸上，身形还未站稳一个惯性摔倒在地上，双腿一阵锥心地疼痛，看来这条腿已经在那冲击力之下折断了，无法顾及自己腿上的伤，忍着剧痛从地上爬起来，不死心开始释放出力量修复腿上的伤势。我一瘸一拐地朝阿狼落地的方向走过去,先前走着很费力，每一次落脚便是一阵锥心地疼痛，可走了没几步之后，那种疼痛便消去了大半，再走个十来步双腿就已经不怎么疼了。等我摸黑走到阿狼的面前的时候，腿上的疼痛就已经完全感觉不到了。

阿狼倒在一堆乱石里，腹部剧烈地起伏着，巨大的狼头上淌着鲜血，染红了它一头白顺的毛皮，两只前爪断了一只，血肉模糊间尤见得几块碎裂的森白骨头露出，触目惊心。

它倒在地上，可依旧是龇牙咧嘴的模样，上下颚紧咬着，嘴角溢出的鲜血将它身下的乱石染得血红，嘴里发出低低的怒吼声，带着哀嚎和不甘，四肢在地上挣扎着，看样子是想站起来，一双深蓝的眸子直直盯着对岸大红衣裙的茗娣，眼眶里含着滔天的怒火。

我明白它的意思，它是想再和那茗娣斗一回。狼族的性子应该就是这样，即便明知自己不是对方的对手，但依然拼了性命也要咬下对方身上的几块肉下来，寻常的狼尚且如此，况且还是狼族里的王者雪狼。而阿狼更是雪狼族里最强悍的一头——雪狼族的王，整个狼族至高无上的王，那种即便是死，也不肯向对方示弱的狼，自当是比任何一头狼都要强。

我在阿狼的身前蹲下，月光透过叠合的密叶一束束地斜射下来，落在阿狼染着红血的皮毛上，斑斑点点。身后的姬澈和茗娣斗了起来，满江江水翻滚腾腾，青红的光芒照亮满江春水、两岸险山。

我抚摸着阿狼染血的皮毛，它巨大的蓝色眸子却颤抖着，直望着江中和茗娣斗在一起的姬澈，四个爪子不停地挣扎，好似那断了的前肢在剧烈地挣扎下丝毫不疼。

“阿狼。”我抚摸着它的毛发，此时我对它没有丝毫惧怕，它现在只是一头受了伤的动物，尽管它还是那副龇牙咧嘴的凶狠模样。

它蓝色的眼眸终于落在了我的身上，凶狠的模样有着微微停滞，满是凶狠的眼神之中多了几分柔和，暖暖的，像是蓝蓝的焰火。此时我对它已没有了什么芥蒂，见到它这柔和暖暖的眼神下那副龇牙咧嘴的样子，眼神和面色完全不搭调却又完美糅合在一起的模样，我抿着嘴唇噗的一声笑开，将手抚摸上它那已被鲜血染红浸湿的狼头上。它不明白为何我在它身受重伤的时候依然还笑得出来，将将才有一丝柔和神色的蓝色眸子里又升腾起了熊熊怒火，腾出那只未受伤的前爪将我的手刨开，森白的狼牙染成血红，尤见狰狞森寒，锐气不减，呼一声不卑不亢，低沉宛如幽谷回音的狼嚎吓得我浑身一个哆嗦，赶忙把手收回来。

它吼了一声脑袋就倒在了乱石堆里，像是这一吼已经用光了它的力气。

见它安静了下去，我重新蹲在它的身旁，撕下一块裙角准备给它包扎一下受伤的前爪和身上的其他伤口，密林之中忽然响起了窸窸窣窣的声音。

声音越来越近，是脚步声，方向是我这儿。

“谁！”我下意识地站起身，月光透过密密的树木枝丫一束一束地斜射下来，视线一片模糊，只见着一个身影隐在茂密的灌木里，紫色的衣袍上落了几片斑驳的月光，而脸却完全隐在黑暗里。

“不过一头狼而已，何须如此？”

冷冷的声音带着熟悉感，冷梅清香扑鼻而至，冲入脑海，有几分提神，身影分开遮住脸颊的灌木枝丫，一双软丝的白绣鞋首先进入视线里，我沿着那双软丝的白绣鞋往上望去，紫红的外袍有些宽大，袖口处以金线绣着几条龙纹，内袍与腰间的腰带皆是同一种水蓝色，腰间一块方形的龙佩，伸出衣袖的右手拧着一个紫色的长方形布袋，左手则是一只墨黑色的玉箫……

“黑玉箫？！该不会是……”我脑海一震。

终于他走出了黑暗，月光正好照在他的脸上，白皙的额头，细长的眉，清秀的脸，高高的鼻梁，露着笑意的唇角，犹如从画里走出来的俊美男子。

“羽……羽华太子！”我声音颤抖，双脚不由自主地往后挪。

“你还记得？”

他淡红色的唇扬起一丝浅浅的笑容，似冰天雪地里开在绝壁处的微红冷梅，白绣鞋往前一迈朝我走进一步，我心口一跳，赶忙又朝后退好几步，靠在一棵树干上才停下来，身子颤抖地厉害，但眼睛怎么也不能从他那浅浅的笑容里移出来，满脸骇然地望着他，呼吸乱得毫无规则，心里又是惶恐又是震惊。

他见我这副像是受了惊的小鸟一般瑟瑟发抖的模样，脸上的笑容微微一怔，似一朵开得正艳的梅花迅速地枯萎下去。半晌，他长叹口气，微蹙美眸，凝神看着我，一张绝美的脸上换上忧郁，声音似恍然又似疑惑，语气冷得似天上天下寒雪飘飘，飘渺的声音有着一丝不易察觉的落寞和迷茫，“叶凝，我很可怕么？你怎见了我是这副模样？”

我还在惶恐之中没有回过神来，不明所以地点了点头，等脑子反应过来他说的是什么的时候又慌忙地摇头，一时间我脑子乱成一团，觉得摇头不对点头也不对，慌乱之中又是摇头又是点头，在摇头点头间来回了好几回，也不知自己是在摇头还是点头，总觉得不管怎样都是不对的。

他脸上的表情慢慢地沉下去，似有着一层薄薄的阴冷气息笼罩在他的脸上，不知是苦色还是郁色，只感觉他这副模样很奇怪，却又说不出是哪里奇怪。他慢慢地低下头，神情仿若还有几分颓废感，他转过身子，将右手提着的布袋随意地扔在地上，眼神毫无焦距，好似深不见底的黑洞，瞥了一眼躺在地上浑身遍布伤痕却依然用一双凶狠的目光瞪着他的阿狼，身子随意地靠在一块漆黑的山石上，双手抱在胸前，一头如墨的长发披在肩上，依旧是那初见时的模样，只在发尾处寻了根深色的绸带绑着。

第六节　局中局（上）

月光照在他半截身子上，一半光明，一半黑暗，袖口处金色的龙纹映着月华光晕流转，犹如活物，他斜着眼角觑了一眼完全处于黑暗中的我，如玉般白皙修长的手指伸进袍子里，取出一把折扇，正要打开却顿住了。

他将左手的黑玉箫斜靠在身下的山石上，双手把玩着手中的折扇，像是把玩着一件世间仅有的宝贝那样小心翼翼，认真而又深情。

眸色中闪过一丝浅蓝，是晴好天气里朵朵白云后的那一抹天空色，暖暖的，柔柔的，深情而又带着忧郁神情的眼眸中脉脉柔情，似一江春水，清风梅林漫天嫣红，映着朵朵闲散的白云后那一抹蔚蓝的天空色。

他唇角扯开一抹浅笑，“我的眼睛没你生得好，我将整个雪狼谷翻了个遍才寻到这柄扇子。”他的眼神重新落回到那柄折扇上，中指轻抚着扇柄，轻盈得就像是抚摸着处子细嫩柔滑的脸颊，带着款款柔情，如新月般细而美到极致的笑。

他轻轻地摊开扇子，一幅水墨山水印在扇面上，泼墨的群山桃树，云遮雾绕，株株桃树开遍漫山丛野，点做的桃花开遍枝头，那是那日雪狼谷的风景，是他叫我为他添的扇面。

他斜靠在一块青石上，石苔青绿，月色将他的半截身子拉得颀长，消失在月光所不能到的黑暗里。

他指尖抚摸上扇面的水墨山谷，墨黑的桃花，睫毛微垂，嘴角依然是赞许的浅笑，“这季的桃花，果是开得艳丽妖娆，这世间唯有你才能画出这等水墨江山。”

我愣愣地看着他，他依旧垂眸看着折扇中的那幅水墨山谷，点做的梅花开在枝头。这幅画我没花多少心思在里头，虽然说看着不错，但距我画的最好的那幅《锦绣江山图》还差了些。他如此称赞，心里本该是很开怀很受用才是，可就目前的这个情况，我全然没那开怀受用的心思，只得干笑着道了声：“太子过奖了。”

他也垂着脸笑了声，淡淡道：“康宁公主的山水，普天之下，难有人能与你左右。传闻你的《锦绣江山图》被世人称为绝作，这扇面虽看着有些漫不经心，可对羽华来说，却是无上的至宝。”

我一时语塞，接不上话来。

江面上的动静越来越大，忽一道强光闪过，我下意识地转头望去，见着江面上大片红绫翻飞，似有无数的红蝶飘然而飞，唯美异常。姬澈站在乌篷船的篷子上，衣袂猎猎，一头的白丝也如那满天的红绫翻飞如画，身子四周萦绕着数道劲气，宛如数条蛟龙在他周身盘绕飞旋。

红绫宛如一条巨大的红蟒，极速朝姬澈缠过去，只是红绫怎么也突破不了盘绕在姬澈周身的数道劲气，满天的红绫只得将他困在正中，像是个巨大的红球。红球极速旋转着，将姬澈围在正中。

“要你多事，走开！”

一声冷喝响彻整个银江，随即漆黑的暮色里一道白光冲天而降，速度之快，如光似闪，宛如一道流星划破天地间无尽的黑暗，似要将无垠的黑暗一分为二。

白光自姬澈头顶坠下，霎时整条小船碎开，随即包裹住姬澈的红绫极速退回，而红绫另一端的茗娣则被一道无形之力震飞出去，撞在对岸的崖壁上，血气上涌，噗的一口鲜血喷出，喷在同色的广绣红裙上，如泪滴在水里，如云飘在雾里，无踪无影。

“你……你伤我？”

茗娣杏目里有光色闪动，痴痴地看着水面上的白色身影，嘴角溢出鲜血，白如雪的脸颊一丝深红，似开在雾色里艳红的牡丹花，娇艳却又带着颤抖。

墨九只是转头瞥了她一眼，话语冷似隆冬的初雪，“我有叫你搭手吗？”话毕，他身子一闪，直冲向姬澈，身形在江面上一闪而过，身后一双雪白的凤翼忽然间散发出强烈的白光，照亮了银江两岸。墨九的身形在这强烈的白光之中，一化二，二化四，四化八，眨眼之间，八个墨九皆是后生凤翼，从八个不同的方向向姬澈冲过去。

“姬澈！”我焦急地朝他高声吼道。

满江春水倒映着八道身形雪白的墨九，墨色的天际，弯弯的残月，银江之上兀然升起一股强横到极点的气息，那股气息以姬澈为原点，空气仿若在这一刻被震动了起来。他一动不动地站在水面上，残月倒映在他脚下化开，碎裂成片，忽然一声尖锐的凤鸣之声响彻无尽的黑暗，高亢的声音直冲云霄。

就在那八道身形即将接近姬澈的一瞬间，终于，姬澈动了。

双手瞬间幻化出无数的幻影，层层叠叠，身影也变得有些飘渺，似飘在云雾之中的一缕蓝色的烟霞，飘渺得看不真切，像是一团蓝色的雾气，随风而飘，随风而动，时而聚在一起，时而散开，散开之时，像是有着无数的姬澈和八个墨九厮打在一起，聚合之时，却是以一敌八。

但即便是以一敌八，那双幻化出无数的手，却丝毫没有落于下风。

“你好像很担心他？”身后羽华的声音低低地响起，我将视线从姬澈的身上挪回来，怔怔地看着他。他这话我不知该如何去回答，是或者不是，我自己也不清楚，我只晓得，若是他受了伤，我心里会很难受。

他双目直视着我的脸，眼神是空蒙的，而脸色却显得有些颓然，从毫无表情慢慢地沉下去、阴下去，眼神也越发变得幽暗，变得有些阴冷。

风掀起他的一缕青丝，轻轻地起伏，他叹了一口气，缓缓收拢手中的折扇，依旧保持着身子靠着山石的姿势，声音沉沉地说道：“风神诀在轻身之术上若是论第二，还无人敢论第一。凤游神行步是以凤翼御风，而风神诀却是以身御风，一个借以外物，一个却是以自身，孰强孰弱，一望便知。”

他顿了一会儿，折扇敲着掌心，偏着头看了一眼此时满江的蓝白幻影，唇角勾起一丝淡淡的弧度，收回目光看着我，说道：“阿凝，其实，你不必为他担心的，这个天下能胜他的人，可没有几个。”

他这一声“阿凝”叫得我身子一僵，好半天没有回过神来，总觉得有什么地方不得劲。半晌，我回过神来，问道：“那这几个人中可有你？”

他扬起睫毛瞥了我一眼，唇角的笑意不减，看了看我之后，目光就移到躺在地上的阿狼身上，斜靠着的身子正过来，收起唇角的笑容走向阿狼。

我一时间也不知哪里来的勇气，竟然跑过去挡在他面前，“你要对阿狼做什么？”

第七节 局中局（下）

他抬起手中的折扇，将我的手摁下去，手不由自主地随着他的动作放下，猛地回过神来，又赶忙将已经被他摁下一半的手抬起，直直地看着他。

他轻笑一声，压着我手背的折扇力道缓缓加大，僵持了半晌，又被他摁了回去。

“你放心，我不会要了它的命。”他绕过我走到阿狼的身前蹲下，伸手虚空一抹，瞪大眼睛在地上挣扎着的阿狼便无力地垂下眼眸，挣扎着的身子也缓缓地软下去。他收回手，站直身子，用一张背对着我，声音冷冷的，却依然还是带着柔柔的笑意，“它受伤太重，我只是让它睡一会儿。”

我将信将疑地看着已经躺在地上一动不动的阿狼。

“姬澈和墨九设了一场赌局，赌注是九劫剑，不如我们也设一场赌局如何？”他回过身看着我，目光中有淡淡笑容，可俊美的脸却不见丝毫的笑意，冷得就像是一块冰。

他接着说道，“他和阿九之间的赌注是魔剑，我们换一换。”他朝我走过来，在我面前几步停下，“赢了，你可以离开，输了，你跟我回靖国，如何？”

我皱了皱眉，跟他比？我可没有什么胜算的，想着还是推诿过去的好，姬澈虽然现在不在我身边，但是我有不死心，虽然是没有什么战斗力，但是自保绝对没有任何问题。而且，以姬澈的身手要在羽华、墨九还有茗娣面前安然地带我离开着实有着不小的难度，但是也绝非没有可能。

刚要出口拒绝，却想到不妨听他说说比些什么，能够不动拳脚刀兵安然离开自然是最好不过。虽然姬澈的身手极好，但是也难以招架住茗娣、墨九，还有这个实力不知道到了何等层次的羽华，就算是能够将他们全都打败，也难免会折损掉姬澈许多气力。

我不能傻傻地站在他身后，所有的风浪都让他一个人去抗，我能出些气力最好……虽然我不知道我能帮他些什么。

虽说比刀枪棍棒拳脚功夫我指定是不行，但若是比比琴画音律，我想还是有些胜算的，在琴画音律这一行里，能胜过我的，这大周还真没几个。

我愣愣地看着他，等他说如何比。

他沉默了片刻，望了一眼满江无数的残影，用折扇敲了敲手心，似在思量，半晌，缓缓开口：“还是赌他们之间的结局吧，若他胜了墨九，你就可安然地离开，若是他败给了墨九，你便乖乖地同我回靖国，如何？”

我有些吃惊，就赌这个？

他瞥了一眼满脸愕然之色的我，笑道：“怎么了？是不愿把自己的命运交给别人去定夺？”说到此处，他的声音慢慢地沉下去，“可是现在，你除了相信他，还能相信谁？”

我想了想，是啊，我现在除了相信他，我还能相信谁？从他在雪狼谷劫走我之后，我就只能相信他。从我决定跟他前往东海登桓山起，我就只能相信他。除了他，我不知道我还能相信谁，又有谁值得我去相信。

脑中忽然又想到墨九与姬澈之间的赌局，用眼角的余光瞥了他一眼，神色有些晦暗地斜视着他，“羽华太子这步棋走得真是妙，如果姬澈输了，不仅仅是我得跟你走，就连姬澈身上的魔剑，也一并落入你的囊中了吧？我想，你除了对他身上的魔剑感兴趣之外，对他的命，应该也是有着不少兴趣的吧？”

他笑了起来，虽然脸上满是笑意，可这笑声里却并未有多少笑的成分在里头，“知我者，唯有康宁公主叶凝。”他向我走过来一步，接着道，“可是他若赢了，你们不就平安了吗？”

我冷笑一声，“安得了一时，安得了一世吗？”

他仰头看了看夜空，残月弯弯细细，星子点点，夜风柔柔细细，似处子般小心翼翼地吹拂树叶，撩动他的长发。他后退两步靠回山石上，抱着手，微垂下眼睫，薄红的唇勾起一丝淡笑，声音如风般细且沉，“这乱世里能有一时的安宁已是上天莫大的恩赐了，帝王姬宫湦统治大周以来昏庸无道，刚愎自用，为博得褒姒一笑，烽火戏诸侯，普天之下各路诸侯谁不对他恨之入骨？如今这天下之乱，我想大周的气运差不多也是时候该结束了。你说就如今这个乱世里，又有几分的安宁可言？”

“你说这话，可有些大逆不道。”我偏着脑袋看着他，接着说道，“天下乱不乱与我这一个小姑娘又有什么所谓？与我们这场赌局，又有什么所谓？”

他不急不缓地笑了声，收起手中的折扇拿起靠在崖壁上的黑玉箫，一边抚摸着一边笑道，“其实你不觉得人生就是一场赌局，这纷争乱世也是一场赌局？只有赢了的人才有资格活下来，不是吗？”

他这样的说辞却也没有错处。当今这个世上，各大诸侯国纷争不断，就拿我北燕国来说，父王软弱无用，昏庸无能，但凡是有些心思的有志之士都不会放过那块小而富庶的土地，如此战争便开始了，没有理由，只有利益。想来羽华提议的这场赌局，与那些毫无理由的战争一样，有的只是利益，却是不知他所求的利益是什么。

他这个人，比姬澈更加让人难以捉摸，像是所有的人、所有的事，都在他的算计之列。

他现在就在我面前，论身手、论力气我都不如他，他现在完全有能力在不惊动此时正和墨九打得难分难解的姬澈的情况下将我一棍子敲晕掳走，带回靖国去，完全没必要在这里跟我设这么一场赌局，不知他如此做又有什么盘算？

他站直身体，紫色的外袍被风掀动衣角，依旧是那浅浅的动人微笑，“别说我欺负你，虽然他和墨九之间已经拆了千余招，几百个回合，看起来是平分秋色，不相上下，且到了现在双方都还未出剑，斗得还只是轻身之术，可我可以跟你挑明了说，墨九实力虽是不错，但还不是他的对手，不出千招，便会落于下风。”

我谨慎地望着他，他说这话对他毫无益处，他是个精明人，我搞不清楚他说这话又有怎样的盘算。

他依旧不缓不慢地抚摸着手中的黑玉箫，像是之前抚摸折扇那样小心翼翼，视若珍宝。他缓缓抬起眼睫，露出一双明亮得似珍珠一般的瞳仁，嘴角缓缓地勾起，立起身子，将双手背在背后，轻笑一声说道：“叶凝，我可以放你一条生路。”他顿了一会儿，续道，“若是他赢了，你便可安然离开此处。”

他说出来最后一句话的时候，声音有些恍惚、有些沉闷，似带有深且长又说不出来的情绪，隐隐有些伤感，有些茫然。

第八节　凤鸣银江

姬澈与墨九之间的打斗，引得整个银江水咆哮翻腾，整个银江水面全是他俩一白一蓝的残影，劲气四溢，宛若雷鸣。我抽出眼光望向对岸的茗娣，她面色颓然地蹲跪在石苔翠绿的山石上，身后一株枯老的松柏之上一弯细细的月牙，大红的裙摆落在身下不大的山石上，像是一朵盛开的血色牡丹，铺得很好，微风轻佛而过，吹开额前几缕薄丝，露出一张白如纸张的脸，死过去一样的神情毫无色彩可言。

我不知道墨九给茗娣的那一击有多大的气力，竟然能将茗娣伤成这样，也或许伤到她的并不是墨九的那一击。

有些伤，远比刀子刺到骨子里还疼。

银江里兀然升起数丈高的巨浪，我看到姬澈一拳击在墨九的胸口，在那猛烈一击之下，墨九的身子像是被陨石击中，身后那一对白若初雪的凤翼轰一下碎裂成无数光点，像是墨色的天空下飘起了纷纷细雪，也像是飘摇在夜幕下的颗颗星辰。

墨九的身体消失在了数丈高的巨浪里。

“凤游神行步果真不如风神诀，若是他这一拳下了杀手，毁掉的可就不是阿九的凤翼了。”羽华的声音如细风一般飘进耳朵，柔若如风、如绸。

我只是看了他一眼，便将视线移回到立在树梢上的姬澈，他立在树梢上，周身数道劲力盘旋着，一头白发肆意飞舞，一张冷漠的脸，冷得像是冰做的。

此时的姬澈与我任何时候所见的都不同，隐有一种傲然于天下的豪气，又有一种翩然若仙的神秘感，还有一种我说不出来的感觉，不知是一种得胜后的欢愉，还是一种即将面临更大危险却依然泰然自若的沉稳感。

“用不着你手下留情！”

一道白光冲出汹涌翻腾的江面，直朝姬澈刺去，白光似闪，在黑夜里一闪而过，速度之快，令人咂舌，快得来不及让人做出任何反应，白光一现，已到了姬澈的面前，穿吼而过。

“姬……”我吓得连忙唤他的名字,可刚一开口,剩下的话再也喊不出来了,身子也被定住,丝毫也动弹不得。

“别让他分神。”

羽华脚下的白丝软鞋踩着枯叶发出细微的窸窣之声，缓缓靠近，带着淡淡的梅香，稳稳的语气，“他若是这么容易就败了，他就不是大周第一杀手了。”

那被白光穿喉而过的姬澈身形缓缓变淡，化成一缕青烟，消失在了夜色里。

“风之化身……”羽华轻轻一笑，“能够在蝶翼剑穿过喉间的瞬间，将本尊与化身挪移转换，这等手段……”

羽华的声音不难听出有难以置信的语气，显得有些震惊和惊讶。

对于武功这一极其高深的学问，我一窍不通。见到姬澈被白光穿喉而过，我便担心，听到羽华说什么本尊和化身之间挪移转换，再看看羽华那满是惊讶之色的脸，听到他那难以置信的语气，我想也许姬澈他并没有事，但是又不肯完全去相信羽华的话，心里揪成了一团。

那道站在树梢上的身影慢慢地淡化了，像是融入了无垠的黑暗之中，化作了一缕烟尘，消失不见。

白光在弯弯的月牙之下划过一道极其优美的弧线，赫然一声尖锐的剑鸣咆哮在广袤无垠的黑暗里，白光跳动间，分化出数道白光，定睛一看，整整八道。

远处的黑暗里又有嗡嗡的剑鸣之声，我身子被羽华定住，转不动头，只能竭力将眼瞳转到最大限度，借着眼角那一点狭隙，见到一座孤立在茫茫山林之中的冷峻山巅上，一把泛着青色光芒的古剑正剧烈地颤抖着，古剑整个剑身都插进了黝黑的山石里，剑身颤抖间将卡住古剑的山石都给震裂开，漆黑的裂痕顷刻间遍布巨大的山石。

那是，青冥剑。

我心中一跳，既然青冥在动，那姬澈一定没事，至少他还有力量驱动青冥。

哗的一声巨响，山石碎裂，青冥化作一道青色虹光直飞而出，我眼珠子随着青冥的飞行轨迹移动，那道青色的虹光像是划破黑夜的闪电，瞬间飞过整条银江，落在银江对岸一道蓝色身影的手中。

白的发丝，蓝的衣，那熟悉的身影披着淡淡的月华，朦朦胧胧。

青冥刚一回到姬澈的手中，夜色之下盘旋着的八道白光便直朝他飞过去，江水再一次剧烈地翻滚起来，一头巨大的白凤冲出江面，凤鸣之声嘹亮刺耳，似响彻九天，雪白的凤羽泛着寒光，华美无比。

八道白光自八个不同的方向向姬澈攻过去，每一道白光都快如闪电，姬澈的身影化作无数的幻影，无数的青色剑光铺天盖地自他手中的青冥飞出，剑光撞击那些白光，皆是钢铁碰撞叮当直响，火星四溅。

一时间只见漫天的青白光芒，碎成片的钢铁撞击之声和四散崩裂出的火星，凌厉的剑锋四散射开，姬澈身下的山峰一座座炸开碎裂，成片的松柏树木相继倒下。青冥剑在他手中舞得风生水起，滴水不漏，一道道要射中他身体的白光都被他以一种极为刁钻的角度挑开、砍飞。无数的幻影让我看不清楚到底哪一个是真实的，哪一个是虚假的，但又好像每一个都是真实的，所有的幻影其实都像是他的本尊。

我这才想起，羽华刚刚才说过，风神诀是可能让他瞬间将本尊和幻影挪移转换的，也就是说，他的每一道幻影都能在瞬间变化成本尊，而本尊又可以瞬间在任何一道幻影之间挪移转换，而这种幻影与本尊之间的挪移转换，只需一个念头。

无法想象这是一门多么可怕的功夫，当你被无数的幻影围住，那也就意味着，实际上你已经被无数的本尊围住，他的本尊能够在一个念头的时间与任何一道幻影挪移转换，就算你出手的速度再快，也绝对是快不过念头。

看着那仿佛无数的幻影，我只感觉脊背一阵发寒。

白凤仰天一啸，尖锐的凤鸣化成一道道如同波纹一般的声波，山林为之颤抖，银江为之翻腾，茂密的山林树木成片成片地被声波摧毁，一块块巨大的山石自山巅滚落而下，掉进巨浪滚滚的银江水里，飘在夜色下的几朵乌云也在这强横到极致的声波下顷刻荡然无存。

第九节　凤家后人

声波极速朝我这方逼来，速度极快，我身子被定住，丝毫动弹不得。声波如海浪直扑过来，磅礴得似排山倒海，身前树木成片地倒塌碎裂，并以一种极快的速度朝我逼近，眼看就要到达跟前。我能清晰地感觉到那股毁灭的气息，声波还未至，身上紫裙青丝就已被那股气势震开。

身子一轻，那声波卷着乱石黑土顷刻间吞噬了我之前所站的位置，羽华搂着我的腰际，飞至一座更高的山峰。那股强横的声波撞上脚下的山峰，山峰颤抖，抖落下一块块巨大的山石。

那高亢尖锐的凤鸣之声还在天地间回响着，久久不能消弭，天地之间只有那高亢的凤鸣回音，以及已经变成几近废墟的山林，滚滚银江之水汹涌澎湃，巨浪腾腾。我还在震惊之中没有回过神来，眼瞳之中，在残月之下震颤着凤翼的白凤一个俯冲，直朝姬澈扑过去。

身子恢复了行动能力，急朝前跑两步，一个不慎被碎石绊倒摔在峭壁壁崖边儿上，羽华放下手中拧着的锦袋，还好，他带走我的时候并未将阿狼扔下，此时阿狼依旧是在沉睡，那震颤天地的凤鸣都没能将它吵醒。

羽华站在漆黑的山石上，苦笑一声，“阿凝，你当真是很在意他。”

我没理会，依旧看着姬澈。他化身的幻影收拢合一，双目冷视着直朝他扑来的白凤，满头白发被狂风吹得有些凌乱，依旧紧握手中的青冥，瞳仁之中一片漆黑，满脸堆满了愕然与惊骇的表情。他轻飘飘地落在一棵未被声波摧毁的松柏树梢上，脚下松叶飘然而动，他的身体也随着松叶上下起伏不定，像是一片落叶一般，衣袂随风而舞，青冥在他手中绕出一道完美的弧线，化作一道青虹收入剑鞘。他深邃的眼眸望着面前的黑暗，似洞穿了如墨的黑，无尽的沧桑时空，双眸忽变得毫无焦距，却依然还是那洞穿一切的眼神。他微微抬头，看向那展开巨大凤翼凭风而立的墨九，微蹙眉睫，声音是沧桑而又深幽，宛如一个走过千年岁月回响在无人可至的深谷里，“凤吟九天，你是凤家后人？”

墨九的手中擭着一把白色的软剑，那剑薄如蝉翼，若不仔细去看，根本就看不出那剑柄之上还有剑身的存在，通体都是与他身上白衣同色的软剑在月色下泛着流动的光晕，蒙蒙不清的光晕流动间，好似有七色的彩蝶绕着剑身舞动，可要仔细去看那光晕之中是否真的有彩蝶飞舞，却怎么也看不见了，就连那剑好似也一块儿不见了，让人疑心自己刚才所见的是不是幻觉。

看来这便是姬澈所说的蝶翼剑了，却不曾想竟是一把软剑。看那薄如纸张的剑，我真怀疑这剑能不能杀死人，估计要把这犹若白纱般柔软的剑舞起来，都很难办到。

墨九唇间上挑，手中蝶翼剑化成一道白光飞入袖中，双手悠闲地抱在胸前，笑道:“竟没想到这个世上，还有人知晓凤家的存在。”

姬澈冷笑一声，“我以为，凤家早在数百年前武王姬发攻破纣王朝歌城的时候，就已经随着商朝一并作了古，却没想到如今又见着了传说中的凤吟九天。”

“凤家确已不在,回想起来,数百年岁月匆匆,凤家已经只是个传说了,一个落满枯败残叶，掩埋在厚厚沧桑的岁月尘埃下，一段已被历史忘记的传说。”

墨九双目无神，尽显空洞，那张冷峻得似冰雕的脸上颓色渐深，看上去好像没有什么情绪，可是又像是有着一种说不出的感觉，那种感觉有可惜、有感叹，但顷刻间就被那冰一样阴冷的表情所取代。

凤家，我好像在一些古老的书简之中见过这个名字，那是一个极为古老的种族，极为神秘。书简之中虽然有所记载，但是着墨不多，不过寥寥几行文字。书简中记载，凤家是殷商王朝幕后的守护种族，这是一个极为信奉承诺的种族。殷商王朝存在数百年的时间，多半便是归于凤家的庇护。凤家的每一任家主都以保护殷商王朝为己任，绵延几百年下来一直信奉着古老的誓言，这是凤家逃不开的魔咒，也是每一代凤家人的命运。

凤家人有多可怕世上无人知晓，但以凤家一族之力就可保殷商王朝绵延数百年，便不难想象凤家人的可怕。即便如此，殷商王朝覆灭于武王之手已是不争的事实，而那传说中的神秘家族——凤家，也随着殷商王朝的覆灭而消失在了历史的尘埃里。传说凤家被武王所灭，全族无一人生还，但凤家是否真的被武王灭了族，这也随着殷商王朝的覆灭成了历史尘埃里的迷，凤家也成了那殷商时代里一个遥远的传说。

墨九竟是传说中凤家的人？如果这是真的，那凤家被武王灭族的传言便是假的。

一条纷飞的红绫将我的思绪从那遥远的传说中拉了回来，红绫飞过银江，缠在对岸的一块漆黑的山石上，一直未见动静的茗娣脚尖点着红绫，腾飞而起，一把拉住墨九的手臂，身形急退，天际之下一道刀光一闪而过，看这刀光显然是冲墨九和姬澈去的，墨九刚被茗娣拉开，姬澈的身子也瞬间消失在原地。

那刀光扑了个空，落在银江水里，顿时山水颤抖，滔滔银江之水像是被这道刀光一分为二，巨浪滚滚。

茗娣和墨九落在对岸的山石上，红绫飞入茗娣袖中，她的脸色还如之前苍白，不见血色，嘴角的鲜血已经干涸。她广袖一挥，迅速转身，脸上有滔天怒意，“霸刀，你做什么？”

声音在天地间无尽地回响，漆黑的天空忽地落下一个肉球，砸在他们不远处的一块山石上，力道极大，砸下的速度也是极快，哗的一声巨响，那肉球落下的地方被砸出个大坑。

粉尘弥漫，渐露出一个矮胖的身形，他一身玄色的衣袍，光头，手中拧着一把泛着寒光的大刀，大刀的刀柄是一条黑色的苍龙，纯白的刀身，漆黑的刀柄，看一眼便觉寒意。

因他背对着我，我看不清他的面貌，满是油光的秃头在月色下倒是极为明亮。他身形矮胖，活脱一个肉球，手中大刀划出一道弧光收入刀鞘，他轻笑一声，这笑声里却有几分童声的清脆响亮，“你们这两个斗来斗去的，什么时候才能完成羽华太子交代的任务？”

我转头看向羽华，“他也是你黑流星里的人？”

他收了黑玉箫拿出折扇，扇出凉凉的风，神色无波地点了点头。

我一股怒气没压制住，提高了嗓门问道：“你到底派了多少人来？”

他看了我一眼，将头转向一旁，有一搭没一搭地摇着扇子，却没理会我。

第十节　枫木琴

忽然一股劲风逼来，一道黑色的影子从我耳旁一闪即过，带着凶狠的劲风直插进羽华身前的坚硬山石里，一时间罡风弥漫，掀起滚滚粉尘。

待到弥漫在身前的粉尘消散，我才看清那道黑色的影子原来是一柄油纸伞，那是我的伞。

半浑半浊的空气里出现了一道模糊的身影，衣角微动，尤见得白发轻舞，冷剑泛着青光。等风将弥漫的粉尘完全吹散，那模糊的身影才露出本来的面貌。

他微微偏头看向我，“阿狼怎样？”

我站起身子，咽下去几口唾沫，看了看躺在身旁不知生死的阿狼，弱声回道：“不清楚，应该……应该是没什么事。”

他呼出一口浊气，偏头看向羽华，“你的伤好得挺快，没想到如今做了太子这么些年，你的功夫倒是没有搁下。”

“呵呵。”羽华收了折扇冷笑一声，转身看向姬澈，“你的伤也好得挺快，血蝠可非一般蝙蝠，被血蝠咬上一口，伤口可是极难愈合，却没想到短短半月时日就恢复如初了。”他唇角勾起一丝新月的弧度，手中的折扇指向我，笑道，“是她的血吧？”

姬澈愣愣地站在那儿，像是一尊木头，茗娣、墨九，还有那刚刚来到的霸刀相继飞来，单膝跪地，“太子。”

茗娣和霸刀倒是很懂礼仪，可是那墨九却独自在那儿，一丝动静也没有。

羽华脚下的白丝软鞋朝前迈进一步，“霸刀，交代你的事办得如何了？”

我这才看清那霸刀的面貌，圆形的脸肉嘟嘟的，没下巴，却生得一把好胡子，眼睛鼻子嘴巴都挤到了一块儿，要不是这脸足够大，还真不知那些鼻子眼睛嘴巴该长在哪儿。

单膝跪在地上的霸刀赶忙回道："回太子，一切皆已安排妥帖。"他目光忽变得凶狠起来，扫了一眼我和姬澈，冷声笑着，"他们，一个也别想离开银江。"

羽华只是赞许地点了点头。

羽华拾起放在地上的长方形锦袋，慢条斯理地朝我走来。我目光觑了一眼姬澈，他也正看着我，握着青冥的手不由得加深了几分力道。

羽华在我面前三步停下，一边解着锦袋上系着的黑色绳带，一边说道："你我之间的赌局，是你赢了。我本想让北燕王卖我几分面子，将你惯用的琴要来，却没想到你的琴被你的侍女藏了起来。自你离开北燕国之后，你的侍女也消失在了晋宁城里，寻找无果之下，我便求了靖国制琴大师无谷琴师，好在他还给我几分面子，闻听你惯用的是九弦琴，就制了一方。"

说着将一方崭新的九弦琴取出锦袋，递到我面前，"以后的千万里路，没个东西消磨消磨也是难挨，收下吧。"

我瞥了一眼那九弦琴，琴身是由最上等的枫木所制，上面刻有朵朵桃花，桃花以朱砂点缀，漆黑的枫木上点点嫣红桃花，做工虽然简单却极为精致巧妙，琴弦是由蚕丝所制。这琴比我惯用的那方九弦琴做工还要精细考究，看上去的确是一方不可多得的好琴。

无谷琴师的名字我还是有所耳闻的，是位享誉天下的琴师，如今周幽王的皇宫里所用的琴都是出自他之手。传言他制了十方名琴，这十方名琴如今散落于天下，成为爱琴之人梦寐以求的宝贝，可惜的是……

但是，无谷琴师不是古堡国人么，怎成了他靖国的琴师了？

相传他最后一把琴叫子夜，也是一把九弦琴。无谷琴师一生制琴无数，子夜在他所筑的十方名琴里是最后所筑，却居十方名琴之首。如今这方子夜在何人之手无人得知，只晓得子夜问世之后，无谷琴师发誓永生不再筑琴，即便是大周天子周幽王多次以重金相请，让他为皇宫继续制琴也被他婉言谢绝。

大周的天子屈尊向他求琴他都不给面子，没想到羽华太子竟然让无谷琴师破了他的誓言，再次筑了琴，摆在我面前的这方琴，分量可真是不小。

面前的这方枫琴让我不知该如何是好，是接呢还是不接呢？我与羽华之间谈不上有多深的交情，而且我和他还是敌对的，如此名贵之琴，叫我如何敢接？可是羽华堂堂靖国太子，不远千里求琴还亲自送到我手上，这要是不接的话，是不是也太不给他面子了，而且还是当着他一群下属的面拒绝。

正当我左右为难的时候，他已经迈出一步，身子像是凭空挪移到我的面前，同当日他向我求扇面一样硬生生地将这方枫琴塞进我怀里。

我身子一僵，愣愣地望着他，他却弯起嘴角笑开，"阿凝，傻傻地等着别人将东西塞给你，这可不好，有些东西还需得靠自己去拿。"

我傻乎乎地站在原地直直地望着他，“我……我又没想要……”我低下头，小心地嘟囔着，我是没想要，可怕他听到，只好把声音压得低一点儿。

羽华将枫琴塞到我怀里之后，便摊开折扇转过身去看姬澈，一边摇着扇子一边朝他走过去。茗娣和那霸刀退开一旁，墨九身子一晃，退开数丈落在一棵松柏树梢上，双手抱胸，冷眼望着姬澈和羽华，白衣翻飞间好似一个不食人间烟火的仙人，可是那阴冷至极的脸却让人看一眼都觉得浑身不自在。

我感觉气氛有些不对，抱着琴谨慎地往后退了两步。

刚退了没两步，一道血色红绫直朝我缠过来，我毫无防备，身子本能地往侧边避开，竟不曾想那红绫在半空中绕了个弯儿，缠向我腰间。先前那一避已经是我所能做到的极限，而这一次红绫缠向我的速度比先前更快更猛，心想，这次完了。

“你若是敢动她，我不介意再伤你一次。”冷冷的声音好似七八月的天气里忽降下的漫天飞雪，我侧目一望，墨九指尖敲着手肘，不知何时已经站在了我面前。他一身白衣胜雪，黑发轻舞，凭空立在我面前，即将缠上我腰间的红绫兀然一取，缓缓地收回茗娣的袖中。

茗娣呆呆地看着墨九，“阿九，她可是万两黄金，你怎么阻我？”

“我和雪狼之间的赌局，是他赢了。”墨九叹了口气，瞥了一眼姬澈，“能在那么短距离正面硬抗住凤吟九天，而且还毫发无损的人，你是第一个，这场赌局，是你赢了。”他收回目光，走向茗娣，揽住她纤纤细腰，身后忽然生出一对雪白的凤翼，双翼用力一震，带着茗娣直飞入广袤的黑夜天幕，天地之间回响着一句冷冷的话，“他日相见，再定生死。”

墨九和茗娣的身影片刻就已消失在了无尽的黑暗里，清辉冷月，凉凉夜风，我望着那广袤的黑暗，凉风吹在脸上，却无甚感觉，望着那突然出现又突然离去的墨九和茗娣，心头升起一种莫名的情绪，这墨九，到底是一个怎样的人呢？

第十一节　阴谋

不管怎样，茗娣和墨九这两个高手走了，剩下的也就是羽华和霸刀。既然墨九都说了，这场赌局是姬澈胜了，心里想起我和羽华之间的赌局，想来，他应该也不会再为难我和姬澈，心底有些窃喜，生死悬于一线的危机感顿时消弭了大半。

“没想到你连凤家的后人都能纳为己用。”姬澈的声音将我从沉思拉回现实，我抬着眼睫朝姬澈望了一眼。他阴着一张俊美的脸，白发在夜风中纷飞如画，手中紧握着的青冥泛着的青色光晕渐渐消散，身前同他如一个模子里刻出来的羽华合上了折扇，站直了身子。

他转身侧对着姬澈，笑道：“要不是我，阿九早已成了飘荡在大周王朝下的一缕幽魂，我保住了凤家最后一条血脉，他岂有不顺从我之意？”

“这些年，你的爪牙到底伸到了何种程度？霸刀、茗娣、墨九，你的黑流星究竟触到了何种境地？”

“哈哈哈！”羽华忽然间大笑了起来，这笑声极为尖锐阴森，听得人心里直发慌，“这可就不该是你考虑的范围了，我寻你十三年，上次让你侥幸逃走，这一回可就没那么容易了！”

姬澈的脸忽地一沉，变得有些伤情，“你怎变成了这样，你我之间，非得如此吗？想当年——”

“住口！”

羽华一声爆吼喝住姬澈，目光瞬间变得锐利如刀似剑，带着凌厉的杀气直逼向姬澈，这股杀气比我第一次所见他时那无意间显露出来的杀气更加凌厉狠辣，像是有一种无形的强大气势从他身体朝四方弥漫，脚下升起一股劲风，紫红衣衫和满头黑丝忽地被掀起，胸口像是被一击重锤击中，本能地又后退了数步，腾出目光看了一眼那霸刀，也是如此。

他的脸上又堆满了笑意，可是这笑那么凛冽、那样阴冷，像是苦笑、像是嘲笑，又像是在质问，他一步一步地朝姬澈靠近，“为什么所有好事都是你的？为什么老天给了我一张你的脸，却不给我你的好运？师父凭什么将风神诀传给你？凭什么给了你风神诀还要将魔剑也给你？我凭什么一生都要活在你的影子下？太子，琦晋……”

“你没资格提琦晋！”一听“琦晋”二字，姬澈目光陡然一冷，一股比羽华更强的杀气从姬澈目光里如决堤的洪水直扑而出，这次的杀气比之前羽华的更加庞大凶横，只感觉喉咙一甜，身体血气翻腾得厉害，可刹那间心房里涌出一股神奇的力量，将那股上涌的血气压制了下去，而那霸刀竟直接在这磅礴的气势之下喷出一口鲜血。

羽华在这忽然爆涌出的杀气之下也受了些影响，但只是前行的脚步停了下来，其他的并无异样。

“呵呵。”羽华冷笑了起来，“没错，我是没资格提她，可你，更没有资格提她！”

他身体忽然一动，宛如一头疾奔的猎豹扑向姬澈，速度快得看不清。在羽华身体刚动的同时，姬澈已经凌空飞起，只见羽华的拳头包裹着如月色的光华击在姬澈身下的山石上，山石剧烈地颤抖起来，顷刻间布满道道裂痕。

“羽华！”我大声地唤他的名字，声音却慢慢地沉了下去，“你……你不是说只要姬澈赢了，你就……就放我们离开吗？”我吞吞吐吐，声音毫无半分底气。

他站起身回头看我，“阿凝，我好像只是说了可以让你安然地离开……”

我瞬间犹如醍醐灌顶，僵立当场，“你……你骗我？”我目瞪口呆地望着羽华。

他咧嘴一笑，“我是个信守承诺的人，既然他赢了阿九，你自然可以毫发无损地离开这里。可我与他之间的恩恩怨怨，必须得有个了结！”他望向凭风而立的姬澈，目光变得凶狠起来，“他今天休想安然地离开银江。”

我脑子里烦乱如麻，姬澈和羽华之间像是有着不死不解的深仇大恨。他说他找了姬澈十三年，可见这仇早在十三年前就结下了。我想，姬澈是个杀手，或许是杀了羽华什么人，才导致了羽华十三年来对他穷追不舍，可在雪狼谷的时候又听说他一家八十几口的血债得用羽华的血来还，刚刚又说什么师父……

脑子里一时间涌进来的信息量太过庞大，一时间理不过来，望着那被墨九一记凤吟九天变成废墟的山峦，心里升起一丝不好的预感。

虽然姬澈的身手我很看好，但是和墨九打的那一架也不是闹着玩儿的，当时他和墨九之间相距不过数尺，那毁灭的一击他虽然是扛了下来，但是也一定折损了姬澈不少的力气。现在又有完全以逸待劳的羽华和霸刀与他作对，羽华和霸刀究竟有多少本事我还未曾得知，但直觉里应该不会比墨九和茗娣弱。

心里又在想是不是又得说跟姬澈死在一块儿，却听到姬澈冷笑一声，抬着目光看了一眼羽华，又看了看霸刀，随后目光落在青冥剑上，瞳仁一缩目光乍冷如霜，“你觉得能留下我？”

“呵呵！”羽华冷笑，目光觑了一眼羽华后迅速地收回，“我知道，身怀风神诀的你若是想走，没人可以留得住你。上回你让阿狼的部族杀了我八千精锐，这一回呢，阿九的凤吟九天虽然没伤到你，可也折损了你不少的力气吧？如今的你是否还能做到在我和霸刀两人的眼前，带着一个不会丝毫轻身之术的阿凝逃过，还有韩国数万军队的重重包围？”

姬澈眉目微微皱起，瞳孔猛的一缩，缓缓地偏头看向羽华，“韩国军队？”他低声轻吟，像是想到了些什么，“难怪你要让阿狼进入沉睡，先是茗娣，然后墨九，为的只是消磨我的力气？”

“聪明！”羽华敲着折扇，笑道，“我知道你很难对付，从我见到紫鹏尸体的那一刻起，我就知道你一定会前往韩国。你很早就想杀了柏青，我也算准了你一定会在进入韩国边城的时候除掉柏青，所以在你杀了柏青的第二日，我便去了韩国都城见了韩国公。柏青是他长子，又是韩国世子，他自然是不会放过你，可你的威名早已传遍大周王朝，韩国公要想杀你，可不容易。”

“所以你便假借愿为他报杀子之仇的名义，让韩国公派兵给你？”姬澈的声音变得异常冰冷。

“呵呵。”羽华接着笑道，“可惜，你明白得太晚了，阿狼现在陷入了深度沉睡，没有我独特的手法唤醒，三两日之内是醒不过来的，没有阿狼狼族之王召唤附近的部族，我倒是想看看你如何带着一个人，从我和霸刀的眼中穿过重重铁甲，数万军队……”

姬澈的脸色阴沉至极。

“数万军队？”我双腿一软，险些站立不稳。

呼吸有些乱，“羽……羽华。”我听到自己的声音颤抖，“你不是说我可以安然地离开吗？”

第十二节　宸剑

我想，如果羽华信守承诺，不为难我，那么便只需姬澈一人逃离这里，没有我这个负累。以姬澈的身手，再加上风神诀这一变态的功夫，穿破数万铁甲和羽华、霸刀的围攻，应该没有多大的问题。

羽华回身看了我一眼，嘴角咧开一道阴险的弧度，“自然，你自然是可以安全地离开，我与霸刀绝不会为难与你，可是，就不知韩国公会不会这样想了……”

“你什么意思？”姬澈的声音冷冷地想起。

他依旧闲散地敲着扇子，“父王听说我把阿凝弄丢了，很是恼怒，斥下万两黄金下了追捕令，并允诺，若是个人将阿凝带回靖国，赏万两黄金，封世袭万户侯位；若是哪个国家得了阿凝，愿送至王都者，不论是否与靖国有过过节，一概化干戈为玉帛，同结盟友；若擅自扣下不交者，灭国……”

我两眼一黑，天呐，这真是天要亡我，靖国之强大难以想象，各大诸侯国的继位者皆是以世子之称，独独靖国的继位者却称太子，而且还是周幽王姬宫湦点了脑袋默许了的。靖国这些年来大肆扩展疆土，铁骑踏破一个又一个国门。韩国虽然也是大周王朝一个大国，可是近些年来同靖国也是频有摩擦，双方还酣畅淋漓地打了几场大仗，可结果韩国不但没有捞到什么好处，反而折损了不少精锐之师、数座城邑。近些年来，柏青当了世子，加之韩国公年岁也不浅了，身子是一年不如一年，国力日渐消退，这也导致了靖国已有吞并韩国的念头。

如今的韩国，世子被杀，韩国公年岁已高，国力衰弱，可以说是内忧外患。柏青一死，韩国公必然会重立世子，想来此番世子之位必然会落在他之前所看好，后来却因柏青揭发风尘女子一事儿放弃世子之位的柏烨。国中世子重立，举国必然动荡，若是不久年迈的老国公韩王再离世，那韩国必然会落入靖国之手。所以，韩国公要做的，一是稳住国内重立世子的动荡，二来便是处理好与靖国之间的摩擦，这样一来，若有一日年迈的韩国公一命呜呼，也可保韩国安定。

如今韩国公只得趁自己还能动弹的时间里，处理好这几件事，当然重中之重并非是稳定国内重立世子的动荡，而是与靖国之间的摩擦。

刚刚好，在这个时候靖国竟然抛出了这样的条件，韩国公自然是不会放弃这个与靖国结盟的大好机会，将我绑了过去交给靖国，两国化干戈为玉帛，结成盟国。这样一来，即便是日后他这安分惯了的世子柏烨没有多大的用处，有了靖国的庇护，乱世里保得安宁并非难事。韩国公是个精明人，必然明白结盟只是靖国的一个说辞，这个世界最为永恒的便是利益，待到时机成熟之时，一纸盟约也不过只是刻在书简上的文字罢了，可如今韩国的情况，已不足以让他做长久打算了。

能护住韩国一时，便护一时，这种微妙的平衡能维系多久，就看他那安分惯了的老实人柏烨，是否能给他意外惊喜了。

他现在所能做的，也就只有为柏烨达成这种微妙的平衡，其他的，只能靠这个安分人，或者听天由命。

看来，韩国公给羽华的数万军队明面上打着的是报姬澈杀子之仇，但本质上是朝我来的。

我果然，天生就是个煞星，会害了身边的所有人。

茂密的丛野之中隐约有马蹄疾奔之声，星星点点的火光如黑夜闪烁的繁星遍布丛野各处，快速朝我们这方靠近，随即嘈杂的喧闹声、杂乱的脚步声、战马的嘶吼声响彻在广袤的黑暗里。

火光越来越多，人声也越来越多，我眼神好，隐约可见身着黑甲的军士们手中长长的钩戟反射着月色的寒光，在密林深处时隐时现。韩国的军队，从三个不同的方向围拢过来，跳跃着的火光渐渐地将方圆十来里的山林照得通明，犹若白昼。

三股洪流在脚下山峰外数里之处合成一股，他们移动的速度极其快，数千轻骑策马奔腾，很快就将我们所处的山峰团团围住。随后，步兵、弓箭手迅速赶来，里三层外三层地把山峰围了个严严实实，滴水不漏，成片成片的火把将这个不高的山峰照得通红，军队的人数还在不断增加，绵延出去数里，数千弓弩手排列在轻骑之后，张弓搭箭，箭尖迎着月色火光，显得格外凌厉阴森，直指山峰之巅。

完了完了，这下，我可真要和姬澈死在一块儿了。怀中抱着的枫琴啪的一声摔在地上，心里忽然想起他们是要把我绑回去交给靖王，那我不是得死在靖国，又怎么能和姬澈死在一块儿？

“韩国将军宸剑，前来拜会雪狼公子，还望现身相见！”

中气十足的声音震响绵延群山，低首一望，一匹雪白的战马正一路狂奔而上。这战马威武异常，这山峰险峻陡峭，人要想攀爬上来都得四肢并用，可这匹白马疾奔而上却如履平地一般。马背上一名身着黑色战甲的中年男子，手中一柄长枪，马背上一柄黑色的长剑，身后一袭艳红如火的披风迎风而舞，手中马鞭高高扬起，白马一声嘶鸣，一跃而起，在残月之下划出一道完美的弧线，落在山峰之巅。

白马高高抬起前蹄，迎月一声马嘶，中年男子紧握着缰绳，手中长枪划破空气带着道道幻影，白马前蹄落地，低吼一声，身前黑甲反着月光，尽显霸气。

“在下便是雪狼。”姬澈身子轻飘飘地落在地面，手中青冥收入剑鞘，朝这名中年男子鞠了鞠躬，“素问宸将军不仅剑术卓绝，一杆长枪更是横扫千军，有万夫不当之勇，今日一见，果是英勇不凡。”

这人便是韩国大将宸剑？我看了他一眼，他身形偏瘦，脸上也有几处浅皱，长着一撮黑白参半的胡须。宸剑的名字我是听过的，此人有勇有谋，带兵打仗很有手段，是个威名远播的将军。

他右手拧着长枪，看了一眼姬澈，嘴唇撇出一丝笑意，“公子过誉了，此番不请自来，望公子切莫记失礼之过。公子以一人之力对抗黑流星数大杀手，这大周第一杀手之名，果是不假。”

姬澈只是笑笑，颔首点了点，面对这千军万马的包围，好似并无半分紧迫感。

宸剑好像这时才发现羽华的存在，他目光瞥向羽华，先是一怔，而后又看向姬澈，再是一怔，随后目光时而看着姬澈，时而又看向羽华，这两个一模一样的人，极让他意外。

“这……”他喃喃出声，声音满是惊讶。

羽华摇着扇子走出来，宸剑的目光落在他腰间挂着的那一枚方形的龙佩上，脸上的表情霎时凝固下来。

他朝宸剑微微一笑，“在下，羽华！”

第十三节　危机退去

风吹动众人衣角、发丝，四下一片安静，峰下无数的火把将方圆数里照得犹若白昼。宸剑将手中的长枪插进马下僵硬的岩石里，翻身下马，走向羽华，弯身鞠了一躬，“原来是靖国的羽华太子，失礼，失礼！”

羽华收起扇子，笑了笑，并未说话。

他又转身向姬澈走去，双手抱拳微微躬身，“公子，我家主人闻说有人欲要对公子不利，遣在下自王都前来看看，星月兼程奔袭数百里。主人吩咐在下带兵三万，目前一万先头军已至，余下两万军队也将于数个时辰后赶至，全凭公子调遣。”

他话音一落，我身子一震，赶忙看向站在姬澈身前那站得恭恭敬敬的宸剑，他脸上的表情极为认真严肃，看样子不像是假。

“难道这些军队并非是前来抓我的？”我一时间反应不过来，抬着眼睫看向姬澈，他也是一脸茫然地看着宸剑。

“你家主人？”姬澈皱着眉头，沉思了片刻，问道，“是谁？”

宸剑站直了身体，回道：“柏烨！”停了片刻又接着说道，“主人说他欠公子一份人情。”

“柏烨？”

“柏烨？”我和姬澈几乎是同一时间喊出了声，皆是震惊得很。他看了看我，又看了看跟前的宸剑，满脸的疑惑之色。

仅仅片刻，姬澈脸上的疑惑便缓缓解开，露出一丝轻笑，“这个老实人变了性子，这些年的韬光养晦，看来倒也让他养出了几分脾气……”

我还是没有弄明白这到底出了什么事，怎么原本以为是在围杀我们的人，却忽然倒戈说数万军队皆听姬澈的调遣？

宸剑挪动步子走向已经满脸铁青的羽华，拜了拜，说道："太子莅临韩国，实是我们韩国无上的荣耀，今夕得见太子尊荣，平生大慰。主人吩咐说，如果见着太子，托我给太子捎句话，主人仰慕太子风采已久，却一直未曾有缘一见，主人在南州风日楼稍备薄酒，如若太子不嫌弃，还望太子能赏脸赴约，我家主人定将扫榻以待，以尽地主之谊。"

羽华的脸已经是阴沉到了极致，他啪的一声合上折扇，眉间尽是压制不住的怒意，强压怒火挤出一丝笑容来，阴着说道："原来你家主人是柏烨公子，失敬失敬。柏烨公子相约，在下本该欣然已至，可在下现时还有要事在身，烦请将军回去告知柏烨公子一声，他的情，在下心头领了，他日再来韩国之时，一定登门拜访！"

他微微回首，"霸刀，我们走……"

"太子！"霸刀连忙喊道，"难道就这样走了？"他目光扫过我和姬澈，最后落在宸剑的身上，语气凶狠地说道，"我……我不甘心！"

羽华已经抬着步子往前走，声音低沉响起，"时机已失，多留已是无益。"他在姬澈身旁停下脚步，"别以为你们可以一路好运，我在沧海之城，恭候大驾！"

他身体慢慢地变得虚幻，风一过，化成一缕白烟，随风而去。

"哼！"霸刀极为不甘心地闷哼了一声，一蹬脚下的漆黑山石，顷刻间消失在了无垠的夜空里。

"终于结束了么？"我身子一软，摔倒在地，想起今夜种种，先是茗娣、墨九，之后又是羽华、霸刀和韩国数万军队，一轮接一轮的危机，已是让我浑身力竭，如今他们都走了，我大有一种死里逃生之感。

想我十几年来，没有哪一天过得有今夜这般惊心动魄。

宸剑对姬澈说："公子，我家主人在十里外的新月岭，主人望公子可以前往一叙。"

姬澈走过来将我从地上搀起，拍了拍我身上的泥土，"好。"

包围着山峰的军队纷纷撤开，高举着火把站成一排，宛如一条火龙盘踞在绵绵群山之中，一直延伸到看不见远方的深幽黑暗里。

"公子！"宸剑已经重新骑上白马，手中长枪指着火龙延伸的方向说道，"公子沿着这个方向就能到达新月岭，在下还有要事，不便相送，公子，再会！"宸剑冲着姬澈抱了抱拳。

"将军多礼了，今日迫使羽华退去，解我之围，雪狼定铭记于心。他日若有用得着雪狼的地方，万死不辞！"

姬澈将还在沉睡中的阿狼交给一个士兵看护，看着那一直延伸到最黑暗的火龙，他拉起我的手，"叶凝，走吧，去看看那柏烨。"

我们沿着排成两排的军队走在崎岖的山路上，两旁皆是举着火把的黑甲士兵。这些士兵跟我寻常所见的士兵大有不同，他们全是一身黑甲，而且脸上还戴着青铜面具，腰间都配有短刀、短剑、弓弩。每一个士兵都站得笔直，身上全都散发出一股阴冷凌厉的气势，这种气势可非寻常士兵所能有的，看来这些士兵都是经过极为苛刻的训练。

我一手抱着羽华送的琴，空出来的手被姬澈拉着，茂密的丛林里杂草深深，两旁士兵们举着的火把照亮脚下的路途，火光闪闪跳动。

山路蜿蜒曲折，时上时下，加之齐至大腿的杂草，走得很不易。一路上，姬澈都沉默着，我也找不到什么话题，也只能随着他沉默。

行至一处山谷，青石铺就的台阶自谷底一直延伸到山顶，青石阶两旁每隔几步就站有一名举着火把戴着青铜面具的士兵，他们从山谷一直列至山顶，曲曲折折的。

我们在石阶前停下脚步，山谷静逸，远处有虫鸣风声，火把照亮三尺山林，余下一片黑暗。

我见着一位白衣女子自石阶高处缓缓行下，此女花容月貌，生得极为秀丽精巧，她在我和姬澈面前屈膝一拜，声音入耳清灵，“婢子奉主人之命再次恭候公子，主人已在新月亭等候公子多时，婢子为公子带路，可好？”

姬澈放开我的手，回了一礼，“有劳姑娘！”

“公子客气，请随我来，请！”

第十四节　公子柏烨

石阶旁的山林开着不知名的野花，红橙黄绿各色花朵皆有之，芬芳氤氲。白衣女子在前头带路，姬澈拉着我的手跟在后头，林木深处虫鸣悦耳，山风微凉，月色正好，石阶清幽，偶有几处苔藓，蜿蜒盘旋直达山顶。

登上最后一块石阶，面前是嶙峋山石，一座孤亭立在山崖边儿上，亭子四周挂着白色轻纱，随风而动，飘来扑鼻的茶香，亭外山崖绝壁站着数位腰佩长剑的黑衣人。他们与那些士兵不同，脸上没有戴着青铜面具。他们见到我和姬澈登上山顶，皆是微微抱拳，随后目光继续巡视着四方，护着挂有层层幔帐的亭子。

山茶花开在绝壁上，白若初雪，迎风晃动着曼妙的身姿，银江绕着山脚曲折蜿蜒地流过，天地苍苍，新月吐辉，洒满苍茫山林。

抬眼一望，入目的古色木亭上挂着一方匾额，“新月亭”三个大字笔法苍劲，银钩铁画，一看便知书写这三个字的人有着极深的书法功底。斑驳的木匾许是年月已久，有几处裂痕，尽显沧桑。

白衣女子迈着碎步，低头走到木亭前，“主人，雪狼公子已经到了。”

亭中传来温柔的声音，“哦，此处不用你服侍，你先且退下吧。”声音如云似雾，初听有几分飘渺，后听又有几分厚重，再听又有几分久居高位的威严，短短一句话音色变换如此之多，可真不是个常人。

“好的。”

夜风撩开一块纱帘，借着这个间隙我见着凹凸不平的地面上一双白靴，一片纯白的一角，一方石桌，几个石凳。

白如璞玉的手指撩开一层幔帐，慢慢地露出藏在幔帐后的身影，是个俊秀的公子哥，一身纯白，绾着高高的发髻。他定定地站在那儿，素手撩着轻纱，高高的额头，细长的眉睫，微抿着浅色的薄唇，白纱层层掀动，唯美如画。

他双目直视着姬澈，唇角咧开一丝浅笑，素手轻放下撩着的白纱，往前一步，“雪狼！”他弯着身子对姬澈抱了抱拳。

“柏烨！”姬澈也放下拉着我的手，回了一礼。

柏烨直起身子，侧身站在一旁，手掌自袖中伸处，“请！”

他这个姿势做得极为优雅，就我这个角度望过去，幔帐翻飞，就着他的半张侧脸可见木亭后绵延群山，薄薄雾色飘在群山之中，他纯白的身影好似融入了那薄薄雾色。

姬澈轻轻一笑，拉着我进了亭子，一方石桌上摆放着一块棋盘，三杯冒着雾气的香茶，除此之外，再无其他。

我将抱着的琴放在石桌上，坐在姬澈的身旁。对面的柏烨看了一眼我，笑道：“听说康宁公主是琴中佼楚，竟是未想公主爱琴已是到了走到何处都带着琴的地步。”

我苦笑一声，不想在这方琴上多做纠缠，岔开话题笑道：“柏烨公子认得我？”

我从未见过柏烨，他却能第一眼就认出我并准确无误地唤出我的名字，这让我有几分惊讶。此时用这个问句岔开琴的话题，将将好！

柏烨捡起棋盒之中一枚黑色的棋子，端详着已下了一半的棋局，笑道：“如今这个时候，能与雪狼站在一处的，除了北燕国的康宁公主，岂能有旁人？雪狼在雪狼谷以雪狼王部族灭尽靖国八千精锐军队，如今可已传遍各大诸侯国了。”他顿了一会儿，扣下棋子，抬眸看向我，“可是你这一走，可牵连了北燕国，引出了不小的风波啊……”

我脑中一震，连忙问道：“难不成靖国并未放过北燕国么？”

这半月我多半时间都是在银江漂着，对于外界的事全然不知。姬澈一听柏烨这话，连忙问道：“北燕国近来可有什么变故？”

柏烨端起茶杯不慌不忙地喝了一口，将面前白色的棋盘推到姬澈面前。姬澈自当了然，柏烨这是想让他下上一盘，将青冥递到我怀里，纤细的手指捻起一枚白棋，目光打量了一下棋局，眉间微微一蹙，半晌，落下一子。

“北燕国近来可是颇有变故。”他紧接着下了一子，借着姬澈研究棋局的空档接着说道，“自公主被羽华带离晋宁城后，先后发生了两件大事，第一件便是抚远大将军暮辰暴毙于横谷关，暮将军已死的消息传入王朝，举国动荡，直接导致北燕王一病不起，这第二件嘛……”

姬澈已是落下了棋子，柏烨捻着黑棋望着棋盘皱起眉头，半晌，摁下手中黑棋，这才说道：

“北燕王病重，二公子叶方手握兵权，星夜带兵逼宫，先是废了世子叶墨，接着逼迫北燕王立其为世子，如今的北燕国已是风雨飘摇，岌岌可危，若不是有着靖国护着，恐怕早已不在。”

我心头猛的一沉。

自打二哥拿到兵符的那一日起，我便晓得迟早都会有这一天的。二哥与大哥、三哥全然不同，极其热衷权势，若不是因为断袖这个弊处，世子之位本该是他的，他这样也应该是在拿回本就属于自己的东西。再说二哥极有才华，大哥三哥皆是废材，北燕国落在他手里，也算是得了明主，可是我那父王……

一想到父王，我不免心头一疼，不论他如何对不起我，他终究还是我的父王，我这一身的骨血，可都是他所给予的。他这一生昏庸无用，到了暮年，却被自己的亲儿子逼宫……

我双手不由得握紧了手中的青冥，深吸了一口气，望了一眼天空中的明月，咬了咬嘴唇低声问道：“我父王他近来如何？”

柏烨瞥了一眼我，紧接着收回目光下了枚棋，“公主不必忧心，前两天在下派往北燕国的探子回来禀报，北燕王虽然身染重疾，但并无性命之忧，只需安生静养数月，便可康复。”

姬澈这时打断我和柏烨之间的对话，“柏烨，不知你们韩国又有怎样的动荡？”

“呵呵。”柏烨笑了一声，端起茶杯抿了一口，将下了大半的棋一枚一枚地收回棋盒，不过收的只是姬澈的白子，当所有的白子都收回盒中，所有的黑子摆于棋盘上，定眼一看，却是个“王”字。

他指着棋盘，笑道：“公子可能明白在下之意？”

姬澈眉间一挑，手指敲着石桌，半晌，微微点头，“好，好，看来这个天下，可要变一变了！”

第十五节　齐黎联姻

白烨一边随着姬澈笑，一边将余下的黑子一枚枚地捡入棋盒，“父王这些年年岁渐老，我韬光养晦这么些年，如今正是我一展抱负的时候。当年那个安安分分的柏烨，终该是曾夕过往，公子不是与在下一样，都在自己失去的东西，费力夺回么？”

姬澈没有说话，起身走向亭沿，撩开幔帐看着脚下滔滔东去的银江之水，似是陷入了沉思，身下有朵山茶花伸进隔栏，开在他的脚下迎风晃动。山中雾色轻飘，朦朦胧胧的月色下天地一片昏暗无色，灰色的天，苍茫的地，那道蓝色的身影披着初雪的白发，望着茫茫天地，神色晦暗，迷茫。

“姬澈。”我走到他身后，摇了摇他的手臂，他这才回过身来看着我，唇间一笑，拍了拍我的肩膀。柏烨也从袖中取出一柄扇子走了过来，说道：“公子不比在下，所图之事也与在下不同，公子能应在下数年前所求之事，你我之间当初定下的约定，在下自当遵从。”

姬澈的目光落在我身上，微微一笑，“我现在不大去想太过遥远的事，现在，我只想着能够将叶凝平安地送到登桓。”

我抬着头怔怔地望着他，四目相对间，像是有什么东西在心里生了根，也许我这一生会比寻常人长上太多太多，但他的脸，他的白发，他的剑，他的声音，他时而的冷漠和时而的温和，也会陪着我很长很长，或许也会长到那个我到不了的时间。

我双手不由自主地握住他的手臂，露出舒心的笑，我像是从未有过这样从心底里涌出来的笑容。原来这种笑容就是这样的感觉，好像天地都不存在了一样，又好像时间不再走，山水不再流。原来我也可以笑得这样舒心，笑得连我自己也不相信可以这样。

姬澈先是愣了片刻，而后赶忙将头转向一旁，像是在逃避我望着他的眼神。就在他转头的一瞬间，我看到了他有些发红的脸颊，当即不免想笑，但好在忍住了。我可从未想过他也会有脸红的时候，他可是连杀了韩国世子都只是一句云淡风轻的“杀了”，这等羞涩的模样，当真是极为可趣。

柏烨见到我俩这副模样，有些尴尬地咳了一声，摇着折扇将身子转过去，看着山中雾色袅袅，山下银江滔滔，像是在自言自语，又像是说给姬澈听，“登桓远在东海，要说一路平安，谈何容易。”

姬澈已是不动声色地坐回石凳上，下了一子，又端起古铜色的茶杯抿了一口，这才不慌不忙地说道：“这世上之事只怕有心之人，想你之前循规蹈矩、安安分分，那时候的你可曾想过有一天也会变得现时这般模样？”

气氛像是变了些，看了看自顾下棋的姬澈，又望了望静看雾色银江的柏烨，身子一斜，靠在有些裂痕的栏杆上，感觉这个姿势有些累，索性就双手撑着横木坐了上去，看着他俩。

“你说得也并无道理。”柏烨弯下身子，将那一株伸进亭子里的山茶花摘下，纤细的手指抚摸着纯白的花朵，轻柔得宛若春风拂过那般，嘴角咧出一丝浅笑，依旧还是背对着姬澈的姿势，“不知黎国昌平公主管彤下月初十出嫁齐国的消息，公子可有听说？”

姬澈刚要落子的手顿在半空中，侧目望向柏烨的背影，眉头微微皱起，“出嫁齐国？”他回过头落下手中棋子，“这个消息倒是未曾听说。”

“管彤公主么？”我双手托着下腮，偏着头看着身旁的柏烨，插话道，“黎国的管彤公主听闻是个奇女子，誉为黎国第一美人，琴棋书画无一不通，无一不精。黎国公对这个宝贝女儿可是爱惜得紧，捧在手里怕摔了，含在口里怕化了。听说数载前周幽王姬宫涅派遣使者欲将这位黎国第一美人纳入后宫为妃，却被黎国公以数不清的珍宝以及十位绝代佳人的代价换下了这个宝贝女儿。如此可见黎国公有多疼爱这个管彤公主，可如今又怎么舍得将这么个宝贝疙瘩嫁给一个齐国世子？”

柏烨无奈摇头一笑，刚要说话却被姬澈插了进来，“这个我想跟黎齐两国之间的战争有关吧？”

“嗯？”我偏头看向姬澈，等着他的下文。

却没想到他说完这句话之后就没了下文，我看了他半天也没个动静，我担心他又说我好奇心太重，只得将欲知后事如何的追问目光移向柏烨，希望他可以跟我说个明白。

柏烨拿着手中的山茶花枝，看着山间袅袅云雾，长叹了一口气，这叹息里不难听出有些伤情。

“黎齐两国之间向来是战争不断。自大周建立，黎齐两国封地确定，战争已延续数百年，两国打打停停却从未间断。近些年来，黎国多地连发大旱，国民逃难的逃难，饿死的饿死，国力日渐消退。如此天赐良机，齐国自然是不会放过的，数十万大军压境，黎国大有灭国的危机。被齐国大军搞得寝食难安的黎国公本欲向靖国求救，可惜靖王重疾缠身，朝中大事皆由太子羽华处理。面对黎国公的求书，羽华却一直没给答复。眼见齐国大军离边疆越来越近，已是没了法子的黎国公，想到了求和，两国结个亲家，割让黎国数十城给齐国，想着两国数百年的积怨可以化解，齐黎两国就此罢斗，永结盟好。”

“啊？”我长大了嘴巴，“那这么说来这个管彤公主不就是……就是……”

柏烨点了点头，“康宁公主说言也并不假，管彤，不过只是议和的筹码而已。”他抬头望向天空中的半轮残月，叹了口气，脸上尽是苦色，“王族子女，向来都是如此。”他偏头看向姬澈，“雪狼公子，就此事，你怎么看？”

我原本以为，姬澈会对柏烨那句“王族子女，向来都是如此”这句话大做评论，却没想到他竟说道：“羽华这步棋下得着实精妙。如果齐国当真是攻下黎国，那么齐国的军力必然会大打折扣，黎国近年来虽是国力衰弱，但黎国也是大国，能够在大周王朝下生存数百年，自然也是有一定的实力，而且刚攻下的黎国必然不会全然诚服于齐国的统治。到时候，靖国便可不费多大力气一举吞并齐黎两国，这等心计，不可谓不深。”

“羽华太子的才能，普天之下的确无人可及。”柏烨感叹了一声，继而反问道，“那依你对羽华的了解，对于齐黎两国的联姻结盟，他会有怎样的打算？”

姬澈冷冷一笑，“自然是不能让他们得逞！”

第十六节　请求

我撑着脑袋想了想，如果姬澈所说不假，那么羽华打的是坐山观虎斗、坐收渔翁之利的算盘。如果齐黎两国真的结成了亲家，那么他所希望见到的齐黎两国斗个两败俱伤的愿望就落了空，齐国、黎国在大周的各大诸侯国里皆是大国，远不是我们北燕国所能相比的，而一旦他们两个结成联盟，对于靖国而言，绝对是个威胁。

由此就不难猜测，羽华是绝对不会让齐黎两国结盟的，因为他不会允许大周有一股能与靖国旗鼓相当的势力。

柏烨若有所思地点了点头，声音低沉地说道："你我所见倒也一样。"

柏烨转过身，将手中的山茶花枝递给我，我笑着接过，拿在手中仔细地端详。他已挪着步子走向石桌，端起茶杯喝了一口，拿起棋子一边打量着棋盘，一边说道："以公子高见，羽华会如何阻止齐黎两国的联姻？"

姬澈微微一笑，"这个问题想必你想得比我还要仔细了吧，又何须问我？你我之间也别来这种虚招了，你将我约到这儿来，也不只是想让我陪你喝喝茶、下下棋这么简单吧？"

柏烨有些尴尬地笑了声，落下手中棋子，沉默片刻说道："韩国目前的情况，公子也是清楚，韩黎两国是邻国，若是黎国为齐国所灭，之后羽华趁齐国攻下黎国元气大伤，一举吞并齐黎两国，那么接下来矛头将直指韩国。韩国目前国力空乏，柏烨需要韩国周边在一定的时间里绝对安宁。"

姬澈神色一愣，双目直视着柏烨，喃喃说道："你要我促成齐黎两国联姻？"

柏烨没有说话，只微微点了点头。

姬澈无奈摇头，反问道："你就不怕齐黎两国联姻之后，对你造成更大的威胁？齐黎两国一旦结成联盟，那可是一股能够威胁到靖国的力量。"

柏烨若无其事地下了一子，笑道："两国之间的积怨可非三两日了，这堆积了数百年的积怨，公子觉得仅仅一段亲事就能让两国完全冰释前嫌吗？"

姬澈看柏烨的眼神有些变了，多了几分欣赏与赞许，"士别三日，真当刮目相看！"他话语一转，"可是在下这厢是要前往东海，路程向东，虽是要借道黎国，可齐国却是在黎国以北，我若应了你，岂不是越走离东海越远了？"

柏烨一笑，"公子帮了我，也不就是帮了自己？韩国的力量越强，那么对于公子日后拿回属于自己的东西，不也就多了几分可能。这绕了几百里路，在下觉得对公子所图之事而言，绝对是值得的。"柏烨脸上一丝浅笑，目光直视着姬澈，缓缓放下一子。

姬澈望着棋盘，神色一怔，将手中的棋子放回棋盒，"秒棋，你赢了。"

柏烨对姬澈抱了抱拳，笑道："承让，承让。"

远方天际已有光亮跳跃，这十几年来过得最为漫长的一夜正逐渐地退去，天快要亮了，盘踞在群山之中的火龙依旧是之前的模样，冷辉清月正在西落，将天空交予红日。

手中的山茶花玩得有些腻了，他俩已不知下了多少盘棋，苦了我一个人坐在木栏上无人问津，惆怅得紧。

遥看天边月落日升，夜尽天明，晨雾薄薄袅袅，沉睡一夜的群山渐渐醒来，云雾半遮半掩，视线朦胧不清，风吹白纱飘渺如画，脚下山谷云雾飘飘，独露半截山谷立在云雾上，隐有鸟儿的轻啼声响在山林里。

昨晚领我们上山的白衣女子端着一盘野果撩开翻飞的白纱，进了亭子，"主人，公子，山间难得食物，知画觅了些野果，若不嫌弃，暂且做果腹之用。"

原来这个美人叫知画，当真是个满富诗意的名字。

姬澈偏头看了一眼知画，她亭亭立在姬澈桌前，将手中用原木挖出的盘子放在圆桌上，动作轻灵优雅，足见细腻。姬澈嘴角抿出一丝笑意，颔首道谢：“有劳姑娘。”

知画对姬澈屈了屈膝，杏目柔情，顿现百媚横生的姿态，“公子客气得紧。”

我自当将这一幕看在眼里，同为女儿身，这样千娇百媚的姿态，我自认是做不出的。她拿了颗果子朝我走来，恭敬地递到我面前，“公主可否尝尝？”

我连忙将撑着下巴的手抽出来接过果子，“好，不过这一颗果子可是不够的。”

“啊？”她身子一顿，连忙道，“那我再去寻些过来。”

我真要满心欢喜地说快去，姬澈却阴着声音道：“你就是将这整山的果子给她寻来，也未必禁得起她一顿。”说着拿起盘子里的一颗野果朝我扔过来，“你就忍耐些吧。”

我白了他一眼，不悦地将脸转向一旁，“哼，你又不是不晓得我食量大的……”

面前的知画美人儿陷入了两难的境地，退也不是进也不是，眼光时而看向姬澈，时而看向我，满脸不知所措，好在柏烨这会儿发了话，“知画，茶凉了，换两杯过来。”

看得出来，柏烨这人还是极其体谅下属的，这句轻描淡写的话虽是命令，却并无半点吩咐的语气，带着温和如风的平缓柔和，正好替知画美人儿解了窘境。

他们两个聊了一宿也没搭理我，心里早已有了不悦，这时姬澈又拿话挤对我，这种不悦顿时蹭蹭地少涨上去不，噘着嘴巴啃着野果生着闷气，一气之下将手里玩了大半夜的山茶花枝摔在地上，想着这会一定得记恨他好几天才可解我心头的闷气。

知画美人儿提着茶壶回来的时候，天已经亮了，她这一去小半个时辰，姬澈理都没有理过我一回，只顾着和柏烨从开天辟地聊到武王伐纣，再从轩辕尧舜聊到现在的周幽王烽火戏诸侯，将这古往今来千百年的贤德大能之士统统评头论足了个遍，简直是当我不存在嘛，气得我牙根直痒。

咬着牙齿斜着眼睛看知画美人儿为他们这两个高谈阔论的风雅之士一一换上新茶。姬澈眼角看了看摆在石桌上都没动的野果，轻轻地朝知画美人儿的位置推了推，知画有些不明所以地看着姬澈，一脸茫然，不知姬澈此举究竟为何。

柏烨背对着我，我看不见他脸上什么表情，只是手中折扇朝我这里指了指，然后接着和姬澈谈论如今周幽王极为宠爱的那个传说中天上少有地上绝无的绝世佳人——褒姒。

知画恍然间似明白了过来，微偏美眸朝我这方望过来，我赶紧转过头，继续之前君莫理我，我正在气头上的姿态。

有咚咚的脚步声传来，愈来愈近，心一瞬间提到了嗓子眼。

知画美人儿端着果盘放在我身旁，又折回去倒了杯热茶端过来，递到我面前，“公主。”

我噘着嘴巴偏着头，没搭理她，知画美人儿一时间又进入了进退两难的窘境。姬澈和柏烨还在那高谈阔论，没受到我一丝一毫的影响。

知画美人儿挪着步子绕到我脚跟前，身子一弓，素白的裙摆扑在地上，手中茶杯高高举起，“公主，您……”

她像是赖上我了，我抬着眼皮白了她一眼，抱着双腿再次转过身子，轻哼一声，后背对着她。

她的确是赖上我了，又挪着步子绕到我正面，“公主。”

我正要发飙，姬澈的声音却慢吞吞地响起，“好了知画，既然她不给面子，那就由她去吧！不过叶凝，先得跟你说明白的是，如果你再不吃点东西果腹的话，那下一餐可不知得等到什么时候了，许是得到了黎国之后才有东西给你果腹。”他顿了顿，朝知画招了招手，“把果子端过来，我尝尝。”

我一听这话，不免面色一变。

知画抬着眼睫见我这副茫然的模样，掩嘴一笑，“好的，公子。”

说罢便将手中的茶杯放在栏杆上，一双玉手就朝我身旁的果盘伸过来。

第十七节　离开

我赶忙将果盘抄起抱在怀里，眼神闪烁地看着姬澈，“你……你别想忽悠我，谁……谁说我不吃的，我又没说不吃……”

我像个护食的小狗紧紧地抱着那盘果子，生怕知画美人儿趁我一个不留神给抢了过去，不觉很是丢尽了我北燕国的脸。许是我这护食的模样太过可喜，姬澈、柏烨应声大笑起来，就连知画美人儿也掩着嘴唇矜持地笑开……

我这才始觉，我又上了姬澈的当了……

事已至此，脸已经是丢了，想着自然是丢了脸，那绝对是不能再亏了肚子的，于是挑拣了几个大个儿的果子揣在怀里，留下三两个小的递给知画，“给。”凶着眼神瞪了姬澈一眼，“给他拿过去。”

知画脸上笑意不减，接过盘子，“好的，公主。”

啃了几个野果，肚中有了些东西做填补，心情也舒畅不少，吊着双腿坐在栏杆上，一边品着清茶，一边看着群山茫茫。天边日升，深红的朝霞扑在群山天际间，偶有几朵彩云飘过，山风凉凉细细，银江之水在脚下山崖幽谷中奔腾而过，山水两相宜。

天际略过几只孤雁，飘着拉长了调子的雁鸣声，春风拂过脸颊，掀动身上紫裙，额前几缕青丝细细腻腻，柔暖似身后飘着的白纱，一杯清茶，满眼晨光，甚是惬意，连之前姬澈挤对我的不悦感，也匿了踪迹，心情一片大好。

知画美人儿自填上茶水之后也未曾离开，端端正正地站在柏烨身后伺候着，时而给他俩添添茶、摆摆棋什么的。有如此美人在身旁伺候着，柏烨桃花不浅啊，只是不晓得他怎就如此倾心那个风尘女子呢？这知画可比那女子不知好了千百倍，这看着多温雅的公子哥，脑子怎就不开窍呢？

一想起之前姬澈对我说起柏烨的风月往事，心里不免有些感慨，彼时那个杀他心爱女人的凶手就坐在他的对面，而他却还能做出一副谈笑风生的形容来。在风月情爱一事上，我压根儿没有什么经验，不过约莫着也能猜出个大概。也许正如姬澈所说的那样，柏烨这些年韬光养晦，的确是养出了几分性子，也许，此时的柏烨，再也不是当初深爱着那个女子的柏烨了。

我正托着下腮闭着眼睛假寐，脚步声轻轻和和地靠近，随而就是一股冷梅清香，柔柔和和的晨风里淡淡的梅香，好似见着了那二月的山岭上满山冷梅开放的景致。

是姬澈，这熟悉的感觉只有他能有，即便是羽华，也是万万不及的。

虽然知道是他在向我靠近，但我并未睁开眼睛，假作不知道，依旧保持着之前的姿势。

身旁的木栏杆响了一下，是姬澈坐了下来，我依旧假作不知，眯着眼睛，但很不自觉地睁开一丝丝，又不敢把缝睁得太大太明显，结果是模糊一片，啥也没瞧着。

脑袋被敲了一下，姬澈的声音不急不缓地响起，“别装了，知道你没睡着。”

我睁开眼睛揉着被姬澈敲得有些疼的脑袋，直了脖子朝他吼道：“做什么？都敲疼了。”

柏烨像个白玉玉雕一样站在我面前，身后一袭白衣白裙的知画美人儿一双素手放在腹下，立在柏烨身后。他手中折扇半合，对我弯了弯身子，“康宁公主，雪狼公子，时辰也不早了，韩国还有些要事急需在下回去处理，就此别过。”

“啊？”我失声叫了出来，“你要走了么？”

虽然嘴上这样说，但是心里别提多开怀了，他已霸占了姬澈好几个时辰，从夜里到日里，姬澈都没怎样理过我……

姬澈将我的身子拉近了一些，揉着先前他敲我脑袋的地方，一边揉着，一边对柏烨说道：“柏烨，此番你得罪了羽华，他是个睚眦必报之人，日后行事得多加小心。”

柏烨轻笑一声，缓缓道：“在下心里有分寸。”

姬澈放开我，站起身子，“柏烨，你可听说过传说中的凤家吗？”

柏烨身子一顿，“凤家？”半晌，似想到了些什么，“公子所说的，可是殷商王朝的凤家？”

姬澈点了点头。

柏烨眉目一皱，“相传凤家不是在武王攻破朝歌城的时候，就已随着殷商王朝彻底作了古么，公子之言……”

姬澈摇了摇头，抬了抬手，“就在昨夜，我又见着了传说中只有凤家人才能施展出的凤吟九天……”

“凤吟九天？”柏烨神色陡变，似看到了什么可怕的东西一般，半晌，对姬澈作了一揖，“敢问公子，此人是谁？”

姬澈看了一眼放在石桌上的青冥，缓缓开口，“黑流星里最可怕的杀手，墨九。”

“是他？”柏烨的脸色有些难看，有几分铁青色，缓缓站直了身子后，叹了口气，“多谢公子提醒，在下必然铭记于心。”

他往前两步，说道：“公子此番黎国之行，在下已经安排妥帖，等公子到了黎国边境，自会有人接应，为了韩国周边的平静，还需公子多多劳心。”

姬澈微微一笑，点了点头。

我小跑两步抱起石桌上的枫琴，笑嘻嘻地走到柏烨面前，“柏烨公子，这琴我一路上带着也是个累赘，不如你先替我保管一下如何？他日得了空，我再寻你取回。”

柏烨身后的知画美人儿扑哧一声笑开，小声地说道：“公主不是很喜欢这琴的么？走到何处都得带着，怎么……怎么……”

柏烨赶忙插上话来，“知画！”知画美人儿收了笑容，低下头，退了下去。

“公主所托在下自当照办，这琴在下一定好好存着，等着公主他日来取。”他对身后的知画招了招手，“收下。”

我将枫琴塞到知画美人儿的怀里，“劳烦你了，知画。”

她轻轻一笑，“公主客气得紧。”

柏烨再对姬澈躬了躬身，“公子，一路珍重！阿狼受了不轻的伤，一路跟着你的话多有不便，我且先将它带回韩国疗伤，等伤势一好，再放它前去寻你。”

姬澈颔首点了点。

我和姬澈将柏烨与知画送出亭子，站在亭沿上看着他俩一身纯白的衣衫消失在下山的石阶上，护着亭子的数个黑衣人相继窜入茂密的林子里，顷刻就已没了踪迹，排列在石阶两旁的黑甲士兵也随着柏烨的离去一一撤走，之前还人迹密密的新月岭，渐渐地只有鸟儿鸣啼之声。

一方石桌，一副棋盘，两方棋盒，三杯已冷的清茶，孤山独亭绵延，银江东去水，三两声孤雁鸣啼，随风而飘的白纱幔帐，地上一枝残败的山茶花，身旁一位白发飘飘的他，这个世界，顷刻间变得有些空灵了。

姬澈站在亭外，目送着那远去的韩国大军，身形恍然间有些萧条了。

我跳到他跟前，在他眼前晃了晃手，“看你这副依依不舍的模样，该不会是看上那知画美人儿了吧？”

他转身走进亭子里拿剑，笑道：“怎么？你脑袋不疼了？”

我跟在他身后，拉着他的一角，低声道：“还有点，你……你再给揉揉？”

他的手果然再次攀上我的额头，一边揉着，一边问道：“还疼么？”

我眯着眼睛笑开，“还成，力道刚刚好。”我闭着眼睛靠在他的肩头，呢喃地问，“姬澈，我有时候是不是太不懂事了？”

他揉着我头的手微微一顿，半晌，“不，这样刚刚好！”

第十八节　盛乐

下山的路上，就余我与姬澈两人，没了阿狼跟在身后，总感觉差了些什么东西。

他拉着我的手一步步地迈下石苔青绿的石阶，石阶内的林子里野花朵朵，姹紫嫣红，因沾了晨露更显娇艳，山中春色大好，空气里隐有芬芳。

我问姬澈："昨晚羽华说韩国的军队是前来抓我俩的，可为什么那领兵的宸剑却说是来助你的呢？这之中有什么猫腻啊？"

他撇过头看了一眼我，笑道，"叶凝，我先问你，在韩国，谁是绝对的王？"

我赶忙说道："那还用得着说么，当然是韩国公啊。"

姬澈继续问道："那我再问你，为什么韩王派出来的军队却不尊他的号令，要听从柏烨的命令呢？"

我敲着脑袋想了想，表示不知道。

姬澈停下脚步，叹了口气，"很简单，因为柏烨的势力比韩王还要大。"他顿了顿，续道，"见到昨晚的那支黑甲军了吧。"

我点头。

"那可不是一支寻常的军队。"姬澈说道，"我仔细地观察了一下，这支军队的战斗力远不是寻常军队所能相比，若是将这样一支军队投放到战场上，绝对可以以一敌十，而我从未听说韩国何时多了这样一支可怕的军队。"

"没听说过？"我眉间一皱，"难不成这支军队是柏烨秘密建立的？"

姬澈点了点头。

"他建这样一支军队做什么？"我脑中一片茫然，忽然一道灵光乍现，"难不成柏烨他……他……"

"你这会儿倒是聪明了。"他拉着我的手继续往前走。我唏嘘不已，"难怪他要你去促成齐黎两国的联姻结盟，他现在的确是需要韩国周边绝对的安宁！"

姬澈的脚步再次停下了，迈下一步台阶，将我从上到下仔细地打量了个遍，盯得我浑身直发毛，"你……你这样看着我做什么？脸上有脏东西？"

他目光停在我脸上，摸了摸鼻子，笑道，"原来，你也是有脑子的啊。"话毕，迅速转身，加快了速度。

我有些没反应过来，等明白他这句话的意思之后，他已经跑得老远了，愤怒之下一声大吼，"姬澈，你混蛋，你给我站住！"

我一路搀着他下山……

黎国是大周各大诸侯国里的大国，封地数千里。原以为这样一个大国自当是子民富足，比之我们那小小的北燕国而言更加昌盛，可初入黎国之时，与我之前所想的截然不同。

黎国边城盛乐，除了大量的守城军队之外，所见的平民百姓几乎少得可怜，皆是一副骨瘦如柴、弱不禁风的老者或是小孩。偌大的一个盛乐城中，几乎是没能见着一个体态健硕的青年男子和身姿婀娜的青年女子，城墙上密密麻麻的守城军士，城中街道铺满残枝败叶，荒草废墟，残破不堪的店门，几只野狗为争夺一块不知埋在地上多久的漆黑枯骨撕咬在一起，是这里能见着为数不多的活物。

我和姬澈深夜潜进盛乐，城里不见一盏灯火，孤狼在静夜里哀嚎，飘荡在盛乐的上空，经久盘旋。

我和姬澈行走在空无一人满是枯叶荒草的街道上，夜风有些狂躁，有些阴森，直吹得人脊骨发寒。姬澈紧紧地拉着我的手，脚步踩着枯叶荒草窸窣作响，伸手难见五指的黑暗，连脚下的路都难以分辨。

姬澈拉着我在城里找住所，宽敞的街道上店铺密立，依稀不难想象昔日的繁华，可如今店门破败，店内的桌椅摆设散落一地，落满厚厚的灰尘。虽是四月春意盎然的时节，可城里难见一缕春的绿意。

城里皆是破败的屋子，却是不见一家客栈，酒家外的酒旗在夜风里呼呼作响，尽显阴沉。

寻找无果之下，姬澈拉着我进了一家落满灰尘的店门，这里之前应当是家酒肆，矮矮的方桌杂乱地散落在角落里，布满了蜘蛛网，店内的地上也满是荒草，看这模样，好似已经有极长的时间无人问津了。

姬澈点了盏油灯，屋子里这才得了几分光明，烛火晃晃悠悠，映得铺满荒草的砖地一片昏黄。姬澈袖袍一挥，一股劲风吹出一块干净地，他将一方打翻了的矮桌正过来，将火烛放在桌案上。我神色晦暗地倚在一根木柱上，嘘声叹道："哎，这一宿可该如何过啊……"

姬澈四下望望，"后院好似有口古井，你且看看屋中可有能食之物，我去打桶水来。"

将手中青冥放在矮桌上，转身走向后院，借着微弱的火光在屋中看了看，连个老鼠都没见着，哪有什么能吃的东西。

柜台上落满灰尘，瓦罐碎的碎，倒的倒，什么也没见着，这里已经长久没人住了，也不知姬澈脑子怎么想的，这种地方怎么能有吃的东西。

想我还是今晨吃了几个野果子……

眼角瞥过柜台角落之处，隐有几分异样，有什么东西往黑暗里缩了缩，我心头一紧，小心翼翼地挪动步子探身去看。

烛火昏暗的烛光与柜台形成一个夹角，在那小小的黑暗角落里蜷缩着一个小小的身子，双手抱着膝盖，浑身颤抖，一双恐惧的眼睛直直地瞪着我，怯怯地瞪着。

是个小男孩儿，脸上满是污垢，身上的麻衣也是破破烂烂，脏得不行，我收起谨慎的心往前一步，蹲在他身前，他也赶忙往后缩去，身子完全靠在身后脏兮兮的木板上。

“你怎么会在这儿？怎么不回家？”说着就要伸手去拉他，却没曾想手刚一碰到他的肩膀，就被他一把抓住放进嘴里，狠狠一咬。

“喂，你……你做什么？！”我连忙用力把手收回来，揉着被他咬出血印的痛处喝道，“你怎么咬我？”

“叶凝！”姬澈一阵风似的出现在我身旁，“出了什么事？”

手上的伤片刻愈合如初，我粗着声指着那个蜷缩在黑暗里的小男孩抱怨道：“他咬我！”

姬澈顺着我手指的方向看过去，男孩儿抖着身子胆战心惊地看着一头白发的姬澈，干瘪的瞳仁中满是恐惧。

姬澈蹲下身子，问道：“你怎么咬她？”

男孩儿声音发抖，“我……我以为她……她要把我抓去吃了。”

我浑身一怔，却没想到姬澈却笑道，“你觉得她会吃人？她是老虎还是怎的？”

男孩儿颤着声音继续道：“这也不奇怪，现在城里的人都饿得发了疯，吃人是常事。”

“啊……”我心里一惊，蹲在姬澈的身旁，仔细地打量着这个骨瘦如柴的小男孩儿，问道，“你……你的家人呢？你的阿爹阿娘呢？”

男孩儿眼角滑过泪珠，声音颤抖且带着哭腔，“他们都饿死了。”

第十九节　锦绣江山

他用脏兮兮的衣袖抹了抹眼泪，“现在城里的人们都像是疯了，所有能吃的东西都被找来吃了，耗子、树皮、草根，甚至于田地里的泥鳅都被翻出来吃了，所有的东西都吃光了，没得吃，饿狠了，就吃死人，啃骨头。”说着男孩儿将头埋在双膝间，呜咽着，“我阿爹阿娘就被他们吃得骨头也没剩下……”

屋子里一时间陷入了死一般的寂静，我听到姬澈长叹了一口气，低声地问道：“你也饿了很久了吧？”

男孩儿埋在双膝间的头点了点。

我用手肘捅了捅姬澈，“哎，你有没有背着我藏什么吃的？”

姬澈摇头，反手一挥，那放在身后数步之外的青冥哧的一声飞出剑鞘，化作一道青虹飞出屋子，街道上传来一声悲惨的哀嚎，青冥串着一条皮包骨头的野狗钉在屋外的一根木柱上，鲜红的血顺着染灰的木柱流淌而下，滴落在枯黄的草堆里。

“劈点木板生个火，烤狗肉。”

姬澈将钉在木柱上的野狗拿到后院清理，男孩儿看着那个被青冥钉出了一道深深口子的木柱，满眼惊骇。

我倒是不以为然，姬澈的身手我可是见过的。将男孩儿从地上拉起，他也没有再咬我了，许是看我这人畜无害的脸是不会恶心到吃人肉的境界的。

找了几块烂木头生了个火，熊熊火光照亮不大的屋子，一闪一闪，映得男孩儿本就煞白无色的脸有了几分色彩。他依旧是坐在地上抱着双膝，双眼无神地看着那堆篝火，消瘦的身形被火光拉得颀长，一晃一晃的。

我拿着根木棍掏火，问他："你叫什么名字？"

他低低出声，"遥遥。"

我问道："是尧舜禹汤的尧么？"

他抱紧了自己的双膝，依旧看着篝火，一动不动，"我不识字，不知道你说的那个尧是否就是我的那个遥，我阿爹说，遥遥天边一点红就是我的名字。"

姬澈脸上有火光跳动，手指敲着手中的棍子，笑道，"遥遥天边一点红，倒有几分诗意，看来你阿爹也是个识字的。"

遥遥终于有了动作，一颗小脑袋微微动了动，纠正道："不，我阿爹也只是个农家汉子，不识什么字，遥遥这个名字是我阿爹在我周岁时向村子里识字的先生求的名字。"

"哦！"我点了点头，继续问道，"遥遥，你多大了？"

他瞥了一眼，收回目光继续望着那堆篝火，"六岁。"

姬澈回来得很快，蹲坐在我们面前，将没有什么肉的野狗插在剑上烤着，嘀咕道："这年头，连狗肚子里都空空如也，也不知那些守城的军士们是怎样活下来的。"

遥遥这回倒是很主动地插了话，"他们有王朝里拨下来的军粮。盛乐已有四年未见一滴雨落下，城中但凡还能走得动的，早已离开了盛乐，留下一些年老体弱难以动弹的在这里苟延残喘，盼着哪日无常鬼来勾了魂，好得以解脱。"

姬澈唏嘘道："难不成军队里没有匀出一些粮食出来分给百姓？"

遥遥摇头，低声道："没有，数月前，城里的百姓们饿得实在没了法子，集结起来想去抢些军粮度日，却被他们砍杀殆尽。如今城里都是老弱之人，又都饿着肚子，哪是他们军人的对手？"

我抬头望了望天，心底有些酸楚。

姬澈将烤好的狗肉撕下一半递给遥遥。遥遥虽是年幼，也不识字，却是个知礼数的好孩子，哪怕是肚子再饿，也不忘对姬澈道声"谢谢"，再接过烤肉。

姬澈将剩下的狗肉递给我，我摇了摇头，"给他吧。"

姬澈轻笑一声，"这回你倒是很识大体。"

我哼了一声，"我一直都很识大体的好不好？"

遥遥也不知有多久没有进过食，整只野狗都被他完全吞进了肚子里，都快与我有得一拼了。

夜已经深了，寂静的夜里有虫鸣声声，凉凉夜风，月牙露出云层，薄薄月光铺满整个盛乐。遥遥吃完狗肉之后，倒在地上睡熟了过去。安静的院子里，只有那熊熊篝火以及木材爆裂的噼啪声。

我靠着木柱望着天，虽之前就已知晓黎国近年来连发大旱，却是未曾想到竟到了这般程度，连吃人肉都不稀罕了。

这倒也不奇怪，人饿得急了，什么事都做得出来，这我也能理解，可是唯一不能理解的是，守城的军队明明有足够的军粮，却不匀出来一点救济百姓，还将前去求粮的百姓们都给砍死，怎么想心底都憋着一股火。

姬澈坐到我身旁，声音低沉地问道："怎一副伤情的模样？"

我看了他一眼，将头靠在他的肩膀上，捡起地上一根杂草把玩，低低地问："姬澈，你说人命是不是都很不值钱？"

姬澈偏头看着我，笑着问道："怎么问这个？对于你来说，生命只是一个名词，你可以做到万古不死，何须问我生命是不是值钱？"

我拍了他一下，"跟你说正经的！"

姬澈捋了捋我的头发，说道："我说的也是正经的啊。我是个杀手，你说人命对我值不值钱？"他顿了顿，续道，"我为万两黄金杀过人，也为几块银子杀过人，甚至一些令我不顺眼的人，没钱我也杀了。你问一个杀手人命是否值钱，是不是问错人了？"

我直起脖子，昂首道："可我从未觉得你是个杀手！"

他神色忽地一滞，半晌，放开我，声音低沉地响起，"可是，我的确是个杀手，还是大周第一的杀手！"

我望着他，说不出话来。

姬澈理了理衣袖，"你是为黎国守卫盛乐的军队明明有粮却不分给百姓一事伤情吧？"

我低着头揉着裙角，没说话。

听得姬澈一声叹息，缓缓道："其实这也怨不得他们，战争时期都是如此。"他拿起我放在一旁的木棍掏了掏火，续道，"盛乐以西，是韩国的边境，西接银江，南北走向与姜国相接。盛乐东北走向，与齐国相连。盛乐这个地方，三国相连，是个要城，是黎国西方的屏障。姜国与你们北燕国一样，地处偏僻，国虽弱，子民却也富足。姜国立国的宗旨是以和为贵，不与周边任何一个国家发动战争，当然，以姜国的国力也惹不起黎国，姜国自然是不会对黎国派兵。韩国，最近柏烨有大动静，他变了性子，野心是长了不小，但短时间里他急需的是韩国周边的安宁，以保他能有足够的精力和时间让韩国强大，至少在最近的数年之内是不会轻易让韩国再次陷入战乱里，因此他也不会对黎国动兵。因而，黎国最大的风险还是齐国。"

他顿了顿，续道："当然了，如今天下瞬息万变，黎国公也是诸王中颇有心计的一个，再说韩国的变故现时他也未必知晓。姜国虽小，但是一旦出了军，也会让黎国公头疼，毕竟盛乐的情况你现在也清楚了，看那些护城的军队个个精神抖擞，却也只是强打精神，明面上强大，实则不堪一击。而韩国若是有了动静，现在的黎国很难保江河健全，封地完整。再有齐国这一积怨了数百年的强国在一旁虎视眈眈，天下动乱，人心叵测，如果这个时候将军粮分给百姓——”

“天下动乱，人心叵测，这就是不管百姓生死的理由吗？”我打断他的话，“的确，的确啊，这的确是很好的理由，很好的理由……”

我转过脸，靠在木柱上，心里乱到了极点。

“父王为了他的江山，害了暮辰，害了暮筝，连我这个独生女儿也拱手送给了他人。暮辰为了不让北燕国那样软弱可欺，为了那个无用的父王能有一个作为君王的骨气，数万军队掩埋黄沙。不懂军事的二哥得了兵符，大权在握却刚愎自用，北燕国数不清的大好男儿尸埋横谷关。他以为他保住了自己的江山，结果呢，却被自己的亲儿子逼宫，呵呵，真是讽刺。如今的黎国公跟我那昏庸的父王，同我那热衷权势的二哥又有何分别？血染长空，尸横遍野的江山，如山白骨，热血汇成的江河，染了多少血腥，多少英魂，而这些战死异乡的英魂，保住的却是一个如此的江山，如此的君王，如此一个为了自己的山河，杀尽自己子民的君王，一个连一口饱饭都给不了他们的君王……”

姬澈没了言语，一堆篝火，一弯明月，苍茫天地远处隐有狼嚎，盛乐城里，这家多年未有人至的酒肆里，我和他，三尺距离，却隔得宛如一个不可逾越的世界，篝火噼里啪啦地爆裂着，熊熊火光，几缕微风，透心般凉。

我呆呆地坐在一堆荒草里，望着那如墨的夜黑，窒息般安静。暮筝，我儿时最好的玩伴，暮辰，我北燕国最忠诚的将军，最忠诚的守护者，现在的你们是否已经重聚，在另一个世界里远离这些争乱，远离这些恶心的利益。是我北燕王族对不起你们一家，也是我北燕王族，对不起那无数男儿鲜血洗过的锦绣江山……

第二十节　有人来

这一宿，貌似很漫长，又好似很短，一堆篝火照着我和姬澈各怀心思的身影，独独燃到天明。

困意直到破晓时分才姗姗来迟，姬澈在一旁用衣袖擦拭着他的佩剑，一头发白散落着，低声地对我说道：“困了，再睡一会儿吧。”

我没应他，倚着木柱眯上了眼睛。

刚眯瞪了没一会儿，就感觉有人摇我的胳膊，费力地睁开眼睛，见遥遥蹲在我面前，蓬头垢面，脸上满是泥污。他一边摇着我的胳膊，一边朝我说道：“太阳都照屁股了，你怎还不起来？”

我看了看天，果然，都已日上三竿了。

我站起身，揉了揉遥遥的脑袋，“你看看你，脏成这样，也不洗洗，来，我带你洗把脸。”

后院有口古井，一个破烂的木桶和木盆，都是落满了厚厚的灰尘。我拉着遥遥走向后院，姬澈抱着青冥靠在门扇上，声音低沉地问：“你打算把他带上吗？”

我在他侧旁停下脚步，冷笑一声，“有什么不可的吗？你能护住我，难不成还护不住一个小孩儿？再说也没人要他的心脏，也无须你护着。”可能是昨夜的心情还没舒缓过来，说这话的时候有些阴阳怪气。

他没说话。

我绕开他，拉着遥遥到了后院，打上一桶水清洗了一下破烂的木盆，给遥遥洗了洗头，洗了洗脸，脸上的污物都洗干净了，那盆清水已经脏得不行，而遥遥却是洗出了一张极为可爱的脸蛋，可这脸蛋却是苍白无色。

重新打了桶水，开始我睡醒之后的习惯，对着那盘清水的倒影整理仪容，却不知怎的，脑子里总想起每在这个时候姬澈都会用水给我做的水镜，许是魔怔了……

遥遥趴在古井的石栏上愣愣地看着我，一张洗得干净的脸蛋露出天真的笑容，“姐姐，你真美！”

他这话可让我心头一动，自小到大，还从未有谁说过我美。这本该高兴，可心里却怎么也高兴不起来，勉强挤出一丝笑容看着他，“遥遥，美这个字对我来说是个讽刺，若你见了我本来的面貌，你就会说是怪物了。”

他有些不解，噘着嘴巴嘟囔着说：“谁说的，姐姐一定是最美的人。”

我不置可否一笑，拍了拍他的脑袋，“你怎唤我姐姐？”

他揉着脑袋傻傻地看着我，模样有些委屈，“难道不可以么？”

我帮他揉着头，安慰道：“自然是可以的。”

他乐呵呵地笑开了，捡起我放在石栏上的耳环递给我，“姐姐，给。”

姬澈的声音忽然在身后响起，“有人来了。”他顿了顿，声音变得凝重起来，“是个高手。”

我赶忙回过身，“在哪儿？”顺势将遥遥也拉在身后。

我见着他耳根子动了动，“三十丈外，脚步很轻，轻身之术极高。”他眉间忽然一挑，“是个女人？”

我心里咯噔一下，“难不成是茗娣？”

姬澈摇头，“此人呼吸虽均匀，但内功不深，不该是她，茗娣的实力应该在她之上。”

我一愣，“会是黑流星里的人么？”

他依旧是之前的模样，双目毫无焦距地看着铺满杂草的地面，青冥稳稳地抱在怀里，却是没有说话。

心底泛着嘀咕，转念一想，连茗娣都不是他的对手，一个实力还不及茗娣的人，他自然是不会做出多谨慎的模样了。

遥遥拉开我的手从腰间钻出个脑袋打量着姬澈，又抬头看着我，问道："姐姐，他怎么了？"

我笑了笑，拍了拍脑袋，收起心里的危机感，一边戴着耳环，一边对他说道："这都看不出来，装深沉咯……"

遥遥有些不懂地皱了皱眉头。

吱呀一声，破旧的院门被一只藕臂推开，深灰色的木门框边一只光滑的黑玉镯子首先映入眼帘，纯白的裙角下一只藕荷色的软鞋迈入落满荒草的院子，木门被完全推开，白裙间一条绣着扶桑花的腰带紧紧地缚在纤纤细腰上，往上看去，美如雪原的脸，额间一枚古青色的额坠，似雪原上一缕青色的流光，微微晃动间，平添一丝灵动之感，流云髻上一支银白的发簪下，白玉珠做的步摇随身而动，给一头黑如天幕的黑发染上一道静秀。

她微步而动，在院中停下脚步，立于一堆荒草间，对着我微微屈膝一拜，声音宛如风拂过珠帘玎玲作响，轻灵而又甜美，"婢子冒昧，敢问雪狼公子可是下榻此处？"

看来姬澈这两日是走了桃花了，刚刚走了一个知画，这会儿又来了一位同知画美人儿不差分毫的美人儿，当真是个春意盎然的时节啊！

不过看他那一张清俊如冷月，冷似玉雕的脸，诚然是很招桃花的极好面相。

"咯！"我抬着手指了指那靠在木板上的姬澈，"你要找的那匹狼在那儿。"

遥遥晃着我的手臂咿咿呀呀地嚷道："姐姐，姐姐，你怎说他是匹狼？"

我摸着他的脑袋说道："他的那匹狼你可没见过，不然非得吓死你不可，你姐姐我可是被那匹狼害得不浅啊。"说着拉着遥遥坐在古井的石栏上，将遥遥抱在怀里，低声道，"别说话，搅了人家的桃运。"

遥遥在我怀里扭了扭身子，有些委屈地轻轻哦了一声。

白裙美人往前一步，刚要对姬澈屈膝拜上一拜，却不曾想姬澈转身看向我，没有搭理那美人，笑道，"诚然我是一匹狼，你还不是得跟着？"

"我……"

我昂着脖子想要反驳，可是没有找到任何可以反驳的理由，脑子里想到那夜在银江上羽华说过的话，"可是现在，你除了相信他，还能相信谁？"

想想也是这样，别说他是一匹狼，哪怕是一头食人的猛虎，我也只能相信他。从他在雪狼谷劫走我的那一刻起，我就只能相信他。

我没有选择，相信他就是我唯一的选择，但我不知道这个人能让我相信多久，我没有想，也不敢去想，这条路，太长、太长了，我看不清未来，或者说是看不到未来。对于不死人来说，或许，相信一个人会是致命的，比不死人的死穴命劫更加致命。

姬澈将落在我身上的目光移过去看向那白裙美人，语气平平地问："你是谁？"

白裙美人反问道："你便是雪狼公子？"言语中有些质疑的口气。

第二十一节　步摇

姬澈修长的手指敲着剑鞘，轻轻地点了点头。

白裙美人接着问道:“婢子听闻，雪狼公子有一头雪狼王，甚是威猛，不知现时却在何处？”

看来这美人还不确信此时同她对话的人是姬澈，我紧了紧怀里的遥遥，饶有兴致地望着姬澈，想着他要如何向这个美人证明自己的身份。

姬澈唇角勾起一丝浅浅的弧度，怀中抱着的青冥咻的一声飞出剑鞘，化作一道青光咚的一声飞至白裙美人的裙摆前，深深地插进她身前的砖地里，劲风将四下的荒草枯叶震开，撩动她纯白的裙角。

白裙美人眼角瞥了一眼足下的青冥，面色变得有些吃惊，“御剑山庄的青冥剑？”

我敲了敲脑袋，心底暗骂自己真笨，姬澈的标志可不仅仅只有那匹雪狼王，这青冥也是。

姬澈居高临下地打量着面前的白裙美人，轻笑道，“看来，你也是识得此剑的。”青冥从砖地里拔出，准确无误地钻入他怀里的剑鞘，他正过身子，将青冥背在身后，“说说吧，你的名字。”

白裙美人双手放在额头上，黑玉镯滑过藕臂，落至手肘，她屈膝一跪，额头叩在手背上，贴着地面，缓缓直起上身，齐臀的长发铺在脚踝上，恭敬道:“婢子乃黎国昌平公主侍女步摇，承公主令喻前来迎接雪狼公子。”

她拜姬澈的礼仪是黎国标准的宫廷礼仪，看来，这美人确是黎国宫廷之人。

“步摇？”

我将怀里的遥遥拉到一旁，站起身一步一步地朝他走过去，前前后后地将她打量了一个遍，手指拨了拨她流云髻银簪上的白玉步摇，问道:“是这个步摇么？”

她侧着脸，目光自我双脚一直往上望着脸颊，眉里眼里有些羞意，咧开红唇露出一对浅浅的梨涡笑，微微点头。这脸颊羞红一笑千娇百媚，媚态横生，美得好似一朵乍然盛开的清冷梅花，我心里一顿，这美人，这千娇百媚的姿态，就是那知画也远远不及啊。

我默默点头，“步摇，当真是个有趣的名字。”

她的脸红得更加厉害了，声音好似也变得带有绯红的羞意一般，“康宁公主过赞了！”

我抬头看了看天，一声长叹，转头望向石阶上的姬澈，揉了揉额头，叹息道:“看来这全天下的人都知道跟你处在一处的女子叫康宁公主了……”

姬澈轻笑一声，朝我逗道:“听你这意思，难不成还亏了你？”

“哼！”我将头转向一旁，“亏了我，还不就是你赚了？”

他低头沉默了一会儿，半晌，缓缓道：“嗯，看来，我的确是赚了！”

我说：“你知道就好。”

低头看向还跪在地上的步摇，蹲在她身旁问道：“你这是打算接我们去何处呢？是黎国的王都么？”

她摇了摇头，说道：“公主现在在临水，我奉公主令喻接雪狼公子和康宁公主前往临水烟满楼，公主就在那里。”

“哦！”我默默然地点了点头，继续问道，“那临水离这盛乐城有多远啊？”

她想了一会儿，回道：“差不多三百多里吧。”

我咽下去几口唾沫，巴巴地望着她，“那个……你包这一路上的伙食么？”

她一愣，有些尴尬地点了点头，“包的！”

“哦！”我长长地松了口气，指着古井石栏上的遥遥对她说道，“加上那个小孩儿呢？”

她顺着我手指的方向看过去，笑了一声，“可以的，不多什么功夫的。”

我心里彻底放开了，继续问道：“那他的伙食你也包么？你带的干粮可够？”

我见着她脸上强露笑容，“包，也包！”

我终于没有了什么顾忌，站起身子朝姬澈嚷道：“唉，你还傻站在那里做什么，还不走？那昌平公主可还等着你呢。”说完朝遥遥招了招手，“遥遥，快过来！”

遥遥跑过来抱住我的大腿，我揉着他的脑袋问道：“遥遥啊，以后你就跟着姐姐好不好？”

遥遥转过头看向站在台阶上的姬澈，脸上的笑容慢慢敛下去，好似有些忌惮姬澈。姬澈将青冥换只手拿着，望着远方天际淡淡说道：“你不必看着我，既然她想让你跟着你便跟着，我也不介意这路上多些乐子。”

遥遥这才转回脑袋昂头看着我，满心欢喜地点了点头。

“你还算有些良心！”我对他笑了笑，拉起遥遥的小手，“走咯。”刚往前走了没两步，忽然想起一件事，于是停下脚步回头看向步摇，挤出一脸笑容来，“那个，步摇姑娘，这临水……该……该怎样走？”

步摇还未答话，姬澈的声音倒是领先响了起来，“这会儿你倒是反应快了些，居然还能想到自己不识前去临水的路！”

我一股怒意涌上脑门，“姬澈，你……”

步摇赶忙插声进来，“公主，公子，婢子为两位带路。”

我怒意深深地瞪了姬澈一眼，他却当没见着，跟在步摇身后出了院门。遥遥晃着我的手臂木讷地盯着我，“姐姐，他们都走了，你还愣着作甚？”

心里骂了姬澈一声混球，拉着遥遥跟了上去。

步摇的确是个极为懂事的好侍女，出了荒废的酒肆外，走过几条街，略微宽阔些的镇集空无一人，却停了一辆马车，两匹白马。马车上赶马的车夫见步摇走来，跳下马车撩开帘子，“步摇姑娘回来了。”

步摇对马夫笑了笑，停下脚步看向我和遥遥，“康宁公主这一行想必也疲乏了，且上马车歇息歇息。”

我也不同她客气，将遥遥抱上马车后紧跟着钻了进去。姬澈一个翻身骑上白马，勒了勒马缰，白马抖了几下蹄子，这才站稳。

前往临水的路不怎样平顺。

一路上很颠簸，虽是行在官道上，却晃得厉害，倒不是马夫赶马的本事不行，而是这路也忒烂了一些，本指着路上能将昨夜未睡好的觉补回来，现时也落了个空。

遥遥像是这辈子头一回坐车，欢喜个不停。这马车没有出晋宁城时羽华备给我的马车宽敞，但也是极大的了，足够遥遥来回跑上几步。

姬澈和步摇骑着白马行在前头，一路上两人倒是谈得投机，你一言，我一语，时而笑上两声，时而说些俏皮的话。见着他俩那甚和谐的背影，我恨得牙根直痒痒，手肘靠着窗棂看窗外的风景时也是噘着嘴巴。

到午时已出了盛乐，先是空无一人的荒山古道，现今也多了些逃难的百姓，皆是老弱病残，不时还能见着饿死在路边的尸体。难民路过尸体旁，皆是默默地走过，这样的场景他们已是司空见惯了，而我，也见怪不怪了……

第二十二节　临水

午时之后，天气变得格外闷热，马车驶出山林，视野变得开阔，沿途所见，上好的良田里无一株庄稼，干裂成一块块龟状，风一过，已能扬起风沙。

田里偶尔能见几具尸体，路途两旁有大批逃难的荒民，皆是嘴唇干裂，看那模样，已是极长的时间没能喝上水了。路过几条不宽的川河，而如今也只见着龟裂的河床，腐烂到只剩骨架的鱼骨。

赤地千里，说得大抵也就是这番景象吧。

连行三日，昼夜不歇，姬澈有时会来和我说说话、聊聊天，但聊不到三两句便会斗起嘴。我也不知我和他怎就到了这般，我先前并非是这样小肚鸡肠的人，可每每见到他和步摇谈笑风生的模样就来气，他来找我聊天我也是压着火的，但凡他说一个不顺我心的字，我都会和他斗起来，最后不欢而散，落得三日里只有遥遥陪着我的窘境。

每回同他斗完嘴，看他和步摇聊天的样子就觉得更加郎情妾意，你侬我侬，心底就免不了生更大的火。起先几回遥遥还会和我嘟囔几句，说些好听话给我，可是和姬澈斗得嘴多了，见他和步摇聊天那郎情妾意的模样多了，心底压着的火也就更多了，这直接波及了无辜的遥遥。和姬澈斗完嘴后，遥遥过来和我说话，之前还能耐着性子和他开几句玩笑，可次数多了，我都会粗着嗓子朝他嚷道:“你烦不烦啊！给我趴桌子上睡觉，别来烦我！”

造成最直接的后果就是，遥遥也不搭理我了……和姬澈斗完嘴之后，也只得一个人趴在窗棂上生闷气，骂姬澈混蛋，骂他见着漂亮姑娘就忘乎所以，骂他登徒子，可骂完之后，还是一个人趴在窗棂上生闷气，也没人搭理我……

日子过得煎熬，开始幻想着要是有阿狼在的话，它一定会把步摇生吞下去，不，得嚼得骨头渣子都不剩，一想到那个场面，我又不由得开始盼着柏烨能够好好地照顾阿狼，好让它早些回来，治治这个步摇。

第四日晨时，已到临水之外，我的幻想又一次落空，阿狼还是没能赶回来解我的心头之恨。

临水已是黎国的腹地，听闻是黎国极为繁华的城邑。临水以流经临水城中的临水河命名，蜿蜒曲折的临水河将临水分成东西两城，临水河是银江的支流，一条临水河养育着这一城子民。

临水河的地理位置比银江略高上一些，银江汛期之时，分流至临水河的江水足以维持城中百姓一年的浇灌和生存，而如今这条养育着一城子民的临水河，再无之前涓涓流水，干涸的河床之中淌着一股小小的浊流。

进了城门，就能见着将临水一分为二的临水河，两旁的房屋临河而建，十里红木廊亭随着河流曲曲折折地蜿蜒而去。城中百姓比路上所见大不相同，许是这条临水河还有股浊流淌着的缘故，城中的百姓大抵都还能维持正常生活，可是要灌溉庄稼的话就远远不够了，因此这里的百姓日子过得也极为不易，但每日还是会有大量难民逃难至此。

步摇说:“之前还能让一些难民逃难至此，城里也有救济，可是后来难民的数量太过庞大，守城官下了命令，不再让难民进城，这才保证了城中百姓的正常生活。”

我们一行人跟在步摇身后，红木廊亭外的柳条垂在断了流的临水河岸，清风微抚，漾出凉意，这已至五月的天，晨色倒是不错。不过就我几日下来的经验，在往后的几个时辰里，气温将急剧攀升，到时候，凉凉的晨风也就成了滚滚的热浪。

走出十里红木廊亭，红日已快攀上正头顶，遥遥热得将身上的破烂麻布衣衫脱了个干净，我也不停地擦汗，一丝风也没有，这才五月的天气，断然是不该这般闷热的。

两岸的柳叶被酷日晒得卷成了一团，抬头看了看天上的烈日，耀得不能直视，路上的难民皆是钻进树荫地里避暑，横七竖八地躺了一堆又一堆。

实在是受不了这般闷热的天气，喉咙已干得像是要着火，我一屁股坐在地上，哪知这地竟烫得跟烧红了的铁板一样，烫得我啊的一声跳了起来。

“我受不了了！”我甩开遥遥的手，大声嚷着，“本公主不干了，不走了！”说完钻进草地里坐了起来。

步摇赶忙跑过来，“康宁公主，离风满楼不远了，你再坚持坚持。”说着唤来马夫拿了个盛水的竹筒过来。

我抢过来咕噜咕噜喝了个痛快，遥遥立在一旁看着直咽口水，我将剩下的半筒水递给他，抹了抹嘴巴看向步摇，“这什么鬼地方热成这样？”

步摇刚要回话，姬澈走过来，拄着青冥半蹲在我身前，咽了咽口水问道：“你这是又要耍横还是怎的？”

我理直气壮地说道：“我可没你内功深厚，热了，不想走了。”

他笑了两声，将手中的青冥递给步摇，拉起我的手一把扛在肩上，“你想偷懒明说不就是了。”

“你放我下来，放我下来！”我在他肩上用力地捶打着。

“这会儿你倒是很有力气了。”他顿了顿，“那我放你下来，你得自己走到风满楼去，你看行不行？”

我停止了挣扎，想了一会儿，觉得这个被倒扛着的姿势很是难看，便央求道：“能不能换个姿势？”

他问：“你想怎样？”

“你看背着怎么样？”

“可以！”他松了手，将我背在背上，偏头一笑，“你倒是很会享受。”

我趴在他肩头，哼了一声。

“姐姐，姐姐。”遥遥扯着我的裙摆，一脸委屈模样地看着我，“我……我也走累了。”

“这个……”我拍了拍姬澈的肩膀，“你功夫那么好，多加个人也没有什么负担的，是吧？”

他皱着眉头问：“你什么意思？”

我指了指遥遥，“你看看，他很瘦，没有什么分量的，你捎带手扛一段儿？没关系的，我扛着他也可以，然后你再背我，这是个两全的好法子，你不会拒绝的，对么？”

他苦笑一声，迈开步子往前走，“叶凝，你觉得我很笨还是很蠢？”

我笑道：“都还可以，笨得不厉害，蠢得也还可以。”

他停下脚步，背着我的手有些松懈了，我赶忙抱紧了他的脖子，做出苦状，“我不说了行不行？”

他这才重新将我背好，迈开步子往前走。我回过头，见着遥遥那一双满是眼泪的大眼睛，心底一叹，“遥遥啊，你看你正值少年，身子也太弱了一些，多走走路吧，当锻炼了，将来也能有副好身骨不是？我们这也是为你好。”

他巴巴地抹眼泪，“姐姐欺负我，欺负我……”

步摇这回倒是做了好事，她蹲在遥遥身前，拍了拍自己的秀肩，“遥遥，你看我这个姐姐背你怎么样？”

赶马的马夫赶忙上前，急切地说道：“步摇姑娘，怎可麻烦你，小人来，小人来。”说着就要去拉遥遥。

却没想到遥遥直接撇开马夫那只粗糙的大手，噌一下跳到步摇的背上，我看着这一幕心里连连惊叹，真不愧是唤我姐姐的啊。

第二十三节　风满楼

幽乐山谷这个地方倒是个极好的去处，谷中四季如春，与外界的闷热完全隔绝，风满楼便坐落于此。

楼阁一派深红色，似长在半山腰上，翠绿之中一抹深红，颇有意境，楼前一弯水潭，五月的清荷刚刚露出花苞，清风凉凉徐徐，日头好似也不这般烈了。

空灵的山谷中琴声悠悠，姬澈在山下停了将我放下，我望了一眼这处山谷，一条石板路自山脚绵延至山腰的红楼门外，那处隐在翠绿山槐树后的门庭前挂着深青色的珠帘，门前两个小童正倚着门框打着瞌睡。琴声是从楼里传出来的，是很好的曲子，而且这弹琴之人琴技也颇高，琴音不急不缓，悠悠飘来，收放压弦时机都恰到好处，只是这曲子我未听过，不过从风格判断，应该是黎国的琴曲。

步摇也放下赤着膀子的遥遥，走上前来对姬澈拜了拜，“公子，上方便是风满楼了，请随我来。”

一路山花拂柳，上自半山腰，山中有些潮湿，正好消减了暑气。之前在山下还未将这座楼子看得有多仔细，临近一看，真是尊严，尽显古色。楼下山谷那一弯清荷摇曳伞状的荷叶，花未开，却已飘出极淡芬芳，打瞌睡的童子被步摇唤醒，着急忙慌地撩起深青色的珠帘，推开厚重的门扇，请我们进楼。

芙蓉水榭，满园桃花，桃林之中有一条青石路，路至尽头，一座闲亭立在假山之上，深红的木栏，燃着檀香，檀香与桃花香融在一起形成一股奇特的香味，颇为提神。

亭中坐着一白衣女子，仅给我们一张侧脸，漫漫桃花深处，风过漾出粉红的浪涛。她膝前一方矮桌，桌上一方古琴，那萦绕在整个山谷中的琴声便是出自此处，不由倾耳细听，似有泉水叮咚作响，似有花瓣落地有声，似有枝间花头风过有声，琴技能到这般境界，当属我这些年生平所见第一人。

似感觉有人来，白衣女子低头轻问：“是步摇回来了么？”

琴声丝毫未乱，步摇在身旁恭敬回话道：“是的，公主，雪狼公子与康宁公主，婢子也接了回来。”

白衣女子也不回头看我们，依旧静静地弹她的琴，清澈如泉的声音和着荷香与桃香悠悠飘来，“有劳两位不辞辛劳赴管彤之约，步摇且先带两位贵客前去歇一歇，晚时在沐风亭下备些茶水，届时再与两位细叙。”

原来她就是黎国的昌平公主管彤，虽然只见着她一张侧脸，但也瞧得出来这是一个世上少有的美人，当得起黎国第一美人的头衔。再者，能弹出这样的曲子，奇女子的称呼，倒也受之无愧。

步摇领着我跟姬澈还有遥遥到了一间楼阁，望了望楼前的名匾，此间名唤青居。

步摇将我们领到青居之后，就退了下去。遥遥这一路走得很疲惫，进了屋子后就倒在床上呼呼睡了过去，也不知他在步摇的背上怎么没睡过去。

步摇一走我便向姬澈抱怨道："那管彤好大的架子，黎国也称得上是礼仪之邦，我好歹也是北燕国的公主，论地位与她齐平，她怎一点儿礼仪都不晓得，连个招呼也不同你我打打？"

姬澈将青冥放在桌上，倒了杯凉茶喝着，等茶水喝得差不多了这才与我说道："你现在还是北燕国的公主么？"

"我……"

我一时间答不上话来。我现在的确算不上北燕国的公主了，但是之前好歹也是公主之尊，这些年虽公主的脾气被消磨得没剩下几分，但也不是没有。也许是这几日一直都在跟姬澈闹别扭的缘故，他这句话深深地刺激到了我，昂着脖子愤愤道："就算我不是公主之尊了又怎样？你这大老远地跑来助她，人家却瞧都不瞧你一眼，你这会儿倒还帮着她说话，挖苦起我来了？"

姬澈无奈一笑，"叶凝，我有说她一个字？"

脑子里一转，的确，他好像是连那管彤公主一个字都没有提。

可明知自己理亏，但我还是摆出一副气势迫人的姿态，"有，就有！"顿了顿，又赶忙补上去一句，"我说有就有！"

姬澈瞥了我一眼，无奈一笑，斟上一杯清茶递给我，笑道："好，你说有便有！"

得了便宜，我也就收起了之前气势逼人的样子，接过姬澈递过来的凉茶，顺势坐在他身旁的四方凳上，捧着茶杯喝了一口，朝他问道："哎，你说这管彤公主怎么不在黎国的王城里，干吗跑到这样一个深山幽谷之中？离管彤出嫁至齐国还有八天的时间，难不成我们还要赶回黎国的王城不成？"

"你还以为这仅仅只是深山幽谷？"姬澈笑了一声，站起身撩开屋中挂着的珠帘，走向屋外的回廊。

"哦，这里除了满山的桃花，还有什么稀奇的？"我看着他的背影问道。

姬澈坐在回廊的长椅，倚着红木柱，抱着手乐乐地看着我，"这里可不是简单的深山幽谷，刚进山谷之时我仔细地留意了一下，这里最起码隐伏着二十名以上的高手。管彤是这次齐黎两国议和的筹码，是一枚至关重要的棋子，想来这些隐伏着的高手都是黎国公派来暗中保护管彤的。"他顿了顿，换了个姿势靠着，续道，"在来时的路上，我问过步摇跟你一样的问题，为什么黎国的公主不在王城而在临水，她给我的回答是，王城不安全。"

"不安全？"我挑了挑眉毛，放下手中的茶杯撩开珠帘，这才发现回廊建在山腰绝壁之处，山下遍野桃花，景色很好，欣赏片刻，追问道，"一个国家最安全的地方莫过于王都了，连王都都不安全的话，这一个小小的临水就称得上安全了？"

姬澈捋了捋他的白发，笑道："这你就有所不知了，临水虽是小城，但是地理位置极其特殊，位于黎国腹地，东进百里可至银江，北上百里可达齐国。而且这幽乐山谷地处临水以北，群山环绕，一旦管彤受到威胁，能在三日之内抵达齐国边境，比从王都前往齐国更快，路程更短，这样说，你能理解了么？"

我在脑中好好地将他这番话过了一下，点了点头，路程太长，那途中所遇到的风险也就越大，毕竟羽华手下的黑流星杀手个个皆是好手，潜入黎国试图破坏这次联姻自然是不在话下。而谁又能料想到一国公主竟然不在王都，却躲在这么一个深山之中。即便是他们查到了管彤所在，而幽乐山谷这个地方赶至齐国边境仅需三日，这安排能够大大降低不可预料的风险。

"这黎国公当真是有个好脑子。"

姬澈不置可否地笑了笑，"黎国公的确算是个枭雄人物了，可惜，天不助他。"

第二十四节　魂定之术

回想起这一路行来皆是赤地千里的景象，心里也为黎国忧伤了一把，这样一个大国，如今却要依靠一个女子才得保全，而这女子偏偏还是黎国公最疼爱的女儿，想来也算是割了黎国公的心头肉。

回想起今日所见的管彤那一张侧脸，那清幽的琴声，心里又生出一丝惆怅，脑中不由得又想起柏烨的那句话："王族子女，大抵都是如此……"

姬澈的声音在耳旁响起，"好在我们也不必远赴王城护送管彤前往齐国了，由此处前往黎国倒也能给我们节约不少时间。"他站起身，理了理袖子，续道，"这几日我也有些乏了，这里有这么多的高手护着，也无须担心有人能够轻易地将你给掳了去，我先歇息歇息。"

他像是有些不放心，刚走出去没几步又转过身来叮嘱道："你现在可是全天下人都想抓到手的宝贝，靖国许下的万两黄金，世袭万户侯爵位，可没有人不眼红的。虽然之前步摇跟我说过，我俩的身份除了她和管彤并无外人知晓，但凡事只怕万一，所以——"

"所以我会安安分分不乱跑的！"

姬澈抿嘴一笑，"这会儿你倒是乖巧！"说完撩开珠帘进了屋子，将遥遥一裹扔在床榻里头，和衣躺下了。

姬澈这一路几乎是没怎么合过眼，在银江撑了七八天的船，数天前又和茗娣、墨九打了一架，又在马背上从盛乐一直颠簸到临水。为了不影响到他休息，我尽量保持安静。

满山的桃花倒是很值得一观，从屋子里蹑手蹑脚地端了几盘瓜果点心，一边吃着，一边欣赏着满山的桃花。

长长的回廊皆刷着艳红的红漆，深山幽谷很是静逸，外面烈日当头，此处却是幽幽凉凉，确是个避暑的好去处。

日头西落，遥遥和姬澈也不见醒来，瓜果茶水皆已见底，青居这个地方也没侍从，枯看风景也是无味，便想着自个儿出去打壶茶水。

提着茶壶撩开珠帘，为了不惊醒姬澈和遥遥，脚步只得放轻一些，再轻一些，小心翼翼地拉开门扇，钻了出去。

落日使幽乐山谷一片金灿灿，乍看之下还有些晃眼，阳光映在山间的栈道上，山间随处可见染血似的桃花，隐有杜鹃的鸣啼声响在山林，一幅和谐的黄昏景致。

可惜的是，这风满楼虽然够大，宛如一座山间城堡，却人丁甚少，提着茶壶弯弯折折地走过了好几条栈道，硬是没见着半个活人。

正疑心这些伺候管彤公主的仆人是不是打堆吃夜宵去了，却在一个转角处见着一个侍女，心中大喜，赶忙跑出去问："喂，你们这里的伙房是在……"

话还未说完，忽然感觉有什么地方不对，像是有着一股无形的压力席卷过来，远方的天际蓦然晃荡出一圈涟漪，这涟漪无形无相，却是在急速朝我这方推进，那圈涟漪扩散过后，一切景致完全被定格。

飞舞的桃花静止在了空中，摇曳的桃枝也不再摇晃，那静静的风，晃动着的树枝，林中鸟儿的脆鸣，一切都静止。

时间宛如静止了下来，就在那静止前的刹那，我还见着那侍女满脸疑惑地望着我，"姑娘，你是要问……"她的脚步停在半空中，身上的裙衫，迎风飘动的发丝，宛如一幅画，瞬间被定住。

那股涟漪顷刻将我吞没，我下意识地抬手想要阻挡那道诡异的涟漪，胸腔里的心脏一时间跳动到了极限，像是有一股强大的力量要推着我的手将那圈涟漪给推回去，一声沉闷而又带着毁灭的声音自胸口窜出，像是龙吟之声，双手间蓦然窜出一股庞大的力量，生生地将那圈诡异的无形涟漪给撕散。

四周一片安静，所有的一切完全陷入了静止，我缓缓放下护着脑袋的手，四下一望，整个幽乐山谷中的一切完全变成了一幅被定格的画，青山绿树，夭夭桃林，飞舞在空中的桃花，都成了这幅画中的点缀。

我惊魂未定，手一松，茶壶却并未掉在地上，垂在半空中。

望了望茶壶，又望了望那定在面前的侍女，死静的山谷中一丝丝声音也没有，一切都像是死了过去。

就在这时，忽然见到前方有男子的声音响起，"彤彤，你要骗我到什么时候？"

听得一女子声音缓缓响起，"我何时骗了你？"

男子冷笑一声，"我一向以为，你只不过是个不同寻常的女子罢了，从未想过你竟是黎国的昌平公主，这还不算是骗么？"

女子声音平平响起，"你未问过我，如何能说是骗？"

这女子的声音有些耳熟，又听得那男子唤彤彤，眉头一皱，想许是昌平公主管彤，便壮着胆子想去一探究竟，刚一抬起步子，右手忽然被人拉住，心头一惊，姬澈的身影一闪来到我的侧身。

“姬……”

刚要叫他，却被他一把捂住嘴巴，他对我做了个噤声的手势，示意我不要说话。我眼珠子转了转，点了点头。

他拉着我，绕过身前的侍女，小心翼翼地朝那处转角走过去，身子变得轻飘飘的，一丝响动也听不到，看来是姬澈使了些手段。

身子藏在一块青石后，有杂草遮住身形，刚好藏个严严实实，栈道绕过山石拐了进去，却通向山间最里处的亭子，步摇领着我们前往青居的时候路过这处，我记得。

姬澈轻轻地拨开遮挡视线的杂草，前方数丈处就是那间亭子，此时的亭子里站着两个白衣女子，一个是步摇，另一个就是昌平公主管彤，不过此时的步摇却是被定住，就像是个玉雕似的，不过那管彤没有什么影响，坐在石凳上喝着茶水。

亭外的山脚下，石缝之中长出一株桃树，桃树探出的枝丫刚好与木亭的栏杆相平，在静止的花瓣与桃枝上，翩翩立着一个青衣男子，只能看着一个极为模糊的轮廓，而在他身后，竟是有三个蒙面黑衣人被定在半空，手中明晃晃的弯刀反射着金色的夕阳，刀尖竟是直直地对准了木亭中的管彤。

听到管彤低低地问：“你怎找到了此处？”

青衣男子愣了片刻，半晌，声音低沉地回道：“我是不是不该来？”

第二十五节　猜测

管彤噌的一下从石凳上站起，情绪似是有些失控，她大声地朝那青衣男子嚷道：“你是不该来，我好不容易狠下了心，我好不容易接受了这不堪的命运，你怎么还要出现在我面前？是来看我的笑话，还是来怜悯这可怜的昌平公主？”她咽下去一口唾沫，将头转向一边，强忍住情绪，缓缓道，“好了，你也见到了，该走了吧？”

我眼神好，就在她转头的一瞬间，我见着了她杏目里泛光的水泽。

青衣男子愣在桃枝上，身子像是同幽乐山谷中的一切那样被定格，许久都没有动静，我疑心他是不是石化了。

终于他有了动作，缓缓抬起手，像是要抓住什么东西，可又像是什么也抓不住，手臂抬在半空中，好久好久。

他收回了手，反手一挥，身后那定在半空中的三个黑衣人连同手中的弯刀顷刻间化成了血雾，血雾并未散开，依旧定在空中。他收了手，声音飘渺得好似不该是这个世界该有的，又好像是在嘲笑、是在讽刺，像是有着冰冷的刀子划过心头那样锥心，如烟似尘地轻轻地飘着、飘着，“我的确是不该来，我不信命运，不信什么缘分，只是心里装了一个人，我一时间拿不掉罢了。”

管彤背对着他，虽然我只能看到她一张侧脸，但也是清晰地看到了她满是泪痕的脸颊，以及那起伏不定的细细抽噎。定格住一切的力量，却没能定格住美人的眼泪。她可能是想竭力忍住，费尽力气地忍住，可是越忍脸颊上的眼泪就越多，终于，她一抹脸上的泪，冷冷地狠心道：“你就当她死了！”

青衣男子愣了一下，缓缓道：“好，我会当她死了，永远当她死了！”

他身子一动，飘至谷底，落在一块青石上，回眸，抬头望向半山腰上的木亭，那一袭白衣的绝美女子已是无力地瘫软在地。他收回目光，呕出一摊鲜血，我心头一震，却见着他中指点了点唇角，指尖染了血红。他定眼望着指尖的鲜血，脸色慢慢地、慢慢地变得苍白，像是受了不轻的伤，一声轻咳，抹去唇角的血痕，虚弱的声音回响在山谷里，“彤彤，既然你已做了抉择，我也只能顺着你，我一向都是顺着你的，不是么？我这样顺着你，这样顺着你……”

他像是自言自语，又像是在说给管彤听，虚弱的声音在死静的山谷里一遍遍地回响着，却是越来越轻，他的身形也随着山谷中的回音慢慢地虚化，最后消失在山谷，像是他从未来过这里，仅留下一摊鲜血还在青石上。

定格一切的力量兀然消失，那定在空中的血雾忽然散开，血水泼在桃枝上，落在花瓣上，染血的桃花变得更加妖娆，血色的美，染血的美。

身后传来什么破碎的声音，随之而来的就是一声呼声，“姑娘，姑娘……”

“走！”姬澈一把拉住我的手，眼前一花，犹如移星换斗一般，等再次看清眼前的事物，这才发现，我已经回到了青居外的回廊。

刚刚所见到的像极了一场幻境，镜花水月那样不真实，不管是那被定格成画的场景，还是那青衣男子，还是那脸颊带泪的绝世美人管彤，我感觉像是在一场梦里，梦中有着无尽被定住的桃花，有血色的美，有碎心的疼，有绝望的无奈。

“刚刚，你看到了什么？”我讷讷地问身旁的姬澈，但又好像是在问我自己，我分不清现在的我是在那定格的画里，还是在流动的时间里。青衣男子临走时的话还在耳边回响着，他说：“我一直都这样顺着你，这样顺着你。”

我想他一定很疼爱管彤，一定！

姬澈坐在长椅上，翘着腿，将青冥斜靠在红木木柱上，笑了一声反问道：“怎么？你是没瞧见？”

“没，没……”

我低低回应着，脑子里一直都是那青衣男子临走时的画面，那背影，那心酸到了极致的话语，那漫天静止的桃花和泼散在桃花上的鲜血。

姬澈问我：“你觉得那个男子会是谁？”

我望了他一眼，摇头，“看不清那人面貌，再说我平生认识的人一个巴掌都数得过来，怎会识得？”默了片刻，小心翼翼地对姬澈说，“你觉得会不会是管彤的心上人？”

姬澈敲着栏杆的手指一顿，望着山下成片的桃花，眉间微微挑起，似想到了一些什么，轻轻说道：“半年前我听到这样一个故事，说黎国的昌平公主举行成人礼。依黎国的风俗，女子举行成人礼需得独自去寻一件合心的礼物，送给将自己养育成人的父母，以此报答父母将自己养育成人的辛劳。却不知为何，出了王城的管彤两三月不见回宫，黎国公还曾派人寻了数月也没个踪迹，生不见人，死不见尸，但到后来，管彤安然无恙地回了王城，还给黎国公带回一件世所罕见的宝贝，听闻是一方琴。管彤对自己失踪数月只字不提，无人知晓她这数月究竟去了何处。”

姬澈拿起长椅上我还未吃完的一块糕点放入嘴中，说道：“看今日的这个青衣男子，功力极深，魂定这门玄术若是没有极深的内功作为基础，极难施展得出来，而且还能维持魂定这般久。不过从他离开之时呕出的鲜血来看，他来此处之前一定是受了极重的内伤，能够将功力深到如此程度的人伤成这样，伤他的人一定是个恐怖的角色。”

我插话问道：“会不会是他闯入风满楼时被管彤的那些护卫们伤的？”

姬澈连连摇头，“守卫管彤的那些人虽然实力不错，但还不至于能够将魂定这门玄术施展到如此境界的青衣人伤成那样。”

我点了点头，脑子里的疑惑更加多了，“那你说，那个青衣人会是谁？”

姬澈又一次摇了脑袋，“猜不到，不过我想，此人应该会和管彤的失踪有着什么干系，说不定管彤的失踪就是因为他。”

心中的迷雾并未因为姬澈的这番推测有所散开，如果说管彤的那次失踪是因为这个青衣男子，那么是青衣男子将管彤给绑了去？但脑中将今日管彤与那青衣男子之间的对话过了一遍，觉得没有多大可能性。若真是青衣男子将管彤给绑了，那么他们今日就不该是有那样的对话。

他们之间一定是有什么不为人知的秘密，但就目前我和姬澈所见的显然是不能将这个秘密揭开。管彤在失踪的那几个月里到底发生了什么，是不是真如姬澈所推测的是因为那个神秘的青衣男子呢？

也许是好奇心又上来了，我很想知道，是那青衣男子离开之时那绝望的背影迫使我很想知道他们之间有什么，也是管彤在说完“你就当她死了”这句话之后瘫软在地的眼泪迫使我想要知道。

姬澈拍了拍我的肩膀，问道：“你不是说你会乖乖地不乱走么？”

我赶忙将心里的情绪收起来，挤出一脸僵硬的笑容，“这个，我只是想出去打壶水。”

他叹了口气，无奈摇头。

我忽然想起一件事，问姬澈：“姬澈，那几个黑衣人是什么来路？就是被定在空中的那几个。”

姬澈瞥了我一眼，站起身，拿起斜靠在木柱上的青冥，淡淡道：“还能是什么来路，杀管彤的杀手，黑流星里的人……”

“什么？”我忽地站直了身子，“他们找到这里了？”

就在此时，屋外忽然传来了叩门声，步摇的声音在屋外响起，“雪狼公子、康宁公主，您二位可还在歇着？”

姬澈笑了一声，撩开帘子，遥遥睡了一下午，终于在这会儿睡醒了，他一边揉着眼睛一边嘟囔道：“姐姐，有人叫你。”

姬澈前去给步摇开门，而我便去招呼刚刚睡醒的遥遥。

步摇给遥遥带了件新衣裳过来，一进房门就将衣裳放在屋子里的木桌上，“公子、公主，先时见遥遥身上衣裳有些破烂，可这处山谷虽有两个看门的小童子，但是他们的体格比遥遥稍大些，婢子寻了块还算新的布料赶做了一件，看遥遥穿着合不合身？”

我拉着遥遥朝她走过去，姬澈给步摇开了门之后就坐在四方凳上把玩他的佩剑，对我们视而不见。

遥遥见有新衣服穿，高兴得不行，连忙嚷着要我给他换上。我长这么大还从未帮什么人穿过衣裳，甚是难为我，但看他那一脸欢喜的模样，我也不好搅了他的好心情，只得勉为其难地给他穿上。

我是手脚有些笨拙，虽然遥遥极力配合我穿好这身衣裳，但我实在不知要怎样去给一个小孩子穿衣裳，只得估摸着来。

“手，把手给我，不对，那只，额，也不对，还是这只。”

“领口，理了领口，袖子，来，把这内袍的袖子拉着，对，自己系系腰带，算了，还是我帮你系吧……”

姬澈在一旁见我手忙脚乱的样子笑了起来，“你这副模样，倒是有些贤妻良母的样子了，不过遥遥，你也这般大了，穿衣服这种事还得自己来。”

遥遥闷闷地哦了一声，大好的心情被姬澈一句话浇得透心凉。

我将遥遥的腰带系好，站起身子瞪了姬澈一眼，“遥遥，别理他。”

“这衣服真漂亮，步摇姐姐，你的手真巧。”

遥遥应当是从来都没有穿过这样好的衣裳，衣裳是淡紫色的，配上同是紫红色的腰带，衬得苍白的小脸有了几分血色，看上去甚是可爱。我身上的裙衫也是紫色的，同他站在一处，倒是很相称。

听了遥遥的夸奖，步摇欢喜地蹲下身子拉起遥遥一双小手，“遥遥，你喜欢这衣裳么？”

遥遥立马就回道：“喜欢！”

步摇似是很喜欢遥遥这样说，闭上美眸抿着淡红的薄唇，往前探了探脖子说道：“那你是不是应该表示一下感谢呢？”

不得不说，遥遥虽是个小孩子，却是个很解风情的小孩子，见着面前抿着浅笑的脸，愣了一会儿，一口亲了下去，亲了之后还不忘问一句：“步摇姐姐，够了么？”

我长叹了一口气，真是个好孩子啊！

姬澈这时放下了手中的青冥，站起身打断我们：“步摇姑娘，你这会儿来找我们可是有什么事？”

步摇似乎这才想起来这里是所谓何事，当即立起身子，正经地朝姬澈和我屈膝拜了拜，“公子、公主，我家公主请两位前往沐风亭一叙。”

“哦！”我这时才想了起来，之前初见管彤之时，她就吩咐了晚些时候再与我们细叙的。

姬澈点了点头，“好，还请步摇姑娘前头带路。”

“公子客气，婢子自当为两位贵客带路。”她顿了顿，摸了摸身旁遥遥的脑袋，“遥遥，你要不要去呢？”

遥遥看了看我，又看了看姬澈，最后仰着头望着步摇，低声问道：“我睡了一觉，肚子饿，那里有吃的么？”

“真丢脸！”我拍了拍脑袋，要不要这样开口就要吃的啊，仰天长叹一声，“遥遥，你要不要这样随姐姐我啊，这么能吃。”

遥遥低下头，一脸委屈的模样，“可是，可是我真的是饿了，还是今晨吃了几块干粮……”

“哎……”我甩了甩脑袋，挪着步子往屋外走，“你可别说我是你姐姐，真丢脸……”

姬澈跟了上来，“看来你们姐弟俩可真是臭味相投。”

我刚要反驳，遥遥一把扑过来抱住我的大腿，对着姬澈嚷嚷道：“谁说姐姐是臭的？”他默了一会儿，抬着手臂露出胳肢窝，还低着脑袋嗅了嗅，“我才换的新衣裳，也不臭！”

姬澈一愣，提着青冥迈出大门，边走边叹息：“叶凝，你这回倒是找了个好帮手。”

幽乐山谷这处地方是很不错，栈道多，房子多，桃树多，亭子也很多。遥遥一手拉着步摇一手拉着我，一双小手都没个空闲的，弯弯折折、迂迂回回地在那半山腰的栈道走了好一会儿，也没到步摇所说的那个什么沐风亭。

金黄色的夕阳染红了半边天，五彩霞光透过斑驳的树叶清晰地投在脚下的栈道上，好似一幅淡浓相宜的剪纸画。路过之前撞见神秘青衣男子的木亭之时，我不由得偏着头看向那青衣男子消失的地方，他呕出来的血迹还在，吐在青色山石上的血迹却已经干涸。半山腰上的桃花染了那三个杀手的鲜血，映着夕阳霞光格外艳红，木亭里空空荡荡，管彤早已不在此处，一切都这样宁静，好像这里什么事都没有发生过，之前所见的不过是幻想，是一场梦。

只是蓦然间有些幻听，“我一直都这样顺着你，这样顺着你……”

第二十六节　安排

步摇虽然当时也在场，但被定着，想来她并不知道发生过什么事，也不晓得她的主子在一炷香之前，曾在这间亭子里瘫软在地，流出过眼泪。望着那什么痕迹也没有留下的亭子，长得与亭子木栏齐平的桃树，那青衣男子站立过的桃枝，桃花依旧，我想找着一些蛛丝马迹，确定我一炷香之前所见的并非是一场幻境，但终究是徒劳一场。匆匆行过木亭，我们谁也没有停留一步，这里，仿佛什么事也没有发生过，但不知怎么见着那株桃树的时候，见着那空荡荡的木亭的时候，心底怎就有一丝心酸和苦楚，也就是这心酸和苦楚提醒着我，之前发生在这里的一切，都不是幻境，他的确是在这里呕过血，说过那样的话，她也的确是在这里无力地瘫软在地，留下过眼泪。

步摇领着我们到达沐风亭的时候，管彤已经在亭中等候多时。亭子建在一处山涧旁，山泉自山顶凸出的岩石俯冲而下，流水哗哗，极尽幽凉。亭外有一簇紫竹沐浴在金色的夕阳里，一条山间小道绕过亭子和那簇紫竹蜿蜒而去，亭子是间八角亭，也是红木搭建，不过看那漆色，应当是才建不久。

亭中坐着位白衣女子，一身纯白，一头纯黑未挽的秀发披在香肩上，直垂到脚下。山谷幽涧一方闲亭，她给我们的只有那个背影，泼了墨似的黑发，静静地坐在那，静逸得好似不该人间所有。光是那背影，就已生出一种只可远观的圣洁感，一个美得好似画中走出来的女子。

她似乎是察觉到了有人来，微微转过头。就我这个角度看过去，一条山涧自她耳畔的白玉耳坠旁花落，山水青青，身后一簇紫竹映着金灿灿的霞光，山涧在亭下的山坳里汇成一弯水潭，生着几朵雪白的芙蓉花，数量不多，稀稀散散的三两朵，却是给青山秀水平添了几笔点缀。她微微一笑，是极淡的笑容，却胜过万千美景。千百五彩的霞光，黑发在金灿灿的夕阳中，似隐在画中，与初见的那一张侧脸全然不同的面貌。

她站起了身子，一头黑亮的秀发齐至小腿，是纯白的裙衫中唯一不同的色彩，一貌倾城，是比画更美的眉眼，面如冠玉，不施以任何脂粉，是最素雅可人的面貌，我承认，这是我见过最美的女子。

“早时两位赶至这处楼子，管彤惦念两位一路劳顿，未曾好生迎接，此刻再稍备一桌珍馐，一来是为今日怠慢两位赔罪，二来也是为两位接风洗尘，还望两位不嫌弃，稍用一些。”

第一次初见她时，她的话语平淡得紧，像极了一弯深不见底的幽潭；第二回偷偷见着她时，她的话语悲伤带着绝望；而这回见她时的话语，却是犹如风拂动珠帘，玎玲作响，似这道山涧冲入潭水般清幽淡雅，不染尘埃。

姬澈微微一笑，拱了拱手，“公主客气，不过是受人之托，何须客气？”

在如此美人面前，我也不能失了北燕国的风度，对她屈了屈膝，浅浅一笑，算是回了礼，这便拉着遥遥和姬澈进了亭子。

几番客套之后，这才进入了正题，吃饭！

遥遥早已按捺不住了，要不是他是个极为懂事的孩子，估摸着早已抓起饭食往嘴巴里塞了。很好，他这次没让我在管彤这个黎国第一美人面前丢脸，我很欣慰。

“好可爱的小孩儿。”管彤拉了拉遥遥的小耳朵，问道，“叫什么名字？”

遥遥嘴巴里含了一大口饭食，但还是清楚地说出了自己的名字，“遥遥！”将嘴巴里的东西完全咽下去之后，捋了捋胸口，“不是什么尧舜禹的尧尧，是遥遥天边一点红的遥遥，上回姐姐把我的名字说成了那个尧，漂亮姐姐你可别弄错了哦！”说完继续吧唧。

我还对他之前的懂事感到很欣慰，这一回，我只得扶额长叹，“遥遥，你不是饿了么？来，尝尝这个，好好吃饭！”赶忙往他碗里夹了一大堆吃了，只盼着这些吃的能够堵住他的嘴巴。

“哦，那我好好吃饭。”

“乖，多吃点！”

姬澈无奈一笑，询问起了这回来黎国的正事：“公主，再有八天你便要出嫁齐国，不知这场婚事，你是如何打算的？”

管彤听到姬澈这句话之后瞬间僵硬，但也只是极为短暂的一瞬，顷刻便恢复了正常，“公子觉得还能有何打算，到底不过一枚棋子罢了。”愣了片刻，缓缓续道，“虽是王族，但也是逃不了这命运。”

姬澈微微点头，继续问道：“不知柏烨有何计划，在下即已来此，自当是善始善终，将公主平安地送往齐国和亲，以解黎国危机。公主天资聪颖，自当想到其中还有个靖国从中作梗，不知公主对此有何良策？”

“我不过一个姑娘家罢了，能有多少对策？”她无奈笑道，“半月之前，柏烨曾秘密地见过我父王，那时候父王已决定将我送给齐国世子和亲，化解黎国危机。如今黎国边外已是有着数十万的大军驻扎，如若我不能按时与齐国世子联姻，那这数十万大军会顷刻挥军南下。黎国目前的情况想来公子也是清楚，管彤也不再累述，柏烨公子的建议是，我最好能够在不惊动靖国太子羽华的黑流星的情况下，秘密进入齐国，只要一进入齐国的境内，管彤也就可安然无恙了，准时结了亲，两国结了盟，如此，自是万事大吉，事事皆休。”

姬澈凝目点了点头，“如此不惊动黑流星自然是最好。”顿了片刻，却是无奈摇头，“可惜，就目前的情况，好似并非如柏烨所想那般容易。”

管彤也笑着点头，“的确，目前黑流星已经查到我之所在了。”

姬澈持着酒盏沉思片刻，半晌，抬眸看向管彤，“那公主有何打算？既然黑流星已查到公主的所在，那么之前所定的计划自当是不安全。公主身负重任，肩负着的是黎国的千万百姓，这件事还得重想对策才是。”

“不如，咱们还是按之前的安排走。”我插话道，“既然他们已经知晓了公主的所在，此处自然是不能再多做逗留，况且离和亲的时日也不多了，如果我们再重定路线，必然是会绕远，一来路远则风险大，二来若是误了时辰，可就不妙了。”

第三章 青青子衿

第一节　尸体

管彤看了一眼我，回道:“康宁公主所想同管彤一样，虽然是按以前的计划风险一定不小，但是目前的情况也容不得管彤再做别的打算，好在有雪狼公子，我的安全应当没有多大的问题。”

姬澈连连摆手，“不，据我所知，黑流星里有一个杀手，人称千面兽，没有一个人见过他真正的面貌。此人极其擅长幻术，可在瞬间幻化成任何一个人，其幻化的本事就算是朝夕相处的人也辨认不出。我担心的是，既然他们已经发现公主的所在，如果……”

“你担心如果公主身边的什么人被这个千面兽杀了，然后这个千面兽再幻化成这个人的面貌潜入昌平公主的身边，伺机下手？”我打断他的话。

姬澈点了点头，“的确，若真是他潜入了公主身边，当真是防不胜防。”

我微微一笑，“那你贴身护着她不就好了，还能有什么人能够在你的眼皮子下杀人，当你这大周第一杀手是摆设啊？”

也许是我最后这一句话说得有点激动，管彤掩着嘴唇扑哧一声笑开，“康宁公主真是个妙人。”稳定好了情绪，她这才续道，“康宁公主这句话也是个不错的法子，能够在雪狼公子的眼皮子下杀人的人，恐怕普天之下还真找不出这么一个，但是，但是……”她欲言又止，脸颊还泛起了红晕。

“但是什么？”我连忙追问。

管彤倒是不好意思说出来，遥遥却是一口接道:“漂亮姐姐不好意思啊！姐姐你想想，贴身护卫，那姬澈哥哥时时刻刻都得跟着漂亮姐姐，你看看，一个是风流倜傥的翩翩公子，一个是美貌绝世的漂亮姐姐，这朝夕相对的……”

“遥遥！”我被他这句话震得不轻，惊愕无比地嚷道，“你……你哪里听来的这些？”

“村子茶楼里的说书先生啊。”遥遥低下头，一副委屈的模样，低低道，“我……我是不是说错了？”

“这个……这个……”我完全无言以对，这小小年纪，怎么……怎么懂得比我还多，哎……

“你说得很对！”姬澈一连咽下去好几口唾沫，“不过，你这个年纪，还是多吃些东西的好。”说完夹了一大堆吃的放在遥遥的陶碗里。

“就是，吃的还堵不上你的嘴！”

场面一时间变得有些尴尬，管彤沉寂了片刻说了话，“倒也不是不好意思，不过若真的是雪狼公子护送我前往齐国的话，一来的确是多有不便，二来对公子来说，想必也不是什么好事，我听闻，公子的面貌可是和羽华太子……”

她话虽然没有说完，但是我心里已经明白了，管彤身为一国公主，嫁至齐国的话，必然会有齐国王族的人前来迎接，这其中难保就有人认识羽华。而姬澈这张脸却是和羽华一模一样，这其中的端倪，难免不让人多加遐想。

脑中忽然灵光一闪，想到一个法子，“姬澈，你不是也会幻术么？”

他定眼看着我，“你什么意思？”

“嘿嘿！”我奸笑一声，“如果你幻化成一个女人，这样一来……”

话还未说完，忽然一名小童急急忙忙地朝亭子这里跑来，一边跑还一边高声喊着，“公主，不好了，不好了，出事了，出大事了，山下……山下……”

他上气不接下气，慌慌张张地跑进亭子里，管彤连忙站起身，问道：“怎么了？山下出了什么事？”

“人，好多好多的人！”小童一边喘着粗气，一边吞咽着口水，一句话也说不明白。

“什么？有多少？”管彤忙问。

“不，不，死人，都是死人，山下忽然多了好多的死人……”

“什么？”管彤大惊，面色惊变，“怎么回事？”

姬澈立马站起身，拿起青冥，沉着声音问道：“什么时候的事？”

小童像是被问住了，支支吾吾地说道：“不……不知！”

姬澈脸上一沉，“带我去看看！”

我们一行人飞快地来到风满楼的大门外，童子领着我们绕过一处山林拐角，面前的场景令人发寒。

一具具尸体横七竖八地倒在杂草里，一把把明晃晃的弯刀掉在杂草丛里，有的被杂草掩盖，有的则露在外面，摆在那些尸体上。

尸体很多，粗略计得有好几十具，我捂住遥遥的眼睛，眼前的这一幕最好还是不要让遥遥这个小孩子看到，有可能会造成阴影。

管彤面对这些横七竖八的尸体面色倒是极为平静，不过平静的脸上也是惊愕，极难想象像她这样的美人在见到如此场景的时候还能保持镇定，没被吓晕。

姬澈拿起身前一簇树枝，在一具尸体前蹲下身子，手背碰了碰尸体的脖子，收回手，“尸体还未凉透，看来他们死去还不到一个时辰。”

他顿了一会儿，扯开身下尸体胸前的衣襟，见着尸体的胸前有三道极为细小的伤疤，像是被爪子抓出来的，这伤疤看上去已经很久了。他身子一顿，又起身去扯开另一具尸体胸前的衣襟，这一具尸体的胸前与之前一样，也是有着三道极为细小的伤疤。紧接着他连续扯开好几具尸体的衣襟，这些尸体的胸口同之前的几具完全一样，在胸前都有着三道极为细小的伤疤。

“是黑流星的人？”管彤惊讶地说道。

姬澈点头，“而且还是黑流星里的尖刀！”

我问：“什么是尖刀？”

“就是黑流星里一批顶尖的杀手。”姬澈顿了顿，续道，“黑流星里的等级很严密，每升一级，他们都会在胸口抓出一道口子，三道口子便是尖刀，是黑流星组织里的上层杀手，一般只有羽华本人能够命令他们。”

“你好像很了解黑流星？”我喃喃问道。

他冷笑一声，“没有人比我更了解这个杀手组织。”

管彤也上前一步，蹲在一具尸体面前，刚要伸出手去，步摇却连忙上前阻止，“公主，你是万金之躯，怎么碰这种东西？”她拉住管彤的手，不让管彤去碰这些尸体。

“没事，我看看这伤口。”她拉开步摇的手，定了定神，将脚下尸体的脑袋转过来，看了一会儿，脸上生出疑惑，“好奇怪的伤口，不像是刀剑留下的，也不像是钩戟留下的。”

每一具尸体身上只有一处伤口，都在脖子上，显然是被人一击割断了喉咙，伤口的形状的确很奇怪，并非是直线形的伤口，而是波浪形的伤口。

第二节　齐王被刺

姬澈也注意到了，“的确，这伤口不是刀剑钩戟留下的，所有人都是被割断了喉咙致死。这些人都不是一般杀手，看这里的情形，完全没有打斗过得痕迹，很显然，他们是在没有任何防备的情况下被人直接割断了喉咙，是谁能够一击击杀这么多的杀手？而且这伤口，好生奇怪……”

姬澈眉头紧皱，一时间他好像也想不到波浪形的伤口究竟是什么样的兵刃留下的。

管彤站起身，朝身后的步摇吩咐道：“步摇，将隐卫唤出来，所有！”

步摇点头，转身面向风满楼的大门，“所有的隐卫，公主有令，速速前来！”

话音刚落，数十道黑影闪电般从幽乐山谷的各个角落窜出来，眨眼之间便有二十多个黑衣人恭恭敬敬立在管彤身后，齐声道：“公主！”

“我问你们。”管彤摆出公主的架子，“一个时辰之前，山谷外可有什么异样？”

这些隐卫们你看看我，我看看你，最后走出来一人，像是他们的头头，他对管彤躬了躬身子，回道：“公主，谷外一切正常，什么动静也没有。属下们时时刻刻都在监视着山谷内外的一切，除了这位公子和姑娘还有那个小孩儿，并未有一个外人进入谷中，在下可拿人头担保。”他看了看姬澈和我，又看了看我怀里的遥遥，这才说道。

管彤的脸慢慢阴沉下去，眉头微微蹙着，半晌，挥了挥手，“吩咐下去，原定计划提前，天明之前，前往齐国。”

“是，属下遵命！”

一行人对管彤抱了抱拳，刚要退下，已是暮色渐深的天空中传来一声雕鸣，隐卫们纷纷抬头，见着一只雕儿在山谷上空迂回盘旋，之前那位隐卫赶忙回身，“公主，是王上！是王庭有讯息传来。”

管彤抬眸望了一眼那盘旋在天空中的雕儿，脸上忽然变得有些不安，这个时候黎国公传来讯息，会是什么。

她抬了抬手，定定道:“取下来！”

隐卫取回一个哨子吹响，盘旋在天空中的雕儿一个俯冲而下，落在那名隐卫的肩头，隐卫抓住雕儿，取出绑在腿上的一条锦帕。这条锦帕是黄丝所纺，是王族之人才可使用的。

“公主！”隐卫放了雕儿，将手中的黄丝锦帕递给管彤。

“你们先去安排！”她对一干隐卫挥了挥手，众隐卫便纷纷退去，几个闪影就完全没有了踪迹。

管彤打开黄丝锦帕，锦帕之上写满了密密麻麻的文字，我眼神好，瞥了几眼，但这是黎国的文字，我一个字也不识得。

管彤将锦帕上的内容看了一遍，面色越来越难看，越来越阴沉，呼吸也是越来越急促。

“出了什么事？”姬澈在一旁问道。

管彤收了锦帕，一张绝美的脸色已经苍白得没有一丝血色，白得就像是一张纸。她顿了片刻，缓缓道:“齐国公两日前，曾被人行刺。”

“什么？”

“什么？”

我和姬澈几乎是同一时间发出了声音，“齐国公被刺？”

管彤点了点头，“好在并未取了齐国公性命，刺客被打伤，逃离了齐国王都。如今齐国公怀疑有人欲对齐国不利，当然了，这个有人指的便是我们黎国……”

姬澈抱着青冥沉思了一会儿，“他觉得，你父王并非愿意将你嫁给他的儿子，并且割让十余座城池同齐国求和，这不过是缓兵之计？”

管彤摇了摇嘴唇，点头，“现在我们黎国以北的疆域外，有着数十万的齐国军队驻扎，只要黎国公一声令下……”她说到此处，便沉默了。

我心里也兀然一紧，这齐国公什么时候被行刺不好，偏偏是在两国联姻结盟的敏感时候？两国现在本就是剑拔弩张，而齐国公偏偏又在这个时候被人行刺，那齐国公自然会将矛头指向黎国。而今他占尽上风，要找黎国的麻烦还不是轻而易举。

“你父王打算如何处理？”姬澈接着问道。

“还能怎样？”管彤低下头，声音变得格外悲戚，“一来割让更多的城池，二来让我尽快跟齐国世子完婚。”

“管彤。”我把怀里的遥遥推给步摇，上前拉住管彤的双手，安慰她，“你现在的心情我完全能够明白，可不管怎样你还得去面对。我们这些王族子女，生来都是给国家的。”

她转头看了看我，很勉强地挤出一丝笑容，“叶凝，我真羡慕你，至少现在你自由了，你不知，我是有多想跟一个人浪迹天涯，多想跟一个人走走停停。”她停了停，偏头看向姬澈。

姬澈轻咳一声立马将脸转向一旁，她将头转回来，笑道：“你很幸运。”

“幸运？我很幸运么？”我低下头，偷偷地觑了一眼姬澈，心里却是有些发乐，她说的一点儿也没错，的确，我很幸运，上天给了我一颗不死心，悲戚的命运，也给了我一个他。

不过管彤呢，是上天在捉弄她，给了她无双的美貌，绝顶的才华，也有同我一样悲戚的命运，却没有给她一个他。

也许是有的！

管彤放开我的手，天色渐暗，此处尸体成堆，不是什么久留之地。管彤吩咐步摇叫些人将这些尸体处理掉，我们便打道回府。

返途中，管彤向姬澈恳求道：“公子，管彤此次前往齐国，路途凶险，黎国千万百姓的性命，只看管彤这回能否安然到达齐国，与齐国世子联姻。但愿公子能够看到这千万百姓生死的面子上，无论如何也要助管彤一力。”

姬澈淡淡一笑，“公主客气得紧，既然在下已经答应了柏烨，也来了此处，定然是会信守诺言，定将公主送至齐国便是。”

我也赶忙宽慰管彤，“你就放宽心，他既然答应了，就一定会办到，大不了你给他些金子，他这个人只要有钱，什么人都是敢杀的。”我拉了拉姬澈的袖子，朝他笑道，“你说是吧，姬澈？”

他瞪了我一眼，不说话。

“如此最好也不过。”管彤顿了顿，停下脚步低头看向步摇牵着的遥遥，“明日我们便要启程前往齐国，途中也不知还有几多风险，遥遥跟着我们多有不便。我想，不如将遥遥送往王都。我写封信件呈给父王，让他好生将遥遥养着。遥遥也是我黎国子民，他年纪轻轻，若是多加培养，将来定是个可用之才。”

第三节　夜语幽歌

遥遥听完微微一愣，甩开步摇的手扑倒在我怀里，“不，我哪儿也不去，我要跟着姐姐。”一双大眼睛直直地盯着管彤。

我沉默了一会儿，管彤的话也全在理。遥遥还小，先不说前往齐国的路风险不低，光是跟着我，也都是九死一生的，如果留在黎国，有黎国公的培养，指不定将来大有一番作为，即便是没有什么成就，也总比跟着我整日逃命好。

想到这里，我蹲下身子，摸了摸遥遥的脸蛋，“遥遥，我知道你很想跟着姐姐，姐姐也很想你跟着，但是你跟着姐姐会很辛苦的。姐姐现在是亡命徒，你跟着姐姐，只能是九死一生，你还小，以后的路也还很长。”

“姐姐，你是不是不要遥遥了？”他抱住我的大腿，低声抽噎着，“姐姐，遥遥不怕什么辛苦，在盛乐的时候，比这辛苦多了。遥遥什么苦都能吃，饿肚子，穿破烂衣服，跟野狗抢吃的，睡草地，什么都可以的。遥遥的阿爹阿娘都不在了，遥遥……遥遥想跟着姐姐。”

我心里一酸，遥遥之前过得是什么样的日子，我能想象。我不想他小小年纪跟着我过颠沛流离的日子，整日为了能活下去而四处逃命，不知明天要去哪里，不知这种亡命天涯的日子要过多久。他还小，人生路还很长很长。

“遥遥。”我蹲下身子抱着他，一时间什么话也说不出来。父王不要我了，要把我送给羽华保住他的王座，那是我人生第一次流泪。我知道被人抛弃是什么样的感觉，也知道没有亲人是一种什么样的感觉。

“遥遥。”姬澈走到我身旁，揉着遥遥的脑袋，低着头看他，“你很想跟姐姐在一起是不是？”

遥遥眼眶里含着一团泪花，但很倔强地强忍着不让它流出来，微微点了点头。

“不如我们定个约定，你先留在黎国，五年之后，我和姐姐一定会回来看你，你已经习惯了一个人如何生存，不是吗？”

遥遥抹掉眼眶里的泪水，“我就是知道一个人过得是怎样的日子才不要跟姐姐分开。”他紧紧地抱着我，终于哭出了声，“姐姐，遥遥会乖的，会很听话的，不惹你生气，不发脾气，求你别不要遥遥。”

“姐姐没有说不要你啊。”管彤也过来安慰遥遥，“刚刚你姬澈哥哥不是说了吗，五年之后他和姐姐一定会回来看你的，到时候你也长大了。在这五年里你好好努力，等将来姬澈哥哥和姐姐来看你的时候，你一定要变得像个男子汉。”

“不，我就要跟着姐姐。”他依旧紧紧地抱着我，将头埋在我怀里，倔强地摇头，“我就要跟着姐姐。”

心里凉了半截，我不知道要如何跟他讲他才会明白，将他从我怀里拉出来，双手搭在他的肩膀上，“遥遥，你是男子汉是不是？”

他点头。

“你也要说听姐姐的话是不是？”

他点头。

“那好，我们说好，五年之后，姐姐再回来看你，姐姐说话算数，你也要说话算数，好不好？”我重新把他揽在怀里，“姐姐知道你舍不得，姐姐也一样舍不得遥遥啊，你这么可爱，姐姐疼你都还来不及，怎么会不要遥遥。只不过，姐姐现在连自己都保全不了，你也不想姐姐还分心来照顾你是不是？”拍了拍他的肩膀，续道，“到时候你一定要变得很强很强，好保护姐姐，好不好？”

他像是听进了我的话，一边抽着鼻子一边呜咽道:“姐姐，你不会不要遥遥的，是不是？”

我对他挤出一丝笑容，“当然啦，姐姐怎么会不要遥遥，姐姐说会回来看遥遥，就一定会回来的。你也要说话算数，一定要变得很强很强，和你姬澈哥哥一样强，这样你才能保护姐姐啊，你说是不是？”

他抹着眼泪点头，“你要说话算数！”

“算，当然算数。”我肯定道。

“拉钩！”

他对我伸出了手指，我顿了顿，也伸出了手指，“好，咱们拉钩，你可是男子汉，要说话算数，五年后，姐姐和姬澈哥哥一定会回来看你，你也一定要努力，变强！”

“我会的！”他勾住我的手指，“说好了，你一定要回来看我，不许骗人！”

“好！”我和他的手指勾在一起，“姐姐说话算数！”

他终于笑了，我也像有一块石头从心里落了地，但并未有丝毫轻松感，反而有着一种说不出的酸楚，“遥遥啊，如果姐姐能够平安地到达登桓，躲过了羽华和黑流星的追捕，无论如何也会回来看你的。”我把遥遥抱在怀里，看了看已经暗下来的天色，长长地叹了口气。我现在所做的，同我父王抛弃我又有多大的分别。我只希望，遥遥能够在这五年里，可以过得很好，很好。

管彤抬起头看向步摇，“明日一早，找两个信得过的人，务必将遥遥平安送到王都。”

“婢子记下了。”步摇点头，看着遥遥那一张满是泪痕的小脸，叹了口气。

我们继续往前走，一路上全都沉默着，我们一群人都不知明日会怎样，上天会给我们做怎样的安排。我们各自都有着不同的命运，不同的路，可这条路满是荆棘，看不到希望，看得到的却是刀枪箭雨，满目疮痍，这或许便是命运，不堪的命运，对此，我们能做些什么？无非是在命运的激流里死命挣扎，妄想去苛求那得不到的怜悯罢了。

夜已经深了，遥遥却怎么也不愿前去睡觉，璀璨的星辰点缀着漆黑的天幕，凉凉的月光透过那扇格子窗投进屋子里，照着相对无言的我们。

远方传来了歌声，清脆地响在静逸的山谷中，声音很清澈，却满是悲伤。

青青子衿，悠悠我心。纵我不往，子宁不嗣音？青青子佩，悠悠我思。纵我不往，子宁不来？挑兮达兮，在城阙兮。一日不见，如三月兮。

歌声在山谷中飘荡，在长长的星河之下回响，姬澈微微抬起头朝窗外望去，我亦同他望去，除了无尽的夜色和微凉的月光，天地间，只有那满是悲伤的歌声独独飘荡着。

第四节　姬姑娘

姬澈缓缓挪动着步子，朝屋外走去，推开纱窗，月光直射进屋子里，屋子里烛火如豆，得了这月光倒显得亮了些。

“好美的歌声。”我放下怀里的遥遥，让他自己去玩，他却死拉着我的裙角沉默着，怎么也不愿离开我，无奈，我只有带着他朝姬澈走过去。

“青青子衿，悠悠我心。”他仰起头，月光洒在他的脸上，苍白的头发被风扬起几缕，望着天空那轮残月，叹了口气，“这世间还有如此好听的歌声。”他的声音有些凄凉，有着深深地惆怅，带着重重的叹息声在我耳边响起。我知道他的声音为什么会带着叹息，这歌声的确是美好得无可挑剔，却有着深深地惆怅和凄凉，让人不由想起迎月浅唱的那名女子，或许是在思恋着什么人，或许叹息着这世道的不堪。

那样低沉婉转，那样浅浅地低吟。茫茫的群山虽有月色，但依旧逃不开被黑暗吞没的命运，连幽凉的歌声，也穿不透那无止境的黑暗，像是有着一具巨大的牢笼，囚禁着那唱歌的人，那低沉婉转的歌声，掌控着我们谁也逃不开的命运，要有怎样的情绪才能唱出这样的歌声，要有怎样的思绪才能写得出这样的调子、这样的旋律。听着这歌声，心头莫名一疼。或许正是那样，青青子衿，悠悠我心。纵我不往，子宁嗣音……

一阵夜风捎来桃花香，姬澈身子飘出窗外，落在山谷中的一棵桃树上，寻着那唱歌的人。可惜歌声却再未响起，山谷中依旧有着余音萦绕，慢慢地、慢慢地，余音越来越弱、越来越低，渐渐地消失在了天地间，耳边再无那歌声。但歌声中的那股凄凉与悲伤，像是附骨之疽，烙在了心头。

姬澈飘了回来，对我摇了摇头，他也没能找出唱这首歌的女子。

夜里，烛火还在摇晃着。我想，这歌声或许是管彤的。我同她都是女子，自然是更懂得女人的心思，这个时候，能唱出这首歌的，能唱这样悲戚绝望的歌声，整个幽乐山谷除了她，我找不出别人。

她与那个青衣男子到底有着怎样的纠葛？那青衣男子又是谁？为什么之前她会说出那样的话，似花光了她所有的力气，心痛得瘫软在地，而再次见到她，她却要做出一副什么事也没有的模样，将一切埋得那样深，装得那样若无其事。

今晚，遥遥非要嚷着和我睡，我怎么也睡不着，姬澈亦是如此。半扇月光，一杯清茶，一盏灯火独独陪着他枯坐到天明。那一卷珠帘，一边是无眠的我，一边是无言的他，万籁俱静的黑夜，幽幽凉凉的月光，偶尔一阵醉人的桃香，三个人的心跳，三个人似有似无的呼吸，一间屋子，三个各怀心思的人，三个各自不同的世界和命运，除此，再无其他……

翌日清晨，天刚拂晓，却已经是很闷热了，我迷迷糊糊地睁开眼睛，身旁的遥遥睁着一双大眼睛看着我，一双小手紧紧抓着我的左手。我不知道什么时候就睡了过去，这回我倒是清醒得很快，天亮了，遥遥，也该走了。

我对他笑了笑，摸了摸他的脸，侧过身子笑道：“遥遥，别忘了我们的约定，好不好？姐姐一定会回来看你的。”

他没有说话，只是抱着我，将头埋在我怀里，胸前浸进几滴水珠，心一瞬间就凉了下去。

我一时间也没有什么话好说，只是紧紧地抱着他。遥遥没了爹娘，好不容易跟着我过了几天安生的日子，只怪我自己不能善始善终。

步摇来得很快，身后跟着两个黑甲护卫。遥遥很坚强，没流出一滴泪，大大的眼睛里含满了眼泪，却死咬着牙硬扛着。他默默地离开了我，朝步摇走过去，阳光射进屋子里，他就站在那阳光里，长长的影子。

“将他送往王都。”步摇蹲下身子摸了摸遥遥的脸，朝身后的黑甲护卫说道。

我只是看着他，默默地看着。他跟着两个护卫出了屋子，却在门槛外猛地跑回来抱住我，“姐姐，我们拉过钩的，你说话要算数。”

屋子里一片安静，他不等我说话，放开我冲出了屋子，就这样消失在我的视线里。

屋子里就剩下我和姬澈还有步摇，姬澈过来拍了拍我的肩膀，想要安慰我，却什么话也没有，我轻轻将头靠在他肩上，心沉到了极点。

不多时，管彤进了屋子。我站好，理了理衣襟。姬澈朝管彤走过去，轻轻道：“昨日叶凝的法子，我觉得还很实用。”

他转身看向步摇，愣了愣，右手在她面前虚空一抹，步摇的模样顿时改变，白裙变成了蓝袍，一头如墨的黑发也顷刻变成了满头的白发，而那张清秀可人的脸蛋，也变成了姬澈的模样。

一时间，两个姬澈站在屋子里，管彤愣住了。

而姬澈的身形也在急速地发生着变化，黑发逐渐被染黑，一身蓝色的袍子也变成了翩翩白裙，一头黑发缓缓盘起，挽成流云髻，发簪、额坠一一浮现，眨眼之间，姬澈大变模样，变成了……步摇……

我定了定神，退后两步，很认真地对他拜了一拜，“姬姑娘！”

他身子也一顿，半晌，也对我拜了一拜，“叶凝姑娘！”

管彤一个没忍住，笑了起来，“公子的手段当真高明！”

姬澈所化的步摇笑了笑，将手中的青冥递给步摇所化的姬澈，“我的佩剑，别弄坏了。”

“步摇记下了！”步摇所化的姬澈接过青冥，颔首应道。

姬澈以步摇的身形很顺利地当上了管彤的贴身护卫，只是，他当男人当久了，忽然间要当女人，我只能说，惨不忍睹，不忍直视……

走路的时候不能迈大步子，要走细小的碎步，不然要踩着裙子，说话要低声细语，不能粗着嗓子，举手投足要温文尔雅，柔柔大方，双手不能放在身体两侧，要时刻保持着端庄的姿态。既然是管彤的侍女，那么走路的时候自然是不能昂着头走，要有谦卑。虽然我教导了他一下要如何去做好一个女人，做出一个女子该有的仪容，可结果是……

第五节　断魂道

还未走出青居，他已经一连踩了好几次裙子，有一次还差点摔倒，一个漂亮的后空翻才稳稳落地，没丢了他这大周第一杀手的面子，可下栈道台阶的时候……将步摇毁了个干干净净……

我教他，“来，你看我，要这样，将裙子抬起来一点，对，额，不要抬太高，你看看你，这是要露屁股还是怎的？继续，先出左脚，对，下，再来，额……”他摔了下去，我捂住眼睛，不敢直视。

妈呀，这要教一个男人如何做女人，当真是一大难事啊！步摇每回看着自己出糗，都会昂头长叹，她彻底被姬澈给毁了。

当然了，这不能怪姬澈，他当惯了男人，忽然间要当女人，难度是不小。为了不让他把步摇毁得太干净，于是，我只好手把手地教他，教他如何做一个行为端庄、举止儒雅的大家闺秀。

“喝茶不能端着茶杯直饮，要一手持杯，一手掩住杯沿，或是用袖子掩面而饮，但又不能把脸全给遮了，要半遮半掩，懂了么？走路步子不能迈得太开，屁股不能扭得太厉害，不然可就要把步摇变成风尘女。不能总是板着个脸，要面带微笑，要有回眸一笑百媚生的亲和与素雅。说话要压着嗓子，要柔声低语，欲语还休，要有低若落花秋水的柔和，还要配上矜持、腼腆、含羞带臊的面目表情，这样才能俘获男子的芳心，才能让无数男子臣服于你的美貌跟石榴裙下，你记下了么？”

他难以置信地看着我，“叶凝，你要我俘获男子的芳心，还要我让无数的男子臣服于我的美貌和石榴裙下？”

“啊，这个，这个其实是可以考虑的，你想想，断袖其实也不是多么丢脸的事，你说是不是？”

我忘了，他只是当一时的女子，而非当一世的女子。我的教导方式，完全是往要他当一辈子女子的方向培养。

他揉了揉鼻子，一个飞身跃上马背，勒紧缰绳，声音低沉地说道：“叶凝，你是要我做你姐妹？”

我嘿嘿一笑，“难道不可以么？”

他无奈一笑，“出发吧！”软丝的白绣鞋踢了踢马肚子，跟在管彤的马车身旁，出发了。

我当然不能放过他，赶忙追上几步朝他嚷道：“喂，我刚刚教你的当耳旁风啊，要举止文雅，柔声低语……”

话音还未说完，他袖子一挥，一股劲风将我震退好几步，险些没把我震个倒栽葱！

“叶凝，你若再挖苦我，我可不客气了。”

我赶忙捂住嘴巴，将剩下的话生生咽回去，钻进了步摇所化的姬澈的马车里。

步摇虽然是化成了姬澈，同样，她也没当过男子，但好在我也同是女子身。好吧，她现在虽然是个男子，但我还没把她当成男子，因此，她的一些女子的行径，虽同她男子的仪容很不搭调，看着极为别扭，却也没让我感到反感。心里把她当作姬澈，见着姬澈能有这女子的行径，倒是很让我耳目一新。

我无法想象的事在眼前一一呈现，比如，他娴静的模样，男儿的身子却是女子的声音，一举一动皆是柔情款款、眉目含情，这些在姬澈的身上完全见不到的模样，如今却在步摇所化的姬澈身上一一呈现。在我眼里她倒是没把姬澈毁了，反倒是让我感觉到了另一个姬澈，这个姬澈娴静淡雅，娇羞无限。马车疾奔的时候，我撑着脑袋胡想，要是以后姬澈能一直是这个模样，那将会是什么样的场景。

想着想着就不免傻笑，觉得那一定是一件非常有趣的事，以后的路上一定会增加很多很多的乐趣。

日至正午，天气热得吓死个人，护卫管彤的车队行驶到一悬崖处，一边是万丈深渊，一边是陡峭崖壁，山道弯弯曲曲，迂回盘旋，车队行到此不免放慢了速度。

我撩开车窗帘子，见着的是深不见底的鸿沟，车轮碾过山道，滚落下块块碎石，稍有不慎，马车便会滚落下深不见底的深渊，摔得粉身碎骨。不过赶车的马夫本事实在是很不错，马车车轮虽一直压着悬崖边在走，却也没偏了半分。

“康宁公主，这里是断魂道。”步摇说道，我差点把她当成姬澈，“这里山道极为凶险，一般车夫都是不敢走这条道的，稍有差错就会掉落山谷。这条道虽然危险，却是从幽乐山谷到边境的最短路程，断魂道长达三十里，穿过断魂道，再往前行个两三日，就到黎国边境，也就快到齐国边境了。”

“哦。”我望了一眼那深不见底的鸿沟，放下帘子，“这条路不愧叫断魂道。”

山道极窄，已是不能够供一辆马车一匹马比肩行驶的。这车队里有两辆马车，一辆是管彤的马车，马车上只有她一个人，一辆就是我和步摇的，两辆马车一模一样。步摇说：“这是为了要让那些阻止这场联姻的人分不清哪辆马车上坐的是公主。”

我点了点头，这样安排的确比较周到，不过，要是那些人认为我这辆马车里坐的是管彤，那该怎么办？

想着浑身都哆嗦了一下。

因为山道极窄，姬澈所化的那个步摇姑娘落在了管彤的后头，也就是在我们的前头。白衣黑马，身材婀娜的白衣女子骑着大马缓缓行在前头，但是怎么也没有想象中的画面。我虽然只是看了背影，但已经不敢再看下去了，扶额叹息：“步摇，姬澈可是把你毁得……哎……”

步摇也看不下去了，一脸的愤懑……

三十里的断魂道，一个下午才走过不到十五里，可见赶车的马夫走得有多谨慎，而且这道上颠簸得不是一般厉害，在马车里一坐就是一天，实在是受罪。

夜色落下，闷热的天气这才稍稍有些凉快，护卫们点燃了火把，这样凶险的断魂道已经不再适合冒险前进，于是管彤下了命令，找个地方歇息一宿，天明再赶路。

第六节　一命天下

车队选了一处较为平坦宽阔的山道停下了，我也终于可以摆脱马车里的折磨，出去活动活动筋骨。

管彤是个极为心细的女子，她差了几个护卫占据了这条道上几处最高的悬崖，又差了几个护卫前去四周看看有什么异样，余下的护卫在山道间巡逻，保护管彤的安全。

姬澈也下了马，正站在悬崖边儿上双手背在身后看着下方的深渊，我现在才晓得，原来步摇双手背后站得笔直是这个样子啊！

步摇也下了马车，前去伺候她的主子，却没想管彤推了步摇的服侍，朝我们这方走了过来。

她绕过我，走到姬澈身后，屈膝一拜，“辛苦公子这一路的颠簸。”

我见到这个场景，心头不免一乐，步摇这回是翻身了吧！

姬澈倒是回头一笑，“公主不必如此。”

原以为姬澈一定会和这个倾世美人聊得很愉快，但没想到他朝我招了招手，示意我过去。我挑着眉毛想了想，你们两个花前月下，叫我作陪算是怎么一回事，但还是厚着脸皮走了过去。

“做什么？”我问道。

他微微一笑，淡淡说道：“别离我太远。”

我身子一怔，他这话是……是几个意思？我满脸疑惑地望着他。

他却露出一丝坏笑，“怕你掉下去，我拉不住你。”

“哼！”我冷哼一声，不悦道，“我才没你那么笨呢。”

管彤过来拉住我的手，“你呀，他这是关心你，你还看不出来？”笑了笑，又道，“这山道颠簸，你不出来缓解缓解怎么行？”

我不服气，辩解道：“我这不是出来了吗？”想了想，“再说，有步摇陪着我也不会无聊啊，而且，她现在可是你哦，而且比你还有趣呢。”

好吧，我承认，我在撒谎，虽然步摇现在是他的模样，但终究不是他，打心眼里，我还是想跟在他身旁的。当看到管彤朝姬澈走过去的时候，我心里很不痛快，即便是他不叫我过去，我也会过去的。

“哦，是吗？”姬澈转过身，“倒是我多虑了，那你还是回去吧。”

心头一股血气上涌，我愤愤道：“凭什么你叫我来我就来，你叫我走我就走啊？我好歹也是北燕国的公主，是你招之即来、挥之即去的吗？”

他倒是不慌不忙，“哦，那你是不想回去了？”

“我……我……”

他转过身，对我笑了笑，“既然不想回去，那就一块儿坐坐吧，看看这断魂道上的风景也是不错。”

说完，一甩袖子，一股劲风将悬崖边上几块巨石上的粉尘扫净，一屁股坐了下去，“相传，你们黎国在开凿这条断魂道的时候可是花了不小的气力，征用了上万的徭役在这悬崖绝壁之间开凿了整整三年，才开凿出这么一条三十里的断魂道。”

管彤走过去坐在姬澈旁边的一块巨石上，理了理衣袖说道：“是啊，那已经是几十年前的事了。起初开凿这条山道的目的，只是为了能够在极短的时间内往边境输送兵力，以保卫我黎国边境的安全，可是这条道上掉落深渊的士兵太多了，久而久之再无人愿走这条道，故而断魂道就荒废了下来。那些掉落深渊枉死的士兵，皆成了飘荡在这断魂道上的幽魂。这条山道是南北走向。”

她停了片刻，我借着这个空当坐在姬澈的身旁，听着她继续往下说。

“每当有南北风刮过这鸿沟，都会响起一种让人毛骨悚然的呼啸声，那声音像是万千恶鬼的咆哮悲鸣。有人说，那些声音都是开凿这条山道的徭役和掉落山崖的士兵们的鬼魂在悲戚，也有人说是天地在为那些死难的徭役和士兵而哭泣。因为在没有这条断魂道的时候，是没有那样恐怖的声音的，这条路上死了太多人，估摸着那些冤魂能将这深不见底的深渊给塞满。究竟是怎样，如今想想也不重要了。若我能和齐国联姻，或许会少很多的冤魂，也会少很多像这样罪恶的断魂道的存在。”

我侧着脸看着管彤，重重火光映在她的脸上，她抬头看着天空。今晚的天空里没有残月，也没有星子，就像是一个深不见底的黑洞，仿佛要将一切都给吞下去。

“是吗？”

我双手撑着石块儿，仰头望着黑夜的夜空，苦笑了一声，“可这天下，又何止这一条断魂道？”收回目光转头看向管彤，“在我快要到你们黎国的时候，我经常缠着姬澈问他黎国有什么好吃的东西，有什么好玩的东西。他给我描绘的黎国是个繁华的诸侯国，可一进盛乐城，我见到的却是一座荒城。遥遥说，那里的人们已经饿到了吃死人肉的地步，饿到没有了法子的人，为了能够活下去，前去抢护城军队的军粮，结果全死在那些士兵的钩戟下。他们手中的战刀钩戟，本该是用来保家卫国杀敌为民的，却对准了他们本该保护的子民，那里是不是也是另一个断魂道？甚至于，比断魂道更加罪恶？”

她给我的是一声长叹，以及久久地沉默。

“或许是吧。”她苦笑着回应，“这天下，究竟还有多少个这样的断魂道呢？”

她望着天空，像是在问天，也像是在问自己，更像是在自言自语。身旁的姬澈低着头，一手撑着脑袋，一手放在身上的白裙上，似陷入了沉思，脸上不怎么好看。

半晌，他站起身，拢了拢袖子。见到他拢袖子的动作，我暗想，他终于能够做出一个女孩子做的动作了。

“天下有多少这样的断魂道我不知道。”他转身看着我们，低着声音，“都不过是为了自己的势力和欲望，必用的手段罢了。”他沉默片刻，继续说道，“人命这个东西，在这样的年代里，是很不值钱的。”

我微微一笑，那夜在盛乐城荒废的酒肆里，我问他的问题他现在给了答案，可是这答案，不免令人感慨。

“可是一条性命值不值钱，完全取决于他所处的地位吧。比如，如果不给你金子，叫你去刺杀帝王姬宫涅，你会去么？”我笑着问他。

他抿嘴一笑，摇头，“他的命，至少得拿几座金山来换。”

“不！”管彤却是一口否定，“得一个天下！”

我和姬澈都沉默了半晌，暗暗点头，有的人的命值一个国家、一个天下，值无数的金钱，而有的人的命却廉价得很，就像那些杂草，说拔了，也就拔了。

第七节　断魂绝壁

这大概就是世道吧，站在最高处的人，拥有这个天下，而那些平凡的人，为了一口吃的，往往却要拿命去拼。是这世道的不公，还是因为所处的位置不同才造就了命运的不平等，我们谁也说不上来，古往今来，都是如此。可我却觉得，都不过是两个肩膀扛一个脑袋，都是两个鼻孔喘气的，不过一条性命，又有多少不同……

步摇端了几杯清茶过来，递到我们手里，刚要准备喝些茶水润润喉咙，山道里忽然跑过来一个人，是管彤的护卫，他风风火火地跑过来单膝跪在管彤的身前，“公主，前面有情况。”

姬澈端着茶杯的手猛然放下，朝管彤望去。管彤手中的茶杯刚刚碰到唇沿，脸色一变，“出了什么事？”

“前面山道上发现了尸体，是黑流星的人。”

一听这话，我和姬澈相视一眼，他脸色阴沉，“步摇，将我的剑带上，前去看看。”

管彤站起身子，“前头带路。”

姬澈走到我身旁，低低道：“别离我太远。”

步摇将青冥拿了出来，那护卫带着我们朝他发现尸体的地方赶过去。那是一个急弯，只有完全拐过弯道才能看清前面的路。护卫们举着火把，将山石照得昏黄，借着火光照路，我们赶到了护卫所说的地方。

一具具淌血的尸体横七竖八地倒在窄窄的山道上，几个护卫正在检查尸体。姬澈从步摇手里拿过青冥，走上前去，扒开一两具尸体胸前的衣襟，同在风满楼外所见的尸体一样，胸前有着三道极为细小的伤痕。

“是黑流星里的尖刀。”他站起身子，走到另一具尸体旁，这些尸体至少都有着两到三处伤口，或长或短，或深或浅，但唯一相同的是，他们的伤口形状都很奇怪，同风满楼外的那些尸体一样，都是波浪形伤口。

“又是这样的伤口。”姬澈脸上布满了疑云，阴得难看，环顾四周，皆是一道道鲜血，青白色的山石上东一处西一处地泼着鲜红的血，但看这些鲜血已经干涸了，看来这些杀手死了有一段时间。

“公主，”护卫对管彤说道，“一共三十六具尸体，无一幸存。看这鲜血干涸的程度，他们应该是死于半天前。每一具尸体上都有着多处伤口，推断他们之前一定有过激烈打斗。这些尸体的致命伤都在咽喉处，同风满楼外的尸体一样奇怪，我们猜不出是什么样的兵刃可以留下这样的伤口。”

管彤紧皱眉头，绕开跟前的护卫朝姬澈走过去，问道：“公子，你见多识广，你能不能想到是什么人杀了他们？”

姬澈苦笑一声，摇头，“这些杀手应该是羽华派来截杀你的，却被人杀死在这里，此人应该是要助你和齐国联姻。看这些伤口，同风满楼的尸体一样，我推断，应该是同一人所为。不过，从之前的尸体来看，他杀那些人的时候都是一招必杀，而这次，你看这些尸体上的伤痕不止一处。很明显，他在杀这里埋伏的杀手的时候，一定是耗费了不少力气，或者说，他已经不能够一招将这多么杀手同时杀死。公主，”姬澈朝管彤问道，“柏烨有没有派人前来助你？”

管彤偏头疑惑地看着姬澈，“你觉得会是柏烨派来的人？”她低头想了想，摇头，“应该不会，他已经让你前来护送我，没必要再多一个是不是？”

的确，有姬澈在，的确不需要多加什么人。再说黎国跟韩国虽是邻国，但一向交往不深，他帮管彤，是有自己的算计，犯不着告诉她姬澈会来，而不告诉还派别人帮她，逻辑上有些说不过去。

姬澈叹了口气，看了一眼这几十具尸体，对管彤说道：“看来这里头还大有文章。”他顿了片刻，笑了一声，“我倒是想看看，到底是什么样的人敢掺和我雪狼的事。”他将手中的青冥扔给步摇，“此地不宜久留，继续赶路，争取天明之前走出这断魂道。”

车队继续前进，借着火把的光亮，在这凶险的断魂道上艰难地前行。这些护卫明显比之前谨慎许多，每一个护卫都是握紧手中的兵刃，一边走一边观察四周。姬澈也是如此，我还未见过他这样认真的模样。

剩下的十五里断魂道上，我们又发现了两处这样的地方，同样是黑流星的尖刀，同样是那诡异的波浪形伤口，唯一不同的是，这些杀手身上的伤痕越来越多，场面也越来越血腥。

终于，在第二日正午的时候，我们走出这凶险的断魂道，车队加快了速度，一路向北疾奔。

出了断魂道的几十里路上，倒是格外平顺，再也没有发现那些诡异的尸体，想来羽华觉得他派了这么多的杀手出来，加上断魂道的凶险，管彤是逃不过他黑流星顶尖杀手的重重截杀。

就这样平平安安地前行了两日，距离黎国边境，也就是齐国边境还有不足半日的路程。

黄昏时分，我们进了一处山林，一切都是那样安静，一片宁和。这几日的狂奔，使管彤决定今晚在此停留一宿，一来也好休息休息，二来明日便要到达齐国，作为新娘子，她自然也是要打扮打扮，以最美的面貌嫁入齐国。

我们谁也没想到，最恐怖的事会发生在这样宁静的黄昏，这样宁静的山林里，来得是那么突然，让我们所有人都措手不及。

管彤打扮好自己，跨下马车的时候，姬澈正坐在火堆前掰着枯树枝。

步摇搀着她，一步一步向我们走来，依旧是绝美的模样，如花一样。那一身白衣犹若初雪，那精致的脸蛋如初见时的白玉，那长及小腿的黑发漆黑如墨，她如莲步轻移。

这本是绝美的画面，如诗画里所描绘的那样美好，我们所有人都被这一幕所吸引，只觉得画里走出来的仙子才有这样的模样，这样的容颜。

一切都是那样的美好，美得如画如诗，毁灭得也是那样快，让所有人都措手不及。

第八节　不死不离

高亢的凤吟伴随着恐怖的气浪，像是要将整个天地都给掀翻，一棵棵水桶般粗细的大树纷纷折断，大地被掀起，似要将一切都给掩没。那股气浪将一切阻挡它前进的事物摧枯拉朽般掀飞、吞没，化为齑粉。我见着一个个护卫在气浪里化为虚无，一匹匹骏马被吞天噬地的气浪卷起，马车顷刻不在。我见着步摇身子忽然化作幻影，将管彤护在身后，被气浪吞没。气浪顷刻已至眼前，快得让人来不及做任何反应。姬澈忽然将我抱住，犹如有着万丈高的巨浪狠狠地拍在他的后背，一口鲜血全喷在我脸上。

天地瞬间一片昏暗，漫天的粉尘里，我见着步摇死死抱住管彤，身子在无数的飞沙和大树巨石之中穿梭，一块块巨石砸在她的后背上，一棵棵大树撞击着她娇小的身子，吐出一口口鲜血，一块块的血肉被恐怖的气浪扯开。姬澈的身子忽然折射出强烈的青光，青光将姬澈和我的身子完全罩住。凭着光罩的保护，他用身体撞碎一块块巨石、一棵棵大树，冲到管彤身旁，一把将管彤和步摇揽在怀里，一时间天旋地转，只感觉身后一阵阵撞击声沉闷地响着，那些都是巨石大树撞到姬澈后背发出的声音。

终于落了地，那股恐怖的气浪也穿过我们的身体，继续往前推进，一排排大树被掀飞，毁得那么彻底。

我只感觉什么都不在了，姬澈放开我和管彤还有步摇，一身白裙上全是血。

“都……都还好吧？”他声音无比虚弱，我看见他双腿都在颤抖，但依旧强撑着站立。他挥手擦掉嘴角的鲜血看向管彤，管彤被步摇紧紧地抱在怀里，步摇的一只手臂已经不在了，浑身到处都是被撕开的血肉。终于，步摇放开了管彤，倒在了废墟里。

“步摇。”我正要去拉她，却被姬澈拉住了手臂，他像是吞下了什么东西，喉结还在蠕动，拉着我的手也在淌着污血，“你……你们快……快走，是……是墨九。”

他身子一软，半跪在地，再也无法压制住的鲜血一口喷出。管彤要去扶他，却被他一把推开，“走啊，留在这里做什么？等死啊？”

他强撑着站起身体，手一招，已不知被那股气浪卷到何处的青冥飞回他手中。

“你要做什么？”我拉住他，朝他大吼，“你现在还能做什么？”我将他的手揽在肩上，“不许你做傻事，你活着，我才能活着，我带你离开。别以为你是不败的战神，要你拖着墨九让我仓皇逃走的事，我叶凝做不出来。”

“你以为你很厉害是不是？”他甩开我的手，“我还没到死的程度，用不着你瞎操心。”

“我不管。”伸手要去抢他手中的青冥，“既然你要去送死，至少得有力气撑到你不会死，剑给我。”

他赶忙将剑甩得很远，“又要捅自己的心脏是不是？”他冷笑着，“叶凝，你的血真的很难喝。”他把我推开，“滚！别在这里碍手碍脚。”

我站在原地愣愣地看着他，他踉踉跄跄地转过身，去捡被他扔出去的青冥，步摇的身子慢慢地变回他之前的蓝衣白发，恢复了他原本的模样。

管彤拿出一把匕首递到我面前，“叶凝，我们都不希望他死，但是原谅我的狠心，现在，只有你的血可以让他在最短的时间恢复，我们都要活下去。”

我一把抢过来，朝姬澈跑过去，将他放倒在地上，抱在怀里。他的身子从未这样虚弱过，我从未想过有一天我也可以轻易地将他放倒。

我把匕首拔出来，管彤来得正好，我让她帮我摁住姬澈，免得他挣扎，“就你现在这个样子，连我和管彤两个弱女子都能抓住你，你还拿什么去跟墨九斗？”我闭上眼睛，匕首捅进心脏。这一幕太过血腥，管彤看了一眼就把脸转过去。

“听话，你活着，我们才能活着，这一回，你听我的。”姬澈直直地望着我，眼神是我从未见过的柔情，“闭上眼睛，女孩子有些地方是不能看的。”我很吃力地挤出笑容，尽可能地做出轻松的表情。他终于不再反抗，闭上眼睛。我用手接了一捧心头热血，他依旧不肯喝，我只能硬掰开他的嘴灌了进去，“别担心，我知道要用多少分量，再说我伤口愈合的速度，谁都赶不上。”

将匕首拔出来，整理好衣襟，姬澈身上的伤在以极快的速度愈合。我和管彤放开他，他在地上躺了一会儿，睁开了眼睛。

胸前的伤口片刻愈合如初，姬澈站起身，捡起青冥，脸上满是怒气，一句话也没有。

见姬澈伤势恢复，管彤步履蹒跚地朝步摇走过去。之前那个清秀可人的步摇，如今已经是一具倒在血泊里的残破尸体。

“她死了？”管彤看着步摇，背影是那么落寞。

四下一片安静，姬澈声音缓缓响起，“走吧，去看看故人。”

管彤呆呆地站在那儿不愿离开，我走到她身后，拉了拉她的手，“管彤，步摇用她的命换了你的命，你要活着。”

她苦笑一声，“对，我要活着，要像行尸走肉一样活着，最好能像个死人一样活着。”

我们离开了这里，朝气浪涌来的方向走去，留下步摇已经不健全的尸体。在满目疮痍的废墟里，她银白的发簪，纯白的衣裙，和她名字一样的白玉步摇，额前的额坠，齐臀的长发，恬静的声音，就这样永远地留在了这里，腐烂成泥。犹记得那日她推开荒废的酒肆院门，那如玉的藕臂，那拜见姬澈很正经的礼仪，我想，或许人生只有初见才是最美好的，过了那些初见的美好，一切也都变了味道。

这是步摇的命运，而我们呢，在那气浪涌过来最开始的地方，却又有着一个怎样心酸的故事？那个人的命运，又要给我一段怎样的回忆？又会在谁的生命里，写成永远的遗憾和亏欠？

那个故事早已开始，就在我最想知道的时候。

你不知，我是有多想跟一个人浪迹天涯，多想跟一个人走走停停……

第九节　风落荒海

之前郁郁葱葱的林子被毁成了一片荒原，视线变得格外开阔，偶有一两棵被气浪震得连一片叶子也没有的大树还立在荒原里，但凡视线所能及的地方，皆是废墟。

我和管彤跟在姬澈身后谨慎地往前走，废墟中出奇地宁静，一丝丝的声音也没有。

终于，我们见着了一块绿地，就像是无边海洋之中的一座孤岛那样，那里应该就是气浪爆发的原点所在。

姬澈领着我们悄悄地摸进了那片小小的林子。

天色昏暗，光线很不明朗，黄昏的光芒带着淡黄色的金光正在西坠，小小的林子在那模糊不清的光线之中显得有些阴森。

越往里走越是凌乱，水桶粗细的树干上留有一道道剑痕，还有一些像是棍子砸在树干上留下的痕迹，残枝败叶铺了一地。

“雪狼公子。”管彤忽然喊住姬澈，她在一棵大树前停下脚步，手指着树干上的几道奇怪的痕迹，“你看看这个。”

姬澈拉着我返回去，定眼一看树上留下的痕迹，眉头一皱，“波浪形的痕迹，又是这个。”他转而冷笑一声，“看来这一路诡异的事，会在这里得到答案。”

我很认真地端详了这诡异的波浪形痕迹半天，总是觉得这样的痕迹很熟悉，应该是在何处见到过，但一时又想不起来。这些痕迹留在人身上倒不觉得，可是一刻在树上，倒是看得很明朗了。

“姬澈。”我转身看向他，“你觉得将什么样的东西插在这树干上会留下这样的痕迹？”

他身子一顿，忽然间像是想到了什么，捡起地上的一片绿叶，沿着树上留下的痕迹的形状塞了进去，沉默了一会儿，紧皱的眉头舒展开。

“我知道了！”他转身看向我，“是折扇！”

“折扇？”我脑中瞬间一亮，我说怎么见着这留在树上的痕迹会有熟悉的感觉，我可是给羽华的扇子画过扇面。

“折……折扇？”管彤的声音低低地响着，脸色慢慢地沉下去，好像是想到了什么让她难以相信的东西，一双美眸不停地在眼眶里转着，“不会的，怎么可能，不会的，绝对不会的。”她忽然变得有些失控，“不可能，不可能是他，怎么会是他，这怎么可能。”

她忽然发了疯似的往前跑，一边跑，一边还歇斯底里地喊着：“风，是你吗？你在哪儿？你出来！那天的话是我狠心，我求你，求你出来……”

她再无白衣仙子的仪容，黑发在风中凌乱，像个疯子一般在废墟里奔跑着、寻找着、呼喊着。

我愣住了，姬澈拉着我朝管彤追过去，心里无尽的疑问，管彤哭喊的那个风是谁？

止步的地方，是一棵巨大的榕树，下方有三个人，一个白衣男子，一个红衣女子，还有一个个头极高的大汉。

那个白衣男子是墨九，那个红衣女子是茗娣，我一眼就认了出来，而那个个子极高的大汉，光着膀子，全身都发红的皮肤，手中持着一根漆黑色的棒子。背对着我们，看不清样子。

茗娣被墨九抱在怀里，枯坐在榕树下的草地上，立在他身旁的蝶翼剑剑身似有彩蝶纷飞。而那拿着漆黑棒子的高个大汉正一步一步地朝他们走过去，像是尊魔神，煞气逼人。

他走到墨九的跟前，高高地举起了棒子。墨九嘴角有着鲜红的血，看样子是受了伤，而墨九怀里的茗娣却是一丝动静也没有，看样子是昏了过去。

而墨九面对即将砸下的棒子无动于衷，只是抬着一双明亮的眸子直直地盯着面前身形巨大的大汉，看那样子全然是求死的模样，面对即将砸在自己头上的漆黑色棒子，没有丝毫要反抗的举动和神情。

“呼！”

那漆黑色的棒子忽然化成一道黑色闪电，带着撕裂空气的呼啸声朝墨九的脑袋上砸下去。

那一棍足有万钧之力，无法想象这一棒要是砸在墨九的脑袋上会是怎么的情景，本能地将头转开，不敢去看。

“住手。”冷冷的声音在身前响起，没有丝毫感情，就像是一阵寒风，漆黑色的棒子在墨九额头前几寸的位置赫然停住，棒子带着的劲风将墨九一头黑发吹开。

高个大汉缓缓转过身，墨九毫无焦距的眼眸微微转动，看向稳步朝他走来的姬澈。

我这才看清那高个大汉的面貌，红得像血一样的脸上有一道恐怖的伤疤，像是把整张脸分割成了两半，没有一根头发的脑袋上同样是血红色，看上去极为可怕。

他将姬澈上上下下地打量了一遍，露出打量蝼蚁一般的眼神。他就像是个巨人，我一向觉得姬澈身材宽大，但跟这个大汉相比，显然还很不够。

大汉的眼神落在了姬澈手中的青冥上，像是个雕像一般僵硬的脸上咧开一丝阴冷的弧度，举起了棒子。

“叶凝，去找找管彤。”

“哦，你……你当心点，这个傻大个好像不大好对付。”我叮嘱他一遍，觑了一眼枯坐在地上抱着茗娣的墨九，抽身去找管彤。

刚一走，身后就传来了打斗声。

林子不大，要找一个白衣如雪的倾世佳人并非什么难事，在林子里绕了一圈，竟在墨九身后不过十丈的地方发现了她。 这也不怪我眼神不好，只是墨九身后是一块洼地，而她就在洼地的最低处，刚好是个视线看不到的地方。

她像是丢了魂魄一样傻傻地看着那儿，眼睛一动不动地看着地面，那里有一个人，浑身是血，身上已不知有多少处伤口，每一道伤口都是深可见骨，手臂、腿上、脸上有着数不清的伤痕，伤口流出的血将他染成了血人。尽管他受了这么重的伤，但还在拼劲力气往前爬，一步一步地往前爬，腿上的伤痕太多，看上去像是两条腿都被打折，右手也像是被废了，他只能用还能活动的左手撑着身体，艰难地往前挪，身后是他爬过后留下的一条长长的血痕。

第十节　司徒风

我被这个浑身伤痕的人吓得捂住了嘴巴，很难想象他受了这么重的伤居然还活着。

管彤像是没有了力气，脚步显得格外轻飘，不受控制地往前挪，她在那人身旁停下脚步，低低地问：“你们司徒家的人，不是从不染血的吗？”

他停止了往前爬，虚弱着回应：“我不知姑娘是在说什么，想必是姑娘认错人了。”他继续往前爬，浑身都在剧烈颤抖。

他爬得很艰难，很慢，像是想要尽快离开这里，可满身的伤痕使他徒做挣扎罢了。

“我伤了你的心是不是？”管彤蹲在他的身旁，泪水化作雨滴哗哗直下。她拨开他几缕被血水打湿的黑发，露出近乎毁容的脸，“我怎么会认错人？你又要变成哪样才能叫我不认得？”她把他搂在怀里，将他的头靠在自己胸口，眼泪滴在他脸上，洗去一片血水和深深的伤痕。

他在她怀里用力挣扎，“姑娘，在下浑身脏得厉害，别污了姑娘的裙子。在下贱命一条，不值得姑娘如此。”

他挣扎得厉害，管彤一时间没抱住，他摔在地上，滚了几圈，压着了浑身的伤口，发出凄惨的呻吟声。

他强忍着翻过身子继续往前爬，刚爬出去不足一尺，他忽然停住了。

“我死也不可能说出那样的话！”他忽然朝管彤大吼，“你要我怎么才能当你死了？你要我怎么才能把你忘了？”他转而冷笑，“想我司徒风浪荡一世，却变得这般模样！”他又冷笑着，却又像是在嘲笑，“我是该叫你彤彤，还是该叫你昌平公主？我爱的人是天下少有的美人，是个琴棋书画无一不精、无一不通的奇女子，是个心怀万千百姓的好心人。遇上你该是我司徒风人生的幸事，还是我的劫数？从我看到你的第一眼开始，司徒风就不再是司徒风了。”

这番话像是把管彤震住了，管彤站起身，抹掉脸上的泪水，走到他身旁将他拉起来，搀着他，“你别说这样的话，不管我是彤彤也好，昌平公主也罢，你都要活下去，是我骗了你，也是我负了你。现在，我要你活下去。彤彤在离开你的时候，就已不在这个世上，你要活着，只有这样，你才能让她活在你心里。你这么爱她，说什么也要让她留在你心里，也好让管彤在这个世界上，在你的心里活得更久。你这样爱她，不应该让她死得那么早。”

他的双腿已用不上半分的力气，整个身子全靠管彤搀着，那一身白裙上已经沾满了他的血。

她想搀着他离开这里，却怎么也弄不动他。他偏过头直视着她，阳气透过茂密的榕树枝叶投在他俩身上，我想起来了，这一路那些离奇诡异的尸体，是怎样发生的。

那一日见到他的时候，他已经受了极重的内伤，风满楼外的尸体也是他做的，只是那时候他还能轻易地杀掉那些潜伏在风满楼外伺机杀掉管彤的杀手，所以，那些尸体身上只有一处致命伤口，一击致命。之后，他又强撑着受了重伤的身体，一路灭掉断魂道上埋伏着的数批杀手，身体哪里经得起这种折腾，于是，之后发现的那些尸体，身上就有着越来越多的伤口，越来越血腥的场面……

而他为什么在去幽乐山谷之时就受了那么重的内伤，我想，我也能够猜到了。

那应该跟管彤收到黎国公的传信有关，齐国公被人行刺，这个人，应该也是他，就是这个此时她紧紧搀着的人——司徒风。

脑中所有的疑惑都被解开，却什么心情也没有了。管彤搀着司徒风，几乎是把他拖走。

她身子娇弱，而司徒风身材却很高大，她拖得很吃力。

而司徒风也不安分，并不老老实实地被管彤搀着，一双腿一只右手都不能用了还要挣扎，“既然彤彤已不在这个世上，我还活着做什么？”

管彤停下脚步，顿了顿，将他已经废了的右手揽在肩上，一手搂着他的腰际，一身白裙上满是他的鲜血，倔强地拖着他吃力地爬上陡坡，“你不是说你一向都顺着我吗，我想你活着。”

我想，一个人最大的疼痛莫过于心死，司徒风的心已经死了，而这颗已经死了的心还满满地装着彤彤。管彤的心也死了，她说，最好能像个死人一样活着，像个行尸走肉那般去活着。她一边要自己这样活着，一边也要司徒风这样活着，她想让彤彤活在他心里，带着那些不能实现的美好愿望，像个死人一样去活着。她想，只要他能活着，她就能活着，不管她以后在齐国过得怎样，也许只有他还活着，她也就还能活着，虽然活得像个死人，但也总比真正是个死人的要好。

我看着管彤拖着司徒风的画面，很心疼。

乱世佳人，我又能说些什么，无非是空空地看着罢了，看着昏暗的光线透过茂密的榕树枝叶投射在他们身上，看着她跌跌撞撞地搀着司徒风爬上那陡坡，看着他们走过后留下的一地血印。

一声闷响，只见姬澈的身影兀然砸向那棵巨大的榕树，整棵榕树都剧烈地摇晃起来，在一片如纷纷落雪的榕树树叶，像雪花一样纷纷扬扬，轻轻柔柔。她搀着他，终于爬上了陡坡，也用尽了他俩所有的力气，双双倒下，纷纷扬扬的落叶，一片一片地飘落在他们的身上，掩埋了浑身的鲜血。

我慌忙跑上去，姬澈用剑撑地，单膝半跪在榕树下，身后片片落叶，身旁是抱着茗娣毫无情绪像个雕像的墨九。

姬澈拿剑的手在颤抖，有鲜血从掌心溢出，顺着青冥剑身滴落地面，“好大的力气！”

他站起身，一直都像木头一样的墨九终于微微抬起了头，身前，那个高大大汉挥舞着手中的黑色棒子，正向他俩扑来。

第十一节　绿裙女孩

墨九挥手擦掉唇角溢出的鲜血，轻轻地将茗娣放下，缓缓地拿起插在身旁的蝶翼，身后忽然生出一对雪白凤翼。姬澈的身体也忽然化成无数幻影，两人很有默契，同时消失在了原地。

八个墨九、无数个姬澈对高大汉子发起攻击，四散的劲力将一棵棵树木摧毁，地面被掀起，高大汉子手中的棒子一次次将他们的攻击化解，将一道道幻影砸碎，每一棒砸下去都有万钧力量。姬澈和墨九两个人联手，居然攻击了好半天也没能成功。

我无法想象，这个世界上还有人能够抵挡他们俩的攻击。

“嘣，嘣……”

一连两声闷响，高大大汉一连砸出无数棍影，将姬澈和墨九两人砸飞，他们两人的双脚深深陷进泥土里，推出去十余丈才稳住身形。

浑身发红的高大汉子一把将手中的棒子插进脚下的泥土里，对着他俩很不屑地摇头，像是他们这样密集地攻击他完全是在挠痒痒而已。

就在此时，头顶忽然响起一个极为轻灵的声音，像是银铃一般好听，“你们两个联手都占不了什么上风，御剑山庄两把神器到了你们手里怎就变得这样软绵绵？当真是坏了这两把好剑的名头。”

所有人纷纷抬头，不知什么时候在我们头顶的榕树上竟然有一个人。

一双如雪般洁白的脚悬在半空上，赤着足，脚踝上一对小巧玲珑的银色脚链，碧绿的裙衫，如瀑的黑发在风中洋洋洒洒，额前一点朱砂痣，在那白如初雪的脸上犹如雪原之上的那一轮红日，有些稚嫩的脸上满是童真的笑容，是个小姑娘。

她双手撑着身下的树枝，低头看向高大的大汉，纤细的小腰一动，如一片绿叶一般轻轻地落在地面，一双雪白的赤足踏着漆黑的泥土，却不见半点泥污，脚上银铃轻响，朝那大汉走过去，在他面前几步停下脚步，伸出如玉般纤细白皙的手指折断一截树枝，树枝上几片绿叶生气正浓。

她手中的树枝一一指过姬澈、墨九、管彤、我以及躺在管彤怀里的司徒风，“没想到这里竟然有这么多异人，当今天下第一杀手，凤家后人，黎国第一美人，不死心的宿主，号称双手从不沾血的司徒风。哎，那个红衣女子是谁？”她纤细的手指敲着脑袋，像是在苦想，但终究是没能想起来，“抱歉啊，我不认识你。”她露出不好意思的样子，脸上有着春风一般的笑容。

她转过身继续看那大汉，数落道：“你看看你们，把这好好的林子都弄成了什么鬼样子？要知道这些树长这么大这么粗要多少年份啊！”她双手比划着那些树木的大小，嘟着嘴巴的样子有几分怒气，像是在为这些树感到心疼。

大汉的手重新握住插在身旁的漆黑棒子，一把拔出来。姬澈和墨九也默默地握紧了手中的青冥和蝶翼。

我很吃惊她一眼认出我们这么多人，竟然还能一眼认出我就是不死心的宿主，墨九是凤家后人！

“哎，傻大个，你那棒子是玄青棍吧？这根棒子重三百八十七斤四两六钱，由蓝海之底万年寒铁铸造而成，不过，这不是古褒国的圣物吗？十余年前，幽王征伐褒国，褒人除了献出大美人褒姒乞降之外，连同这根被他们奉为圣物的玄青棍也一并敬献给了幽王。相传，古褒国人得到这蓝海之底的万年寒铁，却没办法将其融掉，铸成兵刃，还是请御剑山庄用星辰之火花了九九八十一天的时间才给融掉，打造了这根玄青棍。此棍一向都被幽王视为珍宝，却怎么到了你手里？”

她眯着眼睛皱起了美眸，摸着下巴想了一会儿，“你是幽王派来的？”

此话一出，所有人不由得一震，就连一向表情僵硬得像是铁板一样的大汉也瞬间神色大变。

“容我理一理。”她一手拿着树枝，一手托着下巴，来回挪动着步子，分析道，“齐国欲要吞并黎国，如今黎国的国力已经衰弱到了极致，已经无力抵抗来势汹汹的数十万齐国军队。于是，黎国公做出了和当年古褒国人一样的决定，送出绝世美人、无数珍宝和数十座城池向齐国乞和。管彤就像是当年的褒姒，只是令人没想到的是管彤在这之前已有了心上了，额，就是那个半死不活的司徒风。司徒风不想管彤嫁给齐国世子，于是，孤身一人前去刺杀齐国公，只要齐国公一死，齐国必然大乱，这样一来，管彤这个大美人也不必再走上褒姒的后路，就可同他双宿双飞，不曾想却被打成了重伤，半死不活的。不仅仅是靖国不想齐黎两国结盟，幽王也不想，因为这两国都是大国，一旦结盟，势力将出奇地强大，于是，他就派出了你。刚刚好，那痴心的司徒风拖着重伤灭掉了靖国所有埋伏的杀手，以为这样就能够让他心爱的人安安稳稳地嫁入齐国，就在他认为自己可以安心地闭上眼睛无人问津时死去，却碰到了你。”

她停了停，理了理嗓子，“咳咳，好久没说这么多话了，喉咙都疼啊，你们先等等啊，我润润嗓子。”

我们都呆呆地望着这个绿衣女子。

她在我们惊愕无比的眼神之中走向那棵榕树，玉手摸了摸树干，像是在和榕树打商量，“借你点水分，你应该不会介意吧？”

我疑心这小姑娘是不是傻子，或者说是脑子有问题，同一个树说什么借点水分，可接下来的一幕，让我们所有人都瞠目结舌。

茂密的树叶之中忽然溢出一颗颗晶莹的水珠，这些水珠就像是漫天的星辰一样闪烁着奇异光芒，那些水珠萦绕在绿衣女子的四周，像是一颗颗漂浮着的星辰一般，缓缓地融进了她的身体里。

我看得不由退了几步。

“这……这是什么玄术？”姬澈偏头看向侧旁的墨九，墨九持着蝶翼，摇了摇头。

第十二节　负她一世，还她一死

当最后一滴水珠融入她的身体后，她睁开了眼睛，像是饥饿到了极致的人要狠狠饱餐一顿，变得格外有活力。

她明显变得比之前更加活泼，一边舞着手中的树枝一边继续道：“你见到了司徒风，自然是要杀了他的，因为他要促成齐黎两国联姻结盟，这跟你接到的命令完全相反，当然是要铲除掉。而你呢，”她手中的树枝指向墨九，“你是羽华派来的对吧？是阻止管彤前往齐国的最后的保障，自然也是要杀掉司徒风的。可是你这个人虽然是顶了个杀手的头衔，揣着的是个坏人身份，心肠却格外柔软，这可是杀手的大忌哦，难怪你要一直屈尊在他的后面。”绿衣女子细笑两声，声音格外清亮，她做出正经样子，续道，“你见那傻大个打司徒风打得那样惨，又想着这一路埋伏的杀手都被他杀了，如果是平常的护卫或者杀手，断然是不会如此拼命，你觉得他做这些一定是为了什么，就是这种极为奇怪的感觉，让你救了他。可哪想你也不是傻大个蛮牛的对手，打斗之中反而殃及了那个红衣姑娘。”

绿衣女子的眼眸落在茗娣的身上，仔细地打量了一番，皱起了眉头，“这姑娘被那头蛮牛砸了一棍，命已丢了七成。你以为她死了，疯了一样，一记凤吟九天将这好好的林子毁了个一塌糊涂，令你没想到的是，那蛮牛居然硬抗下了凤吟九天。自己的绝杀被破，你以为那红衣姑娘死了，也生无可恋，就傻傻地坐等蛮牛一棍子打死你。我猜你当时的想法是，我负了她一世，还她一死，也算两无亏欠，却不知，你要是再不救她，她可就真的死了。不过也没关系，一时半刻她还死不了，先拖着吧。”

墨九的脸上忽然露出喜色，收起剑慌忙问道：“你所说的可是真？”

绿衣女子却嬉笑着反问道：“那你说，我刚刚的这番分析还对？”

墨九一愣，缓缓道：“差不多是这样，不过，我并非是羽华派来的，只是听说派出去截杀昌平公主的杀手没有了消息，就和阿娣过来看看。我救他确实和你猜想的一样，我只是觉得他这样拼一定是为了什么，看他的模样也不是个杀手，这样的人死在这个怪胎手里是个损失。”他瞥了一眼大汉，闷哼一声，转身朝茗娣走过去，将她抱起，扔下一句话，“雪狼，我不会感激你，你我之间，只能活一个。”他身后生出一对雪白的凤翼，抱起茗娣，顷刻消失在了天际。

他又是这样，突然出现又突然消失。他貌似就是一阵风，没人知道他何时会出现，何时会消失。我见他不过两次，总觉得他像是一个谜，一个永远也解不开的谜。

绿衣女子也望着墨九消失的方向，摇了摇头，叹息一声，“你的心底藏着什么，藏得有多深，连我的幻瞳之眼也看不透。”

她的声音极轻，像是尘埃落定，但是听得极为清楚。我定定地看着她，她遥望着墨九消失的天空，神色没有了之前灿烂无邪的天真笑容，变得有些忧郁和晦暗。半晌，她收回目光，转而继续看向那浑身发红的高个大汉。

“哎，傻大个，那墨九都走了，你还站在这里做什么？”她把玩着手中的细细树枝，赤足朝他走过去，轻轻道，“难不成还要我们管你夜宵不成？”顿了顿，又道，“可是我们这也没人会做饭啊，再说这林子都被你们毁成这样，也不适合在此埋锅做饭啊，所以呢，你还是早些走吧，你说好不好？”

绿衣女子的个头不高，很是小巧玲珑，站在那大汉面前，还不及人家腰际，两人面对面地站着完全不成比例。她那话虽然是个玩笑，但我听不出任何笑点，只觉得，她这句话说得很没水准，也很不符合现在的场合。

我想，她这话一定会将这头蛮牛激怒。

果然，她的声音刚落，那头蛮牛当即闷哼一声，高高举起手中的漆黑棒子，一声暴喝，那漆黑棍子呼的一声朝绿衣女子当头砸下。我像是看到绿衣女子被砸得脑浆迸射，甚至于被一棍子砸成两半的场景。不想绿衣女子一双赤足划过一道极为刁钻的弧度，身子忽地一斜，那黑色棍子便擦着她的身子砸在地面。

明明只是一根小小的棍子，可这一棍砸下来却像是一记重锤，地面应声砸出个大坑，龟裂而开。

就在刹那，绿衣女子猛地抬起左脚，用力踩住那棍子，银色脚链上银铃轻响，清脆明亮，她唇角勾起一丝淡淡的弧度，抬头看向那大汉，笑道："你力气实在是不小啊，难怪舞得动这样重的玄青棍。"

她脸上的笑容渐渐地变得阴沉，缓缓低下头，手中纤细的树枝猛的一甩，化成一道鞭子直抽在大汉的脸上。大汉一声惨叫，像是被一块陨石砸中，紧握着的棒子无意识放开，身子倒飞出去，重重地摔在数丈开外，地面一阵颤抖，可见力道之大。

姬澈露出难以置信的表情，我无法想象，一根小小的树枝竟然能够将这身形大汉抽飞，那得是一种怎样的力量。

如果说这一幕已经够让我们震惊，那么接下来的一幕，绝对可以说完全超乎我们的想象。

那绿衣女子赤足一勾，漆黑棍子随之飞起，被她单手接在手上，掂了掂，动作之轻松，完全可以说同她拿着一根小树枝没有什么区别。她端详了一会儿手中的棍子，苦笑道："这样重的东西，天底下可没几个能够舞得像你这般轻松。这是个宝贝，你拿着也算是物尽其用，不过，好东西也要用在好地方，你天生神力，是个配得上这件东西的人。"说完，单手一掷，手中的棍子直直朝数丈外的大汉飞过去，深深地插进他身旁的泥土里。

"你这个人很没乐子，从头到尾一句话都没有，也太闷了一些，我不喜欢你，你走吧。"绿衣女子扬了扬手中的树枝，头一转，齐至脚踝的发丝微微摇动，脸上依旧是灿烂天真的笑容，她定眼看了看地上的管彤和司徒风，抬着一双赤足缓缓向我们走来。

第十三节　青青子衿（一）

她刚一抬脚，那倒在地上的大汉忽然一跃而起，一把将斜插在地上的黑色棍子拔起，一声闷吼，直朝绿衣女子身后扑去。

"小心！"

我和姬澈几乎是同一时间喊出声，可那大汉的速度实在是太快了，我们的话还未落下，他手中的棍子已经举到了绿衣女子的头顶。

几乎是瞬间，那黑色棍子尤带着雷霆之势朝绿衣女子当头劈下，却见绿衣女子眉目一横，一双明亮的眸子忽然乍放出冷光，手中的树枝迅速反手一挥，细细的树枝抽在即将落在她头顶的棒子上，一声巨响，像是一记重锤狠狠砸在铁板上一样，大汉应声倒飞出去，狠狠地砸在地面，比上一回的力道更猛，将地面砸出个人形的大坑。

她若无其事地回过身子，看着躺在大坑中的大汉。大汉的双手已经被那股力道震得开裂，拿着棒子的手都在颤抖，双手手心淌着鲜血，同他的皮肤一样。

绿衣女子的脸色变得有些怒意，她朝大汉低斥道："你要是再做这样的事，我可就要下狠手了，虽然我不喜杀人。"

她不再理会那大汉，朝之前折断树枝的地方走过去，将手中折断的树枝按之前的形状放回断处，一道碧绿色的光芒闪过，那折断的树枝便恢复了之前的模样，树枝上几片绿叶依旧生机盎然，迎风摇晃，丝毫看不出之前这根树枝是被折断过的。

大汉从地上爬起，定眼看着那绿衣女子。这个突然出现的神秘女子不费吹灰之力就能将他打伤，实力之强，简直难以想象。他也知道再留在这里对他百害而无一利，虽满脸不甘，但还是提着棒子，一句话没有说，离开了此处。

绿衣女子走到管彤面前，弯下身子打量着她怀里重伤的司徒风，叹了口气，"你伤得太重，浑身经脉尽毁，虽然我可以救活你，但是你不仅经脉全毁，而且五脏六腑俱已重创，即便是可以活下去，但也是个废人。"她立起身子看向我，微微一笑，继续低头看向司徒风，"虽然我不能让你恢复正常人的样子，但是有她在，不成问题的。"

我低头想了想，如果可以的话，我想我也很愿意救他，不为别的，就为了管彤，就为他为管彤做的一切。

她弯下身子，脸上显出凝重的表情，很认真地问道："你还想活下去吗？你们司徒家的规矩，我听说过。在你们司徒家的家规中，杀了人的人，手中染了血的人，是不允许活下去的。"顿了顿，"即便你现在可以活下去，之后面临的也是跟整个司徒家为敌。但你如果想活下去，想继续让彤彤在你心里活得更久，我想，叶凝会达成你的愿望。"

她转头看向我，像是在询问我的意见，我愣了愣，轻轻点了点头。

他很艰难地扯出一个笑容，眼皮像是有千斤重，很吃力地眨着，"姑娘的好意，在下心领了。身为司徒家的人，我自然是明白司徒家的家规，像我这样的人，是没有活下去的资格，我也没有能力跟整个司徒家为敌。"

绿衣女子愣了愣，轻轻问道："那你是不想再活下去了？"

他苦笑一声，"我怕以后没完没了地逃命。我司徒风一世浪荡不羁，过得是浪迹天涯、随遇而安的生活，怎甘心过那样东躲西藏的日子，那还是我司徒风么？"他可能是想做出轻松的表情来符合这句随性的话，可嘴角的新月弧度还未拉开，就顷刻崩塌，扯到伤口的疼痛继而化为一口凉气，忽地一阵狠抽。

“你决定了？”绿衣女子继续问道。

他没回答她，抱着他的管彤一动不动地望着他，瞳仁中有眼泪，有绝望，有愤怒，有浅浅柔情，“你到底是要这样么？”她毫无情绪地问他。

他顿了顿，讷讷说：“你说彤彤死了，那司徒风也死了。”

他费力地从管彤怀里立起来，身子坐好。姬澈从身后拉起我的手，我对他微微笑笑，将头靠在他肩上，低低问他：“你说，如果他们彼此未曾相遇，又会是一个怎样的结局？”

他偏着头看我，理了理我额前的青丝，微微摇头，低沉道：“无人知道。”

我想，命运中已经发生了的事，要想推测出另一种可能，就算这种可能的确存在，那不过只是对命运不公而妄想乞求一丝美好愿望做的空想罢了，空想即是虚妄，是一地残枝败叶的荒凉罢了。

管彤呆呆地坐在地上，望着黑暗笼罩过来的漆黑天幕，喃喃地说：“我还记得那个地方，红木楼，长袍的说书先生，格子窗投进来的碎碎夕阳，深秋的落叶一片一片地在窗外剥落……”

她望着天空，像是在自言自语，我想，也是时候将这个故事完完整整地还原，不过已知这个故事的结局，回过头去看过程，心头倒是别有一番滋味。听着她平平的语调，脑中自然而然地出现那一幕幕的场景，那些过往的曾经，是最美好的时光。

那应当是一个深秋的黄昏，红红的日头正在西坠，天际一派金黄，似镀上一层薄薄的金粉，茶楼里挤了一屋子人。在楼里的偏僻角落，女扮男装的管彤听着说书先生唾沫星子横飞地讲说，桌上一碗清茶，一捧瓜子，一边嗑着，一边打发空闲时间。

虽然是入暮的时辰，但是街道上依旧人流熙攘，一身青衣的司徒风摇着折扇在街头闲逛，路过这间茶楼之时，格子窗里那俊秀的公子哥吸引了他的目光。

他停下脚步，打量了那公子哥一会儿，那时候的她还未注意到有人正在窥视，依旧闲散地喝着茶水，听着书。

他只觉得，这个公子哥与其他听书人不同，其他人都是三五个挤成一团，这也合乎茶楼里的场景，而她所坐的那处桌子却只有她一个，而且还在靠窗的偏僻角落，这与热闹喧嚣的茶楼显得有些格格不入。不过，他并未觉得这是格格不入，相反，司徒风是个别具一格的人，也是这样的性子当他见到这一幕的时候，自然也觉着这个公子哥跟自己是一路人，也是一个特立独行、不拘一格的人，于是收了折扇，调头进了茶楼。

对于这个后来人，茶楼里的听书人听在兴头上。无人注意，偶有几个不那么入神的人也只打量了他一眼，便继续将目光移到那说书的长袍先生身上。同大多数人一样，她也没注意到这个后来人，依旧听着自己的书，喝着自己的茶，磕着自己的瓜子。

第十四节　青青子衿（二）

他在高高的门槛处顿了顿脚步，往屋子里望了一眼，最后目光落在那白衣公子哥身上，微抿的嘴唇露出淡淡笑容，抬步走过去。

“这位小哥。”他捧着折扇对女扮男装的管彤躬了躬身子，“不知在下能否在此同公子挤一挤这方桌子？”他指了指她对面闲置的长凳。

她只回了他一个探究的眼神，茶楼里虽然人多，但还有几处闲桌，不知他为何独独钟情于这个偏僻的角落，回头望了一眼西沉的夕阳，可能是这里光线好，空气流动不错，心下也没多想，端起茶碗喝了一口，淡淡回着：“兄台自便。”

“如此，多谢公子！”他对她躬了躬身子，道了声谢，脚步一偏，在她对面坐下。店家小二很快过来招待，“公子晚来了，要点什么茶点？”一边说着，一边将他身前的桌子擦得锃亮。

他将手中的折扇放在桌子上，“一壶烈酒，一碗花生米。”顿了顿，抬头朝店家小二问道，“今日讲的是哪一回？”

店家小二忙回答：“讲的是大禹治水，公子晚来了些，已讲了大半。”

他点点头，“哦，是这一回，不碍什么事，这段本子倒是看过。”他从袖里掏出几块铜板递给店小二，“麻烦酒快些。”

店小二收了钱，麻利了不少，大声地吆喝着跑出去，“一壶烈酒，一碟花生米，快些咧……”

先生讲到妙处，屋子里时而传来叫好声。面前的管彤确实跟这些人不同，不管那些人如何起哄叫好，她都一直喝着自己的茶，吃着自己的瓜子，只用一对耳朵听着。面前的司徒风自打坐了下来，却也自顾望着窗外西沉的落日，同样的一语不发。

很快，酒水端了上来，他一边嚼着花生米，一边喝着烈酒，一连喝下几大碗，像是渴极了，等喝了个水饱，这才不慌不忙地摊开折扇，扔两颗花生米到嘴里，一边嚼着，一边有一搭没一搭地摇着扇子。他自无言，管彤也无话，他们俩就这样一直枯坐到散场。

夜市的街道上点着一盏盏花灯，喧嚣而又热闹。管彤出了茶楼，一个人在街上闲逛，一身白衣，高高的发髻，与繁华的街道熙攘的人群形成一道孤戚的风景。而司徒风一身青衣，在她身后不远不近地跟着。

她走过几条街，进了一间客栈。司徒风在店门外停下脚步，见着店家小二领着她上了梯子，他想，她今晚应该就在此间歇下了。

手中折扇敲了敲掌心，嘴角露出一丝浅笑，走出熙熙攘攘的人群，进了客栈。

领着管彤进了客房的店小二一下楼梯就见着坐在一方闲桌前喝茶的司徒风，连忙上前招呼，“客家，您这是要打尖呢还是住店？”

司徒风放下手中的茶碗，掏出一些银钱，“我先问你，刚刚那位白衣公子所住的客房邻处可还有闲置的空房？”

店小二微微一愣，“公子所问的，可是与那位公子相邻的客房？”他看司徒风的眼神变得有些诧异了。

司徒风端起茶碗喝了一口，点头。

店小二咽下去一口唾沫，他觉得，这个看上去风度翩翩的公子哥，一定是有问题，还想着刚刚那个独自前来投栈的俊美男子一定是受了什么委屈，闹离家出走，刚刚好这个青衣男子寻了过来。想到这里，店小二一边挠着脑袋一边含笑道：“有的，公子。”

“那就劳烦小二哥前头带路。”说着将手中的银钱递给店小二，自己则一昂头将碗中的茶水喝了个干净。

“好好好！客家请随我来。”店小二满心欢喜地领着司徒风上了楼，推开一间客房的房门，“就这间了，客家，隔壁就是那位公子的客房。”他指了指隔壁的房间，笑道，“这个屋子坐北朝南，是个风水好地。”

司徒风微微一笑，“有劳小二哥，再给屋子里的浴桶添些热水，加些夏时的荷香，一路颇有劳顿，好解解乏。”

店小二自当明白，忙道：“公子真是风雅人，识得情趣，您稍等，马上就来。”说完堆着一脸笑容退出房间，随手不忘将门给带上，留着司徒风一个人在房中摇头苦笑。

司徒风银钱给得不少，店家小二端来热水的速度自然是快。司徒风像是完全没有将隔壁的管彤记在心上一般，沐浴洗漱，样样都很安静，自己做自己的。

店小二以为，今晚这客栈一定会有一场别样的风月事上演，散客打烊以后，一个人蹲在楼梯口一直候到后半夜，可那两扇房门却一丝动静也没有，困乏到了极致，无力地垂着脑袋回到住处。这一夜，他们各自都睡得格外安好。

清晨，沉寂一宿的街道渐渐喧嚣，司徒风还在沉睡，隔壁的管彤已经整理好，推开了紧闭的房门。这细微的声音吵醒了司徒风，随即而来的便是细细的脚步声。司徒风睁开眼睛，慢慢吞吞地来到窗前推开格子窗，俯视着那一身白衣的管彤独自一人走在人群里，顿了顿，理了理衣襟，掏出折扇一边摇着，一边下了楼。

等店小二回头整理这两间客房的时候，感觉遇到了一件奇事，这两个房间的布置跟之前毫无二致，就连床铺褥子都叠得整整齐齐，茶具杯盏摆放得规规矩矩，地板干净得一根头发丝也没见着。当了这么多年店小二，收拾了这么多年的客房，还没见过哪位客人像他们两个这般讲究，倒是给自己省了不少麻烦事。

他就这样一路跟着她，她进茶馆喝茶，他也跟着，她去哪家客栈投栈，他必定会要她隔壁的客房，她吃这样的食物，他也会照搬过来一份。只是，自那日茶楼后，他就没有再要求跟她同一张桌子，要么是她对面，要么是她隔壁，同样的饭食，同样的茶水，只是他们之间从来没有过一句话，一句招呼。

第十五节　青青子衿（三）

我想，她一定是知道他一路都跟着她，只是装作没瞧见罢了。

她当作没瞧见他，他自然也若无其事地默默做自己，吃饭睡觉都跟着她，一样都没有落下。

就这样，他默默地跟了她整整三日，变故就发生在这日正午。

同往常一样，司徒风吩咐完小二要一份同她一样的饭菜。他已经了解了她的生活习性，她点菜很讲究，且都是素菜，做法要精致，卖相要好，口味清淡，不要重油，从不加酒水，只要一盏凉茶，且从不剩下饭菜茶水。不过等店小二端来饭食的时候，餐盘上却多了一碟牛肉，一壶烈酒。

他眉间一皱，手中折扇压住店小二即将放下的牛肉，“小二哥，你是不是弄错了？”他手中折扇指了指邻桌的她，笑道，“他的饭桌上可有牛肉酒水？”

店小二笑着摇头，“没有的，客家，是这样的，刚刚那位公子吩咐，等公子点菜的时候加上这碟牛肉和酒水，饭钱那位公子已经替您付过了，不用担心。”

“哦。”司徒风皱着的眉头舒展开，扬了扬手中的折扇示意店小二退下，自己则若无其事地吃。

他依照着她的习惯，碗中的菜蔬一点儿都没剩下，不过今日倒是个例外，因为他剩了一碟牛肉，一壶烈酒，牛肉是一片也没动过，烈酒是一滴也未饮过。

用了午饭，她先行一步。司徒风依照往常一样，摇着折扇不忙不慌地跟上去，刚一踏出客栈门槛，却见着她站在街道上，不远不近的距离，嘴角有着浅浅笑容。他脚步不由得一顿，笑了一声收起折扇朝她走过去，对她躬了躬身，“多谢公子请在下的这顿午餐。”

她笑了一声，“公子可是怕小可在那碟牛肉和酒水中掺了毒物不成？”

他回道：“公子这话严重了，在下从不沾肉食的，这是在下家族中的规矩，坏不得。”

“哦，原来是这样。”她一手托着下巴，打量了他一眼，“那酒水呢？”

“这个倒是没有。”他笑道，“不过喝酒这事，得看在下的心情，心情有了便喝。”

“哦！”她拉长了调子，像是明白了过来，“看来你今日心情是不好了？”抿嘴一笑，对他微微点了点头，缓缓转过身继续走。司徒风扬着眼睫，手中的折扇敲着手心，望着她已经刻进自己骨子里的背影，嘴唇勾起淡淡的弧度，闭上眼睛长长地吸了一口空中残存的淡淡的芬芳，一脸享受的陶醉样，“这醉人的体香，怎是个男子该有的……”

“你不知，我是不喝酒的，只是见到你的第一眼，眼醉了，心也醉了……”他的这句话，管彤是在很久之后，才明白其中三昧。

他继续默默地跟着她，从清晨到正午，到黄昏黎明。

“你终究要跟我到多久？”她终于有些不耐烦了，十里长亭，一湖清水，她站在一簇红梅盛开的花丛里朝他嚷道，他已经这样跟着她一个季节。

他微微一笑，转身望着一湖清水，粼粼光色，已经镀金的黄昏，“在下独身一人，浪迹天涯，走到何处便是何处，公子不也是独身一人么？”他淡淡一笑，是清秀闲散不染红尘的模样，独独立在清湖一隅。

她也笑了起来，走到司徒风跟前三步停下，望着他的侧脸笑道，“那这样说，公子是跟定我了？”愣了愣，又问，“公子该不会是看上小可了，要与小可结个断袖的情分罢？”

他身子一顿，脸上的表情顷刻垮下去，好半晌才强挤出一丝僵硬的笑容出来，“在下，好似并无那样的癖好。”

“那就是了。”她微微一笑，走近他，将他的身子转过来，咧嘴笑道，“小可也无那样的癖好。所以呢，公子，天下道路那样多，为何要独独钟情于小可走过的道呢？以后咱们还是大路朝天各走一边罢。”

她的身形不及他的高大，只到他的肩头。他垂着眼睫看了她一眼，脸上竟浮现出了笑容，“对，你怎会有那样的癖好。”他往前一步，她亦往后退一步，“公子！”她怯怯地唤着，而他却充耳不闻，再往前一步，她亦再往后退一步，“额，公子，你这是要非礼？”他脸上的笑容愈来愈深，“额，公子，你这样可不好……”他再往前，她再后退，就这样一直把她逼到先前所立的花丛里，终于无路可退。

“公子，请自重。”她胸口起伏得厉害，脸颊已泛起红晕，撇开他刚要走，却不承想刚一转身，头上的发带竟被司徒风顺势给取了下来。

司徒风扯下了束缚青丝的纯白发带，高高的发髻似泄了闸的洪水自山巅直冲而下，满头的柔丝一泻而下，齐齐垂下小腿，一身白衣，一头长发，全身上下再无其他色彩，满头的柔丝遮住她脸颊的轮廓，隐在无尽黑丝下，她一瞬间花容失色，迅速转身抢过他僵在半空拿着的纯白发带，怒斥道：“你做什么，快还给我！”

他轻声笑道：“你的确是不能有那断袖的癖好了。”

她慌忙将一头黑发绾起，用发带绑住，脸颊红得厉害，“你这人好生不知礼！”

她愤愤要走，却被司徒风抓住手腕，“姑娘。”他叫住她，脚步一拐站到她面前，“我既已经跟了你这数月，自是不在乎多跟些日子，若是姑娘不嫌弃——”

她挣脱他拉着的手，打断他的话，“你是知晓我是女儿身才说这样的话吧？”她瞪了他一眼，愤愤地冷哼一声，推开他几乎是跑着逃离此处，却没跑出去几步。司徒风一步迈出，身子犹如魅影一般拦住她的去路，“就算你是男儿身，我想，我也会说出这样的话。”他沉默片刻，定了定，柔声细道，“自从见到你的第一眼，我就不再是我自己，他日天涯，我想陪在姑娘身边，或生或死，两不相离。”

第十六节　青青子衿（四）

“或生或死，两不相离？”她苦笑一声，身子倚着木亭，上上下下地打量了他一番，娇声笑道，“哼哼，那好，我且问你，你历过生死么？”

他神色不变，依旧是微笑模样，微微摇头。

她接着问：“那你可知你这一生还有多长？”

他依旧不缓不慢地摇头。

她正过身子，“那你凭什么说对我一生一世或生或死两不相离？”

他像是被问住了，久久答不上来，脸色慢慢地沉下去。借着他发愣的时机，她抽身走出花丛，司徒风像是彻底被她这句话问住了，呆呆地站在原处竟没有丝毫要拦下她的动作。

“你这话也无非是用来诓我的吧！”她的脸上不难看出有几分失落的神色，“我是要把这当作一场真心话，还是当作一场你诚心诓我的玩笑？”她在他的侧旁停下脚步，低声问道。

她一定是对他久久回答不上来而保持着的沉默感到微微失望，心动与失落，想来也就是这样了。不知何来的失落，又不知何来的失望，这算不算一种美好？算不算一场冷雨浇湿了裙裳，顷刻凉了心房？

她的脚步不再多做停留，像是丢了什么东西一样失神走着，不再是那样仓皇地跑，细细的步子，白衣掀动花蕊的形状，一步，两步，三步，他的声音始终没有响起。

也许是她在等着那个声音，那个可以让她停下步子的声音，可惜，越走越远，越走越远，那声音始终都没有响起，一丝丝的声音都没有响起。

或许，这便是结局。数月默默地跟着，换来的就他的一场沉默。这或许是他盼着的，还是她所盼着的？她期盼着的就是这场沉默，他盼着的莫不是也是这场沉默？堆积的莫名情绪，谁也分不清、看不明，脚下的路是何等的模样。是她所愿，还是他所望？司徒风依旧是之前的样子、之前的动作，未动分毫。我不知道他是不是真的不晓得她已经走了，而且已经是走得那么远，我想他应该比谁都清楚她已经走远了。我也知道，谁能保证在未知的漫漫岁月长河里，守着那始终如一的誓言呢？他是浪荡随性的，说说容易，真要做到，我明白，他还没有那样子的心去实现自己笃定的誓言。

我以为他或许就会这样放她走，我也以为他会在之后很长的一段时间里去确定自己有没有那样的心再去寻她，我也以为他可能会一生也不能笃定自己有没有那样的心，而导致他们此生再也山水两难逢。

我很庆幸的是，那只是我以为。

“一个人走？不寂寞吗？加个伴如何？”

她低着头走，只能见着脚下三尺路途。一连三个问句，她停下了脚步，面前，一身青衣的司徒风坐在长长的长亭栏杆上，一手抚着折扇，低着头，夕阳映在他的侧脸上似如温玉。

“我也一个人走，走了很久。”他跳下栏杆，看着她，“我承认，我从未想过太遥远的事，就像脚下的路，我只在意面前所能看到的路有没有什么东西可以将我绊倒。之前的话，是我一时冲动，我司徒风难得冲动一回，就算这冲动会让我万劫不复，我也不愿在我今后的日子里，为今时的沉默背着一生遗憾的包袱行走天涯，那是一种比死还重的负累，是我活着的累赘。”

“你只是不想让自己活得有累赘？”她偏着头望着他。

“不。”他朝她走近，“是不能陪着你，才是我活着的累赘。”他在她面前三尺处停下脚步，“意外看你一眼，初时无关风月，怎知日子一久，你就三三两两、懒懒幽幽停在了我心上。”他揉了揉鼻子，站正了身子，“姑娘，我喜欢你，或生或死，两不相离。”

“这算是你给我的回答？”她低下头，轻轻地问，“你确定这不是另一种冲动？”

“冲动完了一回，又岂有第二回？”他淡淡一笑，让开身子，“姑娘，请！”

她对他一笑，“你跟着？”

他点头，“自当跟着，等姑娘何时给了我答复——”

“给了你答复，你就不跟着么？”她打断他的话，笑着问道。

“这个，若姑娘不觉得在下脸皮过于厚了些，不太不知耻……”

“那我真要这样觉得，你还跟着？”

“我知道姑娘是不会那样觉得的。”

“哦。”她抬起脚步往前走，一边走，一边问道，“你就这样子自信？”

“难道不是么？”他跟上去，依旧是不远不近的距离。

她没说话，继续往前走。他还如之前一样，不近不远地跟着。他亦再没去追问，默默地跟着，十里长亭，一湖清水漾着粼粼光色，偶尔侧目望望一湖秋水，悠悠青山色，是个艳色的光景，暖色的秋。

有弯月爬上榕树树梢上，月光透过叠合的密叶斜斜地射下来，在这废墟荒海之中的孤岛，她对我们述说着跟他的过往曾经，不觉已到这深夜的时辰，篝火亮着跳动的火光，是这里唯一的色彩。

她抱着重伤的他靠在巨大的榕树上，我们围着一堆篝火，各怀心事，安静得一丝声音也没有。神秘的绿衣女子坐在我们头顶的树梢上，斑驳的月色投在她一片碧绿的裙摆上，她双手托着下巴，似在沉思些什么。我们都已经知晓这个故事的结局，听着那些过程中的美好和心动，却没有欢喜和感动。过程太过美好，那些失足摔落在命运之中的风月，才会那样不可承受和观望。

“那就这样继续跟着我，一天又一天。”她说着，“他跟着我已经成了我生命里的一部分，我安心于他日日都这样跟着我，吃我同样的饭食，走我走过的路，住我隔壁的房间。他将就着我的习惯，菜食都要精致考究，不要重油，只是素食，只要清茶，不剩饭菜，虽然我之后才知道他是跟我一样的习惯，从小都是如此。”

第十七节　青青子衿（五）

“对，司徒家的人，都是如此。”姬澈拿着木棍掏了掏火，微微偏头看了一眼已经临近死亡的司徒风，“他们珍重自然赐给他们的一切。他们认为，人自打出生的那一刻起，都是独立的生命，没有人有权利剥夺他人生存下去的权利，也没有人有权利决定他人的生死，欠了别人什么，就要还给人家什么，这其中就包括生命。”

“呵呵，对，是这样，他跟我说过。”管彤看着怀里的司徒风，脸上浮现出一抹笑容，“他对我说起这些的时候，我觉得，我像是看到了一个不一样的天地。”

“之后呢？”我细细地问。

她紧了紧怀里的司徒风，“之后，是深深的密林，一日日地流浪，他都不远不近地跟着我，总在我身后，不与我并肩。他从不问我是不是愿意让他这样跟着我，或生或死，两不相离……”

“彤彤。”她依旧是男子的妆容，跟在她的身后。

他叫住她，她回头问：“做什么？”

他站在他跟前，笑着问：“跟了你这么久，还不知你要去何处？”

“你问这个做什么？”她继续往前走，是间林子，因已入冬，萧条得厉害，铺了一地的枯叶在林间小道上，“不知道要去哪里，就没有终点，没有终点，就只能一直往前走，这不是很好？你也可以这样理所当然地一直跟着我，不是吗？这样又岂有不好。”

这是他第一次同她并肩走，他没有不自在，她也没有不自在，一切都是理所当然，“这样自然是再好不过。”

她笑笑，没有接话。

他接着说：“你很喜琴？”

他话音刚落，她忽然停下脚步，疑惑地看着他，“怎么，你要送我一方琴？”

他摊开手中折扇，扇了扇，又收起来，“你会收下吧？”

她眉间一笑，接在往前走，“一般的琴我可看不上，这世间有十方名琴，你可听说过？”

“当然。”他说道，“是古褒国人无谷琴师所筑。”

“看来你也是个懂行的人。”她对他笑笑，“那你是打算送我哪一方琴？”

“子夜！”

她脚步一顿，“子夜？天下第一琴？”她的声音有些不相信，“世上无人知晓子夜如今在谁的手里，你怎说要送我这方琴？”她美眸一皱，像是想到了什么，“难不成，子夜在你手里？”

他连连摆手，打断她的话，笑道：“你太抬举我了，在下手中也无这样的琴，不过，碰巧知道这方琴的下落罢了。”

“啊？”她惊讶地啊了一声，“在何处？”

他笑而不语，神秘笑着，“前方不远，是绿柳山庄，在下有幸曾与那里的庄主有过交集，你不妨在那里逗留三两日，我必然会将这琴送到你面前。”

她将信将疑地看着他，谨慎地问道：“你该不会做梁上君子的行径吧？”

他第一次走到她的前头，她也第一次看清他的背影，青衣黑发，是与正面完全不同的身影，“在下再不济，也不会做那种勾当！”

她望着他的背影，心里充满了疑惑。

假山池水，柳条悠悠，迂回曲折的回廊，绿柳山庄的庄主对管彤很是照顾，专门腾出一间院子供管彤歇脚，也是数月以来，他第一次离开她。

在等待的这三天里，她从庄主的嘴里，知晓了关于他的很多事，他用的折扇并非是普通折扇，是幻青扇，黑玉做的扇骨，柔丝制的扇面，刀枪不入，火烧不化，也知晓他除了是司徒家人这个身份之外，还跟无谷琴师学过筑琴，算是无谷琴师的弟子，而这些，都是他从没对她说起过的，她所知道的，也无非就是他名叫司徒风罢了。

她忽然觉得这个跟了她这样久的人，自己完全不了解。

他如约为她拿来了子夜，她接过琴，在假山池水悠悠柳絮间问他：“你究竟瞒了我多少？”

他神色一顿，身子斜靠在假山上，苦笑一声，“庄主都告诉你了？”

“对，关于你的所有。”她回答。

他抬起头，看着他，“那是你问的他，还是他主动告诉你的？”

“额……”她低下头，“这重要么？重要的是你瞒了我！”

“如果是你主动问的他，我很高兴。”他说道，站直了身体，“彤彤，我很高兴你能问他关于我的一切，至少，我知道你想去了解我才会去问他，这是我最值得高兴开怀的事，我很欣慰。”他往前一步，她本能地退一步。他无奈一笑，停了下来，啪的一声打开折扇，“至于你，我不会去问，也不会去打听。”

“为什么？”她抬起头看着他，脸上有些疑惑，“难不成，你不想了解我？”

“不！”他肯定地摇头，“我做梦都想了解你，但我希望的是你可以亲口告诉我。我可以等，等到你可以亲口告诉我的那一天，不管那一天是什么时候，不管是我的暮年，还是我生命的终点，我都甘愿去等。”

她抱着琴，呆呆地看着他，心里没有过平静，眼前的这个人，他脸上的笑容跟说话的语气，都让她不平静。

他说，他冲动过一回，就不再会有第二回。我想，不，我肯定，他说这话，绝对不是冲动，当然，他也的确做到了。

他把手中的折扇抵到她身前，“前段时日抽了个空闲换了幅山水，但缺了几段题词，我想了几日，也想不出怎样的词句可以配得上这幅山水，你能帮帮我么？”

她垂下眼睫看了看他抵到跟前的折扇，抬头一笑，“你就不怕我把你这幻青扇给弄坏了？”

他也看了看手中的折扇，笑道：“这玩意儿刀砍斧剁不留痕迹，拿在我手里十多年也没坏过，如果你能把它给弄坏了，额，我想我也不会为难与你的。从前我以为身上最珍贵的东西也就是这柄扇子了，不过现在嘛……”

“现在就不是了吗？”她笑着问。

“我想，等这上面多了你的痕迹，才能算得上珍贵，不然，也不过是闲时把玩把玩的物件罢了，却也不是最珍贵。对于现在的我来说，一个你，已抵得过整个天下。不过一柄扇子罢了，哪轮得上你珍贵。”

第十八节　负了天下又怎样

“我再也没有机会将题好词句的幻青扇亲手放在他的手心，再也没有机会亲口告诉他我的一切。”她说，“就在那天夜里，步摇找到了失踪的我。”

我心里忽然一沉。

我知道，这个故事，已然要到结局了。

“其实，自打我晓得他在跟着我开始，我就一直在躲，我不敢进集市，不敢去人流多的地方，我怕我父王会找到我，我只能走进山林里。我不想被人找到，你不知，我多想跟他浪迹天涯，多想跟他走走停停。”

我忽然想起那日她对我说的话：“叶凝，我真羡慕你，至少现在你自由了，你不知，我是有多想跟一个人浪迹天涯，多想跟一个人走走停停。”

第二日，司徒风推开管彤居处房门的时候，房间里摆设如旧。她喜欢整洁，而他亦是如此，桃木的梳妆台上，半截白纱将铜镜半掩，窗台窗棂半开，一潭池水，悠悠柳絮，嶙峋的假山，满眼光景。

“我以为无法确定能不能笃定自己的誓言，是否可以真的陪着你或生或死两不相离，原来，竟是我自己想多了么？”他拿起梳妆台上的折扇，苦笑着摇头，离开了这处楼子。

他再次一个人走，前头不再有她纯白的背影，纷飞的发带。他没有去找她，她不走回头路，从来都只往前走，他也是如此，走到哪儿就是哪儿，就这样漂泊着。

“到底不过是一个人罢了。”司徒风虚弱着对我们说，“我自打有记忆开始，就这样走着。”

“但你后来还是知道了她。”姬澈笑了笑，说道，“知道了她的一切，不是吗？”

他费力地挤出一丝笑容，“若问我司徒风一生最大的遗憾，想想也就是这个了。我到底还是没有等到彤彤亲口对我说的那一天，这是个不甘。”

“那她现在这样抱着你，你是否有时候也会想过？”头顶的绿衣女子低头问道，“在你生命的最后时刻，是在她怀里过的，这能否给你的不甘找些填补？”

他神色一顿，颤抖着眼皮看向管彤，“这是我一生最美好的时候，即便是到了地狱，我也会记得。”

她的脸上没有什么情绪，可能从没想过有一天她会这样抱着他，估计也没想过，她这样抱着他，会是在他生命中的最后时刻。即便是给了他不甘的填补，倒不如说是对他痴心的怜悯，可悲的怜悯。

她忽然紧紧抱住他，紧紧地抱住，用尽自己所有力气一样抱着，一张绝美的脸贴在他满是伤口血污的脸颊上，眼泪像是断了线的珍珠无止境地流淌着，划过他脸上的伤口。他忍住浑身的疼痛，用浑身仅仅还能动弹的一只左手将她揽在怀里，缓缓闭上眼睛，似在享受着上天赐予他最卑微的怜悯，一脸别无他求的模样。

“我司徒风一生都过得浪荡，遇到你，是我生命里的美好，也是我生命里的劫数。我的命不甘心就这样结束在别人的手里，别人是左右不了我的命运的。”

我听不明白他这句话是什么意思，愣愣地想了半天也想不出个所以然来。姬澈缓缓伸出手捂住我的眼睛，我眉间一皱，想把他的手掰开，而他却紧紧地捂住我的眼睛，任我如何用力也不放松半分。树梢上的绿衣女子也将脸转向一旁，长叹一口气，篝火噼里啪啦地爆裂着，四周那样凄凉安静，似在迎接一场悲戚命运的终结而飘落下了细细雪花，他们都在等着什么，等着什么东西完完整整地破碎，完完整整地终结，完完整整地不复存在。

是什么？

是一种东西刺入血肉里的声音，是一种生命最后的呻吟和解脱，是一场死亡的花蕊绽放的绝美殷红。

“若我在你心上，情敌三千又何妨。若你在我身旁，负了天下又怎样……”

我也不知哪来的力气，将姬澈捂住我眼睛的手掰开，眼前是紧紧抱着司徒风的管彤，是她埋在他的肩头，是一把折扇插在他胸口淌出的一地鲜血，是那跳动着的火光和一片片剥落的榕树叶。

他就这样，结束了自己。

“这是司徒家人的命。”姬澈说，“他早就知道自己活不长了。就在他前去幽乐山谷找管彤之前已经知道，因为他前去刺杀齐国公失败之后，他已经受了极重的伤，他硬撑着，无非是想能在自己还活着的时候再为管彤做些什么。他说得没错，他一直都这样顺着她。”

他定了定，续道，“如果他死在别人的手中，在司徒家人眼里，这是在给别人增添罪恶。如果他死在自己手里，那么，就不会给任何人增添罪恶。他说不甘心，无非是唬人的谎话罢了。”他无奈一笑，“反正他都是要死，死在何人手里又有多少不同？”

我想他可以活着，希望他可以活着，哪怕是管彤说的那样像个死人一样活着，像个行尸走肉一样活着，至少是还能活着的。可是现在，他死了，即便是我，现在也无法救活他。

稍稍能有些安慰的地方，也就是他可以死在她的怀里。

管彤从他的肩头抬起头，强忍着擦干眼角的泪水，轻轻将那柄深深插在他心口的扇子拔出来。

“我希望，你这里装的都是我，而不是这柄扇子。”这是她，留给我们最后的一句话。

她摊开手中的扇子，这把幻青扇是不染血的，即便是插进了胸口，一点血珠儿也没沾上。火光跳动，我看清了扇面上画着的山水，一湖秋水，十里长亭，几簇粉红的梅花中是他扯下她头上发带的场景，白衣黑发，略有惊吓的脸和他的模样，那一切都犹如魂定的玄术那样定格在了小小的扇面上。落日的夕阳，粼粼波光的湖面，是他们生命里最美好的场景。

那是她给他做的题词：青青子衿，悠悠我心。纵我不往，子宁不嗣音？青青子佩，悠悠我思。纵我不往，子宁不来？挑兮达兮，在城阙兮。一日不见，如三月兮。

这是她给他的回答，我至今才恍然，我想，如果那夜步摇并未找到他，当她亲手将这题词递到他手中的时候，他在她面前打开折扇，看到这几句题词，又会是一场怎样不一样的风月事。青青子衿，悠悠我心。纵我不往，子宁不嗣音？青青子佩，悠悠我思。纵我不往，子宁不来……

我又魔怔了……

她拿着折扇，把他轻轻放在地上，在他额前印上一吻，低低地呢喃着什么。我们谁也没有听清，想来是在跟他做最后的道别，没有眼泪，有的只是满脸悲伤。她将他破烂不堪的青衣一缕一缕地整理好，他同她一样，极爱整洁的。

她站起身，榕树叶片片剥落，似一场无言的雪。她失魂落魄地往前走，走向自己的宿命，走向自己不堪的命运。姬澈说：“我们此趟黎国之行，算是结束了？”

“是么？”我苦笑着，“好像是这样。”

第十九节　君十三娘

我们还坐在原处，面前一堆燃得正旺的篝火。望着步履蹒跚的管彤，林子不大，也就十来丈的大小，她很快就走出了林子，进入那一片废墟荒海之中。黑色的荒海，白色的裙衫，一头黑发在风中凌乱，往前不远就是齐国，那里将会是她的归宿。

绿衣女子从树上飘飘落下，在我们面前坐下，双手捧着下巴问我们："你们听见她刚刚在司徒风的耳边说的是什么吗？"

我和姬澈不约而同地摇了摇头。

她笑了笑，是童真的笑容，"她说，我很快就会去找你的，等我！"

"什么，她……"我猛地站起身子，刚要朝管彤追过去，却被姬澈拉住。他望了望管彤消失的方向，叹了口气，"这是她选择的命，随她去吧。"

这便是命吗？

"可是……"我还要再说些什么，却又不知道该说一些什么。绿衣女子站起身，也朝管彤的方向望过去，无奈一口长叹，"乱世佳人，怎样都是抵不过命运的。她这样的美人，虽有着无双的美貌，到底不过是命运的玩物罢了。既然如此，那些美好的事都放在心底岂有不好，为何非得如此？"

她叹了口气，抬头看向天空，"听说黎国已经整整四年未下过一滴雨了，我便送你们一场雨，以后的争乱兴衰，管彤又能给你们黎国争取回来多少，就看天意吧。"

她伸出雪白的手指，指着漆黑的天幕缓缓地虚空一划，原是漆黑的夜空之中兀然升起一道碧绿色的烟霞，像是薄薄的云雾一般顷刻间布满天际的每一个角落，广袤的夜空里闪过道道绿色霞光，滚滚乌云犹如万马奔腾一般从遥远的天边急速涌过来，像是要将整个天空都给吞没掉。

滚滚乌云顷刻布满天际，狂风大起，吹得茂密的榕树一边倒，一场瓢泼大雨顷刻即至。

她收了手，豆大的雨滴伴随一声声的闷雷瓢泼而下，暴雨狂坠，顷刻淹没天地，浇灭了燃得正旺的篝火。

"姑娘。"姬澈提着青冥往前一步，震惊地问，"你会布雨行云？"他对她抱了抱拳，"在下还从未听过这世上有这样的玄术。"

"玄术？"她呵呵一笑，"雪狼公子，这个世界上稀奇古怪的事儿多了。这天下大道，可非玄术一类。再说，这门术法也并非玄术。"

"哦。"姬澈眉间一挑，"在下是孤陋寡闻了，还请姑娘指点一二。"

"指点倒是谈不上。"她微微一笑，被雨水打湿那长及脚踝的长发却依旧随风而动，一点也看不出被雨水打湿了的痕迹。而且她那一双赤足走在满是泥污的脏地上，也丝毫不染泥水她停下脚步，回身看向姬澈，"要论武功，说实话，我不是你的对手。但是，不管你使用怎样的手段，是风神诀最高境界的风之化身，还是幽狼噬魂这样的玄术，皆不可伤我分毫。若论速度，风神诀当属天下轻身之术第一，但是我要想跑，凭你一百个风神诀，也别想跟得上我。"她昂头一笑，雨水顺着她的下巴滴滴坠落，脸上颇有几分得意。

姬澈的唇角抖了抖，苦笑一声，"姑娘未免也太过狂傲了吧？"

"随你怎么说啦。"她一脸无所谓的样子，"反正对于我来说也没什么。姬澈，你姓姬？大周王朝的历代帝王也是姬姓，风神诀是登桓山不传之谜，那你是来自登桓山了？不知登桓山的第一任尊主姬洵是你何人？"

姬澈脸上神色陡变，“那是我师祖。”

“师祖？”绿衣女子噘着嘴巴点了点头，似在思索，“如此算来，你是登桓山的第八代传人了？姬无言、姬裕、姬湜这些人都是你的先辈了？”她顿了一会儿，向姬澈走过去两步停下，“算算辈分，那姬祁该是你师父了，不知他现在可还好？”

姬澈的脸上又出现了难得一见的凝重，“姬祁正是家师，普天之下能知登桓山存在的人屈指可数，能说出历代先辈名讳之人除了在下跟他之外，无人知晓，不知姑娘——”

“你还没回答我的问题呢。”绿衣女子打断姬澈的话，问道，“不知姬祁他现在还好吗？”

姬澈顿了顿，“家师已离世多年。”

“离世？”她皱起了眉头，“不应该啊，算算岁数，他今年也不过四五十岁，怎么会离世？”

姬澈低下头，沉沉道：“在十三年前的一场动乱里，受了重伤，不治而亡。”

“原来是这样。”绿衣女子垂下头，摇了摇，“那你刚刚说的他是谁？”

“这个……”姬澈挤出一丝笑容，“这个不便说与姑娘听。”

“你不说我也知道了。”她微微一笑，淡淡道，“我一个人也挺无聊的，可以跟你们一段吗？”

“姑娘的意思是要跟着我们？”他定定地望着眼前的绿衣女子。

“是啊。”她依旧是如花般灿烂的笑容，看了看我，又看了看姬澈，“放心，我没有什么歪心思，一来不会给你们添什么麻烦，二来也不用你们管我伙食，三来我也不会要了她的心脏，四来嘛，如果这路上你们遇到了什么解决不了的麻烦，我也可以出出力。再说，我如果要动你们什么心思，根本费不了什么力气的，公子，你觉得呢？”

姬澈无奈笑笑，“的确，姑娘的身手之强，乃是在下生平仅见。你如果要打我们什么心思，的确是费不了什么力气的。”

她浅浅一笑，“那这样说来，公子是答应了？”

姬澈点了点头。

“多谢！”她对姬澈拜了拜，“公子也不必担心我会跟你多久，等我什么时候腻了，自然是会离开的。”说完她朝一旁的司徒风走过去，袖子一挥，司徒风的尸体便凭空消失不见，“我将他送回司徒家，作为司徒家的人，死了都是要回到他出生的地方。”

姬澈回头看向她，“姑娘这手功夫可是传说中的物移？”

我低低地问：“什么是物移？”

“就是将物体凭空转移到另一个地方，最远可瞬间将物体转移万里之距。这类玄术，我只在古老的书简上看到过，原以为那只是传说。而转移物体的距离跟物体的大小息息相关，将一个人转移那样远，而且还那样轻松……”

“公子好眼力。”绿衣女子脸上有着赞许的笑容，“这手法的确是物移。”

“我还未问过姑娘名字。”姬澈对绿衣女子微微躬身，“敢问姑娘芳名？”

她颔首一笑，淡淡说道：“君十三娘！”

第四章 君十三娘

第一节　重回青居

原以为，姬澈会拉着我往齐国那地方兜一圈再前往沧海城，却不想他竟调了个头，拉着我沿着来时的方向回到了黎国。他给我的理由是，往齐国的话，会绕很远的路程。

我怕没日没夜地赶路，天天露宿野外，为了能少走几步路，也只能顺着他。再说，我也不识路，而且，如果是从齐国绕道前往沧海城的话，可不是多走几步路那样简单，诸多的原因加在一起，我没有理由不跟他回去。

君十三娘这一路上可是格外活泼，一路上蹦蹦跳跳像个兔子，欢快得不行。若是没有旁人，我在姬澈面前还能撒撒娇使使性子什么的，可是当着个外人的面，我可做不出那样的姿态，只得跟在他身旁，安安分分地做个本分人，看着君十三娘自顾自地玩儿个欢快。

我虽同她一样是女儿身，但我自小是在晋宁王都长大，受的是王族的礼仪教导，再说我诚然也没有跟一个刚刚才认识的人玩到一起的随和性子，更不好意思在一个陌生人面前对姬澈撒娇使性子，就只好本本分分的。不过说实在的，我很欣赏她这自然的样子。可我自小养尊处优惯了，公主的架子摆得久了，也拉不下脸和她玩在一起。

她可以追着一只鸟儿飞出去几十里，然后再蹦回来找我们，也能对着清澈的流水安安静静梳上几个时辰的头，可以一个人自言自语地跟一棵大树聊天到天明，还可以像棵大树一样一动也不动地站在那儿让鸟儿鸣叫。她好像都不用吃东西的，只喝水，而且还不喝一般的水，只喝晨露山泉，实在没得水喝了，就像上次那样取些大树的水分。她就像一个初入人世的小孩儿，对什么都充满了最童真的好奇，天真单纯。

不过通过这几天和她相处，我发现，她白日里极为活泼，会做出一些让人难以接受的事。比如，她会忽然停下脚步，从一个活蹦乱跳的兔子瞬间变成一根木头，动也不动地站上好几个时辰；会突然为了看清这只鸟儿是公是母跟着飞出去好几十里，然后蹦回来叽叽喳喳跟我们说上半天，有时候我们都听得不耐烦了她还要说。一到了晚上，她又像是霜打了茄子似的变得格外安静，坐在那儿动也不动，直到天明，也不睡觉合眼。只要天一亮，她立马就恢复了活力。姬澈推想，可能是白日里玩得太厉害了，力气消耗多，所以到了晚上她需要恢复。

我问：“那她为什么不闭上眼睛睡觉呢？”

姬澈答不上来，敷衍我，“说不定是她个人的习惯吧。”

“是这样吗？”我将信将疑地望着他。

路过幽乐山谷的时候，我们决定在这里歇上一宿。

已经是人去楼空的风满楼里，依旧是满园桃花，撩开大门口的珠帘，推开门扇，桃林之间一条石径小道因少了仆人打扫的缘故，落满了灼灼桃花。我仿佛又看到了石径尽头假山亭子里那一张侧脸，听到了那柔和的琴音。

管彤和步摇都不在了，一个去了另一个世界，一个……

姬澈拉了拉我的手，“走吧。”我点头笑笑，随着他朝我们之前落脚的那处青居走去。

长长的栈道悬在半山腰上，同第一次走是没有什么变化。姬澈拉着我轻车熟路地找到了青居所在，而君十三娘一直跟在我们身后，安安静静地跟着，她这安静的模样在白日里可是极难见着的。

夜里，姬澈前去为我准备些吃食，至于君十三娘，我们倒是不在意她有没有吃的，因为，我好像还没见着一回她吃东西的模样，向来都只喝晨露山泉，好似只要有了这些，她就可随时保持活力。对于吃食，我一向能吃，不能做。做饭这事儿，还得看姬澈的。跟了他一路，还没尝过他做出来的饭菜，真不知味道如何，心下很是期待。

好在风满楼里还有些食材，用不着姬澈再漫山遍野地去找。君十三娘进了青居转了一圈，就跑得没了影子，也不晓得现在是在何处。我考虑的是，作为同行的伙伴，是不是表面上也叫一叫她？不管她来不来，礼仪还是要尽到的。不过既然她现在不晓得去了何处，外面黑灯瞎火的，我也没有那个胆量出去寻她。

一个人在长长的栈道上闲逛，无人给这长长的栈道点上几盏灯，好在月色还很明亮，看清脚下的路不成问题。

我在初见司徒风的那间亭子停了下来，并不是因为这里所发生过的事牵绊住了我的脚步，而是姬澈已经在那石桌上摆好饭食，还点了一盏油灯。他见我过来，一边摆着碗筷，一边对我笑道：“你来得倒很是时候，省得我再去叫你，过来吧，饭菜都好了。”他对我招了招手。

我欢喜地跑过去，“今天给我做了什么好吃的？”等我跑进一看，桌上摆放着的却是三副碗筷，不由得收了笑容问她，“君十三娘的那份你也准备了，挺细心的嘛。”

“准备是准备了，就是不知道她现在跑哪儿去了，这大晚上的，也没个鸟儿让她追一追。”他摇头苦笑，坐在石凳上，“赶得回来就一块儿用吧。”

我嘻嘻笑笑，跑过去坐在他对面，拿起筷子就要下手，“让我尝尝你认真做出来的菜食是怎样的味道。”

他微微一笑，给我夹了几道菜，“一路也没好好地进食，今儿得了空，你就多吃些吧。”

我刚要回话，忽然一道绿光从遥远的天边直冲过来，速度之快简直是难以想象，“回来了，回来了，还好没错过好时辰，看看我给你们带回来什么了！”

君十三娘稳稳地落在亭中，一只手托着一个酒坛子，还不等我们说话，她就迫不及待地说了起来，“这可是幽王王宫里存了几十年的佳酿啊，我可是费了不少功夫才给你们弄来的哦，来来来，快尝尝。”她一边说着，一边坐在我身旁的石凳上。

“你……你这么会儿功夫，就……就跑到幽王的王宫里偷了酒？”我咽下去一口唾沫，她离开这里顶多不超过一个时辰，这么短的时间怎么可能。

“这对于十三娘来说，算不得什么，就是我，也可以做得到。”姬澈倒了一杯清茶，不缓不慢地说道，“只是君姑娘，今晚上怎么有这样的心情前去偷酒了？往天这个时候，你可都是一动不动地坐着发呆啊！”

“就像你说的，心情好啊！”她揭开酒封，沉淀了几十年的酒香溢出来，她闭上眼睛深深一嗅，连连赞叹，“好香的酒，来来来，快尝尝，快尝尝。”

她夺过姬澈手中的茶杯，将茶杯里余下的清茶倒掉，倒了一杯酒水给他，“给。”

她又给我倒了一杯，“来，你也尝尝。”

“不不不。”我抢过酒杯揣在怀里藏着，“我不会喝酒。”

“你这人，这可是我从好远的地方搬过来的，你怎么……”

“哎，”姬澈微笑着挡住她，“她不会喝，她一沾酒就要酒疯，来，我陪你喝。”

“还是你这人好。”君十三娘的目光转向姬澈，“好啊，你陪我喝。”

他们这一喝，就是几个时辰……

我是不是好像有点后悔了？这不是把姬澈往她怀里推嘛，可是我真的不会喝。虽然小时候暮筝也会偷酒过来给我喝，但是我真的是一沾酒就得醉。再说，自打暮筝被我父王关了起来，要挟暮辰不要和魏国相战之后，我就很少再饮酒。最后一次饮酒，还是见暮筝最后一面的时候，是那场酒宴要了暮筝的性命，是以，我讨厌喝酒。

苦了我一个人端着一碗白米饭，看着他俩谈天说地彼此对饮，什么饭菜都没了味道，捧着那碗白米饭，吃得那叫一个苦不堪言。更可气的是，姬澈居然理也不理我，只顾着和君十三娘喝酒聊天，完全忽视我的存在。

想我这些年来，还没有哪一顿饭吃得比今天的这顿还要辛苦。

第二节　残破记忆

他们一直喝到子时才散场。我受不了他们聊得甚是投机的场面，早早将那碗白米饭刨进嘴巴，撒谎说困了要睡觉，一个人磨磨唧唧地回青居。虽然这局饭吃得不怎么开心，但是好歹也让我明白过来几件事，第一，君十三娘不仅仅只喝山泉晨露，酒也是要喝的；第二，她跟人套近乎的本事相当高，三言两语就能让姬澈同她促膝长谈；第三，也就是最重要的一个，以后要吃饭的话，绝对不能有叫她的心思。

回到青居之后，一个人坐在屋外的回廊上嗑瓜子，就着一壶清茶，夜里桃花的芬芳气，倒也乐得享受，总比坐在酒桌上又不喝酒尴尬地吃饭要好。屋子里点着一盏油灯，一闪一闪的，那珠帘也在夜风里丁零丁零直响，像是乐声一样的清脆。

姬澈一身酒气地推开我虚掩着的房门，一边揉着眼睛一边抬着晃晃悠悠的脚步倒在榻上，我无奈摇头叹息，放下手中的茶杯和瓜子，撩开帘子朝他问道：“你怎喝成了这个样子？这得喝了多少。”

“哎。”他揉着额头，“别提了，都说不喝了，君十三娘还不依不饶地又去搬来了六七坛，我还真没见过这样能喝的小姑娘。”他坐起身子，我坐在他身旁给他按按太阳穴，埋怨道，“你也真是，我给你倒杯茶醒醒酒吧。”

他摆了摆手，身子一倒躺在床上，“困，睡了。”声音才落下，就是一阵粗重的喘息声，看样子是睡过去了不假。看着他这个样子，当真是气也气不得，恨也恨不得。

给他脱了鞋子，把脚挪到床上，一身的酒气实在是不好闻，出门在外，也没有什么衣服可以换洗换洗，我决定了，明儿他一醒来，第一件事就得让他去洗澡。

不过看他这双鞋子，应该是不能穿了。从黎国边境回来的路上，正是飘着雨的时候，他的这双白丝软鞋上已经满是泥污，想起沐风亭那个地方有条山涧，眼下我也没有多少睡意，打算给他提过去洗洗，明儿他也好穿得舒坦些。

提着鞋子出了房门，小心将门带上，还没走出去多远，就见着君十三娘趴在一棵桃花上，满脸乐呵呵地望着我，“你倒是很会持家，不像个公主。”

我笑了笑，走到她那棵桃树下，放下鞋子抬头望着她，“我从小也没多少侍女仆人，简单的杂事我还是会干的，再说这一路他护着完全不会武功的我，也挺不容易的。”

她定定地瞅着我，似在思索着什么。半晌，她落下身子，一双赤足踏上碧绿的草地，脚上银铃玎玲一响，她打趣地朝我问道：“你该不会是爱上他了吧？”

“啊？”

不知道为什么我一听到她这个问题忽然间心头一跳，满脸发烫，手足无措，迫切地想要去掩盖什么，但又不知道有什么好掩盖的，支支吾吾了半天，只道：“君姑娘，你玩笑了。”

说着就要弯身去捡鞋子，身子刚弯下不到一半，她却把我拉起来，一个腾挪将我带上沐风亭上的山涧之顶，放下我，坐在石板上，一双赤足放进水里戏水。她偏着头看着有些慌张的我，嬉笑道：“叶凝姑娘，你说如果一个人离开了你，那是怎样的感觉？这里是不是会痛？”她指着自己的心口望着我。

流水哗哗，从断崖上冲下去，四下寂寥，少有的安宁。她这个问题问得我有些恍惚，我看她这个模样，应该只有十四五岁的年纪，这的确是个情窦初开的好年纪，加上她刚刚问我的话，我疑心她会不会是看上哪个帅气的小哥了，想到这些不免咧嘴一笑，蹲在她身旁笑道：“怎么？谁离开你了？”

她低下了脑袋，有些失落地摇头，齐至脚踝的发丝滑进潺潺的流水里，映上如雪的月色，在流水中散发出斑斑色彩，“我也不知道他是谁，我想不起来，有时候他会无缘无故地出现在我脑子里，也会出现在我的梦里。他穿的是深黑色的衣服，有细细的眉毛和浅色的唇，他的头发不似姬澈那样披着，而是绾进玉冠里。”她将浸在水里的长发一寸一寸地拉起来，长发自离开流水，自然变干变顺，像是有密密的木梳梳过千百遍那样柔顺光滑，“就像这样。”

她把头发盘在头上，做出头发盘在玉冠里的模样。

她说着忽然顿住了，“好像他又不仅仅只是这个样子的，我想不起来了。”她绾住发丝的手一松，柔丝宛如飞沙随着夜风飘起，再次落入潺潺的流水。

我呆呆地看着她，怎么也听不明白她到底在说些什么，弄得我一头雾水。她说的那个人，是真的存在，还是仅仅只是她幻想的产物？若是真，她又怎会不记得；若是假，又怎会说得出这样的语气，那样轻柔，是心底里发出来的声音。我模模糊糊地觉得，她应该不是在说假话。当然了，这单单只是我的直觉罢了，只因她跟我一样都是女子，有些细腻的语气和话语很容易就进了心里。

“你为什么想不起来了？”我继续问。

我这句话之后她双脚戏水的动作停了下来，定在了水中，双手撑在身下的石块上，低着头，默默地说道：“有个东西一直在阻挡我去回想那个人，我只能想起那一段极少的记忆。可我每次一想到那短短的记忆，这里都会有一种奇怪的感觉。”她再次指着自己的心口，呢喃地说，“一种似痛非痛像是被堵住了一样发慌难受，像是被扔进了水里一样难以呼吸，看什么样的风景都变成了灰色的，也像是一种早已习惯了的东西忽然间被抽掉的失落和彷徨，这种感觉就像整个天底下就我一个人。”她忽然苦笑一声，“我还不知道我算不算得上是人呢。”

“你不是人是什么？”我笑着拍了拍她的脑袋，“你呀，倒是跟遥遥一样，小小年纪一定是常常溜进茶楼里听书去了吧？”我站起身子要把她拉起来，“走啦，脑子里想些什么呢？我还有事要做，你得把我送下去啊。”

她望着静静流淌着的湖水，默默地发呆，水中是她的倒影，头顶有浅浅残月，“我现在就是那样的感觉。”她继续戏水，声音恢复了之前的天真欢乐，对我露出一副灿烂的笑容，“我想再坐一会儿，你自个儿回去吧。”

我看了看脚下的断崖，浑身一阵哆嗦，我自个儿回去？这么高的断崖我怎么回去？我可不是姬澈，更不是你。

身子忽然被一阵清风托起，像一片树叶一般慢慢朝断崖下飘去，我回头望了她一眼，她仰着头看着天空中的月亮，月光与流水泛起的光亮投在她的小脸上，她就这样呆呆地望着，流光山色，万籁俱静，一头长发在夜风里纷飞如烟霞，她低低地问那一轮残月：“你是谁？”

第三节　绮晋

当我洗好鞋子离开沐风亭的时候，回头望了一眼断崖上的君十三娘，她还在望着夜空里那浅浅的残月。已经是下半夜，气温已经转凉，冷冷的夜风将她那一头长发吹得洋洋洒洒，她就像一座碧绿色玉雕，除了那一头在风中凌乱着的长发，被风掀起的裙角，余下的一切皆是定若磐石。

同她相处过几个夜晚，她这样的模样没少见着，也没放在心里。她实力也极强，我也不用担心会有什么人欺负她，望了她一眼之后，我收回目光回到青居。

刚到房门外，就听到屋里有人在低声地说着什么。屋子里只有姬澈，我在门前的栈道停下脚步，侧耳细听，听到这样几句模糊不清的话：

“不！不要！羽华，你要敢伤她一根头发，我要你命！”

“绮晋，走，快走，紫鹏，带她走，走啊！”

绮晋？这个名字倒是有几分耳熟，我好像是在哪里听到过，脑子里将这个名字想了几遍，却没想起来是在何处听到过。姬澈这是在说梦话？我小心翼翼地推开门扇，侧着身子进了屋，屋里的油灯还未燃尽，有跳动着的火光，放在红木桌上的青冥细微地颤抖，像是有被一双无形的手操控着，姬澈躺在床上，双手用力地攥紧衣角，眉头都皱在了一起，脸色苍白得厉害，额头上渗出了豆大的汗珠，看那副模样，应当是在做噩梦。

“不！”

他忽然从床上坐起来，一声大吼，桌子上的青冥忽然间飞出剑鞘，直朝我飞来，锋利的剑尖直逼我眉心。也不知是被他那一声大吼吓住了，还是被这忽然蹿过来的青冥吓着了，本能地惊叫一声，刚刚浆洗好的鞋子掉在了地上。

他猛地转头看向我，反手一挥，朝我眉心直逼而来的青冥一拐方向，深深地插进我身旁的门扇上，我惊魂未定，他亦像是脱了重担一样身子忽地垮了下去，“呼，是你啊，没伤着你吧？”他一边喘着粗气，一边擦着额头上密密的汗珠，胸口大弧度地起伏着。

我也被他吓得直喘粗气，心脏跳得厉害，“还……还好。”我将地上的鞋子捡起来，放在他榻前，又去倒了杯茶水端到他面前，“你怎么了？做噩梦了吗？”

他接过茶杯的手有些颤抖，喝了一口定了定心神就把茶杯递给我，自己下床榻去拔钉在门扇上的青冥，“做了个梦。”他将青冥收回剑鞘，坐在椅子上继续喝茶，“这么晚你不在屋子里去哪儿了？”

我坐在他身旁的凳子上，“见你鞋子脏了些，拿出去洗洗。”他手中茶杯一顿，看了一眼我放在他床榻前的软鞋，苦笑一声，“有心了。”

我问他：“你都梦见什么了，出这一身汗？”

他放下手中茶杯，缓缓说道：“一些往事罢了。”

我不依不饶地问：“绮晋是谁？”

我确定我听过这个名字，只是一时间想不起来而已。听这个名字，应当是个女人，一个他做梦都在喊的名字，足见他把这个女人放在心里有多深，我承认，我在意这个。

他偏着头，用眼角的余光打量着我，我鼓起勇气直视他投过来的目光，用坚定不退让半分的眼神告诉他，我想知道这个人是谁。这是我第一次用这样的眼神看他，心里是没有底气地害怕，用这样的眼神看他，我只能倔强地不退让半分。我觉得一旦收了这样的眼神，将掉入万丈的深渊。

我们就这样对视着，很久很久，夜风吹得珠帘玎玲作响，摇晃的烛光投出摇晃的影子，他终于先收了眼神，而我心里没有丝毫战胜他的欢喜，我在等他告诉我绮晋是谁。

他站起身，撩开帘子走到屋外的回廊上，双手扶着栏杆，轻轻地问："你想知道？"

我肯定地说："我想知道，我想你能告诉我。"

他坐在长椅上，低着头，"叶凝，我有没有告诉过你好奇心太重不好。"

"可是我想知道。"我站起身，撩开帘子走到他面前，看着低头的他，"告诉我好不好？"

他陷入长长地沉默，久久都没有一句话。我就这样动也不动地站在他跟前，心里乱得一团糟。君十三娘问我，是不是爱上了他。我说不清楚，感情这档子事，我从未经历过，爱还是不爱，是喜欢还是在意，我心里皆是空白。我能够确定的事，就是他做梦都在喊着的名字，我听着有酸有疼，有迫切要去知道的冲动。虽然我也知道，对我来说知道了不一定是好事，也许知道之后我会后悔问他这个问题，但现在我已经乱了心思和神智。

他站起身绕开我，走进屋子里，撩开珠帘的时候，手顿在了半空中，他站在我身后，叹了口气，"叶凝，我会告诉你她是谁，但是现在我还不能告诉你。我保证，等我到了登桓山，我一定会告诉你我的一切。姬澈不是我的真名，雪狼也不是我的真名，我到底叫什么，到时也都会一一告诉你。"

他迈了一步，顺势放下珠帘，刚走没两步又停了下来，"叶凝，我不是什么好人，我一生染血无数，过得是刀口舔血的日子，指不定哪天就死在荒山野岭里喂了狼，我不希望你把太多心思放在我身上。我从羽华手中救下你，只不过是报当年暮辰救我的恩情罢了。你可以万古不死，青春永驻，而我只不过是个平凡的人罢了，到底是会有死的那一天。"

他顿了顿，续道，"至于绮晋，我……"他把到了喉咙口的话咽下去，又是一阵深长的叹息和沉默，"她……已经死了。"

他的脚步声愈来愈远，门扇被拉开，又轻轻地关上，我知道他离开了这里。

"死了？"

我坐在之前姬澈坐过的位置上，低低地说着，看着那依然还在晃动的珠帘，心底五味杂陈。这一夜，我注定该是无眠，忽然想起他的鞋，摇头一笑，不过片刻，门扇再次推开，他咚咚咚地走进屋子，一股炙热的真气直接将还在滴水的鞋子弄干，穿好。我叫住正要动身离开的他，"我怕一个人睡。"

他身子一顿，"我出去醒醒酒，不会走太远。"

第四节　管彤死了

翌日清晨，我稍稍打了个盹儿，屋外的麻雀就叽叽喳喳地将我吵醒，窗户打开半扇，凉凉的晨风吹进来，带着阵阵桃花香，略有提神。

坐在铜镜前整理仪容，望着镜中那精致可人的脸蛋，我多希望这是一张真正属于我的脸，而不是一张姬澈用幻术做给我的假脸。他给我的是假名字、假脸，除了这些，他好像并未给过我什么真的东西，跟着他已经快一个月，却连他的真名都不晓得，想想，这是不是应当算是个笑话！

不过再一想，这天下人都称他雪狼，知道他姬澈这个名字的也不多，见过他真正面貌的，大多都是他青冥剑下的亡魂，我能跟他这么久，朝夕相伴，这又算不算是对我的特别补偿？

有些事容不得自己去多想，想多了只会乱了自己的本心，不管他对我说过的话有多少是真，又有多少是假，我依旧只能跟在他身旁，这算是我决定跟他前往登桓山开始，就已经定下来的命运。

没有选择，也容不得我做选择。

既然是没有选择的事，又何必去想那么多，前面的路，总归是要走的，既然我不知道再继续这样走下去会是一个怎样的结果——是不是像君十三娘说的那样我会爱上他——还是让命运去决定。我没有逃避的能力，我不敢确定的是——我当初决定跟他去登桓，是为了知道暮筝死后被安置到了何处及暮辰是怎样死的——当我知道这些事之后,能否安心留在登桓山，留在他身边，一个连真实名字都不肯告诉我的他身边。

这是个未知的事情。他曾经对柏烨说，他现在不大去想太过遥远的东西，只想将我平安送到登桓。现在我也只能这样去想，这样安慰自己。我现在应该在意的事，是如何平安到达登桓，如何逃出羽华黑流星的追杀。

半开房门，有群山茫茫，飘着薄薄的雾霭，没见着姬澈的身影。昨晚跟他闹了些不愉快，他说他不会走太远，可这个时辰，也不见他人影，君十三娘也没见着，时而传来几声飞雁孤啼的声音回荡在茫茫山谷中。

等走到沐风亭的时候，这才发现姬澈和一个白衣男子在亭子里聊天，定眼一看，那白衣男子却是柏烨，才不过七八天的时间没见着他，他怎来黎国了？

姬澈是背对着我，自然瞧不见，柏烨倒是眼尖，见我走过来微笑地站起身子，对我鞠了一躬，“康宁公主！”

姬澈这才回头看我，目光在他身上停留半晌，才将目光移向柏烨，对他还了一礼，“柏烨公子，几日不见可还好？”

他微微一笑，收起手中折扇，站直了身子，“大抵还过得去。”他弯下身子将身前的石凳用袖子擦了擦，“公主不嫌弃的话，可否坐坐。”

“好！”我坐在他身旁，姬澈自顾着喝茶，也不理会我，我看向柏烨，“不知柏烨公子怎来了黎国？公子在韩国的事可有了进展？”

他没回答我后半句话，只给了我前个问句的回答，“这次前来寻雪狼公子，一来是有件要事需得同他商议商议；二来阿狼的伤势刚好，照料它的仆人没看好它，让它给溜走了，我想，它许是来找雪狼公子了，就过来看看，同公子知会一声。当初说好要好好照料阿狼的，这是柏烨失了诺。”说着，回了我们一个抱歉的笑容。

“哦。”我眉间一挑，“阿狼回来了么？”我看向姬澈，他依旧自顾自地喝茶，完全不理会我，我只好再问柏烨，“那阿狼现在是在何处？是在这山谷里么？”

柏烨笑着摇头，“在下自韩国前来，不过半日功夫，应当是比阿狼先到。”

“哦。”我笑了笑，“韩国至此少说也有千里，看来柏烨公子也是个高人，恕叶凝眼拙了。”

他摆了摆手，看向姬澈，“雪狼公子，刚刚在下所提之事，公子觉得如何？”

我插话问道：“你们刚刚聊些什么？”

这回倒是姬澈回答的我，他放下手中茶杯，不慌不忙地说道：“管彤死了。”

“啊？”我有些吃惊，当初君十三娘对我们说起她最后在司徒风耳边说的话的时候，我就知道会是这样，但一听到这个，心里还是有些接受不了，呆呆地望着姬澈，“她……怎么死的？”

他叹了口气，“她到齐国的第二日，便与齐国世子完了婚，按照风俗，新娘子过门的第二天须向夫家父母敬茶，她借着敬茶的这个机会，用司徒风的幻青扇杀了齐国公和齐国世子。她选择了和司徒风一样的死法，没让那些冲进来的侍卫杀了她，是自杀的，说来也不过是昨日早上的事。”

管彤到底还是去找司徒风了，心底想起她的模样，那样绝美的容貌。她说过她要像个死人一样活着，要像行尸走肉那样活着。她到底没有这样活下去的勇气，或许也不是这样，他活着，她才能活着，与其两个人都行尸走肉地去活，还不如痛快地在一起接受死亡，这个世界容不下他们。

她想跟着他浪迹天涯，走走停停；他想跟着她或生或死，两不相离。既然如今他们都走在黄泉路上，奈何桥下的忘川河畔，在轮回路里，希望命运可以给他们一丝丝怜悯，让她可以跟他浪迹天涯，走走停停；让他可以跟她生生死死，两不相离，让他们来世，别再背负这样不堪的命运。

柏烨摇着折扇叹了口气，“管彤诚然是当得起奇女子这个称呼，到死也要为黎国争取一些可以回旋的余地，齐国公和齐国世子同时死在她手里，少了国君跟继位者，齐国大乱，这无疑给黎国创造了大好的条件。”

“黎国公这里可有什么动静？”姬澈端起茶杯问道。

“昨日得到消息，黎国公已派遣十万大军开往边境。管彤杀了齐国公和齐国世子，齐国报复就在眼前。不过，我得到的消息是，齐国公的八个儿子为了争夺君王之位，也开始忙着各自奔走，根本没把这事放在心上，至于那些朝中的大臣，呵呵。”柏烨摇头苦笑，叹了口气。

“哦。”姬澈饶有兴趣地哦了一声，“看来齐国命数将尽。”他喝了一口茶问道，“羽华有何动静？”

第五节　魂封之术

柏烨轻笑了一声，提起茶几上的茶壶，捻起茶杯把玩了一会儿，放在我面前，斟了一杯清茶给我。我礼貌地回了个微笑给他，他只轻轻点了点头，回了我一个笑，然后摊开折扇，这才说道：“羽华自然也是不会放过这样的机会，他原本计划是破坏齐黎两国的联姻，好让齐黎两国斗个两败俱伤，坐收渔利，不过我们这里横插了一杠，破坏了他的计划。却没承想管彤再次给他制造了比之前更好的机会。他这个人，向来都是不会放过一丁点的好处的。当然了，靖国虽然强大，但是还没有胃口一局吞并齐黎这两个大国，他打算逐个击破。”

“这是羽华的作风。”姬澈端起茶杯抿了一口，续道，“齐国同黎国如今都是内忧外患，齐国这回更是处于崩溃的边缘，连失国君跟世子，余下的几个王子也为了争夺国君之位而相互争斗，想来如今的齐国比之黎国更加危难。”

柏烨点了点头，“但是靖国、齐国与黎国都不相邻，独独与我韩国相邻，他要攻打齐黎两国，必须向之间的陈国和鲁国借道，军队若远离了靖国本国，麻烦事不少。”

“你刚刚跟我提议，联合陈国和鲁国共同给齐黎两国共筑一条屏障，先护着齐黎两国，而后在齐国、黎国、陈国、鲁国、韩国之间形成一个五国联盟，如此一来，靖国东部的大半疆域将会受制于你们五国。这个计划是不错，但是这五国之间，齐黎两国是世仇，韩国、陈国、鲁国三国之间虽向来都相安无事，但也少有往来，你这计划要想达成，难度不小。”

“呵呵。”柏烨笑了两声，“这天下之事，可没有一件事容易的。我已派遣使者出使齐、黎、陈、鲁四国，相信不久之后便会有答复。前些日子在银江得罪了羽华，他是个有仇必报之人，他逼我接招，我又岂能不接？”

“十三年前你不就已经得罪他了吗？你们之间早晚都会有这么一天，不过，他在那个时候没有除掉你，是他的失算，让你活到今日，变成这般性情，是他的败笔。”

柏烨摇头苦笑，“是我变得太多了么？”沉思一会儿，继续摇头苦笑，“柏烨，诚然已经不再是当年的柏烨——那个时候的柏烨活得太窝囊，你替我除掉了我哥哥，这是我命运的转变——不过话又说回来了，即便是你不帮我除掉他，迟早有一天，我也会亲手了结他。我韬光养晦了这么久，为的不就是今日吗？所有挡我路的人，都会成为我黑甲军铁骑下的亡魂。”

他这一番话下来，我和姬澈都陷入了安静，面前的这个人白白净净，同一个微弱书生没有多少不同，可在这样一张秀气的脸下，竟藏着这样一颗野心。

他定了定，收起手中折扇，端起茶杯喝了一口，“那日你跟我说的墨九，也就是凤家的后人，我事后好好查了查他的底细，这个人的确是凤家后人。当年武王姬发攻破朝歌城的时候，凤家人誓死护住纣王。可武王的军队势如破竹，势不可挡，凤家人虽然强悍，但人丁素来都很单薄，面对蜂拥而入的武王军队也是难以抵挡。墨九当时是凤家家主的第九个子嗣，原名九凤，是他最小的儿子。他以魂封之术冻结了墨九的生命，以物移之术将他自朝歌城移至蓝海之底。墨九在南海之底冰封了数百年，直到十余年前，才被羽华捞出来，他是当今世上最后一个凤家人。”

“冰封了数百年？”我咽下去几口唾沫，难以置信地看着柏烨，“数百年都没死？”

“这你有所不知。”姬澈看向我，说道，“魂封之术是远古秘术，凤家人本身就有着与世上所有种族完全不同的血脉。魂封之术也是凤家独有的秘术，能够冻结一个人的所有生命气息。被施以魂封之术的人，同一个活死人没有什么分别，没有意识，没有呼吸心跳以及脉搏，就连身体也不能生长，直到魂封之术解开之后，他才能恢复生命活动。而对于被施以魂封之术的人而言，数百年之间也就像是一场梦，一梦百年，醒来还以为是在百年前，这一点，你也可以做到，而且还不用这么诡异的秘术。”

“我？”我惊讶地指着我自己，难以置信地问，“你说我也可以一梦百年？”

他笑着点头，“朝你的命劫之处，找根银针刺进去五寸三分，别说一梦百年了，就是千年万年，也只是弹指一挥间，这很简单，不是么？”

“啊？”我拉长了调子，“这……这样也可以？”

他撇嘴一笑，“当然。”

“我……”我已经不知道该说些什么了。

姬澈抬头看向柏烨，淡淡说道：“看来这些年你也建立了不小的情报网，可否帮我一个忙？”

柏烨对姬澈抱了抱拳，“公子有何事，但请开口便是，但凡是柏烨能力所及的，定然效犬马之劳，绝无推托之词。”他抬头看向姬澈，“不知公子要让柏烨做什么？”

姬澈顿了顿，“帮我查一个人的底细。”

柏烨眉间一挑，“这世上还能有人让公子如此用心？”他皱了皱眉头，“不知公子要我查的人是谁？”

姬澈抬起眼眸，四周望了望，样子极为小心谨慎，生怕被人知晓的模样，他用手指蘸了点茶水，在石桌上写下几个字，“君十三娘！”

“就她。”他指了指用茶水写在石桌上的字，看向柏烨，“你能帮我查到她吗？”话毕，他不留痕迹地将石桌上的字用袖子抹掉，不留下丝毫痕迹，谨慎得很。

君十三娘的确是个谜一样的人，实力远在姬澈之上。现在虽然没见着她人，但依着她的性子，指不定什么时候就会突然冒出来，要是被她知道姬澈要查她的底，她那么难以捉摸，说不定还会引出些不必要的麻烦，谨慎一些总没有坏处。

柏烨看了这个名字之后，眉头缓缓皱起，折扇敲着掌心，似在思索些什么，嘴里默默念着什么，只有唇形，没有发出丝毫的声音，从唇形不难看出，他念的是君十三娘这几个字。

他眉头越皱越紧，简直都快挤到一块儿了，折扇敲着手心的动作也是愈来愈缓慢。很久很久之后，他终于停了下来，依旧是眉目紧锁的模样，手中折扇指着之前姬澈所写的地方，“这个名字，我想我知道，但……但……”

他说到此处，忽然停住了，摇了摇头，一脸疑惑又愕然的样子。

“但什么？”姬澈细声追问。

我也端着茶杯，直直地看着他。

“如果我没有记错的话，这个人早在八十年前就已经死了。”

哐当……

手中的茶杯摔在石桌上，只感觉一股阴寒之气直扑过来，死了，还是在八十年前就已经死了？那……那这些天跟着我们的人是……

第六节　御剑山庄

正值入夏，忽然生出一种阴森的寒意，姬澈脸上的表情一瞬间变得惊恐，拿着茶杯的手也是晃了几下才稳住。他神色看上去有几分惨白，将茶杯放在石桌上，将我摔在石桌上的琉璃茶杯碎片一片片地捡起放在一旁，又用袖子将溅出来的茶水擦干净，再重新拿了个茶杯给我斟满茶水。他这一套动作下来有些缓慢，不像往日利索，阴沉着将手收入袖中。得亏我眼神好，不然绝看不见他那双手微微颤抖。

“这世上同名同姓的人那样多，你怎就确定我说的那个人就是你确定的那个人？”姬澈重新端起茶杯，刚刚触及唇边，却又放下，足见他此时心里有多不平静。

不过，在柏烨这一番话下来之后，还有谁能保持平静。

柏烨笑了两声，“公子说得也不无道理，可是，这天底下能让公子如此谨慎的人，除了羽华，在下还想不到还能有何人。”他给自己添了杯茶，续道，“即便是除了羽华之外还有人能够让公子如此谨慎，碰巧在这些人中也有这个名字，若是如此，想必公子也不用再向在下打听了吧？”

姬澈神情一顿，半晌，点了点头，他如此谨慎，自然会比柏烨更加清楚。他抬起眼眸看向柏烨，“那你说说这个人的底细。”

柏烨想了一会儿，叹了口气，“你说的这个人，应该是死于八十年前御剑山庄的那场大火。传说御剑山庄的剑炉之中装着星辰之火，数百年下来也并未出过任何差池。八十年前的御剑山庄庄主名唤龙炎，是个世上少有的铸剑天才，岁数不过二十五岁，便铸出了一把在御剑山庄的剑谱中排名第一的旷世好剑。”

“蝶翼！”姬澈的声音低沉地响起。

“就是墨九的佩剑？”我惊讶地问他。

他点了点头，“据说御剑山庄被焚之时，蝶翼剑还未取出剑池，连同整个御剑山庄的残骸掩埋于重重焦土之下，后来被羽华取出，送给了墨九做佩剑。因为墨九的实力，蝶翼剑声名鹊起，被誉为天下第二剑，冠于御剑山庄众名剑之首。”

“既然是天下第二剑，又怎么排在了御剑山庄名剑之首？”我有些搞不明白。

柏烨笑了起来，“那是因为天下第一剑的名头，是雪狼公子的青冥。”他顿了一会儿，“其实，青冥在剑谱上的排名连前十都未入，仅排名前十一，当然，这仅仅是以剑的好坏优劣排的名次。每个人实力不同，剑在他们手中所发挥的力量也有高有低，天下第一剑，说的是拿剑人的实力，而非是剑本身。蝶翼是御剑山庄最后一把名剑，由庄主龙炎亲自画的铸剑图，并亲自铸造，前前后后用了好几年的时间才成就的旷世好剑。不过，并非就说这把剑是真正的第一剑，真正的第一剑可是传说中的魔剑，不过如今，好似没有人能将破碎的魔剑重聚，因此，蝶翼在某种程度上来说是捡了个便宜。”

“你说这些，跟她又有什么关系？”姬澈打断柏烨的话，问道。

我将目光移到柏烨身上。

“呵呵。”柏烨苦笑一声，“话题好像扯得远了些。”他理了理，继续之前的话题，“如果我知晓得没错的话，当时你说的那个人就在御剑山庄，而且跟庄主龙炎好像还有些纠葛。剑炉出了问题，星辰之火漏了出来，顷刻之间燃烧了整个御剑山庄，所有人都被星辰之火烧成了灰烬，御剑山庄数百年的基业被毁于一旦，无数珍贵无比的铸剑图、铸剑术皆在那场大火中荡然无存。后来龙家外支的族人清理御剑山庄废墟的时候，统计了一下，御剑山庄所有人无一幸免，全都在星辰之火中烧得渣也不剩，这其中……”他说到此处，停了下来。

“这其中就包括她跟龙炎，对不对？”姬澈的声音冷冷地响起。

柏烨摊开折扇，一边摇着，一边点头，叹了口气说道：“公子为何要问这个人的底细？在下并无兴趣打听，不过看公子这模样，应当是遇到了这个人才会如此。”他收了折扇，站起身，“在下希望，我所说的这个人，跟公子与我说的那个人并非是同一个人，但如果真的就是她，在下提醒公子一声，借尸还魂的事儿虽然只是个神话，但如今天下奇人异事也不过尔尔，保不准就会有人有这样的手段，若不幸被柏烨言中，还望公子多多留心。”

姬澈沉默半晌，“当然。”

山涧外的栈道上下来一白裙女子，她在亭外停下脚步，一一拜了拜我们，“主人，时辰差不多了，该动身了。”

是知画。

柏烨看了一眼知画，回了一个礼貌的微笑，转身对姬澈鞠了鞠躬，“公子，匆匆前来，又要匆匆而去，待公子腾出了空闲，还望来韩国与在下好好叙叙。”

姬澈站起身，回了一礼，“自然，你我之前还有个未完成的约定，你可别忘了。”

柏烨笑笑，“当然，当然。”

知画对我和姬澈笑了笑，施了一礼，跟在柏烨后头，朝沐风亭外走去，片刻消失在了栈道的转角。

姬澈坐下身子，表情极为阴沉，他端起茶杯，甩了甩脑袋又放下。我心里害怕得厉害，伸手拉了拉他的衣角，怯怯问道：“现在怎么办？你还打算让君十三娘跟着我们吗？”

他看了我一眼，叹了口气，“她实力远在我之上，她若执意要跟着我们，我也没有办法。”

“可是……可是……”我咬了咬唇角，朝他的位置靠了靠，“姬澈，她该真不会是借尸还魂吧？我害怕……”

他身子一顿，定眼看了看我，拉住我放在腹间的双手，安慰我，“我还在这里呢，有什么好怕的？”他淡淡一笑，腾出一只手来将我的脑袋摁在他肩膀上，我顺势钻进了他怀里，紧紧地将他抱着。他下巴抵在我的头顶，声音柔柔地响着，“昨晚的话是我说得过分，你别往心里去。”

我抬起脸，看着他，浅浅一笑，又将头埋在他怀里，低低地问：“你……你昨晚跑哪里去了？我醒来的时候没见到你，还以为你不带着我了。”

他双手紧了紧怀里的我，悠悠然地笑道：“一直都在你屋外，直到柏烨过来找我时，才来到这沐风亭。”顿了顿，又道：“你怎么觉得我不带着你了？”

我脸上一红，脑袋在他怀里蹭了蹭，嘟嘴道：“昨晚，我好奇心太重。我知道你不喜欢我好奇心太重，你都是这样的，不让我问太多。”说着说着，竟觉得有些委屈。

他叹了口气，“叶凝，有些事，当真是不知道的好，一旦知道了，你就不再是以前的你了。”

我在他怀里嗅着那淡淡的梅香，脑子里不知怎么轻轻地点了点头。

他不再说话了，起了风，刮起漫天的桃花花瓣，山涧哗哗，紫竹摇摇沙沙直响，“我会护着你的，不管那人是谁，我都要护着你平安到达登桓。”他望着漫天飞舞着的桃花，靠在我耳边，一只宽大的手掌轻柔细腻地抚摸着我的发丝，低低地说，又像是自言自语的语气。

我抱紧他的腰身，将头紧紧埋在他的胸口，听着他平稳的心跳，似听一首世上最好的曲子那样用心，心里却被他这句话打回了失落，扬着眼睫，痴痴地望着他的脸，喃喃地问：“就仅仅只是这样么？”

他也垂着眼眸看着我，漆黑的眸子里映着我的影子，深黑的眼眸之中像是藏着千万句话，那是他不能说的话，不该说的话，更是说不出口的话。从他的眼神之中，我已经得到了他给我的回答，我抱紧他，“我知道了，我会乖乖地听话，不再问太多，也不再好奇，姬澈。”我唤他名字。

“嗯？”他拨开我脸颊的青丝，看着我。

“你不会丢下我一个人的，对不对？我现在什么都没有了，只有你了。”

他没有回答我，天地间茫茫群山，皑皑雾气，漫天飘零纷飞的桃花，是一场无声的风月，在这个时间里，我想我可以给君十三娘回答了。

我爱上了他，爱上了这个男人，这个我跟了一个月却连他真实名字都不晓得的杀手。

第七节 魔剑碎片

回到青居之时，已至巳时，到了这个时辰也没见君十三娘。黎国几日前降了雨，正是君十三娘送给黎国的这场雨，让这几日的气温稍稍正常了一些。幽乐山谷地处深山之中，本就清幽幽凉，是个避暑的绝佳去处，这一场雨更让幽乐山谷凉下去不少，即便是到了巳时这个本该是烈日当头的时辰，也凉凉爽爽的。

这两日，风满楼外的荷花开了一池，莲池里一阵清香的荷花香。我坐在风满楼的门槛上，倚着门框，隔着珠帘望着那塘荷花，等着君十三娘回来，好启程离开这里前往卫国。

我现在一想到她的样子就感到害怕。柏烨说，早在八十年前，御剑山庄被星辰之火所焚之时，她就已经随着御剑山庄化作了飞灰。一个早应该在八十年前就已经死了的人，如今竟然活蹦乱跳地站在我们面前，我怎么说也是个柔弱女子，胆儿本来就小，想到这些，如何能不怕？

本想拉着姬澈溜走了事，可姬澈说：“你觉得她会找不到我们？”

低头细细一想，以君十三娘的本事，要想追上我们，的确不是什么难事，与其偷偷摸摸地跑了，倒还不如正大光明等着她一起。我问姬澈：“你就不怕她把我给掳走了，或者把你给杀了？”

姬澈摇头苦笑，“她若有这样的心思，早在黎国边境的时候，就将我们一个给杀了，一个给掳走了。”顿了顿，又笑道，“再说，以君十三娘的本事，用不着这样。她实力之强，简直无法想象。”

倚着门框，望着荷花塘里开着的几朵荷花，君十三娘这档子事搅得我焦头烂额，赏花的心思也没有了。

身后传来姬澈的声音，“发什么呆？”

我回过头去看他，对他笑笑，将放在门槛上的裙摆收了收，拍了拍门槛，示意他坐我旁边。他回了我一个笑，是会心的笑容，在我身旁坐下，将青冥靠在门框上，低声问我：“是在为我清晨没有回你的话有些失落？”扭过头看我，“就像司徒风当初没有及时给管彤的答复一样？”

我抿嘴一笑摇头，“我在想君十三娘。”将双腿收了收，下巴放在膝盖上，抱着脚，轻轻道，“昨夜，我给你浆洗鞋子的时候遇到了君十三娘。她问我，是不是有人离开了自己，心里才会痛。我问她是谁离开了她，她说她想不起来了，有什么东西在阻止着她去想起那个人的样子，又说她也不知道她现在算不算得上是个人。当时，我在想她是不是在拿我寻开心，今晨又听柏烨说的话，我才明白，也许，她说得并没有假，也许，她的确算不上是一个人了。”

姬澈沉默了一会儿，理了理衣袖，叹了口气，“如果柏烨说得无假，那么我想，她想不起来的那个人，应该就是八十年前御剑山庄的庄主龙炎。”

我微微点头。柏烨说，当时的龙炎与君十三娘有些纠葛，指不定她说的那个离开了她的人正是龙炎。

姬澈揉了揉我的肩膀，将我的头放在他肩上，我身子一顿，不着痕迹地将头抬起来。我确定我已经喜欢上了这个男人，可惜他心里有没有我，我不确定。我还只是个小姑娘，他不让我在他的身上花太多心思，我答应了，尽管那是违心应承，但是我现在实在是没有办法不想。安安稳稳地将头靠在他肩头上，那种感觉是花蕊绽放的美好，如今，却是残花落叶的惆怅。有些事，当真是容不得多想的。有些东西，也容不得放在心头细细揣摩。有些感觉，容不得去回味，所谓的回味，只是在凋零的深秋想着春的繁花似锦，一地的落红是繁花似锦的结局，到底也该尘归尘，土归土，回味又有多少意思。

姬澈神情有些僵硬，木讷地看着我，我向来都很顺着他，他也不止一次将我的头摁在他肩膀上，我也不止一次地将头靠在他肩膀上，他摁得自然，我靠得也很自然，自然的次数多了，什么都成习惯了。他说不要我花心思在他身上，既然都这样说了，那么这一回，我只当作是习惯性的、习惯了的，一时间忘记了，我们之间已不再是原本的模样。

他叹了口气，坐好身子，神色有些恍然。我抱着双腿坐在他身旁，望着那荷花盛开的花蕊在风中摇摆，心里五味杂陈。也不知过了多久，他的声音低低地响起，“叶凝，你在怪我吗？”

我身子一颤，忙回道：“说什么话，哪有怪你。”勉强一笑，心里却是无尽酸楚。

“没有就好。”他的声音好低，带着叹息和惆怅。他将我的身子掰过来，面对着他。我望了一眼他的眼眸，他一双深黑的眸子动也不动地看着我，看得我心里直打颤、直发慌，连忙垂下眼眸，“那个，你……你要做什么？”

他腾出一只手抬起我的下巴，唇角露出一丝笑来，“你怪我也好，不怪我也好，我只希望，你别冷冰冰地对我。”

“我哪有？”我直视着他，反驳道，“我又何时对你冷冰冰了？”

他的脸看不出丝毫情绪，放下抬着我下巴的手，一道白光划过，一块纯白的铁片悬浮在他手心上，“把这个拿着。”他将那片铁片递到我面前，话语冷冷的。

“这是什么？”我抬头问道。

“魔剑的碎片。”他吐出一口气，“你拿着防身。”

他拉起我的右手，右手并成剑指，一股剑气直接将我手腕割开，一阵针刺般的疼痛让我本能地将手往后一缩，却被他用力地拽着，“别动！”他冷声斥道，悬浮在他手心的铁片化作一道白色的气流，经他手缓缓一推，融入手腕的伤口里，钻进身体。

割开的手腕眨眼痊愈，我骇然捂住手腕，“怎么消失了？”

“魔剑碎片遇血则融，并非是消失。”他唇角微抿，“平心静气感受融入你血脉中的那股气流，它就可随着你的心意随时唤出体外。”抬起头看着我，定定道，“你试试看。”

我将信将疑地打量着他，心中念想一动，只觉得四肢百骸之中像是有什么东西要破体而出，奇怪的是并没有任何疼痛感。姬澈在身旁指点我，“别让它在你身体里乱窜，用意念将它抽出体外。”

第八节　十三娘之变

听了姬澈的话，我尝试着用自己的意念控制那股气流，说也奇怪，这股气流出奇地听话，这个念头不过刚刚出现在脑中，那股气流忽地一下就穿出了身体，并迅速凝成一股，刚刚那块融入身体的碎片，在没有任何外力的情况下，静静地悬浮在我眼前。

“很好，你学得很快。”姬澈朝我赞许地点头，“你别看这只是一片魔剑的碎片，但是这其中蕴含的力量足以断川分海。你有了它，即便是以后我没办法保护你，能抓到你的人也寥寥可数，我也可安心。”

“你这是想逃脱责任是不是？”我站起来，心念一动，魔剑融入身体。我看着他，脸上是质问的表情。

“没有，我只是怕万一。”他转过身子朝风满楼里迈进一步，脚步刚刚迈过门槛，又顿住，吸了一口气后沉沉地说道，“我答应过暮辰，要把你平安送到登桓山的。”说着又要走。

我赶忙叫住他，大声朝他吼道：“如果没有暮辰的话，你是不会管我是生是死的，对不对？”

他果然停下了脚步，在我这句声调极高的问句之后神色微微呆滞了片刻，好半天后，挤出一个很勉强的笑容，目光只是在我身上觑了一眼又急急忙忙地挪开，声音冷冷的，像初冬里飘下的第一片飞雪那样寒寒凉凉，悄无声息地响着，“你想多了吧，哪有那许多的如果。”

我忙问：“如果真的有呢？”

他正过身子，唇角勾起浅浅新月的微笑，淡淡道：“你先前跟我说什么来着？谁说的会乖乖听我话来着？谁说不再好奇来着？”

“这个，我好像是说过，但是我这也不是好奇好不好？”

“那我现在让你不再问这些问题，你听是不听？”

“你……你这是忽悠人！”我气得跺脚。

他却微微一笑，“话是你自己说的，怎么是忽悠你？难道你连自己说的话也不当数的吗？”

“谁说的？”我直起脖子，昂首望着他，理直气壮地反驳道，“我说话一直都是很当数的。”

他嘴角露出得意的微笑，我心头一冷，得，我又掉进他给我挖的坑里了……

“你们两个是在比谁的嗓门更大吗？”

山下一个欢笑的声音悠悠地飘过来，我们顺着声音飘来的方向齐齐望过去，见着一身绿裳的君十三娘骑着匹巨大号的白毛巨狼慢慢爬上来，说是慢，但眨眼就已经从山下到了风满楼的大门口。她在我们面前一个跃身从巨狼背上跳下来，一脸笑容地望着姬澈，嘻嘻笑道：“你们是在打情骂俏么？我是不是影响到你们了？”

姬澈的眼神却并未落在君十三娘身上，而是低着头看着那头白狼，我也是如此，因为这匹狼正是姬澈那头雪狼王——阿狼。

他朝阿狼招了招手，蹲下身子示意阿狼过来。阿狼抬着蹄子走向姬澈，巨大的狼头埋进姬澈的怀里，一副浪迹天涯的浪子回归故里的亲切模样，一双巨大的天蓝色眸子微微闭着，在姬澈的怀里来来回回地蹭着。姬澈也抚摸着阿狼的毛皮，很溺爱地抚摸着，脸上是浅浅笑意，淡淡柔情。

“看来这匹狼是你的了。”君十三娘坐在门槛上，朝姬澈说道，“我见着这头狼在山里乱转悠，像是在找谁。我想，这个地方除了我们几个，也没什么人了，就想着兴许是来找我们的——当然是不会来找我的了——就顺带给骑了回来，好在它还能听懂我的话，交流起来也没有什么问题。哼哼，这可是匹好狼哦。”

姬澈睁开眼睛看向君十三娘，“有劳君姑娘将阿狼带回来了。”他站起身，一手拿着剑，一手放在阿狼的狼头上，朝君十三娘鞠了鞠躬，笑道，“君姑娘，天色也不早了，我们也该启程了。”

她站起身，朝我走过来，我心里一跳，胆怯地朝姬澈的位置挪了挪。

她的脚步顿在半空中，双目直直地望着我，眼神中有疑问和探究。说实话，她是个难得的美人，并不可怕，但是一想到今晨柏烨的话，还是本能地想要避开她。

她的神情渐渐颓然下去，变得有些失落和难过，想来，是我刚刚那想要避开她的动作才让她如此，心里忽然有些过意不去。她冷笑一声，理了理衣袖，抬步往前走，飘回来一句清冷的话来，“那就走吧。”

这一路上，她不再那么雀跃，见着什么也不好奇，脸上也不再有天真童趣的笑容，完全是变了一个人，像是丢了魂一样一路都走在我们前头，对什么都失去了好奇和欣喜，安静的外表下，是一张冰冷的毫无情绪的脸，脸上有失落、有难过，也有心疼。

我只是做了一个极小的避让动作，她怎么如此介怀？我得罪到她了吗？

这一路上，我也一直阴着脸，一直都在问自己这几个问题，姬澈也安静得一句话都没有，一路上我们走得都很辛苦。

夜里，阿狼同往常一样自己去找住处，姬澈领着我和君十三娘在城里投栈。她一进客栈，一句话没有就直接上了楼找了个空房住下，并且将房门都反扣上，对我和姬澈都是冷冰冰。

我和姬澈在房里用饭，相对无话，觉得气氛很尴尬，姬澈挑的房间是在君十三娘的隔壁。我没有什么心思吃饭，姬澈看上去胃口倒是很不错，吃得很香，而我一碗饭端了小半个时辰，也没消下去一点儿，什么胃口也没有，放下碗筷给姬澈倒了杯茶，轻轻问道："你说今儿君十三娘是怎么了？跟往常不大一样。"

他端着茶杯喝了一口，摇头，接着继续吃饭。

我继续问："你猜一猜嘛，她这冷冰冰的样子，我觉得心里很堵得慌。"

他耸了耸肩，双手一摊，"女孩子的心思怎么猜？"他对我笑笑，一边刨着饭，一边问我，"你怎么不吃了？"

我长叹口气，"没什么胃口。"站起身朝房外走去，"我去找店小二要点热水。"

刚出房门，门还未来得及带上，却听到有细细的抽噎声从君十三娘的房间里传出来，声音很细，是难过到了极点的呜咽声，但又很竭力地压住哭泣的声音，导致哭声一顿一顿，听得人心里一抽一抽的，是她在哭。可是好好的，她又为什么要哭？我在门外停下脚步，呆呆地望着君十三娘的房门。

第九节　墨九，止战之殇

屋子里传出来的呜咽声慢慢消弭下去，片刻之后就完全没有了声音，像是从来都没有人在里面哭过一样安安静静，让我疑心是不是自己听错。

里面的这个人让我感到害怕，走廊里也没有旁人，空荡荡的走廊让这种恐惧感蹭蹭地往上涨了不少，心想还是早些离开的好，深吸了口气，轻轻将房门带上下了楼。

回来的时候，姬澈抱着青冥坐在窗棂上，一头纯白的长发在月色里纷飞如画。他见我回来，侧过脸来看我，轻轻地问："刚刚是君十三娘的哭声么？"

我沉默了会儿，轻轻点了点头，抬着头看了看他，轻声问道："你也听到了？"

他转过脸，看向挂了半轮残月的夜空，点了点头，顿了一会儿，续道，"她这两天性子看上去有些不正常。"摇头一笑，是在感慨，又像是在嘲笑刚刚说的话，"她好像从来都是不怎么正常的。"

又回过头来看着我，嘴角弯出同夜空里新月一样浅浅的弧度，只是一瞬间就恢复那以往的沉寂模样，说话的语气也变得同往常一样低沉，"早些歇息了吧，明日早些启程，争取早些离开黎国，这一路我们已经耽误了很多时辰。"

我笑着说好，挪着步子走向床榻，回眸看了一眼姬澈，他现在的模样同那日在韩国离桑城的客栈里没有什么分别，抱着剑，翘着腿，白发在沐着月光的夜风里飘荡，我疑心我现在是不是在韩国的离桑城了。

这一晚，有姬澈守着倒睡得很沉，已经有许久的时间没有睡得这样舒坦，直到翌日日上三竿的时辰才醒过来，房里的圆桌上已经备好了早点，姬澈正坐在桌前喝茶。可能是我起床动静大了些，粗手粗脚地弄出了声音吵到他，他后背对着我，微微转了转头，轻轻说："可睡好了？"

还不等我回答，他又接着说道："热水已经给你备好了，洗把脸过来吃点东西吧，等下好赶路，阿狼已经在林子里等着我们了。"

睡得迷迷糊糊的，脑子里乱得像团浆子不清不楚，蹑手蹑脚地挪过去洗脸，盆中的热水徐徐腾上一股，在面前凝成一块水镜，印着我睡意蒙眬的脸。

我停下手里的动作，看了他一眼，他一副若无其事的模样端着茶杯喝茶。他清楚我所有的习惯，这本该让我很欢喜，可就我们目前的关系，我却找不到什么可值得欢喜的理由，但心里又一想，如果什么事都非得需要一个理由的话，那活着是不是又累了些。

君十三娘早早离开了客栈，姬澈说她去找阿狼，在林子里等我们。我觉得有些稀奇，阿狼对我一直都是凶神恶煞的模样，是它误以为我杀了紫鹏或者说是以为紫鹏是因我而死才导致它如此对我，这是有理由的，可它跟君十三娘不过才刚刚认识，阿狼会搭理她吗？

带着这个疑惑吃完早点，姬澈付了房钱之后拉着我去找阿狼。

君十三娘虽然是一个令人琢磨不透的人，但是这几天相处下来，我和姬澈也都没有觉得她有什么坏心肠，只是越琢磨不透她心里就越是不安，本能还是让我打心眼里觉得她不会是什么坏人，对阿狼也不至于下什么狠手。

显然姬澈早早就发觉了这一点，不然是绝对不会放任她独自去找阿狼。依着姬澈的脾性，即便他不是君十三娘的对手，纵是豁出了性命，也是不会让阿狼受什么伤的。

一路上阳光很好，可惜的是林子里没有什么道路，都是些齐腰深的杂草，行走起来颇有不便，尽管有姬澈拉着，走起来也极为困难，加上前些日子降了些雨，积了些水，走得很艰难。姬澈领着我在林子里兜兜转转，也没见着君十三娘和阿狼，也不知她把阿狼给拐到哪里去了。

忽然听到远处有打斗声，姬澈停下脚步，眉目一皱，拉起我一个闪影跃上大树树干上，对我做了个噤声的手势，示意我不要发出声音，手指拨开一簇树枝，透过那间隙，见着山坡下一群黑衣人正在围攻一白衣男子，等我看清那白衣男子的样貌，不由得有些愕然。

墨九？

被一群黑衣人围攻的白衣男子不是别人，正是那夜在黎国边境见过的墨九，此时他应该是在给茗娣疗伤才是，怎么会出现在这儿，还被一群黑衣人围攻？

墨九的身手我是见过的，绝对不会在姬澈之下，按理说对付这些跳梁小丑不在话下，可眼前的情况却和我预想的不同。

他的招式看起来既不连贯，蝶翼剑舞得也不像那夜在黎国边境对付那头蛮牛般顺畅，好几次那些黑衣人手中的弯刀都是擦着皮肉而过，要不是他避让得及时，身上早已伤痕累累。几十个回合下来，他竟然有些脱力的样子，大口大口喘着粗气。

“墨九！”一群黑衣人将墨九围在正中，一名黑衣人拎着大刀走出来，刀尖指着墨九怒喝道，“太子命你速回靖国，你竟然敢抗命？”

墨九站直身体，冷冷笑道，“呵呵，就凭你们几个也敢跟我动手？”他目光变得凌厉起来，一一扫过在场的人，冷喝一声，“回去告诉羽华，等我办完我该办的事，自然会回去。”

“太子的命令岂能任你拖延？”黑衣人上前一步，恶狠狠道，“你若不跟我们回去，别怪我们兄弟手下不留情！”说着扬起了手中的大刀，其余黑衣人也立即摆好了姿势，随时准备对墨九下手。

“就凭你们？”墨九冷笑着摇头，“在黑流星里待得久了，我已经对人命没有什么感觉了，蝶翼也许久未饮过血，今日我让它在尝尝这阔别已久的味道。”

话毕，墨九脸上杀气涌现，围住他的那群黑衣人在他话音刚落的刹那犹如一群饿狼一般朝他围扑过去。一声高亢的凤鸣响彻苍茫山林，墨九的身形忽然升腾起熊熊的白色火焰，雪白的凤翼赫然从身后生出，身子化作一头身形巨大的白凤，凤鸣声声，携带着死亡的威压，那巨大的锋利凤爪抓破一名又一名黑衣人的胸膛，狂风席卷，将身前数名黑衣人掀飞。

原以为墨九会轻易地将这群黑衣人打发了，可是他所化的白凤却显得格外没有力量，打飞几个黑衣人之后，竟然从高空直坠而下，落回地面，化回了墨九的身形摔倒在地上。汩汩鲜血从墨九的嘴里涌出，可没涌出几口，余下的鲜血便被他强咽进肚子。

他费力地从地上爬起来，雪白的衣衫沾满泥土。他拖着蝶翼剑靠着一棵大树树干勉强站立着，左手捂着胸口，忍住一股又一股涌上的鲜血，将它们一口一口地咽回肚子里，脸色之苍白简直骇人，若不是靠着树干，他简直就站立不稳。

“墨九。”

幸存下来的黑衣人在此将墨九围住，怒吼道：“凭你现在这副身子还能做什么？乖乖地听从太子的命令，速速回靖国。太子如此器重于你，定会既往不咎。你若再执迷不悟，今日定会让你葬身于这荒山野岭！”

他握紧了手中蝶翼，手却是颤抖着，声音也是有气无力，“少说废话，羽华那里我自然会去跟他请罪，可在这之前，我要去做我自己的事。”

“好好好！”

黑衣人已经是怒极，字字都像是从牙缝里挤出来的一样咬牙切齿地喊着：“给我上，绑回去面见太子！”

余下的三五个黑衣人顿时朝墨九涌过去，就在此时，身旁的姬澈忽然一甩手，凶猛的劲风卷下成片成片的树叶，像是一把把刀子划破那群黑衣人的喉咙，穿破他们的胸膛。一眨眼，所有黑衣人皆成了姬澈手下的亡魂。

姬澈拉着我从树上跃下，落在墨九的面前，他嘴唇发白，一双眼睛艰难地眨着，“是……是你？”手中的蝶翼摔落在地面，他再也没有力气站稳身子，哐当一下摔在地上。

第十节　他永远都是一个谜

“受了这么重的伤你也要强撑着，到底是为了什么？”姬澈摇头叹息，显得有些无奈，他在墨九身前蹲下，伸手为他把脉，神色顿时变得愕然了，“怎么会这样？”

他眉头深深皱起，我连忙问：“怎么了？他的伤很重吗？”

姬澈摇头，“伤倒是不怎么重，应该是上回在那头蛮牛的玄青棍下受的伤，但是他体内真气全无，刚刚跟这群黑衣人交手应该是耗费了他所有的真气。”

我一听觉得有些不应该，“墨九的功夫好像不至于差到这个程度吧？这些人身手虽然是不错，但是对于墨九来说绝对构不成威胁，而且就刚刚那两下怎么会耗费他所有的真气？”

“那是因为他把真气用到了别的地方呀！”身后响起有几分嬉笑的声音，回头一看，君十三娘手里捧着一把野花骑着阿狼慢悠悠地走过来。

“这话怎么说？”姬澈站起身，向君十三娘问道。

“他把真气给了一个人续命。”她从阿狼身上跳下来，“就是那夜重伤的红衣姑娘。”

“茗娣？”

我心头忽地一沉，君十三娘捧着野花在我们面前停下，蹲在墨九身旁，嘴唇露出一丝笑意，“我以为你能把心思藏到谁也看不到的地步，没想到的是，你软弱起来的时候，却是什么也掩藏不了。”她说这话的时候，嘴角虽然是带着笑意，但是语气并没有丝毫欣愉，反倒是带着浓浓的叹息。

“十三娘。”我壮着胆子喊她的名字。

她身影一顿，慢吞吞地转过头来望着我，脸色慢慢地沉下去，有些不悦地问道：“你叫我？”

我定定神，压低声音问她：“你是怎么知道墨九用他的真气给茗娣续命的？”

姬澈的目光也投向君十三娘，同样，他也很想知道原因。

君十三娘站起身，形容有些颓然。她低头看了看手里捧着的野花，吐出一口气，“因为我能看透一个人的心。”

心里咯噔一下，神色震惊地望着面前的绿裳女孩。她缓缓抬起头，眉心中那点艳红的朱砂痣像是一轮红日印在白玉似的脸颊上，长长的黑发清冷的脸，兀然生出一丝惆怅的情绪，她往前一步，又叹了口气，“初见你们的时候，我看透了你们所有人的心，独独只有他的心我看不透。原以为，他是个不该存在于世俗间的人，可这回见他，他的心思却未有丝毫隐藏，浅显得一看便知。”

她回到墨九的身旁，重新蹲下身子，将手中的野花轻轻地放在地上，生怕有所损伤，那么轻柔跟小心翼翼。她微微闭上眼睛，双手在胸前结成一个个诡异玄奥的印伽，一股纯白的气流从她双指尖犹如腾腾涌出，轻轻一推，那股纯白气流顺着墨九的鼻息进体内，煞白的脸逐渐红润，身上的伤也开始迅速愈合，那奇异的一幕简直同饮了我的心头血一样神奇。

昏迷的墨九缓缓地睁开眼睛，气色看上去很不错。他睁开眼睛的第一件事便是抓起蝶翼，一副如临大敌的样子看着姬澈，低声质问道："为何救我？"

姬澈摇头苦笑，"既然你知是我们救了你，那怎还用一副仇人的模样瞪着我？"

墨九的目光移到君十三娘的身上，"你也在？"他收了蝶翼，目光移到姬澈身上，"我欠你一条命，你若是想拿回去，随时都可来取。"话毕，正要乘风离去，刚要提气腾空，瞬时脸露苦色，右手捂着胸口，刚刚才有些血色的脸瞬间又苍白了下去。

"就你现在这副身子还能去哪儿？"姬澈走到墨九身旁，低声道，"连轻身之术这般肤浅的真气都提不上来，你还能做些什么，又逞什么强？"

他从地上爬起来，"我虽然欠你恩情，但并不代表你可以羞辱我。"他的声音显得极为虚弱，捂着胸口愤愤吼道，"我还没到任你羞辱的地步。"

姬澈揉了揉鼻子，迅速点住墨九几处穴道。墨九被姬澈定在哪里，动不得分毫，他站直身体，平视着墨九，"你不是说你我之间只能活一个么，看来，是我赢了。"

闻听姬澈这句话之后，墨九双眼怒视着姬澈，瞳仁之中像是有着万千怒火要澎湃而出，将姬澈烧成一团灰烬。那种眼神让人看着胆寒，但是仅仅瞬间那种眼神又变得黯然，脸色渐渐难看起来，深叹一口气，像是卸去了所有负担一样，声音也变得轻飘飘的，"是的，你赢了。"他喉结动了动，闭上眼睛，"你可以动手了。"

姬澈却苦笑一声，解开墨九的穴道。身子恢复活动能力后，他直接摔在地上。姬澈走到一旁，双手抱在胸前，冷声道："我现在杀你，对我而言也证明不了什么，我不希望你早死，凤家的最后一条血脉，也近两百年了，你也不愿看着凤家家族消亡得这样窝囊吧？"

墨九昂起头，望着姬澈，脸色有些惊讶，"你想说什么？"

姬澈转过身，"我等着和你一战，在这之前，你的这条命还不属于你自己。"

他费力地站起来，靠在身旁的大树上，"在这之前，你的这条命，也不属于你自己。"他捂着胸口艰难地往前走，脸色苍白如纸，声音也显得格外虚弱，像是随时都有可能断气一样，带着粗重的喘息声和低低的呻吟飘回来一句淡淡的话语，"希望有一天你不会因为今天放过我而感到后悔。"

他在我们的注视下蹒跚远去。他走得很辛苦，竭力让自己不倒下去。寂静的山林，嘤嘤蝉鸣。他到底是一个什么样的人，我前前后后也不过见了三次，他这个人好像永远都只是一个谜，一个永远都不愿意让人解开的谜。

接下来的数天，我们加快行程。黎国和齐国两国大战已经迫在眉睫，黎国的十万大军已经逼近了齐国的边境。这回黎国公下的是先下手为强这步棋，对于目前的黎国而言，的确是很需要在这场战争之中占据主动权。还没有听到柏烨有什么动静，不知道他能不能说服黎国公瓦解这一场一触即发的大战。

管彤为黎国争取回来一场能够和齐国对话的资本，黎国公自然是要牢牢地抓住这个机会。黎国公是如此钟爱这个女儿，又怎能令她枉死！若不踏平齐国，如何能为管彤报仇！他又怎能对得起管彤拿生命为黎国争取回来的机会。黎国公有如此多不能放过齐国的原因，很难想象，柏烨用何说辞让黎国公放弃这场战争。还和齐国握手言和，结成盟国。

事情当然和我想象中的一样，直到我们一行人离开黎国到达卫国的时候，也没听到黎国公有放弃这场战争的打算。

第十一节　世如噩梦

前往卫国的这一段路，走得还算顺利，没有出多大的岔子。

靖王用重金厚位发令天下捉拿我，路上免不了诸多骚扰，黑流星的杀手及天下各路杀手相继造访我们，暗杀、下毒，明目张胆地劫人诸而有之。可姬澈是杀手界的泰斗，那些杀手们想要从他的手里将我劫走，实在是有些异想天开。

况且，我们中还有一个堪称变态的君十三娘。

因此，这一路虽然走得并不顺利，但是也无大浪。在这一路中，我也再未见到过墨九和茗娣。

原来以为，这一路虽然颇有阻碍，但是所有目的在没有到达之前，总是横生变故，这是亘古不变的真理。

这一路我已经习惯了各种离奇、意料之中以及意料之外的变故，然而这一次变故，却让我差一点丢了魂，亡了命。更让我感到震惊和难以相信的，不是杀手的追杀，也不是阿狼一口将我吞了，而是君十三娘。

这段波折还得从我们进入卫国境内三日后的夜晚说起。

同往常一样，忙于赶路而错过了投栈的最后时刻，只能露宿野外，好在一路上有多半时间都是如此，我已经习惯了。而君十三娘对于住的地方一向都很随意，也不挑剔，而且她好像更加倾向于露天而宿，因为这样一来，第二天一大早她就有第一滴晨露可饮。

酷夏的天气，深山之中夜里露气极重，消磨了白日里炎热的空气。阿狼趴在溪流边打瞌睡，有些疲惫的模样，因为这一路君十三娘几乎都是骑着阿狼走过来的，阿狼也很乐意驮着她，这让我有些敢怒不敢言。

这晚的夜空尤其亮，月光照得犹如白昼，姬澈坐在梧桐树上擦着他的青冥。这一路青冥剑饮了不少血，这把古剑已被鲜血洗得锃亮，在月色下泛着森森寒光。而君十三娘则是看着圆月发发呆，我已经见惯她如此模样，长发在夜风里翻飞如画，仰面朝天，眉心那一点朱砂痣像一轮红日挂在苍茫的雪原上。

绿裳似青烟，神情如深潭寒泉，我坐在姬澈点的篝火前，烤着阿狼抓来的野兔，心想她一定又想起了那个人，那个人有着细细的眉和浅色的唇，长长的青丝绾在玉冠里，是她想不起来的那个人。

整日赶路，疲惫让我们很早就入了眠，耳边有涓涓细流，有夏虫低吟，夜空有朗朗星空。圆圆明月，深山寂静，夜风清凉，杀手不间断地追杀让姬澈生出了不少谨慎，每晚他都会睡在树上，他说这样子可以看得远一些。他内功极好，一双耳朵能够听到好几里之外常人不可知的动静，加上阿狼这头雪狼王操控着狼群保护我们，有任何动静都逃不过他和阿狼的一双眼睛跟耳朵，我们也可睡得踏实安稳一些。

奈何这一夜，我总是感觉身体里有什么东西在发出低沉的吼声，怎么也睡不沉，刚要睡过去，脑子里总是有一幅幅诡异的画面出现。

有时是一条金色巨龙腾飞在千军万马厮杀的战场上，有时是在荒凉的沙漠，遍野的累累尸骨。我时而化作龙，时而又是金戈铁马征杀天涯，从迷迷糊糊之中醒来，一切又都像一场梦,但是这个梦又是那样的真实。回想起那日在幽乐山谷司徒风用魂定之术将整个山谷定住，而我竟然撕开了那一股定格一切的力量,那时候从身体之中传出的那一声野兽一般的怒吼声，如今想来，却是和我梦中那金色巨龙咆哮的声音如此相像。

正因为这个缘故，我怎么也睡不着，以前从来没有出现过这样的事。是梦，但是又如此真实，说不是梦，而我一睁开眼，眼前只有熊熊篝火和群山之上那一轮圆月，哪有什么巨龙腾飞在千军万马厮杀的战场上，哪有什么荒凉的沙漠和遍野的累累尸骨。闭上眼睛，一切都是那样真实，宛若亲眼所见，睁开眼睛，一切犹如梦幻泡影，睁眼即灭。

也正是因为这个缘故，这一晚，注定是我最惊魂的一晚。

虽然身心都很疲惫，但是怎么也睡不过去，为了不影响到姬澈的休息，我安安静静地靠在梧桐树下假寐，就在姬澈的脚底下。他近些日子以来都要我如此，万不可离他太远，睡觉也是如此。他睡树上，我睡树下，有什么情况他也能护着我。但是今夜，他好像睡得特别死，睡得连我几乎被人取了性命他也浑然不知，不仅仅是他，阿狼也是如此。

君十三娘起身虽是极其细微，但是在寂静无比的深山黑夜中足够引起我的警觉，以我跟她相处的日子总结出的经验，她夜里一旦望着明月是不会再动一下的，就像是一棵枯树立在山缝里那样，任由长丝在风中摇曳，任由凉凉月光洒在俏媚的脸上，安安静静的，就像一棵刚刚萌芽的小树，静待黎明第一缕阳光将她唤醒。

然而今晚，她却站起来。由于对她身份的忌惮，我生了警觉，但又疑心她只是挪挪身子，我也不好做出太大的动作，只打起十二万分的精神仔细听她有什么动作，暗地里用意念催动着体内的魔剑残片，万一有任何危险也好应对。

脚步声窸窸窣窣地响着，像是野兔在草丛里蹿行的声音，但是她的脚步很慢很慢，像是有着千斤重那样艰难地抬起又艰难地落下。

细听之下，不难辨出是有些踉踉跄跄的步子，我距离她不过十余步距离，她却走了很久。

终于，她走到了我身边，忽然间什么声音也没有，良久都没有动静，我怀疑刚刚的声音是不是我的幻觉。但是就在一刹那，微闭着的眼睫之中忽然闪现出一抹强烈的光芒，随即而来的就是一股强横到极点的恐怖力量直冲心房。

宛如心脏破碎般极致的疼痛，脸上瞬时变得犹如扔进了熔炉，金光乍现，是龙鳞!

而在心底，兀然腾起一股野兽的闷吼，一切都是在眨眼之间，就在那电光火石的瞬间，双臂之间生出一股巨大的力量，魔剑碎片化作一道闪电，应心飞出，直射向身前的君十三娘。

第十二节　截杀

其实这不是我的本意，我只想用魔剑碎片划伤她，并不想要她性命。说实在的，我跟她没有什么仇，她也没有什么地方得罪了我，非得让我对她下杀手不可。但是有一股莫名的力量控制着我的手，那股力量极其强，迫使魔剑碎片快速飞向君十三娘，力量极大，犹如一道夜空里划破漆黑天幕的闪电轻易地射穿了君十三娘的脑袋。

她摔倒在地，双目直直地瞪着我。这时候姬澈跟阿狼都醒了，我害怕得厉害，心脏像是要跳出胸膛一般。那块魔剑碎片射穿了君十三娘的脑袋之后，钉在姬澈睡得那棵梧桐树上，力量之大，两个人才能抱得住的梧桐树狠狠地摇了几下，裂开一道手臂粗细的裂痕，夜风一吹，轰然倒地。

我有些魂不附体，刚刚那一瞬间，我确定我的心脏碎了，是君十三娘弄的。她说过不会要我的心，怎么会这样？姬澈过来搀住已经没有力气站稳的我，眼光落在君十三娘身上的时候，神色大变。

魔剑碎片随着眉心直穿而过，按照常识，流出来的应当是鲜红的血才是，然而从她的伤口处流出来的，竟然是一股白色的浆体，而且她的伤口还在飞速愈合。

这是不死人才能有的能力，她怎么也会有？而且她还能够把这种力量用来治愈别人，就像上次的墨九。而我除了用自己的心头血，是万万也做不到的。

仅仅瞬间，眉心那恐怖的伤口愈合如初，被毁的朱砂痣也恢复完好，长长的青丝碧绿的裙裳，一切都完好无损。她站起来，揉着额头，揶揄道:“好疼啊。”姬澈搀着我谨慎地退到小溪边，一手搀着我，一手紧紧地握着青冥，那只搀着我的手颤抖得有些不同寻常。

“你到底是什么怪物？不死人吗？”姬澈的定力确然是很值得称赞，虽然已经能够感觉到他身体在颤抖，但是质问起这个令他浑身发颤的人来，依然中气十足，听不出丝毫的害怕和恐惧。

面前的这个小女孩像是完全变了个人，不再是乖巧清丽的可人模样，话语也瞬时变得冷若寒冰，“你们不是一直都认为我借尸还魂吗？”她理了理裙袖，眼光赫然乍现出阴森的寒光，宛如天旋地转，乾坤挪移，脑海有着一瞬间的昏死，身体有着一瞬间的漂浮感，等一切好转过来，我已经被君十三娘掐住了脖子。

阿狼朝君十三娘扑了上去，却连她裙边都未碰到就倒飞了出去。愤怒之下，阿狼召集了更多的狼群朝这方赶来，无尽的狼嚎宛如奔雷一般朝这里涌过来。姬澈周身也漂浮起数块魔剑碎片，一步步朝我逼近。这些都只是剑身碎片，并没有剑柄，手中的青冥也升起徐徐青芒，数道劲气在周身环绕，他沉着脸，浑身散发出骇人的戾气，“放开她！”

面对姬澈的逼近，君十三娘完全不为所动，狼群越来越近，她好像感觉到这里不是什么久留之地，四下看了看之后，拉起我腾空飞起，“我不会伤害她，我只是想借一借她的力量帮我弄明白一些我想不起来的事。你若不放心，大可跟来，当然了，如果你跟得上的话。”

君十三娘飞行速度之快，简直达到了让我身体都无法承受的程度，耳旁呼啸而过的狂风已经变成了能够划破皮肉的刀子，脸上的皮肉一寸寸地被迎面而来的狂风撕裂，又被不死心修复，周而复始，像是永远都没有尽头，身体一路都受着这种折磨。君十三娘本事极高，根本就用不着休息，身下是无边云海，澎湃汹涌。也不知君十三娘如此速度，姬澈还能不能追上来。

天明时分，我们终于落了地，在一片寸草不生的群山之巅，群山无一丝翠绿之色，焦黑又荒凉，了无生机，天地间安静得令人恐惧，宛如一片死域。落地之后，君十三娘就放开了我，一双赤足踏着黝黑的泥土不染尘埃，脚上的银铃发出清脆响声，是这天地间唯一的声响，格外清晰。她站在山峰的最高处，俯览着这片焦黑的苍茫山林，像是陷入了深长悠远的回忆。我站在原处，心底不知怎么不再那么害怕了，望着她小小的背影，心底又不知为何觉得有些感伤。这片天地有蓝蓝的天，却没有一朵飘着的云朵，妖媚一般的蓝天印着焦黑荒凉的群山，那一袭绿裙摇曳的背影，孤寂得厉害。

“叶凝姑娘，你可知这里是何处吗？”她转过头，脸上满足忧郁，嘴角挂着一丝没有笑意的弧度看着我，轻声地问道。

我摇头，看了看四周焦黑的山林，无边无际，视线所及皆是被熊熊烈火灼烧过的山林，我识路的本事本就不好，再说她这一路都飞得这样猛，我哪里知晓她这是带着我飞到了何处。

“这里就是八十年前被星辰之火所焚的御剑山庄。”

我心里猛的一紧。

她淡淡一笑，是无奈的笑容，笑得有些勉强和伤情，“我上回跟你说过，我丢失掉了一部分记忆，能想起来的很少。我花费了很长时间才弄清楚那残缺的记忆里的画面是在何处。”

“就是这里吗？”我小心地问。

她点头，“我本想来到这里或许能够让我想起更多东西，但是有一股力量一直在阻挡我去想起。我只能记得的，是一场火，一场燃烧了天地的火，一切都被烈焰吞噬，一切都化成灰不复存在。我时常都会去想，在那无尽的烈火里，我抱着的那个人到底是谁？每每想到那个场景，我的心都会很疼。我想不起他有着怎样的脸，唤作什么名字，所能想起的，是一双浅色的唇，细长的睫毛，黑色的长袍和一头绾进玉冠里漆黑的长发。”

第十三节　记忆封印

她低下头，又像是陷入了沉思。起了风，微微细风卷起层层黑沙在脚下弥漫翻滚，许久都没有声音再响起，我仔细聆听她的每一句话，注意她每一个动作。她或无奈地苦笑，或深深地惆怅和毫无情绪地沉默。柏烨说，她是死在这里的，和当时的龙炎一起被焚于星辰之火中。她想不起来的那个人是不是龙炎，我也不得而知，她也想不起来，问或者不问，也没有多少分别，到底她都是不知道的。

她赤足踩着焦黑的泥土往前走，是慢吞吞的步子。我跟在她身后，走过几道山岭，在焦土之中偶能见着几处断壁残垣，烧得漆黑的石柱依然挺立在废墟之中。看这残垣的规模，不难想象之前这处宫宇的宏伟气势，也不难想象那一场大火燃烧得有多凶猛，一切都已化成灰。

我跟在她身后，路过一片片废墟和一座座焦黑的山岭，沿途所见皆是烈焰焚烧过的焦黑山石，片片废墟，思绪难免被牵扯进八十年前的御剑山庄。那时候，这里一定是个山水青青的福地，一把把神兵利器皆出自于此。依山而建的红楼宫宇，燃着熊熊烈焰的剑炉，忙碌着的铸剑师，或有山涧坠入深谷，或有白鸟绕着红楼，石桥山水，吊桥山涧，这或许该是那时御剑山庄的模样。

姬澈追过来的时候，已快接近午时，从他渗满汗珠的额头和起伏不定的胸脯可见他这一路追得有多辛苦。而君十三娘飞了一路却是气定神闲，毫不吃力，而且还在带着我的情况下，他俩之间的差距，当真不是一星半点。

君十三娘见到姬澈，并没有感到意外，好像姬澈跟来本就是她意料之中的事。她抿着嘴唇微笑道：“你这样在乎她，再远也要跟来的，是不是？”

她看着姬澈收起笑容继续说道：“你们不是很想知道我到底是什么样的怪物？我给你们看看。”

我当即打起十二分精神看着君十三娘，但又怕她变成什么凶残的恶鬼扑向我，紧紧地抱着姬澈的手臂。姬澈也目不转睛地看着君十三娘，等着她解开我们隐在心里很久的疑问。

她轻轻地蹲下，在漆黑的焦土里抱着双膝，将头埋进双膝间，无尽的绿色光芒顷刻之间覆盖住蔚蓝的天空，娇小的身子被重重绿光包裹着，像极了一个绿色的茧等着羽化，一条条树枝自茧里钻出，迅速变长变粗，一棵巨大的古树在漆黑的焦土里拔地而起，茂密的树叶遮住了天空，粗壮的树干像是一堵巨大的墙横亘在我们面前，树枝盘根错节，遮天蔽月，散发出朦胧的绿色光晕，似如仙树，光晕流转中，像是空气都变得有了色彩。

我和姬澈站在树下，身上皆披着一层淡淡的绿色光晕，面前的这一幕，已然令我们呆若木鸡，惊魂难定。枝叶迎风而动，斜射下一道道光柱，而那光柱之中仍是有着点点绿光，粗壮的树根犹如腾龙盘踞，深深地嵌入焦黑的泥土。

怪不得她从来都不用吃东西，怪不得她一到夜晚就格外没有精神，怪不得她伤口流出的不是血而是白色的浆体，怪不得她有呼风唤雨的本事，原来，她根本就不是人。

伸展出去足有数里的树干枝叶急速收拢，化成碧绿的光萤，光萤收敛，再次化回君十三娘抱着双膝蹲在焦土里的模样，天，恢复了蔚蓝，空气也不再有色彩，而我和姬澈依旧没有回过神来。

“我本身只是一棵千年无忧树。”君十三娘站起身，自言自语地对我们说着，“究竟在泥土里生长了多久，我自己也不晓得。我只是在机缘巧合之下，得了一缕荒古残留的鸿蒙之气化成精灵。我只记得，在我初有意识的时候，是在一千多年以前，而真正化作人身，才不过百年。”

“我原本以为，天下之大，既然我能有这样的机缘，或许别的东西也会有，于是，我走遍了茫茫天下，望着能找到一个同我一样有着人身但并非是人的异类，却没想过，我本就是在天地规则之外的精灵，这样的异类，有了一个又岂会有第二个？”她苦笑一声，满腹辛酸，“我极力想适应这个世界,这个不该属于我这样的异类的世界,我很珍惜每一个和我相处的人，每一朵花，每一棵树，这些都是我作为一棵树本不该奢望的东西。”

“所……所以那天我躲着你，你才会哭的，对不对？你说过，你能够看得透人心的。”我望着她，怯怯地问。

她低着头，陷入了沉默，良久，低低道：“我不想有着人的身体却又同常人与众不同，我没有什么朋友，我会和大树聊天，自由自在地在天地间行走，但终究无法摆脱掉我是个异类的事实。幻瞳之眼，是我所得鸿蒙之气的馈赠，让我可以看到一个人的过去和心事，这些都是我化作人形便有了的本事。这些年，透过这幻瞳之眼，我见过了太多心酸的、邪恶的、痛苦的人生，生生死死，终是浮云过眼，存留不住。”

“那你掳走叶凝，究竟又是为何？”姬澈往前两步，朝君十三娘问道。

君十三娘的目光移到我的身上，贝齿咬了咬嘴唇，定定道：“因为只有她的力量，可以解开我一直都解不开的记忆封印！”

“记忆封印？”姬澈眉间一皱，忙问道，“什么封印？”

我忽然想起，她说过丢掉了一部分记忆，怎么都想不起来，只能记得一段极不完整的记忆碎片，是关于那个她想不起来的人的。可是，这跟我又有什么干系？我虽然有着不死的能力，但我是个除了弹琴作画什么也不会的小女子，连她都做不到的事，我又能做些什么？

“我也不清楚。”她叹了口气，淡淡道，“我的记忆不完整，丢了一段，是被人封印了起来。这八十年来，我一直都在用鸿蒙之气去消磨那封印，但是得来的，只有那一段极不完整的记忆残片。我想弄清楚，最后那个死在我怀里的人，到底是谁。为什么我一想到那残缺的记忆，心就会莫名地疼，我是不是欠他什么？我是不是弄丢了什么？”

第十四节　消失的记忆

虽然我大致可以确定，她嘴里一直所言的那个想不起来的人极有可能就是八十年前御剑山庄的庄主龙炎，但这不过是我自己的猜想罢了。毕竟，那都是八十年前的事，那时候的御剑山庄如今也化成灰烬，那时候的人也尽皆被焚于熊熊烈焰之中，那一段被焚烧得丝毫不剩的往昔，还能留下多少痕迹可追寻？估摸着也被那场大火烧得干干净净了吧！

或许，还是有可以追溯的东西，就是君十三娘那一段被封印的记忆。

数十年来她一直都在解开封印，得了一些记忆的残片，那残片的场景是在御剑山庄，也就是说她那个时候的确是在御剑山庄，并且还亲身经历了一场将一切都焚为灰烬的大火，也是唯一在那场大火中幸存下来的人。若是可以将君十三娘记忆的封印解开，就能知道她所说的那个想不起来的人究竟是不是龙炎，往昔鼎盛一时的御剑山庄又是如何被焚，是否剑炉出了问题，导致星辰之火漏了出来而燃烧了御剑山庄。

如果真的是这样，那君十三娘的记忆又怎么会被封印？又是被何人封印？为什么她一想起那记忆的残片就会莫名地心疼。她夜夜望着明月发呆，不就是在想那个她想不起来的人吗？

忽然觉得，八十年前御剑山庄被毁，或许这其中有诸多不为人知的秘辛，也许并非像传说之中星辰之火漏了出来而导致御剑山庄被焚这样简单。

这是八十年前存留下来的一个谜，而解开这个谜的唯一办法就是君十三娘，这个如今唯一一个从那场大火里存留下来的千年无忧树。

姬澈看着君十三娘的背影，沉思了片刻，抬起头问君十三娘：“你的那段记忆是怎样的？”

她定了一会儿，微微转身，半边侧脸看了看我们，“我想借一借叶凝姑娘的力量，弄清楚我的过去，在这之前，我所能想起的不过是片段，真实的样子究竟是怎样……”她说到这里，摇头轻叹，正过身子脚步轻轻往前一跨，趾尖点在焦黑的土地上，荡出一圈圈碧绿色的涟漪，像是水波一样，碧绿的草地，挺拔的古树，宏伟的红楼宫宇自重重水波之中冒出来，蔚蓝的天，闲散的白云，群飞的百鸟，幽幽山涧弯弯溪流，天地大变。

“这是我最后记忆里的御剑山庄，很美是不是？”她抿嘴一笑，是那样天真灿烂，带着几分童趣的模样。她领着我们朝一处山腹走去，途中的一切都那么真实，我仿佛真的回到八十年前的御剑山庄，山水青青，有一种穿越时空的虚幻感，手指抚摸棵棵古树，却是毫无阻碍地从中穿过，这才清醒，这一切不过是君十三娘的幻术。

走过这幻术造就的青青山水，君十三娘在一处吊桥前停下脚步。吊桥看上去极新，应该是建成没多久，手腕粗细的铁索还有黝黑的金属质感和光泽。索桥是通向另一边的山腹，是通向那边山体的唯一通道，下方则是万丈深渊，翻滚云海。这条索桥是幻术造就的，虽然看着是真的存在，实则不过是梦幻泡影，是走不得的，只能由姬澈拉着飞入对面的山腹。

入口是一扇紧闭着的青铜大门，看这青铜大门的厚度，估计没有几十个大汉合力是不可能将这扇青铜大门给拉开，而我们却是当这扇大门只是颜色不同的空气，没遇到任何阻碍就从紧闭着的青铜大门中直穿了过去，里面是山洞。将这个山腹掏空之后形成的山洞，洞里黝黑，处处都是火盆火把，空旷的山洞里除开这些熊熊篝火，没有一个人。

“这里是御剑山庄的腹地，当时的剑炉所在。”君十三娘跳下中空的山洞，身子直坠而下。姬澈拉着我紧跟着跳下，在一块铺着整齐的青铜地板的洞底站稳步子。洞底比洞口而言更加大，这里容纳数千人完全没有问题，而且处处都能见着挂在洞壁上的黝黑且粗壮的铁链，不过现在空无一人的。君十三娘指着高处一块由玄金所筑而成的巨大八卦图说道：“那里就是御剑山庄享誉天下的星辰之火。”

八卦图嵌在山壁之内，像是一扇关着的门，而在那门里面又像是关着什么东西，我和姬澈一同举目望去，阴阳八卦图轰一声碎了，地面随着那声炸裂声颤抖摇晃，不过因为是幻象的缘故，我们并不能感觉到地面摇晃，一团金黄色的火焰像是从堤坝决口涌出的洪水，顷刻间将洞底给堆满，原本空荡荡的洞底忽然出现了好多人，他们在熊熊火海里挣扎，逃命，惨叫，死亡，一个个看起来是活生生的人，却像是团空气一样从我们身体中穿过。我像是闻到血肉被烧焦的味道，又像是身处熊熊烈焰之中难以呼吸，耳边净是烈焰燃烧的呼呼声，是人群逃命的惨叫和痛苦声，一个个鲜活的生命倒在我的眼前，被烈焰烧成焦炭，烧成灰烬。

这火焰确实有燃烧一切的力量，本不可燃烧的山石也像是干柴一样腾起金色的火焰，分不清是不是还有地的存在，也分不清是不是除了这弥漫整个山洞的金色火焰之外，还有没有空气。身前一身绿裙的君十三娘望着这熊熊烈焰，神情是木然的、是呆滞的。面前的幻象是她自己的记忆，不完整的记忆，她将这段记忆幻化出来，用眼睛看着这一切，不是我们这局外人所能明白的。

置身其中，一切也都变得如亲身经历，不过对我们来说，同戏台上的一台戏没有多大区别。一个个在烈焰之中逃命、惨叫的人几乎同时消失了，天地间忽然变得安静，像是死过去一样无声，火依旧熊熊燃烧着，山石崩裂，滚落而下，将洞底砸出一个个大坑，而这一切都是无声的。

在烈火中一个画面渐渐变得清晰起来，这画面足以让一切声音变得安静，是一个绿衣女子的背影，长长的青丝在无尽的烈焰中翻滚飞舞，身上的绿裙像是被烧焦了的树叶一样卷起来，绝望的眼神中淌着泪水，紧紧地抱着一身黑衣的男子，他有着细长的睫毛和一双浅色的唇，一头绾进白玉玉冠里的黑发……

第十五节　龙魂

火焰像是一片片枫叶一样剥落，我转头看向君十三娘，她闭着眼睛，似是不敢去看眼前的一切，幻境正在崩塌，面前的她和她怀里的人一点点消失、泯灭，露出这一处被烧得焦黑且布满裂痕的巨大山洞，犹如斗转星移，像是一瞬间穿越了无尽的空间，我们又出现在山顶，无尽的荒凉，遍地的焦土黑石，是在一场繁华过后留下的荒芜。

而这一场繁华，只不过是一场幻境。

山顶之上风很大，吹得君十三娘一身绿裙呼呼直响，满头的青丝飘飘好似烟霞，看了八十年前的御剑山庄再看八十年后的御剑山庄，可叹世事无常，曾经那样繁荣鼎盛，而今却是满目疮痍，寸草不生。在感叹了这世事变幻无常后，君十三娘转过身子，很勉强地对我们笑了笑，笑得很吃力颓然，“世事很无常对不对？”收起笑容，微微低头，双手十指拧在一切，乱成麻花，牙齿咬着薄唇，似在下什么很困难的决定，挣扎良久后悠悠道：“世间凡事，皆有是非因果，我丢在这里的回忆，如今想起这片段，是撕心般疼痛。”

我打断她的话，往前迈进一步。姬澈握紧手中的青冥，很不放心地紧跟上来。我定了定，站住身形，目光对上她温润如玉的脸颊，“你想让我怎样做，才能解开你的封印。我……我什么都不会，除了画画弹琴之外，如果这些能够帮到你，我可以勉强试一试的。”

君十三娘在我的印象里是一个谜，虽然这个谜已经解开了一部分，但还有一部分。我没觉得她是什么坏人，她曾经说等她跟我们跟得腻了，自然就会离开。她是那样看重别人对她的感情，连我躲着她都会伤心而哭，却依然跟了我们这样久，她一定是极想知道她那一部分被封印的记忆到底是什么，那个在熊熊烈焰之中被她抱在怀里的人是谁，她同他之前究竟又有着怎样的恩恩怨怨、是是非非。她想知道，我也想知道，换个角度想，如果有一天，姬澈离开了我，而我又忘记了姬澈，忘记了这一路上姬澈是如何护着我，迁就我，只记得那一头白发，天蓝的衣，青色的剑，一想到这样一个人如何突然出现在我脑海里，让我想到这些都会心疼，我也会千方百计要去弄清楚这个人是谁，我又为何会心疼，是为情、为恨，还是为别的什么。好奇心这东西一旦上来了，是怎么也压制不住的。尽管姬澈不希望我好奇心太重，但我现在考虑的并非是好奇心这个问题。

她抬眼望向我，深色如古潭的瞳仁中露出一丝刚毅，定定道：“我需要你体内未苏醒的龙魂。”

我哑然，面露困惑，“龙魂？”眉间深皱，长这么大，从未有人对我说起过什么龙魂，偏头看向身旁的姬澈，他一向知识渊博，知晓很多我都不知道的东西，“龙魂”这两个字一听就满是玄奥，指不定他能给我指点指点。

姬澈果然不负我对他的期望，看了看我，又看了看君十三娘，吐出一口气，为我解释了一下龙魂。

原来，不死人确实是个异类，不仅仅有着不死的能力、自我修复的力量，除开这些之外，还有一个叫作龙魂的玄奥东西。

曾有高人说，每个人生下来，都不是无用的，撇开那些为天为地为人民的大用不谈，再不济，至少都还有着传宗接代延续人类的小用。当然了，那些自毁的宦人又没有大用处，只能划在完全没有用的那处，这一类是个异数。而不死人不仅仅有着传宗接代绵延子嗣的小用，还有着改天换地的大用。

不死心出，天下必乱，这是亘古以来就流传的古老传说。上至轩辕帝君一统九州，下至如今武王称帝幽王统领天下诸侯，每一次天下大乱必然会有不死人的诞生，这更像是一个魔咒。但凡是有些见识的人都晓得，只要不死人的消息传出，那么接下来必然是天下分裂，战火四起，因而，寻常人断然是不愿意听到有关不死心的消息。然而有些不甘平庸的谋士们，往往会认为这是一个可以让他们名震天下的机缘。在这个角度来看，不死心的出现往往是几多欢喜几多忧愁，而我认为，应该是忧愁的居多才是，若是欢喜和忧愁都持平了，那可比天下大乱危险多了。

上天给了不死人不死的能力，自然是不会让不死人成为埋在泥土里的碎石枯木。古往今来不死人虽然不多，但是每一个都有着改天换地的本事。由于我本身就是不死人，自然关心历来不死人的传说，就和君十三娘行遍天下想找一个同自己一样的异类结束自己的孤单一样。虽然不死人都已经是历史尘埃，身化黄土，而我也知晓天底下是不能同时有两个不死人存在，但是意识里还是觉得有可能老天这回打了瞌睡，或者睡过了头，多给了一颗不死心，在哪个空幽的深山老林里还藏着一个不死人——我的同类，那么我是不是也多了个伴儿？事实证明，老天是从来不会打瞌睡也不会睡过头的。

我模糊地觉得，是不是有了不死的能力以及伤势自愈的力量就能有改天换地的本事，如果是这样的话，那么我如今就能改天换地，一统天下。之所以是模糊地觉得，因为这只是我的猜测，并没有跟姬澈证实，等我把这个想法说给姬澈听，让他给个肯定的答案，然而他却连连摇头。

我倒是忘了，不死人虽然有着不死的能力，但是这仅仅只是建立在龙鳞和不死心完好的前提下。不死人并非能做到万古不死，古往今来几个不死人就证明了这一点并非是谣传，他们都死了，而且还是在心脏以及不死心都完好无损的前提之下。这也就是说，不死人即便是在龙鳞以及不死心都没有失去作用的条件之下也能死亡，这一点令我大感震惊和惊恐。

第十六节　龙魂之谜

天底下没人知道为何有着不死心以及龙鳞的不死人会死，而且还是在龙鳞以及不死心都没有损毁的前提之下。有人提出，其实从某种程度上来说，不死人的的确确是可以做到万古不死并且容颜不老的，只是这类人违背了天地法则，轮回定律。因为有生就会有死，这样才能维系天地平衡。如果说不死人可以一直活下去，没有了死，就不会再有生，天地的正常运转就会因此而断裂，上苍自然是不会让这样的情况发生。它能给不死人长生，也能给不死人死亡，这样才能称得上天道公平。

而君十三娘以她前后上千年的见识也告诉了我这一点，“叶姑娘，不死心的出现是为了改变天下的格局，如若你仔细地去了解，你就会发现，每一任不死心的出现都是在一个王朝的衰亡另一个王朝兴盛出现的，上苍给了不死人超凡的力量，只在平和一个朝代衰亡后天下分裂的争乱。一旦天下归统，九州平和之后，不死心以及龙鳞的力量就会逐渐衰竭，这种衰竭是非人力所能改变的。一旦这不死能力完全消失之后，不死人同一个凡人就不再有不同，等到命数终尽，也会身归黄土。但还有一种说法是，上一个不死人并非是在须臾百十年间流逝掉所有的生命，他们体内的龙魂会一直支撑他们的生命到下一个不死人出现之后才会消失，换言之，就是一个不死人出现，另一个不死人就会死亡。究竟这两种传说到底孰真孰假，天下人也无从得知，毕竟，天底下的不死人太少了。”

我细细想想也是，君十三娘以及姬澈对我说起的这些是我从未在那些古老的书简中所看到。换句话来讲，就是他们知晓不死人的确会死，但是不知道他们会怎样死，如何死，什么时候死。这些都是没有被证实过的传说，书简上自然是不会多做记载。再说，不死心并非是和的东西，它的出现往往都是伴随着灾难，是不祥之物，而人们对于不祥之物通常都是避而远之，能避开就避开，能躲多远就躲多远。

我低眉长叹，我果真是个煞星，害了北燕国，害了暮筝，害了暮辰，连刚刚遇到的姬澈，也被我害死了追随他多年的紫鹏，还有步摇、管彤，如今想来但凡这些和我相处过的人都没有好下场，不死心的确是个不祥的东西，而不死人天生就是一个带着灾难的煞星。

不死人之所以能够改天换地，其原因却并不在不死心以及龙鳞，姬澈对我说道：“不死人真正的力量是潜伏于体内的龙魂，龙鳞是不死人到年纪就会长在脸颊上的，是成就不死人不死之身的征兆之物。而龙魂亦是如此，等到了一定年纪，龙魂自然会苏醒过来，龙魂没有苏醒的不死人算不上拥有改天换地之能，顶多算是一个有着伤势迅速愈合能力的怪物。而龙魂究竟会在哪个年龄苏醒也没有定数，有的早，有的晚，因人而异。等到不死人有足够力量支撑龙魂，龙魂自然也就醒了。”

我眉头都快拧到一起了，满是不解地望着姬澈，“也就是说我的力量还不能够支撑龙魂了？”

姬澈抱着青冥，深深点头。

我眉头舒展开，拧着手指，瞅着姬澈，“那我是不是也要修炼什么玄术内功来提升自己的力量，好早日让龙魂苏醒？”

其实我是有私心的，姬澈一路上护着什么都不会的我前途艰险，荆棘横生，即便是他力量再强，但也架不住人多。而且他是人不是神，总会有疲惫打盹的时候，也会有发烧生小病浑身无力的时候，他不是杀人机器。如果我会一些手段，他多多少少也会轻松一些，说不定还会有我救他的时候，虽然我知道那是我的痴想。

但喜欢上一个人，哪怕他再强再厉害再万能，都希望他会有需要自己的时候，哪怕是递递茶水揉揉肩，擦擦伤口盖盖被子之类，虽然这些都是微不足道的小事，我想我也乐意做，并且是乐此不疲地做，也总比是他的负累当拖油瓶的要好。

从离开晋宁王都的那一刻起，叶凝就不再是康宁公主了，而是一个要踩着别人的尸体才能活下去的可怜人，已经沦落到这样的程度，还有什么事是做不得的！况且还是为我喜欢的人，为他做什么，都是值得的。

君十三娘说：“这事完全顺其自然，强求不得。如果没有足够力量硬要强行唤醒龙魂，被龙魂反噬，至少也得躺上数月，甚至于会让不死心失去不死能力。比如昨夜，我本以为你的力量即便不能够支撑龙魂，但应该也差不多了，强行给你体内注入我的力量，想着或许可以将龙魂唤醒，结果连你的心脏都还承受不住我所注入的力量，心脏直接碎掉了，好在龙鳞及时修复，不然后果难想。”

一想到在床上躺上几个月，不死心甚至于会失去不死能力，我浑身哆嗦了一下。再一想到昨夜，我简直有一种死里逃生之感。我想，如果君十三娘这句话是在晋宁王都的时候对我说起，那我一定会千方百计强行唤醒不死心，那时候的我，感觉活着疲惫，谁也不待见我，死于我而言，是个解脱。而如今却是不同了，我看向姬澈，那样美的一张脸，那样宽硕有力的肩膀，我的心思，他能明白吗？

但一想起我如今的模样，连这张脸都是假的，他不知道比知道的要好。

姬澈的喉结动了动，转头看向君十三娘，声音沉沉问道：“你是想用叶凝的龙魂来解开你记忆的封印？”

我一听，浑身汗毛乍然立起，惊恐地看着君十三娘。

第十七节　应允

“开什么玩笑？”我骇然看着君十三娘，脚步谨慎地往姬澈的方向挪了两步。昨夜就是她想强行唤醒龙魂，把我的心脏都给弄碎了，那种感觉，我真不想再来感受一回。虽然我很想解开君十三娘心里的迷，也很想知道这鼎盛一时的御剑山庄为何会被自家的星辰之火所焚，但是如果要拿不死心来当作赌注的话，我只能说，慢走，不送。

君十三娘的脸渐渐变得阴沉，不明情绪顺着眼眉表现出来，朝我喊道：“叶姑娘！”她声音很大，听得我浑身一阵微颤，她的声音在侧旁低低响起，“我能把它唤醒，在不伤害你的前提下。”

我身形微顿，侧脸去看她，她一脸认真的模样看着我，深色的瞳仁之中有恳求，有不放弃的坚毅，在那眼神之中我忽然明白过来，如果我不帮她的话，她是绝对不会让我们离开这里的。

我脑子转得很快，我觉得我可以站在她的角度去想，御剑山庄被焚到如今，已经有八十年的时间，也就是说，她被那段残缺不全的记忆困扰了整整八十年。她是个天真的女孩儿，有时满富童趣烂漫，天真单纯，有时又满是悲伤，开心的时候就很开心，伤情的时候就很伤情。她是个活得明白的人，喜怒哀乐、忧愁欢喜都会表现出来，且不说她活得明白，就是我这样活得稀里糊涂的人也会去追个根，问个底，如果换作是我，若有个法子能够解开困扰我八十年的疑惑，我想我也不可能轻易放弃，况且，在这里还没有谁可能阻止她。

姬澈像是也明白了这一点，眼珠子转了转，落在君十三娘身上，声音极轻，但很稳，“你如何能够做到在不伤害叶凝的情况下唤醒她体内的龙魂。”

这也是我想问君十三娘的问题，他一向都同我很有默契，就像他随时都能知道我在想什么一样，这样一个人……

君十三娘没有迟疑，没有拖沓，整句话简直就是没有经过大脑直接从嘴里吐了出来，带着微薄的希望和不易察觉的欣喜，唇角有浅浅笑容，稳稳地道：“她体内的龙魂之所以还没苏醒，是因为她的力量还没有到能够支撑龙魂醒来的程度，我可以用我的力量来支撑起龙魂……”

“可是你已经失败了！”姬澈忽然低吼一声，打断君十三娘的话，一头白发赫然扬起，一股阴冷的杀气直逼过来，顿觉脊背一阵阴寒。

“你不但没有唤醒龙魂，险些还害了叶凝。”他声音平稳下来，拉起我的手，“走吧。”回头看了一眼君十三娘，“你要是还不甘心，等你从我尸体上跨过去之后再来找她，不然还是放弃这想法吧。”

我明白他为什么会这样做，我很明白，很清楚，就像他随时都能知道我心底在想些什么一样，心里满满的，都是暖的。

他并没有拉走我，确切地说，是我没有打算跟他走，我知道依他的性子一定会将我拖走，我也明白，我不跟他走会让他生气，但是我想，既然君十三娘都这样说了，说得那么急，好像生怕说慢了一点，这唯一能够解开她心底八十年秘密的人就会消失。语气是那样急切，是那样迫不及待地想要抓住这次机会。我可以当作她昨夜对我所做也是出于心急，整整八十年，她已经被那残缺的记忆折磨得够久了！

我拉起姬澈的手，握在手里。他双目沉沉地直视着我，难以理解为什么我不跟他离开这里，离开君十三娘。我也仰着头看着他，四目相对间，我勉强在唇角拉出一个笑容，给他理了理衣襟，“不管我帮不帮她，打断人家的话怎么说也都是不礼貌的，不如我们先且听完她怎样在不伤害到我的前提之下将那东西弄醒，权衡轻重之后再决定离开也不迟，反正结果都是一个样的，你说呢？”我整理好他的衣襟，拍了拍他肩头上的灰，眉眼略带几分笑意地瞅着他。

他的眼神很浑浊，我什么也看不出。他只是紧皱着眉头，眨也不眨地看着我，有风飘过来，扬起的白丝晃在眼前，身形一转，挣脱开我握着的手，背对着我和君十三娘，话语轻飘飘的，“说来听听。”

他这话是对君十三娘说的，我顺着将目光朝君十三娘投过去。她的眸光并没有落在我身上，而是望向姬澈的背影，风动，白丝蓝衣犹若飘荡在尘世外的蓝天云雾，那样模糊又清晰，身形又是那样轻盈，好似随时都会随风而去。他这背影确实是一道孤戚的风景，君十三娘将眸光移回，定了一会儿，稳稳地说道：“用我的鸿蒙之气。”

我没有明白她话里的意思，姬澈在听了这句话之后缓慢地转过了身子，“你的人形之身还得靠鸿蒙之气维系，失去了鸿蒙之气，你只能是一棵埋在土里的树而已。”

“我自然知道，而且比你们谁都清楚。”她走近两步，墨黑的长发几乎及地，双目凝视着我，“但毕竟死不了，我本身就是一棵树，只是有一些不同寻常罢了，再说，也不一定会死。龙魂虽然霸道，但是还不至于将鸿蒙之气消耗净，以我这些年的修行，但凡还有一丝丝的鸿蒙之气在，维系人身已经没有什么问题。”

我将信将疑地朝姬澈望过去，我对这些了解不多，姬澈见识不少，希望他可证实君十三娘确实所言不假。他抱着剑思索了一会儿，举目看了看阴灰沉闷的天空，随意问了句：“需要我做些什么吗？”

“在我解开封印的时间里，我不能受任何打扰，一点儿都不行，不然不仅仅我会受到重创，就连叶凝也极有可能受到龙魂的反噬，因为在解开封印的时候，龙魂和我的鸿蒙之气是纠缠在一起的，一个受到影响，两者俱创！”

姬澈问：“会不会影响到叶凝？”

“鸿蒙之气非凡物所能比，它没有伤人的本事，只是我既然是在借她的龙魂解封印，由于在精神游丝上的彼此牵扯，她也可以看到我那段缺失的记忆。还有就是我的幻瞳之眼和鸿蒙之气是相辅相成的，也就是说，我在催动鸿蒙之气的同时，幻瞳之眼也会随即开启。鸿蒙之气游离于体外，那么幻瞳之眼也会游离体外，透过这幻瞳之眼，你也可以看到那部分记忆，不过和叶凝姑娘所看到的有所不同，叶凝姑娘在记忆里就像是另一个我，我的心事、想法，她都会感觉得到。这只是精神上的东西，并非是身体上的，比如我受伤了，叶凝姑娘是万万也感觉不到痛的，而姬澈公子看这记忆却和看一场戏没有什么不同。”

姬澈沉思了一会儿，将青冥放在地上，双手撑着剑柄，“这把青冥是御剑山庄最初所铸，我也很想知道在我这把剑出世的剑池里，还有些什么，御剑山庄是如何被焚，还有你，又有谁可以将你的记忆封印起来，而且连你都解不开。”

第十八节　千年无忧树

姬澈所说的也是我心头所想，我也很想知道御剑山庄是不是真如传言之中的那样，是剑炉出了问题而导致星辰之火漏出来，将鼎盛一时的御剑山庄焚为灰烬。历史是只能信一半否认另一半。有句话是如此说，成者王也，败者寇也。历史是胜利者的历史，是失败者的黑锅。究竟是不是剑炉背了焚烧御剑山庄的黑锅，这真相只能由君十三娘那一段被封印的记忆来解开。

但是这段被焚烧成灰烬的历史好像并没有胜利者，不论是御剑山庄还是星辰之火，好似都是失败者。如果并非是传说中的那样，唯一的解释是有人改写了那段历史，而如果真是有人去改写了那段历史，那么我想我能猜到是谁，便是柏烨所说的御剑山庄的外族人。但是为什么要改写那段历史？究竟御剑山庄被焚这件事里面有多少见不得人的隐秘，让他们花费如此大的力气要去掩盖，我想，我很快就可以得到答案。

焦黑的高峰之上，茫茫焦土，我的眼力远比常人厉害，但依旧看不尽这荒山焦土。如今，八十年已过，当日焚过的山林依旧是废墟，即便是过去如此长的时间，依然是不毛之地，在这片灰烬之下，究竟埋藏了一段怎样的过去。

纯白如雾气的鸿蒙之气自君十三娘眉心的朱砂痣涌出，渗进我的心房，暖洋洋的，像是鲜血流过皮肤那样，能感觉到暖暖的鸿蒙之气沿着心脉透进不死心，似有兽吼之声在心底最深处响着，一股股强横到了极致的力量绵绵不绝地涌至浑身。我有种感觉，只要我愿意，挥手之间就可让这片不毛之地顷刻不复存在，这是一股可怕的力量，强大到无法匹敌。

有什么东西好像要从体内冲出来，我知道，这应该就是他们所说的龙魂，这是要苏醒的苗头。有一股奇妙的力量在引导着龙魂游离出体外，一抽一拔，就像是在拔一株根系庞大的稻子，弄得我心房一阵一阵地疼。

持续了很长一段时间，终于，一头金色的虚龙伴随一声响彻天际的龙吟从心房冲了出去，直扑向君十三娘的脑海，脑子瞬间一片混沌，在我和她之间一个幽蓝色的漩涡逐渐成形，漩涡中心是一个深绿色的圆洞，像是连接到了一个虚无之境，绿芒被漩涡吸扯进深绿色的圆洞之中，消弭无形。

这应该就是君十三娘所说的幻瞳之眼了。

神思游离出体外，像是被拉进了虚无之境里，脑海里一片黑暗，什么也看不见，而面前的幻瞳之眼中间的深绿色圆洞也随着脑海里的景致一样变成了如墨的黑。

神思游离于这片虚无之境，眼里脑里是无尽的黑暗，无边无际。我就像是一颗种子，被埋在深深的地底，等着一日破壳而出，长出茂密的枝丫。无尽的黑暗之中忽然响起一片笑声，似是有人在追逐嬉闹，而周边的黑暗也在这笑声之下像是一片平静的湖水被扔进了一块石子，一波一波地化开，变得有了色彩。

烟笼古树，绿草连天，因我和君十三娘神思相通，我几乎念头一动就知这是何处，是她还是一棵树时生长的地方，坤洲须弥山，而时间，竟是在距今三百年以前。

这太过遥远。

虽然有声音响起，而且好像就在眼前不远，但是我看不见一个人，只有那嬉笑的声音在这片天地间飘荡，悠悠扬扬。透过君十三娘的神思我才明白过来，这是她刚有意识不久，现在她只有极其微弱的感官，只有触觉、听觉以及微弱的意识，她看不见眼前的东西，既然她看不见，那我自然是看不见。

虽然她看不到，但是听得到，而且听得很清楚，是一男一女的声音，而且声音很稚嫩，这对男女岁数应该不大。

男的唤女的十三娘，女的唤男的莫康。

须弥山下有个庄子，因庄中居民都是君姓，因而也称君家庄。但是莫康并非君姓，是外族人，是随阿爹逃难到此处。神思所处的空间距离我那个时候太过遥远，那时候生存的人活下去很难。须弥山与世隔绝，是个世外之地，山顶这棵无忧树极其巨大，庄中人将这棵无忧树奉做神树，族中掌事严禁任何族人攀爬，连摘一片树叶都会受到责罚，而且未经族中允许，都不可接近这棵无忧树。只因今日族中人要在无忧树下祭天以求生存，他们才有机会来此。

祭天是件神圣的事，莫康并非是族中人，本没有这样的机会，但因他阿爹这些年在族中一直都很忠诚，而且每次外出打猎都能带回比一般人更多的猎物，养活了很多本族人，有不小的本领，很得族中长老赏识，因此才破例让他们这家外族人参加祭天大典。

既然莫康并非本族人，不管多努力要融入这个族群都会受到排挤，他阿爹是如此，他也是如此。在那个时候，一旦脱离本族人是很难生存下去的。在莫康的眼中，他们做什么都是应该的，打回的猎物他们只能得到很少，大部分都得分给君族本族人，以求他们别把自己赶出君家庄。外族人处处都要比本族人矮上一截，莫康自小在同龄年纪的小孩中抬不起头，挨打受欺负更是家常便饭。而每次受到欺负，不论自己对或者不对，他都没有说话的权利，只能闷着，默默受着。他是这样，他阿爹也是这样，族中打猎他每次都会去，同猛虎搏斗，同饿狼厮打。他是外族人，没有人愿意帮他，而每回他打回来的猎物都比别人多出一两倍，而自己拿回家的很少。

这些都是君十三娘脑子里存留着的，我没费什么力气就知道，只是为什么在这三百多年以前会有另一个君十三娘？按理说，我头顶的这棵巨大的无忧树才是她，我和她神思相连，是不会错的，而她的神思也证明了这一点，这棵树的的确确就是她——还没有化作精灵的君十三娘。

十三娘很小就和莫康认识，而且她不嫌弃莫康是外族人，常和他玩在一起，常会把自己偷偷留下来的吃食留给吃不饱的莫康。那时女人和小孩子是不用出来打猎的，每当族人外出打猎的时候，他们会背着族人偷偷摸摸地爬上山顶，这棵无忧树，一直陪着他们成长。

虽然这个时候的君十三娘意识还极度虚弱，但是鸿蒙之气岂是寻常之物，哪怕是极其微弱的意识，已经能够感知到周边很远的东西了。她茂密的枝叶几乎已经覆盖了大半个须弥山山顶，须弥山周边的一切都能感觉到。虽然看不到，但是她能感觉到，而我也能感觉得到那被封存在君十三娘记忆最深处的红尘往事，就像是我亲身经历过一样。

第五章 两生情

第一节　幻瞳之眼

记忆如骏马疾驰，时间流逝，雨雪风霜，寒来暑往，就像一块块剪纸在眼前飘过。

殷商末年，冬，天有初雪，毛毛细雪覆盖在整棵无忧树的枝叶上，遥遥看去就像一朵巨大的雪绒花，这是君十三娘有意识的第三十个年头。近几年，因有鸿蒙之气的滋养，她的根系更加巨大，而且意识也变得比我初来时清醒了不少，并且已经能够透过感知看清楚一些东西，很模糊很模糊，就像是眼睛被一条白纱遮了起来，看什么都像烟尘那样漂浮不定，不清不楚的。

这一年深秋，莫康阿爹在打猎中为猛虎所食，不见尸骨，仅存一支骨矛给他。他接任了他阿爹的猎手生活，日日为族人狩猎。他是天生的好手，每回出猎都能带回比他阿爹更多的猎物，身手在族中已是无人可敌，凭着自己的本事以及待人谦和的性子，他已不再是那个受人欺负只能咬牙忍着的小孩子，在君族中有一定地位，这是一个外族人在当地本族人中极难见着的。

这日，风雪加大，大多动物都已冬眠，在冬季里要想打到猎物不是什么易事，今日运气不错，他猎到了一头猛虎，在一群同行的壮年拖拽下准备回族里，却在途中遭遇了一群饿狼。

显然君十三娘一直都是关注莫康的，不然在她的记忆里不会有这些。透过那不清不楚的视线，看到同行的壮年们一个个被群狼咬死，而莫康拿着他阿爹留下的骨矛，凭借以往和猛兽厮打的经验和练出来的力气顽强地与群狼搏斗，保护着族人的食物。

狼生性凶狠，况且还是一群饿狼，同伴一个个倒在地上，鲜血染红了雪地。虽然他性子平和，但是打猎的时候和一头凶残的猛虎差不到哪里去，手中的骨矛将一头头饿狼的喉咙刺穿、挑飞，然后迅速朝另一头饿狼刺去，动作干净利索，没有丝毫迟疑和拖泥带水。若不是经常和猛兽厮杀，时常走在生与死的边缘，他决然不可能在如此多的狼群中保持冷静。

骨矛都是一矛刺穿喉咙，极为精准，没有分毫偏差，显然君十三娘对这一段场景格外注意，不然就凭她如今这模模糊糊什么也看不清的视线，我哪里能够看得这样清楚。

身边的同伴一个接着一个倒下，唯独他还在死命地支撑着。当最后一个同伴倒在雪地里之后，所有的饿狼将他围在正中。

心头忽然一阵紧张，不是这样的，我没有紧张，我看这场不清不楚的战斗全然是一副看戏的心情，断然是不会紧张的，再说，这是三百多年前的事了，比历史还要历史，我怎么会紧张。这紧张的情绪不是我的，脑中顷刻明白过来，这不是我的错觉，也不是我所表现出来的紧张，而是君十三娘，是她在紧张，是她在紧张此时的莫康。我和她心神相连，我可以感觉到她所有的情绪，是哀是愁，是悲是喜。

眼前的场景变得更加清楚，看来君十三娘现在是极其认真地注意这里。已能够大致看清楚此时莫康的轮廓，脸上有喷射的血块，却没有什么伤痕，显然这是那些死在他手中骨矛的饿狼的，身上有些破烂的麻衣上也满是殷红的血，有几处抓痕，已经受了伤。

狼群朝他扑过去，一窝蜂似的，虽然他身手好，但是狼群太多，挑飞几匹饿狼之后便被一头体格巨大的灰狼扑在地上，而后所有狼都怒吼着扑过去，撕烂他的麻衣，咬开他的血肉，看这样子大有要把莫康活吃了的势头。心里兀然一慌，是君十三娘，一片片无忧树叶像一把把深绿色的刀子，狂风一过，群狼哀嚎，她并没有下杀手，只是伤了那群饿狼，逼它们退开。

他没事，还活着，只是伤得太深，心里又是喜，又是忧。这些情绪都是君十三娘的，她喜的是他还活着，她忧的是他伤得太重，要是不赶紧治疗，死也只是早晚的事，而且这遍野的血腥味极有可能引来别的什么凶猛野兽。她虽然有意识，但是依然只是一棵树，没有能力救他，哪怕只是挪一挪他的身子。

暮色渐进，依旧风雪，倒在雪地里的莫康被纷纷飞雪覆盖，成了雪人，纯白的雪人身上却是有几处血红，被他伤口流出的血染红，身边是他同伴的尸体，一群饿狼和一头他猎到的猛虎，唯独只有他这一个活物。

须弥山下夜里尤其安静，遥远处的君族部落燃着火堆，是这片世外之地唯一的光亮，火光摇晃，似在为迷失在茫茫飞雪中的路人照明归路。君十三娘一直都在注意这两个地方，一个是君族部落，她希望君族人会发现莫康还未回去；一边注意着莫康，注意他还有没有呼吸。

午夜，风雪更大，已经将君族部落进往须弥山的唯一一条路封了起来，此时的君十三娘已经能够做出极为简单的思考，就现在的情况，即便是君族人会来找莫康，那也进不了须弥山。她不再将注意力放在君族部落，全落在了莫康的身上。我所能看到的，只有那纷纷白雪下凸出的有着几处血红的雪人，天地那样大，而君十三娘只看到了这些，或者说，她只在意这些。

安静的雪夜，茫茫飞雪，天地飒然，隐约听到什么声音嘶喊着，注意力一瞬间又被移开，画面变得清晰，是个女人，青丝落满飞雪，深一脚浅一脚地在深达数尺的雪地里艰难走着，手中拿着一个已经被风雪弄熄的火把，一路跌跌撞撞，摔进雪里，又爬起来，我听出了她喊的是什么，是莫康。

是十三娘！

她在厚厚的积雪里刨，在茫茫飞雪里竭力嘶喊。还只是一棵树的君十三娘没有能力带她找到被埋在雪地里的莫康，一切都只能靠她自己在满山的积雪里找，漫无目的地找，她没有放弃任何一个角落，她知道，这里是莫康常来打猎的地方。

当她满是血污的双手将莫康从雪地里挖出来的时候，我能感觉到君十三娘深深地松了口气，但是她真的放松了下来，她把莫康抱在怀里，一遍一遍地用满是鲜血的手抚摸着他冰冷的身体，“他们不让我来找你，你向来天不黑就会回来的，我就知道你出了事，我就知道。”

第二节　爱你，怎管生死

漆黑的雪夜，气温极凉，莫康伤口流出的血水被冻成了一片片冰血，伤口要是再不处理绝对会烂掉。无尽飞雪，无尽黑暗，她把他紧紧地抱在怀里，用自己的体温护着他，能听到她牙齿打颤的咯咯声，能听到他越来越虚弱的呼吸声，她越来越慌乱。

她目光带着希望，希望得到上天的怜悯，她就用这样的目光一次次望向她来时的路，她多希望会有那么一点点跳动的火光，多么希望会有一丝丝的声音从那个方向传来，一次次地张望，一次次地渴望着被上天怜悯，一次次地绝望，一次又一次地燃起希望，眼前始终都是怎样也散不开的黑暗。

哪里有什么火光，又哪里会有什么声音。

“别睡，你别睡，你看看我，你看看我！”她摇着肩膀上他已经冻得僵硬的头。她已经不再乞求上天会怜悯她，她现在将所有希望都放在了莫康身上，她需要他一点点的回应，只要一点点，哪怕只是眨眨眼睛动动手指，就一下，那么一下就够了，她就能坚持下来，就能撑着她不至于垮掉。

“树，去神树……”

是他的声音，她绝对不会听错，他干裂的嘴唇一张一合，声音好低，但对于她来说比任何时候都听得清楚。他说话了，这比她所想象中眨眨眼睛动动手指还要费力气的动作。她立马抓住他的手，紧紧握住，慌忙得好像要握住消失在天边最后一道烟霞那样急切，“好，好，我带你去！”

他又说：“矛，把矛带上。”

她拖着他，在齐腰深的积雪里朝须弥山的山顶爬，因庄子里的族人把君十三娘奉作神树，且每年祭天大典都是在这棵无忧树下举行，因此族人为了上下山便利，在山间凿出了一条通往山上无忧树的路。

因君族人敬天，上山的石阶足有九百九十九阶，一阶不少，一阶不多，他们认为，这样才能表示出他们对上天最虔诚的敬意和最高的敬重。平时只要没有什么特殊的情况，上山的石阶都是有人看守的，没有族人允许是不能上去的。但最近风大雪大，加上现在又是深夜，守山的族人也都回族里，不多时，他们就偷偷地爬上这条石阶，认路自然是不成问题。

她拖着他，身后雪地留下一串深深的脚印，在那苍茫的雪地里，无尽黑暗吞噬着须弥山山脚下。她倔强地用自己较弱的身子拖着他。君族族地离此间太远，雪深路难走，神树在他们头顶，而且又有庞大的树叶遮挡大半个须弥山山顶，一片雪花也落不下来，这是个极好的去处。

她一手拿着骨矛支撑着身体，将莫康的一只手揽在自己肩上，空出来的一只手揽着莫康的腰际艰难地往前走。面前是近千阶石阶，宛如一条通天路，因君十三娘的枝叶已经延伸到了这里，因而有着浓密的枝叶遮挡，这石阶上却是滴雪也没沾上。

不过因不常有人行走，石阶上石苔深绿，透着湿滑，头顶是遮天的无忧树叶，石阶狭长，一人行走攀爬倒是不难，可如今十三娘带着一个已经失去行动能力的莫康，这窄窄的石阶走起来可谓心惊肉跳。

她将莫康放在里侧，自己走在山崖边上，两个人的重量全压在她一双脚一根骨矛上，湿滑的石苔踩上去吃不上什么力就得往后滑，稍有一丝丝不慎两人都得摔落山崖。可能这回老天真的是发善心，一路上虽是摔了几回，但都没掉下去，等到她把他扶上山顶，天已破晓。

我望着那一条蜿蜒的长长的通天石阶，难以想象，这一路她竟然就这样把莫康扶上山顶，这样的路，这样长的石阶，这样黑的风雪夜。

莫康倒在树下，我身体虽然还在御剑山庄的焦土荒山上，但是神思似在此处，这里像是游离在尘世之外的虚无之境，好像就站在莫康身前，能看清他满脸血污，浑身是伤，能看见虽已经累到极致的十三娘倒地之后又竭力爬起来。我想去拉一拉她，但是我也明白，这只是个幻境，是一段记忆，虽神思在此处，却什么也做不了。

风雪依旧未歇，树下却不怎么寒冷。十三娘用尽力气才撕下身上的布条为莫康包扎伤口，树叶沙沙，同样一手的血污，满手的伤，她却很仔细，也不知那粗布勒住伤口的时候是不是感觉不到疼，或许会吧！哪有碰到伤口还不会疼的呢？可能真的是上天怜悯吧，她这样简单又极精细地包扎，按理在没有药物辅助的情况下，对于这样重的伤来说起不到多大作用，但是莫康醒了。

睁眼的时候，我感觉到君十三娘的欢喜，合着天边飘着的片片飞雪和阴沉萎靡下去的天色，透过那叠合的树叶斜斜射下来的阳光，他揉着躺在他怀里的十三娘，身下碧绿的草地因沾了水汽，绿意浓深，是同他们身上衣裳不一样的颜色，却兀自生出几分宁祥。天地一片安静，唯见头顶雪绒花外无尽风雪，戚戚寒温逼来。她眼睛挣扎了好几下才勉强睁开，他满脸血污，咧开三分笑意七分痛苦，低声问："你怎么来了？"

他偏头倒在草地里，望向外面无尽飞雪，"这样大的雪，你要怎样回去？"

她爬起来，明明是很疲惫的模样却露出淡淡的笑，反问他，"你怎不说你该怎样回去？"脸色一变，有几分恼意，"今晨叫你别出去，为什么不听我的？"

他颤抖着的手伸过去握住她的手，像是触到了痛处狠狠地咬着牙吸了口冷气，"好，下回就听你的了。"受伤的右手撑着草地想要立起来，尝试了几下却没成功，十三娘伸手帮他，他却笑起来，"这地方倒也暖和一些，比埋在雪堆里好多了。"

我看得出来，他这是为了不让十三娘太过担心才这样说，才露出这样带着笑的表情。他那只右手被那群饿狼咬了好几处窟窿，这样用力支撑身子要坐起来，哪里会这么轻松。

四周忽然晃荡起来，像是有什么东西要崩塌一样，神思很受牵连，像是被一双无形的大手抓着扔了出去，一时间天旋地转，神思像被扔进了漩涡之中，赫然睁开眼睛，眼前已变成了御剑山庄的焦土荒山，面前的幻瞳之眼还在，姬澈抱着青冥斜靠在焦黑的山石上，像是看一场戏一样看着漂浮在我和君十三娘之间的幻瞳之眼，里面有着飘飘飞雪，巨大无忧树。

第三节　生存便是罪人

我弄不清楚为什么我的神思会被扔出君十三娘的记忆，那一片似如飘荡在尘世之外的虚无之境，真实而又美好，像极了幻术筑建的世界，亦真亦假，却能听得到那一声声喊着的名字，看得到那染了血色的白雪，可想要去触碰那雪、那树、那地，却如眼前飘过的烟霞，如春风过指隙，尤带飘飘风雪，几句暖心话。

姬澈也许是发现了我的异样，立起身子，蹙起眉，神情一副担忧样，“你怎么了？可有什么不适？”

他的话问得我心里一暖，像是置身冰原里兀然冒出来的一堆篝火，从心到脚一阵暖洋洋，可能是站得久了些，手脚有些麻木，连想要张嘴回应他两句都觉得是个难事，只得对他勉强摇了摇脑袋。

姬澈缓缓朝我走过来，仔仔细细地打量了一下我，确定我真的没有什么不适之后才收起那一副担忧的样子，“可能十三娘想起这些有些激动，才导致这幻境有些不稳定。”

我微微点头，对于玄术幻象这一类东西我没有什么发言权，姬澈在这一方面造诣不浅，他说什么就是什么罢。这对我来说不重要，重要的是神思可以歇息歇息，看一看姬澈那张为我忧心忡忡的脸。

面前的君十三娘已是入定的模样，完全沉浸在过去的幻境之中，看样子也没有出什么意外，心里也松懈了些。姬澈说：“本以为她这被封印的记忆会是从御剑山庄开始，却不曾想比御剑山庄还要遥远，要封印一段几百年的记忆，真不知那封印了她记忆的人修为到了何种程度，连十三娘都无法解开。”

他这番话却是让我有几分同感，因君十三娘用我的龙魂力量来解开封印，因而我能够感觉到那股力量在解开封印的时候是怎样的情况，封印住记忆的力量的确是很强，而且这股封印力量给我的感觉跟龙魂的力量有些相同。

心里想着，是不是该将这一大发现跟姬澈说一说，但是转念一想，我们这一路麻烦事已经够多了。再说，我也不能确定这股封印力量是不是真的和龙魂的力量相同，毕竟我体内的龙魂并没有真正苏醒。权衡之下，我觉得还是不要对姬澈说，至少得等我真正确定了这股力量和龙魂的力量相同之后再跟他说，说不定他得说我没脑子，没谱的事也瞎说。

姬澈叮嘱了我几句，大抵不过什么吃不消就别硬撑着，神思也不用老是放在三百年前的幻想里，多抽出来歇一歇之类，我只点头应下，又一头扎进了那游离于尘世之外的幻境之中。

拂晓之时，风雪平静了些，待到天光大放，风雪已歇，经过一夜修养，莫康的体力也没能恢复多少，主要是身上伤势太重而且整日下来没有进食的缘故。十三娘和莫康从小都长在这里，熟知这里的天气，这雪这会儿是歇了，但是用不了多久一定会再下起来，到那时他们要想再回到村子里可就难了。她现在必须趁着这间隙带着重伤的莫康回到村子，不然，不仅仅是莫康回不去，就是她，说不定也要被埋在雪堆里。

而回去的路明显比来时的路更加凶险，毕竟十三娘是一个人找来的，而现今，她还需带着一个基本失去行动能力的莫康，虽然现在风雪已停，但是其难度并未因此而减轻几分。

山下的积雪已至大腿，望着山下一片银白天地，十三娘已没有选择，她搀扶着莫康，一步一步走下通天石阶。我已经不对有人会来救他们这一点抱有希望，已经认定这是一条只有靠他们两个才能走回去的路，却在登山路口添了几个帮手。

是族中长老派来寻找十三娘和莫康的。昨日莫康带领族人外出打猎，却未见一人回去。一同外出的皆是族中年轻身壮的汉子，都是家中劳力后人，是大半个村子的年轻汉子，家中老人妻儿都已乱了手脚。天刚放亮，族中掌事便派人外出寻找，就在须弥山下通天石阶的路口碰见了十三娘跟重伤的莫康。

心里悬着的大石头总算是着了地，一直都紧张着的十三娘也松懈了下来。我已经不大能够感觉到十三娘的担忧，毕竟有这一群人搀扶，回到族中已经不是什么难事。

话不闲谈，回到族里已是临近正午，歇了一上午的风雪已有逐渐醒转的苗头，寒风渐渐肆虐了起来。药师为莫康的伤口上了药，为几处折断的筋骨固定了一下，乱石堆砌的石屋里燃着火堆，隔开外面严寒刺骨的空气，屋中暖暖，石床上铺着毛毡虎皮，在石屋之外，围着一大群本族人，他们并非是关心莫康伤势。

十三娘一回到族中，就被她阿爹带回家关了起来，他不愿让自己的女儿再插手莫康的事，如今莫康已经是整个君族的罪人。

因为同他一起外出打猎的本族人都没回来，而他却回来了，就他一个外族人回来了。在他们的眼里，一个外族人如何厉害，始终都要比本族人低上一等，他可以死，本族人万万不能死。况且，这回跟着莫康外出的君族人足有十余个，这几乎是大半个村子的年轻人，如今那些人家中的老人妻儿都聚集在莫康的石屋外。若不是之前族中掌事们发了话——有任何事都得等莫康醒过来之后再行商议，要是在此之前有人敢私自踏进莫康家门半步，直接驱逐出君族——人们早就冲进来了。

在这个村子里，族中掌事的话相当于现在的王旨，没人敢不听。

屋外风雪又起，寒风呼啸，十三娘被父亲罚跪在风雪里，浑身颤抖，她双腿已经麻木，已经不记得自己在这雪地里跪了多久，身体渐渐地失去了知觉，面色苍白如纸，那是一种绝望的神情，因为在数个时辰之前，他父亲已经决定，将她嫁作他人……

第四节　君酮

第二日，天刚放明，莫康屋外依然由几个君族族人守着，手中皆拿着棍棒弓弩。他们已经在这风雪之中苦等了整整一宿，要不是之前族中的掌事们吩咐过，现今莫康的石屋能否保住都很成问题。

临近正午十分，从围在莫康家外的人群中走来一名一身黑色戎装的精壮男子，一双剑眉斜挑着，面色极度阴沉，像是压下了无尽的怒火一样。他脚步很慢，右手提着一根削尖的黑色棍子，看上去像是有几分重量，握着棍子的手臂上青筋凸起，他一步一步地朝莫康的石屋走来，脸上始终都是一副冰冷的表情，怒目直视着那间小小的房子。

他的目标是莫康的石屋不假。仔细地查看了一下君十三娘已经解开的那一部分记忆，却发现君十三娘的神思也在搜寻有关这个人的记忆。她的记忆已经解开了一些，要想在记忆里找一个人并不难。一个念头的时间，我就清楚地知晓如今眼前这个杀气腾腾的人是谁。

君酮，同莫康一样是族中的狩猎好手。莫康身手了得，却是擅长用蛮力捕猎，敢同猛虎肉搏。而君酮却是擅长陷阱机关，用脑子捕杀猎物。他二人是族里最厉害的捕猎能手。因为君酮是君族人，在族中地位远高于莫康，是族中公认的下任族长的不二人选。莫康与君酮一文一武，但并不是很合得来。

而且这一次，注定他们两个会闹到不死不休的地步，因为在莫康所带出去打猎的队伍中，有一个是君酮的弟弟。

一根削尖的黑色棍子，一身黑色戎装，还有那飘逸的一头黑色长发，极其阴沉的面色，在这一身纯黑的装束之下显得尤为冰冷，他径直朝莫康的木屋走去，一步一步在雪地留下痕迹。人们见君酮走来，争吵喧闹之声戛然而止，他们都像十分惧怕君酮一样，不约而同地为他让出一条道来。

莫康的门前有两位族人守着，他们见君酮走来，面色十分难看。他们受族中掌事指派前来看守，为的是不让族中其他人因悲伤过度而做出什么出格的事来，可是君酮走过来了，而且还是带着浑身杀气走了过来。他们深知君酮在族中是何等地位，现时，他们心中十分矛盾，让他过去就是违背了掌事们的命令，不让他过去，必然会得罪君酮。

君酮不比莫康，他的性子可是整个族人都知晓的，如果他们硬拦着不让君酮进去，君酮势必会把他们狠揍一顿之后再进去，到底他都是要进去的，何必非要等到他把自己揍一顿之后再让他进去。

也许这两个守门人怀揣着的是这样的念头，因而在君酮靠近石屋前，他二人只是象征性地阻挡了几下，被君酮一棍子打飞了两根长矛之后，就一言不发地让他进去。

在君十三娘的记忆里，我见到君酮拿一根削尖的棍子来到莫康床前，将已经不能动弹的莫康直接扔出屋外。

嘭的一声，莫康倒趴在积雪里一阵猛咳，还不等他爬起来，君酮已经走出屋外，一脚将他踩在脚下，削尖的棍子抵在他的后颈，声音中夹带着怒火，“莫康，为什么只有你一个人回来？”

他单薄的身体深深地陷在雪地里，连头也抬不起来，他想说什么，却什么话也说不出来。人群里响起一连串的指责的声音，有带着哭腔质问，有带着怒火怒骂。他听着，清清楚楚地听着，一个字一个字都听得那么清楚，为什么只有他一个人回来？

他把头埋在深深的积雪里，我看到一片淡红色从他头下的雪地里蔓延开，响起低低的声音，“是我的错。”

是他的错吗？他又错在了哪儿？就错在只有他一个人回来了？

围观的人群之中，一个消瘦的身影踏着积雪深一脚浅一脚地跑来，她慌乱地拉开人群。见着君酮已经高高地举起了手中的棍子，她猛的一个扑身扑在莫康的身上，那即将刺进他骨血里的棍子忽地停下。

“放过他好不好？”

她的长发沾了雪花，眼角带了泪水，声音带着恳求，她直直地看着他，眨也不眨地望着他。他也直直地望着她，用满是愤怒的眼神望着她。两人四目相对，一个满是乞求，一个满是怒火，一个眼带泪水，一个眼带愤怒。他们就这样彼此望着，周边的一切在这一瞬间变得出奇地寂静，细雪飘摇，在他俩四目相对的目光之中打了个旋儿，撩动了她沾染白雪的发丝。

所有人都望着他俩，安静得没有一丝丝声音，不久，他像是再也压制不住自己心头的怒火——虽依旧保持着直视着她的眼神——兀然一下将她推开，如白雪一样的藕臂在毫无防备的情况下倒在雪地，被一块埋在雪堆里棱角锋利的石块拉出一道长长的口子，鲜红滚烫的血一下子染红了一大片纯白的雪，鲜艳得似一朵艳红的红梅花。

她还来不及喊疼，君酮手中的棍子已经恶狠狠朝莫康的后背插去。

“住手！”

一个愤怒的声音自人群之外传进来，却不是十三娘的。人们在这一声怒吼下，纷纷回头望过去，一个个换上无比虔诚的面容，“掌事！”

来者共有三位，是君族三位长老。君酮手中的棍子又一次停在了莫康的后颈，他回头看着这三位长老，眉宇之中依旧是腾腾怒火，“三位掌事是要让我罢手？”

胖胖的大长老走过来，“君酮，族长的话你怎么不听？”

他的话说得十分平和，声音也听不出有什么起伏，但话语之中自带一种威严，这种威严非久居高位不能练就。君酮的目光停在大长老的身上，将踩在莫康背上的脚收了回来。

“听！”君酮冷笑一声，反口质问道，“君族十六口人的性命，大长老，你能给我一个什么样的理由让我听？这其中还有我的弟弟，你又有什么样的理由让我罢手？”

第五节　一辈子，够不够

人们在君酮这句话之后再度变得喧嚣起来，有的说莫康应当受到惩罚，因为随他同去的人全都没有回来，有的说应该将莫康逐出君族，又有的说应该让他为死去的族人偿命。

三位掌事彼此相望一眼，尽皆无奈地摇头，全族十几口人的性命，无论他们怎样抉择，都会是艰难的，一边是族人与君酮，一边又是这个外族人，舍谁取谁，又该怎样去权衡，这都是摆在他们眼前的难题。

个子高高瘦瘦的二长老说道：“君酮，族长下了命令，有任何事都需等到莫康伤势痊愈之后再做决定，族里会给大家一个满意的决断。”

一族之长的话是王旨，既然族长已经下了命令，就不会有人挑战族长的威望。然而此时的君酮却全然不将这些放在心头，再一次将削尖的棍子指向了莫康的后颈，眼神依旧是看着身前的三位掌事，“我想，我做的决断，大家也都会满意。”

人群里没有任何声音响起来，在族长的命令与君酮现在的做法之间，他们都选择了沉默。

“君酮。”十三娘跪坐在雪地里，眼神里无比空洞，没有任何色彩，她毫无色彩的眼瞳扫过在场的所有人，最后落在君酮的脸上，“莫康欠你的，我还给你，一辈子，够不够？”

她的话里毫无任何起伏，这样一句话说出来，连我也不免心头一颤，一辈子是有多长，我想，她比任何人都清楚这句话意味着什么。人性的冷漠，心里的决然与脸上的木然，在这一场幻境之中演变着的，就像是一场对命运的屈服。

“他不仅是欠我一个人的，他所欠的是整个君族。”

这一场不是是非的是非，在君酮说完这一句话之后便终结。他放过了他，默认了她对自己又或者对整个君族所做的补偿。

时间如飞花拂柳，次月，君族祠堂红帐高悬，伤势大好的莫康拄着骨矛立在飘飘飞雪里，看着他们在众人的欢呼声中一拜天地，二拜高堂，手中的骨矛却是握得越来越紧。

“住手！”

他一声大吼，拿着骨矛冲进祠堂，在人们的注目之中稳步走向高台，路过那些红绸，路过那些燃在风雪之中的熊熊篝火，一步一步，走得比任何时候都要稳健。高台上的那个女人用自己的一生换取了他的性命。他从小到大都长在君族，因为是外族人，他一向都活得小心翼翼，忍受别人异样的眼神和言语，这是他早在孩提之时就已经学会了的功课。低头、顺从、迁就，这些都已刻进了他的骨子里。

他一直都这样卑微地生活，看别人的眼神生活。他活得狼狈，活得没有地位、没有尊严。

今日面对拿自己一生还他性命的女人，他终于拿出男子气概。不管接下来结局会是如何，我心里已经对他竖起了大拇指，要知道他以前是过得如何卑微，喊出那一句需要多少勇气。也许他并没有能力保护脚下的土地，但现在，他至少有勇气保护自己怀里的女人。

后面的情节，我可以料想到是如何发展，他能站在这里，并且来到她和他的身前，胜败也许他真的没有在意，在他的心里，他只是想告诉她，她没有爱错人。他收起了他的懦弱，在众目睽睽之下站在了她的面前，生死他已经是不在乎了。

他并没有成功将她带走，面对所有君族人，纵是他身手再好，也不是他们的对手。而这一次，君酮决然是不会再放过他，而十三娘，也没有任何办法可以保全他。君族宗祠，是这族人最神圣的地方，他一个外族，本就不允许来此，更何况他还是来抢新娘的。

这样的结果并不是我所愿看到的，但结果就是如此，真真切切的。莫康被打倒在地，再也没有力量站起来，但手牢牢地与十三娘扣在一起，扣得那样紧、那样牢。她的选择是随他去，而他的选择却是要她活，然而不论他们选择任何一个，都不可能被族人所接受，命运就这样又一次上演着悲欢离别。

我原本以为会看到他们两个人死，然而我的愿望在这片虚无之境里也得不到应验，我看到的不单单只是他二人的死亡，而是整个君族人的死亡。

连着数月飞雪，须弥山上的积雪已经深达十余尺，这样厚的积雪，终究是在这一瞬间崩塌了。如奔腾的浪潮，万千雪浪瞬间倾泻而下，势如决堤的洪水，凶不可挡，山在颤抖，所有对雪崩涌下来的阻碍在一瞬间被摧枯拉朽地摧毁，仅仅瞬间的功夫，就像是埋葬了整个天地一样。他已经没有任何力气带着她走，而她也没有打算要走。所有人在面对这一瞬间，面对死亡急速逼近，身体对存活本能的渴望在这一时刻完完全全展示在我的眼前，尖叫、奔逃、嘶喊、哭泣、绝望，像是一瞬间看遍了所有浮世铅华，而我在面对这样一个时刻，心里却是出奇地平静。

他们是所有人中最为平静的一对，在面对死亡急速逼近的时候，就如同我此刻的心情那样。在我的眼前，他紧握着她的手，她将头靠在他的胸口，没有言语，没有对死亡的恐惧，甚至于没有任何表情。那一瞬间，我像是看到了天长地久，地老天荒。在他的眼神里以及在她的眼神里，没有那逼近的雪浪，没有四散奔逃的族人，在那对深黑的眸子里，我只看到了他们印在彼此浓黑瞳仁里含笑的表情。

有人说，有时候爱情会让人变得无比卑微，而我在这场梦境虚幻里看到的，却是让一个人变得坚强，这个东西到底是好是坏，又会如何改变一个人。当莫康拿着骨矛冲进宗祠的那一刻，我想，也许能为一个人做出自己从来都不敢去想的事，这便是爱。不管是变得卑微，还是变得懦弱，在本质上都是没有什么分别，而真正本质上的区别，只是在于做了这些之后，不会觉得自己爱错了人。

她没有爱错他，而他也没有让她觉得自己爱错了他，在这三百年前的记忆里，我看到了这样一段封存往事，所有的一切都随着那一场雪崩掩埋于尘世，未曾留下丝毫痕迹。

第六节　龙炎

这只是君十三娘被封印记忆中的一个片段，我不知封印她记忆的那个人为何会将这一段记忆也给封印。在这段记忆里，并没有龙炎的影子，就连御剑山庄也没有丝毫痕迹，有的只是和她名字一样的君十三娘。

时间犹如白驹过隙，转眼之前，叶绿枯黄，春秋走过，百里须弥山下，花开叶落，日升月明，时间的齿轮自此加速了转动。我仿佛可以看见光阴化作了流光，从指缝之间一拂而过。转眼之间，已是看遍世间万种，一季艳丽斑斓的风景，一场风吹枯叶深秋的萧瑟，依稀能够感觉凉风自身体之中穿过，有花的香，有雨的湿，有雪的冷，而唯一不变的是那宛如亘古的静。

须臾百年，在我眼前不过片刻流走不归，在这百里须弥山下再无人至，君十三娘矗立在这须弥山顶，看尽百载沧海桑田。

这一日，风云惊变，原本晴空万里的天空兀然升起万丈绿光，无比巨大的无忧树盘根错节的枝丫一根根收拢，绿光闪耀天地，掩去了所有的光芒，那棵无比巨大的无忧树就这样在我的眼前迅速收拢枝丫，缩小身形。待到绿光散去，天光大放，那一刻似是遮天蔽月的无忧树已经在我眼前消失不见，取而代之的却是一个绿衣女孩。

我定定地看着她，齐至脚踝的发，如一缕青烟似的深绿长裙舞在风中，白如璞玉的一张脸上带着最干净的笑容，额间一点朱砂痣，这样熟悉的一张脸，这样熟悉的一个人，君十三娘。

这才是封存记忆的真正主角，而我也清楚地知道，让她穷极数十载也要弄清楚的过往，现在才刚刚开始。

这期间，烦琐之事不表，说起来也不外乎她初世为人，所见诸事，事事惊奇，一个人游荡在这个本不属于她的世界，说起来也未免乏味，便从她记忆残片里的那人出现说起。而那个她想不起来的人，正如我之前与姬澈所猜想的吻合。

这一年，御剑山庄老庄主龙铮离世，在离世之时将庄主之位传与其独子龙炎。虽是有老庄主的遗令压在那儿，但是龙炎并未顺利地坐上庄主的宝座。龙铮之母孕下两子，长子龙铮，次子龙浔，但龙浔是在其母孕下龙铮之后十五载才诞下，龙铮逝世之时不过五十二岁，而此时的龙浔却正值壮年。

龙铮离世之时，龙炎年仅二十五六。龙浔以龙炎年岁尚浅、阅历资质还不足以挑起龙家大梁为由，欲与龙炎争夺庄主之位。然而即便他在龙家地位颇高，属元老级别，但有龙铮的遗令压着，龙铮生前的心腹又极力保龙炎登位，他最终没能登上庄主的宝座。

我只能透过君十三娘的视线来看这一段尘封往事，以上所述是君十三娘进驻御剑山庄之后才晓得。而君十三娘为何进入御剑山庄，又是如何遇到龙炎，这其中因果缘由却是要从那一次秋狩说起。

每年立秋龙家按惯例都会举行一次秋狩，这是龙家祖上传下来的规矩，到了龙炎登上庄主宝座自然也是少不得。这是龙炎当上庄主之后的第一次秋狩，规模自然也就比往年更大了一些，就连龙家的外族人也都来了，然而这场堪比盛事的秋狩，却是有人谋划许久。

当龙炎追捕一只中了箭的四角鹿，跑进一片竹林并成功将四角鹿擒获之后，发现跟随自己过来的两个侍从已经没了踪迹。天色灰沉，秋风潇潇，飘落的竹叶在风中起伏打旋，四周一片死静，如无星黑夜，这样的天气，这样的环境，真是杀手夺命的绝佳之际。

一群蒙面黑衣杀手自竹梢跃下，手中钢刀闪着夺目的寒光，直直朝龙炎刺来。飘落的竹叶似一场纷纷飞雪，依稀能够听到钢刀划过空气尖锐的破风声。龙炎能坐上御剑山庄庄主之位，身手自然是不差，反应也超乎常人，一个腾挪化作一道模糊的影子，避开致命的一刀。

这一场架打得太过精彩，且不说他赤手空拳抵挡十余把钢刀攻击还能做到面不改色，依旧冷着面貌，横着冷眉，单单只是那辗转腾挪、侧身飞起翩翩的风姿，就足以令大多以歌舞之技谋生的俊美佳人饮恨自杀。这本是一场厮杀，却生生因为他在风雪之中的身手变成了一场精彩的打斗，我简直看得出了神。

然而就在龙炎占据了绝对优势，我也以为这群蒙面黑衣人要以失败告终的时候，忽然从竹林深处飞出一支冷箭，冷箭如闪电穿过茂密的竹林，射得精准，如此茂密的竹林也没阻挡住分毫，飞箭从根根翠竹之间的缝隙穿过，如一道流光划过夜空，直射龙炎身后。

此时的龙炎正与一群黑衣人纠缠在一起，全然没有发现这支即将要他性命的冷箭。等到他感觉到死亡逼近为时已晚，我下意识地闭上眼睛，眼前仿佛已经出现了龙炎被穿胸而过的画面。然而这样的画面并没有发生，我闭上眼睛等了很久，当我再睁开眼睛的时候，发现那一支正要射进胸膛的冷箭被截在了半空。

“本想留个活口，将来好做人证，不过现在看来，是没有那个必要了！”

龙炎震怒，身形变化得更加迅速，我几乎看不到他的身体，只能见到一串模糊的影子在黑衣人群之中犹入无人之境，那些刺杀他的黑衣人不消几个呼吸的时间已被他打倒在地。

他的脸色看不出来有什么变化，就算一连杀了这么多人也依旧是一副冰冷的模样。然而就在他转身看向那个救他一命的人的时候，脸上忽然露出一丝明媚的笑容。那个人站在他身后，绿裙在纷飞的竹叶里舞动，她定定地看着他，眉间微微皱起，问他:“你为何要杀他们？”

他带着明媚笑容的脸忽然变得阴冷，冷笑一声，“我若不杀他们，他们就会杀了我。”

她依旧是定定地看着他，翠竹飘下来在他们之前飞舞，他朝她走过来，在她身前三尺停下脚步，“适才多谢姑娘搭手相救，若是不然，现今在下已是尸体一具了。”

她轻轻一笑，“举手之劳罢了，无须挂怀。”

说完转身便要走，他三步并作两步赶上前去挡在她身前，“姑娘救命之恩在下自当记着，只是姑娘能否告知名讳，他日在下必当酬谢！”

“名讳？”她眉间一蹙，低着眉睫细细地想了很久，细细地问，“名讳是什么？”

他一愣，随即笑道：“敢问姑娘如何称呼？在下御剑山庄龙炎！”他极为恭敬地对她躬了躬身子，模样很是谦逊。

她依旧像是不明所以地问：“你是问我叫什么名字？”

他再次一愣，直起身子点了点头。

“可是，我没有名字呀。”她偏着头，一脸天真地看着他。

他又一次僵住了，脸上满是苦笑，“人怎么可能没有名字呢？”

她的手指在裙袖之中拧成了麻花，紧紧地皱着眉头，心里不停地在想该告诉他叫什么呢？她本是天生地长，没有人告诉她应该叫什么名字……低着头思索了好一会儿，“君十三娘，你可以叫我君十三娘。”

“君十三娘？”他重复了一遍这个名字，微微点了点头，又向她问道，“不知君姑娘是要去何处？”

“我也不知道我要去哪儿。”她摇头说道，“反正天大地大，走到哪儿就是哪儿，停在何处就是何处。”

他一听这话，眉间再次一皱，“姑娘没有落脚之处？”

她笑着点了点头。

这便是他与她的第一次相遇，没有多浪漫的场景，反而还带着血。她遇到他，有着细细的眉和浅色的唇，长长的黑发绾在玉冠里。就这样，他将她带回了御剑山庄，结束了她在陌生人世间的漂泊，也将她带进了一个无底深渊。

第七节　装扮

龙炎在御剑山庄中把一间闲置的院子给她，这座院子坐落在御剑山庄东南角落，风景甚好，环境清幽，是一个极清静的所在。

时则入秋，天气渐入寒凉，院子里的花花草草颇有凋零，倒是有几株金茶花开了些花骨朵儿，金黄金黄的，有些夺目。

这次秋狩中遭遇行刺，龙炎回到御剑山庄之后并未对任何人提起，像是全然没有发生过这档子事一样。

这天清晨，天刚破晓，门前几朵金茶花开了花蕊，因染了清晨的露珠格外鲜艳，丛中石径微有潮湿。她刚推开房门，一双赤足还未完全迈过门槛，就见着龙炎步履缓缓地走过来，身后还跟了两个白衣侍女。天际有几缕薄雾懒懒散散地飘着，虽然来御剑山庄已经有几天了，可是除了刚开始两天龙炎会过来看看，已有好几日未曾见他迈进过这间院子了。她定睛看了他好一会儿，刚要跟他打个招呼，他的声音倒是抢先一步，“君姑娘早起了，这几日可还习惯？”

她有些不好意思地笑起来，这话他已经不知道问过自己多少回了。刚来的几天，龙炎天天都会过来看她，每次来都是这样的开场白，面对这样的问话，她也一向都是这样回答：“习惯！”

起初倒也适应，只是次数多了，每回都是这样的对话，让君十三娘觉得他是不是除了会说这样的开场白之外，再不会说别的什么。

她几乎不用想就知道他接下来要说什么。

“习惯就好，只怕在下哪些地方做得不好，怠慢了姑娘。”

果然，同她料想中的一样，她也回答道：“哪里，庄主客气得紧。”

依他对话的经验来看，说完这些例行的问话之外，接下来应当是带着她四处走走，看看御剑山庄四周的美景之类，或者拉她找处闲亭泡泡茶、聊聊天，但是这一回他并未这样，像是有些不按以往的套路出牌，“这几日天已渐冷，我招呼几个会裁剪料子的仆人制了几件袍子，君姑娘试试可还合身。”

身后的两个侍女捧着袍子从龙炎身后站出，她瞟了一眼，眉间一挑，倒不是这几件衣服制得不好，而是他为自己准备的这几件袍子皆是白袍，在这当中还有件雪白的狐裘以及一双鞋子。自她得了人身开始，一直都是绿裙赤足，她其实不需要别的衣裳，也不会觉得冷，更没有穿过鞋子。

这身衣裳是龙炎凭着记忆里君十三娘的体形吩咐匠人赶制的，当两个侍女为君十三娘装扮好这身衣裳拉开房门的那一瞬间，几缕薄雾飘绕过房门，她神色清冷，雪白的狐裘包裹在她娇小的身躯上，并不显得臃肿，侍女为她梳了发，是很美的发式。她从不知晓足上穿鞋子是一种什么样的感觉，我与她神思相连，此时却在脑海中无端飘出这样一句话，“原来我也是有穿过鞋子的。”

这并非是这个时候的君十三娘说的话，而是在废墟中的君十三娘的想法。这样的话飘进脑海，我莫名觉得有些低沉，却也说不上为什么。

她的个头并不高，只到龙炎的胸口，站在两阶石台上也不过刚刚与他平头，他一向看她都是俯首。在他的印象中，也并没有见过她穿别的颜色的衣裳以及头上戴过什么发饰，而这一次，他平视着她，见着她不同于往常的衣裙以及发饰，呆呆地看了好一会儿，称赞道：“看来我估量出的尺寸刚刚好。”

她清冷神情微微一笑，问道：“我这身打扮是不是有些别扭？”说着摊开双手低头仔细地看了看这身白衣白袍，有些不适应地撇了撇嘴。

“哪里。”他摇头一笑，是欢喜的笑容，“刚刚好！”

而今，龙炎已是御剑山庄庄主，每日要处理的大小事件颇多，并不能每天都来看君十三娘。

前几日，庄里进来一批矿石，听闻是世间少有的顶级矿石，是龙炎为铸剑准备。近几天，因龙炎都在为铸剑忙碌，都没怎么来看君十三娘，以至于这几天她都过得有些寡淡。

虽然龙炎领着她在庄里走过几回，但是对于庄里很多地方依然不怎么熟悉，而且庄里很多地方都是极机密的所在，外人不能进入。在这个堪比城池一样的巨大山庄里，除了龙炎，她也不认识什么人，因此，龙炎不来找她，她都待在这处院子里，并不外出。

今晨，庄里的园丁要来修剪花草，被君十三娘拒绝了，她本就与这些花草同类，修剪花草免不了要切胳膊断腿什么的，心里多少都有抗拒。她并非不知园艺，只是觉得花开花落、叶荣叶枯都是自然，而并非要以外力去干涉，修剪出个花样自然是看着好，可让其自生自灭养出个天然的妆容也未尝不可，她本就这样生长了千年，没人比她更了解这些花花草草更喜爱什么。

刚把老园丁送出门口，一身白衣的女人悠悠向她走来。她打量了一下这个未见过面的陌生人，发现这个陌生女人身上的穿着与打扮竟是与自己不差分毫，若不是她个头低一点儿，从远处看背影的话，估计分辨不出谁是谁。

老园丁对这陌生的女子恭敬地鞠了鞠躬，然后绕开走远了。陌生女人朝她走过来，声音柔柔戚戚，“早就听说龙炎从外面带了个女人回来，我这厢一直没得空过来见见，原以为会是个多了不得的美人，竟没想到只是个小姑娘。”

她的声音听不出任何亲切的意思，反而似有几分轻蔑和嘲笑。君十三娘自是听不出这话里是个怎样的意思，满脸疑惑地望着她，声音低低地问她：“姑娘是？”

她并没有回答君十三娘，而是绕过君十三娘进了院门。石径通幽，两旁花簇花事繁茂，溢了一院子的芳香，她的脚步停在石径上，仔细地打量了一下这间院子，悠悠道：“前日听仆人们说起，龙炎让制衣裳的裁缝裁了一套与我这身一个模样的衣裳出来，说是给个小姑娘做的，今日我得了空闲，就过来看看我这身衣裳穿在一个小姑娘身上到底是个怎样的仪容。”

第八节　钰磬（一）

草木之间，石径之中，这个回身看着依旧呆站在门口的君十三娘，发现她只是默默地看着自己，脸上除了有些疑惑之外，也见不着其他情绪，像是自己的这番话听在她的耳中，只是些无关紧要的话。细长的眉毛动了动，细细地看了她好一会儿，像是要从她那张脸上找到些什么，终于，君十三娘原本看着动也不动的眼瞳轻微地转了转，像是在打量自己，片刻收回眼神，目光转向自己，垂眼看了看眼前女子装饰，轻轻道：“这一身衣裳穿在姐姐身上，却是比穿在我这样一个小姑娘身上端庄多了。”

她一听这话，神色微微一愣，君十三娘说的这话，让她不知该怎样去接。如果换作是我，想来也不能轻易找出适当的话去接，估摸着只能是笑笑而已。但是笑笑这个动作此时不会出现在这个女人的脸上，她现时这番举动，就我看来应该是兴师问罪或者是耀武扬威，或是找茬的。揣着这样的心思来找十三娘，而又被她那句话压了回来，无论如何她是做不到君十三娘这般。

不等她说话，十三娘已经迈步朝她走过来，“姐姐应该是叫作钰磬的吧？我曾听龙炎说起过，他说，你和他自小在一起长大，他唤你姑姑。”

虽然十三娘只是一个初为人世的小女孩，但是好歹也生长了千年。虽不知钰磬为何要对自己说那样的话，但是从她说话的语气来看并非和善，明白这一点，她的语气也变得不像之前那样低低怯怯，言语里带着质问的口气，看她的眼神，似乎在语气上已然压过了钰磬一头。

“看来龙炎什么都对你说了！”她的话语变得有些恼怒和阴冷。

“那些他对我说过的事情我自然是晓得，而那些他没有对我说起的事情，我也无从晓得。”她细长的手指拂过一株盛开的金茶花，抖落下几滴晨露，“只是姐姐你既已为人妻，却又到我这里来说这些与我无关紧要的话又是为何？”

她顿了顿又道:“龙炎是给我制了一套同姐姐一样的衣服，如果姐姐觉得这身衣裳穿在我身上不得体，辱没了这身端庄的衣裳，我大可还给姐姐就是了。一身衣裳而已，没什么打紧的。”

“哼！”钰磬的脸色已经变得苍白，“到底不过一身衣裳罢了。我还输得起。如若这身衣裳你穿得还好，大可穿着。我只要知道，他带回来的这个女人是照着我的模样打扮的也就够了。”

她神色愤懑地看了十三娘一眼，迈着细细的步子走出了这间院子。面对这样一场插曲，君十三娘显得十分淡然，她并没有将这件事放在心上，也无心插手他们之间的种种，只当自己是个过客，或者是个看客，那身衣裳她依然穿着。

然而，世事不由人，既然进了这间大庄子，有些事并非是自己想置身事外就可以置身事外的。约莫有半月光景，钰磬的一个使唤丫头拿着一方帖子前来拜会君十三娘，说是今日从苗疆运来些未上市的新茶，特意请她前去品茗，看这帖子的意思，似有几分讨好的意味在里头。

君十三娘心里也没多想，觉得既然人家派人送了帖子，又说得如此有诚意——再有最近龙炎一直忙于铸剑，也未带她在山庄走走，日子过得有些乏闷——倒也可以跟着去看看，于是跟着那小丫头欣然去了。她向来都不知道什么叫拒绝的，更不懂如何去拒绝。

君十三娘不大品得出来茶的好坏，只当晨露山泉饮了，即便是觉得比晨露山泉烫口或有苦味、甜味，其他什么的她也品不出来。而对面坐着的钰磬却是对君十三娘颇为热情，简直与初次见她时判若两人。在闲谈之中，钰磬对她说起了她与龙炎之间的事。

钰磬并非是龙家本家人，属龙家旁系。龙家这一个大家族中，旁系比本家更为庞大，而钰磬这一家在龙家旁系中有着不低的地位。龙炎的生母是钰磬的表姐，在他们这样一个庞大的家族中，各种各样的关系十分复杂，以君十三娘的见识很难完全理解透彻，总之她只消明白，钰磬唤龙炎的生母为表姐，而龙炎唤钰磬姑姑这两点就够了。

钰磬自小在御剑山庄长大，在龙家的一场家宴之中与龙炎相识。两个一般年纪的小孩子很容易玩在一起，钰磬的父亲说："看这两个孩子玩得如此欢心，不如就将小女留在庄里，当作个玩伴。"

那时候，钰磬的父亲打着的是这样一个算盘，龙家家业庞大，若是能攀上这样一个大树，其家族也必将飞黄腾达。虽然钰磬与龙炎之间感情一向都十分要好，但是其结果并非像钰磬父亲所料想的那样容易。

十五年后，龙家家宴。这时御剑山庄庄主龙铮已有退位之意，欲将庄主之位传于其独子龙炎。虽然当时龙炎年岁尚浅，但是龙铮已在为龙炎铺就大道。在这一场看似普通的家宴中，却比往时都要隆重。龙铮领着龙炎在龙家以及龙家外族各个举足轻重的人物面前混了个脸熟，但凡是明眼人都能瞧出其中端倪。人们大多比较平静，而在那些不平静的人中，最为突出的一个便是龙炎的亲叔叔，龙浔。

龙浔觊觎庄主之位已久，一看这情势，龙铮并无将庄主之位传于自己的打算，心中颇有不满，而在这高朋满座的局面上也不好发作，闷着脑袋喝了不少酒。

龙铮身为庄主，自然是人精中的人精，龙浔的举动他也都看在眼里，家宴是龙家大事，忧心龙浔酒后说些不体面的话而伤了宴席和气，刚巧钰磬从旁走过，便吩咐钰磬将已经喝得有些上头的龙浔扶回了房里。

此时的龙浔憋了一肚子的闷气，现在宴席未散，龙铮却要让他先行离开，心里更是恼火，憋着满胸满腹的怒火被钰磬扶回房中，酒劲一上来，只顾发泄心中愤懑，直接就将钰磬摁在了床上，强暴了，额，准确地说，是临幸了！

第九节　钰磬（二）

深夜，宴席散去。次日，龙铮想着昨夜龙浔心里必是十分不悦。虽然龙铮怀里揣着什么心思他都明白，但是自己也就这么一个亲弟弟，惦念着自己的儿子以后坐上庄主之位，若是这个弟弟从中刁难，难保不会出什么岔子。

龙铮思前想后，觉得还是过去看看说些宽慰话，虽不指望可以完全打消龙浔的心思，但能够让他收敛收敛也是好的。

这是兄弟二人私底下的回见，龙铮并未让仆人前去通报，现今听来觉得有些鲁莽，但有些事若真是命里注定该有的，无论如何也逃脱不掉。但这不能说是龙浔的命，更像是钰磬的命。于龙浔而言，这不过是一场见不得光的风月事罢了，他并没有失去什么，反而得一美人；对钰磬来说是一场灾难，更是一场苦涩的命运，她逃不掉这场命运为她开的玩笑。

这对龙家来说，是一段家丑。既然是家丑，自当是不宜搬上台面来说。当龙铮推开龙浔房门见到屋里的场景，只是默默将房门带上，转身离开，并吩咐下去，在龙浔没有拉开房门之前任何人都不得靠近这间房门半步。他这人已是人精中的人精，这话自然不会是照着这个意思说出来，他自有他的一套说辞，而这套说辞绝对不会引起任何人的疑心。

次日，龙铮派人请龙浔来见，没人知晓他们这一次相见说了些什么，但是我也能猜想得出来，龙浔已有把柄落在龙铮手里，但他这人决然不会把话挑得太明，只点到龙浔隐暗之处。当然，这只是我的猜想罢了，事情的经过究竟是怎样也无从知晓，总之龙铮欲让龙浔收敛一点的目的已经达到，而钰磬父亲想要攀上龙家这棵高枝的目的也已经达到，好像大家都求仁得仁，好像大家预先期望的那些东西如今都拿在了手里。但是这过程好似都悖了初衷，都没有想象中的那样美好。

龙浔之前并未有过妻室，之后也一直未有过，钰磬是她第一个也是最后一个女人。龙浔是谋大事的人，儿女情长之事似是天生与他绝缘，在他看来，这些东西都不过是累赘罢了。虽然钰磬已经进了龙家大门，也领了个不低的地位，但是自那次龙浔酒后乱性之后，他再没有动过钰磬一次。

虽他与钰磬确有那方面的事实，但多年来并未孕下一子半女，在这豪门大家里，其中酸楚，非平常人所能体会。

君十三娘听完这些龙炎并未对她说起过的事，心里并没有多大起伏，只是抱着听书般的心情听了。而我看完这些，心底却明朗。从钰磬第一次见到君十三娘说的那些话来分析，她与龙浔之间并没有感情存在，她心里放着的那个人还是龙炎。她与龙浔能够走在一起，都不过是一场算计。她父亲算计的是龙家这棵高枝，而龙铮算计的只不过是制约龙铮的手段。但是仔仔细细地掂量起来，龙铮已经抓住了龙浔的把柄，将钰磬许配给龙浔，不外乎是送了钰磬父亲一个顺水人情，若这样计较起来，倒也称不上是算计了。

哎，这豪门大家里的水，哪里是一瓢两瓢就能数得清的。

日值西头，有红霞亮在天边，恰似一团如血的红绸。钰磬放下手中捧着的茶杯，说完这些算不上多好的往事，她做不到如君十三娘表现的那样平静，心底多少有些起伏，这些龙炎并非说与君十三娘听的事，只余一声苦叹轻轻响在唇口。

君十三娘不大会安慰人，她也不懂得如何安慰人，端起茶壶为钰磬满上一杯暖茶，轻声说道："人活一世，愁欢苦喜各有滋味，姐姐与我说的这些我也不大能够体会，这些事看淡一点就好。"

她说的这话，在我听来都觉得没有什么安慰作用，更不用说能对钰磬起什么作用。但怎么说钰磬也是经历过风浪的女人，也许很多事她都已经看开，命运为自己安排的东西，逃不开也甩不掉，被迫与甘愿地接受，貌似都没有多少分别可言。听完君十三娘这一番算不得是安慰的话，钰磬素红的薄唇扯开一丝淡笑出来，"日暮了，庄里有几处日落的山水倒是可赏，不知君姑娘可有雅兴与我一同前去看看？"

君十三娘自然是不会拒绝。钰磬带君十三娘走的地方都是龙炎没有带她走过的，苍茫群山似龙盘虎踞，一轮西坠的红日沉落山头，斜射出一道金灿灿的刺眼光芒，而绕过一道山梁，却又看到整轮红日隐在红绸似的云霞里，山崖绝壁之处的石阶时上时下，十分蜿蜒曲折。这路的风景倒是十分可赏，虽是走得艰难，但这风景看着也不令人觉得疲惫。

走过一道绝壁之处的长长回廊，眼前风景陡变，一处飞瀑似从九天之上直泄而下，冲入茫茫山谷，有晚归的群鸟在日暮下盘旋于深幽山谷，群山寂静，一座狭长的吊桥自脚下深入云端，连接对面的山腹，红日西沉，宛如挂在彼岸山顶。

这处地方君十三娘从未来过，并不知这是何去处，对钰磬投过去询问的眼神。钰磬道："这里是御剑山庄最机密的所在。吊桥对面就是整个御剑山庄的核心之所，剑炉剑池都是在此处。这里面遍布机关，这铁索桥是去往对面的唯一通道。君姑娘可想见见？"

"可以么？"君十三娘淡淡一笑，道，"既然是极机密的所在，对我这样一个外人而言会不会不妥？"

"君姑娘是这庄里贵客，又怎能说是外人。再说此时龙炎就在那里，据我所知，龙炎这半月时间都待在这里，你这许久未见他，心里岂会不想？"她微微一笑，走过来拉起君十三娘，踏上吊桥横木。

她其实并没有要过去的打算，算是钰磬强行拉她走上去的。吊桥约有百丈长，下方更是万丈深渊，走在上面有些晃悠，不大稳健。钰磬像是常走这条道，丝毫看不出有什么不适的地方，而君十三娘也非凡人，这两人走在上面倒也如履平地。

我看着有些反常，钰磬是拉着君十三娘来看日暮风景的，而这里的风景之美，是龙炎带君十三娘看过的所有风景加起来都无法相比的，可钰磬拉着君十三娘行走的速度，却怎么也不像是看风景的样子，步子显得有些急。

第十节　杀阵绝命（一）

吊桥奇长，走了约有半炷香的时间也没能走到吊桥尽头，脚下云雾翻滚深不见底，似被血染过的红日已沉入云海，茫茫群山之中空余几缕晚阳余晖，前方隐隐可以听到咚咚铁锤敲击声和人声，不知何处响起一声呼哨，引着晚归的鸽子咕咕叫着自吊桥下穿过，转眼间在云海之中留下沙粒般的影子。

也许想到龙炎就在前面的缘故，君十三娘的脚步略微快了那么一丝，钰磬竟落在了她的后头。但是在我看来，并不是君十三娘走得快了，而是钰磬放慢了自己的脚步，脸上有着一种莫名的神色，看不出来是因为什么，耳边忽然响起一声裂响，还没等我弄清楚发生了什么事，就见君十三娘的身体忽一下掉下，直直地朝无尽深渊坠下。

她几乎都来不及惊叫一声。就在身体即将完全穿过吊桥木板的时候，见着白风一闪，钰磬飞快地冲上前抓住君十三娘的右手。晚风吹来一片云雾，吊桥木板翻滚着掉进云海里，顷刻不见踪迹，身体忽地一顿让她有些始料不及，但好歹是不会掉下去了。头顶的钰磬拉住君十三娘的小手，脸上神色复杂，仓促地笑了两声，“还好抓住了，也不知那些下人们干什么吃的，浮桥木板蛀了也不修缮修缮。”说完又赶紧笑了两声，“你可要抓紧了。”

君十三娘看样子是有些受惊，抓住钰磬，正要提气从这个窟窿里跃上来——这对她来说没有什么难度——却感觉有股力量在将自己往上提，看钰磬的脸也多了几分微笑，心里觉得救自己的这个女人，自己一定要好好报答她。

君十三娘并不是很重，但是钰磬也不像是个干过重活的，提君十三娘提得很吃力，但是手却握得很紧，眼看着就要将君十三娘从窟窿里提上来，却忽然顿住了。君十三娘感觉钰磬的手有些颤抖，像是用尽了力气，抬头一看钰磬，见着她神色十分复杂，嘴皮子有些轻微打颤，这并非是吃力的表情。我看钰磬神色却是觉得有些可怕，像是一只狰狞的恶鬼。她双眼直直地看着君十三娘，握着君十三娘的手逐渐放开。

她难以置信地看着钰磬，心里忽然腾起一种恐惧，我明白她的心思，并不是因为自己即将掉下万丈深渊而感到恐惧，而是钰磬的眼神，有狰狞，有挣扎，更多的是愤怒。她心里十分清楚自己即将面临的是什么，可是心里却百般挣扎，无法相信，钰磬既然要让自己掉下这万丈深渊，先前又为什么要救自己？

身体忽地一空，只听得钰磬发颤的声音响在头顶，“怨我吧，下辈子别再遇见龙炎。”

头顶的铁索吊桥急速远去，耳边只有呼呼风声。她到底还是太幼稚了一些，人心岂会是那样简单就可以揣摩的，她真真还没体会到什么叫作人心难测。从这万丈深渊之中腾身回到吊桥对她来讲并非难事，而她并未这样做，任由身子直坠而下。我觉得或许她在想着什么事，但她的心里一片空白，脸上有疼痛神色。莫非钰磬对自己说的那些事，领着自己看的这些日暮风景，全都是为这一刻的松手所做的铺垫。

就在她思绪万纷的时候，从对面山腹忽然跃下一道黑色影子，黑影穿过重重云雾。转眼之间已将她搂入怀里，还没等她看清黑影面貌，就听得一阵急促的声音响在耳畔，是呵斥的声音，“谁让你来这里的？”

“龙……龙炎？”她难以置信地看着他，纷乱的发丝晃在眼前，身旁尽是纯白云雾，他紧紧地把她抱在怀里，紧得让她无法呼吸。他慌乱的眼神扫视着四周雾霭，像是在找落脚之处，眼中尽是焦急，“抱紧我！这下面不是个善地，我们有麻烦了！”

她有手段带着他腾上这万丈深渊，心里并非有多担忧。听了龙炎的话，她抱紧了他，像是一颗极坠的陨星直落而下，一股股劲力环绕在身体四周，消减那恐怖的下坠之力，轻轻稳稳地落在地面。

他放下怀里的她，神色并没有因为平安着陆而有丝毫放松。君十三娘朝四周看了看，心里不免一阵发毛，这地方阴气森森，四方尽是漆黑的嶙峋怪石。而他们所处的地方是一块广阔的平地，在这平地之中有着一道道漆黑的沟壑。

沟壑扭曲，且四通八达，构成一个十分玄奥的图案，俨然是一个巨大的阵法。而在阵法之外的四个阵脚之处，赫然立着四个漆黑色的巨大石雕，青龙、白虎、朱雀、玄武。

身子才不过刚刚着地，原本还算平静的山谷忽然响起轰隆隆的巨响，地面剧烈地晃动起来，一时间黑雾涌起，山石颤抖，立在巨阵之外的四尊石兽几乎同时张开了大嘴，滚滚岩浆自嘴中涌出，沿着阵法之中的沟壑一路蔓延而开，漆黑的阵法登时亮了起来，发出刺眼金光，朝他们逐渐逼近。

“不能让阵法启动！”龙炎拉起君十三娘的小手径直朝面前的青龙石兽跑过去，“这些岩浆一旦注满沟壑启动了阵法，可就小命不保了！”

他紧紧地拉着君十三娘的手，握得她手心都有些疼。他必须赶在岩浆还未注满沟壑之前让阵法停下，眼看岩浆流过大半，忽然一阵热气扑过来，她只感觉那些裸露在衣裙之外的皮肤火辣辣地疼，像是被放在烈火中灼烧一般。就在这时，龙炎忽然反过身体将她抱在怀里，如火的热浪涌过两人身体，呼啸而过。

他放下怀里的君十三娘，一头黑发已变得卷曲，滚滚岩浆从他们身旁的沟壑流淌而过，流向阵心。

地面的颤抖愈加强烈，几乎快站立不稳，而那些立在阵脚之处的四尊巨兽亮起了红光，赤红的岩浆沿着巨兽鳞甲之间的沟槽逆流而上，逐渐流满巨大的身体。与此同时，岩浆已流入阵心，注满了整个阵法，颤抖的地面在岩浆注满阵法之时停了下来，天地一片静然，只余这处巨阵散发出比之前更加强烈的金光。

这寂静的空气仅仅维持了刹那，一股股强悍的刀兵之气自巨阵之下涌出。龙炎深知此阵厉害，就在那刀兵之气涌出的一瞬间，拉起君十三娘跃入空中，一股强劲的内力包裹住两人，无数的刀兵之气直冲上来，刹那像是有万千刀剑狠劈在那股劲力之上。

君十三娘惊愕地看向龙炎，这股刀兵之气她心里十分清楚，虽然龙炎内功精湛，但是要想抵御强劲的刀兵之气明显不足。他的唇角已经溢出鲜血，但是好在这些骇人的刀兵之气已经退去，然而却并不见龙炎有落地的想法，不由握了握龙炎的手腕，问道：“你受了伤，不必强撑的。”

他却冷笑一声，抹去嘴角血丝，笑道：“我倒是不想强撑，可我若不强撑着，你要如何逃出这阵法？”

她赶紧说道：“就不能命人关掉这阵法？”

他冷笑一声，道：“如果这阵法能关闭，之前就不会启动了！”

君十三娘像是没有明白龙炎的意思，我也不大听得明白，只觉得他这话很有深意。龙炎是龙家家主，按理说自然是有办法关闭这座大阵。

“难道这阵法一旦启动就没有办法关闭？”君十三娘焦急地向龙炎问道。

龙炎淡笑道：“阵法再厉害也只是阵法，既然能够开启，自然就能够关闭，除非……”他沉默了一下，“除非有人不想让阵法关闭！”

他说到这里，我已经明白，君十三娘也明白了，阵法有可能是自行开启，但阵法是死的，必须要有人操控才会发动攻击。龙炎是龙家家主，如果有人发现是龙炎掉进阵中，那么操控阵法的人必然会在阵法开启的时候就让阵法停止，但是现在并非是这样，那么，造成现在这种局面的可能就只有一个。

有人要龙炎葬身于这阵法之中！

现在这个情况已不容君十三娘有闲情去琢磨到底是谁要害龙炎，身下的巨阵散发出的金光越来越亮，几乎闪得人睁不开眼睛，一股比之前更加强横的刀兵之气再一次朝他们扑过来。与此同时，岩浆已经布满四尊巨兽的身体，一股奇异的力量忽然从四尊巨兽身上爆发出来，丝丝流光合着巨阵散发出来的强烈金光以及刀兵之气一股接着一股地朝他们涌过来。

“闪开！”

龙炎一身怒吼，头顶玉冠忽地被一股刀气削碎，身体凌空一个翻转，将君十三娘推开，体内汹涌着的劲力顿时澎湃而出，手掌化作掌刀，一掌劈开扑过来的刀兵之气，身体也不做丝毫停歇，一个反身下坠接住落地的君十三娘，“左四前三，退二，右五前四退三,千万别走错！”

以龙炎的身手在阵法完全开启的情况下，已经不能再带着君十三娘在阵法中穿行，只能告诉她避开这些刀兵之气的安全之径。君十三娘听后四下望了一眼，发现按照龙炎所说的走法竟是走向阵法边缘，这阵法之中刀兵之气最盛的乃是在阵心，边缘地带的刀兵之气倒是要弱一些，当下也不迟疑，立即按照龙炎所说的走法移动。

第十一节　杀阵绝命（二）

当她抽出空隙回头看向龙炎的时候，竟然发现他正在急速朝阵心冲去，一身黑衫已经被无数刀兵之气划开一道道口子，好在龙炎身法极好，没有伤及皮肉。但是越接近阵心刀兵之气越是强悍，他前进的速度也是越来越慢。

终于，他一个飞身跃上阵心，右手并作剑指，劲力运至指尖，正要对着掌心一指划下，就在这个时候，一条白绫忽然从天空飞下缠在他的右手上，用力一扯，将他的手拉开，一身白衣的钰磬至头顶缓缓落入阵中，接住失力落入阵心的龙炎。

“她到底有哪点好！”她几乎是用吼一样的声音朝龙炎嚷道，“就为了这么一个女人，你连十年修为都不要了吗？”

凶横的刀兵之气逐渐退去，整个巨阵之中的金光像是熊熊金焰，已经到达阵法边缘的君十三娘默默地看着这一幕，头顶的天幕是那么黑，连四周阴森森的冷气也进不了这阵法半分，一切都恢复了安静。

“姑姑？”龙炎神色愕然地看着眼前一身白裙的钰磬，脸上忽然腾起一股怒气，“谁让你来这里的？”

龙炎的声音满是愤懑，在一旁默默看着这一切的君十三娘被这一吼声吓得有些呆滞，他也对自己说过这样的话，然而声音不似这般愤怒，神情也不似这般焦急。她看在眼里，心头却生起一丝低落，在他心里，好像钰磬比自己更加重要，他是如此着紧她，生怕她受到一丝丝的危险。

“我要不来，又怎会知道你把那个女人看得如此之重。你我相识二十多年，难道还比不过一个只认识一月的小丫头？”她双目直视着他，眼中竟有点点泪痕，“你竟然为了她，甘愿跳下这四神杀阵，甘愿舍弃十年修为换她安好。”

面对钰磬这一连串含着眼泪的控诉，面前的龙炎情绪失控，朝钰磬嚷道：“我为什么会跳下来你应该清楚！”

他的声音刚一落下，忽然对面一团巨大的火球急速朝钰磬身后射来。因这火球来自身后，钰磬自然没有察觉，但是面对着火球的龙炎发现了，他当即将钰磬推开，体内劲力澎湃而出，浑身升起一股金黄色的火焰，狠狠朝直射而来的火球轰去，与此同时，身形急速后退，他心里明白，这火球力量之强不是他所能硬接的。

正立在阵法边缘的君十三娘自然也发现了这一幕。火球之中蕴含的力量令她感到不安，她本是千年古树，树木本身就是怕火的，然而她现在也顾不了那么多了。这一记火球明显不是龙炎所能硬抗的，极有可能会要了龙炎的性命，情急之下，君十三娘双手顿时结起印珈，一股绿光直射而出包裹住那团火球，与此同时，身体一动出现在龙炎身旁，拉起龙炎直朝钰磬飞去，拉起钰磬腾飞而起，落到阵法边缘地带。

“如何出阵？”君十三娘放下钰磬和龙炎，声音清冷地问道。

“出去？”龙炎笑了一声，“难不成要给敌人留下退路不成？四神杀阵一旦完全开启，就没有出路！”他抬起头看了看金光四溢的巨大阵法，轻轻说道，“除非能毁了四尊巨兽。”

君十三娘柳眉一凝，看向这四尊巨兽，此时这四尊巨兽已经被岩浆包裹，散发出一股奇异的力量。她凝视着离她最近的那尊青龙巨兽，发现这尊石像竟然有丝丝异动，像是要活过来一般，而且并非这一尊巨兽有此异样，其他三尊也是如此，低眉思索了一会儿，心中有些明白了过来。

这四神杀阵最厉害的地方不在于那些刀兵之气，也不在之前出现了的一团火球，而是这巨阵的所有力量都来自这四尊巨兽，如果能毁了这四尊巨兽，杀阵自破。

“我去！”君十三娘收回目光，看向龙炎，体内鸿蒙之气离体而出，将钰磬和龙炎护在其中，“这股灵气能保你们安好。”心里忽然升起一丝异样的情绪，像是有什么放不下一样，目光停在龙炎的脸上，声音带着几分清冷，几分笑意，“若我的出现扰你们的平静，愿能做个了解。”

她的目光转向钰磬，不再那样清冷，已是一副童真笑容，“我不怨你什么，这身衣裳我穿着诚然是有些不得体了……”她笑了起来，眸光是那样清澈，神情是那样单纯，这一切本因自己而起，如不是这一身衣裳惹得钰磬生了恨，如今也不会三人生死两难知。

龙炎看着面前的君十三娘，神情十分复杂。她这一番话下来，着实让龙炎和钰磬有些震惊。身为御剑山庄的人，他们都十分清楚这四尊巨兽是一个怎样的怪物，要毁掉这四尊巨兽多么不容易，这四神杀阵守卫的是御剑山庄最为重要的剑炉和剑池，要想毁掉谈何容易。

而听君十三娘刚刚所言，完全是像交代后事的口气。然而就我观君十三娘的心思，也确然是这样的意思，她并没有把握能够摧毁四尊巨兽，毁掉四神杀阵。

虽然心知自己并没有十成把握可以毁掉四尊巨兽，但是毁掉一尊两尊她心里还是有些把握。如果能够毁掉一尊两尊，那么四神杀阵的威力必然会大减，到时候以龙炎和钰磬对这阵法的了解，出阵也并不是没有可能，她是抱着这样的想法，却不知这个决定对自己来说意味着什么。

当她迈开脚步走向离他最近的那一尊青龙巨兽时，我觉得她好傻，这本是龙炎与钰磬之间的恩恩怨怨，而她只不过是一个过客，无端地被牵扯其中，而今却要为这一场不是自己的过错拼命。

凶横的刀兵之气犹如漫天剑雨，万千无形的刀剑犹如浪潮一般源源不断地逼来。在如此强横的刀兵之气下，就是有万千人马也得在顷刻之间被屠杀个干净，而如此密集的刀兵之气在靠近钰磬和龙炎身前的鸿蒙之气下，像是被一股无形的漩涡给吸收了，根本就靠不得钰磬和龙炎半分。

杀阵这一次所爆发出来的力量明显比之前任何一次都要厉害，甚至于还要比这些刀兵之气更加厉害的火球从四面八方向君十三娘袭来，君十三娘依靠鸿蒙之气的保护，逐渐靠近青龙巨兽，双手聚起一股绿芒，用尽全力对这面前巨兽狠狠劈下，绿芒冲破密集的刀兵之气，竟然可以清晰地听到刀剑撞击的声音，这一击像是一剑将数十米高的巨浪劈成两半。

就在绿芒冲破刀兵之气、撞破火球即将落在青龙巨兽身上的时候，忽然一声震天的兽吼之声响起，这吼声之猛连无数刀兵之气和火球都被震开，霎时一股强大到无法想象的力量轻易将那股绿芒震散，这股力量击在君十三娘身躯上，竟然直接将君十三娘娇小的身躯掀起，使她倒飞出去。

一声声的兽吼接连不断地响起，四尊巨兽的眼睛居然缓缓地亮了起来，尽是赤红之色，巨大的头颅动了动，一股远古凶兽凶悍的气息顿时弥漫整个巨阵。

震飞君十三娘的力量虽然强，但是还没能破开君十三娘的鸿蒙之气，身体落入阵中，面对这忽然苏醒过来的凶兽，心里并不感到害怕，她知道这并不是远古凶兽复活，而是这些石雕受到某种奇异的秘法控制产生的效果。

君十三娘站在阵法之中，柳眉紧缩，双手结出一个又一个手印，眉间那一点朱砂痣像是颗明星般发出淡淡红光，一根根手臂粗细的藤蔓从地底窜出，将四尊巨兽牢牢缠住，不让它们动弹半分。这些藤蔓都是她的根系，韧性极强，四尊巨兽全力挣扎也并没有将这些藤蔓撑开。

看到这四尊巨兽被自己束缚住，君十三娘长长地松了口气。刚刚四尊巨兽同时散发出的气息实在是太可怕了，她确信自己根本抵挡不住这四尊巨兽，更不用说将其毁掉，如果拼尽全力攻击一头巨兽，也许还有可能。

一想到这里，君十三娘当即朝那头白虎腾身飞去，正要对白虎发动全力一击的时候，那四尊巨兽的身体却在这个时候涌出滚滚岩浆，那些缠绕在四尊巨兽的藤蔓几乎一瞬间就被焚毁，君十三娘根系庞大，失去一些也不碍着什么，但是根系连心，她依然感觉到身体一通巨疼，一个没忍住竟从高空直坠而下。

虽然她有些防备，奈何这巨阵之间的沟壑布满了岩浆，身上的裙衫刚一接触到岩浆顿时就燃烧了起来，那头白虎亮着一双赤红的眼睛，一个跳跃，犹如石柱一般巨大的虎爪朝着君十三娘的身体直踩而下。

低沉的兽吼让空气都震颤了起来，此时的君十三娘浑身被火焰灼烧，那头白虎的虎爪也即将踩住君十三娘。她本就怕火，对面这样的情况，完全没有了法子。就在她以为必死无疑的时候，龙炎的身体忽然出现在她的身前，他双手撑地，将浑身都燃烧着的君十三娘护在身下，胸口一股劲力化作强风飞速扑出，将君十三娘身上的火焰弄灭。

第十二节　杀阵绝命（三）

几乎没有时间带着君十三娘避开白虎的攻击，巨大的前爪就已经落在龙炎的背上。

几乎整个身体都被踩在脚下，双臂瞬间陷入地下，同时一口鲜血全喷在了君十三娘满是飞灰的脸上，双臂都被压弯成拱形，耳边传来几声骨头碎裂的轻响。

君十三娘扬眼看去，身上的龙炎紧咬着牙齿，额头上更是青筋尽显，他硬是用自己的血肉之躯生生抗住了巨兽的巨爪。

“出去！”

他的声音响着，这几乎是从他牙缝里挤出来的两个字，夹杂着从口里流出的血水，响在她耳边，滴在她的脸上。

他坚持不了多久，身体逐渐在下弯，他的鼻梁都已经和她的鼻梁碰到了一起，若不是现在这个情况，这绝对是一个很暧昧的姿势。

“你又要逞什么能？”

她并没有责备他，这也不是责备的口气，反而带着丝丝泣声。她与他这么近的距离，却丝毫感觉不到热气，反而是那样冰凉。

他依旧咬着牙关硬抗着，艰难地说道：“我要是不逞能，你现在就死了，现在，至少我们两个还能活一个！”

“你并不欠我什么，你没必要拿自己的命来逞能。”

“我欠你一条命！”口中的鲜血不停地涌出，她整张脸上全是他的血水，“不仅是我欠了你，姑姑也欠了你。”

一滴眼泪从君十三娘眼角流出，她当初为他接下那一箭，没想要他欠自己一条命，更没想他非得还自己这条命，如果非得这样，那当初救下他就失去了原本的意义。

她开始尝试着从龙炎身下爬出来，这一次她伤很很重，这对于她来说不是什么易事，况且这下面还遍布着灌满了岩浆的沟壑，她移动起来十分小心。

但是龙炎能坚持多久连他自己都不清楚，现在只有一头巨兽，如果其他三头巨兽过来，结果是每个人都不愿去想的。

一条白绫从钰磬的袖中飞出，缠在君十三娘的手上，用力一拉将她完全拉了出来。此时，一道青光从天空之上直射下来，只听到一声剧烈的炸响，压在龙炎身上的白虎巨兽轰然倒地。

压在身上的巨力忽然消失，龙炎也不管现在身体伤势如何，当即从地上爬起来，一个飞身跃至阵心上空，割开手腕处的血脉，鲜血顿时流了出来，滴到阵心之处。

随着鲜血汇集在阵心之中，散发着金光的大阵正逐渐变得晦暗下去，而且那些散发着凶兽气息的四尊巨兽也逐渐变得安静下来。

身形飘落至阵心，一股蓬勃的真气像是洪水一般从龙炎体内涌出，汇入阵法之中，在阵法之内形成一个十分奇特的符篆。

符篆散发出淡金色的光芒，缓缓旋转着，沟壑之中的岩浆逐渐退去，四尊巨兽也变得十分平静。

等到沟壑之中的岩浆完全退下，环绕在四尊巨兽身体上的岩浆也完全消失的时候，整个大阵完全变黑，先前还咆哮着的四尊巨兽再次变回了石雕的模样，回到四个阵脚之地。

做完这一切，龙炎瘫软在地上，整个人完全提不起一丝丝的力气，刚刚凝聚的那个符篆消耗了他整整十年的功力。

“炎儿，你感觉如何？”问这话的既不是君十三娘也不是钰磬，而是一个看上去有几分苍老的中年男子，他搀扶住几乎站不直的龙炎，轻轻问道。

这便是龙炎的亲叔叔，龙浔。

“劳叔叔费心了。”他咳嗽一声，很勉强地笑道，“炎儿还受得住。”

而在这个时候，从山谷深处急急忙忙跑过来一队人马，他们跑到龙炎和龙浔身旁，单膝跪下，为首的小队长惶恐地说道：“属下失职，看守阵法不力，请庄主、大长老责罚！”

“请庄主、大长老责罚！”其余人等也是异口同声地说道。

忽地一阵风响，为首的那个小队长应声飞出去，从阵法的一边直接摔飞到了另一边。

“我平时是如何教导你们的！四神杀阵必须时刻有人看守！”

龙浔搀扶着龙炎，脸上怒火腾腾，说着又要对其余人等下手，龙炎缓缓抬起手制止道：“算了，好在并未出什么大岔子，我也不深究了，剥去队长之职，杖责两百，废其内功经脉，降为仆役，其余人等各领杖责一百，减禄钱三年。”

人们愕然。

“炎儿的话你们没有听到吗？”龙浔震怒道，“还不快滚！”

“谢庄主不杀之恩！”人们磕头谢恩，搀着那小队长慌忙退下。

龙炎推开龙浔的搀扶，向君十三娘走过去，将身上有些破烂的黑衫解下披在君十三娘身上。

她身上的裙衫已被岩浆烧得破破烂烂，在龙炎为君十三娘披上黑衫的时候，我发现他的双手以一种十分奇怪的形状扭曲着，刚刚那白虎已经将他双臂的骨骼压碎了。

回到龙炎居住的地方，天色已经完全黑了下来，庄里的医师为龙炎治疗，扼腕长叹道：“庄主这回伤得也太重了一些，真不知守卫阵法的那些护卫干什么去了，为什么不早些关掉阵法。”

此时的房间里一大批仆人忙碌着，屋子里漂着极其浓重的药味，君十三娘披着一件破烂的黑衫站在龙炎床前，轻轻问道：“他这伤有多重？”

医师叹气说道：“五内俱创，双臂骨碎，即便是醒来，可能……可能……”

眼角淌下一滴清泪，她的声音有些低沉，“双臂可还能保住？”

医师连连摇头，“难，庄主这一生可能……可能再也不能铸剑了。庄主这一生痴迷铸剑，如果让他知道自己不能再铸剑的话，老朽……老朽……”

医师狠狠地握住了拳头，“真该把那些守阵之人抓起来千刀万剐，这阵法只要一启动，守阵的人当即就会发现，他们怎么可能会不知道掉进阵法里的人是庄主！逼得庄主割腕放血，拼尽十年功力强关阵法，真是该死！”

君十三娘自然是明白其中端倪，既然有人要借阵法害龙炎性命，又怎会让阵法轻易关闭。

可能他也知道即便阵法害不了龙炎性命，但是关闭阵法得要龙家血脉以及耗损十年的功力，不管如何，他都是赢家。

君十三娘心里很是难受，龙炎是为了救自己才落得如今下场。她在龙炎床前蹲下身子，握住层层包扎的手腕，对身后的老医师说道：“先退下吧，至于该如何对庄里人交代，你心里可清楚？”

老医师当即明白过来，“老朽自然明白，但是姑娘，这庄里勾心斗角，派系林立，老朽担心纸包不住火啊！”

君十三娘眸光一冷，“藏得住的自然是要藏，至于那些藏不住的也不需要藏。”

老医师皱了皱眉，君十三娘的话有些深奥，他不是很明白，但是他也在庄里混迹了这么久，多少也明白一点。

龙炎受伤的消息自然是瞒不住所有人，但是对于庄中下人还是可以瞒住的，她要做的就是瞒住这些人。

送走了老医师，遣开房中其他闲杂人等，略有空旷的屋子只留着重重纱帐。

老医师本要为君十三娘处理身上的伤痕，被君十三娘拒绝了。她的伤好得很快，拥有鸿蒙之气的她与我没有多少分别，身上的伤在极短的时间里就可自行愈合，根本不需要上药。

她来到龙炎床前，面前的龙炎神色惨白，清秀的脸看上去有些浮肿，且满是伤痕，身上的疼痛即便是陷入了昏迷也没令他可以安生多少，双眉时不时就要跳一下。

她坐在龙炎床前，细手搭在龙炎的手腕上，丝丝鸿蒙之气自指尖流出，窜近龙炎经脉骨骼，温润着他粉碎的筋骨，这是一个十分漫长的过程，要想完全修复龙炎的伤势并不容易。

龙炎不像君十三娘天生地长，更不像我天生就有一颗不死心，他就是一个普通人，修复他的伤势十分烦琐。

在这之前，龙浔、钰磬以及龙家各大管事的人都前来探望，被君十三娘挡在门外。她知道这些人是为何而来，更知道龙炎作为龙家顶梁柱，重伤的消息决不能外泄。

在这之间，也有过人想要硬闯，但是在君十三娘面前，没有人能够踏进龙炎房门半步。

他们见着在君十三娘这里探不出什么消息，就把目标转移到老医师那里。老医师口风很紧，每天即便有大量的龙家人前去探听龙炎的情况，都被老医师搪塞了回来。

他那里也不比君十三娘这儿轻松多少，但从这一点也看得出老医师对龙炎的忠诚。

当然，这期间君十三娘所承受的压力可想而知，那些要害龙炎性命的人虽然知道龙炎现在的情况，但是并没有把这个消息传扬出去，他们都在暗中蓄力，看似平静的御剑山庄暗地里却是风起云涌，他们都在等着一个时机。

一个不动则已一动致命的时机。

第十三节　剑阁（一）

我看着这一切。

慢慢地，从一个不谙世事的君十三娘变得成熟且满腹心机，原本以为这会是一个十分漫长的过程，这过程甚至于会比她化身成人更漫长，然而事实却大大超出了我的预料，她成长得那样快，让我有点接受不了。

我从来都没想过，那个连我躲着都会偷偷流泪的小姑娘，曾经有过这样干练、满腹心机、隐忍的一面，这一点让我难以接受，在这一场幻境里，她就像是另一个人，一个我完全不认识的人。

三月之后，已经是飘雪的季节，龙炎伤势大好，受伤的双臂虽然还没有完全恢复，但是已经能够做一些简单的动作。

在他刚刚醒来的那一段时间，他连吃饭拿筷子都做不到，现在除了双手不能做太大幅度的动作，像是吃饭拿筷子什么的都已经无碍。

这一天，细雪初降，足有三月没怎么打开过的房门被轻轻推开，身形几乎没有变化的龙炎披着一身深黑色的裘袍坐在屋外的回廊上，细雪簌簌，冰冷的空气有些冻手。这处楼自打龙炎受伤以来就成了御剑山庄的禁地，平常时间除了几个贴身的婢女仆人，没有人可以进来，身前一方矮桌，茶香袅袅，回廊下的山谷里一片沉寂，铺着薄薄细雪。

“你怎么来这儿了？”君十三娘捧着一碗药水走过来，笑着说道，“来，把药喝了。”

龙炎指了指身前的矮桌，“放这儿吧。”

“凉了就不好了。”她用调羹舀起一勺，递到他唇边，“来！”

龙炎一笑，张口喝下，又拿过君十三娘手里的药碗，一口气喝下去，用袖子擦了擦唇角，眸光转向亭外飞雪，呢喃着：“下雪了。”

“下雪而已，有什么好。”君十三娘看了一眼亭外的飞雪，轻轻地说道。在她还未化身成人的时候，就经历过一场雪崩，潜意识里，她并不喜欢下雪，雪对她而言，并不像常人眼中那么富有诗意，满富光景，反而是一场灾难。

“十三娘！”龙炎收回目光，看向君十三娘。

她看着他，问道：“做什么？”

龙炎看了看自己的双手，“我的伤已经恢复得差不多了，这么久没有出现在庄子里，人们难免揣测不安，庄里的那些人没人比我更清楚，你为我支撑了这么久，剩下的就交给我吧。”

她轻轻笑道：“没什么的，庄里的那些人掀不起什么大浪，我还能应付，你安心养伤吧，不急这一时。”

龙炎长叹了一口气，缓缓说道：“有些人你应付不了的。”

他站起身，手指敲了敲身前的矮桌，眸光蓦然间变得冰冷，“非得我出面不可。”

君十三娘看着眼前的龙炎，这时候的他浑身散发着一股极为冰冷的气息，给人一种阴冷的感觉。在他的眸中，像是有熊熊怒火要喷射出来，眼神冰冷得可怕。君十三娘明白此刻龙炎心里的感受，他不能龟缩在这里。

面对此刻散发着熊熊杀气的龙炎，君十三娘也没说什么。事实上，随着龙炎养伤越久，她所承受的压力也就越大。她本身只是龙家的客人，如今却插手龙家家事，难免让人议论。虽然她实力是强，但作为一个女人，最难以忍受的并不是身体上的创伤，真正的伤往往是那些看不见却深深刺进心里的流言蜚语，这是作为一个女人最为致命的。

而君十三娘忍受这些已经够久了。

当夜，龙炎叫来最为忠心的几个仆人，吩咐下去，说明日一早在山庄剑阁面见龙家各大管事长老。他清楚自己消失这么久，庄里的人肯定已经各自为派，真正还能给他几分薄面的并没有几个，因此他特地加了一句话：如果有人胆敢缺席，就让他永远缺席。

第二日一大早，御剑山庄剑阁之中已经人满为患。剑阁大厅中，一方主坐，左右之下各一方木椅，之后便是左右八方木椅。龙炎如今在庄中的地位已经大大削弱，但怎么顶着的也是个庄主的头衔，他的命令下来，倒也没有人敢缺席。

今日聚集在剑阁之中的，都是龙家举足轻重的人物，并未带上君十三娘。但是她不放心龙炎，偷偷地跟了去，在剑阁大厅之外的回廊里注意着剑阁。

剑阁之中，龙炎高坐主位，龙浔和一个模样清秀的男子坐在龙炎左右，其余的十六人分坐大厅两旁，开局并非融洽。

“今日叫大家聚集在此，其中缘由想必各位心中也都有了猜测。”龙炎的声音轻轻地响起来，剑阁之中一片寂静，人们抬头看着他。

“前些时日，我受了些伤，以各位在庄里的地位想必也都清楚了，今日叫大家前来，就只为一件事。”

龙炎的声音扬了起来，目光看向在座的众人，“四神杀阵是我御剑山庄护庄大阵，万万不能有丝毫差池。我为什么会受伤，就是因为这四神杀阵。”

“庄主有什么事大可直接说，这拐弯抹角的又是何道理啊？”坐在龙炎右手边的清秀男子奸笑道，声音带着几分嘲冷，“这四神杀阵怎么了，不是挺好的吗？守护我们御剑山庄好几百年，也不是没出过什么岔子吗？”

这男子君十三娘认识，是钰磬的亲哥哥——钰祯，在龙炎受伤的时候来过几回，君十三娘认得他。

钰祯手指敲着身旁的矮桌，悠悠道：“庄主为了一个小姑娘跳下吊桥，进了这四神杀阵，如今倒还怪这四神杀阵害了庄主不成？”唇角勾起一丝冷冷的弧度，轻哼一声，“看庄主一开始就提四神杀阵这档子事，莫非庄主是要毁了这四神杀阵不可？”

龙炎笑了起来，“长老这话可说得有点没有道理了，四神杀阵乃是我御剑山庄祖上传下来的大阵，怎可毁在我的手里！”

“那庄主提起四神杀阵又是为何呀？”钰祯斜眼看着龙炎，唇角依旧是阴冷的笑容，“这守阵的卫队一时不查，没能及时发现是庄主掉进了阵里，庄主不也惩罚了吗？那卫队的队长毁去了经脉，废了功力，又挨了几百棍子，没能扛过来，前不久已经死了。就是卫队的其他人到现在也都在床上躺着呢，难不成庄主觉得这惩罚还不够，要把那卫队队长从坟里抛出来鞭尸不成！”

“钰祯！”对面的龙浔喝道，“你不觉得这话说得过分了吗？”

钰祯完全不为所动，冷哼一声，“哼，过分？”他站起身来，继续用尖细的声音对龙浔说道：“庄主这一消失就是整整三个月，一句交代都没有，却让一个外人对我等指手画脚。你们龙家家大业大无所谓，可是我们这些旁系也要捞口饭吃啊。这些日子，庄里一把剑都没有铸出来，像我这种跑销路的，没剑就没得卖，这手底下的人可都指望着我。庄主这倒好，一出来不提别的，就拿四神杀阵说事儿，完全不顾我们这些人的死活，这未免让我等心寒啊！”

“庄主的身体是整个山庄的重中之重。”一个瘦高瘦高的中年男子站起来，对钰祯说道，“我龙家铸剑之术纵横天下，以我龙家的名声，还怕卖不出几把剑！如今庄主身体无恙，铸剑一事必然会恢复正轨，到时候只怕你卖不完，耽误着几个月的时间，又能碍着多少！”

“庄主的身体自然是重要，”钰祯的声音忽然变得尖锐起来，朝那瘦高男子质问道，“难道我等生计就不重要了吗？”

局面一时间有些失控，眼看着二人就要争执起来，忽然听到一声杯子脆响，让在回廊外偷听的君十三娘吓了一跳，只见龙炎缓缓地从椅子上站起来，人们顿时安静下去。

“炎儿！”龙浔见此情况叫住龙炎，看那模样好像生怕他做出什么不理智的事情一样。

龙炎平息下去，重新坐回了椅子上。钰祯狠狠地瞪了那瘦高男子一眼，也坐了回去，场面一时间变得诡异起来。

龙浔站在众人之间，说道：“今日我们都看到了，炎儿的伤并无大碍，庄里也必然会恢复正轨，大家都知道，这也是炎儿召集大家前来的目的。最近庄里因为炎儿受伤这件事也闹得不平静，但是现在都好了，炎儿他并没有什么事，呵呵，大家也都安心了吧！”

人群一片静然，只有少数几个人附和，这几个都是对龙炎极为忠心的人，但是数量很少。

“炎儿。”龙浔走到龙炎面前，说道，“别嫌叔叔说话不中听，虽然如今你身上的伤都已经恢复，但是你为了一个小姑娘跳下四神杀阵，未免也太鲁莽了一些。庄里大小事宜都得你过手，你受伤的这段时间，庄里的损失可不小啊。”说着龙浔长长地叹了一口气。

“鲁莽？呵呵！”一听龙浔这话，龙炎顿时笑了起来，“叔叔，我为什么会跳下那四神杀阵，你应该比我更清楚才是啊！”

“清楚？”龙浔脸上笑容一变，随即又堆出一脸笑容来，“炎儿这话，我这个做叔叔的可不是很明白。”

“是啊。”龙炎继续笑道，“我也不是很明白，今年的秋狩为什么我的护卫会在短短一瞬间完全消失，那通往剑炉的吊桥木板为什么会被人锯掉一半，这些我都不是很明白啊！”说完，龙炎深深地叹了口气。

“什么？”龙炎这话一出，顿时就有人站了起来，难以置信地朝龙炎问道，“庄主说吊桥的木板被人事先锯掉了一半？”

人群顿时哗然了起来。

第十四节　剑阁（二）

之前的瘦高男子站起来，笔直地朝龙浔走过去，“大长老，这到底是怎么回事？”

“怎么回事？”钰祯尖笑道，“说不定只是木板长了蛀虫也不一定啊，能走上那座吊桥的，整个山庄又能有几个？疏于管理也是正常，庄主一口咬定是被人锯掉一半，想来是有什么铁证咯！”

钰祯再次站起来，“既然庄主有铁证，那就拿出来嘛。属下虽然是个小人物，但是有人要害我龙家的人，我钰祯第一个跟他拼命！整个御剑山庄与他不共戴天！”

“钰主管能在剑阁之中坐在这个位置上，又岂能是小人物！钰主管谦虚了。”在场的唯一一个女流站了起来，眉里眼里尽是淡淡的笑容，“钰主管能够靠着钰磬小姐和龙浔大长老坐上这个位置，手段不可谓不好，前途不可谓不大。记得老庄主在世的时候，钰主管还没这么顺风顺水吧。大长老对钰主管如此看重，而钰主管对我龙家的忠心也是可见一斑，只是掉下吊桥的人并非是庄主，而是君姑娘，钰主管为此对庄主大表忠心，又是何道理啊？”

钰祯脸色一变，随即换上一副恭敬的面容，“锌茹姑娘！”钰祯对面前这位面容姣好的女子恭了躬身子，笑道，“君姑娘是我龙家的客人，她在我龙家出了意外，这传出去对我龙家的名声可不好！”

这姑娘是龙家本家人龙锌茹，在御剑山庄里颇有地位，本身还是向着龙炎的。

“哦，原来这是个缘由。”龙锌茹笑了起来，淡淡说道，“可我记得，君姑娘在庄主受伤的这段时间里，你可是没少在背后说人是非，这难道也是待客之道？”

钰祯的表情冷了下来，“她一个外人在我龙家指手画脚，我斗不过她，在嘴皮子上找回点颜面难道不应该吗？”

龙锌茹的脸上依然挂着淡淡笑容，像是钰祯这话完全没有影响到她，“钰主管要想找回点面子自然是应该，但是你这对外一套，对内又是一套，这两面三刀的，钰主管累不累啊？”

“你……”

“都给我住嘴！”

龙锌茹这话完全没有给钰祯留丝毫余地，不过依她在龙家的地位，的确也不需要给钰祯留什么余地。钰祯的心境还没有修炼到那种荣辱不惊的境界，面对龙锌茹完全没有余地的质问，心里免不了一阵怒气涌上来，正要对龙锌茹放句狠话出来，却被龙炎的一声怒吼生生憋了回去。

在场的人都将目光移到龙炎身上，这一场聚会本来是他安排的，但是这些人明显都没有将他放在眼里，此刻的龙炎瞳仁之中尽是无法压制的怒火，“你们还将我这个庄主放在眼里吗？”

人们一片哑然，半天没有一个人说话。今天的主角本来是龙炎，但是每当他要说话的时候都被人顶了回来，显然龙炎在山庄里的地位已经被这些人削弱了。

龙炎长舒了一口气，双手紧握，努力压制自己胸口要喷出来的怒火，走到面前的台阶上竟然坐了下去，模样看上去有些颓然。众人见此一片哗然，龙炎竟然就这样直接坐在了地板上。看这副颓然伤神的模样，哪里还像是个统领御剑山庄的庄主。

“庄主，你……”龙锌茹和那个瘦高男子几乎不能相信自己的眼睛。

“炎儿，注意你的身份！”龙浔在一旁轻声喝道。

“身份？”龙炎冷笑了起来，“你们这些人，有的是我龙家本家人，即便不是，也是我龙家旁系，沾亲带故，在座的哪一个不是我龙家亲人，这里有我的长辈，也有我的晚辈，你们不会顾及我龙炎的身份，如今看来，这个庄主的身份只不过是个虚衔。”

“庄主，你万不可如此说啊。”瘦高男子见此大急，连连说道，“我们受老庄主所托，辅佐庄主，心里对庄主那都是忠心耿耿。”他的目光转向钰祯，变得阴狠起来，“要是有人动什么歪脑筋，老子活活剐了他！”

立马又有几个人站了出来，几乎是异口同声地说道：“啸天说得没错，既然老庄主让我等辅佐庄主，如果有人胆敢动一点点歪脑筋，我等非扒了他的皮不可。”

我现在才晓得，那个极力为龙炎说话的瘦高男子叫作龙啸天。

龙啸天要过去扶龙炎，却被龙炎制止了。他坐在铺了地毯的台阶上，模样看上去很是颓然，像极了一棵打焉儿的小草，声音低低响起，“十三娘是我请来的客人，对我本人更是有着救命之恩。我之前提起四神杀阵，是因为这玩意儿几乎要了她的性命，我从来都没觉得会有那么一个人在我心里那么重要。”

听到这里，在外面偷听的君十三娘神色陡变，那张精致的小脸上满是惶恐。

他长出了一口气，抬起目光看向屋外细细飞雪，清风冷冷，屋子里一片森冷。

“我受伤的这些天，都是十三娘在照顾我，为了守住我伤势的秘密得罪了你们当中不少人，有恨她的，也有想杀了她的，这些人大可把账记在我头上。还有既然我龙炎能从四神杀阵之中活着出来，以后的每一天都是赚来的。今年秋狩之时，我的护卫为什么会忽然消失，在竹林里刺杀我的人到底是谁，通往剑炉的吊桥木板为什么会断裂，守阵的护卫为什么会集体看守不力，该查的，该办的，我会一件不漏地弄清楚。”

“庄主！”

钰祯朝龙炎走过来，正要开口说话，却被龙啸天挡住，“有什么话就在这儿说！”龙啸天的口气满是愤怒，看也不看钰祯一眼。

钰祯藏在袖子里的手紧紧地握了起来，但是脸上的笑容掩藏了他内心的怒火，“好，好！”他附和两声龙啸天，这才说道，“庄主要查的这几件事都是惊天动地的大事，这些事不仅仅关系到我们龙家的声誉，更是关系到庄主的人身安危，想来庄主也是倾尽全力，只是不知这恢复铸剑之事……”

“我身体既已无恙，自当立即恢复铸剑。”龙炎看了一眼钰祯，低沉地说道。

龙浔走过来，同样也坐到了龙炎的身旁，拍了拍他的肩膀，轻声说道：“你受伤的这些日子，庄里大事小事都发生了不少，恢复铸剑也不急于这一时。再有三个月的时间，就是我御剑山庄年底家宴，也是你继任庄主之位的第一次家宴，龙家的规矩你应当知道，每一任庄主继位的第一次家宴中，身为庄主需得亲铸一把好剑，以证庄主之能。虽然兄长在有意传你庄主之位时就让你开始准备，这几年下来你也铸出了剑胚，但是在铸剑这一行当里有十年磨一剑之说，目前虽然是剑胚已成，但是距离最终的成剑还有一段时日。”

龙浔深吸了一口气，长长地吐出，沉默了一会儿才接着说道：“我知道君姑娘在你心里有着一般人不能相比的地位，她受了委屈你必然是要为她出头，但是家宴与君姑娘之间孰轻孰重，你要多掂量掂量。恢复铸剑一事虽然紧要，但是跟家宴一比却是登不上台面，你大可交予叔叔我帮忙打理，你还是全心放在你铸剑这件大事上吧。”

龙炎偏着头看向龙浔，眼神之中竟然有一丝异样的嘲弄，“龙家大权不是全在叔叔这里吗？这些年叔叔一直都做得很好。龙家这几年的名声要不是有叔叔撑着，早就烟消云散了。我不过只是个顶了庄主的虚衔，这庄里真正当家的不还是叔叔吗？”

龙炎看着龙浔，眸光之中有着淡淡笑容，微微勾起的唇角却透着一种异样的阴冷，这几乎是不可能做到的表情在他的脸上浮现出来，我只觉得他不是个常人。

龙浔看了看龙炎，轻微地笑了两声。

对于此，龙炎却并没有做出任何回应，缓缓从地上站起来，声音低沉地说道：“恢复铸剑一事交予大长老处理，所有事宜由他一人全权负责，二伯龙啸天与龙锌茹从旁协助，每隔两天向我汇报情况，大家都各守其职，争取在最短的时间里让山庄事宜走上正轨，而在这段时间里……”

说到这里，龙炎停了下来，在场的人都看着他，他叹了口气，许久之后才缓缓说道：“虽然家宴出剑在龙家来说是大事中的大事，但是我觉得重整一下庄子里的风气却是更加重要。”

龙炎话说到这里，已经是再清楚不过，所有人都明白龙炎这是要做什么。人群中有表现得平静的，有表现得震惊的，也有表现得极为淡然的，而那些表现得极为淡然的人当中，龙浔无疑是极为出众的一个，脸上竟然看不出有任何情绪上的变化。

之后的议事变得极为平淡，且大多都是龙炎的独角戏，人群中也没人附和几声。龙炎刚刚那句话一说出来，矛头便是直接指向了龙浔和钰祯。

第十五节　两生情（一）

现在的御剑山庄里，真正掌握实权的就是这两个人，所有人都明白，龙炎这是要对付这两个人了。就我一个旁观者的角度来看，龙炎此举有点过激，像这样要对付一个人，万是不能在大庭广众之下明目张胆地说出来，特别是在两个真正掌握权力的人面前，这对龙炎以后的行动十分不利。

但是龙浔显得完全不为所动，这一点倒是让我大感意外。龙啸天与龙锌茹这两人虽然表现得也是极为淡然，但是从他们两个微微握紧的拳头上来看，他们也像是憋屈了很久。

君十三娘就在剑阁之外的回廊上静静地看着这一切，心里却是十分地不平静。如果她没有听到龙炎那句话，如果她并没有来到这里，也许在龙炎重新回到庄里之后，她会变回曾经的那个小女孩儿，然而现在一切都不同了。

其实我也明白，人怎么可能回得去，经历过这些，又怎么可能变回曾经的君十三娘。从她隐瞒住龙炎伤势的那一刻起，她就再也变不回那个小女孩儿了。

走出回廊，山谷之外细雪静然，有些晃神地走在这条迂回的长廊上，碧绿的裙摆，奇长的黑发，神情是那么肃然，她在想自己是不是把那句话稳稳地记在心里，还是当窗前尘埃那样抹掉？她低着头一遍一遍地想着这个问题，她从来没有这样子认真地去思考过一个问题，却怎么也得不出答案。

若一句话真真进了心里，也就刻进了骨子，越是掂量也就刻骨越深。只是这个时候的她并没有认知到的问题，他的身形，他时而幽默、时而强势，就在这一遍又一遍的思考之中，不知不觉地绕进了心里。

正走着，眼前忽然出现一点白光，像是陷进了泥潭里的思绪忽然清醒过来，她的视线缓缓上移，面前一身白裙的钰磬直愣愣地站在她面前，嘴角带着一丝嘲弄颓然的神色，眼角微微有些潮湿，像是流过泪。还不等君十三娘打声招呼，身前钰磬的声音戚戚然响起，“我输了，不仅仅是输了一件衣裳，更失了一个人心。”

三千飞雪，断崖边儿的红木回廊上落了几捧薄薄的积雪。雪落无声，在这寂静无人的回廊里，钰磬那颓然心碎的声音，像是一记闷锤响在君十三娘的心口。君十三娘微微抬眼，发现眼前的钰磬正用一种无神的眼光看着自己，心里思索了一下，看来剑阁之中的议事她也去了。

“姐姐。”君十三娘轻轻开口，“若一个人的心是属于自己，那才能称作是失去，但是这颗心本来就不是自己的，又何谈失去？”

君十三娘这句话好像是刺激了钰磬，她的神色陡然一变，愤愤道：“这世道果然是变了，连一个小小丫头都敢跟我说教！”她向君十三娘急走两步，“在这御剑山庄里，我不会向任何人低头，更不会向你低头，我就纳闷了，那么高的断崖，怎么就没摔死你！”

君十三娘神色一变，一股愤怒之感从心底直冲上脑海，“钰磬！”君十三娘的声音十分洪亮，且带着无法压制住的怒火，眼前的钰磬一愣。在她的认知里，君十三娘都是温润且事事都平顺他人的，万不会做出如今这副模样。

现在的君十三娘，双眸冷视这钰磬，唇角微微勾起，却看不出任何笑意，是一种很阴冷且带着杀气的眼神，看得钰磬浑身不自在。这种眼神让钰磬感到害怕，感到不安，仿佛自己在君十三娘面前就像一只受了惊的小兔子。

君十三娘朝钰磬走过来，双眸依旧是冷冷地看着她，不知为什么，一向要强倔强的钰磬竟然不由自主地后退了两步，从来没有人能够在眼神上让她感到畏惧，她更没有想到的是这个人曾经乖巧的小姑娘。

见钰磬后退，君十三娘也不再迎上去，站在原地双目冷视着钰磬，声音冷冷地说道：“别以为我还是曾经的那个小姑娘，我曾经信任你，而你却差点让龙炎葬身在四神杀阵之中。我敬重你才叫你声姐姐，你若是再咄咄逼人，我君十三娘不介意下些狠手！”

钰磬完全惊愣了，眼前的这个小女孩儿还是自己认识的那个君十三娘吗？不仅仅是她不相信，就连我看到这里也不免有些错愕。我虽然知道她经历了这里的种种，谎言也罢，满腹心机也罢，那些都不是出自她的本意，但是现在我发现，这些都是她打心眼里说出来的。

没有人比我更明白君十三娘，不仅仅是我与她神思相连，更多的是我和她同为女人。此时的君十三娘之所以会这么愤怒，不仅仅是因为钰磬的高傲，更多的是因为她提到了那个让她永远也忘不了的地方，那个地方几乎让龙炎废了双手，丧了性命。

估计连君十三娘自己都不清楚为什么会有这么大的反应，但是我看得分外明朗，当自己在意一个人的时候，容不得他受一点点伤害。就像我对姬澈那样，不管他是如何强大，如何万能，总希望自己能够帮到他，能够护着他，这是任何一个女人都会有的最幼稚、最可笑的想法，但也是最真挚、最纯真的想法。

“好，好，好！”

钰磬怒极反笑，声音一时间也变得格外阴冷，“别以为这御剑山庄里是如何太平，龙炎能护你一时，可护不了你一世。在这御剑山庄之中，可不是你一个小小丫头就可以混迹得了的，龙家的高枝也不是你想爬就能够爬得上来的，我有的是时间跟你斗！你等着！”

钰磬目光如剑，狠狠瞪了君十三娘一眼，袖子一甩，反身就要离开，身形忽然一顿，冷笑一声，“对了，忘了跟你讲一声，记得龙浔曾对我提过，龙炎所铸的那把剑是铸不出来的，因为他所用的材料注不了灵！”

目视着钰磬消失在长长的红木回廊，君十三娘那双美眸才逐渐恢复之前的模样，掂量着钰磬临走时说的那句话，心底觉得有些不妙。

虽然来御剑山庄也有一些时日，但是对于铸剑这一行当她知晓不多，并不能体会出钰磬这话里的深意，也没有将这句话放在心里。龙炎已经回到了庄里，那么她也当功成身退，这里的勾心斗角她也不想染指太多。

暮色落下，天空像是一块巨大的黑布，繁星圆月都隐在浓厚的云层之后，细雪未歇，巨大的山庄似一头静卧的蛮兽，曲折迂回的长廊处处都掌着红灯，整个山庄似笼在薄薄的红绸里，万籁俱静的暮色之下，连那层薄薄的积雪也像披了一层轻盈的红纱。庄里的石阶之上，一身白袍的男子撑着一把翠竹油纸伞漫步在霏霏细雪里，停在一间院门。

有白梅伸出斑驳院墙，院中亮着的烛火透过半开的院门铺在男子脚下，脚边几簇花草落满细雪，他一路行来，玄色的软丝绣鞋上沾了雪水，露出深色的鞋边。他微微抬高手里的油纸伞，目光透过院门望向一扇明亮的房门，院中石径幽暗，两旁花草清幽，似有雨滴落在石台，滴答的碎响响在耳边，镂花的格子窗外透出碎裂的光影，一晃一闪，似跳在繁花之上的一个个凄美的音符。

他收起手中的素白油纸伞，一个迈步走进光影里，路过那清幽的石径，耳边滴水落在石台上的轻响越加清明，似走进一条江南的烟雨古巷，梅香淡淡。他抬手轻叩紧闭的房门，屋中顿时传来一声询问，“谁？”

他并未回话，不大一会儿，房门吱呀一声轻轻拉开，一身绿裙的君十三娘神色清冷地看着眼前人，“龙炎，你怎么来这儿了？”

他淡淡一笑，“我回去并未见到你，想想你应该是回了这里。”他俯首看着眼前的君十三娘，问道，“怎么，我那地方你住着不习惯？”

她搭在门扇上的小手用力握了握，半晌，轻轻道：“你的伤已然大好，不再需要人悉心照料，我一个女孩子家老待在你那里，怎么说也不好听。”

对于龙炎，她从来都不像另一个她那样，她对他没有谎言，也不需要谎言。在他的面前，她一直都是以前的模样，没有改变，也不会改变。

他垂眼看了看自己的双手，嘴角微微向上扬起，“伤虽然是好了大半，但还未痊愈，你就这样安心把我交给一个旁人照顾？”

她神色一顿，偷偷抬眼瞟了他一眼，若是以前，她一定会说“有什么不安心的，你是这座庄子的主人，她们一定会把你照顾得很好很好的”，如今的她，再也比不上以前的那个她了，现在的她，心性远比那个时候成熟。今日去了剑阁，听到他那样一句话之后，她断然不会再用以前不谙世事的小姑娘心态去面对这个人。

心中思索良久，觉得不能在这个话题上深入探究，赶忙将话题岔开：“今晚你怎么不去剑炉了？”

也许对君十三娘忽然岔开话题有些不适应，他微微扬起的唇角收敛了回来，但仍是带着笑意，“遇到些瓶颈，出来走走。”话毕，笑了起来，“屋外这么冷，你不请我进去？”

第十六节　两生情（二）

君十三娘将龙炎迎进房里，却并未将房门带上。屋中茶香袅袅，刻有山水图画的屏风之外的圆桌上，放着一把油纸伞。君十三娘并不会泡什么工夫茶，只能由龙炎代劳，屋中寂静无声，屋外细雪霏霏，半盏红烛被灯罩罩着，发出迷蒙的光，两人相对而坐，却相对无言。

“这院子也太静了些。”龙炎品了一口清茶，轻轻道，“哪日有了清闲，我带你去山下城里走走。”

她微微一笑，回应道：“好！”

话题一时间像是到了尽头，屋外的飞雪经夜风一拨，飘进几片碎细的雪花，雪化雨滴自高角屋檐滴落直下，碎响在门外青石阶上，滴答，滴答，静若音符，似敲在心口。慢慢地，暮雪沉寂，梅香随雪愈加弥漫，随风入鼻几缕淡香。龙炎晃动手中的青瓷茶杯，在无声夜里目光柔视面前的君十三娘，轻轻开口，“小时候，父亲在教我铸剑之时曾对我说，一把好剑需经年累月打磨，从制胚到最后的成剑，任何一步都不可有一丝一毫差池，处事为人更是如此。”

君十三娘听后心中亮起一丝疑惑，不知龙炎为何要对己说这些，但也不好打断他，就静静地听他继续说下去。

“剑太锋利，伤人也伤己，一把奇兵需懂得收敛锋芒、懂得蛰伏，不出则已，一出必得见血。是剑就有戾气，纵使不出剑鞘，戾气已然在外，这是藏不住的。韬光养晦，静待时机，这是我从小就懂的道理。这些我一直都做得很好，有些事我不是看不见，而是当作视而不见，在我没有能力面对所有意外情况发生的时候，隐忍蛰伏是我最好的选择。”

他放下手里的茶杯，看了一眼正在思量中的君十三娘，笑了一声，问道：“你明白吗？”

君十三娘轻轻点头，随即又像是不明所以地摇头，“不是特别明白。”

龙炎笑了起来，继续解释道：“就拿之前断崖之事和秋狩刺杀来讲，我不是不清楚是何人所为，只是若将真相提出来，牵扯到的人是我现在没办法制衡得了的，若真将他逼得太紧，他会不惜一切跟我来个鱼死网破。而依我目前的实力，一旦敌人耍起狠来，真正兜不住的那个人是我！”

君十三娘这才解开疑惑似的点了点头。

“但是现在不一样了。”龙炎叹了口气，转头望了一眼屋外飞雪，淡淡道，“隐忍蛰伏虽然是我现在该走的路，但并不是唯一的一条。人生有无数种选择，而我现在的选择，只想保护我所在乎的东西。有些东西固然是很重要，但是撇开那些东西，我也并非是活不了。我以前并未发觉，其实在我的命里，有些东西是可有可无的，而有些东西却是必不可少的。从前我将那些可有可无的东西看得太重，那是因为我还没有找到对我来说必不可少的东西。”他站起身，走到君十三娘面前蹲下，手掌从宽大的袖套里伸出，轻轻地握住有些局促不安的君十三娘，“那就是你，十三娘！”

脑中忽然之间像是有万雷奔响，忽觉一股凉风吹过，三千花开又顷刻凋零，心神一阵混沌难安，如墨般的暮色之下，似有一束光透过云层，又像一道闪电撕裂苍茫天地，连那些飘零的雪花也像是定在了空中，等回过神来，半边脸颊已觉寒凉，是他的手掌攀上了脸颊，如寒水冰冷的手掌掠过她的肌肤，是极轻柔的动作。

这一切来得太突然，她连一丁点防备都没有。眼前的白衣男子已经站直身体，轻轻将她搂进怀里，颀长的身影印在四扇屏风的山水之上，轻微晃动，手指微抚那一头如墨的发，低沉声音响在头顶，“你就是我必不可少的，十三娘！”

蓦然，一场心安从心底最深处弥漫出来，像是一切都不再重要，细小手臂揽在他腰际，轻轻抬头看着他，“既然我对你这样重要，无论如何你也不会抛下我不管的，对不对？”

他轻轻一笑，“我的女人，我又怎会不管。”将她搂进怀里，“不管发生什么事，我都不会不管你。”

嘴角从未扬起这样好看的弧度，淡淡的，是很幸福的笑容，“我也不会，无论发生什么事，我都会对你好！”

夜幕里的风景，有花有雪，在这僻静的院子里，暮雪寒深。

他将她搬出了这间院子，住进了离他最近的房子。冬月，气温愈加寒凉，她浑身裹得像是个小白熊似的跑进龙炎房前，手中捧着一把刚刚折下的白梅，却在门口赫然停住，眼珠子一转，似起了邪念，嘴角咧开一丝狡诈。

她放轻脚步，像一只要偷食的小白鼠一般谨慎地朝四周望了望，轻手轻脚地推开了龙炎的房门。

房中的龙炎正坐在书案旁仔细地揣摩着什么，她轻手轻脚地来到龙炎身后，忽然一声尖叫，“嘿，你看！”她将手里的白梅放在龙炎眼下，“我刚摘的，你看好看不？”

龙炎像是被吓着了，盯着这束白梅痴痴地好半晌，“好看是好看，可是，十三娘，你把我的东西糟蹋了该如何？”他一把将君十三娘拉进怀里，拿起书案上的一章宣纸，垂眼看着她，悠悠道，“你看，这东西可不是那么好赔的！”

君十三娘将手里的白梅拿开一点儿，再拿开一点儿，看了看这张宣纸上画的东西，嘟嘴道：“不就是一张铸剑图嘛，有什么大不了的？”她将龙炎手里的宣纸抢过来，“你再画一张不就是了？我相信你的，那么厉害的一个人！”说着将宣纸揣进怀里，将手中的白梅拿到他眼前晃了晃，“喏，拿这个赔你！”

龙炎一怔，接过白梅装模作样地闻了闻。君十三娘将他表情看在眼里，见他要说话，赶忙打断：“唉，这东西可是活的，你那画可是死的，拿这活的东西还你这死的东西，可是你赚了！”

龙炎语塞，转而笑了起来，“嗯，是我赚了！”放下怀里的君十三娘，在房中找了个瓷瓶，将白梅插进去，放在书案上，端详了一会儿，点头道，“这样看着倒是养眼，每每看到这枝白梅，我就会想起你，有它做伴，就算有一天你不在我身边，也有东西聊以遣怀。”

她跑过去抱住她，本想抱住他的脖子，身高不够，只能抱住他的腰际，“我怎么会不在你身边呢？”仰起头看着他，“我会一直都在你身边的。”

他有些宠溺地揉着她的头，忽然间像是想起了些什么，放开怀里的十三娘，从自个儿袖子里摸出个东西，是一个打磨精致的银铃，“你送我一束白梅，我也送你一个小玩意儿。”说着拉起十三娘的小手，正要为她戴上，却神情一变，嘴角露出一丝诡异的弧度，身体反而蹲了下来。

“你……你要做什么？”十三娘谨慎地看着他，脚步退了退。

却被他一把抓住，“别动，抬脚！”

他将银铃戴在她的脚踝上，“看你以后还吓我！”

她脚步微微一动，脚上银铃随着动作轻灵一响，她有些恼意地看着她，“你不怕我把这东西给毁了？”

他捏着她的鼻子，“你试试！”

她很喜欢龙炎送自己的小玩意儿，打心眼里喜欢。但凡是有些女儿心的，当自己心上人送给自己一些小玩意儿，不管是值钱的还是不值钱的，都会当珍宝一般保存着，十三娘亦是如此。

她很爱惜这个小小的铃铛，随时随地都要带着，每当脚上银铃响起，就像是龙炎在她身旁一样，陪她看夜幕星辰，覆雪连天。而龙炎只要一听到这铃铛声响，就知道十三娘来了。

冬月二十三，落雪又起。

这是十三娘来御剑山庄的第四个月份。

男人都有自己的事业，龙炎也不例外，古来爱情与事业都难兼顾，即便是强悍的龙炎也摆脱不了这宿命。他一面压制着自己的敌人，一面忙着铸造年底家宴之时必出的利剑，一面还得偷出空闲来和君十三娘谈恋爱，日子过得有些疲于奔命。

这天，龙炎刚刚送走龙锌茹和龙啸天二人，就一心扎入剑炉之中。距离年底家宴满打满算已不足一月，而今他依然没有突破那些瓶颈，所铸宝剑至今仍只有一个剑胚，距离最终的成剑还很远。

十三娘自然是要陪着他的，自古以来，剑炉都是御剑山庄最重要的地方，一向都不允许外人进入，即便龙炎是这庄子的主人，祖上传下来的规矩也不能坏在他手里。一方面他不忍心和十三娘分隔两地，另一方面又是祖宗传下来的规矩，似乎选择哪一个都是很难的。

最后，他想出了一个折中的好办法。

御剑山庄很大，真正重要的地方是剑炉，他和十三娘商量良久，最后让十三娘只在剑炉之上的剑锋居入住，不得进入剑炉腹地，这样既不会跟心爱的人分隔两地，又不会坏了祖宗规矩，是个两全的好法子。

家宴一天天逼近，而龙炎这里却没有丝毫进展，以前潇洒沉稳的龙炎再也见不到了。最近几日，龙锌茹与龙啸天前来面见龙炎的次数也越加频繁，每回他们二人前来，龙炎都会支开十三娘。十三娘清楚，他们之间谈论的东西是什么，而她也很懂事，并没有多问。

第十七节　两生情（三）

她在心里下了决定，自己一定要帮他，不管他的敌人在这庄子里的势力有多大，自己都要帮他。她知道，如果连自己都不帮他的话，那这个世界上也就没有人可以帮他了。

夜，飞雪依旧。

剑炉所处的山峰之中，因装有星辰之火，整个山峰表面常年保持恒温，外界再冷，这里也闷热如炎炎夏日，飞雪落在山峰之上瞬间就被融化，升腾起一股白色雾气。山峰孤立于群山之外，树木花草在此皆不能存活，这里是一座死山，光秃秃的，只有升腾而起的白白雾色，似将黝黑孤山笼上一层薄薄轻纱。

二更刚过，喧嚣了一整天的剑炉终于消停了下来，君十三娘捧着刚刚从厨房里炖好的羹汤为龙炎送去。这是她才学会的，跟着老嬷嬷学了整整三天，迫不及待地熬了一碗想端给龙炎尝尝，却在剑锋居外忽听一声惊响，紧接着就是龙炎愤怒不甘的声音传出来，“没想到我到底还是输给了你，我真没想到，你能把事情做到这个程度，真不愧是我叔叔！”

她停下脚步，朝龙炎的房间望过去，发现龙炎房中竟然有三个人影，即便是隔着窗户纸，她也不难辨认出另外两个人是谁，龙锌茹和龙啸天。

“铸剑的矿石运来的时候，我检查过，的确是我们所需要的矿石，但是，只是表面上那一层是真的，他们将真矿石碾碎，以秘术调和覆盖在假的矿石之上。虽然假矿石提炼出来的铁器也是极好，却称不上极品，一旦进入注灵程序，剑身会因为经受不住力量而碎裂……”龙啸天叹声说道，“做得可真是天衣无缝。”

“他是要庄主在家宴之时拿不出剑，这样他就有借口以庄主资历不足为由逼得庄主让位。”龙锌茹也叹息道。

“最近这段时间，钰祯和那龙浔在庄中行事愈加无所顾忌，庄中大权多半已在他们二人手中.这事估摸着在老早之前就已经谋划了，为的只是庄主继位之后的第一个家宴。”

“他们早已料到在今年家宴之中庄主拿不出剑，所以才会行事毫无顾忌。如今距离家宴时间已经很仓促，如果再重寻矿石铸剑的话，时间上也来不及。”龙锌茹说道。

房中陷入了沉默，很久都没有一个声音响起。

“事已至此，我也没有其他的路可以走，如果在家宴拿不出剑，到时候我想叔叔不会给我一点点颜面。而以他做事的性子，就算得到了庄主之位，暗地里也绝对不会让我过得安生。”

“他会斩草除根！”

龙啸天的声音轻轻响起，却像是把刀子刺进十三娘的心里。

“也许，我们并未到那山穷水尽的地步。”

龙炎不会坐以待毙，等着别人找上门来，在他的认知里，要么不给敌人出手的机会，要么就要有绝对的把握赢了敌人。

这两点，无论是哪一条都很难做到。敌人太强，就会没有出手的机会，会没有十足的把握立于不败之地。他不会做剑走偏锋的事，然而这一回，他把一切都押上了，赢了固然是好，输了，就万劫不复。

他让龙啸天放出风去，说自己在十天之内有把握完成此剑。

这是一步请君入瓮的棋，若龙浔知道龙炎已经完成了此剑，那么他一定会提前行动，杀人夺剑，登上庄主之位。而龙炎只需扛过这一劫，那么他就可以以龙浔篡权夺位之名，名正言顺地手刃了他。

这着实是一步险棋。

龙浔在庄里的势力已经足够大，完全可以摧毁龙炎，他之所以有把握而迟迟不出手，是因为他在等一个机会。

一个名正言顺让龙炎退位的机会，而这个机会就是龙炎继位之后的第一个家宴。

房顶之上忽然传来几声风响，一个黑影已消失在暮色之中。虽然那人动作极其轻微，但还是被十三娘发现了。

手中端着的羹汤被一股清风托起，落在龙炎房外，没有发出任何轻响，而她本人已经消失在了暮色之中。

山峰险峻，十三娘跟着那道黑影一路疾驰，腾挪飞跃皆是快如闪电。黑影的速度固然是极快，但还是快不过十三娘。

通往剑炉的吊桥上，黑影终于停了下来，十三娘立于铁链之上，面前十丈距离远就是那黑影，背对着她。

“好俊的身法，依你的本事怎么可能没办法从这里上来？”

黑色人影缓缓转过身，看清黑影面貌，十三娘脸色惊变，这人竟然是钰磬！

短暂震惊之后，十三娘平静了下来，声音冰冷地朝钰磬问道：“刚刚龙炎的话，你都听到了？”

“是又如何？”钰磬笑了一声，目光定定地看着十三娘，“你要灭口不成？”

一双小手已在袖中握紧了拳头，但又缓缓松开，声音低低地问她：“你不会说出去的，对不对？”

钰磬拢了拢袖子，讪笑道：“龙浔怎么说也是我夫君，有人要对我夫君不利，我又岂能袖手旁观？”扑哧一声笑开，“我可不想做寡妇。”

十三娘脸色一沉，额间朱砂痣闪过一丝红光，“你若是胆敢说出一个字，我就会让你掉下去。”

话音刚落，一根根手臂粗细的藤蔓凭空出现，沿着十三娘脚下的铁链缠在钰磬脚下的木板之上，嘎吱嘎吱的声音顿时响了起来，“你应该知道这下面是什么！你非龙家本族人，你的血可关不掉四神杀阵！”

吊桥横木落下，十三娘看着面前的钰磬，“没想到吧，你曾经想让我葬身在这里，而现在，我也可以让你葬身在这里。”

她声音如寒冰一样阴冷，那些原本只是缠在钰磬脚下的藤蔓忽地一下沿着钰磬的双脚将她牢牢缠住，“你若将今晚听到的完全忘记，我可以放你一条生路，我也可以当作什么事都没有发生过，你从没有来过这里，我也没有见过你，如何？”

脚下横木已裂开几寸，钰磬手脚皆被藤蔓绑住，动不得半分，眼珠子转了转，道：“你想威胁我？”

她声音依旧冷冷的，“算是吧，现在你没有别的选择，要么应了我的说辞，要么就掉下去。”

她从前不是这个样子的，钰磬心里十分清楚，现在的十三娘说得出来，就必然是做得到。

藤蔓力道逐渐地增加着，横木一寸一寸地断裂，这过程虽然很缓慢，但是对于钰磬来说绝对是心理上的折磨。

时间一分一分过去，钰磬仍然在挣扎，她从没有向任何人服过软，即便是生死之际，好强和生存之间撕搏，也没见着生存占了多大的上风。

“考虑好了没有？”十三娘开口问道，脸上却是带着丝丝笑容，脚下横木断裂已在眼前。

“我从没在任何人面前低过头，你是第一个。”她看了看脚下横木，眼中已是绝望神色，开口道，“放开我吧！”

藤蔓缓缓退去，消失在暮色之中，飞雪连连，落在钰磬飞扬起的发丝上，晃在眼前，身前的十三娘在此朝她走近两步，“你已经骗了我一次，这一回你若是再骗我，我会做到让你后悔。”

君十三娘并没有完全信任钰磬，她这人一向好强，龙炎爱上自己，对钰磬而言是无法接受的。她这样的性子，即便是龙炎不喜欢自己，也决然不会接受龙炎喜欢上别人。君十三娘之所以放过她，是因为君十三娘从没想过要对钰磬下杀手。虽然性格已经变得坚强起来，但本质上君十三娘并不喜杀人。

是这样，心地善良，性格虽坚强却心软，这是她最致命的。

回到剑锋居外，发现放在门前台阶上的羹汤已不见了踪迹，房门大开着，还不等她迈进屋子，龙炎的身形已经立在门口，“汤不错，人去哪儿了？”

门外钟幢燃着的红烛，光影有些惨淡，她朝他走过去，“见你们在议事，就没打扰。”说完又赶忙补充道，“我可没有听墙角！”

她如今撒起谎来已能做到面不改色，但是在龙炎面前还是显得有些局促不安。她从来没有在龙炎面前说过谎话，更没有骗过他，这是第一次，她也说服自己这是最后一次。对于龙浔的事，龙炎一直都瞒着她，她心里十分清楚，是怕自己担心。

而龙炎不管心里装了多少东西，在十三娘面前也一直都是潇洒沉稳爱笑的模样，他对十三娘瞒得这样好，以为十三娘不可能发觉。

可是怎么可能瞒得住她呢？若是以前的十三娘一定是可以的，但是时间不可能倒回从前。

“当真？”他有些不相信地看着十三娘。

她咬着牙，很认真地点头。

夜已三更，屋中红烛已燃至尽头，屋外伸手已不见五指。最近，龙炎整夜难以入眠，十三娘一直陪着他，陪他说话，陪他谈笑，等他入了眠，她才轻手轻脚地回到自己的住处，其实到了夜里，她会变得比任何人都没有精神。

“很久以前，在坤洲的须弥山下，有一个庄子，庄中人都以君为姓，称君家庄。有一天，庄里来了一个人，领着一个年幼的小孩……”

她对他说起自己以前看到过的事，以哄龙炎入眠。这件事，她从未对任何人说起过，如今说起以前的那些事，心里有点哀愁。

“庄里有个女孩，喜欢上了那个年幼的男孩儿。这个男孩儿是外族人，不受本族人的待见，他事事都低人一等。父亲每回打猎回来，都会带回比任何人都多的猎物，这些都是他拿命博回来的。他把这些猎物分给君族人，以求他们别把自己和小男孩儿赶出去，而自己却连吃饱肚子都很难。那个女孩儿就把自己的食物省下来，给那个男孩儿。”

“慢慢地，他们长大了。男孩儿的父亲在一次狩猎之中被猛虎所食，尸骨都不见，只留下一根骨矛给他。”

“后来呢？”龙炎问道。

“后来有一天，大雪封山，族中食物都已告罄，男孩儿跟一群壮年进山觅食，却被群狼围攻，同行的壮年一个个死去，就他一个人活了下来，倒在雪地里，浑身都是血。女孩儿见他深夜未归，就去找他，从厚重的积雪里把他刨出来，救了他。他活了下来，回到族里，却成了罪人。”

“哦？”龙炎饶有兴趣地说道，“这是为何？”

“因为他是外人，而死去的都是本族人。”十三娘说道，“他们要男孩儿偿命，没有人愿意为男孩儿说话，只有那个女孩儿保护他。她在族中也没有多高的地位，好在族中一个地位颇高的男人看上了她，以男孩儿的性命为条件要女孩儿嫁给他。”

“那女的同意了？”

“嗯！”十三娘点头，“女孩儿没有别的办法，用自己的一生一世换了男孩儿平安。”

“这就结束了？”

十三娘摇头，“婚礼的那一天，男孩去了，连他都不敢相信自己会做出这样大胆的事。”

龙炎继续问道：“那他们逃出去了没有？”

十三娘笑着摇头，“没有，所有人都死了。”

龙炎一惊，“那男的杀了所有人？”

“不！”十三娘说道，“是雪崩，所有人都死在那场雪崩之下，厚厚的积雪掩埋掉一切，所有……没有人知道在那里发生了什么样的故事，也没有人知道那个地方曾经存在过，一切都在那场雪崩之下消失得干干净净。”

她停了下来，给龙炎斟了一杯暖茶，“我不求你能为我改变什么，龙炎！”她搂住龙炎的脖子，“花开只有一季，要好好地珍惜它盛开的时候。花荣叶枯都是因果，能得到的东西固然是好，得不到的放开了也没有什么大不了，凡事不用逞强到拿命去拼，你说过，我才是你最重要的！”

龙炎身体一顿，半晌，悠悠道：“你确定你没有听墙角？”

第十八节　两生情（四）

夜已四更，龙炎这才入眠，蹑手蹑脚地带上房门，十三娘抬眼看了看头顶的飞雪，心中做了一个可怕的决定。

她离开剑炉所在之处，速度之快、动作之轻没有引起任何人的发觉，如一缕青烟一般飘进山庄正院，那些守卫在她眼里完全不存在。

她来到龙啸天所在的那座庄园，敲开了龙啸天的房门。睡意浓浓的龙啸天见到来人是十三娘，脸上有些诧异，“君姑娘，你为何来此？”

“我听闻龙炎所铸的那把剑没办法完成，你可知是为何？”

龙啸天愣了愣，半晌才呵呵笑开，“君姑娘是从哪里听来的这些，没有的事，铸剑进展一切顺利，相信用不了几天就可以取出啦！庄主的本事那可是得了老庄主亲传的！”

听到龙啸天这样说，十三娘心里蓦然一沉，果然，他所有的事都瞒着自己。

“哦，对了！”龙啸天像是忽然想起了些什么，拍了拍脑袋，“铸剑这事已经进入重要阶段，庄主这几天可是很忙，今晚还叮嘱我说，过几日让小女带着姑娘出去逛逛呢！”

她眉目一凝，心中暗道，这一逛，可能就不会再让我回来了吧！

她心里很清楚，她了解龙炎，对付龙浔没有绝对把握，赢了自然是好，可输了……

他要让自己离开御剑山庄，如果最后他赢了，自然会接她回来，可如果输了，就让自己远走天涯。她心里十分明白，他如此做是为了自己好。

可是……可是他为什么都不跟自己商量一下呢？为什么所有的事非得自己扛？在他的心里，难道所有的苦难都非得自己承受不可？他又把自己放在哪里？他明明对自己说过，不管发生什么事都不会不管自己的啊！

若今天不来这里，她什么都不知道。若今晚不听那段墙角，还被蒙在鼓里。他为什么要瞒自己？

心里顿时掀起层层波澜，险些快要站立不稳。

“龙炎是不会骗我的，他什么都对我说了！”十三娘好不容易才稳住情绪，“我知道铸剑过程中矿石出了问题，没办法启灵，我带来了一些东西。”

说完她指了指角落里的一捆圆木，“你把这东西扔进剑炉之中，放入那些矿石，将剑炉完全密封，三天之后开启剑炉，你会得到你们想要的材料！”

龙啸天俯身看了看那捆圆木，眯缝起了眼睛，这捆圆木在暮色之中竟然可以看到点点绿色光芒闪动，顿觉惊奇无比，“君姑娘，这……这是……”

“是千年无忧树的树心！”十三娘语气平淡地说道，“此树已生长了千年，本身已具有灵性，以星辰之火灼烧，放出灵气，融入矿石之中，即便是块锈铁，也可化为精钢！”她抬眼看向龙啸天，“不管怎样，我们都希望龙炎安好，你收了这捆圆木，我当今晚没有来过这里，你也当今晚没有见过我，怎样？”

龙啸天思索良久，才点了点头。

十三娘笑了起来，和那一晚一样好看的笑容。

转眼已过八日，龙炎要龙啸天放出的消息早已传遍了整个御剑山庄。

家宴临近，龙炎剑成，那些奔波在外的龙家人开始纷纷赶回山庄，一切都在按部就班地进行着，整个山庄洋溢着喜庆，却只有少数人知道，真正的风云早已涌动。

这一天，龙啸天之女龙芸前来邀十三娘下山，说是要去采购一些家宴之时用的物什。虽然距离家宴开始还有二十多天的时间，但这是龙家难得一遇的大事，需提前布置，前两天龙炎也对十三娘提起过。

她心里十分清楚，龙芸这时候来找自己，意味着龙炎与龙浔之间的战争也就要开始了。

这段时间，君十三娘从龙啸天那里得知了很多消息，知道那捆圆木真的是有让凡铁化精钢的神奇力量，甚至于比他们之前所预料的要好上数十倍。

龙啸天也曾经劝说过龙炎，让他放弃那一步险棋，到时候家宴拿出了宝剑，自然能够堵住龙浔的嘴，然而龙炎却说有些东西留不得，留着留着就成了祸害，早晚是要走上这一步的。

他依然固执地要如此，谁也左右不了他。

如今消息已经放出去了，只不过不再是假消息，以龙浔在庄中的势力，自然是在第一时间得知了这则消息，几经佐证都属实，他再也坐不住了。

龙炎有自己的打算，十三娘也有自己的打算。龙炎要自己离开，好安心对付龙浔，那自己就离开，让他安心。

只不过是表面上离开，她是不会离开龙炎的，特别是在这样的时候。

这一天，天气晴好，御剑山庄之外的山林一派白雪皑皑，倒是下山的石阶一片干净，如清水洗过，石阶两旁梅香四溢，花事繁茂。

下山之行只有龙芸和十三娘两个女流，然而十三娘却发觉两旁的雪林之中潜伏着一个个高手，这些都是龙炎的亲卫，这股力量若留在龙炎身边，绝对是一大助力，而龙炎却用来保护十三娘。

“龙炎没有多少希望能够赢了龙浔。”

十三娘心里十分清楚，在四神杀阵之中，龙炎已经耗费了十年功力，要想对付龙浔，胜算很小。

明知道没有多少希望，为什么还要拼呢？难道名利权势对龙炎来讲比一个真心待他的人还要重要？我在心底一遍遍地问自己，却始终没有得出答案。

龙芸是一个十分活泼的小女孩儿，和十三娘之前一样天真烂漫，一路蹦蹦跳跳地走在前头，完全被蒙在鼓里的她哪里知道即将发生的事情是有多么的可怕。

“君姐姐，有些话我不知道该讲还是不该讲。”龙芸手中捧着一束白梅，欲言又止地看着十三娘。

“哦，什么话？”

思量了一下，龙芸才说道：“其实庄子里的人都觉得龙炎哥哥和钰磬姐姐是最合适的一对，他们青梅竹马，从小一起长大，感情一直都很好，但是不知道为什么，老庄主却把钰磬姐姐嫁给了龙浔叔叔，为了这事儿，庄里的人可没少嚼舌头根子。”

“你想说什么？”

君十三娘打断龙芸的话，她不想听到钰磬这个名字，更容不得别人说她和龙炎怎样怎样，若心里真正喜欢上一个人，就容不得别人说他跟别的女人如何如何，即便是以前也不能。

许是发现了十三娘神色不对，龙芸赶忙说道："其实我并不这样觉得，钰磬姐姐虽然人很漂亮，但是她太强势了。我十岁那年，不小心打坏了她最喜爱的一盆木槿，我父亲给了她一株世间罕见寒月芙蕖作为赔偿，那可是我母亲悉心培养了好多年的，她却一点儿也不爱惜，把那株寒月芙蕖连根都给拔了。"愤怒地嘟起小嘴，跺脚道，"害得我母亲伤心了好久，我一点都不喜欢她。"

"既然你不喜欢她，那还提她作甚？"

"后来我知道，那木槿花是龙炎哥哥送给她的，她一直都当作宝贝中的宝贝，谁都不让碰。虽然那件事是我不对，弄坏了她的木槿，但是我也道歉了啊，而且我父亲还送了我母亲最喜欢的寒月芙蕖给她，但她不依不饶地非得让我赔她，我拿什么赔？那可是龙炎哥哥送给她的，即便是我找来一株一模一样的木槿也不是龙炎哥哥送的。"

"那后来呢？"十三娘问道。

"后来她拉着我去找龙炎哥哥，非让龙炎哥哥惩罚我。明眼人谁看不出来，要龙炎哥哥惩罚我是假，真正想要的是龙炎哥哥再送给她一株木槿。"小手已经握成了拳头，"让龙炎哥哥下不了台，逼得龙炎哥哥又送了一株木槿给她！"

她恶狠狠地道："真是可恶死了，我一点也不喜欢她！"

十三娘笑了起来，"心上人送的东西，即便是一些不值钱的小玩意儿，那也是如珍如宝似的。"低头看了看自己脚下的银铃，又道，"只是东西坏了也就坏了，即便是央求着又送你一件，那也没有原来的意味。"

"就是嘛！"龙芸接着说道，"可是你就不同了，虽然你和龙炎哥哥之间很多事我都不了解，但是我看得明白，你是真心对龙炎哥哥好，而龙炎哥哥也是真心对你好。"

"哦？"十三娘轻笑一声，"你是怎么看出来的？"

龙芸顿了一会儿，一本正经地说道："就在昨天夜里，龙炎哥哥来找过我父亲，说了一些话，我偷听到的，你想不想听？"

"额……"十三娘一时语塞，"这妮子，还逗起我来了……"

见十三娘一脸尴尬的表情，龙芸这才心满意足地说了起来，"龙炎哥哥对我父亲说，咳……"她干咳了一声，做出一副十分认真的样子出来，活像个小大人，"我这一辈子最放心不下的就是十三娘了，我本想放弃，就此罢手，名利又算什么，地位又算什么，这些都比不过人心。"

"我父亲问：'那庄主为何非要如此？'"她变了变音色，依旧是一本正经的样子，"'这份家业虽然是老庄主传给你的，但怎么说他也是龙家本家人，也不算是落入别人手里，你退了也没什么，天涯海角的，哪里没有庄主和君姑娘的容身之所？日出而作，日落而息，也不是很自在？'"

"'他不会给我这个机会的，斩草要除根，他比我更懂得这个道理。我龙炎现在什么都不在乎，但是我不能不在乎十三娘，她才是我的全部，放弃这个位置容易，而以后面对的会是什么，你也应该清楚，颠沛流离、亡命天涯。这些我可以忍，但是让十三娘跟着我提心吊胆、亡命天涯，我就不能忍，我要让她一辈子浮世轻安。'”

“我父亲又问：‘那庄主又有多大的把握可以赢？'”

“‘三成，调开那些亲卫，一成。'”

“‘那你拿什么让君姑娘一世轻安？'”

“‘会有的，她会一生欢乐无忧，幸福安好。这辈子我欠她的，只有下辈子还了，与其让她跟着我一辈子提心吊胆，倒不如我死，这样我的敌人就会放过她……'”

第十九节　两生情（五）

思绪再也不能平静下来，他所做的一切都是为了自己，做得那么不动声色，默默地安排下这一切，都只是为了自己安好，只是为了自己。

龙芸恢复了正常的口气，“我所认识的龙炎哥哥聪明、能干、风趣，偶尔有点脑袋短路，他是真把你放在心口，才会说出这样的话，我也不是一个不知事的小丫头，君姐姐。”

龙芸走到十三娘跟前，拉起十三娘的双手，很认真地看着她，“我知道庄里出了事，不然龙炎哥哥不会对我爹说那样的话。龙浔叔叔不是个好人，钰磬姐姐也不是，还有那钰祯更不是个东西。我知道你很厉害，你不会就这样跟着我下山的，你会帮我爹和龙炎哥哥的，对不对？”

“当然不会。”十三娘脸上看不出任何的神色，苍白得有些吓人，眼瞳之中更是带着重重杀意，“龙炎可以拿命换我安好，我又怎么可能弃他而去，纵使丢了性命，那也是要在一起的。”心里却升起一股豪气，“我倒是要看看，你们御剑山庄的剑能不能劈了我这鸿蒙之气！”

十三娘并未立即折返，而是和龙芸一起下了山。她知晓龙炎的性子，如果这个时候自己回去，龙炎一定会把自己赶出来，她现在能做的只有等。

御剑山庄山下不远是一处繁华市井，久雪出晴，天气一派晴好，似乎连空气也不那般寒冷了。岁末将至，市集之中人声嘈杂。

龙芸不像是常下山，见着什么都很稀奇，活像一只蹦蹦跳跳的小兔子。十三娘跟在龙芸之后，发现这个时候的龙芸像极了自己初为人之时，懵懂、单纯、活泼，心中不免升起一丝低沉。

经历过的那些事没有办法抹掉，有些疼痛的过往能让自己成长，却不知要长成何等模样。

夜里，在一间客栈入居。

年幼的龙芸蹦跳了一天，早已疲惫入睡。一只金丝鸟落入窗棂之上，扑闪了两下翅膀，十三娘招了招手，金丝鸟飞了过来，停在她指尖，垂下了头，似在低吟着什么，十三娘眉间微微皱起，“要开始了么？”

素手轻抬，金丝鸟哗一声飞出窗外，回眼看了一眼榻上的龙芸，十三娘觉得她有这个年纪所有的美好。争斗、杀戮，这些并不是她这个年纪应该染指的东西，十三娘不想龙芸变成如今自己的这个模样。她并不是觉得自己现在的样子不好，只是有很多事在不知不觉中已变得无法承受。

摸黑回到御剑山庄对于十三娘来说没有任何难度，而且也费不了多少时间。当她来到御剑山庄大门外时，阔门大开，守门的侍卫却不见踪影。

一路潜行，不大一会儿工夫已来到浮桥，一路上都十分平静，没有任何变化，该巡逻的巡逻，该睡觉的睡觉，一切都是这么平静，可是眼前所见到的场景让她确定，龙浔真的动手了。

她面前的浮桥已经断裂了。

要去对面的剑炉，只有浮桥这一条路，要么就只能通过山下的谷底，但是谷底之下有四神杀阵，几乎没有人能够从那里进入剑炉。

当然，即便是龙浔毁掉了浮桥，这也难不住十三娘。

巨大的青铜巨门静卧在眼前，这扇青铜巨门十分高大，要以一人之力推开几乎不可能，但是好在大门是打开的，不过门外有人守护。这几个人十三娘从没见过，显然是龙浔的人，三两下把这几个人打发了，偷偷地摸了进去。

十三娘是第一次来这里，整个御剑山庄最机密的所在，剑炉与剑池！

中空的山洞之中，开凿而出的石阶压着洞壁盘旋，一路血染，处处横亘着尸体，断裂的刀剑，残缺的肢体，从青铜巨门之处沿着台阶一路蔓延至洞底，炙烤的空气之中氤氲着浓厚的血腥之气。

累累尸骨，不难料想之前争斗激烈，地位，权力，这些东西果然是要拿命去搏的。

“多么完美的一把剑。”身下传来一声感慨，“炎儿，你在铸剑这条路上，可比我那不成器的哥哥走得更好，这把剑你可取好名字了？”

十三娘目光透过台阶木栏，朝下望去，洞底尸骨比上面更多，巨大的山洞之内，只有钰祯、龙浔、龙炎三人站立着。

龙浔身旁有一潭清泉，在潭水正中，一把长剑直立在潭水之中，几乎看不见剑身，倒是那剑柄却看得极为清楚，清澈的泉水之下，似有彩蝶纷飞，异常诡异。

身旁的龙炎一身黑衣，黑发绾在玉冠里，轻轻吐出两个字，“蝶翼。”目光转向龙浔，“你赢了。”

龙浔脸上没有多大起伏，看向龙炎，“我有个问题有点想不明白，想问问你。”

龙炎没有说话。

龙浔笑道：“你明知道我不会放过你，为何我杀进来之时你并未阻挡？你就如此甘心将家业拱手让给我？”

龙炎一笑，“你也是我龙家之人，庄子到了你手里也不算落入外人之手，明知敌不过还要敌，那是愚人之为。”

“可你心里早就知道敌不过我，为何非得等我杀进来才拱手相让？”心中忽然像是想到了什么，“你在求死？”眼珠子转了转，“你是为了君十三娘？”

龙浔像是一时间明白了过来，“原来如此，你知道自己没有赢了我的把握，而我一旦夺了你的庄主之位，必然不会放过你和君十三娘，好，好，很缜密的心思，像你老子！”

龙炎微微一笑，完全没有生死存亡的紧迫感，“你可以从我这儿得到你想要的所有东西，十三娘对你而言并不重要。”他定了定，“你赢了，动手吧！”

十三娘默默地看着这一切，一双小手紧紧地握成了拳头，若他们真要对龙炎不利，她一定会下杀手。

“他真的把你放在了心里最深的地方。”身后忽然响起一个落寞的声音，“我输得很彻底。十三娘，你的命怎么就这么好！我一辈子都奢求不来的东西，你怎么这么轻易得到了，凭什么？”

十三娘转身看去，一身白裙的钰磬不知何时已站在她身后。

钰磬的声音满是不甘、愤怒，眼角泪水浸湿了脸颊，“我把他看得太重，重得如若生命，我一直都要卑微地去仰视他，却怎么也得不到他一丝丝的青睐！”她忽然仰起头，目光如剑一般带着凶狠，“是你，是你抢走了他，是你将我推到这万劫不复的地步，是你让我输得一败涂地、体无完肤，我恨你，我输给你的一切，我要你拿命来偿还！”

刀光如电，霎时逼近十三娘，这时的钰磬完全陷入了疯狂，一招一式全无章法，这全然是拼命的打法，她的目的只有一个，那就是要十三娘死。

发泄，疯狂，一劈一砍皆是用尽了钰磬所有的力量，木栏被刀锋横切而过，掉下洞底。面对钰磬完全不要命的打法，十三娘只能是躲闪避让。刀刀夺命，每一刀都满载着钰磬所有的愤怒与不甘。

她不仅仅恨十三娘，更恨龙炎。她恨龙炎给了十三娘所有的爱，她恨龙炎从来都没把自己放在心里，她恨十三娘夺走了自己所有的梦。

她一直都活在自己编织的幻想里，在这个幻想之中，龙炎属于她自己，而且只能属于自己，是十三娘的出现绞碎了她所有的梦，梦一旦破碎，那不堪的现实顷刻之间压碎了她所有的坚强和倔强。因为太爱，梦破碎的那一瞬间才不能忍受，那一瞬间侵进身体每一寸皮肤的绝望，足以令人疯狂。

洞底之下立着的龙炎等人几乎同一时间抬起了头，所有人的脸上都露出了难以置信的表情，最先冲出来的那个人是龙炎，他一把抓住钰磬头顶直劈而下的钢刀，将十三娘搂在怀里，目光怒视着如同疯子一般的钰磬。

“姑姑，这里不是你该来的地方。”

汩汩鲜血顺着刀锋滑落而下，他握得很紧，可是握得越紧刀子卡进血肉也就越深，陷入疯狂之中的钰磬在这一瞬间醒了过来，慌忙松开手里的钢刀，一声轻响，刀子掉在地上。短暂清醒之后，她慌乱地握住龙炎受伤的手，“弄痛了没有？是我不好，是我不好，你打我吧，龙炎，是我不好，是我不好，我不该弄伤你，我怎么舍得弄伤你……”

哭泣着，绝望着，毫无章法地握着他的手，那直流着的鲜血沾在她的白裙上，似一朵艳红的海棠花开。迫切想去抓住的那个东西，是她本已破碎的梦，她还在骗自己，骗自己这个梦还在。她抓着君十三娘的手，抓住这最后的希望，就像不顾一切地要去抓着飘散在厚厚云层之下快要弥散的烟霞。

“我没事。”

他用力想要将手抽回，钰磬却紧紧握住，像是死了也不愿松开。

第二十节　无忧花开，待君安（一）

“贱人！”

身后传来一声低吼，这个世界上所有男人都不可能视而不见的事，细细算下来有两样，第一，自己的女人在外面偷男人；第二，自己的女人当着自己的面偷男人。

其实龙浔心里很明白，钰磬心里并没有自己，而他这个人在感情这档子事上一向都很寡淡，似天生与情爱不沾边。不过但凡是有点脾气的男人，发现自己的女人在别的男人面前如此都接受不了，一个耳光扇了过去，“我待你也不薄，可你这贱人为何如此对我？”

其实所有人都明白，钰磬真正爱着的那个人是龙炎，这一点龙浔心里更是清楚，若是平时也就罢了，可现在这个时候当着这么多人的面，且在自己即将功成之际，这无疑是在龙浔的脸上狠狠打了一耳光。

十三娘细手攀上龙炎掌心，雪白手掌顷刻之间被鲜血染红，她抬眼看着他，问：“为什么要抛下我一个人？”

龙炎看着他，面无表情，“你不该回来。”

她忽然紧紧地抱住龙炎，“我已经走了一回，别再赶我走。”

一声叹息响在头顶，小小的身躯被紧紧搂住，脸颊上似有泪水淌过，是龙炎的眼泪，她如此清晰地感觉到此刻他所有的感受，她抱着她，就像抱住了整个世界，他的头抵在她的肩上，“傻子……”

所有的一切在这一刻都变得那样微不足道，似顷刻之间沧海化作了桑田，她想就这样陪着他，永永远远陪在他的身边，可现实却不允许。

龙浔这颗祸心藏了这么久，为的就是这一刻，他隐忍了这么久，为的就是要完完全全地击败龙炎，机会就在眼前，他怎么可能放弃！

这一场决斗是龙浔提出来的，他既然想要完完整整地击败龙炎，那么这最后一刀必须自己来完成。这样的对决龙炎没有选择放弃的权利，如今的局面已容不得他有任何选择。

人群四散而开，为他们腾出一片空地，钰祯抱起跪坐在地上的钰磬，怒目瞪了十三娘一眼，退到木栏之后。

剑影掠过，龙炎与龙浔之间的交手每一剑都是直攻要害，谁都没有留手，全然是搏命的打法，强横到极点的剑气将山洞砍得尽是深深剑痕。龙炎的剑法十三娘是见识过的，若是在他全盛时期，绝对不会在龙浔之下，但是在四神杀阵之中，龙炎已经耗费了十年功力，单单只是这一点，龙炎就已经处于劣势。

剑影连连，巨大的山洞中已经遍布剑痕，所有人的注意力都集中在决斗之上，独独有一人一直用怨毒的眼神看着十三娘，这个人就是钰磬。

龙浔和龙炎的决斗随着时间的推移，已经从最初的雷霆之势变为拉锯战，二人似乎是谁也奈何不了谁，但是十三娘的眼神是何等明亮，她已经发现，龙炎有些体力不支了。

心里担心得不得了，但是她不能下去帮他，十三娘明白，如果自己出手帮龙炎，那么局势瞬间就会急转直下，所有人的刀剑瞬间就会齐齐对准自己和龙炎。

一声碎裂声响，所有人脸上震惊之色顿起，龙炎手中长剑已被龙浔一剑斩断，凶猛的一掌带着磅礴劲力狠狠击在龙炎的胸口。

像是断了线的风筝，龙炎喷出一口鲜血，身体倒飞而起，坠入洞底。

“结束了！”钰祯低头看向怀里的钰磬，“妹妹，你的梦也该醒了！”

“龙炎！”

“妹妹！”

一个飞身跃下，身体朝着急坠的龙炎直飞而去。几乎是同一时间，钰磬和十三娘径直跳入洞底，只不过十三娘是冲龙炎去的，而钰磬是冲十三娘去的。

十三娘接住龙炎落入洞底，身后利剑划破长空的声响已近在咫尺，一瞬间，仿佛所有人的动作慢了下来，我看到龙炎用力推开十三娘，我看见钰磬那无比狰狞的面孔，我看见钰祯与龙浔那无比震惊的眼神，时间像是在这一刻放慢了速度，锋利的剑尖一寸一寸慢慢刺入龙炎的胸口。

“不要……”

谁发出了这一声撕心般的绝望声音，在空旷的山洞之中如闷雷一般回响，剑锋刺进血肉里的声音是那么清楚，淹没了所有。天，灰了下来，像是一滴黑墨滴进清水之中，重重黑雾逐渐吞没了龙浔和钰祯，空余方寸之地绽放出点点光阴，我知道，这是十三娘的意识改变了幻境。

“你的梦，该醒了吧？”

龙炎看着如同丢了魂魄一般的钰磬，“姑姑，该清醒了吧？”

“不，不……”

苍白如纸的脸，溃散的眼神，我发现钰磬握剑的手不住地颤抖着，她死死地瞪着刺进龙炎胸口的长剑，一下将剑拔了出来，丢在地上，看着自己的双手，“不，不，这不是真的！”她急忙朝龙炎身上扑去，却被十三娘一巴掌扇开，“滚！”

她双手捂住龙炎的伤口，声音颤抖且急切，“龙炎，你不会有事的，不会有事的！”鸿蒙之气如决堤洪水无止境地从双手涌出，却怎么也止不住涌出的鲜血。

“十三娘，答应我，你要好好地活下去。”

她赶忙说道：“我应你，我应你，只要你好起来我什么都应你！”

“好，我怎么舍得丢下你一个人呢。”嘴角露出淡淡笑容，满是鲜血的手艰难地抚摸上她的脸颊，拂去她眼泪的泪渍，“谁让你哭的？这么一个泪人哪里好看！”艰难地想要坐起来，双手捧着她的脸颊，一双血红的薄唇一寸一寸地朝自己挪近，却在将要吻上她唇角的时候，那一双沾满鲜血的手一寸寸地滑落下她的脸颊，一双赤目柔柔地看着十三娘，“这辈子有了你，什么都够了……”

这是他留给十三娘的最后一句话。

不知何处传来一声震天的巨响，滔天的烈火如决堤的洪水顷刻间吞没了所有，在无尽烈火之中，一个声音不甘地响着，“龙炎死了，我要你们所有人为他陪葬！”

一遍一遍，钰磬的声音从不甘心的嘶吼变成深沉的绝望，熊熊火焰将一切灼烧成灰，在那无尽的焚火之中，十三娘如木偶一般抱着龙炎，怀里的那个人有着细细的睫毛和浅色的唇，长长的黑发绾进玉冠里。

虚幻的梦境如碎裂的镜片，一块一块崩坍，如一片片飘零在暮色之下的紫荆花，随着那一声声回响在心底最深处的声音，逐渐散成虚无。

“这辈子有了你，什么都够了，十三娘……”

我不知道让她想起这些到底算不算好，她执着地想要去想起来的东西，也许可能并不美好，但她依然在不舍地追寻着，只为了那个她一想起来心就会微微作痛的人。

眼睫似有千斤之重，我费了好大的力气才睁开。眼前是十三娘颓然神色，面前那巨大的幻瞳之眼正在逐渐溃散，幻境之中的熊熊烈火透过苍茫天际化作泡影。

姬澈过来搀住有些站立不稳的我，我身体一软，顺势倒在他膝间，苍苍白发曜着天光，柔柔地晃在眼前，“叶凝还好吧？”

温润的声音响在耳畔，带着沉沉关切，听得我有些晃神，微微摇了摇脑袋，表示自己一切还好，无须担心，又转过脸去看身前的十三娘，她已然从幻境之中抽身回了神，清冷的脸如一张白纸，颓然到绝望的眼神里透出深深凄然。

“龙炎。”

她唤着这个名字，声音带着无尽苦楚，随着两行清泪，兀自低落尘埃，无尽废墟里，那一道娇小柔弱的身影，看着令人心口一阵阵地疼。

她看了我和姬澈一眼，抹去脸颊泪渍，抬眼看天，像是要在那灰沉的苍穹之上找到些什么，又或许是不想再让眼泪流下来，竭力想忍住自心口最深处涌出的伤痛，原来是那么难。

她缓缓转过身，碧绿的裙摆舞曳在风中，一双赤足上的银铃，随着她的脚步发出铃铛声响，叮当，叮当，似响在心口，又似响在无边的天地间。她的身影，在我和姬澈的目光中渐行渐远，像走进一场镜花水月的幻境里，失神的脚步，轻灵的声响，在重重野风之下，消失在废墟。

“她要去哪儿？”姬澈问我。我抬眼看了看他近在咫尺的脸，掀开几缕掉在我眼角的白丝，“我想，我知道她去了哪儿，要不要跟上去看看？”

他将我从地上扶起来，目光温柔地看着我，“好地方还是坏地方？”

我微微一怔，“你觉得呢？”

他淡淡一笑，“龙炎的墓地，可算不得是好地方！”

我一惊，“你居然知道？”

他将我打横抱起来，“连你都能想到的事，我会想不到？”低下头来看我，“听话点儿，身子虚弱成这样，别乱折腾。”

第二十一节　无忧花开，待君安（二）

沿着记忆里下山的道路，走在荒山之中，姬澈的手臂依旧是那么有力量，将我抱得很稳很稳。下山石阶早已被废墟掩埋，两旁白梅化作灰，一路无话，到达山脚已是下午。

我们果然是在一块墓地前找到了十三娘，她直直地站立着，娇小的身体像是压着千斤重担，仿佛随时都要摔倒。姬澈放下抱着的我，朝我看了一眼，叹息道：“想不到鼎盛一时的御剑山庄庄主，而今要栖身于这方寸荒坟之中，连一个扫坟拔草的人都没有，世易时移，人生果然无常。”

我拉着他的胳膊，“人都是要死的，世事无常也罢，世易时移也罢，人都是要踏上这条路。若能有人把故去的东西稳稳地安置在心底，深深地记得，那就不算死去。”我回脸看着姬澈，问他，“你觉得呢？”

他微微一笑，并不回话。

我说这话并没有压低声音，与其是反驳姬澈的说法，更不如说我本就是要说给十三娘听。我知道她现在心里一定十分难受，那些她执着地想要去想起来的东西，如今真想了起来，我不知道这对于她来讲，算不算得上是一种解脱。又或者，是命运给她开的一个玩笑。

十三娘依旧呆呆地看着石碑，背对着我们，身子没有任何动作。我不知道我的话她到底听到了没有，更不知道她看了这一段过往之后放开了没有。

我心底是多么希望她可以放开，真的很想冲上前去朝她吼一句，“龙炎死了！你知道吗？”

但到底还是没有这样做，这个时候，她一定比任何人都需要安静，再坚强的人也受不起这样的刺激。但是我真的很想告诉她，龙炎真的死了。

很久很久，当日头沉落西山，在天边扯出一片灼灼红霞，沉寂中的十三娘终于出了声音，“有些人不是不能忘，而是不想忘，有些伤痛不是受不了，而是信不了。我执着地想要去想起的那些东西，虽然结局是那样不堪忍受，可幸的是，它让我的过去变得完整，我终归是没有完完全全地忘记他。”

我朝她跑过去，将她的身体转过来，双目凝视着她，“十三娘，你没有忘记他，从来都没有。”

她溃散的目光缓缓变得深邃起来，抬眼看着我，“我有时候会想，是不是有了心，才会感觉到疼，当真正体会到心痛的那种感觉，又迫切地想要没有心该多好，不会去想、不会去恨，更不会去爱，也许人生才会是完美的。”摇头一笑，“可没有心的人，虽是完美，却不完整。”

我有些错愕地看着十三娘，不知道她这话到底是什么意思，却见她额间那一点朱砂红痣忽然闪过一丝光亮，一股温润气流透过皮肤肌理直直窜入心房。

“十三娘，你……你要做什么？”

“谢谢你，叶凝。”

她的身体放出绿芒，一双含泪的眼睛脉脉地看着我，唇角带着浅浅笑容，“我现在明白了，我忘记了龙炎，才会觉得自己不完整，而今我想起来他的眼、他的脸、他沉稳神情和他对我的好，我统统都想了起来。这长长久久的八十年来，我第一次觉得自己是这样完整，叶凝，谢谢你。”

她的浅浅笑容在我面前一寸一寸地被绿光吞没，一棵巨大的无忧古树从我面前拔地而起，遮住了头顶天空。

“十三娘。”

我朝她狂吼，在古树之下，晚霞的红光透过斑驳绿叶，投下星星点点的光，跳在指尖，似一个跳动着的凄美音符，心底蓦然升起一个声音，像是从遥远的过去穿过无尽时空响在心底最深处，带着浓浓情意，层层白梅花开，无尽酸苦，悠悠清雪冷。

“从前，我将那些可有可无的东西看得太重，那是因为我还没有找到对我来说必不可少的东西，那就是你，十三娘！”

“你就是我必不可少的，十三娘！”

“既然我对你这样重要，无论如何你也不会抛下我不管的，对不对？”

他轻轻一笑，“我的女人我又怎会不管？不管发生什么事，我都不会不管你！”

“我也不会，无论发生什么事，我都会对你好！”

那些在幻境之中看到的过往像是飘零在天地之间的花瓣一样，自心里最深处飘过，皆是龙炎的身影，他笑起来的模样，他深沉的模样，他愁苦冥想的模样，他看十三娘时嘴角那一抹似有似无的淡淡的笑容，心里一股甜意随着脊背攀爬而上，在心里滋生出一朵一朵最艳丽繁美的花。

“原来这鸿蒙之气便是她的心。”

姬澈的声音自身后响起，我摸了摸自己的胸口，能够感觉到一股暖暖的气流在心房里流动，这便是十三娘的心，也是她赖以生存的鸿蒙之气。

“原来她背负了这么多……”

抬头看向这一棵巨大的无忧树，飘落而下的点点绿光似一场无终的雪，一座孤坟，一棵古树，苍茫天地昏鸦啾鸣，摊开手掌，有光点落在掌心，凉凉的，像是细雪在手中融化成水，又像是谁的清泪滴落红尘，无言地述说着风月。

“姬澈。”我拉了拉他的袖口，手指指向头顶，“你看。”

他顺着我的指尖看过去，茂密的树叶间一朵朵雪白的花轻柔地舒展而开，白如初雪，凄美而圣洁，在重重绿光之下，透出如玉般莹润的光泽。

“无忧花开待君安，花开花落人不离。”转身看向姬澈，“你说十三娘的选择到底好不好？”

他看向我，讪笑道，“能一直陪在自己喜欢的人身边，有什么不好？”拍了拍我的脑袋，“叶凝，这是十三娘最好的选择。”

我微微一笑，心里升起一丝愁苦，在心里低低地问姬澈：“那么你呢？你愿不愿意一直陪在我身边呢？”

心里的声音没有人能够听到，更没有人能够回答。我所爱的那个人他就在我身边，而且那么近，却又那么远，远得他永远都听不到我的心声。

“你说到底是谁封印了十三娘的记忆呢？”他一手拿着剑，一手拉着我，“连拥有鸿蒙之气的十三娘都破不开。”

我再一次抬头看向头顶巨大的无忧树，万千的无忧花开在重重绿叶之后，绿色的光点霏霏，一场无言的雪。树下孤坟像一只安静的小兽静静地趴在无忧树下，像是一个迷失在尘世之中的浪人，终于回归到了久违的怀抱，终于在一起了。

俏皮的我对姬澈吐了吐舌头，“我哪里知道？”刚刚升起的一股柔情忽然被一种奇怪的感觉压下去，看向那一座孤坟，低沉道，“也许龙炎会知道吧！这些都随着龙炎的死变成了一个永远也解不开的谜，一个带着最美好的期望的谜。”又对姬澈笑开，“你没听到龙芸听的那一段墙角？”

他目光揶揄地看着我，皱眉问道：“哦，是什么？”

我有些不相信，“你当真没有听到？”

他不点头，也不摇头，沉默地看着我。我深叹一口气，埋怨道：“你也真是，都这么大个人了，看故事也这么不走心。”说完摆出一份很正经的姿态出来，“那一晚，龙啸天问龙炎，为什么让她浮世轻安？龙炎却说会有的，她会一生欢乐无忧，幸福安好，这辈子我欠她的，只有下辈子还了。”

说完看向姬澈，目光打量着他的脸，“你想起来了没有？”

他依然不搭理我。

心里一沉，再想不起来你就去死吧，正要转身，被一股力量握住手，“我想起来了。”我心说真是个笨蛋，却听到他的声音继续说道，“你刚刚好像是在教训我，这么大个人了连看个故事也不走心？”

“我……我……”

心中百转千回，始终都找不到什么说辞来解释，挣扎良久，将心一横，“是啊，你说你，刚刚看过的东西转眼就忘了，你……你就是没走心嘛……”

说到后来，底气是越来越不足。在他的面前，我始终做不出强势的模样，也许是我把他看得太重，所以才会觉得自己是那么卑微。

身体凌空被他抱起来，他目光凶狠地看着我，“你再说一句试试？”

我目光闪躲地看着他的眼睛，“说了你要怎的？”

他看了我一眼，凶狠的表情一瞬间就萎靡了下去，叹息一声，“真拿你没办法。”

心里升起一股满足，我爱着的这个人好像是在乎我的。

“我……我可以自己走的。”我不敢再去看他的眼睛，声音柔柔地说，“你可以放我下来。”觉得脸上有些发烫，声音低得连我自己都听不清到底在说些什么。

他脸颊凑近一点，偏过脸，耳朵贴在我的唇边，怪着声音问：“你刚刚说什么？这么大个人了，连话都说不清楚，真不走心……”

“没……没说什么啊！”我赶紧抱住他的肩膀，生怕他就这样把我丢下去，心中却是难以遏制地窃喜。

背对着那西沉的垂阳，随着姬澈脚步的迈进，那一棵巨大的无忧树和那一座孤坟在我的视线之中渐远，红红沉日，昏鸦沉吟，一个声音在心里轻轻回响。

“再见了，十三娘，再见了，无忧花开……”

第六章 沧海之城

第一节　沧海之城

因御剑山庄所处的地方与我们预定的线路偏差太远，之前和姬澈商量着能不能不折返回去，直接从御剑山庄这里前往沧海之城。

姬澈给我的回答是："不能。"

我再接着问他："是因为要绕很远的路耽误时辰？"

他摇头，"绕路也绕不了多远，几百里而已吧。"

我乍一听，险些没有摔倒，赶紧拉他的胳膊，"那我们就回去吧。"

他笑着看向我，"回去的话，比绕路还要多走三百里。"

我又险些摔倒，带些恼意地看着他，"那你干吗非要折返回去？"

他云淡风轻，"我要去找阿狼，它只身一个在外，我不安心。"

无奈，我只能听他的，花费了大约二十天的工夫从御剑山庄走回以前预定的线路，踏进卫国境内。

七月初天气已入夏季。七月初十与阿狼相遇，在卫国陌城逗留两日之后，七月十二沿卫国官道前往端河渡口，开始朝沧海之城进发。

七月十五在船头沿着端河之水顺流而下，漂泊已有两日，坐在船头掰着指头算了算，自我离开北燕国至今，已逃亡了三月，这真是一段漫长的时光。

在卫国陌城逗留的那两日里，在民间坊市听了不少的小道消息。

第一则小道消息：黎国因昌平公主管彤死于齐国，数十万大军压至齐国边境。而齐国那方因黎国公与世子同时死于管彤之手，举国动荡，朝野上下一片风雨飘摇，军心民心皆已溃散，面对浩浩荡荡杀将过来的黎国军队，让将将坐上王位不过三天的新任齐国公一阵焦头烂额，只觉得自己这王位估摸也就只能坐这么几天了，呜呼哀哉矣……

第二则小道消息：所有人都认为，齐国这回难逃灭国之命，然而在黎国军队一路势如破竹般打下齐国十余座城邑之后，大有一鼓作气攻下齐国王都的黎国军队竟然再也没有任何动作，休整了半月之后，竟然退出了齐国疆域，将好不容易打下来的十几座城邑退还给了齐国。

第三则小道消息：在黎国军队退出齐国疆域之后的半月时间，新任齐国公亲赴黎国王都，面见黎国公，两国罢斗言和，结成盟友。

事情变化实在太快，比听书还要来得刺激。我起初听到这几则消息，感觉像是在做梦一样，将自己的想法说给姬澈听，面对这一事件，我只有一句话，"这黎国公是不是脑子有毛病？"

姬澈给我讲了一下他的想法，他的想法也只有一句话，"他脑子没有毛病。"

他谈了自己的想法后，跟我讲明了其中缘由。

原来黎国公之所以会退兵，并退还齐国城邑，是因为有一个人插了手，这个人是韩国新世子柏烨！

依姬澈所说，事情的经过应该是这样的。

当时，黎国公知晓管彤已死的消息震怒无比，当即就下令大军出征，一路可谓是如洪水没天，凶狠之势无人可挡，大有一鼓作气攻下齐国王都的势头。可是在他们连攻十余座城邑之后，士兵们每日不是在行军就是在作战，一点点休息的机会都没有，所有士兵都疲惫不堪，统帅下令休整三日，三日之后再做进攻。

可变故就出现在这三日之中。

黎国军中数十位将军相继失踪，两军对峙之际，将领竟然都失踪了，这无疑震动了整个军队。无人知道这些大将为何会失踪，又是何人所为，给人的感觉就像是凭空消失了一样，毫无踪迹可查。

两军交战，将领远比士兵重要，失去了将领的军队就是一盘散沙。

就在这个时候，柏烨出现了。

他告诉黎国公，他手下的将领都被自己邀请到了府邸做客，还请黎国公暂时停手。

手下大将皆被柏烨所掳，齐黎两国的战局一时间变成了死局。黎国公占据了所有优势，但苦于手下无人，权衡之下，答应柏烨暂不进攻齐国其他城邑。

之后，柏烨在齐黎两国多方游走，凭着那一口无人可比的好口才，以及手中掌握的黎国诸多大将，最终说服了黎国公放弃攻打齐国的计划。

这完全就是威胁，手中能号令千军万马的诸多大将全在柏烨手中，黎国公又能如何！

当初听姬澈说时，我觉得有些地方讲不通，比如，柏烨用了什么办法能在数十万的兵马之中，做到不令一人察觉就掳走所有将领？绑架那么多人还敢亲自跑到人家面前耀武扬威，就不怕黎国公把他给杀了？

姬澈给我的解释依然只有一句话，“靠他的本事。”

好吧，我承认柏烨的确是非常非有本事。

我后来有问过他，为什么他会知晓得这么仔细，就好像是自己亲眼见过一样。他给我的说法是，“还记得我们重回风满楼之时，柏烨曾经来找过我吗？”

我记得那一回，晚上我还为他梦里都在喊的名字和他争执了一次，还记得柏烨走后，他将魔剑的其中一块碎片给了我，我就是在那个时候才明白自己对他揣着的到底是什么心思。

我怎么可能会忘。

可是一想到他在梦里都喊着的名字，心里又升起一丝愁绪，绮晋，这个人的名字已经深深地烙在我的心里，我想我永远都不会忘了这个名字，这个他在乎到连做梦都会唤着的人。

有之前在银江乘船的经验，这一次重新钻进船舱可谓是轻车熟路。这回姬澈的准备工作做得非常充分，各种各样美味的吃食几乎堆满了这个船舱。

我一手糖葫芦一手糖人儿坐在船头，回头看艄公姬澈，“上回在银江的时候，你怎么不给我准备这些吃的？”

他觑了我一眼，冷冷地，“忘了。”过了一会儿又接着说了一句，“那时候也不知道你能吃到这个程度。”

本还有些乐呵的脸瞬间冷了下来，“能吃又怎么了，又吃不穷你！”

他依旧淡淡的，脸上却露出一股愁意，“快了……”

我小声骂了声……

暮色自远方山峦尽头慢慢暗下来，端河两岸传来渔歌晚唱，悠悠扬扬，一派江南水乡的宁静之感。

船依旧是小小的乌篷船。阿狼是陆地上的生物，即便是之前有在银江的经验，依旧不是很适应，几乎整日都蜷在船舱里睡觉不出来。

顺流而下，一日能行百里，两日时间就已经达到沧海之城，一路平顺安好，没有遇到任何来找不痛快的人。

其实对于沧海之城，我一直都很抗拒，我怕来到这个地方。在银江的时候，姬澈和羽华之间的对话我还清楚地记得，羽华说他会在端河之滨沧海之城恭候我们大驾。

这里一定比之前的任何地方都要凶险，我心里有种感觉，如果能够平安走过沧海之城，那我们就应该可以顺利到达登桓，我们逃亡的终点。

这里应该就是姬澈和羽华最后的战场。

我们暮时到达沧海之城，巨大的城门矗立在端河之东，人来人往，繁华得很。端河之水东流至东海，居民多为渔民。沧海之城以东，有一处大码头，泊着很多渔船，隐约能够听到轻微浪涛声。

夜里在临海的一家客栈投宿，推开门扇，就能见着滔滔海浪之上万千五彩红霞，习习海风吹来，能嗅到淡淡的海腥味。

用过晚餐，我被姬澈拉着出去散步。其实我不想出去，沧海之城对我而言是个是非之地，这里应该早已遍布羽华的爪牙，我觉得我们应该小心点才是。

然而姬澈却说：“不打紧的，当我们一踏进沧海之城，我们的一举一动都已在羽华的监视之下，他早已知晓我们进入了沧海之城，谨慎小心对我们来讲没有任何用处。”

被姬澈拉着漫步在潮湿的海岸线上，墨色的天空之下，浊浪层层，弯弯残月，几个残星。

今晚姬澈着了一件青白色的袍子，以水蓝丝线绲边，白的发，白的衣，早已习惯了他一身水蓝长袍，乍一看这身打扮，还有些不适应。

翻滚的浪花一波波滚来，脚下锦鞋已觉潮湿。阿狼在野外会跟我们在一起，但到了这样一个人多眼杂的地方自然是不能带着它。

这一路走来，其实我们都已经很疲惫了，难得有这样放松的时候。本来不想打断这样宁静的气氛，但是我还是忍不住对姬澈说出了我的顾虑。

“姬澈，我们何时前往登桓？”

他脚步停了下来，左前方有一块礁石未被海浪吞没，斜身靠了上去，将青冥插在沙地里看向我，“不确定，沧海之城虽然每天都有出海的客船，但是我们都不能搭乘。”

他拍了拍身旁的礁石，宽大的手掌朝我伸过来，我迎上去，坐在他身边，转过脸看着他。

他继续说道：“一来，前往登桓那一片海域很不平静，没有一个人敢靠近；二来，即便是有人敢走，我也信不过。”

我挑了挑眉，“你怕遇到羽华的人？”

他轻轻点了点头，“当船行在大海上，我们的命就由不得自己，任何人若要对我们下手，都是十死无生。”

我点头表示理解，在船上若是有人要对我们下杀手很简单，只要将船凿沉即可，不说大海能不能淹死我们，就算淹不死，海里捕食的水兽也能要了我们的性命。

心里升起一个疑问，将手搭在姬澈的肩膀上，问道：“你来的时候是怎么过这海的？”

他笑了笑，脸上却升起一丝低沉情绪，笑得有些苦涩，“紫鹏载我过来的。”

第二节　沐沐

我也勉强地对姬澈笑了笑，要是紫鹏不死，它完全可以带着我们直接飞往登桓山，那么这一路上我就不会遇到这么多的事，管彤、步摇、司徒风、君十三娘、柏烨，这些人我可能就不会见到。

回想这一路上我遇到的人、经历的事，对我而言到底算不算美好。

浓浓的暮色里，一个娇小的身影步履蹒跚地朝我们这里走来，经过我和姬澈时，脚步顿了顿。夜里光线不好，我看不清他的面容，但看他一身破破烂烂的衣裳，应该是个流浪人。

姬澈也转头看了他一眼，随即就将目光收回来，偏过头来看我，“叶凝，走吧，夜里冷，回客栈。”

我点了点头，他拉我站起来，就在抬步离开的时候，面前的流浪人忽然惊呼一声，朝我扑过来。

不过他还没有靠近我就被青冥抵住了喉咙，好在青冥并未拔出剑鞘，不然非得被一剑穿喉不可。

一股夜风吹开姬澈满头白发，他微微转过头，转身将略受了些惊讶的我拉在身后，“世上可怜之人太多了，我们可顾不过来。”

姬澈以为这人是想让我们给点吃饭钱的。

却见到眼前人慌忙拨开蓬乱的头发，露出一张脏兮兮的脸蛋，我一看清楚这张脸的模样，心里忽然一阵骇然。

“公主，婢子……婢子……婢子终于找到你了……”

她扑通一声跪在地上，声音满是哭腔与辛酸。我一把将姬澈推开，蹲坐在她面前，难以置信地看着她，“沐沐，怎……怎么是你？你怎么成这个模样了？”

她哇的一声就哭了出来，哭得甚是凄凉，大有哭到沧海变桑田的势头，赶忙宽慰她，“好了好了，你别哭了，这么大个姑娘家了，也不知羞。”

她现在才想起来我身边还有一个人，沐沐从小就同我一起长大，我很清楚她，性子娇柔又腼腆，当着外人的面连头都不敢抬的。

果然，她只是看了姬澈一眼，几乎要哭到沧海变桑田的架势顷刻之间就消弭无形。她脸上还挂了两行浊泪，我看她这副妆容，想必她这几个月过得异常艰辛，就准备和姬澈商量，先将沐沐接回客栈再说。

还没等我开头，姬澈却先一步发了话，“先弄回客栈吧。”

姬澈总能摸清我心里的想法，这一点令我很是快慰。

将沐沐弄回客栈之后，叫来店家小二弄来一桶热水，让沐沐好好洗洗，又给她弄来一身干净的衣裳，里里外外地忙了好半晌。姬澈那家伙回到客栈以后，就坐在桌旁他的茶，雷打不动，也不知道来帮我搭把手。

这家伙不来帮帮我也就算了，见我忙里忙外的，还笑话我说：“看你这势头，真不知你是主子还是她是主子……”

当时我怀里正捧着一堆干净衣裳准备给沐沐，一听姬澈这话，瞬间犹如醍醐灌顶，头上笼着的一层乌云霎时撕开一片光亮，“对呀，我才是正主啊！哪有主子给侍从忙前忙后的！”

端着一脸阴沉，哗一下坐在姬澈对面，双手捧着下巴打量着姬澈，一眨一眨地看着他，“哎，听你这口气，是在笑话我咯？”

手中茶杯顿了一下，笑了一声，“岂敢，岂敢，你们姐妹情深，是我过于世俗了。”

我狠狠地瞪了他一眼。

沐沐沐浴完之后，换上这身干净衣裳，这才看着有点女人模样，可是那张脸蛋儿却有些蜡黄，这几个月来她吃得苦估摸着不会太少。

桌上一盏油灯晕得房间里一片昏黄，摆了几盘小菜，沐沐正大口大口地刨着饭，看这情况，估计她已经很久没吃过饱饭了。看她狼吞虎咽的模样，我心里有些不是滋味。

吃饱之后，我这才开始询问她自我离开晋宁王城之后的情况，她是如何离开王城的，又是如何来到这个沧海之城的。

听我问起这个问题，她一双小眼睛又含了两行浊泪，一抽一噎地对我们说起事情的缘由。

这其中经过还得从我离开晋宁王城之后说起，这还真是孩子没娘，说来话长……

自我被父王送给羽华太子，离开王城之后的第二天，沐沐就偷偷地逃出了王城，欲要追随我去。可是我坐进羽华备与我的马车，随靖国大军前行，一路上都是策马扬鞭，急速行军，但沐沐只是靠两只脚赶路，自然是跟不上我们的速度。

但是沐沐的脑子还是有的，她知道我此行的终点必然是前往靖国，便认准靖国方向前行。

听到这里，我脑中忽然想起一件事，在银江之时，羽华送我无谷琴师所做的那方枫木琴，曾对我说过这样一句话："我本想让北燕王卖我几分面子，将你惯用的琴要来，却没想到琴被你的侍女藏了起来。自你离开北燕国之后，你的侍女也消失在了晋宁城。寻找无果之下，我便求了靖国制琴大师无谷琴师，好在他还给我几分薄面，闻听你惯用的是九弦琴，就制了一方。"

当时由于身陷险境，这番话没怎么放在心上，如今想起这档子事，心中才明朗起来。

沐沐不知晓我们前进的路线，只知道我要前往靖国，认准了这个目标，就一路询问着朝靖国赶，但是在途中听闻了我在雪狼谷被截的消息。

她从这则消息里得知我被人救走，心里又是欢喜又是忧，欢喜的是我逃脱了羽华的魔爪，忧的是我既然已经被人救走，那么就不再会前往靖国，没有了目标，她不知道该前往何处寻我。

好在天无绝人之路，在我逃走后不久，靖国在九州发下了追捕令，悬赏万两黄金世袭万户侯的爵位追捕我，并在追捕令中点明我必然会逃往沧海之城这个地方。

于是乎失去目标的沐沐再一次看到了希望，脚丫子一拐，调头往沧海之城赶，其实以我和姬澈的脚程，必然是会先沐沐一步到达沧海之城的，可是我们这一路耽误了太多时间，沐沐这才先我们一步到达这儿。

不过，说是先我们一步到达这儿，也仅仅只比我们早了八九天的时间而已。她知道如果我们要出海，那么必然是要经过沧海之城的大码头，于是从她到达沧海之城的那一天开始，就每天在这段海岸线四处寻找，这才有了今晚的相遇。

我看了看她几乎瘦得不成样子的身子，又看了看她那一张蜡黄的脸，心里涌出一丝酸楚。

她这一路走来，千万里的路，就凭着一双脚丫子，一个女儿身在这段路上的艰辛自然不必多说。

她说完之后，忽然抓住我的双手，"公主，沐沐说过的，我会一直跟着你的，不管生死。"

泪花在她的眼眶里打着转儿，眨也不眨地看着我，眼中满是坚定神色。如此柔弱的一个女孩儿，这样坚毅的目光真是十分难得。

我一双恳求的目光看向一旁正在喝茶的姬澈，手肘蹭了蹭他的胳膊。他转过头来看着我，目光中有些淡然，有些低沉，轻轻一句，"你不用问我的意见，当初你要带着遥遥我不是也没说什么！"目光移到沐沐身上，笑了起来，"再说，她可比遥遥那个小孩儿省心多了。"

他这话应当是同意了，可是我心里却没有高兴的感觉，因为我感觉到他看沐沐的眼神中有些徘徊不定的意思，像是有什么事确定不了一样，脸上虽然是带笑的表情，但我看得出来，那都是强堆出来的。

他心里一定藏着什么事。

将沐沐安顿好后，房中只剩下我和姬澈两个人，烛火如豆，闪出迷蒙的光，将房门带上，我开始询问姬澈刚刚出了什么事。

他依旧是在喝茶，也不知道喝了多少杯茶。我在他身旁坐下，给他斟茶，跟了他这么久，虽然泡茶的工夫还不纯熟，但勉强能够让他品上一品了。

他放下手中茶杯，纯白的发丝齐齐垂下，瞄了我一眼，淡淡地说道："没什么事，有些疲了，早点歇息吧，今晚上我还有事，可能会出去一趟。"

说着，他拿起青冥就要起身，被我一把拉住，"你一定有事！"跟着站了起来，眼神四处打量了一下，确定这里除了我和他之外并无其他人之后，我压低了声音，"是不是因为沐沐？"

他身子一定，回过身来看着我，"你怎么会这么想？你们不是好姐妹吗？"

我话语一时哽住，不知道要怎么说，我有种直觉，他心里一定藏着什么事，这骗不了我。

他拍了拍我的肩膀，"叶凝……"像是要说什么，却忽然间止住了，顿了好半晌，才重新坐回椅子上，用手蘸了些茶水，在桃木桌面上写了几行字：沐沐有问题，但是我不能确定她到底有什么问题。我现在要出去见一个人，这个人对我们离开沧海之城至关重要。你先装睡，半个时辰之后出门到永定街，到了那里之后，有人会带你来找我！

第三节　永定鬼语

我定定地看着这几行字，思绪一时间乱到了极点，虽然我已经猜到姬澈觉得沐沐有问题，但是当我看到这几行字摆在我面前的时候，一时间还是有些接受不了。

沐沐会有什么问题？从小到大我都没有一个朋友，都是沐沐在陪着我，她的一切我比任何一个人都要清楚。

她的性格，她的容貌，她说话的语气，我都感觉不到有任何异样，她还是以前那个模样，又能有什么问题？

姬澈站起来拍了拍我的肩膀，目光柔柔地看了一会儿我，然后轻轻地拉开门扇，悄悄出了房门。

我一个人在房中站了好久，脑子里也不知道到底在想些什么，又好像什么都没有想，又理不清头绪。

躺在床上装睡是一件很折磨人的事，我没有一点点想睡觉的感觉，翻过来翻过去地在床上滚了很久，眼前始终是沐沐的影子。

好不容易熬过这半个时辰睁开眼睛，凉凉的月光透过镂花的格子窗洒进来，隐隐能够听到海浪滚滚。

悄悄摸出房门，出了客栈。深夜的沧海一片沉寂，宽阔的街道上人影全无，迷蒙的月光投在脚下的石板路，光影绰绰，只能见着我的影子，听到我轻轻的脚步声。

月色还算明亮，看清脚下的路不成问题，永定街离我这里并不是很远，拐过几条巷弄也就到了。

路过几个小巷，由于高墙雀檐将月光挡了个严实，里面一片漆黑，出了这条巷弄，拐出去就到了永定街，脚步不由得加快了几分。就在我即将进入永定街的路口，忽然感觉后颈一凉，像是有什么东西架在了我的脖子上，急忙停下脚步低头一看，发现是一把明晃晃的钢刀。

“夜深了，姑娘为何不着家？”身后响起一个清冷的声音，“更深露重，姑娘可别走错了道路。”

声音冰冷，不带一丝一毫的感情，冷得像是寒冬的漫天风雪，我被如此冰冷的声音吓得有些魂不附体，心道，难不成我被羽华的人发现了？

好在本姑娘这一路走来，见识什么的没长多少，但这胆色倒是到了一定境界，仅仅只是一刹那，我就已经不动声色地做出了回应。

魔剑碎片已经开始在身体中缓缓凝聚，届时只要轻轻一弹，我身后这个拿刀架在脖子上的人就得去见他老祖宗了。

连十三娘都逃不开魔剑碎片的攻击，我就不信这人能比十三娘还要厉害。

就在我准备出手的时候，头顶忽然响起一个愤怒的声音，“瞎了你的狗眼，还不退下！”

架在脖子上的那柄钢刀顿了一下，而后缓缓地退了回去，我赶忙回身去看，只看到一片漆黑的巷弄，里面一个人都没有。

自始至终，除了听到两个人说话的声音之外，其他声音我一丁点儿也没听到。那柄钢刀神不知鬼不觉地架在我的肩上，又神不知鬼不觉地退了回去，这人绝对是个世所罕见的高手。

“叶姑娘。”

一个飘渺的声音又在我身旁响了起来，声音很轻、很缓、不急不慢，但是十分模糊且沙哑，沙哑的声音像是裹进了风里，飘飘渺渺，犹如鬼魅一样。

我急忙回过头，发现在巷弄的尽头，月色之下立着一个十分奇怪的影子，浑身都被黑纱包裹住，这个影子身体站得笔直，但是身上的黑纱像是一缕一缕的青烟飘动着。

身子不受自己控制地往后退了两步，这个人的声音很可怕，被黑纱层层裹住的身体更是可怕。

“叶姑娘不用害怕。”令人毛骨悚然的声音再次响起来，“主人派我前来接你。”

“主……主人？”我发现我的牙齿都有点打颤，话都说不清楚了，“你……你主人是谁？”

“雪狼。”

明明听起来是很清楚的两个字，但还是觉得这样的声音不是人所能发出来的，阴冷、沙哑，毫无一丁点的感情，听进耳朵里像是有无数的鬼手在扯着自己的脖子。

“叶姑娘不用担心，在下不会害了你。主人告知我，魔剑剑尖的碎片在你身上，有了魔剑碎片，这里没有人能够奈何你，你可以安心地跟着我。”

声音没有任何起伏，这么长的一段话说出来，完全不带任何感情，却直直深入心底，犹如魔音一般，在心里经久回响，只觉得有无数恶鬼沿着脚底抓扯着想要爬上自个儿身体。

说完之后，他拐向街口，像是一团黑雾一样飘然前进，身体离地一尺，薄薄的黑纱完全将他裹住，真是如同鬼魅。

心中思索了一番，壮着胆子跟了上去。

永定街上，道路宽阔到足以容纳三辆马车并行，然而此时空空荡荡，不见一个人影。面前那个如同鬼魅一样的人像是一团漂浮着的鬼火，跟在这样一个人后面，只感觉浑身都瘆得慌。

一路上，魔剑碎片所化的气流一直聚集在我的指尖，生怕我跟着的这个人会变成什么恶鬼扑向我。

就这样提心吊胆地前行了大约有一刻钟的时间，终于在一座竹园之外停了下来。

这里已然到了永定街的尽头，再往前是海岸线。既然是街尽头，那必然是在角落里。面前的这间竹园虽然偏僻了些，但是修造得十分雅致，夭夭紫竹披上薄薄月华，迎风摇晃，在我紫裙上投下片片碎裂的影子。

“到了！”

幽灵一般的声音再次响了起来，“叶姑娘，主人在院子里等你，在下告退。”

如鬼火一样的身体再一次飘动起来，仅仅一个晃眼的工夫就消失在了夜色之中。

我看了看眼前的这间竹园，院门之外的篱笆成色很新，像是刚打不久，一条鹅卵石铺就的小道从我脚下蔓延至竹园之外的青石台阶上，小道旁一潭清澈池水，岸边有三两只黄鸭晚栖，像是个寻常人家的居所。

轻轻推开篱笆门，两层竹楼笼着银白月色，紫竹遥遥，沙沙轻响，沿着那条鹅卵石小道行至竹楼之外。当身子完全没入竹楼阴影之时，面前紧闭的两扇竹门自然打开，露出屋中陈设。隐约能见一个黑影坐于正厅，屋中并未掌灯，并不能看清此人面貌，但这个人沉稳的气息以及那让我熟悉到不能再熟悉的坐姿，几乎在看到这个人的第一眼就认出他是谁。

姬澈。

我无论如何也不会认错他。

他站了起来，脚步缓缓地朝我行来，温柔委婉好听到不行的声音就在我面前响了起来，“被幽鬼吓着了吧？”

屋中灯火突然点起，他已经站在身前的台阶之上，似笑非笑地看着我，“还以为你没有胆子跟着幽鬼过来呢，倒是我小瞧你了。”

一路都逼在指尖的魔剑碎片顺着血脉缓缓回流，仰头看着他，“你还知道我被吓着了？”

他笑了起来，拉着我进入了竹屋之中。

屋子里的一切都是用竹子编织的，什么竹椅、竹桌、竹筒茶杯，我觉得这该不会是哪家篾匠的房子被姬澈抢了吧！

扫视了一遍屋子，发现屋子里除了姬澈之外并没有其他人，就问他："你不是说你要出来见一个人，怎么就你一个？"

我坐在姬澈身旁的竹椅上，他娴熟无比地摆弄着那些茶具，泡了一杯暖茶递给我，"他已经来了。"

"哦？"我接过茶杯，"在哪儿？"

一路过来一直都是提心吊胆，正要喝上一杯暖茶压压惊，就在竹筒茶杯刚刚碰到唇口，姬澈的右手忽然闪电一般伸了过来。

"哎哎哎，老子自打出道以来，飞针从未让我失望过，在你这么个妖精手上，怎么就他娘的回回不顶用呢？"

一个带有几分戏谑的声音在院门之外响起，一个白影从竹园小道慢吞吞地走过来，然而看起来是慢慢吞吞的步子，三两步之后就坐在我和姬澈的对面。

我几乎连眼睛都还没来得及眨一下，低眼一看，发现姬澈的指尖正夹着一根细细的银针。

这根银针如果我所料不错的话，应该是冲我手中的竹筒茶杯来的。

姬澈的唇角掀起一个淡淡的弧度，双指一松，那枚银针掉在地上，偏过头去看那个人，轻轻地问："怎么才过来？"

我顺着姬澈的目光朝那个人看去，发现是一个白衣翩翩的风雅公子哥，赤目含情，唇角带笑，只是含的情不是风雅之情，而是俏皮之情，带的笑不是风雅之笑，而是淘气之笑。

"还能因为啥？"他双手一摊，噘了噘嘴巴，嬉皮道，"躲人咯。"抢过我手里的竹筒喝了一大口，呸的一下全给吐了出来，目光瞪向姬澈，"你这妖精加了黄连？"

姬澈没有任何反应，轻轻问了他一句："没人发现你来这里吧？"

他又噘了噘嘴巴，吧唧了两下吐了几口口水，像是要把刚刚喝进嘴巴里的苦茶都给吐出来，回了姬澈一句："老子不知道！"

我手肘捅了姬澈两下，轻声轻语地问姬澈："这个活宝是谁？"

姬澈轻轻一笑，目光看向面前的活宝，似在思量要怎么跟我解释，"额，燕子鬼盗白玉燕，你说他是个活宝倒也合称。"

"白玉燕？"我转头看了看面前的这个活宝，呢喃一句，"这不是个女人的名字？"

"不不不，非也，非也！"活宝那颗脑袋摇得都快赶上拨浪鼓了，"要是说这男儿的身子却顶了个女人的名衔，大妹子。"他朝我笑了笑，目光贼贼地朝姬澈指了指，"这妖精可是这道上的祖宗，就他那名字估摸着老子的老子想破了脑袋也想不出，也不知道他那怀了个少女心思的老子是怎么想出那样的名字，可把老子笑得眼泪都出来了！"说着就从袖口里摸出个锦帕，去擦那一滴泪花也没有流出来的眼睛。

我看他那条锦帕有些眼熟，忽然间脑子一片炸响，慌手慌脚地在身上一通乱摸，心里骂道，遭贼了！

"快还我！"伸手去抢他手里的面纱，"这是我的！"

眼看着就要摸到那条锦帕，却抓了个空，他手里什么都没有。

他人已立在门扇之间，原本消失在他手中的锦帕又出现了，定定地看了一会儿，“这倒是个好东西，下回老子再去偷东西就把这个带上，大妹子，就把这个给老子吧。”

第四节　楚玥

我一声“他姥姥的”卡在喉咙口没骂出来，站起身冲过去就抢。这条面纱是暮筝留给我的唯一东西，说什么也不能让这个活宝给玷污了。

可是我每一次即将抓住那条面纱的时候，都抓了一个空，反倒是把这个活宝逗得屁颠儿屁颠儿的。

“这天下还没哪个能从老子手里抢东西。”他一把握住我的手，力道把握正好，握得不紧不松，这样既不会伤到我，也能让我动弹不了。

姬澈依然坐在竹椅上喝他的茶，见我被欺负了也不来帮帮我，慢条斯理地说了一句：“哦，你这话可是当真？”放下手里的茶杯，抬头看向这个活宝，“那老子也来试试。”

说着就要站起来，那活宝看这情况，赶紧将我松开，蹭蹭蹭地退出去好几步，“不就是个帕子嘛，你着紧个什么劲儿！”

掂了掂手里的面纱，叹了一口气扔给我，“咯咯咯，老子还给你。”

刚一接住面纱，竹园之外的篱笆门忽然飞出一道青色身影，身影带着一阵寒梅花香，人未至，花香已然弥漫整个竹楼。

带着浓浓寒梅花香的青色身影如一片落叶般轻轻落在我面前的青石阶上，如一朵红尘花开，薄薄的裙衫之上，那如白梅般清冷的脸带着几分凛冽，几分俊美，一双如水晶般明亮的美眸之中，像是装了万千飞雪的冷和千般柔情的水，落在身上，像是自己藏在心底最深处的秘密都被窥视了一般。

深黑的发丝披在身后，未做丝毫装饰，不仅三千柔丝如此，她全身上下皆是如此，未佩戴任何装饰之物，即便是素雅到了这样的境界，却怎么也消减不了一丁点儿倾城倾国之色。当一个人美到了极致，任何饰品都会显得那么无力。美到这样境界的女子，在我所见的所有美人之中，除了管彤，无人可与其比肩。

她平淡如水的目光不带任何感情地看了我一眼，在这一看之下，我忽然觉得在这等美人面前真是自惭形秽，就像是一只趴在阴沟里的癞蛤蟆，即便是在面对管彤的时候，我也没有一丝丝这样的感觉。

她的目光在我身上只停留了刹那，就已抬脚走进竹屋中，轻灵的声音从身后飘来，“原以为你做了几年杀手性子会变得稳重一些，怎么还是一副吊儿郎当的模样？跟着个长不大的小屁孩学什么不好，老子这个称谓哪是可以从你嘴里吐出来的。”

站在院中的活宝一听这句话，那双小眼睛登时就亮了起来，“大姐头，我怎么听你这句话是在挤对老子呢？你也比老子大不了几岁，小屁孩儿这个称谓哪是从你嘴里冒出来的东西？”

屋中传来一声矜持的轻笑，“看来你这几天是长了不少的本事了！”

姬澈打断他俩的对话，眸光转向青衣女子，“你怎么来了这里？”

青衣美人的目光从那活宝身上挪出来，朝姬澈看过去，原本还带有几分戏谑的眸色变成了款款柔情，“你出登桓山的时候，原说只需十天半月就可回来，哪知要了这许久日子，我有些不放心就过来看看。”

坐在姬澈面前给他泡茶，期间腾出目光看向我，带着浅浅笑意，“看来人是带回来了，这一路上不大顺利吧！”

姬澈吸了口气，“紫鹏死了。”

斟茶的手抖了一下，青衣美人有些不相信自己的耳朵，“死了？谁干的？羽华么？”像是明白过来什么，“怪不得你这个时候才到沧海之城。”

姬澈放下茶杯笑了一声，“不说这个了。”站起身看向我，目光似乎有些闪躲，有些不自在，喉结动了动，像是有什么话要对我说，但终归是没有说出口。

他的目光落在我身上，我一直都在期盼着他能够对我说些什么，哪怕只是对我那么轻轻一笑，但没有，什么都没有……

没有人会对别的女子看自己喜欢的人的目光不敏感，也许我不懂姬澈看这个青衣美人的目光之中有些什么，但是我能够看清楚青衣美人看姬澈的目光中有些什么。

如果我能够脸皮厚一点或者心能够狠一点，又或者能够没心没肺一点儿，那我一定要跑过去抱着姬澈的胳膊问他：“哎，这美人挺漂亮的嘛，叫什么来着？你不说给我听听？”

但有什么东西堵在我的胸口，拉着我的手脚，扯住我的喉咙，整个身子像是跌进了深深的湖水，呼吸不得，喊不得，动不得，像是一具尸体被什么东西拉着，逐渐地落入深渊。

我多想有什么东西能够挡住我的眼睛，看不到该多好，明明心已经疼到不堪忍受，却怎么也不愿闭上这双该死的眼睛。

身体已经陷入麻木，已感觉不到什么，姬澈从身边走过我也没有发现，只听到耳边一个轻轻的声音响着，像是风声，又像是人的说话声，又像是什么都没有。

有人拍了我一个肩膀，这才从麻木的状态清醒过来，面前是一张如玉雕一样绝美的脸，“楚玥，阿澈的师妹，你就是那个暮辰求阿澈出手相救的北燕国康宁公主叶凝？”

阿澈，我想我知道她嘴里的阿澈是谁，笑了两声，点了点头。

她瞅了我一会儿，一副若有所思的样子，柳眉微皱，是这么绝世的面容，“原来不死人就是长这个样子的。”再端详了一会儿，似看出了些什么，“阿澈给你换过脸么？”

一瞬间变得手足无措。

这是我无论如何也不知道要怎样去回答的问题。我很丑，丑到了一定境界，她是这么倾城绝世，我没有一丁点儿可以比得上她的，一丁点儿都没有。

眼前又凑过来一张人脸，是那活宝的，他挤在我和楚玥中间，左右各看了我和楚玥一眼，嘁起嘴巴嘟囔一句，“都长了一张要人老命的脸，瞎掰扯什么？”转头看向楚玥，露出一脸奸笑，“大姐头，你给妖精说说，什么时候把老子这张脸也给换换？”

活宝的后领忽然有一只手掌伸过来，整个被人拉着后领拖着走，“好啊，你说说你是要男人的脸还是女人的脸？”

被姬澈拉到大门口，直接扔出去，“去办你该办的事。”

街口传来活宝的嚎叫声，“妖精，总有一天老子的银针会碰到你的！”

姬澈啪的一下将篱笆门关上，“老子等着那一天！”

将活宝扔了出去之后，姬澈就朝我和楚玥走来，刚走了一两步，身后无尽的夜色之中传来一阵令人毛骨悚然的声音，“主人，他回来了。”

是接我过来的幽鬼的声音，脑子里又冒出了那个像是鬼火一样的黑影。

姬澈脚步停了停，也不回头看一眼，说了一句，“放他进来。”

刹那，就见着一个穿着打扮极为风雅的男子步履缓缓地从夜色之中走来，一只手提着一个麻袋包裹，还有一只手像是拿着什么东西，一边走一边朝嘴巴里送。

走到篱笆门外，紧闭的篱笆门自然打开，那风雅男子沿着鹅卵石小道慢吞吞走过来，在池潭边停下脚步，我这个时候才看清楚，他应该在嗑瓜子儿……

将手中麻袋包裹往姬澈脚下一扔，一个圆滚滚的东西就从麻袋里滚了过来，“人是假的。”他站在姬澈面前，轻轻说道，“捎带砍了下来，你看看。”

那圆滚滚的东西从姬澈脚下滚过，在我和楚玥脚下的石阶停了下来，借着屋里的烛光和院子里迷迷蒙蒙的月光，我看清楚了那是什么东西。

是一个血淋淋的人头。

几乎吓得我尖叫出来，身子退了两步，差点儿没被门槛绊倒，好在被楚玥拉住。

我忍住恶心，壮着胆子看了一眼脚下的人头，发现那竟然是一个女人的头颅，再细细一看，发现这人的面貌居然……居然是沐沐……

风雅男子一边嗑着瓜子儿一边饶有兴趣地看着我，笑道：“这人用幻术变成了公主侍女模样，不安好心的人怎么能让她进我们登桓山？”

我看向姬澈，他正仔细看脚下的人头，摇头叹道：“好高明的幻术，头砍了下来还能保持幻术。”

风雅男子看着那颗人头点头，“的确高明，千面兽的幻术可不一般。”

姬澈道：“我以为在护送昌平公主前往齐国的路上会遇到他，没想到晚了这么久，在沧海之城才得以一见。”

那风雅男子呵呵一笑，朝我和楚玥走过来，将手里的瓜子儿递到我面前，“要不要来点儿？”

我连连摇头。

见我拒绝，这风雅男子也不觉得尴尬，捧着瓜子儿又朝楚玥递过去，“大小姐要不要来点儿？”

楚玥也连连摇头。

风雅男子依旧不觉得尴尬，“那我就自己吃吧。”

“这千面兽幻术当数天下第一了，可惜功夫却烂得一塌糊涂，你让我去杀他……”他啧啧两声，“有点屈才了。”

姬澈看向风雅男子，脸上有淡淡笑意，“他都没来得及跟你打声招呼。”

风雅男子耸了耸肩，道，“差不多吧。”右手在喉咙口比划了一下，“一刀封喉！”

第五节　酒客人家（一）

我盯着滚落在我脚下的血红色人头，呆呆地看了好半晌，完全没有听明白他们到底在说些什么。

沐沐有问题，这是姬澈临走时对我说的话，他说虽然感觉沐沐有问题，但是又说不上来到底哪里有问题，让我半个时辰之后来这里找他。

然而现在，沐沐的人头就摆在我脚下，心里有些嘀咕，姬澈凭什么觉得沐沐有问题？又是从哪里确定沐沐有问题的？

毕竟沐沐从小是跟我一起长大，我熟悉她的一切，连我都没有觉得沐沐有什么问题，姬澈连见都没见过，怎么就能觉察到沐沐是假的呢？

我将心里的疑惑说给姬澈听，原本以为这应该是一个很深奥的问题，也许要用什么玄术、秘术、幻术之类我听不懂的东西来解释，然而姬澈给我的解释却简单到不能再简单，只用了一个字就解开我心中疑惑。

“脸。”

我一脸茫然地看着他，心里还是有疑惑，脸是什么意思？

姬澈见我还是没有明白过来，很是失望地叹了口气，“真不知道你这脑子是怎么长的，笨成这样……”

我有些不好意思地低下了头。

原来姬澈之所以觉得沐沐有问题，是因为我的脸。

我这张脸是姬澈用幻术给我做的假脸，当初他给我换脸的时候，只有我和他两个人，并没有旁人在场，真正知道这张脸的只有我和姬澈。然而在晚上和假沐沐相遇的第一眼，她一眼就认出了我，这让姬澈第一时间感觉事情似乎有些不合乎情理。

但是千面兽在幻术上造诣颇深，在拖着假沐沐回客栈的路上，凭他的眼力竟然看不出假沐沐有使用过幻术的痕迹，心里又对之前的判断起了疑心。但姬澈是一个十分谨慎的人，心思缜密且沉稳，于是决定试一试这个沐沐。

他先我半个时辰出门，以姬澈的速度，从我们落脚的客栈到这间竹楼只是几个眨眼的工夫。这个竹楼是登桓山布在沧海之城的眼线，他找到那个风雅男子，让他悄悄摸回客栈，监视我和沐沐。

姬澈出门的时候并没有太过谨慎，反而是有点大摇大摆招摇过市，然而我在出门时有些偷偷摸摸，让那个假沐沐起了疑心，悄悄跟上了我。

这就让暗地里监视着我和假沐沐的风雅男子认定这个沐沐一定是假的，没有哪个侍女会偷偷摸摸地跟踪主子，而且一看她跟踪人的娴熟技艺，怀有飞檐走壁、无声无息的轻功，就更加确定了这沐沐是个假货。

于是，他一声不响地结果了假沐沐。

风雅男子坐在石阶上嗑他的瓜子，模样一派从容悠闲，丝毫看不出因为刚刚砍下一个人头而有什么变化，一边嗑瓜子一边还跟我开玩笑，“在永定街口，要不是我叫那黑衣人退下，叶姑娘还不知要怎么跟人家解释呢。”

心里一瞬间明白，原来发出那个声音的人就是这个风雅公子哥啊……

心中疑惑虽然已经解开，但还是有些想不通的地方，比如，当初羽华在银江遇到我的时候，姬澈已经用幻术为我换过脸，为什么他还是一眼就认出我来了？

姬澈给我的解释是，羽华也是一个懂幻术的高手，清楚这里面的门道，他一眼看出来也不稀奇，还有一点就是，在那种情况下还跟在自己身边的，除了他不会有其他人。

心里总算是彻底清楚了，沐沐完全不懂玄术武功，更没见过姬澈，她能一眼认出我，这就是最大的问题。

听完这其中缘由，心里不由得为姬澈竖起了大拇指，我喜欢上的这个人果然不是一般人。

羽华手下的爪牙果然是无孔不入，当初在幽乐山谷的时候，姬澈就对我提起过千面兽这号人物，当时害怕他混入管彤的卫队，对管彤不利，为了防备他，还特意让姬澈做了几天女人。

没想到的是千面兽没有混进管彤的卫队，却混进了我们的队伍，这还真是一件令人意想不到的事。

心里感叹羽华黑流星恐怖的同时，也升起了一丝愁绪，既然这个沐沐是假的，那真的沐沐去哪儿了呢？

从羽华那里得知，沐沐逃出晋宁王城，这应该不会是个假消息。如今天下纷争不定，战事不休，她一个小女子在这样一个乱世里该如何存活？

想到这里，心里不免升起一丝嘲笑，叶凝啊叶凝，你还真是个长不大的小孩儿，连自己都要靠踏着别人的尸体才有活下去的资格，还奢求什么。如今能活着走到这里，已经是上天莫大的怜悯。在这样一个乱世里，所有人都只能自求多福，沐沐能活下去自然再好不过，即便不幸死了，对她而言，是一场解脱。

一路走来，上千上万里的路程，经历过这么多的生生死死，对人对事都已经麻木了，我已经没有那么多的同情心去怜悯其他人，这可悲的世道就是如此，只望那些我认识的人、我在乎的人，在这纷争乱世里各自安好……

楚玥从身后拍了拍我的肩膀，似乎看出了我心里的愁绪，安慰道："这千面兽既然能够变成你的侍女，那应当是见过你的侍女，而且连你这个朝夕相处的人都认不出来，除了幻术功力极高之外，应该也熟知你的侍女的一些习性，这样想来，他应该和你的侍女相处过一段时间才会如此。"

她一双美眸微微挑起来，"我想你的侍女应该在羽华那人面兽心的畜生手里。"

她说这话的时候，语气十分不平静，像是羽华这个人在她看来就是一个丧心病狂的恶人一样，令她咬牙切齿。

"在羽华的手里么？"我抬头看了看天上残缺的明月，心里很不是滋味。

就在这个时候，黑夜之中一道银芒急速划破长空，银芒一闪，如闪电划破漫漫长夜，叮的一声飞向我身后的竹门。

所有人的目光都转向我身后的竹门，只见一根细长的银针穿着一块竹简钉在竹门之上。

"小燕子这回办事倒是快。"

风雅男子从台阶上坐起，将钉在竹门门扇上的竹简取下来，将嘴里的瓜子壳吐掉，借着月光仔细地打量了一下竹简，笑道，"找到了，他们好像并没有打算藏起来。"掂了掂手里的竹简，"是在等着我们呢。"

姬澈看着风雅男子问道："在哪里？"

我和楚玥几乎是同时朝风雅男子凑了过去，看到竹简之上刻有几行小字，这字像是靖国的文字，我认不齐全，只认识一个"人"字，这个"人"字倒是和我北燕国的文字一样，只是在这几个文字下面，刻着一个十分惹眼俏皮的得意表情，还有一个像是鄙视的图案。

风雅男子将手里的竹简扔给姬澈，淡淡说道："在酒客人家。"

姬澈接住风雅男子扔过来的竹简，细细看了一眼之后，脸上表情一瞬间就冷了下来，"既然是在等我们，那我们就去见见。"

手中竹简忽然间腾起一股烈焰，顷刻间化作飞灰，自指缝纷纷飘散，手一招，放在竹屋之中的青冥飞入手中，满头白发被夜风扬起，连那伟岸的身影也变得高大起来，凭生一股豪气，"走吧，去酒客人家！"

离开竹屋，进入沧海街道，此时已是三更时分，残月已隐进云层之中，光线迷迷糊糊很不清晰。姬澈走在最前头，我和楚玥走在中间，磕着瓜子的风雅男子不紧不慢地跟在我和楚玥身后。

我不是很乐意和楚玥走在一起，但是现在这个情况也不容许我有其他选择。

途中，我向身旁的楚玥问起这是要去哪里，那酒客人家又是什么所在，楚玥给我的回答也是模棱两可，她也不清楚酒客人家是个怎样的所在。

但是她知晓我们要去做什么，我们这回要去见的那个人，就是将我和姬澈逼上这万里逃亡路的幕后黑手——羽华！

一听到这两个字，我心里先是一惊，而后一股恐惧从心里蔓延出来。

我最不希望见到的人就是羽华，特别是在我们即将到达逃亡终点的时候遇到他。

我知道，即便我们不去找他，他也一定会来找我们的，他无论如何也不会放过我们。沧海之城是他最后阻止我们逃亡的地方，也是姬澈和羽华在这条逃亡路上最后的战场。

虽然我并不希望见到他，但是我也知道，这不是我们可以避免得了的。我瞟了一眼身旁的楚玥和身后的风雅男子，忽然有种感觉，也许沧海之城会是我们这段逃亡路上最为残酷的地方。

第六节　酒客人家（二）

一路上除了我和楚玥说了几句悄悄话之外，都静悄悄，姬澈和那风雅男子一路无语，气氛十分诡异。

其实到了沧海之城后，我觉得姬澈有些让我琢磨不透。之前我一直认为他只是一个很厉害的杀手，但是现在我觉得，也许他这人并没有我所认为的那么简单，他身上的秘密也许不会比墨九少。

虽然墨九给我的感觉是一个永远也猜不透的谜，但是现在我多多少少已经知道他的一些事情，然而现在我感觉，我对姬澈好像一无所知。

他从不对我说起他的事情，也从不让我对他有太重的好奇心。

沧海之城这个地方令我感到不安，也许我们一路上所有的辛苦都会在这里付之一炬，这是我最为担心害怕的。

其实我并不担心我自己会如何，我担心的是姬澈，我担心他一路上对我的照顾会到此为止。

对我而言最差的结果不外乎落入羽华的手里，被他带回靖国做他父亲的药物。对于姬澈而言呢？我不清楚。也许对他而言，失去的只是他对暮辰的承诺。

他曾经对我说过，他救我只是为了报答暮辰的恩情，也许在他内心深处，我没有那么重要，若不是因为暮辰的嘱托，他也不会来救我，可能我在他的心里，还不及暮辰的承诺重要。

其实这些问题我不止一次地想过，但每每想到这一层，我都不敢再往深处想，我害怕又不敢对他说，一面想着他是不是也有那么一点儿喜欢我，我对他来讲是否是有那么一点点特别；一面又让自己不要这样想，要乖乖地听他的话，要照顾好他，往他身边靠。

其实我会有这样纠结不清的想法，最根本的原因是因为我喜欢他，但是我不知道他是不是也喜欢我，不敢对他说，又不甘心一直都藏在心里腐烂成渣。他是那么了解我，这一点，他能不能明白呢？

思绪一时间不知道飘到了哪里，连跟前的姬澈已经停下脚步也不晓得，咚的一下撞到他的后背才清醒过来。

他回过头看向正在揉着额头的我，很是无奈地摇头叹了一口气，右手抬到我面前，看那样子是要替我揉揉，目光忽然瞟到我身边的楚玥，那一只将要落在我额头上的手显得有些尴尬地收了回去。

头顶响起姬澈的声音，“走路也这么不小心……”

我听到身后的风雅男子憋着没有笑出来的声音。

在我们面前横亘着一座巨大庄园，宽阔的街道之上有淡淡的雾气飘荡，半轮残月已完全隐入乌黑的云层里，几条巷弄之外传来梆子声声。在惨淡的光影之下，面前的庄园静卧如一头猛兽，静静地看着我们。

微微仰起头，借着惨淡的月光依稀能够见到庄园牌匾的字，这几个字跟那活宝刻在竹简之上的文字完全不同，我能够辨认出写的是“酒客人家”。

庄园之中似有一股肃杀之气，让人心里有些不安，夜风萧萧，木门苍冷，完全隐入暮色之中的楼子，在苍茫夜色里如一片处处透着神秘的鬼域。

心里升起一股强烈不安的感觉，隐约能够感觉到在这庄子里似有什么东西在等我们，有一种很强烈的被窥视的仓皇之感。

身后的风雅男子第一次将手中的瓜子收了起来，绕过我和楚玥身边，带来一阵凉风，在姬澈身旁停了下来，手肘碰了碰姬澈，目光朝一个地方指了指，示意姬澈去看。

我顺着风雅男子所指地方仰头，在深院围墙之后的九层城楼之顶，薄薄云雾之中的宝顶上，一个白色的身影斜身靠着房檐凭风而立。

那白色身影离我们很远，几乎目力难及，但我的这双眼睛瞧得十分清楚。

听到自己的声音有些打颤，“是……是墨九……”

风雅男子回头看了我一眼，唇角浮出轻轻笑意，“叶姑娘的眼力果然是好。”

刚刚才收起来的瓜子儿又掏了出来，目光转向那九层重楼，风雅男子的声音忽然间变得低沉起来，“可不单单只是他一个。”

我连忙朝四周一看，发现在九层重楼之下的几层楼阁之外，赫然还有好几个人站着。

那一身红衣的是茗娣，那光头矮胖子是在银江见过一面的霸刀，还有四五个看上去身形有些瘦小的黑影，这几个是我从来都没见过的。

“这么多年不见，你做起事情来还是这样，你果然是这个世界上最了解我的人。”

轻轻的声音被夜风带着，自庄门之内缓缓飘出，声音不缓不慢、不高不低，但好像能够穿透一切，紧闭的庄门忽然间被一股无形的力量拉开。

三步台阶之后的庄门之内，亮着两排红烛，红光闪闪，一个十分熟悉的身形迈着不紧不慢的步子缓缓朝我们走来。

"羽……羽华……"

我心里虽然早已有了准备，但一看到这张和姬澈一个模子里刻出来的脸还是有些难以置信。

他在庄门之外的台阶上停下脚步，一身紫红袍子依旧是初见他时的模样，一根黑玉簪，黑发齐齐垂在身后，只在发尾用一根丝带绑着。

他的目光穿过我身前的姬澈和风雅男子，直直落在我身上，唇角微微抿起，对我含笑点了点头，像是在跟我打招呼，"阿凝，我们又见面了……"

温柔的声音经夜风一吹飘进耳朵里，明明是极细腻好听的声音，却像是一记炸雷在我脑中响起。

憋了老半天才露出几分僵硬的笑容，声音都有些哆嗦，"羽……羽华太子……"

他走下石阶，径直朝我们走来，脚步算不上快，我甚至用眼角的余光中看到风雅男子手中的瓜子儿化成飞灰，姬澈拿着青冥的手加了几分力道，楚玥的右手轻轻放在身后青衣里……

一刹那，所有人的动作好像在一瞬间静止，一股奇怪的无形涟漪从身前风雅男子的四周散发而出，风静止在空中，扬起的发也定在空中。

那一股无形的涟漪还在朝四面八方扩散，飘荡在宽阔街道上的薄薄雾色停止了飘动，几条巷弄之外的梆子声也戛然而止，羽华依然还保持着迈步的姿势，但抬起的脚步再也落不下来了，一切静止如画。

但我还能保持活动，没有受到一丝丝的影响。

"这……这是魂定之术？"

我震惊地朝风雅男子看去。魂定之术，我见司徒风施展过，他怎么也会？难道这风雅男子是司徒家的人？

我明白，魂定之术是一门流传比较广的术法，不单单只是司徒家的人会，再有司徒家的人是不会杀生，而这风雅男子却是杀了假沐沐。

综合这两点判断，这风雅男子应该不是司徒家的人，是一个懂魂定之术的浪荡高手。

然而，就在我愣神的刹那，我发现羽华的脚步竟然落了下来，一股澎湃的无形力量轻易将定格一切的诡异力量摧枯拉朽般冲毁。

风再次动了起来，薄薄云雾也再次飘动起来，远方也再次响起梆子声。

羽华平淡如水的目光落在风雅男子身上，落下的脚步并没有往前走，就在距离我们十步之外的地方停了下来。

因风雅男子背对着我，我看不清他到底有什么表情。听到羽华略带几分讶异的声音轻轻响起来，"司徒安，你竟然还没死？"

司徒安？司徒？

一听到这两个字，我眉头就皱了起来，几乎不敢相信自己的耳朵。

听到司徒安笑了两声，双手背在身后，仰起头看着羽华，轻轻道：“你还活着，我怎么可能死？再怎么说我也得看到你先死掉才对，不然我怎么闭得上这双大眼睛呢？”

羽华也笑了起来，却是干笑的模样，目光投向姬澈，问道：“是你救了他？”

姬澈看着他，并没有说话，手中的青冥却是握得越来越紧。

羽华的目光落在姬澈拿剑的手上，见他如此用力地握着剑，嘴角微微向上扬起，露出得意的神色，话语轻飘飘的，“你很恨我？”

姬澈依然不说话，只是默默地看着他。

身旁忽然传来一阵破风声，转头一看，发现楚玥不知何时已掏出了一根漆黑色的长鞭，一个跃身，长鞭犹如游龙一般，对着羽华的脑袋就是狠狠一鞭，同时还有一声愤怒到了极致的声音从头顶传来。

“畜生，你杀我父亲……”

长鞭呼啸而过，如一道黑色的闪电，眼看就要抽在羽华头上，长鞭的另一头却被羽华牢牢握在手心。

就在这时青光一闪，如一道闪电划破长空，青冥剑闪着耀眼的青虹，剑鸣声声，朝羽华当头狠狠劈下。

手中长鞭在姬澈出剑的一瞬间就已经松开，一眨眼羽华的身体已退后数丈。

姬澈这一剑劈空，身形毫不迟疑，数十个幻影朝羽华围攻，速度之快简直骇人，只感觉眼前一花，数十个幻影已合为一体，青冥锋利的剑刃已落在羽华的脖子上，剑鸣连连。

整个打斗是在一眨眼的时间就已落幕，我几乎连眼睛都没来得及眨一下。

“为什么不出手？”

此时的姬澈面对着我们，我发现他双目怒瞪着羽华，双鬓间的太阳穴上青筋凸起。

羽华微微一笑，那样子好像根本就不觉得自己的脖子上架了一把随时都可能要了他命的剑。

他脸上的表情慢慢地冷下来，身子缓缓前倾，一个迈步朝前，锋利的剑刃擦着他的脖颈，划出一道细细的口子。

“因为我知道，我的哥哥不会杀了他自己的弟弟……”

我难以置信地捂住了嘴巴……

第七节　暴乱沧海（一）

我想，我应该是听错了，对，绝对是听错了。

怎么可能，开什么玩笑，我可受不了这样的刺激。

羽华手中的黑玉萧轻轻地将架在脖子上的青冥拨开，姬澈看样子并没有阻拦，青冥剑顺势就从羽华的脖子上滑落下来。

“阿澈，杀了他！”

楚玥甩着手里的长鞭，目光阴狠地瞪着羽华，“就算你不为我父亲，那你也要想想绮晋师姐，难道你忘了绮晋师姐和你一家八十三口是怎么死的了吗？”

愤怒的声音如同一连串闷雷在我脑海中炸开，绮晋师姐？

脑子里一时间涌进来的信息太过庞大，我有些理不过来，乱成一团。

羽华的目光转向楚玥，看了一眼之后看着离他不足两尺的姬澈，脖颈上的血痕如一条细细的红线，淌出几滴鲜血。

他的声音依然是轻轻柔柔的，“你知道自己为什么会败在我手里吗？”

将手中黑玉箫插在腰带上，从袖套里摸出一把折扇，啪的一声甩开，扇面上是我为他画的水墨桃花。

手指轻抚扇面，是极轻柔疼爱的动作，“那是因为你永远也做不到心狠，你的心被你所看重的东西裹得太紧，透不过气来，亲情、爱情，这些东西就像一根根绳子捆住了你的手脚。”

唇角微微上扬，轻轻一笑，“想想十三年前，你有机会杀了我，你没狠下心。在雪狼谷截走阿凝的时候，你也有机会杀了我，你还是没有狠下心。谋大事的人，岂能输给儿女情长？”

叹息了一声，似在感慨，“哥哥，你这一辈子就输在了这个情字上。”

夜风几缕，隐在云层里的残月露出几分明亮，一束稀疏的月色透过云层，光影渐亮，迷蒙的光亮从街头尽处一路蔓延过来，照亮姬澈和羽华一身纯白的身影。

我发现姬澈拿剑的手有些颤抖，像是羽华这几句话刺激到了姬澈敏感的神经，他双眼直直地看着身前的羽华，这个弟弟。

“你倒是心狠，连自己的师父都下得了杀手！”姬澈的声音沉闷，胸口剧烈地起伏着。

羽华扑哧一声笑开，折扇轻轻地敲着手掌，好像是在说一件无关紧要的事情，“那老家伙偏心，我哪一点比你差！风神诀给了你，魔剑也给了你，连我最爱的绮晋都给了你，哼哼！”

两声冷笑后，声音变得无比阴冷，“什么风神诀，什么魔剑，我羽华全都不在乎，我要的，只是绮晋！”

“可你杀了她！”

姬澈忽然间一声爆吼，身体四周爆发出一股强横的气浪，滔天的杀意瞬间笼罩住整条街，“你杀了你最爱的女人！”

“我没有杀她！”

羽华一时间也是怒了，同样一声爆吼，身体四周也爆发出一股强横的气浪，两股气浪撞在一起，两人几乎同时退后几步。

站稳了身体，羽华一双冷目依旧是眨也不眨地看着姬澈，嘴角带着几分难以理解的笑容，“杀她的那个人已经死了。”

“好！”

姬澈以剑抵地，怒目看着羽华，“那父王呢，父王又错在哪里？你为何连他都不放过？”

“哈哈哈！”羽华狂笑了起来，“那老不死的对我不公，跟那姬洵不过是一丘之貉。姬洵把风神诀给了你，魔剑给了你，绮晋给了你，连登桓山都给了你，而那老不死的甚至将整个靖国都给了你。同样是他的徒弟，同样是他的儿子，我凭什么都得不到！”

他身体忽然间像是一头扑食的猎豹，瞬间就朝姬澈冲了过去，快得如光如闪，不知什么时候手中已出现一把短短的袖剑，朝着姬澈胸口刺了进去。

这速度实在是太快，容不得人做任何反应，就看到羽华从姬澈的身体中穿了过去。与此同时，在羽华的身旁，白影手中的青色古剑已对着他狠狠劈下。

手中短剑忽然响了一声，原本只有三五寸长的袖剑在一个眨眼的工夫变成了两尺长的细剑。

“御剑山庄剑谱排名第四的景洪剑居然在羽华的手里？”

司徒安见到这把细剑似乎有些惊愕。

司徒安走到我身旁，声音低低地问我：“嘿嘿，叶姑娘，你觉得姬澈跟羽华这两兄弟谁厉害一点儿？”

我摇了摇头，没搭理他。

他也不生气，自个儿从袖子里又掏出瓜子儿接着吃。

虽然仅仅只是几个呼吸的时间，然而两人已经交手上百招，速度几乎达到了一个无法用言语表明的境界。这是我所见过的最为惊心动魄的战斗。

两人似乎谁也奈何不了谁，经过这番如狂风暴雨般迅猛的交手之后，两人已然处在街角两头，却还在视线所能及的范围之内。

姬澈离我这里不是很远，白发纷纷扬扬，一双如剑的眼睛眨也不眨地瞪着数十丈之外的羽华。

“你有多少把握能赢你弟弟？”身旁的司徒安一边吃着瓜子儿一边问姬澈。

姬澈声音如冰，“赢不了，也输不了。”

姬澈瞥了司徒安一眼，深深吸了一口气，“我们现在只能拖，等燕子回来！”转头看向东方无尽的黑暗，呢喃道，“真希望这小子办事能够利索点儿，我还真没什么时候像现在这样想见到他。”

身后响了一声炸响，楚玥阴着一张倾世的脸，手中长鞭狠狠一甩，“我去会一会四楼站着的那几个家伙。”

从长裙中取出一双薄薄的白色手套，轻轻地戴在一双细手上，正要腾身飞向对面的九层重楼，却被姬澈喊住：“楚玥，当心点！”

楚玥回眸一笑，唇角悠悠扬起，“别担心！”

这一笑足以倾城绝世，映入眼帘却有几分酸楚。

脚尖轻点踏着几缕清风，身子飘然而起，如一道青虹飞入天际，眨眼已至九层重楼。

姬澈仍有几分担心地看了一眼，这才将目光收回，看向司徒安。

司徒安耸了耸肩，将手里捧着的瓜子儿放了回去，叹息道：“每回见到你总没有好事儿，不是喊打就是喊杀，累不累？”

一阵摇头叹息之后，司徒安纤细白嫩的右手伸进了袖子里，我以为他又要去抓瓜子儿了，却发现他取出来的竟是一把扇子。

缓缓摊开手中折扇，那映入眼帘的图案让我身子一僵，我认得这把折扇，这是司徒风的幻青扇，扇面上画的正是十里长亭，几簇冷梅，那风流的翩翩公子取下管彤头上发带的场景。

“你……你是从哪里得来的这把扇子？”

如果我没有记错的话，这把幻青扇应该是随着管彤到了齐国。

他低头看了一眼手中的扇子，挑了挑眉，“不知道，这事儿你应该问燕子，是我拿几颗珍珠跟他换的。”

说完之后，他就迈开脚步朝庄子里走去，看这副模样是要一步一步爬上这九层重楼了……

刚走出去不过十步，姬澈就叫住了他，“你留在这里，照看好叶凝。”

司徒安身体一震，回身有些难以自信地看着姬澈，“你……你要一个人对付墨九、茗娣、霸刀，还有羽华？”

他没有说话，目光带着浓浓杀意，看了我一会儿，手中青冥发出嗡嗡声响，锋利的剑尖插在凹凸不平的街头青石，迸出一个个的火星子，一步一步地朝对面的羽华走过去，传来一句沉沉的话语，“帮我照顾好叶凝。”

望着姬澈走向羽华的背影，在我的视线里变得模糊，如果不是为了我，他是不用走上这条路的。

九层重楼之上已经传来打斗声，倒不是楚玥和那几个我没见过的杀手，而是楚玥和茗娣。

“好惹人疼的人儿，被那几个臭男人打伤了可不知要让多少人心疼呢。”

如血一般的血红绫如一条巨大的蟒蛇，从九层重楼之顶绕着层层重楼一路盘旋而下。

“这些人可不懂什么怜香惜玉，姐姐我倒是很喜欢这张天下无双的脸。”

这声音似乎能勾人魂魄，声音刚落，一身红衣的茗娣已随着血红绫到了楚玥的跟前，几乎盘绕了整个九层重楼的血红绫兀然间急速收拢，一时间整个墨色的天空之下，像是被无尽的红云笼罩，红绫如一条血红巨蟒盘旋在夜色之下，急速朝楚玥缠去。

无尽的红纱之中，忽然掠过几道小小的影子，墨九身后雪白凤翼振动间，如一道白光瞬间划破无尽夜色，霸刀以及那几个我没见过的杀手跟在墨九身后，从无尽的红纱之中一闪而过。

“阿娣，这里就交给你了，当心身上的伤。”

是墨九的声音。

眼光随着墨九移动，却发现他带着霸刀和那几个我没见过的杀手从九层重楼之顶一跃而下，径直朝姬澈和羽华那地方冲了过去，将姬澈围住。

“本来是该和你来个一对一的决战，但是哥哥应该知道，这里是你逃亡路上最后的战场，一旦你到了登桓山，我可就没办法了，所以我输不起。”

姬澈紧紧地握住手中的青冥，目光竟然朝我这里看了过来，仅仅只是片刻，又转了回去。

“我也输不起。”

第八节　暴乱沧海（二）

轻飘飘的话语裹在风里，轻轻柔柔地飘过来，心里却无半分开怀。

我想，如果我们都能活着离开这里，如果我们都还有以后的话，我会永远对他好。

羽华、墨九，这两个人任何一个实力都与姬澈相差无几，再加上霸刀以及那几个我没见过的杀手，这一回我们真的有逃出去的机会吗？

心底有几丝恐惧，但更多的是担心，我担心姬澈。

“那我们这十几年来的恩恩怨怨，就在今夜做个了结吧。”

羽华的声音没有一点点起伏，听不出任何情绪，在这句话刚一说出来的时候，手中的景洪剑已朝姬澈刺了过去。

站在他身旁的墨九忽然间凤翼一颤冲入夜空，那几个围住姬澈的杀手抓住一根根漆黑的铁链，一个个四散而开，几乎同时将手中的铁链朝姬澈扔了过去。

姬澈原本一只手拿剑，此刻却换作了两只手，脸上是我这千万里路走过来也没见过一回的凝重神色。

就在羽华手中的景洪细剑即将刺进姬澈喉咙的时候，被青冥一剑挑开，脚尖一动，身子一个细微腾挪让开数尺，身后数根漆黑的铁链如黑色游龙一般朝姬澈缠了过去。

姬澈的身影就在这个时候变得模糊，平地一阵风起，就发现姬澈所处的那个地方忽然多了一面镜子，一个跟姬澈一样的人已经冷冷地站在了他身后，两个姬澈背靠背站着。

多出来的姬澈猛地伸出手掌，一把抓住即将缠住自己的铁链，猛的一用力，铁链那头的杀手就被他拉得飞了过来，被一脚踢在胸口，而先前的那个姬澈身形却像是一缕青烟一般消失了。

躲开一根铁链，又有三根急速缠过来，手中青冥忽地一旋，道道强横到极点的剑气将几条铁链一一砍回去。

头顶忽然响起一声尖锐的凤鸣之声，墨九一身纯白的身影忽然间变成一道道白色的火焰，一头巨大的白凤从那股白色的火焰之中腾飞而出。

白凤一个俯冲直下，凤鸣之声十分刺耳，姬澈抬头一望，脸上变得更加阴沉，双手紧紧握住青冥，身体一个弹射，如同离弦之箭冲入夜空。

身体忽然分成数十个人，剑气冲天，只感觉剑气充斥了整个天空，无数剑气如同洪水一样，从四面八方朝白凤一浪接一浪地冲去。

一声尖锐的凤鸣之声冲天而起，强横的气浪一浪一浪地疯狂扩散，将无数剑气摧枯拉朽般摧毁，就连那几十个姬澈也被那股气浪冲毁，化作虚无。

司徒安敲着手掌的扇子忽然停了下来，一个闪身站在我面前，手中幻青扇猛的一扇，平地升起一股狂风，不过这狂风十分聚集，并不分散。

狂风如一把无形的巨剑，那股气浪在即将靠近我们的时候，被这股狂风冲开一个缺口。司徒安扇完之后，见居然没有完全破开这股气浪，赶紧将我抱住蹲在地上。

感觉无数碎石泥土从我身体两侧如箭一般飞过去，吓得我连眼睛都不敢睁开，只能听到吞没一切的狂风声。

过了好久，那股恐怖的气浪才完全平息下来，护住我的司徒安拍了拍我的肩膀，狠狠地甩了甩脑袋，一大块泥土就被他甩了下来，“唉，没事了。”

我睁开眼睛，脑袋里依然还是有那高亢的凤鸣声。我一共经历过两次凤吟九天，但两次都是离得比较远，头一回如此近距离地感受凤吟九天的威力，真是毁灭性的一招。

司徒安放开了我，直起身子站了起来，身上没有了之前的风雅模样，被掀起来的泥土雨劈头盖脸地淋了个透心凉。

他一边拍打着身上的泥土，一边厌恶着说：“这是什么大招，凶成这样？”

我站起身朝四周环视了一眼，街道完全被毁，酒客人家外的院墙以及那块牌匾都消失不见，变成了一片废墟，只有那九层重楼还立在那，成了这方圆数里唯一的建筑。

满目疮痍，四处全是废墟和掀起来的泥土，倒是被司徒安一扇子破开的缺口后，还有几分原来的模样，在数里的废墟之中，就像是退潮以后露在外面的浅滩。

“是凤家的凤吟九天。”

我轻轻地对司徒安说了一句，迈开脚步就往那片废墟里走。墨九这一击，将头顶天空厚厚的黑云都给震开，明亮的月光倾泻下来，靠我这双好眼睛，能够看清楚巨大的废墟。

我没有发现姬澈的影子，在半轮残月之下，一个纯白的身影凭风而立，是变回了人身的墨九。

他双手抱胸，低垂眼睫正看着一个地方，脸上冰冷木然，只是那道身影看起来有些异样阴沉。

我的目光朝墨九看的那个地方望过去，那地方是一个深坑，一个白影单膝跪在一块青石板上，手中青色古剑深深地插进青石板，身上的白袍裂开一道道口子，似有什么东西从裂口之中涌出来，整条袍子的颜色正在急速变深。

看到这一幕，我的双腿像是在一瞬间失去了知觉，无论我怎么用力，就是抬不起来。

有什么东西从眼睛里流了出来，滑过冰冷的脸颊，有点烫。

整个世界变得模糊，什么东西也看不清，什么声音也听不到，睁开的眼睛怎么也闭不上，就这样看着那半跪在几乎碎裂的青石板上的人。

喉咙似被什么东西卡住了，我想喊，喊他的名字，但是怎么也喊不出声音。我用尽全身力气想张开嘴巴，却怎么也从嘴巴里吐不出来，唯一能发出来的声音是抽噎声。

眼泪顺着脸颊一滴一滴地落下，终于抬起了脚，我也不知道自己是怎么走到他面前的，他的白发还在风中飞扬，他的手依然紧紧地握着剑柄，他的眼睛依然死死地瞪着凭风而立的墨九。

我握住他拿着剑的双手，眼泪就滴在他的手背上，而他却没有发现，没有任何回应。

腾出一只手来，落在身下青石板上，身体似乎还能有些感觉，指尖有点凉，眼睛费力地眨了眨，视线清晰起来。

他的身上全是血。

碎裂的石块卡在他的血肉里，涌出来的鲜血已经将他染成一个血人，刚有几分清晰的视线一时间又模糊起来。

忽然间一声短暂又急促的咳嗽在身旁响起，我身子一颤，接着又是几声急促的咳嗽，我赶忙扶住他的肩膀。

他肩上的衣襟像是从血里捞出来的一样。

他一直睁开的眼睛终于眨了一下，高凸的喉结动了动，像是咽下去什么东西，转头看向我，嘴角艰难地扯出一个不是笑容的笑容，颤抖的手从剑柄上移开，颤巍巍地蒙住我的眼睛。

我不知道他这是要做什么，想将他的手掰开，他却捂得很紧，耳边传来一声声倒吸凉气和痛苦到极致的声音。

心里忽然一跳，就更加用力去掰他的手，却被一声低喝制止住，“别看！”

我知道他在做什么了，眼泪夺眶而出，沿着他捂住我眼睛的指缝，一点一点，慢慢地滑落。

他的手一直都在颤抖，极力要压制的呻吟一声比一声痛苦，那声音就像是一把刀子，在我的心口一刀一刀地来回划过。

我到底要欠他多少？

我在他身后躲到什么时候？

我什么时候才能分担他哪怕一丁点的痛苦？

叶凝啊叶凝，你空有一颗不死心，空有一股能改变天下的龙魂之力，凭什么所有伤痛都要他一个人去抗？他凭什么要为你拼命到这样的程度？你又有什么地方值得他为你拼命到这地步？你凭什么？！

他终于放开了捂住我眼睛的手，响起一声低低的叹息声，“看，我命不该绝。”痛苦的呻吟了一声，“原以为我还能够拖住羽华一段时间，而现在估摸着我是撑不到燕子回来了。”

我缓缓睁开眼睛，他的脸已经没有一点点血色，那些深深卡在他血肉里的碎石都被他一块一块地剥了出来，在我身下，十几块棱角分明的石头全像是从血水里捞出来。

身下的青石板完全被他的血染红，流了这么多血，受了这么重的伤，他的脸上却仍有笑容。

双目直视着他，眼睛里虽然全是水雾，但依然看得十分清楚，一时间也不知道是哪里来的勇气，一下子扑进他怀里，紧紧抱住他，眼泪再也控制不住，看着他的一瞬间，任何想让自己不扑进他怀里的举动都成了徒劳。

失控的眼泪一滴一滴地往下掉，我听到自己带着重重哭腔的声音，“你这个混蛋，我不让你死！你知道我离不开你了，你也知道我除了你什么都没有了。你那么照顾我，怎么狠心让我伤心，怎么能狠心……”

第一次，自己的胸口是这么贴近他的胸口。我第一次这样抱住他，第一次在他怀里哭，第一次感觉到什么是害怕失去。也是第一次感觉到，自己是那么脆弱，我真的离不开他……

第九节　鱼死网破

以前，我从来都不知道要如何哭，因为我生下来就是不会哭的。在这段逃亡路上，虽然是流过几次眼泪，却从来都没有哭出过声。

我原本以为哭可能是一件很困难的事，到了此刻我才晓得，当心真的到了痛处，眼泪就那么不可阻挡。

他的身体往后缩了缩，像是要退出去，而我却把他抱得很紧，废墟寂静，长久沉默。

我能清晰地感觉到他怦怦直跳的心，隔着几缕轻纱和薄薄肌肤传进我的脑海，那是极不自然的心跳。

他始终没有一点点回应，除了那不自然的心跳声之外，我只能听到他几乎细微到不可查的呼吸声。呼吸虽然很轻微，却十分平静，一丝丝波澜也没有。受了这么重的伤，流了这么多的血，他此刻应当是心力衰竭才是，然而他的心跳是那么急，呼吸是那样稳，这有些不合常理。

白发被风扬起，在我眼前有点凌乱，他一直没有回应的身体终于动了一下，满是累累伤痕的右手缓缓抬起，我虽然看不见，但是我能想象那是一个什么动作。

他的手慢慢落在我背上，然后用力将我搂在怀里，跟以前任何一次都不同的拥抱。

果然，他的手轻柔地落在我的后背，能感觉到他手心的颤抖和脸颊边咧开的丝丝笑容，我等着他颤抖的手掌用力抱紧我。

却没有。

一股刚猛的劲力透过我的皮层，像是一股洪流，沿着身体经脉急速扩散全身，身体一瞬间失去了力气。

我抱着他的手一寸一寸地沿着满是鲜血的肩膀滑下，从骨子里透出来的疲惫和乏力遍及四肢百骸，我连坐稳的力气都没有。

下巴搭在他的肩膀上，下面好像是一个血窟窿，滚烫的鲜血令我的下巴都觉得燥热，而他像是没有感觉一样，伤口压了我这么重的一个脑袋，呼吸没有变重。

他的手终于落在我的背上，颤抖的手掌一分分加重力道，多么紧的一个拥抱……

他将我从怀里推出来，现在的我连保持脑袋直立的力气都没有。他双手搭在我的肩膀上，白袍的袖间已经在往下滴血。

我感觉眼睫很重，但仍然极力不让眼睛闭上。他平淡如水的脸，苍白的发，浑身的血。

他将我没有一点点力气的身体轻轻地放在地上，过程中，那一双闪着丝丝流光的眼睛一直都平平地看着我。

这是他的眼泪么？

他又是为了什么流泪呢？

我想喊一喊，却怎么也张不开嘴唇。现在的我连眨一下眼睛都要用上全身的气力。

他要做什么？

我想问，依然发不出任何的声音。

眼中的流光越来越多，他不敢眨眼睛，却直直地看着我，满目柔情，而脸上却是一副森冷模样。他是在竭力压制着什么，是即将夺眶而出的眼泪，还是平复不了的心跳？

感觉有东西握住了我的手，像温水一样，却颤抖得厉害，感觉有一股极为细腻的气流透过手心进入身体，那潜藏在我浑身每一寸血肉之中的魔剑碎片被这股细流牵扯着，不受控制地透过身体皮层窜了出来。

在我眼前，悬浮着那块魔剑剑尖的碎片，这是姬澈给我保命的东西。

他满是鲜血的手指攀上我的脸颊，有些怜爱地为我理了理几分蓬乱的头发，眼里带泪又带笑，脸上带着痛苦，带着怜惜。

“我只不过是答应了暮辰，一定会将你平安送到登桓，可这千万里路走过来，原本答应他人的话却烙在了心里，成了个拿不掉的信念，我一定会将你送到登桓。”

脸上的手指顿了顿，拿开了，魔剑剑尖的碎片缓缓飘起，同时，在他身体的四周七片大小不一的魔剑碎片缓缓飘出。

他的双眸仍是带泪带笑地看着我，身子却已经缓缓站起。我想去拉他的脚，却怎么也动不了。

所有感觉像是在一寸寸消散，已不大能够感觉到手背贴在青石上的寒凉，也不怎么能够感觉到声音钻进耳朵的沉闷抑或是灵动，整个身体像是在逐渐沉入深深的湖水，一寸寸流失掉的或是我的生命。

前方像是传来一个轻轻的脚步声，似有声音飘过来，听得不怎么清晰，但依稀能够听清说的是什么，“你要做什么？拼命吗？”

意识还未完全丧失，此刻的身体全靠我的意念强撑着才不至于沉睡，这个声音应该是司徒安。

已经没有力气转头去看他，但他的薄薄影子就在我身边，和姬澈的影子叠在一起。

听到姬澈问他：“你欠我一条命，对不对？”

司徒安的影子扇动幻青扇，看不出有任何动作，看影子应该是在思量什么，又像是要做一个十分艰难的决定。

良久，沉默的气氛被司徒安的脚步声所打破，他抬起脚，绕开姬澈，像是朝我这里走来。不大一会儿，朦朦胧胧的视线里，他探头过来，一双柔目痴痴地看着我，脸上毫无色彩可言。

“叶姑娘，你是这世界上最幸福的女人了。”

他将我抱起来，身体瘫软得像一摊烂泥，一丝丝力气也提不上来，麻木的身体已感觉不到什么，像是有泪从眼角流出来，却连那奋力想要哭出声来的力气都被剥夺了。

司徒安回头看了姬澈一眼，声音戚戚然的，“我司徒安拿人头保证，只要我司徒安还有一口气在，叶姑娘就不会少一根头发，可是你也要保证，一定要撑到我回来。”

姬澈没有回答。

司徒安又说了一句：“你可以输给任何人，独独不能输给羽华。”

姬澈在沉默了很久之后，终于说：“楚玥，你也要带回去。”

司徒安垂眼看了看怀里的我，抬脚，仰头，身体已在往前移动，“一定！我司徒安这辈子经历了太多的生离死别，我已没有那么宽厚的心再去面对一个朋友离开的伤痛，别让我觉得我又要漂泊天涯了。”

在已经完全近乎花白的视线里，我看见悬浮在姬澈身边的八块魔剑碎片以一种十分诡异的方式聚集在一起，形成了一把没有剑柄的长剑。

身上破烂到极致的血红长袍被他轻轻一扯，露出那健硕宽广的后背，虽然视线还是很模糊，但有一处伤口我看得十分清楚。

在他的左肩上有一道斜长的伤口，伤口很细，不是那些碎石击中形成的伤口，伤口自左肩斜切而过直达脊背，这是剑伤。

是蝶翼还是景洪？

脑中还剩下三分清醒，还能猜想到一些东西，蝶翼太薄了，那不是蝶翼造成的剑伤，是羽华的景洪剑。

在我意识丧失的前一秒，已模糊地想到了些什么，在墨九的凤吟九天施展出来的同时，到底发生了什么？

眼前开始变得黑暗，在那轮像是披上厚厚白纱的残月之下，那一袭白影身后似有一道深红的光芒闪过。

有一个女子的声音飘飘渺渺地传进耳朵，听上去如轻烟一般不真实，“雪狼他要做什么？”

有一个男子的声音传过来，“拼命。”

我最后所看到的东西，是一道道身影从九层重楼之上相继跃下，如月色般纯白的身影和如鲜血般艳红的轻纱似从九天陨落而下的星辰，冲向那露出上半身的血人。

心底一声嘶喊，“不！”

刀光一过，像是要将整个世界劈成两半，最后一点力气完全耗尽，声音远了，逐渐灭了，世界黑了，逐渐沉默了，伴随一声震天的巨响，一切都安静了下来。

是死了吗？

是姬澈杀了我？

无边的黑暗，没有一寸骨血还能动弹一下的身体，像是沉入无尽的大海，睁不开眼睛，动不了手脚，连呼吸都不能。

像是掉入一个梦境，也不清楚这样究竟过了多久，脑中逐渐恢复一些意识。

我还没死，我还活着。

我用不上力气，身体像是沉入水潭里，用尽一切办法想要醒过来，却怎么都是徒劳。

我不能就这样走，我要回去，就算真的是要死，那我也必须和他在一处。

浑浑噩噩，所有的感官都像是被封死了，仅留几分意识，就这几分可怜巴巴的意识，我又如何让陷入重度昏迷的身体唤醒？

发不出声音，做不出动作，我能靠的只有我自己。

可是我现在要用什么来唤醒身体？

刹那，我就想到了两样东西，龙魂和君十三娘给我的鸿蒙之气。

可我要如何做？

十三娘曾在开启我龙魂之力的时候对我说过，鸿蒙之气虽然有着强大的力量，但没有伤人的本事，她能够用鸿蒙之气的力量唤醒龙魂，可我并不知道要怎么做才能办到。

现在这样的境地，我也顾不了许多了，若能成功，那就再好不过；若失败了，鸿蒙之气并不能伤人，我也不损失什么。不管怎样，用鸿蒙之气开启龙魂，是让我苏醒过来的唯一办法。

第十节　生死局（一）

鸿蒙之气藏在我的不死心，和龙魂混在一起，这是君十三娘做的，她用鸿蒙之气滋养着龙魂。

鸿蒙之气有一种令万物生灵的神奇作用，依靠鸿蒙之气的滋养，我潜藏在不死心里的龙魂会提前苏醒。但我得到鸿蒙之气才不过短短的两个月，就目前来讲，还远远达不到龙魂苏醒所需要的力量。

龙魂的苏醒是靠不死人本身的力量来决定的，鸿蒙之气所增长的也是我自身的力量，要想让龙魂苏醒，这是一个极为漫长的过程。

但是现在，我等不了那么长的时间了。

我要做的，是让龙魂依靠鸿蒙之气的力量苏醒过来，而不是我自身的力量，但是我要如何去做，心底是一点办法也没有。

之前让十三娘唤醒我体内的龙魂，整个过程都是她来完成的，我自己根本没有办法，也不知道要如何去做，只能摸索着来。

虽然现在意识还极为模糊，但依稀还能感觉到不死心的跳动。意识沉入不死心，自然沉入鸿蒙之气中，我有用意识控制魔剑气流的经验，这一点对我来讲并不困难。

只是现在意识十分脆弱，控制鸿蒙之气沉入不死心最深处就变得极为不易，我不能控制鸿蒙之气一下子沉入不死心最深处，只能慢慢来。

这是一个十分耗费精力的事，我现在本来就没有什么精力，浑浑噩噩，每控制一缕鸿蒙之气沉入不死心深处，就需要极长的时间和大量的精力。

随着沉入心底的鸿蒙之气愈来愈多，本就薄弱的意念和精力几乎到了溃散的边缘，我随时都有可能陷入深度昏迷中，只是有一个信念在支撑着自己，神思和精力才没有完全溃散。

无尽的黑暗，完全没有力气的身体像是沉入大海，没有声音，没有感觉，像是灵魂游离在尘世之外，像是一块漂浮在水面上的浮萍。随着涌入不死心的鸿蒙之气愈来愈多，无尽的黑暗里似乎撕开了一片迷蒙的光亮来。

不自觉想朝那一片迷蒙的光亮靠近，却怎么也没有力气催动身体，犹如一个即将溺水而死的人，在临死的时刻看到水面上那一圈圈泛着涟漪的蒙光，拼尽一切想要浮上去，却被一股无形的力量生生拉着往下沉。

似乎能够听到一些声音了，风声，还是水声？

完全辨不清楚。

虚弱到了极致的身体也像是有了一点点感觉在复苏，像是一棵被烈阳烤蔫儿了的小草忽然淋了一场春雨，浑身的知觉沿着脚背一寸一寸地攀爬而上，能够感觉到不死心的跳动愈加强烈，那像是脑袋沉入水里所听到的声音一点一点清晰起来。

是一个人粗重的喘息声。

姬澈令我陷入沉睡的劲力正在被一股强横的力量吞噬，所有的感觉都在一点一点苏醒过来。

“还有多远？”

听到一个人焦急地问，声音不清不楚，像是幻听。

“三条街。”又听到一个人的声音说道，“还很远，玉燕公子到现在也没传来消息。”

身体像是在前进，一颠一颠很不平顺，像是被人抱着奔跑，手臂已恢复了几分力气，动了动手指，发现眼睛还是睁不开。

“要赶快，雪狼撑不了那么久。”抱着我的那个人呼吸十分粗重，“楚玥姑娘呢？”

“不清楚，幽鬼去找她了，我们在码头集合。”

脚步忽然停了下来，四周一时间完全安静了下来。

感觉身体在下坠，然后躺在地上，应该是抱着我奔跑的那个人放下了我，就听到之前抱住我的那个人叹了口气，“又来，能不能让歇一歇，真不怕累着我！”

“十六个，不算多。”另一个人说道。

“那就麻烦你了，速战速决。”

一股奇怪的波动如冰凉的泉水流过身体，像是所有东西在一瞬间变成了虚无，身体刚才恢复的一点点感觉顷刻间又荡然无存，然而胸腔里的那颗不死心却跳得格外欢快，像是有什么东西要从体内破体而出。

终于要醒了么？

一股强横无比的力量从胸腔磅礴而出，沿着四肢百骸将所有疲惫无力的感觉冲散，紧闭的双眼乍然睁开，双手不受控制地握紧成拳。

冰凉如寒泉的脸上忽然升起一股滚烫的灼烧感，能清晰地感觉到脸上的皮肤在一寸一寸地变得坚硬，一股滚烫的气流在皮层之下急速蔓延，霎时遍布四肢百骸。

一片片龙鳞沿着脸颊逐渐冒出，沿着脖颈、手臂、胸膛、双腿蔓延全身，整个身躯完全被金光笼罩，像是要把整个天空都给照亮。

双手握成的拳头越来越紧，身体内涌出的力量越来越强大，整个世界像是变成了金色。

能看到一股金色的雾气弥漫在无尽的夜空里，飘飘渺渺，所有感官都已经苏醒过来。

撑着身体坐起来，四下一望，却发现司徒安和一个提着钢刀的黑衣男子满目惊骇地看着我，嘴巴张得老大了，眼珠子转了转，绕开他俩，发现在弥漫着金色雾气的街道之外，赫然有十几个杀手冷冷地看着我们。

司徒安用手中的扇子拍了拍身边的黑衣男子，问道：“她怎么醒了？”

黑衣男子手中拿着的钢刀有几分眼熟，我一眼就认了出来，是在永定街头袭击我的那柄钢刀。

黑衣男子没有搭理司徒安，一双瞪得老大的眼睛眨也不眨地看着我，像是被眼前的场景吓得神经了。

从地上站起来，弥漫着的金色雾气像是受到了吸引，仅仅三两个呼吸的工夫，全都钻进了我的身体里。

如墨的黑暗一瞬间完全笼罩了我们，能感觉到夜里的海风穿过身体，凉凉的，却很清爽。

我指了指街头之外的十几个黑衣杀手，问司徒安："这些是不是你们登桓山上的人？"

此刻身体中所潜藏着的力量已经足够强大，而且还在逐步提升之中，自己的力量一下子变得强大起来，连说话的味道都变了，变得有些阴冷、森寒，连我自己都觉得这样的语气不该是我发出来的声音。

司徒安有些木讷地摇头。

我瞥了一眼那十几个杀手，心里不知为何忽然升起一股愤怒，而这股愤怒完全压制不住，像是要喷涌而出，压制不住的愤怒逐渐升华，变成了杀意。

抬起脚步朝司徒安走过去，将他手里的幻青扇拿过来，"借我用用。"

还没等他反应过来，扇子已经被我抢到了手里，他有些尴尬地看了看自己的手掌，尴尬地笑了两声，"拿去用就好，拿去用就好，不用客气！"

我没理他，摊开扇子对这那群杀手就是狠狠一扇，霸道凶狠的龙魂之力沿着幻青扇倾泻而出，化作万千无形的刀剑，只一个晃神的工夫，那十几个杀手就成了一堆碎尸，连累街道两排的房屋，一片废墟。

忽然一个机灵，脑海之中像是有什么东西苏醒过来，低头，垂眼，看了看手中的幻青扇，手指竟然不自觉地有些颤抖，"我刚刚做了什么？"

心中忽然升起一种极不舒服的感觉，有种恐惧在心里蔓延。

"我……我居然杀人了！还杀得这么干净利落，没有任何犹豫！"

然而这种感觉只是在心里出现一瞬，忽然被一种十分淡然的情绪所取代。

脸上的惊恐神色瞬间消弭，变得森冷阴寒起来，回身看向司徒安，仅仅一个对视，司徒安竟然惊恐地后退了两步，而那黑衣人手中的钢刀竟然直接掉在了地上。

"叶……叶姑娘，"他的声音有些颤抖，"你……你还好吧？"

冷冷地看了他一眼，问他："姬澈在哪儿？"

他哆嗦了一下，像是不敢直视我的眼睛，颤抖地对我指了一个方向。手中扇子扬了扬，声音冰冷得有些可怖，"这扇子我用完了就还你。"

他赶忙说："没……没关系的。"

唇角微微掀起，连笑都是阴森的，"虽然我不知道你们要等那活宝做什么，应该是很重要的事。他这么久还不回来，应该是遇到些麻烦事，你们去帮帮他吧。"

说完就绕开他们，朝他之前所指的方向跑去，这一跑就感觉整个人都轻了起来，何止一个步履生风了得。

就听到司徒安在后头大叫道：“叶姑娘，你可要当心点儿，现在整个沧海之城都是羽华黑流星的人。”

仅仅一个瞬间，他的声音就完全听不见了。

一路狂奔，速度是越来越快，心中一遍遍地祈祷，姬澈，你一定要等着我！

一想到姬澈现在的处境，心中就变得焦急起来，奔跑的速度蹭一下就到了一个新的境界。

前后不过一盏茶的时间，我就再次来到了酒客人家，在那栋九层重楼之下，废墟连绵，眼前场景和我陷入昏迷之前完全不同，令我心惊。

第十一节　生死局（二）

阴阴惨惨的月光透过九层重楼洒下来，脚下累累尸骨，这栋楼下的废墟，已经成了一个屠杀场。

鲜血汇聚成血水，沿着脚下坑坑洼洼的沟壑渗入地底。这儿足有上百具的尸体横七竖八地躺在这片废墟之中，偶尔还有一两具尸体自墨色的天空带着痛苦的嘶嚎直坠而下，摔得血肉模糊，这场景十分恐怖血腥。

空气之中氤氲着的血腥味道令人作呕，几乎无法呼吸。眼前的九层重楼楼门大开，屋中一片喧哗叫喊声，十分嘈杂。

抬头看向九层重楼之顶，依稀能够看到大片红纱翻飞，一头巨大的白凤在红纱之中来回穿过，可清楚地看到刀芒飞掠，消散在漆黑的天幕里。

而在九层重楼背后，还有这一幅令人咋舌的场景。

无数的蝙蝠聚集在九层重楼之上，天空几乎完全被这种蝙蝠遮住，数量多如星海。

是血蝠！

只一瞬间，心里忽然就生出一股极为不安的感觉，当下也不多做停留，一阵风似的穿过坍塌的院墙，冲进大开的楼门。

第一层里空空荡荡，什么陈设也没有，我也没闲工夫去留心这九层重楼之中的布置，有没有什么山水图画、客厅闺房之类，沿着楼梯一路直奔楼顶。

此刻我因担心着姬澈，心里急得不行，只觉得快一点儿，再快一点儿，一点点也没留心这里是否有着什么，以至于一把利剑的剑尖紧跟在我身后都没发觉，等我发觉有什么东西跟着的时候，为时已晚。

好在我眼力好，那雪白的长剑闪过的剑光径直朝我后背劈来的时候，身体本能地腾挪，已闪过数尺距离，避开这几近致命的一剑。

回身一看，紧闭的窗扇瞬间爆裂，三把泛着森冷剑光的长剑已逼近眼前，跟着之前夺命的那把长剑，直直地朝我胸口刺来。

这四个人下手速度极其快，而且根本就没有任何仁慈可言，都是实打实的杀手，也不知脑袋里一时间在想些什么，身体还未做出任何反应，但心里先身体做出反应。

像是被一股力量强行操控着手掌，拿在手里的幻青扇啪的一下展开，柔丝制的扇面碰上那即将刺进身体的剑尖，再难刺进分毫。

手中顷刻聚起庞大力量，感觉一股滚烫的气流流过皮层，一片片龙鳞沿着皮肤布满手掌，手中扇子一个回旋，绕着长剑剑身狠拍在对方胸口。

只听一声惨叫，对方身体竟直直飞起，撞破窗户掉下重楼。还没来得及喘息一下，又是两把长剑逼到眼前，布满龙鳞的手掌没有任何犹豫抓住锋利的剑刃，剑刃无法划破龙鳞，布满龙鳞的手如钢铁般坚硬。

松手，夺剑，覆盖了龙鳞的手掌狠击在胸口，恐怖的力量穿透他们的皮层骨骼，直击心脏，生命一瞬间完全溃散，跳过痛苦直达死亡。

所有的一切如电光火石一般，三个杀手瞬间葬身在我手中，余下的那一个见状，难以置信地看着我，手中的长剑已在颤抖，惊恐的目光四下望了好半晌，退也不是，进也不是，我掂了掂手中的幻青扇，送了他一程。

解决了这些麻烦事，就转身朝楼顶赶，刚一转身，忽然一道黑影急速朝我扑来，速度奇快，几乎没有看清来人面貌，只感觉腹间被一股巨力击中，整个人直接飞出九层重楼。

身体摔在楼阁之外的瓦片上，生疼得紧，但好在没有掉下去。

抬头一看，发现袭击我的那个黑影要从屋子里飞出来，心里一惊，看了看楼底，又看了看楼顶，现在我要么跳下去，要么上楼顶，要么，就解决了这个飞出来的黑影。

看这黑影的身手，实在是不俗，心里算了算要和他斗的话有多大把握。

感觉胜算应该很大，随便用幻青扇扇他一下，指定得把他从这里扇到海里去，但这栋楼刚刚已经被扇了一回，再来一回的话，可能得塌，跳下去是很简单，顶多不过受一些伤，也死不了，而且有不死心在，顷刻就能痊愈。

可是如果跳了下去，那我不是离姬澈越来越远了？

心里一个眨眼的工夫已经做出了决定，而那黑影也在这一眨眼的时间飞身夺出窗外，就要朝我杀过来，我抬头一看，离楼顶已经不是很远了，就几丈而已。

几丈，就我如今的力量，应该没有多大问题。

黑影离我的距离近在咫尺，就在他手中弯刀即将刺进我眉心的一瞬间，一个跃身跳上夜空，竟然直接跃过两层楼的高度。

心中一阵窃喜，身体才一落下，又一个跳跃，又跳上两层楼的高度，重复两次以后，已上了楼顶。

楼顶已破败不堪，我几乎没有地方落脚，这一下冲得太猛，完全收不住力道，而不曾想，身体不过刚刚蹿出楼顶，却被一个血红影子一把抱住。

他抱住我的时候，我能清晰地听到粗重的喘息声，似乎除了这些什么东西都没有了，身体被一股反力拉着，直直掉下九层重楼。

我还在震惊之中没有回过神来，侧目一看，心中更惊。

其实我不用去看就已经知道他是谁，但还是要亲眼见着他心里才安定得下来，而这一看，却发现他的脸上已淌满了鲜血，露出的上半身，又不知多了多少淌血的伤口。

身后忽然传来一声刺耳的鸣叫，回头一看，在急速变小的九层重楼之顶，一头巨大的白凤已急速冲来，漫天的红纱倾泻而下，数根铁链纠缠在一起，一道夺目的刀光紧随其后，目标直指我和他二人。

“先走！”

耳边一声轻响，抱着我的手臂瞬间松开，一道长长的白光从遥远的天际直冲过来，如划破黑夜的流星。

却见他凌空转身，手中青色古剑狠狠劈出，那一道长长的白光忽然炸开，瞬间化作八股，直朝身后白凤、红纱、铁链以及刀芒飞去。

挥剑之后，他一个俯冲直下，接住还未落地的我，身体一个飞扑，将我紧紧抱住，身后传来震天震地的炸响，似要将一切完全摧毁。

落地，将我松开，他的身体像是瞬间完全崩溃，单膝跪在地上，以剑抵地，一口鲜血全喷在了地上。

我伸手想去拉他，他却并未理我，回头看了看身后，八片魔剑碎片从遥远的天际飞来，在他身后凝聚成一把没有剑柄的长剑，静静地漂浮着。

“魔剑不全，我挡不住羽华、墨九、茗娣，还有霸刀以及黑流星里的诸多杀手。”

他忽然站起身来，拉起我的手，“快走。”

说完，拉起我一路狂奔，身后魔剑一片一片地分离，融入他体内。

一路疾驰，一路奔逃，他满是鲜血的手紧紧地握着我。

一处街角，我们停了下来。

他靠着墙，手中青冥铛的一下就掉在了地上，身体也像是用完了所有的力气，沿着墙壁一寸一寸地滑下。

我赶紧拉住他，而他似乎完全没有力气站直身体，竟捂着胸口靠着墙壁坐了下来，身后的墙壁上，被滑出一道可怖的血痕。

“为什么回来？”他艰难地问。

我蹲在他的身旁，用袖子擦着他脸上的伤口，眼中已满是泪水，“我离不开你。”

他喘着粗气，一口一口地咽着，“这个世界上没有谁离不开谁。”他的头一寸一寸地朝我挪过来，目光灼灼地看着我，能清晰地感觉到他吐出来的灼热之气，“叶凝，命是自己的。”

为他擦伤口的手顿了顿，“那么你呢？你这么拼命又是为了谁？你的命又是谁的？”

说着，眼泪就流了出来，“你不爱惜自己，我还爱惜，我叶凝生下来就是个妖孽，没有人对我这么好过，没有人为我这么拼命过……”

他忽然捂住我的嘴巴，然后将我拉进黑暗里，头顶一头巨大的白凤呼啸而过，掀起一阵狂风。

半晌，白凤远去，姬澈这才放开我，脑袋贴在他满是鲜血的胸口，脸颊能感觉到鲜血流出的灼烫。

“我走不出这沧海之城了，以后得靠你自己了。”他将我从他怀里拉出来，满是血污的手指向一个方向，“看到那个地方了吗？那里是沧海之城的大码头，如果燕子那里没出什么状况，你还有机会离开这里。”

我目光平平地看着他，心里忽然升起一股无名火，就朝他吼，“我不用你管！”

眼睛一斜，发现掉在地上的青冥，就要伸手去拿，而被他先一步发觉，一把将我推开，扑过去抓起青冥用力地扔出去。

“别犯傻，最后告诉你一件关于不死心的秘密。”他躺在地上，声音显得很平静，眸光看向漆黑的夜空，“不死人的心头血并不是取之不尽的，用一点，就少一点，一旦过度放血，你会失去伤势自我修复的能力。”

我跪坐在地上，呆呆地看着他，“这就是你一直不让我刺破不死心的原因？”

他依旧呆呆地看着夜空，一句话也没有。

“你果然是在乎我的。”

眼角流下一滴眼泪，将他瘫软的身体从地上拉起来，抱在自己怀里，他没有反抗。

“我不怕那些。”

低头看着他，将他紧紧地抱在怀里，将下巴放在他满头的白发上，眼泪流过唇角，滴在他额头上，“真的不怕，所以，你不用担心我，剩下的交给我。”

第十二节　生死局（三）

从前，我一直都很怕会成为他的负累，可我的的确确成了他的负累，想起这一路走过来，他是如何照顾我，如何迁就我，如何和那些要打我不死心主意的人拼命，心里有的只是无尽酸楚。

那时候我没有能力，没有本事。这一路走过来，重重劫难，都是他一个人一把剑带着我拼过来的，以至于在这千万里路上，我这双手没沾过一滴血。

而现在，他需要我的照顾，我也有能力照顾他，为他扛下一些风雨了。我心里清楚地知道，当我把他打晕过去之后，我将面临的杀戮有多残酷血腥，但是我更知道，如果我不这样做的话，我们会是什么样的下场。

很早的时候，姬澈就对我说过，有的时候，杀戮只是为了自己能够活下去，我从来没有想过，有一天，我也会拿起剑，走上这样一条屠杀之路。

抱着昏迷过去的姬澈，面对着即将到来的一切，心里却是出奇平静。我将他放在地上，将他扔出去的青冥捡回来，取了一点心头血给他。

看着他身上那一道道可怖的伤痕急速愈合，心里也稍稍安定了一些，他这一场拼杀，耗光了自己所有的力气，即便伤口已经愈合如初，却依然还在沉睡。

睡过去也好，我了解他，如果他醒过来，但凡是自己还有一口气在，也会继续拿起青冥和羽华、墨九拼命，他不会让我走上这条路的，到时候，我还得打晕他。

将幻青扇收起，把他沉重的身体一点一点地从冰冷的地上拉起来，背在背上，头顶上无数的血蝠犹如黑云一般涌了过来。

姬澈身子极重，好在现在的我已有几把子气力，勉强还能在拿着青冥的前提下背着他跑。

巷子蜿蜒，虽然在我一个人的时候能做到势如奔雷，但背着一个人的时候，速度不免就要慢下几分。

在七拐八拐的巷子里跑，速度就变得出奇地慢，真后悔当初为什么不缠着姬澈教我几手轻身之法，这样我也能飞檐走壁逃命。

头顶的血蝠已经慢慢地压了下来，前方的道路已经被一个矮胖子挡住，一把白晃晃的大刀在他手里泛着寒光。

“上回在银江的时候，让你们逃了，这几个月我一直都耿耿于怀，今天可算是可以去了我这心病了。”

我停下脚步，在原地转了几转，一路跑过来的时候，我留意了一下，如果往后退回去不远，就有一个岔路。

正准备退回去，忽然从身后布满了血蝠的夜空之中飞下一头巨大的白凤，白凤一落地，就化成了墨九。

他一手拿着剑，默默地看着我。

前有狼后有虎，头上还有血蝠，我退无可退，进无可进，下意识地握紧了手中的青冥。

“霸刀。”听到前头墨九说道，“别忘了羽华的命令，你应该知道，雪狼死在你手里会有什么后果！”

我回头看了那矮胖子霸刀一眼，他甩了两下手中的刀，低低道：“太子的命令我怎么敢忘，要雪狼命的那一刀，自然是要留给太子的，而叶凝嘛……”

他笑了两声，“反正杀也杀不死，多砍她几刀，解一解我在银江受的屈辱，总不碍着什么吧？”

我退后两步，靠在墙上，紧紧地握着青冥剑剑柄，龙魂之力已在心脏里涌动，一阵阵极为沉闷的龙吟之声不断地在心里咆哮着。

那矮胖子看了一眼墨九之后，见墨九没有反应，手中大刀一旋，嗡鸣之声透过重重墨色，直直传进耳朵。

尽管龙魂之力已尽数灌入青冥剑中，但心底还是有一些发怵，我从来都没有经历过这些，没有使过剑，没有打过架，更没有拼过命。

我想，如果这矮胖子真要在我身上砍个几刀，虽然死不了，但想想就觉得绝对不能让这样的事情发生。

可是我完全不会什么武功玄术，更不晓得什么招式功法，如果他真的要对我下手，那我只能靠着龙魂之力的强悍，用蛮力驱动青冥削他。

他并没有一下子急扑过来，反而提着大刀一步一步朝我走过来，手中大刀的嗡鸣声似意料到即将要发生的事，兴奋地响个不停，刀刃那晃眼的刀光反射在小巷旁的墙壁上，渐行渐近。

能感觉到危险的气息一尺一尺地在靠近，却怎么也躲开不得，胖嘟嘟的肉脸上嗜血的、狰狞的笑容随着愈发接近我而变得狰狞，光是那种感觉，足以令人崩溃。

当心里那种恐怖的感觉到了一定程度的时候，身体却先心理一步变得平静下来，脸上不知不觉已收起了恐惧神色，像是另一个冷血的我取代了现在这个懦弱胆小的我，那一双怯弱的眼睛一点一点变得森冷起来。

倾尽所有已经苏醒过来的龙魂之力灌入青冥剑中，青冥剑上那些凹凸不平的诡异刻痕登时就亮了起来，闪烁出迷蒙的青光，整个剑身因承受了巨大的龙魂之力而剧烈地颤抖起来。

许是霸刀见着了青冥剑上所闪出的青光，朝我迈过来的脚步忽然间顿了一下，手中大刀发出的夺命嗡鸣声似是老鼠遇见了猫一般，顿时就停了下去。

他脸上升起诧异神色，身形只是顿了一下，再次朝我走了过来，脚步明显地加快了不少，手中大刀的嗡鸣声又一次响起。

就在我准备挥剑砍过去的时候，忽然头顶无数血蝠被一道耀眼的白光冲出一个窟窿，一声愤怒的声音朝黑暗深处炸响，“你狗日的动她一根汗毛试试，老子一把刀杀你全家！”

一道如毫毛一般细小的白光眨眼间穿透无尽黑暗，从那血蝠窟窿里飞出，霸刀手中的刀被这道白光射中，像是有着数万斤的力量砸在那把龙头刀上。

只听到一声极其细微的撞击声，霸刀手中的那把龙头刀就飞了出去，在空中碎裂成一块块残铁，钉在我身后的墙上。

紧接着，就看到一道白影从无数的血蝠群中飞出，顷刻之间就到了我的跟前。

“活……活宝？”

我震惊地看着眼前的这个青年，脑子里有刹那空白。他迈着吊儿郎当的步子朝我走过来，不知什么时候手里多了一根纯白的棒子，路过那已经呆傻的霸刀的时候，还很调皮地对他吐了吐舌头，做了个鬼脸，以及做了一个鄙视的手势。

他在我面前停下脚步，摇了摇我背上的姬澈，问我：“妖精这是怎么了？”

紧握在手中的青冥放松了几分力道，我说：“没事，晕了过去。”

他看着我，投过来几分惊异的眼神，默了默，思量半晌，“你打的？”

我迟疑了一下，点了点头。

他忽然对我竖起了大拇指，“连妖精你都能打晕，老子佩服！”

我问他：“你怎么回来了？姬澈不是让你去办事了吗？”

他双手一摊，丝毫没有面临大敌的危机感，依旧是那副吊儿郎当的样子，“小安安去接手了，我不放心妖精，妖精好像也不放心你，那老子也就不得不怎么放心你，过来做个接应。”

我一听小安安这几个字，弄明白他说的是谁之后，觉得心里有些错愕。

他一双笑眯眯的小眼睛四周看了看，眉头第一次皱了起来，“怎么没见着大姐头？”

我想了想，“走散了，不知道在哪里。”忽然间想到了些东西，接着对他说，“司徒安好像说过，幽鬼去找她了。”

“走散？”他眉头皱得更紧了，“怎么可能走散？她不可能舍得放下妖精，那幽鬼去了多久？有没有消息？”

我意识到他的口气有些不对，赶忙道：“被凤吟九天震散了，之前和茗娣打了一场。”

忽然意识到了些东西，心中忽然一跳，“不好，我有见到茗娣，但没见着楚玥！”

活宝脸上凝重模样，一样子就冷了下去，“糟了，大姐头出事了！”

手中的纯白棒子舞了两下，转头看向墨九，说道：“大妹子，你要给老子做个证人。”

我诧异地看着他的侧脸。

他继续说道：“老子输给妖精一个约定，不到万不得已不能杀人，但是今晚不是万不得已，是万不得已中的万不得已，今儿晚上，老子要大开杀戒了！”

我点头，表示愿意做这个证人，又想起了一些事，就问他：“姬澈让你办的事办好了没有，我们能不能离开这里了？”

他摇头，视线始终盯着墨九，而那霸刀完全被他无视，“老子们的事办得差不多了，不过还要等一下，有人还没来，要是他不来，我们走不出这里。”

我赶忙问他：“还有谁？”

“一个小白脸儿！”他笑了两声，“长得可白净了。”手中棒子斜拿在身后，回头对我笑了笑，“当初妖精逃回登桓山，他可是大恩人！没想到这回还得靠他，真他娘的憋屈！”

手中棒子一甩，扛在肩上，朝街头站着的墨九走去，飘回来一句玩笑话，“那肥油胖子你自己解决吧，没了那把龙头刀，他跟个肉包子强不到哪里去。”

“早就听说，你这头白凤凰的凤游神行步的八个幻身十分厉害，老子想用一点不成气候的鬼影步领教领教，试一试你这白凤斗不斗得过我这飘荡在黑暗里的游魂野鬼！”

墨九的声音有些飘渺，“燕子鬼盗，杀人盗宝无声无息，行千里雪地不留痕迹。”声音忽然变得阴冷起来，“登桓山的势力，的确是大麻烦。”

我在后头向他提醒道：“别大意，这人可是凤家后人，当心他的凤吟九天！”

就听到活宝满不在乎的口气，“管他什么凤家龙家狐狸家，螃蟹泥鳅蛤蟆家，老子一棒子杀他全家！”

第十三节　燕子鬼盗

目送着活宝提着棒子一步一步朝墨九走去，心说，你最好能把我刚刚说的话放在心里。

那霸刀失了龙头刀，看上去像是变得规矩了一些，双目怒瞪着我。我握紧了手中的青冥，将背上的姬澈夹紧了一些，就朝他走过去。

我发现，只要我心里升起一些狠的或者愤怒的情感，整个人就像是被另一个我取代了一样，那一剑劈下去的力道强悍到恐怖，从青冥剑中扑出的龙魂之力像是要将整个世界都给毁灭。

怒吼的龙吟之声随着剑势飞扑而出，脚下的石板都被一股磅礴的力量掀了起来，感觉到情况不妙，矮胖子一个飞身跳上房檐就想跑，我见势又朝他逃跑的方向补上一剑。

这一剑，我出了足有十成的力量，就看到一头金色巨龙自青冥剑中怒吼着冲了出去，一路带着毁灭性，两旁房屋顷刻化为虚无，而那矮胖子刚要飞逃的身子被巨龙撵上，就看到一团血雾在空中炸开。

巨龙去势不减，依旧笔直地朝前横冲直撞，那些挡住巨龙去处的房屋直接被冲破，眼前，出现了一条宽阔的坦途。

低头看了看手中的青冥，心说，还真是一把神兵，要是寻常刀剑，受到这么刚猛的力量灌入，铁定连渣渣也剩不下，而这青冥却一点事儿也没有，剑刃依然锋利，诡异地闪着青光的刻痕依然清晰。

身后已经传来活宝和墨九拼斗的动静声，心道他已经拖住了墨九，我不能再耽误时间，于是双手背着姬澈急速朝沧海之城的大码头奔去。

沿着巨龙冲出来的道路疾驰，头顶无数血蝠组成的黑云已分成两股洪流，一股朝墨九和活宝激斗的地方涌去，一股则紧紧地跟着我。

被这些吃死人血肉长大的恶心东西追可不是一件愉快的事，在背着姬澈逃跑的过程中，又接连对布满无数血蝠的天空劈了两剑，两头巨大的巨龙飞入血蝠群中，天地之间似下起了血蝠雨。

可是血蝠的数量实在是太多了，怎么杀也不可能杀得干净，而巨龙冲出来的坦途已到了尽头，背着姬澈赶忙一拐，钻进了一个巷子。

我已经不知道这里是哪个地方了，经过这一番狂奔，我已经失去了方向感，看到了一个巷口就钻进去。

总算是还没有笨到无法挽救的程度，脑子倒没有被血蝠追得犯浑，还晓得不能迎着血蝠群追来的方向跑，只一路往前。

然而就在我拐出一个街口的时候，忽然发现两个白影厮杀在一起，分不清到底谁是谁。

罡风四溢，能感觉到一股股强横的劲力接连扑来，万千棒影将一个背生凤翼的身影死死地困在其中，那如一道白烟一般的身影移动起来轻飘飘的，有时速度快到一连拉出十几个幻影，有时候速度慢得连他手中的棒子是如何挥下的都清晰可见。

是墨九和活宝，我脑子还没迷糊，忽然就意识到了一个问题，我怎么又绕回来了？

奶奶的，这什么情况啊？

就听到活宝那兴奋的声音嚎叫起来，“大妹子，你是舍不得老子吗？”

虽然是很兴奋的样子，但声音里包含着的那一股怒气实打实地让我听了出来。

我紧了紧背上的姬澈，就朝他喊：“我跑错路了！”

活宝一听，那兴奋的声音瞬时间就变得怒火腾腾，“你姥姥的能不能有点谱？”

感觉心里有点憋屈，就嚷道：“你姑奶奶是个路痴！”

铛的一下，墨九的蝶翼狠狠一剑劈在活宝的棒子上，那看起来如纸张一般的剑身却似有着万钧力量，活宝一个没顶住，身形飞退。

活宝喘着大气，恶狠狠地朝我瞪了一眼，“姑奶奶，你脑子被猪拱了吗？大码头在东边，看准方位跑！”

话音刚落，墨九就逼了过来，活宝舞了两下棒子，迎了上去。我在外头朝他喊道：“你姑奶奶要是还认得出方位，就不会跑到这里来了！”

他一边打，一边朝我吼：“姑奶奶，你后面就是东边，往直了跑，别拐弯！”

我骂道：“你姑奶奶怎么可能直了跑，巷子里全是岔路！”

他像是被我气到了，“姑奶奶，你脑子长指甲盖了吗？人挡杀人，墙挡拆墙，青冥剑和幻青扇都在你手里，一路拆出去！”

我背着姬澈回身看了一眼后面的巷子，我已经不知道现在所处的位置在哪个地方了，这路痴病什么时候发作不好，非得在这个时候！

朝活宝喊了两声，“姑奶奶走了，你自己当心点，留心我的话，当心墨九的凤吟九天！”

脚下一发力，嗖的一下就冲了出去，活宝的声音在后头叫起来，“姑奶奶，你走好！”

听了活宝的建议，当我跑到后面那条巷子的尽头之时，腾出拿着青冥剑的手，狠狠一剑朝挡我去路的那堵墙砍上去，龙魂之力横冲而出，面前的阻碍顷刻不复存在。

用这样的办法一连拆了十几道墙，已经远离了活宝和墨九激斗的地方，面前又是一条狭长的巷子，一个飞身冲进去。

由于是直路，远比那些用蛮力劈出来的路平坦，速度在这里再一次提了上来。可就在我准备故技重施再劈出一条路的时候，在巷子尽头，一大片红绫翻滚着朝我冲了过来。

红绫翻滚间，像是无数的血水从巷口涌出，我赶忙停下脚步，心里变得不安起来。

是茗娣！

翻滚的红纱顷刻就已逼近眼前，身子已生出几分疲惫，反身对着左边的围墙就是狠狠一剑，赶紧钻了进去。

得亏我反应快，就在我钻进去的同时，之前的整条巷子完全被血红绫塞满，忽听一阵风响，身后院墙应声坍塌，那血红绫翻滚着像一条蟒蛇一般急速朝我扑过来。

回头看了一眼，心里骂道："这是欺负我不会轻身之术啊！"反身就是一剑，巨龙腾空而起，我也不管结果如何，回身对着面前房屋又是一剑，甩开脚丫子开跑。

"真没料想到，一个小丫头也能坏了大事，羽华太子的顾忌果然是有道理的。"

身后的夜空里传来了茗娣惊异的声音，声音没有了之前勾魂夺魄的妖媚，却是满满的难以置信。

继续往前一路破坏，虽然已经知道方向铁定错了，但仍然还是在一路破坏着前进，总不能让我回过去跟茗娣再杀一场吧！

我想，如果真的回去和茗娣杀一场，不外乎两个结果，第一，赢了，第二，输了。

赢了的话，我指定要打伤她，而以她要强的性子，除非打得她不能动弹，不然的话她不会放过我，而打伤了茗娣的话，我觉得，墨九绝对不会放过我。

而输了的话，那结果就不用多说了。

其实不知道为什么，我一直都有种感觉，觉得茗娣是一个苦命的女人，她一定是有过一段十分痛苦的过往，可是，她又好像一直都有着想碰又不敢去碰的一东西，而那些都是我不了解的。

我不愿伤她。第一次见到她的时候，她就给我一种十分特别的感觉，她看上去像是敢爱敢恨，而我却觉得，她不敢去爱，更没有资格去恨，她明知道有好多东西是自己不可能得到的，却仍然执着地用自己的方式去守候着那些东西，尽管这样自己会伤痕累累。

也就是这样的感觉让我不愿与她交手，更不愿杀她，虽然我不知道现在自己是不是她的对手。

我还清楚记得上回她在那头蛮牛手中受伤之后，墨九那绝望求死的身形，也还记得墨九为了救茗娣，用自己毕生真气为她续命之后的颓废神色，也许，这是她宁愿自己伤痕累累也要去守候那些东西的理由。

就在我一路破坏前进的时候，头顶上一直盘旋着的血蝠不知为何忽然朝我这里飞扑了下来。

一时间，视线完全被血蝠阻挡，血蝠俯冲下来的速度十分快，几乎让我来不及挥剑去劈，无数血蝠将我和姬澈牢牢地围住。

不计其数的血蝠围在一起，像是一个巨大的罩子将我和姬澈罩在其中。

血蝠只是将我们围住，却并不朝我们进攻，耳朵里全是叽叽喳喳的声音，而在这声音之外，像是还有别的什么声音。

侧耳细听了一下，是箫声。

是羽华的箫声。

心里忽然就沉了下去，心想这下我们都不用逃了。

我们的命运就要在这里被终结了吗？

无数血蝠组成的罩子密不透风，我尝试着劈了两剑，巨龙冲出的窟窿还不等我抬脚冲出去，重新被血蝠填满。

有些不认命地连劈了十几剑，结果都是如此，血蝠太多了，根本就杀不过来……

外面的箫声只响了片刻，就停了下来。血蝠依旧围着我们，仍然不进攻，羽华的声音穿过重重血蝠墙飘了进来，“阿凝，你的龙魂，在最不该醒的时候醒了过来。”

第十四节　凤啸龙吟

羽华的口气虽然听上去平平的，像是在说一件无关紧要的事，可是这平淡口气下藏着的到底是什么样的意思，我却领悟了过来。

一听到这句话，我的心忽然间就沉了下去，好像一时间丧失了所有的斗志。

手中的青冥在这一刻变得像是有千斤重，我用了好大的力气握住剑柄，才不至于让它从我手中掉落，数不清的血蝠围得连一丝儿光也透不进来。

绝对的黑暗里，耳朵里全是血蝠扑打翅膀和怪叫的声音，背上的姬澈吊着的双手无力地搭在我肩上，我动了动肩膀，他没有反应。

转头过去，连他近在咫尺的脸也无法看清。

心里还有一些不忍相信的恐惧，我将姬澈放下，脱下自己身上的紫裙外袍，将姬澈死死地绑在身上。当我再次拿起青冥的时候，我发现我的手有些打颤。

我知道我要面对的人是谁，他有多强，这外面又有多少杀手等着要我的性命，我又能有几分的胜算，这些我心里都很清楚，可是我能就这样丢下姬澈吗？

就算我真的可以心狠到那个程度，狠心地将他丢下，可我一个人也走不出这已经是羽华天下的沧海之城。

围住我们的血蝠忽然分开一条道路，凄凄惨惨的月光透过这一道小小的口子洒了进来，像极了一扇半开的房门，一身紫红长袍的羽华从那小小的口子走进来，脸上木然却带着几分凛冽，那张脸上是我从来没见过的模样。

可我知道，他不是姬澈，脸再像也不是。

他在我面前停下脚步，血蝠让开的那道口子并没有重新和上。他拿着扇子的手缓缓朝我伸过来，看这模样，像是要摸我的脸。

我怒目瞪着他，心中已生出狠意，脸上神情瞬间变得冰冷了下来。羽华正要落在我脸上的手忽然一顿，木然又有几分凛冽的神色也都一变。

停在我眼角的手指颤了两下，绕过我的鬓角朝身后的姬澈伸去。

我身子微微一转，他并没有碰到姬澈，我朝他喝道："把你的脏手拿开！"

他脸上神情再次一变，却并没有把手伸过来，身子僵了半晌，才把手缩回去，那和姬澈一个模样的脸阴晴不定。

"很小的时候，父王就经常教训我，说我和他一点儿也不像双生兄弟，我倒不觉得。"

他一开口，围住我们的无数血蝠忽然间就变得安静了起来，杂音忽然间消失，他的声音越加清楚。

"其实在很多的地方，我和我哥哥的见解都是相同的，我很了解他，他也很了解我，我们同一天拜进师门，同一天认识绮晋。"他说到这里，神色变得复杂起来，声音也沉了下去，"也几乎是在见到绮晋的第一眼，都爱上了她。"

他眼睛抬了抬，露出几分难以理解的笑容，语气似笑非笑，"在登桓山的时候，我们是最聪明的两个，师父教的东西，我们总是第一个学会。从小到大的十几年里，我们从未离开过，同门的那些师弟们都笑话我们像两个没断奶的孩子，老爱往一块钻。"

声音忽然间又变得低迷了起来，像是感慨的语气，"唯一的那一次分开，成了我永远都好不了的心病。"笑了两声，继续道，"父王跟师傅说，我性子里天生就带着邪性，果是不假！"

我鼻腔里哼了一声，"说什么天生就带着的？难不成你这些算计，这些狠辣的手段，都是打娘胎里就带了出来的？"

他目光看向我，从那浓黑的眸子里看不出任何东西，空洞得很。我实在是不知道要用什么语气来跟他对话，他的脸太像姬澈了，虽然我说的是嘲讽的话，但口气怎么也做不到决绝。

如果这人不是长了一张和姬澈一模一样的脸，我想，我能够做到心狠手辣，拖着青冥砍他一剑。

他空洞的目光忽然变得有些忧郁起来，看着我的眼神也柔和起来。像是被一双深情的眼眸很认真地打量着，竟看得我有些晃神，还以为是姬澈这样看着我，心里忽然就有些不自在。

好在及时把目光从他深情的眸子中挪了出来。他淡淡嗓音响在跟前，是极细腻轻柔的声音，"阿凝，我走上这条路，也是上天的不公，你不会知道被逼着变成这样，是有多痛苦。"

"痛苦？"我忽然转头，看着他，"你也知道痛苦？谁逼你杀自己哥哥的？谁逼着你追杀我们上万里路的？又是谁逼着你坐上这太子之位的？"

他双目直直地看着我，那直挺着的肩膀一点点垮下去，可是陡然间他萎靡了一瞬间的表情就变得阴沉了起来，整个人像是在一眨眼的工夫就脱胎换骨，目光变得如剑一般犀利，脸上也变得如寒冰一样阴冷，整个人的气势一瞬间变得阴寒狠辣起来。

"我宁愿毁了这个天下，也决不让天下人对不起我！"

他转过身，朝来时的那条通道走去，"我要让那些负了我的人，下地狱轮回！我要让那令我失去爱人的人，尝一尝痛彻心扉的滋味。”

细细的景洪剑出现在他手中，如铁刺一般细长的剑泛着白皙的剑光，安静下去的血蝠群又一次怪叫了起来，目光透过那条通道，忽然发现在通道之外的地面上，躺着两个人。

是楚玥和一个白衣女子！

是楚玥和沐沐！

我几乎是一眼就认了出来。

而羽华正提着景洪剑一步一步地朝她们走过去，我想，我已经猜到羽华要做什么了。

也不知道脑子里到底想了些什么，手中的青冥已被自己更用力地握住，背着姬澈一个跨步朝羽华追过去。而就在我刚一动身的时候，那小小的血蝠通道急速收拢缩小。

我不敢迟疑，举剑就劈，手中的青冥还未挥下，忽然就听到一声高亢的凤鸣之声在远方冲天而起，一股强大的无法匹敌的恐怖力量如同潮水一般瞬间就扑了过来。

时间像是慢了下来，眼前的一切都像是变成了慢动作，能够清晰地看到还未合拢的通道里，血蝠变成血雾，羽华的身形忽然间就消失在了之前的地方。

胸腔里忽然响起一声沉闷的龙吟之声，像是有一股强大的力量要冲出体外，浑身的皮肤霎时就烧了起来，一片片龙鳞爬上皮层，将我包裹其中，浑身忽然间放出万丈金光，一头比之前任何一次都要庞大的巨龙从身体横冲而出，大地像是在颤抖，一条条裂缝在脚下蔓延开去，一声震天的炸响，天地之间竟同时响起了龙吟凤啸，经久不绝。

我完全懵了，一时间竟完全不知晓发生了什么事，待到天地间的龙吟凤啸完全散去，布满整个天空的血蝠一只也见不到了，裹住整个身躯的龙鳞一片片地消散，身子也像是失去了所有力量一样瘫软倒地。

所有东西被毁了，数条恐怖的裂缝从我脚下如蛇爬一般蜿蜒而去。

用青冥剑撑着地面站起来，眼前约有十几丈方圆地面并未被摧毁，在那数十丈方圆的中间地方，一个紫红身影半跪在地，一头长长的黑发在风中飞扬，起伏不定。

身上紫红袍子已裂开几道口子，像是被撕开的，身下的沐沐和楚玥因有他护着并未有丝毫损伤。

他像是受了极重的伤，背影看上去有些晃，可忽然间就站了起来，身子一晃就出现在百丈之外，手中细剑一动，直直地朝他身前不远的一个白衣男子砍过去。

那白衣男子站在废墟里，身后有几团白烟从地里冒出来，他像是受了不轻的伤，一只手捂着胸口，身形看上去有些恍惚，面对那对着自己脖子狠狠砍过来的景洪剑完全不为所动，只是看着。

就在景洪剑即将砍着白衣男子身上的时候，忽然一条红绫飞了过来，缠在景洪剑上，同时一道红影到了白衣男子的身边，将他紧紧抱住。

缠在景洪剑上的红绫只撑了刹那就被羽华弄碎，径直落向白衣男子身上的剑势未做丝毫停留，已朝紧紧抱住白衣男子的红影砍去。

景洪剑没能落下，被白衣男子一把抓住，原本只是平淡的目光忽然变得生狠起来，看着羽华，一张口，涌出来的鲜血顺着唇角就流了出来，“你动她一下试试？”

声音很平，并没有因为自己身上带伤或者面对的这个人是羽华而有任何怯弱。两人四目相对，竟是谁也不让谁。羽华手中的剑仍然在用力往下摁，而白衣男子的手依然是紧紧握着剑刃，汩汩鲜血流了出来，随着景洪剑狭长的剑锋滑落而下，滴在地面，摔得粉碎。

抱住白衣男子的红影忽然转身朝羽华跪下，“太子，阿九他不是故意的，他不是有意要坏太子的大事，您就放过他这一回吧！”

红影说得很急，好像自己说慢了那么一点点，自己刚刚抱着的那个人就会不复存在一样。

而她忽然就被墨九拉了起来，“阿娣，没必要求他。”转头看向羽华，“这条命本就是你的，你要拿回去，随时都可以！”

说完，就直起了脖子，任由景洪剑细长的剑尖抵在自己的喉结之处。

第十五节　转机

场面一时如一头失控掉落悬崖的奔马急转直下，我还没有完全明白过来到底发生了什么事，为什么羽华的剑指向了墨九？

难道他们之前出现了什么内讧？

我脑子里忽然出现了这么个念头，但是想一想觉得不应该，身为凤家后人，信守承诺和忠诚绝对是刻在墨九骨血里的，既然他认定了羽华，那么除非自己身死，不然绝对是不会背叛羽华的。

如果不是背叛呢？

我想不到还有什么更好的理由可以去解释我所看到的这一幕，既然想不通，那么也就没有必要再去细想，心里甚至于还有些期盼羽华和墨九这两个恐怖高手可以打起来，那么我就有机会逃了！

逃？

脑子里忽然亮起一道闪光，真恨不得扇自己一个嘴巴子，都什么时候了，还在这里看他们窝里斗，赶紧跑路才是正经啊！

刚刚那一下龙吟凤啸，这里的所有人要么死了，要么就是受了极重的内伤。而就在我看戏的那点时间，身体的力气已经恢复了大半，要论恢复能力，这里谁能赶得上我！

趁着他们现在元气大伤，又开始窝里斗，这样的天赐良机还不脚底抹油赶紧跑路，可真是对不起老天啊。

想到这里，抬脚就要开跑，就在这个时候，从我脚下的黝黑泥土里忽然有一只血手伸了出来，一把抓住了我的脚踝。

浑身登时就一个激灵，心说完了，这回想跑都没得跑了，抬起没被抓住的那只脚就想去踢，可是还没踢下去，忽然从泥土里面钻出一个人头来。

那颗人头一钻出泥土，就狠狠地甩了甩脑袋，从泥土里又伸出一只手来，这手里还拿着一根白色的棒子。

看到这根棒子，脑子里就有一道亮光闪过，心说难不成是那活宝？

我蹲下身子，仔细地去看那张脸，蓬头垢面的，脸上还有一道道细细的血口子，一双小眼睛倒是明亮得很，一眨一眨地看着我，一咧嘴，脏兮兮的脸上露出两排洁白的牙齿，傻了吧唧地对我笑道："姑奶奶，我就说你舍不得老子吧？"傻了吧唧的笑脸忽然间转直下，变得愤怒起来，"你姥姥的怎么又跑回来了？"

我拉着他蓬乱的头发，像是拔一颗萝卜似的将他从地里拔出来，"你姑奶奶是被人撵回来的！"

他抖了抖身上的泥土，又抹了一把脸，啧啧道："舍不得老子就舍不得老子呗，说得那么委婉作甚？"

吧唧了两下嘴巴，将嘴里的泥土吐出来，他身上衣服破破烂烂，且布满血污之色，即便是这个样儿，依然还是一副吊儿郎当的模样。

"哎呀，懵了，太强了，老子打不过，姑奶奶，咱赶紧跑路吧！"

他回头看了一眼那用剑指着墨九的羽华等人一眼，忽然就将手中棒子扛在肩上，虽然身上是受了不轻的伤，但还是做出了一个极为嚣张的姿势出来，朝羽华、墨九、茗娣等人嚷道："哼哼，堂堂黑流星第一杀手竟然只是羽华养的一条狗。白凤凰啊白凤凰，跟了这么一个人，真是可惜了你这身名头，老子今天就当被条狗咬了一口。当然了，既然老子是被狗咬了一口，那就自然不能趴着再对狗咬回去，今儿这笔账老子就先记下了，青什么山绿什么水的，你给老子等着！"

他说完之后，就赶紧转身过来，拉着我就跑，身后传来茗娣几乎咬牙切齿的声音，"我杀了你！"

我一边跟着活宝跑，一边埋怨他，"你生怕他们不知道我们要逃吗？"

他就朝我骂道："你懂个屁！要是不把羽华他们的注意力引过来，那白凤凰非被他杀了不可！"

我有些不解，接着问："为什么？"

他拉着我拐进一个巷子，接着狂奔，身后已经传来茗娣愤怒的高呼声，"混球，有本事你别跑！"

活宝回头回了一句："老子才不会听一头母狗的话，回去守好你的白凤凰吧！"

回完之后就对我说道："你以为没有那一记什么凤什么天的，那么多的血蝠你能成功杀了？你还能站在这里？"

听到他一声长叹，“老子这辈子没佩服过什么人，就连妖精那也是不放在眼里的，可这头白凤凰值得老子钦佩。你是不知道，这墨九武功之高，简直难以想象，他要想杀我，简直只需要挥一挥剑就可以。在老子发现那些血蝠朝你围过去的时候，就已经知道不妙，也就是在那个时候，他的攻击忽然间变得极为凌厉起来，几乎是一路撵着老子朝你这个地方打过来的。”

我有些不解，就问他：“为什么会这样？”

他骂了一句：“老子就没遇到过你这样笨的女人！”

看了我一眼之后，就继续说道：“距离太远，那凤什么天的攻击就会削弱很多，就不可能一击震杀那么多的血蝠。”

我依然不是很明白，“可是你为什么就那么确定墨九是为了帮我脱困才施展凤吟九天，而不是为了杀你？”

他目光朝我瞪了一眼，“他要杀老子哪用得着那么麻烦！他在施展毁灭的一击之前，就把老子一剑劈到了地底。”

我脑子里忽然出现那几乎毁灭性的气浪涌过来的场景，那些围住我和姬澈的血蝠化成血雾，而那气浪涌过来的地方，好像的确离我当时所处的地方并不是很远。

忽然就明白过来羽华的剑为什么会指向墨九，也明白过来茗娣为什么会跟羽华求情。

我的确太傻了。

他到底是一个怎么样的人呢？他为什么会冒着被羽华杀死的危险帮我和姬澈脱困呢？

他这样做到底是为了什么？

在这一路狂奔中，我一直都在想这几个问题，却始终也没有得出一个答案，墨九，他真的好像只是一个谜。

身后的茗娣一直穷追不舍，想来是刚刚活宝骂墨九的话刺激到了她，忽然就替活宝觉得冤枉，他这样做，只是为了吸引羽华的注意力而已，却招来了茗娣的疯狂追杀。

跑着跑着，我忽然想起一件事，速度就慢了下来，活宝身上带了不轻的伤，我们跑着本来就不是很快，这一慢下来，茗娣就逐渐逼了过来。

“活宝，你不是有个外号叫……叫什么……”我一时间没想起来。

他看向我，原本因为我放慢了速度有些恼怒的脸上忽然露出一脸什么得意的表情，“老子江湖人称燕子鬼盗，夜盗千家白玉燕是也！”

我一副想起来的样子，“你能不能去偷两个人回来？”

他露出一副莫名其妙的表情，“老子偷金偷银偷珠宝，就是不偷人！那是婊子行径，老子才不做那不靠谱的事儿！”他忽然像是想到了些什么，诧异地看着我，“你刚刚说让老子帮你去偷两个人回来？帮你偷？”

“哎，婊子跟老子也就一字之差，偷钱是偷，偷人也是偷，别纠结那么多！”我做出一副很认真的样子，“楚玥和我之前的一个侍女在羽华的手里，你去把她们偷回来。”

他脸上表情微微一变，“大姐头果然是出事了！”转头看向我，“要想老子出手，那费用可是很高的，大姐头肯定是要去偷回来的，不然妖精哪里不好交代，可你那侍女……”

我心里暗骂，你顺手就偷回来了，还要跟姑奶奶要跑路费啊！脸上却做出一副很正经的样子对他说：“你偷一个是偷，偷两个也是偷，顺手的事儿，要真是觉得偷一送一自个儿亏了，等你把我那侍女偷了出来，她以后就是你的了！”

他挑了挑眉头，像是在思索什么，半晌，问道：“你家那丫头漂亮不？”

我狠狠地点了两下头，“绝对配得上你的！”

他忽一下拉住我的手停了下来，朝后面看了看，茗娣还未追上来，但看月影下那道红影前进的速度，也就是刹那间的工夫。

活宝转回头看了看我，拍了拍我的肩膀，“大妹儿，你就瞧好吧，老子这鬼盗的名头可不是白来的，你到大码头去等老子。”眼珠子转了转，表情显得有几分含蓄，低低地问我，“你家那丫头能听你的吗？”

看他那甚扭捏的模样，我很认真地点头，他呼呼地舞了两下棒子，拍着胸脯朝我保证：“大妹儿，老子去了！”

我说道：“赶紧去吧，我引开茗娣，额……”我不好意思地笑了起来，“那个，大码头在哪个方向？”

他手中棒子一挥，朝我指了一个方向，“往直了走，别拐弯儿！”

说着身子一晃，像是一个鬼影一般消失在了漆黑的巷子里，月影之下茗娣的影子已快到跟前，赶紧举起青冥朝前劈去，一路拆墙破院地朝前直奔。

就在我拆了十几道墙院之后，忽然在我前进的那个方向有一个小小的火星子飞向漆黑的夜空，在百丈高空上，那颗小火星忽然爆开，一声沉闷的炸响在夜空里回响，随即就看到一朵绚丽的烟火在无尽的大海之上徐徐盛开。

看到绚丽无比的烟花盛开在漆黑的海面之上，几乎照亮了小半个沧海之城，我的脚步不知不觉地就慢了下来，寂静的沧海之城一片沉寂，像是所有的一切都死了过去一般。

第十六节　沧海奔马（一）

整个沧海之城在那朵绚丽的烟火腾入夜空的一瞬间，变得格外安静，那团烟火像是有着神奇的魔力一般，将所有的声音都给吞没了。

夜风几缕，已能够清晰地听到前方的浪涛之声，看来我离沧海之城的大码头已经不远了，而刚刚升起的那簇烟火，好像就是从大码头那个位置升起的，不过……

不过好像不是在大码头那个位置，只是和大码头处于同一个方向，而烟火升起的具体位置，应该，应该是在海里。

三两下冲出房屋群，来到海岸线上，方向还是有些偏差，离大码头的所在偏了两里地，在昏暗的月光之下，只能看到那处大码头上泊着大片大片渔船客船的模糊影子。

一直对我穷追不舍的茗娣此时已经追了上来，血红色的红绫在残月之下宛如巨龙一般盘旋飞舞。我并不想与她交手，之前活宝所言如果不是骗我的话，我应该是欠墨九一份恩情，那就更不能和茗娣动手了。

想到这一层，将背上的姬澈往肩上送了送，脚丫子一拐，就朝大码头的方向跑去。

离大码头本来就不是很远，以我现在的速度，不到一盏茶的时间就到了。

可身后紧跟而来的茗娣看样子依然没有放弃的意思，大片红绫一直跟在我身后，一点点也没有要收手的势头，我心里有些恼意，是那活宝骂了墨九，我又没骂他，你干吗非要一直跟着我啊！

心里很是憋屈，真想对着身后大片红绫砍上一剑，但好在是忍住了。

眼看前面就是大码头，海岸线上泊着的渔船也逐渐地多了起来。一直被她这样追着也不是个事，姬澈那群人在这里应该是有什么重要的事，将茗娣引到这里，可能要坏菜。

思量中，我放慢速度，将手中的青冥插在脚下的沙地里，从腰间取出幻青扇，摊开扇子对着身后头顶的大片红绫就是用力一扇。

这一下，我并没有出多大的力气，只想逼退她，手中的力道也是出得很有把握，就看到一阵狂风骤起，那盘绕在残月之下的大片红绫猝不及防被狂风震了回去。

收起扇子，拔出青冥，甩开脚丫子就跑，一边跑一边“司徒安司徒安”地大喊。

越接近大码头，泊在海岸线上的各种各样的船也就越多，大大小小，形形色色，数不胜数，而且，空气中也好像有一股奇怪的气味。

这股气味随着越到大码头的中心地带也就愈发浓郁刺鼻，我嗅了两下，等分辨出来那股气味是什么的时候，心里有点惊愕。

这是火油的味道！

这处大码头竟然有这么浓郁的火油味，司徒安他们在这里到底做了什么？

身后忽然响起了风声，回头一看，我直接骂起了祖宗，刚才被我扇回去的血红绫竟然又从夜色里升了起来！

我招谁惹谁了啊？为什么要这样对我？我真的没骂那墨九啊……

那红绫翻滚的样子明显比之前更加迅猛，我喊了半天司徒安也没点反应，心里一下子就慌了起来。

心说，对不住了，墨九，你估计又要给茗娣疗伤了！

握紧了青冥，正要发狠对着几乎离我不过几十丈远的血红绫来上一剑，就在我准备发力的时候，从身后忽然传来一阵古怪的声音。

那声音像是呼吸声，极其沉闷，听着有点像恶鬼的恶嚎，没忍住好奇心回头一看，登时吓得双腿一软，摔在了地上。

在身后的海面之上，有大片的黑雾朝我这里涌过来，黑雾层层叠叠，像是没有尽头一样，涌过来的速度也是极其快，顷刻之前已有无数的渔船被黑雾吞噬。

黑雾弥漫在潮湿的海滩，竟然像是有生命一般从我面前直接冲上了天空，一时间，眼前像是被一大块黑布汹涌着吞没，沿着我的额角，直接朝我头顶的血红绫扑了过去。

各种各样令人毛骨悚然的声音从那黑雾里传出来，一时间，红色的红绫和黑色的雾气就缠在了一起，像是一条巨大的血红色巨蟒和黑色巨蟒绞杀在一处，四周一片轰鸣之声。

我惊愕无比，觉得自个儿的心脏都要从喉咙里跳出来，肩膀忽然被人拍了一下，回头一看，哭丧着脸直接骂了起来："司徒安！你这王八羔子怎么才来啊？"

那人一惊，"你什么时候跟燕子一副德行了？"说着就将我从地上拉了起来，给我拍了拍身上的沙土，"那小子可不能学！"

我几乎没当着他的面哭出来，今天晚上我所经历的事，这辈子都不想再经历一回，浑身的疲惫和骨子里的软弱一样子全都涌了上来，我已经记不起我是如何背着姬澈从那炼狱一般的沧海之城逃了出来，也不记得自己怎么有那样的决心和毅力，唯一能记得的，只有姬澈那一句话："我只不过是答应了暮辰，一定会将你平安地送到登桓，可这千万里路走过来，原本答应他人的话，却烙在了心里，成了个拿不掉的信念，我一定会将你送到登桓。"

原来他这一路都是这样护着我走过来的，真正体验过这条路有多难走，我才明白他这一路是怎样护着我……

现在，我终于到了这里，我终于和他平安地到了这里，我终于保护了他一回，我终于扛了过来，可忽然间像是丢掉了好多好多珍贵的东西，觉得好累好累。

司徒安将我绑在背上的姬澈解了下来，自己背上，仰头看向头顶纠缠在一起的黑雾红绫，目光之中显出狠意，"幽鬼，能杀了就别留手，少一个麻烦我们接下来就能轻松很多。"

我赶忙制止司徒安，"别……别伤她！"

司徒安有些不相信自己的耳朵，低头有些莫名其妙地看着我，我说道："她并没有你们想象得那么坏。"

司徒安一双秀眉微微皱起，叹了口气，朝头顶的黑雾说道："叶姑娘的话你听到了，赶走了就是！"

身上少了姬澈，身体也轻盈了不少，可心里背着的那个东西，却好像怎么也脱不下了。

司徒安领着我走进无尽的黑雾之中，视线一时间完全被黑雾遮住，连脚下的路都看不到，好在有司徒安领着，倒也不至于走到海里去。

我们前进的速度非常快，只一会儿就走出了黑雾笼罩的地方，视线清晰了起来。我们一路疾驰，也不知道是什么驱使着我们，一路无话，谁也没有慢下半分，那种感觉就像是在逃离一场紧随而来的噩梦。

停下来的地方，是一条圆木搭建的浮桥，身后那团黑雾和红绫还在纠缠，我心里有些担心幽鬼会不会伤到茗娣，我不想再有人受伤了，今天晚上，在这沧海之城，已不知道葬了多少尸骨。

司徒安似乎看出了我心里的担忧，安慰道："叶姑娘，你就放宽心，幽鬼是雪狼一手调教出来的，做事有分寸。"

我有些勉强地笑了笑，收回目光，脚下的浮桥从沙滩一直延伸到海面上很远，两旁全是大大小小的渔船，火油的刺鼻味道在这里十分浓郁，几乎无法正常呼吸。

有白雾从海里升起，徐徐海风吹来，顿觉身子有些寒凉，我有些怕冷地揉了揉胳膊，倒不是因为怕冷，而是因为身体本能地感觉到一种恐惧。

当我换下那张冷血的面孔，取代那冰冷感情的东西，却让我感觉到害怕。

在浮桥之外的沙滩上，似乎还有些什么东西，拨了拨被夜风吹乱的头发，转头看过去，却看到一排一排站得极为整齐的烈马。

烈马整齐划一，足有上百，站得极为严谨，若是没有严格训练，绝对达不到这样的程度，连一点点的声音也没发出来。

而在那马背之上，却是有着上百身着黑甲的骑兵，白雾袅袅间，似踏着云雾而立。而每一个骑兵的脸上都戴着一副青铜的面具，一把把晃眼的弯刀斜挎在马背上，阴森却带着一股直逼心魄的杀气，让人看一眼，就已觉心悸。

马儿站得笔直，人也是笔直，完全和石雕没有什么两样，要不是那一股逼人的杀气，我还真以为这是一排石雕。水汽白雾缭绕中，显得那么不真实。

我偏头问身旁的司徒安："这些人是谁？"

司徒安看了我一眼，"是雪狼请来帮忙的人。"忽然间眉头一皱，就问我，"怎么没见到小燕子？"

我回了一句，"去偷人了！"

他脸上表情一变，"偷……偷人？"卡在喉咙口好半天才吐出来的两个字，显得极为不易，"这燕子什么时候有这个癖好了？办点儿事也这么不靠谱儿。"

我心说他可比你靠谱多了，至少还晓得来救我，哪像你，喊了半天也不搭理我一下。

心里像是背负了很多的东西，这些东西将我牢牢绑住，也并没有知晓了沐沐所在而有半分松动，也没有因为活宝能不能救回沐沐和楚玥而显出有半点担心忧愁，我只觉得自己好累，已没有多余的力气去想那么多了。

转过头再一次去看那些在水汽白雾之中半隐半现的百人骑兵，绕开司徒安朝他们走过去，那些人、那些马并没有因为我这么一个破坏他们冷酷气氛的人做出任何反应，依然和之前一样冷酷，一丝丝声音也没发出来。

我端详了他们好一会儿，始终没有人有任何反应。在我准备回去的时候，忽然从那几排骑兵之后传来一声粗重的喘息声。

这是骏马发出的突突声，正准备转回去的脚就停了下来。

眼前站得整齐无比的数百骑兵纷纷让开一条路，一头十分威武的白马缓缓从后面走出，漆黑的盔甲几乎将那头白马完全包裹住，就剩一对眼睛、耳朵和四个马蹄子在外头。

马背上的那个人同样一身炫金黑甲，身后一袭火红长袍，手中提着一柄黝黑的长枪，只是这人的脸上却并没有戴着青铜面具，只是用一条白纱遮住大半个脸，露出高高的额头和一对明亮又有几分秀气的眼睛，头盔上插着的白羽翎迎风而动，当真是英姿飒爽。

那一双秀气的眼睛，我看着很有几分眼熟，但想不起来是不是在哪里见到过，他眼睛低垂看向我，好像是在打招呼，但并没有说一个字。

我呆呆地仰头看着他，这人的眼神好生熟悉，可我怎么想不起来了呢？

他的眼神并不像其他骑兵那样冰冷且带着煞气，这是十分平和的目光，而且整个人看上去也不像其他人那样冰冷得让人无法靠近，反而觉得他这个人十分平易近人。但我脑子还不算昏了头，这个人绝对没有我想象得那么简单，能让这样一群人给他让路，岂能是一般二般的人物！

第十七节　沧海奔马（二）

这人只是看了我一眼，就将目光收了回去，看向远方海岸线上纠缠在一起的黑雾和红绫。

我紧跟着他的目光看过去，发现黑雾已将红绫压制了下去，看来幽鬼并没有对茗娣下杀手。

收回目光再去看那人，发现他的目光已不在黑雾和血红绫上了，而是转向了几乎被毁掉一半的沧海之城，弯弯的细眉不知什么时候已经皱了起来，我也朝那个地方看过去，却被大片大片的树木和房屋挡住，什么也看不见。

现在我们这一方人马还在沧海之城的只有活宝、楚玥、沐沐，也不知道活宝有没有本事把沐沐和楚玥从羽华手里偷出来，心里一时间有些低沉。

远方的红绫已经被黑雾击退，红绫自墨黑的天幕之下飘落，如沉入山谷之内的一缕艳红的烟霞，寂静无比的沧海之城里，忽然传来一声高呼声，“太子，他们要逃！”

是茗娣的声音，声音经内力强化，如同闷雷一般炸响在整个沧海之城，我刚刚才有几分松懈的心一下子就又提了起来。

“不好！”

面前戴着白纱的黑甲男子忽然惊呼一声，脚下战靴踢了一下马肚子，战马扬起前蹄迎月一声马嘶，手中长枪虚空一划，战马高高扬起的前蹄刚一落地，立即就朝沧海之城狂奔了起来，等我反应过来，就只看到战马扬起的细沙和那一袭火红的长袍。

紧接着就是一连串拔刀的声音，声音整齐划一，像是训练过千次万次一样，剩下的上百骑兵整齐划一地将挂在马背上的弯刀拔了出来，连拔刀的动作都整齐无比。

这场面够震撼的，要是在两军对峙之时来这么一下，单单只是上百如同魔神一样的骑兵眼带杀意一声不响同时拔刀的气势，估摸着一般对手当场就要吓得尿裤子。

没有任何人说话，没有任何一匹马发出丝毫声音，上百匹黑马从我身体两旁疾驰而过。这些战马即便是跑起来，抬蹄落地的动作都是丝毫无差，这得训练到了什么程度才能有这样的成果？

只是一个眨眼，这支骑兵已随着之前那人的方向消失在了沧海之城里，四周再次安静了下来，没有丝毫的声音，除了这一地的马蹄印，好像刚刚那支骑兵从来就没有在这里出现过。

海水漫过沙滩，海浪之声有些吵，望着那支骑兵消失的方向看了好久，才转身回到司徒安的身边。

他正坐在浮桥尽头嗑瓜子，姬澈被他放在身后的木桩上，晃着双腿将嘴巴里的瓜子壳吐到海里，好像这之后要发生什么事已经跟他无关了。

看了看姬澈，他还没有醒过来，不过呼吸十分平顺，看这样子应该已经无碍了，心里这才有了些许安稳感。

幽鬼击退了茗娣之后没有回来，而是飘着一团黑雾冲进了沧海之城里。我已经没有心思再去考虑太多，就坐在司徒安的旁边，看着倒映在海面上的残月。

凉风徐徐，已是寅时，残月半个身子都沉在了海水里，和海水连成一片，一晃一晃，犹如魅影，两旁的渔船随着海水起起伏伏，时而还撞在一起，发出沉闷的声音，空气里全是浓烈的火油味道。

“你们打算把这里的一切都烧了吗？”我看着天尽头，低低地问司徒安。他听了之后转头看向我，眉宇之间带着几分风雅的笑容，捧着瓜子递到我面前。我愣了一下，抓了一小把，一边嗑着，一边继续看着海天相接之处那一轮潺潺弯月。

“这些东西留着是个祸害。”他看向四周无数的渔船，叹了口气，“烧了才好。”

我勉强笑了笑，没有说话。

他继续说道：“别有太多的心理负担，人嘛，总要活得轻松一点才好，世界上那么多是是非非，你操心不过来。”

我只是不置可否地笑笑，“以前我不懂，那个时候，我一直都觉得自己是个累赘，是个妖孽，从来都不知道活着到底有什么好，不过是受罪罢了，我到了今晚才真正懂得活着是一种怎样的感觉。”

司徒安饶有兴趣地看着我，问道：“感觉一切都很新鲜？是不是有一种重获新生的感觉？”

我摇头，“你有舍不下的东西，才会觉得自己还活着。”

他笑了起来，“原来是因为有了牵挂！”

我也笑了起来，转头看向靠着木桩上的姬澈，脸上的笑容慢慢敛了下去，“可是他好像永远都不会明白。”

司徒安也转头看向姬澈，忽然间就拍了拍我的胳膊，“我认识这匹狼整整八年，从没有见过他哪一回像今天晚上这样拼命，你应该知道他今天拼命到这个程度到底是为了什么。”

“他只是为了一个承诺，对暮辰的承诺。”不知道为什么，连笑起来都是苦的，“他只是为了把我平安地送到登桓山。”

忽然间觉得，这一切竟然是那么可笑、那么讽刺。

一时间我也不愿再和司徒安谈论这个问题，将头转回去看海面上的残影，岔开了话题，问他：“你姓司徒，又会魂定之术，你是司徒家的人吗？”

他目光定定地看了我一会儿，点了点头。

我将插在腰带上的幻青扇拿出来，摊开扇面，手指抚着那扇面上的风景画，问他：“那你认识这个人吗？”

他看了一眼，脸上腾起一丝哀愁，点了点头，“我侄子。”

我心里忽一沉。

他看了一眼面前平静的海面，拿出瓜子继续吃，一边对我说：“他和我是司徒家最后的两条血脉。”

我心里又是一沉，“最后的两条血脉？你们司徒家其他的人呢？”

他忽然就笑了起来，笑得甚是凄凉，“都死了，十几年前就都死了。”

我倒吸了一口冷气，“为什么？”

他淡淡地吐出几个字，“黑流星。”默了半晌才继续道，“十三年前，羽华想要将我们司徒家纳入麾下，家主不从。羽华说什么既然不能为我所用，就不能留给别人，连着一月追杀，就我和小风逃了出来，而屠杀我们司徒家的那个人，就是黑流星里的第一杀手。”

“墨九？”我惊骇地吐出这两个字。

司徒安默默点头，“当今天下除了我身后的这匹狼，能够以一人之力屠杀我司徒家满门的，也就只有他了。”叹了口气，续道，“我也是在很久很久以后遇到这匹狼的时候，才真正明白羽华说的那句既然不能为我所用，就不能留给别人到底是什么意思，也才晓得这句话里的别人指的是谁。”

“是姬澈么？”我试探着问他。

他点了点头。

我接着追问：“那姬澈是不是早就知道你们司徒家被灭了？”

他继续点了点头。

一时间，我明白过来好多的东西，可是为什么呢？

当初司徒风自杀的时候，姬澈明明知道司徒家已经不在了，为什么就不拦着他呢？司徒风知道司徒家已经没有了，姬澈也知道司徒家没有了，他们都知道。

可姬澈还是任由司徒风结束了自己，说什么不想日后被司徒家的人追捕，说什么不想日后没完没了地藏身逃命，原来，这一切都是骗人的。

而姬澈，还帮了他，骗了管彤……

我不明白，真的不明白，这样做到底是为了什么……

抚摸着手中的扇面，看着那扇面上的风景，那一夜梧桐树下的一切又一次浮现在我的脑海里。

“管彤，你被司徒风骗了。”

心里忽然涌出一股浓浓的酸楚，一瞬间感觉这个世界是那么的现实，那么残忍，我们穷追不舍的那些东西，不管怎样都是抓不住的。

我将幻青扇还给司徒安，叮嘱他好好保管。我不知道姬澈有没有告诉他司徒风已经死了，也不知道他自己知不知道司徒风已经死了，而我也不打算告诉他。

他接过扇子，看了我一会儿，笑了起来，妥帖地将扇子收好，转头看向墨黑的海水之时，嘴里哼起了小曲儿。

云遮山兮，路遥遥。
雾绕川兮，水迢迢。
满目风兮，云飘飘。
汝不见兮，心渺渺。

歌声很轻，带着淡淡的鼻音，哼得有些悲凉。这是鲁国的小调，曾经在晋宁王都的时候，我学过这首曲子，如今还能清晰地记得那些调子是如何模样，而今听起来，却总有一些绕也绕不开的愁绪缠在心头。

听着听着，双手就不由得随着司徒安嘴里的调子动起来，好像有一方看不见的琴放在我的膝间，一拨一挑，跳出无声的音符。

我想，司徒安已经知道司徒风不在了，可是，他也和司徒风一样骗了自己。

有些伤痛怎么藏也藏不完整，有些人怎么念也念不回来，听着那轻轻的调子在夜风里飘荡，心里莫名其妙就平静了下来。

忽然间歌声就停了下来，司徒安转头看向我，眼睛里不知为何竟有点点晶莹的光泽在闪动，他忽然对我一笑，“人嘛，总要活得轻松一点才好。”

我勉强地对他笑了笑，看着他笑起来的样子，心里怎么也笑不起来。

平静的海面之上有一个小小的火星子飞向高空，在夜幕之下炸裂出绚丽的烟花，照亮一湾浅浅的海滩。司徒安看到这枚烟火，就站了起来，将手里的瓜子收了起来，叹声道：“该结束咯！”

我看向遥远的海面，在那烟火炸开的一瞬间，借着耀眼的火光，我看到在离我们很远的海面之上，有一艘巨大的红楼宝船静静地漂在海面上。

司徒安用手打了个篷子，放在额头上眺望了一下，轻轻道：“船来了！”

第十八节　焚城（一）

照亮半边天地的烟火持续了刹那，如一颗直降的陨星掉在海里，周围只亮了瞬间，就再次黑了下来。

那一艘巨大的红楼宝船静静地漂在海面上，即便现在已经黑了下来，但依稀能够看见一个巨大的影子，如飘荡在海面上的幽灵。

无声无息，周边的一切都是那么寂静，好像连细微的海浪声也消失不见了，几缕夜风懒懒地侵进心里，一团雾白色的水汽逐渐地从遥远的海面飘来，视线朦朦胧胧。

“我们要乘这船前往登桓山？”

我转头看向司徒安，发现他双目直直地看着那艘在水汽雾色之中时隐时现的巨大红楼宝船，眼神之中似有几分惊异，也不看我，只微微点了点头，一边嗑瓜子，一边说：“这场面，可整得有点大啊，这么大一艘船，也太铺张了一点……”

我有些惊讶地看着他，“这不是你们准备的？”

他摇头，“登桓山那鸟都不拉屎的地方，怎么造得出这样豪华的大船！”

“那这船是哪来的？抢的么？”我接着问。

司徒安瞪了我一眼，“抢？哪里去抢？你去抢一个给我看看？”说完就笑了起来，“是那匹狼借来的。”

“借？”我很是不解。

司徒安点头，“雪狼在出发去截你之前，就已经开始着手准备很多的事情，而为了迎接你的到来，整个登桓山都在准备，你永远也想不到那匹狼究竟想得有多远、有多细，如今发生的每一件事几乎都在他的预料之中。”

到目前为止，我还不知道姬澈的整体计划是什么，但是我的确有这样的感觉，他的心思比任何人都要细，他所想的也比任何人都要远。

说话中，那艘巨大的红楼宝船的影子一直都静静地漂浮在那里，不前进，也不后退，更不朝我们这里靠过来。

我问司徒安：“那船是怎么回事？怎么不见靠过来？”

司徒安低头看了看脚下海水，轻声道：“船太大，这里的海水不深，船要是强行靠过来的话会搁浅的。”转头看向我，脸上露出一个十分奇怪的表情，“而且靠得太近对我们而言，可并不是什么好事，我们能上船，羽华的人也能上船！”

我心里稍微将他的话理了理，好好地体会了一下，心里就明白了过来，点了点头，表示自己懂了。

司徒安将手里的瓜子儿收了起来，转过身看向身后的沧海之城，叹了口气，轻轻道:“该叫他们搞快点儿了。”

说着从怀里掏出一个黑色的小圆球，忽地一下朝天空扔去，黑色的小圆球急速上升，忽然就炸裂开，一团巨大的红色烟火就在我们头顶炸开，将天地海水染得一片通红。

做完了这些之后，司徒安好像卸掉了一些重担一样，肩膀微微垮了下去，感叹一声，“这染血的夜晚，终于要结束了。”

说着弯腰去拉姬澈，而就在这个时候，我忽然发现，在沧海之城，有一头巨大的白凤冲天而起，携带着阵阵狂风直朝我们这里飞来。

有些神魂难定地看着那头飞过来的白凤，双脚不受控制地朝后退了两步，“司徒……司徒安，我……我们有麻烦了！”

司徒安显然已经发现了，弯下去的身子而今已经直了起来，呆呆地看着弯月之下那急速朝我们这里冲来的白凤。

“看来今儿晚上注定是不能安生地过了！”从身上摸出扇子，看向我，“叶姑娘，这可是个大麻烦！”

我咽下去两口唾沫，弯下身子将立在姬澈身旁的青冥剑拿了起来。

我不想再打了，真的不想，我已经累了。经历过这样一场厮杀之路，软弱的心好像并没因龙魂觉醒所带来的阴冷而变得狠起来多少，可能我天生就不明白什么叫作反抗。

司徒安已经先我一步飞了出去，而我拖着青冥剑迟迟不愿迈出那一步，这并不是因为我害怕墨九心里生出来的怯弱，而是因为自己已经没有狠心去面对接下来要发生的事情。

虽然我并不知道接下来会发生什么事，这是自己软弱的心对于未知的事情所表现出来的抗拒。

手里的剑不知为何又变得重了起来，却并没有变得颤抖。忽然有一只冰凉的手握在我拿剑的手上，还处于恍惚中的我顿时浑身一个激灵，目光顺着拿剑的手臂望去，看见一只血红的臂膀，目光再朝臂膀之后斜看过去，发现昏迷中的姬澈不知什么时候已经醒了过来。

面前是他苍白的脸，带着几分苍白的笑，眼睛微微抬起，含笑的眼睛迷离地看着我，毫无血色的嘴唇一张一合，发出微不可查的声音，“你拿剑的样子，倒还能看出几分英姿飒爽的模样出来。”

心里不知道是什么样的情绪，是欢喜，是辛酸，还是别的什么，呆呆地看着他，只觉得心里什么感觉都没有了，眼里心里全都是他。

想说些什么，可终究没能说出口，眼泪又不争气地流了出来。

他把我手中的剑抢了过去，用剑撑着身体站起来，“你打昏我的事，等一下再同你好好算一算。”

我拉住他，急急忙忙地问:“你要做什么？不许你再做不要命的事，你知不知道我带你跑到这里有多么不容易？”

他用剑撑着地，看了我一眼，冷冷地说：“晕了，不知道。”

“你姥姥个大爷！”

连我自己都不知道哪里来的勇气，竟然当着他的面吼出了这几个字。

吼完之后，我有些不相信地捂住了自己的嘴巴，他也一脸不相信地看着我，苍白的脸上满是愕然神色。

可我的脸绝对已经红得像个猴屁股。

场面一时间变得格外尴尬起来，我居然当着他的面爆起了粗口。

我完全不知所措，尴尬的场面持续了好久，最后被司徒安的一声大叫打破。

想来司徒安也不是墨九的对手，被白凤巨大的双爪抓了一下，胸口的衣衫被抓出了几道血口子，从高空掉了下来，还没落地，又被白凤的凤翼扇了一下，掉在离我们不远的海水里。

咚的一声，我和姬澈几乎同时从那尴尬到了极致的场面中惊醒过来。看到司徒安捂着胸口爬上浮桥，第一句就是，“还真是打不死的狼啊。”对着我们尴尬地笑了笑，“没打扰到你们吧？”

姬澈没理他，拖着剑就要走，被我拉住。司徒安一个翻身带起一连串的水花挡在姬澈面前，“喂喂喂，你今天晚上已经够疯了，别再添乱了行不行？”

我立即用一双乞求的眼神看着姬澈。

他用一双浑浊的目光看了看我，又看了看司徒安，“楚玥还没出来。”

我心里忽然一凉，那双乞求的眼神顷刻间就崩塌了。

司徒安还要说什么，忽然一头巨大的白凤从我们头顶呼啸而过，掀起一阵狂风，轻微的海浪一时间也变成了巨浪。

那白凤好像并非是冲着我们来的，从我们头顶呼啸而过，却并没有对我们发动攻击，而是绕过我们径直朝漂在海面上的红楼宝船飞去。

一看到这场面，司徒安顿时就跳了起来，“这是要毁我们的船啊！”顿时就提着扇子追了上去。

我一时间也被这场面吓得慌了手脚，一个没看住，姬澈竟然已经提着青冥跟着司徒安飞了过去，等我反应过来的时候，连他俩的影儿都看不到了。

我跑到浮桥的尽头，对着大海“姬澈姬澈”地狂喊，却什么回应也没有，浮桥下的海浪一浪高过一浪，看来姬澈和司徒安已经追上了白凤，而且已经斗了起来。

海浪翻滚得越加厉害，两旁的渔船一会儿被巨浪抬起，一会儿又沉下去，嘎吱嘎吱的声音响个不停。

完了，完了，这么大动静，还不把那红楼宝船给毁了！

心里一时间乱七八糟的，不知道要怎么办才好。我完全不会轻身之术，做不到像姬澈和司徒安那样蹬萍渡水、身轻如燕，根本没有办法飞过去。

如果用龙魂之力从这儿硬打的话，我又完全没有目标。红楼宝船十分巨大，才能看到一个模糊的影子，而姬澈他们几个完全连影子也看不清。别说姬澈了，连比他俩身形庞大数十倍的白凤也是看不见，要真是乱打一通，甚至于可能会误伤姬澈和司徒安，还有可能毁了红楼宝船。

然而，我最担心的却不是这些，姬澈的身体可还没有完全康复……

心里真是焦急，可自己偏偏一点办法也没有。

忽然，从遥远的海面响起一声震耳欲聋的浪涛声，好像是有着一股十分恐怖的海浪要拍过来，在天地之间忽然亮起一道十分刺眼的白光。

白光似要将笼罩整个天地的黑暗都给劈开，一声十分刺耳的痛苦鸣叫声随着浪涛声从远方传来，我身体一阵急退，看到那一道恐怖的白光忽然分裂成八股，一头巨大的白凤掀起层层巨浪急速后退。

不是它自己退的，而是被那八股白光强推着后退。恐怖的巨浪已在眼前，足有十层楼的高度，眼看着就要劈头盖脸地对我砸下来，体内的龙魂之力已在涌动。

而一股诡异的波动忽然间将所有的一切完全定住，恐怖的海浪像是一瞬间变成了立在眼前的水墙。而那一头急退的白凤却丝毫不受这股力量的影响，如一颗陨星狠狠地击在后面的沙滩上，化为墨九纯白的身影。

眼前的巨浪无声无息逐渐地平静下来，从浑浊的海水里钻出来一个人，我一路小跑朝那人跑过去。我站在齐腰深的海水里，眼神直直地看着那个人。

不是姬澈，而是司徒安。

他怀里抱着赤裸着上半身的姬澈，看样子，姬澈又受了很重的伤。我赶紧跑过去，呆呆地看着他怀里的那个人。

司徒安甩了甩湿漉漉的头发，一边喘着大气一边对我说："得亏我捞他捞得快，不然这匹狼非得淹死不可，见过拼命的，没见过这么拼命的，身子虚成这个样子，还敢凝聚魔剑，真是不要命了！"抬头看向我，"叶姑娘，你放心，船保住了！"

他将姬澈放到我怀里，手里还拿着姬澈的青冥，抹了抹脸上的海水，目光朝墨九落地的地方看过去，眼神忽然间变得阴冷起来，"这白凤凰留不得！"

"你要做什么？"

他已经拿着青冥趟着海水朝岸上走去，冷哼了一声，"做什么？哼，为我司徒家一家老小报仇！"

我赶紧抱着姬澈跑到他跟前，将他拦住，"你不能杀他！"

他站在齐腰深海水里，难以置信地看着我，"不能杀他？为什么？"

我深吸了一口气，不知道要怎么跟他解释，"总之你不能杀他！"

"用不着你的怜悯。"

身后忽然传来一个十分虚弱的声音，我转身一看，发现浑身是血的墨九已经站了起来，身上的白衣已经破破烂烂，被他轻轻扯了下来。

当他扯下自己衣衫，我看清他裸露出来的胸膛时，我几乎倒吸了好几口冷气。

他的身上虽然很多剑伤，明显不深，也不至于致命，而伤口处也没有鲜血流出，应该是他使了一些手段封住了自己的血脉。这些伤口虽然多，但是还不至于让我连吸好几口冷气，真正让我感到害怕的，是他身上一些已经愈合的伤痕。

那些伤痕不是剑伤刀伤，而是鞭子抽在身上留下的伤痕，太多了，那宽阔的胸膛上几乎找不出一块好的皮肤，恐怖的伤痕几乎布满了他整个身子。

第十九节　焚城（二）

实在是没有办法去直视眼前我所看到的东西，不难想象在这些伤还没有愈合的时候，会是个什么场景，一定是整个前胸后背都体无完肤，光是想想就觉得头皮发麻。

司徒安见到这一幕，也不由得不相信自己的眼睛，但明显比我好上许多，至少他还能保持镇定的模样，而我已经慌了手脚。

蝶翼剑如同一条薄薄的丝带一样缠在他的手臂上，薄薄的剑身如灵蛇一般盘绕而下，落在他手里。

他一手拿着剑，一手捂着自己胸口那一道最深最长的伤口，一晃一晃地朝我们走来。

我想，这时候他一定很疼很疼。

可他的脸上除了有些病态的苍白之外，并没有任何其他的情绪，没有强忍着的痛苦，没有身受重伤还面临强敌的怯弱，有的只是如冰山一样冰冷的脸和可以洞穿一切尖锐的眼神。

“我不会站着等人来结果我的生命，你要报仇大可过来试试。”

他的声音虽然很轻微，但每一个字都说得十分清楚，似有无数彩蝶绕着剑身翩然而舞，那一头滴水的黑发贴在他苍白的脸上，显得他的脸越加瘆人。

司徒安紧紧握着剑的手发出一阵阵轻响，也不知道用了多少力气来握剑，古青色的剑身一半沉在海水里，能清晰地看到细微颤抖。

海水漫过司徒安的半截身子，他面色阴晴难定，带着仇恨的双眼却牢牢地盯着蹒跚走来的墨九。

我知道，现在的墨九已经是强弩之末，他还能站着，全靠一股执念在支撑着自己。看他的步子以及眼神，似乎能够清楚地听到他在心里一遍遍地告诉自己，不能倒下，绝对不能在敌人面前示弱。

面对墨九的逼近，原本还有些神情不定的司徒安像是被墨九的举动刺激到了，那半截剑身沉在海水里的青冥被他一点一点地抬了起来。

我知道司徒安要做什么了，不停地给墨九打眼神、甩脸子，而他看也不看我一眼，依然拖着蝶翼剑一步一步地朝司徒安走过来。

身子已进入了海水里，冰凉的海水漫上满是伤痕的胸口，那一双牢牢看着司徒安的眼睛里，没有丝毫退让和心惧，整张脸如万古难化的坚冰。

墨九的眼神太可怕了，像是有千万把利剑指着自己。如果他用这样的眼神看着我，估计我就算有再强大的力量也很难使得出来。

“既然你不敢来试试，那我就要动手了！”

细不可查的声音飘进耳朵里，顿时令我打了一个激灵，他缓缓举起手中的蝶翼，绕着蝶翼剑身的无数彩蝶忽然间消失不见，对这司徒安一剑劈下来，司徒安也终于出手了！

心里骂了一声，准备抱着姬澈朝他俩跑过去，然而就在我抬脚的时候，忽然从天空之上飞下一道艳红的红绸。

红绸像是有生命一样，一下子就将墨九身子缠住，而后墨九整个人被红绸拉着飞出了海面，直朝远方的沧海之城中飞去。

沧海之城里响起一个愤怒到极致的声音，“司徒安、叶凝，我茗娣与你们不共戴天，今日之仇，誓与你们不死不休！”

愤怒的声音在整个沧海之城一遍遍地回响着，经久不绝。我长出一口气，转头看向司徒安，发现他的额头上一片豆大的水珠，不知是海水，还是因为墨九可怕的眼神而流下的汗水。

我倒是希望是前者，我想，他强大的内心应该不至于扛不住墨九的小小眼神。

然而却看到他抬起拿着剑的手，不停地擦着自己的额角，长吁短叹地说道：“这拼起命来的白凤凰怎么比这匹狼还可怕？”

我脸上的表情一下子就僵住了，一时间不知道要说些什么好。

我们爬到岸上，司徒安在一边给自己身上的衣裳拧水，一边拿着一袋被海水泡得发涨了的瓜子直叫可惜。

我将怀里的姬澈放在干燥的沙滩上，从自己的裙摆上撕下一片布条给他擦擦身子，危机暂时远离了我们，一切又恢复了难得的平静。

可是这平静也不是绝对的，从沧海之城里时不时就会传来一声声嘶吼和惨叫声，战马的嘶鸣和刀剑相撞发出的沉闷声响几乎没怎么消停过。

只是这声音有些遥远，若不仔细去听几乎难以听到，隔着一排稀疏的房屋树木，城里城外宛如两个世界。

零零星星的打斗声直到卯时才逐渐变得沉寂，那一定是一场搏命的生死屠杀，而那些好像已经与我无关了。

天边已有丝丝迷蒙的光亮起来，却极不通透，这是黎明前最后的黑暗。

我抱着双膝坐在沙滩上，守着姬澈，他的呼吸比之前被我打昏的时候变得虚弱了不少，司徒安看过之后，得出结论：作死作的！

我不置可否地笑了笑，司徒安是一个很风雅也很看得开的人，即便是灭了自己一族的凶手在眼皮子底下被人救走，也没有显现出一丁点恼意，可见他的心态是放得有多端正。

我想我不是不可能做到他这种程度，湿漉漉的裙子贴在肌肤上，寒凉得很，不由得抱住自己，心里不停地祈祷着，天快些亮，活宝快些回来，这一切都快点过去吧。

奔马扬起的蹄声渐行渐近，我和司徒安同时站了起来，一匹毛色雪白的高头大马从我们头顶直落而下，落地之时掀起层层沙土。

“快走，上船！”

戴着面纱的黑甲男子挥了挥手中的长枪，从身后抱起一个人丢向司徒安，“还有一个在玉燕那里，我的人挡不住羽华太久。”

司徒安接住黑甲男子丢过来的那个人，是楚玥，杏目紧闭，像是昏迷了过去。

黑甲男子回头看了一眼，眉头皱在了一起，沧海之城的打斗声已开始朝这里逼近，身下战马扬起前蹄，手中黝黑的长枪发出夺目的光彩，随着一声马嘶，又奔向了沧海之城。

司徒安抱着昏迷的楚玥，回头看了一眼，连连叫苦，“居然还没搞定，羽华的人马到底来了多少！？”

说完也不管我是什么反应，赶紧让我抱起姬澈准备登船。

我举目看了一眼停在我们数十里之外的红楼宝船，问道：“要怎么登船？”

他笑了一声，“让你见识见识，魂定之术施展到极致是什么样的。”

说着，他将楚玥放在地上，从腰间取出幻青扇，目光看了看红楼宝船停靠的位置，忽然一声闷喝，猛的一扇子扇出去。

安静下去的海水顿时咆哮了起来，掀起数丈高的海浪，狂风大起，一股强大而恐怖的劲风带起一股水柱，笔直地朝红楼宝船飞去。

如一座悬挂在天地之间的虹桥，一头连接在我们前方不远的岸边，一头竟直直地延伸到红楼宝船上，定格一切的诡异波动再次出现。

咆哮的海浪定格在了空中，长达数十里的水桥也定在了空中，天地之间的一切像是变成了一幅静止的水墨画。

我瞠目结舌地看着这一幕，惊讶得连嘴巴都合不上。司徒安已经抱起楚玥踏上了水桥，回头朝我吼道：“别傻站着了，快走！”

我赶紧将姬澈抱起来，用自己最快的速度冲上水桥，就在我踏上水桥之后，凡是我走过的地方，水桥就一截一截地坍塌掉在海里。

我就像是一把剪子，凡是我走过的地方，前面静止如画，后面风起云涌，海浪腾腾，身前身后简直就是两个世界。

我追上跑在我前头的司徒安，问他：“你这魂定之术是不是没练到家，后面的水桥怎么全塌了啊？”

司徒安回头看了我一眼，脸上已经露出了吃力之色，“你以为维持这么长距离的魂定之境很容易啊，我都快吃不消了，不过别担心，只管朝前头跑，前面塌不了的！”

已经没有力气再和司徒安斗嘴了，鼓足了吃奶的力气只管朝前头拼命地跑，身后像是被什么凶猛的猛兽追着，好像我只要慢下来一点，就要从这水桥上掉入深海。

不过说实话，这种跑在云端上的感觉十分美妙，要不是现在条件不允许，我还真想慢吞吞地在这桥上欣赏难得的美景，想一想就觉得是一件很美妙、很愉悦的美事。

我的速度已经达到了极限，几十里长的水桥，不消一盏茶的时间，我和司徒安到达水桥尽头。

水桥搭在红楼宝船的船头上，两人相继跳上甲板。来时的那条水桥已经完全坍塌了，遥远的沧海之城，而今只能见着一个不清晰的轮廓。

甲板上空空荡荡，不见一人，安静得出奇。这艘红楼宝船，像是一座宫殿，富丽堂皇，极为奢华，船上立着五张巨大的风帆，不过帆布现在都被收了起来。

甲板上海风很大，还有些湿润的头发被海风吹得扬了起来，我抱着姬澈在原地转了几圈，始终没有发现一个人。

第二十节　焚城（三）

整个红楼宝船上十分沉寂，除了呼呼的风声之外，一丝丝其他的声音都没有。

司徒安将楚玥放在甲板上后，也抬起双眸在这艘巨大的宝船上四处打量张望，脸上也是一副疑惑神色，他扯开嗓子喊了几声，“喂，有没有人！有喘气的就吱一声儿！”

声音被海风吹散，司徒安原本的音色变得有些飘忽，听得倒像是什么恶鬼的哭嚎，十分令人不舒服。

在无比空旷的甲板上一点点回声也听不到，我竖起耳朵听了很久，没有听到人的回话声，这艘船好像是空的。

“看来这船上应该没人。”我将姬澈平放在甲板上，朝边儿上的楚玥看了一眼，发现他俩躺的距离有点近，就将姬澈往边上挪了一点儿，自个儿坐在他俩中间，擦了擦脸上的汗水。

司徒安来到我边儿上，刚刚他连跑了几十里的水桥，又施展了那么远距离的魂定之术，累得已经够呛，掏出扇子一边扇风一边对我说：“如果这船上没人，那这船是怎么开过来的呢？”

他朝后面已经收起来的风帆看过去，“这么大的一艘船，必须要有人掌舵才行啊，你看这些风帆，在船开到这里之前肯定是展开了的，但是现在都收了起来，肯定是人做的才对。”

我也回头看了一眼，发现的确是他说的那样，就道：“说不定船里的人都在底舱吧，这船这么大，你喊那两声说不定人家没听到呢。”

我声音刚落，忽然就从船尾方向响起一声沉闷的钟声，我和司徒安同时打了一个激灵，猛的一下就从甲板上坐了起来，朝船尾看过去。

我和司徒安面面相觑，不知道为什么会有钟声响起，但是很快我和司徒安都放松了下来，既然这里有钟声，那么必然就有人。

紧接着又是一声沉闷的钟声响起，声音十分响亮，在空旷的海面上经过夜风一吹，能飘出去好远。

钟声继续响起，不缓不慢，而且撞钟的那人节奏把握得很好，每一下都在之前的钟声完全消弭了之后再撞。

我心里数了一下，钟声一连响了五次之后，就再也没有响起，周边又陷入了死一般的寂静。

就在钟声停下去大约有一盏茶的时间，我看到遥远的沧海之城忽然有一束火光升起，在一片漆黑的夜空里炸开，几乎就在那火光亮起的同一时间，才消失不久的钟声又响了起来。

这一次钟声响了三下就再也没有响起，而在钟声停下来的时候，我发现一直都静止不动的大船忽然动了一下，接着就是一连串嘎吱嘎吱的声音从甲板底下传出来，像是有无数的门扇在不停地拉开关上。

我和司徒安相视一眼，不知道发生了什么事，只打起十万分的精神警惕地看着四周。

五张巨大的风帆缓缓升起。这五张风帆十分巨大，若不是有四五十个大汉一起使劲，不可能将它们拉起来，而整个甲板上一个人都没有，这帆是如何升起来的呢？

我的目光随着风帆一点一点朝上移动，船桅杆子很粗，而且很长，足足高出甲板二三十丈，加上这艘红楼宝船的高度，船桅已直直伸入云端里。

风帆升起的速度十分平缓，而且是直直往上升，并不像是人在拉帆那样一停一顿的，五张风帆都是如此。当风帆升到顶端之时，我赫然发现，在船桅的顶部居然站着一个人。

距离太远，我看不清具体的样貌，只能看清一个十分模糊的轮廓，那人好像……好像是穿着盔甲。

我赶紧朝其他几根船桅看过去，发现其他船桅上也各站着一个人，而且这几个人也都是穿着盔甲。

我长吸了一口气，转头朝司徒安看过去，还不等我问他，他好像知道了我要问什么，对我说：“你别看我，这匹狼的事我从不过问，我只知道他安排了人来接应我们，其他的我也没问，他也没对我讲。”收回目光看着我，“不过你也别操太多的闲心，我认识他这么多年，不管是他的眼光还是他的本事我都很相信，这么重要的事，他不会不靠谱地找一个自己信不过的人来帮忙。”

我转头看了一眼躺在地上的姬澈，他从来没有让我失望过，也从来没有让我感觉到不安心过，连司徒安都这么相信他，作为一个跟他经历了这么多事的朋友，没有理由不相信他。

五张风帆都升了起来，巨大的宝船正在调整方向，船头直直地摆向东方，钟声又一次响起来，不过这一回响得十分急，中间一点点间断也没有。

忽然，头顶传来一个十分响亮的声音，“主人回来了，快……放悬梯！”

声音和钟声混在一起，听不大清晰，就听到离我们不是很远的船舷上响起了什么声音，司徒安赶紧跑到船边，我也跟着跑过去。

离我这约有三丈远的地方真有一副吊梯在缓缓往下降，一直放到与海面齐平才停下来。在离宝船之外不是很远的地方，正有一股黑雾飘来，黑雾前面还有一黑一白两个人影踏着海浪急速朝这里跑来。

我心里一阵大喜，是活宝和那个黑甲男子！

他们终于回来了！

活宝的怀里明显还抱着一个人，是沐沐么？他将沐沐偷了回来？

就在我沉思的时候，那两人已经到了船下，黑甲男子一手拉住悬梯，身子直冲而上，一个闪影就跃上了这足有十层楼高的红楼宝船。

活宝怀里抱着一个人，落在了黑甲男子后头，三两下也冲了上来。

司徒安赶紧跑过去接应，将活宝抱在怀里的人接了过来。活宝将手里的棒子朝甲板上一丢，一屁股就坐在了地上，浑身都是血，骂骂咧咧地嚷了起来，声音都带着哭腔了，一抽一抽的，“老子，老子再也不干这事儿了，差点……差点连小命都摆在那里了……”

我跑到司徒安的身边，将他抱住的那个人接了过来，果然是沐沐。

心里忽然一沉，像是一下子有好多好多的东西涌了上来，将沐沐轻轻地放在甲板上，呆呆地看了她好一会儿。她的模样和我离开晋宁王城之时并没有什么变化，模样依然清秀，只是那张小脸比之前多了一些沧桑感。

黑甲男子手中的长枪也掉在了地上，整个人看上去极为疲惫，身上的黑甲破了几处口子，有血流了出来，可是脸上依然戴着面纱的，看不出有什么表情。

他靠在船沿上，那站在船桅之顶的五个人已经跳了下来，在他面前半跪着，“主人，你受伤了？”

黑甲男子摆了摆手，“快开船，他们要追上来了。”

五人彼此望了一眼，眉宇之间看上去好像有些不放心，但还是领命退下。

幽鬼所化的黑雾也终于恢复了原来的样子，像是黑色的鬼魅一般躺在甲板上，动也不动。

在这巨大的甲板上，好像还能动弹的只有我和司徒安了。

黑甲男子靠在船沿上，眼神看上去十分疲惫，右手缓缓抬起，伸进面纱吹了一声口哨。

像是发出了什么命令，船尾那地方忽然有一支带着火蛇的箭对着沧海之城飞了过去。

火箭犹如一颗流星划过漫漫天际，忽地一下掉进漆黑的海水里，沧海之城外的海面顿时燃起熊熊大火，无数渔船一瞬间就被引燃。

滔天大火一路急速蔓延，并朝沧海之城烧去，熊熊火光将漆黑的天空照得一片通明，漆黑的海水映着漫天的大火，似要将一切都焚烧成灰。即便是隔着几十里的海水，似乎也能感觉到那熊熊大火燃烧一切的温度。

司徒安他们在沧海之城的大码头外倒了不少火油，这一见火，整个就燃烧了起来，大火见风就长，沿着大码头外的树木房屋一路燃进沧海之城里，整个沧海之城都燃烧了起来！

天被染成了火红色，海水也被染成了火红色，我仿佛看到了一艘艘船沉入海底，一间间房屋倒塌，一棵棵大树被焚毁，那些在沧海之城里存活的黑流星杀手一个个被烈火烧成焦炭……

我默默地看着这一切，心里忽然就想起了一些问题，转过身子看向那黑甲男子，“你带过去的那一队百人骑兵呢？”

他细细的眉毛挑了挑，杵着手中长枪站了起来，定定地看着我，轻轻地将脸上面纱拉了下来。

我一下子就僵住了，几乎没跳起来，“柏……柏烨？”

他对我点头一笑，转头看向已经变成一片火海的沧海之城，声音平平地说道：“他们已经完成自己的使命了。”说完回过头来看着我，将头上的羽翎头盔取下来，抱在怀里看了看，轻轻说道，“我一百亲兵换一个你以及登桓山的一个人情。”仰头叹了一口气，声音显得十分疲惫，“这世上，所有东西你想要得到，就得付出代价，这是很久之前雪狼教我的话，我现在明白过来，好像也不是很迟。”

帝王蛊，妾本无心

残月 著

下

内蒙古出版集团
远方出版社

第七章 登桓秘境

第一节　解密（一）

他说这话的时候，脸上看不出有什么情绪更替，只是眼睫微微低垂地看着我，声音听上去有些感慨，似有几分抹不掉的愁绪夹杂其中，听得我的思绪有些飘飘的。

这世上所有的东西，你要想得到，就得付出代价，姬澈曾经也对我说过这样的话，那个时候的我不太能够悟出其中的道理，经历过今晚的种种，倒也真的悟出了几分哲理。

柏烨看上去并没有因为失去了一百亲兵而有什么变化，又一次转头看向沧海之城的焚城之火，清秀的脸上勾起一丝浅浅的弧度，将抱在怀里的白羽翎头盔换了个姿势拎在手上，感叹一声，“羽华，你永远也走不到你哥哥前头。”

红楼宝船已开始在正东方向满速驶去，沧海之城那一片火海的世界在我的视线之中逐渐远去，我看着这慢慢离我而去的世界，心中谈不上有什么感想，只觉得，自己像是逃离了一个梦境的虚幻，回头看了看躺在地上的楚玥，觉得，我逃离这一场梦境的虚幻回归到的现实里，可能会比这个梦境，更加难以忍受。

柏烨拎着头盔，默默地看着离我们越来越远的沧海之城，万千黑发在风中飞舞。虽然他的身子已经十分疲惫，但依然站得十分笔直，目光灼灼地看着那一片汪洋火海，好像自己并没有离开那一处人间炼狱。

甲板上躺了一地的人，活宝背靠在船沿上，看那模样已经睡了过去，一边的幽鬼躺在地上一动不动，那像是幽灵一般飘忽的身形以及黑袍已经停了下来，无力地铺在木板上，宽大的衣帽下露出一张苍白可怕的脸。

我和司徒安将他们一个一个拖进船舱里，每一个人都像是死过去一般，死沉死沉的。见我们拖得辛苦，柏烨差了两个亲兵过来搭手。

船又长又大，从船头到船尾足有三四十丈，船舱都在甲板之下，而通往船舱的入口又在船尾，因此我们不得不将他们从船头拖到船尾入口，然后顺着木梯将他们一个一个背进舱里。

在舱室中，我发现了昏睡中的阿狼。

柏烨一直都站在船头，看着船下翻滚的海浪，一身紧身的炫金黑甲衬得他的身形格外消瘦，背影看上去极为俊雅冷酷。

船舱里有很多的小房间，陈设都很简单，我故意将姬澈和楚玥隔得很远，一个在东头，一个在西头。

司徒安将幽鬼背下来之后，就坐在舱室外的走廊上，看那模样是累着了。

所有人都累了。

我走到他身边，将他从地上拉起来，拖到一间空的舱室里，让他先休息休息。他没说什么，的确是觉得累了，这一晚上的厮杀，所有人都疲了。

其实我也很累，但只是心里的疲惫，将这一群人都安顿好了之后，我回到甲板船头，和柏烨站在一起。

他依然拎着头盔静静地看着海，卯时将近，天边亮起一丝模糊的光晕，远方的沧海之城，已经完全消失在了我的视线里。

柏烨见我过来，将手上的头盔抱在怀里，转身对我躬了躬身子，“康宁公主。”

他还是这么知书达理，可是见着一副身着盔甲满身英威非凡的人做出这一副书生的端仪模样，实在是很难接受，我不免拿出一副很是诧异的目光打量着他，脚下也很是受宠若惊地退了两步。

我有些不自在地干笑两声，“那什么，柏烨公子，叶凝已不再是什么康宁公主了，公子唤我叶凝或者叶姑娘好了，公主二字，实在是担不起。”

说完抬起眼眸打量他一下，发现他正低着头很是惊异地看着自己身上的黑甲，半晌才抬起头，有些不好意思地笑起来，“抱歉，其实我也不习惯这身装束，老觉得别扭。”

我发现，他这话，和我之前的话完全不搭调，只得尴尬的赶紧回一句，“还好，还好，挺威武的。”

他笑了起来，看着我，轻轻地问：“你的龙魂，觉醒了？”

我不知道他怎么会问这样的问题，一时间还没有完全醒悟过来，只老实回答道：“暂时的，估计撑不了多久就会丧失。”

他下巴点了点，“这一晚，如果没有你的力量，我们可能都上不了这艘船。”

心里沉了一下，虽然我们如今已经逃离了沧海之城那个魔域，可是在沧海之城里有很多事情我依然没有弄明白。柏烨可能知道一些事情，可能晓得一些姬澈的计划安排，想着，就问了一下。

“你怎么会来这里？我怎么从来没听姬澈跟我提过你回来帮忙？”

他看着我，将手搭在船沿上，沉默了一会儿，跟我说起了这其中的由来。

在护送完管彤之后，回到幽乐山谷的时候，柏烨来找过姬澈，也是在那个时候，姬澈对柏烨说出了自己在沧海之城的大体计划。

其实，姬澈前来救我的时候，并不是自己一个人出的登桓山，而是和司徒安两个人。姬澈自然是独身一人来救的我，这是毋庸置疑的，司徒安在到达沧海之城的时候就潜伏了下来，在永定街外的一间竹屋藏着，日后好为姬澈做个接应。

司徒安说得果然没有错，姬澈早在准备动身从羽华手里劫走我的那一刻起，就已经开始着手准备很多事情。

柏烨那时候还不在姬澈的计划之列，他并不打算叫上柏烨帮忙，因为那时候姬澈对我说过，柏烨是一个成不了大事的人，那时候的姬澈觉得，这样一个人不可能帮得上自己。

但是，他看走眼了，柏烨变了性子，变了脾气，在银江柏烨为我们解了围之后，姬澈对柏烨改变了看法。

护送完管彤之后，回到幽乐山谷，柏烨来找过姬澈，那时候我还在怄姬澈的气，并不知晓他们密谋了什么事，只听到柏烨要联合五国牵制靖国的计划，而他们在谈论这件事之前，还谈论了一些什么事，就无人可知了。

现在看来，就是沧海之城的事了。

按照姬澈原本的计划，我们会比现在提前一个多月到达沧海之城，但是因为君十三娘的原因，我们绕了很远的路。也亏得我们遇到了君十三娘，得到了她的鸿蒙之气，我们才有惊无险地闯出了沧海之城。

姬澈原本给司徒安以及登桓山那边的交代是不消十天半月的工夫就能回转，可是紫鹏死了，我们只能靠一双脚丫子走过来。

柏烨在姬澈的请求下，将韩国一艘大船改造成了如今的模样，一直都漂在沧海之城外几百里的大洋深处，我们还在卫国陌城逗留的那两天里，姬澈就向所有人发出了消息，告诉了自己到达沧海之城的准确时间。

一切计划都在顺利地进行着，司徒安首先接到姬澈的传信，在传信中姬澈让司徒安和柏烨接头，从柏烨那里弄来了很多的火油。

当然，在姬澈劫走我之后，沧海之城就已经逐渐变成了羽华的天下，他们的行动只能在水面下无声无息地进行。

从我们离开幽乐山谷的时候，全部的计划都已经开始进行，红楼宝船的改造，火油的准备，柏烨的配合等等，这些我竟然没有一件事知道，姬澈瞒我瞒得可真是完美。

所有环节都在平稳地朝前推进，只为我和姬澈的到来，从我们离开卫国陌城的那一刻起，整个计划就全面展开了。

红楼宝船先我们半月到达沧海之城之外百里的海域，这其中必然是要避开羽华的眼线，过程自然不必让我这么一个糊涂人知晓得太细，火油是柏烨早就预备好了的，在大码头里藏着。

然而在我们进入沧海之城的前两天，变故出现了。

在柏烨还没有加入这个计划之前，沧海之城只有司徒安一个人接应，毕竟人多口杂，不好在羽华的眼皮子底下展开行动。姬澈将司徒安送到沧海之城之时有过交代，等他得到自己的准确消息之后，再从登桓山调集人手过来。

本来司徒安只是想让活宝和幽鬼过来的，但是姬澈一走好几个月，一点点的消息也没有，好不容易有点消息传回来，楚玥怎么可能还坐得住？就又叫上三五个好手过来帮忙。

假沐沐的出现是一个插曲，是羽华布置给我们的，这里不用细提。

在姬澈原本的布置里，是由我、司徒安、楚玥牵制住羽华的注意力，让活宝将楚玥带来的三五个帮手去大码头布置火油。

只要活宝那里一布置好，我们这里就立马撤退到大码头，登上红楼宝船，烧了那些渔船、客船，让羽华无法追来。

可是，事情出了变故，羽华在大码头那里布置了不少人手，活宝一个人应付起来有些麻烦，带来的几个人也都折在了那里，耽误了不少时间。

一直没有接到活宝已经完工的信号，姬澈这里又完全被墨九等人钳制住，退也退不得，进也进不得，情急无奈之下，姬澈只得拼命拖住羽华、墨九等人，让司徒安带着我先逃到大码头。

可是我没听他的话，反而唤醒了龙魂，让护送我的司徒安去帮活宝，自己则杀向了沧海之城，将姬澈背了出来。

柏烨这方一直在沧海之城城外等着，他手底下那一支百人亲卫，并不是姬澈提出来让柏烨带上的，只是柏烨为防意外自己带上的。

他们在沧海之城之外等了很久，一直都没有看到姬澈他们准备登船的信号升起，又听到沧海之城里一阵接着一阵的毁灭声，意识到可能会有差错，于是带着那百人亲卫，沿着海岸线到了大码头，想找在这里倒火油的司徒安问问情况。

第二节 解密（二）

这天晚上，阿狼是没有跟我们住在客栈里的，柏烨一群人从城外进来，遇到了阿狼，差手下一个得力的亲卫搞了一艘小船，将阿狼弄晕之后送到了这艘船上，并让他给船上的人带了口信，朝沧海之城靠近。

有了柏烨的命令，红楼宝船满速开往沧海之城，并发出已经到达的信号通知柏烨等人，而这个时候的柏烨，已经从司徒安那里得知了我和姬澈等人被困在了沧海之城的消息。

柏烨本想立马带人冲进城里，却被司徒安拦住了，司徒安告诉柏烨，我的龙魂已经觉醒，并去找姬澈了，这个时候的沧海之城已经乱成了一锅粥，贸然带人进去的话可能会中羽华的埋伏。

柏烨性子谨慎，知道司徒安说的在理，也就领着亲卫在大码头里等着，直到我将姬澈背出来之后，茗娣看出我们有了要逃走的苗头，并将这个消息用玄功传递到了沧海之城的每个角落。

我们的行迹暴露，在沧海之城所有黑流星的杀手必然会蜂拥向大码头，柏烨当即做出反应，带着百人亲卫前去阻挡。

按照柏烨所说，他们进入了沧海之城后，百人亲卫立即就飞散到了所有能够通往大码头的道路，进行阻挡，这过程，必然是残酷的。

柏烨手下的这些人虽然平日里也是按照杀手的手段在训练着，但苦于人手比羽华少，且高手不多，在茗娣、墨九和羽华面前很难做到长时间的阻挡，一路且战且退，而在姬澈这方的人马中，此时在沧海之城，有些本事的只有活宝一个了。

但活宝是去偷人的，行动起来自然是不能太张扬，毕竟羽华的人马太多，且个个都是好手，只能蛰伏潜行，伺机下手。

好在羽华的人马大多都被柏烨的亲卫牵制着，茗娣、墨九和羽华又急着冲破阻碍以尽快赶往大码头截杀我们，因而对楚玥和沐沐疏于看守，这倒让活宝有机可乘，看准了机会，就将沐沐和楚玥偷了出来。

之后的事就只剩下血腥了，他们听到了红楼宝船传出的钟声，知道了我和司徒安已经上了船，一路拼杀冲出沧海之城。

他和活宝逃出沧海之城那一段，柏烨说得十分简洁，只一句带过，但我不难想象出过程是有多残酷。

保护自己的主人，是每一个亲卫拿自己的生命来证明的，为了护住柏烨和活宝平安离开沧海之城，那些亲卫拼死挡住蜂拥而出的黑流星杀手，用自己的鲜血和生命，践行着自己的忠诚和誓言。

不知道为什么，当我意识到柏烨和活宝是如何逃出沧海之城之后，心里忽然想起了我北燕国的守护神，那一个用自己的生命来保卫北燕国每一寸山河的人——暮辰。

他们，到底是忠诚还是愚昧，我说不上来，又想起了墨九，他那么忠于羽华又是为了什么？

信守承诺是每一个凤家人的灵魂，这就是他忠于羽华的理由吗？可是他为什么要选择羽华这么一个阴险的人？他有很多的选择，为什么偏偏会是羽华？就仅仅是因为他将自己从蓝海之底捞了出来？

难道他想让凤家再一次走上几百年前的道路？让凤家世世代代守护靖国直到全族尽灭？非得让自己的子子孙孙都背负着这一个永远也解除不了的魔咒吗？

心里好乱，我想，我永远也不会真正了解墨九，他只能是一个永远也解不开的谜。

天已经泛白了，红红的朝阳从海水里升上来，整个天，整个海都被披上了一层金灿灿的朝霞，柏烨飘着的黑发沐在金色的霞光里，如一缕青烟一样。

说起这一切，柏烨的脸上始终没有任何的变化，像是在说一段戏文，也像是在说一段曾经，漆黑的盔甲映着金色的霞光，却显得格外阴冷。

心里很多在沧海之城中的疑惑都已经解开了，这一切，都是姬澈安排下的，为了我而安排下的。如今想起来，我现在能够站在这条船上，是由那么多人的血和命换来的，想起活宝，幽鬼以及柏烨登上船之后那疲惫到了极致的面容，心里特别不是滋味。

可是沐沐怎么会被羽华带到这里？还有假沐沐的出现，这些，都是巧合吗？

柏烨说："羽华抓楚玥是为了要挟雪狼。"柏烨和雪狼同出一门，从小像是双生的影子一样，他们之间都很了解彼此，他们两个要是真的打起来，除非雪狼使用魔剑，不然很难战胜羽华。

羽华也深知这一点，一旦雪狼用上魔剑，自己不可能是雪狼的对手，有楚玥在手里，雪狼便不可能放开手脚。

叹息着摇了摇头，继续道："其实羽华也知道，即便是没有楚玥在手里，雪狼也不可能会放开手脚。十三年前，雪狼之所以会败在羽华手里，而且还败得那么干净，原因就在于他做不到像羽华那样心狠。"

十三年前姬澈和羽华之间到底发生了什么，我不得而知，但从在酒客人家之外姬澈和羽华之间的对话来看，他俩会从双生的影子变成如今的水火不容，是一个女人造成的，而这个女人就是绮晋。

我很想知道姬澈和羽华为什么会因为一个女人而反目成仇，就试探着问了一下柏烨，想试试看能不能从柏烨的嘴里套出些东西。

在心里打了很久的腹稿，我才低低地问柏烨："十三年前，姬澈和羽华之间，到底发生了什么事？"

他转头看向我，几缕青丝晃了一下，遮住略显疲惫的眼角，答非所问地反问我，"十三年前，你多大？"

我愣了一下，不知道他为什么会问这个，就老实地回答他，"五岁……"

他露出几分云淡风轻的笑容，又转过头去看将要从海面上升起的朝阳红日，淡笑道："当年的事，靖国花费了很大的力气去隐藏，这事与其说是一个秘密，更不如说是一段家丑，一段不为任何人知的家丑。"

他抬起头，闭上眼睛，深深地叹了一口气，"十三年了，如今想起来，好似一段小小的轮回，那些经历过那场变故的人，现在细细地数下来，也不会超过十个，而我，就是其中一个。"

"你？你经历过那场变故？"我惊讶地问他。

他闭着的眼睛缓缓睁开，深深地吐出一口气，点了点头，"要不然，我也不会丢了那本该属于我的世子之位。"他转头看向我，身子一斜，靠在船沿上，好似有些不如意，干脆提着头盔坐在了船沿上。

"叶姑娘身为北燕王室，接触到的东西应该也不会太少，你可知晓靖王何时有过子嗣、立过太子之类的消息？"

王宫里的野史秘闻不少，当我知道我是不死人后，为了更加了解不死人，翻阅了很多秘闻古书，但是记载不死人的史料实在是太少了，我不得不一本一本地去翻阅，去查询。那时候王宫里的藏书极为丰富，我几乎翻了个遍，其中记载靖国秘闻的书简也有不少，我依稀还能记得一些。

我对柏烨说："相传，靖国国界初定是在大周建立之初，第一任靖王因追随武王伐纣立下赫赫功名，割地封侯以示褒奖，并颁下特旨，靖国继位者可不以世子之衔，赐予太子之称，这规矩传至如今也未更改过。而今坐拥靖国八千里国域的靖王更是将靖国治理得如天下乐土，堪称靖国立国以来第一明君。不过，靖王虽然有能力治理天下，可好似并未有什么子嗣诞下，我在一册史卷上看到过这样一段趣闻，天靖十五年，既现任靖王继位之后十五年，一男子带剑步入靖国王都，王宫护卫无一阻拦，直入靖王宫廷面见靖王，宫门紧闭长达半日，待宫门重开，靖王颁令昭告天下……”

说到这里，我脑中忽然像是有一道霹雳炸响，几乎有点不相信自己所想到的，难以置信地看着柏烨，“这，这不会是真的吧？”

柏烨笑了起来，“靖王颁令昭告天下，立来人为靖国太子，赐号……”

他说到这里，收起脸上的笑容，模样变得凝重起来，好像想从我的脸上看出些什么，也不接着往下说了。

“赐号子欣，称子欣太子……”

我不知道自己是怎么说出这几个字的，脑子里空的什么东西都没有了。

一瞬间像是所有的东西都没有了，脑子里、心里，一瞬间变得一片空白。

“子欣，就是雪狼真正的名字。”

柏烨的声音轻轻地响着，我已经不知所措了，雪狼不是他的真名，姬澈也不是，原来，他真正的名字，是叫这个，子欣……

莫名的一声苦笑，活宝说的果然不假，也不知道他那怀了个少女心的老子怎么给他起了这么一个名字……

“羽华和雪狼是一胞所生，从他们出生的那一刻起，就注定了不会被世人所知晓，靖王用一种决绝的手段隐藏了他们的存在，所有能够知晓他们存在的人，都永远地闭上了口，没有人知晓靖王有过子嗣，也没有人知晓，在雪狼的母妃生下他们那一刻，那一把大火是怎样烧起来的，更没有人知道，那李代桃僵在大火里被烧成焦炭的婴儿根本就不是靖王的儿子。”

我脑子完全乱了，天呐，这到底……到底是怎么一回事？

第三节　太子子欣

我脑子混乱到了极点，思绪完全堵在了一起，根本就无法思考，柏烨说的这些东西，绝对是机密中的机密，普天之下能够接触到这个层面的人估计少之又少。

我已经完全转不过这个弯儿了，既然子欣太子才是姬澈真正的身份，那么羽华太子又是从哪里冒出来的呢？

按照柏烨之前所说，那一场变故是发生在十三年之前，虽然那个时候我还小，但勉强也已经是知事的年纪了，在我的记忆里，好像并没有听说靖王有废了子欣而转立羽华为太子这一事件发生啊。

柏烨继续说道：“羽华与雪狼自出生的那一刻起，就被靖王完全抹掉了，浩浩天下，没有人知道他们的存在，没有人知道他们在这个世界上，他们从出生的那一刻起，就注定是靖王的两枚棋子。”

“棋子？”

我惊讶异常，完全没有弄明白他所说的棋子到底是什么意思。

“对，棋子。”柏烨低头看着手里的头盔，拍了两下，声音变得有些感慨起来，轻轻地说道：“两枚，夺天下的棋子。”

我还是不明白。

柏烨解释道：“靖王的眼睛可以说是这世界上生得最明亮的，心机不可谓不深，手段不可谓不狠，野心也不可谓不大，他早已看清大周王朝的气运到了尽头，人呐，都是这样，谁能挡住权力巅峰的诱惑？”

我身子一怔，刹那间就明白过来柏烨这话里面的意思，惊愕地看着他，“靖王想取周幽王而代之？”

柏烨笑而不语，悠悠地看向我，笑了起来，“你永远屈居第二，在你上面始终有一个人压着你，你能让千万人对你跪拜称臣，却逃不过那宿命里始终要压你一截的人。”他看着我，问道：“换做是你，你能甘心吗？”

我苦笑一声，低下头，没有回答他。

他看我这副模样，又笑了一声，话语一转，继续说道：“羽华和雪狼就是他争夺天下的筹码，他们的出生，他们的消失，都不过是一场计谋，我们没有经历过那些，我们都不可能明白那一种生下来就背负着算计的人生是怎样的，也不可能明白从出生那一刻起就失去母亲的命运是怎样的。”

我沉默了一下，柏烨说的，我都能明白，也都能体会，心逐渐沉了下来。

柏烨只是稍稍地感慨了一下，就继续对我说道：“他们再次回到靖国，被靖王选中的那一个人，从此就是天之骄子，而失败的那一个，就会失去所有，没有亲人，没有过去，也不会有将来，没有人知道这个世界他曾经出现过。”

我抬头看着柏烨，问道：“姬澈被选中了，对吗？”

柏烨点头，“他得到了所有，地位、权力、亲情、爱情，这些雪狼所得到的，就是羽华失去的，而这些东西一旦失去，就永远不可能再拿得回来。”

我打断他的话，“他们从来就没有得到过这些东西。”

柏烨也没看我，自顾自地在那里说：“没有得就没有资格失去吗？真的是这样吗？你倾尽了所有的努力和辛苦，耗尽心力想要去追寻的东西，最后却落到了别人的手上，这算不算是一种失去？那些一直支撑着自己不会倒下的东西，在一夕之间完完全全的不复存在，你会觉得，你执着的那些东西，丧失了它原本的意义，你不会再有活下去的目标，也不会再有支撑着自己的力量，因为已经是一无所有了，你不再惧怕任何可以失去的东西，这个时候的人，是最可怕的。”

我呆呆地看着他，好像一瞬间完全明白了当时羽华的心境，那一瞬间失去所有的落寞与愤怒，原本执着去追求的东西一刹那不复存在，那一种被整个世界抛弃的感觉。

他一定很恨，恨姬澈夺走了他的一切，一个已经失去了所有的人，也不再惧怕失去任何东西，甚至于生命。

“雪狼这个子欣太子的位置，只坐了两年，便被羽华取代。他们两个本来就有着一个模样的脸，这很容易，他清楚他哥哥的一切，脾气、性子，他都了如指掌，他知道他哥哥心里的那一份愧疚，对自己的愧疚。”

“所以说，姬澈才一直对羽华手下留情？”

柏烨点了点头，“若非这样，有魔剑在手，羽华死一百次也不一定够。在羽华取代了雪狼之后，改了雪狼的名字，将子欣换作了羽华，享受着雪狼的一切，而他，却始终不觉得满足……”

“人怎么可能满足呢？权力，地位，美色，对于这些，自然是无穷无尽的才好，有了权力，自然就想要更大的权力，有了美色，就想要更多的美色，贪婪的心，怎么也不可能填得满，那是一个无底的洞。”

柏烨倒是并不认同，“羽华倒不是那种俗气的人，他要的只是一种认同，他要证明自己并不比雪狼差。”

“也许吧。”我抬头看着天，日已上了三竿，不知不觉，已经和柏烨聊了这么长的时间，关于姬澈的秘密，我已经知晓了几分，而还不知晓的那几分，我也不打算问柏烨。

我希望他可以履行自己的承诺，亲口告诉我他自己的一切。

雪狼，姬澈，子欣……

他有这么多的名字，如今我终于弄明白了他真正的名字是哪一个，遗憾的是，这并不是他亲口告诉我的。

我并不后悔询问柏烨这些，我知道姬澈不可能瞒我，也不可能不告诉我，他一定会告诉我这些的，只是，我不知道那会是什么时候。

天气很好，早升的太阳并不是很烈，连空气都是新鲜的，弄清楚了一些事情，心里也轻松了一点。

柏烨从船沿上跳了下来，站在我身旁，抬手揉了揉鼻梁，模样看上去很是困倦，盔甲上破的几处血口子，血迹已经干涸成了红砂一样的粉末，闭着眼睛打了个哈欠，悠悠道：“叶姑娘，时间也不早了，我该离开了。”

“离开？”我一时间还没有反应过来，问他，“你要去哪里？”

他看了看船下起伏着的海浪，“回韩国。”

“啊？！”我有些惊讶，“你不跟我们一起吗？”

他摇头，“我可是个忙人，雪狼有他的路要走，而我，也有我的路要走。”

我想起他那联合陈、鲁、齐、黎四国牵制靖国的计划，心想他应该是要着手去料理这件大事情，但是又不敢太确定。

“你的计划，要成功了吗？齐、黎两国在你的撮合下已经迈进一家门槛，陈、鲁两国应该……应该不会比齐、黎两国还要麻烦吧？”

他回头看着我，笑了起来，“没想到你和雪狼整日赶路，倒对时局了如指掌。”

微微点了点头之后，轻轻地说：“陈、鲁两国素来并无交集，但是要让他们迈进同一家门槛却是比齐、黎两国这两个死对头要容易得多。”他说着，嘴角微微上扬，露出一个很自信的表情，“连这两个宿敌我都能拉到一起，还拉不动两个调皮的老小子？”

我笑了起来，走到他跟前，仰头看着他的脸，走进一步，压低了声音问他，“等这件事情完成，柏烨世子真正的计划，什么时候才能真正地实施呢？”

他清秀的神情忽然一冷，眼中迸发出一种莫名的情绪，带着一种淡淡的却不容人抗拒的威严，直愣愣地看着我，清秀的脸上一寸一寸慢慢的就冷了下来，像是七八月的天气里忽降的漫天飞雪，周边的温度好似都骤降了下来。

我被他如此巨大的反应吓了一跳，赶紧稳住自己的心神，补上一句，“我帮姬澈问的，他还没醒来你就要走，怎么也得留个话吧！”

他阴冷的脸在我说完这句话之后慢慢地收了起来，恢复了之前俊雅公子哥的形象，对我微微一笑，道：“你也不似雪狼所说的那样愚笨。”语气一转，继续道：“不过，叶姑娘，有些事，还是要装作不知道的好。”伸手拍了拍我的脑袋，“叶姑娘，一路安好，我们，还会再见面的，希望那时候，我能看到另一个完全不同的你。”

“完全不同的我？”我有些不明白，“什么叫完全不同的我？”

他摇了摇头，默了默，似在思量接下来的话，半晌，悠悠道，“那是，你的宿命！”

说完，对我微微一笑，微微欠了欠身子，抬起脚步已朝前走去，前方船沿之处传来嘎吱嘎吱的声音，像是有什么东西被吊着正在往下降。

我还没有从他的话中明白过来，柏烨已经走到了对面的船沿处，脚步忽然就停了下来，像是想到了什么事情，转身看向我，从盔甲里取出一个东西，掉过头朝我走回来，“我在黎国的时候，遇到了一个有趣的孩子，他说他很想你，托我给你带一样东西过来。”

我皱起了眉头，眼前，柏烨纤细的右手拿着一条折叠得十分整齐的丝绢递到我面前。

我愣了半晌，小心地接过来，有些不明所以地看着他。

柏烨收回手，定定地看着我，“那个孩子让我告诉你，他在黎国王都里过得很好，王都里的羽林军都尉收他做了义子，整日研习兵法、剑术，还说，让你不要忘了你们之间的约定。”

脑子里忽然就是一片嗡响，看着手中这条叠得很是整齐的丝绢低低地问柏烨，“那个孩子，叫……叫什么？”

柏烨微微一笑，“遥遥！”

第四节　红楼宝船

遥遥这两个字一钻进我的耳朵，顿时就令我浑身一个激灵，那个古灵精怪的小孩儿从记忆深处浮现出来。

我这一路走得惊险万分，提心吊胆，惦念遥遥的次数与日俱减，如今一听柏烨提起这个名字，所有有关遥遥的记忆一下子全都苏醒了过来。

我握紧了手中的丝绢，看向眼前略带微笑的柏烨，掂量半晌，问道："那个，遥遥现在，长高了没有？"

柏烨神情一顿，笑着摇了摇头。

我还没反应过来，但只是刹那就已清醒，柏烨并未见过遥遥，哪里知道他长高了没有。

柏烨沉默了片刻，对我说道："我去黎国王都那一回，对黎国公提起过你和雪狼护送管彤前往齐国的事，这个提议是我对黎国公提起的，想让他看在我的薄面上放弃对齐国的战争，遥遥当时就在朝廷里，听到我和黎国公的对话，就向我问起过你们。"

"哦，原来是这样。"

我点头表示明白，看了看手里的丝绢，问他，"那这个，是什么？"

柏烨摇头，"遥遥让我带给你的，他说，让叶姑娘不要忘了你们之间的约定。"

我当然是不会忘了，我和他的五年之约，怎么可能会忘记？

船沿之下传来了几声呼声，是一个女子的声音，我大约还记得这个声音的主人是谁，是柏烨的随侍知画，好像柏烨走到哪里都会带着这个美人。

我和柏烨又彼此寒暄了几句，他便告辞离开了，我送他来到船沿处，看着他拎着头盔从船沿一跃而下，落在一条不大的小船上，小船被绳子吊着，缓缓落入海面，站在船头上的知画正在朝我挥手。

小船的长度只有三五丈左右，并不是很大，之前见过的五位黑甲亲卫已经分站在小船各处，小船一落入海面，他们就拔剑斩断掉在小船上的绳索。

知画搀扶着柏烨进了小船的舱室里，小船还并未升起船帆，我们这艘大船稳稳向前驶进，那艘小船在我脚下一点一点地后退。

目送着那艘小船逐渐在我的视野之中远去，消失在宽阔的海面之上，初升的太阳不温不热，是个顶好的天气。

柏烨走了，巨大的甲板之上只留我一个人，一个角一个角地将手中的丝绢摊开，那个被我捧在手心里的东西也露出了本来面貌，是一对银质的耳环。

这东西并不是很珍贵，也只是一个平常的饰物，做工打磨都很一般，但是样式很精美，看得出来，是遥遥考虑了自己的经济实力之后悉心挑选出来的。

丝绢背面，有一行文字，写得歪歪扭扭不成样子，但这文字是我北燕国的文字，并不是黎国的，我摊平了丝绢，一字一字地看了下来。

这行文字，总共就一句话：姐姐，遥遥好想你。

一看到这个，心就变得沉了起来，我想，如果遥遥能够多写一些东西，我看着心里也许还能好受一点，但是只有这一句。

简单，而又直白的一句，看着那一行歪歪扭扭的文字，又看了看那一对耳环，心里有的，是欢喜，也是悲愁。

我收起那一对耳环，又将丝绢整齐地叠好，看着一滚滚海浪蔚蓝的天，空空荡荡的世界。

楚玥在第二天上午第一个醒过来，她醒过来之后做的第一件事就是找到姬澈的舱室，之后就寸步不离地守在那儿。

我在门角偷偷看过几次，始终没有勇气踏进那没有门槛的房门半步。

楚玥将姬澈照顾得很好，至少比我要好，我只会给他找麻烦，只会在自己心里说要照顾好他。

姬澈有楚玥照顾，我十分安心，钻进沐沐待的那个舱室看了看，她一直都没有要苏醒过来的迹象。

推开她床边的窗子，用木棍撑着，暖暖的阳光照进不大的舱室，带着淡淡腥味的海风，和微微海浪声，装满了整个房间。船很大，吃水很深，加上海风不大，因此航行起来也很稳。

趴在窗棂上，看着无边无尽的大海，心里也不知道装了一些什么，死沉死沉的，看着那起起伏伏的海浪，不知道什么时候，竟然就睡了过去。

这一觉睡得十分舒坦，什么梦都没有，睡得格外安稳，醒过来的时候，发现天已经黑了，房间里不知道是谁掌了一盏桐油灯，昏黄昏黄的。

从窗台边坐起来，揉了揉眼睛，四下看了看，除了昏睡中的沐沐，一个人也没有，给沐沐盖好了被子，刚出房门的时候，在舱室外的走廊里，发现了阿狼。

它就趴在沐沐房门外的边角里，耷拉着脑袋吐着舌头，看上去没有什么精神，大概是因为在船上，所以还没怎么适应。

我蹲在它的面前，摸了摸它巨大的狼头。阿狼的个子很高，即便是趴着也能到我腰部位置，它如今好像已经摒弃了对我所有的成见，见我摸它的头，也不龇牙咧嘴地凶我吓我了，反而用它那巨大的舌头舔了舔我的脸。

我一下子就笑了起来，心情不知道为什么也好了不少，阿狼巨大的狼头凑过来，在我怀里蹭了蹭，享受了一会儿，我就领着它下到第三层去找吃的。

红楼宝船总共有五层，都在甲板之下，最下面的那一层完全沉在了海里。

而这船上也不似我和司徒安之前认为的那样，空无一人，其实在这艘船上有很多人，都在各层的舱室里，这些都是柏烨安排的，什么厨子、水手、舵手、仆人等等，一个都不少。

吃东西的地方在宝船的中间第三层，领着阿狼走下窄窄的楼梯，下到这一层的时候，眼前陡然就变得宽阔了起来。

这一层和我们之前居住的那一层完全不同，这一层是架空的，没有隔出一间一间的小房间，中间摆放着很多的桌子板凳，看这样子，是船上的人吃饭的地方。

在这里忙碌的人不少，看样子是在给船上的舵手、水手们准备夜宵，看来我醒来得很是时候，不早不晚，正是开饭的时间。

领着阿狼走在这宽敞的一层，人群纷纷避开我们，没一个敢靠近我的，当然，并不是因为我有多可怕，而是因为阿狼有些可怕。

正若无其事地走着，忽然听到有人喊："大妹子，过来，快过来！"

停下脚步朝这个声音的源头看过去，发现是那活宝，不知道什么时候他已经醒了，而且还换了一身干净的衣裳，正在一张桌子上吃东西。

带着阿狼走到活宝那里，在他面前的空位置上坐着，看他的样子，好像身上的伤还是没好利索，脸色依然很苍白，但是我看他桌上那一大堆一大堆烤鸡、烤鱼、烤猪蹄，也不怎么担心他的伤会如何了。

他喝了一碗酒，还不等我说完，倒先一步朝我问道："那什么，大妹子，老子那小媳妇儿，醒了没有啊？"

一边说着，一边将一整只鸡推到我面前，又很殷勤地为我倒了一碗酒。

我在心里想了很久，才想起他说的媳妇儿是谁，抬眼一看他那一脸猥琐到不能再猥琐的笑，心里就不免想激一激他。

摸了摸身边站着的阿狼的脑袋，回头问它，"阿狼，你饿了没有？"

阿狼抬头打了个哈欠，一双深蓝色的眸子转了转，看着我，点了点巨大的狼头。

我抓起面前的那一只整鸡，"来，你尝尝咸淡。"

手才递过去，阿狼一口就将我手里的鸡叼走，三下两下地嚼了，然后一口就咽了下去，整个过程也就够眨两下眼睛的。

它好像依然没有满足，又转头看向我，眼睛里依然没有什么精神，我愣了一下，又端了两盘兔子肉和一盘鱼给它。

最后，我们的桌子上只剩下一碟花生米和两坛子酒，阿狼这才满足地打着嗝趴在了地上，我以为我将这一桌子的美味全都孝敬了阿狼必然会招来活宝的报复，没想到他若无其事地看着我，完全没有意外和惊讶，好像是一副理所应当的样子。

我看到他这个情况，心里不免感到有些失落，看来他不是个护食的主，想到这里，我坐直了身子，回答他刚刚问我的问题。

"你那小媳妇儿还在睡着呢，你这人也是，也不过去照顾照顾。"

活宝脸上神色一变，忽然拍了一下桌子，吓得我差点儿从凳子上跳起来，阿狼像是没听到一样，依旧趴在地上养精神。

活宝像是一尊木头一样在凳子上坐了足有半刻钟，忽然一下站起来，径直就朝上一层的楼梯口走去，我在后头大声地喊：“喂，你要干吗？”

他头也不回地说：“去照顾老子的媳妇儿！”

我差点噗的一下笑出来，低头一看只剩下一碟花生米的桌子，忽然就觉得很不妙，赶紧又朝活宝大喊：“喂，我没吃的了！”

他忽的一下化成一连串鬼一样的影子，一眨眼就完全消失不见了……

我十分无奈的重新坐回凳子上，看着那两坛子酒和仅剩的一碟花生米，心里甚是惆怅。

趴在桌子上看着阿狼，笑着对它说：“阿狼，你也吃饱了，去给我找点东西来吃吃？”

阿狼巨大的身体从地上坐起来，朝我轻轻地吼了一声，然后摇着一根巨大的狼尾巴，一扭一扭地朝上一层走去。

我趴在桌子上，欲哭无泪……

第五节　云遮山兮

司徒安在第二天傍晚的时候第三个醒过来，他身上并没有带什么伤，只是在施展魂定之术的时候，耗费了太多的精力，他这一觉，一连睡了一个晚上加两个白天，可真是睡得舒坦。

楚玥自从醒了过来之后，就一直守在姬澈床前，一步也没有离开过，我借着给他送羹汤的机会溜进去看了一眼姬澈。姬澈的伤在饮了我的心头血之后，已经愈合如初，可是在沧海之城里折损了太多的力气。

柏烨留在船上的医师为他把了脉，说身体已无大碍，但是力气消耗太多，什么时候能够醒过来他也说不好。

而我在这两天里，已能够清晰地感觉到龙魂之力逐渐溃散，鸿蒙之气并不是我自身的力量，经受不住这样庞大的消耗。

这两天我只睡了一小会儿，当龙魂之力一点一点流失之后，能感觉到身体的疲惫一点一点地吞噬着我，这算是强行开启龙魂之力带来的反应。

可我也并没有将这些放在心上，如今我们都逃了出来，也不再需要多强大的力量来保护自己，保护别人，我很庆幸的是，龙魂之力在我们都安全的时候才逐渐丧失，而不是在最为危险的沧海之城。

活宝一直都守在沐沐床前，没有再离开过一步，就像是楚玥守着姬澈一样，看着他那从来都没有见过的认真贴心的样子，我觉得，我给沐沐安排的这个归宿，应该是不差的。

所有人都有自己要守护的东西了，并稳稳地将那些东西握在手里，可我呢？

趴在船沿上看着身下时而平稳，时而翻滚的海浪，时常会觉得，我逃离了生死绝望的梦境，却堕入了一个一无所有的现实，孤独一人置身在这苍茫大海，像极了一叶孤舟，一片无根的浮萍。

这天夜里，我躺在甲板上，看着月明星稀的夜空，阿狼趴在我的身旁陪我，我拿它的肚皮当了一回枕头，而它，好像也并不介意。

靠在阿狼的身上，很舒坦，望着星辰点点，脑子里一遍一遍地回想着我和姬澈走过的每一步路，那些都是那么真实，刻在我的骨子里，是我最好的曾经。

就在我为那些美好的曾经而失神的时候，身下的阿狼不知为何毫无征兆地站了起来，我没有防备，一下子就摔在了地上，爬起来去看阿狼的时候，发现它朝甲板那头跑过去。

薄薄水雾中，一道白影正缓缓地向我这里走来，阿狼走到他身边的时候，那道白影停了一下，水雾迷离中，看不大清晰。

“躺在这里做什么？海上夜里很凉。”

熟悉的声音经夜风一裹，飘进我耳朵里，身子一个机灵，差点没跳起来，“姬澈，是你吗？”

他的声音和他的身影，都已经刻在了骨子里，可这会儿，以前只是看一眼就无论如何也不会认错的那个人，而今却怎么也确定不了了。

他在我身边坐下，如山川白云绿水般清秀绝美的脸近在咫尺，阿狼再一次给我们两个做了靠垫。

他手里拿着两壶酒，递给我一壶，自己喝了一口之后，轻轻问我，“我睡了多久？”

我抱着酒壶回道：“不是很久，两天而已。”顿了一会儿，又道：“楚玥一直都在陪你。”

这一句话说出来，我真恨不得扇自己两个嘴巴子，叶凝，你就是个笨蛋！

他神情僵了半晌，偏过头看着我，一双浑浊的眸子里满是柔情，“那，你呢？”

我身子一颤，忽然间就不敢再看他的眼睛，心里也一时间变得仓皇失措，一个“我”字在嘴里反反复复了半天，也没说出个所以然来，最后，也不知怎么就鬼使神差地说了一句，“楚玥将你照顾得很好，比我都要好，有她守着你，我很安心。”

当我反应过来我说了些什么狗屁话的时候，又恨不得扇自己嘴巴子，心里一遍遍地问自己，“叶凝，你当初抱住他的勇气去哪里了？你对他说你已经离不开他了的勇气去哪里了？你就那么希望把他推到那楚玥的怀里？你就那么心甘情愿吗？”

我发现，只要我一牵扯进这个问题之中，整个人就会变得越来越不像自己，老是会说一些违心的话。

我不想在这个问题上继续下去，见他要说话，赶紧将话头抢过来，“你醒了多久了？”

他身子微微一僵，靠在阿狼背上，沉默了半晌，才吐出一口浊气，“刚醒。”

他说得很漫不经心，完全是敷衍的口气，我想问他“楚玥呢，她怎么没有陪着你”，但我真心不想提这个名字，她并不让我厌恶，甚至我连对她一点点的讨厌都没有，我只是不愿意提起这个名字。

我看着他，他自顾自地喝了一口闷酒，我继续问道:“你身上的伤，怎么样了？”

他将手中的酒壶放在甲板上，轻轻道:“还好，有点内伤，不严重。”

“那就别喝酒了，伤身子。”我将他放在甲板上的酒壶朝我这里挪了挪，却被他一把抓住。

他抓住我拿着酒壶的手，手心是冰凉的，能感觉到有细微的颤抖，他双目直直地看着我，样子显得十分疲惫，深色的眸子里藏着我看不出来的情绪。

他另一只手将我握着酒壶的手掰开，“叶凝，陪我一会儿吧。”

我自然是不会拒绝，也没有理由拒绝。

这一晚，我们喝了很多酒，可不知道为什么，我却是越喝越清醒，脑子里不停地闪过他的每一个样子，却总觉得，那些都是那么的遥远了。

我们聊了很多，他对我说柏烨的过去，对我说登桓山上所有稀奇古怪的事，聊九劫魔剑，聊不死龙魂，唯一没有跟我聊起的，是他的过去，是楚玥和绮晋，还有那些他不会对我说起，而我已经知晓的秘密。

第二天一大早，楚玥和司徒安将醉的像烂泥一样的我和姬澈一一背回了舱室里，我到底是什么时候醉过去的，我一点记忆也没有。

之后听司徒安对我说起，他和楚玥发现我们的时候，姬澈紧紧地拉着我的手，几乎都掰不开，而一旁的阿狼守着我们，连他和楚玥也不让靠近，他们费了好大的工夫才劝服了阿狼，将我们背回舱室。

而我听完这一段之后，心里却没有丝毫的波澜起伏，只是在之后的时间里，有意或者无意遇见姬澈和楚玥的时候，会低着头不着痕迹地避开。

到底在这海上漂泊了几天，我已经不大记得清楚，在这条巨大的红楼宝船上，好像一切对我来讲，都已经失去了意义，我好多好多的东西都丢在了这条船上，可能这一生，也捡不完整了。

这一天，司徒安给我端了两碗莲子羹过来，告诉我还有三两天的工夫，我们就能够看到登桓山了，我只是对他笑了笑，接过羹汤喝了个干净。

面前的司徒安一边收拾碗筷，一边对我说道:“雪狼果然是个了解你的人，你这几天下来，水米不进，整日整日地神游天外，再这样下去的话，你估摸着连笑也不会了。”

他将两个陶碗叠在一起，很认真地看着我的眼睛，“叶姑娘，人要学会为自己而活，有些东西看得太重，自己就变得太轻了，得不到的东西，妥妥地放在心里，至少还有个念想，留着他，也许还能开出艳丽的花也不一定。”

说着，笑起来，“你得到的东西，是你妒忌的那个人奢求很久也没有得到过一丁点的，都说你的眼睛生得很明亮，可我怎么就没有看出来呢？”

我呆呆地看着他，他呵呵一笑，捧了一捧南瓜子放在我面前的木桌上，“我说过，你是这个世界上最幸福的女人，相信我这双眼睛，虽然没你生得明亮，但三千世事，我比你看得通彻，人嘛，总要活得轻松一点才是。”

说完，对我轻轻一笑，端着收拾好的碗筷，嗑着瓜子，哼着小曲，悠悠地出了房间。

云遮山兮，路遥遥。
雾绕川兮，水迢迢。
满目风兮，云飘飘。
汝不见兮，心渺渺。

他好像很喜欢这首曲子，看着他一步一步消失在走廊里的背影，心里忽然就升起一股沧桑感。

他的心里明明已经背负了那么多的东西，却还能做到这样潇洒自在，与其说他对三千世事都已经看得通彻，但我心里知道，他明白的那个道理并不是这样，而是他清楚，将那些悲伤惆怅堆在脸上，是没有用处的。

我心里忽然就明白了过来，看着窗外起伏的海，心里逐渐沉了下来，这几天，我真的太矫情了。

那些我看在眼里的，都只是楚玥对姬澈的好，却忘记了心里那些姬澈对我的好，我傻傻的认为，我喜欢他，那么在这个世界上就只有我能对他好吗？

司徒安这一席话，可真真给了我一棒子，那些我已经忘记的姬澈对我的好，统统的都在脑子里活了过来。

云遮山兮，路遥遥。
雾绕川兮，水迢迢。
满目风兮，云飘飘。
汝不见兮，心渺渺。

哼着这首小调，心里也逐渐释怀，我想，我已经知道自己应该怎样去面对那些东西，那些情绪，也感觉到我丢失在这条船上的东西，并不是一生也捡不完整。

第六节　尖叫

收拾好了心情，将那些复杂又矫情的东西统统藏好，虽然我做不到像司徒安那样将所有情绪统统用笑容和风雅来取代，但心结这东西，只要一打开，剩下的一切，就很自然地化解了。

就在这一天的傍晚，我苏醒过来的龙魂之力完全丧失了，而我却显得出奇的淡然。

心脏里还残存着一缕鸿蒙之气，比之前而言，不足十分之一，剩下的这一点点鸿蒙之气，往多了估计，也就只能唤醒龙魂一刻钟，甚至更少。

晚上，领着阿狼去第三层吃夜宵，由于心结已经解开，胃口自然也恢复了，将我这几天没有吃的东西全都补了回来，吃了个痛快。

可是，连累了好几个厨子，他们做得还没有我吃得快。

阿狼围着桌子转圈，一双巨大的蓝色狼眼一直看着我，我虽然说是带它来吃东西，可连一根骨头也没扔给它，把阿狼气得差点没直接跳上桌子和我抢吃的。

我这个时候哪里还顾得上它？一双油腻腻的手直接摸上了阿狼的脑袋，“乖，边儿上待着去，等我吃饱了再给你。”

恶心的阿狼连连避开，低吼一声，吓得整个船舱里的仆人、厨子都一阵哆嗦，锅碗瓢盆不知往地上掉了多少。

而我，早已经习惯了它生气的样子，一笑置之，全然不理。

就在我吃得兴起的时候，忽然从楼上传来一声惊天动地的尖叫，阿狼的怒吼是洪亮且满是震慑力的，而这一声尖叫却是十分尖锐刺耳，几乎能把人的耳膜给刺穿，我仿佛看到了一把尖锐的无形长剑从头顶的木板直刺而下，杀伤力惊人！

我用一双油腻腻的手捂住耳朵，那声音一直都没有消停下来，而且杀伤力不减，也不知这人的中气得有多长，能喊出这样高亢的调子，而且还能做到经久不绝。

依稀还能听出这是个女人的叫声，心说难道是楚玥？但是转念一想，楚玥性子平和，而且识得大体，人也是颇为精明干练，怎么可能发出这样尖锐而且满是杀伤力的声音？

难道是沐沐？

一想起沐沐，忽然就想到了活宝，一想到活宝，就想到这老不正经的小屁孩该不会把沐沐怎么着了吧？

虽然我已经发了那样的宏愿，活宝只要将沐沐偷了出来，那沐沐以后就是活宝的了，可是，他也不能猴急到这个程度吧？也太不正经了点。

想到这一层，我哪里还有心情吃东西？甩开脚丫子就朝楼上跑去，一边跑，一边还在心里咒那老不正经的小屁孩儿，要是真把沐沐怎么着了，一定得剥了他的人皮做个灯笼！

想着，人已经上了二楼，阿狼见我跑路，一下子跳上桌子叼了一只整鸡，也紧跟着我跑了上来。

窄窄的楼道里已经挤了不少人，看来都是被这声尖叫引来的，我甚至还发现了姬澈和楚玥并肩朝这里缓步走来，彼此之间还在小声地谈论着什么。

他们看见风风火火的我，就停了下来，我对他们笑了笑，推开人群挤进楼道，看到他们的那一瞬间，心还是沉了一下，我还是做不到视而不见。

但好在只是一瞬间，那股情绪就被自己压了下来。

声音还在尖锐地响着，一丝丝的减弱也没有，还是那么高亢，喊了这么久，居然还没背过气去。

推开那些看热闹的仆人和水手，来到发出声音的门口，这叫喊声果然是从沐沐的房间里传出来的，心里叫了声不好，再一看房门居然紧闭，心里忽然就升起一股火气。

拍了两下紧闭的木头门，没有人回应，尖锐的叫声依然不停不减。

这时候，我发现围观的人群竟然让开了一条道，楚玥和姬澈一前一后正朝这里走来，心中忽然就发了火，抬起脚，用尽了力气就要去踹门。

可惜，我动作慢了点儿，那扇紧闭的木头门就在我抬脚刚要踹下去的时候，忽然就开了，我没收住力气，一下子摔进了门里，身体不受控制地就要朝地上摔倒。

好在被人一把拉住了，才不至于摔在地上，我回头一看，面前司徒安那一张乐呵呵的脸正看着我，“不用客气，不用客气，赶紧免礼，赶紧免礼！”

我看着他那一张笑得褶子都堆在一块儿了的脸，一把将他推开，心里就骂道：“奶奶个西皮的，干什么见不得人的破事儿还需要看门排队的吗？”

司徒安将木门重新关严实了，朝我指了指一个方向，示意我往那儿看，一脸都是藏不住的奸笑。

我转头朝那个方向看过去，发现沐沐抱着被子缩到了床角，小小的身子蜷缩成了一团，张着小嘴闭着眼睛正铆足了劲狂叫。

床前是提着根棒子的活宝，不停地来回走着，司徒安的幻青扇不知什么时候落到了他手里，一脸焦急地狂扇着，头发都被扇得飘了起来。

房间本来就很小，他的步足又迈得很开，三步两步的就到了头，就不得不调回来接着再走，来来回回，走走转转，就我进来这眨眼的时间，他都已经转了三圈了，一副焦急到手足无措的样子。

我看了看沐沐，又看了看活宝，顿时松了一口气，还好，还好，这俩调皮的小孩子没做什么出格的事，至少身上的衣服料子都还很妥帖，一块也没少……

活宝像是看到了我，来来回回走着的脚步一下子就停了下来，手中提着的那根棒子也哐啷一声掉在地上，一个箭步朝我冲过来，手中的幻青扇被他往后一抛，落在了窗台前的桐油灯里。

司徒安赶紧跑过去，将扇子捞出来，一边擦着，一边啧嘴，“你这败家爷们儿，你这败家爷们儿”地嘟囔。

我还没有弄明白到底发生了什么事，面前的活宝一把握住我的双手，扑通一声就跪在我的面前，“姑奶奶，你就给老子行行好，叫老子那媳妇儿别号了行不行？老子……老子这小心肝儿，受不了啊！”

我看他一把鼻涕一把泪的，赶紧将他从地上拉起来，学着司徒安的口气，“别客气，别客气，赶紧免礼，赶紧免礼！”

他还不容我喘口气，就将我拉到沐沐的床前，沐沐还在那里尖叫，声音都快哑了，但还是没停下。

那活宝小心翼翼地跳上床榻，很谨慎很谨慎地朝沐沐那里挪去，生怕惊动了她。终于，他靠近了沐沐，拍了拍她的肩膀，“乖，别号了，你看看，这位老主是谁？”

哎呀，这声音，我怎么听着浑身都起鸡皮疙瘩，浑身的骨头都酥了，偏头一看司徒安，发现他正揉着胳膊拿脑袋假撞墙，显然，这声音，他也不怎么受得了……

沐沐压根就没理他，闭着眼睛抓起枕头就朝活宝砸了下来，又是甩胳膊又是蹬腿的，活宝一个没留神，被沐沐踢了一脚，直接就被踢下了床。

活宝趴在床下直揉腿，一脸的哭腔，悲号着，“看来，老子以后的日子，不大好过。”

说着，还抹了两把眼泪。

我拍了拍他的肩膀，学着他之前那怪调调安慰他，“乖，要是觉得这货色不好，我们还可以商量退货的。”

那司徒安一听我这怪调调，还真就拿脑袋撞了一下墙，疼得在那里直揉，嘴巴里不停地感叹着，“作孽呀，作孽……”

我也不管那活宝有什么反应了，尖到这种程度的声音，只听一下就能削骨噬魂，何况还号了这么久，听着实在是让人受不了。

我清了清嗓子，咳了两声，忽然一声大吼，“你再号一声试试？”

我声音很大，而且也不是很和善的口气，一下子就把她的尖叫声盖了下来，房间里的人在我这一声大吼下都傻傻地看着我，整个世界，一下子完全清静了下来。

沐沐不尖叫了，终于睁开了眼睛，她的眼角噙着泪，正一脸委屈地看着我，好半晌，才开口问我，声音都哑得不成样子了，“姑娘，你，你是……”

我这个时候还没有拐过那一道弯儿，悠悠地看着他，把自己的脸朝她那里凑了凑。她看样子有些害怕，身子还往后面缩了缩，但显然是没有地方缩了。

“你好好看看，我是谁。”

她的身子完全缩在了角落里，还真有模有样的仔细地打量着我，我一下子就泄了气，心说，你连自家主子都不认识了吗？白眼狼啊！

司徒安揉着额头朝我这里走来，指着自己的脸对我轻声地说道：“你的脸……”

我愣了一下，很快就明白过来，我这张脸，沐沐是没有见过的，深深地吸了口气，告诉自己冷静点。

将目光重新移回到沐沐身上，发现她正一脸好奇地看着司徒安，我假意咳嗽了一下，吸引她的注意力，问她，“你还记得当年晋宁城里的叶凝吗？”

她思索了一会儿，一双柳眉微微皱起，端详了半晌，问道：“姑娘认识我家公主？”低眉想了一下，又赶紧补上一句，“我家公主现在在哪儿，姑娘能否告知奴家？奴家必感激不尽。”说完就从床上坐起来，着急忙慌地对我跪下，看这样子，是要磕头了。

我当然不会让她把这个头叩下，我按住她的肩膀，仔细地看着她，秀气端正的脸，苍白又沧桑的神色，急切想要得到指点的不安，噙着眼泪的一双眼，心里忽然间就是一酸，一把将她搂进怀里，眼泪不知怎么就装满了眼眶，“沐沐，你找到我了……”

第七节 毁船

怀里的人在听到我这一句话的时候，整个身子都僵了一下，片刻，挣扎着要从我怀里钻出来，我没有阻拦，放手让她从我怀里出去。

沐沐仔仔细细地看着我的脸，一寸一寸地看得十分仔细，就差趴在我脸上了，可是越看她的细眉就皱得越紧，之后挠了挠脑袋，又甩了甩，看样子我刚刚那句话让她很挣扎。

见她要说话，我知道她要说什么，无非是——你不是我家公主之类的，我没让她说出来，叽里咕噜地说了一大通以前在晋宁王城里的点点滴滴。

这一大通的破事儿其实我根本就不愿再去提起，但是为了让沐沐认出我，也不会有比这更好的办法了，难不成跑出去把姬澈拉进来把我的脸换回去?

想想，还是不要了。

身边的活宝蹲在地上，趴着床沿，头枕着手臂，做出一副听书的样子呆呆地看着我唾沫星子横飞。司徒安也不抽抽了，坐在矮板凳上擦他的扇子，喝他的茶，一边带了只耳朵听我说着之前的辛酸史。

当我把我和沐沐从康宁宫到紫竹苑的所有趣事、过往都说了一遍给她听之后，沐沐的眼泪哗的一下全流了出来。

她是除了暮筝之外，我从小到大唯一的朋友。我看着她的眼睛，心里也不知道是什么感觉了，有一种失而复得的狂喜，也有一种失落的彷徨。

活宝的脸上露出几分淡淡的笑容，很难看得到他这样的样子，“原来，大妹子也有一段不堪回首的往事啊。”

我拍了他一下，“你用得着我的时候就叫我姑奶奶，用不着我的时候就变回大妹子了啊？”

他一副小孩儿模样，傻笑了一下，揉了揉自己的脑袋。

沐沐认出了我，一下子扑进了我怀里，我以为这个柔弱的小女孩一定会哭鼻子，竟没想到她能够镇定到只是欣喜而没有涕零的程度。

“你果然是公主！”

沐沐笑起来的样子看起来十分的俏皮可爱，像只小兔子，蹲在身边的活宝看得入了神，口水都快流出来了。司徒安对着他的脑袋敲了一扇子，轻声道：“矜持点，矜持点！”

活宝头也不回，反手挡住司徒安的扇子，“知道了知道了，老子知道了。”眼神始终没有从沐沐身上移开过半寸。

司徒安看着活宝这样子，只觉得反胃，啪的一下子将折扇打开，一个劲儿地猛扇，直叫丢脸丢到家了，不可救也，不可救也！

门外传来了敲门声，我抱着沐沐，不便行动，活宝看沐沐看得入了迷，也没动弹，跟没听见一样，司徒安叹了一口气，嘟囔着去拉开了门扇。

姬澈的身影从门口探进来，后面还跟着楚玥和阿狼，他看了看我，又看了看沐沐，再看了看已经呆傻了的活宝，问道："刚刚叫得那么凄惨，出了什么事？"

沐沐这个时候才反应过来，从我怀里钻出来，一看屋里多了两个人，再朝门外一看，不知道多了多少人，一张小脸唰的一下全红了。

"没事儿！"

活宝看也不看姬澈，目光依然傻傻地看着沐沐，摆了摆手，"老子看我媳妇儿呢，可能老子人长得磕碜了点，媳妇儿一醒过来，看到老子这一张怪模怪样的脸，被吓着了！"

沐沐往我身后缩了缩，很谨慎地问活宝："谁是你媳妇儿？"

活宝连连指自己的脸，一脸呆呆的，"老子呀！"似乎感觉到有什么不对，赶紧改了口，"不对不对，不是老子，是我，是我！白玉燕，老子以后……不对不对……"他扇了自己两个嘴巴子，"错了错了，是我，我以后就是你夫家了，你要乖乖的，知道了吗？"

沐沐又往我背后缩了缩，壮着胆子问他："谁告诉你我是你媳妇儿的？"

活宝依然趴在地上，"嘿嘿，你本来就是我媳妇儿，没得跑了！"

"才不要！"沐沐惊叫一声，几乎扒在了我背上，"我才不要做你媳妇儿，我还要伺候我家公主呢。"

活宝摆了摆手，"你跟了老……"又给了自己一个嘴巴子，"你跟了我以后，就不用再伺候大妹子了，你自由了！"

"我才不跟你！"沐沐抱紧了我的胳膊，"我要跟着我家公主。"

"成，成，成！"活宝连连点头，"你跟了我以后还是可以伺候你家公主的，咱们两口子一起伺候。"

旁边的司徒安一看到这副景象，不停地拿幻青扇打自己的头，一边朝门外走，一边感叹，"问世间情为何物，一物降一物啊……"

话毕，人已出了房门。

楚玥看到活宝这副样子，矜持地笑了起来，拉了拉姬澈的衣角，示意他出去。

姬澈偏头看了楚玥一眼，也忍不住轻轻地笑了起来，和楚玥一起离开了。

门口的阿狼朝屋子里看了一眼，忽然转身对后面看热闹的人大吼了一声，人群经不住它这一嗓子，瞬间作鸟兽散了，自个儿再朝屋子里看了看，摇着狼尾巴悠悠走开了。

留在房间里的我一下子好像变得很多余，思量再三，觉得还是离开为好，这两个小屁孩儿之间的事儿，还是让他们自己解决吧，我就不掺和了。

原本我认为要想在这样的情况下脱身应该是一件特别麻烦的事儿，但没想到竟然会容易到这种程度，他们两个一个说“你是我媳妇儿”，一个说“我不是你媳妇儿”，争得那叫个投入，完全没有把我要溜走这档子事放在心上。

沐沐醒了过来，我的心也安定了，来到甲板上看着滔滔海浪，天大地大，连沐沐都有了一个好的归宿，这，是一件好事儿。

虽然我还有很多的事要问沐沐，但也不急在这一时。明日一早，船应该就能够到达登桓山了，那么，到了登桓山以后，再问她也不迟。

在船上的最后这一晚，我睡得十分舒坦，我没有去叫沐沐，她不知为什么也没来找我，这让我有一种被遗弃的感觉。

第二天早上，我是被姬澈叫醒的，这是他自我上了这条船之后第一次进我的房间。

“到地方了，不用梳洗，我们要去甲板。”

迷迷糊糊地跟在姬澈身后，到了甲板，发现所有人都到齐了，连我在这条船上没见过一眼的幽鬼也出现在了甲板上。他站在最最角落的地方，不和任何一个人站在一起，但是今日所见，发现他和以往有一点点的不同。

他的身后，背着什么东西，长长的，由布条包裹着，看不清楚。

楚玥在船尾张罗着什么，船桅上的巨大帆布都收了起来，大船飘在无边的海面上，动也不动。

沐沐见我出来，就过来搀我，可不知道为什么，那活宝也跟着沐沐跑了过来，不过倒不是来搀我的。

我跟在姬澈身后，朝船尾走去，身边的沐沐虽然搀着我，但时不时还是要和活宝打闹一下，我本来还想问问她昨天晚上到哪里去了，但一看这情况，也没有问她的心思和必要了。

水手们都聚在船尾，由楚玥指挥着忙碌些什么，到近处一看，发现他们正在往海面上吊一艘小船。

小船约有三丈长，比这艘红楼宝船来说只能是小不点，我朝四周看了一眼，全是无边无尽的海水，哪里有什么山？

很快，小船就被放到了海面上，为了不让小船飘远，固定在小船上的绳子都没有解开。

“我们，要换这条船吗？”我问身边的姬澈。

他点了点头，“这条大船，到不了登桓山。”

“为什么？”我接着问。

他笑了笑，“等一下你就知道了。”说完拉着我一下子就从大船上跳了下去，我连一点点的准备都没有。

紧接着，楚玥、司徒安也都跳了下来，然后是身后背着什么东西的幽鬼，再之后就是活宝和沐沐。

沐沐是被活宝抱下来的，在把沐沐送下来之后，活宝又腾身回到了宝船上，将如同一匹马一样高大的阿狼扛在肩上，跳了下来。

虽然姬澈的话我一直都很相信，但是在这里我并没有看到什么山，无边无尽的全是海水。

今天的海浪很细，整个海面之上一片风平浪静，是顶好的天气，小船载了一船的人，吃水很深，但还不至于掉在海里。小船两侧有两只木桨，我几乎难以想象，难道我们要用这样一条弱不禁风的小船渡海不成？

人员到齐了之后，姬澈拔出青冥砍断了固定小船的绳子，红楼宝船上的人虽然是奉了柏烨的命令送我们出海，但一直都和我们分得很开，基本上没有什么交往，没有人来为我们送行，也没有人跟我们这一群人道别。

划船的工作是由司徒安来做的，一桨一桨的划得很好，看样子是个行家里手，姬澈站在船头定定地看着前方，楚玥坐在一条栏杆上，沉默不语，一船的人都十分安静，连活宝也没跟沐沐说话，感觉气氛很低沉，有些诡异。

我们这条小船驶出去一段距离之后，那红楼宝船才重新升起五张巨大的风帆，掉头开始往来时的路驶去，它并没有先我们一步或者与我们同时开船，因为如果那么一个大家伙动起来必然会掀起大浪，我们这条小船，可受不起风浪。

一个向东，一个向西，朝着各自的方向越走越远，可就在我们离大船足有二三里海域之时，我发现姬澈的背影动了一下，手中的青冥青光一闪，飞出剑鞘。

像是有什么不好的事情要发生，当青冥出鞘的那一瞬间，我的心里忽然咯噔了一下。

姬澈的身影踏着细细的海浪朝那条红楼宝船急速追去，手中青冥所放出的青光越发浓郁，忽然听到一声巨响，数十道剑光离剑而出，海浪掀起，剑光贴着海面直直砍在红楼宝船底部，即便隔得很远，依然能够清晰地听到那厚厚的木板断裂的声音。

第八节　登桓山

甲板上除了我和沐沐之外，没有人回过头去看这突然发生的一件事，也没有人脸上露出什么惊讶或者难以置信的表情，他们都只是默默地看着前方，木然的，像是完全没有发生过这件事情一样。

司徒安依然划着他的船，嘴里又哼起了那首小调，可这一次，轻轻的调子飘进耳朵里，却有一种沉沉的低迷。

姬澈身形一晃，已经回到了船头，青冥化作一道虹光飞入剑鞘里，白发舞在风中，萧萧背影对着无法相信的我，隐入苍茫大海。

“你，做了什么？”

我呆呆地看着他的背影，我不相信这会是他做的，真的不相信。

“毁掉证据而已。”

他也不回头看我，听他的声音，都觉得有无尽的寒冷透过肌理直直灌入心房。

“这条船，决不能回到韩国。”

“为什么？”

他轻轻一笑，“不能让羽华有进兵韩国的说辞，船没了，人死了，即便羽华能够猜到是柏烨帮助了我，那也不会拿到确实的证据。”

“就为了这个？”我忽然间好像有点不认识眼前的这个人了，冷笑了起来，“就为了这个，你就杀了几百号人？”

整条船上的人给我的回答都是整齐划一的沉默，一种十分奇怪的气氛萦绕在我们四周，连那柔柔的海风也吹不散。

不是我不懂道理，只是这个道理即便我都能懂，却怎么也劝说不了自己，姬澈在雪狼谷劫走我的时候，阿狼的部族咬杀了靖国整整八千精锐，我知道，那是必须要做的，他们是敌人，我不会背负太大的心理负担。

可这一回呢？

是这些人救了我们，是他们送我们到了这里，逃离了羽华的魔爪，供我们吃食，供我们休息，他们算是我们的恩人，而我们又是怎么回报他们的呢？

这个世界，真的需要冷血到这个程度吗？

沐沐过来拉了拉我的胳膊，一双小眼睛怯怯的在众人之间来回扫过，低低地对我说：“公主，咱们人在屋檐下，少说两句吧。”

我撇开她的手，非但没听她的，反而还高声地嚷了起来，“他们有哪一点非得去死？只因为送我们来了这里，就必须丧命吗？”

“叶姑娘！”

楚玥站了起来，看着我，“有些事你不懂，这个世界上有很多的无奈，也有很多的身不由己，要想达到目的，就得付出代价，你知道我们为了救你，付出了多少代价？阿澈为了能够带你来到这儿，又付出了多少代价？我们为了什么？只是为了一句承诺，一份恩情而已，你懂吗？”

她直直地看着我，目光灼热如火，“我从登桓山上带过来的人，全丢在了沧海之城，他们也有妻儿，你知道柏烨助我们逃离羽华控制的沧海之城，助我们前往登桓山的事一旦泄露出去会是什么后果吗？你不懂，就别瞎嚷嚷！”

楚玥的语气已经很不善了，而且十分愤怒，显然她的心里也很不好受。大家都是这样，司徒安、活宝、姬澈，一个个全都低着头，那用沉默代替的所有情绪表现在脸上，沉沉的。

是啊，都没有错，谁都没有错，唯一错的那个人，就是我。这些，都是我活下来的代价。

沐沐拉我坐了下来，司徒安没有回头看过一眼，只低着头划船。我也不敢回头，我知道在我身后是一副什么样的场景，我不敢去看。

不敢去看那红楼宝船一寸一寸沉入海底，不敢去看那些掉在海里的人们是如何挣扎的，更不敢去看那一切是如何被毁灭的。我闭上眼睛，从未有过的疲惫一点一点吞噬着我，身后传来的声音，是声嘶力竭的嘶喊，是挣扎着活命的呼救和我没看到的绝望的眼睛。

之后的路是怎样的，我完全没有记忆，低迷又沉重的情绪完全包裹着我的身体，掩去了我所有的感官，身子像是死过去一般，堕入无尽的深渊。

只记得好像有一片雾气，逐渐从海面上冒出来，一点一点将整个世界完全遮挡。在一片纯白的雾气之中，小船往前行进了很久，依稀能够模糊地记得姬澈每隔一段时间就会指点司徒安修正方向。

在这一片雾气的世界里，出奇的安静，连船桨划水的声音都模模糊糊的，船往前行进的速度很慢，几乎感觉不到船的移动，所有的人都压低了声音，保持着沉默，似乎动静稍微大一点，就会惊醒什么东西一样，船行驶得十分小心。

当船驶出无尽雾色的时候，像是撩开了层层帷幔一样，眼前的一切都慢慢变得清晰起来。

眼前，是一座巨大的山脉，横卧在无尽的雾气之中，但是这雾气好像没办法靠近那一座大山，只在大山之外几十里的地方盘旋流转。

驶出雾气，首先是活宝长长地吐了一口大气，骂了一声，"终于出来了，这天昏地暗的地方真不是人待的。"

司徒安微微一笑，揉了揉肩膀，看样子划船划得累了，感叹了一声，"终于回来啦！"

气氛一时间像是变得轻松了起来，连我也从游离之中清醒了几分，眼前的那一座大山十分巨大，但并不是很高，只有一个山头高高地耸立在群山之上，深入到薄薄的雾气里，大山深处一片翠绿青青，稀疏的金色霞光透过薄薄的云层，化成一束束金灿灿的光柱射在茫茫群山之中，笼着雾色山川，添了几分仙气和宁静。

登桓山，我终于到了这里！

小船稳稳地向登桓山驶去，速度并不是很快，想必是司徒安懈怠了，反正登桓山已近在咫尺，慢一点也就慢一点了。

大约几炷香之后，船已靠岸，停在一处礁石旁，涛声渐大，微有震耳。

抬脚就能够到那一块礁石，姬澈站在船头，第一个跳了上去，之后将楚玥也拉了上去，然后就是我，活宝抱着沐沐，最后是司徒安和幽鬼。

礁石之后，是由十几块小一点的礁石连接而成的小道，礁石之间的距离并不是很开，微微一跳就能跳过去，连沐沐都能走得很轻松，我自然就更不在话下了。

走过礁石小道，就到了沙滩上，四下一望，沙滩之上是一片密林，空气十分清新，连一点点的海腥味都没有。这里是姬澈他们的老巢，带路的活自然是由他们来做。

我和沐沐走在队伍的中间，前面是姬澈和楚玥带头，司徒安还有幽鬼殿后，哦，忘了活宝，他是跟在沐沐身旁的，嘴巴一刻也没停下，不停地给沐沐介绍登桓山，我也能顺带着听一听。

民间彷市里，对于登桓山虽有传说，但少之又少，几乎没有几人知晓有登桓山这么个地方，这里在平凡人眼里，是一座海上仙山，是神仙居住的地方，凡人的肉眼凡胎连看也看不见，更不用说找到它。

其实不然，活宝对一脸惊奇的沐沐说道："知道我们刚刚经过的那一片白雾吗？那其实并不是自然形成的，而是登桓山的第一任主人布下的幻境，幻境之中步步杀机，其中万千剑气，处处都是绝境，若是走错一步，顷刻之间连骨头渣子也别想剩下一点，幻境布满整个登桓山外，将整座山都隐藏了起来，一般人根本就看不见登桓山，即便是看见了，但如果没有人带着，根本就不能靠近登桓山半步。"

习惯了活宝不着调的语气，如今他一本正经地介绍起登桓山来倒是让我很不习惯，而沐沐似乎并没有在听，一心只留意在山山水水之间，好像这些风景比活宝说的话更有吸引力。

"那里叫作剑冢。"活宝指向那一座最高的山峰，"那是登桓山第二任主人取的名字，是登桓山上最最机密，最最神秘，最最不可进入的地方，那个山头上究竟有什么，除了那妖精之外，登桓山上上千号人没有一个知道，那里是只有登桓山的主人才能进入的地方。"

说到这里，活宝很是小心地看了一眼前面的楚玥和姬澈，极其神秘地靠在沐沐耳边说了一句，声音虽然很小，但我还是听得十分清楚，他说的是："我偷偷地搞到一些东西，传说啊，那个山头上，有传说中的古兽白泽，世上第一的九劫剑最重要的剑柄碎片，就封印在那个山头上！"

"燕子！"

前面的楚玥忽然停了下来，转过头看向活宝，脸上的表情有些恼意，"上回阿澈教训你教训得不够吗？"

活宝一听这话，赶紧就闭了嘴。

楚玥瞪了活宝一眼，有些无奈地摇了摇头，继续在前面带路。沐沐在听到活宝说九劫剑剑柄碎片的时候，搀着我的手忽然抖了一下，我有些纳闷，忽然就看到沐沐身子毫无征兆的一斜，像是要摔倒。活宝反应奇快，一下子就把沐沐扶住了，低头一看，原来是沐沐不小心踩到了一块碎石头，崴了脚。

沐沐松开搀着我的手，弯下身子去揉脚，活宝一看，哎呀一声就叫了起来，"媳妇儿，你怎么这么不小心，可心痛死老子了。"

说着，就赶紧蹲下身子给沐沐揉脚，看那样子，比自己脚崴了还要心疼。

我们一行人都停了下来，司徒安摇着扇子若无其事地从我们边上走过，阴不阴阳不阳的冒了一句，"瞧你那傻不拉几的样子，你老娘脚崴了也不见你着急成这个样了……"

这两日司徒安本来就对活宝巴结沐沐的各种举动很不爽，觉得很丢他们男人的面子，活宝却完全不把司徒安的不爽放在眼里，还不等他把话说完，就对司徒安堵上一句，"老子的娘早在老子三岁时就死了，老子这辈子没人疼过，但是老子的媳妇儿绝不允许没人疼！死都不能！"

沐沐听了活宝这句话，身子顿时就僵住了，一片红晕沿着脸颊一下子就红到了耳朵根。

司徒安叹了一口气，摇了两下扇子，不再说话了。

第九节　世外之地

沐沐的脚崴得并不是很严重，走路不成问题，但活宝显然是不会放过这样一个对沐沐大献殷勤的机会，不由分说地就把沐沐背在了背上，笑呵呵地说道：“脚不好，就让夫家背一段儿！”

沐沐的脸更加红了，反抗了两下，显然是劲不够使，就朝我看了过来，我对她笑了笑，让她安心享受吧，不用顾忌我。

我们继续往前走，走着走着，我脑子里就想起了一些往事。刚遇到姬澈的时候，前往韩国离桑城那一段山路，姬澈也是这样背着我的，不经意地想起，好像犹在隔世。

不多久，前面出现了一条石阶通往山里，石阶不宽，仅能容两人并肩而走，若是挤一挤的话，并排走三个人也可以。楚玥和姬澈走上石阶的时候，原本并肩而行的两个人就变成了一前一后，我们跟在他们身后，走上了这条石阶。

石阶两旁皆是灌木杂草，看两旁灌木的密集程度，像是不常有人修剪，此时正值早晨，两旁的灌木上都沾了不少露水，连白石的石阶也被滴落下的露水染成了浅墨色。

走在这条石阶上，空灵悠然，因灌木茂密，光线就显得有些阴暗，前面的楚玥和姬澈到了家，脚步也快了一点，活宝背着沐沐，和司徒安落在了我后面，当然最后面的是那如幽灵一样飘着的幽鬼，还有十分安静的阿狼。

石阶沿着平缓的山坡逐渐往上，坡度不陡，走起来也不费力，两旁丛林静谧，空气很潮湿，走得久了，就能感觉到丝丝凉意。

登上石阶之顶，已在一座山包之上，这里有一间茅草亭子，建得有些粗糙，而且看上面岁月留下的痕迹，应该已经很古老了，也不知它历经了多少年的风雨，至今依然不倒。

我们走进亭子里歇脚，活宝将沐沐从背上放了下来，沐沐双脚一着地，就朝我跑来，一脸羞羞的样子藏在了我身后，显得十分不安，头压得很低，几乎不敢抬头见人。

我看了她一眼，笑了起来，“女孩子迟早都会有这么一天的，羞羞答答成这个样子，谁还敢碰你？”

“老子敢，老子敢！”

活宝像是走得有点累了，蹲在了地上，傻傻地看着沐沐，发觉自己说的话不对，就改了口，“我敢，我敢！嘿嘿！”

他这副样子，委实是太欠揍了些，连我看着都很受不了，更别说沐沐了，小身板几乎一下子完全藏在了我后面。

我想，这个时候司徒安一定会来羞辱羞辱活宝，等了很久，也没等到司徒安的声音，转过头一看，发现他正倚着亭子的木柱目光缥缈地看着山下，嘴里还嗑着瓜子，看模样，是在担心什么事情。

姬澈站在亭子正中，偏头看了一眼司徒安，问道："你在想什么？"

司徒安吧嗒了两下嘴，目光依然看着山下，叹了口气，道："也不知道我那菜园子里的菜烂光了没有，这次回来要是没菜吃，可真是遭罪。"

楚玥笑了起来，"司徒，你那菜园子有人打理，别操这心了，要真是没得吃了，去我那里摘几筐好了，不会让你饿着肚子的。"

司徒安笑着站直了身体，对楚玥抱了抱拳，"那就多谢大小姐了！"

歇了一下，我们继续往前走，前面的石阶已经开始往下，越是往下，灌木也就越茂密，石阶几乎都隐在了灌木之下，行走起来极为不便。

活宝像是背沐沐背上瘾了，还要来背她，这回沐沐是说什么也不肯让他再背了，硬撑着我和走在一起，弄得活宝像个老妈子似得在后面直喊让她慢着点。

我们一路前行，沿着石阶往山下走，除了活宝不停地在后面嚷嚷之外，大家都很安静。

石阶并非笔直，也不是直直朝下的，七拐八拐的在灌木从中摸索着前行，也不知道走到了哪里，不过前面的楚玥和姬澈很认路，虽然路不好走，但还不至于找不到路。

当绕过一片茂密的丛林之后，我们来到一处视野开阔的地方，前面已经没有了特别高的灌木，能够看出去很远。姬澈和楚玥在这里停了下来，我朝山外一看，眼前的场景令我心神一震。

在我们所处的这座小山的山脚下，是一片开阔的平地，估计得有十好几里方圆，我们站在高处，下方一大块平地尽收眼底。

薄薄的云雾飘在天空，苍茫群山像一只碗将平地围在正中，在那片平地里，开垦出了大大小小无数的良田，而在视野的尽头之处，缥缈的云雾之中，有一处村落坐落在群山之下，云遮雾绕的，看不大清楚，但村子的规模，绝对不会太小。

"叶凝，我们到了。"姬澈看着我，脸上露出淡淡的笑容，"和你预料之中的登桓山，是不是很不同？"

我定了定神，良久才点了点头，"不像个玄宗密派，倒像是一个世外之地。"

姬澈点了点头，"这里的确是个世外之地，隔绝恩怨纷扰，是个清净的所在。"

司徒安凑了上来，对我笑道："叶姑娘，我在这里还有两垄闲地，改日我给你翻翻土，种点菜，过一过闲云野鹤的清净日子，图个安静。"

我难以置信地看着他："种地？你？"

"怎么？看着不像吗？"他笑了起来，"我可是个好手！"

楚玥笑道："司徒很有雅兴，过得是神仙日子，不过生活在这里的人都是这样，即便是阿澈也不例外，这里没有尊卑之分，要想吃饭，都得自己来。"

我们沿着石阶达到山脚下，沿着田埂朝平地那边的村子走去。大大小小的水田里，都是已经灌浆的水稻，风一吹，掀起一片绿浪，稻香扑鼻。

我和沐沐从未见过这样的景致，走在稻田的田埂上，一切都是那么舒心，远离了那些要想活下来就必须要有的血淋淋，忽然间仿佛有很多一直放不下的东西都可以在这一刻轻易地释怀，自在，平静。

我想，如果可以在这样一个地方生活下去的话，我非常乐意接受。

在临近村子的时候，有两个光屁股的小孩儿发现了我们，呀的一声叫起来，然后跑进了村子里，不大一会儿，村子里的老老少少不知道跑出来多少，由那两个光屁股的小孩儿领着，直直地朝我们走来。

人群围了过来，十分热闹，姬澈、楚玥、司徒安，活宝，他们跟这些人很熟，挨个和他们打招呼。

“公子，你们可算是回来了，怎么一去就去了这么久？可把我们大家伙担心坏了。”

面对众人的询问，姬澈显得十分平静，好像已经很习惯这些了，话也不是很多，三两句交代了之后，也并不在这里多做停留，一把将我从人群里拉了出来。

这些人好像都很了解姬澈的性子，见姬澈拉着我走开，也并不跟着追上来，只是叮嘱姬澈说，今天晚上大家会摆宴席，让姬澈无论如何也要过来。

大家对姬澈的回来都表现得十分开心，有两个小孩儿见姬澈拉着我，都痴痴地看着我，脸上露出疑惑的神色。

相比于我的简单脱身，司徒安和楚玥以及活宝就显得不那么容易了，沐沐想要从人群里挤出来，但无奈被活宝拉着，怎么也挣脱不了，人群都围着他们，问长问短，而他们也都表现得十分健谈，尤其是活宝。

我们的离开并没有在人群里引起太大的骚动，而我从小就孤僻惯了，也不大适合在这样的场面里久待，姬澈将我拉出来，是一个很明智的选择。

当我被他闷声不响地拉出人群的时候，我发现他的脸有些低沉，像是也不大容易和人混在一起，模糊地觉得，姬澈是不是和我一样，不大合群呢？

姬澈回来了，还带回来两个陌生的女人，村子里好像一下子就炸了锅，那些还待在屋子里没有出来的人也都陆陆续续地走出屋子。

我被姬澈拉着，时不时遇到三两个迎面走来的人，男的女的、老的少的都有，他们看见姬澈，都上来和他打招呼，而姬澈面对这些始终都是一笑置之，然后继续拉着我往前走。

我感觉这样子是不是显得很没有礼貌。

但很快我就发现，他们差不多都是对姬澈打招呼，很少对我表现出什么兴趣，而当他们的热情撞上姬澈的冷漠，出现在他们脸上的表情也并没有尴尬这一情绪，都显得十分平淡。

看样子，姬澈的冷漠他们都已经习以为常了，可是为什么他们都知道姬澈是个冷面神君，还如此热情地和他打招呼呢？

村中的小路很平整，姬澈的脚步很快，像是要逃离什么东西，我跟在他身后，渐渐走到村子的边缘，人，也逐渐少了下来。

沐沐和楚玥他们都没有跟上来，现今只有我和姬澈走在一起，忽然间我就有些不知所措了。

“我带你去你住的地方。”

姬澈在前面轻轻地说道：“我不大喜欢人多，总觉得太吵，一想起那些寒暄的话，总觉得哪里有点不自在，这么多年了，也没改过来多少。”

我干笑了两声算是回应，姬澈说完这个也不再说些什么，只是拉着我往前走，我想，这个人，一定不是很合群！

第十节　登桓山的秘密

不多久，我们就来到了村子之外，我不知道这里是什么地方，前面有一片松林，有一条村中小道通到这里，不过这里像是不常有人走动，小路上长了一些杂草，越往后走，杂草就越多。

小路只是普通的土路，并没有铺石板，在松林之中穿插而过，蜿蜒曲折。

这里除了我和姬澈之外，一个人也没有，回头看了一眼村子，虽然人已经远离了那里，但是那里的热闹清晰地传到了这里，看来沐沐很受他们的欢迎。

松林小道十分清静，路上还有一些掉落的松果，小道一路往上，像是通向山顶，路不是很好走，而姬澈走着走着就放开了我的手，没有了他的帮助，我走起来有些吃力。

我们翻过一道山梁，小道并没有向下的趋势，不过前面的路比上山的这一段平缓了不少，眼前尽是茫茫群山，看来，登桓山比我想象中的要大很多，远不止我所看到的这些。

姬澈的脚步并没有停下来，依旧在朝前走，我跟在他身后，努力不让自己落下，抬头看了看这条小道的前方，发现这条小道应该是快要到尽头了，而小道尽头之处是一座高耸的山峰，这一座山峰比这里的任何一座都要高，好像是活宝说过的剑冢。

不知道姬澈为什么会带我来这里，这不是登桓山上最机密的所在吗？姬澈说要带我去我住的地方，难道他给我安排的住所就是在这剑冢？

小道的尽头是一湾浅浅的湖水，如果这能够算作是湖的话，也许说是个水塘子应该更贴切一些。水塘里的水不是很深，只到腰部位置，但是水十分清澈，能一眼看清水塘底下的淤泥，还有一些鱼在水塘里来回游着。

水塘边有一条田埂，很窄，只能容一人通过，在田埂小道的另一边，有一片木楼建筑，一栋一栋分得都比较开，在这片木楼建筑之后，就是活宝所说的剑冢，那座奇高的山峰。

我站在剑冢山脚下抬头向山上看去，阳光有些刺眼，在微微云雾之中的剑冢之顶，像是有一座巨大的宫殿，缥缥缈缈的，像是建在云端一样。

我在这里没有发现通往山顶的道路，剑冢独立在群山之中，高耸入云，而且也不像其他小山那样布满植被，反而十分光秃，偶尔有一两颗松柏从山缝里伸出来，给白白的云雾天际添上一抹浅绿，风景十分优美。

我们走进这木屋群中，发现每一间木屋都是房门紧闭，但是都未上锁，我们走过几间，来到一间十分新的木屋前，姬澈这才停下脚步。

“就这里。”姬澈看向我，“我出登桓山的时候叫人为你新建的，这里没有闲置的屋子。”

我看着这间木屋，木屋总共有两层，都是用松木搭建的，屋外不远就是那方水塘，之后就是剑冢高耸的山峰，在屋外边角之处，有两株桃树，看样子是才移栽过来不久，叶子有点泛黄，不过已经活了。

屋外有一块不大的，全由白石板铺成的坝子，休整得十分平整，姬澈上前推开了虚掩着的房门，过来拉着我进了屋里。

屋中氤氲着一股淡淡的松木香味，松木铺就的木板成色很新，而且都刷着新漆，木楼的一层是镂空的，除了一间大堂之外没有其他的房间，一条木梯通向楼上。姬澈说，楼上是休息的地方，有两个房间和一条观光的走廊，在靠剑冢山的那一边有一间小阁楼以及一个小小的观景台。

这里的木匠手艺很好，房中的桌椅板凳全是木质的，想来这里能用上的最方便的材料也就是木料了。

沿海边建造的房屋构造几乎都是这样，我没有在海边生活过的经历，更没有在岛上生活过的经历，感觉这里的一切陈设虽然都很简单，但是布置得十分雅致，每一个地方都和我的心意，特别是屋外的两株桃树。

姬澈跟我说，如果我和沐沐住在这里的话，可以在外面开一个菜园子出来，在他们这与世隔绝的地方，一切都得靠自己不可，如果不会，可以请教司徒安。他在登桓山住的这几年，种地的手艺已经练到家了，而他住的地方离我这里不远，就在我的隔壁。

姬澈领着我在周边熟悉了一下，他也住在这里，不过离我这里比较远，在剑冢山的另一侧，他好像没有带我去他住的地方看一看的打算，而我也没有对他提起。

我想起之前看见的那一座在剑冢山顶的巨大宫殿，就问他，“在这山上不是有座宫殿？你不是住那里？”

他笑着摇了摇头，对我说道：“那地方是没有人住的，只是有人定期打扫打扫。”

我有些疑惑，“这么大手笔的宫殿，怎么会没人住？当摆设吗？”

“那里是登桓山的禁地。”姬澈坐在木椅上，看着我，声音显得十分平淡，“那里，是登桓山历代主人的陵寝！”

“陵寝？”我顿时一惊，“你是说，那里是……是坟墓？我就住在坟墓下面？”想想，觉得脊背有些发寒，住在这么一个地方，该不会夜夜惊魂吧？

姬澈微微一笑，“倒不是坟墓，只是安置他们牌位的地方，而且，那里面放置了不少东西，许多有关登桓山的秘密都安置在那里，一般在年底祭祀先祖的时候才会打开，到时候登桓山上所有姬姓的族人都会参加。”

他站了起来，领着我到了屋外，看向身后那一座高耸的山峰，“登桓山里大多居民都是姬姓，但也有很多别的姓氏，而登桓山的主人，都是由姬氏一族的人来担任，每一任登桓山的主人在离世之时，会把准备接任的姬氏族人叫上剑冢山顶，告诉继位者登桓山真正的秘密，等到上一任主人身死之后，被选定的那个人才能走下剑冢山。”

我微微点了点头，忽然想起姬澈的身份，姬澈真正的身份是靖国的子欣太子，而并非是姬氏一族，而刚刚姬澈所说，登桓山的主人只能是姬氏一族的人来担任，那么，姬澈是不是没有这个资格？

姬澈看向我，忽然就笑了起来，对我道：“你可别想擅自登上剑冢山，那条上山的路虽然人人都可以找得到，但不是谁都能上去。那条路，除了年底的祭祀，平常时间就只有登桓山的主人才能安全地登上去，你如果踏上那条路，就可能永远也走不出来。”

“永远也走不出来？”我诧异地看着姬澈，问他，“为什么会永远也走不出来？”

“那条路，没有尽头，你一辈子也走不完。”

说着，微微一笑，又将我领进屋子里。

“登桓山的秘密全都在那座山顶上，登山的路有蹊跷，布满了奇寅巧术，你永远也走不到那条路的终点，而反身回去的话，也永远走不到上山的入口，你会被活活地困死在那条路上，所以……”

“所以，我不会靠近那里。”

姬澈对我微微一笑，赞许地点了点头，“你这回好奇心是收得很完整，竟没追着问我登桓山有什么秘密……”

我定定地看着他，“你觉得很稀奇？”

他点了点头，“有点儿。”

我有些尴尬地笑了笑，“因为我知道即便是问了你，你也不会告诉我的。”

他脸上的笑容僵了一下，一寸一寸地慢慢消失，叹了一声，对我说道：“如今我们都到了这里，我欠你的那些秘密，都会一一地告诉你。”

我只是笑了笑，有关他的那些秘密，我已经从柏烨那里得到了一些，而那些我还没有弄清楚的，我确信他也不会不告诉我，我相信他，仅仅是暮辰的一个嘱托，他都能拼了性命地护我，所以他对我承诺过的事，我一直都不会有怀疑。

不多时，姬澈就告辞离开，叮嘱我好好休息一下，下午的时候，他会过来找我，带我去一个地方。我点头应了，也没有问他要带我去哪里。

连我自己都不相信我能把好奇心收得这么完整，人，果然是会变的。

将姬澈送走之后，我回到了我的小木屋，好好地将房间里收拾了一下。其实也没有什么好收拾的，所有东西都安置得很好，而且一尘不染，根本不需要归置打扫，我只是想找一点事情来做，不然，一旦闲下来的话，我会被这一路上走过来的种种回忆吞噬。

得到，就要先失去，这是我一路走过来总结出来的东西，很残忍，也很血淋淋，不是吗？

这仿佛就是一个规则，一个没办法逾越的规则，忽然间就想起了管彤和十三娘，她们的结局都不好，而我，会不会走上她们的覆辙？

想着想着，我就苦笑了起来，那是命运决定的事，我左右不了，我能做的，就是接受，可又忽然响起柏烨走的时候说的那句话，他说，那是我的宿命！

那么，我的宿命是什么？

一想起这个，胸口莫名的有一种轻微的疼痛，身体仿佛一瞬间脱了力，像是要摔倒，但仅仅只是一瞬间，这种感觉又莫名其妙地消失了，低头一看我手中拿着的那块抹布，不知道为什么，竟然在一点一点地变成飞灰……

我呆呆地看着手中的抹布一点一点地变成粉末，心中忽然就是一跳，这是，龙魂的力量？

第十一节　惊天发现

我惊愕地看着自己的手，抹布化成的粉末一点一点地从指缝之中滑落在地板上，那真真是化成了粉。

摸了摸自己的胸口，不死心跳得十分平稳，能够十分清晰地感觉到它的跳动，我借助鸿蒙之气唤醒过龙魂，知道龙魂苏醒的时候是一种什么样的感觉，强大，无敌，感觉自己整个人都变了，这些我都是可以清楚地感觉到的。

但是刚刚我并没有感觉到什么强大的力量，反而身子有一瞬间的虚弱感，这是怎么回事？

难不成我的龙魂苏醒了过来。

我仔细地感觉了一下自己身上有没有什么特别变化，发现一切都很正常，并没有任何的异样，没有疲惫感，也没有强大感，再平常不过了，而且脸上的龙鳞也没有冒出来，我还是那个弱小的我，可是，手中拿着的那块抹布怎么就化成粉末了呢？难道是我出现幻觉了？

可低头一看脚下的那一片粉末，才惊醒这绝对不是幻觉。

以前从来都没有出现过这样的事，我有点反应不过来，就在我感觉有点莫名其妙的时候，我忽然感觉有一种十分微弱的力量正在自己身体四周盘旋。

这股力量十分弱小，就像是一股无形的气流一样，只能凭着感觉才能发现它的存在，而且这股微弱的力量好像对我并没有什么敌意，虽然一直都在我身体四周盘旋，但也不靠近我的身体，这种感觉很难用言语来表达。

原以为只有我身体四周才有这一股微弱的力量，再细细地感受一下之后，我才发现整个屋子里都有那一股无形的气流，而且越靠近屋后，那股气流之中所带着的那一股无形的力量也就越强烈。

我试着向力量强一些的地方靠近，发现那股力量竟然会自动地避开我，它好像很怕我的样子，但它又不会避开我太远，只在我身体之外三尺的地方流动。我好像发现了一些东西，抬起脚步就沿着木梯上了二楼，来到那小小的观景台上。

观景台在二楼一间小阁楼旁，不是很大，是由木柱撑起来的小阳台，我急走两步来到阳台的边缘，将手搭在护栏上，抬头向屋后剑冢山的山顶上看去，高耸的山峰直直伸进云层里，十分险峻，身体四周萦绕着的那些无形气流已经十分密集，但依然不会靠近我。

当目光看向山顶的时候，我赫然感觉到一股十分熟悉，但是又十分奇怪的力量将整个剑冢山都围了起来，像是有一个无形的罩子将整个剑冢山都罩了起来，而当我仔细地去感受那股无形力量的时候，却发现笼罩住整个剑冢山的力量并不仅仅是单一的一股力量。

有好几股力量相互纠缠在一起，它们彼此相互聚合，又相互疏远，而这种聚合疏远又像是有一种十分玄奥的方式，我能感觉到的只有两股力量，而仅仅只是这区区两股力量，就足以让我崩溃了……

这两股力量，是龙魂和鸿蒙之气的力量！

天呐，这里，这里居然有龙魂之力和鸿蒙之气的存在！

这怎么可能……

龙魂之力普天之下只有我一个人拥有，而且迄今为止都还没有真正地苏醒过来，而鸿蒙之气是十三娘赖以生存的东西，这个天下除了她，也绝对不可能还有其他人能够拥有。

可在这登桓山上，怎么可能同时存在这两股力量？

我整个人完全僵在了那里，不知道要怎么办才好，脑子里乱得不行，根本就冷静不下来，一片片的记忆在脑子里连成串地飘过来飘过去，心中不知道有多少的疑问。

我双手都搭在了护栏上，我现在必须要有东西撑着自己，不然绝对会摔在地上，我的身子都抖了起来。

强逼着自己冷静，深呼吸，让在自己脑子里不断飘来飘去的记忆暂时停下来，我需要冷静，需要将这一切好好地理一理。

我离开了这里，回到屋里，花了好长的时间才让自己冷静下来，我开始梳理这一切事究竟是怎么回事。

首先是属于自己的龙魂之力，这是不死人特有的，别人再怎么修炼也绝对练不出龙魂之力，而我的龙魂之力到现在为止根本就还没有苏醒过来，那么在这里出现的龙魂之力就绝对不会是我的。

想到这一层，我脑子里忽然就冒出一个十分大胆的想法。

难道，这里存在的龙魂之力，是上一个不死人留下来的？

这真是一个大胆的猜想，这个想法一冒出来，我整个人都震了一下，上一颗不死心现世是什么时候的事了？如果我没有记错的话，应该是在殷商末年之时，算下来，应该是六百多年以前了……

我浑身都颤了一下。

六百多年以前是什么样的情况，现在根本没办法去考究了，但是我非常肯定一点，龙魂之力是只有不死人才会拥有的力量，那也就是说，在这里留下这股力量的人，只能是不死人，更确定的一点就是，那个不死人绝对不会是我！

照这样来推算，留在这里的这一股力量是上一任不死人，或者上上一任不死人，可是，他在这里留下龙魂之力做什么？难道是保护这里的剑冢？或者说是为了保护封印在剑冢里的魔剑碎片？

我虽然用过魔剑的碎片，但我对魔剑根本不了解，不知道它到底蕴含了多大的力量。他这样做究竟是不是为了这一点，我不能确定，这是一条死胡同，我没有更多的信息去揣测他这样做的意图是什么，自然也不会得到答案。

也许，他要保护的那个东西比魔剑更加重要也不一定。

还有就是鸿蒙之气。

这是十三娘才有的东西，性质和龙魂之力一样，是独一无二的，难不成，在这里出现的这一股鸿蒙之气，会是来自于十三娘？

我看过十三娘的记忆，知道她的一切，在她的记忆里并没有来过登桓山，这一点我完全可以确定。

既然她没有来过登桓山，而属于她的力量又出现在了这里，那么，合理的解释只有一个，就是有人将属于十三娘的力量，带到了这里！

可是，天底下又能有谁能从她的身体里将鸿蒙之气抽离出来？而且在她的脑海里又不存在这一段记忆。如果天底下真的有人能够做到这一点，那这个人的本事，绝对可以通神了。

脑中忽然想起封印了十三娘记忆的那个人，脑中顿时一片明朗。

那个人同样有着令人不敢想象的能力，能够封印一个人的记忆，甚至于连十三娘都破不开，能够有这样本事的人，完全可以称之为神了。

就在这时候，我忽然想起一件已经快被我自己遗忘了的事。

在我解开十三娘记忆封印的时候，我曾有过一种感觉，觉得封印十三娘记忆的那一股力量和我的龙魂之力有些相似。我当时一直沉浸在十三娘的记忆幻境里，没有跟姬澈提起，后面一路颠簸，也就忘了这档子事，如今想起来，就感觉，这一切事情，是不是，太过巧合了？

如今，我依然确定不了那封印了十三娘记忆的力量是不是就是龙魂之力，而且也没有办法再去求证了，但是如果那股力量真的就是龙魂之力的话，我觉得，这些事情，应该能够说得通。

我发现，我好像一直忽略了一个人，这个人就是龙炎。

御剑山庄是一个神话，一个铸剑术的神话，剑谱之上十把名剑，每一把都是出自御剑山庄，就连姬澈那一把未入剑谱前十的青冥，也是出自于御剑山庄，可以想象，御剑山庄的铸剑术，有多么强悍。

可是，御剑山庄铸剑的技艺，是如何而来的呢？是龙家世代的积累，还是有人传承？

魔剑并不在十把名剑之列，却领天下众神兵之首，那魔剑又是何人所铸？在几百年前，就能铸出这样一把神兵，那么铸造魔剑的铸剑师的铸剑技艺，可谓通神。

依姬澈所言，魔剑在剑成之时，曾吸尽一城生命的精血为其祭灵，后被铸造它的铸剑师拼了性命碎成九截，以自身灵魂融入剑中，成了剑灵，并将碎裂的魔剑封印了起来，让城中古兽守护，不让任何人染指，而如今魔剑出现在了登桓山上……

心里逐渐平静下来,思绪也一点一点地清晰了起来,我想,我已经可以揣摩出一些东西了。

在铸剑这一行当里，我是个什么都不懂的门外人，但是按照姬澈所说的，铸造魔剑的技艺绝对不会是一般的铸剑之术，那么铸剑师也绝对不会是一般的人，而现在，这把碎裂的魔剑出现在了登桓山上，那么，当时这名铸剑师铸造魔剑的地方，或许，就是在这个登桓山。

魔剑，龙魂之力，鸿蒙之气，这些随便拿出一样就能令九州动荡的东西，居然齐聚在了登桓山，想想，就觉得可怕。

我有一个十分大胆而且疯狂的猜想，我觉得，魔剑，龙魂之力，鸿蒙之气，御剑山庄，铸造魔剑的铸剑师，这些东西完全可以连在一起，只是，这想法太过可怕，而将这些东西连在一起必须要有的一个先决条件，那就是，拥有龙魂之力的那个不死人！

这所有的一切，或许，会是他布下的一个局，或者说，是他的一段经历！

第十二节　另一个不死人

我将一些线索在脑子里连成线，猜想出了一些东西，我觉得，上一个不死人，也许在这个世界上留下了一些什么东西。

魔剑究竟是什么时候出世的，我并不清楚，我对这些并没有接触过，姬澈也没有告诉我更多有关魔剑的讯息，而我除了他也不可能从别人嘴里得到更多关于魔剑的传说，但是有一点我几乎可以确定。

那就是魔剑的铸造技艺绝不是一般的铸剑之术。

我在君十三娘的记忆里看到过一些铸剑方面的东西，御剑山庄的铸剑之术可以说是举世无双的，而在御剑山庄的铸剑之术里，并没有祭灵这一程序，有的只是剑成的启灵，其过程是通过一些玄术秘法给宝剑注入一些灵性，让宝剑在硬度、锋利以及其他程度上形成一个飞跃，以达到超越凡品的层次。

姬澈说的魔剑祭灵是吞噬生灵的精血，而通过铸造魔剑的铸剑师拼命毁剑来看，或许这祭灵并不是铸造他的铸剑师自行开启的，而开启祭灵的既然不是铸剑师，那么，很有可能是剑本身，也有可能是铸剑师在进行这一程序的时候出了差错，才导致魔剑吸生灵的精血来进行祭灵。

铸剑的技艺不是传统的铸剑之术，那么这铸剑的人也绝不会是一般人物，我觉得，铸造这把剑的人，或许，会是那个不死人。

如果真的是那个人铸造了魔剑，又将它毁了，并且将自身灵魂融入了剑中，那么这个不死人应该是已经死了。

我想，事情的发展，会不会是这样的——

魔剑的铸造也许并不是由他一个人来完成的，当魔剑出世，吞噬生灵精血，不死人拼命毁剑而导致身陨之后，那些帮他铸剑的人接触到了一些他铸剑的技艺，并将这些技艺带出了登桓山，几经辗转，或者说是在机缘巧合之下，将这些技艺传到了御剑山庄的先祖手里。

这些技艺经过御剑山庄无数能工巧匠的改良、创造，逐渐发扬光大，已能自成一派……

不……等等，也许，并不是这样！有一点说不通——时间！

御剑山庄创立，是在数百年之前，如果是这样的话，那魔剑的出世也应该是在数百年之前，不死人殒命也是在数百年之前，可是十三娘的记忆被封印是在八十年前，那么，封印了十三娘记忆的那个不死人必然也必须要到八十年以前才可以做到，难道……

难道铸造魔剑的那个人并不是不死人？上一个不死人居然还存在这世上？

一想到这一层，我浑身的寒毛都立了起来。

不死人的寿命究竟有多长无人知道，我只知道，不死人是会死亡的，但是不知道是什么时候死。

想起姬澈和十三娘曾经说过，有关不死人死亡的传说有两种，一种是不死人在完成上天赋予他们的使命之后，支撑着他们活下去的龙魂之力就会丧失，不死人沦为平常人，会在短短几十年的时间里身化黄土。

还有一种传说是，不死人的龙魂之力并不是立即丧失，而是会支撑到下一个不死人出现的时候才会丧失殆尽，也就是说，一个不死人的出现，就是另一个不死人的死亡。

这两个版本到底哪一个是真实的，无从揣测，毕竟不死人实在是太少了，而如果封印十三娘记忆的那个不死人真的是活到了八十年前的话，那么，第二个版本的传说，就是真实的传说。

如果是这样，现在，我就是这一次的不死人，那么，上一个不死人就已经死了。

这时候，我想起了一件事，一件早就发生了但是并没有被我记在心里的事。

记得三年前，我十五岁那年，龙鳞开始出现在我脸上的时候，整个晋宁王城被一片黑暗笼罩着，整整三天不见天日，而就在龙鳞出现在我脸上的时候，有一个人，出现在了王城里，这在之前的故事里有过记述，但并没有被我记住。

那个人，举着拂尘，落在王城的上空，一副仙风道骨的仙人模样，难道，那白发苍苍的老者，就会是封印了十三娘记忆的那个不死人吗？

如果真的是这样的话，那么一切的谜题，也许可以很合乎情理地被解开。

首先，铸造魔剑的那个人不会是不死人，但一定和不死人有关系，那人的铸剑之术被流传了出去，并被御剑山庄的先祖得到，而将这人的铸剑之术传承出去的那个人，很有可能就是那个不死人，这样，御剑山庄才有可能和这个不死人扯上关系，而龙炎，才有可能让这个不死人出手封印了十三娘的记忆。

我想，那个不死人在封印了十三娘记忆的时候，顺手取了一些十三娘的鸿蒙之气，并且将这股鸿蒙之气带到了这里，留在了剑冢山上。

这是最合情理的解释了，想起十三娘对登桓山的了解，能够清清楚楚地说出登桓山历代主人的名字，而且，好像还和姬澈的师父姬祁很熟络，这就更加确定了我的猜测。

我想，她被自己那一段被封印的记忆折磨了那么久，一定费了不少心思去查探封印住自己记忆的力量究竟是什么。

她一定是查到了一些东西，知道了封印自己的这股力量来自于登桓山，我只看过十三娘被封印的那一段记忆，而在她封印记忆之后的八十年里究竟是怎样的，我并不知道，也许她到过这里，并结识了姬澈的师父姬祁，所以她才能清楚地说出登桓山历代主人的姓名，说得出姬祁这个名字。

这是最完美的解释，但是我不敢给这个解释下一个定论，姬澈也许能给我一些答案，但是我知道，即便是我问他，他也不会告诉我，就像他说的，剑冢山是登桓山的秘密，身为登桓山的主人，他只能将秘密告诉登桓山的下一个主人，而且，这是在他死亡的时候才能说出来的秘密。

那么，剑冢山上，究竟有什么东西，值得那个不死人用这样的手段来隐藏？

而且……

那个不死人是不是到现在还活在这个世上？三年前他能够出现在晋宁王城里，身为不死人，应该没有这么短命，连短短三年都撑不过来吧？

如果他还活着，那么，他现在又在哪里？

忽然间明白过来，他现在在哪里对我来说并不重要，他三年前出现在晋宁王城里，显然是为我而来，那么他一定清楚我要到哪里，同为不死人，他三年前能够为我出现在王城里，那以后也一定会出现在我的视线里。

我想，我应该明白柏烨跟我说的那个宿命是什么了。

可是，这很难接受，真的很难接受。

我很佩服自己，能够从一股鸿蒙之气和一股不属于我的龙魂之力猜想出来这么多，我的智慧真的有这么高吗？我有点不相信……

为什么我和姬澈在一起的时候没有发现？为什么我在他面前永远都那么笨，而离开了他就变得这么有智慧？

我以前，是不是太依赖他了？

深深地吸了一口气，将心里五味杂陈的情绪都收拾好，冷静了一下之后，继续收拾屋子，我对自己说："别让自己闲下来，不然又得胡思乱想了。"

我能够感觉到，自己的龙魂之力会在不久之后完全苏醒过来，而到那时候，我也该接受自己逃不掉的宿命了。刚刚剑冢山上溢出来的龙魂之力已经能够引发我还未苏醒的龙魂之力，这，或许就是我的宿命即将到来的征兆吧。

中午的时候，沐沐才被活宝和楚玥领着找到了这里，没有看到幽鬼、司徒安和阿狼，想必他们是回去了吧。

楚玥的手里拿着什么东西，很眼熟，我见过这个东西，就是幽鬼背在背上的那个，她将这东西递到我面前，笑道："这是你的。"

我有些疑惑地看着她，将她递过来的东西接过，看了看，问道："这是什么？"

她俏皮地一笑，她的容貌已是绝美，这俏皮的一笑连我都有点把持不住。她看着我，说道："这是柏烨留给你的，他给船上的人留了话，说这东西本来就是属于你的，至于是什么东西……"她摊了摊手，"我也不知道。"

我定睛看着自己拿在手里的东西，分量并不重，包裹得很严实，看不出这里面装的是什么东西，我也想不起来柏烨那里有什么东西是属于我的。

楚玥见我一脸疑惑的样子，继续笑道："反正东西交给你了，你自己看吧。对了，司徒让我给你带个话，等一下午饭去他那里，燕子会带你过去。"

说完看向活宝，"你可给我安分着点，司徒的东西你可别乱动，别老毛病又犯了！"

活宝赶紧叫道："哎呀大姐头，您老就放心吧，老子是那种人吗？"

"这可说不好。"楚玥叹息着摇头，转身就离开了。

身边的沐沐问活宝，"楚姑娘刚刚的话，是什么意思，什么叫别老毛病又犯了？"

活宝抠了抠自己的脑袋，显得有些不好意思，"小安安会酿酒，而且手艺非常好，整个登桓山上的人都比不上他。别人家酿酒都是用粮食，米呀，高粱什么的，酿出来的酒都很辣，可是小安安酿出来的酒就不同了，他用果子来酿酒，什么葡萄啊，椰子啊，他都能拿来酿酒，而且酿出来的酒，那味道，啧啧……绝了！"

活宝舔了两下嘴唇，一脸陶醉的样子，"那酒不烈不辣，而且，还很甜，跟糖水一样，你说稀罕不？有一回小安安请我喝他酿的果酒，可这人太小气了，不实在，请老子喝酒只拿一点点出来，你说气人不？"

我诧异地看着他，说道："所以你……"

他不好意思地挠了挠脑袋，傻笑道："一夜之间给他偷了个干净，喝了个痛快！"模样又变得陶醉起来，一脸的向往，"今天，他可要把自己珍藏了十几年的果酿拿出来招待你，这在登桓山上可是只有那妖精才能有的待遇，大妹子。"他朝我这里靠了靠，"老子今天，可就要沾沾你的光咯！”

第十三节　痴心活宝

看着活宝那一脸欠揍的模样，实在是没有心情跟他多扯皮，将楚玥交给我的东西放在桌上，就问他，“既然你沾了我的光，那是不是该为我做点什么？”

他脸上的笑容迅速收拢，甚是谨慎地打量了我一眼，轻轻地问，“你要老子做什么？该不会是又要偷人吧？”托着下巴想了一下，笑道：“这回你又要让老子偷谁？是不是偷回来之后，也是老子的？”

沐沐的脸色瞬间就变了，目光冷冽地瞪了活宝一眼。

这小子好像没看见沐沐一双愤怒的眼睛，依然站在那里等着我的回答。我微微一笑，“那好啊，如果，你能把姬澈给我偷回来的话，你这个条件我会考虑的！”

“啊？！”活宝顿时张大了嘴巴，“妖……妖精？”他思量了一下这样做的成功率，以及做了这件事之后可能会有什么后果之后，脑袋几乎摇得像拨浪鼓了，“大妹子，你这活，老子不接……”

我被他这打趣的样子勾起了几分兴致，索性也就耍他一耍，这人耍起来应该很有趣的，就做出一份很吃惊的样子问他，“为什么不接？这天下，还有你燕子鬼盗都偷不出来的东西？该不是你手艺还没练到家吧？”

说完就看着他有什么反应，我想，我这句话，一定会刺激到他。

果然，他一拍身边的桌子，忽然从身后掏出一根很短的白色棒子，双手抓住棍子的两头用力一拧，那短短的棒子忽然就弹了起来，一下子变得和他一样高了。

他舞了两下，用手指着我的鼻子，愤愤道：“这天下还没有燕子鬼盗偷不来的东西，你就是看上了幽王那捧在手心里的美人褒姒，老子不消一炷香的时间就能给你偷出来！”

“可是那妖精……”

说起姬澈，他刚刚那一副普天之下舍我其谁的气势顷刻之间就消散了，将棒子往地上一放立，抓耳挠腮地磨叽了半晌，才道：“大妹子，你看，老子这么天下无敌的人都叫他妖精了，他真的不是人啊！”

他煞有介事地看着我，一本正经的模样很是难得，“为了几杯酒去偷妖精，这买卖，太亏……”

我顺势坐在身边的矮板凳上，目光幽幽地看着他，“那我就再抬一下价吧。”扶额想了一会儿，说道：“如果说，我明天就让你和沐沐拜堂成亲的话……”

我的话还没有说完，那活宝将手中的棒子一丢，闪电一般地出现在我面前，抓住我的手，速度快得连那棒子都没落地，“大妹子，你这话可要当真，老子这就去，下毒也好，绑架也好，威逼恐吓也好，虽然老子知道这些可能都没什么用，就是拼个半身不遂、鼻歪眼斜、大小便失禁什么的，老子也一定把妖精给你偷来，你给老子等着！为了老子媳妇儿，也不管他娘的什么道义不道义了……”

他说完，捡起棒子就要开跑。我心里一跳，心想这玩笑开大了，赶紧拉住他，“那，那什么，我，我还没问过沐沐呢。”

转头去看沐沐，看见那一张红得跟猴屁股一样的脸，再看看她那一副甚是扭捏的样子，再看看她那春心萌动的小眼睛，我心里又是一跳，“这小丫头片子的春心还真动了啊！她如今还能不能站在我这边，姑奶奶还真得打上两个问号。”

“哎呀，一个使唤丫头而已，再怎么拧还拧得过你这个主子？这事儿啊，就这么定了，明天，就明天，老子先去把妖精给你绑过来，你给老子等着！老子要让你看看燕子鬼盗的本事！”

他一把将我的手撇开，转身又要跑，还好我早有防备，一把又将他拉住了。他有点不耐烦起来，“哎呀，我说大妹子，你这是作甚呢？”

我脑子转得飞快，仅仅刹那间我就想好了说辞，“那个，你看啊，你要是真被弄得半身不遂、鼻歪眼斜的，沐沐的下半辈子可要怎么办？”

见他神色猛地一顿，刚刚那一股冲劲儿一下子就消了大半，我心就安了下来，见过心眼实诚的，倒还没见过心眼实诚到这种境界的，姑奶奶今天算是长见识了。

我将他拉进屋子里，开始跟他讲道理，“你看啊，沐沐这丫头现在还小，才十六岁，你呢也不用这么猴急，我说许给你，就铁定是要许给你的，你呢，也别去招惹姬澈了，看得出来，你也不是他的对手。”

他的样子似乎安定了一些，我继续说道：“司徒安那里的两杯酒，自然是有你的，你也不用为了司徒安的那两杯酒就非得落个半身不遂是不是？”

他思索了一下，疑惑地看着我，“我们刚刚不是在说媳妇儿明天过门的事吗，你怎么又扯到小安安那里了？”

我才有些安稳的心一下子又跳了起来，心说，你还就和这事儿杠上了？你那心眼儿能不能别这么实诚？你给姑奶奶留点后路行不行？

回身去拉沐沐，我感觉已经和那个人没办法交流了，“沐沐啊，楼上的被子好像有点潮了，这岛上湿气也太重了一些，今天日头好，我们拿出去晒晒吧。”

说着拉起沐沐逃一般的就跑上了二楼，而楼梯还未登顶，活宝扛着棒子像是一道鬼影似的，忽的一下就挡在了我们面前，一脸正色地看着我，“大妹子，我们再商量商量明天过门的事吧，晒被子也不急，这关系到老子下半生幸福的事儿，才是真的急！”

我心里不停地叫苦，心说，你能不能别扛着根棒子和我说话啊，我错了还不行吗？

我正要说话，被我拉着的沐沐忽然间就从我手里挣脱了出来，摸了摸红得几乎滴血的耳朵，抬起眼睫偷偷地瞄了活宝一眼，又赶紧收了回来，羞答答的低声道：“玉燕，我等一下过去找你，你先回去好不好？”

这一声玉燕叫得我，浑身上下哪哪儿都不舒坦……

“好啊好啊！”活宝连声应承，“你知道我住哪儿吗？就那边，不远的，几步路就到了……”他手指不停地指着一个方向。

“我知道！”我现在听沐沐的声音都觉得满是春心荡漾，“你跟我说过的，我记得。”再偷偷地瞥了活宝一眼，“你，你先回去吧，好不好？”

活宝连连点头，“老子先回去把老子那狗窝收拾收拾。”说着就从我和沐沐之间挤了下去，“媳妇儿，你要来哦，一定要来哦，夫君老子做了饭等着你哦……”

他只顾着看沐沐，全然没在意脚下，一脚踩空了直滚滚地滚下了楼梯，看那急切的样子，估计连自己的鬼影步是如何走的都忘了，我觉得，这事儿决不能让他师傅知道，否则……后果难料……

这人实诚起来，连我都招架不住，却被沐沐三句两句的就弄回去了，看来司徒安说的真是没错。

情是何物？一物降一物……

支开了活宝，我和沐沐在观景台上拉了根绳子，姬澈做事十分贴心，卧室里的木柜中准备了一些换洗衣裳，尺寸什么的都很合适，这些衣物都是姬澈在准备去劫我之前就叫人备下来的，我很奇怪，他那时候见都没有见过我一眼，怎么就知道我的身材穿多大尺寸的衣裳？

后来我才知道，这些衣裳都是按照楚玥的身形来裁的，这就让我就想起了十三娘和钰磬，她们因一身衣裳结了恨，而我现在，也好像走上了这一条路。想想，我和她的经历竟如此相似，同样是被人领着，到了一个陌生的地方，可是，我不是十三娘，而楚玥也不是钰磬，而姬澈，更不是龙炎。

就是不知那未来的结局会是如何。

这些衣物放了些日子，我们都搬了出来，晾在刚刚接好的绳子上晒。我一边理着衣物，一边问沐沐，“你还真看上那调皮的活宝了？”

沐沐的脸已经恢复了一些，一听我问这个，一下子又红了起来，怯怯地对我说道，“公主是奴婢的主子，公主要把奴婢赐给谁，奴婢都没有反对的话……”

我不由得失笑起来，得，这妮子，也知道拿我说事儿了，就道：“那是你的路，自己要好好去走，懂了吗？”

她拉着袖口，微不可查地点了点头，娇羞的样子十分可人。

晾好衣物被子之后，我趴在栏杆上，问身后正在将衣物拉平的沐沐，“你离开晋宁王城之后，是如何遇到羽华太子的？”

这是我一直想问，但也一直没机会问她的问题，现在一切都安定了下来，想起在沧海之城出现的假沐沐，就问了一句。

她来到我身后，恭恭敬敬地站着，“公主，其实……其实沐沐并不知道羽华太子，也没见过他，这事情，还得从你离开晋宁王城之后说起。”

我心说，还得从那里说起吗？不知沐沐说的，和那假沐沐说的是不是一样，就仔细地听下来。

前面的事倒也和那假沐沐所说的差不多，当我认真地将沐沐所说的听完之后，其实这事情也非常简单，归根结底还是沐沐太笨，心眼太少。

当然，这也怪不了她，她从小就在王城里长大，不知人心险恶，要骗这样一个女孩子，实在是太容易了，在假沐沐的述说里，她是一个人来到沧海之城的，而在沐沐的讲述中，多了一个。

而多出来的那一个，就是我在沧海之城见到过的那个假沐沐，那个骗子，千面兽。

第十四节　人世荒凉（上）

之前假沐沐说过，她是看到靖王发的追捕令之后，才知晓我们要前往沧海之城，其实并不然。

沐沐对我说，我在雪狼谷被姬澈劫走的消息传得很广，大街小巷，老弱妇孺无一不知，但是我们要去沧海之城这个消息几乎没有人知道，在靖王的追捕令中，也并没有提到我要去沧海之城。

细细地想一想，的确是这样，雪狼以一人一狼之力，屠杀了靖国整整八千军队，这已经让靖国很没有颜面了，如果他在追捕令中点名我要到沧海之城，那也就告诉了全天下人他明明知道我要到这里，却没有能力抓住我，反而拿出高官厚禄邀天下杀手相助。

我听柏烨说起过一些靖王的往事，依我猜想，他权术谋略的确是当今天下无人可及，这样一个全天下只有一人能让他低头的人，颜面他会看重到什么程度，想想就能知道。

连我那一亩三分地的北燕国国君，我的父王，也把面子看得像自己命根子似得，像靖国这样一个万乘大国的国君，只有更甚。

沐沐知道我逃脱了羽华的魔爪，必然就不会再去靖国，更不可能再回北燕国，她是很了解我的人。

失去了目标的沐沐一个人到处闲逛，随身携带的盘缠本来就不多，而且在她出逃的时候，身上还背着我那一把常用的七弦琴，那方琴是古琴，如果当了的话，足够供寻常人家一年的开销，但是沐沐这脑子总在关键的时候拐不过来弯儿，宁肯自己饿着肚子，也不肯当了那方琴，这跟抱了块黄金还要饭没什么不同。

盘缠用尽了之后，沐沐也没打听到有关我的一点点消息，她这性子，胆小又怕事，虽然懂礼貌却又很害羞，连跟生人问个路也要扭扭捏捏半晌，磨磨唧唧半天，别人连她要问什么都弄不清楚。

逐渐的，从最开始还能住一间最便宜的客房，到后来一日日露宿街头。沐沐虽然胆小，但很能吃苦，她从小就是个孤儿，生下来就是吃苦长大的，害羞是害羞了一些，但也不会计较别人异样的眼神，因此，当她每天被街头的喧哗吵醒，面对那些看着自己的路人的时候，都只是怯怯地绕开他们。

就她那性子，连讨个饭都不会，她做不到对陌生人阿谀奉承说尽好听的话以求换一口馒头吃，这比杀了她都难。但这世上好心人总是有的，沐沐笑着对我这样说："我觉得我的命还不错，偶尔会有些好心人给我一两个馒头啊，饼啊什么的，我饿了就吃一点点，然后留着下次饿得不行的时候就再吃一点点，一个馒头我都吃三天呢……"

我听在心里，感觉特别酸楚，很不是滋味。

她不知道我在哪里，更不知道要怎么才能找到我，北燕国肯定是不能回去了，她也不知道自己要去哪里，天下之大，她除了我，没有一个亲人。

她从来没有想过要把那方琴当掉，从来都没有。晚上睡在街头，她都会抱着琴睡，因为她怕自己睡着了琴会被人偷走，但是不管自己如何小心，总会有出错的时候。

那天她走得很累，又没东西吃，早早地就在街头睡了过去，半睡半醒之间，感觉有人在扯自己怀里的琴，她一下子就醒了过来，抱紧了琴，抬头一看，发现一个乞丐正用力地和她抢琴，她本来就没什么力气，又饿着肚子，哪里是那乞丐的对手，三两下就被抢走了。

她也真是笨到无可救药的地步了，自己被抢了也不知道喊两声，那时候天还没有完全黑下来，街上还有很多的行人，如果喊一嗓子，指定有人会上来帮忙，可这个笨蛋只知道不要命地追，愣是一句话也不喊，这是蠢到了什么程度的人才能做出来的事啊？

我觉得，如果将沐沐放在外面一个人生活的话，无异于一个死字，她太蠢了，心眼太直了，傻里傻气的，她这辈子只会做一件事，就是照顾我，除了这个，她好像什么都不会，一旦离开了我，她甚至连要怎样照顾自己都搞不清楚。

她一直追着那个乞丐，究竟追了几条街她也弄不清楚了，只觉得自己的身子好像不是自己的了，那乞丐被沐沐这不要命地狂追追得有点怒了，跑到一个人少的地方，那乞丐忽然就掉过头，将手里抱着的琴往地上一扔，就朝沐沐扑了过来。

沐沐这个蠢货，发现那乞丐将矛头对准了自己，竟然也不逃跑，直接一个飞扑扑到了被乞丐扔在地上的琴上，将琴抱在怀里，任由那个乞丐对自己拳打脚踢，全然不顾疼痛，连哼也不哼一声。

"那乞丐打累了，也就不打了，指着我大骂了一通，对公主的琴也失去了兴趣，掉头就走远了。"沐沐说。

那乞丐的一通打，打得沐沐连爬起来的力气都没有，直到天色黑下来的时候，沐沐才勉强从角落里爬起来，就在这个时候，身边突然响起一个声音，"什么东西你看得这么重要？非得拿命护着不可？"

用沐沐的话说，“那个时候，我两个眼睛里全是星星，那个声音就像是从轻轻暮色里悠悠飘过来，当我把眼前事物看清的时候，在我面前站着一个穿白衣服的女人，长得十分漂亮，站在我眼睛里冒出的金星之中，似飘在夜空星河之下的仙子，我还没见过那样漂亮的女人呢！可惜我还没对她说句话，就晕倒了。”

我心说，你没见过的多了去了。

醒来的时候，沐沐是在一间客房里，屋子里有一股很香的饭菜香味，而带她回来的那个女人就坐在她的床前，带笑看着自己，“你醒啦？还真是能睡呢，都整整两天了，连个身都不带翻的。”

那个女人告诉沐沐，她是一个走商的富家小姐，叫颜沄，家在靖国，而且家族中有王庭官史。沐沐见这个颜沄介绍自己，也将自己的一些情况跟她说了，但是沐沐这回聪明了一点点，一听颜沄是靖国人，而且家中还有王庭里的关系，想到我如今被靖国追捕，因此她只说自己是北燕国一个小户人家的丫鬟。

颜沄对沐沐很好，她甚至说比我对她都好，我真想冲上去给她两嘴巴子……

颜沄确实对沐沐非常好，有好吃好喝的都会叫上她，给她买新衣服，还包了她几天的伙食和房钱，这让沐沐这个穷困潦倒、颠肺流离到了极点的人感动得一塌糊涂，三两天之后，两个人的关系就好得不能再好了，姐姐妹妹的叫得十分顺溜，就差跪天地结拜了。

一天吃饭的时候，颜沄对沐沐说起自己听来的一些王庭中的消息，这个是她一个亲叔叔对她说起的，她叔叔就是那个在王庭里做官的，而这个消息，就是关于我的。

颜沄说：“差不多一个半月之前，我们太子羽华从北燕国带回一个不死人，就是之后在雪狼谷被人劫走的那个。”

听到颜沄说起我，沐沐立即就谨慎了起来，点了点头。

那颜沄继续说道：“你知道吗，听说那不死人叶凝被劫走她的那个人带着，要去沧海之城呢，羽华太子已经派出了无数的高手赶往沧海之城，我觉得，到时候一定会是一场惨烈的屠杀，能够屠杀八千最精锐的军队，那人绝对是个十分可怕的角色。”

沐沐一听这个，顿时就慌了起来，当即对颜沄说，自己要去沧海之城。

沐沐原以为不大好说服颜沄，却没想到颜沄不但没有任何的反对立即就答应了沐沐，还说自己要陪沐沐一起前往沧海之城，路上也好有个照应。

颜沄的财大气粗沐沐是见识过的，有她在的话，自己绝对不会饿肚子、露宿街头，而且这几天相处下来，沐沐觉得颜沄不像是个坏人，对自己很好，而且人又那么漂亮，还和自己很聊得来，这一点是最重要的。

沐沐一直都不会和陌生人打招呼，她这小半辈子除了我和暮筝，几乎就没见过别的什么人，在生人面前，话都说不清楚，但是这个颜沄，是个意外。

行程很快就定了下来，第二天，沐沐带着琴就和颜沄一起出发了，一路上都是有说有笑的，关系融洽到了一个无以复加的地步。

沐沐是如此相信她，在上路之后的第三天，就把自己的一切都告诉了颜沄，“那个不死人就是我的主子，我身上背着的这方琴就是公主的。我和公主从小相依为命，这个世界上就只有公主真心对我好，不管怎样，我都是要陪在公主身边的。”

沐沐原本以为颜沄对自己隐瞒的事情会很不开心，她明明知道，却还是对颜沄说了。结果颜沄并没有一点点责备她的意思，反而对她越加的好，还不停地安慰沐沐，说：“你家公主一定会吉人天相，逢凶化吉的。”

这让沐沐更加感动，对颜沄更加推心置腹，觉得整个世界都明亮了起来，她在这个世界上，除了我和暮筝之外，终于有别的朋友了。

这种欢喜一直持续到半个月之前，沐沐对颜沄的推心置腹换来的却不是颜沄的真诚以待，当她们到达沧海之城，进入酒客人家那九层重楼，等待沐沐的，是一场痛彻心扉的绝望，这个世界的冰冷与残酷，就这样直直地拍在了她的脸上。

第十五节　人世荒凉（下）

听沐沐说，她跟着颜沄进入九层重楼的时候，原本以为这里是她们家族里走商的一个据点，这一路上颜沄没少跟沐沐说她们家的生意有多么大，她没有那么深的心思想到更深一层的东西。

当门一打开，面对沐沐的，是茗娣以及墨九，当然，她并不认识他们，我只是从沐沐的叙述中肯定了是这两个人，她说：“就看到一个一身雪白长衣的冰冷男子和一个一身大红裙袍的绝美佳人面带微笑地看着我。”

我脑中几乎立即就出现了一个画面，九层重楼我是进去过的，第一层十分空旷，除一张桌子和几条板凳之外，几乎再无其他。不死面带微笑看着沐沐的那个人一定是茗娣，因为，墨九的脸上，是不会出现任何笑容的，他的脸上不会露出任何的神色，不管是痛苦，还是欢喜，他都不可能表现在自己的脸上。

接下来发生的事，十分离奇，一路上护送自己，百般照顾自己，自己一口一个姐姐叫了不知道多少回的颜沄，竟然在沐沐的眼前一点一点地变成了自己的样子，那个场景几乎顿时就把沐沐吓晕了过去，看着面前这个和自己一根头发丝儿也不差的人，沐沐傻傻的还不清楚发生了什么事。

茗娣说：“她没有活下去的必要了！”

抬手就要取沐沐的性命，却被墨九拦下来，“你要是杀了她，羽华会让你知道什么叫生不如死。”

将茗娣拉到自己身后，墨九走到沐沐的身前，她从来没有经历过这样的事，她无法相信这样一个英俊到天下绝无的美男子会对自己怎么样，虽然心里已经害怕到要死，但除了腿发软地退了两步之外，倒也没吓得瘫软倒地，这一点，倒是让我有点佩服起她来了。

但也从另一面说明了沐沐不知天高地厚，如果她知道走到自己面前的这个人是一个怎么样的存在，我想，她除了会吓得瘫软倒地之外，一定还会吓得魂飞魄散。

“这个女人留着还有点用处。”墨九看着瑟瑟发抖的沐沐，轻轻地说道。

颜沄在一旁笑道：“这样一个傻蛋能有什么用处？活着也只是浪费口粮，这世上，能有一口吃的是多么不容易，何必便宜这么一个人？羽华太子什么时候变得这么怜香惜玉了？”

说着，学着沐沐的样子颜面矜持的一笑，这模样，几乎能够跟沐沐一较高下了，“就是留着我，也比留着她强啊。”

到这个时候，沐沐才醒悟过来，自己遇到的这个姐姐，是一个什么人物了。

墨九道：“留不留着她，不是我说了算的，这是羽华的意思。”转头看向茗娣，“沧海之城是一个局，一个庞大的局，在这个局里，羽华不会允许有任何的变故发生，任何一点都不可以。”

茗娣眉头一皱，“一切都布置得天衣无缝了，所有的一切都在我们的掌控之中，还能有什么变故？”

“叶凝。”墨九叹声道，“她就是那个变故。”

茗娣似乎明白了过来，看着沐沐的眼神也多了几分意味，“在这个世界上，能威胁到叶凝的人，除了羽华太子的宿敌雪狼之外，也就只有这个笨女人了！”

茗娣来到沐沐身前，一记手刀将沐沐敲晕过去，在迷迷糊糊之中，沐沐听到那颜沄轻轻笑道：“我的傻妹妹，你的那个主子，就让姐姐我代你去见见吧……”

身前的沐沐依然恭恭敬敬地站着，将这些经过说给我听之后，她的脸上表现得还算平静。“后来发生了什么事我并不清楚，我被关在了一个小屋子里，那屋子里没有任何光，黑得伸手不见五指，而且屋子很小，连躺都躺不下，只能缩着身子蜷在一起。”

“他们每天都有人给我送饭送水，公主的那方琴被他们拿去了，不知道放在了哪里，最后有一天，他们给我送来饭菜，我吃过之后就昏昏欲睡，醒来之后，我就在那红楼宝船上了，一睁开眼睛，就……”说到这里，沐沐的脸就红了起来，变得很不好意思，“就看到玉燕像个木头桩子一样地看着我，吓得我大叫……”

我赶紧叫她打住，后面的事可以不用说了。

他们抓沐沐，却不杀她，是要拿她来威胁我，羽华和姬澈同出一门，应该也知道不死人及龙魂之事。羽华知道姬澈绝对不会对自己下杀手，但即便是这样他也很难制服住姬澈，他们两个太了解对方了。

羽华抓楚玥是为了要挟姬澈，抓沐沐是为了要挟我，如今弄明白了这一点，我心里却有几分惆怅。

羽华抓楚玥这我很能理解，毕竟那是姬澈的软肋，我估计勉强也能算得上是姬澈的软肋了吧，但我觉得，一定没有楚玥软。

羽华知道我身怀龙魂之力，但不确定我的龙魂之力能不能在最重要的时候苏醒过来，有沐沐在手，他就可高枕无忧。而他又让颜沄扮作沐沐，我想，应该是为了让颜沄借沐沐的容貌跟着我混入登桓山。

可是如果他真的是这样打算的话，我又发现有些地方不对劲。

当时的沧海之城，一定布满了羽华的眼线，假沐沐在被司徒安杀死后一定在第一时间就被羽华得知了，可是在沧海之城整个过程中，对于假沐沐的死亡，羽华却是只字未提，他花了如此大的心力让颜沄幻化成沐沐的样子，当这样一个重要的棋子被姬澈毁掉时，他怎么还表现得那么若无其事？

如果假沐沐真的是为了跟着我混入登桓山的话，那么真的沐沐又为什么会出现？而且还是跟着羽华一起出现？羽华应该把真的沐沐藏得十分隐蔽才是，这一点，又要如何解释？

虽然我们都已经逃出了沧海之城，但是现在我发现，沧海之城里还有太多太多的谜题没有解开，而这些谜题让我感觉，即便现在我们都已经安全了，但我们未必都已经逃离了那一股无形的威胁。

我趴在木栏上，看着屋外的水塘，心里有好多的疑问，我以前不是这样的，那个时候所有的事，所有的风险都有人帮我扛着，我可以将所有的问题都抛给他，让他替我思考，替我去解决，可是现在，我想靠自己独立起来的时候，才发现有好多东西，自己要想扛住，真的没有那么简单。

我也是现在才体会到，承受也是一件很痛苦的事情。

无形的烦恼，抛不开的疑问，不比那些逃离生死的追杀轻松多少，但是我知道，这是我已经选择要去走的道路，姬澈不可能护我一生一世，在这个世界上，任何人都不可能抓得住自己的命运。

他一定也是这样想的，他也不希望我永远站在他身后，永远的天真下去，因为，他比我自己更早地知道，我的宿命是什么，这个宿命，是他帮不了我的，也是我逃不掉的。

登桓山是我一个新的开始，在这里，我要让自己变成另外一个人。

身后的沐沐拍了我一下，我正在出神，被她这样一拍吓了一跳，回头去看，发现沐沐正看着楼下，朝我指了指，让我去看，我有些纳闷，就偏头去看。

楼下的坝子里正站着一个人，背着背篓，肩上还扛着一把锄头，抬着头正看着我们，喊着，“两个美人看什么看得这么入神？”

来人是司徒安，他这副样子我第一眼还没认出来，就愣住了。

他朝我们招了招手，“快下来，吃饭了！”

我这才想起来，今天中午，司徒安要请我们吃饭的，当即就和沐沐下了楼，走到司徒安的面前。他看了我和沐沐一眼，眉头就皱了起来，将肩上扛着的锄头放在地上，朝沐沐打趣地问道：“哎，小燕子呢？他怎么不在？舍得放下他这磨人的小媳妇儿一个人待着了？”

沐沐低着头，不说话，我道：“活宝回他那里了，今儿午饭，他应该是没有口福了。”

“回他那里？”司徒安摸了摸下巴，思量了一下，问道：“他那里可不是个人能住的地方，一年到头也开不了一回火，他回去做什么？”

“回去给沐沐做饭，收拾屋子。”我道。

司徒安一听，顿时就愣住了，一脸不可置信地瞪着我，“做饭？他？你是说小燕子要自己做饭？”

我被他这么大的反应吓着了，木讷地点了点头。

“我的神！”司徒安一张难以置信的脸忽然间就变得十分恐惧起来，“登桓山这回要出大事情了！”将背上的背篓朝地上一放，然后将锄头一丢，撒开双脚就跑，一边跑一边还连连地嘀咕，“老子的菜园子这回要保不住喽，保不住喽……”

司徒安跑得飞快，几乎几个闪影就不见人了，反倒弄得我一头雾水，不明所以，转头看了看沐沐，发现她也是一脸茫然的样子，我心里嘀咕：不就是人家要做个饭嘛，你需要这么大反应吗？

不过半杯茶的时间，司徒安一阵风似的就回来了，还没到门前，就扯着一副大嗓子吼了起来，“糟了糟了，我家的菜园子被那个贼小子偷干净了！”

他的声音还没落下，从山的那一边忽然就有几个声音跟着响了起来，“是哪个偷了我家的鸡？”

“我家的两只鸭还有一只鹅也被人偷了！”

“还有我的两块五花肉和两节腊肠，谁偷的？快出来！”

身前的司徒安听着这些人的吼声，身子忽然就僵住了，像是想起了什么不得了的东西，“不好，我的酒窖！”身子一顿，一阵狂风骤起，速度简直快到了极点，我捡起他的背篓和锄头，看向沐沐，“快，你快去看看你那玉燕。”

将背篓背在背上，扛起锄头就朝司徒安跑去的方向追，一边跑一边大声地喊：“司徒，你的背篓，还有你的锄头，你等等我……”

第十六节　废墟龙城（一）

背上背着背篓，肩上还扛了一把锄头，跑也跑不快，司徒安的背篓里放了两棵青菜，虽然不重，但跑起来一颠一颠的，很不舒服，但好在司徒安住的那所房子的大体位置我还清楚，就一路小跑地跟了过去。

司徒安住的屋子也是一间木屋，院子里种了几株桃花，花期已经过了，只剩下光秃秃的树干杵在那儿，不知道摘下来的桃子还有没有剩下两个。

院子里很干净，被司徒安收拾得很朴素，但是没见着他人，我在屋外的坝子里放下背篓和锄头，喊了两声，却听到司徒安的声音从屋子的大堂底下传出来。

房门大开，我走进屋里，依然没见到他，却在一个墙角的地方发现了一个大洞，平常应该是有木板盖着的，因为我发现在洞口的一边有一块木板被随意地丢在地上。

我趴在洞口的地方，朝里面探头望进去，发现这里是一个地窖，并不是很大，空间很局促，一个人下去都很难活动开手脚，司徒安正趴着地窖口的木梯往上爬，一边爬还一边骂，“这贼猴子，就给我剩下一坛新酿的，这日子还能不能过了？”

我看他抱着个酒坛爬梯子有些不顺当，就伸手去拉他，将他从地窖里拉了出来，一边拉一边埋怨道：“你怎么把酒窖挖在屋里头？”

他将酒坛朝大堂里的桌子上一放，脸色十分难看，“还不是为了防那个贼猴子，我这里可没少被他祸害。”说着将幻青扇从袖子里掏了出来，拧着就朝屋外走，“我得跑快点，没准还能救回两坛子。”

说完风风火火的就出了门。

我一看司徒安这架势完全不像是去找活宝要酒的，反而像是要去拼命，心说，这回事情可要闹大了，赶紧就跟了上去。

走在窄窄的田埂上，路十分不好走，司徒安显然是被怒火冲昏了头，走起来简直就像是风一样，我怎么追也追不上。

当走到我那间房子外面的水塘边儿上的时候，我惊愕地发现有很多人拿着木桶、木盆正在水塘里取水，人群里还在高声嚷着“着火了，着火了”，司徒安看到这情况，抓住一个人就问了起来，“哪里着火了？”

那人着急忙慌的，看样子是火烧眉毛了，“哎呀，还能是哪里？白玉燕家啊！”撇开司徒安的手，拎着刚刚打好的水就朝那个方向跑了过去。

“活宝家着火了？”我有点不相信，就看向愣在那里的司徒安。

司徒安并没有看我，目光缥缈地看向一个方向，我顺着他的目光看过去，发现剑冢山的另一边，有一个地方正在冒着浓浓的白烟，那些打了水的人都在朝那个方向跑过去。司徒安看了两眼，就回头来看着我，脸上竟然有一些幸灾乐祸的模样，“叫你这贼猴子偷我的酒，遭报应了吧！”

嘴巴上虽然是这样说，但是他的脚步已经动了起来，看样子比这里的任何人都要着急，速度十分快，我竟然完全跟不上了。田埂上本来就很窄，加上那些打了水的人一路奔跑洒了不少的水，黄泥巴的田埂路沾了水就变得很滑了，我好几次都差点掉进水塘子里喂鱼去了。

跟着那些救火的人好不容易到了冒白烟的地方，木屋外的坝子里站了好多人，装水的木桶摆成一排放在一起，却不见一个人拿水朝屋子里泼，人群都在议论，一片嘈杂。

我拉住一个人，焦急地问道：“怎么回事？司徒安呢？”

那人摇头，一脸茫然，“我也不知道，就听到有人喊着火了，我们就过来看看能不能帮上忙，司徒安刚刚冲进去了，还没有出来，哎哟，也不知道里面什么情况，这烟也太大了，看都看不清呀。”

屋子里正有浓浓的白烟从窗户、大门口、屋顶冒出来，但是没见着燃烧的火光。我走近两步，来到大门口，浓烟很呛，我捂住口鼻，弯下身子朝屋里看，浓烟滚滚，什么也看不见。

我扯开嗓子朝屋里喊了两声活宝，又喊了两声司徒安，再喊了几声沐沐，竟没有一个人回答我。

烟实在是太大了，熏的人眼睛都睁不开，一个劲儿直咳嗽，我退后两步，想着我是不是应该冲进去看看，而就在这个时候，我的肩膀忽然被人按住了，我回头一看，发现姬澈正捂着口鼻看着冒出浓烟的屋子，眼睛眯缝得成了一条线了。

他拉着我朝后退了一点，站在人群前面，放下捂着口鼻的手，对我说道：“你在这里等我，我进去看看。”

说完从自己身上的水蓝长袍上撕下一块布条，在木桶里浸湿之后捂着口鼻弯身就钻了进去。

可是刚一走到门口，忽然就发现几个影子从浓烟里走了出来，一看，原来是司徒安一手夹着活宝，一手夹着沐沐走了出来，姬澈连忙上去接过沐沐，将他们几个从浓雾里拉了出来。

司徒安他们出来之后一个个都趴在地上猛咳嗽，浑身上下一片焦黑，像是从哪个煤窑洞里爬出来的一样，眼睛被烟熏得直掉眼泪。我过去给沐沐拍了拍背，骂道：“你们在里面做什么？烧房子你也放把火啊，用烟熏就能把房子点着？你脑子被驴踢了吗？”

司徒安一出来，就把头塞进了水桶里，将脸上的炭灰都给洗干净了，那桶清水已经黑得像是墨汁一样了。可脸虽然是洗干净了，但是身上的衣裳都已经被烟熏得不成样子，湿漉漉的头发粘在他疲惫的脸上，上面是一张洗得雪白的脸，下面是一身肮脏的衣裳，看上去很别扭。

司徒安抹了一把脸上的水，喘着大气，看样子是憋气憋坏了，指着躺在地上的活宝就吼了起来，“你这是拿自己当香肠在熏啊？不行，我得把你再扔进去，熏好了你得给我留几斤！”

活宝躺在地上，动也不动，看样子是被熏蒙了，姬澈拎了一桶水过来，直接泼在了活宝头上，一动不动的活宝经这么一下，身子一弹，咳出一口黑痰，接着就是一阵猛咳猛喘气，拍着胸口一阵猛捶，嘴巴里不停地有黑痰咳出来，看样子他的口鼻被烟灰给蒙住了。

姬澈蹲在他身后，给他拍了拍，问他，“你在里面做什么？烧房子？”

活宝不停地吸气，半晌之后才说道：“老子做饭的时候，火点不起来，他妈的，尽冒烟儿了……”

司徒安正在拍身上的灰，说道：“烟是灶膛里冒出来的，柴火放太多了，火烧不起来。我进去的时候，这贼小子已经被熏晕了，他那小媳妇儿正在使劲儿的往外面拖他，可是，没拖动。”司徒安摇头摊了摊手，来到活宝面前问他，“你上回开火做饭是什么时候的事了？”

活宝像是还没缓过来，甚至还有点迷糊，“老子哪里记得，那都是上辈子的事了。”

看到这里，我忍不住想笑，但当着这么多人的面，我也不好意思笑出来，就强憋着。

姬澈显得很头疼，将活宝从地上提起来，看着司徒安，问道：“灶膛里的柴火你退出来了没有？别等一下着了把房子给烧了。”

司徒安点头，“我办事你放心，可惜了我那菜园子里的菜，全被糟蹋了……”

姬澈的目光移到我的身上，看了我一眼，脸上露出几分笑意，“今天中午去我那里吃吧，饭菜都已经做好了。”

我愣了一下，想了想，司徒安的菜被活宝偷光了，搁屋子里被烟这么一熏肯定是不能用了，于是就点了点头，说把沐沐拎回去洗一洗就过去。他对我指了一个方向，“就在那边，有个红木楼，我就住在那里。”回过头去看司徒安，笑道：“司徒，等一下你也一起吧。”

司徒安点头答应，说回去换身行头就和我一起过去，忽然间想起了些什么，转过身一头钻进了还在冒烟的木屋里，“我得看看，我的陈酿还在不在。”

活宝被烟呛得没了力气，趴在姬澈肩上，迷迷糊糊地喊道：“还在，床底下藏着呢，老子一坛都还没开呢。”

姬澈偏头，冷眼瞪了他一下，右手抓住他的肩膀朝天上一甩，然后用肩膀一接，将活宝扛在自己肩上，脸上带着几分很僵硬的笑容看着那些看热闹的人群，“大家都回去吧，这里已经没事了。”

说完，也不管人群有什么反应，扛着活宝就朝自己住的地方走去，活宝在他肩上使劲儿挣扎，杀猪似的嚎叫，姬澈理也不理。

人群很快就散了，我和沐沐回到我们住的地方，让沐沐好好地洗洗，又换了一身干净的衣裳，司徒安已经换洗好了，抱了两坛子酒在屋外等着。

这男人洗刷起来，就是要比女人快上不少。

我们三人来到姬澈那栋红木楼外，路过活宝那所房子的时候，发现已经不冒烟了，看样子，司徒安办事的确比活宝靠谱不少。

我曾经不止一次地想过，像姬澈这样的人，大周第一杀手，他住的地方会是什么样子，会不会满是机关暗器，阴森诡异之类的，至少也得有满屋子的刀剑吧，但是等到了那地方，看着那间红木楼的时候，我发现，其实，也很普通嘛。

红木楼背靠剑冢山，是这里所有的房子中最靠近剑冢山的一栋。红木楼依山而建，样子很朴素古老，房屋的木柱已有裂痕，看样子建成的年代已经很遥远了。

红木楼总共有三层，是我在登桓山上所有见过的木屋中最大的一座，底下的两层除了四根支撑房屋的木柱之外，都是可以打开的窗户，最顶上的那一层却是四面透风的，除了四根红木柱之外，没有一扇窗子，四面都挂着竹帘，在顶层的四角屋檐外，挂着一对由细细的竹筒串起来的风铃，风一吹，竹筒撞击在一起，发出叮咚叮咚的声音，十分空灵。

“原来，他住的地方是这个样子的啊……”

看着这一栋朴素又古老的红木楼，我心里不知为何生出一丝欢喜，连那嘴角，也轻轻地弯了起来。

第十七节　废墟龙城（二）

红木楼外的大门是敞开的，像是姬澈为我们留的门。司徒安像是常来这里的，很门儿清，也不忌讳什么礼仪不礼仪，直接拉着我和沐沐就进了门。

进屋之后，一片清凉，清清爽爽的空气之中有淡淡的檀香飘散着，屋中的一切家具成色都很古朴，且透着历史的厚重感。这里的桌椅板凳都是红木古具，在屋中的圆桌上摆放着一些水果，司徒安不客气地抓起一串葡萄问我，“你要不要来点？”

我有点拘谨，有一种平民进了王宫的急促不安之感，这种感觉很奇怪，我身在王室，长在朝廷，可从来没有过这样的感觉。

司徒安见我摇头，又摘下来两颗给沐沐，“小丫头要不要来点儿？”

身为主子的我都没接，沐沐自然更是不会接了，连连摇头站在我身后，头低得很低，似乎是我这种拘谨的感觉影响到了沐沐，她看上去也很不自在，眼神像是个偷食的小老鼠似的，不停地在屋里偷偷地张望。

我已经预料到司徒安的下一句是什么了，“那我就自个儿吃吧。”

他拿着一串葡萄，将酒坛夹在腋窝下，一边吃着，一边在前头给我们带路，竟是往楼上走的，一边走还一边对我说：“在这登桓山上，都说我过的是神仙日子，可真正过神仙日子的，是这匹狼，他这屋子里的瓶瓶罐罐、桌子板凳，那可都是和武王姬发一个年纪的东西了，岁数老得都要成精了。”

沐沐嘟囔了一句，“武王不是死了几百年了……”

我瞪了她一眼，她懂事地低头不说话了。

司徒安在前头笑道：“是啊，这屋子里的每一样东西，都和大周王朝一个年纪，都是登桓山第一任主人留下来的，这间房子，是为登桓山的主人准备的，其他人，可都没有资格住在这里。”

说着，我们已经上了二楼，二楼看样子是一间书房，并不是很大，可以肯定的是二楼不止这一个房间，但是我们只能看到这一间书房。

楼梯继续往上，处处都有一抹淡淡的檀香，走在窄窄的木梯上，已能清楚地听到挂在屋顶木檐下的一对竹筒风铃清脆的声响，整栋房子里十分安静，空灵，除了风铃声外，只有我们的脚步声。

当拐过一个拐角，忽然看到有一个人趴在头顶的木栏上，面带微笑地看着我们，这个人一点点的声音也没有发出来。我正感受着这屋子里的静逸和清爽，忽然看到头顶有个人不声不响地看着我们，着实被吓了一跳，沐沐几乎被吓得尖叫起来。

我有些惊魂不定，当看清那人的面貌时候，我有一股冲上去揍他的冲动，活宝这个调皮的小孩儿，不带这么吓唬人的。

活宝趴在栏杆上，色眯眯地对沐沐眨了两下眼睛，“小媳妇儿，快点上来。”

他话音才落，司徒安忽然就是一颗葡萄扔过去，活宝的注意力完全在沐沐身上，一个没留神葡萄正打在他面门上，他一下子站直了身体，从身后掏出一根短棍子，一拧，棍子就弹了出来，指着司徒安的鼻子就嚷道：“小安安，你做什么？”

司徒安抱着酒，若无其事地抬脚继续往上走，悠悠地说道：“不好意思，手滑了……”

“你……”

活宝正要发难，忽然一只手从他身后伸过来，按在他的肩膀上，一个熟悉的人影从他身后站出来，正是一身水蓝长袍披散着头发的姬澈。

活宝没有回头去看，但已经猜到了这人是谁，整个身子顿时一僵，就将棒子收了回去，用袖子擦了擦脸上的葡萄汁，“得，你的地盘，你说了算，老子没意见……”

“你没意见，我还有意见呢！”司徒安已经上了楼，站在活宝面前，“我那菜园子里的菜是不是你偷的？”

“额……”活宝的脸色变得难看起来。

“还有我的果酒，村子里的鸡、鸭和五花肉，还有香肠……”

“这个……”

“我没找你的后账就不错了,你还好意思吓我？还拿棒子指着我？”摘了个葡萄扔进嘴里，拍了拍怀里抱着的酒坛子，“今天的酒，我一口都不给你喝！”

一旁的姬澈看到这局面，无可奈何地摇头苦笑，朝我和沐沐招了招手，让我们上去。

三楼四周的竹帘都卷了起来，轻轻的风吹得人十分舒坦，屋正中置了一方矮桌，上面摆了几盘很精致的小菜，看样子是出自姬澈的手笔。

活宝被司徒安一串话呛得愣在了那里，沐沐过去拉了他衣角两下，他才有些释怀地撅了撅鼻子过来坐下。司徒安揭了酒坛的酒封给姬澈、我、沐沐各倒了一杯，还真就没给活宝匀一点儿。

沐沐低头看了看自己面前的那一杯翡红的果酒，又偏了偏头看向活宝那一张极不爽的脸，不着痕迹地把自己这杯酒朝活宝那里推了一点。

姬澈和司徒安都把沐沐这一小动作看在眼里，两个人都很默契地装作没看见，我自然也很知趣地装作不知道，夹了一口菜放进嘴里，这的确是姬澈弄出来的味道，可是他真正炒出来的菜我只在幽乐山谷吃过一回，还是和十三娘一起，回想起来，那一切，都好似一场短短的轮回。

我之后在登桓山上生活的时候，得知了一个小小的传说，司徒安的酒，姬澈的菜，是登桓山的两绝，在整个登桓山上千居民之中，能够在这栋房子里吃到姬澈的菜，配上司徒安的酒，是多少人想也想不来的美事，而经历过这么一回的我，也感觉到这话的的确确不假。

“大小姐呢？怎么不见她人？”司徒安吃着菜，喝着酒，问姬澈。

听到楚玥这人，我也将目光投向了姬澈，他端起酒杯喝了一口，不慌不忙道:“出海去了。”

“出海？”司徒安眉头一皱，但很快就舒展开了，“去捞人吗？”

姬澈点头，“柏烨带来的人虽然留不得，但是好歹将我们送到了这里，捞回来挖个坑埋了吧。”

听到这里，我完全明白了过来，楚玥出海是要将今早上因姬澈毁船而葬身大海里的人的尸体捞回来，红楼宝船上有好几百人，要全部都捞出来是很麻烦的，看来，今天天黑之前楚玥要想回来，是很难了。

司徒安放下碗筷，叹了口气，转头看向正在吃菜的我，惊讶地问:“叶姑娘竟然表现得这么平静？”

我抬眼看着他，“要想达到目的，就得付出代价，这是你们教我的东西，我会慢慢尝试去承受一些……残忍，还有血淋淋……”

其实，我不知道我是怎样说出这样一句话的，到底是怎样的心情，心里又是一种怎样的情绪，我都不知道，但很离奇的是，我没有多大的负罪感和罪恶感，更多的反而是一种很莫名其妙的平静。

好像很多以前我还觉得很残忍的事，现在我都可以坦然接受了，人心，果然是会变的。

姬澈看了我一眼，给我夹了些菜，说道:“吃饭吧，等一下我带你去个地方。”

司徒安问:“去哪儿？”

“龙城！”

“龙城？！”司徒安惊愕地看着姬澈，“你带叶姑娘去那里做什么？”

“我欠叶凝一个秘密，欠了很久了！”姬澈看着我，嘴角露出久违的笑意，“叶凝，你做好知道一切的准备了吗？有些东西，没那么容易接受。”

在那一瞬间，我脑子里浮现出了很多的念头，看着我的那个人，真的有我想象中的那么了解吗？我真的放下了吗？

不，我没有，一个已经刻在了骨子里的人，是没有办法放下的。

这个头我是如何点下去的，连我自己都不清楚。

饭局之后，我们离开了这里，姬澈带着我，还有不知道从哪里冒出来的阿狼，一路上翻山越岭。他拉着我，像是回到了从前，那个时候，我还是一个什么都不懂的小丫头，有他拉着，一切都是那么舒心。

阳光很好，山风清凉，跟在姬澈身后，走在没有路的山林里，在来登桓山的路上，我们经常走这样的路，树影婆娑，四下寂寥，牵着我的那个人，就是我的世界。

走这样的路我已经习惯了，即便是没有他牵着，我也能走得很好，但是我到这时候才明白过来一个我早该明白的道理，我不是习惯了走这样的路，而是习惯了走这样的路的时候有他牵着，若是在这样的一条路上，没有他牵着，我才会真正地感到不习惯。

这是个很可怕的东西，有一瞬间，我很想挣脱出他的手自己走，可是，这一种习惯，我已经戒不掉了，不知道，他是不是也和我一样，要不然，在这样一条路上，他又怎么会如此本能地牵着我？

阿狼在前面开路，在茂密的丛林之中行进了大约三个时辰之后，我们来到了一座山谷的山崖上，前面是一个断崖，在断崖之下，是一片非常大的平地，比之前那处村子所处的平地还要大上好几倍，几乎一眼看不到尽头，看来，这登桓山，不是一般的大。

姬澈拉着我，站在断崖的边上，阿狼站在我们身边，巨大的狼头直直地看着前方。面前的这一片平地之巨大已经令我很震惊了，但真正令我感到难以接受的不是这个，而是在那片平原之上，立着的一大片一大片残破的建筑。

“那里，就是龙城，登桓山上最初的居住地。”姬澈指着那一片立在平原之上的巨大建筑，偏过头来看着我，问道：“你看看，它，像什么？”

第十八节　废墟龙城（三）

我不是很明白姬澈的意思，顺着他手指的地方眯缝着眼睛看过去，仅仅只是短短的一瞬间，我就知道我看到了什么，也明白了他问我的话是什么意思。

“像……像一个龙头！”

下面那一片废墟的轮廓，像极了一个腾飞怒吼的巨龙龙头，黑青色的废墟横卧在碧绿的草地上，层次分明，十分清楚。我转头看向姬澈，等着他说是或者不是，他正看着山下的废墟，并没有给我一个肯定的回答，只是点了点头。

“这一座城太过古老了，可以说和我那间房子是同一年纪的……”

听到这里，我怎么觉得他说起这话来，有点司徒安的感觉了。

“这件事在登桓山上并不是秘密，但凡在这里生活过一段时间的人都会知道一个传说，那就是九劫魔剑。”

“魔剑就是在这座城里出世的？”我看着姬澈。

他点头，“龙城就是魔剑的出世之地，当年登桓山上人口虽是不盈，但远比现在密集，现在登桓山上的居民，大多，都是那场浩劫之后，残存下来的人。”

我看着山下的龙城废墟，其实这里的建筑虽然大多破败不堪，但是只要仔细去看的话，就不难发现，这些建筑的破败并不是因为打斗或者其他非自然原因破坏的，而是因为建筑存在时间太长而自然坍塌损毁，其实很多房屋除了长满杂草之外，几乎都没有什么损坏。

阿狼坐在地上，像是一条狗一样乖乖地看着下面的废墟。我摸了摸它的头，在阿狼身边的一团杂草上坐下身子，侧过脸，看着白发舞曳的姬澈，“那一场浩劫，究竟是怎么发生的？”

姬澈定了定，摇头，“我也不清楚，我这个登桓山的尊主，其实只是个顶包的，很多关于登桓山真正的秘密，我所知晓的，也并不多。”

我问：“为什么？你不是说，上一任主人在离世之时，会告诉下一任主人登桓山真正的秘密吗？”

姬澈苦笑一声，“我的师父，也就是上一任登桓山的主人姬祁，他的死太突然了，他除了告诉我必须要守护的东西之外，并没有告诉我其他更多有关登桓山的秘密，我只是在他临危之际，接了命令守护那件东西而已。而登桓山真正的秘密除了师父，没有任何人知道，当然，那些登桓山不为人知的秘密，也随着师父的死，成了永远的谜。”

我眉头皱了起来，心说，难道登桓山的秘密，就这样失传了？我之前的推测，得不到姬澈的佐证了？

姬澈坐在我身边，看着山下巨大的废墟，看着我，轻声道：“我想，我接下来要说的事，应该是你最感兴趣的。”

我一听，顿时就打起了精神，做出一副很好奇的模样出来看着他，示意：你说吧，我听着！

他转过头，看着平原的尽头，神情变得飘忽起来，像是陷入了一段长长的回忆，脸上的表情一点一点地变得低沉起来。

“你应该不止一次地听到过一个时间，一十三年之前，其实这个事情要说起来，却是要比这个时间还要遥远，得从二十五年之前，发生在靖国王都之中的那一场大火说起。”

我知道姬澈要对我说什么了，这一段事柏烨虽然对我说起过，但是他说的比较笼统，而听姬澈现在说话的口气以及他脸上沉沉的表情，看样子是要把这件事完完全全地讲出来。他是这件事情的亲历者，最清楚其中的细节，而柏烨给我说的，大多都是传言。

事情经姬澈自己亲口说出来，应该会比柏烨所说的更加生动，甚至于，可能有一些谁人也不知道的隐情夹杂其中。

我心想，这一定是一段顶好的戏文段子，有王庭秘史，有恩怨情仇，有王权争斗，有兄弟反目，还有痴心虐恋……这些被靖国花了大力气抹去的历史，我有可能再一次去感受一回，心里有一点小小的激动和微微的不安，我似乎已经预感到了，姬澈接下来要说的事情之中，可能会有一些我接受不了的东西在等着我。

可是我现在的心态已经放得很端正了，我甚至有点后悔，明知道要听姬澈说起一些绝密到极点的往事，怎么在跟他来这里之前，没找司徒安要两捧瓜子儿……

二十五年之前，靖国王都深处，忽然燃起一场大火，这在正史之中有过记载，但事实不像正史之中所记载的那样，因王妃产子，宫女慌忙之中打翻了一盏桐油灯，引燃了幔帐而导致整个寝宫被焚毁，想想就知道，王妃产子必然是大事，而且还是靖王第一个孩子，那必然会是大事中的大事。

这样一件大事中的大事，伺候的宫侍、宫女自然不会是少数，就算有宫女不慎打翻了宫灯，也必然会有人立即发现才对，又怎么会任由大火烧起来？

谁也没有料到的是，姬澈的母妃诞下的是一对双生子，可惜，她并没有见到她这一对儿子一眼，就永远地化作了尘灰，守宫的禁卫在寝宫之外筑起了一道人墙，任何一个想要从寝宫火海里逃出来的，都被这些禁卫割断喉咙，扔回熊熊烈火之中。

靖王得子又同时丧子的消息开始被人为地传播出去。很快就直达天听，到了幽王的耳朵里，幽王扶额叹息一声，赏下一些金银珠宝给靖王，以示安抚。

被调包出来的姬澈和羽华，准确来说应该是子欣和羽华，但是我习惯了姬澈这个名字……他们在一户寻常人家长到了三岁，就被秘密地送到了登桓山，从那个时候开始，他们就已经知道自己的命运，早已被人安排好了。

靖国第一任靖王跟随武王打天下，得知了不少当时隐晦的秘密，这些秘密被历代靖王一任一任地流传了下来。历代靖王都知晓登桓山这么个地方，也知道登桓山是一个什么样的所在，但是他们除了知晓登桓山是一个很厉害的地方之外，其他的也不是很清楚，真正知晓登桓山秘密的那一任靖王，是第一任。

但是他并没有将那个秘密传下来，按照姬澈的话来讲，第一任靖王和登桓山的真正主人很熟络，那登桓山真正的主人已决定退隐，不问这世上的纷纷扰扰，他疲了，不想再搅和了，第一任靖王为了护住这个老朋友，就隐藏了有关这个老朋友的一切，只留下了一个登桓山的传说。

听到这里，我好像明白过来一个东西，在登桓山上的历代尊主中，也许他们并不是这里真正的主人，而在他们背后，还有一个幕后的黑手，这个人肯定不为人知，但是他确确实实地存在，这个人就是封印了十三娘记忆，并且取走了她一部分鸿蒙之气的不死人。

送姬澈和羽华的人通过了登桓山外的迷雾幻境，找到了当时登桓山的主人，姬祁。

姬祁应该是知道登桓山真正秘密的人，他们向姬祁表明了自己的身份，说送来的这两个人是第一任靖王的后人，当时的姬祁知道登桓山所有的秘密，知道第一任靖王和他背后那个登桓山真正主人是什么样的关系，便将姬澈和羽华留了下来。

当然了，送他们前来登桓山的人，自然是没有活着回去的必要了，既然这是一个不为人知的秘密，那么，所有和这个秘密有关系的人，都应该被抹除，这样才可能让秘密永远都是秘密。

当时登桓山上的居民，早已经从龙城迁移到了现在所在的村子，这里并非是什么门派之类的，但是这里的人每一个都是好手，可以说这里是集天下武学之大成之地。姬祁那时候很有才干也很年轻，和现在姬澈一般年纪，确实是有一些教育弟子的好手段，也是为人师的好表率，除了传授姬澈和羽华一些功夫剑术之外，也传授给他们做人的道理和处事的原则。

其实，当姬祁知晓姬澈和羽华身份的那一刻起，他就已经料想到靖王有何打算。虽然这里是个绝世之所，不知天下时局如何变化，但对于人心，他还是看得很透的。靖王那一脉这个时候送两个人来学艺，靖王目的为何，大约能有几分脑子和眼力的人，心里揣摩揣摩也就八九不离十了。

姬祁教授姬澈和羽华做人处事之道，是希望今后这个天下如若真的是落入他们二人之手，对天下百姓能有些许的仁慈。那个时候，他们都还很小，初到登桓，处处都很小心，师父如何说，也就如何是，姬祁对他们说的事，不过三四岁的他们还理解不了，但是师父说的次数多了，他们也就把师父姬祁的话记在了心里。

那个时候，跟着姬祁学艺的人除了姬澈和羽华之外，还有两个小丫头，当然也都是和他们一般年纪的小不点，楚玥，还有绮晋。

楚玥和绮晋两个人是之后拜入姬祁门下的，更准确的说法是，楚玥其实并不是拜入姬祁门下，她本就是姬祁唯一的女儿，这也是司徒安一直叫楚玥大小姐的由来。

在他们这四个人之中，姬澈最大，羽华次之，绮晋比楚玥大一点，小师妹这个称呼，自然是楚玥来顶着。

这便是故事的开头前奏，有点庞大，还带着一点历史的厚重感，在那样一个背景之下发生的故事，自然是不会太完美。唯一觉得有一点可笑的是，在姬澈这个故事开始的时候，那个时候的我，却是在哪里都不知道，如果有机会的话，我可以回去问问大哥叶墨，二十五年之前，我父王有没有遇到我的母妃……

那个时候，大哥好像生下来了吧。

想想，当姬澈身陷如此一个迷局的时候，那个时候的我都还没有被生下来，可世事就有这么凑巧，让我们这样两个人坐在一起，看荒城平原、白云蓝天，说着人世的无常，过往的荒凉……

第十九节　鸳鸯错（一）

跟着姬祁学艺，这的确是一件很有乐趣的事，不用集体背书练剑，没有每天例行的晨练，见着师父也不用行礼问好，姬祁说，人不能一板一眼地去活，要学会变通。

因此，在姬澈和羽华的童年里，虽然并没有多大的欢乐，但是过得也很惬意，当然了，即便是王族世出之子，也逃不开姬祁别出心裁的栽培，每天负重除草、翻地、挑水、浇地、劈柴，是谁也逃不掉的功课。

当然了，只姬祁一家也没有那么多良田可以每天翻地除草，也没有那么多的柴够劈，但是，登桓山外的村子里，有的是木材良田等着他们。

姬澈的那间红房子那时候还是姬祁的住所，不过不像姬澈现在这么冷清，一个大老爷们儿带着四个小不点住在一起，既热闹，又很磨人。那时候绮晋很小，是个胆子小到了极点的小姑娘，什么都怕，模样长得很乖巧，活像一个瓷娃娃，可是……

她是个孤儿，是姬祁从外面捡回来的弃儿，绮晋这个名字还是姬祁给她取的。

最磨人的就是绮晋了吧，我是这样认为的。在姬澈的述说里，这是一个胆小却很要强的女孩儿，有一回晚上，天色很黑，登桓山里一片寂静，消夜的时候，绮晋多喝了几碗鱼汤，夜里被憋得极了，不敢一个人出去解决，又不好意思叫姬澈、羽华这两个男孩子陪她一起去。

楚玥虽然是一个不错的选择，但是，楚玥是这里的大小姐，绮晋自觉地位卑微，怎敢叫醒大小姐陪自己去如厕？

结果自然是不言而喻，但是她藏得很好，第二天天明的时候，绮晋起得最早，早早地就把自己的脏东西拿出去洗了，她已经足够小心了，但还是被姬澈发现了。姬澈在这几个小孩子之中是最懂事也是心智最成熟的一个，他贴着绮晋的耳朵根子跟她讲："你以后要是夜里害怕一个人如厕，你可以叫上我。"

绮晋一听，拎着自己浆洗好的衣物，飞一般地跑远了。

随着时间的流逝，逐渐的，两年之后，姬祁开始教授他们一些简单的剑术，姬澈和羽华在这四个人中，是悟性最高的两个，姬祁教他们什么，他们只要看一遍就能记住，自个儿再耍两下之后，即便不能做到神似，但形似已不在话下。羽华性子开明，又很机灵，很容易跟人厮混在一起，在这地方人缘很好。

可是姬澈就不同了。

登桓山的规矩是什么都要靠自己，这一点姬澈执行得可谓是不折不扣，锄地、挑水、劈柴等等，每一件事他都做得堪称完美，不会有一丝一点的偷奸耍滑。羽华既然是这里人缘最好的一个，那么，很多事自然就会有很多的朋友来帮忙了。

绮晋学东西不行，一个极普通的剑招学起来也要花费比姬澈和羽华多出几倍的时间。绮晋虽然悟性不行，但是恒心很足，剑练得很勤，也很刻苦。

姬祁将绮晋捡回来，只是不想她饿死在外面，以姬祁的本事，自然是知道绮晋在剑术这一门里不会有多大的造诣，因此，对于绮晋，姬祁并没有花费什么心力去调教。

羽华是个滑头，他知道绮晋练剑不行，但又很想把剑练好，他每天负重锄地、浇水，偶尔做做还能有几分新鲜感，一直做下去的话，会很枯燥，他似乎看到了一个偷懒的机会——师父不是对绮晋不怎么上心吗？那自己就对她多上点儿心。

他和绮晋之间达成了一个约定，自己每天抽出三个时辰的时间教授绮晋剑术，而作为自己传剑的回报，绮晋需得为羽华锄地、挑水、劈柴，顺带洗一洗脏衣服什么的。

楚玥指着羽华的鼻梁嚷道："羽华师兄偷懒，你总是欺负绮晋师姐，我告诉我爹爹去！"

"你要是敢告诉师父，我们就把你绑了，扔到龙城去喂狼！"羽华说着，转头看向姬澈，"哥哥，你说是不是？"

姬澈扛着锄头，看了看脸颊挂了两颗泪花的楚玥，又看了看在一旁低头不语的绮晋，摇了摇头，"你要绑你绑，我不会帮你的。"

说完扛着锄头就回去了。

楚玥害怕羽华真的把她绑了丢到龙城里去，还真的就没把羽华的荒唐事告诉姬祁。她出生在登桓山，知道那里有什么。龙城是登桓山的狼穴，连一些身手极好的大人也不敢靠近那里，姬祁为了不让楚玥不懂事地跑到那个地方，就给她讲了一个很吓人的故事，好让她对那个地方产生畏惧，不再靠近那里。

说在很久很久以前，有一个人猎人独身一人跑进了龙城里，好几天都不见回来，村子里的人担心，就叫了两个人进入龙城里去找找看，结果进去的人又没有一个人出来，大家都怕了，不敢再去那个地方，就在城外的断崖顶上等。

晚上的时候，登桓山很安静，一切都陷入了沉睡，守在断崖上的人们点燃了篝火，继续监视着那一座死城。但人总是会累的，上半夜的时候还有几个人扛得住，到了下半夜困意袭来，一个个的就全睡着了。

等醒来的时候，他们发现有无数的狼将他们完完全全地给围了起来，就像是被这群饿狼包了饺子，慌忙之中那些人就对群狼发起了攻击，可是几个人哪里是一群狼的对手，三两下之后，他们就被群狼啃得只剩下骨头渣了。

之后村子里的人又去了那里，从无数的饿狼嘴中将那些碎尸一块一块地捡了回来，因为慌忙，路上掉了不知道多少，说不定拨开一片荒草，在草根里就能看到一个被咬得稀烂的血淋淋的人头。

这一小段恐怖的小故事在楚玥幼小的心灵里留下了抹不掉的伤疤，有时候她夜里做梦，都会梦到这样一个场景：在一片漆黑的草原之中，有一片废墟荒城，一头体型巨大的饿狼面带凶光地看着自己，嘴里还叼着一个被咬得稀烂的人头。

故事也许在大人们看来并不惊悚，但是对于不过三四岁的楚玥来说，绝对是致命的。凭借着自己杜撰出来的故事，姬祁不费吹灰之力就达到了自己的目的，无论如何，小楚玥都不敢靠近龙城了。

这个故事，姬祁也对绮晋还有羽华和姬澈讲过，当然，姬澈和羽华对于这个故事都只是左耳进，右耳出，丝毫没有受到一点点的影响，显然男孩子对于这些都很神经大条。

但是楚玥和绮晋，着实被这个故事吓得不轻，在很长的一段时间里，她们一听到龙城这两个字，就会浑身冒冷汗。

事情即便是这样，可依然还是没有逃掉泄密的命运，羽华偷懒的事很快就东窗事发，小羽华被姬祁夹在腋窝下，姬祁扒下羽华的裤子对着他那白嫩嫩的小屁股一通狠抽。

小羽华也是个硬汉，屁股都被打红了也没哼一声，姬祁下手有分寸，打了几下之后也就不打了，将羽华朝地上一扔，皮笑肉不笑地说道：“你这小屁孩儿如何做徒弟都还没有学会，就想学如何做师父了？”转头看向姬澈，问道：“阿澈，这事情你知道吗？”

姬澈老实地点头，并说明了事情的经过。

“看来你们几个这两年也长了一些本事，连龙城都不怕了，也好，那你们几个就去那里观赏观赏吧。”

所有人几乎同时脸色一白，被打的羽华从地上爬起来，抱住姬祁的大腿，“师父，就我和哥哥两个人去观赏观赏好了，两位师妹就不必了吧。”

姬祁拉着羽华的衣领，将他从地上拎了起来，像是看一只被自己提起来的小猫一样，“为师相信你的本事，会护两位小师妹周全的！为师很安心！为师做好热菜热汤，等你们回来。”

手一松，羽华刚刚才被打了一通的屁股直直地坐在了地板上，一口冷气吸得所有人都缩了缩脖子，羽华紧咬着一口奶牙，一双眼睛瞪得滚圆，“谢谢师傅做饭为我们送行！我们吃饱了一定好好观赏龙城，回来向师父禀报观赏成果！”

姬祁已经上了楼，一听羽华这句话，脚步顿了顿，声音因压着怒火变得有些暗哑，“回来再吃！”

目送着姬祁消失在楼梯口的拐角，羽华小小的身子一下就软了下去，乖巧懂事的绮晋伸手要去拉他，却被他撇开了，“不用了，屁股疼……”

楚玥站在一旁，一脸娇怒地看着羽华，“打你的时候你不知道喊疼……”

羽华双手撑在地上，先把屁股撅高了，然后再费力地直起身子，看着楚玥，得意道：“你老爹的脾气你还不知道啊？我要是叫出声，今天晚上我就只能趴着睡了。”

他的声音还没完全落下，忽然就是一股强大的力量直直地拍过来，四个人被这股力量掀起，直接翻出了房门。羽华的屁股又在泥巴路上摔了一下，这一回他再也忍不住了，捂着屁股在地上滚了几滚，哀号了几声。

小楚玥在一旁看地笑了起来，“就数你倒霉，每次都是屁股先着地！”

绮晋一听这话，也害羞地笑了起来，朝羽华问道：“羽华师兄，你还好吧？”

羽华腾出一只手来，摆了摆，“小师妹别笑，得亏你师兄是屁股先着地的，要是脸先着地了那还了得？”

面对他们的说笑，姬澈倒是显得极为寡淡，既不笑，也不恼，走过去拍了拍羽华的肩膀，说道：“走吧，去龙城。”

在这里生活的人，虽然大多都没有去过龙城，但是对于龙城坐落何处都很清楚，在登桓山生活了两年，他们都已经很清楚了。

几个五六岁的小孩儿走山路自然走不快，草都有他们人那么高了，姬澈和羽华在前面为绮晋和楚玥开路，路上虽然没有什么危险，但是草太深很容易迷失方向，天色慢慢地黑了下来，傍晚的时候，起了细细的山风，山风刮过山林，树叶沙沙，青草掀起绿浪，四个小孩儿站在微微起伏的绿浪里，如置身一片绿色的海洋之中，一路过来的辛苦一瞬间就消失不见了。

姬澈爬上一块山石，朝四周看了看，红红的落日正在西沉，很快天就会黑下来。

姬澈从山石上跳下来，看了看其他三人，“不能再走了，我们要在天黑之前找个地方过夜。”

第二十节　鸳鸯错（二）

羽华将身上带着的一些干粮还有姬祁给他打的一把短剑放在地上，抬头看了看天色之后点了点头。楚玥和绮晋早已经走得很累了，听姬澈说要停下来歇歇，自然是不会反对，将东西往草堆里一丢，就坐了下来，“两位师兄，就这里吧，不用再找了。”

羽华拖着疲惫的身子将绮晋和楚玥从地上拖了起来，“这里草太深，说不好还有大蟒蛇，可不能在这里过夜。”

“去山顶吧！”姬澈将绮晋和楚玥扔在地上的东西捡起来背在自己身上，“山上树木杂草没有那么茂密，蛇也很少会出现在山顶上。”

姬澈小小年纪，说起话来却像是大人一样老成，羽华一手拉着绮晋，一手拉着楚玥，就朝山顶走去，一边还对姬澈乱侃，“要是那条蛇觉得山顶上风景好，就想出来遛一遛，又正好被我们碰到了，该怎么办？”

姬澈一边将前头的杂草拨开，一边说道：“那你们就跑快点儿，它咬了我肯定跑不快了。”

绮晋疑惑地问，“为什么它咬了你它就跑不快了？”

羽华插话道：“应该是条毒蛇。”

姬澈说：“它吃饱了就跑不动了。”

羽华拖着绮晋，呵呵笑道：“那我到时候一定第一个跑。”

绮晋拧了他手背一下，“你就盼着大师兄遇到蛇，你这个人心肠怎么这么坏……”

楚玥跟在后面，走得很累了，听到绮晋说羽华坏，顿时就吐起了苦水，“二师兄要是心肠好，我们还能到这地方来？”

一群人说笑着，倒也不觉得无趣，天色逐渐黑下来，终于在天完全黑下来之前，登上了山顶。

山不是很高，但是对于这样一群小孩子来说，要爬上来也很不容易。山势很缓，并不陡峭，站在最高之处，在暮色之中隐隐能够看见剑冢山模糊的轮廓，他们在茫茫群山之中深一脚浅一脚地走了这么久，好像并没有走出去多远。

山顶的杂草不是很茂密，有很多凸出来的巨大山石，楚玥和绮晋在一块大石头上休息，姬澈和羽华两个人生了火，拿着姬祁给他们打的短剑在山里逛了两圈，带回两只野兔子，剥了皮用剑插着在火堆上烤。

上山抓兔子这些事，羽华比姬澈在行，羽华在这几个人中就是个捣蛋鬼，什么花样都能整出来。姬澈性子很闷，每天除了锄地、劈柴，就是练剑或者一个人待着，很少能吐出几句俏皮话来，但是在弄东西吃这一门技艺上，得到了姬祁不少的真传，这天晚上的兔子肉烤得很好，连山里一些扑食的猛兽，都被引来了。

登桓山虽然很大，但只是广袤大海上的一座孤山，自然是不会有什么猛虎、豹子之类的，被引来的，是一群狒狒。

由于身处深山，姬澈的警觉放得很高，他第一个发现了从树上倒掉下来想偷食兔肉的狒狒。夜里很黑，篝火烧得不是很旺，光线十分阴暗晦涩，他并没有看清那是什么东西，只是吼了一声，“有贼！”然后迅速地一个翻身滚出去。

羽华紧跟着也反应了过来，唰的一下就把短剑抽了出来，抬头一看头顶的树冠，就看到一张怪脸直直地看着自己，浑身长满了黑毛，在一晃一晃的篝火火光之中显得十分可怕。楚玥和绮晋也在这个时候反应过来，一看头顶这可怕的东西，哇的一声叫了起来。

那狒狒偷袭不成，一下子就从树冠上跳了下来，落在篝火旁，个头比他们这群小不点大多了。

狒狒一落地，一个飞扑就朝反应不及的绮晋扑了过去，绮晋胆子最小，一时间竟然愣在那里不知道要如何是好。一旁的楚玥见这情况，却是比羽华的反应还要快，这也跟她距离绮晋最近有关，一把就把绮晋拉开了。

那怪物扑了个空，姬澈在一旁大叫，“这东西个头太大，我们打不过。”

羽华冲过去拉起绮晋和楚玥就朝姬澈那边跑过去，大喊：“打不过就跑啊，我的傻哥哥！”

四个小孩一下子就跑出了篝火照亮的区域，进入了漆黑一片的丛林之中，他们生怕这怪物跟上来，不敢有任何停顿。

楚玥被羽华拉着，一路上没少摔，也没少被弹回来的树枝打，慌忙之中就抱紧了羽华的细胳膊，惊恐地问：“二师兄，我们是不是该往村子里跑？”

羽华跑得飞快，“往回跑？你老爹不揍死我才怪，你二师兄的屁股现在还在疼呢！再说了，遇到这么一点点的困难就要退缩，丢不丢人？我可要做一个男子汉，哥哥你说是不是？”

然而并没有姬澈的声音回答他，黑暗之中什么也看不见，羽华喊了两声，依然没有姬澈的声音，心里忽然就觉得有些不妙，脚步不由得就慢了下来，四周一片如死的寂静，有虫鸣之声从杂草丛里嘤嘤传来，月色凉薄，夜风阴冷。

“糟了，我把我的傻哥哥弄丢了。”羽华停下脚步，放开绮晋和楚玥的小手，就把腰里的短剑拔了出来，“你们在这里等着，我要回去找找我哥哥。”

说着仔细听了听来时路上的动静，一片沉寂，除了虫鸣声，什么声音也没有，看样子那怪物并没有追上来，绮晋有些惶恐地拉了拉羽华的袖子，“二师兄，我们，就在这里等大师兄吧。我怕……”

“师妹乖，不怕。”羽华小大人一样拍了拍绮晋的肩膀，“咱们除了师父，鬼都不怕。”

楚玥在一旁不悦道：“我爹爹才没有你说的那么可怕！”

羽华将楚玥和绮晋拉到一棵大树下藏着，借着一束月光看着楚玥被吓得苍白的脸，“对，你老爹你当然不怕,他又不会打你屁股。”忽然对着楚玥张开了大嘴,像是鬼一样地号了一声。

这一下十分突然，而且声音又很大，楚玥和绮晋完全没有想到羽华会突然吓她们，两个人几乎同时一声尖叫，抱在了一起，大声嚷着:“二师兄你做什么呀……”

羽华收起表情，看着被吓得魂不附体的楚玥和绮晋，就笑开了，“这样都没被吓晕，你们也太小看自己了，好好待着，等着你家二师兄把你家大师兄带回来。”

他身子一闪，已进入了无尽的黑暗丛林之中，手中紧紧地握着短剑，一步一步都走得很小心，走回去不远，就看到了一团燃着的篝火，是他们之前选择过夜的地方，羽华加快了脚步，跑到篝火前一看，地上除了两只烤的半熟的兔子之外，并没有见到姬澈，就连他们刚刚慌忙之中漏拿的干粮也还在那里。

羽华走过去，就准备将丢在地上的干粮捡起来，身子刚一弯下，忽然有几片树叶从头顶的树冠上飘了下来，羽华身子一顿，僵在了那里，很小心很小心地缓缓抬头，就见着又有几片树叶飘了下来，抬头的动作一下子就止住了，心里忽然就是一跳，有一种很不好的预感冒了出来，手中的短剑握得更加紧了。

“不会吧，那怪物居然没走？”他心里第一个冒出来的感觉竟然不是害怕，而是一种不值得，“我刚刚摸黑跑的那一段路，难不成白跑了？”

羽华的脑子狂转,努力地思考着要如何从这个怪物的手里安然逃脱。就在他苦想的时候,忽然从一旁的杂草丛里蹿出一个人影出来。

人影扑到羽华的身上，速度很快，羽华的注意力完全被头顶上的怪物吸引着，这突如其来的一记飞扑一下子就将他扑到了另一边的杂草里，羽华心里一阵大叫，“这怪物还懂偷袭啊？”

翻滚之中，羽华抓住了人影的胳膊，用力一带，就将扑在自己身上的人影借力带了出去，慌忙爬起来的同时，手中的短剑在手里灵活的几个翻转，一个纵身朝还在地上没有爬起来的人影扑了过去，手中短剑对准人影就是狠狠的一刺。

人影的反应十分快，就在短剑即将刺下来的同时，一把就把羽华的双手顶开了，大叫一声，“是你哥，别杀你哥！”

羽华深深地吐出一口气，“哥哥，你没事偷袭你弟弟玩儿啊？！”

将手中的短剑收回来，被自己压在身下的姬澈忽然用力一顶，羽华一个没留神又被顶飞了出去，翻起来就要问姬澈做什么，却看到姬澈慌手慌脚地的从地上爬起来，身后一团巨大的黑色影子站在篝火旁已经做出了飞扑的姿势。羽华定眼一看，叫了一声，“我的妈呀，好大一只猴子。”

姬澈爬起来，拉起羽华就跑，羽华跟着跑了两步，忽然就停了下来，“哥哥，跑错方向了，师妹她们在那边……”

姬澈回头一看，原本只有一个怪物站在那里，现在竟然变成了三个，而且，在篝火上面的树冠上，还有好几个怪物倒挂吊在那里。

“我们杀不过去！”姬澈咬了咬牙，看着羽华，“你能杀过去吗？”

羽华咽下去两口唾沫，“不能！”转头看向姬澈，“我们该怎么办？”

姬澈抽出了他的短剑，紧紧握在手里，羽华一看，以为姬澈要和这些怪物拼命了，顿时热血沸腾起来，把自己的短剑又握紧了几分，就听到姬澈说：“打不过，就赶紧跑吧！”

羽华一愣，回头一看，姬澈已经开跑了，羽华看得有些呆傻，愣了好一会儿才追上去，“哥，你这突然冒出来的风趣是跟谁学的？”

前头狂奔的姬澈忽然停了下来，“跟你学的。”

羽华紧跟着停了下来，刚想问“你怎么停下来了”，但是他还没有问出来，话就被自己咽下去了，在他们前面的树林里，有一大群黑色的东西掉在树干上，正一荡一荡地迅速朝他们荡过来。

羽华拿剑的手有些颤抖了，“哪里来的这么多猴子？”

姬澈拍了他一下，“弟弟，你学识不够，这怪物叫作狒狒！”

羽华问：“这东西，吃人不？”

第二十一节　鸳鸯错（三）

姬澈回头看了一眼身后，篝火旁的那几只狒狒怪叫着追了上来，已经近在咫尺，而且那些从树干上荡过来的狒狒也已经接近了他们，姬澈头皮一阵发麻，看来这群狒狒要将他们前后夹击。

情况容不得他们有丝毫的迟疑，身后的几只狒狒已经到了跟前，羽华迅速做出反应，把剑举了起来，正要对着领头的那只狒狒一剑劈下去，却被身后的姬澈一拉，整个人就被姬澈拉着倒进了一旁的草丛里，身子一瞬间完全没入了黑暗之中。

一入草丛，姬澈并没有一点要停下来的意思，拉着羽华滚下一个斜坡，然后就是拼命地跑，后面那群狒狒像是被惹毛了，黑压压的一大群咿咿呀呀地怪叫着对姬澈他们紧追不舍。

羽华的体力和姬澈相差无几，两人在黑暗的丛林里跑起来丝毫不费力，加上体格小，有一点点的缝隙他们就能钻过去，虽然这些狒狒在树上荡起来十分快，但是一落地速度就不行了，而姬澈他们跑的那条路上，并没有多少灌木树枝，这些狒狒要想追，只能从树上跳下来。

羽华一边跟着姬澈跑，一边朝后面的狒狒群看了几眼，距离已经逐渐拉开了，惊慌的心也安定了一些，朝身旁的姬澈问道：“哥哥，你还没有告诉我这怪物吃人不。”

姬澈的脚步没有一点点的放慢，好像那些狒狒就在身后不远处跟着一样，“我也不知道，但是如果被这些东西捉住的话，后果肯定不会好。”

羽华呵呵笑了两声，“这还用你说。”

他的话音才落，身边的姬澈忽然停了下来，羽华也紧跟着赶紧停下，在几乎和他们个子等高的草丛之中，忽然有一阵窸窸窣窣的声音传过来，而且，似乎在草丛之中有什么东西在缓缓地朝他们这里靠过来。

那东西发出的声音十分沉闷，而且有种说不出来的怪异。羽华和姬澈轻轻地蹲下身子，将身体完全浸没在草丛之中，两个人都屏住呼吸，仔细去听那东西发出的窸窣之声，声音在寂静的夜里十分惹耳，而且这种声音不同于虫鸣之声，很容易分辨出来。

“哥哥，什么东西？”羽华压低声音向姬澈问道。

姬澈摇了摇头，轻声道：“我不知道，要不你过去问一问？”

羽华的小脑袋飞快地探出去，朝声音传来的方向扫视了一圈，然后迅速将头收回来，对姬澈道：“哥哥，这东西，不止一个呀！”

姬澈一听，脸色就变了，迅速探头出去一看，就发现在前方的草丛之中，有好几个地方的杂草都抖动了起来，像是有什么东西在草丛之中移动，而且，他们移动的方向就是他们这里。

姬澈将头收回来，脸色已经很难看了，“糟了，前有怪物后有狒狒……”看着羽华，“咱们应该有麻烦了。”

“不是应该。”羽华纠正道，“是肯定！”低头看了看手中的短剑，又看向姬澈，声音变得阴森起来，“哥哥，咱们就两把剑，看来今晚上有恶战了。”

姬澈愣了一下，脑子里一瞬间转得飞快，他们从来没有经历过这些，心里还是很害怕的，但是姬祁一直教导他们，遇事要冷静，要有一个在任何时候都足够清醒的头脑，才能在任何情况下做出最正确的判断。

姬澈听姬祁说教听得最多，也就只有他这样的性子才能受得了姬祁一说就是好几个时辰的长篇大论，仅仅只是短短几个呼吸的时间，姬澈就完全冷静了下来。

人只要一冷静下来，思考问题的速度就非常快，他拉着正要跃跃欲试的羽华，道，“未必要用打的，咱们把这些不知道是什么的怪物，引到那后面去！”姬澈指了指后面。

羽华一下子就明白姬澈的意思了，“你是说，让这些怪物和狒狒打起来？”

姬澈笑着点了点头，羽华却显得有些担忧，“哥哥，你有多大把握能够跑赢后面的那些怪物？”

姬澈道：“那就要看我们的本事了！”

羽华低头思量了一下，忽然就从地上站了起来，对着身后的草丛喊了一嗓子，“嘿，你们那群偷偷摸摸的怪物，你家小太爷要开溜了，有本事就快来追啊！来呀来呀，快来呀！”

姬澈几乎整个人都震了起来，心里一通大骂羽华真能惹祸，抬头一看羽华，发现这小子已经开溜了，在前头不停地大叫着，“来呀来呀，你们这群胆小的怪物，快来追我呀……追上了我给你们芝麻大饼吃！”喊完之后又朝姬澈喊道：“哥哥，哥哥，你倒是快一点，那群怪物要追上来了！”

羽华这里一出声音，身后草丛之中的杂草有好几处地方一下子就翻了起来，好几股绿浪在夜色之中迅猛地推进，速度简直是快到了极点，几乎就是几个呼吸的时间，他们距离姬澈已经不足几丈了！

姬澈在羽华身后喊道：“你这捣蛋鬼，这下死定了！”

羽华在前头狂奔，喘着大气喊道：“那是你本事不行！”回头看了一眼，一声“我的娘”喊了出来，“要是我能活着回去，一定要让师父教我轻身术！”

姬澈在后面吼道：“我一定会让师父打你屁股！”

“打就打吧！”羽华的声音已经断断续续了，看样子已经累得上气不接下气，“我现在倒是盼着他来打我的屁股，至少不会死了！”

羽华的声音才落，就听到紧跟在自己身后的姬澈一声惨叫，整个人好像被什么东西拖着消失在了草丛里，羽华一下停了下来，回身一看，发现姬澈和一头巨大的白影扭打在了一起，杂草被压倒了一大片，姬澈一边打，一边大吼，“羽华，你就我这么一个哥哥，快来救你亲哥！”

羽华握紧短剑回身朝姬澈那里跑过去，“来了来了！”

羽华跑到姬澈面前，发现一个巨大的白影已经将姬澈按在了草地里，定睛一看，羽华顿时一个机灵，按住姬澈的那个白影，居然是一头体型大得很不正常的狼！

“我的老天！”

羽华怪叫一声，手中握着的短剑几乎掉在地上。姬澈虽然个子小，但是力气出奇的大，巨狼虽然是将姬澈按在了地上，但是姬澈死命地挣扎，巨狼几乎不怎么制服得了他，张开巨大的狼口不停地撕咬姬澈，但是都被姬澈很巧妙地避开，以至于巨狼咬了半天只将姬澈身上的衣裳咬破了一些，而他手中的短剑已掉在了一旁。

羽华也顾忌不了那么多了，拿着剑朝着巨狼的狼头就砍了下去，可是这匹巨狼反应奇快，在羽华短剑劈下来的同时一个跃身就从姬澈身上跳了出去。

姬澈立马从地上翻滚出去，将掉在一旁的短剑捡起来，并肩和羽华站在一起，面前那一头巨狼龇牙咧嘴地怒目瞪着他们，身子微微下压，仿佛随时都要朝他们飞扑过来。

羽华和姬澈拿剑的手都有些发颤，面对这样一头庞然大物，他们一点点的胜算都没有，而且，可不止单单这么一头而已。

“哥哥！”羽华战战兢兢地说道，“这家伙块头大得有些不正常，咱们打不过啊，要不还是换你的战术，打不过，咱们就跑吧。我也不要做什么小小男子汉了，保命要紧。”

姬澈的小腿被咬了一口，伤口虽然不深，但是锥心地疼，“我们两个加起来才四条腿，人家一个就有四条腿，怎么逃？”低头看了看自己受伤的那条腿，叹息一声，“而且你哥有一条腿现在只能算半条……”

羽华瞥了一眼姬澈受伤的那条腿，忽然伸出一只手来，在姬澈面前晃了一下，又赶紧收回去握住剑柄，道：“如果我们两个爪子也着地的话，加起来，有八条！额，至少也有七条半！”

前面不远，忽然响起了一连串的狼嚎之声，两个人同时心猛地一沉，就看到又有四条绿浪如离弦之箭般顷刻就到了眼前。

姬澈一张红扑扑的小脸一下子完全白了下来，苦笑一声，“人家现在加起来有二十条……”

羽华和姬澈浑身都颤抖了起来，几乎连剑都快拿不稳了，面对五匹巨狼的围攻，他们只有死路一条。他们两个拿着剑，胆战地一步一步往后退，面前的五匹巨狼一步一步逼近。

姬澈忽然想起姬祁给他们讲的故事，带着哭腔说道：“说不好等一下绮晋师妹拨开一捧草，就看到了我们被饿狼咬得稀烂的人头……我还小，不想这么死！要是有人来救我，我长大了一定要娶她做媳妇！”

这时候，羽华忽然无比怀恋起姬祁来，扬天一声悲号，“师父啊，徒儿又犯错了，你快来打徒儿的屁股！”

“羽华，你又犯了什么错了？……”

一道沉稳的声音响彻无边天际，声音如滚滚闷雷，在这个声音响起的同时，所有的一切仿佛都静止了下来，但又不是魂定之术那样绝对地静止，风依然在吹，绿草依然掀起微浪，却不发出任何的声响，面前的那五匹巨狼却是一动也不动，仿佛一瞬间变成了石雕一样，无边世界顷刻之间像是陷入了一片死寂，所有的声音瞬时间消失得干干净净。

羽华和姬澈惊恐地向四周张望，却只看见蔓延的草地，璀璨的星辰和半轮残月，而惊恐了刹那，两个人的脸上几乎同时露出了笑容，“师父！”

“羽华！”

沉稳的声音再一次响了起来，“你那喜欢惹祸的性子什么时候可以改一改？”叹息了一声，继续道：“援兵就要到了，我不会再出手帮你们，之后的路，你们要靠自己！要是楚玥和绮晋出了什么事，为师一定会把你的屁股切下来炒盘下酒菜！”

声音逐渐远去，像是一道风，带走了所有沉寂，虫鸣声逐渐响起，在那道声音完全消失的一刹那，他们的身后，忽然有一连串咿咿呀呀的怪叫之声如潮水一般地涌了过来。

他们赶忙回头，在看到身后场景的一瞬间，两个人几乎同时叫了一声：“我的老天！”

在他们的身后，足有上百只狒狒像是发了疯一样的急速朝这里蜂拥而来……

羽华已经傻眼了，木讷地问姬澈，“哥、哥哥，我们，该怎么办？”

姬澈颤颤巍巍地将手搭在羽华的背上，“架上你哥，咱们要用我们这三条半腿，逃命了……”

第二十二节　鸳鸯错（四）

一大群的狒狒像是被什么东西撵着，一个个发了疯一样朝这里扑来，之前还占尽上风的群狼被这突如其来的变化吓得缩起了脖子，但仅仅只是短短的一刹那，缩回去的脖子又伸了出来，五匹巨狼昂起它们巨大的狼头，同时朝着苍茫的夜色一通号叫。

浑厚的狼号声响彻漆黑的天际，令人心头一阵发紧。羽华一手拖着剑，一手揽着姬澈，迅速地从群狼眼前逃出，而狼群见他们逃走，却没有一头追上来，一双双深幽的狼眼冷视着飞扑过来的狒狒，五匹巨狼同时悲号，相继从草地跃起，冲入了狒狒群。

身后传来一阵阵嘶号，这五匹白色的巨狼十分凶狠，面对上百只狒狒围攻也不露出丝毫的心怯，那凶残的样子简直就是悍不畏死。姬澈他们不敢停下来，头也不回地逃命去了。

姬澈的脚上带着伤，跑起来很不便，羽华抱怨姬澈拖了自己后退，一把将姬澈扛在肩上，背着他跑，昏天暗地逃命，他们自己也不知道逃到了哪里，只感觉身后的嘶号声越来越远，偶尔有一两声孤狼的悲号回响在绵延的群山里，经久不绝。

那一定是一场很残酷的厮杀，可惜，姬澈和羽华他们是没有心情和条件去看那场不是你死就是我亡的拼杀了。

羽华背着姬澈跑了小半个时辰，这才停下来，累得他直接就倒在了地上。姬澈从身上撕下一块布条，包扎了一下伤口，伤口虽然不深，但是流了很多的血。不过被那么一头大狼咬了一口，没把姬澈整条腿给咬下来已经是一种奇迹了。

羽华躺在地上，胸口剧烈地起伏着，用脚踢了踢姬澈，慢慢地说："哥哥，你刚刚的话，我不会当真的。"

姬澈包扎好了伤口，坐在一块青石上，低头看着躺在地上的羽华，问："我刚刚说了什么？"

羽华道："要是有人来救我，我长大了一定要娶她做媳妇！"顿了一下，再道："如果我是绮晋或者楚玥小师妹，我会考虑的。"

姬澈踹了羽华一脚，"你哥没说过这话……"

羽华看着天，"我好像也没听你说过这话！"从地上坐起来，"走吧，去找两位小师妹。"

羽华现在十分担心绮晋和楚玥，姬祁最后那一句话可是把羽华的小心肝吓得不轻，现在绮晋和楚玥对他的重要性，就等同于自己的屁股对自己的重要性，羽华可不认为自己的师父只是简简单单地说说而已。

姬澈现在也感到心里很不安，绮晋和楚玥论身手在自己和羽华之下，又是两个小女孩儿，在这深山老林里，危险自然不言而喻。

忍着腿上的疼痛，姬澈和羽华开始回过头去寻找楚玥和绮晋，这一路奔逃，羽华已经不大认得清楚方向了，好在姬澈的方向感很好，依然还能记得他们之前选择过夜的地方的大概位置，姬澈行走不便，羽华又很想快些知道绮晋她们是否平安，就又将姬澈背了起来。

姬澈指路，在没有路的山里摸黑前行，免不了磕磕绊绊，但好在他们还是顺利地摸回了绮晋她们待的地方。这两个小丫头还藏在大树底下，并没有离开，一见羽华和姬澈回来，两个人都十分激动。

羽华自然也是激动万分，他的屁股算是保住了。

他们不敢再在这里过夜了，虽然夜里在这深山老林里赶路十分危险，但是羽华和姬澈刚刚逃离死亡的威胁，哪里还能安心地留下来过夜？

姬澈将和羽华遇到的事对绮晋和楚玥说了一遍，狒狒，白色的巨狼，姬祁的声音等等。楚玥和绮晋两个小丫头听得心惊肉跳，特别是在听到那几头巨狼的时候，两个小姑娘几乎吓得抖了起来。

楚玥说："听大师兄说的，你们遇到的那几头白色的狼应该是叫雪狼。我听爹爹对我说起过，在龙城里有不少这样的巨狼，可是这些狼一般都只在龙城里活动，很少出来，这里离龙城还有很长一段距离，它们怎么会出现在这里？"

羽华别的倒是没怎么听进去，但是有一句话让他心里一紧，"楚玥师妹刚刚说，龙城里有不少这样的雪狼？"

楚玥点了点头。

羽华身子一软，倒在了地上，"完了完了，这下玩大发了，命都玩进去了。"

"师父不会让我们死的。"姬澈显得很冷静，"师父只是想历练历练我们。"

"玩命的历练啊！"羽华切了一声，"我可消受不起。"

楚玥道："爹爹不会拿我的性命当作儿戏。"

绮晋看了看姬澈，又看了看羽华，点了点头，对楚玥的话表示赞同，"如果师父真的不顾我们安危的话，刚才就不会救两位师兄了。"

羽华被呛住了，找不到什么理由反驳，摊了摊手表示臣服，"好吧，师父在你们心目中都是神的化身！"

姬澈、楚玥和绮晋都笑了起来。

他们继续在深夜里赶路，这一回他们都十分小心，尽量不发出任何的声音。羽华走在最前面，绮晋和楚玥照顾着受伤的姬澈，走起来十分艰难而且缓慢，但好在并没有再出什么岔子，在夜里爬山下坡都十分危险，而且还要提防有可能扑食的野兽和毒蛇。

当一缕缕阳光穿破夜里的黑暗，深山之中的世界一点一点地复苏过来。这一夜他们翻过了两个山头，距离传说之中的那一片废墟龙城，已经近在咫尺。

在龙城之外的断崖上，姬澈他们停了下来，他们随身带着的干粮在昨天夜里丢在了山中，空着肚子在深山里走了一夜，现在即将到达目的地，自然要将肚子的问题先解决掉。

羽华在山里逮了两只野鸡，烤了大家分着吃，看着山崖之下那巨大的废墟，这群小孩子的脸上都十分阴沉。

"进去之后，无论如何大家都不要分开，这里可是狼的天下。"姬澈吃着烤山鸡说道。

羽华将手里的鸡骨头扔在一旁，拍了拍手，看着姬澈，"哥哥，你说我们是不是应该从这里面带点什么东西出去给师父看看？也好证明我们的确不折不扣地完成了师父交给我们的任务啊！"

楚玥在一旁小声地问："二师兄想带点什么回去？"

羽华看着山崖下的巨大废墟，定了定，道："我听说，在狼群里，都会有一头狼王，要不，咱们就把它带回去？"

姬澈他们一听羽华所说的，一个个吃东西的动作都停了下来，像是看傻子一样的眼神看着羽华。

羽华自觉自己的话说得很没有水平，在心里思索了一下，就道："那我们就在龙城城墙上抠一块砖带回去，师父只是说让我们到龙城观赏观赏，有没说要我们进龙城里面观赏观赏，我们抠一块砖带回去，也算完成任务了。"

"弟弟，你忘了我们是因为什么被罚到这里的吗？"姬澈看着羽华，"千辛万苦走了这么远，就差这临门一脚了。"

"那行。"羽华从地上坐起来，也直视着姬澈，道："那你在这儿等着我们，我和两位师妹进去，你腿上有伤，行动不便，免得到时候拖我们后腿。"

"你哥哥还没有无用到那个程度。"姬澈也从地上站起来，看着羽华，"你不用顾及我，我的剑可比你要得好。"

咬了一口野山鸡，姬澈拍了拍羽华的肩膀，他明白羽华这突然的性格转变是因为什么，他是这样想的，姬澈又如何不是这样想的？在这个世界上，没有人比他们更能体会到相依为命是一种什么样的感觉。

姬澈来到断崖边上，这里没有路可以下去，要下到下面的平原，只能通过这足有二十多层楼高的断崖，姬澈回头看了一眼羽华，唇角勾起浅浅的笑意，"弟弟，若死同归！"

身子一转，已顺着断崖慢慢地往下爬去。羽华已经气得两鼻孔冒烟了，"就你逞能……"转头看了看绮晋和楚玥，说了句，"走吧，两位师妹。"

断崖近乎与下面的平原垂直，要从这里下去实在是不容易，他们用随身带着的短剑当镐子，将剑钉进断崖崖壁的山石泥土里，一点一点慢慢地往下滑。他们个子小，没有什么重量，并不需要将剑钉进去很深，就足以支撑住他们的体重。

在这几个小孩中，绮晋、羽华、姬澈都是用剑的，只有楚玥一人例外，她使长鞭，但是长鞭在这样的断崖上一点点的用处也没有，好在绮晋随身带了一把短头匕首，这个时候正好交给楚玥用。

姬澈下得很快，几乎已经下去了十来层楼那么高，然而，就在这个时候，他上面的羽华忽然发现姬澈钉在了崖壁上，并不继续往下行进，心里想着是不是出了什么事，就喊了一声，"哥哥，出了什么事？"

下面的姬澈抬起头，看着正往下急速下降的羽华，"没什么，只是想到了一个问题。"

羽华的动作十分迅捷灵敏，三下两下的就到了姬澈的身边，还在上面的绮晋和楚玥大喊慢着点。

羽华理也不理，问姬澈，"哥哥，你想到什么不得了的事了？"

姬澈道："如果昨晚上袭击我们的那群狼真的是从这里出来的话，那它们是怎么爬上这断崖的？这么高的断崖，除非，那些狼长了翅膀，否则它们不可能上得去。"

第二十三节　鸳鸯错（五）

羽华听了姬澈的话，心里思索了一下，抬头看了看上头，楚玥和绮晋正小心翼翼地滑下来，她们下滑得十分小心，速度并不是很快，但已经离他们不远了。

收回目光看了看下面，他们已经下滑了大半，下面不远就是崖底，羽华挂在这崖壁上，有一种上不着天下不着地的感觉。断崖几乎与地面垂直，虽然有很多高突的岩石，攀爬起来并不困难，但这仅仅只是对于人这个物种来说，如果是狼的话，完全不可能从这儿爬上去。

而且，就算是人的话，在没有工具的辅助，又不会轻身之法的情况下，要想从这上面下去，也是极为不易。

羽华的脚踩在一块碎石上，动了动，碎石卡在岩缝里卡得很稳当。他侧过身子，看着姬澈，“哥哥，你这话是什么意思？”

姬澈看了看崖底，眸光变得深邃起来，“也许，这里有路可以上去。”

羽华的眼珠子转了几转，问道：“你的意思是我们上去找找？”

姬澈摇头一笑，“你自个上去找吧。”身子一滑，继续向下滑去，羽华在上面叮嘱道：“慢着点，当心你那一条半的腿！”

下到山崖底下，足足花了小半个时辰。也许他们料想不到，在他们之后的人生里是如何的叱咤风云，这么一条断崖，提提裤子跺跺脚也就上去了，也不知当他们回首去看这一段经历的时候，心里又会有怎样的感想。

断崖下的草地茂盛，像是一片碧绿色的海，柔软得像是一片锦缎，只到脚踝的绿草经风一拨，微微泛起细浪来。

楚玥最后一个下到断崖底下，四周有看了看，轻风一抚，带起几缕长发，姬澈握着短剑，走在最前头，羽华回过头来，看了看她和绮晋，挥了挥手，便向远方那一座巨大的城池走去。

碧草连天，四下沉寂，四个小孩儿走在连天的草地上，连空气都带着草香。

看着龙城就在眼前，等真正走到龙城的城门口，却是花了很大一份力气。姬澈的腿上虽然带着伤，却像没有这回事一样，一个人走在最前面，当他在残破的城门外停下脚步，仰头看着宽阔的城门时，深深地吸了一口气。

高耸又残破的城墙由一块块巨大的青石垒砌而成，经多年风沙侵蚀，已抹去了鲜明的棱角，破败不堪的城门一扇紧闭着，一扇半开着，半开的那一扇巨门看样子随时都有可能会倒塌一样。木门衔接之处的青铜铆钉已锈迹斑斑，透过那一道打开的缝隙，能见到城门之后，那长满了荒草的街道和青石垒砌的房屋。

可是，不知为何，在姬澈看向那道缝隙之内的时候，老感觉里面有什么东西要冲破城门扑出来，心里有一种毛毛的感觉。

羽华将短剑插在地上，仰头看着头顶的城楼，嬉笑一声，“哥哥，看来以前的人比我们活得潇洒多了。”

姬澈回头看了一眼羽华，道：“是很潇洒，可是，他们都死了。”

羽华愣了一下，眼珠子转了转，道：“那就死得潇洒。”

姬澈轻轻一笑，“希望我们也可以死得很潇洒。”回头看了看半开的城门，拎着剑，朝半开的城门里走去。

羽华缩了缩脖子，“你能不能不要老是说什么死不死的？当心我让绮晋师妹把你的嘴巴缝起来！”

“要缝我也要先把你的臭嘴给缝起来！”绮晋的声音在后面响起，“羽华师兄这张嘴巴除了像乌鸦之外，还能不能有点其他用处？”

羽华一听，表情一下子就冷了下来，厉声质问道：“吃饭算不算？以后和我夫人亲嘴儿算不算？”

绮晋和楚玥看着羽华，脸一下子就红了起来，大声嚷起来，“二师兄是个坏人！”

“对，你二师兄是个坏人，还是个大坏人。”羽华将短剑别在腰带上，走过去一只手夹一个，将绮晋和楚玥夹起来，朝城里走去，声音阴冷阴冷的，“敢说你二师兄是坏人，我就把你们扔到龙城里喂狼！”

绮晋和楚玥被吓得一下子捂住了嘴巴，好半晌才改口道：“二师兄是坏人里最好的好人！”

“这还差不多，你们要记住这一点！”

羽华夹着两个小女孩儿，侧过身子从半开的门缝里挤了进去，城门如巨龙怒吼张开巨大的龙口，将他们吞了进去。

从门缝里挤进去，视野再一次变得开阔起来。在他们的脚下，是一条宽阔的街道，然而如今却长满了杂草，四处皆是石木构架的房子，高的有四五层，低的也有三两层，但是现在无一不是破败不堪。房屋外墙的石缝之中，一株株的绿草、树苗迎风而晃，疾风忽过，整个荒城之中发出一阵阵令人毛骨悚然的声音，像是有无数的恶鬼在狞笑一般。

羽华进了龙城之后，就放下了绮晋和楚玥。前面不远的街道上，姬澈蹲着身子正在仔细地打量着什么，他们三个彼此看了一眼，心里觉得有些惊奇，姬澈很少会对什么东西表现得很有兴趣，如今他如此认真的模样，倒是让他们感到有些不安起来。

这里已有数百年未有人进来过了，他们都知道，这里是狼的天下，这可不是什么值得游览的地方，而且，在他们的认知里，这里应该是一座死亡之城！

曾经，有数不清的人死在了这里，这些他们都是知晓的，那一种似乎连天地都被埋葬在这里的沉寂和疾风过后那一阵阵惊悚的狞笑，一直在他们周边徘徊。女孩子的感知总要比男孩子灵敏一些，楚玥和绮晋已经被这一种诡异可怕的气氛吓得有点脸色发白，一人抱着羽华一只胳膊就不松开了，“二……二师兄，这里好安静，我们说说话吧。”

羽华看了看被楚玥拉着的左手，又看了看被绮晋拉着的右手，就道：“村外的老夫子说过……”

楚玥和绮晋以为羽华要给他们说好听的故事了，顿时就直愣愣地望着羽华，等着他的下文。

“村外的老夫子说，男儿一世，可无田无房，可无才无德……”一边说着，一边拉着她们朝姬澈那里走过去，“可无耻无用处，就是不可无夫人，你看我……”他抬了抬楚玥拉着的左手，又抬了抬绮晋拉着的右手，“左手一个妻，右手一个妾，怎么背上没一个大胖小子？”

绮晋和楚玥在羽华的手背上狠狠地捏了一下，疼得羽华两只眼睛瞪得滚圆，大叫了一声，“哥哥，快来救命。”

姬澈看了他们一眼，对羽华招了招手，“弟弟，你过来。”

羽华挣脱开楚玥和绮晋，飞一般地跑向了姬澈，原本还带有一点嬉皮的脸上在看到姬澈身旁那一堆荒草的一瞬间，变得煞白。

楚玥和绮晋一见羽华逃脱了，岂能放过，而且四周环境这么诡异，她们可不敢一个人独处，于是加快的脚步紧跟了上来，可是在她们跑到姬澈身边，看到姬澈身旁那一堆荒草的时候，两个人几乎当场大叫起来。

在姬澈身旁的那堆荒草里，竟然躺着一具骸骨！

这一具骸骨已经有一些年头了，骨骼已经发黑，身上裹着一件粗布麻衣，但已经破烂不堪，骸骨的下颚张得很大，应该是在死的时候竭力大叫才会这样，看来，这具骸骨的主人死的时候不是很好受。

这里是城中大道，石板铺得很密，但还是有杂草从石缝之中挤了出来，从骸骨之中穿过，草茎在骨骼之中纠缠，最底下那一层因见不到阳光而变得枯黄，甚至于连骸骨张大的嘴里，也长了一团杂草。

草根之下，是虫子的乐土，姬澈拨开骸骨胸口的一团杂草，一团黑蚁就从草根之下涌了出来，几个眨眼就爬满了这具骸骨，姬澈急忙收回手，站起来退后两步，楚玥和绮晋已经退得好远了，两个人抱在一起，两张小脸苍白得紧。

羽华看着那一堆骸骨，咋了咋舌，“看来，那时候的人，死的也不潇洒啊！”

“应该很痛苦。”姬澈说道，“看来师父没有骗我们，这地方，真的是拨开一片草就能看到人头。”

羽华补充道：“还是很恐怖的那种人头。”

姬澈侧过脸，看着羽华，“你怕了？”

“小心肝跳得有点欢快。”羽华从腰里抽出短剑，拍了拍胸口，“但是我不是怕这个地方，我是怕打扰了这里的主人。”想了想似乎有点不对，就改口道，“主狼！”

羽华的声音才落下，忽然从后面传来一声十分尖锐的惊叫，羽华和姬澈赶紧回身，就看到楚玥一脸呆滞地站在街道正中，而绮晋，竟然不见了！同时，姬澈就看到在楚玥的身侧有一条窄窄的小巷，一道白影唰的一下冲进了那条小巷里，那一声还未落下的尖叫正在巷子里回响，越来越远，“大师兄，救命。”

姬澈立马将剑拔了出来，“我们已经打扰这里的主人了。”一个飞身冲进巷子里，“弟弟，照顾好楚玥师妹。”

羽华跑到已经完全呆傻了的楚玥面前，将她扛在肩上，也冲进了巷子里，“这个绮晋师妹可真是个不懂事的孩子，救命居然只叫哥哥不叫我，看我不收拾你！”

小巷很窄，而且长满了齐腰高的杂草，这里像是长年没有人走过了，草丛里有一道痕迹十分明显，应该是姬澈跑过之后留下的痕迹。小巷两旁石屋外墙的青石已遍布裂痕，看上去，好像，不是很安全。

“哥，你在哪里？”

“在你前面！”

“你这不是废话吗？”顿了一下，又问，“你追上那东西了没有？”

“还没有！”姬澈的声音不是很远，好像是他放慢了速度，“不过，我敢肯定，这家伙一定是四条腿的！”

“难道是雪狼？”

羽华声音一落，忽然前面有一声怒吼，像是狼吟，羽华的脚步顿时停了下来，心说，“难道真被我说中了？”赶紧又加快了速度朝声音的源头冲过去，一边大喊，“哥哥，打不过就快跑吧，你只有一条半腿！”

一声震耳的狼号声忽然从前面响起，声音十分刺耳，一团小小的影子随着那道狼号声从杂草丛里倒飞而出，正好砸在羽华头上。

羽华被砸得滚出去老远，肩上的楚玥也脱手摔在了地上，羽华从草丛里爬起来，原地转了几圈，“楚玥师妹呢？人呢？人呢？”

“在这里！”

忽然有一只手抓着羽华的脚踝，身子一颤，低头一看，原来是姬澈，赶紧将他从地上拉起来，问他，“哥哥，我叫你跑，没叫你飞啊！”

姬澈甩了甩脑袋，“有一种无奈叫身不由己。”抬头看了看前头，“你哥哥是被狼顶回来的！”

第二十四节　鸳鸯错（六）

羽华慌慌张张地朝姬澈飞过来的方向看过去，无奈这里杂草太深，什么也看不见，就将目光转向了姬澈，问道：“那狼，个头大不？”

姬澈也朝那个方向看过去，“能把你哥顶飞起来，你说呢？”

羽华舔了舔嘴唇，接着吐了一口唾沫，“呸，说得你好像多肥似的。”

姬澈有些无奈地摇了摇头，问羽华，“我不是让你照顾楚玥小师妹吗？她人呢？”

经姬澈一问，羽华当即就是一个激灵，“好……好像被你撞飞了，刚刚还在我肩上来着。”

“快找！”

说着，就去拨周边的杂草，刚刚自己被顶回来那一下力道虽然大，但不会把楚玥撞得太远，姬澈喊了两声，竟没有人回应，羽华这时候显得很是老练，拉住姬澈就说：“哥哥，你去找绮晋师妹，她可是被狼叼走了，处境一定十分危险。”

姬澈停了下来，看着羽华，沉吟了一下，“好，楚玥师妹就交给你了。”

转身正要走，就在这时候，从刚刚自己被顶回来的那个方向忽然有一道巨大的白色影子如疾风一般飞蹿了出来，犹如一匹失控的奔马，带着一声咆哮，狠狠地朝姬澈飞扑过来，姬澈这个时候虽然警觉放得很高，但是那白影扑过来的速度实在是太快了，根本就容不得姬澈做任何的避让。

“哥，快闪开！”

羽华这个时候反应竟然比姬澈还要快，就在那白影即将扑到姬澈身上的时候，羽华手中的短剑几个翻转，身子一跃，直直地就朝那个白影扑了过去，撞到了那白影的身上。

白影本来是直直扑向姬澈的，但是经羽华这么一撞，虽然力气不是很大，但已经将白影撞偏了一些，姬澈这个时候已经完全反应了过来，身子朝侧边一倒，一滚，白影几乎擦着姬澈的肩膀扑进了草丛里。

茂密的杂草一下子被压倒了一大片，一声声狼号在姬澈耳边如同闷雷一般炸响。羽华手握短剑，死死地抱住那一团白影的脖子，羽华想要抽出剑来在这白影上狠狠地刺上几剑，但是白影翻滚得很厉害，而且力量出奇的大，但凡羽华有一点点的松手，绝对逃不掉被白影抛飞出去的下场。

白影在草地上发了疯似的号叫、翻滚，草丛被一片一片地压倒，白影巨大的身躯撞上两旁的墙体，本来就破烂不堪的石墙哪里受得了这样的撞击，一块块碎石从墙上掉了下来，砸在白影翻滚的巨大身躯上，疼得它一阵阵地哀号，翻滚得更加厉害。

姬澈在一旁高声叫道：“弟弟，快松手，快！”

姬澈的声音被白影的哀号声掩盖，喊了好几声羽华都没有回应，姬澈一时间发起狠来，双目陡然间变得阴狠毒辣起来，一个跃身飞起，手中的短剑带起一道剑影，直直地刺向巨影。

这一剑实打实地刺了进去，但是刺中了哪里姬澈也不知道，只知道在短剑刺进血肉里的那一瞬间，有一股巨大的力量猛地撞在了自己的胸口，整个人一下子就倒飞了出去，狠狠地砸在了对面的墙壁上。

白影吃痛，更加疯狂地号叫翻滚起来，力量居然比之前大出好几倍，羽华没能抱住，整个人一下子也飞了出去，但羽华也确实是一个狠角色，在自己飞出去的那一瞬间，手中的短剑脱手而出，用尽全身力量猛然一甩，短剑化作一道残影，直直地刺进了白影的头颅！

身子拍在墙上，巨大的力量令羽华胸口一阵撕裂般的剧疼，一口鲜血一下子就喷了出来。

巨影在地上呻吟了几下，彻底没了动静，姬澈从地上爬起来，跑到羽华面前将他拉起起来，着急忙慌地问，“你死了没有？”

羽华咳出两口血，擦了擦嘴角，“再来一下肯定会死。”撇开姬澈的搀扶，羽华一拐一拐地来到那白影的尸体身旁，呸了一口，“好大一头白毛牛犊子！”

“是雪狼！”姬澈纠正道，垂眼看了看羽华的右腿，有血正从他的小腿处流出来，赶紧上前蹲下身子，仔细地打量起来，“你腿怎么了？”

羽华龇了龇牙，“见血了肯定是没好了……”动了一下，疼得他猛吸冷气，“好像动了骨头。”偏头看着姬澈，“哥哥，咱们两个现在加起来，也只有三条腿了。”

姬澈从身上撕下几块布条给羽华包扎了一下，“咱们这四个爪子倒都还是完整的。”抬头看着羽华，目光变得柔和起来，“疼的话就喊出来，不用硬扛着。”

羽华捋了捋自己的胸口，“我连师父都不怕，还在乎这区区疼痛？”

他的声音才落下，忽然在巷子的两头成片成片的狼号声正在迅猛地逼近，看样子，有更多的雪狼正在朝这里涌过来。

羽华的脸色一瞬间变得煞白，双腿不知道是因为疼痛还是什么，竟然有微微的颤抖，“哥，哥哥，我怕了……”

“应该是被这头雪狼的叫声给引来的。”姬澈看上去比羽华镇定多了，至少脸色没有羽华那么难看，他跑到那头雪狼的尸体旁，将插在雪狼身上的两把短剑拔了出来，扔给羽华一把，“试一试，咱们这三条腿能不能跑得过。”

“我看够呛！”羽华看了看手中被狼血染红的匕首，苦笑一声，“我就你这么一个哥哥，我们来这里是为了什么，我们心里都很清楚，我注定是没有多大成就的，父王那里，你就多多出力吧。”

对姬澈微微一笑，忽然一下，笑容就止住了，姬澈还在思索羽华这话里是什么意思，可忽然间自己的左肩就被羽华抓住，随着羽华的一声闷吼，一股巨力拉着姬澈直直地摔向对面的高墙，眼看就要撞上了，羽华一声低吼，“出剑！”

也许是下意识的反应，也许是姬澈反应够快，就在自己身子即将撞上石墙的时候，手中短剑狠狠地钉进了石墙里，小小的身子一下子就挂在了墙壁上。

羽华看着挂在墙壁上的姬澈，脸上的表情一点一点地，就变得阴狠起来。

手中染血的短剑一点一点地举起来，剑尖犹在滴血，羽华低着头，像是一个小小的煞神一般平视着前方小巷的尽头，受伤的右腿艰难地抬起来，一步一个血印地向前走去，“我可不想我的屁股被师父割下来炒了下酒菜，这么白嫩的小屁股我可舍不得，今天，我就要来一场屁股保卫战！”

扬起手中血红的短剑，“哥哥，你弟弟今天是不是个小小的男子汉？”前方的巷子尽头，已有数不清的白色巨影如万马奔腾一般涌了进来，羽华依旧在朝前走，头也不回地高声喊道：“哥哥，你可要照顾好绮晋和楚玥小师妹，保住我的小屁股，不然我做鬼也不会放过你的。”

他的声音才落，身后就有一个不知什么东西落地的声音，而且还伴随着一声极力要压制住的痛苦呻吟，羽华的脚步一下子就停了下来。

“你这个大傻帽，脑子被狼啃了？！叫你不要进来你非得进来，你是不是从来就不会听我的？”羽华猛地回过身，手中染血的短剑颤抖地指着那一个熟悉到不能再熟悉的人，“我怎么就摊上了你这么个笨得屎都能吃下去的哥哥？”

身后的姬澈目光平平地看着羽华，“没办法，这是你逃不掉的宿命。”一步一步朝羽华走过去，“你的小屁股还是你自己保护好吧，我没有那个闲工夫。”

羽华被气得不行，胸口剧烈地起伏着，姬澈在羽华面前停下脚步，他看上去倒是很平静，“在进来的时候我们就说好的，若死同归。”

羽华又呸了一口，“谁会笨到和你一起死？”

姬澈只是笑笑，前后看了几眼，群狼已经涌进了巷子，用不了几个呼吸的时间，数不清的雪狼就会将这里完全塞满。姬澈用力地握着剑，指节都被握得发白，忽然一声低吼，手中的短剑狠狠地插进面前的石墙里，然后用力一撬，一块碎石就被撬了下来。

羽华看着一愣。

姬澈将剑拔出去，再用力插进石墙里，又是狠狠一撬。

“这里的石墙经过几百年的风化，已经很脆了，别在那里傻站着，赶紧过来帮忙打洞！”

羽华一听，原本还很是愤怒的小脸上顿时生出一股喜意，慌手慌脚地跑过去帮忙，“哥，你这脑袋瓜子是怎么长的？聪明成这样？”

姬澈撬着石墙，狠狠地瞪了羽华一眼，“你刚刚不是说我笨得连屎都能吃下去吗？”

石墙本来就不是很厚，也就一尺，姬澈和羽华两个人速度很快，三下两下就在墙上撬出了一个大洞，姬澈朝身后看了一眼，狼群已经怒吼着逼了过来，赶紧一把拎起羽华就朝洞里塞。

洞打得很匆忙，而且也不是打在墙角下，而是打在离地约有两尺高的墙上，姬澈用力将羽华往洞里塞，羽华也用力扭着屁股往里挤，挤了没两下，羽华的屁股竟然卡在了洞口进不去了！

“哥，哥！”羽华一半身子卡在墙里，一半露在外面，用力地扭着屁股，“我的屁股卡……卡住了，快，快朝我屁股上踹……踹两脚。”

姬澈后退两步，看了看急速逼过来的狼群，顿时就骂了起来，“你这小子最近倒是长得丰满，都快成巨雕了！”

第八章 千山雪寂

第一节　荒城狼影

巷子两旁的雪狼已逼近姬澈身后不过十余丈的距离，以雪狼疾奔的速度，短短三两个呼吸，就过来了。

姬澈这个时候再次发起狠来，后退了两步之后，一个助跑，用上了吃奶的力气对着羽华的小屁股狠狠的一踹。

一声惨叫，羽华的小身板一下子就从洞口穿了过去。羽华一个马趴摔在地上，啃了一嘴一脸的灰泥，捂着屁股从地上爬起来就喊，“你不想被狼活吃了就要快点！”

“来了来了！”

姬澈的头探进洞里，羽华赶紧跑过去拽住姬澈的双手就往里死命地拖，上半截身子已经进了墙里，姬澈用力扭着屁股朝里挤，羽华也用力地往里拖，可是，悲剧的一幕又发生了！

“你哥的屁股也被卡住了！”

“我的天啊，你现在要我出去踹你的屁股啊？！”

“废什么话，赶紧用力拉！”

“你以为我在做什么？拔萝卜吗？”羽华大声吼着，牙齿都咬出血来了，“你这块萝卜也太大了一点，我这个小兔子，拖……拖不动啊……”

羽华一条腿蹬在墙上，用力地将姬澈往里拽，可是姬澈卡得太死，根本就拖不动，狼群已经拥了过来，已能清晰地听到群狼奔跑的脚步声。

“来不及了！”姬澈吼道，“快，踹你哥出去！”

羽华依旧玩了命地拖着姬澈，几乎快把姬澈的俩胳膊给拽下来了，“说什么狗屁话，你要减肥才是真正的大实话。”

“放屁！”姬澈大吼一声，“那是你哥衣服厚！”

“这个理由倒是很有说服力，哥哥，你赢了！”

他的声音才落，忽然就发现有一股反力在朝外拉姬澈，而且他发现姬澈的脸上已经露出了十分痛苦的神色，牙关紧咬着，嘴里不停地发出呻吟声。

“哥，哥！”羽华急喊两声，“你怎么了，哥，你怎么了？”

“狼来了。”姬澈从牙缝里挤出这几个字，“这回，要换我的屁股保不住了！”

“都这个时候了，能别说屁股的事了吗，你倒是用力挤啊！”

“你以为你哥现在在做什么？你知道现在有几匹狼在咬你哥？！”

“腿被吃完了没有？”羽华的眼泪都掉下来了，依然不认命地拖着姬澈，“哥哥，你倒是用点力啊。”

虽然羽华不停地吼，但是现在他已经快绝望了，外面有多少狼他不清楚，但听那动静，绝对不会是少数，哭声和吼声交织在一起，宛如哭号一般，“你倒是用点力呀，别在这个时候怂了好不好？你平日里劈柴的力气都到哪里去了？”

哭声被淹没在成片狼号里，眼泪将羽华苍白的小脸洗了一遍，那一面隔世的墙，也隔着生死。

就在羽华即将绝望的时候，忽然有一双手搭在了羽华的手背上，同时，一个小小的人影蹬着墙，拼命地往里拖着姬澈。羽华眨了眨眼睛，看清眼前人影的时候，几乎欣喜得跳起来，“楚玥小师妹，你哥哥我想死你了！”

“那你就赶紧死去！”楚玥瞪了羽华一眼，“还不赶紧拖你亲哥！”

羽华连连点头。两个人一脚蹬着墙壁，拉着姬澈的两只胳膊用力往里拉，一点一点地，还真就把姬澈从那窟窿里拉了进来！

姬澈倒在地上，两条腿完全被鲜血染红，正躺在地上痛苦地嘶号，羽华还来不及蹲下去看看，那窟窿里竟然猛地窜出来半个狼头！

“奶奶的！”羽华吐了一口唾沫，捡起扔在地上的短剑一下子就扑了过去，“叫你咬我哥，叫你咬我哥，你小爷爷跟你拼了！”

羽华举剑就刺，雪狼巨大的狼头卡在窟窿里，进不来也出不去，羽华一连刺下去十几剑才罢手，鲜红的狼血喷了羽华一脸。

外面狼号一片，但窟窿被这头雪狼的尸体给堵住了，它们也不可能进得来。

羽华扑到姬澈身上，看着姬澈血肉模糊的双腿，发出一声痛苦的悲号，“姬祁！我哥哥要是出了什么事，我一定要你偿命！”

姬澈痛苦到扭曲的脸一下子愣住了，一旁的楚玥也难以置信地看着羽华。

羽华深深地吸了一口气，一把短剑插在姬澈身旁的泥土里，将姬澈从地上抱了起来，两条血肉模糊的双腿吊在半空，不停地往下滴血。

气氛一下子变得十分诡异，没有人比姬澈更清楚羽华的那一声痛苦的悲号是因为什么，他双眼迷离地看着羽华那一张泪痕遍布的脸，不知为何，自己也掉下了眼泪。

“快走吧！”姬澈的声音极低，好像已经没有了说话的力气，“狼群还在外面。”

羽华沉默着，良久，用脚将插在地上的短剑勾飞起来，一个侧踢，短剑就朝楚玥飞过去，楚玥还在震惊之中，慌忙地接住飞过来的短剑，呆呆地看着羽华。

“拿着剑，我没有闲工夫护着你。”低头看着抱在怀里的姬澈，“我只能保住我哥，要是我哥出了事，我绝对不会放过你父亲！绝对！”

羽华的一双深黑色的瞳仁里逐渐升起一丝浅浅的殷红之色，浑身不知不觉也升起一股微不可查的戾气，那一种感觉，让姬澈和楚玥发觉面前的这个人，忽然之间好像变得不认识了。

“外面都是狼，我们不能从大门出去。”羽华抬头看了看上面，有一条木梯通向上层，抱着姬澈就朝木梯奔去，也不顾脚上的伤了。“跟我上楼。”

羽华突然的转变让楚玥有点反应不过来，愣了半晌才跟着羽华上了楼。

羽华的速度十分快，好像压根就没有要等楚玥的意思，身子如飞一样，抱着姬澈几个飞蹿，人已经上了二楼。

在某一个瞬间，楚玥忽然之间像是明白了一点东西，她好像明白过来，羽华为什么要让自己拿着他的剑了。

刚一上楼，楼下的几扇破败的窗户和残破的木门几乎同时爆裂而开，成群的饿狼如潮水一般涌进了屋子，屋里一些破烂不堪的桌子、板凳被撞得支离破碎。

狼群从窗户、大门冲进来，不做任何停留地直接冲向楼梯口，羽华骂了一声，朝楚玥喊道:“快把楼梯毁了！”

楚玥立即反应过来，举起短剑就去砍木梯，可是砍了十几剑居然只是砍下来一堆木屑……

“羽华师兄……这……”楚玥慌了，回头去看羽华，发现，他人已经不见了……

“羽华师兄，羽华师兄！”

惊慌之中，楚玥大声呼喊羽华的名字，却没有一点点的回音，狼群已经涌上了楼梯口，看着成群成群涌上来的饿狼，楚玥跪倒在地上，手中的短剑也脱了手，她，被羽华抛弃了……

面对无数涌上来的饿狼，楚玥已经被吓得丢了魂，整个人都瘫软了下来，在这里，如果没有羽华和姬澈的帮助，她寸步难行。

就在领头的那匹雪狼即将冲上二楼的时候，忽然一声巨响，整个楼梯口就塌了下去，狼群一阵嘶吼，纷纷摔倒在地上，下面乱成了一团。

已经十死无生的楚玥看见这一幕，瘫软的身子一下就恢复了力气，从地上站起来，抓起剑就爬过去看，下面足有四五十匹狼正龇牙咧嘴，凶狠地看着她。

她赶紧缩回去，将羽华的那把短剑死死地抱在怀里，一直缩到墙角根没地方可缩了才停下来，眼泪止不住地往下流。

“爹爹，爹爹。”

楚玥紧紧抱着剑，浑身都在颤抖，这一刻，她无比想念姬祁，楼下的群狼还没有离开的意思，依旧在下面徘徊，伺机想要冲上来，这里已经是这栋房子的顶层了，她没有地方可以逃了。

楚玥抱着剑哭了很久，才逐渐冷静下来，这地方雪狼不可能跳得上来，可以说很安全，不过，她不能一直在这里待着。

可是她也不可能下去，时间久了，她会被困死在这里，她可不知道这群狼在这里会逗留到什么时候。

楚玥想起了把自己扔在这里的羽华，他是如何离开这里的？

楚玥用剑撑着身体站起来，双腿还是在发抖，几乎没有力气站稳，她在二楼的房间里转了一圈，发现在铺了一层厚厚灰尘的地板上，竟然有一串鲜红的血迹和血脚印。

这应该是姬澈和羽华留下来的，楚玥顺着血迹找下去，发现这些血迹通向了一扇窗户。

木质的窗棂已经完全破败了，在落满了灰尘的窗棂上，有一个很明显的血脚印，而在窗户下的地面上，有好几滴未干的鲜血。

“羽华师兄是从这里出去的？”

窗户开得很高，楚玥个子矮小，窗户开在楚玥头顶的位置，她看不见窗户外面的情况，于是就将双手趴在破烂的木头窗棂上，爬了上去。

外面是一个巷子，巷子不宽，约有六尺，就在这扇窗子正对面的石屋外墙上，竟然也有一扇窗户！

不过那扇窗户有些奇怪，窗户是关着的，但是破了一个大洞，而且痕迹非常新，应该是刚刚才弄出来的，而且，明显是被人撞破的。

楚玥看了两眼，脑中思索了一下，就明白了过来，羽华一定是抱着姬澈，从这扇窗户跳过去撞破了对面的那扇窗户。

六尺，不是很宽，但是现在楚玥双腿都在发抖，要想从这里跳过去，可能会出差错。

调整了很久的心态，楚玥终于狠下了心，深深地吸了一口气，用力一蹬，带着一声壮胆的大叫，整个人就从窗户上跳了出去。

身子穿过破碎的窗户，落在木板地上，冲力太大，没能收住力气，滚出去几滚，撞到了墙上才停下来。

围在楼下的狼群听到了楚玥那一声壮胆的大叫，所有的雪狼一下子就从屋子里冲了出去，朝这边的石屋狂奔而来，狼号之声迅速在楼下聚集。

楚玥还没能歇一口气，密集的狼号声传入脑海，顿时就是一抖，差点哭出来，赶紧在地上找羽华和姬澈留下的血迹。

羽华和姬澈留下来的血迹和血脚印很显眼，不用耗费什么心力就很容易地找到了。楚玥抱着剑，跟着血迹一路走下去，可是越走越发现不对，这些血迹竟然不是通向外面的，而是，就在这间房子里！

血迹一直通往一个小房间，房间的木门还很完好，紧闭着，楚玥小心翼翼地来到房门外，就听到一个声音从里面传出来，像是，羽华的。

“放心吧，她死不了，狼太多，木头梯子荒废了那么久，受不了那些巨狼的体重的，肯定得塌。”

然后就听到姬澈的声音响起来，“弟弟，你真要抛下小师妹？”

“抛下？”羽华冷冷一笑，“哥哥，我只是想我们都能活下去而已，在这个狼城里要想活下去，就不得不做一些出格的事。我只不过是偷了一点懒，就把我们一群人罚到这里，你不觉得，这有点太过了？”

“其实……”

“我知道你要为师父说话。”羽华像是知道姬澈要说什么，打断他，“师父不是说过他不会再帮我们吗？那我就要看一看，他帮不帮自己的女儿，他不出手，我就逼他出手！”

“你要做什么？”姬澈诧异地问。

“做什么？”羽华干笑两声，“呵呵，哥哥，我只是想救我们的命而已！不仅仅是我们，还有绮晋师妹！她的命不是一棵草，不是说扔就可以扔的。”

屋子里安静了一下，羽华的声音消失了一会儿就又响了起来，“等一等，再等一等……很快了，都进去吧，都快点进去吧……”

羽华的声音十分小，而且十分怨毒，像是恶鬼的窃窃私语一般，听得人心里毛毛的。

他像是在等着什么东西，一个，能让姬祁出手的东西。

只是几个呼吸的时间，楼下响起一连串木头碎裂的声响，如潮水一般的狼号之声滚滚而来，吓得楚玥抱着的短剑一下子摔在了地上。

屋子里忽然响起羽华兴奋的声音，“就是现在了！我们该走了！”

楚玥顿时惊醒过来，扑过去猛地拍了拍紧闭的木门，没想到门压根就没被关死，一拍就打开了。

“楚玥师妹，对不起了！”狭窄的房间之中，羽华面带一种十分愧疚的表情看在楚玥，“我不想我哥哥死，我也不想我们任何一个人死，但是……”

羽华咬着自己的嘴唇，把嘴皮子都咬破了，“对不起了，你要恨，就恨我吧！这房子里的楼梯，是用石板砌的，可能，不大会蹋……”

眼角滑下两滴浊泪，羽华抱着姬澈，朝身后墙上的一扇窗户跳了进去。

可是，就在他的身体穿过窗户的一刹那，姬澈忽然伸手抓住了窗户的窗棂，整个人就这样吊在了窗户上，而羽华的身体正在急速地朝下方坠去。

“为什么？！”

窗下的街道上，传来一声爆吼，但仅仅一刹那，就被涌入房间里的群狼的吼声给吞没了……

第二节　回头

从高空坠落，掉在地上，这种感觉不太好受，羽华只感觉自己的五脏六腑都给移了位一样，浑身上下哪哪儿都疼，若不是姬澈忽然拉住窗棂，他绝对不会摔得这样惨。

身上虽然疼到了一种难以忍受的程度，但他没有多大的感觉，这种疼痛跟心里的难受和愤怒比起来，根本就不算什么，他花了这么多心思布下的这个局，他想到过可能会被楚玥搅乱，也有可能会因为算错了狼群涌进来的速度和时间而导致失败，他想到了很多的可能，唯独没有想到的是在最后的时候，自己的哥哥会从自己的怀里跳出去。

他知道楚玥一定会追过来，群狼也一定会追过来，他故意和姬澈说话，只是为了吸引住楚玥，让狼群能有足够的时间冲上来。一旦狼群被楚玥吸引住，那么，在房间里的羽华就能带着姬澈迅速地跳下楼去。

可是，在最要紧的时候，姬澈做出的选择，让羽华很难接受。

“你走了就别再回来！”

头顶窗户上挂着的姬澈垂头看着坐在长满苔藓青石上的羽华，露出几分意味深长的笑意。羽华看在眼里，气得紧握拳头猛砸身下的石板，一边砸一边骂姬澈，“不管了，你要想死就去死吧，不管了，小爷爷再也不管了！”

羽华一抹脸上的泪，呼呼两下从地上站了起来，扭头就走，手背因用力过猛砸破了皮肉，正滴着血。身后那一栋石屋之中，姬澈的身影已不在窗棂上挂着，一声声的狼号从石屋之中的每一个角落里传出来，腾腾的怒吼声像是一记一记的闷雷响在羽华的胸口。

羽华用滴血的双手捂住耳朵，用力地奔跑起来，他逼着自己不去听那里的任何动静，逼着自己加快脚步，逼着自己什么也不看，什么也不听。

柔和的风吹在脸上，带着青草的清香，吹散了所有的疲惫，那里的声音已经很远了，但羽华依然没有停下奔跑的脚步，混乱一片的脑海经柔风一吹，也没有任何要释缓的迹象，反而逐渐变得生疼起来。

“我这是哪辈子得来的福气，摊上你这么个笨蛋哥哥。”羽华松开捂住耳朵的双手，却依然没有停下脚步，空荡荡的死城之中，飘来几缕如阴魂魅影一般的声音，万籁俱寂的街道两旁，房屋密立，目光扫过，隐生几分心惧和胆寒。

越是奔跑，离那处地方也就越远，越是奔跑，心里那一种混乱就越是离奇的平静，身上所有的疼痛在一点点地复苏，一点一点地吞噬着羽华小小的身子。

脚上的疼痛最是明显，几乎压过了身上任何一处疼的地方，也不知道刚刚是什么支撑着自己跑了这么远，终于，他一个趔趄摔在了地上。

羽华并没有立即爬起来，倒不是因为身上的疼痛，而是因为心里的挣扎。他翻过身子，看着头顶那一片蔚蓝的天，云那么白，如丝绢一样，滴血的双手缓缓握紧，深深地吸着气。

“若死同归！”

羽华想起姬澈的话，眼泪就掉了下来，泪水沿着眼角，划过耳根，带出一片血污之色，“我上辈子肯定是欠了你什么了不得的东西，非得这样偿还给你不可！”

他从地上爬起来，看了看自己的双腿，有一条还算完整，另一条，估计，勉强还能用一用，咬了咬牙，抹了一把脸，羽华开始用一种更加迅猛的速度朝来时的路狂奔而去，心里不停地大喊，“必须要来得及，必须要赶得上，这条破腿一定要撑得住！要不然，老子回去就把你剁了炖汤喝！”

想着，还不忘补上一句，“得从混蛋师父那里多偷一点人参，炖出来的汤才有营养。”想着，又开始骂起自己来，“羽华啊羽华，你这得跟自己的腿有多大的仇啊……”

回到石屋外，一片沉寂，巷子极深之处，有几声狼号孤零零地响着，在石屋外停下脚步，却并没有想象中无数的巨狼朝自己发疯似的扑过来的场面，一大片一大片被压趴在地上的荒草铺在羽华的脚下，四周一片沉寂如死，毫无生气可言。

羽华的心一下子凉到了冰点，发了疯一般地冲进破损的木门，进门就大喊，“哥哥，哥哥……”

急切的声音在屋中回响，却没有一个声音回应，没有姬澈、楚玥的声音，也没有狼群的嘶号，有的，只是无比的安静。

“不会吧，这么快就被吃光了？我哥哥不会短命到这个程度吧？”

在心里好好地骂了一下自己不是个东西，虽然这里给他的感觉很不好，但是他可不认为姬澈就会这样子死掉，有点不认命地冲上了二楼他们之前待过的房间，就看到一堆凌乱到无法辨认的狼脚印，以及两头巨狼的尸体，却没有看到楚玥和姬澈。

羽华跑到两头巨狼的尸体旁，蹲下身子仔细地看起来，两头巨狼都是被一剑搁断了喉咙而死的，而且明显刚刚才死，伤口还有血流出来，身上没有任何其他的伤痕，看剑伤的走势，是往上挑的，出手十分准，也十分狠。在楚玥和姬澈之中，楚玥虽然是使长鞭的，但也会一点剑术，不过，她绝对做不到这个水准。

挥出这两剑的，只能是姬澈，也只有他在面对群狼围攻的时候能保持最最冷静的头脑，也只有他能看准时机用最简单、最直接也是最狠的方式解决掉自己的敌人。

这是姬祁跟他们说教的时候经常会说起的，用他一板一眼的话来讲，这才是作为一个剑客最为基本的素养。姬祁说教的时候，羽华要么是在打瞌睡，要么就会偷偷溜走，姬祁是个很有趣的人，他不会强迫任何一个人听自己说教，你要是想走，随时都可以，而且，你即便是当着他的面离开，他也不会罚你。

这样的结果就是，通常姬祁刚刚开始说教，羽华、绮晋和楚玥就会出现各种各样的不舒服，肚子疼之类的，只有姬澈一个人愣头愣脑地听下去，然而即便只有姬澈一个人听，姬祁讲起来，也是滔滔不绝，余音绕梁，终日不灭。

“一下子干掉了两个！”羽华小大人似的摸着下巴，“居然比我还要厉害！”

当羽华挪到另一头巨狼尸体边上的时候，忽然发现头顶有一束光线射在自己身上，而且在巨狼的身体四周，竟然有一些瓦片的碎片。

羽华眉间一挑，抬头一看，发现头顶的瓦片上竟然破了一个大洞，之前绝对是没有这个破洞的。

羽华低眉思索了一会儿，紧皱的眉头就舒展开了，露出了欣喜的笑容，“我就知道你没那么短命。”

姬澈一定是从房顶逃走了，他两条腿严重受伤，不可能从这里跳上房顶，有可能是楚玥带着他离开的。

可是楚玥气力很小，怎么可能带着姬澈跳上这么高的屋顶？

羽华的眉头又皱了起来，目光在房间里来回扫过，一下子，他的目光就被破碎的木门碎木吸引住了。

木门是呈现出一种爆裂性的破碎，一看就是被蛮力撞碎的，姬澈和楚玥自然不会笨到自己去把门弄碎，那么可能性只有一个——

当姬澈发现狼群要涌进来的时候，一定会将木门关上并且顶死，这里只有这么一扇木门，狼群不可能从其他地方进来，那么他们就有一些时间想办法逃命。

羽华的目光停在了那个破洞上，破洞下面有一个房梁，上面有一个痕迹很新，是被什么东西勒出来的痕迹，羽华看到这里，心里一跳，这应该是楚玥带着的长鞭。

"哥哥这脑子可真是聪明，先把楚玥吊了上去，然后楚玥再在房顶上将长鞭放下来，将哥哥提上去，哎，我这脑子算是白长了……尽是摆设……"

羽华叹了一口气，身子一跃，在墙壁上一个借力，身子一下就弹了起来，双手吊在房梁上，腰部一扭，整个人就已经趴在了房梁上，整个过程一气呵成，没有任何的拖泥带水。

钻出破洞，人已经上了房顶，举目一望，发现在四五栋房子之外的房顶之上有楚玥和姬澈的身影，羽华正要大喊，忽然发现，他们两个站在房顶上，竟然一动也不动。

羽华忍住想喊他们的冲动，心里想到难不成他们又遇到了什么情况。当下也不多做停留，在房顶上一阵助跑之后，一个跃身跃起，跳到了对面的房屋屋顶上，这里的房屋排列十分密集，这对羽华来说并没有多少难度。

几个飞跃之后，人已经到了姬澈和楚玥的身后，楚玥背着姬澈，完全没有发现羽华的到来，羽华有些惊奇，就偏着头顺着姬澈和楚玥的目光朝前面一看，顿时，整个人就僵在了那里。

"我的天！这匹狼也……也太大了吧？"

眼前的场景让羽华再也忍不住了，一下子就小声地喊了出来，楚玥和姬澈被下面的场景吓得完全呆滞了，根本就没有发现羽华，身后这忽然发出的声音，几乎把他们吓得从房顶上摔下去。

第三节　狼崽子

比之于楚玥，姬澈见到羽华却是显得无比平静，只是淡淡地看了羽华一眼，对他嘘了一下，然后向他做了一个噤声的手势，又示意他赶紧蹲下来。

羽华蹲下身子，咽下去两口唾沫，问姬澈，"哥哥，你好像见到我一点点也不高兴。"

"你也得要我能高兴得起来。"姬澈怒道，"你差点害死小师妹知道吗？"

羽华一下子就沉默了下来，看着正愤怒无比的楚玥，深深地叹了一口气，对她道："等我们回去之后，你再将我千刀万剐吧，现在我还有点用处。"偏头看向姬澈，"哥哥，你的伤怎么样？”

“还死不了。”姬澈说道，“你先看看下面是什么情况。”

羽华爬到房檐上，在这栋房屋的下面，是一条十分宽阔笔直的街道，五六辆马车并肩行进都没有任何问题，在街道的正中位置，横卧这一头巨大的雪狼，像是一匹烈马一样的巨大，而在这一头雪狼的四周，还有四五条体型也十分巨大的雪狼，但明显不及这一头雪狼巨大。

“这一头大的，应该是雪狼王。”姬澈说道，“你仔细看看这头雪狼王的身下有什么。”

羽华聚集目力，仔细看着这头巨狼的身下，发现在巨狼的身下，竟然有一大片的血红之色，这匹巨狼，好像是受了伤，当羽华再想看得清楚一些时，他惊愕地发现，在雪狼王的怀里，竟然有一匹体格十分小的白色小狼，虽然体型非常小，但也仅仅是跟这几头匹狼相比而已，其真正的个头，不会比一只成年小猎狗小到哪里去。

羽华摸了摸鼻子，目光又转向围在巨狼身边的四五匹雪狼身上，这几匹雪狼都是背对着他们，看不清面目，但是从它们后腿微曲，身子微微下压的姿势上来看，这不太可能会是多么友好的样子。

“他们这是在……”羽华看向姬澈，姬澈却看向了楚玥，像是在询问楚玥的意思。

楚玥将目光聚集在羽华的身上，但只是看了他一眼就把视线移开了，“狼王产子，群狼外出，狼王孤立，手下造反了……”

楚玥的语气很不友好，像是根本不愿跟羽华说话，姬澈摇了摇头，解释了一下，“雪狼王产了子，恰逢我们进城，狼群都去围追我们了，狼王身边就没有手下了，这几匹雪狼应该是看上了狼王的位置，想乘着狼王产子身子虚弱，又无手下相助，欲行造反之举，登上雪狼王宝座。”

羽华听后，似有几分清楚地点了点头，姬澈看他好似明白了过来，就问道:“你明白了？”

羽华点头，“当然，这头雪狼王，是个母的……”

姬澈对着羽华的脑袋就是一敲，“能不能正经点？”

羽华刚要求饶，忽然下面就响起一声悲戚的狼号，羽华他们赶紧停下内讧，一看屋外的街道，就发现雪狼王巨大的身体一点一点地站了起来，腹部一条恐怖的伤口正在往外流着鲜血，那一头小狼似乎才落地不久，连站都不怎么站得稳。

三人的目光随着巨狼站起的幅度缓缓地上移，就在巨狼完全站立起来之后，他们惊讶地发现，在巨狼的身下，竟然还有一个人。

这个人身形极为弱小，也就和那一匹小狼差不多大小，之前完全被巨狼的身体挡住，才没能发现，如今巨狼一站起来，那一个拿着剑浑身颤抖的小小身影一下子就被他们发现，并且认了出来。

“是绮晋师妹！”三个人几乎同时惊呼了起来，“她竟然还活着！”

羽华一见到绮晋，双眼一下子就直了，使劲儿地揉了揉自己的屁股，惊道:“这回，我这白嫩白嫩的小屁股算是保住了，我都已经做好了和它永别的准备了，人生大起大落，真是太刺激了！”

楚玥背着姬澈站了起来，瞪了羽华一眼，“还愣着做什么，赶紧救人呐。”

围在雪狼王四周的五匹巨狼见雪狼王站了起来，一头一头先是很谨慎地退了两步，然后彼此相望了一眼，一声声狼号就响了起来，一匹匹巨狼犹如离弦之箭，飞扑而上，雪狼王一双血红狼眼直直地盯着一窝蜂涌上来的雪狼，露出一对森白阴冷的狼牙，一声嘶吼，用巨大的狼爪将身下的小狼往身后一刨，就冲了出去。

绮晋双手举着剑，颤颤巍巍地往后退去，那连站都站不稳的小狼趴在地上，龇牙咧嘴地望着和五匹雪狼撕咬在一起的雪狼王，极力地在地上爬着，想要冲上去。

绮晋退了两步，发现小狼竟然在朝巨狼战斗的地方爬，身子一下就停了下来，愣了半晌之后，一个飞身扑过去，将小狼抱起就跑。

姬澈拍了拍背着自己的楚玥，“快，快追！”

楚玥刚要动身，身上的姬澈却被羽华一把拎了起来，放在了自己的背上，一脸干笑地看着楚玥，“呵呵，师妹，你这小身板可背不动他，我来吧，我来吧。”

身子一转，绕过楚玥，从屋顶一跃而起，在重重狼吟声中，稳稳地落在了对面的屋顶上。

羽华的速度很快，楚玥竟然落在了后面，跳过几栋房屋之后，羽华追上了奔跑中的绮晋，“小师妹，小师妹”地大喊了几声。

绮晋听到有人叫她，脚步逐渐就慢了下来，转头一看，竟然是羽华他们，哇的一声就哭了起来，“二师兄，救命！”

羽华将姬澈往房顶上一丢，从楚玥手里抢过短剑，一个纵身就从屋顶上跳了下去，一剑插在外墙上的石壁上滑下来，稳稳地落在地上。

绮晋一阵小跑来的羽华面前，将抱着的小狼往地上一丢，扑进了羽华的怀里，“二师兄，你怎么才来啊！”

羽华摸了摸绮晋的小脑袋，“乖，现在来也不晚。”

身后的狼吟声在逐步逼近，雪狼王虽然身形巨大，但是身上带着极重的伤，不可能是五匹巨狼的对手，正一路败退过来，羽华抬头看了看屋顶，楚玥又背起了姬澈，正打算下来，羽华赶紧吼了一嗓子，“别下来，往前跑。”

顺手将绮晋扛在了肩上，正要开溜，身上的绮晋竟然一下从自己肩上跳了下去，抱起在地上挣扎打滚的小狼，一个飞身跳上了羽华的背上，搂住羽华的脖子，“好了，快跑吧！”

“你拿我当马了吗？”羽华唏嘘了一声，心里暗道，“我腿上还有伤啊。”

显然绮晋是没有注意到羽华腿上的伤，“能者多劳，你力气大，不在乎这一点半点的。”回头一看，厮打在一起的狼群已经逐渐逼了过来，赶紧拍了羽华的脑袋一下，“二师兄，快跑！”

羽华深深地吸了一口气，将背上的绮晋往上送了送，大叫一声，“驾！”后脚一蹬，一下子就跑出去老远。

房顶上楚玥背着姬澈，下方的街道上羽华背着绮晋还有一头小狼崽，两方人马齐头并进，没过多久，就把厮杀在一起的狼群抛在了后面。

五匹巨狼有雪狼王牵制着速度本来就不是很快，而且它们的目标是弄死雪狼王，并不在羽华和姬澈身上，因此，并没有追来。

跑出去足有四五里地他们才逐渐了停了下来，并排而列的房屋早已消失不见，楚玥和姬澈早从屋顶上下了来，和羽华他们并肩走在一起，原本道路两侧的房屋群已经消失不见，被一排破败的土墙所取代，这一路跑过来他们都没有怎么留心这些，也不知道跑到了哪里。

但是他们一直都是在往前跑的，并没有拐进任何一条岔路，说起来也奇怪，在来时的那条道路上，也并没有一条岔路，一路笔直地通到这里。

两旁的土墙不是很高，十分残破，这一路摸爬滚打，羽华和姬澈身上没少带伤，但楚玥和绮晋倒是一切安好，除了身上的衣衫破了一些之外，并没有受任何的伤。

后面是群狼厮杀的地方，他们不敢掉头往回走，只能是一路往前，姬澈再一次被羽华背在了肩上，他腿上的伤口已经不怎么流血了，但是整个人显得十分虚弱。

羽华将自己身上的外袍脱了下来，死死地将姬澈绑在了自己的背上，楚玥和绮晋手挽着手走在一旁，一群人都十分小心地走在这一条寂静的大道上。

“绮晋小师妹。”羽华看着绮晋，问道，“你怎么跟雪狼王在一起了？你不是被狼叼走了吗？”

楚玥低头看了看自己抱着的小狼崽，小狼崽好像因为挣扎过度，累得睡了过去，转头看向羽华的时候，说道：“就是被那头雪狼王叼走的，它好像要将我叼过去喂这头小畜生。”

“我的天！”羽华舔了舔嘴唇，骂道，“这东西生下来不吃奶居然要吃人？怪胎吗？”

“可能是因为品种不同吧。”背上的姬澈虚弱地说道，“这些狼是逆天的。”

羽华想了想，点头表示赞成，“可能真的是品种的问题吧。”

绮晋却摇了摇头，“不是这样的，是喂血！”

姬澈和羽华还有楚玥几乎同时一愣。

绮晋继续道：“雪狼王生下小狼崽之后，可能是因为没有奶喂它才抓我去，打算用我的血去喂它。”绮晋下巴指了指身上的小狼崽，“可是还没等雪狼王咬我一口放血，那些狼就杀了过来，打伤了雪狼王。”

羽华听得咋舌，“我还以为那畜生抓你去是要让你给狼崽子喂奶，不过想想，你这小小年纪，也没奶啊！”

绮晋踢了他一脚，“你死去！”

姬澈也拧了拧羽华的耳朵，“别嘴欠。”但他似乎没有什么力气了，拧了一下就放开了，问道：“你回来做什么？”

“找死呗。”羽华漫不经心地说，“你们不够狠，在这地方要是没有我，你们活不过两个时辰。”停下脚步问姬澈，“我回去的时候，那些狼怎么不见了？”

姬澈道：“你哥厉害，都打跑了。”呻吟了一下，改口道：“我们上了房顶，那些狼上不去，在下面吼了一阵，就散了。”

声音越来越虚弱，“快走吧，我们来也来了，该回去了。”

羽华叹了一口气，将姬澈背得更紧了一些，继续迈开脚步往前走，回头看了看姬澈那一张苍白无比的脸，“你歇一歇吧，别死在路上。”

他们继续往前走，越往前四周的场景就越荒凉，但是好在那些要人命的雪狼已经不见了踪迹，这一点倒是很好。

当两旁的土墙完全消失的时候，面前已经被一片巨大的平地所取代，前面一定还有路的，但是时间太久，都被杂草给掩藏了起来，已经分辨不清了。他们停下脚步，举目一望，想找一找出城的路，却在这一望之下，发现了一幕更加令人震惊的场景。

在面前那一片巨大的平原草地之中，赫然立着一座很高的石塔，石塔矗立在平原之中，宛如一根巨大的手指直指苍穹，一根根水桶一般粗细的青铜铁链从每一层边角之处斜拉下来，深深地埋进地底，如一只巨大的蜘蛛一般，立在四人视野的尽头。

第四节　万葬坑

一行四人看到眼前这一幕，一个个脸上皆露出了难以置信的神色，彼此相视一眼之后，几个小鬼同时张大了嘴巴，他们几乎同时想起了一件了不得的事。

登桓山上，世代都有关于魔剑的传说，相传，魔剑是在一座石塔里铸造而成的，剑成之时，天上风雷涌动，一股股血腥之气弥漫了整座龙城，滔天的血雾如狂风一般顷刻席卷了整个城，无数的人死在了这一场血雾之中，他们被血雾之中隐藏着的恶鬼吸尽了所有的血液，就连躲在洞里的老鼠、蟑螂都不能幸免。

他们在看到这一座石塔的时候，立即就想起了这个传说，脸上的表情从难以置信一点一点地变成恐惧和害怕。

姬澈似乎想起了什么，拍了拍羽华的肩膀，轻声说道:“看看脚下的草地，拨开来看看。”

羽华将目光从石塔上收回来，背着姬澈蹲下身子，伸手拨开脚下的一蓬乱草，定睛一看，整个人吓得立马就跳了起来。

在他脚下的草丛里，居然躺着一具骸骨！

这一具骸骨和他们之前在进城的时候发现的那一具很像，嘴巴极力地大张着，像是在十分痛苦地竭力嘶吼，骸骨嵌在烂泥里，已经发黑了，看得羽华一阵一阵的恶心。

楚玥和绮晋也发现了这一幕，她们可没有羽华和姬澈这样好的心理承受能力，咚咚地跑出去老远。

姬澈现在已经没有心思去理她们了，反正这里没有狼。他又拍了拍羽华的肩膀，“应该不止这一具，你再去其他地方看看。”

羽华咽下去两口唾沫，双腿有点发颤，他似乎隐隐地察觉到了什么，有一种很不安、很心惧的感觉。

哆哆嗦嗦地朝旁边移了十几步，弯身拨开一片杂草，在烂泥里，居然又发现了一具骸骨！

羽华的头皮一下子就炸开了，赶紧又朝前跑出去十几步，再一次拨开了杂草，居然又是一具骸骨！

羽华有点傻了，一连跑出去十几个地方，每当他拨开一片杂草的时候，都能在杂草之下的烂泥里发现一具骸骨，这些骸骨几乎是一个模子里刻出来的一样，除了大小姿势不同之外，都是张开大嘴，做出极力嘶吼的模样，而且无一例外的，每一具骸骨张开的大嘴里，都含了一口污黑的烂泥。

那些都是腐烂在他们骸骨里的草茎，一年一年地累积下来，才有这样的效果。

羽华已经猜想到了他们现在所面临的是一个什么样的情况，但还是无法说服自己，抬脚又要去别的地方看看，却被姬澈制止了，“不必再看了，你就是再看一百次，也只能再发现一百具枯骨而已。”

羽华的牙齿都有点发颤了，“哥哥，你……你不会说真的吧？我们现在，是站在……站在……”

“站在尸骨堆里。”姬澈的声音变得十分微弱和低沉，“在我们脚下，全是死人骨头。”

羽华身子当即就是一抖，“我的妈呀，不带这么玩儿的！”

忽然间就感觉有一双双无形的手在抓自己的脚底板，羽华背着姬澈一路倒跑回去，一直退到绮晋和楚玥待的那一片土墙墙角下才停下来，却依然感觉到不踏实，干脆背着姬澈直接爬到了土墙的墙头上，那一种有东西在抓自己脚底板的感觉才稍稍减轻了一些。

楚玥和绮晋没看见他们之后所看到的东西，都有些摸不着头脑地看着羽华，羽华的胆子那是出奇的大，能有什么东西可以把他吓成这个样子。

羽华吼了一声，“快上来，你们脚底下全是死人骨头！”

绮晋和楚玥一听，再看看羽华那一张冷汗直冒的脸，一下子像是逃命一样窜上了墙头，一个个死死地拉着姬澈和羽华的胳膊，“二师兄，你……你别这样吓我们……”

羽华看了看自己的胳膊，只有一只手拉着，还是绮晋的。她怀里抱着狼崽子，只能腾出一只手来。又看了看楚玥，两只手都抱着姬澈的胳膊，脸一下子就阴了下来，心说，“把她抛弃的那道坎，看来小师妹是过不去了……”

“羽华这回没有骗你们。”姬澈声音虚弱地说道，“这下面，全是骸骨……”

羽华听到姬澈这虚弱的声音，动了动肩膀，斥道：“你少说两句话会死啊！”

“找路出去。”姬澈轻声道，“还记得我们下断崖的时候说的话吗？那些狼能够出现在山里，说明这里一定有路可以通到外面，你……”

“啰里吧嗦的废什么话。”羽华打断姬澈，怒骂道，“闭上你那臭嘴，我一定会把你带出去！

你要死，也要给我死在外头，别便宜了这群饿狼！”

姬澈趴在羽华的肩膀上，笑了两声，不说话了。

姬澈身上的伤很重，他们心里都很清楚，如果他腿上的伤不及时治疗的话，这两条腿可能就保不住了，他们心里都十分焦急。

回头路肯定是不能走的，好不容易才摆脱了那些恐怖的狼，说什么也不能再入狼口，找一条不知是不是真实存在的路，他们心里都很没底。

羽华四处看了看，将心一横，“我们从这里穿过去，只要出了城，就是背着他爬断崖，我也得把他背出去。”

绮晋看了看羽华背上的姬澈，又看了看怀里的小狼，沉默半晌，说道：“我也可以搭把手的。”说着，将小狼往土墙上一放，露出一副很干净甜美的笑容，“我就不带着它了。”

绮晋这微微地一笑，让羽华心口一阵晃荡，咽下去两口唾沫，说道：“你舍得？”

绮晋看了看趴在羽华背上虚弱到了极点的姬澈，“大师兄现在一定很痛苦。”默了默，再道：“这匹狼没大师兄重要。”

羽华心里不知为何莫名的一沉。

决定好了方向，羽华等人也不多做停留，一个个相继跳下土墙，走在长至膝盖的杂草丛里，他们知道这下面有些什么东西，心里的那种恐惧别提有多折磨了。

羽华走在最前面，声音压得很低，好像声音大一点就会吵醒这些沉睡在地底的亡灵，“别想着这下面有什么，只是一条长满了草的荒废大路而已，只是长满了草的荒废大路而已。”

羽华一路都在念叨着这几句话，好像只要说着，心里就不会往恐怖的那一方面去想，这似乎有点效果，但是楚玥和绮晋走在这样的路上，简直就是崩溃的，有好几次她们踩到了一些圆咕隆咚的东西，那一瞬间从脚底传入脑海的诡异触感和一瞬间冒出来的联想足以绷断她们的神经。

身子在发颤，牙齿在打架，浑身没有一个地方不在冒冷汗，羽华走着走着，就说起了故事，“村外的老夫子说过，男儿一世，可无田无房，可无才无德，可无耻无用处，就是不可无夫人。你看我，左手没有妻，右手没有妾，就剩背上这一个赔钱的胖娃娃。”说着，还吆喝了起来：“谁要嘞嘿，三两银子一斤嘞嘿，卖完了回家娶夫人嘞嘿……”

姬澈现在连睁眼都没什么力气了，也懒得耗费精力搭理羽华。忽然一阵阴风骤起，绿草掀起细浪滚滚而来，带着一种沉闷又阴惨的呼声，像是脚下无数的枯骨同时发出了声响。绮晋和楚玥经这么一下，小跑两步，一人抓住羽华一只胳膊就不松开了。

这一阵阴风虽然来得很突然，但是羽华现在的神经已经绷得很紧了，这一下要么吓傻，要么就完全没当回事，很显然，他现在这情况属于后者。

低头看了看身旁的楚玥和绮晋拉着自己的小手，他偷偷摸摸地笑了起来，“左手一个妻，右手一个妾，身上一个胖娃娃！娃娃娃娃你别闹，我就不给你大娘抱……”他咿咿呀呀地偷笑着，连自己走在一条什么样的道路上都快忘了。

姬澈趴在背上，费力地睁开眼睛，低声在羽华耳边说了一句，“三两银子一斤？能不能卖贵点儿？”

“你这赔钱货二两银子一斤都赚了。”羽华脚步一停，就嚷道，“不是不让你说话了吗？”

姬澈抬了抬手，“我给自己提提价。”话毕，抬起来的手就无力地掉了下去。

“乖，等出去了立马就给你标价五两！”羽华抬起脚步继续往前走，一边走一边念叨，“你可要活下去才能值那个价钱，你也知道，卖鱼的话活鱼要比死鱼值钱，胖娃娃也是一个道理的。”

一边走着，一边说些玩笑话给自己壮壮胆，很快就到了那一座石塔之下不远，已能清楚地看见那一扇紧闭着的，泛着重重铜锈之色的青铜巨门。经长年沉积，大门已经被泥土掩没了一部分，那四根水桶一般粗细的青铜铁链从他们头顶斜拉而过，埋进深深的地底。

抬眼一望，高耸的石塔如一截溃烂的指骨，笔直地深入高空，苔藓杂草从石缝之中长出，遍布整座石塔，石塔的底部十分巨大，边缘足有百步，如一个圆锥一般立在平原之上。

羽华站在远处，目视着那一座巨大的石塔，就连背上的姬澈，也艰难地昂起了头。忽然起了一阵微风，如一缕薄薄柔滑的丝绢一样缓缓地穿过他们的身体，那一阵风袭来，带着一种十分奇怪的感觉，一瞬间如时空挪移，身子一瞬间被裹进了那道温软的细风之中，如一片落叶一般，飘然而落。

“就到这里了吧。”

风中似乎有一道声音响起，模模糊糊的，什么也感觉不到，身子如一缕青烟被风吹散了，等他们再次发现身体的存在时，人，已站在了红木楼外。

第五节　宿世缘（一）

那一晃神的时间十分短，他们几乎还没来得及去思考到底发生了什么事，眼前站在门槛上的姬祁正一步一步地朝他们走来，将他们的思绪从缥缈中拉回了现实里。

“师父？！”

羽华他们十分惊愕地看着姬祁，他们刚刚还在龙城之中，怎么一眨眼的工夫就回到了这里？

姬祁并没有理会他们惊愕的神情，径直来到羽华身前，将绑在羽华背上的姬澈解下来，慌慌张张地进了屋子里，打开的木门一刹那就合得严严实实了。

房门一直紧闭着，没有任何要打开的苗头，屋子里十分的安静，一点点的声音也没传出来，但是他们都知道姬祁在做什么，一个个都老实地在外面待着。

羽华这个时候脑子里一片混乱，他在龙城里做了什么出格的事，他不认为瞒得过姬祁的眼睛，他已经料想到这扇大门再次打开的时候，自己可能面临一些什么样的责罚，可能，自己的屁股真的会被割下来炒一盘下酒菜。他心里还盘算着，要真是被师父割下来炒了菜，能不能匀一点给自己也尝尝？再怎么说原材料还是自己出的嘛。

傍晚的时候，门还没有要打开的迹象，在龙城里摸爬滚打了这么久，肚子早就咕咕叫了，楚玥第一个离开了这里，自己找吃的去了，其实，她很反感羽华那时候的做法，她现在可不愿意跟羽华待在一起。

绮晋一直陪羽华陪到了后半夜，一步也没有离开过，困了就倒在地上睡了过去，醒过来的时候，发现羽华还直愣愣地站在那里，面无表情，动也不动，不知道他心里在想些什么。绮晋试着过去和他说话，但他一句也没有理会绮晋。

绮晋对羽华的不理不睬也不感到生气和尴尬，自己出去找了两个野果子回来，给了羽华一个。羽华看着绮晋递到眼前的野果子，愣了一下，抬头看了看绮晋，接过果子两口就啃了个干净，接着又恢复了一脸木然的模样，直愣愣地站在门外。

绮晋看着羽华，心想，他应该是在担心他哥哥姬澈，才会是这副样子，就告诉他："有师父在，大师兄一定会没有任何事情的，你就把心放在肚子里。"

绮晋一个人叽叽咕咕地说了一大通师父如何如何厉害，大师兄会转危为安之类的话，一个人自说自话也不觉得疲惫，听得羽华却十分烦闷。

"你是害怕龙城里那些枯骨吧，没什么好怕的，死了就是一堆骨头渣子而已，而且现在又不是在龙城，怕什么？废话那么多，要真是害怕，就趴在这里睡觉，我陪着你，什么都不怕。"

绮晋一时语塞，说不上话来，她确实是很怕那些，但是现在她更担心羽华，但是看他这一副木头桩子似的表情，好像自己说什么他都不可能听得进去，叹了一声，就趴在地上昏昏沉沉地睡了过去，龙城里发生的事，早已经让她身心俱疲了。

这一睡，直到第二日晌午的时候才醒过来，没有任何人来吵她，当她醒来的时候，惊愕地发现原本直愣愣站在门外的羽华竟然跪在了那里。

迷迷糊糊的绮晋以为自己看错了，揉了揉眼睛，发现羽华真的是跪在那里，瞌睡感一下子就全没了，来到羽华面前，惊讶地问道："二师兄，你这是做什么。"

羽华看也没看她一眼。

绮晋想拉羽华起来，却被他一声不响地推开，走过去再想拉他，却还是被他推开。

有些摸不着头脑的绮晋不知道到底发生了什么事，就一个劲地问羽华，但是羽华像是不会说话了一样，根本就没有任何的反应。

不仅仅是不会说话了，连一点点的动作都没有，只是他脸上木然的表情已经不在了，而是换成了一种让绮晋弄不明白的坚毅和决然。

绮晋不知道羽华为何要跪在那里，她更不知道羽华在龙城里对楚玥做过什么，她没有亲身经历过羽华那一次叛逆，无论如何也想不到那个层面上去。叽叽喳喳说了一大通完全不沾边儿的话，换来的都是羽华如石头一般的沉默，和脸上那一直不变的坚毅和决然。

绮晋没了办法，就去找楚玥，在楚玥听完了绮晋没头没尾的话之后，表现出的却是一种出奇的平淡和不以为然，“他要跪你就让他跪着好了，又不会有狼来咬他，你担心那么多作甚？”

绮晋有些难以置信地看着楚玥，惊呼道：“可是二师兄的腿上有伤啊！”

“腿上有伤好过心里有伤，再说了，那么一点伤又不会要了他性命，顶多不过是要他一条大腿，没干系的，你就让他跪着好了。”

好像一瞬间所有的人都变了，这是绮晋最直接的感受，当然这种感受是很不好的。

面对楚玥的爱答不理，绮晋也是没有任何的办法，人家是这里的大小姐，她一个被姬祁捡回来的人，没权利要求楚玥做什么，她说服不了羽华站起来，也拉不来楚玥前来说服羽华，而自己更做不到视而不见。

楚玥给已经变成了一尊石头的羽华清洗了一下伤口，包扎了一下，并从村子里弄来一些药草，在村民的教导下煎好药就给羽华端了过去。起先羽华是理也不理，但受不了绮晋没完没了的唠叨，也就喝了。他可不是一块真正的石头，而且他的性子也做不到眼不见为净，耳不听不烦的境界。

一日，两日，那一扇紧闭的大门一直都没有打开的迹象，而羽华跪在门外，也已经有整整两天了。

这两天绮晋还想去说服楚玥来看看羽华，但自那一次绮晋找过楚玥之后，她就好像消失了一样，无论绮晋如何找也找不到她了。

照顾羽华这块石头的任务，也就只有绮晋来完成了。村子里虽然还有一些小伙伴，但是姬祁家的大门口也不是谁随随便便就能来的，给羽华送饭送水，问东问西，想试着从他嘴里套出一点为什么要跪着的理由，但怎么都套不出一个字来。

羽华已经把自己贴上罪人的标签了，按理来说罪人是不应该享受专人照顾的，但是对于绮晋来讲，她是做什么都不行，但就是很有耐心，仅仅这一点，她就成了羽华最致命的克星。

第三天的时候，紧闭的房门竟然慢慢地被拉开一条缝来，羽华这三天来第一次有了动静，却没有站起来，昂头一看，并没有看见姬祁的身影，从那条门缝里钻出来的东西，竟然是一匹小狼！

那匹小狼一步一倒地滚出门槛，然后一步三倒地滚下台阶，绮晋的眼神比跪了三天的羽华好很多，一眼就认出了这匹小狼，这不就是那匹雪狼王生下来的小狼崽子吗？

姬祁不仅仅把他们带了出来，还把这头小狼崽子也带了出来？

这匹小狼崽看上去明显比三天前见到它的时候虚弱了很多，双耳无力地嗒拉着，一双狼眼也没了精神气，看上去有些迷离的模样，嘴巴里不停地发出呀呀的叫声，身上的毛色也没有了一点点的光泽，十分蓬乱。

小狼滚下台阶，立即就被绮晋接了过来，抱在怀里，小狼没有反抗，也没有力气反抗。羽华现在对狼很没有好感，三天来第一次发出了声音，“带它滚远点！”

这几天对羽华的照顾，绮晋已经摸到了一点羽华现在的怪脾气，现在绝对不能逆着他的意思来，只能顺着，要是呛着了，还指不定要出什么乱子。

小狼这几天都被关在屋子里，没吃没喝没人照顾，已经虚弱到了极点。接下来的日子里，绮晋变得十分繁忙，不仅仅要照顾得了失心疯的羽华，还要照顾这匹小狼，可谓是忙得不可开交。

不过好在没忙两天，那一直紧闭着的房门终于打开了，不过在这扇门打开的时候，绮晋并没有在羽华的身边。

姬祁一只手托着一个小茶壶，一只手提着一条小板凳，一身疲惫地走出房间，羽华的头微微昂着，一双浑浊不堪的眸子眨也不眨地看着姬祁。

姬祁在羽华面前放下板凳，坐下来喝了一口茶，问羽华："跪着做什么？"

羽华双目直视着姬祁，语气十分平静，"认错。"

姬祁好像已经知道了事情的来龙去脉，"你能认错，也算是破天荒的头一遭了，为师跟了你们一路，你知道为师在看到你抛下楚玥背着你哥哥一个人跑了的时候，是什么感受吗？"

羽华看着姬祁，沉默着。

姬祁干笑了两声，道："首先冒出来的感觉是欣慰，因为你知道护着你哥哥，而你哥哥也知道拿了性命地去护着你。而后感觉到的才是心寒，因为你护着你哥哥的前提竟然是要拿别人的性命去换。"喝了一口茶，仰天叹了一口气，"人活这么一辈子，要欠多少债，又要有多少债要去还呢？"低头看着羽华，"你明白为师的意思吗？"

羽华第一次这么认真地去听姬祁说教，也是第一次觉得听姬祁说教不那么折磨人。

羽华依然看着姬祁，"我只是想我们所有人都能活下来，我知道，师父不会让我们任何一个人出事，师父可以不在乎我和我哥哥还有绮晋师妹，但是绝对不会不在乎自己的女儿。"

姬祁的表情依然平静，"要挟别人而到达自己的目的，又为了自己的目的让自己的同伴身处险地，这就是你处事的方式？如果你觉得你这样做是对的，那又为何要跪在这里向我认错？"

羽华第一次将目光从姬祁的身上移开了。

"为师很欣赏你处事的决然和果断，日后夺天下、挣国域，这些都是必要的手段，你能在这个年纪就懂得这样的处事方式，能在最短的时间里做出常人很难去做的决定，在这一点上，你已经是一个胜利者了，可是，羽华啊！"

姬祁站起来，拍了拍他的脑袋，"夺得天下，失了人心，那你守住的这个天下，又有几分是属于你的？你父王将你们兄弟交到我这登桓山，只是为了学武功、知谋略，而为师要教导你们的，除了这些之外，还有更重要的一点，不是所谓的仁慈，也不是所谓的决胜天下，强者不需要仁慈，也不需要永远的常胜，而是一种守天下的心态。你要弄清楚的，只是要用怎样的心态去守住天下，当你懂得要用什么样的心态去守住天下的时候，就离你得到这个天下不远了。"

“可惜呀。”姬祁又叹了一声，“可惜你这小子，骨子里就有一股压不住的邪性，姬澈太仁，而你太邪，你们两个一点也不像一对双生子。他日群雄并起，你兄弟二人，恐怕是要靠边站啦……”

收起板凳，姬祁看着跪在地上的羽华，“起来吧，跪太久膝盖就废了。”拎着板凳就要往屋子里走，却被羽华一声喊住，“我哥哥的伤，怎么样了？”

“筋脉都接上去了，过个十天半个月应该就可以下地，这一次让你们进去，我倒不是没有任何收获。”声音越来越远，“那些饿狼没把他吃进去，你还得谢谢我。”

羽华愣了半晌，等明白过来姬祁话里的意思时，他人已经进了屋子里，那一扇木门，又缓缓地关上了。

羽华又在地上跪了两个时辰，才缓缓地站起来。他站起来的第一件事，就是去找楚玥，他就是这个样子，做起事来，总会有一股冲劲儿，练剑是这样，做事也是这样。

然而，他并不是明白了姬祁话里的意思才去找的楚玥，羽华没有姬澈那么时时刻刻都很清醒的头脑，也没有姬澈那样做事会考虑得很周全的脾性，这也是他永远也比不上姬澈的地方。

有时候想想，如果那一回羽华真的是找到了楚玥，而楚玥又不是那样拿一双冷漠又怨恨的目光对着羽华，是不是就不会让羽华从一个欢欢喜喜带着幽默感的小青年变成如今的大魔头了？

人性的转变，真的很难看得透彻，是楚玥的冷漠造就了这个恶魔吗？也许并不尽然是这样吧，也许真如姬祁说的那样，羽华的性子里，天生就带着一股压不住的邪性，而引出这股邪性，有时候，就只需要那么一个小小的火星子就足够了，而楚玥，只不过是在一个不适当的时候，给了羽华一个放出邪性的理由罢了。

第六节　宿世缘（二）

羽华并没有如愿地找到楚玥，问过了很多人，都说有好几天都没有见到楚玥了。

正在劲头上的羽华自然是不肯就这样放弃，拉来绮晋跟他一起找，绮晋见羽华终于站了起来，憋了几天的辛苦一下子也释怀了，一想起自己也好几天都没见过楚玥，就和羽华一起去找。

绮晋之前见到楚玥时她那反常的举动和反应，就问羽华是不是他哪里得罪了这个大小姐。羽华瞪了绮晋一眼，就说：“你只管找人就好了，不必问这些。”

绮晋又问起了姬澈的事，她以为只要一提起姬澈，羽华一定会表现出不一样的情绪，哪知道当她问过了之后，羽华只是淡淡地看了她一眼，眸光之中也不知道有着些什么，一甩手就离开了，说：“你爱找不找，不求你！”

绮晋真是左右不讨好，心里一想，就觉得很憋屈，楚玥失踪，羽华转性，这一连串儿的事接踵而至，让她措手不及，不知该如何是好。她心里想着，总要知会姬祁一声，毕竟楚玥是他女儿，于是抱着小狼崽匆匆忙忙地去找姬祁去了。

前前后后将大致的事情给姬祁说了一遍，原以为姬祁怎么也要着急一下，然而姬祁所表现出来的淡漠和不以为然几乎让绮晋吃了一个闭门羹。

“哦，失踪就失踪了吧，不管她跑到了哪儿，也逃不出这登桓山。至于羽华，随他去吧，你现在说什么他也不可能听得进去。”

人有三六九等，虽然这个在外界处处都凸显得淋漓尽致，但是在这里体现得并不明显，但是绮晋一直都是把自己定位在最低等的那一层，虽然姬祁的话绮晋并不能接受，但也不会当着师父的面质问起来，问了一些姬澈的情况之后，就抱着小狼崽去找羽华去了。

一直找到天完全黑下来，绮晋也没能找到羽华，更没有找到楚玥，很多人都说看到过羽华，但是又都不知道他在哪里。村里村外，海岸沙滩，绮晋全都去过了，连他俩的影子都没有找到。

这一下倒好，楚玥和羽华，一起失踪了，绮晋开始抱怨起自己来，为什么羽华走的时候不拉着他，哪怕是跟着他也好啊，也不至于落得个现在踪迹全无的结果。

深夜走在茂密的山林里，绮晋十分害怕，好在有怀里的小狼陪着自己，倒也能有个陪伴。她知道深山里危险，也没有进去太深，走得累了，就坐下来休息。这一坐下去，身子的疲惫一下子就全涌了上来，靠在树干上就睡了过去。

第二天天明的时候，绮晋才被怀里小狼的嘶喊声吵醒，以为是小狼饿了，却发现小狼看着前方努力地张大嘴巴嘶吼着，绮晋身子顿时一寒，心说：“又遇到什么怪物了吗？”

“怎么一个人在这里？”

熟悉的声音从前头响起，绮晋顿时就松了一口气，抬头一看，羽华正一身疲惫地看着自己，“就不怕被狼叼走了？”

还不待绮晋说话，羽华径直朝她走过去，用公主抱将绮晋抱起来，起身就往姬祁住的地方走过去，怀里的绮晋感到被羽华这样抱着很不适应，又很尴尬，一张笑脸唰的一下全红了，低低地问羽华：“二师兄，你去哪里了，怎么找不到你？”

羽华也不低头看绮晋，“找楚玥师妹去了。”

“找到了没有？”

羽华摇头，“可能她这辈子也不想再见到我了。”

“为什么？”

这一回羽华再也没有说一个字，能清楚地感觉到羽华抱着自己的双手猛地握成了拳头，而后又缓缓松开，那一张木然又阴沉的脸上忽生起一股凛冽和怨毒，像是有什么事令他十分不甘，非要报复不可。

绮晋把羽华脸上的神色变化看在眼里，她的心思十分敏感，可能是她更能察觉到别人情绪上一些细微的变化吧，她隐隐觉得，楚玥和羽华之间一定发生过什么事，而这件事自己是不知道的。也许姬澈和师父姬祁会知道，但是姬澈现在完全昏迷，而姬祁对这件事情所持的态度是不以为然，任其发展，而绮晋自己也不可能去逼问姬祁。

除了这两个人，那也就只有羽华和楚玥了，可是楚玥现在失踪了，而从羽华嘴里要想得知事情的经过……估计比从姬祁那里还要难。

羽华的脚步没有任何停留，径直走到了姬祁的大门外，门并没有上锁，一推就开了。

羽华站在门口，抱着绮晋并没有踏步进入屋中，看着屋里喝茶的姬祁，问道："师父，我有一件事想不明白。"

姬祁挑眉看着他，羽华续道："如果进入龙城的只有我和我哥哥还有绮晋师妹，没有楚玥师妹可以要挟到你，当你眼睁睁地看着我哥哥被卡在洞口里，就要被群狼活活咬死之时，你会怎么做？"

定了定，眸光忽然就变得坚毅起来，直直地看着姬祁，完全没有了一个弟子面对师父的那种尊重和敬畏，"你是知道的，我一个人不可能把我哥哥从那个洞里拉出来，在之后的所有事情里，我们抹去楚玥师妹的存在，就我们三个。"低头看着绮晋，低低地问，"我们，还能不能活着站在这里？"

姬祁定定地站在房中，深深地吸了一口气，想说什么，却被羽华一口挡回去了，"你不会出手的，连楚玥师妹在的时候你都没有出过手，更别谈抹去了楚玥师妹的存在之后，你会不会出手！"

姬祁整个身子几乎一震，如果说羽华来当面质问自己已经让他感到很意外的话，那么接下来羽华所做的事，足以让姬祁一向都很大条的神经紧绷起来。

羽华将已经震惊无比的绮晋放在地上，阴沉着脸径走进屋里，姬祁似乎已经料想到羽华要做什么了，很出乎意料的是，姬祁并没有阻拦他，只是深深地叹了一口气，发出长长的一声叹息。

羽华的脚步没有任何停留的直接上了二楼，楼上不一会儿就传来了争吵声，却只有一个人的声音传出来，而这个声音并不是羽华的。半晌，一个人就被羽华强拉着站在了楼梯的拐角处。

绮晋看着羽华拉着的那个人，表情就是一呆，那个人竟然就是失踪了好几天的楚玥！

"师父。"羽华俯视着站在大厅里的姬祁，声音很平静，"你的意思，我真的不明白。"

"师父说，人活这么一辈子，要欠多少债，又有多少债要去还。"羽华放开拉着的楚玥，一步一步走下楼梯，"师父这句话我想了整整一夜，我知道楚玥师妹不可能去到山里，我只是想一个人静一静，去想一些东西，身上背负罪孽的感觉的确是一种脱不掉的包袱，可是，为什么你不给我一个可以卸下这个包袱的机会？"

"你的包袱是卸下了，那你给我的包袱呢？"身后的楚玥嚷道，"我差点被狼活吃了！"

羽华的拳头紧紧地握了起来，一个转身就要对楚玥吼起来，可是他的身体刚一动，忽然从身后飞过一道白光，一个东西精准地打在羽华的右腿膝盖上，身子一斜，一个单膝跪在了姬祁的面前。

“你，你闹够了没有？”安静如一片死域的大厅之中，传来一个十分微弱的声音，“楚玥师妹是来照顾我的，你自己犯了错，怎么又来埋怨别人？”

众人寻着声音看过去，在大厅的角落里，姬澈趴在床沿上，脸色十分苍白，右手还保持着扔出东西的动作，“羽华，如果你不愿承认错误，当初就别犯下错误。”姬澈倒在床榻上，猛咳了两声，“给师父认错。”

“抱着别人大腿哭着求原谅的事，你弟弟做不出来。”

羽华站起身，被姬澈打了这么一下，腿上的疼痛也算让他清醒了一些，“安心养你的伤吧，我的事不用你管！”

这一场风波最后以羽华的愤愤离开和姬澈再一次的昏迷而宣告结束，但是没有人认为这一场风波就会因此而平息了下来，尤其是姬祁。

姬祁看人，有自己很独到的眼力，羽华的叛逆，从这一件事开始，而且一旦开始，就好像没有停下来的意思，但是姬祁并没有放弃羽华，在姬祁看来，羽华就是一把双刃剑，如果调教得好，成就远在姬澈之上。

自此以后，姬祁大部分的精力就都放在了羽华的身上，然而却很少再传授与他剑术功法之类的。在姬祁看来，如果羽华之后真的会沦为一个恶人，那么，一个没有强大实力的恶人，再怎么恶，也不可能掀起大浪来。他开始给自己设下了一个赌局，当然，他不知道如果这场赌局自己输了的话，会是怎样的后果。

他开始更狠地去磨砺羽华，从最基本的生活起居，到剑术学识，他对羽华比对姬澈、楚玥等人更加严厉，然而，这些在羽华看来，却都成了那一场质问之后，姬祁对自己的报复。

这样近乎苛刻的教导一直持续了两年，这两年下来，羽华的戾气似乎收敛了不少，但是姬祁的眼力何其明亮，他已经感觉得到，藏起了戾气的羽华，已经逐渐地脱离了自己的控制，那一种明面上对自己的毕恭毕敬，随着羽华在姬祁面前每一个转身之后嘴角那一丝微微上扬起的阴狠开始，就逐渐地变成了一种堂而皇之地敷衍了。

敏感的姬祁已经感觉到自己的赌局已经失败了，但他心里仍有一丝不甘，但是真正让他对羽华彻底放弃的那一次，是在他们八岁那一年的比试上。

第七节 宿世缘（三）

姬祁很少让他这几个弟子彼此比试高低，在他看来，世人皆有长短之处，悟性是天定的，勤奋能弥补先天上的不足，因此，姬祁觉得，一较高下虽然能分出个孰强孰弱，但是凭他的眼力，这几个自己一手调教出来的人，连看也不用看就能分出个高低来，他之所以安排这场比试，只是因为想看一看羽华经历了两年的磨砺，心结有没有解开。

他故意将楚玥和羽华安排到了一起，现在的羽华在姬祁的磨砺之下，早已没有了那副吊儿郎当的样子，变得沉稳了许多，对于姬祁的话，他没有反对的意思，至少在他的脸上没有表现出来。

羽华对楚玥很有成见，而楚玥对羽华也有成见，这两年他们两个虽然相处得很融洽，也没有出什么岔子，但是从二人对话不会超过五句来看，这二人之间的积怨可能不会太浅。

在决定将他二人安排在一起比试之前，姬祁也犹豫了很久，在他带出来的这几个弟子之中，他最摸不透的那个人就是羽华。楚玥这两年跟着姬祁，性子已经远比她同龄的人成熟了很多，他不担心楚玥会对羽华如何，虽然这两年姬祁对羽华并没有传授太多的武功剑术，但是羽华的实力，绝对是在楚玥之上的。

当然，他也不认为羽华会对楚玥如何，有他在场，羽华不可能做得出太出格的事情。

这一场比试，比的是剑术，楚玥放下了自己最擅长的长鞭，用自己不成熟的剑术对抗羽华堪称精湛的剑法，无论从哪一点看，楚玥都不认为自己有胜羽华的把握。

两个人之间的对招，在姬祁看来实在是无法入目，他自身的剑术修为已达到登峰造极的层次，这样的比试在他看来，绝对是提不上台面的，但是羽华和楚玥过招所出的每一剑他都没有放过。

这一场比试，打得可谓是中规中矩，两个人都没有出狠招，下手也都是点到为止，羽华虽然在剑术上比楚玥强上太多，但明显看得出来，羽华一直都在压制着自己的势力。这是一场太平凡不过的比试，姬祁看在眼里，喜在心里，他发现，自己对羽华这两年来的悉心教导，也不是完全没有效果的。

羽华和楚玥之间有隔阂，而且这个隔阂很深，这一点姬祁心里是最清楚，在这样的情况下，羽华能够控制住自己的情绪，没有连连逼近楚玥，没有被自己心里的那一股心魔所奴役，姬祁心里很是开怀，他甚至于已经幻想起羽华和楚玥一笑泯恩仇的场景。

然而，接下来的一幕，却让所有人的心，都悬了起来。

楚玥手中的剑，刺进了羽华的左肩！

这一剑羽华完全是可以避开的，甚至于只要他微微侧一下身子，楚玥的剑根本就不可能碰到羽华，而当楚玥这一剑逼过去的时候，羽华完全没有避让的意思，更没有挥剑去挡的打算，那并不是很快的一剑，就那样理所应当似的，刺进了羽华的身体。

就好像，那一剑，是羽华自己迎上去一样。

羽华拿着剑，脸上没有任何的情绪，好像自己并没有被剑刺中一样，双目直直地看着眼前惊慌失措的楚玥，声音低低地问："够了没有？还你的债，够不够？"

楚玥连连摇头，嘴里不停地发出颤抖的嘀咕声，"不，不，我没想伤你，你，你可以躲的，你可以躲开的。"

楚玥拿剑的手不停地颤抖着，完全收不回来，脸一瞬间变得出奇的苍白。姬澈看到这一幕，一个飞身化成一串模糊的影子冲上去，羽华瞥了一眼冲过来的姬澈，手中短剑一甩，化作一道白光精准地钉在姬澈脚下，逼停了姬澈急行的脚步，平淡如水的目光一下子就变得森冷起来，“哥哥，欠别人的债，迟早是要还的。”

姬澈一脸惊愕地看着羽华，心中忽然就生出一股压制不住的怒火，就在他抬起脚步想冲过去给羽华两个嘴巴子的时候，却看到羽华的目光忽然从自己身上移开了，落到了楚玥那一张惊慌无措的脸上，静止的脚步忽然就是往前一迈，那锋利的剑尖抵在他的血肉里，猛然刺深了几分。

这一下似乎弄疼了羽华，一张稚嫩的脸上抽搐了一下，但很快就恢复了正常，双目平静地看着楚玥，“够了吗？”

楚玥拿剑的手更加剧烈地颤抖起来，这剑已经卡在了羽华的肩胛骨里，她这么一抖，羽华正常了没一会儿的脸又抽搐了几下，但又被他紧紧咬着牙，扛住了。

楚玥现在完全疯了，被羽华逼疯了，哪里还能说出话来。羽华见楚玥不说话，脚步又是往前一迈，剑尖抵着血肉一下子穿透了过去，“这一下，应，应该够了吧？”

身上的剧烈疼痛，已经让羽华完全扛不住了，他才多大年纪，怎么可能做到忽视这样程度的疼痛？双眼逐渐迷离了起来，身子一晃一晃的，但是怎么也不倒下去，左肩上的鲜血顺着手臂指尖滴在地上的沙地里，很快就只剩下一块鲜红的红斑了。

楚玥脆弱的神经哪里受得了这样的折磨，也不知道自己那里来的勇气和力气，用力一抽就将剑从羽华的身体里抽了出来，楚玥这一剑抽得很快，但那一种疼痛是比刺进血骨里更加不能忍受。

随着剑的抽离，从羽华的伤口处带出一串血珠子，楚玥哇的一声就哭了出来，将剑往地上一丢，掉头就跑，像是在逃离一场追魂的梦魇，慌张得一连摔了好几跤，人才跑远了。

羽华一晃一晃的身体也像是在一瞬间失去了所有的力气，一个单膝就跪在了地上，也不用手捂住自己鲜血直流的伤口，苍白的脸上却带着一丝难以理解的笑意。

他低着头，视线的边角之处有一只脚迈进来，他缓缓地仰起头，面前是姬祁一张沉痛的脸，一双空洞无神的眼睛低垂着，看着羽华。

羽华的脸上依然是那一种似笑非笑的模样，咳了两声，问姬祁：“师父，这个债，是不是要我还一辈子啊？”

姬祁呆呆地看着半跪在自己身前的羽华，嘴角狠狠地抽了一下，一个巴掌狠狠扇了过去。

这一巴掌姬祁使出了很大的力气，连他自己都感觉自己的手有些隐隐的疼痛，藏在袖子里的手都在细微地颤抖着。姬祁深吸了一口气，将头抬起来看着天上飘着的云彩，像是憋回去了什么东西，随着那一声长长的叹息，发出一句浅浅的低吟，“阿澈，带你弟弟回去疗伤吧。”

姬祁心里很难受，甚至于可以说有些隐隐作痛。姬澈跟着姬祁整整五年，从来没有见他发过一次脾气，从来没有见过他这副神色，颓废、心痛、失望，所有的情绪毫无遮掩地表现在他的脸上，看起来，好像一下子就苍老了十几岁。

从那一天开始，姬祁就对羽华彻底失望、彻底放弃了，也是从那一天开始，姬祁就再也没有主动见过羽华一次，这两年的教导，这两年的心血，在这一刻完全付之东流，那一种透尽心房的失望，就这样成了姬祁心里抹不去的伤。

相比于姬祁的心伤，羽华自那一次之后，整个人的性情也再次发生了转变，但是这一种转变说不上是好还是不好。姬祁再也不像之前那样对自己上心了，可是羽华却没有没放松自己，剑练得更勤，做事也更加稳健，没有了姬祁的教导，羽华甚至于比有姬祁教导的时候做得更好。

再也不能从羽华的嘴里听到师父这两个字，也再也不能听到羽华幽默趣味十足的俏皮话，那一个风趣欢喜的小羽华，好像就那样不知因为什么，再也回不来了。

对此感觉最真切的就是姬澈和绮晋，欢喜的小羽华好像就在昨天一样，而他们却怎么也回不到昨天了。羽华开始隔离自己，隔离一切，甚至于连自己曾经用生命去保护的哥哥姬澈，也被他隔离在外了。他把自己封闭起来，在他那一片小小的世界里，他才能感觉到一丝丝的真实。

似乎任何人都不可能再和他说上两句贴心话，就连姬澈也是一样的，羽华的话越来越少，他的性子也越来越孤僻，他手里的剑，成了唯一陪伴他的东西。

不过，绮晋是个例外，连姬澈都受不了羽华的冷漠和孤僻，即便是姬澈指着羽华的鼻子骂，他也不会有任何的反应。但是在绮晋耐心十足地唠叨之下，却总能和羽华说上两句，但是羽华最不愿见到的是一直都跟在绮晋身边的那一匹小狼，用羽华自己的话说，他这辈子最恨的，就是狼！

绮晋自己也尽量不让小狼进入羽华的视线范围之内，更多的时间都是交给姬澈照料，慢慢地，羽华和绮晋越走越近，姬澈和小狼越走越近，这是任何人都没有料想到的结果。

姬澈自小就性子孤僻，这是天生的，没法改了。但是羽华不是，孤僻过一段时间之后，绮晋就走进了羽华的世界里，羽华可以不理姬澈，不理任何人，在面对绮晋的时候，那一种孤傲的冷漠却往往坚持不了三五杯茶的时间，就完全地败给绮晋。

时光如闪，在羽华手中挑出的剑影之中一片片地飞快流逝，姬祁不再教导他，这不但没有令羽华的剑术停滞不前，却成反效果地突飞猛进，那一剑一剑翻飞的残芒剑影，如一道道隔断时空的流光，随着那飘零而起的冷梅清香，一股股无形的剑气横切而过，万千的寒梅随风而起，剑气横飞之中，被削成了碎屑。

“好快的剑。”

带着几分熟悉感的声音传入耳中，如细细飞雪的落梅花事之中，已翩然立着一人，手中那一把青色的古剑轻轻一扔，就深深地嵌进了羽华脚下的岩石里。

羽华看着这把剑好半晌，吐出一口浊气，“连青冥都给你了，姬祁果然对你很好。”

这人自然就是姬澈，身子一飘，来到羽华面前。他俩的模样本来就一模一样，这样近距离地对视，是一种很不好的感觉，羽华当即走到一旁，冷着脸问姬澈，“你来做什么？拿把破剑来炫耀？”

姬澈低眉看了看那把古剑，嘴角咧开一丝笑意，“跟我打，赢了，这把剑就是你的。”

羽华转头就走，“别人给你的东西，你还是自己留着吧，我想要的东西，我会自己去拿！”声音忽的一冷，“不管用什么样的手段！”

第八节　宿世缘（四）

羽华身子才动，身后的姬澈却是身形一顿，唰的一下就出现在了羽华的面前，挡住了羽华的去路。

姬澈刚一出现在羽华的面前，右手就猛地挥出，带着一阵劲风，直逼羽华面门，羽华站在原地，动也不动，双目冷冷地看着姬澈，眨也不眨，任由那带着巨力的拳头直逼过来。那一记拳头在即将落在羽华额头上的时候猛地止住，带起一股劲风，震开羽华披散着的长发。

姬澈有些讶异羽华这个时候的反应，他依然是冷目看着自己，脸色十分苍冷。

“你要打，我陪你！”

羽华的声音十分平静，右手一动，一股劲力化作一股无形的长鞭缠在身后的青冥剑上，一提，就将青冥拔出了剑鞘。青冥化作一道青虹飞入羽华的手中，动作没有任何的迟疑，拔剑就劈！

姬澈还处于讶异之中，但反应也是奇快，身子猛地一个腾挪，青冥剑劈出的剑影化作一股强大的剑气，只感觉身边忽地一声巨响，一道长长的剑痕自羽华脚下一路蔓延出去。

一剑劈下之后，青冥剑没有任何停顿的在羽华手中一个飞旋，反手握住剑柄，一个横挑直切姬澈的脖颈，没有任何的留手。

姬澈惊愕于羽华出剑的速度竟然会如此之快，身子就势往后一倒，躲开这致命的一剑，脚尖一点，身子一个飞扑而出，抓住羽华插在一旁岩石里的长剑，回身一看，羽华竟又是一剑直朝自己劈来。

姬澈举剑一挡，剑身传来猛烈的撞击，几乎是推着他往后退了十几步，抵在一块巨石上才停下来，硬接羽华这一剑竟让姬澈的手心被震得有点麻木。

还不容自己喘口气，羽华已经逼近了眼前，一声低吼，也直扑了过去。

两把剑撞在了一起，两个人几乎同时飞退而去，巨大的撞击之力让二人的手心都一阵生疼，姬澈手中的剑和青冥硬碰，居然被砍出了一道深深的裂口，要是再来这么一下，这剑可就要折了。

低眉看了一眼手中的长剑，姬澈心中已有了自己的盘算，面对羽华，自己肯定是不能强拼了。

前方的羽华提着青冥，一个闪影又逼了过来，速度快得几乎看不清身形，姬澈身子当即一个飞蹿，避了开去，凭风几个飞旋，便朝山顶急蹿而去。

落在后头的羽华呸了一口，纵身一跃，也紧跟着追了上去。

“你不是让我陪你打吗？老是逃跑是什么意思？”

姬澈的速度已是极快，枝丫树叶皆成了他借力的工具，然而身后的羽华竟然依旧可以跟得上。茂密的群山之中，二人时而飞蹿，时而腾挪飞跃，呼呼的风声如飞箭射过，响在丛林深处。

“你先追上我再说！”

姬澈始终都在羽华的前头，但是不论他如何加快速度，却始终不能摆脱掉羽华，而羽华似乎也对这样毫无意义的追逐失去了兴趣，手中青冥猛地一甩，如一道青光直射而出。

青冥出手的速度自然是比姬澈快多了，只感觉身后利剑划破长空的声音急速逼近自己，姬澈已感觉危险地迅速逼近，凌空一个转身，看准了青冥飞来的位置，手中的长剑也忽的一下脱手而出。

一青一白两道光芒撞在了一起，发出刺耳的声响，两把长剑的剑尖精准无误地撞在一起，而青冥剑的锋利和坚硬远远高于姬澈手中的长剑，青冥如刺破空气一样，不费丝毫力气的就将长剑一分为二。

破开长剑的青冥依然去势不减，笔直地刺向姬澈的胸膛。此时的姬澈已落在一片树叶之上，踏着树叶身子一旋，一把握住了青冥的剑柄，借势一个反身，脚尖猛地发力，以一种恐怖的速度直逼向身后的羽华。这一瞬间所爆发出的速度超出了羽华的想象，只感到一道小小的身影像是一眨眼穿过了漫漫时空一般，还没容自己反应过来，青冥锋利的剑锋已死死地抵住了羽华的喉咙。

姬澈发力间震落的那一片树叶飘然而落，树冠之下，是深深的山谷，两个人的身形都只是被一片窄窄的树叶托着。

“凭风挪移之法。”羽华垂眼看着抵着自己喉咙之处的青冥，笑道，“风神诀入门之术，果然恐怖。”

姬澈收起剑，反过身看着茫茫山谷，低声道：“这一套功法，师父原先是准备传给你的。”

山雾袅袅，群鸟低吟，落日的余晖洒在无尽的山谷里，一片沉寂，两个人的身子随着树叶的起伏缥缈而动，像是一缕青烟一般，随时都会飘散。

“哥哥。”羽华轻声道，“带着我的那一份，好好地学。你弟弟我，好似永远也得不到人的认同，奢求不来的东西，我不再看重。”

“你要自暴自弃？”

身后传来一声冷笑，“你弟弟还没到那个程度，不求他姬祁，我也一样可以雄踞天下。”

忽的一声冷叹，“父王准备的那条大道，我是走不上了。”

姬澈的心一点一点地沉下去，看着苍茫天地，他还想再说什么，可身后响起的那破风之声已告诉他没有开口的机会了。

那一天，姬澈独自一人在那棵大树上站了很久，想着他和羽华在这里经历过的一切，想着那些欢笑，只感觉如隔世一般漫长，好像，不论怎样，也回不去了。

月上正头的时候，姬澈独自一人来到了龙城，从这里出来以后，他的心就没有一刻是平静过的，所有的东西，好像都埋在了这一座荒城里。

再一次站在城门口的时候，心里背负了整整四年的情绪在看到那一扇半开的城门之时，莫名的就平静了下来。

他也不知道自己为什么要来这里，也许仅仅是想凭吊一下那些埋葬在这座城里的欢喜和悲伤惆怅吧，羽华是在这里迷失了，而且再也走不出来了。

凭他现在的实力，已经不惧怕这里的任何东西了，这一年，他十岁。

迎接姬澈的，只有凉凉的月色，不再有成群成群的雪狼，不知道为什么，姬澈在对我说起他重回龙城的时候，说得是那样的简单，我不知道在他这一段的诉说里，是不是还对我隐瞒了什么，但是我觉得，他既然要对我说起这一段秘辛，自然就不会再对我有所隐瞒，他的性情，我比任何人都要清楚。

他对我说：“那里除了那些埋在草地里的枯骨之外，还多了很多支离破碎的狼骨，那些，都是羽华发泄之后的牺牲者，他把所有的情绪都发泄在了这里，发泄到了那些雪狼的身上，遍地的剑痕，被大卸八块的雪狼尸骨，整座龙城，就像是被血洗过一样。”

他接着说：“我感觉，我欠他的，他做了这么血腥可怕的事，我竟会全然不知，他把师父对他的好，当成了他质问师父之后对自己的报复，他一边忍受着师父的教诲，一边又发泄着自己的愤怒，我一向很惊异他的剑术为何会进展得那样迅猛，原来，都是在这座城里，生死搏杀之后，换来的。”

我紧紧地抱着自己，呆呆地看着姬澈，性子偏激的羽华，受不了一点点的不公，也受不了一点点的刺激。

那一晚，姬澈是在龙城里度过的，回到姬祁那里的时候，已经是三天之后了，这三天，可以说是他过得最漫长，也最平静的时间了。

而回去之后，并没有什么好的消息等着他，也没有人追问他这三天去了哪里，因为，所有人都在关心一件事——羽华离开了！

这个消息是绮晋最先知道的，在羽华和姬澈比剑之后的第二晚，羽华找过绮晋，他要带着绮晋一起走，说什么如果这世上还有一个人是值得他牵挂的，想来想去，也就绮晋一个人了。

羽华并没有将姬澈算在其中，在他看来，姬澈有姬祁，有楚玥，已经不需要自己了。

然而，绮晋并没有跟羽华一起离开，那时候的绮晋，以为羽华只是在说玩笑话罢了，没想到，他说的却是真的。

他让绮晋等着他，说总有一天，他会来找她，绮晋这几年对他的照顾和关心，他会用一辈子的时间来回报她。

羽华走了，离开了登桓山，那一切关于羽华的记忆，仅有还存在脑子里不搭调的俏皮话，和他留在绮晋心里最深也是最稚嫩的承诺，然而，这份承诺，绮晋却是在羽华离开之后，才发现并非是一句玩笑话。

关于羽华对自己说过的话，绮晋却是自个埋在心里，从未与任何人说起过，即便是姬澈，也是一样。

羽华这一走，登桓山像是一下子失去了好多的东西，却说不出来那些失去的东西是什么。姬祁虽然是放弃了羽华，但时不时还会念叨念叨羽华的名字。姬澈自羽华离开之后，整个人就变得更加沉默寡言起来，练剑、学艺，就是他生活的全部，但好在，还有那一匹狼陪着他。

他给那匹狼取名叫阿狼，绮晋似乎也很喜欢这个名字。

一切好像都归于平静，羽华的身形随着时间的流逝，慢慢地在众人的脑子里一点一点地泯灭。

姬祁这辈子，最成功的事情，应该就是调教出了姬澈，而最失败的事情，却不是羽华，而是因为一个荒诞的决定，成就了羽华，毁灭了自己。

第九节　宿世缘（五）

姬澈十一岁的那年春天，羽华离开登桓山已经整整一年了，好像所有人都早已经习惯了羽华的离开，日子在安安稳稳之中度过了一年。这一天，一向无人造访的登桓山，来了一个从未见过的生面孔。

姬祁知道早晚都会有这一天的，但是没有料想到竟然会来得这样快。

来到登桓山的那个生面孔，是靖王派来，接姬澈两兄弟的。

羽华才走不过一年，现在姬澈也要离开，若是姬祁能够做得绝一点，在姬澈毫不知情的前提下当场杀了这个靖国来使，那之后就不会有那一大堆破事儿了。

但以姬祁的性情，不可能做得出这样的事来，姬澈一直以来都很清楚自己的宿命是什么，自己拼搏为的又是什么，只是羽华走了，那自己也不会再有什么对手了。一直以来，姬澈最担心的事情，莫过于有一日，在他和羽华之间，会有一个人被永远地抹去。

但是随着羽华的离开，现在好像不会有这样的情况发生了，羽华放弃了那一条大道，让给了姬澈，独自一人漂泊天涯，日子可能不太好过，但至少不会踏上被抹掉的命运。

但是羽华真的放弃了吗？

靖国来使是来请姬澈回靖国的，姬祁没有任何可以阻止来使将姬澈带走的理由，虽然这里是姬祁的地盘。而现在的姬澈，也有了在三招之内砍下来使的手段，但是他和姬祁一样，都没有这样做。

虽然说只是请姬澈一人回靖国，但是姬祁似乎有些不放心，也跟着去了。姬澈也不知姬祁不放心的是什么，总之，姬祁的脸上，总是不大好看。

楚玥和绮晋从来都没有离开过登桓山半步，也嚷嚷着要出去看看，姬祁虽然性情大条，但还是受不了楚玥的央求以及绮晋的耐性，也就让她们跟着去了。

但是姬祁过隐世的生活已经习惯了，从他生下来的那一天起，就是这样活着的，外面的世界虽然喧扰，但他还是习惯于山水之间的悠闲和惬意。

当姬澈一人提着青冥步入早已清空了宫侍和侍女，并且重兵重围的靖国王都之时，姬祁、楚玥和绮晋都选择了隐入市井，并未随着姬澈一起进入王都。

这一段柏烨跟我说起过，我还清楚地记得他对我说过的每一个细节，然而，柏烨所知晓的，明显也是靖王想让世人知晓的，而靖王不想让世人知晓的那一部分，在这个世界上还能知晓的，只有三个人，姬澈、羽华和靖王。甚至于连姬祁、楚玥和绮晋，都不知晓一星半点。

姬澈进宫的那一段，是这个秘密之中，最最机密的所在，如今，他却毫无保留地对我说了出来，让我成为在这个世界上第四个知道其中隐情的人。

巨大的宫门被稳稳地关上，雄踞整个靖国权利核心的王宫之内却是出奇的萧条，宫侍、婢女完全遣散的王宫之中，可能从来没有这样安静过，有的只是成排成排的禁卫，和那压抑灵魂的沉闷。

在姬澈进入王宫之内不过一个时辰，还未面见自己打出来之后就没见过面的父王之前，一个一身紫红长袍的少年提着长剑，一路自城门打杀至王宫深处，成群的禁卫竟不能阻止那少年分毫，沿着那一路用鲜血洗过的宫廷石阶，踏着那倒在剑下的无数尸骨，少年已杀至王宫最核心之处。

靖王的寝宫！

没人知道那少年是如何独身一人战退八千靖国最精锐的禁卫，也没人知道在杀了这么多人之后，那少年是如何如一缕青烟一般站在姬澈的身后。面对蜂拥而来的禁卫大军，面对无数铮铮刀剑和万千箭雨，少年手中的长剑劈出的剑芒一浪叠过一浪。

血腥又残酷的厮杀，最后终结于一声尖锐的呼声，“都住手！”

宦官领着靖王的旨意，叫停了所有拥杀过来的禁卫，“大王有请两位公子进殿。”

那位一人一剑杀至王宫最深处的紫红少年，正是羽华。

消失一年的羽华，如今的实力，着实恐怖至极。

再见羽华，姬澈的心不在沉寂，他知道，羽华和自己都迈进了这里，那么，在他们之间，必然有一个会被完全地抹杀掉。

坐拥天下的，只能有一个人，胜者为王的道理，靖王比天下任何一个人都要清楚。他们终于，还是走上这一条路了，一条手足相残的路，而安排这一条路的，竟然是自己的父王。

姬澈和羽华看着那个素未谋面的父王，靖王看着他那素未谋面的两位儿子，没有父子重聚的欢喜，也没有相拥而泣的悲苦，在他们之间，都清楚自己将要面临的是什么。

这是决定命运的一战，胜者拥有一切，失败者失去一切。

好像所有的东西在这一刻都变得简单了起来，当姬澈和羽华提着剑，分站在王宫演武场两边的时候，一个沉稳异常，一个暴戾阴狠。姬澈不知道为何羽华还会来这里，更不知道这一年以来，漂泊江湖的羽华经历了一些什么，他什么也没有去问，从羽华那嗜血的眼神之中，他已经明白了一切。

羽华，彻底地变了，曾经将后背交给对方的兄弟，曾经拼了性命也要将彼此拖离死亡的兄弟，在那一双嗜血的眼眸之中，一点一点化作了烟灰……

姬澈知道羽华不可能再回得去，也知道这命运自己不可能逃得掉，更清楚今日这一战之后，曾经相依为命的兄弟会是如何的下场，但是手中的青冥，却好像怎么也锋利不起来了。

羽华的身法极其诡异，出剑也是格外地阴狠毒辣。姬澈的风神诀那时候还没有练到家，风之化身仅仅只能施展出两个，应对起羽华来竟有些吃力。

好在姬澈生性沉稳，不像羽华那样狂暴，一番激斗下来，二人竟是平分秋色，不分伯仲。

就在二人斗得难解难分之时，晴好的天空之下忽然掠过一片巨大的影子，平地带起一阵猛烈的狂风，羽华和姬澈皆是当场一惊，同时抬头向天上看去。

只见一头巨大的鹏鸟尖叫着俯冲而下，直向演武场飞来，那些保护靖王安危的禁卫立即在靖王宝座前筑起一道四人高的人墙。身形巨大的鹏鸟一个飞掠，几乎是贴着羽华和姬澈的头顶呼啸而过，带起的狂风几乎将他们掀了个跟头。

鹏鸟这一个试探性的攻击并没有收到任何效果，怪叫着仰头猛地窜入高空，王宫的禁卫迅速向这里集结而来，一时间整个演武场里人头攒动，长弩弯弓都拉了出来。

姬澈和羽华见状，相视一眼，很有默契地选择了罢斗，从禁卫手中抢过两柄长枪，几个闪影，就冲上了王宫高处的眺台之顶。

鹏鸟似乎盯上了羽华，巨大的身子一个回旋就朝羽华冲了过去，羽华的狠劲一旦上来了，就免不了做出一些疯狂的事情来，竟然一个腾身飞起，笔直地朝那怪鸟就飞了过去。

羽华惹祸的本事姬澈是见识过的，只是没想到几年过去了这性子还是一点没收敛，手中长枪一舞，眺台上的横木就被挑了起来，径直就朝怪鸟的脑袋扔了过去。

怪鸟飞行的速度很快，身体如此巨大竟灵活异常，见羽华和横木齐齐地朝自己飞来，一声厉吼，身体猛然一个爬升，竟躲过了羽华和横木的攻击！

羽华原本是想一枪刺进怪鸟的脑袋，这一下扑了个空，身子处在空中完全没有借力的东西，就笔直地往下掉，那怪鸟躲开了横木之后，忽然身体一个急坠，巨大的爪子猛地就把羽华抓住，狠狠地甩了几下，羽华被甩得头晕目眩，手中的长枪脱手掉了下来。

将羽华手中的长枪甩掉之后，怪鸟也不再做停留，双翼一震，飞速朝远方飞去。禁卫们见状，赶紧张弓搭箭就要射，却被姬澈一声闷吼止住，“别伤了人！”

右手一招，一名禁卫手中的长弓就被姬澈吸了过来，搭上箭羽之后，对着鹏鸟离去的方向放了一箭，在箭羽离弦的一瞬间，姬澈的身形也猛然消失在了原地。

姬澈没指望这一箭可以射中鹏鸟，他只是需要一个借力的东西，在箭羽飞出，达到最高之处的时候，姬澈的身影忽然出现在了飞驰的箭羽上方，脚尖一点箭羽，身子猛地弹射出去，如一瞬间穿过无尽空间，一个眨眼就出现在了鹏鸟的前方！

黝黑的长枪背在身后，姬澈闷吼一声，浑身劲力尽数灌入长枪之内，抡圆了胳膊对着鹏鸟巨大的脑袋就是全力一砸。

遥远的天空之中响起一声尖锐又凄厉的叫声，就看到一团巨大的影子从天上直飞下来，砸在演武场正中，巨大的力道让地面都抖了几抖。羽华被鹏鸟抓住，很倒霉地被鹏鸟巨大的身躯给压在了身下，那一瞬间撞击的巨大劲道，要不是羽华迅速用内力护住自己，估计非得被砸成肉泥不可。

禁卫们纷纷聚拢过来，长枪勾戟全架在了鹏鸟的身上，听到靖王一声怒吼，“给本王宰了它！”

禁卫们当即领命，纷纷举起长枪勾戟，而就在这时候，姬澈小小的身影踏着宫宇瓦顶唰唰几下就到了演武场，高呼一声，“住手！”

姬澈撇开那些禁卫，抱起鹏鸟巨大的脑袋往旁边一甩，露出了被压在鹏鸟身下的羽华。

羽华这一回伤得着实不轻，胸膛都已经凹陷了下去。姬澈走过去抱起羽华，看着他微微凹陷的胸口，刚要开口，就听到羽华虚弱的声音，“这一年，我受这样的伤已经不下十次，死不了。”

姬澈定了定，“这一回不算，伤好了，我们再打。”

他的声音刚落，羽华忽然一口鲜血喷出来，喷了姬澈一脸，被抱在怀里的羽华艰难地站起来，踉踉跄跄地走出人群，将自己插在石板里的长剑拔了出来撑着自己的身体，看着高台上的靖王，忽然就张开了双手，像是畅快地迎接一场判罚，“来吧，趁我现在不能动弹，抹掉我吧！”

姬澈蹲着地上，依然保持着抱住羽华的动作，深沉的眼眸忽然之间变得冰冷起来，像是一瞬间迸出了无尽的杀气，一点一点地，将青冥剑从身旁捡起来，如一头沉默的小绵羊瞬间变成了凶残的猛虎，缓缓转过身子，目光冰冷如剑地看着高台上的靖王，声音虽然轻，但所带着的怒火却让所有人脊背发寒，

手中的青冥缓缓地抬起来，指着高台上的靖王，“你要是敢动他一个指头，我就砍下你的人头！”

第十节　宿世缘（六）

姬澈这话一出，围在一旁的护卫身形皆是一怔，手中的兵刃几乎同时齐唰唰地指向了姬澈和羽华二人。

姬澈手中的剑依然一抖也不抖地指着高台上的靖王，双眸明亮如一把架在靖王面前的利剑，羽华能够独身一人打进王宫深处，姬澈，也能！

姬澈连自己都不知道自己是怎样说出那一句话的，也许在那一瞬间他一向都很清醒的脑子不知为何混乱了，做出了错误的决定，但是即便现在已经清醒过来，也不为自己喊出那一句话而感到有什么不适当或者后悔。

姬澈受姬祁性情的熏陶，在一定程度上有些神似姬祁，每说一句话，每做一件事都会考虑很多东西，后果往往是他考虑最多的一面，这个可以说是好，也可以说是不好的习惯已经深深地烙印在了他的心里，而他喊出那一句话的时候，完全没有经过大脑。

他没有去想坐在高台上的那个人有着怎样的地位，也没有去想这句话说出来之后会有怎样的后果，他什么都没有去想。

剑就这样举了起来，话也就这样说了出来。

高台上的靖王面色陡然一变，却并没有变得愤怒，而是带着浅浅的笑意，微微站起身甩了甩袖袍，一句话也没有说就离开了这里。

身旁的宦侍拉着细细的调子高声喊道："都退下吧，今儿个大家什么都没有看到，也什么都没有听到，都知道了吗？"

"诺！"禁卫们齐声应承，那一把把指着姬澈和羽华的勾戟长枪纷纷收了起来，围拢过来的禁卫如潮水一般有序地退下，不大一会儿工夫，巨大的演武场上就只剩下羽华和姬澈，还有那一头倒在演武场上挣扎悲鸣的鹏鸟。

"哥哥，你会后悔吗？"

羽华张开的双臂缓缓放下，再一次用剑撑住自己的身子，背对着姬澈，轻轻地问。

"我希望不会，也希望你以后不会让我感到后悔。"

出鞘的青冥一寸一寸地没入剑鞘之中，收敛起那泛着青光的剑锋，身上那一股肃杀之气正在一点一点地褪去，逐渐恢复到以往的古井无波。

脚步一拐，姬澈的目光再也没有在羽华的身上停留一瞬，朝着演武场北面的那一处入口稳步走去，身后飘来羽华带着嘲讽的冷笑，"你会后悔的，哥哥，你一定会后悔的。"

"那是以后的事。"姬澈的脚步没有任何停留，空旷的演武场上，传来一阵沉闷的回声，"至少，现在我不会去想。”

受伤的鹏鸟并没有死亡，被姬澈留了下来，那只鹏鸟，就是以后在雪狼谷救走我的紫鹏。

这一场比试之后，所有的事情都按照靖王预定的轨道稳步地前行着，姬澈恢复了他之前的名字，子欣，坐拥靖国太子之位，而经历过那一场比试的所有禁卫军，也从那一天开始，永远地丧失了说话的能力。

现实是残酷的，从来没有经历过如此残酷事情的姬澈，在接受起这一切来，却是表现得出奇的淡然。他不会有我的优柔寡断，也不会有羽华的狠毒阴险，更没有柏烨的隐忍和心机，他有自己的处事准则，在风起云涌的靖国王朝里，他就像一展颜色不一样的旗帜。

从那一天之后，姬澈又有很长的一段时间没有见过羽华，姬祁和绮晋他们依然隐于市井，而姬澈，也并没有要将他们接入靖国王都的打算，因此，就分开了。

分开之后的时间里，姬祁那里出了一些事，这件事是很久很久之后姬澈才从姬祁的嘴里听到的，如果我现在将这件事讲出来，将会有弊于故事的完整性，就先跳过这一段，从姬祁突然要求姬澈带他进入靖国王都的那一段接着说起吧。

姬澈的太子府虽然戒备森严，但是对于姬祁来讲，实在是形同虚设，而姬祁的突然到访，并提出要见靖王的要求，让姬澈很是震惊。

姬祁的性子姬澈可以说是琢磨透了，他是属于那种看破红尘，不问世事，管他天王老子还是庶民百姓都跟老子没啥干系的那种。在姬澈的印象之中，姬祁是只有一壶苦茶，一个板凳，一团破蒲扇，金钱难进，美女难诱，古板正经到了极点的人，面见靖王，这着实不像姬祁可以做得出来的事。

甚至于姬澈认为，就是靖王前三年拜下帖子，并在宫门之外风雨不歇亲自恭候姬祁三年，姬祁也不见得会去应约。

心里虽然觉得有些不可思议，但姬澈还是利索地领着姬祁来到了靖王的宫门之外。

之后的事，姬澈就全然不知了，因为，姬祁并没有让姬澈跟着他一起进去。

姬祁拜会靖王，极难见到靖王会如此放下一国之君的架子亲自出宫门迎接，态度可以说是毕恭毕敬，对着姬祁一鞠躬二鞠躬三鞠躬之后，还一通笑语相迎。那恭敬的样子，估摸着就是执掌全天下大小数百诸侯国的幽王，也未必能让靖王做到如此程度了吧。

靖王与姬祁究竟商议了什么，姬澈无从得知，但是很快，姬澈也就猜了出来。

姬祁从王都出来后的第二日，绮晋被靖王派遣使者敲锣打鼓地接进了靖王王城，而迎接绮晋的卫队规模出奇的庞大，就算是哪个公主出嫁，也未必能有这样的待遇。

姬澈在得知这个消息之后，就莫名的有些不安起来。

绮晋被接进王宫之中，面见了靖王，靖王给了绮晋一个长乐公主的封号，并择吉日，与子欣太子，完婚！

如一道晴空霹雳不偏不倚地劈在姬澈和绮晋的头顶，两个人在得知这个消息的时候，都是完全呆滞的。

那一年，姬澈才不过十一岁，虽然在这个年纪娶亲也不稀奇，况且姬澈现在还是靖国的太子，但是姬澈从来没有想过要和绮晋结亲，而绮晋更没有想过有一天会嫁给姬澈，这一道旨意，让两个人完全无法接受。

但是相比于姬澈和绮晋的不能接受，姬祁却是显得出乎意料地赞同，并且极力地撮合。

绮晋对这一件事所表现出来的态度是抗拒，但是明显力度不强，而姬澈所表现出来的态度，却是强势得不能接受。

他隐隐觉得，靖王之所以会下这样一道旨意，铁定和姬祁脱不了干系。靖王知道绮晋这个人吗？

肯定是不知道的，姬澈从来没有在靖王的面前提起过这个名字，羽华更不可能，而姬祁，更是在那之前从来都没有进过王城的！

辗转找到姬祁，询问事情的缘由，并询问姬祁为何要这样做。

姬祁叹息一声，“我从没有在绮晋身上花过什么心思，我不希望她可以剑术天下无双，我只希望她可以像一个普通女孩子那样，轻轻松松地过完一生，阿澈。”姬祁摸了摸姬澈的脑袋，叹息一声，“相信师父吧，为师这样安排，自然是有为师的理由，你师妹这辈子已经够苦了……”

姬澈不知道羽华对绮晋的那份心思，姬祁也不知道，但是绮晋心里是清楚的。特别是在那一件事发生了之后，她就更加清楚羽华曾经对自己那一份幼稚的承诺并不幼稚，也是从那一件事情发生之后，绮晋看清了羽华真正暴虐的一面，她知道，羽华已经不是那个可以被自己的耐性所控制的小羽华了。

婚期因姬澈和绮晋的百般推诿一而再再而三地拖延下去，在第二年二月寒梅初开的时节，在靖王和姬祁两个人轮番催促之下，终于敲定了下来。

时间来到最重要的一个节点，十三年前！

这一年，姬澈十二岁，身子因常年习武已和如今差不多大小了，只是穿上了喜服的姬澈和绮晋，并没有想象中的那样笑颜如花，站在一起都觉得有一种从心里漫出来的尴尬和排斥。

靖国太子娶亲，排场不可谓不大，就连幽王也派遣使者送来了贺礼，悠悠靖国，可谓无人不知，这样大的风波，自然会引来一个人。

……

“若绮晋告诉我羽华对她的那份心思，若师父早一点告诉我在和我分开的那一段时间里究竟发生了什么事，我想，我一定不会答应这门亲事的，一定不会，也不会害了绮晋，害了所有人……”

坐在我面前的姬澈如今已经是满头的白发，我好像可以料想到，他这一头白发会是如何而来的了。

他从身旁的草地上拔出一根草茎，叼在嘴里，偏过头看着断崖下那一座巨大的龙头荒城，声音像是亘古飘来一般的深沉，低迷，“成亲的那一天，羽华来了，带着剑和强大到令人窒息的杀气……”他顿了一下，借着沉入天边的夕阳光色，似乎能看见他眼角闪动着似有似无的光亮，宽厚的肩膀，莫名地生出一种颓然和痛彻心扉的绝望，声音如刀子一般凄厉，落在心口，再硬的心也忽地软了下来。

“从没有见过他那样的疯狂和拼命，谁都挡不住这样的羽华。”说着，他用袖口抹了抹眼睛，轻轻地抽了一下，“绮晋不是他杀的，也不是我杀的，她身手在我们之中是最差的一个，被完全陷入了癫狂之中的羽华推了一下，身后拥上来的护卫一个没留心，手里拿着的长刀，就，刺进了她的身体。”

他又用袖口抹了抹眼睛，我挪着屁股做到他边上，拉了拉他的衣角，他没动弹，我心里忽然就是一疼，想去抱住他，却怎么也提不起那一股勇气，就伸过手去擦了擦他的脸，“乖，别哭，都过去了，别把我也整得那么难受，等一会儿要是我哭了，你可哄不住……”

第十一节　宿世缘（七）

姬澈和绮晋结亲的那一天，姬祁和楚玥也在场，羽华那个时候虽然已经是极为厉害，但不可能是姬祁的对手，然而那个时候羽华的狠，却是超出了所有人的预料。

在结亲的前两天，羽华就已经混进了姬澈的太子府，在宴席的饭菜酒水之中投了毒药，一种能让人内功全失，并且浑身筋软的毒药。

姬澈和绮晋忙着做结亲的节仪之事，宴席之中的佳肴美酒并没口福享用一口，而姬祁也想象不到太子府娶亲也有人在宴席之中动手脚，完全陷入了疯狂之中的羽华在面对一群软绵绵的软柿子的时候，没有任何的留手，即便是对姬祁，也是一样。

他唯一的对手，就是姬澈。

羽华在对姬祁下杀手的时候，被绮晋挡了一下，羽华现在可以谁都不顾及，但是不能不顾忌绮晋以命挡剑，那一剑并没有立即要了姬祁的性命，但长剑穿透了肺叶，不可能存活下来。

当姬澈背着姬祁逃命的时候，疯狂的羽华完全是杀红了眼，太子府的护卫蜂拥进来，却没人能够阻止已经失去了理智的羽华，姬澈背着姬祁，拉着绮晋和楚玥，一路且战且退。

当紫鹏从天上落在姬澈身旁的时候，姬澈正准备将姬祁扔到紫鹏身上，让紫鹏带着姬祁先到安全的地方，却就在那个时候，姬祁拉住了姬澈的手。

生命力已在溃散的姬祁，告诉了姬澈，他为什么要让姬澈娶绮晋的理由，还有一些，登桓山的秘密。

护卫们挡不住嗜血又凶残的羽华，绮晋和楚玥不得不上去拖住羽华，留下姬祁和姬澈两个人。

姬祁告诉姬澈，在姬澈登上太子之位，与他们分开之后，羽华一身是血地找到了他们落脚的地方，并要带走绮晋，说什么他已经失去了所有，不能再失去绮晋。绮晋有些犹豫，年纪小又很柔弱倔强的绮晋从未想过这一层面的东西，羽华那一晚上的举动，让绮晋感觉到的不是感动，而是一种唐突和不能接受。

她虽然心里知道羽华对自己的那份心思，但更多的还是感觉到这个曾经百般幽默的二师兄，是不是疯掉了。

见绮晋不愿跟自己离开，羽华一下子就癫狂了起来，竟要强行带绮晋离开，两厢争吵间，竟是有愈演愈烈的苗头。姬祁见状，出了手，将已经身受重伤的羽华一掌打飞了出去。

姬祁这一回出手有点过重了，几乎当场要了羽华的性命，能将姬祁逼得失去了理智，不难想象，当时的羽华是有多疯狂。

然而，羽华并没有因为受了姬祁一掌，就选择放弃，反而说这一掌，他就当还清了十余年来姬祁对自己授业教诲之恩，从此以后，他羽华不再是姬祁的弟子，而姬祁对自己的种种不公，他日后，一定会让姬祁百倍偿还！

姬祁一向性子大条，但是这次不知道为何，竟发起了大火，对着已经是奄奄一息的羽华又是一掌。

现在姬祁虽然怒，但手里的力道却是把握得很巧妙，只是又把姬祁震飞了出去而已，一连受了姬祁两掌的羽华站也站不起来了，趴在地上一个劲儿地重复着一句话，“你要弄就最好弄死我，但凡有一天我能站起来，我一定会亲手杀了你，带走绮晋。”

心软的绮晋受不了羽华吃苦，央求姬祁放了他，而此时羽华所表露出来的戾气和怨怒，已经让姬祁感觉到了心悸。他虽然早已看清羽华不可控制和可怕的一面，但却从来没有这一刻来的震撼。

他很想就此取了羽华的性命，却奈何怎么也面对不了绮晋的哭求，这是姬祁最为失败的一点，也因此，毁灭了自己。

姬祁狠不下心杀了羽华，就只能放过他，但是羽华的那一番话一直萦绕在姬祁的心口。

绮晋是他看着长大的，她一直都活得那样小心翼翼，柔软又很倔强，虽然悟性很差，却从不松懈练剑以求师父的青睐，这些姬祁都看在眼里。

他想，如果羽华真的有打上山门的那一天，如果自己也真的有败在羽华手里的那一天，那么如何才能保护绮晋。

姬澈！

这是他唯一可以想到的办法，羽华暴虐起来可以不顾一切，却对自己的这个哥哥看得重若生命,如果可以将绮晋托付给姬澈,不管羽华会如何不甘心,也铁定不会去招惹自己的嫂嫂。

姬祁想到了所有，然而，始终没有想过要废掉羽华，废掉他的修为，废了他的筋脉。从他考虑问题的角度来看，他还是希望有一天，那个欢欢喜喜，有事没事总要惹点小祸的小羽华，能够回来。

可是，他还是失败了。

弄不清楚姬祁的执着究竟是从何而来，他所坚持的那一股执念又是什么，即便是在那样的情况下，还是不愿意废掉羽华。

他因为这个将绮晋许给姬澈的决定，毁了自己，却成就了羽华，成就了一个恶魔。

他希望所有人都好，绮晋可以轻轻松松地过完自己的一生，羽华的欢欢喜喜、招人怜惜可以一直保持下去，姬澈可以永远平心静气地听自己说教，楚玥可以无忧无虑地一直当她的登桓山大小姐，他自己可以一壶苦茶、一团蒲扇看日升日落。然而，这一切最简单的愿望，在他生命的最后一刻，都成了一种将要带进阴司的讽刺。

渴望一切都简简单单的姬祁，死的却是那样猝不及防。

“替我照顾好楚玥，她那大小姐的脾气是改不了了，这辈子，别让她受太多的苦，还有绮晋，别让羽华毁了她！”

姬祁最后的遗言，被姬澈牢牢地记在脑子里，一直都奉行着。

姬祁身死的那一瞬间，楚玥退了回来，围攻羽华的护卫和绮晋都不是羽华的对手，三两下，绮晋就被羽华抓在了怀里。

将姬祁的尸身放在紫鹏背上，姬澈拔出了青冥，处于愤怒极限的姬澈拼了性命从羽华手里抢回了绮晋，拖住了羽华。

依然还能清晰地记得在青居那一晚，姬澈酒醉中喊出的梦话，拖住羽华的姬澈让紫鹏带着楚玥和绮晋离开，而绮晋却担心和羽华死拼的姬澈，冲过去抱住了羽华。

以绮晋的力气，怎么可能抱得住完全陷入疯狂之中的羽华，那一瞬间将绮晋推出去的力量连羽华自己也弄不清楚究竟是用了多大的力气，当那长刀刺进血肉里的声响传入耳中，如一道响彻寂静黑夜的惊天闷雷。仿佛周边的一切都慢了下来，绮晋身后护卫颤抖的手和惶恐的脸，楚玥抱着姬祁满脸泪痕，逐渐张大的嘴唇和在风中缓缓起伏的长丝，姬澈那一瞬间爆发出来的风之化身以及羽华歇斯底里的惊吼。

“不！不要……”

姬澈冲过去抱住绮晋的那一瞬间，羽华却是以一种比风神诀还要快的速度出现在那护卫的面前，从头往下一连砍了十几剑，然后一脚将丢了魂的姬澈踹开，“滚，她是我的！她是我的！她是我的！”

羽华丢下手中的剑，双手胡乱地去捂绮晋的伤口，“不，不怕，有我在，你什么都不要怕，你不会有事的，除了师父，咱鬼都不怕，你不会有事的，不会的，不会的……”

“二师兄，我们不再恨别人了好不好？”绮晋看着羽华，“带我离开这里吧，咱们去哪里都好，哪里都好……”

“好，好，我们走。”羽华将绮晋抱起来，冲破护卫的重重包围，“你说话给我听，就是特有耐心的那一种，唠唠叨叨没完没了的那一种，要不，我说故事给你听，村外的老夫子说过，男儿一世，可无田无房，可无才无德，可无耻无用处……就……”

绮晋的手臂划过羽华肩膀的那一瞬间，羽华奔跑的脚步一下子就停了下来，那一刻前所未有的绝望和心痛吞没了羽华。

“男儿一世，可无田无房，可无才无德，可无耻无用处，就是不可无夫人，你看我，左手一个妻，右手……”

说着说着，羽华双膝一软，跪倒在地，身后，如一具尸体一般瘫软在地的姬澈，莫名地感觉到一股从灵魂深处冒出来的疼痛，历年来，那压抑在自己内心深处的种种痛苦一刹那如决堤的洪水喷了出来，浑身真气内力不受自己控制的在经脉之中疯狂地流窜，那一头黑发，一刹那，就变得如雪如霜一般的苍白。

“子欣！我杀了你！”

完全陷入呆滞的姬澈，面对如同疯子一般飞扑过来的羽华，一张如死一般的僵硬神情一点变化也没有。

身体蓦然一轻，像是被什么东西给提了起来，丧失了所有感觉的姬澈只看到离自己越来越远的地面，和那个想要冲上来的羽华。

身着喜服的绮晋，死的就像是个玩笑，而羽华无论如何，也接受不了这个玩笑。

相比与被绮晋的死亡完全击垮的姬澈，羽华却是展开了疯狂的报复。这个世界上，本来就没有人知晓羽华这个人的存在，就在绮晋死亡的那一晚，疯狂的羽华再一次杀进了王都之中，威胁了靖王，他知道靖王能够一眼分辨出谁是子欣，谁是羽华。

就这样，羽华很顺利地凭借着一张和姬澈一个模样的脸替代了姬澈的位置，用自己太子的身份，将成婚之中所有的事都抹掉了，当然，这肯定又会有很多的人死于非命，而羽华，却丝毫没有将这些放在心上。

他知道，要从靖国到登桓山，即便是有紫鹏，也需要十几天的时间，他还有很大的可能抓住姬澈。

登上太子之位的羽华，做的第一件事就是组建黑流星，凭着自己的地位，还有靖国的势力，这件事办起来出奇的容易。

他需要一股力量，一股可以抗衡登桓山的力量。

第十二节　浮云流过

羽华取代姬澈的速度超乎寻常的快，而羽华对姬澈的追捕，更是比他取代姬澈的速度还要快，还要凶猛。

紫鹏带着几乎呆滞的姬澈，悲伤的楚玥和姬祁的尸体，逃出了靖国，再之后发生的一切事情，又要牵扯出很多人，但最重要的几个，却是柏烨、柏青和暮辰。

羽华和姬澈之前的种种到了这里已经很清楚了，说到此处，却关乎一个我最开始决定跟着姬澈到登桓山的理由，暮辰是如何死的，而暮筝死后，又被安置到了哪里。

紫鹏带着姬澈和楚玥逃到了韩国，那时候，暮辰受父王的旨意，出使韩国，负责接待暮辰的就是柏烨。

事情并非那么复杂，所有的一切都会在韩国做一个结尾，但凡是知晓事情前因后果的，只要稍稍提一提就能明白其中缘由，这里也不再多做累述。

姬澈当时已受到了莫大的打击，师父身死，羽华与自己反目成仇，绮晋的死亡，这些几乎让姬澈一蹶不振，一连几天都水米不进。

楚玥看着心疼，父亲姬祁的尸身在这一段时间里已经开始溃烂，恰逢紫鹏已飞至韩国境内，当然了，楚玥从未出过登桓山，并不知此处就是韩国，一路过来两个人的体力都已经到了极限，就决定在这里休整休整。

羽华的反扑超出了他们的预料，在他们将姬祁的尸身火化之后不久，羽华派来的追兵就已达到了韩国，而在韩国境内，羽华对姬澈的追捕极为凶猛。

呆滞了几日的姬澈，在面对羽华如此迅猛地追捕时，第一次有了点反应。虽然他做太子不过一年，但是在这一年之中，对于大周王朝之下各大诸侯国的情况已是了如指掌。

一个被靖王培养成将要夺天下的人，这些都是必做的功课。

那时候，韩国公正欲立世子，柏烨和柏青都在韩国公的考虑之内，并且更加倾向于柏烨。柏烨性子温和，且待人友善，面对羽华的重重追捕，姬澈想到了柏烨这个人。

凭他的本事，闯进柏烨的府邸可谓一点点的难度也没有，他向柏烨说清了事情的缘由，当然，这之中的各种秘辛，不该让柏烨知晓的他自然不会讲。

那时候，暮辰就已在柏烨的府邸做客，面对这忽然发生的事情，暮辰自然不会不知道。

韩国的国力比之于靖国本就有所不及，况且当时的柏烨还是个老实人，本就不愿搅入这一场是非之中，但出于性子中的知书达理，柏烨还是决定先将姬澈和楚玥秘密地接入府邸暂住，对是否会帮助姬澈逃回登桓山，他所持的态度还是很保守的。

但是之后发生的事就不得不让柏烨卷入其中了。

在姬澈和楚玥住进柏烨府邸的第二日，羽华的拜帖已经被人捧着，递到了柏烨的面前。

羽华追捕的速度实在是让人措手不及，借助于靖国的势力，要想找一个人，实在是太简单的事了。

那个时候的羽华正处于愤怒的极限，绝对不能让羽华发现姬澈在自己的府邸里，不然极有可能会牵扯到整个韩国，这是柏烨最先冒出来的想法。

他派人连夜将姬澈和楚玥送出府邸，安排在一栋青楼，自己的一个老相好那里，暮辰怕出乱子，也住进了那栋楼里。

第二日，羽华如约来到柏烨的府邸大门外，韩靖两国历来都不大怎么合得来，而正憋着一肚子火的羽华也不讲什么礼仪不礼仪，进了大门之后不由分说地叫人满园子一通乱翻。

柏烨心想，反正你们找也找不出朵花来，就随他们去了，抱着这样多一事不如少一事的念头，他对羽华的做法做出了超乎常人的隐忍。

但是柏烨虽然老实，却并非没有心机，羽华能找到这里来，就一定会找到暮辰那里去，于是，在羽华离开之后的第一时间，柏烨就派出了一队亲卫，秘密地去到那栋青楼里，让他们听从暮辰的调遣，送姬澈和楚玥迅速离开韩国。

暮辰是以北燕国使者的身份来到韩国的，他将自己带来的使者团秘密地换成了柏烨派来的亲卫，并将姬澈和楚玥隐藏在了这个使者团里，以使者团回归北燕国为由，打着先将姬澈和楚玥带出韩国的算盘。

暮辰的计划进行得很成功，楚玥和姬澈一出韩国疆域，迅速隐匿身形，白天紫鹏的目标太大，他们只能选择在晚上急速地赶路。

羽华在韩国对姬澈的追捕以失败告终，他虽然料想到可能是柏烨在其中搞了鬼，但苦于没有确实的证据，一向是睚眦必报的羽华，秘密地对柏烨查了底，便将柏烨在风尘之地有一向好之事透露给了柏烨的哥哥柏青。

这便有了之后柏烨为了那个风尘女放弃世子之位之事。

……

故事到了这里，便算是有了一个结局。回到登桓山的姬澈，为了磨炼自己的心性，为了让自己变得狠起来，做起了杀手的勾当。

我一直以为，姬澈连在梦里都会喊着的名字，他一定是把那个人放在心里最深最深的地方，他一定很爱那个人才会如此，不过，听完这一切之后的我，却忽然发现自己竟是那样的幼稚。

在意一个人，真的会迷失自己，绮晋因姬澈而死，这是他永远放不下也走不出的业障。

“我接到暮辰的鸿雁传书，才知道羽华对北燕国派兵，并点名要你之事，他让我惦念曾经他救我一命的份上，无论如何也要救你，我没有理由不来。”

姬澈静静地看着我，说道：“我出登桓山之后，首先到的地方就是横谷关，但是我去晚了，那里已经成了死域，其实羽华并未想过杀了暮辰，在毁了唯一一条出关的索桥之后，羽华只是以重兵困住了暮辰而已。”

说着说着，叹了一口气，继续道：“可是暮辰惦念着晋宁王城的安危，连夜带兵想硬闯出关，激怒了羽华。他做什么都好，就是不能刺激到羽华，但凡你一刺激到他，他就会完全失去理智，陷入疯狂。”

我沉默着，有好多好多的记忆一下子都涌了上来。

“那，暮筝呢？”我轻轻地问道。

姬澈定了定，过了良久才低低地对我说：“暮筝之死我知道一些，你二哥叶方虽是个断袖，但好似还未断到无可救药的份儿上，不然，暮筝也不会怀上他的孩子……”

我很反感这一段，我不能接受叶方对暮筝如何如何，就打断他的话，“她死后，被安置到了哪里？”

姬澈看着我，“你们王都的冰窖之中……叶方对暮筝动了情，没料想到的是一个断袖对女人动起情来，会到这样的程度，他容不得暮筝的身子一天天腐烂成泥……”

“够了！”

我再一次打断他的话，站起身，俯视着他，冷冷地问：“能不能让那活宝，将暮筝偷回来？”

他也站起来，平视着我，“叶凝，对于暮筝而言，一切的罪孽和悲戚的命运都已经结束了，叶方欠暮筝的债，在暮筝死亡的那一刻就已经成了他永远也摆脱不掉的包袱。叶方有他的罪孽要去偿还，暮筝也将有她的痛苦要去解脱，她既然已经死了，该承受罪孽的承受罪孽，该得以解脱的得以解脱，人生，不都是这样的吗？拿在手里的时候从不知珍贵，失去的那一刻才知重若生命，暮筝受完了她累世的罪，该交由叶方承受的东西，就让他一点一点去承受后果吧，他欠暮筝的债，会折磨他一辈子……”

不知道从什么时候开始，姬澈的话变得少了起来，然而今天，他说了那么多的话，再一次承受了过往的煎熬，他所表现出来的淡然和承受力超乎了我的想象……

他是解脱了吗？

抑或是，这又是一种埋在心里最深处的承受吗？

人世种种，我要到何时才能读懂透彻？想想，在我认识的人中，柏烨、墨九、羽华、姬澈、楚玥、司徒安、活宝，他们都有自己面对世事的态度，顽强地接受也罢，不认命却不得不屈服也罢，坦然面对也罢，可是我呢？

我在面对人世种种之时又是怎样的？

我从没有一刻像现在这样，不了解我自己。

看了那么多，却还是一片茫然，但我想，会有一天，我也会有和现在的自己完全不同的一面，而且那一天，不会太遥远。

……

回去的路上，我有些晃神，脑子里也不知道在想些什么，晚上的时候，登桓山的村民为了迎接姬澈的平安回归及我与沐沐的到来，举行了一场盛大的宴席，载歌载舞直到夜半三更之时才散场，姬澈虽然不大喜爱这样的场面，但出于照顾初到登桓的我和沐沐，也耐着性子一起去了。

相比起姬澈对这种场面的寡淡，司徒安和活宝倒是显得颇有兴趣，这晚上，司徒安将自己从活宝那里救回来的几坛子果酿一坛不少地全贡献了出来，惹得活宝一通大骂，“老子来登桓山这几年，从未见过你这小子大方到这样的程度。”

司徒安怒道：“便宜谁也不能便宜了你这个贼小子！”

楚玥出海捞人去了，当晚并没有赶回来，无缘这一场盛宴。沐沐不习惯这样的场面，坐在我旁边低着头一句话也没说过，只是受累了我这一双耳朵，听那活宝整晚一刻不停地在沐沐耳边喋喋不休。

领教了登桓山人的热情，再回到我那小木屋之后，就不免觉得很冷清，淡漠了宴席上的鸡鸭鱼肉，觥筹交错，回归到现实里的清清冷冷，白日里姬澈对我说起的秘密过往，如一片片剪影在脑中连篇地飘过，看着在房间里忙碌收整的沐沐，莫名的就感觉一股疲惫涌上来，吩咐沐沐给我砌了一杯暖茶，坐在门口的矮门槛上，看着头顶残月弯弯，残星点点。

“公主，这东西，奴婢是为你收着，还是……”

空蒙缥缈的心绪被沐沐的声音打断，我回头一望，沐沐正拿着楚玥给我带过来的那个被布条裹着的长盒子看着我，心头一震，站起来将东西接过，挥了挥手示意她退下。

第十三节　悠悠过客（一）

这东西是柏烨留在红楼宝船上的，听楚玥说，这东西是属于我的。

我实在想不起来柏烨那里有什么东西是属于我的，我虽然见过柏烨几面，但是要说我与他有多深的交情实在是谈不上。

素朴的锦袋拿在手里，分量并不重，当我解开系在锦袋上的绳结，露出包裹其中的那一块白枫木和几根琴弦的时候，我似乎想起了一些什么。

这不是当初羽华在银江的时候，送给我的那一方枫木琴吗？

据说，这琴还是无谷琴师制的。

那一段已经被自己遗忘的记忆再一次出现在了脑子里，看着那雕琢在琴面之上的三两朵白梅，我冒出来的第一个念头是，我是不是应该将这方琴，砸了？

想了很久，才将这股要砸琴的冲动忍了下来，倒也不是舍不得，虽然我喜琴不假，但还没有到什么人送的琴都会喜欢的分上，特别是那个逼得我万里逃亡的人。

蹲坐在四方桌上，呆呆地看着这方枫木琴良久，始终没有想好要如何处置这琴。毁了，似乎下不去手，不毁，又怎么也过不了自己心里的那道坎儿。沐沐见我这番甚是纠结的样子，走过来对我说：“好精致的琴，奴婢已经很久没听到公主抚琴了，今日，能不能弹一段儿呢？”

我一愣，心说，的确是很久没有抚过琴了，这一路过来，不是喊打就是喊杀的，哪有那个闲工夫。看着沐沐那一双十分期待的眼睛，想起她这一路过来受的苦，又想起之前在紫竹苑里沐沐时常伺候我抚琴的场景，就轻轻地点了点头。

世人称我琴画两绝，在琴韵一道里，我还是自认为琴艺马马虎虎过得去。左右思量自己该弹哪一首曲子，最近给我印象最深的就是司徒安哼的那一段鲁国小调，便敲定了这首曲子。

当第一个弦音自琴台飘出的那一刻起，缥缈零散的心就一点一点地静了下来，淙淙琴音如晨起的云雾，缭绕在木屋的每一寸空气里，沐沐趴在四方桌上，闭着一双小眼睛一脸陶醉的样子。

这一首鲁国的小调，音本就极低，弹起来不得不连连压音，丢了这份技艺这么久，好在还未完全忘记原本的手法，三五个音之后，丢失掉的有关琴音的一切全复苏了过来，已能行云流水一般应付所有音律变调。

登桓山的夜里本来就十分安静，浓如墨色的夜里，飘着一缕低低的琴音，似一场风起，带走所有的沉寂。略带空灵的琴音飘进心里，如一阵微风吹散了所有阴霾，露出一片晴朗的蓝天。

红烛耀耀，似乎连阴暗的木屋里也变得敞亮了起来。趴在四方桌上的沐沐不知何时睁开了眼睛，痴痴地把我望着，我对她微微一笑，她也冲我笑了笑。

当最后一个音自琴弦里飘出，压住琴弦的一刹那，我叫了声沐沐，“听完了就把这琴挖个坑埋了！”

沐沐顿时一怔，“啊，公主，你，你要把它给埋了？”

我捏了捏她的耳朵，“没听见啊？挖个坑，埋点土，勤浇水，勤施肥，等到了明年，就能长出好多好多这样的琴了……”

沐沐呆傻地看着我，忽然伸过手来摸了摸我的额头，“公主，你脑子是不是坏掉了呀……”

我撇开她的手，转身向楼梯口走去，“是啊，已经坏得无可救药，没法子用了。”站在木梯上回头看了她一眼，笑道：“要不你把你那脑子给我用用？”

沐沐赶紧缩了缩脖子，摸了摸头，冲我傻笑道：“沐沐这脑子，笨了点，笨了点……”

……

楚玥在第二天中午的时候才赶回来，三条大船上装满了尸体，我和姬澈在海岸上迎接了她，随行的村民开始一具一具地搬运尸体，往之前挖好的一个大坑里扔去。

楚玥看起来有些憔悴和疲惫，下船的那一刻就直接坐在礁石上不动弹了，姬澈拿着水壶递给她，一壶水一口气就被她喝了个干净，然后抹了抹嘴，气喘吁吁地对姬澈说道：“人太多了，好多都沉了底，捞不起来了。”

我看着那些堆满了尸体的船，很多都被泡得发涨了，已经能够闻到一股淡淡的恶臭，也不知楚玥这么一个倾城绝世的美人，是如何做到这个程度的。如果换作是我，估计很难在看到如此多尸体的时候还能保持轻松自如的神态，更不用说将这些尸体从海水里捞出来。

“先回去休息吧。”姬澈将楚玥从礁石上拉起来，“能行吗？要不要我送你回去？”

楚玥有些忍俊不禁地笑起来，“哪有那么娇气啊？”深吸一口气，一个飞身就跳到了海滩上，对姬澈挥了挥手，“我先回去睡一觉，困死了，剩下的事，你就多劳心啦。”

姬澈微微一笑，点了点头。

捞起来的尸体被统一扔进那个大坑里，这里的尸体虽然已经很多了，但红楼宝船上的人绝不止这些，如果能够全捞起来，我估计，还要再挖两个这样的大坑才有可能装得下。

姬澈没要我搭手，就让我在一旁看着，他自己却挽起袖子和那些搬运尸体的村民们一起，将堆在船头上的尸体扔进坑里。那些村民并没有因为姬澈这一举动而感到反常，更没有一个人制止姬澈这样做，好像他们都已经习惯了姬澈这个样子。

如果不是因为我知道他的身份，几乎难以相信这个挽起袖子搬尸体的人会是登桓山的尊主……

三大船的尸体搬出来，几乎将那个大坑给填平了。作为一个看客，我很荣幸没有被拉出来搭把手，站在一旁看着忙碌的村民一铲土一铲土地将那些尸体填埋。

这项工作做起来不是很舒心的事，过程中除了那些沉重的喘息声再无其他。当正午之时，已经垒起了一个小小的土堆，姬澈拍了拍手，对同行的村民说了几句，就带着我离开了这里。

一切事情做起来都觉得是那样的心如止水，即便是面对这样的场面，我似乎也能做到淡漠和不以为然了，这是心里还未被排斥出去的惆怅和惋惜有意或是无意地在提醒着自己，“叶凝，你的心，还未冷得彻底”。

之后的两天，在司徒安和活宝还有沐沐的帮助下，在我那间小木屋外的水塘边上，开出了一块不大不小的菜园子，从司徒安那里弄来一些小秧苗，种上一些应季的蔬菜，闲时和沐沐给菜园子打上了篱笆，浇浇水，施施肥，日子过得如闲云野鹤一般悠闲自在。

活宝是什么也不会做的，来登桓山几年，整日都靠着小偷小摸混日子，凭着他那一身来无影去无踪的娴熟偷盗绝技，能搞回来不少好东西。

当然，活宝虽然习惯了小偷小摸，但除了偷一些果腹的吃食之外，金银之类的东西却从来不沾。楚玥和姬澈都对我说起过，活宝在没来登桓山之前，偷出来的东西够他活几辈子了，但是他属于那种有命偷没命花的悲惨命运，且对自己的本事一向自估过高，不然也不会落得个流落登桓山的境地。

好吃懒做已经成了刻进他骨子里的东西，改不了了，村民们之前对他都很反感，但他偷得东西又实在不是什么拿得上台面的东西，要么偷个饼，要么拿个馒头……这些东西寻常人家都是不缺的，也就睁一只眼闭一只眼由他去了。

我有幸问过他一回，“你整天这样游手好闲的，怎么不学学司徒安，弄个菜园子。一个大男人混点吃的还不容易，干吗总是干这种勾当？”

“习惯了。”活宝哼着鼻子，漫不经心的样子，“老子是有人生没人养的，全靠坑蒙拐骗偷活到现在，这吃饭的本事说什么也不能丢，要是丢了这门手艺，如今这世道老子可活不下去。”

在我笑他的同时，心里也不由得感觉到活宝的沧桑，这是个有故事的人呐……

在来这里之前，我从未有过种地的经验，好在司徒安对这里面的门道很是精通，时常会教我和沐沐一些。

在我那菜园子里的小秧苗还没成活以及茁壮成长之前，我和沐沐今天吃这家，明天吃那家，搞得我们有一种吃百家饭的感觉……

活宝虽然懒散，但是一个闲不下来的人。他干正经事就犯困，但是看到沐沐在菜园子里忙东忙西，自己又不好意思一个人站在边儿上干看着，抓耳挠腮的纠结了好几天，最终还是熬不过，挽着袖子破天荒的头一回下了地……

他不是来干活的，简直就是来屠杀我的小菜苗的！

谁要是摊上了这个人，绝对是倒了八辈子的血霉，造孽呀……

活宝被我和沐沐抓起泥巴一通乱打，打出了我们悉心照料的菜园子，经历了这么一回，活宝彻底放弃了种地的想法。见我和沐沐整日在菜园子里劳作，便又不知道哪根筋搭错了，很是稀奇的没去村子里“借”点东西出来，反而拎着他那哭丧棒进山去了。说是要给我们打只山鸡回来炖了，犒劳犒劳我们。

司徒安一听，拿着幻青扇在大门口等那活宝提着两只山鸡回来，一扇子将活宝扇出去老远，“兄弟，你冷静点，冷静点，咱登桓的人打水也很累的，很累的，别让大家伙瞎忙活了，你长点心吧，长点心吧……”

抢了活宝的两只野山鸡，扒了皮洗刷干净回去炒了两盘，一盘送给了我和沐沐，一盘自己留着下酒。

活宝不干了，“老子辛辛苦苦打回来的山鸡，你也不给我留一点？”

司徒安留了两块鸡屁股给他，“来，给你这个，吃了这个，长膘！”

这又引起了一场血雨腥风。

第十四节　悠悠过客（二）

在登桓山的时日，着实过得有趣，有活宝和司徒安这两个人在，每一天都可以笑得前仰后合。远离了那些纷纷扰扰，争斗厮杀，山野之间的种种，却是另一个完全不同的世界。

姬澈屋后的山坡下，有一片茶园，听说是当年姬祁从登桓山外移栽过来的，一直都被楚玥打理着。我来登桓山之时，已是入秋的时令，早已过了出茶的季节，那片不大的茶园子，看起来有些荒废……

将我平安地带到这里，姬澈就算兑现了对暮辰的承诺，从那天填埋了红楼宝船上的尸体之后，我几乎就没有再见过他一眼，就连楚玥也是一样。

他们似乎极少出门，即便是出了门，也几乎不来我这里，当我那菜园子打理妥当了之后，人也就闲了下来，跟着司徒安找了两个细木头杆子，拉着一方矮凳子和小四方桌，在那水塘子边上泡茶钓鱼。

我没司徒安那么沉得住气，隔一会儿就要去拉一下鱼竿，看看有没有鱼上钩，坐在那矮板凳上，怎么坐也不舒坦，老是动弹，司徒安喝着茶问我，“怎么，屁股长疮了？”

我干笑两声，“凳子没放平，有个角老是悬空不落地，我动动，看能不能把四个腿都给压泥里去……”

司徒安哈哈大笑两声，“我还以为你要坐在这凳子上跳个什么舞出来呢……”

我瞪了他一眼，他不以为意，用目光指了指我插在泥里的鱼竿，“上钩了，快拉起来。”

我赶紧收回目光，鱼竿上的丝线已经绷直了，我坐起来就拉起鱼竿。司徒安见状赶紧指挥我，“别那么猛，悠着点，悠着点，慢慢来，别把线扯断了……”

当我顺利地把这条鱼拉起来之后，我第一回觉得自个屁股受的这半天罪没有白受，然而再看看司徒安那几乎满了的笆篓，又升起了一丝嫉妒，再看了看我这一条瘦不啦叽的小黄鱼和司徒安笆篓里的大鲫鱼，心里更是不平衡，扯开了嗓子对着我那小木屋喊沐沐，“沐沐，快把锅洗刷干净，你家主子今天要吃清蒸鱼！”

司徒安愕然地看着我，“你要收工了？”

我提起板凳就往回走，“太受罪了……”目光落到司徒安的笆篓里，心里生出一丝邪念，“要不，把你这鱼分我两条吧，你一个人也吃不了……”

司徒安赶紧将他的笆篓从水塘子里拉出来，抱在怀里护着，“不行不行，有能耐，你自个钓去……”

我眼珠子转了转，就将自个那条已经半死不活的小黄鱼举到他面前，“喏，不亏你，我跟你换！”

他怀里的笆篓抱得更紧了，“这可怜兮兮的小瘦鱼不亏我才怪！不干！”

我深深地吸了一口气，心说，你一个大老爷们儿，也忒护食了吧？跟我一个小丫头还来这套？

凭我的脸皮厚度，若是放在以前，绝对不会做出什么有损颜面的事儿，但是现在跟着司徒安和活宝这两个不靠谱的老爷们儿，这脸皮也练到厚似城墙了，他不肯割爱，那我也自然是不肯就这样放弃的。

这撒泼耍混的事儿，凭我现在脸皮的厚度，还真做得出来，天地为证，这绝对是司徒安这个老屁孩儿逼我这样做的。

我做出一副甚是委屈的表情看着司徒安，提着小黄鱼撇着嘴一步一步地朝司徒安走过去，他受不了我这样的表情，连退了好几步，声音颤颤地问：“你……你要干什么？”

我嘴角露出一丝邪笑，将那条小黄鱼朝水塘子里一丢，小黄鱼一入水，唰的一下就活了过来，一下子就游没影儿了，沉淀了半天情绪，我终于适时地带着弱弱的哭腔喊了出来，“沐沐，你这死丫头快出来啊，你家主子今天的清蒸鱼被这不要脸的司徒安给放跑了……”

沐沐听到我之前的呼叫，人已经出了木屋，现在又听到我带着哭腔的呼喊，原本还是慢慢吞吞的步子一下子就快了起来，就在她跑到离我不远的时候，我又很适时地指着全然呆傻掉了的司徒安的鼻子嚷道：“你放跑了我的清蒸鱼，你快赔我。”

沐沐站在我身后，也不知道她有没有弄清楚到底是怎么个情况，但她绝对是站在我这边的，也愤愤地指着司徒安的鼻子，嚷道：“你快赔我家公主的清蒸鱼！”

司徒安看了看我，又看了看沐沐，结结巴巴道：“两位……两位好汉……”

“少废话！”我上前一步，打断他的话，“你快赔我鱼！”

沐沐也上前一步，壮了我的胆色，指着司徒安愤愤道：“快赔！”

“好，好！”司徒安完全被我和沐沐的架势吓住了，哆哆嗦嗦地从他抱在怀里的笆篓里抓出一条鱼来，递到我面前，声音显得很是怯弱，“赔……赔你！”

我看了看这条鱼，个头明显比我刚刚放跑的那一条大了很多，但我觉得，难得敲他一杠子，不能太便宜他，当即眉目就是一横，“明明是两条，哦不，三条！”

“啊？！”司徒安的下巴都要掉在地上了，一下子就把那条肥鱼塞回了笆篓里，“不赔了，我还就不赔了！爱咋的咋的！”

我一看司徒安这架势，是要破罐子破摔不认账了啊。当即回身拍了拍沐沐的肩膀，“沐沐，快，把你家那打手给我叫过来！”

沐沐一怔，似乎不大明白我的意思，凑到我耳边问了一句，“公主，哪个打手啊？”

我气得直跺脚，“还能有谁，你家那玉燕啊！”

“哦！”沐沐明白了过来，却显得有些为难，“玉燕他，进山了，不，不在家……”

我表情一下子就变了，难以置信地问，“不，不在？”

沐沐有些害羞地低下了头，“玉燕说，他那房子没法住人了，说是要去山里砍些新鲜木头回来重新盖一栋，给，给我们做，做……”她扭扭捏捏半晌，脸都红的不行不行的了，才轻轻道：“给我们做，新房……”

一说完，身子飞一般的就转了过去，看那扭扭捏捏、磨磨唧唧的样子，我真想一脚把她踹水塘子里去喂鱼！

“完了完了，我这鱼没讹上，还搭进去一个沐沐，这叫什么事儿啊……”

我之前的那股嚣张气焰一下子就萎了下来，司徒安见我叫来的帮手在一边专心思嫁，完全丧失了战斗力，迈着挑衅的步子朝我走过来，举起拎在手里的肥鱼在我面前晃了晃，阴阳怪调地对我道：“小公主，我这鱼还要不？”

我怒火腾腾地直盯着他，看着他那贼眉贼眼的样子心里就来气，抓起那条鱼就朝水塘子里扔去，“拿回去炖你的汤喝，看不长你一身肥膘，撑死你！”

走过去拧着沐沐的耳根子就往回走，后头传来司徒安大笑的声音，“小公主，要不我给你留两条？等好日子近了，好给你那傻丫头炖鲫鱼汤喝啊！”

我回头凶了他一下，吼道：“你死去！”拧着沐沐的耳朵快步逃离这里，一边走一边对沐沐嘀咕，“沐沐，你这死丫头，这回可把我的脸都给丢尽了，看我不收拾你！”

回到木屋之后，对着沐沐里里外外好好地训斥了一番，说她在什么时候给我丢脸不好，非得在那个时候。

沐沐被我训得很委屈，揉着自己被我揪得发红的耳朵，泪眼汪汪地看着我，“公主，奴婢下回一定挑个好时候，看个好风水……”

我险些拿脑袋撞墙，感觉这人已经没法子救了……

“屋子收拾好了没有？衣服都洗了吗？菜园子里的菜浇水了没有？另外，今天的饭做了没有……”

沐沐咬了咬嘴唇，“都没……”

我想，我需要冷静，饭没做好不能怪她，我这里做饭的家伙事儿虽然齐全，但材料不够，我们一向都是今天吃这家，明天吃那家的。给自己倒了杯茶降降火气，就问沐沐，“我们今天该吃哪家了？”

沐沐思量了一下，抠了抠脑袋，“好像，好像是司徒安家……”

“噗……”我一口茶水全喷在了沐沐脸上，大吼一声，“吃个鬼，今天都饿着……”

虽然我已经看出来沐沐恋上不正经的活宝了，但我实在是很难接受她在最关键的时候给我来这么一下，人生大起大落，真他娘的刺激啊……

这一回，我丢了很大的面子，也发了很大的火，险些直接堕落成一个泼妇。完全被怒火冲昏了头脑的我，在发现姬澈拎着一把小斧子呆呆地站在我家门口的时候，我感觉，今天这一天，是不是撞了那个邪神？他什么时候来不好？非得在我要泼的时候过来？

他径直走进屋里，“楚玥做好了饭菜，要是今天没地方吃的话，你就去我那里。”

我看着他手里拎着的斧子，问他，“你提个斧子做什么？”

他苦笑一声，“燕子要盖新房子，我过来看看能不能帮上点忙，去他家的时候发现他人不在，就顺道过来看看你，没想到你正在教育沐沐……”

见到姬澈，我心口的火气就消了大半，他总有这样的魔力，所有不好的情绪只要一看到他，就会顷刻间荡然无存。

第十五节　悠悠过客（三）

将沐沐支开，给姬澈倒了一杯茶，也不知他今天哪里来的那分性子，竟想起翻翻我这块牌子……倒是让我有点受宠若惊了。

我坐在他旁边，问：“活宝什么时候跟你说他要盖房子的？”

姬澈喝着茶，淡淡道：“我本来是不知道这档子事的，前两天司徒安找我的时候才跟我说起，燕子忌惮我，从不跟我说这些事。”

我哦了一声，“怕你打他吗？”

他干笑两声，“算是吧，他一向都是属于自力更生的那种，能不麻烦别人的事儿都不好意思麻烦别人。”

我定定地看着姬澈，实在是有些不相信这番话会从他的嘴里说出来，没想到这么一个古板正经的人说起违心话来，还真，真不害臊……

“对！”我也赶紧附和道，“他的确不会麻烦别人，偷东西都是自己动手的。”

姬澈在我这里待了差不多一个时辰，喝了两壶茶之后，才看到活宝扛了一根大木头从我门前路过。

姬澈放下茶杯，问那累得喘大气的活宝，“你砍了多少？”

“不多。”活宝回道，“都在山里堆着呢，不够再去砍，这鬼地方啥都缺，就是不缺木头。”

姬澈一笑，将手里的小斧子朝我桌子上一丢，就出了门，对着山那头吆喝了两声，“闲着没事干的，都去山里帮燕子扛木头嘞。”

姬澈这一嗓子十分洪亮，声音在山林之中回响着，不大一会儿，就传来了零零散散的回声，“在山里哪个地方？”

活宝将肩上的木头往我屋后不远的一块空地上一丢，也大声地吆喝起来，“进山右拐三百步！”

山那边又传来吆喝声，“是玉燕家吗？他家没吃没喝没茶水，我不来。”

活宝赶紧接着吆喝，“要吃要喝还不容易，老子给你偷去，你要是不来帮忙，老子明天就偷你家，不单单明天偷你家，老子后天也偷你家，老子不仅后天偷你家，天天都偷你家。”

活宝这句话很有震慑力，这一嗓子嚎出去，就听到山那边一通大骂，“燕子，你这败家老爷们儿，能不能办点人事儿？”

随着那些笑骂声，已能看清不少人从山外的村子里走过来，个顶个的都是八尺高的巨汉。姬澈对他们一一笑了笑，算是打了个招呼，就低声在我耳边耳语道：“搬木头很费力气，你叫你家那丫头烧几锅茶水。”说完就跟着那些巨汉进山去了。

人多办起事情来速度非常快，不过半日时间，二三十根巨木就被这一群大汉堆在了一起，而后，村子里来了几个木匠，一群人吆喝起来就开干了。

房子建起来的速度超乎寻常的快，一群人嘴里说笑着，手中的活儿却是一点也没落下，时而传入耳中的欢笑话语，显示着这座孤岛上最真挚的人心。

姬澈是这群人中最不爱说话的一个，只闷头干活，时而笑一笑，时而说上一两句，但是那笑容却也不是勉强挤出来的那样僵硬，而说话的语气，也不是那样古板生硬。看着他挽起袖子干活的模样，谁都不会将他和大周第一杀手的称谓联系到一起。

也许，这个时候的他，才是最真实的吧。

在这段时间里，活宝显得十分勤快，没有一丁点的偷奸耍滑，活干得很麻利，第二天的时候，司徒安也过来搭把手，他们两个走在一起，发出来的笑声几乎能飘满整个登桓山。

我和沐沐这两个女流做不了什么体力活，当然假意要过去帮忙，但我会被姬澈叫开，沐沐会被活宝叫开，所以，我们只能给他们递递东西和烧烧热水。

期间见过楚玥几回，她似乎没有要来帮忙的打算，坐在繁忙的人群中说笑几句之后，也就离开了。

司徒安那句大小姐叫的实在是贴切。

而每当楚玥过来的时候，我都会有意或者无意地离开那里。我在面对一些东西的时候，心还是会沉那么一下，随即涌上来的情绪，只有逃避，选择的也只有避而远之。

话说简短，大约十几天的工夫，一间两层的崭新小木屋就立在我木屋旁的空地上，在房子造好的那一天，司徒安很世俗地做了一大桌子菜，请那些过来帮忙的人大吃了一顿，以做报答，只是他的果酿在迎接我到来那天晚上的盛宴中全拿了出来。好在姬澈那里存了一些好酒，平日里他也不怎么喝，自个儿也很大方地抱了过来，一群人大吃大喝，直到夜半三更才散场。

姬澈的存酒虽然很淳，没有一个人说不好喝，但是我不知道是不是他们恭维姬澈才会这样说，我反正是没品出什么，说白了就一句，没司徒安的酒甜，辣喉咙……

也是在后来才知道，姬澈拿出来的酒，是当初姬祁还在的时候，就存了很多年的酒。

这一场本来该由活宝承担的宴席，就这样被司徒安和姬澈抢了过来，我想他们也都知道，要是让活宝来筹办这场宴席的话，整个登桓山不知道要出多大的乱子，至少，肯定会丢很多的东西。

当新房子落地建成，活宝顺利地住进新居之后，他的欢喜，就成了我的痛苦，不为别的，只为他每天至少会来我这里三次，问我，“姑奶奶，你看，老子现在新房子也弄好了，老子那小媳妇儿，什么时候你让她嫁过来啊……”

我叫他等等，再等等，再等等。

最后我差点被他烦死，每当看到他朝我这里走来的时候，我都会以最快的速度跑到司徒安那里，寻求他的庇护。

先前几回还挺好使，到后来，司徒安也烦活宝每天都往他那里跑，就给我支了个招，“在这登桓山上，燕子最不敢招惹的人就是那雪狼了，你躲那里去，他铁定不会再去烦你，我这儿也能落个清净。”

司徒安的建议着实非常好，但是我不会躲去他那里。

其实并非是我反悔当初对活宝许下的宏愿，我只是舍不得，沐沐在这里对我而言，是最不可缺少的家人，她虽然很笨，但是有她在，我在这个陌生的地方就有那么一点点虚假的依靠，如果她离开了我，我会一无所有。

我无法面对在沐沐住进活宝那房子之后，每天晚上我一个人在空荡荡的房子里将要如何度过，那会是一种折磨，光是那股寂静和黑暗，就足以逼死我。

我知道，我迟早会有经不住活宝骚扰而点头的一天，我只期望那一天能够晚一点来就晚一点来，最好能在我习惯了所有的一切之后。

沐沐并没有央求我，也没有询问过我的意见，更没有露出要焦急嫁给活宝的急切面孔，她明白我心里的苦。

我没有再去干扰沐沐和活宝之间的往来，她一面尽心尽力地照顾着我，一面还偷偷摸摸的和活宝幽会，这些我都知道。沐沐是活宝的克星，也只有沐沐可以制服活宝，在她偷偷摸摸的和活宝幽了几次会之后，活宝很明显的不来我这里骚扰我了。

我明白这是沐沐做的，也只有沐沐的话活宝才会去听，沐沐没有对我提起，我也假装不知道地顺势而过，一切，终于回归了和谐。

第二月，秋菊初开，登桓山外大片良田里的稻谷在成片的蛙声之中到了收获的时节，所有的人都变得十分繁忙。姬澈和司徒安每年到了这个时节都会出山去给山外的村民们收割稻子，做苦力，没有一年例外的。他们两个武功高，力气大，一个人能顶三个。

司徒安和姬澈都出去了，就留下我、沐沐、活宝和楚玥还待在屋子里，日子过得很无趣和煎熬。活宝有沐沐陪着，无聊倒是不会，可是我很苦，在水塘子里钓了两天的鱼之后，也出去帮姬澈他们干活去了。

我一去，沐沐自然也不得不去，沐沐一去，活宝就不能不去，这一下，登桓山要热闹到天上去了……

登桓山立在无边的大海深处，每到入秋季节，就会时不时地来上一场大风，那风大得能把房子给掀飞起来，村子被群山护着，风倒是不怕，可是风中带着的雨不能不怕，村民们必须赶在入秋后第一场大风到来之前，将稻谷收割入仓。

姬澈是个能人，何时会刮风下雨问他准没错，但是这回他却皱起了眉头，有些拿捏不准的模样，“可能三五天，可能七八天，也有可能一两个月，总之，早点让稻谷入仓就对了……”

已经很久没有听到他的玩笑话了，这一听却没有任何的反感，反而觉得那么亲切。

活宝做饭不行，洗衣服不行，生火不行，炒菜更是不行，但是割起稻子来倒是颇为在行。偷偷问姬澈缘由，姬澈说：“有一回偷吃的偷到我那里了，他跟我打赌我追不上他，结果他输了，那一年村子里所有的稻子都是他割的。”

“哦，原来是这样。”

我偷偷地看活宝一眼，发现他弯着腰低着头，很卖命的在那里割稻子，嘴里嘀嘀咕咕的也不知道在念叨什么，但看那神情，绝对不会是什么正经的东西。

第十六节　缚龙索

说到赌约，我想起一件事，问身边的姬澈，“在沧海之城的时候，听活宝说过，他曾经输给你一个约定，不到万不得已的时候不能杀人，这其中，有什么隐秘吗？”

姬澈笑了笑，似乎也不忌讳活宝，直了腰看了看前方一片金黄的稻田，缓缓开口，“燕子以前偷东西，被人发现了会杀人灭口，之后他偷了一件不该偷的东西，被人追杀，我救了他，带他到了这里。没想到他到了这里之后也不老实，有一回到我那里偷了点东西，本来不是什么好玩意儿，但是，他碰到了他不该碰的东西，我要罚他，他不依，就又和我赌，赌我破不了他的三千幻影飞针，结果输了……”

“所以你就叫他不到万不得已不能杀人？”

“嗯。”姬澈点了点头。

我再问：“那他是碰了什么不该碰的东西？”

姬澈身子微微一怔，似乎不愿对我提起，我意识到他又嫌我好奇心太重了，就低下了头。没想到他这一次倒是很痛快，并没有说什么，反而定定地看了我一会儿，很反常地对我吐出几个字，“迷魂幻境……”

我一愣，很本能地想去问迷魂幻境是什么，但是我没想到我竟然会把这种本能的好奇给压了下来，只是拿出疑惑的眼神看着他。

他弯下身继续割稻子，慢吞吞地对我说道：“迷魂幻境是守护登桓山外幻境，以及剑冢最核心的地方，守护这两个地方的所有力量都是来自于迷魂幻境之中的一块缚龙索，燕子就是碰了这个东西。”

“缚龙索？”我有点不明白。

姬澈点了点头，“登桓山方圆有五百多里，山外的幻境将这五百里范围全笼罩了起来，支撑这幻境的力量有多庞大，你可以想象。”

顿了顿，又道：“剑冢山虽然比整个登桓小了很多，但比幻境还要神秘莫测，而你更加想象不到的是，支撑这两股力量的，都是那一块缚龙索，而存放缚龙索的地方，就是在迷魂幻境里。”

“你是说，活宝闯进了迷魂幻境？”

姬澈看了看那拼命割稻子的活宝，笑了一声，“他本事不够，慌不择路，误入了迷魂幻境，那里面就像是有无数的镜子，你一进入其中，就会看到无数个自己，而那些和你自己一个模样的人，却有着和你自己本身完全不同的性格，他们可以说话，可以走动，可以对你做鬼脸，更可以，杀了你……”

我的身体忽然就是一个激灵，“被……被自己杀死吗？”

姬澈只是笑笑，没有说话。

姬澈这一番话下来，声音虽然很轻，但离我们本来就不是很远的活宝自然是听见了，况且，他还是这件事情的亲历者，一听姬澈的话，就不悦了起来，“哪有你说的那么邪乎，你要是来晚那么一点点，就那么一点点，老子非把那些怪物一个一个全砸死不可。”

姬澈继续割他的稻子。

活宝继续道：“还有那什么狗屁缚龙索，不就是一块废铁吗？说得那么邪乎，老子又不是没碰过……”

姬澈深深地吸了一口气，将手中的稻子放在水田里，目光带着几分你再说一句试试的意味看着活宝。

经姬澈这样的目光一瞪，活宝之前还一副气宇轩昂的模样一下子就变得安分了下来，磨磨唧唧地弯下身子，闷声不响地割稻子去了。

缚龙索，迷魂幻境，在两者有什么联系吗？支撑护着整个登桓山的巨大幻境和保护剑冢山的迷魂幻境的力量都是来自于那一块缚龙索。这缚龙索里，究竟有什么秘密？

我几乎一下子就想到了一样东西，浑身上下顿时就是一个冷战。

“龙魂！”

“缚龙索里，有龙魂的力量！”

这是一个巨大的发现，姬祁要姬澈守护的东西，肯定就是这个缚龙索。也许姬祁并没有机会告诉姬澈缚龙索里真正的秘密，但是他告诉了姬澈，无论如何，也要守住那个东西。

原来，他要守护的那个东西，就是上一个不死人藏在缚龙索里的龙魂之力，原来，这就是登桓山真正的秘密。

看着姬澈弯身割稻子的身影，忽然间就感觉有一种莫名的亲切感，这种亲切感说不上来缘由，很莫名的就有了。在姬祁生命的尽头，已经没有力气告诉姬澈要他守护的东西本身带着什么样的秘密，他只知道，他要守着迷魂幻境，要守住缚龙索。

我也有龙魂，也是不死人，这也许就是那一股莫名的亲切感的由来吧。

姬澈这一次怎么如此轻易地就将登桓山最重要的秘密说了出来呢？这不是他那谨慎的性子所能做出来的冲动事啊。但是仔细一想，如果说我之前没有从剑冢山溢出来的丝丝龙魂之力猜想到那么多东西，到现在我依然会是一头雾水，他对我说起的那些依然会让我感到莫名其妙，登桓山最重要的秘密，他还是没有泄露出来。

他并不知道，护着登桓山一切的那股力量，会来自于龙魂。

可是剑冢山上究竟有着什么东西，会让上一个不死人花这样大的心思给隐藏起来，难道真的就是为了那一片魔剑最重要的剑柄碎片吗？

这才是最重要的谜，而这个谜，或许就是姬澈也并不知晓。

目光在四周转了一圈，忽然就落在了蹲在田埂上的沐沐身上。活宝不愿沐沐下到这田里受罪，就没让她下来，而此时蹲在田埂上的沐沐，目光缥缈地看着一个方向，神色十分奇怪，一双柳眉微微皱着，看样子是在思索些什么，像是丢了魂一样，完全入了神。我叫了她两声，她好像没听见一样，理也不理。

当我叫她第三声的时候，她才反应过来，像是受了惊吓一样差点从田埂上摔进田里，急急忙忙地问我，“公主，您唤婢子做什么？”

我目光上上下下地打量了她一眼，看得她有些不自在和闪躲，我叫她递了一杯茶过来，一边喝着，一边看向她之前目光看着的地方，那里是，剑冢山！

这妮子，看着那里做什么？

我一连割了三天的稻子，最后，终于受不了双脚整天陷在淤泥里的苦，跟着司徒安一起扛稻子去了，他每回能扛两三百斤，我嘛……咳咳，算了，我就不说了。

总之，我没有偷懒，而且他们都夸我很勤快，说要给我介绍哪家的汉子给我做夫家……

最后，随着姬澈一句，“谁要是娶了她做媳妇儿，他家的谷仓只能支撑半年就得见底。”说出来之后，那些说要给我介绍哪家汉子的人都对我敬而远之了。

能吃怎么了？能吃怎么了啊？我吃你家饭了吗？

稻子扛了三天，差点将我折磨死，最后只能跟着沐沐一群女流给大伙儿烧茶递水，指挥活宝、姬澈赶紧割稻子。

我天生就是公主的命嘛，指挥一群大老爷们儿干活，也是一件很有乐趣的事。姬澈挽着袖子干笑着问我，“叶凝，要是以后没人伺候你了，你要怎么办？”

我坐在田埂上，抬头看了看天，沉吟半晌，答道：“躺下睡觉，有不死心在，反正怎么也死不了，我就一直睡，一直睡，一直睡到有人愿意照顾我为止。”

他也沉默了半晌，声音忽然带着一种十分奇怪的情绪问我，“要是，你一直也等不到呢？”

我依然抬头看着天，心里却是沉了一下，声音不知为何，变得有几分伤情，“那，那我就找一个我愿意照顾的人，一个，我愿意照顾他一辈子的人，而且，我会把他照顾得很好，很好很好……”

我一直不敢低下头去看他，在说这话的时候，浮现在我脑中的始终都是那千万里路一人一剑带我闯过来的人，那个人，就在我的眼前，我多想说，那个人就是你，我愿意舍弃我的公主命，一辈子都将你照顾得很好很好……

最终我还是没有忍住，低头去看他，当低下头的那一瞬间，我发现他正神色复杂地看着我，手中的镰刀不知为何握得很紧，带着几分落寞神情的脸上慢慢扯出一个苦涩的笑容，声音戚戚然的，“真羡慕那个人……”

他的声音好轻，轻得几乎听不见。良久，他深吸一口气，紧紧握在手里的镰刀缓缓松开，身子一弓，继续割他的稻子去了。

这样劳累的生活一直持续了半个多月才宣告结束，这一年的年成很好，是个丰收年，在所有的稻谷收入谷仓的那一刻后，村子里的村民举行了一场盛大的篝火宴会，一根根巨木成井字形堆起来，足有四五人那么高，冲天的篝火隔得老远都能将头发烤得卷起来。

素朴的宴席上并没有多少肉食，这是登桓山的规矩。宴席虽然素了点，但是每一道菜都做得很精致，这些都是村里的女人们的手艺，她们用这样一桌子宴席，犒劳她们辛苦劳作的男人们。

沐沐有幸参加了这场宴席的烹饪工作，但她是客人，那些女人们都不让她出太多的力，至于我这个公主命的家伙，只需坐着等吃就好。

喝着她们自家酿的米酒，吃着她们自家种的青菜，看着那些女人们围着篝火跳舞，目光随着那些光屁股的小孩儿滋溜溜地打转儿，这样的盛宴，就是在王庭之中，也是见不到的。

楚玥那天晚上并没有来，好像记得姬澈还亲自去请了她，最后，也没有请过来，在他从楚玥那里回来之后，姬澈的脸色，明显不大好看。

我没有问他为什么，他也没有跟我说起，以我女人的逻辑来推断，应该是楚玥的女人脾气上来了，姬澈运气不好地撞了钉子。

那一晚，姬澈的脸上始终都是一派阴沉的样子，平日里的那种拒人千里之外的气势在那天晚上是前所未有的强烈，惹得谁都对他敬而远之，就连与他关系一向要好的司徒安，也不敢上去搭话。

第十七节　梦回，情逝，人不归（一）

坐在人群之中，时不时瞥一眼身旁面色阴沉的姬澈，另一侧的司徒安看围在篝火旁跳舞的女人们看得入了神，对于姬澈冷面神君的姿态，他所表现出来的淡漠，令我折服。

整场宴席下来，我都处于一种很尴尬的境地，想和司徒安说说话，打开这尴尬的局面，尝试了几回，他对我的搭讪，都很敷衍。

再到后来，我也不再自讨没趣，既然你们都要做出这样的姿态，我也无可奈何，那就大家都沉默，保持一副拒人于千里之外的高傲感吧。

已不记得我们究竟是何时离开的那里，只知道，那一晚姬澈喝了很多的酒，司徒安一直看着跳舞的女人们，活宝一直在逗着沐沐，而我，一直左右为难地坐在那里。

回去之后，姬澈并没有回他的红木楼，而是住在了司徒安那里，第二天的时候，也没有离开，第三天，也没有。

司徒安的房子离我这里很近，我站在屋外的坝子里就能看到他家。自打姬澈住进司徒安那里之后，这两个老男人在屋外的桃花树下支了一张矮桌子，拉了两张躺椅，整日摇着蒲扇，泡着茶水，聊着天，聊累了，就拿蒲扇盖着脸，躺在躺椅上，呼呼睡了。

日出日落，每日都能见到他俩，不是在泡茶聊天，就是在水塘子里钓鱼，这俩人钓鱼的本事实在是好到没话讲，一上午能钓上整整一笆篓，然后送两条给我和沐沐，当然，还不忘给那贼孩子活宝送过去一点。

自打姬澈住进司徒安的房子里之后，活宝明显变得安分了很多，规规矩矩的，倒是让我很不适应。

活宝搬过来和我做了邻居，免不了也要日日与姬澈相见，这让他很痛苦，他最忌惮的是姬澈，最臣服的那个人是沐沐，整日受这两个人的约束，他的性子，倒是收敛了不少。

这样的日子，一直过了半个月，那一天上午，我和沐沐在浆洗衣物，抬头一眼就看到一身水蓝长裙的楚玥火气冲冲地跑到司徒安家，一声不响的在姬澈的躺椅边站着。

姬澈和司徒安似乎都已经睡了，并没有察觉到楚玥的到来，而楚玥，也一直没有发出声音吵醒他们，只是站在一边板着个脸，冷冷地看着脸上盖着蒲扇的姬澈，像是个木头桩子似的一直站着。

沐沐看到这局面，担心要出什么乱子，问我要不要过去看看。

我咬了咬牙，楚玥这副脸色即便我隔得老远，也能感觉到凛冽的寒意，这个时候，我可不想去触眉头，就摇了摇头。沐沐依然觉得不安心，说如果我不好意思去的话，她可以叫她家的玉燕过去瞅瞅。

我给了她一个脑崩儿，“楚玥现在这怒气冲天的样子，哪里是能惹的，你要是不想做寡妇，你就让他去吧。”

沐沐揉着被我敲疼了的脑袋，嘟着嘴巴一脸的委屈模样。

楚玥就这样一声不响地站在那里，当我和沐沐把所有的衣物浆洗好了端回家里之后，她也没有动弹，而姬澈和司徒安，似乎，也没有醒过来。

“他们可真能睡，这么冷的眼神他们居然都感觉不到。”

我在阳台上晾晒衣物，活宝见沐沐在做活，也一个飞身跳上楼来帮忙，听到我那声嘀咕之后，就轻轻说道：“妖精怎么可能睡得这么死？姑奶奶，你也太小看他了，别说是他在睡觉，就是被打昏了，在这样冷的眼神下，他也醒了百十来回了。他要是这点警觉性都没有，还做什么杀手，还做什么登桓山的尊主？还值得老子一声妖精叫他好几年啊？老子早一棒子弄死他了。”

“至于小安安嘛……”活宝砸了砸舌，“他奶奶的可能真睡着了……身子够虚的啊，得整点鸡屁股补补！”

“行，那找鸡屁股的事，就交给你了。”我收拾好木盆就往回走。

“成，我去村子里看看哪家有剩下的鸡屁股，要是没有的话……”他挠了挠脑袋，显得有些愁苦和纠结。

我停下脚步，回头看着他，将被风吹乱的几缕青丝勾在耳后，问他，“没有你要怎么办？”

“我给他熬一碗鲫鱼汤吧……”

我扑哧一声笑开，“当心他虚不受补……”

正午的时候，我和沐沐在坝子里清理早两天司徒安拎过来的两条大鱼，打算中午煎着吃，活宝自然也在一旁帮忙。当鱼清理到一半，目光习惯性地朝司徒安那里望过去，发现躺在椅子上的姬澈正缓缓地将盖在脸上的蒲扇取下来，深深地叹了一口气后，端起冷茶喝了一口，然后朝阴冷异常的楚玥看了一眼，慢条斯理地离开了。

楚玥在原地站了一会儿，才跟上去，脸上依然是一派幽深的寒意，在路过我这里的时候，姬澈没有任何停留，楚玥也没有，只是楚玥在路过我身边的时候，瞥了我一眼，那眼神之中，全是敌意！

这场面太过诡异，活宝和沐沐当场就懵了，半晌，才听到活宝悠悠然的声音，“妖精这是寻花问柳被媳妇儿抓住了吗？怎么狼狈成这样……”

我恶狠狠地瞪了他一眼，然后，踹了他一脚，“今天中午没有你吃的份！”

咆哮一般的声音才落下，却看见司徒安从那躺椅上慌慌张张地爬起来，额，也许说是他滚下来的更为恰当一点，差点把茶座都给掀翻。他蹲坐在地上抱着茶壶一直喝了个底朝天才放下，手都是抖的，不停地捋着胸口，脸色苍白得瘆人，“我的老天，吓死宝宝了，吓死宝宝了……”

活宝身子一飘，出现在司徒安身边，将他搀起来，问他，“你这老不正经的怎么被吓成这样了？”

司徒安咽下去两口唾沫，活宝以为他还要喝水，就去水缸里又舀了一瓢过来，掰开司徒安的嘴巴就往里面倒，一边倒，一边发出一连串的怪叫声，“灌死宝宝了，灌死宝宝了……”

司徒安将活宝一脚踹开，一阵猛咳之后，喘着大气唏嘘道：“这女人发起火来，方圆数百里都是危险地带啊，你说我这处在中间地带的，没被吓死就是祖上庇护了！”

活宝被司徒安踹疼了，蹲在地上直揉肚子，痛苦道：“老子没被你踹死，就是祖上积德了，老子没骂死你，就是嘴上积德了……”

司徒安从地上捡起蒲扇，扇了两下，抹了抹满满一额头的冷汗，“登桓山这回要出大事了，比你忽然间要做饭出的事还要大！”

活宝还在揉肚子，目光却看向我身边的沐沐，“大事？难道是我媳妇有了吗？我记得我们还没圆房啊……”

沐沐捂着脸跑开了，司徒安大叫一声：“死远点！”又将活宝踹飞了。

之后的几天，我一直都没见到过姬澈，想着那日楚玥目光森寒的模样，心里总感觉到不安。

司徒安似乎看清了我的心思，端着一碗面条一边吃着一边朝我这里走来，想起以前在他吃东西的时候都会说的那一句“叶姑娘要不要来点儿”的话，就赶紧退了两步，“你自己吃吧，我一点也不要……”

司徒安巴巴地看着碗里的面条，愣了半晌，“我自己吃吧。”刨了一口继续道，“我把阿狼从山里带回来了，下午你就可以拿阿狼做挡箭牌，去他那里看看。”

他的声音才落，就听到一声狼号从司徒安的屋子里传出来，然后，就看到阿狼一阵小跑朝我这里跑来，扑进了我怀里。

我抚着它的毛发，问它：“你这些日子去哪里了？”

它在我怀里蹭了两下，还用舌头舔了舔我的脸，轻轻地在我耳边吼了一声，不好意思，狼语我一句也不会，不知道它说了什么。

“大小姐不大喜狼，自从雪狼住进那栋红木楼，成了这里的尊主之后，阿狼几乎都住在山里，在他还没有住进那间房子之前，阿狼和他是形影不离的，那时候他们俩就像一对双生的影子，他不管走到哪里，做什么，都会带着阿狼，这登桓山上，不知道有多少美人羡慕阿狼。”

说着，将手里的面条递到阿狼面前，“来，你要不要来点儿？”

阿狼只是看了那碗面条一眼，一双蓝色的眼眸之中露出一分不屑，然后又钻进我怀里乱蹭……

尴尬到了极点的司徒安简直都要石化了，将面条收回来，落寞地转过身，一边大口吃着，一边朝他住的地方走去，“没关系，我自己吃，我自己吃……”

听得我那个心酸啊……

我很想去看看姬澈，但是一直没有既顺当又合适的理由，现在，有了阿狼，我就算是有了借口，我可以对姬澈说“阿狼想你了，我带它过来看看，解一解它的相思病”。

下午，我就迫不及待地带着阿狼朝姬澈那里奔去，却在他家的大门外，听到里面楚玥戚戚然的声音，“听说你带她去过龙城了？”

屋子里没有别的声音传出来。

良久，楚玥的声音再次传出来，“画得真好，这里是银江吧，烟雨迷离雾岚岚，满江烟雨一船渡，你把她抱得这样好，伞打得这么稳……”忽地一声冷笑，“我求一副丹青求了你整整一年，还当个宝贝似得挂在书房里，可这样一副珍品绝作，你为何要藏起来？”

屋子里依然没有别的声音传出来。

“我守了你多少年了？十年？十五年？二十年？”

“没那么久。”终于听到姬澈平静的声音，“我答应过师父，会照顾你一辈子……”

“我不需要！”

窗口忽然有什么东西飞出来，伴随着楚玥低低的泣音落在我脚边，“又是父亲……”

那是一幅水墨画，我再熟悉不过的场景，银江的那一场烟雨霏霏，那小小的乌篷船，那朱砂点做桃花的素白油纸伞，还有姬澈写在空白处的那两句题词：微微灼色雾迷离，一江烟雨只见卿……

画里，他抱着熟睡中的我，隐在无尽的黑暗和雾色里，有撑着的伞，细细的雨，有他嘴角那一抹最美的笑。

眼角不知为什么有点模糊了，姬澈音色平平的声音将我从回忆拉回现实，“我只有一颗心，只能给一个人。”

听到楚玥极力想压制的怒吼，“绮晋师姐你没动过心，我也没让你动心，为什么她就能？她凭什么？”

许久没有听到姬澈的声音。

第十八节　梦回，情逝，人不归（二）

是啊，我凭什么呢？我又有哪一点值得他动心呢？

我在心里这样问自己，连我都不知道现在的我要表现出来的情绪是什么，是欢喜地跳起来吗？是不是应该破门而入跑过去抱住他，跟他说“我喜欢你，我在等你说你喜欢我等了很久了”，又或者是不是应该蹲下来大哭一场，将自己那些压抑在心里最痛苦的情绪都哭出来？

然而，什么都没有，我没有任何一刻有这样的感觉，说不出来是什么，沉甸甸的，不是痛苦，不是难受，也不是解脱。

他心里有我，这一趟，是我这一生走得最值得的，他在任何时候都希望我安好，他可以用自己的身体为我挡下所有的刀枪箭雨，司徒安说的没错，我是这个世界上，最幸福的女人了。

眼角很模糊，因染了水泽而有点花白，只是轻轻地一眨眼，泪，就掉了下来。

阿狼在我身旁傻站着，即便它的主人就在那扇门里，它也没有发出任何声音，见我流泪，很是奇怪地看着我，左边瞅瞅，右边又瞅瞅，像是要在我的脸上找出我流泪的理由，但终归是失败了。我一直看着脚下那一幅黑白的水墨画，面对阿狼用眼神投过来的询问，我没有做出任何反应。

身子还有些感觉，能清晰地感觉到有一团毛茸茸的东西贴上我的颈项，阿狼紧闭着一双狼眼，将头靠在我肩上，耳边是它很平静的呼吸声，清清楚楚的，好像是在说："乖，这么大个人了还哭鼻子，也不知羞。"

也不知何时，我对阿狼有了同以往完全不同的感觉，曾经它视我如仇人，银江一别之后，它却待我如亲人，都说人心是难懂的，可我觉得，阿狼这颗狼心，好像也不是那么好懂。

我怕姬澈出来看到我，那场面绝对不会太美好，我已经得到了我这辈子最期盼的答案，除此之外的一切，只盼事事安好。

下了很大的决心，我才说服自己带走这一幅姬澈画的山水。那个时候的我们，虽然是在亡命天涯，却都成了彼此最深的回忆，若有一日我会彻彻底底地忘记他，那是不是能有个什么东西能够让我去追寻这一段最美好的记忆，就像龙炎留在十三娘记忆封印里那一段凄美的无忧花开？

我知道，我有我逃不掉的宿命，我迟早都会有离开他的一天，而他，也终会有一天不会在我身旁，为我挡下所有的刀枪箭雨，我们，都会有彼此各安天涯的那一天……

是命吧，不知道从什么时候开始，我竟变得如此信命。当我试着去接受一些残忍和血淋淋的那一天开始，从第一片龙鳞出现在我脸上的那一天开始，一切，都由不得我自己了。

当我失魂落魄般回到我那小屋子的时候，并没有见到沐沐来迎接我，我捧着那一幅画，像是捧着自己的生命。推开那一扇沉重的木门，沉寂的房间里弥漫出来的幽静第一次让我感到害怕，看了看身边跟着的阿狼，壮了胆子跨过高高的木门槛。

今天，屋子里只有我和阿狼两个，就连司徒安家，也是房门紧闭，无助，害怕迫使我紧紧地抱着那一幅山水，抱着自己的胳膊。

阿狼蹲在地上，眼巴巴地看着我，弯下身子摸了摸阿狼的狼头，声音低迷，似滴落在尘埃之中的微不可查，"阿狼，只有你可以陪着我了。"

一瞬间像是得到了所有，又像是顷刻间失去了一切，那种感觉，宛如生命一点一点地流逝。

傍晚的时候，沐沐和活宝前后脚地回来了，我将他们叫进了屋子里，说出了一个我早就决定，但又一直拖延不说的话，"玉燕，你会不会照顾沐沐一辈子？"

活宝一脸呆傻地看着我，沐沐也是一脸茫然地望着我，蹲在屋子里的阿狼打了个哈欠，似乎无心留意这一个对我而言有多么重要的决定。

我走到沐沐面前，拉起沐沐的手，领着她走到活宝的面前，将他俩的手放在一起，"今天，我将沐沐交给你，她这辈子受了太多的苦，她除了会照顾我之外，什么都不会，你要真心真意地对她好！”

沐沐神情一怔，活宝更是完全傻掉了，捏了捏自己的脸，又给了自己几个嘴巴子，可能是打疼了，赶紧揉了两下，难以置信地看着我，呆呆地问：“姑奶奶，你……不是，我……也不是。”他看样子有点心慌，有点抓不住重点，不知道该说什么好，就骂开了，“妈的，总之，你这回是不是拿老子寻开心？”

我悠悠地看着他，“那你是不相信我了？”说着就去拉沐沐的手，“那好，一拍两散……”

拉着沐沐刚刚转过身子，就看到活宝竟然无声无息地站在了我面前，手里，还拎着那一根短短的棒子，脸上冷冽得紧，带着一股无形的杀气挡在我面前，“你给老子走一步试试？”

将沐沐从我手里抢过去，顺带手的把棒子也拧出来了，“你这回敢拿老子寻开心，看见没。”他扬了扬手里长长的棒子，“老子一棒子弄死你。”

我曾经想到过很多场景，当我点下那个头之后，活宝会有什么反应，却怎么也没有料想到会是这样，他看我的眼神没有任何的欣喜若狂，也没有任何的感激，反而是带着一种我理解不了的怒意。

为什么会是这样，为什么连活宝也变了？

是不是所有的东西都没办法永恒？

沐沐和活宝的婚期定在了年底，是司徒安装模做样掐着指头算了好几天才定下来的日子，腊月二十二，在登桓山每年祭祀的第二天，算算日子，距离沐沐完全离开我的那一天还有不到三个月。

“还很长吧。”我这样对自己说。

在我答应将沐沐许给活宝的第五天，我见到了姬澈。

是他来找我的，一脸阴沉的模样，背光站在房门口外，一头的白发如飘在天际间轻轻的雾色。

“你除了拐走阿狼之外，是不是还带走了什么东西？”

他的声音一如既往的平静，不起丝毫波澜，身后青青的水塘和那两颗光秃秃的桃花树成了他身形之外萧瑟的幕景，如画一样，在我脚下铺出一道颀长的影子。

我知道他指的是什么，但也只能咬着舌尖沉默。

他依旧站在门口，背着光，良久，飘出一句清冷的话，“你会把它保存好的，是吗？”

我点了点头，“会的，会保存得很好很好。”

他似乎笑了，“那是我最珍贵的东西，叶凝，替我好好地留着，如果有一天，你要踏上一条用血来染红的路，我会陪你，一直到我再也没有力气将青冥拔出剑鞘的那一天，一直到我再也没有能力为你遮风挡雨的那一天。”

那一瞬间似乎有无数的东西在脑海里连篇飘过，再也没有比这更动听的话了，一阵风吹过他的身子，扬起来了长发，飘动了他的衣角，在模糊的视野之中，却是比任何时候都要清晰，我看着他的眼睛，如寒潭般深邃的眼眸。

这个人，一直都在用自己的方式守护着我。他与我不同，他真的会有那一天，再也没有力气将青冥拔出剑鞘的那一天。

我看着他的眼睛，“在我心里，你永远也不会有拔不动青冥的那一天，永远都不会有。”

他的唇角微微扬起，“看来，在你眼里，我是个英雄。”

他当然是个英雄，在我心里，他永远都是。

姬澈没有带走阿狼，算是给我留了一个伴，就像曾经他走到哪里都会带上阿狼一样，只是如今在阿狼身边的那个人，已经不再是他了。

随着年底的日渐临近，登桓山也是一日热闹过一日。我在这里是一个外人，对于他们族群的祭祀，我没有参与的权利，有资格参与这次祭祀筹备的，只能是姬姓族人，其他人连搭把手跑个腿的资格都没有。

因而，在登桓山里就出现了一个很奇怪的状况，一些人忙得不可开交，一些人却是闲得无所事事，我、司徒安、活宝、沐沐都没有资格参与这场祭祀的任何筹备，也就只能干看着，但是姬澈不同。

姬澈本不姓姬，这是登桓山所有人都知道的事，按理他并没有参加这场祭祀的资格，但是他还有另一个身份，登桓山的尊主。

在登桓山以往的姬姓尊主之中，祭祀，他们是必不可少的，但是到了姬澈这里，情况就有一点不同。

身为这里的主人，却又不是姬姓，这是登桓山有史以来从未有过的事，规矩到了姬澈这里，自然也就要改一改。

在祭祀期间，守护剑冢的迷魂幻境会关闭，因为只有关闭了迷魂幻境，祭祀的人才能够登上剑冢山顶，才能走出那一条没有尽头的石阶，进入那一座巍峨的宫殿之中，而知道如何开启和关闭迷魂幻境的，只有姬澈一个人，因此姬澈主要负责的就是迷魂幻境关闭之后缚龙索的安全，整个祭祀的过程，姬澈是不能参与的。

在平日里，姬澈是可以自由登上剑冢山山顶宫殿的，但是在祭祀期间，他并没有这个权利，连离开缚龙索都是不能的。

这个规矩，是姬澈自己给自己定下的，他是个很古板的人。

第十九节　梦回，情逝，人不归（三）

姬澈没能参加祭祀的筹备，整个人显得很惬意，从前，我很少会看到他出来走动，而现在，隔三两天就能看到他和司徒安一起泡茶、聊天、钓鱼，闲得慌了也会帮我的菜园子除除草，添点水。

只是，我很少见到楚玥了。

姬澈依然每天都会回到他那红房子里，早上他起得早，经常能见到他拿着一根鱼竿从我门前走过，去找司徒安，或者扛着一把锄头过来帮我翻翻地，再下一个月的时候，姬澈和司徒安给活宝和沐沐也开了一片不大不小的菜园子出来，对他讲“你好不容易成个家，别再整天游手好闲混吃混喝了”。

沐沐和活宝婚期的前一个月，我这边也开始忙起来，年底渐近，可在这山里却不大能够感觉到多少寒意。那些听说活宝要回归正途娶妻生子过安生日子了，一个个像是解脱了魔咒一般帮着活宝忙里忙外，有帮忙布置新房的，有帮忙裁剪新装的，有送各种婚礼宴席上要用的食材的，搞得比他们自个儿结婚还要喜庆。

再如何繁忙的事，在这么多人的共同努力下，一切都变得简单了起来，当长长的红绸挂满活宝新房的时候，我却有点不相信这是真的，沐沐，真的要嫁人了吗?

祭祀与婚礼都在有条不紊地进行着，这一切对我而言，都宛如一个随时会醒的梦，介于幻觉和清醒之间的感觉，是那么的不真实。

杀鸡宰羊的场面实在是有点庞大，这比任何一次宴席都要盛大的祭祀，几乎所有姬姓族人都毫无遗余地贡献出自己能拿出来的一切，活宝除了那一间新房子和还未成型的菜园子之外，真的是一无所有，好在这家出一点，那家给一点，一切筹备起来，都比想象之中的要容易得多。

沐沐成亲时候要用的喜服是村子里一些手巧的女人们亲手缝制的，做工完美到了无可挑剔的程度。在婚礼前三天的时候，那些女人们将这身喜服送到我这里，一看之下，唯一的感觉就是，这不是人所能做出来的衣裳，绣工精湛，虽然没有多么华贵的珠宝做点缀，但是那一顶用紫珊瑚做出来的凤冠，绝对是全天下独一无二的。

紫珊瑚是姬澈和司徒安两个人出海弄回来的，让村子里手艺最好的匠人花了半个月的时间才制成，那脸盆大小的紫珊瑚用到最后，小了一大圈，当姬澈和司徒安看到那凤冠的一瞬间，就直骂自己败家，这是登桓山历来最铺张的婚礼了。

姬澈和司徒安拿出了这么珍贵的紫珊瑚凤冠，那些给沐沐准备喜服的女人们不乐意了，说什么也不能输给他们男人啊。

登桓山有一种很奇怪的蚕，这种蚕吐出来的丝有五种不同的颜色，她们抽丝剥茧地将细得不能再细的五色蚕丝分出来，青、红、绿、紫、蓝。这简直是要人命的事，我有幸目睹了她们分丝，看过之后我觉得，我这双手留着，真的只是个摆设。

她们将分好的五色蚕丝，纺成五种不同颜色的丝线，以红布为底，青、绿、紫、蓝四色线为绣，绣以百花鸳鸯，即百年好合。绣图用的画样是我画的，我很久没拿过画笔了，但画出来的样式，还过得去。

这两件喜服论珍贵程度，绝不比司徒安和姬澈弄回来的紫珊瑚凤冠差，这便算是为登桓山的女人们找回了面子。这一局，算是打平了。

司徒安来了兴趣，拿出了自己最最看家的本事，酒！

当司徒安搬出来自己最最珍贵的两坛子果酿的时候，活宝的眼睛差点掉出来，问司徒安，“你的酒不都喝光了吗？他奶奶的怎么还有啊？”

司徒安得意地一笑，“早知道你小子要来偷，我哪里能把所有的酒都放一个地方？”

说着，还有些叹息，“本来呢，这两坛子酒有一坛是给雪狼准备的，还有一坛，就是留给你的了，像我们这样的人，都太短命了，保不好哪天就归了天命，这些酒啊，我是留在你们最后一刻喝的。”

姬澈微笑着问：“怎么说？”

司徒安微微一笑，“若真有那么一天，我会把这酒，洒在你们的坟前。”

“怎么不给自己留一坛？”

司徒安摇着幻青扇轻轻道：“我一定是死在你们后头的，留着也没用。”顿了顿，对姬澈一笑，“总归是要留一个人收尸的吧。我这辈子，算了，不提了……”

姬澈又问：“那为什么现在拿出来了？”

司徒安依然摇着扇子，“人这一辈子，总不能什么事都要计划着来吧？”

当司徒安揭开酒封的那一瞬间，我那小小的房子里顷刻之间飘出一种无法用语言来描绘的异香，仿佛只是吸了一口香气，人就已经醉了，但是再下一刻，司徒安就已经把酒封重新盖好了，将两坛子酒扔给了活宝，“你要是敢偷喝一口，我就把你小媳妇变成寡妇！”

面对司徒安拿出的酒，村子里的女人们没了主意，姬澈的菜，司徒安的酒，是登桓山的两绝，这一局，算是输定了。

先来的祭祀在震天的鼓声之中响起，当钟鼓之声响起的那一瞬间，我清晰地感觉到弥漫在剑冢山外的龙魂之力一点一点地消散，这应该是姬澈关闭了迷魂幻境的结果。

天刚放明，祭祀的队伍已经在姬澈家外排成了一条长长的队伍，他们的打扮十分奇怪，男人在瑟瑟的冬风之中赤裸着膀子，身上画着一些奇奇怪怪的图案，像是一种很古老的图腾，女人们却是裹得厚厚的，那些图腾不是画在她们身上的，而是涂在她们的俏脸上，而且形状和男人们也不同。

我和沐沐一大早就跑过去看热闹了，在队伍里看了几眼，发现了站在队伍之中的楚玥。楚玥在这里虽然是大小姐，但不是这里辈分最高的，而且在这样古老的仪式中，女人的地位本来就比不上男人。

她只是站在队伍的前头，而在她前面的却是两个一大把年纪的老头。看来，楚玥的辈分，在这里已经非常尊贵了，不然，也不会站在这样靠前的位置。

在祭祀队伍的两旁，是一排整齐的锣鼓队，那鼓也不知道是什么做的，敲出来的声音十分响，几乎能够传到登桓山的每一个角落。

我和沐沐捂着耳朵，在一个小孩儿群里瞎转悠，那领头的小老头抬了抬手，大声地吆喝了一下，钟鼓之声戛然而止，之后咿咿呀呀说了一大通我根本听不明白的语言，祭祀的长龙对着剑冢山拜了三拜之后，年轻力壮的青年男子抬起牛羊鸡鸭和钟鼓，随着那老头的吆喝声开始登山。

那小老头看起来瘦骨嶙峋，声音却是出奇的洪亮，他们一路登山，老头的声音一刻也没停下来，全是一些我听不懂的咿咿呀呀的声音。登山的石阶是一路盘旋而上的，长长的队伍像一条巨大的长龙，一点一点沿着山壁盘绕而上，直达山顶，那老头的声音和鼓声也随着队伍的逐渐往上，而变得模糊了起来。

这是我们所能看到的祭祀的前一部分，登上剑冢山之后，应该还会有很多的仪节，而那些，已经不是我们所能看到的了。

祭祀的过程一直持续到黄昏的时候才宣告结束，震天的鼓声不知道惊起了多少飞鸟，整个过程之中，我都没有看到姬澈。

我知道，他就在剑冢山的某一个地方，而那个地方，是不会被外人所知的。

围在剑冢山下看热闹的人，以小孩儿居多，生活在这里的大人们每年都会体验一次，已经失去了最开始的兴趣，因此，在临近正午的时候，围观的人群就已经稀稀落落了。

我也收拾收拾准备回去做饭，可就在这个时候，我发现一直都跟着我后面的沐沐竟然不见了。

今天过来看热闹的只有我和沐沐两个，司徒安和活宝并没有跟来，他们对于这些已经完全丧失了兴趣，感觉很乏味，再说他们也没有参加祭祀的资格。

我在一群孩子堆里找沐沐，兜兜转转好几圈，竟然连她一个影儿也没见着，心想莫不是回去了吧？就调转方向朝家里走去。

总感觉有什么地方不舒坦，但是也说不上来缘由，心里有一种很慌的感觉，像是有什么事要发生，莫名其妙的。

当我回到家里的时候，司徒安正坐在我院子里的小板凳上喝茶，一见到我晃晃悠悠地回来，就站起来问我，“这么快就回来啦？燕子呢？他没把他小媳妇抱回来啊？”

我不明所以地看着司徒安，“你说什么？”

司徒安也一脸质疑地看着我，“你不是说沐沐看热闹的时候摔了吗？刚刚还跑回来让燕子去背她回来呀？”说着还往我身后看了看，“他们人呢？去村子里找大夫去了？”又看着我，“沐沐那丫头摔得严重不？明天就要成亲了，可别出什么岔子。”

我难以置信地看着司徒安，一脸肃穆又惊恐地问他，“你刚刚说，我回来过？”

司徒安莫名其妙地看着我，轻轻地点了点头，“是你回来让燕子去背沐沐的呀，你还说那丫头最近长得肥了点，你弄不动……”

我惶恐不安地吼道：“你确定你看到的是我？”

第二十节　能不能，再救我一回

司徒安也许是被我这么大的反应吓着了，缩了缩脖子，一双小眼睛很是谨慎地上下打量了我一遍，脸上一副莫名其妙的样子，微微地点了点头，道："我应该还是认识你的吧。"

我深深地吸了口气，心里那一种发慌的感觉愈加强烈起来。

我朝司徒安走近两步，压低声音问他，"那我走了多久了？"

司徒安看出了我的异样，似乎察觉到了什么不对的地方，直视着我的眼睛，"不久，也就前后脚。"

我再问，"那我把活宝是往哪个方向带的？"

司徒安依然直视着我的眼睛，脸上的神色已经变得阴森起来，沉默了半晌，才对我指出一个方向，"就剑冢那边。"

他的话音刚落，幻青扇忽然就从袖子里掉进了他手中，同时，一股诡异的无形波动顷刻之间蔓延整个坝子，所有的一切瞬间被定住。

那股波动明显就是魂定之术，那股力量刚刚触碰到我的身体，便被一股从心口涌出来的庞大力量生生地吞噬，我还没明白过来司徒安是要做什么，却又看到他手里的幻青扇啪的一下展开。

我神情陡变，慌慌张张地退后好几步。

随即而来的，是一股狂风，狂风之中带着千百无形的刀剑，直直朝我逼来，我避无可避，下意识间就想挥手去挡，然而在那千百的无形刀剑距离我身体不过一尺距离时，却诡异地消失不见了。

司徒安的身影如鬼魅一样出现在我面前，近得几乎要贴在我鼻尖上。

他脸上十分难看，双目依然直视着我，声音冷冷地问道："刚刚那个带走燕子的人不是你，对不对？"

我惊魂未定地点了点头。

我听到司徒安轻声地骂了声"姥姥"，然后将幻青扇收起来，拉起我的手就往剑冢山那边跑去。

当我们火急火燎地赶到剑冢山外的石阶入口时，还停留在这里看热闹的人已经走得七七八八了，剩下的也就是一些玩心太重的小孩儿。

我们跑过去，拉住那些小孩，一个一个地问他们有没有看到活宝。

大多数小孩儿贪玩都没有注意这些，但有两个小孩儿看到了。

“姐姐刚刚不是带着燕子叔叔去尊主家里了吗？”

我赶紧蹲在那小孩面前，招呼司徒安过来，再次问他，“你真的是看到我带着你燕子叔叔进去的？”

他很肯定地点头，“不过燕子叔叔看起来有点不大正常，走起路来还踢石头。”小孩儿用手比画了一下，“这么大一块石头他像是看不见一样，直接踢了上去，看上去也不知道疼似的，像块木头……”

司徒安赶过来，听到这句话，脸上神色又是一变，站起来就径直朝姬澈那里一路小跑过去。

我赶紧跟上，到了姬澈的房门外，发现大门紧闭，到了这个时候，司徒安也不管什么礼貌不礼貌了，一脚踹开就冲了进去。

房间里的一切陈设都很有条理，红木的地板干净得一尘不染，在房间的正中，赫然躺着一个人，我和司徒安在看到那人的一瞬间，心就提了起来，急急忙忙地跑过去将趴在地上的人拉起来，一看，竟然正是活宝。

活宝的脸色十分苍白，而且是那种没有血色的苍白，司徒安给他把了把脉，咬着牙怒道：“还有一口气！赶紧的，救人！”

抱起活宝，身体一窜就冲了出去，快得几乎连影子都看不到。当我冲到房门口的时候，连他俩的影子都看不见了。

我本想冲上去，但就在我刚刚抬起脚步的时候，身后忽然有一个声音响起来，“你留在这里，不要离开一步，不管任何人，都不能让他进房间一步。”

这是姬澈的声音，他的声音我绝对不会听错，身体被人拉着退了几步，只感觉一阵风从我身旁飞过，敞开的房门一下子就被合上了，将我关在了房中。

我呆呆地站在屋子里，大口大口地吸着气，天啊，这到底出了什么事？

房间里十分安静，除了红木楼外四角屋檐下的竹筒风铃发出的咚咚声之外，一片沉寂，我拧着手指在房间里局促不安地转了好几圈，始终不知道要怎么办，是跑出去看一看活宝，还是听姬澈的话留着这里？

挣扎了许久，我最终还是压住了自己要冲出去的冲动，我应该相信姬澈，而且有他和司徒安在，活宝应该没有什么事。

花了很长的一段时间，我才将心里的那一股恐惧和慌张压下来，开始去想到底出了什么事。

按司徒安说的，骗走活宝的那个人是我，但是很明显，那个人绝对不是我，极有可能是假扮我的样貌。他将活宝骗到这里做什么？又有什么目的？

假扮我的那个人又是谁？

登桓山民风淳朴，世世代代生活在这里的人都很朴素，彼此又都很熟络，如果假扮我的那个人是登桓山内部的人，这似乎不大可能，那会不会是因为姬澈关闭了迷魂幻境，而导致护住登桓山外的幻境也一并关闭，会不会有外人乘着这个空隙溜进了登桓山呢？

是有这个可能吧，以姬澈所说，登桓山方圆五百里，虽然祭祀期间各个能够进入村子里的道路都有专人看护，但是我认为，那个人既然能够假扮我的样貌，自然也能假扮别人的样貌，想混进来的话，并不是没有可能。

可是，又是谁对登桓山如此了解？知道迷魂幻境会在何时关闭，而掐准了时间不差分毫地混进来？

就在我百思不得其解的时候，安静的房间中飘进来一个十分虚弱的声音。

声音十分模糊，分辨不出来说的是什么，我紧绷的神经一下子紧到了极点，连心跳都猛地停了下来，所有的一切声音都被摈弃在外，只有那如同鬼魅一样的声音一遍一遍地响在心口。

声音似乎是从屋外传进来的，隔着一扇木门和紧闭的窗户，听起来十分缥缈，我定了定神，压住心里的恐惧，一点一点地挪着步子，朝那声音飘过来的地方谨慎地挪过去。越靠近门口，声音变得越清晰，已能够清晰地分辨出是人的说话声，不，准确地来说是一个人极力想呼喊却提不起力气的呻吟声。

声音听起来十分虚弱，不难想象出发这个声音的人此时正经受着莫大的痛苦。心又一次提到了嗓子眼，我慢慢地挪着脚步，靠近房门的时候，已经能够分辨出说话的声音是一个女人，而且，声音还十分熟悉。

我贴在门扇上，极力分辨她说的是什么，听了很久，我才听出来，那不是说话声，而是呼救声，她喊得是救命！

耳朵贴在门扇上，能够清楚地听出那声音发出来的地方就是在门口，而听声音虚弱的程度，这人一定是到了生死的边缘。

轻手轻脚地将门扇拉出一条缝来，透过那缝隙，我看见在门外的台阶上，躺着一个白衣女人，她身上的白裙已经被鲜血染红，用一只满是鲜血的手无力地拍着身下的木板。

看得出来，她已经没有力气了，敲木板的声音还没有她喊救命的声音大。

我一下子将房门完全打开，跑出去将她趴着的身子正过来，当我的目光落在她脸上的那一瞬间，浑身上下几乎同时一个战栗，“沐，沐沐？你，你怎么成这个样子了？”

她微闭着的双眼艰难地睁开，嘴唇一张一合，似乎很是意外，“公，公主？”一下子就昏死了过去。

“沐沐！沐沐！”

我用力地摇着她的身体，心里生出的那一股恐惧顷刻之间吞没了我所有的意识，害怕，无法相信，惶恐，所有的情绪一下子席卷而来。

这到底出了什么事啊？

我将沐沐拖进房间里，整个过程中手脚都是颤抖的，然而，就在我将重伤的沐沐平放在地板上的那一刻，一件令我无论如何也不敢相信的事情，发生了。

一根长长的银针，刺进了我的心口！

银针的那一头，是沐沐那一只淌满了鲜血的手。

银针刺进我心口的那一瞬间，身上所有的力气在一瞬间完全溃散，伴随着来的，是一股无法抵挡的疲惫和虚弱。

她刺中的地方，是我不死的命劫！

身体像是一摊烂泥一样地倒在了地上，而沐沐却站了起来，一双冰冷的眼睛带着浓烈的蔑视和冷血。

“他不是告诉过你，不要离开这里一步，不管任何人，也不能让他进房间一步吗？你连他的话也不听了？”

她说话的声音已经不再是我熟悉的音色，也不再有之前的唯唯诺诺。

这个声音，不是沐沐的。

“你，你是谁？”

她蹲在我身边，微笑地看着我，“我就是沐沐！”

“狗屁！”连说话都要费这么大的力气，“你把沐沐怎么了？”

她冷冷一笑，“当真是姐妹情深哪，可惜，你应该没机会知道了，好好睡吧。”

模模糊糊的视线之中，我看到她站起身子，头也不回地朝门口走去，双手带着门扇，缓缓地合上。

房间里再一次陷入了沉寂，这一次，连那竹筒风铃的声音也听不见了。

上一次在沧海之城的时候，姬澈用手段让我陷入了沉睡，那个时候我还能凭借一点微弱的意识用鸿蒙之气唤醒龙魂，而这一次，我再也没有任何的办法可以让自己苏醒过来。并不是因为鸿蒙之气已经所剩无几的缘故，而是因为，这一次，她刺中的是我的命劫！

当我再也没有力气不让眼睛闭上的那一刻，所有的一切，都随着我的沉睡，陷入了无尽的黑暗。

“会有梦吗？我是不是真的要一梦百年？”在意识完全丧失的前一刻，我在心里对自己说，“姬澈：你能不能，再救我一回。”

第九章 一世人心

第一节 尚天宫

完全丧失意识是一件很可怕的事，那不是睡觉，也不是昏迷，而是彻彻底底地失去自己的一切。

好在，当我完全陷入那种状态之后，这所有的一切可怕的东西，与我而言都失去了意义，现在，就是有人砍我一刀，我也不会有任何的感觉。

触觉、听觉、呼吸、心跳，所有的一切都不复存在，时间在这个时候，变得格外的没有意义。

没有时间的概念，在那一片虚无的黑暗里我也不知道过了多久，一刻钟？一天？一年？

完全没有任何的感觉，好像也仅仅只是过了一个眨眼的时间，如一个悠远到永恒的瞬间，在那一片虚无的黑暗里，猛地一个震颤，仿佛一切都蠕动了起来，身体所有的知觉和触感在一瞬间完全地复苏过来。

微微睁开眼睛，眼睛像是被蒙上了一层薄纱，看见的一切都是朦朦胧胧的，似乎有声音在耳边响着，那么近，又那么远。

迷迷糊糊中，似乎有一张脸，正焦急地看着我，身子像是被摇晃着，慢慢地，声音变得清晰起来，那张脸也一点一点变得有了颜色。

不是姬澈。

“叶姑娘，你醒了么？”

有一股气压在喉咙口，被他这么一摇晃，就咳了出来，我捂着胸口坐起来，面前是司徒安惊恐的模样，正在给我拍着后背。

我贪婪地呼吸着空气，像是即将溺水而死的人忽然间被人救了起来，从未觉得呼吸也是这么舒畅的一件事。

过了很久，我才缓过来，司徒安也停下来为我拍后背的手，蹲坐在我面前，一张苍白的脸呆呆地看着我，“你吓死我了……”

我看着那一枚放在我身旁的银针，记忆一点一点地涌上来，沐沐拿着这根银针刺进我命劫的手，她那冷血的声音和带着狞笑的脸。

“沐沐呢？”我问司徒安。

“不知道。”司徒安说道，声音很飘忽，带着颤抖，“你怎么成了这个样子？谁干的？”

我从地上坐起来，感觉身子流失殆尽的力气正在急速地恢复着，有不死心在，我的恢复能力无人能及。我很庆幸，那个沐沐在刺中我命劫之后，并没有取走我的不死心。

我摇了摇头，并不是我包庇沐沐，我确定的一件事就是，刺中我命劫的那个人，绝对不是沐沐。

我再问，“姬澈呢？”

司徒安从地上坐起来，擦着额头上的冷汗，“上山顶了，燕子这一回受了很重的伤，现在算是捡了一条命回来，雪狼担心还会出什么岔子，就决定先将在山顶祭祀的人遣散。”

顿了顿，再道：“我跟着过来看看你，没想到一进门就遇到这情况。”

说完，深深地叹了一口气。

“我要上去。”

“上去？”司徒安一怔，“去哪？”

我指了指头顶，“剑冢！我要去找姬澈。”

司徒安又是一怔，露出了一副很为难的样子，“这，这个……”

我并没有要征求他意见的意思，也不是他说不可以我就会放弃要上去的打算，因此，在我说完之后，也没在意他有什么样的反应，人就已经朝外走去了。

我之所以一定要上剑冢，是因为我觉得这一次发生的事太不同寻常，那个易容成沐沐的人怀里揣着的一定不是什么慈悲心思，在这里最有价值的只有两样东西，魔剑和缚龙索。

然而这两样东西都与姬澈有关，这就不得不让我担心起姬澈来。

门刚刚被拉开，司徒安这个时候总算是反应了过来，身子如同鬼魅一般出现在我面前，挡住了我的去路。

但是，还没等他说一句阻拦我的话，就听到在他身后一声愤怒的狼号之声赫然炸响，我和司徒安被吓得一阵哆嗦，扭头一看，阿狼正在门外的台阶上怒目瞪着司徒安，一副要把司徒安活吃下去的凶横样子，看它蓝色狼眼中的怒火，似乎是在对司徒安说：“你小子再拦她一下试试？本狼王活吃了你信不？”

司徒安看着阿狼，高突的喉结动了动，面对阿狼，司徒安似乎表现出了一种惧怕和纤弱。

“乖，不闹，回去我给你弄烤山鸡吃，整只的。”

阿狼似乎也不买他的情，对着司徒安又是一吼，这一声比刚刚那一声还要响亮，司徒安赶紧退后两步，将大半个身体藏在了门扇后。

阿狼收起了那一副威胁的眼神，转头看着我，一双耳朵动了动，然后将头转向一个方向，似乎在说：“快走吧。”

我看了一眼被吓得不轻的司徒安，微微笑了笑，就跟着阿狼走出了房子。

通往剑冢山的石阶之上有大批大批的人正在匆匆往下赶，虽然每一个人的脸上都是一副很惊恐和慌乱的神色，但是他们下山的秩序并不混乱。

人群很嘈杂，呼喊声淹没了大半的声音，我拉住一个人，问他山上到底出了什么事，为什么大家都往下赶？

那人似乎很是惊恐，“船，好多的船……”

他只是说了这么一句，就慌慌张张地撇开我的手，逃命似得跑开了。

我看着那人跑开的背影，和从我跟阿狼身边急急忙忙跑过的人群，心里就生出一种很不安的感觉。

登桓山姬姓的族人很多，如今一股脑的从山顶拥下来，窄窄的石阶显得十分拥挤，阿狼个头太大，几乎都挤不上去。

混乱之中，我又拉住一个人，问他山顶到底出了什么事，那人只是看了我一眼，就甩开我的手，随着人潮跑远了。倒是有几个人过来阻止我上山，但他们也只是口头上喊一喊，我说我要上去找姬澈之后，他们也并没有要过来强行制止的意思。

所有人的脸上都显得很惊恐和慌乱，似乎是有什么大事要发生，我站在石阶入口处，看着那一个一个从我身边跑过的人，有的或许会看我一眼，有的或许会叫我一起赶紧跑，在所有的面孔之中，我没有看到楚玥和姬澈。

当下山的人群逐渐少了之后，我和阿狼开始朝山顶狂奔而去，石阶是盘旋往上的，加上迷魂幻境已经关闭，不用担心会迷失在这里，跑起来并不太吃力，但是剑冢山奇高，要想登顶，也是一件很不容易的事。

阿狼的速度很快，我都跟不上它，好在阿狼会放慢速度等我，因此，我倒也不至于被它扔下。

山顶十分宽广，是一块巨大的平地，在平地的正中，有一座巨大的宫殿，在宫殿之外，有大片的牛羊三牲祭品，还有一些钟鼓之类、祭坛和青铜大鼎。

在一两炷香之前，这里一定十分热闹，但是现在人去楼空，显出莫名的萧条。

我和阿狼站在成排成排的祭品之外，木讷地看着这一切，光线不知为何，竟有点阴暗，丝丝冷风吹在巨大的平地上，似幽灵飘过一般的森寒。

“叶姑娘，这里，不是你应该来的地方。”

一道冷冷的声音从身后飘来，那声音一飘入耳朵，我浑身的汗毛都竖了起来，这不像是人可以发出来的声音，音色平得没有任何的起伏，没有任何的情感。

“幽鬼？”

我身子一颤，缓缓地转过身子，身后，一团人形的黑雾静静地飘在半空中，宽大的衣帽将他的面孔完全遮住，飘飘忽忽的，像是一团来自地狱的鬼火。

身边的阿狼见到幽鬼，表现出来一种很淡定的神色，睁着一双巨大的狼眼悠悠地看着他。

我压住心里的恐惧问他，“姬澈在哪里？”

他飘浮的身子定了一下，然后一声不响地缓缓朝那宫殿飘去，回头看了我一眼，似乎在对我说“跟我来”。

我愣了一下，壮了胆子跟上去。

跟在幽鬼的后面，是一种很考验胆量的事。阿狼静静地跟在我身旁，有它陪着，心里那股恐惧和心颤好了不少，但还是有点毛毛的。

太安静了。

我想打破这种令人很不舒服的寂静，就问幽鬼，“你怎么在这里？我到这里之后就没看到过你了。”

“我一直都在这里。”幽鬼的声音依然没有任何的起伏和变化，“我除了负责打理这座宫殿之外，还肩负着维护这里的秩序的任务。”

“秩序？”我挑了挑眉，“这里一个人都没有，还能有什么秩序？”

他的声音依然很平，“迷魂幻境的秩序。”顿了一下，又道，“再说这里除了我之外，也不是没有其他的活物。”

说话间，我们已经来到了宫殿的大门外，透过那萦绕在宫殿四周缥缈的雾气，已能看到清宫殿匾额之上写着的三个大字，那是靖国的文字，而这几个字，我却认得。

尚天宫！

看到这三个字我脑子里冒出来的第一个念头就是，居然刻的不是“剑冢”？

幽鬼到了这里，并没有丝毫停留，宫殿的大门并没有关闭，大开着，我们从摆放有序的祭品之中走过，沿着高高的石阶进入宫门之中。

一片黑暗和一股亘古的沉寂直扑过来，宫殿之内有一条长长的红毯，铺在入门之处，一路延伸到看不见的黑暗里。

红毯不宽，约有四尺，在红毯的两旁有一列粗大的木柱，木柱一侧燃着火盆，一路看过去，足有十几盆之多，而依我的视力，居然看不到尽头。

倒不是我视力不好，是因为这里实在是太黑了，是连那些火盆闪出的火光也照不透的黑暗，一种沉闷和压抑让人喘不过气来。

虽然这条红毯看不到尽头，但是凭借着火盆发出的光亮看清脚下的路也不成问题，而这些火光，除了照亮红毯和那些石柱之外，似乎照不出别的任何东西。

脚落在红毯上的声音很轻，但是在这空旷的大殿之中，这极轻的声音就变得十分清晰，加上前面还飘着一个鬼魅一样的身影，这简直就是一场噩梦。

第二节　古兽白泽

沿着那条红毯铺就而成的幽暗大道，一路前行，像是永远也没有尽头一样，阿狼静静地跟在我身后，连一点点的声音也没发出来，它粗重的喘息声都是压制住的。

看样子阿狼也不是经常来这里，这种压抑到灵魂里的沉寂和亘古一样的黑暗，不管是人还是动物，都逃脱不掉。

除了那些火盆、木柱以及艳红的红毯，什么也看不见，幽鬼飘在空中的身影在重重火光之中显得愈加的鬼魅，压在胸口的那股沉闷让我忘却了在这条红毯上究竟走了多久，只能感觉手心浸出的冷汗越来越多。

终于，在视野的尽头，我发现了除了火光之外，一种完全不一样的光，纯白的，在红毯的尽头之处，像是通往天堂的入口。

“那里是出口吗？”

我轻声问前头的幽鬼，轻轻的声音在大殿之中一遍遍地回响着，我几乎被自己的声音吓死。

“嗯。”

他没有说更多的字，轻轻地一句，如幽灵一般的空灵，和我的声音完全不同。

我们加快了脚步，朝那一片纯白的光芒走去。

那一点光点随着我们加快的脚步逐渐变得明亮起来，慢慢地，那光点取代了四周的火光，但是比这些火光更加明亮，没有那股沉闷和压抑，心口的那股恐惧和惊骇也逐渐被一股轻松的感觉所取代。

是一扇大开的门。

黄昏的光芒从门里照进来，我们走进那一扇光明里，一瞬间，如迈入了虚幻的云海，视线大开之中，似乎不大看得清眼前的东西，从黑暗一瞬间步入光明，眼睛还不大受得了那股强光。

我用手挡住眼睛，等适应了这样的光亮之后，将挡住眼睛的手拿开，脚下是一道长长的石阶，石阶下的平地之外，是嶙峋的山石，遥远的天尽头，有五彩的霞光，沉沉的落日。

幽鬼依然在往前飘着，看样子并没有等我，我看了看一旁望着我的阿狼，跟了上去。

石阶很长，足有百阶之多，我和阿狼一路往下，跟着幽鬼飘忽的身影，走过那宽阔的平地，步入那一片嶙峋的山石之中。

黄灿灿的夕阳光虽然很晃目，但将脚下的碎石照得分外明朗，沿着那些没有道路的碎石堆，我们一路无话，但我在心里盘算着，再这样走下去的话，应该是到山崖边儿上了。

乱石之中草木颇多，走起来十分缓慢，阿狼倒是不把这里放在眼里，一蹬一跳也就过去了。

我没有它那么灵敏，只得四个“爪子”并用，翻过那些巨石，走起来十分不容易，并且速度缓慢，这就不得不让阿狼和幽鬼放慢速度等我。

走了约有一刻钟，面前的幽鬼停了下来，阿狼也停了下来。

我爬上挡住去路的一块山岩，举目一望，面前不远，正迎风站着一人，水蓝长袍，白发飞舞，那一把青色的古剑，合着剑鞘被深深地插进他身旁的岩石之中。

“主人，叶姑娘来了。”

幽鬼看着那一道缥缈的人影，如鬼魅一样的声音在耳边缓缓响起。

我站在巨石上，傍晚的风有点冷，吹得我一头黑发洋洋洒洒的，阿狼也跳了下来，站在我的身旁。

姬澈没有任何反应，不知为何，我看着他的背影，有说不出的凌乱和伤情。

以姬澈的本事，他一定早就知道我过来了，但是即便现在幽鬼提醒姬澈我已经上了山，他依然一点点的反应也没有，静静地看着山下，舞在风中的白发如一道烟霞般，缥缈又虚幻。

幽鬼的身形在空中顿了一下，身子一晃，如一股黑烟一般缓缓飘走了。

要从我这里到他站的地方，并不是很远，路也不是十分难走，我理了理被风吹乱的头发，想从巨石上滑下去，到他的身边。

身子还没动弹，那些吹过我身体的风忽然一个打旋，那些本该从我身旁穿过的风忽然将我裹住，驮着我的身体，飘向他的身旁。

在他身下的巨石上落下脚，山下的云很厚，风也很大，吹得身上的衣裙都飘了起来，透过那云层之间的间隙，可以看到一片碧绿的裙衫，那被群山环抱着的村子在飘忽的云雾之中，变得如仙境一般的美丽。

只是……

山下村子里的呼喊声被风裹着带上来，很嘈杂，下面，好像乱成了一锅粥。

有哭闹声，有叫喊声，那些声音被风吹乱，成了碎片，如厉风刮过沟壑，变成了飘在风海里的狼言魅语。

“楚玥呢？”

我看着他的侧脸，轻轻地问。

他依然看着山下，也不回头看我，声音很轻，如尘埃一样，“尚天宫里。”

我愣了一下，又问：“你站在这里做什么？山下到底出了什么事？”

他喉结动了动，转过头看向我，问道：“你看到了什么？”

我再次一愣，不知道他说的是什么意思。

他苦笑一声，“登桓山，是要毁在我手里了吗？”

他低头看着自己的手掌，很是难以理解的眼神，忽然就挥了挥袖子，那些飘在登桓山上每一个地方的风忽然之间就变得狂暴了起来，无尽的风如万千奔腾的巨浪一般一刹那就将山下厚厚的云层吹散。

视线一时间变得无比开阔，我站在登桓山最高的这座山上，举目一望，能看出数百里的距离，那一片无尽的海，那绵延的群山，那瑟瑟的冷风，和那万千五彩的霞光，我惊叹这样的美景，吃惊于姬澈这样的手段，然而只是一瞬间，所有的一切，完全被愕然取代。

在那一片无尽的海中，数不清的锯船已经将登桓山团团包围，在海天相接之处，密密麻麻的船几乎将大海都给填平了！

“羽华的船。”

姬澈的声音很平静，然而在这平静的声音之中，却带着一种深深的疲惫和叹息。

“他到底还是不愿放过我，到底不愿放过登桓山。”

在看到那些船的一瞬间，我的心完全乱了。

我愣在那里，看着那些船，看着那些逃难似得村民。

我拉住姬澈的胳膊，刚要说话，姬澈却反手拉住我的手。

他看着我的眼睛，感觉不到他握住我的手又颤抖的样子，也感觉不到他是不是藏起来了害怕。

“后悔跟我到了这登桓山吗？”

我看着他的眼睛，深邃的眼眸之中却生出一丝异样的笑意，那样的平静和深邃，似乎只要一掉进他的眼眸之中，就永远也爬不起来了。

“你后悔将我带到这里了吗？”

他微微一笑，松开我的手去拿青冥。

“生死都不悔。”

他空着的手揽住我的腰际，脚尖一点，如一股清风飘然而起，落地之时，已在那宫殿外的平地之上。

他放开我，单手提着青冥，一步一步走进那巨大的宫门之中，在那一瞬间，我有一种错乱的感觉，我仿佛看到了当年暮辰提着青铜剑一步一步走向朝堂里的场景。

忽然之间就明白了这是一种什么样的感觉，也忽然明白了姬澈是要做什么，他是这里的主人，受姬祁的遗命守护着这里，他是不会离开这里的。

他保护了我这么久，在他最危险的时候，我怎么可能什么都不做呢？

可是刚刚抬起的脚步，却被一声低喝止住，“站在这里别动。”

他的身子已经进入了宫门之中，阿狼这个时候从后面赶过来，站在我的身旁。

一片深黑的宫门之内逐渐亮了起来，那种光不是火光，也不是日光，说不上来是什么，金黄金黄的。

随着姬澈越往里走，宫殿之中亮起的光也就越强烈，似乎他的身上也有一丝丝青色的光芒在跳动，很轻微的光，似乎还能听见他沉闷的脚步声。

“今日，我将你放出来，你若听我的，我放你永生自由，你若逆我，定为一死！”

姬澈低沉的声音带着一种恐怖的威压，在空旷的大殿之中如闷雷一般回响着，随着他的声音，身上那一股轻微的青光愈发的强烈起来，而弥漫在整个大殿里的金黄光芒也一瞬间剧增。

一时间如万丈的金光从宫殿之内射出，刺得人睁不开眼睛，我不想放过任何一个细节，强忍着刺眼的光直直地看着射出万丈金光的宫殿大门。

缓缓地，那一股强烈的金光逐渐消散，巨大的宫殿重新被黑暗一点一点地吞没。

似乎有什么声音从里面传出来，十分沉闷。

“这一族人，祭祀你百年，如今，这一族人有性命之危，守护他们吧，就像他们守护你一样！”

这是姬澈的声音，声音渐行渐近，一团巨大的影子从宫门外的石阶上一点一点地弥漫过来，眨眼之间，那一团巨大的影子就将我和阿狼完全笼罩其中。

是一头猛兽！

一头比阿狼更加巨大的猛兽，通体雪白，有雄狮的身子，牛一样的双角，山羊一样的胡子，如马一样的四蹄！

古兽白泽？！

他们祭祀的，是白泽？

阿狼在看到这一头巨大的猛兽之时，一连退了好几步，身上那一股王者之气，一刹那全散了。

它实在是，太大了，如那一扇巨大的宫门一样巨大。

姬澈提着剑，脸色冰冷地站在白泽身前，微微抬起了空着的左手。

白泽巨大的嘴巴缓缓张开，一个深黑色的东西从它的嘴里吐了出来。

那东西被一团古青色的气流托着，缓缓地落在姬澈的手中，我定睛一看，是一把没有剑身的剑柄！

这是——魔剑的剑柄！

第三节　幻术迷影

很久之前姬澈就对我说过，魔剑被铸造它的铸剑师碎成了九截，以自身灵魂融入其中，成了魔剑的剑灵，并将魔剑封印起来，让城里的古兽守护，不让任何人染指。

以目前的情况来看，魔剑的确是被碎成了九截不假，姬澈自己的身上，带着八片魔剑的碎片。

但是在这八片魔剑碎片之中，只有剑身的碎片，剑柄却并没被姬澈带在身上。

原来，守护剑柄的并不是姬澈，而是古兽白泽。

那这白泽古兽，莫不是那上一个不死人留在这里的？

能够收服这样的远古异兽，除了不死人之外，我想不到普天之下还有什么样的异能者能有这样的本事。

姬澈提着青冥，站在古兽白泽的身前，简直不成比例，但是他身后的白泽古兽对于自己身前站着的这个人，并没有表现出一点点的敌意。

虽然比不上阿狼这样温顺，但也是站得毕恭毕敬，似乎只要姬澈发出命令，它就会不折不扣地执行。

姬姓一族祭祀着古兽白泽，白泽守护在魔剑剑柄，并看护着这一族人，这就是登桓山的秘密吗？

站在白泽身前的姬澈，自然而然地散发出一股王者之气，这是借白泽之势所散发出来的，但我确定，若不是姬澈本身就带有那股气势，也不会在这一刻露出那一股君临天下的气概。

魔剑在手，又有白泽庇护，浩浩天下，谁是敌手？

这会是姬澈完全不为人知的一面吗？

我从来没有见到过这样的姬澈，比任何时候都要沉稳，也比任何时候都要强大，那一股王者之气会让所有人不自觉地对他跪伏。

握在左手间的剑柄化作一股气流融入姬澈的身体，这个时候，所有魔剑的碎片都齐聚在他的体内，但是，我并没有看到他有要把碎裂的魔剑重聚的举动。

我记得姬澈对我说过的每一句话，碎裂的魔剑一旦重聚，就和使剑的人的命绑在一起了，一旦魔剑再度碎裂，使剑的那个人，也就魂飞魄散了。

这是一等一的凶器，一等一的戾器，一旦没有办法控制魔剑的魔性，极有可能会被魔性控制。这是最后的底牌，他只有在生死存亡的时候才会这样做。

现在，还不到那个时候。

姬澈的目光落在我的身上，脚步轻轻迈下，沿着那高高的石阶缓缓向我走来，声音轻轻的，却带着不容反抗的威压对身后的白泽说道："白泽，护着山下的村民退到龙城。"

白泽巨大的脑袋动了动，四只有力的蹄子猛地一用力，从我们的头顶一跃而过，落在地面上，震得有些颤抖，巨大的身子似乎让它的反应和灵敏度有些不足，但绝对不影响它的速度，只是一闪间，它已经到了悬崖边上。

白泽巨大的身体是没有办法沿着那窄窄的石阶下到山下的，但是它有它的办法。

直接跳下去。

那一定是很震撼的场景，对于这种近乎逆天的远古异兽，这么一个小山头可不在话下。

姬澈在我身前停下脚步，面带微笑地看着我，不知为何，看着他的眼神，心里很莫名的就生出了一种敬畏。

我爱上的这个男人，他是如此强大。

"害怕吗？"他问我。

"怕什么，我又死不了，再说，我还能唤醒龙魂一次，虽然顶多只有一刻钟的时间，但是，以龙魂之力的强大，我想，这里谁也拦不住我。"

他饶有兴趣地看着我，"白泽呢？"

我看着他的眼睛，默了默，道："可以试一试。"

他笑了起来，然而笑容很快就收敛了起来，声音忽然变得有些伤情，"叶凝，答应我一件事。"

"如果要我逃跑的话，你还是不要说了。"

我这句话，他仿佛充耳不闻一般，我赶紧补上一句，"如果你想再把我弄晕的话，你也不用费力气了，我会自己让自己醒过来的。"

他却说："不管我今天会有什么样的下场，你都不许用心头血救我，如果你要这样做，我醒过来的第一件事，就是抹自己的脖子。"

他的眼神很坚定，这不是说玩笑话能够表现出来的眼神，我知道，他说的都是真的，他真的会这样做。

“那好啊！”我摸了摸阿狼的狼头，“那我一定会寸步不离地跟着你，不会让你出一丝一毫的意外。”

天色逐渐黑下来，天边的云霞被狂乱的风吹散，那一点一点侵蚀登桓山的黑暗之中，似乎已带有浓烈的血腥之气，和一场残忍血腥的屠杀。

我跟在姬澈的身后重新走入尚天宫，阿狼跟在我们身后，不知是不是被白泽的气势吓到了的缘故，它显得很是颓废。

此时的尚天宫跟我进来的时候大有不同，不再有那股无法穿透的黑暗，可以看清整个镂空的大殿里模糊的轮廓。

除了成排成排的木柱之外，没有任何东西，一切都尽览无疑，但是每一根木柱之上，都刻有一些诡异的符文，有的木柱上有一个，而有的木柱上则有三两个，多的甚至有六七个。

这个符文都上着金漆，是刻琢在木柱之上的，所有的符文上都散发出一种十分微弱的金光，这些金光将巨大的宫殿照亮，成片成片的木柱如一片林子，阴森得很。

这些符文，应该就是困住白泽的巨阵，姬澈解开了阵法，放出了白泽，取出了封印在白泽体内的魔剑剑柄碎片。

宫殿里一片幽静，走在那狭长的红地毯上，前面没有了幽鬼飘忽的身影和压人心魄的黑暗，倒是心安了不少。

“楚玥和幽鬼呢？怎么不在宫殿里？”

宫殿里空空荡荡，一览无余，在这宫殿里，我没有看到楚玥和幽鬼一点点的影子。

“不清楚，可能出去了吧。”

姬澈的声音在前头轻轻地响着，我心里又是很莫名的一沉。

跟在姬澈身后，速度都快了不少，走出宫殿正门之时，清晰地感觉到尚天宫里所有木柱上放光的符文在迅速变暗。

宫殿黑了下来，殿门之外燃着的篝火将那一片平地照得一片昏黄，成堆的祭品有序地摆放在一起，和我刚刚进来的时候没有任何的不同。

“你放出了白泽？”

一道清亮的声音从祭品之外传来，我们停下脚步，发现楚玥正冷着脸，疾步朝我们走来。

“嗯。”姬澈点了点头，“这一回，登桓山可能要被毁了。”

“那你还在这里做什么？”楚玥在姬澈面前停下脚步，质问道，“你知不知道山下面乱成什么样子了？”

“让他们都先退到龙城，我带着……”

姬澈的话还没有说完，忽然之间，楚玥的身后一道黑光带着厉风直直扑过来，我一句小心还没喊出来，姬澈的反应却已经先我一步，将楚玥往自己怀里一揽……

“别碰她！”

这一声怒吼不是我发出来的，也不是楚玥。

只听到一声尖刀入骨的扑哧声，随后就是一道我永远也忘不了的声音从姬澈的怀里传出来。

“你还真是不小心……嘻嘻，怎么能往我的刀口上撞呢？”

姬澈怀里抱着的那个楚玥，手里握着一把短刀，那把短刀，此刻正深深地刺进姬澈的胸口之中！

一股巨力将怀里的那个人震开，姬澈手中的青冥无力地掉在地上，捂着自己的胸口踉踉跄跄地退后好几步。

我一下子捂住了自己的嘴巴，又一下子像是噩梦初醒一般放开自己捂着嘴巴的手，冲过去抱住要倒地的姬澈，如同傻了一般不知道该怎么去做。

前面，传来一个人落地的声音。

“阿澈！”

我从头到脚又是一个激灵。

楚，楚玥？

篝火强烈的火光之中，一个纤细的人影颤颤巍巍地走过来，一手捂着自己的胸口，一手提着一根黑色的长鞭。

两，两个楚玥？

刺中姬澈的楚玥看着走过来的那个楚玥，声音冰冷，带着几分嘲笑，“你倒是来得很快，早知道你这么扛打，我就多用几分力气了。”

“你到底是谁？”提着长鞭的楚玥厉声问道。

“嘻嘻。”刺中姬澈的楚玥奸笑一声，脸上的容貌飞速变化着，“我是谁并不重要，重要的是，我已经完成我的使命了。”

我低头看着被我抱在怀里的姬澈，刺进胸口的短刀格外刺眼，又转头去看那个楚玥，她脸上的容貌已经停止了变化。

那是，沐沐的脸……

我和楚玥几乎同时呆滞了……

“装了这么久的柔弱，真是受够了。”那个沐沐低眉看着自己的双手，“你们一定很奇怪，为什么看不出我用过幻术吧？”一声冷笑，“那是因为，我从来就没有用过幻术。”

她双手的指甲迅速变长，用奇长又锋利的指甲划破自己的脸，没有血流出来，但是似乎划破了一层皮。

在她划破自己脸皮的同时，她的身形也在缓缓地长高！

“这一张人皮，我带了好几个月，脸都快捂坏了……”

她奇长锋利的指甲挑起那一层被自己划破的皮，用力一扯，就将一整块人皮从自己的脸上，扯了下来！

那一张人皮后面，是我从来都没有见过的脸。

而她拿在手里的那张人皮的面貌，竟，竟然是沐沐的样子！

“这一张脸，并不是我用幻术做出来的，而是，剥下来的。”

我浑身一震。

剥下来的？

我大吼，“你，你对，对沐沐做了什么？！”

她现在，明显比沐沐高出了半个脑袋，偏过头来看着我，像是看白痴一样的眼神。

“做了什么？”又是一声冷笑，脚步缓缓抬起，朝一个篝火堆走去，眼神却始终落在我的身上。

“我从沐沐离开晋宁王城的那一刻起，就跟着她，还记得我跟你说过的吗？有个人跟着她到了沧海之城，那个人，叫颜沄。”

“其实，跟着她的人不是一个，而是两个，另一个，被雪狼杀死在了沧海之城。她本来就是去送死的，为我的出现扫清雪狼的怀疑，假沐沐已经死了，那么，就不会再有一个假沐沐！戴上沐沐人皮的那个人，就是沐沐！”

“我学她的所有，说话的语气，胆小怕事的软弱，和对你的忠诚。”她在篝火旁停下脚步，将挑在指尖的人皮一放，扔进篝火堆里，“我就是那个沐沐，如假包换的沐沐。”

“我扒了她的皮，带到了自己的脸上，跟着你们混进了登桓山，为的，就是现在这一刻。”他指着我怀里的姬澈。

“他还死不了。”她微微一笑，“刀子再深三分才会致命，但是，你别想着要把刀子拔出来，这把刀，是高手匠人特意打制的，刀身上带有倒刺，平日看不出来，但是在刺进他身体的一瞬间，倒刺就已经展开了，如今刀已经扎进了他的心脏，只要你一拔刀，那些倒刺，就会将他的心脏撕裂……”

说着又是一声狞笑，“说不定，会将他整个心脏都给拔出来呢……”

“混账！”楚玥怒骂道。

她却冷笑一声，“要他命的那一刀，是要留给羽华太子的。”

第四节　颜沄

我不敢相信她说的是真的。

更不敢相信这个在我眼皮子底下兜兜转转了这么久的沐沐竟然会是假的。

但是插在姬澈胸口的短刀和面前那个我完全不认识的陌生女人却告诉我，这一切都是真的。

沐沐死了，而且死了很久了，她被这个人剥了皮，这个人还将沐沐的皮戴到了自己的脸上。这个人伤了姬澈，打伤了楚玥，骗了我，骗了活宝，骗了所有人。

“你是羽华的人？”我看着她的眼睛，“黑流星里的人？”

她并没有看我，篝火的火光照得她的影子一晃一晃的，山下传来一声声猛兽的怒吼，如同闷雷一般的响。

那是白泽的声音。

她微微偏过头来，斜眼看着我，眼神之中透露出阴冷的杀气。

“那还用说？”

她的身影忽地直扑而来，只看见一道模糊的影子。早已压制不住自己愤怒的阿狼在这一刻冲了出去，楚玥手里的长鞭在这个时候也挥了过来。

我紧紧地抱着怀里的姬澈，阿狼飞扑过去的身子被她一甩手带起的血光挑飞了出去，身体一闪，避开楚玥挥过来的长鞭，霎时间已到了我的跟前。

我再也压制不住自己心头那一股要涌出来的怒火，一片片龙鳞沿着右手的皮层翻了过来，丝丝金色的流光在我布满龙鳞的手掌之间流转，对着她扑过来的身体，就是全力一拳。

这是我愤怒到了极限所发出来的力量，拳风掀起来的气浪震得冲天的篝火一边倒，直直地扑向飞扑而来的人影，就听一声巨响，似乎地面都颤抖了起来，那飞在半空中的人影被这股恐怖的拳风击中，如一片树叶一般被震飞出去。

楚玥和被挑飞在一旁的阿狼借着这个机会，毫不迟疑地出手，长鞭带起来的破风之声极为刺耳。

我听到阿狼愤怒的咆哮声，如闷雷一般的炸响，在楚玥的长鞭缠上她身体的一瞬间，一跃而起的阿狼张开血盆大口，一口就朝她的脑袋咬了下去。

“你给我滚开！”

一声低吼从我身后猛地传来，随即就看到一道白光急速翻滚着，划过层层幽暗的光，狠狠击在阿狼的身体上，阿狼应声倒飞出去，带着一声痛苦的哀号摔在祭品堆里，那翻滚着的白光击在地上，嘣的一声闷响，停了下来，一根纯白色的棒子直直地插在地上。

楚玥的长鞭还缠在那人的身上，被楚玥一拉，摔在地上，落地之时，一口殷红的血从她的嘴里喷了出来。

缠在她身上的长鞭如同灵蛇一般缓缓地松开，她受了我刚刚全力一击，命已不长，又经这么一摔，生死只在一线之间。

我们的目光纷纷朝那棒子飞来的方向望过去，在山顶石阶的尽头之处，我看见司徒安搀着虚弱的活宝，傻傻地站在那里。

那个人倒在地上，头部好像受了重创，正在渗着血。活宝一把将已经呆成了木头的司徒安推开一旁，一步一晃地朝我们这里走过来。

我看见倒在地上的那个人在看到活宝的一瞬间，身子就急速变化起来，身体在缩短，脸也在变化着，不大一会儿，又变成了沐沐的样子。

“不用再骗老子了，老子刚刚都看到了。”

活宝的脸色十分的苍白，没有丝毫的血色。

“那，就求你给我一个痛快的。”

她看着活宝的脸，有泪从她的眼角滑落，“骗了你这么久，良心上还真有一点过不去。”

身子和脸又缓缓地变回那个我陌生的样子。

活宝路过插在岩石里的棒子的时候，将棒子拔了出来，提着棒子在她的身边蹲下，轻轻问她，“你是谁？”

“千面兽，颜沄。”

她躺在地上，从头颅里渗出来的血已经成了一个小小的血泊，她挥手擦了擦自己眼角的泪，“那一天，我故意踩到了那块崴了我脚的石头，是你背我来这里的。长这么大还没有人背过我呢，也没有人这样爱护过我，你给我建的新房我很喜欢，给我做的喜服和凤冠我也很喜欢。”

“人世于我而言，只有冷血和残酷，人之将死，其言也真，我代替沐沐承受着你对她的好，我会带着这些美好的东西，去地狱。”

我看见活宝猛地用力握住手里的棒子，又很挣扎地缓缓松开，“你昧着良心接受这些，有多久了？”

“这些已经没有意义了。”她看着活宝的眼睛，“我最恨的事情，就是在这个时候，你竟然会来这里，在我之前的计划里，沐沐不会死在你的面前，她会死得毫无痕迹，而最不甘的事情，是我不是真的沐沐。”

活宝忽然大吼起来，“都他娘的是一场欺骗，是不是？”

她沉默了很久，很费力地点了点头，“对，都是一场欺骗，把那把刀插进雪狼的胸口，就是我死前唯一的目的，把叶凝引到这里来就是我的目的，从你嘴里得知登桓山的一切就是我的目的。”

活宝低下了头，身体剧烈地颤抖着。

“都是假的？”活宝轻声地问。

她看着活宝的眼睛，死死地看着，“对，假的。”

活宝忽然笑了起来，“你他妈的到死也要骗我？！”

“阴谋而已，不用那么当真。”她在地上挣扎着，想要站起来，却始终办不到，最后，也就放弃了。

“你知道我剥你那小媳妇的皮总共割了多少刀吗？”她也笑了起来，“这是个精细的活，三千九百七十刀，一刀不多，一刀不少，我都数着，你要是想要我还回来，趁我现在还没死透，你可要快着点，相公……”

她的声音已经十分虚弱了，这些完全用透支自己生命为代价说出来的话，真真是刺激到了活宝。

用棒子撑着自己的身体，费力地站起来，我看见活宝侧脸上那痛苦而又愤怒的神色，来回变化着。

“原谅我一生癫狂，不懂你那人世的无常，世事的荒凉……”

他闭着眼睛，高高地举起自己手中的棒子，对着颜沄的胸口，狠狠刺了进去。

出奇的安静，在棒子穿透颜沄身体的那一瞬间，我从她的脸上没有看到任何的痛苦，反而带着一种解脱的笑容。

风，好乱……

吹散了活宝一头凌乱的头发。

他很久没有睁开眼睛，一直都保持着将棒子刺进颜沄身体里的动作，握着棒子的手，一直在颤抖，也许他捅破的不仅仅是颜沄的生命，还有自己渴盼已久的幸福。

“姑奶奶。”

活宝一把将棍子从颜沄的身体里抽出来，转身面对我的那一瞬间，他的眼角，是湿的。

“你不该对老子许下那样的宏愿。”提在手里的棒子正滴着血，睁开的眼睛又一次闭上，“我他妈的一个人生生死死地过了几十年，生也好，死也好，老子都他妈的扛过来了，你发什么善心给老子一个实现不了的梦？”

他哭了……

这一瞬间，我能感觉到活宝那从每一寸皮肤之中散发出来的疼痛和绝望……

我错了，真的错了，看着蹲在地上的活宝，回想起他和那个假沐沐在一起的点点滴滴，心一瞬间就凉了……

明天，他就要美梦成真了。

是我毁了他，毁了他的梦，毁了他的幸福和他一直都在奢求又即将得到的爱情。

我是个罪人。

被我抱在怀里的姬澈握住了我的手，是他的手太暖，还是我的手太凉了？竟会那么烫……

“不是你的错。”他低低的声音带着极力压制住的痛苦，响在我耳边，“先下山，我要去拿缚龙索，那东西，绝对不能落到羽华的手里！如果能够在他们攻进来之前重新开启迷魂幻境，一切都还有救。”

我抽了抽鼻子，拭去眼角的眼泪，现在大敌当前，这里无论是谁，都不能倒下。

面对，承受，冷血和残忍，是这个时候我们无法避开的。

姬澈朝司徒安招了招手，“司徒，你过来，帮我护住心脏，我要把这把刀拔出来！”

“你疯了？！”我死死地抱住他，“你会死的，会死的……”

“不会！”他对我挤出一丝笑容，“就是会很疼。”

楚玥捂着自己的胸口朝我走过来，将我抱着姬澈的双手掰开，“你放手，他不会有事的，相信他。”

我看着楚玥的眼睛，她也看着我的眼睛，相信他，这是楚玥对我说的话！

是啊，他不可能死的，他怎么会死？这么厉害的一个人，怎么会死呢？

“我来！”

我叫停走过来的司徒安，低头看着怀里的姬澈，“我来护着你，用鸿蒙之气和龙魂。”

姬澈神情顿了一下，半晌，点了点头。

我和楚玥将姬澈搬正，盘腿坐起来，问他，“要怎么做？”

“刀尖卡在了我的心脏里，我要用真气把这把刀给融了，你要用你的力量护住我的心脏，让融化钢刀的高温不要伤害到我的心脏。”

转头对我笑了笑，“我的命，可是握在你手里了，我相信你，就像你那么相信我一样。”

我心里一暖，“你不会有事的，一定不会！”

所剩不多的鸿蒙之气被我分成了两股，一股用以撑住龙魂，一股则和龙魂之力混在一起，沿着姬澈的后背，渗入他的胸腔里。

刺进心脏的刀紧紧和心脏沾在一起，龙魂之力和鸿蒙之气在刀与心脏之间形成一道隔膜，隔开心脏和刀身。

姬澈的右手缓缓捂住刀柄，一股炙热的真气一瞬间沿着那狭长的刀锋灌了进来，能够感觉到那股烤人的热浪，纯白的刀身正在以一种肉眼可见的速度变红。

刀身的温度急剧攀升着，但是这点温度对于龙魂以及鸿蒙之气而言，几乎不算什么，我感觉不到丝毫的压力。

姬澈痛苦的呻吟声让我的心一阵一阵揪着似的疼，呻吟声越是往后越是压制不住，变成了悲号……

刀身很快就被炙热的真气烘烤成了火红色，能够感觉到那些插进心脏里的倒刺正在迅速被融化。

我不敢有丝毫的松懈，神经一直紧绷着，在所有的倒刺都被融化了之后，我听到一声大吼，那一把被烧得通红的短刀，被姬澈拔了出来，丢到了地上。

第五节　镜子世界

我在翻阅古籍，寻找有关不死心讯息的时候，曾在一本古册上看到过，人的心脏之上有一个地方，若是刺中了这个地方，人不会立即死亡，这个地方是心脏里唯一不会要人性命的地方，前提是，你能立即止住血。

看来，羽华在派颜沄混进来之前，做了不少功课。

楚玥在姬澈抽出短刀的那一瞬间，帮姬澈封住了全身几处大穴，用以止血，司徒安也过来帮我扶住几乎没有丝毫力气的姬澈。

我看着被姬澈扔在地上烧得通红的短刀，心里重重地出了一口气，虽然现在姬澈的性命是保住了，但他的心口，以后会有一道永远的伤疤，那是真真正正存在的伤疤。

或许，会很疼。

姬澈在我怀里躺了很久，才逐渐恢复了一些力气，楚玥一直都握着他的手，脸上的担忧和关切没有一瞬间消失过。

我们分成两队，我和楚玥带着姬澈前往迷魂幻境取缚龙索，司徒安和活宝下山协助白泽将村民护送到龙城，不知道幽鬼去了哪里，我问了楚玥，她说被颜沄变化成的姬澈骗到了山下，她就是因为看到了那个假的姬澈才被颜沄打伤的。

我将几乎不能动弹的姬澈背在身上，没有去顾忌楚玥会有什么想法或者不爽，我只知道，我现在不能离开他，哪怕只是离开一尺的距离。

阿狼一路狂奔直下，我们跟在它身后，竟没有被落下半分，围住登桓山的无数大船已经不足十里，黑暗逐渐变深的黄昏里，席卷而来的恐惧和害怕困在每一个人的心里。

一下山，我们就和司徒安分开了，我和楚玥跑进姬澈的红房子，房门并没有关，里面是一片深邃的黑暗，如一片虚无的黑洞。

我本想直接进入屋子，却在进门的时候被楚玥拦了一下，她挥手挡住要进门的我，从自己的腰间取出一枚火折子，打亮，伸进了屋子里。

漆黑无比的房间里被火折子发出的微弱的火光照亮，黑暗一点一点褪去的房间里，隐隐之间已能看出大概的形状，空空的。

不是房间里没有人的空旷，而是，整个房间里，一片空空如也，地板塌陷了下去，房间里所有的家具陈设消失得干干净净。

在塌陷下去的地板之中，有一个大坑，深不见底。大坑是成四方形的，坑壁是由条石垒砌而成，明显是经过人工修饰的。在我脚下的门槛之后，是一条石阶，一路斜斜地往下，通向洞底。

火折子的光十分微弱，楚玥看见这一情况，脸上变得十分苍白难看，转头看向木讷的我，深深地叹了一口气，“我们来迟了，有人比我们先来了。”

我紧了紧背上的姬澈，问她，“这里，是什么地方。”

楚玥将手里的火折子往坑洞里一丢，就看到一圈模糊的光圈沿着坑壁晃晃悠悠的掉下去，很快就到了洞底，看来这个坑洞并不是很深。

“地宫。”楚玥将手里的长鞭卡在腰带上，蹲在门槛之上，朝洞底看去，“这是我第一次看到这个地宫，以前只是听我父亲和阿澈说起过，这里是存放缚龙索的地方，开启地宫的机关只有登桓山的尊主知道。”

她转过头，看着我背上半昏迷的姬澈，“登桓山上知道如何打开地宫的，只有阿澈一人。”

我脑子里莫名的一震，“那这个地宫，是谁打开的？”

很明显，在我离开这间房子的时候，地宫是没有打开的，姬澈一直都在剑冢山顶的尚天宫里，不可能回来打开地宫的机关。

那么，打开地宫的那个人是谁？他怎么知道打开地宫的方法？

楚玥面对我的询问，本就十分难看的神色又加重了几分，我知道，她心里一定早就有了很不祥的预感，但是我一提出来，心里那一股不祥的感觉就更加明显了。

“下去看看。”

她从身上的袖口里取出一双雪白色的手套，这副手套我曾经在沧海之城的时候见到过，很薄，几乎是透明的，做工十分精湛，只是，我看不出这副手套是用什么材料制成的。

戴好了手套之后，刚刚扔下去的火折子已经熄灭了，整个洞底一片黑暗，楚玥让我照顾好姬澈，她重新点燃一根火折子，举着走下了石阶。

我咬了咬牙，偏头看了看背上的姬澈，他已经虚弱到了极点，胸口的伤虽然已经不再有鲜血渗出，但伤口处的疼痛一定十分地折磨他，嘴里一张一合，不知道在说些什么。

我将耳朵贴过去，想听听在说他什么，但根本听不清楚。

石阶和房间等宽，楚玥举着的火折子光线很昏暗，照亮脚下的路都成问题。阿狼跟着司徒安去遣散村民去了，没有阿狼跟着，我心里多少有些打怵。

沿着台阶下去五六尺，已到了台阶之底，面前是一个圆拱形的石门，足有二尺之厚，巨大的门扇之上镶嵌着一对青铜的狮头门环，已经泛着深绿的铜锈，不过，让人觉得不安的是，此时的两扇巨门，已经打开了。

门扇十分厚，这么巨大的门扇，这样的厚度，寻常人不可能推得开。

在圆拱形的石门之后，是一条通道，通道的两排每隔一段距离就有一盏长明灯，当然，都是熄灭的。

楚玥举着火折子，谨慎地进入石门之内，确定没有危险之后，举着火折子点燃了石门后第一盏长明灯。

离奇的一幕发生了，在那一盏长明灯被点燃的同时，所有嵌在石壁之内的长明灯一盏接着一盏都亮了起来，如同连锁反应一样，一直亮到通道的尽头。

通道之中一片悠悠的火光，在如此亮的环境之中，楚玥手中的火折子明显派不上任何的用场了，在被这样的场景震了一下之后，就收了起来。

通道里的一切都被照得清晰无比，我们也不再像之前那样走得小心翼翼。楚玥看了看我，将别在腰上的长鞭取了下来，道：“不管发生了什么事，你都要护好阿澈，要是他再出一点点事，我就废了你！”

我咬着嘴唇，点了点头。

肩上的姬澈嘴唇依然一张一合的，似乎在说着什么，但是根本听不清。

我们以比之前更快的速度往通道里走去，通道不长，而且没有任何的岔路，不大一会儿，面前又出现了一道石门。

这一道石门和之前的几乎一模一样，石门大开，只是在这道石门两侧，却立着两尊石像，十分威武，一尊是白泽，而另一尊，似乎，是一条腾龙……

两尊石兽分侧而立，张开大口做怒吼之状，雕刻十分逼真，似乎真的是会活过来一般。

我在这个时候很自然地就联想到了在君十三娘记忆里看到过的四神杀阵，那四尊巨兽能够活过来的感觉在这一刻十分强烈，甚至于我还出现了石兽咆哮的幻听。

楚玥在看见这一扇巨门的时候，脚步只是稍微地顿了一下，就跑了进去，立在两旁的石兽并没有任何异样的变化，似乎，不是四神杀阵里那种受秘法控制的石兽。

我也赶紧跟了上去，在我穿过石门的一瞬间，我感觉到背上的姬澈忽然捏住了我的肩膀。

力道轻微，几乎不可察觉，我立即骗过头去，停下来，就听到他在我耳边一遍遍地说着什么，声音很急，很乱，但是这一回我已经能够模模糊糊地分辨出他说的是什么。

“快，快离开这里，羽华，里面的人是羽华……”

可是，已经晚了。

我立即转过身体，身后刚刚我们进来的那一条通道，已经无声无息地消失了。

我似乎是站在了一片无边的大海之上，身体踏着海浪却丝毫不下沉。

天空很蓝，一丝丝的云也没有，似乎还有海风穿过身体，凉凉的，带着丝丝的海腥之味，有白色的海鸟从头顶的天空飞过，成群成片，带着混乱的怪叫声。

前面的楚玥已经停了下来，我和一样，是站在海面上的，惊异地看着四周的一切，脸上一点一点地阴了下来，“是迷魂幻境，怎么开启了？”

“谁开启的？”我问。

“你呀！”

在我的身侧，有一个很熟悉的声音响起来，那不是楚玥的声音，倒像是我的，我立即回身，就看到一个我，背着姬澈，和我一样的动作，一样的神情。

“这里是，镜子世界？”

我当即反应过来，回想起姬澈的话，保护迷魂幻境的地方，像是有无数的镜子，镜子里的人会对你笑，跟你说话，更可以杀了你！

“不是镜子，我就是你自己。”

在我身体的另一侧，又出现了一个我，那个我同样是背着姬澈，同样是和我一样的动作，一样的神情，一丝丝都不带差的。

我见到楚玥一下子捂住了自己的嘴巴。

我背着姬澈，退了两步，那两个我并没有跟着我后退或者是前进，左侧的那个我看了看我背上的姬澈，他身上背着的那个姬澈忽然间就化成了一股青烟不见了，她神色复杂地看着我，“姬澈身上的伤好重，你应该救他。”

另一个背着的姬澈也忽然消失不见了，她也神色复杂地看着我，“是啊，你应该救他，他一直都在救你，现在是你救他的时候。”

“不……”

我背着姬澈继续后退，在心里不停地告诉自己，她们都是假的，那不是我，我才是我自己！

后退的脚步忽然被一个人挡住，是楚玥，她面带狞笑地看着我，眼神之中满是愤怒和阴冷，“谁让你背着他的？这个世界上，只有我能对他好。”

她带着白色手套的手忽然间掐住我的喉咙，咬牙切齿地看着我，“叶凝，你别想在我面前夺走他！”

“嘣！”

忽然一声爆响，掐住我喉咙的楚玥在我眼前忽然爆开，化成一团烟雾，一条黑色的长鞭忽然缠在我和姬澈身上，一用力间，身体就被拉着飞起来，然后被一个人接住。

“别相信这里的任何一个人，都是假的，都是镜子。”

是楚玥，她拉着我的手，用手中的长鞭将我的手和她的手绑在一起，“我们不能分开，记住！”她将我们绑在一起的手举起来，在我眼前晃了晃，“绑在你身上的人才是我，背在你背上的人才是阿澈！”

我用力地点了点头，背着姬澈的那只手更加用力地抱住姬澈的腰部。

在这一片大海里，竟然出现了三个我和两个楚玥！

“她背着阿澈，你能放心吗？”

在我们面前，竟然又出现了一个楚玥，没有任何征兆地出现了。

“我才是你心里最真实的自己，别骗自己了，抢过来！把他抢过来，他就会是你的，你守了他这么多年……”

她的话还没说完，就看见楚玥带着白色手套的手一拳打在那个楚玥的胸口，拉着我就从那一团爆开的烟雾之中穿了过去。

我们踏着起伏的海浪，一路疾驰，身边接连不断地出现无数个我和楚玥，有的一直都跟在我和楚玥的身侧，喋喋不休地说着一些话，有的，则只是冷冷地看着我们。

“不要跑了，快停下来……”

“快救姬澈，他就要死了……”

“你不能带着她，她要抢走阿澈，杀了她，你应该杀了她！”

有我的声音，有楚玥的声音，她们的声音交织在一起，如同一大堆的蚊子围着我们，嗡嗡嗡嗡地怪叫着，如同吵架一样，让人忍受不了。

越是跑着，我心里越是沉寂，越是不受那些声音的侵扰，我有不死心，任何的幻术、媚术对我来说应该都是无效的才对，茗娣的紫媚术是如此，司徒安的魂定之术在接近我的一刹那就会被吞噬。

为什么在这里会是这样，为什么这些人会出现在我的面前？

又为什么这些镜子里只有我和楚玥，却没有姬澈。姬澈也在幻境之中，按理来说，这里也该出现他的幻影才是啊。

正在想着，拉着我跑的楚玥一下子停了下来，我正想问她怎么了，却忽然发现，在远方海天相接之处，有一股沙黄色的线正急速地朝我们这里，扑过来！

那条线连接着天地，涌过来的速度很快，几乎只是一个晃神的时间，脚下的海水一个震颤，天地之间陡然一变。

第六节　地宫龙魂

那条线在迅速朝我们推进的同时，却在极远之处一分为二，一股白线越来越高，一股黄线越来越低。

但凡是这两股线经过的地方，蔚蓝的天空变成了纯白色，而碧绿的海也一刹那变成了无尽的黄沙。

是沙漠。

身后以及身侧无数的我和楚玥几乎一刹那完全消失不见，辽阔的沙海之中没有一个凸起的沙丘，一马平川，没有方向感，气温似乎也在迅速攀升着。

感觉到和我绑在一起的楚玥握紧了拳头，脸色也变得凝重起来，低沉地道：“这幻境还带变化的？”

我对于这一套完全不懂，只能慌张地看着四周无边的沙海。

“能不能走出去？”

楚玥咬着牙，并没有回答我，对于这里，她比我好不到哪里去，都是一无所知。

这个时候，我感觉背上的姬澈似乎有些轻微的动作，他沾满了鲜血的手艰难地举起来，八股白光相继从他的指尖飞出，一道接着一道飞入天空之中，如八股盘旋在天地之间的游龙。

他的身体完全不能动，这是八片魔剑的碎片，现在他只能依靠自己的意念来驱动这些碎片。盘旋在无尽沙海之中的八股白光一片接着一片地聚集在一起，很快就凝聚成了一把没有剑柄的长剑。

浓烈的白光在剑尖之处迅速地凝聚成一点，白光越来越强，如一枚小小的太阳一般发出不能直视的强光，很快，整个天地变成了一片纯白的世界，凝聚在剑尖之处的极点强光散发出灭世一般的强大剑气。

沙海在颤抖，在如此强横的剑气之下，天地似乎都在崩塌，眼前的一切似一片正在崩裂的镜子，一片一片地崩碎，化成了虚无。

处于崩塌之中的世界没有山崩地裂的声音，出奇的安静，却能听到魔剑发出的轻微的剑鸣声，在我和楚玥的周身，萦绕着无数强横到极点的剑气，就是这股灭世一般的剑气，将所有的一切都给摧毁了，然而这股剑气在经过我们身体的时候，却是一点点也没有伤害到我们。

过了很长的一段时间，这一片无尽的沙海已经完全崩塌了下来，不复存在，剑气逐渐溃散，刺眼的强光也在迅速减弱。

姬澈并成剑指的手缓缓收拢，那一把没有剑柄的长剑嘣的一声在空中碎裂开来，分成八股，化成八股无形的气流融入姬澈的身体之中。

“快，退出去！”

失去了强光的空间迅速黑暗下来，姬澈含糊不清的声音又在耳边响起，背着他的那只手有些湿，那不是血，而是汗，是他渗出的汗！

凝聚魔剑很费心神，姬澈现在身受重伤，在这样的情况下凝聚魔剑，是很耗费心神的事。

我拉了拉楚玥的手，想听姬澈的话退出去，但是，我拉了几下，楚玥却没有任何的动静。

我慌张地去看四周的场景，那些长明灯一直亮到了这里，借着那些长明灯里发出的灯光，看清了所有的东西，只一瞬间，我就感到了绝望。

我们所处的这片空间已经完全变化了，破开幻境之后，一切都发生了变化，不见了蓝天沙海，双脚也真真地踏在了实地上，这里，似乎是一间石室，是由一块块条石垒砌起来的，在头顶弯成一个拱形的穹顶。

在石室的四面墙上，每一面石墙上都开出了两扇石门，我们刚刚在幻境之中已经迷失了方向，之前我们是从哪个石门进来的，已经完全分辨不出了。

八扇石门，每一扇都是一样的大小，一样的形状，一样的高度，而每一面石墙上点燃得长明灯也都是一样。

看着这些石门，心一下子就提到了嗓子眼，看了一眼身旁的楚玥，她明显比我镇定。

她解开将我们两个人的手绑在一起的长鞭，提在手里，“这里只有一扇门能够出去，还有一扇门，是通向存放缚龙索的地方，其他的，都是死路。”

她转头看向我，“八选二，一条退出去，一条通往缚龙索，但是在刚刚的幻境之中，我们已经乱了方向，分不清我们是从哪一扇石门里出来的了。”

她的目光偏向我背上的姬澈，“阿澈怎么样？醒着吗？”

我偏头看了看姬澈，紧闭着眼睛，之前还一张一合的嘴唇已经合上了，刚刚凝聚魔剑已经耗损掉了他所有的力量。

“没有！”我说道，“除了他没有人知道要如何走，对不对？”

楚玥沉吟半晌，点了点头。

我有些不相信，“他就一点点也没有对你提起过？”

楚玥冷笑一声，“这是他需要用自己生命来守护的东西，你觉得呢？”

我握了握拳头，“一定不会没有办法的，我们一定可以走出去。”

“别那么自信。”楚玥的目光一一扫过所有的石门，声音低低地道，“这里面是迷宫，一旦进入错误的门里，那些嵌在石墙之后的机关就会立刻启动，同时幻境也会开启，无数的镜子会出现在你面前，你可以从那些镜子之中穿过，里面又会是八扇石门，这里面的石门在幻境之下，就像是蜂巢一样，四通八达，无所不在，你永远也不可能走出来。”

“幻术？”我挑了挑眉，“迷魂幻境的幻术？”

楚玥轻轻点了点头。

我想起连我都可以影响到的幻术，感觉很是不可思议，什么样的幻术连不死心的龙魂都可以影响到？

几乎只是一刹那，脑子里就闪过一丝光亮，护住剑冢的幻境力量是来自于缚龙索，而缚龙索里有龙魂的力量，这也就是为什么我能从护住剑冢山的力量里感觉到龙魂的缘由所在，那么，也就是说，这里，应该是有龙魂之力存在才对。

毕竟，这里是存放缚龙索的地方，而且，刚刚幻境明显被人开启过，加上那股幻境同样能够影响到我，那也就是说，有人使用过缚龙索，开启了缚龙索里的龙魂之力。

因为，只有和我一样拥有同样力量的，才有可能影响到我。

我想起刚刚来到登桓山的时候，飘荡在剑冢山外的龙魂之力引动了我未苏醒的龙魂之力，那么，是不是我的龙魂之力，同样可以牵引出另一股同样力量的龙魂？

想着，我觉得完全可以试一试！

我对楚玥说，我或许有办法找到准确的路，让她等一等，同时，一股极为细小的鸿蒙之气沉入不死心中，唤醒了一点点的龙魂之力。

我将这股龙魂之力驱散，化成一股金黄色的雾气，指尖轻轻一拨，那股极小的龙魂之力便如同一股青烟一般飘了出来，在空洞的石室之间静静地飘散着。

我和楚玥目不转睛地看着那一股飘荡在石室之中的金色雾气，楚玥不明白我在做什么，而我急于验证我的猜想是否正确，也没有对她详细说明，只让她静静地看着。

很快，我就察觉到了一股奇异的波动，那股波动很强，连楚玥也发现了！

而飘在石室之中的雾气，也忽然之间像是受到了什么东西的吸引，正在缓缓朝一个方向飘去，在我和楚玥惊愕的目光之中，飘进了一个石门之中。

“是这一条！”

我背着姬澈，身子一下就朝那个石门窜了进去，楚玥赶紧跟上，在背后问我，“是不是出口？”

“应该不是！”我回答道，“应该是放缚龙索的地方！”

进入那条石道之后，里面，是一条笔直的通道，通道很深，但是两边的长明灯将这条通道照得十分明亮，我脚步飞快，但是越往里走，我越是感觉到不同寻常，似乎，里面有一股强大的力量正在鼓动着，而且，那股力量还在迅速朝我们这里冲过来！

不是蔓延过来的，而是冲过来！

脚步忽然一停，我意识到那股力量是什么，反身拉住楚玥就朝来时的路疾奔而去，“快，快退出去！”

然而已经晚了。

就听到一阵震耳的龙吟之声，一股强大到无法抵挡的力量从通道之中急速地涌过来，狠狠击在我和楚玥刚刚转过去的后背上，那一下，像是有数万斤的力量拍在我们身上。

我反应的速度从来没有这么快过，这股力量要是拍在身受重伤的姬澈身上，或者是拍在楚玥的身上，绝对不是他们可以承受得了的。

情急之下，我立即就将背上的姬澈反过来，抱在胸前护住，同时也把楚玥拉过来抱在怀里，这一系列的动作刚一做完，那一股力量就结结实实地拍在了我的后背！

几乎那一口鲜血还来不及喷出来，身体就被掀飞了起来，一路打着滚滚出去，我死死地将姬澈和楚玥抱在怀里，所有的冲击力完全落在我的身上，全身的骨头像是散了架一样，也不知道滚了多久，撞了多少下，才停下来。

我们又回到了之前的石室之中。

我开始大口大口地呕血，感觉五脏六腑都被震得移了位，身上的骨头也不知道断了多少根，也不知道有多少地方破了皮，在流血。

怀里的姬澈和楚玥都被那股巨力震得脱了手，倒在一旁，虽然有我护着，但是楚玥明显也受了不轻的伤，一个翻身跳起来，也开始不停地咯血。

身上的皮肉伤正在迅猛修复，骨头的断裂没有皮肉修复得快，但是浑身的疼痛都在急速削弱。

楚玥的身体本来就带着伤，经这么一下，脸上越加苍白起来，但好在有我护着，伤得并不是特别严重，只是没有我这么强大的修复能力，她翻身起来之后，也到了姬澈的身边，去看姬澈怎么样。

我虽然也很担心姬澈，但是有楚玥在我也很放心，说句很无耻的话，刚刚我保护起姬澈来，比保护楚玥更加用心，所有的力量大半是我扛住的，一小半击中了楚玥，姬澈几乎没有受到那股力量的冲击。

我更关心的是袭击我们的那股力量，那股力量是龙魂！

第七节　一局棋（一）

在刚进入这间地宫石室的时候，姬澈就模模糊糊地对我说过，进来的人是羽华。

当时情况危急，我并没有来得及考虑太多，但是现在这个情况，已经容不得我不去考虑这个了。

我看了看被楚玥抱在怀里的姬澈，问她姬澈有没有事，楚玥抬起头来看了我一眼，脸色苍白，透着一股疲惫和无力感，“还好，没有碰到伤口。”

我的心并没有因为楚玥说姬澈没事而有丝毫的松懈感，将所有的注意力都收回来，投入到我们被那股力量冲出来的通道里。

这里，才是最危险的所在。

“带姬澈退出去。”我看着那条通道，轻轻地说。

“什么？”身后传来楚玥难以置信的声音，“你要我怎么退？”

“退到哪里都好，总之，别在这里！”

我已经隐隐地感觉到一股强大的龙魂之力正在缓缓地朝我们靠近，龙魂之力是不会自己移动的，一定要有人驱使它才会移动，而这股朝我们移动过来的力量比刚刚将我们拍出来的力量更加强大和不可阻挡。

楚玥也许也感觉到了那股威胁，愣了一会儿之后，终于抱起姬澈站了起来，然而，就在她准备撞大运一样选一条通道进去的时候，从我们滚出来的那条通道里传出来一个十分浑厚的声音。

“这样你们都没死，命可真大！”

低沉又浑厚的声音在通道石室之中带起一串串回音，久久不散，我浑身一个战栗，心说，这一下可走不掉了。

回音逐渐黯淡下去，同时从那通道之中传出来一阵细细的脚步声，声音越来越近，而在那通道之内，似乎有一阵十分迷蒙的光。

那光是金色的，与寻常的光不同，是一种如同雾气一般的光。

那种光随着脚步声逐渐向我们靠近，笔直的通道之中看不见有任何人的影子，两排长明灯发出的幽暗灯光逐渐被那飘动的金光掩盖去了，金色的雾气在笔直的通道尽头一点一点蔓延过来。

“你还愣在这里做什么？等死啊！”我转头对身后的楚玥大吼，“快带姬澈走！”

楚玥没料到我会朝她吼，先是愣了一下，然后才回过神来，对我叮嘱道：“你自己小心。”抱着姬澈，抬脚就朝一个通道里跑过去。

但是她刚刚跑到通道的石门之处，正要进去，忽然就被一股反力弹了回来！

同时，从那充满了金色雾气的通道之中，传出来一个十分熟悉的声音，“师妹，这么久没见，不叙一叙？”

声音如穿过了漫漫时空，一瞬间就到了我的跟前，我还没有完全反应过来，一袭紫袍的男子，就已经立在了我的面前！

太快了！根本就来不及做任何的反应，人本能地就后退了好几步。

“羽，羽华？！”

他身后的金色雾气正在迅猛地朝他的身体所处的位置聚集过来，在他的身边，像是有一个无形的漩涡，那股漩涡吸引着那些金色雾气，融入他的身体之中。

在这个时候，我终于反应了过来，那些金色雾气是什么。

是龙魂！

他在吸收龙魂之力？

羽华的眼眸平平地看着我，脸上带着如沐春风一般的笑容，“阿凝，我们又见面了。”

我再后退几步，身体都已经靠在了石壁之上。

他看我这副样子，皱起了眉，饶有兴趣地看着我，问：“阿凝，我有那么可怕？”

抬起自己的双手，仔细地打量了一下，然后又将目光投向我，“我已经得到了我想要的东西，不会再害你了。”

我牙齿都在打战，“你，你想，想从我这里得到什么？”

他再次低头看着自己的双手，深黑的眼瞳之中满是贪婪之色，“可以征服天下的力量。”

他垂下双手看向我，“事情到了这一步，一切都变得没有了意义，我可以完完全全地告诉你了，从我发兵北燕国的那一刻起，所有的一切都不过是我下的一盘棋。”

“棋？”我看着他，“我不是很明白。”

他轻轻一笑，转头看向姬澈和楚玥，脸上的笑容没有丝毫的做作，这是他真心露出来的笑容。

“我和我哥哥之间的事，他应该都跟你说过了吧。”从袖里取出那把折扇，展开看着那一副我做的水墨桃花林，唇角勾起的弧度越发明媚起来。

“我坐上哥哥的位置之后，借着他的势力，十三年前在韩国发生的事，我已经弄了个清楚，柏烨和暮辰糊弄我的手段当真是高明。”

“我本来是想拿柏烨开刀，但是就在我定好计划之时，另一件事发生了，那就是你是不死人的讯息传了出来，这就不得不让我把目光转向你们北燕国。”

他笑了一声，“我做梦都在想有一天，我可以重新回到这里，报十三年前的大仇，可惜，哥哥做事太过谨慎，我虽然知道登桓山的护山幻境会在什么时候关闭，但一直都没有机会可以进入这里。”

“我从小就在登桓山长大，清楚这里的一切，这是姬祁舍命也要保护住的秘密，在取代哥哥的太子之位之后，我开始在整个靖国查询靖国和登桓山之间是不是有什么联系，皇天不负有心人，虽然时间是长了一点，但我终归还是从我那短命的父王那里，得到了一些绝世的隐秘，这些隐秘我想就是哥哥也未必知道。”

“第一任靖王跟随武王伐纣，助武王攻破朝歌城的，就是上一任不死人，功成身退之后，隐居登桓山。这一点，我也从阿九那里得到了佐证，凤家是幕后守护殷商王朝的神秘种族，那个不死人在攻破朝歌之后，为了永除后患，杀尽了凤家全族，阿九是当今天下最后一个凤家后人。虽然朝歌城破之时，阿九只有十五岁，但是亲历了一个王朝的更替，其中杀尽了他全族的不死人，即便他在南海之底冰封了数百年也是永远忘不了的。”

“第一任靖王和当时的不死人同样效命于武王麾下，彼此之间交情颇深，不死人退隐之后，武王为了不死人可以完全地退隐，很多有关不死人的消息都被抹掉了，但是靖王那里，却流传了下来，这些流传下来的秘密，在数百年之后，被我翻了出来。”

“这也就是为什么父王送我和哥哥前来登桓学艺之时，姬祁虽然知道父王目的为何，但是依然接受了我们的缘由，因为登桓山的先辈和靖国的先辈是感情很好的朋友！”

羽华有一搭没一搭地摇着扇子，完全不顾一边楚玥愤怒的脸和昏迷不醒的姬澈，现在的他已经不在乎任何人了。

“你说的这些和你的那盘棋有什么关系？”我压低声音，问道。

羽华的唇角微微扬起，扯出一个很阴险的弧度，“为了得到这股力量，我就不得不做些什么了。”

他继续道：“四年之前，魏国发兵北燕国，名目是为了报当年败于暮辰手下之仇，实则是为你的不死心而来。你二哥叶方是个废材，有暮辰这样的悍将在手，居然还会输得一败涂地。你父王没了法子，请我父王出兵，实则，出兵的命令是我发的。我让北燕国臣服我靖国，你不会真的天真地以为我看上你北燕国那一亩三分地了吧？”

他又笑了起来，“我只是想用这个名目昭告天下，你那颗不死的心，我要了，有靖国的力量罩着北燕国，没哪个诸侯敢来找你们的不痛快，你们北燕国才能安安生生地过几年安生的日子。”

他说话的口气完全变了。

“同时，将暮辰永生囚禁在横谷关也是我布局里最重要的一步。”他继续说道：“帮哥哥从我眼皮子底下逃走的人，我怎么可能那么轻易地放过？”

他的嘴角又露出了那一丝阴森可怕的弧度。

“父王在我的安排下，很适时地生了一场大病，我可以顺理成章地打着孝子救父的旗，兵入北燕国，取你的不死心回去救他！”

“在我毁掉出关索桥的同时,就取了暮辰的性命。在这盘棋开始之前,我下足了工夫,暮辰，暮筝，你，你们三人之间的种种，我早已了然于心，你让暮筝为你绣的那条面纱，为什么会在暮辰的手里？”他收起了那一副阴森的冷笑，取而代之的是一种轻轻地浅笑：“那不是我做的，在暮筝嫁给你那断袖的二哥之时，秘密让自己的一个心腹潜入了你二哥的苇华殿，也没有别的目的，暮辰一生只得这么一个女儿，自然是十分爱惜，他只是让这个心腹多多照顾好暮筝而已。”

“暮筝死的时候，紧紧地把你的那条面纱握在手里，那心腹见了，觉得这是对暮筝很重要的东西，就把这条面纱偷偷地带给了暮辰，好让他有个念想。”

“暮辰当时远在横谷关，对这条面纱之事一无所知，但他在王庭里混迹了这么久，哪里不识得王宫里的东西？在他看到这条面纱的第一眼，就知道这东西绝不是暮筝的，而暮筝在王宫之中有数的朋友之中，除了你就是沐沐，沐沐只是个婢女，虽然和你情同姐妹，但绝对不敢私用王族之物，因而，这条面纱，只能是来自于你。”

“暮辰将这条面纱留了下来，之后，就成了我将哥哥引出登桓山的重要信物！”

听到这里，我似乎明白了一点什么，难以置信地看着他的眼睛，“暮辰向姬澈求救的鸿雁传书是你写的？！”

他的目光转向我，用一种很是诧异的眼光看着我，微微一笑，道：“你倒是不笨。”

“暮辰的确是个铁骨铮铮的汉子，但怎么可能挡住我的箫声？呵呵……”冷呵一声，声音忽然变得叹息起来，“哥哥收到了暮辰的鸿雁传书，面对这么一个曾经救他一命的人的请求，他怎么可能不从登桓山出来？”

第八节　一局棋（二）

前尘往事接踵而至，最开始魏国对北燕国的入侵，到后来不死人的讯息传出，再之后的魏国反扑，二哥叶方得兵符，率暮辰出兵，三万大军尸横黄沙，靖国援手，魏国败退，北燕国臣服靖国，暮辰囚禁于横谷关……

这些事，都是我亲身经历过的，如今再次将这一连串的事连起来，实在难以相信这会是羽华下的一盘棋。

如此大的一盘棋！

而深陷如此棋局之中的我们竟然全无所知。

然而，更加难以相信的是，这仅仅只是他庞大棋局里的冰山一角，将姬澈引出登桓山，似乎就是他设下此局的目的，但很明显，这不是他最终的目的。

“你引姬澈出来，是要做什么？”

身上的伤势已经恢复了大半，我直起身子，往前一步，离开靠着的石墙，冷冷地看着他的脸，那一张和姬澈一模一样的脸。

他也看着我，语气是让人难以接受的轻柔，“当然是救你。”

“救我？”我冷哼一声，“你有那么好心？要我死的人是你，要我活的那个人也是你，你这人是不是有病？”

我这句话出乎意料的没有一点点地刺激到他，他神色依然如常，轻轻笑道：“救你是顺带的，也可以说是一种掩饰，真正的目的是要让他将一个人带入登桓山！”

一刹那如醍醐灌顶，我几乎只是在一眨眼的时间就明白了过来他话里说的那个人是谁。

千面兽。

果然，羽华的目光移到楚玥怀里抱着的姬澈的身上，落在他心口的伤口处，“千面兽的幻术独步天下，无人能及，但是，哥哥的眼光太毒了，我不容许在这一局棋里出任何的意外，千面兽的幻术不一定可以瞒过哥哥的眼睛，所以，我必须要用一个人的脸。”

刚刚走出去的步子又退了回去，一种无法忍受的疼痛从心口蔓延出来，我捂着自己的胸口，身上散发出的那股无力和绝望又让我靠在了石墙上。

“沐沐。”

我也不知道现在的自己脸上是一种什么样的表情了，是疼痛？绝望？还是透着苍白和无力？

都有吧……

他轻轻点了点头。

“沐沐这孩子是最好的人选，即便是我有了沐沐的脸，但是在所有的环节中，我不容许有一点点的意外出现。在沧海之城里，死在司徒安手里的那个沐沐是假的，哥哥心思缜密，他不会让任何一个自己不熟悉的人进入登桓山，所以，我让那个沐沐故意露出了破绽，让哥哥发现她是假的。哥哥是这个世界上最了解我的人，同样的手段我不可能会用两次，而且两次都用在同一个人身上，因此，在两个沐沐出现在沧海之城的时候，死了一个假的，那么另一个，必然会是真的。”

“不过，让哥哥确定这个沐沐就是真的沐沐的原因，也不单单只有这一个。在他看来，我抓师妹，是为了要挟他，而我抓沐沐，是为了要挟你，不让你们顺利地逃出沧海之城是一件很重要的事，我不可能无聊到拿一个假的人来要挟你，那也不是我做事的方式。”

他的嘴角又露出了一丝阴森的弧度，“综合这两点，哥哥终于将千面兽带进了登桓。”

忽地一声冷笑，“哥哥自认为很了解我，但他就输在自认为很了解我这一点上……”

他合上手里的折扇，敲着手心，“我想，哥哥这一路上也许很疑惑，为什么我派出截杀你们的杀手会那么少，在银江之后，几乎就再也没有过一次，但我觉得，这沧海之城那一仗，足够让他解开这个疑惑了，黑流星所有人马我都押在了沧海之城，他一定会认为，我将所有的心力都投入到了这里。沧海之城是你们前往登桓山的最后一个路障，之前的一切对我来讲都不重要，只要能在沧海之城拦住你们，我还是那个胜利者。”

“这一路过来，那么多的人命，都只是为了让千面兽进入登桓？”我怒视着他的眼睛，“那些人命对你来讲，都不重要，是不是？”

他愣了一下，直视着我，轻轻地点了点头，“对我来讲，赢他就是最重要的，我只在乎结果，至于过程有多血腥，都只不过是必要用的手段而已。”

我难以置信地看着他，“你就不会有一丝丝的怜悯？”

“怜悯？”他看着我的目光忽然变得愤怒起来，之前还很平静的面孔一下子就变得狂暴起来。他身子一动，忽地一下就出现在我的面前，他高挺的鼻梁距我的脸颊不过一寸之距。

“你跟我说怜悯？”他忽然对我咆哮起来，“带你们离开沧海之城的那艘宝船上的人值不值得你们怜悯？杀我黑流星三千杀手，你们有没有怜悯过？雪狼谷里，我八千最精锐的铁骑你们有没有怜悯过？！”

他的手忽然搭在我的肩膀上，一股巨力透过肩膀猛地往下压，我一时没有顶住力量，双膝一曲，竟然跪在了他脚下。

“弱者才会说怜悯，强者才能掌控命运，你生来不死，连这般浅显的道理都不明白了吗？”

压在我肩膀上的手忽然间把我从地上提了起来，用力一甩，就将我从石室的这边甩到了另一边，“跟着我那个软弱的哥哥，你到底学到了什么？你忘了自己是什么人吗？一个拥有全天下最强力量的人，你掌握着全天下人的命运，掌握着王朝的兴衰、命运的轮转，你居然跟我说怜悯？”

我还没从地上爬起来，他的身体一下又出现在我的面前，掐着我的脖子将我从地上拎起来，提着我的身体撞在身后的石墙上。

那股力量很大，我脑子里一阵眩晕带来一股剧疼和闷响，身后的石墙顿时龟裂而开。

他掐着我的脖子将我从地上举起来，脸色涨红，瞳仁之中带着嗜血的殷红和喷射的怒火，“在我的世界里，没有怜悯，而你的世界，更不需要怜悯。”

他手腕的力量出奇的大，似乎要将我的脖子都给掐断一样，我挣扎着，试图挣开他的手，却只能被他更紧地掐住。

我无法呼吸，用力去掰他的手，视线在他巨大的力量之下迅速变得模糊起来。

慌乱之中，似乎看到一丝黑光带着破风之声抽了过来，缠在了羽华的脖子上，掐住我脖子的手力气一下子松了不少。

“师妹？”

他的手一下子松开，我掉在了地上，不停地咳嗽，大口地吸气。放开我的羽华一下子将注意力转移到了楚玥的身上。

“我竟然把你给忘了，今天，咱们就把我们的旧账，好好地算一算！”

细长的袖剑景洪出现在了他的手中，一步一步地朝楚玥走去，我也顾不得身上的伤如何了，将仅剩的一缕鸿蒙之气完全沉入了不死心。

一片片龙鳞从皮层之下翻了出来，将我的双手完全包裹住。

面对羽华的步步逼来，楚玥却是没有任何要开溜的样子，反而更紧地握住了手里的长鞭，冷眼看着羽华，“好啊，我们之间的账积了十三年，是该好好地算一算了。”

我脚步一动，身体如同一支离弦的箭，以自己能发挥出的最大速度一手抓起楚玥，一手抓起姬澈拎起来就逃命。

“算个屁，逃命才是正事！”

我抓起他们两个人就想随便选一条通道钻进去，但是，在我刚刚冲到一道石门的入口时，羽华的身影已经立在了那里。

太快了……

我这点速度在他面前，简直就不值一提。

“来看，哥哥没有教你风神诀。”

他提着剑，冷笑着看着我们。

“看来，是逃不掉了……”

我将楚玥、姬澈放下来，让楚玥带着姬澈退后一点。

长满了龙鳞的手掌握成了拳头，我看着羽华的眼睛，“那就看看谁的龙魂之力更强一点！”

话音一落，人已经朝他扑了过去，我不会任何的功法，只能用蛮力，当我砸出去的这一拳被他挡住的时候，只感觉到整间石室剧烈地颤抖起来，两股龙魂之力撞在一起所产生的破坏力，顷刻之间将这件石室震得满是裂痕。

“好强大的力量。”

他看着自己和我撞在一起的拳头，脸上有些愕然，但是另一只手上握着的景洪没有任何迟疑地划了过来。

他挥剑的动作看起来十分缓慢，然而等我身体感觉到无法忍受的疼痛之时，一切都已经晚了。

那一剑从我的左肩一路斜切而过，划过我的腹部，伤口很深，我还没来得及呻吟一下，又是一脚结结实实地踢了过来。

已经没法子躲了，身体被抛飞了起来，狠狠地拍在石墙上后掉了下来。

他出剑的速度比任何人都要快，下手比任何人都要狠，想来我杀过的人中，似乎只有霸刀算是个高手，但霸刀跟羽华，简直没法比！

他太强了，虽然我有龙魂之力，但与人交手的经验，对于力量的运用和速度的掌控都是没有任何的技巧可言。

石室里的长明灯被刚刚的交手完全震碎，如墨的黑暗之中，只有一丝微弱的光，那是他手里景洪剑发出的光亮。

“败了？”我躺在地上，浑身的疼痛让我站不起来，但好在伤势正在急速地恢复着，我在心里问自己，“不会败得这么快吧，一个回合不到，就输得这么彻底？”

我忍着浑身的剧痛从地上爬起来，眼前景洪剑发出的柔光已经在我身前停了下来，飘出羽华压抑的声音，“这不死之身倒是真的好，经我这么两下，就是哥哥也不可能还站得起来。”

“就你这蹩脚的王八羔子，也配和妖精比？”

石室之外忽然有吼声传来，在漆黑一片的石室之外，有一个方向正有一道白光翻滚着急速飞来。我再清楚不过这道白光是什么了，刚刚在剑冢山上，一棍子把阿狼打飞的，可就是这个东西啊！

但是，羽华不是阿狼，那棍子也没打中羽华，被他一伸手就抓住了！

“打老子家姑奶奶，你他妈的嫌命长了是不是，信不信老子一把刀杀你全家？！”

我立即兴奋起来，却从石室之外又传来一个声音，“等等，等等，你小子不是用棒子的吗？”

我眼泪都要流下来了，心说：“司徒安，你快来救我！”

“那就一棒子杀他全家，你这杂种信不信？！”

声音停了一下，司徒安的声音有些疑惑地问道：“你这杂种是骂我，还是骂他？”

“管老子骂谁，这不是重点，重点是……”

我抢过话来，大吼道："重点是救你姑奶奶，你们这两个臭不要脸的王八蛋，再不快点进来救我，你姑奶奶就要归天了……"

"来了来了。"司徒安的声音不缓不慢地响起来，"道儿这么黑，你急个什么劲儿，燕子，你慢着点，这里乱石头多，别崴了脚……"

第九节　死别（一）

我一听这话，几乎一口老血喷出来。

我这都命悬一线了，你还担心会不会崴到脚？

我大吼，"司徒安，你要是再不快点来救我，我有命出去的话，一定把你仅剩的那两坛子酒打烂。"

他最宝贝他的酒了，我的话音才落，就在一条通道之中看到一支火把，急匆匆地朝石室跑过来，"叶姑娘，小公主，小人来迟了，您老人家没事吧？"

我一条腿断了，不大站得稳，站在石门之处的司徒安将手里的火把插在裂开的石缝中，双目透过我身前的羽华，斜着身子看到了我，很是不好意思地把自己的眼睛给捂上了。

"还好，应该没事……"

这个时候活宝走了进来，手里拎着姬澈的青冥，绕开司徒安也看向我，眼睛一下就直了……

司徒安赶紧捂住他的眼睛，"非礼勿视，非礼勿视……"

我感觉气氛有些怪怪的，就低下头看自己的身子，这一看不知道，一看恨不得给司徒安和活宝两个嘴巴子。

我身上的紫裙，被羽华那一剑给划破了……

真丢人……

我赶紧用那破烂的衣裙将自己裹住，站在我面前的羽华饶有兴趣地看着冲进来的这两个人，眼神冷冷的，"怪地方出怪人。"

掂了掂手里的棒子，随意地一抛，就深深地砸进了活宝面前的石板之中，周身有一股无形的压迫之力传出来，"既然人都到齐了，那就结一结我们之间的账吧。"

司徒安这个时候反应了过来，松开捂住活宝眼睛的手，将幻青扇掏了出来，并顺带手将活宝的棒子拔出来扔给他，"正事要紧，小公主还等着我们救命呢。"

活宝的眼睛却落在了躺在地上的姬澈身上，问他身边站着的楚玥，"妖精怎么样了？死了没？"

楚玥瞪了他一眼，"要死也是你先死。"

活宝却露出一脸无所谓的样子，挥了两下手里的棒子，指着面前的羽华，但似乎是在对楚玥说话，“放心，我们谁都逃不掉，谁都会死的，这是最后的时间了，大家还是都开心一点吧。”偏了头看向司徒安，“小安安，你那两坛子酒，老子可眼馋得很哪。”

司徒安微微一笑，“下辈子再喝吧！哈哈！”

司徒安的笑声很狂放，我和楚玥还没明白过来他们的话里有什么意思，他们已经打起来了。

司徒安的魂定之术率先施展了出来，但是在那股力量即将触碰到羽华的时候，却被一股巨力生生震开，活宝的棒子在这个时候舞成了万千的棒影，鬼影步也毫无保留地施展了出来。

“你打左边，我打右边，三个回合之后，咱们再换！”

司徒安手里的幻青扇聚气了巨大的力量，跟活宝言语了一句，展开的折扇直直地朝羽华的脖子挥了过去。

“好，你说怎样就怎样，你让老子打脸，老子绝不打他的屁股！”

化成了鬼影的活宝忽然出现在羽华的身后，在羽华躲开司徒幻青扇的一瞬间，他手里的棒子已经朝羽华的脑袋上招呼了过去。

“滚开！”

羽华一声爆吼，手里的景洪发出微微的剑鸣声，一股磅礴的剑气狠狠地砍在活宝的棒子上，随着一声震耳的龙吟，直扑向活宝的胸口。

“你当心点！”

楚玥手里的长鞭在这个时候忽然缠在了活宝的身上，一拉，就将他的身体拉了出来，恐怖的剑气从他侧身飞过，砍在身后的石壁上，留下一道长长的剑痕。

“你给老子松开！”

活宝对着楚玥骂了一声，飞快地将缠在自己身上的长鞭解开，然后将身上带着的青冥朝我扔过来，“带上剑，姑奶奶，记住，你他妈的欠我一份爱情，下辈子，你姥姥的一定记得还给老子！”

青冥剑深深地插在我脚下的石板里，那活宝已经朝羽华扑了过去。

“这回换我打左边了，燕子，你别占着位置不让啊！”

“去你妈的。”活宝骂道，“谁占着是谁的！”

羽华的剑已经逼近了司徒安，活宝一看，又是一声大骂，“你他娘的当心你那命根子！”

手里的棒子又被自己扔了出去，精准地打在羽华的剑上，原本应该刺进司徒安下体的景洪，被这股巨力砸偏了。

“你姥姥的，下阴招啊！”司徒安怒了，心有余悸地揉了揉自己的胯下，手里的幻青扇猛地收拢，直直刺向羽华的喉咙。

活宝迈着鬼影步，如鬼魅一样飘过去将棒子拔出来，双脚踏着石壁，一个飞旋反身，手里的棒子跟着司徒安的幻青扇齐齐地刺向羽华的胸口。

“小安安，你不是不骂人了吗？”

“这畜生太缺教养了，那地方能下手吗？不骂不行啊……”

面对直直朝自己逼来的一扇一棍，羽华的脚步连连后退，脸上的表情也愈加变得森冷起来，一股庞大的龙魂之力在他身前形成一道屏障，幻青扇和棒子刺进了那道屏障之中，再难进分毫。

活宝的身子落在地上，原本单手拿住的棒子变成了双手，咬着牙用力往前顶，但无论怎样，也捅不破那层薄薄的屏障。

“司徒，你用着力吗？”

“当然。”司徒安吐了一口口水，手里的幻青扇顶在那层屏障上，就是捅不进去，他偏头看向身旁的活宝，“你用力了没有？”

“用着呢！”活宝的棒子已经被顶弯了，他脚下的石板因为经受不住那股力量，已经裂开。他深深吸了一口气，咬着牙道：“你看看我的棒子，你看看老子力气多大，棒子都他妈的弯了……”

司徒安的幻青扇在这个时候发出了两声细微的裂响，黑钰制的扇骨已经出现了细微的裂痕。

“那是因为你那棒子不够硬……”

“胡说！”活宝喝道，“老子这根棒子是老子偷的最值钱的东西，绝对硬气！”

“那就用点力气！”

“成！”活宝抬起眼睛，看着屏障之后面色丝毫不变的羽华，又偏头看向司徒安，“你来喊口号！”

“一，二……”

活宝看样子是顶不住了，直接就骂了起来，“费那工夫做什么，直接来！”

手里的棒子猛地抽出来，清晰地感觉到数股劲力融入了手里的棒子中，随着活宝的一声低吼，细细的铁棒带着足有万斤的力量，狠狠地撞在了那道屏障上。

一声巨响，整个石室都摇晃了起来，活宝这拼命地一击虽然没能捅破那层屏障，但是顶着屏障之后的羽华一路飞退，狠狠地撞在了后面的石壁上，巨大的力道将羽华整个身体都撞进了石壁之中！

顶着的东西一下子消失，司徒安几乎一个马趴摔在地上，一看活宝竟然将羽华顶到了石壁里，顿时欣喜异常，“你小子，行啊！”

撞上石壁之后，羽华身前的屏障瞬间就消失了，立在原地的司徒安和活宝见到这情况，相视了一眼，脸上的笑容在极短的时间里完全消失了，取而代之的是一种决然和眼神之中最后的坚毅。

令我无论如何也不敢去看的一幕，就这样在我没有任何防备的情况下，发生了。

司徒安将手里的幻青扇扔给我，吼道：“小公主，这东西你无论如何也要帮我带出去！

这是我司徒家最重要的东西！”

活宝手中的棒子已经插进了石板之中，立在了那里。

“姑奶奶，你这辈子，欠我的！好好活下去，活得开心点，别辜负了老子这条烂命……”

他们俩朝羽华扑了过去，将正要从石壁里挣扎出来的羽华死死抱住。

一个抱住羽华的双手，一个抱住了羽华的双腿，所有的劲力，所有的功力全凝聚在了他们的双臂上。

他们两个齐齐地将头转向我和楚玥，齐声大吼着，“还愣着做什么？快跑啊！”

我懵了……

脚步怎么也抬不起来。

看着他们的眼睛，看着被他们抱住死命挣扎的羽华，我明白他们是在做什么，他们绝对不是羽华的对手，他们用这样的方式拖住羽华，用这样的方式让我逃走。

他们，要我活下来，让我有可能活下来……

我有什么好？有什么地方值得他们这样做？

眼泪又流了出来。

被他们抱住的羽华一次次地用劲力想震开他们，那些力量穿过他们的胸膛，带起的血雾一股股地弥漫出来，即便是这样，他们也没有松手。

我再也压制不住心里的那股悲愤，所有的龙魂之力完全聚集在了我的右手上，刚要冲出去的身体一下被楚玥拉住，一个耳光直接打在了我的脸上。

“你清醒一点！”她朝我吼道，“你不是他的对手！”

“那我也不能眼睁睁地看着他们死！”

我同样朝楚玥吼，声音都是带着哭腔的，眼泪滑进嘴里，好咸……

一把将楚玥推开，拎着司徒安的幻青扇就要冲过去，却突然被一声大吼止住，“叶凝！”

这不是司徒安的声音，是活宝的，他的脸上全是血，一双血红的眼睛直直地看着我，大吼着，嘴里的血都喷了出来，“你他妈的是要老子白死是不是？你给老子滚出去！你欠老子的已经够多了，一条烂命而已，无所谓的。”他的声音慢慢平静下来，“你给了老子一个梦，老子还你一条命，你要活下去，活下去！你懂吗？！”

我站在了那里，从来没有这样心痛过，从来没有这样绝望过……

羽华挣扎的力量越来越大，他们身上的伤痕越来越多，司徒安一个走神，险些让羽华从石壁之中冲出来，但很快又被活宝和司徒安顶回去。

双臂的力量似乎已经不大能够制衡羽华，他们用自己的双腿缠在羽华的身上。

司徒安的胸口被羽华的劲力震出了一个窟窿，但他就是死命地抱着羽华不松手。

“大小姐，快顶不住了，这畜生是个变态，带小公主走！”

他的目光转向我，很艰难很艰难地扯出一个笑容出来，平平地看着我，“叶，叶姑娘，这辈子咱们缘浅，下辈子，下辈子哈，咱们下辈子好好叙，外面烧起了大火，这火不一般，不是寻常的火，咱们这里除了你，谁也不可能逃得出去。”

目光又看向楚玥，“大小姐，这是咱们的命，出不去了，真的……”

楚玥的脸色一刹那就变了……

她忽然一笑，“出不去了？”

“谁也别想出去！”被他们压住的羽华一双怨毒的眼神看着我，“星辰之火，我看你们怎么从星辰之火中逃出去！”

第十节　死别（二）

一听到星辰之火，我立即就是一呆。

我不可能忘记这火是有多么的可怕，那让御剑山庄付之一炬的就是这个东西。

脑海之中又回想起那一片废墟荒海，所有的一切都被烧成了废墟，而那片废墟即便是经过了整整八十年的时间也依然没有任何的生机。

而如今，这股火竟然降临了登桓山？

楚玥在听到星辰之火的时候，脸上顿时煞白起来，身子都有些颤抖，但是她在面临事情的时候，明显比我更为冷静，手中的长鞭被她用力一扬，缠在青冥的剑柄上，一抽，青冥就化作一道青虹落入了她的手中。

“既然无论如何也逃不出去了，那我也要让你死在我前头！”

楚玥暴怒着，身子一个飞身跃起，手中的青冥发出刺眼的青光，整个剑身都震颤了起来，对着羽华的胸口全力一剑刺下去！

青冥的剑尖还没碰到羽华的身子就被一股磅礴的龙魂之力震开，发出刺眼光芒的青冥在被那股力量击中后，顿时就脱手飞弹了出去，长长的剑身齐根没入了满是裂痕的石壁之内，就剩一截剑柄还在外面。

楚玥的身子也被震飞了出去，摔在石壁上，震掉一大片碎石屑，一口鲜血全喷了出来。

我赶紧过去将她扶起来，她捂着胸口，不停地呕血，完全止不住，胸口似乎被震裂了，一大片血红之色浸染了她身前的裙衫。

即便是震退楚玥的力量已经强到了这样的程度，但还是没有将活宝和司徒安震开，足见他们将羽华抱得有多紧。

但是这股力量是从他们身体穿透过来的，经这么一下，司徒安的一条腿已经脱离了他的身体，半截腿还没落地，就被那股力量震成了血雾。活宝因为抱着羽华的双腿，受的伤没有司徒安重，但身上的破烂衣衫，连带着一身皮肉，都被弄得模糊了。

司徒安断了一条腿，剧烈的疼痛让他不停地悲号起来，“别在这里磨磨唧唧了，这都什么时候了，你还要我十八里相送啊？快滚啊……”

羽华剧烈挣扎着，活宝整个人已经完全压在了羽华的身上，“小安安，你可要顶住了！”

我一双模糊的眼睛看着几乎不能动弹的楚玥，又看了看倒在一旁完全昏迷不醒的姬澈，我想，我要做出选择了。

为什么要这么残忍？我生性软弱，为什么要我做这样的决定？我承认我要接受一些残忍和血淋淋，可为什么一切都要这么突然？

将幻青扇插进腰带里，我将动弹不得的楚玥拉起来，拖着她过去将姬澈也拉起来。

楚玥比姬澈好，她没姬澈那么重，身子也勉强能用上力气，我用最快的速度将青冥从石壁里拔出来，收入剑鞘里，让楚玥拿着，然后一只手夹着一个。

我站在活宝他们进来的那个石门入口，门口立着的两尊石兽已经碎了，我立在那里，心里的那一股决绝逼着我抬起脚步，逼着我不要回头去看，逼着我冷血地见死不救。

“再见了，姑奶奶，你走好……”

身后传来活宝淡淡的笑声……

呵呵，他还是这样有趣，要死了也改不了……

那一脚，迈得尤其艰难，我将楚玥和姬澈带出了这里，留下的东西，是司徒安和活宝的生命，还有我抛弃的仁慈和人性。

一根银针钉在了我身后的石墙上，随即而来的，是一声巨响，带着逼人心肺的龙吟和无尽的颤抖，那根银针之中带着的恐怖劲力轰然炸开，身后石道一路坍塌过来，一块块巨大的条石从头顶掉下来。

我的脚步不敢有丝毫的停顿，泪已花了眼睛。

我逃出了这里，站在姬澈屋外的田埂上，看着那红木楼在我眼前迅速坍塌，挂在屋檐四角下的竹筒风铃，飞起的瓦片和压断的木柱，随着那一声巨响，顷刻归于沉寂。

夜，已经很黑了，四周却没有一丝丝的凉意和迫人的黑暗，空气里带着一种令人无法忍受的滚烫。

姬澈房屋以东约有四五里之外，燃起了一片燎天的大火。

那火，是金色的，山外的村子里，已经成了一片火海，燃烧着良田和那一片松木林。烈火正在迅猛地逼过来，将如墨的夜空都染成了金黄色。

这火明显是从海上烧过来的，整个山都烧了起来。

我领略过星辰之火的强悍，没有人能够在无尽的星辰之火中逃掉被烈火焚身的命运，而且这火一旦烧起来，没有扑灭的可能，只能让它自行熄灭。

我在那片废墟之外站了很久，我只觉得，那不是真的，活宝的命那么硬，怎么可能死？司徒安那么风趣的一个人，又怎么可能会死？

是噩梦吗？

如果是，快点醒吧……

我蹲下身子，抱着自己，哭得从来没有这么伤心过……

很久之后，那燎天的大火已经烧到了距离我不足一里的地方，这个时候，阿狼跑了过来，站在我的身边对着我不停地狂吼。

幽鬼也赶了过来，看到昏迷的姬澈和重伤的楚玥，他显得很平静。

“司徒和燕子呢？”他问我。

我没有理他，只是哭。

他化成黑雾，在那片废墟之中来来回回飘了好几次，似乎在找他们，但终究还是无功而返。

“眼泪，是不可能让你活下去的。”他将姬澈从地上抱起来，“跟着主人这么久，你应该知道这个时候要做的是什么，羽华带来的军队在大火还没烧起来之前，已经杀了上来，叶姑娘……”

他将我从地上拉起来，一双鬼眼直直地看着我，“别让任何一个在乎你的人白死。”

他将青冥拿了出来，递到我面前，“主人的剑，跟了他一辈子，拿着它，做一件比哭更有意义的事。”

我看着这把剑，古青色的剑十分古朴，透着一种厚重和极度沉稳的古老气息。从我认识姬澈的那一天起，这把剑就一直陪着他，他拿着这把剑，带着我走过了千万里的路，一路过来的劫难，都是这把剑，带着我们闯过来的。

抹了抹脸上的泪渍，深深地吸了口气，手有些颤抖地攀上那古朴的剑鞘，那一瞬间的触感出乎寻常的冰冷，缩了一下，却又被我握住。

我有我的路要走。

我带着姬澈，从沧海之城里闯了过来，这一回，我也一样能够带着他闯过去。

“司徒，活宝。”

我看向那一片废墟，这一次，眼泪很争气，没有流下来，“你们不会白死的。”我在心里对自己说，没有恐惧，没有害怕，甚至于没有一点点的怯弱。

如果他们的死都不能让我变得坚强起来的话，我将对自己还活在这个世上感到羞愧。

我将楚玥从地上拉起来，她比姬澈好很多，只要我稍微拉着，她就可以站稳，胸口被震出的裂口被她自己封住穴道用以止血，脸上的那股苍白像是在水里泡了很久一样，令人心颤。

“还行吗？”我问她。

她点了点头，“可以，我们先去救退到龙城的村民，不知道白泽去哪里了。”

“在龙城外。”幽鬼说道，“很多村民死在了路上，墨九和茗娣也来了，现在龙城那里全靠白泽顶着，白泽是远古巨兽，对付茗娣和墨九不算困难。”

我接过话道：“那我们赶快过去。”

我看了看望着废墟的阿狼，叫了一声，“阿狼，快，走了……”

它却看着那片废墟，动也不动。

“阿狼！”

我又叫了一声，它还是一动不动。我有些恼，它这样子刺激到了我对于司徒安和活宝死亡的悲痛，就想过去敲它的脑袋，但是手还没伸过去，阿狼忽然一个跃身从地上跳起，一声生猛的狼嚎赫然传出！

废墟之中，数块条石和几根巨木忽然掀了起来，一只血红的手从那片废墟里伸了出来，抓住一块条石，一个血红色的东西，从那掀起来的窟窿里探了出来！

“还想走？”

如恶魔一样的声音在呼呼的风中传了过来，阿狼巨大的身子落在那窟窿前，张开大口就朝那只血手咬过去，却被一股龙吟之声震飞了出去，摔在我面前。

“羽华……”

从那窟窿之中爬出来一人，浑身血染，一头黑发凌乱地飘散着，在身后的万丈火幕之下，犹如魔神一般。

他的身上全是伤痕，应该是石室坍塌之后被砸伤的，他虽有龙魂之力，但他终归不是不死人，身上的伤也不可能自行修复。

“带主人走。”

幽鬼将昏迷的姬澈扔在刚刚从地上爬起来的阿狼背上，身子一旋，化成一股黑雾朝羽华冲了过去。

这个时候，被我拉着的楚玥也撇开了我的扶持，身子颤颤巍巍地站立起来，“叶凝，我一直都很嫉妒你，但是现在，我求你一件事，如果有可能，记得把阿澈带出去。”

我愕然地看着她。

她却艰难地一笑，“我活不长了，走不出这里的。”无力地摇着头，脸上依然是那种痛苦的微笑，“真后悔十几年前他自己撞上来的那一剑，我没有顺带手地划破他的心脏……”

说完，反身就要走，我立即拉住她的手，强忍着不让眼泪流出来，不停地摇头央求着，“不要，求你……”

“都是要死的，何必呢……”她的眼睛看着趴在阿狼背上的姬澈，露出一副很痴心的笑容，然后又转头来看着我，“我也很爱他，不比你少，叶凝，替我好好地照顾他。”

她撇开我的手，转身的那一瞬间，有泪滑过她的脸颊，手中的长鞭犹如灵蛇一般盘旋起来，一步一步走进那片废墟里。

阿狼身子一跳，把背上的姬澈抖下来，一个跳跃落在楚玥的身前，用它巨大的躯体顶着楚玥重伤的身子，不让她前进，嘴里发出的悲号令人心都紧了起来。

“别挡我的路，我又不喜欢你！”

楚玥吼着，长长的黑发在风中舞得十分好看，如三千翻飞的落叶。在那片火幕之下，她的身形好美，那股干练和潇洒是管彤和淑静比之不了的。

我逼着自己不要哭出来，楚玥知道，她是不可能活着离开这里了，她不是要护着我，而是要护着姬澈。

她的确很爱姬澈，好爱好爱，爱到不惜自己的性命，将自己重若生命的那个人交到一个自己如此嫉妒的人手里。

我叫住阿狼，可是，它不听我的……

幽鬼化成的黑雾将那片废墟完全包裹了起来，大火急速地逼近，楚玥已经没有力气和阿狼多做纠缠，直接一跃，冲进了幽鬼所化的那股黑雾之中。

黑雾里一阵阵的低吼，那是羽华的怒吼声，不时有强大的剑气从黑雾之中砍出来，在映着大火的绿地之上留下一道道奇长的剑痕。

阿狼还不甘心，对着那片黑雾不停地大吼。

我已经承受不了那么多东西了……

既然要做个抛弃朋友的人，既然要做个冷血的人，那么这一切，都由我慢慢承受吧。

拿着青冥，背起姬澈，前面的路，很黑，我想，我一个人走的话，一定很可怕，可是，我必须走，必须走下去，我和姬澈的命，都是他们用自己的性命换来的，我决不能丢下。

我不顾一切地往前狂奔，什么都不管了，什么都不顾了，那些帮助过我的村民们，我也不打算去救了，这一把火，必然会将所有的一切都烧成灰烬……

第十一节　墨九，谢谢你

我想，我现在的样子一定十分可怕，在很久以前，无论如何我也不相信自己会做出这样的事，即便是现在我也不相信。

我用自己最快的速度往前跑着，抛弃了一切，那一场急速蔓延着的大火，将一切都照得十分清楚明朗，体内仅有的一缕鸿蒙之气，正在急速被消耗着。

很快，就能够感觉到龙魂之力迅速流失，奔跑的速度越来越慢，身上的姬澈也变得越来越沉。

大火蔓延的区域超乎寻常得广，即便是在我极限速度之下，我也没能跑出大火弥漫的区域。

当龙魂之力彻底消失的那一瞬间，背上的姬澈终于将我压得趴了下来，我用青冥撑着自己的身子才没摔在地上。

我没有朝龙城的方向跑，那里对我来说，同烧着大火的区域一样，都是死路。

这一路过来，倒是平顺，没有见到幽鬼所说的羽华的军队，也没有遇见墨九和茗娣，更没有遇见羽华。

楚玥和幽鬼绝对挡不住拥有龙魂之力的羽华，没有人比我更清楚龙魂之力有多可怕，那不是羽华可以控制的力量，当然，更不是楚玥他们可以阻拦的力量。

我站在一座山包上，远方的火幕在重重山峦之外，如一叠巨浪扑过来，速度十分快，那些山林树木和海风，让大火推进的速度变得出奇的快。

姬澈那间房子已经被大火吞没了，连最高的那座剑冢山，也燃烧了起来，所有的一切，都成了劫灰。

楚玥，活宝，幽鬼，司徒安，阿狼……

他们的身影还在我的脑海中活灵活现。

我感觉那些都不是真的……

我将青冥插在地上，腾出一只手来捂住自己的嘴巴，努力不让自己哭出来，这么多的生命，我真的承受不住。

我看了一会儿，就重新背好姬澈，将青冥从地上拔起来，已经没有那么宽厚的心去面对所有人死亡的伤痛，路，还是要走的。

登桓山方圆五百里，没那么快就完全被星辰之火吞没，我要赶在星辰之火遍布登桓山每一个角落之前离开这里。

顺着山坡滑下去，大火的光已经照不进山谷，漆黑一片的深山老林里却是热闹异常，那些感觉到危险的动物们，正在迅速逃离这里。

我也是其中一个吧，我想。

这里的山包一个接着一个，连绵不绝，从这里逃命免不了一个山包接着一个山包地翻过去。

好在这里的山包都不是很陡，但是杂草很深，而且漆黑一片，我身上又背着姬澈，走起来颇有不便。

安静的林子里传来一声风响，是破风之声，一个黑色的影子忽然落在我身前的一颗树冠之上，他双手抱着胸，似乎是在看着我。

“谁？”我停下脚步，下意识地握紧了青冥。

“你不能往这里走。”

他的声音很沙哑，但听得出来是一个男人的声音，“前面有伏兵。”

“你是谁？”我又问道。

“帮你的人，信得过我的话跟我来。”

他的声音虽然沙哑，但没有幽鬼那样可怕，看他的身形，还有几分熟悉。

他说完之后，身体缓缓地从树冠上飘下来，落在我身前不远处，似乎也不大有要征询我意愿的意思，落地之后，就径直朝一个方向走去。

“楚玥和幽鬼都死了。”他在前头带路，声音很轻，但是他的脚步踩在枯叶上，却一点声音也没发出来，此人的轻身之术奇高！

“阿狼逃走了……我救了它，在一个地方等你。”

他说着，人已经走出去很远，我咬了咬牙，听到阿狼没事，很想知道究竟出了什么事，就跟了上去。

“白泽很强，龙城里的人目前还算安全，但是一旦星辰之火蔓延到龙城，也是没有一人可以逃出去的。”

“你好像对登桓山很熟悉？”我轻声问道。

“来这里之前，羽华就对我们说过登桓山的一切，这一场突袭，他蓄谋了十几年，这里谁也不可能逃出去。”

他忽然停下脚步，回头看了我一眼，幽暗的光线之下，我只看到一张带着黑纱的脸，十分清秀和幽寒，那一双冷如寒冰的眼睛，我十分熟悉。

“柏烨吗？”

我心底嘀咕着，但仔细一想，绝对不可能。

他转身继续朝前走，继续对我说道：“羽华在御剑山庄的废墟里找出蝶翼剑的时候，意外地发现了埋在废墟之中的星辰之火火种，带回靖国之后，秘密地养了十几年。山外的大船共有六百艘，此时它们已经到达了登桓山的各个角落，每一艘船上都带有星辰之火，登桓山太大，他们打算从六百个方位朝登桓山投星辰之火。”

“最远的那一艘船还未到达预定地点，我们要赶在它到地方之前到达那里。在沧海之城的时候，黑流星里的全部杀手都死在了那里，这回来的都是靖国的军队，战斗力并不强，到时候，你只要抢了船就有可能逃出这里。”

我看着他的背影，忽然就想到了这个人是谁。

我没想到他会帮我。

“出去之后，安心地过你们的日子，这世上的纷纷扰扰，别再掺和进来了，报仇不报仇的，都没那么重要。”

“你生命很长，在宿命没有到来之前，安安稳稳地做你自己。”

“你为什么要帮我？”我问道。

他身形顿了一下，也许他已经知道我猜到了他是谁，就苦笑了两声，“我也不知道，也许，有一天我也会需要你帮我吧。”

顿了一下，又苦笑了一声，“我也希望这辈子，再也不要见到你。”

我以为，他这人是不会笑的，哪怕是苦笑。

“你是为了救我，还是为了救姬澈？”我再问道。

他笑了一声，这回倒不是苦笑，是真真的笑，“你们命本一体，有区别吗？我救了你，你不可能放下他，我要是救了他，他也不可能放下你。”

我勉强笑了笑，忽然感觉到这世界上的事，真是奇妙，我怎么也没想到，帮我的那个人，竟然会是他。

我看着他的背影，又问道：“你们凤家，不是最看重承诺的吗？你背叛了羽华……”

他一下子打断我的话，“快走吧，还有一炷香的时间，我们还有八十里的路。”

八十里，一炷香的时间，如果在我鸿蒙之气还没有用完的时候，也许有可能，但是现在……

他似乎看出了我的顾虑，又回过头来看我，说道：“前面山头有三百伏兵，出了这里，我就带你过去，顶多一杯茶的时间。”

我感激地看着他的侧脸，“墨九，谢谢你。”

他一句话也没有说，眼眸之中依然冷若冰霜，带着我在深深的山谷之中兜兜转转。

士兵与杀手之间，果然是有差距的，杀手在于隐藏蛰伏，一击致命，可士兵就不同了，他们没有杀手沉稳的性子，更不懂得如何绝对地隐藏起自己，在山谷之中转来转去，我发现了一些潜伏在山林之中的杀手。

但是墨九似乎很清楚他们埋伏在什么地方，即便是带着我也能够轻易地避开他们，就算不小心引起了一两个人的注意，以墨九的本事，随便摘一片树叶下来，也能在他们发出声音的一瞬间无声无息地要了他们的性命。

走出这几个山头，墨九就拉着我和姬澈用最快的速度赶去那个地方，身子在群山之中如电一般地飞掠着，树叶，枝丫，皆成了他借力的工具，速度快得简直无法形容。

我们在一片平地上停了下来。

墨九取下遮在脸上的黑纱，看着我抱在怀里的姬澈，又看着我，轻轻道：“羽华很快就会追上来，前面我不能带你过去了，你自己小心。”

我看着他的眼睛，轻轻地点了点头。

“快走吧，出去之后，好好过你们的日子，船上的士兵没有什么本事，那头雪狼王足够应付。”

说完，对我微微一笑，身子在我面前一晃，就不见了踪迹。

我站在原地，朝四周看了看，很黑，但是从远处传来的海浪声十分清楚，我应该是在海边了。

我有点不相信，最后帮我的那个人竟然会是墨九，这实在是让我有点接受不了。

姬澈被我抱在了怀里，现在他依然还在昏迷中。有一瞬间，我很想拔起青冥朝自己的胸口来上一剑，但终究还是忍住了。在剑冢山上，姬澈就对我说过，如果我还敢再用心头血救他，他醒来的第一件事就是抹自己的脖子。

他这人，从来不会说假话，即便开玩笑都是很正经的，我不敢拿这个来冒险。

稳定了一下自己的情绪，逃出来的欣喜没有将心里的伤痛压下去多少，我抱着他走进一片草坪，一边找阿狼，一边探索墨九说的那艘装有星辰之火的大船。

六百个投火地点，已经让登桓山的每一个地方都燃起了大火，刚刚还是一片黑暗的海岸边，不大一会儿就逐渐被火光照亮了。

这里空无一人，十分安静，在逐渐变亮的光线之中我看到了那艘船，并没有想象中的大，比柏烨备给我们的红楼宝船小了很多，正在风浪之中逐渐靠近这里。

这个时候，我发现了站在沙滩上的阿狼。

它也发现了我，却显得十分消沉，身子流着血，身上雪白的毛发被烈火烧掉了一大块儿，看起来十分狼狈。

它一拐一拐地朝我走来，我迎了上去，它扑进了我的怀里轻声哭号着。

第十二节　不死心碎

阿狼的声音甚是凄惨，听得我心头也是一阵阵的酸楚，如今偌大的一个登桓山就剩下我们两个还能站着了，那些藏在龙城里的村民究竟怎样了，无人可知。

我想，他们绝对不会有奇迹，这火一旦烧起来就灭不了了。

已经没有时间再在这里矫情什么，那艘逐渐靠近过来的船里已经传来模糊的人声。

我带着阿狼藏在了一棵大树树干之后，火光已经很明亮了，空气也变得越来越炙热，燎天的大火正在迅猛地逼近这里。

我看着那艘靠拢过来的大船，对阿狼说："你能不能跳上去，咬死那些人？"

阿狼一身灰扑扑的，那双狼眼却是出奇的明亮，两只耳朵动了动，看了看那艘船，似乎轻微地点了点头。

"那好。"我将青冥插在地上，摸了摸阿狼的狼头，"等一下靠近的时候，你就跳上去，最好能够全咬死。"

阿狼咧了咧嘴，样子看上去很凶。

船一点一点地靠近过来，不大一会儿，就停在了海岸线上，从船舷上掉下来几根粗绳子，几个人从绳子上缓缓滑下来。

我对阿狼丢了一个眼色，示意它快点动手，它的反应比我还要快，只是瞬间，巨大的身子已经跃出了树干。

就看到一道模糊的巨大影子几个飞跃冲进人群里，如同烈马一样，寻常人都没见到过块头这样大的狼，人群一下子就乱了起来。阿狼飞扑过去，一阵狂撕乱咬，如同猛虎扑食一般凶残。

几个人被阿狼咬得支离破碎，残肢碎体染红了沙黄的沙地，身子又是一个跳跃，跳上船沿，船舱之中传来一大群人嘶吼和阿狼的咆哮声，一个个士兵被阿狼撞得飞出了船舱，掉在了海里，却没一个人挣扎，他们都被阿狼咬断了脖子，渗出的鲜血染红了船周围的海水。

很快，阿狼就站在船头上，朝我低声吼着，意思是都已经解决了。

我吃惊阿狼办事的速度，赶紧将姬澈背上就跑了过去。

然而，我刚刚跑到那片沙滩上，从身后的重重大火之中，忽然有一道白光射过来，速度出奇的快，我脚步一停，意识到出了什么事，对着阿狼就是一声大吼，"阿狼，快跳下来！"

声音刚落，面前的大船就被一股巨力击中，整艘大船在我面前轰的一声爆开，海浪被掀起，同时一股大火顷刻之间从翻滚的海水之中燃烧了起来。

那火，竟然是金色的。

是这艘船上装着的星辰之火！

我一下子明白过来。

身体被那股爆炸震得退了好远，我赶紧朝那地方跑过去，对这燃着大火的海水一遍遍地喊着阿狼。

风吹着大火朝山里扑过来，速度很快，站在这样的大火面前，整个人都像是要被烤熟了，就连身上的衣裙也都卷曲了起来。

脸颊好烫，皮肉迅速干瘪起来，生疼得紧，我被一股烈焰逼得退了几步，一遍遍地喊着阿狼，它好不容易才从羽华的手里逃脱，怎么能死在这里！

身子忽然被什么东西拖着往后退，我回头一看，竟然是阿狼！

它还活着！

悬着的心安定了下来，阿狼拖着我，迅速往后退去，面前大火蔓延的速度明显没有我们退得快。

我们又退回了密林之中，看着那已经变成火海的沙滩，我知道一切都完了。

这里应该就是墨九说的最后一个投火的地点了。

我们虽然在这艘船到来之前来到了这里，但还是晚了。

我忽然就想起了那道击中船的白光，就是那道白光炸毁了这艘船，放出了星辰之火。

是谁做的？

羽华吗？

四周燃起的大火已经连成了一片，恐怖的高温让一些没有着火的大树自燃了起来，我身处的这片密林正在被大火迅猛地吞噬着，留给我们的区域越来越小，方圆已经不足二里。

“一个一个舍命也要救你，你到底凭什么？！”

燃着大火的密林之中，一个愤怒的声音如滚滚闷雷一般逼过来，带着磅礴的气势，我周边那些还没燃起来的树木轰的一声坍塌，碎裂，在一股极为强大的力量之下，一棵一棵地变成了碎屑。

碎木屑经高温一烤，立即燃烧了起来，一时间犹如无数的火碟在无尽的大火之中纷飞如舞，场面十分旖旎梦幻。

所有的树木被这股力量震碎，周边一瞬间变得十分空旷，在纷纷降下的火碟之后，滔天的大火之中，一个恐怖的人影提着剑，从烈火之中一步一步地朝我走来。

他手里的剑，已经被大火烧的通红。

“羽，羽华……”

我连连后退，落在身上的火屑将我左肩的衣襟烧出了一个窟窿，疼得要命。

“这一局棋，我下了一十三年，谁也别想在这个时候逃出去！”

他的身边，萦绕着数股龙魂之力，那些龙魂之力将他和大火分开，飘落而下的火屑自动地分出一条路来。他的身体冒着徐徐雾气，那是身体的水分蒸发出来的，手里的剑握得很稳，目光却并不在我的身上，而是我背上的姬澈。

他在我面前百步之外忽然停了下来，脸上的笑容在无尽的大火映衬之下，变得极为恐怖。

“哥哥，终于只有我们两个人了，当年，在王宫的演武场上，我就对你说过，你一定会后悔的。”

他似乎已经失去了说话的兴趣，在他即将报仇的时候，他的愤怒最盛，盘绕着数道龙魂之力的身体如同猎豹一般直接扑了过来，手里通红的景洪发出剧烈的剑鸣声，直直朝我胸口刺来。

姬澈是背在我背上的，看来他这一剑是想杀了我们两个。

在他的剑即将刺中我的一瞬间，我一把将姬澈扔了出去，锋利的剑尖刺破我前胸，一瞬间就穿透了我的心脏……

好疼……

脸好烫，比火烧得还要烫……

剑刺透我的身体之后，没有任何的停顿，剑锋没入了身子，厚重的剑柄一下子就撞在了我的肋骨上，巨大的力量顶着我急速地飞退！

眼前是羽华极度狰狞的脸，我死死盯着他的眼睛，眨也不眨地盯着！

“你既然要为他而死，那我就成全你！”

身子还在飞退之中，一股巨大的力量透过刺进我身体的景洪剑，传入了我的心脏！

似乎，有什么东西碎了！

却好像感觉不到疼痛。

反倒是脸上越来越烫……

身子停了下来，我脑子里一片空白，似乎浑身上下所有的感觉一下子全都没有了！

我艰难地低下头，看到的，是一片血色的空白……

我的胸口已经不在了，被一股力量绞碎，我能够透过那片空白，看到身后燃起的大火以及我的内脏，却独独看不见那颗心。

在滴血，如同瀑布一样流着的血……

我的心呢？

脑子里的空白逐渐被一些东西填补进来，一股腥味沿着喉咙涌上来，流过唇角的时候是滚烫又黏稠的液体。

我艰难地抬起眼睫，看着面前的羽华，那样恐怖又狰狞的脸，那么像姬澈。

视线急速地模糊下来，面前的那张脸像是被一股浓雾一层一层地遮起来，似乎听到了一声狼吟，声音好远……

好像还有凤鸣声……

听不清楚，眼前的光像是被一股黑雾慢慢地遮起来，看什么都觉得好远。

在身子即将倒在地面的那一瞬间，我感觉到一股淡淡的梅香侵入了口鼻，连那股浓浓的血腥味都遮掩不住的梅香，身子像是被什么接住了，感觉不到倒在地面的僵硬感。

面前，一片纯白，一晃一晃的，好久好久，又像只是一刻最亘古的永恒，我明白过来，那是一头白发。

“姬……姬澈？”

“我在！”

他的声音好轻，又好远，远的像是在天边一样，在那一瞬间，我好想笑，却怎么也没有力气笑出来，“你，你醒了！”

“嗯。”轻轻的声音响在耳边，在一片花白的视线之中，我看见他的身边似乎立着什么东西，青色的，一道寒光在那青色之物上慢慢地被提出来。

“你不会死的，不会，绝对不会……”

似乎有什么东西滴在了我的脸上，有点凉，他的声音不是很稳，是颤抖的，“你等我，等我……”

那股寒光终于被完全拔了出来，身子被轻轻放在地上，“你等我，一定要等我！”

有什么东西贴在了我的嘴唇上，很轻柔又很急切，但一会儿那种感觉又没有了，眼前那飘着的白发正在迅速远离我。

我赶紧拉住他的脚踝，“姬澈，我疼！你，你陪我好不……好不好……”

耳边又传来一个人落地的声音，视乎在朝我吼着什么，却被姬澈一掌震开。

眼睛终于承受不住重量，闭上了，但还有一份意识没有散去，我轻轻地动着嘴唇，却死死地抓住他的脚踝，问着，“谁？谁来了……”

他回道：“叫你姑奶奶那个……”

迷迷糊糊的脑子似乎被什么震了一下，“活宝吗？他还活着？”

“活着。”他声音很轻，滴在我脸上的水滴越来越多，也越来越密集，“我等一下就来陪你。”

我更紧地抓住他的脚踝，却怎么也睁不开眼睛了，“不要，我要你陪我，要你陪……”

残存的意识，在这一刻，全散了！

第十三节　他死了

好像做了一场梦，挺长的。

初春的山里开着五色的花，桃林深处的小木屋披着一层薄薄的雾色，纯白的雾色如一缕缕流光莹然于桃林之中，朦朦胧胧，极不真实，似一场镜花水月一般缥缈。

一口古井之外，立着一方石桌，隐约之中似乎有人坐在那里，一身纯白，隐在袅袅云雾之后，面容带着几分疲惫，又带着几分欣喜，似乎有声音传进耳中，模模糊糊，不真切。

我看着那个人，似乎很熟悉，又感觉很陌生，如深水寒潭一样清澈的眼眸带着浅浅的笑意看着我。

起了风,吹着淡淡云雾在连绵的桃林之中翻滚,锐色的桃花从枝头飘落,如一场无言的雪。

“怎么才回来？”

那一身纯白的人从石桌后站起来，连头发也是白的，我好像认识他，他的一颦一笑都让我感觉到熟悉，却怎么也想不起来。心里有一股摒不去的执念，好像有什么东西堵在胸口，又似有什么话要从喉咙里吐出来，但我张不开嘴。

我要喊什么？他的名字吗？

他又是谁？怎么如此的熟悉又陌生？

他朝我走过来，我看着他的眼睛，努力地去想着他是谁。

他很自然地拉起我的手，而我也好像出于本能的没有拒绝。我一直看着他的脸，任由他拉着我在石桌后坐下。

他给我倒了一杯茶，“第一场春雨后刚采的新茶，我炒了一点，你尝尝。”

他将茶杯递到我手里，我似乎有些犹豫，看着他的眼睛，想说什么，却怎么也张不开嘴。

如一场风吹散了所有的云雾，视线在一瞬间变得极为清晰起来，万千的云海翻滚着，手中的茶杯不知为何竟脱了手，摔在石桌上如同跌破了一场梦境，溅起的茶水定在了空中，绽放出莲花一样的形状。

“你怎么那么不小心？”

带着笑意的声音响在耳边，我抬头一看，却见着从斑驳的木门之后走出一个人来，一身纯白，连发也是白的，远方传来一阵小孩子嬉闹的声音，飘飘绕绕，却带着一份安宁。

他将我摔在石桌上的碎瓷一片片地捡起来，又拉起我的手看了看，笑道：“还好没事。”

一个小女孩儿跑过来，抱着我的双腿，奶声奶气地叫着，“娘亲娘亲，哥哥欺负我！”

那人将抱着我的小女孩儿拉出来，自己抱着，捏了捏她的脸蛋，问道：“来，给爹爹说说，哥哥怎么欺负你了？”

那女孩儿瞪着个眼睛，像个瓷娃娃一样嘟着嘴，“爹爹给我做的小木鸟被哥哥抢了，他不给我玩儿。”

那人将女孩儿举起来，骑在自己的肩膀上，“走，带爹爹过去看看……”

小女孩儿揪着他的白发，很仔细地端详着，似乎忘记了要去找她哥哥要小木鸟的事，“爹爹，你的头发怎么是白色的呢？”

那人驮着小女儿，慢慢地向木屋之中走去。

“爹爹老了呀。”

那小女孩儿又问，“那为什么娘亲的头发却是黑色的呢？”

“你娘亲是个大美人啊，她是不会老的。”

声音逐渐变得模糊，我从石凳上站起来，想跟上去看看，殷红的桃花铺在小小的院子里，悄无声息。

距离木门不过十步，但好像怎么也走不到尽头，越是走着，那扇木门就像是离我越远，层层桃花在我脚下迅速地枯萎，经风一吹，化作连篇的红叶，舞在小小的木屋之上，美若彩蝶。

雾浓了起来，走了那么久也没能走到那木屋前。

“你后悔吗？”

浓雾之后，似乎有声音响起来，却看不见人，我停下脚步，四处一望，细风卷起的浓雾笼罩过来，身子如同站在云雾之上，眼前的一切，都变成了纯白。

我挥着手，想拨开那些雾气，却都是徒劳。

“我有一个执念，一直都割舍不下……”

声音很清晰，却很虚弱，心中不知为何，升起一丝隐痛，忽然间好想哭，却哭不出来。

“你别忘了我……”

声音似被风带着，越飘越远，我追着那道声音，像是追着一缕即将远去的风。

我想喊，却怎么也发不出声音，只能不认命地追着，像是要追回那已经消失的曾经。

我终究没能追上，却怎么也停不下来那奔跑的脚步，一股绝望的疼痛沿着脊背爬满了全身，好凉，好冷，像是跑进了一片千山雪寂，刺骨的寒风，冷冷的冰雪。

四周的纯白一点一点地散开，好像有一片黑暗逐渐入侵，一片沉寂的世界里，传来了模模糊糊的水声。

这梦，醒得很平静，一场秋水无波似的平静。

“你醒了？”

水声夹杂着颤抖的人声，飘进耳朵里，身子感觉好冷。

我没有力气说话，只是轻轻地嗯了一声。

我像是躺着，眼前很黑，声音是从我身后传来的，我偏了偏头，看到了一张狰狞恐怖的脸。

“别怕，姑奶奶。”他的身子似乎是浸在了水里，只露了一个脑袋出来，一笑，露出一排洁白的牙，“是我，燕子。”

他的脸上，是被烧烂了的伤疤，却没有一点点的血，如同烂棉絮一样的脸上，是出奇的白，那些伤口，像是在水里泡了很久很久。

我的身下，是一块木板，他潜在水里，推着这块木板。

“姬澈呢？”我轻轻地问。

他顿了一下，牙齿在打战，很久之后才说：“死了。”

眼泪一下子就流了出来，我捂住眼睛和嘴巴，又问：“阿狼呢？”

他咬了咬牙，“也死了。”

他咳了两声，一只手趴在木板上，掰开我捂着眼睛的手，一张可怕的脸就贴在我的额头上，“都死了！”身子一下又滑了下去，“老子，也快撑不住了！”

他的声音已经虚弱无比，深冬的水很寒，他的手和牙齿都在打战。

“都死光了？”我压着声音，轻轻地问。

他点了点头，“羽华和墨九被妖精打成了重伤，没能追上来，那场火，不知道能不能灭了他们。”

我忽然笑了起来，扒在木板上的手敲了两下，“东西都在这里了，姑奶奶，老子累了，先走了，你，好好活下去。”

他的手慢慢地从木板上滑下去，我赶紧去拉，却什么也没有拉住。

“活宝！活宝！”

我大叫两声，却没有任何的声音响起。

木板晃了两下，慢慢稳定了下来，身后传来了东西完全没入水里的声音，和他最后的一句吊儿郎当的话，“老子终于可以歇一歇了，妈的，累死宝宝了……”

所有的一切都安静了下来，如同一片无边的死域，静得可怕。

我躺在木板上，浪头很细，起起伏伏像是摇篮一样，看着那漆黑的天空，夜风好冷。

脑子里似乎什么也没有，空白一片，我想去回忆一些什么，姬澈也好，活宝、司徒安，哪怕是嫉妒我的楚玥也好，我想去记起一点东西，好让他们在我的记忆里不会太遥远。然而，不论我怎样去想，怎样去回忆，就是什么也想不起来。

好累啊。

我闭上眼睛，刹那间眼泪滚出了紧闭的眼角，我觉得，我就是那所谓行的尸走肉最好的诠释吧。

我记起那一个梦，梦里的虚幻和缥缈在我一遍遍地回忆之下，逐渐清晰起来，那一身纯白的人，那甜美又很天真的小女孩，那一片桃林和缥缈的雾气，好像有飘零的花瓣在紧闭的眼睫之中轻轻洒洒，我想起来了，那是姬澈藏在心里不为人知的执念。

是对我的执念。

原来，他是这样爱着我的。

他最想要的东西，原来就是这样的简单。

一座矮屋，一方石桌，一双儿女，一个我，一个他，就这样简单。

忽然间就感觉一切都是那么的不值得，他死了，用自己的命，把我送出了那一片焚天的火海。

我就像一棵无根的浮萍，漂在漆黑的海里，没有方向，没有生命，这一刻，所有的一切与我和姬澈而言，都成了最刺人的嘲讽。

迷迷糊糊的好像睡了过去，醒来的时候，一轮红日挂在头顶，火红火红的，这是噩梦的苏醒吗？

躺在那块木板上，身子逐渐恢复了一些力气，身上裹了一件袍子，水蓝色的，这是姬澈的袍子，从我第一回见到他的时候，他就是着这种颜色的衣衫。

身侧还摆了一些东西，司徒安的幻青扇，姬澈的青冥，还有一片长剑的碎片。

这是魔剑的碎片，但是，只有剑尖，其他的，都不在了，我想了想，那时候姬澈已经身受重伤，他能将羽华打成重伤，唯一的依仗只有魔剑，也许在他生命的最后一刻，碎裂的魔剑终于被他重聚了起来。

但是，它碎了。

我将这片碎片拿起来，仔细地看了看，我用过魔剑剑尖的碎片，每一寸裂痕我都清楚地记得，但是现在这片剑尖的裂口和之前的裂口形状，完全不同。

看来，他是真的死了，却还是把魔剑的碎片留了一片给我，他到死了还是这样不放心我……

“如果有一天，你要踏上一条用鲜血染红的路，我会陪你，一直到我再也没有力气将青冥拔出剑鞘的那一天，一直到我再也没有能力为你遮风挡雨的那一天。”

他的话还在我耳边响着，如今，我还活着，而他，已经永远地离开了我。

是啊，永远地离开了。

第十四节　我过得很好

究竟在这片海子里漂多久，我没有印象，脑子里像是装了很多沉甸甸的东西，又好像一片空白似的什么也没有。

头顶的天空逐渐黑下来，又逐渐变得明亮，反反复复究竟变换了多少次，我也没有感觉，像是很久，又像只是短短的一瞬。

破碎的身体早已修复好，力气也在一天一天地恢复着。

期间，我将青冥拔出了剑鞘，那森白的白刃已经不再锋利，一道道如同锯子一般的缺口遍布剑刃，这把神兵已经废了。

手指抚摩上那些密集的缺口，很凉，手有些抖，我拿着它，回忆在脑子里连篇地飘过，那些都是我最宝贵的东西了。

身子泡在冰凉的海水里已经很多天了，我第一次坐起来，看到这一片无边的海，想着这些细细的浪会把我带到哪里，会是沧海之城吗？

管它会去哪里呢，都由它去吧。

又倒下去，闭上眼睛，现在的我生无可恋，有点像行尸走肉，我不知道自己要做些什么，也找不到什么东西可以让我从这种状态中清醒过来。

既然是这样的，一切都交给老天吧。

一次次的日升月明，一次次地睁开眼睛又闭上，我始终躺在那块木板上，感觉到生命在冰凉的海水里一点点地流失，感觉到那股绝望一点一点逐渐地吞没着我。

当感觉到木板撞上什么东西停下来的时候，天空很蓝，有凉凉细细的风轻轻地吹着，耳边海浪声很大，我转过头，看见了一片广袤的陆地。

很陌生的地方，这是哪里？

海浪将木板冲到了沙滩上，似乎是傍晚了，天边有如血的晚霞，退潮之后露出的浅滩上有五色的海螺和挣扎的鱼。

看来，老天是不会让我死的。

我在那片浅滩上又躺了很久，心里有着一丝怨恨，坐起来的时候，浑身上下哪里都疼，双手被海水泡得很白，有点发胀。

这就是命吧，我想。

有一段时间，我真想就这样漂着，永远都不要停下来，我不知道在我离开这块木板站在岸上之后，我要面临的东西是什么，我已经一无所有了，所有对我好的人都离开了我。

我就是那个被世界抛弃的人吧，已经被残酷的世道剥夺了所有，却还要这样毫无目的地活下去。

我不知道我该去哪里，又有什么地方能够让我这个妖孽栖身，已经被抛弃了的人，似乎去哪里都是多余又痛苦的。

但还是得去啊。

我站起来，将所有的东西都收好，把青冥紧紧地抱在自己的怀里，这就是我的所有了，是姬澈的执念和我不愿去相信的现实。

浅滩之后，是一片林子，林子很密，几乎没有道路，天色慢慢暗下来，四周很安静。

已经没有人可以在这样的山路上拉着我了，少了他的扶持，走起来有点害怕，森寒的夜风吹过身上浸湿的袍子，冷得我浑身发抖。

月亮慢慢地爬了上来，深冬的月没有什么光亮，林子里，依然是漆黑一片。

我不知道自己要去哪里，没有目标，人就丢了信念，这是很可怕的事。但好在没有目标也就没有牵挂，走累了，我就蹲下来歇一歇，失去了一切的人，就不再害怕还有什么东西可以失去，即便是自己这条烂命。

就这样，在这人世间走了多久，连我自己也不晓得，没有情绪，没有痛苦，没有表情，街口的坊市，熙攘的人群，日出百鸟的轻啼，露珠压弯青草的枝叶。

我想，在我没有遇到那个人之前，可能，我永远都会是这样了。

这一天，究竟是到了哪里，我全无所知，身子的疲惫和心里的疼痛，让我已经没有力气再走下去，蹲在一处街口，睡着了。

睁开眼的时候，却看见头顶高高的床撵，帘子紧拉着，有光射进屋子里，隔着那扇帘子，光影绰绰，朦朦胧胧。

像是还没睡醒，看什么都模糊不清，帘子之外，似乎有一个人的影子在移动着，一晃一晃的。

应该是在一间屋子里，我慢慢清醒过来，正准备撩开帘子去看看那移动的人影是谁，却在这时候，那人影似乎是察觉到了动静，屋子里响起了轻轻的脚步声，他朝我走了过来。

帘子被轻轻地撩开，我看到一只雪白的手，骨节分明。那人侧身站进帘子里，对我微微一笑，“你可算是醒了。”

声音，好熟悉，看着他的脸，记忆逐渐地复苏过来。

他如玉雕出来的脸，一身深青色的长衫，如果我的记忆没有出差错的话，我认为，这人，应该是我大哥，叶墨。

但是，我没有多大的把握，毕竟我长这么大，见到大哥的次数，屈指可数，只是拿出一副疲惫又很狐疑的眼神看着他。

他坐在我的床沿前，探出手来摸了摸我的额头，我没有力气做出反抗。

他摸了一会儿，就收回了手，一脸阴沉地看着我，叹了口气，“怎么搞成了这个样子？”

我摇了摇头，也不管这人到底是谁，倒下去就想接着睡。

眼睛还没闭上，他一张英俊的脸就弹了过来，问我：“怎么弄成了这样？”

我不想看他，就侧过身子，囫囵回了一句，“没人关心没人疼，弄成什么样子都不稀奇。”

他顿了一下，传来两声苦笑，“父王两个月前过世了，我找了你整整一年，好不容易找到你了，你就这态度？”

我脑子里震了一下，父王过世了？

但只是一刹那，那股很莫名的感觉就被一种不以为然所取代，拉了拉枕头，就闭上了眼睛，“他死不死与我无关，反正从我生下来的那一刻起，他就没有在乎过我。”

他似乎站了起来，床帘被撩了起来，又轻轻地合上，他好像离开了这里，屋子里传来推开窗户的声音。

“看来这一年，你变了很多。”

屋子里传来了轻轻的窸窣声，他的声音又响了起来，带着很轻的笑声，“你多久没吃东西了，吃点东西再睡吧。”

脚步声又响了起来，“我借厨子的灶台炖了一锅你爱吃的莲子汤。”床帘又被撩开，他拍了拍我，“起来喝了。”

我也不记得多久没有吃过东西了，只知道从我离开登桓山之后，就一直没有吃过东西，算算至少也有一月有余了。

但是，我感觉不到饿。

我依旧背对着他，闭着眼睛，有一股悲痛压在胸口，好想哭出来。

我抽了抽鼻子，压低着声音问：“父王怎么死的？”

大哥顿了好一会儿，传来一声极长的叹息声，“小方子，他夺了王位。”

忽然间又好想笑，我转过身子，饶有兴趣地看着他，“为了一个小小的王座，狠心连自己的老子也可以杀。”默了一下，冷笑一声，“对于二哥来讲，也许不用狠心就可以做到，你说是吧？”

他端着那碗莲子汤，面容看上去很憔悴颓废，伸过手来，舀起一勺莲子汤递到我唇边，“你大可不必如此，父王有他的债要还，小方子也有他的罪要受。”

我张开嘴喝了一口，他接着又舀过来一勺，道：“小妹，只是苦了你了。”

若是以前，听到这样的话，或许我会有很大的感触，但是现在，我却接受得很坦然，喝了一口，接着问他，“你怎么找到我的。”

他微微一笑，“慢慢找呗，天大地大，我只要去找，就肯定会找到。你大哥生性冷淡，也许你觉得我从不待见你，不过话又说回来，不对你说话就是置之不理了？”他又笑了起来，递过来一勺汤，“从父王将你送出去之后，我就在找你了，虽然过程是苦了一点，但好歹是找到了，要不是我不在晋宁，小方子哪有那么容易逼父王改立他为世子？”

我道：“要不是你不在晋宁，父王也不会落到这样的田地。”

“命而已。”他送汤的手顿了一下，“要是我当初拦着父王一点，你也不会落到这样的田地。”

他看着我的眼睛，目光深远又清澈，“小妹，这段时间，你是怎么过的？”

我将他送过来的汤匙推回去，躺下，拉起被子盖住自己的头，“我过得很好……”

渗出的泪浸湿了褥子，我紧闭着眼睛，想起这一年来我经历的种种，我真的过得很好。

我遇到的那些人，经历的那些事，有好的，有坏的，有邪恶的，也有身不由己的，这是我在紫竹苑里不可能经历的，却也让我的人生变得伤痕累累。

大哥没有再说话了，也没有再拉我起来喝汤，变得格外嗜睡的我在泪流干了之后，慢慢地睡了过去。

一阵轻轻的琴音将我吵醒，曲子很好听，我很熟悉，那是我们北燕国的曲子。撩开帘子，看见大哥坐在圆桌前弹琴，样子很专注。

大哥和我一样，很喜欢琴，弹出的曲子也很好听，但是我很少听过他弹琴。

“什么时候学的曲子？”我坐在床沿上，看着他的背影，“这首曲子我记得你是不会弹的。”

琴声停了一下，又接着响起，“才学会不久，你听听。”

大哥的声音很轻柔，他说话不急不缓，声音也是不高不低，轻柔的声音很容易抓住人的命脉，也许这也是大哥女人缘很好的原因之一。

“你抱着的那把剑已经完全不能用了。”他一边弹着琴，一边对我说，“这样一把没用的剑，你如此宝贝它做什么？还有那把扇子，扇骨已经裂了，这两件完全没有了用处的东西，你为何还要带着？”

我站起身来，发现身上的衣衫已经换成了我惯穿的紫裙，目光在房子里扫了一圈，发现姬澈的破烂袍子被叠得整整齐齐地放在一边的桃木桌上，便起身要去取，对大哥的话只是随便地应付了一句，“那是我的命，自然要带着。”

第十五节　一世人心（一）

大哥的琴音在我这句话后有片刻的停顿，音都乱了，安静下去后传来一声轻轻的叹息。

我没在乎这些，走过去将袍子抱起来，目光却停在了桃木桌上的铜镜上。

铜镜微微地仰着，正好照出我的脸，我看着这张脸，好陌生，这不是我的脸。

身子不知为何，竟有些颤抖，放下袍子摸到那张脸上，很糙，没有光泽的脸上透着一股无法言明的苍白，乍一看有点可怕。

这不是真正的脸，而是一张皮。

大哥的声音响起来，“也不知你怎么搞的，脸上的面具破了也不修整修整，你昏过去的这两天，我跑了不少地方才弄来这一张面具。”

我捧着自己的脸，看着铜镜里那陌生的面孔，忽然间心里就生出了一丝恐惧和心颤，姬澈给我做的那张脸呢？哪儿去了？

很久很久，我一直都看着铜镜中的脸，心里的恐惧迅速变得庞大起来，我站在那里，好久好久才明白过来。

姬澈死了，那么以他的力量维系的幻术也随着他的死失去了作用，我明白过来心里的那股恐惧是从何而来，这并不是因为这一张陌生的脸让我感到恐惧，而是因为这面具之后所代表的含义。

它代表着，姬澈真的死了！

这一段时间，我活得完全没有感觉，没有记忆，惶恐之中，有一点零星的记忆被我回想起来，我拿着这一张长满了龙鳞的脸，走过那些市集，一张张看着我恐惧难安的脸，因为害怕我的容貌而做出过激举动的人，我似乎被很多人打过，也被更多的人骂过……

想想以前，我是那么的不能接受别人看我的异样的眼神，而如今，这一切却让我有些失忆。

也许这些很难令我接受，但是现在我却觉得，一切似乎也并没有我所预料中的那样不好，至少我现在不会刻意去想起那些打过我的人，我更多的记忆是在想着他离开我最后的场景。

但是怎么也想不起完整的画面，只能记得的，是他贴在我嘴角的薄唇，和我迷迷糊糊说的那句“我疼，我要你陪我”，还有那个梦，在那个梦里也许是对他对我最好的补偿。

他有他的执念，我何尝没有？

房间里又响起了琴音，明明近在咫尺，听起来却是那么的遥远，这是因为我的心思完全不在这琴音上的缘故。

或许是我接受了这样的现实，又或许是我认了命，心里却有一股怨毒怎么也化不开，我死死盯着这张脸，像是盯着一个仇人。

屋外似乎是一条街道，熙熙攘攘的人声透过推开的窗扇传进来，有点热闹，我在大哥的琴音之中收拾好东西，大哥只是弹他的琴，对我的举动恍若不见。

我并不打算跟他打个招呼，拉开紧闭的房门准备迈出那一脚的时候，屋中的琴音戛然而止，大哥问我，“你还要去哪里？”

我拉了拉背着身上的包裹，“哪里都好，你别跟着我，我并不想见到你。”

走出这间投宿之处，站在人来人往的街道上，并不知道自己要去哪里，但是没有目标也好，人是自由的，随便去哪里都成。

随便选择的一个方向，我抱着残破的青冥，漫无目的地在这一座我不知道名字的城里走着。

大哥没听我的，背着他的琴一直在我后面跟着，我只当做视而不见。

我身上没有钱，没办法换来吃的和住宿之地，不过好在我不用去考虑肚子的问题，十天半月吃不吃东西对我而言并不重要，至于住的地方，只要可以蹲下来的地方就已经足够了。

在这样的情况下，大哥表现出了对我悉心的照顾，每天都有吃的东西递到我手里，晚上，我不愿住客栈，他就帮我生火，陪着我在人迹罕至的山林里过夜。他从小娇生惯养，没吃过一点点的苦，我不知道大哥为何要这样做，是要对自己的良心找些填补还是别的什么，我也没有心思去揣测。

北燕王族欠我叶凝的，永远都不可能还清！

我恨他们所有人，不管是大哥、二哥还是我那父王，当初就是他们抛弃了我，逼着我走上了这样一条不归路。要不是如此，我不可能遇到姬澈，更不可能让登桓山上千人身葬星辰之火，这一切，是他们的债，也是我的债。

这样的日子又过了好几个月，大哥像个仆人一般尽心尽力地照顾着我，他不会什么武功，更不会什么玄术，本就是一个柔弱的小白脸，更没有我走过千万里路的经验，跟着我这一路，风餐露宿，差点没被我拖累死。

短短几个月，他就瘦得不成人样了，但他还是固执地跟着我，每天给我拿吃的，跟我说话，而我对他的任何好心，都保持着最深的敌意。

对于大哥，我没有任何的怜悯，我从不认为自己可以心硬到这样的程度，也对自己的所作所为感觉不到任何的欠妥当，我没要你跟着我，你要死要活地跟老子没一点干系。

那是一天的傍晚，天空很蓝，没有风，我想，如果没有那个人的出现，大哥的生死，也就这几天了。

而那个人，是我最不愿见到的，他的出现，点燃了压在我心里最深的愤怒。

那是在一湖清水的湖岸，两岸青松很绿，倒映在清澈的湖水里，蓬蒿吐出了新鲜的嫩芽，又是一季色彩艳丽的春天。那一身白衣的男子如一缕清风一般落在我的脚前，身上的白衫像是很久没洗了，一身的污垢和干涸的血迹。

他的怀里抱着一个一身红衣的女子，双眼很浑浊，一张脸已经瘦得不成样子，脏得很，双眼深深地凹陷了下去，一头黑发由于长时间没有梳洗，纠结在了一起，加了许多银白的发丝，很蓬乱，一眼看上去，像是一个乞丐。

看着这个人，第一眼居然没有认出来，这还是我认识的那个人吗？

我看着他的眼睛，双眼虽然浑浊不堪，但是依然有着难以磨灭的森冷，没错了，这个世界上除了他，不可能还有人有这样冷的眼神。

墨九！

朝我迈进一步，将抱在手里的红衣女人让给我，声音很沙哑，带着一双祈求的眼神牢牢地看着我，“救，救她！”

他的声音极其虚弱，拖着女人的双手像是承受不住体重，轻微地颤抖着。

我的眼睛看向那个女人，这个女人比他而言干净很多，脸很白，红装很浓，但是看她脸上的红装，手法很拙劣。这是个美人，但凡是美人的，化妆的本事不会差到这样的程度，眉画得很浓，头上的凤钗擦拭得很干净，身上的红衫打理得很整齐，一点褶子都看不出来。

她紧闭着一双杏眼，这样浓的妆也衬不出她丝毫的血色，看她奄奄一息的样子，命已不长了。

不过即便是这样，她依然很美，美得惊艳。

这个女人，是茗娣，看她现在这样子，根本没有力气收拾自己了，这些拙劣的妆容，应该是墨九帮忙打理的。

看着他让过来的茗娣，一股血气就涌了出来，一股怒吼随着眼泪喊了出来，“你要伤她多少次才甘心？”

连我自己都不知道为什么会有这样大的反应，这感觉好像不是愤怒，而是一种不值得，为茗娣感到不值得。

已经累得要断命的大哥杵着一根木棍一瘸一拐地走过来，他跟着我一直走山路，没少摔跤，一只脚受了伤。他从墨九的手里轻轻地将茗娣接过来放在地上。

墨九一双浑浊的眼睛直直地看着我，我也直直地看着他。

大哥懂一些医术，看我刚刚和茗娣的对话，以为我们是熟人，而墨九有求于我，赶紧给茗娣把了把脉。这一把，他整张脸都拧在了一起，嘀咕着，“怎么还没死？五脏心脉俱碎，不可能活得下来……”

他将搭在茗娣手腕上的手拿下来，也不顾忌什么男女有别，一把就将茗娣的衣襟扒开，映入眼帘的那一幕，把大哥吓得连连后退。

我只是看了一眼，心就揪了起来。

茗娣的胸口印着一道血红的掌印，整个胸膛都碎了，碎裂的肋骨露了出来，能透过那炸裂型的伤口看到胸骨之后的内脏！

伤口被处理得很好，没有一点点发炎的迹象，似乎每天都有人为她擦洗过无数次一样的干净，可是越干净，就越显得伤口吓人。

墨九似乎是看习惯了，对我道:“登桓山上受的伤，这一掌是姬澈打的。”他看着我的脸，眼眶有些潮湿，“我没办法了，如果这个天下还有人可以救她，我想也就只有你了。”

他说着，缠在他右手手臂上的蝶翼落入了他的手中，我以为他要要挟我，却看见他将蝶翼架在了自己的脖子上，双目直直地看着我，带着祈求的目光。

“我本来就是一个该死的人，我死，你救她。”

话音一落，蝶翼刹那间化成一股寒光，飞速朝他自己的脖子上抹过去，我一看这情况，身子往前一步，一把抓住蝶翼薄薄的剑锋，但是我速度不够快，蝶翼锋利的剑锋依然在他的脖子上划出一道细细的伤口。

我一把将蝶翼夺过来扔在地上，“你死也要死得有意义一点，答应我一件事，我救她。”

第十六节　一世人心（二）

为什么会说出这样一句话，我自己也不清楚，我原本是想说你要死死远点儿，但话一出口，就成了这样。

似乎我一直要做到的冷血无情，就像用细沙垒起来的城堡，轻轻一推，就倒了。

茗娣的伤势不再适合奔波，大哥和墨九在湖岸边搭起了一个小小的棚子，用蓬蒿做墙，四面都围得很严实，我并没有说立即就要救茗娣，在墨九答应我的事没有办到之前，我不会救她的。

因此，在这段时间里，墨九显得很忙碌。大哥给他写了一个方子，上面的药材十分珍贵，都是用来吊命的，很多的药材铺子都凑不齐全，大哥大概清楚哪个山里或哪条河里可能有这些药材，墨九整天天还没亮就会出去找药材，夜半三更才回来，在大哥的帮助下给茗娣煎药。

墨九武功虽然极好，但是从没想到照顾起人来也这样悉心，短短几天，他就能够分辨很多种不同功用的药材，清楚如何煎药，水加多少，要煎到什么程度药效才最佳等等，俨然是一个经验老到的药师了。

大哥对这个人表现出了极大的好奇心，偷偷地问过我很多回关于他的事。对于墨九这个人，我也不是很了解，他似乎只是一个谜。

墨九的话很少，一整天下来都听不到他说一句话，除了照顾茗娣之外，就是外出找草药，他似乎对答应我的事并没有放在心上。

我并不担心，茗娣在生死线上来回挣扎，他现在可比我要急。

墨九还活着，那么另一个人也一定还活着，凤家人是不会抛弃自己认定的人独自逃命的。

后来的几天，茗娣的伤情稍稳定了一些，大哥接过手替墨九照顾茗娣，茗娣的伤太重，时刻都离不开人。

我们来到林子里，墨九看上去十分疲惫，但脸好在是洗干净了，却瘦的不成样子，双眼深深地陷下去，显出苍老又疲惫的一张脸。

他坐在一块大青石上，揉了揉鼻梁，对我道："凤家人有着跟世上所有人完全不同的血脉，这究竟是为什么，我自己也不知道，有说凤家是上古魔神蚩尤一族之后，也有说凤家之所以为凤家，是因为凤家的先祖误杀了一只白凤，饮了凤血，凤血一代一代地传承了下来，赋予了凤家人超乎寻常的力量，凤家的很多绝学外人是不能修炼的，轻的会筋脉尽毁，重的甚至会爆体而亡，你确定你要练我凤家的功夫？"

我点了点头，"我只想做一点对自己来说值得去做的事，不死人之所以是不死人，就在于有毁之不尽的身体，我会死这一点，你完全不用考虑。"

他看上去有点挣扎，"会很痛苦的。"

"心都死了，不在乎痛与不痛。"我道。

林子里一片静逸，他对我投过来一道很浑浊的目光，轻轻道："你是这世界上独一无二的，我相信你，但是你完全不必这样，你的龙魂足够让你在这天下横行无忌。"

"但我现在没办法使用。"我也看着他，"我等不了那么久。"

他不再说什么了，样子看上去很是颓废和疲惫，"好。"

他答应了下来，其实他早就答应了，从我握住蝶翼的那一刻起，他就答应了。或许他有什么顾忌，可能他顾忌的是我的生死，但我觉得可能性不大，他顾忌更多的可能是他们凤家刻入骨血里的承诺。

从这一天开始，我便跟着墨九学他们凤家独有的功夫，从最基本的力量、速度，到最高深的凤游神行步以及毁灭性最强的凤吟九天。

也许他早已料想到我要做的那所谓对我而言值得去做的事是什么，他知趣的没有去问，而我，也没有对他讲。

是一种默契吧，我是这样认为的。

修习他们凤家的功法的确是一件很痛苦的事，在刚开始练习凤游神行步的时候，体内的筋脉因为承受不住劲猛的劲力而常常被撑破，凤家的功法与其余任何功法都有着完全不同的修炼方式，很野蛮，他们似乎不顾自己身体能否承受得了，只顾将体内的劲力运转到一个十分恐怖的层次，让劲力在筋脉之中以一种十分可怕的速度运转。

我常常会因为承受不住那种痛苦而昏迷过去。

我有不死的身子，却没有扛得住这种疼痛的能力，每每修习起这些功法的时候，都能感觉到像是有一把刀子在筋脉之中以一种恐怖的速度割来割去，特别是在劲力通过筋脉岔道那一瞬间，疼痛更是达到了人可以承受的极限。

但是以墨九的话来说，我现在所能达到的劲力运转速度，不过只是十分之一而已，大成之时，只需一个念头，劲力可瞬间在筋脉之中运转上百次。

我无法去想象那得有多么可怕。

“你们练起来就不会疼吗？”我问墨九。

他摇了摇头，“不会，我们凤家人拥有与世间任何一个族群都完全不同的血脉，我们只要能够达到劲力运转的速度就可以。”

这真是一个妖孽的种族，好在如今这个种族所剩的，只有他一人了。

修习功法是一段很长的路程，急不得，在墨九传给我心法内息运行之道后，所有的一切都要靠我自己了。

墨九指点我的时间很少，他虽然很想早一点完成我们的约定，让我可以救茗娣，但是现在更让他担心的是茗娣的伤。

他每天大半的时间都放在照顾茗娣和为茗娣找草药、煎药上，能够指点我的时间就很少了。

大哥很敏感，每天都会来问我在做什么，对我来讲，他没有知道的必要，他不知道比知道要好。

时间一天一天地流逝，转眼又是一月。

算算时令，已经初夏了，天气慢慢地炎热起来，那间茅草棚子也修整了不知道多少回，茗娣依然没有落下那一口气，每天都在生死间徘徊挣扎。

我看着这一切，心硬得无法想象，若是以前，也许只是在看到茗娣伤势的那一刻起，就会毫不犹豫地救她，然而现在，我却只是冷眼旁观。

随着时间的流逝，药物对于茗娣的伤所起的效果越来越不足，墨九便开始用自己的真气为茗娣续命。

一日，又一日。

真气的剧烈消耗让他一天比一天虚弱，起初他为茗娣灌输真气之后还能站起来，越到后来，他几乎会当场晕死过去，真气入不敷出，他已经没有多少能力维系茗娣的生命了。

“在没找到你之前，我就是这样做的，我没有别的办法。”

他显得很是平静和无关紧要，即便自己已经承受不起了，他也没有一次要求我，用他的话说，他相信我。

忽然就觉得我是那么的可耻，我知道他们凤家是不会言而无信的，他既然答应了我，无论发生任何事都不会不履行自己的承诺，这是他拿命来证明的。

我完全可以在救了茗娣之后再让他教我这些，但是我好像已经不再相信任何人了，我知道，现在的我，一无所有，输不起了……

很可悲吧，一个势要冷血无情的人，却还要顾虑别人的生生死死，真讽刺。

大哥心软，不止一次地为茗娣向我求情，起初我会耐心地听他唠叨，再之后，我会打他。

我已经承受很多了，是非对错，我自有我自己的判断，不用你教导我怎样做是对的，怎样做是错的，你们从来不关心我的生死，却为了一个才相识不久的女人要我如何如何。

他不知道我救她要付出怎样的代价，捅破自己的心是有多疼他们从来都没有体会过。

大哥用一句不可理喻来形容我，我只是冷笑，你们从来都没有理会过我！

他们从不关心我经历过什么，心里究竟是有多疼，没人理解，也没有人在乎。

和大哥争吵过之后，我蹲在湖边，看着一湖静水，心里五味杂陈。谁乐意变得冷血无情呢，都是被逼出来的，所有人都在逼我。

忽然间就好想姬澈，好想司徒安、活宝他们，我这辈子过得最快乐的也就是那段时光了，可惜，好短好短。

“姬澈，我已经变得不像自己了，你在哪？你来陪我好不好？我不再任性，不再好奇，我只要你回来，只要你回来……”

没人听得到我的呼喊，我拿出青冥，心里好疼，我自己真的承受不了这些，太重，太疼了。

那一天，我独自一人蹲在湖边，没有安慰。夜，慢慢地黑下来，一湖清水变得如墨一样的黑。风，好冷，我只能紧紧地抱住自己，一件袍子轻轻地盖在背上，一道冰冷的声音从身后传来，“姬澈死的时候，是站着的，死了也没倒下，他活得顶天立地，你应该感到骄傲才是。”

我揉了揉脸，“我没想他。”

对于我的谎话，他显得很平静，也没说什么，只是在我身边轻轻地坐了下来，没有话语，只是陪我静静地坐着，身后燃起了篝火，是大哥点的。

这一晚，好安静，过得也很平静，我想着那些过往，尽是美好的曾经。

第十七节　弑千屠

时光在我双手不停结出印珈之中飞速流逝，似乎我只要勤于修习，那些悲痛的记忆才不会吞没我，而事实上也的确如此。

当你全身心地投入进一件事情的时候，就没有过多的心思去缅怀那些过往，这是我经过了很久才明白过来的道理，有点矫情。

墨九已经不能每天指点我了，他全身心地投入到给茗娣续命的大事里，药物在最近一段时间对茗娣的伤势完全丧失了作用，她再也喝不进一滴药水，墨九慌了，完全没有了办法的他只能一次次透支自己的真气。

起初一天一次，到后来，一天三次、五次。

他已经到了自己能够承受的极限，那一天，我看见已经和死人相差无几的墨九抱着茗娣重伤的身子，在篝火的映衬之下偷偷地抹眼泪，我不知道他懂不懂得什么叫放弃，也许他真的不懂。

五月，天气渐暖，当我回到小棚子里的时候，他依然抱着茗娣，却已经连坐起来的力气都没有了。

我打了一点水给他，用大片的阔叶装着，他没有力气接过去，只是紧紧地抱着茗娣。

我给他喂了水，搀着他坐起来，白得可怕的一张脸上完全没有了一丝丝活人的血气，就他这样样子，晚上谁见了都会被吓死。

“还能撑多久？”我问他。

他没有说话，只是沉默着。

我知道，他也没有把握，也许明天，也许就是下一刻他就会完全倒下。

现在的他，就是一个三岁的小孩儿都能要了他的命。

“你们凤家是这天底下最说话算数的，对不对？”

他眼珠子艰难地动了动，好像连转一转眼珠子的力气都没有了，却还是像抓住最后一点希望似的点了点头。

“最好是这样。”

我将他放下，已经不再相信任何人的我，再一次选择相信一个人，这是天底下最值得信任的一个人了，只要他说过的，你就可以无所顾忌地相信，你不用担心他会失言，也不用担心他做不到。

当我把两滴心头血滴进茗娣和墨九嘴里的时候，也不知是为何，我有一种解脱的感觉，好像心里有一个一直都放不下的包袱在那一瞬间完全释怀了，却没有一点点的轻松感。

之后的事，不必再去细说，茗娣和墨九在第二天天明的时候双双睁开了眼睛。

难怪这天下会有那么多的人想要一颗不死的心，想要有不死的身子，而他们往往会因为这巨大的诱惑而忽略掉拥有这颗心要背负多少痛苦。

一个人的时候，我会去想，为什么所有的人都死了，而我却还要这样痛苦地活着，是宿命未完，还是有什么牵挂割舍不掉，我找不出答案。

我曾经说过，人是因为自己有了牵挂才会觉得自己还活着，而我现在，虽然有着牵挂，却感觉不到自己还活着。

我清楚地记得，茗娣在醒来的时候，看墨九的那双眼眸，满是柔情和疼惜，却一句话也没有，只是那样静静地看着他，似乎在这一刻，他们说些什么都比不了这一个柔情又疼惜的眼神。

在墨九睁开眼睛的时候，看到茗娣的第一眼，眼瞳之中带着很难理解的笑意，似乎连脸上都放出了光彩。

“饿了吗？我去给你找吃的。”

茗娣只是轻轻地点了点头。

我像是一只小兔子，躲在一棵青松之后。这样的对白听起来是那样的美好，落在这样一个被世界抛弃的人耳中，却是别有一番滋味。

后面的事，我不想去看，也不敢去看，默默地离开，让他们独处，是我最好的选择。

转身的那一瞬间，有泪滑过眼角，那一刻，我是那么的怀恋姬澈的怀抱。

后面的事，要再去详细地记述已经没有必要了，就算是流水账，也很乏味。

茗娣醒了，伤势大好但是身子很虚弱，大哥负责照顾她，而墨九开始每天时时刻刻地指点我修习之道。茗娣的苏醒让大哥摒弃了对我的成见，我不大受得了他这样反复的变化，从那天之后，我就很少再回那间棚子，而墨九在茗娣苏醒之后，也很少再回去。

现在，是他履行自己承诺的时候，而非儿女情长。

墨九并未对我说过一个谢字，也许在他看来，行动远比语言来得贴切。在他的指点下，我的进步不可谓不快，我不用担心身体是否能够支撑得住，筋脉的破碎还没我修复的速度快……

短短十来天，我的进步比之前长达两个月的进步还要大，不过，还是没能达到真气凝聚凤翼的程度。

但是已经很不错了，当年墨九修炼到我如今这个程度，足足花了三年的时间。

日复一日的修习，很乏味，却能将我所有的时间都填满。

墨九的气色在一天一天的迅速恢复着，十几天下来，脸色已经变得红润了起来，自从茗娣恢复了以后，他几乎一直都在指点我，没有回过小棚子一步，他对自己的承诺很用心地去兑现着，这种执着在如今这个世界上几乎见不到了。

墨九没有回去过，而茗娣也没来找过他，大哥似乎对茗娣说了些什么，但我无从得知。

当我的修习略有小成之后，我们回到那处小棚子，却只见到大哥一个人，没见到茗娣。墨九问他，“阿娣呢？去哪了？”

大哥那时候正在弹琴，对墨九的询问表现得十分冷淡，笑了一声，“你自己不看好她，反倒来问我？”冷冷地扫了墨九一眼，道：“早走了。”

我一听这话，心里忽然一紧。墨九的反应很大，直接冲过去将大哥拎了起来，吼道：“她去哪儿了？”

墨九的声音很大，我似乎能感觉到一股气浪掀了起来，平静得如同一面镜子的湖面都泛起了细细的浪。

大哥被墨九那冰冷可怕的眼神吓着了，不仅仅是他被吓着了，连我也被墨九这样大的反应吓着了。

“她，她没说。”大哥颤抖地说道，“她留下一句话，说，说你这样做会毁了自己的。”

顿了顿，又道：“还，还说不管怎样，你都不可能陪着她的……”

墨九拎着大哥的手抖了一下。我从他的背影上，看不出什么情绪，他的手轻轻地放下，响起一声冷笑，“走了也好，我给不了她未来。”

我不知道他为什么会这样说，只是看他离开的背影很是蹒跚憔悴。墨九对茗娣的爱超出了生命，如果这样子爱着的人都给不了未来，那要怎样才能给？他所谓的未来又是什么？

我真弄不懂，他到底在想些什么？他又是怎样的一个人？

他在棚子里用几根横木搭成的床前坐着，我走过去，问他，“你不去找她？”

他没有回答我，只是说道：“她离开我是好的，跟着我，她只能伤痕累累。”

茗娣走了之后，墨九并没有去找她，自那以后，我常常会看到他一个人发呆，尽管他将所有的情绪都藏得很好，但是我看得出来，在他故作无所谓的神态之后，心也是在滴血的。

“她从来都没有离开过我。”

我经常会听到他这样嘀咕着，听起来很凄凉，也很伤情。我不知道他们之间有着怎样的故事，也无心去打听，似乎茗娣的离开对我来说只是一个无关紧要的插曲，并不重要。

我修炼的速度很快，快得令墨九有点不相信自己的眼睛，当我把凤游神行步八个幻身都展示在他眼前的时候，他一向冰冷的眼睛在这一刻发出了不一样的色彩。

“不死人果然是妖孽……”

他冷若寒霜的脸上第一次出现了笑意，是很无可奈何的笑容，而我在这个时候，似乎已经不会再笑的脸上也露出了点点笑意。

接下来，就是比凤游神行步更加难以修炼的凤吟九天。

三个人在这无人的深山镜湖里，没有什么故事好讲，我每天都和墨九修习凤吟九天，大哥每天弹他的琴，没人搭理他，日子过得很煎熬。

七月份的时候，大哥终于受不了这样的日子，告辞离开了。我早就巴不得他走，对于他的离开，我很欣喜。

大哥一走，就只剩下我和墨九两个人，更没有什么故事好讲，便从年底的分别接起吧。

凤游神行步我练了三个月，而凤吟九天我练了五个月，转眼，又是一年了。

墨九对我一年练就凤游神行步和凤吟九天两项惊世武学感到很无语，他练这两项武学练了十几年！

这一年，我未出过这片林子一步，看着身下被我毁掉了青松和那一湖静水，我想，我是时候该走出这里了。

离开的时候，墨九给了我一片木简，上面刻着一些字，我看了看，上面刻着的是一个人的名字。

弑千屠！

墨九看着我，冷冷地说道：“还记得我们在齐黎边境的时候，遇到的那个幽王派来的杀手吗？使玄青棍的那个。”

第十八节 时局

那差不多是两年前的事了，回想起来有点遥远，但是那件事情我有着很深的印象，司徒风就是死在那里，而我也是在那个地方遇到的十三娘。

那个力气极大，通体血红，脸上有着一道长长伤疤而且个头极高的古怪大汉经墨九一提，我就想了起来。

我站在废墟之中，独立在青松之上，风有点大，吹得身上的紫裙都飘了起来，我看着身前凭风而立的墨九，对他忽然提起这个人很是不解。

“他叫弑千屠。”墨九看着我，缓缓道，“是古褒国人，天生神力，是古褒国第一勇士。当年幽王征伐古褒国的时候，他战得最为骁勇，怎奈褒国国弱，不是周王朝之对手，任由他如何神力，也扛不起国破的重量。褒国战败之时，他本要以死殉国，但幽王看上了弑千屠的骁勇，用手段将他留在了自己的身边，成了幽王家养的杀手。”

褒国向大周王朝乞和，献上第一美人褒姒之外，还有古褒国人奉为圣物的玄青棍。幽王觉得弑千屠是难得的人才，便将这玄青棍交与弑千屠使用，一来是要弑千屠甘心为他效命，二来，也彰显了天子的气度。

“既然国败之时弑千屠曾要以死殉国,又怎会甘心为灭自己国家的幽王效命？”我问墨九，“这是不是有点说不过去？”

他的神情一如既往的深冷，“这世界上有太多的身不由己了。叶凝，这世界上并不是所有人都跟你一样有着不死不灭、万毒不侵的身子，弑千屠是个血气方刚的汉子，皮肉上的伤痛不能令他屈服，那心灵上的呢？并不是所有人都没有牵挂，他点头与否，关乎的是古褒国数十万人的性命，这样的担子，换做是你，你能承受吗？”

我无话可说，只有沉默。

“他可以选择死。”我想了很久才说道。

他却不以为然，“幽王的性子有多暴虐，也许你还不清楚，他要是敢死，古褒国数十万的臣民都将为他陪葬，这样大的负累，他死不起，当生死都由不得自己的时候，什么信仰，什么骂名都变得不那么重要了。”

墨九轻轻地叹了口气，继续道：“即便是弑千屠点了头，幽王也并不信任他，他给弑千屠下了蛊，每一个月会固定给他一种药物，这种药物不是解药，而是缓解蛊毒发作之时痛不欲生的痛苦，如果你能替他解了这个蛊毒，也许，他会帮你。”

我诧异地看着他。

“你要做的事，我多半能够猜到，即便是你现在有了不俗的力量，但是你的敌人很强，你需要帮手。”

我看着他，惊讶地问：“你为什么要告诉我这些？就只是因为我救了茗娣？”

他微微一笑，“我欠你的。”

他说完就要走，我赶紧叫住他，“墨九！”

他的脚步停了下来，背对着我，我连忙问道：“你会与我为敌吗？”

他身子一怔，默了半晌，才道：“会。”

他的语气很肯定，没有一点点的避讳，听得我心头一凉。

我握了握拳头，“我会杀了你的。”

“那是我命该如此，若真有那一天，我不怨你。”

“难道你不后悔跟了他吗？一点点都没有？”

“不会。”他转过头来，对我轻轻一笑，“我们凤家人，从来都不会后悔。”

墨九离开了，我有点弄不明白，凤家人，从来都不会后悔，这是他们这一族人的偏执吗？

他们所谓的忠诚，是不是有点愚昧？商纣王有多么的残暴，我想他们凤家人不是不知道，可是为什么还要迂腐地遵循那古老的誓言，倾尽一族人的性命也要护着它？他们所谓的誓言，又是一种怎样的坚持呢？

我弄不清楚，墨九似乎不折不扣地继承了凤家的传统，羽华不是个好主子，但他还是要帮他，甚至于不惜与我这个不死人为敌。

有太多的东西我都弄不懂，可幸的是，现在的我对很多我所好奇的东西都失去了一探究竟的欲望，这或许是好的，至少姬澈希望我是这样的。

离开这已经是一片废墟的松林镜湖，在墨九给我的木简背面，刻着一个地方的地名——镐京！这是全天下权利的核心，大周的帝都！

既然弑千屠是幽王家养的杀手，那么，他所在的地方，应该就是在这里。

我有过疑虑，是不是要听墨九的，去找弑千屠帮忙。我只有一次机会，我不容许自己失败，思量再三，我还是决定去一趟，能够得到他的帮助最好，如果得不到，那我也只能靠我自己。

出了松林之后，我打听到了这里是何国界，我所在的这个地方，是陈国的潍城，我并没有急着赶路，在我做这件事情之前，我还有一些功课要做。

首先，我需要了解一下当今天下的时局，其实这些对我来说并不是特别重要，但是我希望能够得到一些我还记得的人的一些讯息，这在坊市镇集里很容易打听到。

首先，是柏烨，如今的他已经稳坐韩国世子之位，韩国公近年来身子是一日弱过一日，归天的时日似乎就在眼前了，现在的柏烨，虽然名义上还是世子之衔，但本质上，已经是韩国的掌舵人了。

柏烨给我说过的五国联盟，早在半年之前已经达成，齐、黎、陈、鲁、韩五国，联手制约着靖国，靖国庞大国域的东北疆域，已彻底地受制于这五国，而造成这一局面的柏烨，不论是在权术谋略还是魄力手段上，足以和羽华抗衡。

或许羽华无论如何也想不到，曾经那个斯文的柏烨，有一天会成为他最大的对手。

还要说到的一个人，就是羽华。

他，果然没死！

得知羽华还活着的消息，我心里的那股怨念达到了巅峰，虽然在见到墨九的第一眼，我就料想到了会是这样，但是确定下来的那一瞬间，我还是很难接受。

我永远也不可能忘记，姬澈就是死在他的手里！

而他现在的地位，已经不比之前了，靖国的现任君主，一人之下，万人之上的靖王！执掌三千里国域的绝对霸主！

早在八个月之前，靖王就离奇暴毙，羽华在第一时间以最快的速度除掉了对他不利的所有朝臣，在靖王归天的第二日，他便坐稳了王位的宝座，快得简直让人无法相信。

靖国早就被他玩弄于股掌之间，上一任靖王，也就是他的老爹，虽然权术谋略无人可及，但是他输了，输在了自己亲儿子手里，羽华不是姬澈，他的狠毒和决绝超出了自己的父王，他是不可控的。

也许，夺位这一局棋，和他攻进登桓山的那局棋一样，他都下了很多年了。

在羽华登位之后，便察觉到了危机，齐、黎、陈、鲁、韩五国联盟的进程开始迅猛地推进，终于在羽华登位之后的第三个月完成。当然了，五国之间的联盟必然会受到羽华的千般阻挠，这其中免不了太多的斗智斗勇，明枪暗箭，而那些，对于现在的局势而言，都显得不那么重要了。

如今的天下，大概可以划分为三个大局，幽王一局，靖国一局，齐、黎、陈、鲁、韩五国一局。这三局之间彼此制衡，彼此争斗，并没有该有的和谐，似乎这天下破裂，也就在眼前了。

促成这三局之面的柏烨，如今还是一个世子，但是他的未来，或许，会更惊天动地。

我甚至于暗暗在想，如果我势必要接受起不死人承担天下一统之重责，那么我选择的那个人，有没有可能就是柏烨？

但是仔细一想，柏烨这人，太阴险了，你永远都不知道在他那张人畜无害的面具之后，到底藏了一颗怎样阴险的心，如今将天下交在这样一个人的手里，可能会有不妥。

还有一件小事，这事有点微不足道，不过却很令我震惊。

黎国出了一个小将，年仅八岁，银甲白袍，短枪弯刀是他一贯的妆容。齐、黎联盟之时，齐国两位武将与黎国两位武将摆上擂台，美其名曰以武会友，两方战了四场，竟是平局，无奈加赛一场。

这一场，黎国派出的这位白袍小将，一枪一刀不到三十个回合便将齐国的两位武将斩于马下，一战成名，自此，黎国之内，宁遥的声名一时无两。

宁遥！

我想，我知道那个小将是谁了。

遥遥！

齐黎结盟之时，柏烨在场，那一场比武，柏烨亲眼所见，算一算时间已经是一年多以前了，他就是在那个时候认识的遥遥，从遥遥的嘴里得知他跟我和姬澈之间的关系，遥遥还托他给我带了一对耳环。

可惜，那对耳环，我没能带出来。

不管怎样，有了遥遥的消息对我来讲是一件很开心的事，我现在需要一些开心的东西来冲淡自己心里的悲戚，我想起和他定的五年之约，我开始幻想，五年之后的遥遥，会是什么样子？

一定非常威猛潇洒，或许，不会输给姬澈。

有那么一瞬间，我很想过去找他，但是一想到我这一去，还不知道能不能活着回来，见他不见他，对我来说或许有点意义，但是对于遥遥来说，我不再在他的生命里出现的话，对他来说也许是一件好事。

我是个不祥的人，但凡接触过我的人，都不会有好下场。如果这一回我能活着回来，我一定会在第一时间去找他，真的，我已经失去一切了，遥遥这个弟弟对我来说，不能说是一切，至少也是一种牵挂。

第十九节　镐京帝都

我在潍城停留了两日，以前的两个人变成了现在的一个人，有点孤单，好在我已经不再如行尸走肉一般地生活，不再幻想姬澈可以活过来，似乎心中的一切都被一种仇恨所取代，这是我一直都不曾发觉的。

短短一年时间，曾经那个大抵还算安稳的天下，已战火四起。潍城位于陈国腹地，在这里似乎不大能够感觉到战争的烽火，但是每当你走在喧闹的街道上，入耳的尽是哪国和哪国又打起来了之类的事情，你就能感觉到，似乎战争离自己并不遥远。

如今的周王朝，已经衰败得不成样子，在很多年以前，周王朝的权威足以制衡大大小小上百诸侯国，而现在，诸侯各行其是，号令天下的天子却整日沉醉胭脂，实在是让人感慨世道的不堪。

我似乎有种感觉，当初古褒国人在他们国破之时选择将褒姒送与幽王以乞和，是不是打着以美人破其江山而报覆国之仇的心思呢？

如果真的是这样，就不得不佩服古褒国人的智慧，也不得不佩服褒姒的媚态。当初成汤之兴毁在纣王宠爱的妲己手里，而今数百年过去，幽王似乎也要走上暴君的覆辙，历史就是这样，一遍遍地重演，好像是一个永远也走不出的轮回。

我将姬澈留给我的青冥用布条裹着，背在背上，换了一身看起来有点宽松的纱裙，头发也绾了起来，插了根簪子，而且还给自己备下了两张面具，这里是民间，面具的做工实在是比不上王室里的，很糙，戴在脸上显得如鬼一样的苍白。

我身上没有钱，更没有什么值钱的物什可做典当，但好在如今我有一身绝顶的轻身之术，弄这点东西，实在是没有什么难度。

再这样下去的话，我就要成燕子鬼盗了……

收拾好了一切，便开始启程，从潍城到镐京帝都，路程太长，而我现在虽然背负着血海深仇，却也不急这短短数月之期，我从出生的那一刻起，就未曾在这人世间好好走走，这一回，我想认认真真地走一回。

我不知道这件事我能不能办成，心里没有底气，或许我会死在那里，如果真的是那样子，那么我觉得我应该在闭上眼之前，好好地看一看这个对我来说，是那么陌生的人世。

也许这样子会耗去我心里那股子冲劲，但是在这人世走了一回，却不曾好好地看过这个世界，那死是不是就变得格外得轻佻了？我想如果可以的话，在我死之前，在我的记忆里，会有一些除了姬澈的那张脸之外的别的东西，可以是人世间的美好、邪恶、淳朴或者是杀戮，我不想直到我闭上眼睛的那一天，我的生命里除了他，再也没有别的东西了。

也许，姬澈也很想带着我走遍人世间的千山万水，看尽世间的爱恨情仇，可惜他不在了，那么有一天我可以在地下和他相见的话，我就会有很多的话对他说。

我一个人，在那世间经历了一些什么？是成长了，还是懦弱了，有哪些美景胜却了鲜血喷出那一瞬间血红的光彩，又有哪些美好的事我们都不曾经历。

想到这些，我好想可以立即看到他，然后对他说起这一切，我可以自豪地用自己的额头撞他的额头，然后对他说："你看，我也可以把自己保护得很好，和你保护我一样得好。"

但是又一想，他要问起我是如何死的我又要如何对他讲？他要我好好地活下去，所有人都希望我可以好好地活下去，我这样做，是不是辜负了他们？

没有答案，可能是我笨了一点，明明已经决定了的事，却还要去想那么多，有点傻。

我悉心地记下这一路上我见到过的所有美好的东西，风也好，雨也罢，我尽量记下一切只关于美好的东西，而刻意忘却那些不好的东西，我知道，姬澈这个人，喜欢美好，他并不善争斗，也不喜争斗，我将这些好的东西记下来，一一讲给他听，或许，他会笑起来也不一定呢。

一路往北，沿途所见，却并没有太多美好的东西，战争与杀戮，似乎已经是这个世界上唯一剩下的东西了。

我见到过被鲜血染红的川河，也见到过用尸骨垒起来的骨山，残破的勾戟架出来的密林，破败的城墙上，燃烧的战旗还在风中飘摇，成群的孤狼在堆满尸骨的战场上啃咬死去的战士们的骨骸。

风里带着腥味，雨里带着血色，那些我预料之中的美好，如今竟会这样出现在我的眼前。这个世界上最残酷的不是战争，而是权位，那些坐在王座上俯览众生的人们，在他们的脚下究竟踢了多少尸骨，无人可知。

这就是我想看到的世界吗？竟然会是这样，千里黄沙英雄冢，他们拼的，到底是什么？这天下又有什么比自己的性命还要珍贵的？

我不愿再去看这些，远方的战鼓，近处的尸骨，染血的刀剑勾戟，这个世界上，剩下的只有血色了。

看过这些，我加快了脚程，以前日行六七十里，现在日行三五百里，匆忙的脚步似乎要将我带离这个被鲜血染红的世界，我是那么的想逃离这一切，逃离这个我害怕的人世。

时间似乎在我行走的步伐之中变得慢了下来，一日数百里的路程，不过十余天，我便到了全天下权利的核心之地，镐京。

这一路走来，我丢掉了很多的纯真与最本质上的单纯，似乎心也变得沉了下来，看遍了世间争斗，似乎已经很能体会到上一个不死人在完成了大业之后为什么会选择退隐，这样的人手里有太多的血债。

镐京帝都，确实有几分繁华，在这个全天下权利的核心之所，战火，还不曾降临这里，空气中不曾有战鼓之声和血腥之气，难得的一份乱世繁华之中，有各种各样我未曾见识过的稀奇东西，而现在的我再见到这一切的时候，已经失去了最原始的兴趣。

繁华似乎是表面的，大量军尉守护的城门并不是任何人都能进去，看着那严格排查的城门入口，想到我随身带着的青冥可能会给我惹上麻烦，于是，我决定挨到晚上。

城门酉时关闭，不会延迟哪怕一刻钟的时间，日夕的镐京沐着夕阳的余晖，发出如霞般艳丽的光彩，让这一座巍峨的巨城显得那么的金碧辉煌。

夜里，城门的守卫愈加的多，城楼之上燃起的烽火将这座巨城点缀得十分明亮，大批大批身着盔甲的士兵在城楼之上来回地巡逻，在这样的严密监控之下，就连一只蚊子想混进去也不是那么容易。

如果是在以前，我无论如何也不可能在这样严密的布防之下不惊动任何一人地潜入进去，可是现在的我，已不同往日。

我站在离镐京城池约有二十里外的山里，在山巅之上俯览这整座镐京帝都，星辰之下一片摇曳的火光，那么美。

凤游神行步，我第一次施展这功夫，由真气凝聚而成的巨大凤翼在身后缓缓地展开，轻灵又迅猛的一震，人已飞入广袤的黑暗。远处的城池在我身下以一种无法用言语来形容的速度迅速变大，变近，而我双耳之中，却听不到一点点的风声。

这是这功夫最为惊奇的地方，人在急速移动的时候，耳边会有很大的风声，这风声会遮盖很多别的声音，若是有人在这样的情况下偷袭，而且他又跟得上你的速度的话，你听不到声音是致命的。

但是这功夫，完全没有这一缺陷，墨九对我说过，风神诀与凤游神行步大有不同，凤游神行步的速度来源是凤翼，而风神诀的速度来源却是风。

可惜了，我没能学到登桓山的不传之秘。

高高的城墙在我身下变成了一个模糊的影子，急速往后倒去，身后的凤翼再次一震，速度再次提升，如一道流光划过漫漫天际，冲入这全天下人都向往的地方。

然而当我身子冲过城墙的那一瞬间，却有一道血光直直朝我冲过来，这个时候我的速度很快，而且并没有多少防备，在看到那道血光的一瞬间，恐怖的速度已经让我来不及做任何的反应，只是本能地将身子一转，那道血光便贴着我的脸角，划入了漆黑的天幕。

这一转，身子已经失去了平衡，凤翼在一瞬间消散了，身子从数十里的高空之上直直地坠落下去，我赶紧运起劲力护着自己，如一颗陨星，坠入繁华的街道之中。

此时不过戌时初，街道上还有很多行人，面对我这么一个以这样的方式从天而降的人，人群的反应不可谓不大，我还没来得及弄清楚刚刚袭击我的血光是怎么回事，从街道两旁的房屋之上，一连有十几道影子相继跃下，一道愤怒的声音从头顶传来，“何人胆敢夜闯镐京？！”

“我去！”我骂了一声，“被发现了！帝都真可怕！”

来不及感慨了，现在面前已有数柄钢刀划了过来，背在身上被布条裹着的青冥掉入手中，身子在迅猛的速度下拉出一串模糊的影子，避开致命的一刀，夺出路来，便以自己最快的速度赶紧跑。

第二十节　夜袭帝都（一）

镐京的戒备之森严，超出了我的想象，我有点不相信，以我如今的身手，竟然才刚刚进入镐京城池，就被守卫镐京的高手给盯上了。

街道上人来人往，街灯十分富丽堂皇，在密集的人群里穿梭逃命，速度大打折扣，我抽了个空隙回头望了一眼，身后尽是惊乱的人群，在街道两旁的房屋顶上，有一大群人以飞快的速度腾挪飞跃着，看样子他们对我这个不速之客有着很重的杀心。

拐入一处转角，前头的街灯有些昏黄，光线不明不亮，有点阴暗，人也少了很多，两边的房屋之中亮着烛火，平整的石板路上投出一块块斑驳的光影，酒旗在夜风之中幽幽地飘着。巷子里很安静，多得是百姓家的寻常之音，由于这条路上行人很少，而且又很宽阔，我的速度再一次提了上来。

后头以及两旁房屋顶上的人对我没有一点点的松懈，依然对我穷追不舍，我想，凭凤游神行步的速度，甩开这几个人应该不会有任何问题，可就在我准备凝聚凤翼的时候，身后忽然传来一声破风声响，几把飞刀化成的银芒当当几下钉在了我身后的青石板上。

我深吸了口气，得亏我速度快，要不然非得被这几把飞刀戳几个窟窿出来不可。

而就在这时候，又是数把飞刀朝我这里逼了过来，我在心里骂了声娘，身子猛地停了下来，将手里被布条裹着的青冥反手猛地一甩，将三把飞刀打了回去，同时身子一个飞起，凌空一个旋转，避开剩下的几把飞刀。

一系列动作做得行云流水，堪称完美，可我心里的那一股自豪还没生出来，身子落地的那一瞬间，心就凉了半截。

在我停下来这么几个呼吸的时间，一直在房顶上跟着我的几个人已经跳了下来，手拿长剑，腰挎弯刀，正拿出一副副愤怒的目光直直地瞪着我。

这几个人与我所见过的杀手完全不同，他们的身上没有杀手该有的那股煞气，也和黑衣蒙面的一贯杀手妆容不同，他们的脸上并没有黑纱蒙面，而且他们手里的武器也是五花八门，有使刀的，有使剑的，有拿枪的，还有用短弩和飞刀的，样貌也是千奇百怪，但是有一点相同的是他们身上散发出的一股气势，很强。

那不是杀手带有的杀气，也不是一般高手所带有的那股戾气，这股气势他们每一个人都有，一股很沉稳又能令人感觉到肃杀以及压迫感的气势。

这种感觉我有点熟悉，也曾感受过，在暮辰的身上，就有这种感觉。

那都是从战场上生死搏杀之中一点一点沉淀起来的气势，这是一个身经百战而不死的战士才能拥有的。柏烨训练出的那一支黑甲军也有这样的气势！

“姑娘身手不俗。”围住我的人群中走出来一人，手里提着一把大砍刀，看样子足有八九十斤那么重。他上下打量了我一眼，挑了挑眉，“不知姑娘深夜闯入镐京都城，所为何事？”

我也打量了这人一下，个子不高，样子平平，头上的几簇头发有点少。他说话的语气听不出有什么敌意，语气很平缓，只是普通的询问口气，似乎对我的敌意不大，但是从他紧紧握住手里的砍刀这一细节看来，他对我保有最高的警惕。

“夜里无聊，我出来遛遛弯儿。”我将手里的青冥换了只手拿着，“听说镐京的夜色有点醉人，我不远万里的赶过来瞧瞧。”说着露出一丝笑来看着他，语气一转，带着几分叹息，道：“竟没想到，镐京的待客之道会是这样的。”

“想必不会只是遛弯儿这样简单吧。”

身后响起一个怒声，却立即就被面前的人抬手止住，他朝我走进一步，道：“若真是客人，自当以礼相待，鄙人虽是一介莽夫，见识不深，但也没见过哪个客人会用这样的方式进入主人的大门！”

这话听起来就不那么顺耳了，脸上的表情一下子就冷了一些，裹着青冥剑的布条一下子被一股劲力震碎，我怒目瞪着他，“不是客人，你当如何？”

人群见我这番举动，手里的兵器齐唰唰地亮了出来，那人也立即退了两步，紧握着手里的大砍刀，脸上却并未露出一丝丝的怯弱。

手里的大刀缓缓地举了起来，“不是客人，那，就是敌人！”

我怒目看着他，手里的青冥朝地上一掷，古青色的剑鞘深深地嵌在青石里，我单手抓住青冥的剑鞘，猛地一下就把青冥拔了出来，深寒的剑刃映着街道两旁透过窗户传出来的烛火，发出一道晃眼的白光。

街中的百姓似乎预料到了这里会有一场恶战，幽暗的烛火一盏接着一盏地熄灭，之前还能听到几分细细低语的街道上，一瞬间变得寂静如死。

我将青冥反手拿在手中，一步一步地朝那人走过去，问他，“是敌人你要如何？灭了我吗？！”

我声音很大，而且满是怒气，声音在寂静的街道之中响起一串回音，不知是谁抢先出了手，身后最先响起了破风声，一杆长枪带起的狂风猛地逼了过来，这一枪，足有横扫千军之势！

有人动了手，其余人也一下子全动了起来，漆黑的巷子里顿时一片刀光剑影，所有人在一瞬间就朝我逼了过来！

手里的青冥迅速的几个翻转，体内的劲力顷刻之间在筋脉之中运转上百次，身子几个挪移，带起一股狂风，一股巨力透过青冥的剑锋，狠狠地劈在了那一杆长枪上。

就听到一声闷响，长枪剧烈地震颤起来，那人受到波及，身子急急飞退，这个时候，其余的人也逼了过来，所有的兵器不带任何留手地就朝我身上招呼了过来。

我并不想跟他们多做纠缠，脚步往前一迈，一股白光陡然亮起，八个幻身一刹那完全施展了出来，一时间刀剑声连绵不绝，一股股剑气横飞而出，惨叫声并着撞击声连接不断地响起。

我并不想要他们的性命，也不想给自己身上添多少命债，我已经很留手了，要是凤吟九天施展出来，这里没有一个人有存活下来的可能。

凤游神行步的八个幻身很强，连姬澈应付起来都要花费不少的气力，对付这几个人，实在是没有什么难度，当八个幻身合而为一的时候，地上已经躺了一地的人。

一场厮杀，从开始到结束不过一盏茶的时间，从始至终，我都没离开青冥剑鞘超过三步的距离，我第一次感觉到作为一个高手，是怎样的与众不同。

我将青冥收入剑鞘，从石板里拔出来，看了一眼倒在地上呻吟的人，镇定自如地迈过他们倒在地上的身体，在一双双惊愕的目光之中缓步地离开。

我想，这背影一定十分霸气！

这件事情并没有就这样结束，帝都的可怕也不是我能理解的，我离开这里不足一炷香的时间，整个帝都就乱了起来。

有人闯进了帝都，还打伤了护卫，这件事在最短的时间传入了中车府令的耳中，一时间，整个帝都戒严了起来，大批的护卫高手以及羽林军开始在整个镐京展开最为严格地排查。

可能我做得不够决绝，如果我能杀了那群人，至少不会这样快得东窗事发，也不会让我变得这样被动，看来，我距离成为姬澈和墨九那样的人，还有很长的一段距离。

不知道这样大规模地排查究竟派出了多少人，只知道几乎每一条街道，每一个巷子里都有大批的军队，一户户大门被他们野蛮地踹开，一时间整个镐京都变得混乱无比，鸡飞狗跳，妇女的叫喊声，孩童的哭叫声弥漫在镐京漆黑的夜空里。

我只是打伤了几个人而已，竟然引发了这样大的风波，可真是始料不及，如今的每一条街道都有重兵看护，能够在这样短的时间里做出反应，并且在极短的时间里派出重兵守卫每一条街道，每一个巷子，镐京的防御措施，实在是完善得不得了，这远不是哪一个诸侯国所能做到的。

看来，幽王是一个很缺乏安全感的人，想想也是，这个天下，有太多的人想要他的性命了。

不过令我更加惊愕的是，那些守卫街道的士兵们居然人手一张我的画像，这速度，也太快了吧？前前后后才多少时间，这么一点时间，能派出羽林军排查已经很不能接受了，他们居然还有我的画像？

在这样的情况下，要想潜入王城角落寻找弑千屠几乎是不可能的事了，我只要一现身，就必然会被人发现，我只能躲在角落里，但我觉得这也不是长久之计。

这里是幽王的天下，更是全天下权利的核心，我被他们找到，只是时间的问题而已。

我在一棵大树茂密的树冠之中一直躲到天明，不敢发出一点点动静，身下的道路每过一刻钟的时间就有一队羽林军来回地巡逻。

城门在我打伤了那些护卫之后不久，就立刻封死了，我想，在没有找到我之前，城门是不可能打开的，而且现在的城楼一定是守卫最为严密的地方。我算了算，我以凤吟九天化身白凤飞出镐京的可能有多少。

可能应该很大，但是我的目的不是离开镐京，而是找到弑千屠，所以这条路不到万不得已不能走。

第二十一节　夜袭帝都（二）

时间过了很久，我在那棵树冠之上像只猫头鹰似的窝着，不敢出一点点的动作，我倒不是惧他们，而是因为我一旦被他们发现，我的身上一定会添一笔命债。

他们只是执行命令而已，是无辜的，我不想在这个时候给自己找太多的麻烦，也不想在这个时候给自己的双手染上太多的鲜血，我想，姬澈也不愿意见到我滥杀无辜吧。

白天的巡查明显比事发之时严密了很多，宽敞的街道上户户大门紧闭，除了来回巡逻的军队不见一个行人，我想，不单单只是这一条街道如此，估摸着整个镐京都是这样的状况。

如今天下的时局已经乱得不能再乱了，但凡有些眼力见儿的都能看得出来，大周王朝的覆灭已在眼前，只是差了一个引子，而这个引子，就是幽王的性命。

诸侯各自为政，幽王的权位面临着莫大的威胁，在这样一个时机里，有一个高手闯入镐京帝都，不论他的目的是什么，都足以让幽王感到不安和心颤。

我开始怀疑自己闯入镐京之举是不是有欠妥当，自己在做这件事情之前，完全没有考虑太多的东西，如果我能小心一点，不让那些人有机会可以发现我，又或者我能杀了那些人，那么他们也不会有机会可以告诉幽王闯入镐京的这个人是一个多可怕的存在，如今也许就不会闹出这样大的场面，我也就不会给自己弄出这么多的麻烦。

看样子，我还有很多的东西要去学习。

我看着身下来回巡逻的士兵，以及在几处高楼的屋顶上站着的几位看起来身手很好的高手，这些人都是在找我的。我开始试着将自己的气息收敛起来，呼吸以及心跳都放低，我知道负责保护幽王的各路高手们一定有着不俗的内功修为，将自己变得如同死人一样没有任何的气息是不被他们发现的首要条件。

我感觉，我就要变成一个蛰伏中的杀手了，唯一不同的是，我这个杀手，是等着被别人杀的。

这样下去不是个办法，长时间保持着一个姿势不动，我的手脚已经僵硬得没有感觉了，那些训练有素的杀手，是不是就是像我这样的？这可真是个要人命的差事。

第二天天黑的时候，他们依然没能发现我，但是能够感觉出来，派遣出来寻找我的军队以及城里的高手已经越来越多了，整个镐京如临大敌一样，整个城里一整天下来安静得犹如一座死城，有数不清的高手在城中用轻身之术不断地飞来飞去，有好几次他们都从我头顶掠过。

事情已经过去一天了，已经失去了找到我的最佳时间，不过，他们看样子并没有要放弃找我的打算，也许在他们看来，我可能是个杀手，而且极有可能是冲着幽王而来的，既然是个杀手，那么在目标没有死亡之前是不可能选择放弃的，这是杀手的心性，不惜一切置目标于死地。

他们认为，我一定还在镐京的某一个他们没有找到的角落里藏着，我这样的高手潜伏在镐京，是一个很大的威胁。

排查并没有因为时间的流逝而有一点点的松懈，反而越加严苛起来，数不清的士兵举着火把，穿梭于镐京的大街小巷，远远望去，好像整个镐京城都燃起了大火一样壮观，而到了晚上，这些人对我的搜捕更是达到了一个狂热的境界。

我清楚地听到从我脚下走过的士兵们说过，如果今天晚上还没有找到我的话，这里的所有人将会为他们的失职而丧失性命。

这是中车府令下的命令，而他下这样的命令是受到幽王的压迫，上头的压下头的，下头的压更下头的，这便是这个世界的法则。

我躲着的这棵树冠十分茂密，而且我的身体完全被树枝的密叶所挡住，要想发现我并不容易，二更的时候，我透过叠合的树叶，看到让我难以置信的一幕。

无数的士兵冲破百姓家的房屋，将屋子里的男女老少全都赶了出来，士兵们举着火把，冲入了民宅，进行着搜查。

究竟有多少人我无法估算，为了找到我，他们似乎下了血本，仅仅是为了一个人根本不存在的安全顾虑，他们竟然会选择这样做。所有的人都被赶到了街上，士兵们冲入空房里，对每一寸土地进行最为严格地搜查，锅碗瓢盆掉在地上破碎的声音在寂静的镐京大城里响成了一片。

当然了，这样的搜查是没有结果的，我并没有躲在任何一座民宅的屋子里。

四更的时候，所有的声音都逐渐消弭了下去，剩下的只有小孩、妇人的哭号声，哀鸿一片是对这样的场景最好的诠释。

我以为这样应该可以结束了，然而我并没有看到我那所谓的结束，士兵们没能在这些民宅中找到我，看样子并不甘心，他们将赶到街上的百姓聚集在一起，百人为一小队，押解着这些百姓开始向城中走去。

“他们要做什么？”

我轻轻地摘下一片树叶下来，抿在嘴唇上，皱着眉头看着这离奇的一幕，可是他们越走越远，很快就消失在我所能看到的视野尽头。我想跟上去，但是在那一瞬间，我发现在他们的火把消失掉的黑暗里，我身边十里的范围之内，至少有十个身手极好的高手隐藏在墨色的黑暗里。

他们在等着我现身，而且我相信，在这座城里，隐藏在黑暗之中等着我现身的高手可不止这么十个。

他们没有放过任何一个人，即便是未满月的孩子也没有放过，上万人被士兵们押着走进城中心，我对镐京不熟悉，不知道城中心是什么地方，只是看到所有的火光如缓缓收拢的莲花一般缓缓地向中心聚集，场面十分壮观。

但是现在我并没有心情欣赏这些，也不知道负责搜捕我的中车府令到底在打着什么算盘，难不成要拿这些人的性命来逼我现身吗？

但是想想觉得不可能，他们已经将我定义为刺杀幽王的杀手了。杀手是最漠视生命的，在杀手的生命里，没有仁慈，也没有善心，他们是最冷血的生物，他们在乎的只有自己的任务，只有自己的目标，其他的一切，哪怕是千万人的性命对他们来说，连一点点的意义都没有。

这才是真正的杀手，一个敢刺杀幽王的杀手只能比这个更加可怕，连我都懂得的道理，身为大周王朝的中车府令不可能不知道。

我不知道他们要做什么，只能静观其变，当所有人都被聚集在城中心的时候，在这一片已经清空的范围里，一个令我无法想象的场景出现了。

首先看到的是无数的高手，他们从四面八方朝这片已经被清空的区域急速地飞过来，速度很快。

他们这一路过来，并非是游山玩水看风景那么简单，而是带着血雨腥风。无数高手联手发出来的剑气刀气几乎如同一股巨浪一样从城那头蔓延到城这头。

一个人的剑气刀气也许并不强，但是十人、百人、千人所发出来的力量，足以摧毁所有，一排一排的房屋在如此密集的攻击之下，尽化成了碎末。

我终于明白他们为什么要将城里的百姓清空了，他们这是要将所有可以藏身的地方都给毁了啊！

疯狂！这是我唯一可以想到的词了，他们为了找到我这个只是有可能会威胁到幽王的人，竟然不惜毁掉大半个城！

耳边忽然响起了当初管彤说过的话，有的人的性命廉价得什么都不是，而有的人的性命，却是值一个天下！

我看着这一切，有点接受不了，做出这个决定的，不可能是中车府令，因为他没有这么大的权利，能有权利毁掉大半个城的，只能是这天下的霸主！幽王姬宫涅！

那个为搏褒姒一笑，烽火戏诸侯的暴君！

我还没从这巨大的场面之中回过神来，身后忽然就有一股极强的刀气直直地劈过来，这一天一夜下来，我第一次有了动作，握在手里一天一夜没动过的青冥唰的一下就拔了出来，身子一跃而起，一股凌厉的剑气直直地就迎上了那股刀气！

夜空里响起一声炸响，在身体离开树干的一瞬间，大树被一股巨力击中，轰然倒地。我立在空中，拿着剑，身后的凤翼在一瞬间完全展开，以一种如闪电一般的速度冲向离我最近的那个人！

那人完全没有料到我会忽然出现，并且对他发起攻击，一时间竟然没有反应过来，面对我当头全力劈下的一剑，连忙挥刀来挡，青冥残缺的剑锋撞在厚重的刀身上，压着他的身子狠狠地撞向地面。

我推着他的身子一路滑行下去，他竟完全挡不住我的力量，身子一路飞退，停下来的时候，他的嘴角已经溢出鲜血，抬起一双血红的眼睛怨毒地盯着我手里的青冥。

“残剑？”

他似乎对架在自己刀上的青冥有点吃惊，也许没料到这把剑竟然残缺成了这个样子，却还受得住这样刚猛的力道。

“残剑也能废了你！”

身后的凤翼猛的一个震颤，他手里的刀再也受不住这样的力量了，一刹那完全崩裂了，我犹如一把利剑，一瞬间穿透了他的身体，就感觉身后一声爆响，飘起一股腥臭的血雾

第二十二节　夜袭帝都（三）

我一现身，身后那些正在对这一片清空区域发狠的人一下子都注意到了，这些人都是高手，一点点的风吹草动都能引起他们的注意，身后成片成片的攻击几乎就在我现身的那一刹那迅猛地停了下来，所有人的目光都移到了我的身上。

“在那里！”

一道浑厚的声音在夜空里忽然爆响了出来，声音由内力强化，犹如一道闷雷在暮色里炸开，仅仅一刹那的时间，数不清的高手踏着夜风从四面八方没有死角地朝我这里扑过来，犹如安静的密林里惊飞的百鸟一般。

我虽然已经想到镐京的高手可能会非常多，但是没料想到竟然会多到这个程度，面对如同铺天盖地一般涌过来的高手，心一下子就慌了。

逃已经是不可能的了，而且在这样的情况下也没有路可以逃，我的手有点发抖，但是剑

握得很稳当，心里不停地给自己打气，“叶凝，不要怕，没什么好怕的，都是来送死的而已。”

这可能有点用处，至少拿着剑的手不那么抖了，他们扑过来的速度很快，几乎只是几个眨眼的时间，离我最近的那一群人已经到了我的跟前。

我咬着嘴唇，死死地盯着那些人，夜色很黑，看不清他们的面貌，看不到也好，我可没有那么好的记性去记住我杀过的每一个人是什么样子，也不必给自己太重的心理负担。

“有时候，杀人只是为了让自己可以活下去而已。”

在这个时候，我忽然很理解当初姬澈说这句话的时候是一种怎样的感受，起初觉得只是有点无奈和伤感，但是现在，却感觉到那是一股对命运的反抗和不屈服，没有经历过要踏在别人的尸体之上才能活下去的人，是万万理解不了的。

“人多又如何？凤吟九天最不怕的，就是人多！”

我用力地咬着自己的嘴唇，咬得嘴唇都破了，流入嘴里的猩红之气冲入脑海，似乎整个人都变得嗜血起来，身后的凤翼猛的一个震颤，带着我直直地腾入夜空，一股股奇异的力量开始在我的七经八脉之中疯狂地运转起来。

在极限的速度之下，似乎所有冲过来的人都变成了慢动作，一股尖锐的凤鸣之声犹如一把利剑刺破了苍茫的夜色，在如此强横的凤鸣之音下，似乎连整个天地都震颤了起来，一股股音浪带着摧毁一切的力量接连不断地涌出去。

大地在颤抖，音浪推倒成排的房屋土地，依然趋势不减，似乎所有要挡住音浪的东西都经不住其中所蕴含的毁灭力量。

凤鸣之音极其尖锐且刺耳，围拢过来的众人无一不被震得倒飞了出去，这还算是好的，那些修为差的，更是被震得骨头渣子也没剩下，仅仅不过一瞬，身下的大地像是被一记闷锤敲中，深深地陷了下去，繁华的街道已成一片狼藉。

我收起缭绕周身的劲力，凭风立在空中，身下露出的一个大坑让我有点惊愕，在如此的力量之下，那些如同蚊子一般涌过来的人群已经不见一个，看来在这些人中经得住凤吟九天的真没几个。

事情已经闹得很大了，我想现在这个局面即便是墨九本人也没多少可能能够应付得过来，这一下，我心里的怒气是发出来了，但是之后冒出来的东西让我有点心惊肉跳。

凤吟九天毁灭的地方并不是很广，只是这一片被清空的区域而已，其他的地方虽然受到了一些波及，但是情况并不严重，远方传来了大片惊呼的声音，是那些百姓们发出来的。

我落入地面，收起身后的凤翼，废墟里的风很乱，吹得我一头长发都飘了起来，乱糟糟的，视线有点蒙眬，但是依稀能够看到被扬起的发丝拨乱的前方，有大片的士兵朝这里涌过来。

这个地方已经留不得了，但是在我脚步迈出去的一瞬间，有一个十分可怕的念头却很不是时候地冒了出来。

以现在这个情况，我要想不惊动任何人到达墨九给我的那个地方已经不可能了，既然我不能去找他，那么，有没有办法让他来找我呢？

是有的，但是这个办法，有点疯狂。

或许，我可以来点比现在这个情况还刺激一点的，让幽王感觉到不安，从而派出弑千屠来灭我！

这个想法只是刚冒出来，我就浑身打了一个冷战。

我在这里不过打伤了几个人，就闹出了这么大的事，算计幽王让他派弑千屠来灭我，那我不是自己给自己找不痛快吗？

这办法虽然很冒进，但不得不说是最直接的。这两天下来，我算是把幽王的性情摸出了个大概，这是一个很没有安全感的人，即便我对他并没有多少兴趣，只是闯进了他的帝都，他就做出了这么大的反应，这要是我真的把目标放在他身上，那还了得？

他这个人，绝对不容许有一点点对自己不利的东西存在，我只要给他一点点的刺激，比如找人传个信回去，说我要取他狗命。

这是个办法，但是很危险，镐京的高手太多了，我应付不过来，如果他派出来的不仅仅只是弑千屠一个呢？我要如何在千军万马之中带走弑千屠？

且不说那千军万马，单单只是弑千屠，就很让我头疼了……

这个人的可怕我可是见识过的，姬澈和墨九联手在他手里也占不了什么便宜，虽然那个时候他们的身上都带着伤，但是能够以一人之力抵挡当今天下最一流高手的联手合击，就足见他有多可怕。

我这么一个刚刚出道的人，对付普通高手还算可以，但是如果对上最最顶尖的，我还真没有一点点的把握，特别是弑千屠这样真正可怕的人。

所有的想法在我脑中如一道电光似的飞速闪过，这片巨大的废墟之中，已经有大量的士兵涌了过来，叫喊声如滚滚闷雷似的，那些没有被凤吟九天弄死的人也夹杂在蜂拥过来的军队之中，腾挪飞跃，速度远比那些用一双脚丫子跑过来的士兵快多了。

迈出的脚步收了回来，看这阵仗，逃肯定是没有地方可以逃了，而且这一天一夜躲下来，我也真是受够了。

虽然这办法是险了一点，但是，我想以我的不死之身以及凤吟九天，安全地逃离这里应该不是什么难事，既然没有多少后顾之忧了，那……

我想，幽王这些年沉弥胭脂，自个儿的江山安稳不安稳也许还真没有多少心思去在意，虽然这个王朝的运数已经到了尽头，但是我觉得，我应该提醒他一下，“你的江山坐到头了！”

羽华当年不过十二岁，不是就能以一己之力杀入了靖国国都吗？现在，我想试试，我有没有这样的手段。

不死人，掌握着天下的运数，我想，既然上天给了我改变天下的能力，那我至少不会太差吧。

这一晚注定会很漫长，当我提着青冥剑开始朝幽王皇城大门口走过去的时候，那些涌过来的高手以及士兵们似乎意识到了什么，原本已经溃散得不成样子的队伍在最短的时间跑到我前头挡住我的去路。

虽然已经决心要弄一点惊天动地的场面出来，但是对于这些拦住我的人我并没有下狠手，只是将他们打伤了而已。

他们也许打的主意不是弄死我，而是可以拖慢我的速度，他们的确是做到了。当我来到荒城之外，看到身后那一片哀号的人群，心里的那股窃喜还没来得及表现出来，一根奇长的箭矢不知从何处飞来，深深地扎进我身侧的地里。

这根箭矢即便有大半截已经钻入地底，但是露出来的那一截依然比我还要高出半个脑袋，这样长的箭矢，分量一定十分重，能够射出这样一把箭的弓，一定非同小可，估计即便是靖国，也没多少能力可以大批量地制造。

我的注意力还没从这根箭矢中抽出来，紧接着就是一根，两根……如同漫天大雨一样倾射下来的箭淹没了整个天空。

我连连后退，这样的密集程度，这样的覆盖面积，要想完完全全地避开，根本毫无可能。

我开始后悔起来，今天晚上，真的是玩得太大了，这完全不是我之前所预料的那个样子，我完全没有想到我居然会惊动守护王城的卫军高手，更没有料想到我会被数不清的军队围捕，我把所有的精力都放在如何对付弑千屠上面去了。

现在看来，我一直都认为很棘手的事情到现在为止，还不是最让我头疼的。

已经习惯大场面了，再次见到这样令人有点心虚的场景也能坦然地去面对了，这所谓的箭雨也就看上去迫人罢了，凤吟九天最不怕的，就是群攻。

而就在我准备故技重施再来一遍凤吟九天震退这密集的箭雨之时，我忽然想起一件事，这眼前就是皇城了，距离实在是有点近，这城墙看起来是很结实，可是未必能在凤吟九天之下不受丝毫的损伤。

皇城算是幽王的大宅子了，要是毁了他家的围墙，坏了他家的门面，报复必然是躲不掉的。但是事情闹到了这个程度，我还在害怕报复？虽然现在大周王朝是名存实亡，但是不论怎样说，这一个统领全天下诸侯的王朝依然是存在的，所有人都在盼着他垮，要是我助了这一臂之力，将幽王的大宅子撕开一个口子，或者推倒一两堵院墙，岂不是便宜了那些坐门守利的小人？

权衡了一会儿，我收起了青冥，将那一把残破的幻青扇拿了出来，对这劈头盖脸倾射下来的漫天箭雨，狠狠地来了一扇子。

第十章 帝王蛊（大结局）

第一节　千屠（一）

这一扇子扇出去虽然气势十分迫人，但是效果并不佳，这一扇子扇出去所影响到的范围并没有箭雨广。

但是万千的刀兵之气依然还是给头顶的万箭雨幕冲破了一个窟窿，无数的长箭倾射而下，有好几根甚至是擦着我的耳边飞过去的。

万千长箭齐齐落地，气势不可谓不大，连地面都震颤了起来，掀起一股飞沙，很多的房屋都被箭雨夷为了平地，荒城之外的砖地上，立着一片箭林，一眼望不到尽头。

看到这样的场景，我心里有点后怕，这样密集的射击程度，在战场上可是绝杀。

这一波箭阵之后，皇城之中陷入了平静，我知道，他们应该是在准备第二波的攻击，像这样密集的箭阵，不可能一拨接着一拨没有时间差地发射，那简直有点变态了。

既然已经决定要闹个天翻地覆，那就不能给他们有喘息的机会，他们喘息好了，就该我叫憋屈了，我从面前拔出一根长箭来，将幻青扇收起，这些箭十分长，完全可以当作枪来使用。

抬头看了看城墙的高度，跳上去没有什么难度，不过守城的那些士兵，可不会让我就这样简单地上了城墙。

城墙上的火把摇摇曳曳，却透着一种无法言说的安静，高高燃起的烽火撒下来的十丈明亮，我站在一片火光里，遥望高高的城墙。

城楼之中人影攒动，带着沉闷的甲胄之声，看样子是士兵数量颇多。

我提了提气，跃身一起，身子抛起一个弧度，直直跳上高耸的城墙，正当要跃上城楼之时，却忽然发现，从城楼之后，有一道黑光迅猛地飞了过来。

速度太快了，比那样依靠弓的弹力射出来的长箭速度快多了，如一道黑色的闪电一般飞过重重烽火，眨眼之间已到眼前。

本能的挥动手里的长枪去挡，长枪撞上那道黑光，只感觉到一股无法抵挡的力量瞬间将手里的长枪砸碎。

黑光撞破了长枪，力量却丝毫不减，狠狠一下打在我的左肩之处，那一下只感觉整个人都被打得要碎了，身子从高空直直落下，掉入城下的大片箭林里。

疼……好像整个人都要碎掉了。

我趴在地上，不停地呕血，左肩上已经碎成了渣渣的骨头让我动一下都不行，鲜血不停地从左肩的伤口处朝外涌。

身上的伤迅速地修复着，在我的身侧，似乎立着什么东西，我以为是那些长箭，但是仔细一看，发现那不是。

而是一根棒子，漆黑的棒子。

棒子很长，约有六尺，此时正深深地陷在砖地里，身上的剧烈疼痛已经让我有点思维混乱了，这根棒子我感觉到熟悉，但是我没有力气去想这股熟悉感从何而来。

身后响起一个咚的声音，似乎有人落在了我的身后，那一声很沉闷，看来这个人的个头应该很大，或者体重应该很重，不然声音不会如此沉闷。

头顶的城楼之上传来一声大喝，“千屠，杀了她！”

“千屠？”脑子里慢慢地清明起来，如果我没有弄错的话，我要找的那个人，就叫千屠。

艰难地转过头，眼前是一双如同柱子一样粗壮的腿，很直，很粗，而且皮肤还是鲜红的血红色。

视线缓缓上移，如同用岩石雕刻而出的六块腹肌很惹眼，他赤着上身，皮肤依然是鲜红的血红色。

我的视线已经抬到我所能抬到的最高程度了，但还是没能看到他的脸。

这人，太高了一点。

没错了，这闷骚的血红色，这要戳破天的个子，除了他，没谁了。

身上的伤在迅速地修复，疼痛也迅速远离了我。

身前的棒子被一把拔了出来，我想我能猜到他要做什么了。

就在那么一点点的时间里，我的脑子急速地思考起来，我要怎么说服他帮我？要怎么才能打败他？又要怎么离开这里？

如果在这里和他打一场，胜算能有多少，我觉得几乎没有，弑千屠的武功超乎寻常得高，更别说这里还有无数的士兵以及守城的高手。

那有没有可能将他引出镐京？咱们出去一对一地单挑？

这是个办法，没有旁人，我就不用惦记着我和他打的时候有外人偷袭，而且有些话，只有我和他两个人的时候我才可以说。

那我要如何将他引出去？对他说：“哎，听说你很厉害，咱们换个地方一对一地单挑？赢了我请你喝酒！”

这是傻子的做法，我想弑千屠应该不会多做什么没有用的事情，明明随时随地一棍子都能砸死的人，何必要换个时间换个地方用两棍子砸死？多费力气……

那我就跟他打，一边打一边退，将他引出镐京大城？

这是个不错的办法，而且很有可行性，但是我又一想，我有多大的把握在他手里且战且退？我可不是十三娘，没有她千年的修为，就凭我这几手才学成的功夫，能在弑千屠手里边站边退吗？

我没有把握，到是我觉得他一棒子把我砸在地上爬不起来的可能性更大一点。

所有的想法在我脑子里如同电光火石一般的地过，还是没能找到合适的法子，而弑千屠的棒子也迟迟没有落下，反而从身后传来一个孤傲冷冽的声音，“你是凤家后人？”

声音有点沙哑，听起来像是鼓声。

这是弑千屠的声音？我有点不相信自己的耳朵，如果我没记错的话，当初在齐黎边境的时候，这人从头到尾一句话也没有，我一度认为他是个哑巴。

凤家后人？我将这几个字在脑子里好好地过了一遍，觉得他一定是认出了之前那一记凤吟九天才会认为我是凤家后人的。

身上的伤已经恢复得七七八八了，但是站起来还是有点困难。我挣扎了一下，发现站不起来，索性也就躺在地上，只是翻过身子躺在地上，捂着自己受伤的左肩，将正在迅速愈合的伤口遮住。

我不能让自己不死人的身份暴露出来，拿出一双怨毒的眼神看着他一张狰狞可怕的血脸，冷冷地道:“是又如何？”

他将棒子提在手上，“你是来杀幽王的？”

我继续冷笑，“是又如何？”

他的脸上看不出任何情绪上的变化，依然是毫无表情地看着我，只是手里的棒子迅速举了起来，看样子，他已经失去了说话的兴趣。

这一棒子要是砸中了我，不说可以把我砸成一团肉泥，至少也得将我砸个脑浆崩裂。在他棒子落下来的一瞬间，我捂着自己的左肩，身子一扭，迅速地翻了出去。

后面并没有传来棒子砸在地上的声音，我正纳闷到底是怎么回事，难道他并没有砸下来，而是收了手？回头就想看一眼，脑袋还没转过去，一记闷棍直直地砸在我的脑门上，整个人都飞了出去。

这一棍子砸得我整个人都懵了，在飞出去的那一瞬间，我就骂起了我自己，“叶凝啊，你不好奇会死啊？躲过了一棍你不跑，不是等着被人家砸吗？！”

身子翻过去的过程中，砸弯了不少插在地上的长箭，我的脑袋像是被砸得变形了，感觉要爆掉一样，趴在地上，整张脸烫得厉害。

眼前全黑了，什么也看不到，肩膀碎裂的伤还没完全愈合，脑门上又中了一棍，我感觉就要死了。

所有的声音都消失了，我看不见也听不到，这种情况仅仅持续了一会儿，就逐渐地好转了起来，最先恢复过来的是听觉。

一个模模糊糊的声音从身后传过来，像是脚步声，很沉闷的脚步声。

是弑千屠，看样子他还不确信我就这样子死了。

视线也慢慢地恢复了一点，但是现在不是白天，光线太暗，我只能看到一团巨大的影子，迅速朝我这里靠近。

我想动一下，发现根本动不了，伤得太重了。

“你不是凤家后人，你是谁？”

一道森冷的声音传过来，然后我就看见他的棍子上似乎挑着什么东西，他轻轻地将这东西从棍子上取下来，丢到我的脸上，“人皮面具，你到底是谁？”

刚刚才有的一点点光线被这东西一盖就完全黑了下来，脑子虽然挨了一棍，但还有几分清明，我意识到盖在我脸上的东西是什么了，那是我的面具。

嘴巴里含了一嘴的血，我吐了出来，忍着浑身的剧痛将盖在脸上的面具拿开，丢到一旁。

“我想跟你做笔买卖，不知道你有没有兴趣？”

我看着他的脸，他显得有些疑惑，蹲在我的身旁看着我。

“我听说你的身体里有一种蛊毒，我想帮你除了。”

他握着棍子的手抖了一下，赤红色的眼瞳之中忽然迸射出强烈的杀气。

“先别拒绝。”我继续说道，“大家都是身不由己的，别用这样的眼神看着我，这个天下除了我，没有人能够解开你这个蛊毒，也没有人能够帮你摆脱幽王的控制。”

他的眼睛依然带有浓烈的杀气，一眨不眨地看着我，赤红色的双眸之中带着十分复杂的情绪，“你到底是谁？”

我吐出一口血来，将自己捂着的左肩完全露出来，之前被他砸中的伤已经完全愈合，同时，脑门上的伤也在迅速地愈合，我想，他一定是看见了我脸上继续愈合的伤口才会再次问我这个问题。

“五年前，北燕国出了个不死人，你应该知道吧。”我看着他的眼睛，一字一顿地，“我就是那个不死人，康宁公主，叶凝！”

第二节　千屠（二）

他一听不死人这三个字，脸上的神情明显就是一变，变得十分惊愕和难以置信，一双牛一样的眼睛上上下下地将我打量了个遍。

“是有点不大入眼。”我很艰难地挤出一个笑容，“也许你不大觉得这个样子倒在地上爬不起来的人会是什么不死人。”

“我见过你。”他的双眼凝聚在我的脸上，“那个时候你比现在弱。”

我一怔，“你居然认得我？”

“齐黎边境，那个跟在拿青冥剑的蓝袍小子身后的人，是不是你？”

我微微点了点头，我没想到他还认得出我，现在我的脸上没有面具遮着，应该满是龙鳞，而且那个时候我的脸是姬澈用幻术做出来的。

他还能认得出我，这让我有些惊异。

“我不会答应你的。”

他站起来，俯视着我，“我没有活路可以走。”

我有点慌了，挣扎着要爬起来，但是有点勉强，只能继续躺在地上，“难道你跟着幽王就有活路了吗？你就那么怕死？”

他微微摇头，“我不怕死，只是我死不起。”

“褒国已经没有了，没有人有威胁你的筹码，凭你的本事，这天下之大，谁能挡得住你？大周王朝的劫数已在眼前，覆灭也只是一朝一夕的事了，你何必还要跟着那暴君？”

“使命。”

他的声音很轻，带着一种深深的惆怅，“褒姒公主是我古褒国最后一条血脉，有她在，古褒国就不算覆灭，我死很容易，但她不能死。”

又是一个用生命护卫自己信念的人，经历过姬澈、墨九之后，我对这一类人有着一种深深的鄙夷，命都没有了，还谈什么信仰？

我永远也无法明白的是，他们所坚守的东西到底是什么，明明知道没有什么希望，明明知道没有什么还要坚守下去的必要了，却还要盲目地守着那些东西，是愚昧，还是我不理解的忠诚？我想，我永远也不可能明白了。

“你觉得幽王会对她不利？”我拉住他的脚踝，问他，“你相信一个点燃三千里烽火只为博她一个笑容的人，会对她不利？你觉得他会杀了她？”

他久久没有回答我。我身子已经修复了一些，我拉着他的脚踝一点一点地爬起来，转到他跟前看着他的脸。

阴沉，迷茫，那张脸上到底有着怎样的情绪我说不上来。

我用一种十分坚毅的目光看着他，不退分毫。

“一个月。”我伸出一根手指，比在他的眼前，“只要一个月，这笔买卖很合算，不管这件事你能不能办到，一个月以后，咱们就是两清了。”

他看着我抬起的眼睫，问：“你要做的事是什么？”

听到他说这句话，我心里就松了一点，之前他都不问我我要做的事是什么，就直接拒绝，现在却有兴趣问我要做的事是什么，我不知道是我哪一句话刺激到了他，让他有要听我要做什么事的兴趣，但我觉得，他能问我，那就表示事情没有我想的那么糟。

“帮我，杀一个人。”

他的眉头皱了起来，“幽王？”

我摇了摇头，“靖王！”

他的眉头皱得更紧了，想了好一会儿才有点不确定地看着我，问道：“靖王不是死了吗？”

“新登位的那个。”我说道，撇开拉着他脚踝的手，身子已经能够直直地站立着，“羽华。”

他的脸上显得更加疑惑了，这其中的事太过复杂，一时半会儿根本没法子说得明白，况且现在的情况也容不得我跟他好好说说其中的缘由，城楼之上已经传来了喝声，“千屠，人死了没有？”

弑千屠没有理他，只是看着我，眼神十分奇怪。

“我没有办法离开镐京太远，我身上的蛊毒每一个月发作一次，再过三天，我的蛊毒就会发作。”

“我可以帮你解毒。”我吸了一口气，“不死人的心头血你应该知道一些，它不仅能够愈合伤口，更能解万毒，你只要得到一滴，无论什么毒都可以解开。”

我不知道千屠的前后反差为什么会这么大，是我开出的条件太过诱人了吗？我觉得不是这样，他中毒这么多年，早就已经可以忍受那种痛苦了，最开始中毒的时候一定是很折磨人的，连最开始的痛苦都熬了过来，何况现在他已经习惯了这种疼痛。

他已经视这些为无物了，我这个条件即便是对他有诱惑，但我觉得，离动摇他信仰的那个程度还很遥远。

他为什么要点这个头，我不明白，现在也不是问他这个的时候。

我和千屠定了一个约定，我告诉了他一个地点，三天之后，他会来找我。在这之前，他和我都需要死一场，做出一个同归于尽的假象，来避开幽王的猜疑。

在众目睽睽之下作假，是需要一点技术含量的，但是千屠给了我一个最好的办法。

如果能让这里的所有人都没有机会将他们看到的东西传到幽王的耳朵里，那么我们就成功了。

我知道他话里的意思，也知道要怎么做，如果是以前的我，一定会很抗拒，但是现在的我，已不同往日了，穷途末路孤注一掷的人，什么都可能做出来。

凤吟九天是大范围杀伤的一招，这一回，我将凤吟九天施展到了极致，千屠有最顶尖的功夫，实力之强，足以借助音浪之力将他攻击的力量发挥到极致。

这算是我和他合作之后的第一次联手，效果超乎寻常得好。

皇城建筑所用的山石应该是十分坚固的，因为施展到极致的凤吟九天居然只是冲破了一个缺口而已，滔天的音浪一拨接着一拨地翻滚出去，整个帝都在这样的威势之下颤抖起来，我为了防备事情做得不彻底而给千屠留下不必要的麻烦，一共用了三次凤吟九天，每一次都是我所能施展出来的极限。

三次之后，我的真气几乎消耗殆尽，强大的破坏力是需要浑厚的真气来支撑的，显然，我的基本功还不是很扎实，若是有高手跟我打持久战的话，我将会很被动。

被凤吟九天接连轰了三次的皇城已经摇摇欲坠，城楼开裂，周旗尽毁，残破的城墙上流出的鲜血几乎将高高的城墙每一块石砖都染红了。

这是一场屠杀，我杀了很多没有什么本事的士兵，而千屠以他恐怖的力量，在他们还没从凤吟九天之中回过神来之前，杀尽了潜藏在王城之中的每一个高手。

这里已经近乎一个死城了，我想我们离开之后，这里必然还有后话。

在我和千屠离开镐京之后的第一天，动乱就开始了。

离帝都最近的诸侯国共有七个，他们平日里都是最效忠幽王的，但是在那一夜之后，七国在第一时间对帝都发起了进攻。

第二天，靖国出兵了，连带着一干依附在靖国护伞之下的大大小小几十个诸侯国也出兵了。

第三天，天下已经大乱，为了争夺帝都，拿到幽王手中的帝王玺，大大小小上百个诸侯国混战了起来。

之前各大诸侯国之间还顾这顾那，就算打上几架也都是不温不火的，现在帝都一乱，他们就可以毫无顾忌地放开手脚大干一场了。

羽华和柏烨是当今天下最有能力的两个人，但他们都心地不善，虽有惊世之能，却没有坐拥天下之德，若真是帝王玺落入他们的手中，那势必又是一场血雨腥风。

莒粱，这是一个距离镐京帝都约八百里的一个小镇，之前是赵国的边境，现在已经被靖国占领，我和弑千屠约定的地方，就是在这里。

莒粱之东有一高山，山很险，是个要塞，唤作龙险，在各大诸侯国未曾围攻镐京之前，这里是镐京帝都的东方屏障。翻过虬龙险，过三十里，有一妙处，山水环绕，四时如春，山里有一处梦昙花林，听说那里的梦昙花，是全天下最美的，但是没多少人见过。

传说那里的梦昙花，每隔十年才会开一次，一次只开两个时辰，如今这个世道，肯花十年时间等一时梦昙花开的人几乎已经绝迹了。

我在离开镐京的第二天就到了这虬龙险的山顶，等了一天才等到弑千屠。

他的毒会在今夜子时开始发作，到时候如果没有解药，他将生不如死，我将早已准备好的心头血用一小小的碧玉瓶装着递给他。

这是我从书简上学来的，将血装在玉瓶里，能够保存两到三个月的时间，我不知道他中的毒有多深，但是想到他中这毒已经很多年了，可能已经毒入骨髓，一点心头血可能不能完全将他体内的毒清除干净，就多给了他一点。

他并没有立即服下，说是要等到子时，毒发作的时候才服用，他说他要看看这全天下人都想要得到的东西到底是有多神奇。

“不会令你失望的。”

我只是笑笑，对于我的血，我是最有发言权的。

第三节　我只想要一场解脱

距离子时，约莫还有三个时辰，弯弯的月牙已经升至山顶，在这绝顶之处，似乎是距离天空最近的地方，如叠如浪的群山之中，颇有几分安宁。

我们坐在虬龙险最高的那一块山石上，山风很大，吹得我一身紫裙都飘了起来，今天晚上的月亮十分明亮，千峰万石的群山腹地之中，是常人难以到达的地方，站在这里，仿佛只要轻轻一揽手，你便会握住整个天下。

千屠似乎没有什么话，将手里的玄青棍放在一旁，只是看着茫茫山野，似乎心思并不在这里，我问了他一下当初关于古褒国败于大周王朝的隐秘，他给我的回答很简单。

这个世界，不适合弱者生存。

这似乎是他的感慨，也像是对这世间所有不公之事最好的诠释，人是如此，国是如此，就算是山野之中的畜生，也是如此。

褒国国弱，敌不过大周王朝，败下来是很正常的事，没有什么好说的，也没有别的是非因果。好像这个世界上，所谓的因果，只是在于你够不够强，你若是强到可怕，强大到可以主宰任何人的生死，那因果对你而言，就不那么有说服力了。

“你为什么会答应帮我？”

我看着他的侧脸，从这个角度看过去，看不见那一道将他整张脸一分为二的恐怖伤疤。

他沉闷了很久，说出来的话却不是我想要的答案。

“靖国向镐京进兵的那一天，我将褒姒公主接了出来。”他转头看向我，面色有点低迷，“如果你是个精明的人，应该可以猜到了。我需要一个有能力的人，制造一点动乱……”

我愣了一下，脑中一时间不大领悟得过来，但是很快我脑中就逐渐明白了过来。

原来，这又是一场算计……

我一下子明白过来，他为什么会让我们都死一次，又为什么会将会面的时间定在三天之后。

他来杀我，是幽王指派，我们大战一场，同归于尽是他的安排，三次的凤吟九天，足以毁掉大半个镐京，镐京一乱，早已对幽王帝位虎视眈眈的各大诸侯国必然会长驱直入以灭幽王，而已经在三次凤吟九天之中丧命的千屠，便有机会趁着帝都之乱，带走这个古褒国人最后的一条血脉。

多么完整又无懈可击的计谋，算计得恰到好处，而我在这个局里，只是他的一枚打乱镐京安定的棋子。

有一种被利用的感觉，但是出乎意料的，我并没有生气，甚至于没有一点点的排斥，或许是因为我的目的已经达到了的缘由吧。

面对他的回答，我表现出来的情绪是沉默，可能是他发现了我的反常，问我，“你介意别人骗你？”

我微微一笑，“骗就骗吧，你来了这里，赴了约定，我也不算吃亏。”

他愣了一下，转了话头，问我，“你跟靖王有仇？”

这其中的故事，我要怎么去说呢？

太长了，一想起那些，我就感觉到有一股疲惫涌上心头，我肩上背负着的，是登桓山上上千人的性命，楚玥、活宝、司徒安、姬澈、阿狼、幽鬼……

还有沐沐……

一想起那些，我的心就会很疼。一年了，他们离开我，已经一年了……

这一年中，我似乎没有一刻是从痛苦中走脱出来的，我无法忘记司徒安和活宝冲过去抱住羽华的场面，无法忘记在我弥留之际，我混沌的视线之外那一点一点被拔出来的青冥剑的剑光，还有迷迷糊糊中那一个不清不楚的吻，和那一个我走不出来的梦……

还有好多啊……

活宝沉入大海那一声水响和一张烧得血肉模糊的脸，楚玥拎着长鞭冲入火海之前的那一句话。

“是有仇吧。”我呵呵笑笑，“还很深呢。”

他只是看着我，一双赤红色的眼仁之中所带着的东西说不出来是什么，我有点理解不了。

“我只是想要得到……”我顿了一下，却不知道要说出来的话是什么。

想了很久，才紧紧地抱住青冥。

“我想要的，是一场解脱……”

是这样，我只是想要一场解脱。

之后的对话里，我将这个故事的大概对千屠说了一些，羽华拥有龙魂之力，但是我知道，他不是不死人，龙魂之力对他来说并不是用之不竭的，他用一点，就少一点。

我不知道在登桓山上，他和姬澈的那一仗结果如何，是不是已经耗尽了他的龙魂之力，但我想，应该也差不多了，魔剑都碎了，能剩下来的龙魂之力，又能有多少？

幽王曾对这个突然冒出来的靖国太子做了一次彻底地调查，但是效果并不明显，除了一些上一任靖王想让世人知晓的东西之外，以大周王朝的势力所能查到的东西寥寥可数。

“你有多大的把握能杀了靖王羽华？”

我沉吟了一下，摇头，“很低，就算加上你，胜算也不大，我不确定羽华是否还有龙魂之力可以使用，就算没有，他的实力也是极强的，至少，我杀不了他。”

他愣了一下，问我：“龙魂之力有多强？”

我想了一下，只是说道：“那不是人可以抵抗的力量。”

我并没有任何的夸张，我使用过龙魂之力，知道它的强悍，拥有龙魂之力的人一旦真正地发起狠来，没有人能够挡得住。

我以为我这句话一定会将千屠吓住，不想他所表现出来的样子却是我有点无法接受的淡定。

“也许，我可以帮你。”

千屠静静地看着我，“要说这个天下谁最想你死，除了幽王没有别人。不知道你注意到没有，从你不死人的身份确定下来之后，他为什么一直都没有对你出手？”

我一听就震了一下，对啊，不死人一出现，就注定幽王所统治的王朝已经走到了尽头，为了能将他的帝位一直坐下去，他一定是最希望我死的那一个人才对，为什么自始至终他对我的出现都没有任何的反应？

千屠继续说道：“在你不死人的身份出现的那一天之后，靖王的奏章就已经到了幽王的手里。”

“那个时候，靖王已经抱恙很久，奏章里，靖王恳求将你。”他指了指我，道，“将你的心脏，给他！”他顿了一下，继续道，“现在听你说了事情的原委，我想，写这个奏章的那个人，应该不是靖王，而是羽华太子！”

“当时靖国的势力已经如日中天，已然是幽王的心腹大患，幽王之所以会点这个头，我想，是想让靖国在追捕你的时候，付出代价。谁都知道不死人的强大，能抓住不死人，那靖国也一定会付出惨痛的代价，从而，幽王便有资本灭掉靖国！到时候，不死人不在了，靖国也不存在了，所有能威胁到他统治的人都不在了，他的天下就可稳坐了！”

我听完之后，心里不得不为幽王举起大拇指，这个昏庸的帝王，似乎也不像表面上那么昏庸，谋略也是有的。

千屠是幽王家养的杀手，他所知道的幽王一定比我要多很多，他所知道的事，也一定比我多很多。

不过，从结论上来看，羽华的才能明显强过幽王，当初在银江的时候，羽华本来有本事带我走，却还跟我摆起了赌局，而且还压在了明知道自己会输的那一面上，我想，除了他想让千面兽混进我们的队伍里之外，还有另一种层面上的打算。

他要留一手，留下一个可以打乱大周王朝统治的人，这种程度的谋略，这种心机，实在是令人佩服！

实际上，他所有的计划都已经达成了，登桓山灭了，我还活着，也真真地打乱了大周王朝的统治！

实在是没有想到，我自始至终都在他的局里，从来都没有走出来过。

我深深地吸了一口气，平复了一下情绪，问他，“你刚刚说的你可以帮我是什么意思。”

他定了一下，轻轻地从身后取出一个东西，是一个玉雕的小盒子，冒着丝丝寒气，看样子有点冷意。

“这三天我除了带走褒姒公主之外，也做了一些功课，幽王那里有很多秘密，我翻了个遍，除了羽华的身份之外，其他的跟你告诉我的都差不了太多。羽华身边现在能称得上高手的，只有墨九一个，他身为凤家人，誓死保卫靖国和羽华是毋庸置疑的，而羽华……”

他深深地吸了一口气，“他确实拥有一股无法抵挡的力量。”

他低眉看着我，“我想这个东西或许可以帮到你。”

他将这东西递到我手里，我伸手接过，立即就有一股寒意逼来，像是握住了一块寒冰。

我忍住寒意轻轻打开玉盒盖子，顿时就有一股寒气冒出来。

寒气很浓，已经成了雾气，但是很快寒雾消散，在玉盒里，有一个血红的东西静静地躺在里面。

我看着这个东西，只一眼，浑身都颤抖了起来。

这个东西，每个人都有！只是看到它就这样静静地躺在里面，我忽然明白过来，千屠所说的会帮到我的意思是什么了。

这玉盒子里装的东西，是人心！

是一个人的人心！

那一刹那，我浑身冰凉！

“鸿蒙之气耗尽，你现在没办法再使用龙魂之力，要想杀羽华，你只能智取。”

我僵住了，看着那一颗人心，我似乎已经知道我要面对的是什么。

“其实，你可以等的，三年，五年……”

他没有再说下去，我知道他要说的是什么，三年，五年，也许我的龙魂之力就可以苏醒过来，他要我等，等到那个时候。

可是，我还能等吗？

我不知道，我不知道我还可以在这种痛苦之中生存多久，更不知道这种痛苦要折磨我到什么时候才算是我想要的解脱。

“我想要一场解脱。”我的身体在颤抖，我的声音在发颤，我不知道在这个时候我的脑子里到底在想什么。

“我只想要一场解脱，我只是想要一场解脱……”

我重复着这句话，一直一直地重复，我太想解脱了，一刻也不想等了。

“有，有谁……”我发现我说不出话来，一连咽下去好几口唾沫，“有，有谁能够，能够帮我将这颗心，给，给换上？……”

第四节　梦昙花林

面对我的问题，千屠只是静静地将我望着，似乎对我的问题并不急于回答，很久之后才反问我。

“叶姑娘，你知道换上这颗心要付出怎样的代价吗？”

我明白他话里的意思，我比任何一个人都要清楚这样做意味着什么。

我捧着这颗人心，很困难地挤出一个笑容出来，“会很疼吗？”

他不说话了，目光也从我的身上移开，看着山下苍茫的月色。

“生死轮回，天地伦常，谁也逃脱不掉。”我抽了抽鼻子，将冒着寒气的玉盒轻轻地关上，“就是不死人，也会有死的那一天，死这个东西对我来说没有多大的含义，不仅仅不是痛苦，更多的，是一种逃脱。”

他沉默了一下，目光依然是看着山下，“逃脱什么？”

“背负的命运。”我笑了一下，“我不大能够接受上天给我安排的命运，我看过一些东西，我是自洪荒初开以来第一个女不死人，心软是女人的天性，杀戮不是我想要的，能逃脱宿命，对我而言，是一件好事。”

“你逃脱不掉的。”

他的声音很轻，带着浓浓的愁绪，将我一下子又打进了万丈深渊。

逃脱不掉！

这四个字在我的脑子里一遍遍地回响着，真的逃脱不掉吗？

“管他呢。”我努力地压制着自己的情绪，尽量表现得轻松一点，转头看着他，“你还没告诉我，有谁能够给我换上这颗心。”

他愣住了，好久之后才开口说道：“十里之外，有一梦昙花林，那里有个人，他可以帮你。”

我又一次僵在了那里，看来，千屠将会面的地方安排在这里，也是算计好了的。而我却显得十分平静，好像这些算计我都没有理由去计较，也没有资格去计较。

“这颗心，你是从哪里来的？”

“幽王王宫里一个将死的宫女，她没救了，我顺手摘了下来……”

我愣了一下，露出一个很酸楚的笑容，“那就好……”

其实，我也不知道我所说的好是什么。

再也没有什么话好讲了，也不知道还有什么话可以说一说，我捧着那颗心，等待着一场我给我自己安排的宿命。

三个时辰在彼此的沉默之中很快就过了，千屠的毒在子时降临的那一刹那，发作了。

他已经很有经验了，早早地就准备好迎接那种痛不欲生的痛苦，即便是如此，他还是疼得满地打滚，身上的皮肉冒出一股红色的烟雾，本就血红的身体在剧毒发作的那一瞬间，变得如同真真的血。

红得可怕的皮肤像是在被烈火灼烧着，身上的皮肉冒出一个个鸡蛋大小的血泡，血泡爆开，就是一股血红的液体从伤口里流出来。

那不是血，而是融化掉的血肉，全是结实肌肉的胸膛上一根根青筋如同枯树的树根一样凸显出来，能够清楚地看到在青筋之中像是有一条蟒蛇在拱来拱去，十分可怕。

身上鼓起来的血泡不只一处，少说也有上百处，一个血泡接着一个血泡地爆开，很快，他的身下全是融化掉的血肉。

我看着在地上打滚的千屠，那种疼痛我完全能够体会得到，这种痛苦他到底承受了多久，只有他自己知道。

我将事先准备好的心头血喂给他喝，虽然忍受着这样的剧痛，但是他除了在地上打滚之外，始终没有发出一句哼声。他浑身的血肉都在融化，但是并不迅猛，融化的速度很缓，他还有力量喝下一点我的心头血。

心头血的效果没有让我失望，看着他逐渐安定下来的神情和正在迅速愈合的伤口，我知道，他的痛苦，要永远和他诀别了。

之后我才知道，这种毒不会立即要了他的性命，身体完全融化总共需要九天，也就是说，如果没有压制住这种毒的药物，他要忍受这种痛苦整整九天。

而九天之后，他的身体连同骨骼，都会化为血水。

身上冒出来的血红色烟雾慢慢地消散，被融化掉的一部分血肉正在迅速地生长着，千屠的脸上自始至终都没有任何的变化，我有点分不清楚他是太能隐藏痛苦的面孔，还是太能忍受身体上痛苦，或许，都有吧。

他从地上爬起来，低头看着自己的胸膛，只对我说了一句话，“谢谢！”

他应该是不常说这两个字，样子看上去有点尴尬和可爱。

他身上的毒已经差不多全解了，他说，他忍受这种痛苦已经长达二十五年，而解开这个毒，只花了一盏茶的时间。

我给他的心头血并没有用完，还剩了一点，我留给了他，和羽华那一战，一定十分残酷，他需要这个东西，来保证自己的性命，而那个时候的我，应该没有所谓的心头血了。

我们重新坐回虬龙险最高的那块山石上，经历了这种生死折磨之后的千屠，样子看上去很冷静，幽幽地问我，“叶凝，如果你真的死了，你会怪我将这颗心交给你吗？”

我不知道要怎么去回答他，我这一辈子，说长不长，说短也不短，我经历的那些人，看过的那些事，虽不能说是永远的记忆，但怎么也是一种经历吧。

有人那么在乎过我，有人那么珍惜过我，我唯一遗憾的是，我不曾真正地拥有。如果我能再走一回的话，我一定要好好地抱一抱他，撒娇也罢，任性也罢，我相信，他都会由着我。可惜他不在了，永远的不在了。

我好后悔，后悔因为楚玥而跟他置气，后悔我从不懂他，后悔我从不曾认真地去保护过他。

而现在，我又要变成另一个连我自己都害怕的人了。

第二天，我们便启程，前往梦昙花林。

从虬龙险翻过去，大约前进四五里，便有一道缝隙，这道缝隙很深，很窄，像是有一把刀将奇高的山峰一刀劈成了两半所形成的缝隙。

我体格小，勉强能通过，而千屠只能侧着身子才能通过，好在这道山缝也并不是特别深，但是这样局促的空间没有办法用轻身法通过，只能一步一步地走过去。

山缝里十分潮湿，长满了苔藓，走起来十分不便，但好在没有什么危险。大约走了一个时辰，我们便通过了这条山缝。

一瞬间豁然开朗，像是通向了另一个世界，面前的山谷之中，山崖高低错落，山泉溪涧，虫鸣悦耳，似乎有一股花香，很淡，入鼻清雅，闻不出来是什么花香，但仅仅是吸上一口，人就像是获得了新生一般的愉悦。

“这是梦昙花的花香。”千屠对我说道。

之前古褒国也有这种花，但是很少，王室之中有过栽种，但是这花十年开一回，他有幸见过一回梦昙花开。与寻常的昙花不同，这种花只有七片花瓣，花蕊是粉红色的，带有轻微的毒，蝴蝶都不敢靠近，不过这花花期太短，只有短短的两个时辰，因此，即便是有毒，却还是很令人神往。

我举目看向四周的山崖，这里的山崖并不高，一眼就能看遍，长在山石缝隙之间的大片墨绿嫩叶的应该就是他所说的梦昙花了，看上去很是窸窣且平常，实在是没有什么稀奇之处。

上一季的梦昙花开是什么时候已经无从得知了，但是千屠说，梦昙花的叶子是万古长青的，终年不会枯萎，如果四周的环境好，大片梦昙花齐开之时，萦绕在山谷之中的梦昙花香却是极其得淡，但是那种淡香能保存很久，如果悉心看护，这一季的梦昙花开的淡香，能够保存到十年之后的下一季梦昙花开！连风也吹不散。

这真是一个神奇的物种，可惜，我是没有眼福能够看到梦昙花开了。

山谷之中十分潮湿，绿苔很深，有细细的水珠沾在苔藓上，汇聚成一条小小的细流，在细流之中，有一些由石块拼出来的小路，四周全是绿草阔叶，满是梦昙花香的空气里，带有一种很让人放松的神秘力量。

溪水很浅，连那些铺在细流中的石块也没有淹没，脚下的锦鞋踩在这些并不稳固的石块上，还真是不大好走。

山谷静逸非常，连细流也不发出任何的声音，顺着这条蜿蜒的细流走进山谷深处，四面山石缝隙之中，长满了梦昙花，不难想象，当这些梦昙花齐开之时，这里会是多么美。

然而就在我们缓慢前进之时，从我们的身后忽然传来了一声十分尖锐的呼啸声。

这声音在如今清幽的山谷之中显得十分刺耳。千屠先我一步停了下来，身子迅速朝后倒去，同时，手里的玄青棍也猛地朝我一指，一股柔力一下子就将我推了出去。

身子一连退了几步，完全站在了冰冷又清澈的溪水里，同时一声轻响，像是鞭子的声音忽然从我身后传了过来。

我身后是千屠，在那声轻响传来的同时，他人已经退了出去，就看到身前的溪水里忽然炸开，同时一股绿光如同蛇一般，从清澈的湖水里，探了出来。

“是什么东西？”

我惊呼起来，同时将青冥也拔了出来，但是剑才拔到一半，就顿住了，我发现，从溪水里探出来的那个绿色的东西，居然是一条树藤！

“是食人藤，快闪开！”

我正看着那根像是蛇一样昂起来的树藤，然而只是一瞬间，那根树藤居然真的如同蛇一样朝我闪电般地扑了过来！

第五节　食人藤

食人藤，我听到这三个字，脑子就抽了一下，这名字一听就是带着腥味的，好在我的反应已非当年可比，身子一个腾挪，带起一片水花，躲开树藤的时候，青冥也拔出了剑鞘，只是一挥，便将那树藤砍成了两截。

我站在溪水里，深深吐出一口气，刚刚受到的惊吓已经恢复了很多，但还是觉得有点不可思议，千屠看着被我砍断倒在地上的树藤，脸上看上去并没有一点点的放松。

他的目光向四周张望起来，手里的棍子用力地握住，我也觉得似乎事情不会就这样简单的只是一剑就结束，在这之后必然还有更加不可思议的事情等着我们。

之前还觉得山谷之中的安静十分清幽，而且很让人放松，但是现在这种安静带了一丝阴魅，加上之前被食人藤袭击的神经还没放松下来，让人有一种很强烈的被注视的感觉。

好像四周的山谷之中有着无数双眼睛，这些眼睛都毫无感情且带着一种幽怨的意味看着我们两个，心里毛毛的。

千屠拿着棍子，我拿着剑，在原地转了好几圈，除了那种令人毛骨悚然的感觉之外，并没有任何的动静，连一点点的声音都没有。

“千屠。”我倒退着步子朝千屠那里靠近，“这食人藤是什么东西？”

“我也不清楚。”他的目光依然在四周的山谷中转悠，“传说是一种食人树的藤，这种树只长在山缝里，样子很普通，但是它的根系十分庞大，而且可以像蛇一样自由活动。”

“食人树？”我眉头皱了一下，“这树还吃人吗？”

千屠顿了一下，才道：“不是吃人，而是杀人！”

我愣了一下，身体已经站在了千屠的身旁，怕惊动到什么可怕的东西一样轻声地问他，“什么意思？”

千屠的目光在四周高低错落的山崖扫了一圈，似乎是在找能够容纳食人树生长的山缝，但终究还是没能找到，就将目光移到我的身上，道：“食人树的树干和枝丫并不能活动，只有根系可以，它能够利用这些根系，将人或者动物活活地拖到地里去，靠吸收人或者动物腐烂之后所形成的沃土生长。”

他有些不安心地继续朝四周看了一眼，接着道：“因而，有食人树的地方，就是一个死人堆。”低头看了看我，“看来，这个地方也不是我们所想象中的难么美。”

我起了一层鸡皮疙瘩，那样的场景不难想象，一棵树的底下，全是腐烂的死人……

那场面一定十分恶心，我可不想亲眼见到，指着一个方向对千屠说道：“那就别磨叽了，赶紧撤吧，你说的那个人住什么地方来着？”

他将手里的棒子换了只手拉着，摇了摇头，“我也不知道……”

我惊了，“不知道你就将我带进来？”

他没有说话，我身下的溪水里在这个时候忽然像是有什么东西要涌上来，冒起一连串的水泡，千屠的反应极快，拉住我的肩膀一把将我提起来，同时巨大的身体猛地一旋，手里的棒子顿时带着雷霆之力朝溪水里砸了下去。

玄青棍极重，加上千屠的神力，浅浅的溪水一下子就炸起了一大片水花，同时河床一下子就塌了下去，倒不是被千屠砸蹋的，塌下去的河床并不是很大，而且是一个圆形，周遭的溪水一瞬间就朝那坑里灌了进去。

千屠将我抱在怀里，身子急速地后退，那坑似乎不是很深，仅仅一会儿溪水就将那坑洞给完全灌满了，水面还未平静下来，就看到浑浊的溪水之中，忽然冒出来一大串绿色的东西。

我像是看到了数不清的蛇从那个坑洞里爬了出来，头皮立即就麻了起来，这些是一大堆的食人藤啊！

来不及吃惊了，那些食人藤立即就朝我们这里像是蛇一样地游了过来，千屠一把将我扔在地上，舞着手中的玄青棍，就开始砸。

我也不能干看着，抽出青冥也立即过去助战，然而身子还未来得及跑过去，忽然我身下就有一个东西窜了出来，慌忙之中就挥剑去砍，但是令我没有想到的是，那东西居然一下子就躲开了，同时我只听到身后传来了一声尖锐的破风声响，心里暗叫了一声不好，后背顿时一阵剧痛传来，像是被鞭子狠狠地抽了一下。

这一下抽得我龇牙咧嘴，皮肉都被抽破了，我反手摸了一下后背，拿过来一看，居然出血了！

伤对我来说没有意义，手里的青冥几个灵活地翻转，一股剑气带起的厉风横扫而出，青冥发出几声清脆的剑鸣，一剑将两根食人藤砍断。

此刻围住千屠的食人藤少说也有上百根，他已经完全被食人藤包围住了，但是他的棍子舞得实在是滴水不漏，活宝那几手棍法跟他一比，简直就像小孩儿，加上他的力气极大，虽然使的是棍子，但是也能像剑一样轻易将那些食人藤砸断。

我一连劈了十几剑，劈出一条路来，趁着那些食人藤还未来得及再次围拢，赶紧冲了过去。

可能是我这一下只顾着冲了，没有注意到一根食人藤正迅猛地朝我脚下缠过来，这鬼东西缠起人来真是一点儿也不含糊，我只是稍稍地走了那么一点神，双脚立即就被缠住。

那一下我就要挥剑去砍，却没想到又是一根食人藤缠在了我的腰上，接着就是第三根、第四根、第五根……

这些食人藤似乎还有分工，一部分负责缠人，一部分负责攻击，一根根像是牛尾巴一样的食人藤如同一根根鞭子，不带一点点留手地直朝身上招呼！

短短一两个呼吸的时间，我的手脚就完全被食人藤给缠住，动也动不得，同时我所站着的地方地面开始颤抖起来，脚下面像是有东西要涌上来，青冥在这个时候脱了手，脚下的土地忽然传来一声闷响，地面轰然坍塌，缠在我身上的食人藤迅速加重力道，死死地勒着我的身子，像是要把我缠碎一样。

它们一边勒住我，一边拖着我迅速地朝踏出来的坑洞里滑下去，惊慌之中我运足了劲力，用尽全身的力量挣断了几根食人藤，想要去拿掉在地上的青冥，但是有更多的食人藤缠过来，我根本就够不到剑。

我曾经见过姬澈和墨九以气御剑，但是我还没有练到姬澈和墨九那样的境界，不然就可以隔空驱动青冥砍断缠在我身上的食人藤了，这功夫没练到家真是吃亏啊！

无奈，我只好向千屠呼救，被这些可怕的东西拉到地底下去，用脚趾头想想都不会有什么好下场，我可能会被埋在数不清的腐尸之中。

冲出来的食人藤已经不仅仅限于之前坑洞里涌出来那些了，在身子被拖进坑洞里的那一刻，我惊恐地发现，在四周高高低低的崖壁之上，也有数不清的食人藤伸了出来。

千屠听到我的呼救，也不跟那些食人藤纠缠了，一棍子横扫掉一大片食人藤，一个跳跃就来到了我跟前，手里的棍子一丢，一双巨大的手直接就抓住了我的脖子！

一时间，缠在我身上的食人藤用力地将我往地下拉，而抓住我脖子的千屠用力地往上提，这一下，我感觉我的脑袋要和我的身体说再见了。

整个人好像要被扯断了，呼吸变得困难起来，很快，我就翻起了白眼，但是我发现千屠并不比我好受，数不清的食人藤开始缠在他的身上，同时还有一些食人藤狠狠地抽在他的血红色身体上。

我翻着白眼，嘴里费力地发出怪声，“剑，剑，你快拿剑……”

我现在的声音和鸡叫差不了太多，也不知道他听不听得清楚，但是我清楚地听到了青冥剑的剑鸣声！

一道古青色的剑光一下子就飞了起来，在没有任何外力的情况下飞了起来，一时间能清晰地感觉到周遭发出一股强横的剑气，拉着我往地下去的食人藤一下子全断了，脑袋被人拉着，像是拔萝卜一样的一下子就从那坑洞里抛飞了出去。

结结实实地拍在溪水里，我爬起来，捂着自己的脖子不停地咳嗽，大口地喘气，还没等我回过气来，青冥剑化成的剑光一下子就落在了我身前的溪水里，我甩了甩脑袋，也不管自己脖子上的疼了，一把将剑拔出来，就看到千屠巨大的身子已经被食人藤包裹了起来，像是一个巨大号的绿色的茧。

我提着剑就要过去帮忙，忽然间一声响彻山谷的怒吼传了出来，像是野兽一样的吼声，那团绿色的茧一下子完全炸开，一股劲力磅礴涌出，随着那一声怒吼一波一波地翻过去，险些将我震个跟头。

千屠以自身的神力震断了缠在自己身上的食人藤，宽大的后背上全是被食人藤抽出来的血口子。

我震惊了，虽然我已经知道千屠的武功会很强，但是完全没有想到会强到这样的程度，我费了那么大的力气才震断了几根食人藤而已，而他一发力，居然震碎了一群食人藤。

这就是差距啊。

如果这一幕已经很令我吃惊了的话，那接下来的一幕，我想，我这辈子也不可能忘记。

第六节　死不医者（一）

千屠天生神力，这我是知道的，但是我还不知道他这神力到底神到了何等程度，今日这一见，倒还真是令我连连咋舌。

那些食人藤像是将千屠惹毛了，他这人发起狠来，实在是令人感到害怕和震惊。

他从地上爬起来，也不管身上的伤势如何，见几根食人藤缠过来，却也不躲，一个飞身反倒是迎上前去，生生忍了几鞭子之后，一把抓住四五根食人藤，双臂之中蕴含的爆炸性的力量一下子完全爆发了出来。

那一声怒吼如猛虎的呼号，响彻山谷，隐藏在双臂之中的可怕力量一下子爆发出来，拖着那四五根食人藤从深深的地底硬生生地给拔了出来。

这些食人藤的韧性极强，即便是受到了这样的拉扯，居然也没崩断，立即就有更多的食人藤朝千屠缠过去，千屠抱着手里的四五根食人藤，也不闪躲，任由它们缠在自己身上，任由它们将自己抽得皮开肉绽。

他的上半身已经完全被食人藤所缠住，我正要提着剑过去帮忙，却被他一声厉喝止住，“别过来！”

我只能生生地站在那里，那些食人藤虽然缠住了千屠，但明显要不了他的性命，他的身体忽然向后倒去，如同拔河一样，和那些食人藤较上了劲。

千屠的力量实在是可怕，无数的食人藤从地下被拔了出来，高低错落的山谷之中顿时遍布沟壑，所有的食人藤都被拔了出来，一眼看去，就像无数的铁链一般在山谷中纵横交错，交织成一张无比巨大又复杂的网。

“吼——”

如同野兽一般的怒吼声接连不断地从千屠的嘴里吼出来，他微微后仰着的身子拖着那些食人藤缓慢地朝后退去，像是要将这些树藤全都从地底下拔出来。

双足之下的地面因为承受不住这样巨大的力量而陷了下去，千屠每后退一步，脚下就是一个深深的脚印，那脚印之深，已经没及他的膝盖了。

所有的食人藤都来自于对面距离我们大约有三五十步之远的一个山崖上，那山崖不高，被周边的崖壁给挡了起来，就我们这个位置如果没有将这些食人藤拔出地面，根本就发现不了那里。

看样子，那颗食人树，就是长在那个地方了。

那些食人藤似乎感觉到了不妙，缠在千屠身上的纷纷自行解开，然后像是蛇一样地钻进地里，不大一会儿，千屠身上的食人藤就只剩下区区十来根了。

千屠可不想让它们这样逃了，一下子将缠在身上的十几根用力地握住，同时嘴里不停地大叫，“想逃？哪有那么简单的事，看我不把你连根都给拔了！”

他反过身子，将手里的一大把食人藤挂在肩上，拖着那些树藤继续前进，强横的力量完全作用在了树藤的那一头，远处的山崖之内，岩石开始从山崖上掉下来，还有很多泥土，在千屠无法匹敌的力量之下，那一个山头正在迅速地坍塌，翻滚的泥土如同从山崖上冲下来的一方深褐色的飞瀑，场面十分壮观。

我咽下去两口唾沫，脚步不由得往后退了两步，心说，这棵食人树，还真有可能被千屠给拔出来。

果然，远方的山谷传来了一声巨响，千屠身上已经被绷得如同琴弦一样的食人藤瞬间就失去了力量，同时，对面的山崖上一大片的岩石和泥土轰然垮塌，山谷之中传来一声巨响，地面都震了几震。

从山崖上面塌下来的山石泥土将前面的去路完全给挡住了，同时也阻断了溪水，不大一会儿，流经我们身旁的溪水就断流了。

千屠将肩上的食人藤往地上一丢，人也一屁股坐在了地上，这一下他耗费了太多的力气，坐在地上喘气，擦拭身上的血迹。

掉在地上的无数食人藤似乎还没有死透，像是千万条蛇一样在地上蠕动着，颇有点千爪章鱼的感觉，但明显它们这是在做最后的挣扎了。

我过去看了看千屠，虽然他身上伤很多，但都是一些皮肉伤，并无大碍，但是刚刚那一下耗费了他太多的力气，他需要休息一下。

但是，我看着他身上那些被食人藤抽出来的伤痕，遍布前胸后背，这模样，我似乎是在那里见过。

又看着那些伤口，这倒是和刑狱之中那些受了鞭刑的犯人差不了多少，但很明显，我并未去过刑狱，也不可能在刑狱之中见过受鞭刑的犯人，那我是在哪里见到过这样的伤痕呢？

有点想不起来了。

想不起来就不要再去深究了，我站起来，向食人藤那边的山谷之中走过去，千屠并没有阻拦我，只是让我小心些。

我点头，这里总该不会还有一棵食人树吧？

山谷之中那股淡淡的梦昙花香经过刚刚那么一战似乎不大嗅得出来了，反而有一种说不出来由的腥臭之味。而这股腥臭之味随着我越接近那一处垮塌的山谷就越是浓郁。

我走过那些掉在地上的食人藤，虽然还在蠕动，但是明显没有什么攻击力了，即便是我踩上去也没有任何的反应。我沿着这些树藤爬上垮塌下来的土石，那股腥臭之味已经变成了令人无法忍受的恶臭。

映入我眼前的这一幕，几乎让我作呕。

全是腐烂的尸骨！

千屠将这颗根系庞大的食人树都给拔了起来，拉下来的只是一些碎石和泥土，在土石完全坍塌的山崖之内，形成了一处山坳，在这山坳之中，堆满了无数的尸骨，有的已经只是枯骨了，但有的还很新鲜，皮肉都还没有完全腐烂，却爬满了蛆虫……

在这些枯骨之上，倒着一棵根系十分庞大的树，这树模样十分奇怪，叶子十分宽大，而且长满了倒刺，树不高，约莫只有一丈，但是十分粗大，估计要三五个人才能环抱。

这应该就是千屠说的食人树了，无数的食人藤像是章鱼的触手一样在数不清的尸骨之中蠕动着，一想起袭击我们的食人藤很有可能就是从这里面伸出来的，我就几乎要吐出来……

但是这些尸骨之中，我几乎没有看到人的尸骨，绝大多数都是动物的尸骨，甚至于还能看到豹子、老虎等猛兽的骨骸。想来，这里是荒山野岭，虽然风景很好，但是人迹罕至，食人树生长在这里，可抓不到那么多人给它沤肥！

这世界上怎么会有这样的树？

我捂住自己的嘴巴，赶紧退回去，一路上不停地干呕着，似乎那股腥味已经弥漫了整个山谷，千屠也有点忍受不了似的轻轻揉了揉鼻子，问我那边出了什么事。

我将我刚刚看到的对他说了一遍，他只是轻轻地哦了一声，看样子并没有多少吃惊。他已经意识到这棵树的下面会是什么场景了，脸上的表情比我镇定很多。

他看样子休息得差不多了，就去找他丢在一旁的玄青棍，同时问我，“你怕吗？那些尸骨。”

我愣了一下，将捂着自己鼻子的手拿开，“有点儿。”觉得这样子说有点不妥，就改口道：“倒也不是很怕，只是那么多尸骨，有点接受不了。”

千屠找到了他的棍子，走到我的面前，轻声道：“你不去看它，就没事了，有些事当作视而不见会好一点。”

说完目光看向前方坍方之处，变得有些忧愁起来，“路都给堵住了，看来我们要绕过去。”

我有点疑惑，“为什么不从那里过去？”

他转过头来，饶有兴趣地看着我，“怎么，你不怕？”

我愣了一下，顿时就觉得很尴尬和不好意思，“这个……”

话还没说完，我就被千屠提了下来，他将我放在自己的肩膀上，我个头小，坐在他的肩上倒还感觉不到挤，就他这样大的个子扛一个我，就和扛一头小狗没多少分别。

我有点弄不明白他这是要做什么，就听到他说：“坐好了，我带你过去。”

声音一落，整个人就飞了起来，这一下太过突然，以前姬澈也带过我，但完全没有这么生猛，姬澈的力量很柔，像是树叶一样的感觉，而千屠给我的感觉，就像是一支搭在弓弦上的箭矢，一瞬间就射了出去。

只是一刹那，人已经落了地，我们已经跃过了那处坍方之处，站在了山谷的另一边。

千屠将我放下来，前面全是嶙峋的乱石，几乎没有可以走的道路，但好在我们两个的身手都是不俗的，走这样的路都不在话下。

沿着这些乱石往前大约走了一个时辰，那股令人无法忍受的恶臭才完全消失不见，山谷之中依然静逸非常，却没有了那种奇异的梦昙花香，四周的山谷崖壁之上，也看不见梦昙花了。

可能谁也不知道，在苜棠之中，居然会有这样的一个山谷，也不知道，千屠跟我说的那个能够帮我换上一颗普通人心的那个人，究竟是一个怎样的存在。

越是往前，山谷就越是潮湿和原始，几乎成了深山老林了，当我们转过一处山脚，面前的场景忽然一变。

飞瀑，水潭，清荷，木桥，如一副美妙的画卷在眼前缓缓地展开，一群飞鸟自我们头顶成片地飞过，云团很低，似乎就压在头顶。在水潭对面的山脚之下，两座木屋并排而建，一股炊烟飘在静谧的山谷之中，似乎带着鱼香。

“两位来了，先生早已经恭候多时。”

一个稚嫩的声音忽然在身边响起，我和千屠皆是一愣，完全不晓得这声音究竟是从何而来，转目一看，却发现一个身着麻衣的小孩儿不知何时已经恭敬地站在我们身侧，低着头，躬着身子，一派恭敬之色。

震惊，就是千屠的脸上也是震惊之色，这个天下，居然还有人能够无声无息地出现在他的身旁而他没有一丝一毫的发觉！

而且这个人还是一个小孩儿！

“先生这时候在那边垂钓，两位可能还需等候片刻，若不嫌弃，两位可随小斯先去那边闲亭煮煮茶。小斯为两位带路。”

第七节　死不医者（二）

我和千屠都还在震惊之中没有回过神来，身侧的小童已经走到了我们前头，看样子是要为我们带路。

我看了千屠一眼，发现他的目光落在前头的童子身上，脸色似乎有些阴沉，不知道在思量些什么。

我轻声地叫了他一下，他将目光移到我的身上，握紧了手里的棒子，脸上挂满了惊惧和沉闷，朝我走过来一步，对我轻声道：“是个高手，当心点。”

说完就走在了我的前面，随着那个带路的小童向山涧的方向走了过去。

我们脚下的这条路是一条泥巴路，路很窄，山里水汽很重，路很滑，两边皆是齐腰深的杂草，听了千屠的话，我心里也打起了几分警惕，慢慢地跟了上去。

小路是环绕着水潭边的，有一方飞瀑从对面的山顶飞下来，落在水潭里。飞瀑不大，水量也不多，因此水声很轻微，隔得远了还不大听得清楚。在水潭里离飞瀑远一些的地方有一些清荷，还未开出花蕊，零零散散有几个花骨朵。

我快走两步，赶上前面的千屠，轻声地问他，“这个小孩儿所说的先生是谁？”

千屠微微摇头，也不说话，很久之后才对我说出三个字，“死不医”。

我啊了一声，“死不医？是他的名字吗？”

他继续摇头，接着在沉默半晌后，才道：“我不清楚，大周王朝执掌天下，探寻到很多秘辛，前两天我将这些秘密翻了个遍，才知道在这个地方，有这么一个人，此人医术奇高，身份却极其神秘，连大周王朝的情报网也无法查得他姓名为何。”

默了默，脚步微微停了一下，压低着声音对我道：“不过倒也查到了他另一个称谓，东海上人。”

“东海上人？”

我在嘴里轻声地念叨了几遍，这个称谓很是有几分耳熟。

小径弯弯曲曲，拐了几拐之后，通到了一座浮桥前，浮桥一直延伸到水潭中心，尽头处有一座矮亭，其中放了一方矮桌，之上摆了一些茶具和一个青铜的香炉，一旁的火炉上烧着热水，正冒着徐徐雾气。

“到了！”

小童领着我们走进矮亭，立在一旁，恭敬地对千屠躬了躬身子，“贵客到访，本该以礼相待，但是这浮桥颇有些年月，不大经得起这玄青棍的重量，还望贵客通融，将这玄青棍交与小斯拿去一旁放置，也省的毁了这间小亭子。”

千屠顿了一下，看了看手里的棍子，“这棍子我从不离身……”

他的话还未说完，那小童立即打断他的话，指着浮桥之外的一个地方，“不会太远，以贵客的身手，在目力能及之内取一件东西，岂会在话下？”

小童的话说得十分客气，恭恭敬敬地伸出双手来，看样子，是要接过这根棍子了。

我想了一下，这间亭子的确很老旧了，玄青棍太重，的确是有毁掉这亭子的可能，再说这小童也并未要求我将青冥也解下来，看样子也不是要收缴我们兵刃的模样。

千屠看着这个只到自己大腿的小童，脸上微微勾起一丝阴险的弧度，“这棍子你可要接住了，要是落下去砸破了木板掉进了水里……”

“小斯定将为贵客捞起来。”

千屠只是微微一笑，将手里的玄青棍拿平，手一松，棍子就掉进了小童子的手里。

在千屠松手的那一刹那，我好像已经看到了小童会接不住玄青棍而掉在地上的场景，我可是知道这玄青棍的分量，那绝对不是一个小孩儿能够拿得动的东西。

但是，他接住了，而且好像没有费多大力气就接住了。

那一下子，我好像看到的十三娘！

“多谢贵客通融！”

小童双手举着玄青棍，就像是举着一根普通的木头棍子一样，看不出一点点的吃力，对千屠深深地躬了躬身子之后，便单手提着棍子向浮桥对面走去，将玄青棍靠着山石轻轻放在那里。

距离并不远，不过五丈之距，这一点距离对于千屠来说，一眨眼的时间就能够到达。

童子放好玄青棍之后，并没有立即回来，而是走向了不远处的水帘，水帘不大，能够透过那层水幕看到后面的场景，那里有一扇石门，小童走到石门之前，顿了一下，那石门自动向两边打开，露出一个可容人进入的缝隙。

小童走进缝隙里，不大一会儿便托着一个托盘走了出来，慢条斯理地来到我们面前，将手中的托盘放在我们身前的矮桌上，对千屠道："两位是贵客，先生吩咐，贵客自虬龙险过来，一路艰难，身上可能会带一些伤，吩咐小斯准备了一些对伤势有用的药膏，如若贵客不嫌弃，小斯愿为贵客上一点先生亲手调制的药。"

他第一次抬起了头，我这才发现，这是一个如此可爱的小孩儿，一双水灵灵的大眼睛带着微微笑意看着千屠。

千屠没有说话，在我面前的一个蒲团上坐下来，小童笑了起来，开始鼓捣他托盘里的药物。

千屠身上的伤很多，都是食人藤抽出来的鞭伤，小童用毛巾一边擦拭着千屠的伤口，一边低声道："大约一年多以前，也有一个穿白衣服的人从虬龙险过来，求先生救一个穿红裙子的漂亮姐姐，但是那穿白衣服的人过来没两位贵客这样轻松，几乎就要命绝了。"

"小斯要为他清理伤口，他却死活不依，当时先生也在垂钓，本说只要钓到了鱼自然会过来救那个漂亮姐姐，但他好像运气不好，连着三天，先生一条鱼也没能钓到，他便在这间亭子里跪了三天三夜。"

小童将满是鲜血的毛巾拧干，水盆里已经全是鲜血的血水了。

"那人很孤傲，我私下里觉得，他这人，你就是打断他的腿也不可能让他屈膝。"说完，看着我，微微一笑，"先生教导我，男儿一生，跪天跪地跪父母，除了这三样东西，任何人，任何事，都不值得一个男人弯下自己的双膝。后来我问先生，那穿白衣服的人是不是当不起男人这个称谓，先生没有回答我，只问了我一句话，他说：'你觉得活着和死了哪一种比较疼？当你什么时候懂得生命之重时，就能明白，一个自己在乎的人，会比自己的生命还要重要。'"

"我还小，不懂得那些复杂的东西，也不明白先生所说的生命之重意味为何。就在三个时辰前，先生又拿起鱼竿钓鱼去了，叮嘱我说，今日会有贵客到访，我不大明白的生命之重，或许两位贵客会替我解答。"

我愕然起来，看着小童处理千屠身上的伤口，那一种我对这种伤口很熟悉的感觉一下子就明朗起来，我确实是见过这样的伤口，在沧海之城，在大码头上，那个人，是墨九！

我忽然就明白过来，墨九身上的伤，是什么时候弄的，一年多以前，他一定来过这里，受到了食人藤的攻击！

他要救的那个人，是茗娣。如果我没有记错的话，那时候茗娣在千屠手中受了很重的伤，那时候，也是我第一次见到千屠。

这不是令我最震惊的事，令我感到无法接受的是，墨九居然在这个地方跪下来了。他这样的人，刀架在脖子上也不会皱一下眉头的人，居然会跪下来！

我压下心里的惊骇，问那个小童，“你嘴里的先生，到底是什么人？他怎么知道我们会来？”

“先生是一个医者。”小童回答道，“先生虽身居山谷，却通晓天下，在小斯看来，先生不仅医术卓绝，也精通天时。先生常说，一个谋大事的人，须知天时，得地利，明人和。他能知晓何人何时入谷，这并不稀奇。”

这句话顿时令我一呆，谋大事之人，需得天时、地利、人和，这句话，姬澈也曾经说过。

千屠的目光落在小童身上，轻哼了一声，“我看，你家先生，不仅仅只是一个医者这么简单吧？”

千屠话里的意思我明白，能够调教出这等身手的小童子，岂会是一般人。

“贵客言重了。”小童将毛巾放进盆里，伤口已经清理好了，他准备给千屠上药。

“先生只是一个医者。”

他的话很坚毅，只是这两个字说得很重，似乎是要强调什么。

“来这里找先生的人，除了救命之外不会有别的意图，不知两位贵客来找先生，是要救谁的性命。”

我倒了一杯茶，端起来，看着那个小童，轻轻地抿了一口，道：“既然你先生如此厉害，不知有一种人，他能不能救？”

小童打开一个小盒子，里面有一种土黄色的药膏，他用木片挑起来一点，敷在千屠的伤口上，笑道：“这天下，除了死人，先生都能救，不知贵客所说的那种人，是什么人？”

我放下茶杯，道：“心死了的人。”

小童上药的手抖了一下，看向我，问：“人还活着吗？”

我饶有兴趣地点头。

“只要人还活着，就没有先生救不了的，心死了，换上一颗心也就好了。”他继续为千屠上药，道，“只是，不知姐姐所说的心死，与小斯所理解的心死是否一样。有些伤，不单单只是换上一颗心就能解救得了，那种伤，需要的不是换心，而是死亡带来的解脱。”

他抬头看着我，笑道：“姐姐，你求的是解脱，还是一颗心？”

第八节　最后一个不死人

他的话让我心头一颤，一时间竟然没能理会出他话里的意思，转头看向千屠，他的脸上也是一脸郁色，似乎也不大理会得出这小童没头没尾的话究竟是有着怎样的深意。

但是很快，我们都明白了过来。

千屠明白我为什么要来这里，来这里又是所谓何事，只是我们有点接受不过来，这小童子话里的玄机，竟然会这么深，似乎他能看透人心似的。

我掂量了一下，问他，“你觉得，我会是来求什么的？”

他默了默，一边仔细地给千屠上药，一边慢慢地说道：“姐姐的身子并无大碍，这个大哥哥虽然身上带着伤，但还不到需要换心的程度，从大哥哥的脉象上看，他以前身有剧毒，但是已经解了，更不需要换心，看来来求先生的人，会是姐姐。”

“可是姐姐身上并无伤势，也无剧毒，从面色上看，姐姐脸色发白，而且白得有点不正常，我想，这不是真正的脸，而是一张皮。姐姐不愿以自己真面容示人，想来是有自己的酸楚，将脸藏起来，是为了躲避仇敌还是别的什么，小斯猜想不到，但是我想，一个无伤无痛的人，或许不会来求一颗心，看来姐姐所求的，是解脱。”

我呆了一下，一时间竟然语塞，不知要如何说起。

其实他说的没错，我所求的，只是一场解脱罢了，或者说是一种逃脱。

解脱深仇的苦，逃脱不死人的命。

千屠的伤口上都涂满了那种土黄色的药膏，小童见我无话，叮嘱千屠不要有太大的动作，等一下药膏凝固，伤痕会迅速愈合。

起身去火炉旁提起水壶，过来为我们泡茶。看他摆弄茶具的娴熟手法，我知道，这个年纪轻轻的小童，在茶道上，有着不浅的造诣。

“人生下来，就是受苦的，生老病死，痛苦轮回，都是人世经历。人生一开始，都只是一片空白，如一张雪蚕丝绢，染了污迹，便不再雪白，可是哪有丝绢不染污物的呢？”他将泡好的茶递到我面前，又给千屠倒了一杯，“讲究的人会千方百计地将污物清洗干净，偏执的人会选择丢弃，重寻一张丝绢，重换一种人生，看样子，姐姐也是一个讲究的人。”

“可是……”他顿了一下，“可是，你丢掉的那一张，才是你最开始的人生，不是吗？若只是因为不干净了而将它抛弃，那你的人生中便会缺失一块，若是找不回来，你的人生，也就不再完整了。”

千屠看着小童，问他：“谁教你的这些？”

“这些都是先生教我的，先生说，这是一种道，关乎生命的道。”

我又愣了一下，接过话来，问：“你的先生身在何处？能否带我们去见见？”

“先生就在这里，若是姐姐的眼睛足够明亮，自然会看见。”

我和千屠一听这话，心里皆是一震，相视了一会儿，下意识地就向四周望去，飞瀑、水潭、清荷、浮桥、木亭，一切皆在眼中，这处水潭并不大，一眼就能看尽，然而几圈看下来，却并没有看见除了我们之外的任何一个人。

“莫非是在那石门之内？”

千屠带着狐疑的声音轻轻响起，同时目光向石门那个地方看去，身侧的小童扑哧一声笑开，

“我刚刚都说了，先生是在垂钓，你有见过在屋子里垂钓的？大哥哥当真是天生可爱得紧。”

收起笑声，又道：“先生若是没能钓到鱼，是不会出来的，在先生看来，钓鱼甚至于比救人性命还要重要，既然两位贵客发现不了，那便只能等了，如果运气好，先生很快就会出来。”

“出来？”

我将这两个字在心里好好地过了一遍，“他是从哪里出来？听小童子所言，从石门之中出来似乎不大可能，垂钓自然会是在水潭岸边，那里又没有什么门，又怎么谈得上出来？”

这小童子的一双眼睛，似乎真的能够看透人心，他似乎看得出来我心里到底在想些什么，轻声地呢喃着，“世事入眼，不过虚幻，真的假的，在于你如何去看，用怎样的角度去看。”

“世事入眼，不过虚幻，虚幻？”我认真地去思考小童子这话里究竟带着怎样的玄机，只是短短的一瞬，我一下子就明白了过来。

“千屠，是幻境！”

千屠一听，一下子就站了起来，同时，我发现周边的一切都发生了变化，像是一摊幽静的湖水一波一波地轻轻划开，亭台缓缓地扭曲起来，逐渐隐入潮湿的空气里，如一场风起，顷刻之间吹散了所有的山雾。

哪有什么浮桥木亭，我们所站的地方，居然是在水潭正中的一块青石上，而在离青石之外不过三尺远的地方，一片荷叶之上，居然盘腿坐着一个人。

这个人背对着我们，头上戴着斗笠，身上披着蓑衣，一根长长的鱼竿被他拿在手里轻轻地抬着，空旷的山谷之中忽然响起了一声苍老的笑声，“等了你近六百年，你终于来了！”

他轻轻地转过头来，那一刹那，我看到了一张无比苍老的面孔。

我浑身在发抖，身子一连退了好几步，倒不是被他苍老的面孔吓住了，而是，他的脸，还有，那一支被他藏在了蓑衣之下的拂尘。

“你终于来了，我的继位者。”

我想，我知道这个白发苍苍却又鹤发童颜的老者是谁了，他就是上一任不死人！

他果然还在！

老者缓缓地从荷叶上站起来，将手里的鱼竿朝水塘里一丢，缓缓地转过身子，对我露出一个十分慈祥的笑容，然后看向我身后的千屠和小童子，道：“小煜，这里不用你服侍，先退下吧。”

他的声音很轻，而且听上去没有任何的力量感，声音十分苍老沙哑。

身后的小童子诺了一声，转身对千屠说道：“大哥哥，我们先行离开吧。”

千屠不大放心我，抬起脚步朝我走来，“叶姑娘……”

我知道他要说什么，无非是一些他不安心的话，我压下心中翻滚的情绪，对他道：“我没事，这位老者跟我有颇多牵扯，我有很多的问题要问他，你先离开，我不会有事的。”

他狐疑地看着我，眼神之中颇有不安之色，“你认识他？”

我轻轻点头。

他不再说什么了，只道："我就在岸边，不会走太远。"

我僵硬地点了点头，千屠随着小童子离开了水潭中央的青石，老者缓缓解下了自己戴在头上的斗笠，露出了满头的白发，轻轻地拂了拂手，那些四散在水潭之中的荷叶纷纷聚拢过来，在我脚下铺成了一条荷叶通道。

我迈步下去，拥有风游神行步功底的我，对于这样一条道路还是走得下去的。

我来到他面前，目光定定地看着他，他也定定地看着我，放在青石之上的茶盘被一股清风托起，轻轻地落在我和他之间的几片荷叶上。

"你还认得我吗？我们见过的。"

他弯膝跪坐在荷叶上，对我示意了一下，让我也坐下来。

"记得。"我坐在他对面，他开始摆弄那些茶具，我道："五年之前，落在晋宁王城里的那个人，就是你吧？"

他微笑着点头，轻轻地叹了一口气，"五年了，那个时候，你还不过是一个少不更事的小丫头，如今，却也有着一身不俗的修为了。"

我这个时候心里很乱，不知道要说些什么好，半晌，憋出一句话来，"你等我的出现，等了多久了？"

他又叹了一口气，深长地说道："整整六百年了。"摆弄茶具的手忽然顿了一下，很是无奈地摇了摇头，"叶凝，其实我一点也不希望你会出现。"

我一愣，但很快就明白了他话里的意思，他不是不希望我出现，而是不希望会有我这个不死人出现。

"你不希望你一手扶持武王打下来的江山会毁在我的手里？"

他却微笑着摇头，"江山轮替，这是历史的必然，谁也阻止不了，只是每一个不死人现世，对这个天下来讲，都是一场灾难。"

"这也是历史的必然，你又何须如此看重？山水轮替，从洪荒初开到如今幽王统帅天下，这个世界究竟乱了多少回，谁也数不清楚。时兴至极，乱则必至，这一点，你应该比我看得通彻才是。"

他只是微微笑笑，似乎对我的言辞也不是很看重。他这样的人，手里有太多的血腥了，经历了这么多年的风云变幻，对于时局，对于兴乱，他比任何人都要看得通彻明了。

"我老了，人也就变得麻烦了。"他将泡好的茶给我倒了一杯，笑道，"这是你的世道，而我，只不过是一个过了时的人，我并非感叹这天下即将落下的灾难，而是想问问你，你选择的那个坐拥天下的人，有没有定下来。"

我摇头，"我的宿命未止，这一点，你应该清楚。"

他深深地吸了一口气，样子看上去有点颓然，"良驹总是有的，只有在明主手中，良驹才会发挥出他应有的能力，你是这个天下第一个女的不死人，与我们这些男人不同，我相信你会给这个天下，选一个真正值得你效命的主人。”

“只是……”他话语顿了一下，似在思量，良久才道，“有一件事或许你还不清楚，你的宿命，或许不会太快降临，这究竟为何，我也琢磨不透。另一个，我想，你也许会在一个时候明白，但我还是想跟你说一说，你或许会是这个天下，最后一个不死人了！”

第九节　舜本纪

他的话让我心头一震，我会是这天下最后一个不死人？

我看着他眯缝着的小眼睛，“什么叫我是最后一个不死人？你的意思是……”

他微微笑笑，“我的意思就是，在你之后，不会再有不死人出现了。”

“不会再有不死人出现？”我呆了一下，问他，“这话，从何说起？”

他摇头，“其实，我也不是特别肯定，也许在你宿命到来之时，你自然就会明白。我只是模模糊糊的有种感觉，也许，一个时代就要过去了。”

“一个时代？”我皱眉看着他，“什么时代？”想了想，又问，“是不死人的时代？”

他继续摇头，将泡好的茶递到我面前，叹了口气继续道：“说不好，现在这个时代，是离神话最近的。不知你有没有发觉，在太古洪荒时代流传下来的诸多秘辛，如今也消弭的消弭，断迹的断迹，那个时代已经远去，而我们现今所处的时代，也许会随着周王朝的覆灭也逐渐消弭。”

他看我满脸疑惑之色，又继续道：“轩辕帝君一统九州，创下华夏之名，之后有关尧帝、舜帝、禹帝，这算一个时代，洪荒之末的时代。再往前，是诸神创世的创世时代，第一个不死人，是在轩辕帝君那个时代出现的，也就是太古洪荒时代之末，算下来，已经有上千年了。不知你有没有发觉，在这一条历史的长河之中，一个时代一个时代地轮替过来，很多在历史最开始的时候，也就是诸神创世之代的很多神迹，也就一点一点被磨灭了呢？”

我还不是特别的明白，但是也有了一点点的明了。

“如今这个时代，还能称得上神迹的，也就我们这两个不死人了，那个太古洪荒时代的世界究竟是怎样的，有本册子上记载过，我想，你或许有看过的。”

他对我投过来一个询问的目光，我端着茶杯好好地想了一想，很快我就知道了他所说的那本册子指的是什么，“你说的册子，是舜本纪？”

他喝了口茶，点头，“舜本纪上记录的，便是那个时代。那上面的世界里，有三足的鸟，称三足金乌，有鱼的身子却长着鸟类的翅膀，称蠃鱼，等等。登桓山所封印的那头古兽白泽，在舜本纪之中也有记载，可是如今，这些东西可还存在？”

他说到这里，我已经明白了，舜本纪之中所记载的世界，也许并非只是浮夸编造之词，或许它真的存在，白泽就是最好的证明。

但是现在的世界与舜本纪中记载的大有不同，看来真的如他所言，那个时代，已经在人们的认知里被定为了神话。

按照他的话来说，这片土地之上，历经了三个时代，诸神创世的传世之代，太古洪荒的神话时代，以及如今的不死人时代。

而听他话里的意思，这个不死人的时代，已经走到了尽头，我是这个天下最后一个不死人，可是，既然如今这个时代已经到了尽头，那么，接下来的时代，会是什么呢？

怎么忽然有一种开创新世界的感觉？

“这些对你来说并不重要，这不是我们所能左右的，既然上天选定你来结束这个时代，你只需好好地走这一场便够了。只是，这既然是一个时代的尾声，那变故自然会有，如何平衡各方局势，你要有一定的把握，这个天下，就要乱起来了。”

我咋了咋舌，惊道：“既然天下将乱，可是为什么我却连一点点龙魂要苏醒过来的预感都没有？一年多以前，我在登桓山的时候，发现了你留在那里的龙魂之力，那时候它还能牵动我体内未苏醒的龙魂之力，虽然只是极其微弱的力量，但我以为那会是我龙魂之力将要苏醒的苗头，可是这一年多下来，我……”

“他们说，不死人的力量只要达到了支撑龙魂之力的条件，那龙魂自然会苏醒过来，难道是我的力量还不够吗？”

他听了我的话后，连连摇头，“你知道老夫的龙魂之力，是在什么时候苏醒过来的吗？”

我摇头。

“老夫七十二岁龙魂苏醒，在这之前，三十二岁学道于昆仑，自认力量也不弱，可天命未至的话，上苍不会赋予你太过强大的力量，你刚刚也说了，你宿命未至，龙魂苏醒不来也是正常。”

“可是，如今天下大乱已在眼前，可为何……”

他又深深地吸了一口气，道：“或许这跟你是最后一个不死人有关吧，天意为何，实难揣测。”

我深深地吸了一口气，“这宿命，能摆脱吗？”

他定定地看着我好一会儿，轻轻地摇了摇头。

“你来这里所谓何事，我已经明白，人活得太久，眼力虽已不佳，但世事已看透。登桓山上之变，我虽然未有亲历，但也知晓一二，你想听一听登桓山上的故事吗？”

我咬了咬嘴唇，登桓山对我来说是一个美好，也是一场噩梦，虽然我已经不再刻意地去想起那些惨痛，但是提起那场毁灭，却没有一点点的逃脱感。

这个人在辅佐武王登上帝位之后第六年，便生了退隐之心，武王思量天下时局已定，万民臣服，四海之内皆已平定，也就允了。这个人通晓天下，登桓之地当时并不为人知，武王当时虽然已经恩允这个人退隐，但想他跟着自己平定天下，功名赫赫，劳苦功高，而且，虽然江山已定，但这不死人于自己而言，无非是一个智囊。在一个隐晦之地二人私下间，武王询问起他打算隐居何地，并保证除了他之外，绝无外人知晓。

这个人给了武王登桓山之名，说他的余生将会在这个地方度过，并且日后武王若有差使之处，可派人前来。

武王登位之后十五年，蛮夷的一场叛乱惊动天下，那时的靖王手握天下兵权，百万大军直挥南下，初代靖王骁勇且谋略过人，蛮夷虽小，却善骑射，彪悍不畏死，僵持数月下来，胜局难定。

武王那时并未有要请这个不死人出山的念头，只是偷偷地派出了一个使臣独身前往登桓，求一破敌之计。

当这个使臣将妙计送回王都之时，局势已经大变，初代靖王已破开蛮夷防御，当然损失也不可谓不小，这个不死人献上的计策并没有派上用场。而且他已经避世多年，对于时局也并不十分了解，当年的蛮夷之乱，可谓血腥异常，蛮夷之人的野蛮与凶残超乎了想象，每破一城必定屠城，杀尽城中壮年，掠夺城中妇女幼童，因此，在初代靖王攻破蛮夷防御，得以生擒蛮夷首领之后，向武王请旨，欲灭蛮夷全族。

初代靖王的狠可谓天下皆知，自小就在战场马背上长大的他可不会有任何的心慈手软，况且他手下的大将在这一场大乱里死的死，伤的伤，昔日与他并肩为战的兄弟，在这场动乱之后，剩下的不过只手之数。

武王并没有立即给予靖王答复，毕竟这牵扯到的是蛮夷十余万人的性命，马虎不得，就在武王斟酌之际，本已退隐山野的不死人又回到了朝堂之中，不过，他的出现并没有外人知晓。

那一晚，靖王、武王、不死人三人密议，就如何处置蛮夷流寇开了一个小会。不死人献出的破敌之计，虽并未派上用场，但是他清楚，如果依他之计，退敌不难，可在退敌之后，如何处置蛮夷残留，他却很上心，用他的话说，他的手已经染满了血，他需要一点恩德，来洗一洗。

武王准了他的恩德，将蛮夷之乱中的罪魁以及一干群党，加上在这场动乱里罪孽最深的军队共计上万人，由不死人带领，分三百大船一齐运上了登桓，改所有蛮夷族姓氏，统以武王之姓，为姬！望他们谨记是谁给了他们一条生路，受此恩典，永不为乱！

有不死人镇守，无人敢反，蛮夷之族自此便安居于登桓之上，一方隔世的海，断了蛮夷与大周理不清的恩恩仇仇。

我想起了登桓山上每年都有的祭祀，那些人的脸上画出的图腾我还清楚地记得，我从未见过这样的图腾，原来，那些图腾，是来自于蛮夷一族。

登桓龙城是由蛮夷一族建立，以蛮夷首领任其登桓山尊主之位，明面上，他们是这里的主人，但本质上，他们不过是不死人囚禁在登桓山上的犯人。

这一族人，天生桀骜，虽已被囚禁，但贼心不死。当时蛮夷族人中，有一位异术士，名曰庚灏，精通奇门之术，且知秘法奇术，在蛮夷一族中，一直有一古老的玄术流传，若以万人之血铸刃，可破世间万般玄术，这是极其残酷的锻刃之法，他们为了逃出不死人控制的登桓山，押上了全族的性命。

他们秘密地在龙城之中建造了那座石塔，此刃自开始锻造到剑成，长达三年，过程之中极度隐秘，在剑成的那一晚，是整个蛮夷族人的噩梦。

无数的人被秘法抽干了体内的精血，为这把魔剑开封启灵，那些在睡梦之中的平凡人，在毫无察觉之下，永远醒不过来了。

异变终于引起了不死人的注意，可惜，这倾尽了全族人性命的魔剑，在异术士庚灏的手中，发挥出来的力量依然敌不过不死的龙魂，但这一仗，不死人赢得也颇为心惊，即便是现在说起来，他也是心有余悸。

“要不是我有不死的身子，单单只是依靠龙魂的力量，还真胜不了那把剑。”

庚灏死在不死人之手。不死人本想毁了这把用鲜血锻造出来的魔兵，但是那一战之后，他几乎耗尽了全力，拼尽了最后的一点力量，以不死龙魂封入剑中，将魔剑碎为九截，收缴了有关庚灏秘术血祭之法的所有书简，自那以后，耗尽了全力的不死人，便再也没有在登桓山出现过。

那一战，在后世的登桓流传了下来，是这个人救了他们一族，残留下来的蛮夷族人，再也没有见过这个不死人。在传说最开始的时候，还并不是我所听到的魔剑传说，我所知晓的，不过是在历史的流传之中，慢慢改变之后的样子。

本来是不死人封印的魔剑，在一代代流传下来之后，却变成了那个铸剑师庚灏。可是庚灏是蛮夷族的罪人，因此，庚灏这个名字，再也没有在蛮夷族出现过，只说，那是一个铸剑师。

篡改之后的历史，有点满目全非，魔剑被过度地神话，它确有灭世之力，却并非传言之中的那么离奇。

在之后的时间里，蛮夷族人为了不再令任何人有沾染魔剑的念头，编出了碎裂的魔剑一旦重聚，便和使用者的命绑在一起的谣言，谣言一代代地流传下来，说的人多了，也就成了真的了。

不死人离开登桓之后，在休养自身受损的根基之时，遇到了一个人，龙劼。这个人，便是御剑山庄的创始者，而御剑山庄铸剑术的由来，便是来自于这个坐在我面前的不死人！

龙劼在遇到不死人之前，只是一个有点铸剑之术的小匠人，但是天赋奇高。那个时候，他本要铸一把剑，但怎么也达不到自己预期的目标，休养在龙劼铁匠铺子里的不死人借着从庚灏那里搜刮来的铸剑之法，指导了他一下，起初也只是为了报答他的收留之义，不曾想，一个无意之举却造就了一代铸剑天才。

然而，令我万万也想不到的是，我手里这把残破的青冥，居然会是出自于龙劼之手，这是他的成名之剑。这把剑在御剑山庄的剑谱名列之中，虽并未入其前十，却坚硬异常，这把剑，品行刚直，宁折不弯，龙劼为了报答不死人授道之恩，将这把剑送给了这个不死人。而这把剑在不死人的手中，从未出过鞘，因此在之后数百年的时间里，这把剑的名声一直被埋没，直到姬澈拿着它，这把剑才逐渐地展露声名，名动天下。

听到这里，我倒了一杯茶，问他，“那，君十三娘，你是如何跟她攀上关系的？”

第十节　帝王玺

关于君十三娘，我有着跟其他人完全不同的记忆，这或许是在解开她记忆封印的时候与她神思相连的缘故，她的经历与痛苦，真真地落在了我的身上，成了我的经历和痛苦。

事实上，不死人所说的与我猜测出来的并没有多大差别，封印十三娘记忆的果然就是他。

而让这个不死人出手封印十三娘记忆的那个人也的确是龙炎。

有关不死人的讯息，在御剑山庄也有流传，在龙炎铸造蝶翼之时，翻阅了家族中历代铸剑之术，想从其中找到一些突破和创新，在翻阅龙家首位家主龙劼留下的手记之时，发现了不死人的讯息。

龙浔的反叛和他在山庄里盘根错节的势力，让龙炎并没有必胜的把握。他为最后的一战做出了最坏的打算，万一自己真的败在了龙浔的手里，如何安置君十三娘，成了他最关心的事，甚至于超乎了对最后一战成败的关心。

他找到了这个不死人，百般恳求之下，不死人同意了龙炎的祈求，在他死后，封印君十三娘所有有关御剑山庄的记忆。但是君十三娘的力量也不弱，记忆封印并没有预料之中的尽善尽美，在最后一段记忆封印之时，本已昏迷过去的君十三娘居然有了要苏醒过来的苗头，同时不死人也感觉到有一股强大的力量在阻止他对这段记忆的封印。

因而，在封印最后那一段记忆的时候，事情发生了纰漏，本该完全封印的记忆，却有一点并未被封印起来，为了不让君十三娘有足够的力量冲破记忆封印，不死人抽走了一部分君十三娘体内的鸿蒙之气，只留下一些足够维系她人身的力量。

在这之后，不死人便将那股鸿蒙之气带回了登桓山剑冢，用以维系迷魂幻境，顺便将青冥剑带回，交给了当时姬祁的老爹，姬洵！

这便是八十年前所有的秘密，的确和我猜想的没有多少差别，不死人在见到君十三娘的时候，颇为惊奇，这个世界上，居然还有精灵的存在，那一股让君十三娘拥有人身的鸿蒙之气，按照他的推断，是上一个时代流传下来的，甚至于会是来自于诸神创世的创世之代。

君十三娘的出现，完全是天大的巧合，鸿蒙之气能栖居于无忧树上，这或许是一种机缘，或者是天意。

所有的秘密到了这里，算是得到了完全地解开，登桓山的由来，魔剑的由来，不死人的秘密等等。听完这一切的我，心里却没有完全地放松。

不死人说，魔剑重聚便和使用者的命绑在了一起的传言是假的，那么，姬澈还有没有可能活着？

我将姬澈留给我的魔剑碎片从体内拿出来，那一晚将整个天空都焚烧的燎天大火再一次出现在我的眼前，羽华当时的疯狂超乎了想象，姬澈身上又有那么重的伤，能活下来的可能性真的不大。

“你通晓天下，不知在星辰之火中，有没有可能活下来？”

他顿了一下，笑了起来，“有！”

我心里立即一震，又问：“不是不死人，能不能将龙魂的力量发挥到极致？”

他继续笑道：“不会。”

我还想问的问题，并没有勇气问出来，我怕他会忽然告诉我，那一晚，姬澈真的死了。

“如果我告诉你，你在意的那个人其实并没有死，你还会找羽华报仇吗？”

我怔了一下，想了很久才说道：“我会杀了他，但目的不再是为了复仇，靖国的势力太过强大，一旦周王朝完全崩裂，羽华在纷乱之中必定大有斩获，而且拥有一定龙魂之力的羽华，我想柏烨的五国联盟未必能够完全制衡羽华，而一旦羽华在周王朝崩裂之时占据先机，天下落入他的手里几乎已成定局，我不容许他这样的人占据天下。”

他饶有兴趣地看着我，不着痕迹地问我，“那你，还想要一场解脱吗？”

我明白他话里的意思，可是现在，我已经明白，这一场宿命，我无论如何也逃脱不掉。

我已经明白我的选择是什么，是没有选择。我并没有回答他的问题，只是喝着茶沉默。他似乎也看透了我心里的想法，拂了拂袖子道：“镐京大乱，诸侯并起，这一场天赐的良机有志之士都不会放弃，我已经得到消息，齐、黎、陈、鲁、韩五国联军共十八万大军已向镐京开拔，靖王亲帅八万雄师已在朝苜栗挺近，三天之后，这两方人马便会以镐京为界，成东西对峙之态。”

不死人虽避世深山，对于天下的时局却是了如指掌，他用手指蘸着茶水，在小木桌上画出两方人马的进军之势，“面对这二十六万大军的东西夹击，镐京不过十万兵力必定阻挡不住，在攻破镐京帝都之前，他们必然不会撕破脸斗起来，以最快的速度攻破镐京大门是最重要的。”

“那攻破镐京之后，为了谁得幽王，谁掌帝王玺，这短暂合作之后的两方人马，便会立即翻脸厮杀起来。”我看着他画出来的进军图，轻声道。

“不一定。”

他继续画着图，一边道：“北燕、姜国、大魏、卫国、苍粟、大楚、吴国、越国等共计一十二小国，虽并未出军，但国内已在迅速地调集兵马。这些，可都是镐京周边的小国，一旦靖国和齐、黎、陈、鲁、韩五国厮杀起来，两方军马必然会损失惨重，若这十二小国趁着两方血杀力竭之时，坐收渔利，岂不是便宜了他人？”

“这是一场乱局，一旦齐、黎、陈、鲁、韩五国与靖国厮杀起来，后果如何，以柏烨跟羽华的谋略不可能预料不到，为他人作嫁衣的事，他们都不可能去做。攻破镐京防御之后的双方，必然不会因为幽王与帝王玺争斗起来，最有可能的结果，便是两方罢斗，退兵，柏烨退守镐京以东，羽华退守苜栗，之后，便是大军不动，制约十二小国，然后以小股兵力潜入皇城，夺幽王，抢帝王玺！”

我想了想，这的确是最有可能的，甚至于不用在攻破镐京之后，极有可能在他们还在攻打镐京之时，两方都已经派遣小股军队冲进王城，在对方还没有留意之时，就抢了帝王玺。

“你既然不想让羽华坐拥天下，那么你只能帮助柏烨，如何去帮，你可有算计？”

“趁乱！抢玺！”我想了一下，道，“我想，在他们大军还未到达镐京之前，必然会派出一些高手潜入镐京大城。镐京的高手在之前就已经被我和千屠屠杀了大半，柏烨手中有一支黑甲军，战力极强，羽华手里有墨九和茗娣两位高手，潜入镐京对他们来说都不困难。就算有一方得到了帝王玺，我想他们也不会立即退兵，依然会攻打镐京，以此作为幌子，诓骗那一十二国，秘密地将帝王玺带走，将会是他们最重要的任务。”

他思索了一下，“那这颗玺，绝对不能落入羽华的手里，更不能落入柏烨的手里！”

“当然，羽华得到帝玺，便可号令天下，他一方独尊，而柏烨不同，五方人马虽然联盟，但帝玺的诱惑，绝对超过一张盟书，一旦柏烨得到帝玺，齐、黎、陈、鲁、韩五国的联盟必然会因为帝玺而土崩瓦解，如此，便会少了制约靖国的力量，我想羽华必然不会尽全力抢夺帝玺，他或许会故意将帝玺抛给柏烨，以帝玺瓦解五国联盟。”

“柏烨不是傻子。”他道，“明知是个坑依然会跳进去，柏烨必然也不会尽力去抢夺帝玺。”他看着我，目光之中颇有深意，呢喃着，“那这帝玺……”

我倒了一杯茶，将他画的图一手抹掉，“这左右天下的东西，只能在我这个不死人的手里！而到底由谁来坐这个天下，也将是我来定。”

“可是……”

我打断他的话，“我知道，我的宿命不会在这个时候到来，在我等的那个人到来之前，这颗帝王玺，只有在我的手里才算安全。”

“可你得到这颗帝玺，你就会是天下之敌。”

我微微一笑，从荷叶上站起来，“不死人本来就是天下大敌，这一点，你比我更明白。”

他持杯一笑，也不言语。这个时候，千屠忽然从水潭对岸过来，落在身后的青石上，低头看着我，一脸低沉地问我，“叶姑娘，你要夺帝王玺？”

他的脸上十分阴沉，我疑惑地看着他，轻轻地点了点头。

他沉默了一下，模样看上去十分挣扎，思量良久之后，才轻轻地对我说道：“帝王玺不在皇城之中。”

我一呆，惊异地看着他。

他缓缓地从身后取出一个东西，递到我面前，“在我离开镐京的时候，带走了这个东西。”

我还没明白过来他话里的意思，他一脚迈出，踏上水面，拉起我的手，轻轻地将那个东西放在我的手心里。

我看了看手里的东西，分量并不重，而且由布条裹着，方方正正的一个东西，我抬起头看着他，“这东西，是……”

他轻轻地，“帝王玺！”

第十一节　山河破

千屠的话一出来，我先是一呆，接着又是一震，良久之后，我才明白他话里所带着的意思。

帝王玺不在镐京之中，更不在幽王的手中，千屠在离开镐京的时候，居然带走了帝王玺！

不是带走，我想应该是偷走的，看来他在那三天里，做了不少事，真不怕累着。

不过这对他的身手来说，应该不是难事，而且，在镐京那场动乱里，他与我做出了同归于尽的假象，我想，谁也料想不到，这帝王玺会在一个已经死了的人手里。

他看着我，轻轻说道：“你不用进镐京了，那里现在已是是非之地。幽王丢了帝玺，绝不敢声张，但是我觉得，一旦柏烨与羽华打进了镐京，幽王不是泛泛之辈，他坐在帝王之位这么久，怎甘心轻易地将江山交到一群叛匪的手里。而且他心本就不善，天下已经不再是他的，他可不想这群人能够得到一个完整的天下，也许会将这个消息放出去，谁得帝王玺谁得天下，而帝王玺一旦下落不明，全天下的各路诸侯，必然会倾尽一切手段找到帝王玺。”

我咬了咬嘴唇，“那这个世界，必然会乱得不可开交。”

原本的计划被千屠带出来的帝王玺全盘打乱，但是这并不是什么坏事，至少，我省去了去镐京抢夺帝玺的奔波，本该厮杀一场才能拿到的帝玺，如今已经拿在了我的手里。

“交给我处理，可好？”

我看着他，他思量了一会儿，轻轻地点了点头。

我转过身，重新踏上荷叶，那个不死人依然坐在荷叶上喝茶，似乎对这忽然出现的帝玺，并没有多大的兴趣。

他见我朝他走去，持着茶杯抬头看着我，轻轻道：“你要去找羽华？”

我点头，将帝玺放在他面前的茶桌上，“我不知道这一去还能不能回来，你替我收好它。”

“你一定会回来的。”

他的语气很肯定，听上去似乎他对这一点深信不疑。

我只是笑笑，“那就借你吉言。”忽然间想起了什么，话语一转，问道，“你的生命，还有多少？”

他也笑笑，语气听起来格外轻佻，“足够撑到你回来。”

柏烨与羽华的军队，为了抢夺先机，急速向镐京行军，都打着在对方还未抵达镐京之时就攻破镐京防御的打算。如同那不死人预料之中的一样，三日之后，两方大军已经以镐京为界，雄峙东西两方。

早在两天之前，我和千屠就已经在虬龙险的绝顶之处候着，在第三日的凌晨，灰黄的天之尽头缓缓地亮起一丝鱼肚白，苜桌的城门在耀耀晨光之下，能看出一丝模糊的轮廓。

这天早上，并未起雾，视线出奇的好，视线所及，除虬龙险连绵的群山之外，一马平川，高高的城墙矗立在天地之间，如一头随时都会扑过来的猛虎。

“羽华的军队到了。”

尘沙在天地之间飞扬，苜桌城池本就模糊的轮廓变得愈加不清晰起来，数万大军的行军之声即便隔着几十里之遥，依然清晰可闻，隐约可见战旗遥遥，军马疾奔，勾戟如林。

“千屠，你说这一仗，会有多少战士战死沙场，又会有多少人无家可归呢？”

千屠看着远在天边的苜桌城，并没有回答我，面容看上去极度阴沉和惆怅，似乎这一幕勾起了他伤痛的回忆。

“千里黄沙英雄冢，这是战士的宿命。”他将手里的玄青棍往山石里一插，顺势坐在一块高突的青石上，“羽华大军长途奔波，人马皆疲，不会立即向镐京进兵。镐京之外的防线，大多都已被之前的动乱毁坏殆尽，幽王只能死守镐京主城。已尽失人心的幽王，不会再有任何一个诸侯国助他，不过孤家寡人一个，羽华可以不费吹灰之力地直捣镐京主城。”

的确，苜桌是镐京的屏障，自打被羽华占领之后，这层屏障，已不复存在，八百里镐京，如今剩下的不过是微末之地。

事情果真如千屠预料的一样，羽华大军在抵达苜桌之后，并未立即向镐京进军。他的军队已经到了这里，先机已经得到，我想他会驻军在此，除了休整之外，还有着别的打算。

一则，他或许会让柏烨先自己一步打破镐京的防御，这样一来，他一定会省去很多的力气。

二则，他并不怕帝王玺会落入柏烨的手里，他还想借着帝王玺的分量打破齐黎、陈、鲁、韩五国的盟约。

综合这几点考虑，他不立即向镐京发兵，是明智的。

我这里距离柏烨那方太过遥远，并不知晓他那里是何情况，但是我想，柏烨的心机并不弱于羽华，我想在羽华没有对镐京派兵之前，他是不会先动的，毕竟一旦他得到帝王玺，五国之间的微妙平衡极有可能会立即被打破，一旦少了其余四国的力量，单单只是靠韩国一方，很难制约靖国。

柏烨的城府很深，羽华的心机太重，一个弑父杀兄，狂求天下，一个道貌岸然，不受人控，这两个人，确有惊世之才，可惜，如我所料，他们都没有坐拥天下之德。

一日之后，羽华的大军终于向镐京出发了，他们绕过虬龙险，分三路大军，朝三个不同的方向如三条奔袭的巨龙，直奔帝都。

一路过处，皆无所拦，镐京主城之外的一切防御，皆已崩毁，八万大军直入镐京主城，犹入无人之境。

之后的金戈铁马，烽火焚天，两方几乎同时向镐京发动了最猛烈的进攻，铮铮刀芒，漫天箭雨，我似乎看到所谓的山河在眼前被一刀一刀地划破，黄沙被鲜血浸湿，断裂的刀戟铺了一地，长长的护城河，已被数不清的尸骨填平。

城破之时，已是翌日黄昏，已被无数男儿的鲜血染红的黄沙，胜却漫漫霞光。天地所剩下的，似乎只有烽火血色，一眼看去，遍地尸骨。

然而之后发生的一切，超乎了我们所有人的预料。

攻破镐京之后的两方人马，并未驻军于镐京城内，遍地的荒凉与凄惨不忍目睹，幽王为了护住自己最后的防线，城中不管男女老少，无一幸存地被强压着拿起刀戟御敌，或许羽华和柏烨不会凶残到屠城的，但是一旦他们拿起了武器，登上了城墙，羽华和柏烨最后的仁慈，便不会再为他们残留。

无一幸免，整整一座城，有多少孩童，有多少生命，都为了幽王那最后的死守，成了这座城的陪葬。

后世对这一战，有过记载，当柏烨带着齐、黎、陈、鲁各国国君，和羽华一起站在幽王面前的时候，不可一世的幽王，带着他最后一点帝王之威，一把火，点燃了巍峨的皇宫。

在熊熊的烈焰之中，那些歌舞升平，那些天子之威，那至高无上的权利，皆成了漫天尘灰，被烧得干干净净。

出乎所有人意料的，羽华和柏烨都没有询问过任何一点有关帝王玺的问题，他们似乎都很默契的只字未提，退出熊熊燃烧的皇宫之时，他们都做了同一件事。

他们，又给这座死城，加了一把火。

起初烧起来的，不过一个皇宫，当无数带着火油的箭羽飞入镐京城每一个角落的那一刻起，焚城之火，又一次降临天地。

羽华这样子做了，柏烨也这样子做了，这把火烧了多久，无人可知，只晓得，一股尸体被烧焦的味道盘旋在天地之间，长达两个月之久……

之后，有一则消息开始在天下各大诸侯国之间流传开来：焚城之火太过骇人，帝王玺并未抢出，毁于滔滔烽火……

这个消息，羽华亲眼见到了，柏烨也亲眼见到了，齐、黎、陈、鲁四国的国君也都亲眼见到了，全天下的人也都信了。

幽王殒命，帝玺被毁，如何得到天下，就看各自的本事了。

柏烨先羽华一步退兵，对于这场战争，我是一个旁观者，我之所以在整个过程中没有出手，是在等一个契机，羽华联合柏烨攻破镐京杀死幽王的计划已经完成，一个王朝已经走到了终点，现在，羽华跟我，已经到了算账的时候。

在羽华回到首枭之前，我和千屠，已经潜进了城中。

之后要做的，是蛰伏，我写了一封信，让千屠务必赶上已经在撤退路上的柏烨，将这封信带给他，他是我这盘棋的重要棋子，少不得。

信里，我许给他一个承诺：当初，姬澈未曾帮到他的，我会替姬澈完成。

在写这封信的时候，我不知道自己心里到底是一种怎样的情绪，但是我很清楚的一点就是，我很冷静，还有，我很想念姬澈。

事情到了现在，再说闲话也变得拖沓了起来。羽华在攻破镐京城门之后的第三天，率领凯旋之师回到了苜粜之外，那一天，我特意给自己的人皮面具上画了一副最美的妆容，描了眉，绾了发，残破的青冥被我一遍遍地擦拭得很干净。

我看着自己的双手，曾经它是那么干净，而如今，却已不知染了多少人的鲜血。

羽华作为大王，由他最信任的几个大将护着，走在大军最前面，之后十里，便是靖国的大部队。出发之时，他们兵分三路，回来之时却只有一路，当羽华的大军在苜粜之中受到伏击之时，我便知道，千屠的那封信已经送到了。

而现在，羽华随同他手下的大将及三千最精锐的铁骑，已经到了城门口。

第十二节　大结局（上）

这一天是八月初三，日子算不算吉利我不清楚，这一点对我来说也并不重要。

羽华与后面的大部队相距有十里，后头部队被袭击的消息并没有立即被羽华知晓，我之所以会先羽华一步知道被袭击之事，是因为我跟千屠说过，一旦羽华掉头返回，袭击羽华部队之时，便立刻在虬龙险的山顶燃起烽火，以烽火告知。我站在苜粜城池最高处的宫城之顶，一身的轻纱十分飘摇，木然地看着城门入口，等着那个人。

午时初刻，羽华的先头部队扬起的飞沙已在城门之外，浩浩荡荡，足有上千之数，战马的奔腾之声隔着老远也清晰可闻。

城中的军队已被我和千屠清理干净了，传信的士兵见未有城中将领前来迎接，显得很是意外，一匹战马冲进城门之中，在广阔的广场之上四处张望，大声地吆喝着守城将领前来接驾，浑厚的声音在空荡荡的城中带起一连串的回声，却没有一点点的回应。

他反身下马，这个时候，羽华的战马已经通过城门入口，随带的部队在城门之外驻足，只有他极倚重的几个大将和部下随同进城，在这约有十余人的人群之中，我看到了两个熟悉的身影。

墨九和茗娣。

看来，茗娣还是没能放下墨九，她还是回到了墨九的身边。

“大王，城中有变。”

传信的士兵见羽华进城，连忙上前跪地回禀。羽华一身戎装的模样我从未见过，只是那张脸，看得我心头一阵震颤。

他不是姬澈，再像也不是。

羽华的手里拿着一杆长枪，黝黑的长枪泛着厚重的黑色光泽，纯白的枪尖之上沾满了乌黑的血。身后几个部下走过来，对羽华抱了抱拳，“大王，城中的部队……”

羽华抬了抬手，阻止了他的话，将长枪朝那个士兵一扔，便抬起头四处张望，这个时候，忽然又有一个传信兵急急忙忙地跑进来，一路上连跌带撞的，好不慌张，“大王，大王，出事了，后卫军在经过虬龙险的时候被一支黑甲骑兵伏击，五万大军前行受阻！”

羽华的目光还未看到我这里，脸上忽然一变，目光一下子就收了回去，一张脸阴了半晌，喝道：“再探！再报！”

“诺！”

士兵领命退下，不过眨眼工夫，又一传信兵来报，“大王，齐、黎、陈、鲁、韩五国忽然间去而复返，同虬龙险的伏兵已成夹击之势，后卫军腹背受敌，已死伤无数。”

羽华一张俊脸再也绷持不住，无法压制的怒火一刹那将他所有的情绪都给吞没了，“柏烨，你这个出尔反尔的小人！”

“幽王死了，你现在是他最大的敌人，有这么好的机会可以除掉你，他怎么会放过？”

从宫城之顶飘然而落，在苜枲的中轴线上停了下来，我遥看着立在城门入口处的羽华，心里却是出奇的平静，“你预谋天下，算计人心，不知有没有算过，一个曾经从你屠刀下逃脱的人，会再一次出现在你的面前？”

羽华手下的那些大将见到我，一个个忙不迭地拔刀扬剑，却被羽华抬手阻止，他冷冷地看着我，眼中的凶光迸出烈焰般炙热的温度，“叶凝！”

他的声音愤怒中夹着滔滔杀意，“是你叫柏烨伏击我的？”

我只是看着他，并未回答，只说道：“我和他的目的都是一样的，都想你死。”

他忽然笑了起来，“哥哥舍了命也要救你，你得了一条命不找个地方好好地苟活……”

“就是因为我还活着！”我咆哮着，打断他的话，“登桓山上那么多条人命，我又岂能苟活！”

我一步一步地朝他走过去，残破的青冥一点一点地拔出来，“司徒安、白玉燕、楚玥、幽鬼、沐沐，还有你的亲哥哥，你怎么狠得下心？！”

他冷笑着，一把将离自己最近的一名士兵手中的战戟抢了过来，“不心狠一点，又怎么能得到这个天下？古往今来，有多少王侯将相手里不沾点血？为了一方帝座，有什么情信可言？连我那偏心的老子我都能狠心给埋了，何况一个哥哥？”

“你一口一句为了绮晋，宁愿弄死自己的父亲，谋算自己的哥哥，也要为她报仇，这些都是好听的借口吧？你要的，从来都不是绮晋，只是那一方帝座！”

“谁不想要？”他冷笑起来，拎着战戟朝我迎过来，“人心都是假的，你有没有问过哥哥，他有多少事骗了你？他对绮晋就只是简单的兄妹之情吗？他对你隐瞒了多少荒唐事你知不知道？十三年前的事，你能确信哥哥对你所说的没有半分掺假？叶凝啊叶凝，你如此信他，却也不过是一个由他摆布的傀儡罢了！难道你就从没有怀疑过，他是真的死了吗？”

我身上一震，脚步一下子就停了下来，“你说什么？”

羽华继续冷笑，“他为什么整整一年都不来找你？他为什么要躲着你？难道你从来都没有想过，我仅仅是因为姬祁的那几句话和楚玥那一点点的不待见就反了登桓山？夺了他的位置，抢了他的所有？你如此信任的那个人究竟是怎样的，难道你就没有一点点地怀疑过吗？”

“住口！”

手中的青冥猛地劈下，身子一动，带起尖锐的凤鸣之音，刹那便到了他的面前，手中的青冥如一道闪电架在了他的脖子上，而他居然没有一点点的反抗。

“他还活着，是不是？”

他目光挑衅地看着我，连连冷笑，“真讽刺，你这么在意……”

“回答我！”

他的声音被我一声怒吼压住，目光依然是挑衅之色，“对，活着，你被骗了，你这一年的痛苦都白受了，他只肯自己苟活，完全不顾你的痛苦。”他的目光忽然看向墨九，眼神之中的挑衅忽然就变成了杀意。只是短短的一瞬，又带着挑衅的目光看着我，“哥哥的目光有多歹毒，你领教过吗？难道他对那个假沐沐就真的一点疑心也没有？一个人的容貌可以变，可能完全看不出来，但是你想过没有，一个强出颜沄无数倍的高手，怎么会一直看不出颜沄隐藏住的气息？一回两回也许看不出来，但是，颜沄在登桓山待了多久，你应该清楚！”

我的剑虽然还是架在他的脖子上，但现在已经颤抖了起来。

我不相信他说的是真的，不相信……

“他为什么要将一个假的沐沐留着登桓山？又为什么明明还活着却不来寻你？在沧海之城的时候，我就对你说过，在见到绮晋的第一眼，我和哥哥几乎同时爱上了她，他又为什么会骗你？你还有脸拿着这把破剑架在我脖子上？！”他忽然扬起手里的战戟，一挑就将已经完全失去了威胁作用的青冥挑飞，“你这个被人卖了还要百般讨好的贱人，有什么资格指责我？又有什么脸来威胁我？！”

我的意识在那一刻完全散了，我不知道羽华那一掌是如何打在我身上的，身子从广场的一边抛飞到了另一边，重重地撞在城墙上，摔在地面的时候，我却感觉不到疼。

“姬澈，你真的是在骗我吗？”

我不相信，我不相信姬澈会骗我，可是，他既然还活着，为什么一年多了，都不来找我呢？

为什么？！

羽华来到了我的身边，居高临下地看着我，脸上是一副阴笑的表情，高高举起了手中的战戟，“去地下问他吧，我会让他赶上你的，这一回，我不会让你的心脏有机会重生，你活着对我而言，是最大的威胁！”

他的话丝毫没有听进耳朵里，我只是看着他的脸，我一直都执着的那张脸，这一切，就真的只是一场骗局吗？他为什么骗我？

为什么啊？

“这个世界上，还有什么是真实的？我就那么不堪吗？就没有一个人是真心对我好的吗？”

羽华手中战戟落下的那一刹那，没有一丝云彩的天上有一道黑光急速飞来，带着刺耳的破风之声，直逼羽华身后。

“阿九！给我拦住它！”

羽华的战戟并没有因为这一记忽然飞来的黑光有一点点的停留，狠狠地朝我心脏刺来，虽然我有能力躲开，但是现在，我却怎么也找不到理由让我躲开了。

都是一场欺骗，算了吧……

墨九的身形在羽华开口的同时就已经飞射了出去，手里的蝶翼划过一道阴柔的弧度，狠狠地劈向那道黑光，然而只是一个照面，墨九的身子竟然猛地被抛飞了起来，直直地撞向了羽华，羽华即将刺中我身体的战戟一下子就发生了偏移，两个人从我头顶一下子飞出去撞在城墙上。

“你不能死，给我起来！”

愤怒的声音从遥远的天边滚滚而来，同时，城门之外，似有无数的战马疾驰而来，万马疾奔的声音连大地都震颤了起来。

“大王，大事不好，有一支黑甲军已经杀向了城门口！”

羽华一声大吼，“把城门给本王关了！”

心里万千的情绪一瞬间完全崩裂，顷刻之间荡然无存，千屠的身形如同神将一样落在我的身边，一把将我从地上像是拎小鸡似的拎了起来，操起一只大手对我就是狠狠一巴掌，“你的执念呢？难道你这个人就一点点信仰都没有吗？他是如何待你的，难道你没有感受到？就凭这个人几句话，你就否定了所有他对你的好？”

说完就将我朝地上一丢，一把将插进城墙里的玄青棍拔了出来，指着一边刚刚爬起来的羽华和墨九，“来，咱爷几个好好耍耍，看看你手上的功夫有没有嘴皮子厉害！”

转头看向我，“叶姑娘，起来！死也要死得甘心一点，活着，找到他，问个一清二楚！”

我慢慢地从地上爬起来，一点一点地挪过去捡起掉在一边的青冥，一把将嘴边的血抹掉，千屠说的没错，我要找到他，一定要找到他！

“叶凝留不得，拖住这头蛮牛！”

羽华将手中的战戟一旋，身子一动，变化出无数的幻影，绕开千屠之后，急速地朝我扑过来。

“怕了？”

千屠一声低吼，就要冲过来助我，却一瞬间完全被墨九的八个幻身拖住。

羽华的速度出奇的快，一股金色的气流迅速朝手中的战戟灌入，同时，一直立在一边的茗娣以及十余位大将也立刻亮出了自己的兵刃，万丈的红绸和铮铮刀剑一齐朝我逼来。

毁灭的凤鸣在略显空旷的围城广场之中突兀的响起，犹如实质的音浪一波一波地翻滚出去，羽华手中的战戟已经注入了足够的龙魂之力，音浪被他毫不费力地轻易破开一道口子，他本人则是如同一把破开一切的利剑，直直冲向立在广场正中的我，同时，嘴里大声地咆哮着，“阿九，你这个叛徒！”

那一瞬间，一切都变成了慢动作，冲过来的大将和士兵被音浪震成了碎屑，在音浪发出来的同时，我发现墨九忽然抛下了和他对峙的千屠，又是一头白凤顿时冲天而起，然而，我却没有听到除我这声凤鸣之外的任何声音，只看到白凤在音浪之中迅速地穿行，任由那些掀起来的巨石打在自己身上，用白凤巨大的身体牢牢地裹住急速收拢的血红绫……

白凤被音浪掀飞了出去，重重地撞在紧闭的城门之上，巨门震了几震，同时，音浪及至，厚重达千斤的城门和高高的城墙同时震颤起来。

哄的一声，城门破碎，此时，羽华的战戟已经逼至眼前，那布满龙魂之力的战戟带着毁灭一切的巨大力量逼向我，迅速变回身形，挥出青冥就要去挡，一股无法抵挡的强大力量撞在青冥剑上，残破的青冥兀然地响起几分脆响，战戟震碎了青冥！

那一声惊呼还未响起来，战戟的枪头已经距离我的胸口不过一寸，就在这个时候，一个巨大的身影忽然从天而降，手中的棍子狠狠一挥，就听到一声巨响，面前的战戟忽然被一股巨力砸开，千屠的身子一下子挡在了我的面前。

“去死！”

羽华手中的战戟忽然一转方向，带着磅礴的龙魂之力狠狠地向千屠的脑袋上砸下来。慌忙之中，千屠只得将棍子横在头顶，像是有着数万斤的力量狠砸在那细细的棍子上，就听到一声惨叫，千屠的身子直直地从高空坠落，将已经被凤吟九天毁坏殆尽的广场砸出了一个方圆数丈的大坑。

城门已破，大量黑甲军从城外涌了进来，数不清的弩箭对准了羽华。

羽华落在废墟里，用战戟撑着身子，头顶的头盔已经不在了，一头黑发凌乱地披散着，乍一看上去，如一尊魔神。

他忽然呕出一口血来，剧烈地咳嗽着，像是受了不轻的伤，而他却完全不以为意，反而大笑了起来，“怎么那么多人不要命也要护着你？”

他忽然像是发了疯一样，如同一头发了疯的狮子，提着战戟猛地朝我逼过来，“从十三年前开始，我羽华就不再信命，今天，我就拿命来搏一搏，这天下之主，到底是谁！”

青冥已经碎了，我手里并没有兵刃，慌忙之中捡起一杆掉在废墟里的长枪。

羽华的样子十分可怕，简直就是个疯子，就在他即将逼近我的时候，忽然一道剑光直直地从天上钉下来，深深地插在我前面不过五步的一块巨石上。

这把剑我从未见过，剑身十分长，而且似乎只有一面剑锋，这是一把单刃的剑，剑柄是纯白的，剑身也是纯白的，没有任何的花纹点缀，看上去，十分朴素而且简单。

羽华的脚步在这把剑出现的一瞬间就猛地停了下来，然后抬头向天上看去，我也立即抬头看天，没有一丝云彩的蔚蓝天空之上，有一个影子，着深蓝的袍子，还有飘扬的白发……

那一瞬间，我呆住了，羽华也呆住了。

“这天下之主，不可能是你。”

那道人影轻轻地落在地面上，一丝丝的风也没带起来。

我看着这一道立在我眼前的背影，熟悉的身形，熟悉的语气，熟悉的感觉，一瞬间，像是所有的一切都失去的光彩。他还活着，他真的还活着！

手中的长枪忽然就脱了手，脚不受自己控制地一点一点往前挪，我想让它停下来，却发现，它已经不受我的控制了。

“看你这情不自禁的样子，是有多想我？”

他微微侧过身子，话语轻飘飘的。他的头微微转过来，一头白发遮住了整张脸颊，如同那一天在离桑城的客栈里见到的那样，只在发丝的间隙里，看到一两寸极不真切的皮肤。

“是有一点，我……”我发现我已经不大能说话了。

“以为我死了？”他微微侧过来的脸又转了回去，“我不会死的。”

我终于走到了他的身后，这个时候我才发现我的眼泪已经堆满了眼眶，我看着他的后背，一寸一寸地仔细看着，只是看了一眼，心就凉了半截，他的右手袖管里，居然，居然是空的！

他依然是背对着我，但似乎已经知道我看到了什么，话语淡淡的，“没什么，废了一只手而已，其他的……大多都还算完整。”

我一下子将双手都搭在了他的肩膀上，忍着眼泪将他的身子搬过来，目光落在他的脸上，我一下子捂住了自己的嘴巴。

在看到他脸的一瞬间，我感觉天都塌了下来，我完全明白过来，为什么他一年多以来，都不曾找我。

他的脸上，全是伤疤，是被火烧烂了的伤疤，整张脸上，找不到哪怕一寸完好的皮肤，而且，横七竖八的被划了不少的剑痕。

“是，是丑了一点。”他有些闪躲的用仅剩的左手捂脸，可是当我看到他手的时候，眼泪终于忍不住流了出来。

他的手上，也全是被烧烂了的伤疤。

“你是从火里爬出来的，对不对？”

我握住他的手，所有的情绪一刹那完全崩溃，变成了止不住的泪。

他忽然反握住我的手，没有眉毛的脸起来有点可怕，他用满是伤疤的手擦去我的泪，双目柔柔的，似带着全世界所有的柔情，哽咽着，“叶凝，我还活着！”

他一下子将我牢牢地抱住，滚烫的眼泪一瞬间将我身上的纱裙染湿，那么烫……

他宽大的手掌一遍遍地揉着我的发，用尽了力量将我揽入他的怀中，声音柔柔的，带着藏不住的泣声，“叶凝，我还活着！”

第十三节　大结局（下）

有那么一瞬间，我感觉我是在做梦，太不真实了，虽然有时候，我会问我自己，他真的死了吗？

我确信过他死了，也信过他还活着，也曾幻想过这一切都只是一场噩梦，我们还未到登桓，我们还在山里哪个地方，哪条破路上走着。

梦，都是由现实打破的，每当我看到青冥剑上那些破口，每当我看到那片魔剑的碎片，都是我的梦清醒的时刻。

我很幸运，这一切，果真是一场梦。

我抱着他的腰，努力不让自己哭出来，强压着的酸楚与内心止不住的欢喜来回交织，最终还是欢喜占了上风。

"我把你的青冥弄坏了，有地方修吗？"

怀里的姬澈默了一下，"改天我问问！"

他将我轻轻地推开，微微侧过脸看向立在一边正惊愕无比的羽华，语气低沉着，"这里交给我吧。"

我点头，消失掉的安全感在这一刻完全回来了，有他在，所有的风云变幻我都能坦然以对。

我握住他的手，用力地扣住，心里是从未有过的心安。

我看着羽华狰狞的面孔，又转头看向姬澈因此可怖的脸，"既然来了，那就拿回你的一切，赢了，我陪你君临天下，输了，我陪你魂归天涯。"

"那你，就等着陪我君临天下吧！"

紧握着的手被一下子放开，他站在我面前，将我的身子藏在他的身后，那一把插在青石上纯白的剑忽的一下从青石里飞了起来，铮铮剑鸣在寂静的废墟里肆意地咆哮着。

御剑山庄剑谱排名第二的神剑，禹苍！

这是姬澈这把剑的名字，剑身由陨铁打造，御天地之势藏于剑中，当年铸造它的铸剑师得到那块陨铁，煅炼成剑，开一刃剑锋之后，却没有能力再开另一刃，然而即便如此，这把剑的剑势已堪称逆天。

我不知道姬澈是如何得到这把剑的，现在也不是时候问他，当姬澈左手握住禹苍的剑柄之时，残破的城门之处，忽然响起了一声低喝，"都让开。"声音平了下来，"这里，不是你们可以插手的。"

声音才一落下，将这片区域完全围住的黑甲军纷纷撤开，我回头看了一眼，发现柏烨一声黑色战甲，骑在马上，拎着长枪正朝城中走来，“雪狼公子，这一仗你只管全力以对，我保证，这里不会再有人来打扰你们。”

不大一会儿的工夫，成百上千的黑甲军如潮水一般纷纷退出城外，那些弓弩也都收了起来。这里，只剩下一个我，一个柏烨，还有羽华和姬澈。

差点忘了，还有被砸进地下的千屠，不知道他有没有受伤。

羽华和姬澈两兄弟的账已经积了很久，我不知道这一仗我是不是要帮忙，但我想，我已经失去了姬澈一次，绝不容许还有第二次。

寂静的废墟之中忽然起了细细的风，万里无云的天空也忽然间风云变幻，风卷云涌。这世界上实力最顶尖的两兄弟，在这一片死城里，势要做一个了结。

羽华在看到姬澈出现的那一瞬，心里就已经全乱了，我不明白他为什么会这样，姬澈没死他早就知道，可为什么在见到姬澈的时候会变得这样惶不知措？脸上那么的阴晴不定？

难道他并不知道姬澈还活着？刚刚他对我说的那些话，都是激我的？

应该是这样了，我在脑中将羽华刚刚对我说过的话好好地过了一遍，一下就悟了过来。他把话说得那样狠，用词那么犀利，乍一听之下，的确是无懈可击，但是细细一琢磨，又完全经不起推敲。有关姬澈的一切我都是格外看重的，看得太重，也就迷失了自己。

羽华和姬澈的战斗，已经拉开了帷幕，姬澈出剑，是没有过程的，性子沉稳的他，没有任何花里胡哨的姿态，但是从他的剑招之中不难看出来，左手使剑远不比右手来得灵活。

羽华的景洪剑一直未曾看到，不知是没带还是在登桓山的时候被毁了，一把六尺长的战戟虽然显得笨重，但是在他的手中，舞得无比轻巧。

“你既然还活着，就不应该再来这里。哥哥，你所为的到底是什么？！”

“承诺！”

奇长的禹苍狠劈在羽华的战戟上，一股剑气逼得羽华连连后退，姬澈的身子陡然间变得模糊起来，无数的幻影之身汹涌而出，逼向后退的羽华，“你永远都不会明白，什么叫作执念。”

手中的战戟一个横扫，劈开几道幻影，“不明白就不明白，那又如何？我能杀你一回，就必然会有第二回！”

“你抢了绮晋，毁了我的景洪，你以为我在乎？”羽华的气势忽然间暴涨了起来，发了疯似的不顾一切地扑向姬澈，“我离开登桓的那一年，经历了什么你们永远都不在意，痛苦、凌辱、欺负，这一切我都能忍。我到底做错了什么，姬祁要那样对我，父王要那样对我，我只想要一点认同，让我在这个世界上不再一无所有！”

“为了你那一点认同，你就一把火烧了你从小长大的登桓山？”

姬澈逼近了羽华，一剑斩断了他手中的战戟，无数的幻影之声陡然间完全消失，身体犹如化成了一把劈开一切的利剑，直直刺向羽华的胸口。

然而那一剑，却在羽华身前三寸之处陡然停了下来，一股金色的光芒挡住了禹苍锋利的剑尖。

“我不可能再输给你！”

羽华咬着牙，萦绕周身的龙魂之力陡然澎湃起来，一股金色的气浪居然将姬澈震得倒飞了起来。

羽华将手里的残戟往地上一丢，身体如同凭空挪移了一般，忽然就出现在了姬澈的身前，以掌为刀，朝姬澈的胸口狠狠一掌劈了下去。

“姬澈！”

我惊了，身子毫无意识的就冲了出去，速度一瞬间就达到了极限，忽然，一道剑光冲天而起，遮掩了所有的光芒，残破的城墙在这一刻忽然间崩塌了下来，天地为之颤抖，才刚刚冲出去的身子忽然就被一股巨力震得飞了出去。

在那电光火石的一刹那，从倒塌下去的城墙之外一头巨大的白凤冲天而起，尖锐的凤鸣之声直冲云霄，万丈的音浪直逼而来。

一时间剑光音浪交融在了一起，一股无法抵挡的力量猛然间爆发了出来。在如此强大的力量之下，身子就像一片树叶一般被震飞起来，昏黄一片的天地之间，一头巨大的白凤似从九天之上坠落而下，在如同万千暗流的气浪之中，被挫骨扬灰。

毁灭的劲力只持续了一刹那，便消弭了下来，周边的空气里依然有着一缕一缕的劲力在由肆虐着。灰白一片的天空之中，白凤的哀鸣尤为凄惨，掩盖了世间所有的声音，那一头正在坠落的白凤，成了这片天空之中最惹眼的陨星。

不知是谁发出了那一声呼喊，那样的绝望。

一条红绫从天边急速飞来，缠在已经变回人身的墨九身上，一片红影飞速地掠过莽莽废墟，接住了那一只折翼的蝶。

我落在地上，惊愕地看着这一幕，心中不知为何，忽然就是一沉。

“你会与我为敌吗？”

“会！”

那一天墨九离开的背影出现在我的脑海里，他告诉我，他们凤家人，从来都不知道什么叫作后悔。

茗娣抱着墨九，跪在乌黑的泥土之中，大片的红裙铺在地上，凄美得如一场海棠花谢。灼灼红尘之中，墨九身上的白衣被鲜血飞速染红，她捧着他的脸颊，竭力地嘶喊着，却怎么也发不出声音。

“我负你一世，如今，还你一死。”他的嘴里不停地有鲜血涌出，但每一个字都吐得格外的清楚，“我们凤家人，不能娶外族的女子。阿娣，这一世，是我负你，来世，我再也不做凤家人了……”

他的身上已经淌满了鲜血，连身下的泥土，也被染红了大片，茗娣的泪滴在他的脸上，却怎么也洗不掉那不住淌出的血。

“我知道，我都知道！”她将他抱在怀里，一手的血，“我不怪你，阿九，我从不怪你……”

他的眼睛艰难地转向废墟另一边的姬澈，一双血红的瞳仁之中，带着最深的哀求，“我们凤家人，从来不知道什么叫作后悔，但是现在，我后悔了……”他的眼角有泪涌出来，“雪狼，阿娣本性不坏，放她一条生路吧。”

姬澈只是轻轻地看着他，点了点头。

他强憋着不散的那一口气在看到姬澈点头的那一刹那，全散了……

“羽华，我再也不欠你什么了，传承千年的凤家组训，都在我身上，做个了结吧……”

一双血手在茗娣的肩上终于滑落了下来，那一瞬间，我仿佛听到了什么东西破碎的声音，缠在墨九手臂上的蝶翼，在这一刻像是失去了所有的灵性，掉在地上，发出清脆的声响。

一场风卷云涌之后，天色蓦然的阴了下来，似乎，要下雨了……

“我带你离开。”茗娣抱着墨九，起身的那一瞬几乎摔倒，转过来的时候，我看见他的杏目里，居然流出了血。

“累了，你就歇一歇，背负了这么多，也该歇一歇了，我陪你，去哪儿都好，看山，看水，看朝日晚霞，你说我化妆的样子不好看，不如你画得好，以后，我就不画了……”

茗娣抱着墨九从我身边走过的时候，我选择了沉默，她说的没错，墨九的身上背负了太多，他该歇一歇了。他用自己的生命，践行了凤家人最根深蒂固的信念，为羽华挡下了那一剑，现在，他终于解脱了。

没有什么爱与不爱，我从来没有不爱你的时候，只是，我们不能在一起。

这或许是对墨九最好的诠释了，他从来没有不爱茗娣的时候，只是他生错了地方，信错了执念。

我给不了你今世，也没资格对你许诺来生，我负你的偿还不了，我从不给你承诺，也不给你真心，只是因为我除了这条生命，再也没有什么是属于我自己的了。

墨九死了，凤家人的执念，也随着他的死永远消失在了天地间，再也没有谁可以让你毫无顾虑地去信任了。

姬澈的那一剑，虽然被墨九挡了下来，但是那两股力量交织在一起的毁灭风波还是影响到了羽华，他的身上又添了很多的伤。

该结束了……

我闭上眼睛，接下来的一幕，我并不想去看，抬起脚步缓缓地离开了。

当天上响起滚滚闷雷的时候，浑身是血的姬澈过来拉住了我的手。

“赢了？”我问他。

他点了点头，问我，“想去哪儿？”

我想了想，道：“我想去看看遥遥，听说他穿战袍的样子很俊！”

“哦？”他抬头看着阴沉沉的天，思量了半晌，“我累了，这回，你带着我走。”

我微微一笑，“好啊，千里万里，我都带着你，只是……”我转头看着他的脸，怪笑道：“得找个东西把你这张脸遮起来！”

他微微一笑，“好，都依你。”

柏烨骑着一匹马不知什么时候从身后冒了出来，阴不阴阳不阳地冒了一句，“两位，要去哪？在下能不能捎你们一段？”

“不用。”身后又有一个声音响了起来，我扭头一看，发现是千屠，他虽然受了一些伤，但是并无大碍，“他们现在是团聚的时候，你凑什么热闹？”

柏烨愣了一下，随即一声冷笑摇头。

远方的天空已经黑了起来，晃眼的闪电在乌黑的云层里时隐时现，千屠将棒子朝肩上一甩，对我摆了摆手，“叶姑娘，有缘再会！”

说着，大步一迈，沿着苜枭城外黄白的沙地，渐行渐远。

“你们倒是好兴致。”柏烨勒了勒马缰，看着远方苍茫的天地，叹了一声，“要下雨了，两位，山路湿滑，一路走好！”

因缘而聚，因缘而散，人生聚聚合合，本是如此，如一场雨，总有散尽的时候。千里枯藤，万里黄沙，埋葬在荒野之岭的忠魂英骨，却又栖息何地？

再回到梦县花里之中的水潭之外时，已经不见了那个不死人的踪迹，他的童子小煜说：“先生已经云游。”

我知道他嘴里的云游是何深意，他的命数，已经尽了。

经历了太多的生离死别，对于一个陌生人的离开，我已经看得很开了。

小煜从小跟着不死人，在他的身上学了不少的手艺，他给姬澈换了一层皮，将他遍身的伤疤都去除干净，只是那一只断掉的手，再也回不来了。

这没什么，我搂着他的脖子安慰他，“好在脸变回来了，还是那样好看呢。”

他看着那张脸，久久不语，我知道他在想什么，这张脸是他的，也是羽华的，羽华虽然可恨，但是手足之情，是怎么也斩不断的。

之前，他有千百次机会可以杀了羽华，却一直都没有下手，他沉稳的外表下，心，始终都是软的，温润的心，从没有一刻凉下来过。

我问过他很多回是如何从登桓山上逃出来的，他始终都没有回答我，禹苍剑是如何到的他手里，他也从不对我说起。

他回来就好，其他的一切，都不重要了……

那颗帝玺，被小煜保存着，我没有找他要回来，这个东西，已经在镐京的那场大火里被毁了，不宜再现世。

千屠在离开我们之后，立即就去找了被他藏起来的褒姒，可惜，他去晚了。

褒姒，吊死在了房梁上，没有遗言，也没有任何留下来的东西，留给后世的，只有两页薄纸。

幽王覆灭，靖王身死，齐、黎、陈、鲁、韩五国，在短暂的联盟之后，土崩瓦解，为了争夺靖国的三千里国域，原本坐在一家的五方诸侯，免不得撕破脸皮，刀兵相见，这其中的纷乱恩仇，便是另一个故事了。

从莒枭去往黎国，本不会去往北燕，但我和姬澈选择了绕路，去北燕看看，反正离与遥遥的五年之约还很早，我们并不急。

如今的北燕之主，是我的二哥叶方。大哥叶墨自镜湖离开我之后，便回到了北燕，辅助二哥，匡扶社稷。

二哥谋害了父王换来的王座，在大哥的辅佐下，坐得很是稳当，二哥的断袖夫人因为忍受不了二哥对暮筝最后所做的决断，毅然决然地离开了他，孤家寡人的二哥一门心思铺在社稷上，虽然之后也找了几个美男暖榻，但已经同往昔收敛了很多。

姬澈摇头叹息，“你这一家是什么怪胎，男女都吃？”

我吐了吐舌头，“这叫君王之爱，雨露均沾，雨露都不放过，何况男人乎？再说，你不是也做过几天的女人？怎么？要不要聊聊感想？”

他对我连连拱手作揖，“姑奶奶，求放过！”

北燕一族虽不再有靖国庇护，但是柏烨一方对北燕很是照顾，以目前韩国的国力，护着一个小小的北燕并不是什么难事。

外界一排金戈铁马，而北燕却是歌舞升平，难得的一介乱世净土之中，成了诸多难民的栖身之处。

我们在晋宁城外停留了三天，期间我溜进了王城里，在宗祠之下的冰窖之中见到了被二哥藏起来的暮筝。

她一身的红装，脸很白，身上的红装被整理的一点褶子都没有。

她依然那么美。

我没有打扰她，只是静静地看着，很久之后，姬澈才带我离开。在出宗祠的时候，我发现了三尊多出来的牌位。

一尊是父王的，一尊是暮筝的，还有一尊，是暮辰的。

这三个人中，只有父王有资格在国宗里立牌位，后来我才知道，暮筝的牌位是二哥叶方安排的，而暮辰的牌位，是大哥安排的。

“本王要北燕的每一个子民都记住！暮辰一家，就是我北燕的天！”

这是大哥让二哥写的诏书中的一句话，虽然暮辰死了，但是他的魂，依然还在守着我北燕的每一寸山河！

不管怎样，这算是一个好的结局，暮辰一家护着我北燕的山山水水，怎样安置他都不为过。大哥虽然软弱，但骨气与正气，总还是有几分的。

我顺道还去了一趟紫竹苑。

那里，已经荒废了，杂草丛生，这里，是我噩梦的开始，也是我噩梦的终结。如今已经被灰尘掩盖了昔日的光彩，它本就没有什么光彩可言，我不知道我为什么还要来这里，是要凭吊什么吗？

我只是想找回一点我以前的影子，一点一滴也好。

北燕一趟，我并没有惊动二哥和大哥，三哥也没惊动，我本想去看看大哥的，至少在我最困难的时候是他陪着我的，但是一想起那些寒暄，忽然就觉得好累好累。

还要说到的，便是茗娣了。

我们在去黎国的路上并没有碰到她，关于她的故事，我是在后来才听别人说起的。

她建了一栋房子，在一个与世隔绝的深山里，墨九的坟就安置在屋前的梨花树下，在旁边，她给自己也挖了一处，两间竹屋倚着山水，春时养花弄草，夏时听凄蝉夜啼，秋时赏红枫映霞，冬时看细雪簌簌。

终此一生，守着那一座孤坟，看秋歌暮雨，一身红纱，伴幽山静谷，永不为嫁。

梦回，情逝，人不归，枯树荒草茅屋沾染灰。

孤雁，鸿飞，烟雨吹，浊水游鱼孤星难成对。

有个人，我一直爱着，只是，他再也回不来了，画地为牢，囚一世红装，用了一世的荒凉，换不来一日山水与君同赏。

她死的时候，是梨花雨落的暮春时节，躺在那一座早已给自己准备好的空坟里，以花为葬，葬去了一生红盈如血……

茗娣的一生，活得凄凉，死得也甚是凄凉，遇到墨九，是她一生的劫。

一艘孤篷，漂在静逸的银江水上，细雨荫荫，两山灼红，霏霏烟雨之后的群山万帐，轻雾如纱。我在船头，躺在姬澈的腿上，头上的竹骨油纸伞滴落下豆大的水珠，一方水帘，一方世界。

“叶凝。”姬澈的脸垂下来，沉沉地看着我，“我们会在一起吗？”

我弹了弹他的鼻子，“我不会甩了你的。”

他微微一笑，问我，“见了遥遥之后，你有什么打算。”

“找个地方，你煮茶，我喝茶，你做菜，我吃菜！”

他只是笑笑，笑得很是勉强，“真好……”

千重纱帐，万重春水，一世的颠沛，我找到了一场心安，重重算计之后，还能陪我看暮雨山水的，只有他了，只是……

“姬澈，你会唱歌吗？”

“啊？”

他一呆。

“哈哈，不会吧？”我得意的一笑，从他腿上坐起来，做出要弹琴的样子，“来，我教你。”

双手虚空勾画着，似有一篇轻轻音律飘在寂静的暮雨山峦之中，那逐渐笼罩过来的黑暗之外，忽然有一束光投过来，万千的雨丝趁着那束柔光，发出如水晶一般晶莹的光彩，细细烟雨，三千情丝。

云遮山兮，路遥遥。

雾绕川兮，水迢迢。

满目风兮，云飘飘。

汝不见兮，心渺渺。

一曲幽歌，一重雨帘，抚琴的手忽然被他轻轻地握住，“来，你好好教教我，要怎么用一只手弹曲子……”

“啊，这个……”

“用心教！”

一声低斥斥得我耳根子都发烫，连一颗心都融化进了三千细雨里。

“你不要冷个脸行不行？我错了还不行吗？！”

“乖，别闹……”

一把剑，斩定天下，一壶酒，醉忘离愁。

一个人，生死不离，一颗心，莫失莫忘……

第十四节　番外

当初在登桓山上，漫天的星辰之火中，与羽华的那一仗，即便过去整整三月，但一想起来，还是十分后怕。

身上的伤，已经愈合得差不多了，但被羽华斩断的右手，还是有点隐隐作痛。

这里是哪座山，唤作什么名字姬澈并不清楚，对于大周王朝各大诸侯国的封地地理，虽然他都烂熟于心，而且这世上的大山大水他也走了不下九成，但是对于这里，他毫无印象。

救他的那个人将他从那方海子里捞出来，带到了这里。

山里冬时积下的厚雪已经开始逐渐消融，断崖之下的一方水潭比之往日更加宽广，艳阳遥遥地挂在山峰之巅，一棵古松旁，立着一方小小的石桌。

身上裹着一层厚厚的麻衣，显得有些臃肿，身上的伤虽然已经愈合，但那一仗几乎毁尽了姬澈的根基，身子比一个普通的病人还有虚弱。

救他的那个人是一个白胡子白头发的老头，样子很是干瘦，他说，他姓姜，至于其他的，姜老也不跟姬澈说起。

深山清静，是一个养病极好之处，姜老看上去不像一个普通的老头，一手的医术实在玄妙。他本以为他会死，爬出那片火海，他透支了自己近乎全部的生命。

“我身上的伤，大概什么时候能好？”

“好不了了。”姜老显得很是平静，对于姬澈的问话，他表现出来的不以为然让人觉得他太过冷血，“你能活着，已经是天大的恩赐，想要完全复原，”他笑着摇头，“没有可能。”

“那，我还能活多久？”

“那要看你用什么方式去活了，躺在床上的话，你至少还能活十年。”

“我不可能躺在床上，我还有我的事要去做。”

他捧着手里的暖汤，手有点发抖，也许，是冷的。

姜老思量了一下，“如果你愿意用你的生命作为代价，换取另一种生存方式，你可以恢复你往日的体力、身手以及力量，但是……”

他喝了手里捧着的汤，“要怎么去做？”

“这一点我给你替你完成，你无须过问，总之，你一旦选择了这条路，你的生命将会大幅度地缩短，而且，你会死得很痛苦。”

“痛苦总是会有的，没什么承受不了……”

他的病灶在于心脉，姜老以银针封住姬澈周身大穴，封去了他的六识五感，这样在姜老为他医治之时，姬澈不会感觉到太大的疼痛。

苗疆有一种毒蛊，曰食心虫，这种蛊生性喜血，姬澈的心脉在烈火中灼伤，食心虫能够分泌出一种物质，这种物质，对心脉上的灼烧创伤有奇效。

不过，所谓食心虫，不难想象到它是以什么为食的。

星辰之火灼烧过的心脉，时时刻刻都能感觉到胸腔里像是有一团火在烧着，在姜老为姬澈除去周身银针的时候，他身上的那股灼烧之感已经感觉不到了。

他以为自己好了，真气内力在筋脉之中运转自如，身子的那股虚弱已经完全不见了，他又回来了，这个不败的战神！

要说在这个故事里，最不屈服于命运的那个人，就是姬澈了。他从不信什么命运，更不相信自己有一天会真的虚弱到连剑也拿不起来。

从十二岁那年开始，他便被自己的弟弟追杀，作为登桓山的传人，大周第一的杀手，葬身在他青冥剑下的人不计其数，他经历过生死，受过磨难，当他确信自己爱上叶凝的那一刻起，他就知道，遇到她，对自己而言，并不是好事。

经历了那么多的风风雨雨，人世辛酸，一切，他都能坦然地面对了，朋友的离开，亲兄弟的背叛，这些对于一个从生下来那一刻起就没有接触过任何亲情的他来说，都不过是生命里的一场劫罢了。

既然是劫，由他过吧，过了就不再记得，劫后的伤痛，他已经麻木了。

可是，当他将叶凝交到白玉燕的手里，当他将残破的青冥放在她身边的时候，当他在她的唇角印上那一吻的时候，心里的那股不甘心、不认命，是前所未有的强烈。

他还活着，用尽了生命从滔天的大火里爬了出来，从那一天开始，他每呼出的一口气，都是赚来的。

越是在意，就越是不舍，他从不屈服于命运，然而那一天到来的时候，他认了！

他没想过，会那样疼……

即便是手臂被羽华斩断，他也没皱一下眉头，即便是心脏被颜沄扎了一刀，也没这样疼。

从他最开始感觉到疼痛的那一天开始，他的身上，就一直藏着一块手绢，不留痕迹地擦掉涌出来的血，他每一次都做得毫无破绽。

“你最多还能活三年，食心虫会在三年的时间里，完全吞噬掉你的生命。”

三年，他最多还能再陪她三年。

他从未感觉，时间会那样短，也从未感觉自己对这条命会看重成这样，如果那一天他没有从火里爬出来，如果他死在了那里，他不会感觉到这些。

“叶凝，我们回登桓山吧！”

“回登桓山？为什么？那里已经是寸草不生了啊……”她摸了摸他的头，惊了一声，“怎么烫成这样？不舒服吗？”

他微微一笑，“还好！可能有点受凉。”他将她的手从额上拿下来，认真地看着她的脸，“我想回去，给司徒安、楚玥和燕子他们，立个牌位。”

被他抓住的手抖了一下，挣扎出来将自己紫裙上的外袍脱下了，给姬澈裹上，然后抱着他，“好啊，你说去哪里就去哪里，咱们明天就回登桓！”

一路向东，天气渐入寒凉，一日，两日，一月，两月……

他的身子越发虚弱，滴水不进，呕血也呕得越发频繁，陪她看遍了那么多山山水水，他不曾想到，自己会倒在这条路上。

“都这么久了，你怎么还不见好啊。”她贴在他冰凉的脸上，心里，似乎感觉到了什么。

“是啊，最近，有点虚……”

她笑起来，“那我给你炒两盘鸡屁股补补！”

他也笑起来，用仅存的左手将她紧紧地抱住，“那好啊，就是不知，你做的鸡屁股会是啥味道。”

“那你教我。”她直视着他，样子那样认真，“姬澈，我会照顾你的，会把你照顾得很好，不会的，我就学，你教我做菜，教一切我不会的东西。”

她一下子吻住他的唇，有泪从眼角流出来。

“我只是有点受凉而已。”

姬澈用这话骗了自己，叶凝也用这句话骗着自己，姬澈从未有过这样的自欺欺人，叶凝也没有一次像现在这样懂他，懂他的心，懂他对自己的好，懂他心里藏着的痛。

很早以前，叶凝就已经明白，姬澈不可能陪她一生，与自己相比，他的生命是短暂的，她珍惜与姬澈在一起的每一个时辰，每一刻钟，对于姬澈迟早会离开自己这一点，她本能地选择了不去想。

他们不知道被星辰之火灼烧过的土地还能不能长出花花草草，御剑山庄的惨状让他们心里没有多少底，但是他们还是带去了很多的种子，有花的，有树的……

昔日植被茂盛的登桓山，已经成了一片漆黑的焦土，所有的一切都成了火灰。

一切都完完全全的不复存在，往昔的一切，犹在梦里。再回到这里的时候，他们都像是走进了一场可怕的噩梦里，当姬澈弯身蹲在地上，捧起一捧焦黑泥土的时候，从没有哭出过声音的他，发出了细细的抽噎声。

对于一个没有亲情的人来说，登桓山就是姬澈的一切，他在这里生活，在这里成长，在这里练剑，他这一身蔑视天下的功夫，都承自这里，他一切的记忆，也都来自这里。他在生命最后的时候，没有选择回到靖国，而是回到了这里，或许在他的记忆里，从不认为自己是那所谓的子欣太子，而只是姬澈。

子欣也好，姬澈也罢，叶凝都不在意，无论他是谁，在叶凝的心里，他只是那个一把剑带着自己走过千万里路，闯过重重劫难的姬澈。

他们在一个窑洞里住了下来，将带来的种子播在了周边的山林里，姬澈的身子已不再适合动弹，料理好姬澈的生活起居，照顾好他，成了叶凝最看重的事。

她学会了好多，可是这里，除了他和姬澈，真的是一无所有。

姬澈没能等到那些种子发出新芽，在叶凝轻轻的琴音之中，很安详地离开了这个人世。

那一天，窑洞外飘着细细的雪，一簇火光照着四面潮湿的山壁，叶凝的琴音飘在无尽的飞雪里，明明音律全不在调上的琴声却怎么也不愿停下来。

她不知道自己停下来之后还能做些什么，她不敢去看那逐渐冰冷下来的姬澈，更不敢去面对这残酷的现实，凌乱的琴音在重重飞雪里连着响了一月，手指弹出的血将黑漆的琴面镀上了一层血色……

她不知道自己在这人世间还剩下一点什么。

她用一双血手捂住自己的脸，一个月下来，她第一次哭出了声音。

从生下来的时候，我就不会哭，是你让我流下了眼泪。

关于叶凝与姬澈，我一直都想去给他们铺一片很美好的结局，但我发现，无论我怎样去编排，故事，都只能停在这里。

姬澈的一生，是痛苦的，出生的那一刻，他的命运就注定只是一枚棋子，他遇到叶凝，是幸运的，叶凝遇到他，也是幸运的，他们，都是幸运的。

他们只是背负了不同的命运。在这个故事里，无论是墨九还是姬澈，命运都留给了他们最美最真挚的人心。

姬澈离开了她，可叶凝依然还会有她的宿命，这个世界上的风起云涌，却，又是另一个故事了……